Über dieses Buch

William Makepeace Thackeray, neben dem großen Rivalen Charles Dickens der bedeutendste Romancier des viktorianischen England, stellt in seinem ersten Gesellschaftsroman das Motiv der Eitelkeit an Romanfiguren der frühviktorianischen Gesellschaft dar, die sich durch ihre Handlungen selbst enthüllen als egoistisch, dumm oder böse und allen weltlichen Verlockungen verfallen. Thackerays Verurteilung der menschlichen Eitelkeit ist zwar scharf, aber nicht erbarmungslos, er kleidet sie in Ironie, die den ganzen Roman durchzieht und die auch die dargestellten Schicksale immer wieder ins Satirische und Komische wendet.

Thackeray steht nicht nur seinen Figuren, sondern auch sich selbst und dem Leser mit einem zwischen Resignation und Nachsicht schwankenden Verständnis gegenüber; er stellt sich als Narr mit Kappe und Schellen dar und präsentiert seinen berühmten Roman wie ein Puppenspieler im Marionettentheater auf dem Jahrmarkt. Dieser ›Jahrmarkt der Eitelkeit‹ ist ein Karussell der englischen Gesellschaft, die in wechselnden Episoden an uns vorüberzieht – und darüber hinaus das bunte Treiben des menschlichen Lebens selbst.

William M. Thackeray

Jahrmarkt der Eitelkeit

oder

Ein Roman ohne Held

Deutscher Taschenbuch Verlag

Vor dem Vorhang

Wie der Spielleiter so vor dem Vorhang auf den Brettern sitzt und auf den Jahrmarkt hinabschaut, überkommt ihn beim Anblick all dieses Hin und Her ein Gefühl tiefer Melancholie. Überall essen und trinken die Leute, sie flirten und kokettieren, lachen oder weinen, rauchen, betrügen und schlagen sich, sie tanzen und fiedeln. Raufbolde drängen sich da herum, Stutzer machen den Frauen schöne Augen, Diebe räumen Taschen aus, Polizisten stehen Wache, Quacksalber (andere Quacksalber, die Pest hole sie!) veranstalten ein Geschrei vor ihren Buden, und Bauerntölpel glotzen zu den mit Flitterkram geschmückten Tänzerinnen und den armen, alten, angemalten Akrobaten hinauf, während Kerle mit langen Fingern sich inzwischen hinten mit ihren Taschen beschäftigen. Ja, das ist der Jahrmarkt der Eitelkeit! Bestimmt gibt es hier keine Moral, auch keine wahre Fröhlichkeit, wenn auch viel Lärm. Man sehe sich nur die Gesichter der Schauspieler und Possenreißer an, wenn sie nach der Arbeit von der Bühne abtreten, wie der Hanswurst sich die Schminke von den Backen wischt, ehe er sich mit seiner Frau und dem kleinen Hans hinter dem Segeltuch zum Essen hinsetzt. Gleich wird der Vorhang aufgehen, und er wird radschlagen und rufen: „Wie geht's euch?"

Wenn ein nachdenklicher Mensch über einen solchen Jahrmarkt wandelt, wird er sich wohl kaum von seiner eigenen oder anderer Leute Fröhlichkeit täuschen lassen. Hier und da rührt oder belustigt ihn eine humorvolle oder eine nette Episode; ein niedliches Kind vor einer Bude mit Zuckerwerk, ein hübsches errötendes Mädchen, das sich mit ihrem Liebhaber unterhält, der ihr ein paar Jahrmarktsgeschenke aussucht, da drüben hinter dem Wagen der arme Hanswurst, der im Kreise der ehrlichen Familie, die von seinen Scherzen lebt, an einem Knochen nagt. Der allgemeine Eindruck aber ist eher melancholisch als heiter. Wenn man nach Hause kommt, setzt man sich in nüchterner, nachdenklicher Stimmung und nicht ganz ohne Mitgefühl hin und wendet sich seinen Büchern oder seinen Geschäften zu.

Ich möchte meiner Geschichte vom Jahrmarkt der Eitelkeit keine andere Moral als diese anhängen. Manche Leute halten einen Jahrmarkt überhaupt für unmoralisch und meiden ihn mit ihrer ganzen Familie und allen Dienstboten. Sehr wahrscheinlich haben sie recht. Aber Andersdenkende mögen in fauler oder wohlwollender oder sarkastischer Laune vielleicht auf eine halbe Stunde hingehen und sich die Vorführungen ansehen. Szenen aller Art gibt es da, schreckliche Kämpfe, großartige, elegante Ritte, Bilder aus der Welt der Vornehmen und auch manche recht gemischte Darstellung, ein paar Liebesgeschichten für die Gefühlvollen und ein paar leichte Komödiantenszenen. Das Ganze wird von einer angemessenen Szenerie umrahmt und glänzend erleuchtet von des Verfassers eigenen Kerzen.

Was soll der Spielleiter noch weiter sagen? Er dankt für die Freundlichkeit, mit der die Vorführung in allen größeren Städten Englands, die er besucht hat, aufgenommen worden ist. Er dankt den achtbaren Leitern der Presse, dem hohen und dem niederen Adel für die äußerst freundliche Beachtung. Der Gedanke macht ihn stolz, daß seine Marionetten die allerbeste Gesellschaft im britischen Weltreich befriedigt haben. Von der kleinen Marionette Becky hat man gesagt, sie sei ungewöhnlich biegsam in ihren Gelenken und äußerst lebhaft am Draht. Obzwar die Puppe Amelia einen kleineren Kreis von Bewunderern hat, so ist sie von den Künstlern doch mit der größten Sorgfalt geschnitzt und bekleidet worden. Die Gestalt Dobbins ist augenscheinlich etwas ungeschickt, tanzt aber doch sehr lustig und natürlich herum. Einigen hat der Tanz der kleinen Jungen gefallen. Man wolle, bitte, auch die reich gekleidete Gestalt des bösen alten Edelmannes beachten, bei der keine Kosten gescheut wurden und die der Leibhaftige am Ende dieser einmaligen Vorführung wegholen wird.

Und nun zieht der Spielleiter sich mit einer tiefen Verbeugung vor seinen Gönnern zurück, und der Vorhang geht auf.

London, am 28. Juni 1848

1. Kapitel

Chiswick Mall

Warm schien an einem hellen Junimorgen, da unser Jahrhundert noch jung war, die Sonne, als eine behäbige Familienkutsche langsam vor dem mächtigen eisernen Gittertor von Miß Pinkertons Erziehungsinstitut für junge Damen an der Mall in Chiswick vorfuhr; sie war mit zwei wohlgenährten Pferden in blitzendem Geschirr bespannt, und auf dem Bock saß ein ebenso wohlgenährter Kutscher in Dreispitz und Perücke. Ein schwarzer Diener saß lässig neben ihm und streckte seine krummen Beine aus, sobald die Equipage vor Miss Pinkertons blankem Messingschild anhielt. Als er die Glocke zog, erschienen mindestens zwanzig neugierige junge Köpfe an den schmalen Fenstern des stattlichen Backsteinhauses, und ein scharfer Beobachter hätte sogar sehen können, wie am Fenster ihres Wohnzimmers auch das rote Näschen der gutmütigen Miss Jemima Pinkerton über ein paar Geranientöpfe herauslugte.

„Mrs. Sedleys Kutsche ist da, Schwester", sagte Miss Jemima. „Sambo, der schwarze Diener, hat soeben geklingelt. Und der Kutscher hat eine neue rote Weste an."

„Hast du für Miss Sedleys Abreise alle nötigen Vorbereitungen getroffen, Miss Jemima?" fragte die richtige Miss Pinkerton, jene majestätische Dame, die Semiramis von Hammersmith und Freundin Dr. Johnsons, die sogar mit Mrs. Chapone im Briefwechsel stand.

„Die Mädchen sind heute früh schon um vier aufgestanden, um ihr die Koffer zu packen", antwortete Miss Jemima; „wir haben ihr einen Strauß gebunden ..."

„Sag bitte Bouquet, Schwester Jemima, das klingt vornehmer."

„Also ein Bukett, groß wie ein Heuhaufen. Zwei Flaschen Levkojenwasser und das Rezept dazu habe ich Amelia für Mrs. Sedley in den Koffer gepackt."

„Hoffentlich hast du Miss Sedleys Rechnung ausgeschrieben! Ist es nicht die hier? Schön! Dreiundneunzig Pfund vier Schilling. Sei so freundlich, sie an Mr. John Sedley, Wohlgeboren, zu adressieren, und versiegele bitte dies Billett, das ich an seine Gattin geschrieben habe."

In Jemimas Augen war ein eigenhändiger Brief ihrer Schwester, der bekannten Miss Pinkerton, ebenso verehrungswürdig wie ein königliches Handschreiben. Man wußte, daß Miss Pinkerton nur dann persönlich an die Eltern ihrer Zöglinge schrieb,

VANITY FAIR

Vollständige Ausgabe, aus dem Englischen übertragen von Theresia Mutzenbecher, mit den Illustrationen des Autors zu der Erstausgabe von 1848

Oktober 1975
Deutscher Taschenbuch Verlag GmbH & Co. KG, München
Lizenzausgabe des Winkler Verlages, München
ISBN 3-538-05209-3
Umschlaggestaltung: Celestino Piatti unter Verwendung einer Zeichnung des Autors
Gesamtherstellung: C. H. Beck'sche Buchdruckerei, Nördlingen
Printed in Germany · ISBN 3-423-01111-4

William M. Thackeray

Jahrmarkt der Eitelkeit

oder

Ein Roman ohne Held

Deutscher Taschenbuch Verlag

wenn diese die Anstalt verließen oder heiraten wollten; und einmal hatte sie auch geschrieben, als die arme Miss Birch am Scharlachfieber gestorben war. Wenn es nach Jemimas Ansicht überhaupt etwas gab, was Mrs. Birch über den Verlust ihrer Tochter trösten konnte, so war es das fromme und wortgewandte Schriftstück, in dem Miss Pinkerton über jenes Ereignis berichtet hatte.

Im vorliegenden Falle lautete Miss Pinkertons „Billett" folgendermaßen:

„Chiswick Mall, den 15. Juni 18 . .

Hochverehrte gnädige Frau,

ich habe die Ehre und das Vergnügen, Miss Amelia Sedley nach einem sechsjährigen Aufenthalt in der Mall ihren Eltern als eine junge Dame vorzustellen, welche die ihr geziemende Stellung in Ihrem eleganten und erlesenen Kreise nicht unwürdig ausfüllen wird. Weder die Tugenden, die eine junge englische Dame von Stand auszeichnen, noch die Kenntnisse, die ihrer Geburt und Stellung wohl anstehen, werden Sie bei der liebenswürdigen Miss Sedley vermissen. Sie hat durch *Fleiß* und *Gehorsam* die Herzen ihrer Lehrerinnen gewonnen und mit ihrem reizenden Wesen hier *alt* und *jung* bezaubert.

In Musik, Tanz, Rechtschreibung, in jeder Art von Stickerei und Handarbeit hat sie *alles* erreicht, was ihre Freunde nur *erhoffen* konnten. In Geographie bleibt noch viel zu wünschen übrig, und während der nächsten drei Jahre empfiehlt sich das regelmäßige Tragen eines Geradehalters vier Stunden täglich, um jenen gemessenen *Gang* und jene *Haltung* zu erlangen, deren die *elegante* junge Dame nicht entraten kann.

In den Grundsätzen der Religion und Moral wird sich Miss Sedley einer Anstalt wert zeigen, die durch die Anwesenheit des *großen Lexikographen* und durch das Patronat der vortrefflichen Mrs. Chapone geehrt worden ist. Miss Amelia nimmt beim Scheiden die Herzen ihrer Gefährtinnen sowie die Anerkennung und das Wohlwollen ihrer Lehrerin mit, welche die Ehre hat zu zeichnen, gnädige Frau,

als Ihre gehorsamst ergebene

Barbara Pinkerton.

P. S. Miss Sharp begleitet Miss Sedley. Es wird ausdrücklich gebeten, daß Miss Sharp nicht länger als zehn Tage am Russell Square bleibt. Die hochgestellte Familie, bei der sie engagiert ist, wünscht sie so bald als möglich in Dienst zu nehmen."

Als der Brief fertig war, schrieb Miss Pinkerton ihren eigenen Namen und den von Miss Sedley auf das erste Blatt eines Exemplars von Johnsons Lexikon – sie pflegte ihren Schülerinnen ausnahmslos beim Abschied von der Mall dies interessante Werk zu verehren. Auf den Einband waren die „Zeilen an eine junge Dame beim Abschied von Miss Pinkertons Schule an der Mall, von dem seligen Dr. Samuel Johnson" eingedruckt. Den Namen des Lexikographen führte die majestätische Dame überhaupt ständig im Munde; sein Besuch, den er ihr einmal abgestattet hatte, war der Grundstein ihres Rufs und Erfolges geworden.

Als ihre Schwester ihr befahl, „das Lexikon" aus dem Schrank zu holen, hatte Miss Jemima zwei Exemplare herausgenommen. Nachdem Miss Pinkerton die Widmung in das erste geschrieben hatte, reichte ihr Jemima, etwas zögernd und schüchtern, das zweite.

„Für wen ist denn das, Miss Jemima?" fragte Miss Pinkerton mit niederschmetternder Kälte.

„Für Becky Sharp", antwortete Jemima und wandte sich ab. Sie zitterte sehr, und ihr runzliges, altes Gesicht wurde rot bis an den Hals. „Für Becky Sharp; sie geht auch weg."

„Miss Jemima ! ! !" rief Miss Pinkerton mit dem allergrößten Nachdruck, „bist du bei Sinnen? Stell das Lexikon in den Schrank, und nimm dir in Zukunft nie wieder solche Freiheiten heraus!"

„Aber Schwester, es kostet doch nur zwei Schilling neun Pence, und die arme Becky ist bestimmt sehr unglücklich, wenn sie keins bekommt."

„Schicke augenblicklich Miss Sedley zu mir!" sagte Miss Pinkerton. Da wagte die arme, kleine Jemima kein Wort mehr zu sagen und trippelte davon, ganz erschrocken und kopflos vor Angst.

Miss Sedleys Papa war Kaufmann in London und ein recht vermögender Mann, während Miss Sharp bei Miss Pinkerton zur Gouvernante ausgebildet worden war; damit hatte Miss Pinkerton ihrer eigenen Ansicht nach genug getan und brauchte Rebekka beim Abschied nicht auch noch die hohe Ehre, ihr das Lexikon zu überreichen, angedeihen zu lassen.

Mit Briefen von Schulvorsteherinnen geht es wie mit Grabinschriften: beiden darf man nicht unbedingt Glauben schenken. Und doch kommt es manchmal vor, daß ein Mensch aus dem Leben scheidet, der wirklich all jenes Lob verdient, das in den Gedenkstein über seinen Gebeinen eingemeißelt ist; ein Mensch, der tatsächlich ein guter Christ gewesen ist, musterhaft als Vater, Kind, Gattin oder Gatte, der tatsächlich eine untröstliche Familie zurückläßt. Und gleichermaßen findet sich in den Schulen für beide Geschlechter wohl hier und da einmal ein Schüler des Lobes wert, das selbstlose Lehrer über ihn ausschütten. Miss Amelia Sedley gehörte zu diesen seltenen Ausnahmen. Sie verdiente nicht nur alles, was Miss Pinkerton zu ihren Gunsten sagte, sondern hatte noch manch reizende Eigenschaft, die diese pompöse alte Minerva nicht wahrzunehmen vermochte, weil Rang und Alter der beiden gar zu verschieden waren.

Amelia sang wie eine Lerche oder eine Mrs. Billington; sie tanzte wie die Hillisberg oder die Parisot; sie stickte wunderschön und schrieb fehlerlos wie das Lexikon; und obendrein hatte sie solch ein ganz eigenes, zutrauliches, lächelndes, zärtliches, sanftes, freigebiges Herz, daß jedermann sie lieb hatte, der nur in ihre Nähe kam, von der großen Minerva bis zum Dienstmädchen in der Spülküche und der Tochter der einäugigen Kuchenfrau, die wöchentlich einmal den jungen Damen in der Mall ihre Ware verkaufen durfte.

Von vierundzwanzig jungen Damen gehörten zwölf zu ihren intimen Busenfreundinnen. Selbst Miss Briggs, so neidisch sie war, sprach nie schlecht von ihr, und Miss Saltire – Lord Dexters Enkelin – gab gnädigst zu, daß sie eine elegante Erscheinung sei. Miss Swartz, die reiche, wollhaarige Mulattin von St. Kitt, war an Amelias Abschiedstag so in Tränen aufgelöst, daß man Dr. Floss holen lassen und sie mit Riechsalz ganz benebeln mußte. Miss Pinkertons Zuneigung war, wie es die hohe Stellung und die hervorragenden Eigenschaften der Dame nicht anders erwarten ließen, ruhig und würdig, Miss Jemima hingegen hatte bei dem Gedanken an Amelias Abreise schon ein paarmal geschluchzt; einzig die Angst vor ihrer Schwester bewahrte sie davor, vollends zusammenzubrechen wie die Erbin von St. Kitt (die doppelt zahlte). Solch befreiender Schmerzausbruch wird eben nur gegen einen erheblichen Pensionspreis gestattet, während die brave Jemima ja nur die Rechnungen, das Waschen und Flicken der Wäsche, den Nachtisch, das Silber, das Geschirr und die Dienerschaft zu beaufsichtigen hatte. Doch warum von ihr sprechen? Wahrscheinlich werden wir von nun an bis in Ewigkeit nichts mehr von ihr hören, und wenn die großen, schmiedeeisernen Torflügel erst einmal geschlossen sind, werden weder sie noch ihre hoheitsvolle Schwester jemals wieder aus ihnen in die kleine Welt unserer Erzählung eintreten.

Amelia hingegen werden wir noch oft begegnen, und so ist es kein Schade, wenn wir gleich zu Beginn unserer Bekanntschaft sagen, daß sie ein liebes kleines Geschöpf war. Im Leben wie in Romanen, wo sich – hauptsächlich in letzteren – eine Unmenge Bösewichter der finstersten Sorte herumtreiben, ist es nur ein Glück, wenn wir solch ein harmloses und gutherziges Wesen zur ständigen Gefährtin haben dürfen. Da Amelia keine Heldin ist, brauchen wir ihr Äußeres nicht zu beschreiben. Für eine Heldin war ihre Nase auch leider ziemlich kurz, und ihre Wangen waren viel zu rot und rund; aber ihr Gesicht blühte in rosiger Gesundheit; auf ihren Lippen stand das frischeste Lächeln, und in ihren Augen funkelte und leuchtete die argloseste gute Laune – sofern sie sich nicht gerade mit Tränen füllten, was leider viel zu oft geschah. Das einfältige kleine Ding weinte über jeden toten Kanarienvogel, über eine Maus, die die Katze glücklich erwischt hatte, und über den Schluß eines Romans, war er auch noch so dumm. Gab ihr jemand ein unfreundliches Wort – wenn überhaupt ein Mensch so hartherzig sein konnte –, nun, dann mochte der selbst zusehen. Sogar Miss Pinkerton, die herbe Gottheit, schalt sie nur ein einziges Mal. Wiewohl sie von einem zarten Gemüt nicht mehr verstand als von Algebra, wies sie alle Lehrkräfte ausdrücklich an, so sanft wie möglich mit Miss Sedley umzugehen, da rauhe Behandlung ihr abträglich sei.

So kam es, daß Miss Sedley am Tage ihrer Abreise wirklich nicht wußte, in welche ihrer beiden Gewohnheiten sie verfallen sollte: weinen oder lachen. Sie freute sich auf zu Hause, und doch war ihr Herz schwer, weil sie die Schule verlassen mußte. Die letzten drei Tage lief Laura Martin, die kleine Waise, beständig hinter ihr her wie ein Hündchen. Amelia mußte mindestens vierzehn Geschenke austeilen und entgegennehmen, vierzehnmal feierlich versprechen, jede Woche zu schreiben. „Schreib mir unter der Adresse meines Großvaters, des Earl of Dexter!“ sagte Miss Saltire (die übrigens ein bißchen knickerig war). „Das Porto soll meine Sorge sein, schreib nur jeden Tag, du liebes Herz!“ sagte Miss Swartz, ungestüm und wollköpfig wie nur je, aber auch ebenso offen und herzlich; und die kleine Waise Laura Martin (die eben Schönschreiben lernte) nahm ihre Freundin bei der Hand, blickte betrübt zu ihr auf und sagte: „Amelia, wenn ich dir schreibe, will ich dich Mama nennen!“ Herr Schulze, der dies Buch in seinem Klub liest, wird zweifellos all diese Einzelheiten äußerst töricht, abgeschmackt, weitschweifig und sentimental finden. Ja, ich sehe Schulze in diesem Augenblick vor mir (rot und heiß von seinem Schoppen und der Hammelkeule): er nimmt seinen Bleistift heraus, unterstreicht die Wörter „töricht“, „weitschweifig“ und so weiter und schreibt an den Rand: Sehr richtig! Ja, ja, Schulze ist ein bedeutender Geist und bewundert das Große und Heldische im Leben und in Romanen. Ich rate ihm gut: er mag sich lieber an andere halten!

Nun also: die Blumen und Geschenke und Koffer und Hutschachteln von Miss Sedley sind von Mr. Sambo gut im Wagen verstaut, dazu, mit Miss Sharps säuberlich aufgenagelter Karte, ein winzig kleiner alter Lederkoffer, der manchen Sturm erlebt hatte. Mr. Sambo hatte ihn grinsend hinaufgereicht, und der Kutscher hatte ihn mit entsprechend verächtlichem Lächeln weggepackt. Nun schlug die Stunde des Abschieds, und der Schmerz des Augenblicks wurde durch die formvollendete Ansprache beträchtlich gelindert, die Miss Pinkerton ihrer Schülerin hielt.

Allerdings stimmte die Abschiedsrede Amelia nicht nachdenklich, wappnete sie nicht etwa mit philosophischer Ruhe, dem Resultat des Nachdenkens; nein, sie war unerträglich langweilig, voll von Phrasen und geistlos und stellte Miss Sedley die Vorsteherin in all ihrer Schrecklichkeit so eindringlich vor die Seele, daß sie in ihrer Gegenwart nicht wagte, mehr als die offiziellen Tränen zu vergießen. Wie bei der feierlichen Gelegenheit eines Elternbesuchs wurden im Salon Mohnkuchen und eine Flasche Wein aufgefahren, und nachdem man diesen Erfrischungen gebührend zugesprochen hatte, stand es Miss Sedley frei, sich zu empfehlen.

„Geh hinein und sage Miss Pinkerton Lebewohl, Becky!" sagte Miss Jemima zu einer jungen Dame, die, von keinem beachtet, mit ihrer Hutschachtel in der Hand die Treppe herunterkam.

„Das muß ich wohl", erwiderte Miss Sharp gleichgültig, was Miss Jemima höchlich verwunderte. Sie klopfte an die Tür, und als sie die Erlaubnis erhielt, hereinzukommen, trat Miss Sharp gänzlich unbekümmert ein und sagte in einwandfreiem, akzentlosem Französisch: „Mademoiselle, je viens vous faire mes adieux."

Miss Pinkerton verstand kein Französisch. Sie leitete nur diejenigen an, die es konnten. Daher biß sie sich auf die Lippen, warf den verehrungswürdigen Kopf mit der römischen Nase auf – ein großer, feierlicher Turban prangte auf ihm – und sagte: „Miss Sharp, ich wünsche Ihnen einen guten Tag." Also sprach die Semiramis von Hammersmith und machte eine Handbewegung, die Miss Sharp verabschieden und ihr zugleich die Gelegenheit geben sollte, einen der dargereichten Finger zu ergreifen.

Miss Sharp jedoch faltete mit eisigem Lächeln ihre Hände, knickste und wies die ihr zugedachte Ehre zurück, worauf Semiramis ihren Turban zorniger denn je zurückwarf. Das Ganze war ein kleiner Kampf zwischen der jungen Dame und der alten, in dem die alte den kürzeren zog. „Gott segne dich, mein Kind", sagte sie, umarmte Amelia und blitzte über deren Schulter Miss Sharp grimmig an. „Komm mit, Becky!" flüsterte Miss Jemima in höchster Angst und zog das junge Mädchen hinaus. Hinter ihr schloß sich die Salontür für immer.

Dann folgte unten der Tumult des Abschieds; Worte vermögen ihn nicht zu beschreiben. Im Hausflur standen die ganze Dienerschaft, alle guten Freundinnen, die jungen Damen samt und sonders, der Tanzlehrer, der eben gekommen war, und es gab ein solches Drängen, Umarmen, Küssen und Weinen, in das sich die hysterischen Schluchzer von Miss Swartz – die

einen erheblichen Pensionspreis zahlte – aus ihrem Zimmer mischten, daß die unvermögende Feder und ein zartes Gemüt gern darüber hinweggehen. Die Umarmungen waren vorüber, sie schieden – das heißt, Miss Sedley schied von ihren Freundinnen. Miss Sharp war bescheiden schon einige Minuten vorher in den Wagen gestiegen. Über die Trennung von ihr weinte niemand.

Sambo mit den krummen Beinen schlug die Wagentür hinter seiner tränenüberströmten jungen Herrin zu und sprang hinten auf. „Halt!“ rief Miss Jemima und stürzte mit einem Päckchen zum Tor. „Ein paar Butterbrote, mein Kind“, sagte sie zu Amelia, „falls du hungrig wirst; und Becky, Becky Sharp, hier ist ein Buch für dich, das meine Schwester . . . ich meine, ich . . . Johnsons Lexikon, weißt du; du darfst nicht fort von uns ohne das Lexikon! Lebt wohl! Kutscher, fahr zu! Gott behüte euch!“ Das freundliche Geschöpf eilte, von ihren Empfindungen überwältigt, in den Garten zurück.

Doch siehe! Als eben der Wagen abfuhr, schaute Miss Sharp mit blassem Gesicht aus dem Fenster und schleuderte das Buch zurück in den Garten.

Jemima fiel fast in Ohnmacht vor Entsetzen. „Nein, das habe ich . . .“ sagte sie, „so etwas wagt . . .“ Die Erregung verschlug ihr die Sprache. Die Kutsche rollte davon, das große Tor wurde geschlossen, es läutete zur Tanzstunde. Ade, Chiswick Mall! Vor den beiden jungen Damen liegt die Welt.

2. Kapitel

Miss Sharp und Miss Sedley rüsten sich, den Feldzug zu eröffnen

Was für ein Lächeln erschien auf Miss Sharps bleichem, eben noch vom Haß verzerrten Gesicht – das dadurch freilich kaum angenehmer wirkte –, als sie die im letzten Kapitel erwähnte Heldentat vollbracht und gesehen hatte, wie das Lexikon über den Zaun des kleinen Gartens geflogen und der erstarrten Jemima vor die Füße gefallen war! Sie sank in den Wagen zurück und sagte erleichtert: „So, das Lexikon wäre erledigt! Gott sei Lob und Dank, Chiswick hätten wir hinter uns!"

Miss Sedley war über die herausfordernde Tat fast ebenso entgeistert wie Miss Jemima, war sie doch erst vor einer Minute aus der Schule entlassen worden; und über die Eindrücke aus sechs Jahren kommt man in dieser kurzen Zeitspanne nicht hinweg. Im Gegenteil; manche Leute werden mit der Furcht und dem Schrecken ihrer Jugend bis in alle Ewigkeit nicht fertig. Ich kenne da zum Beispiel einen alten Herrn von achtundsechzig Jahren, der mir eines Morgens beim Frühstück aufgeregt erzählte: „Mir träumte heute nacht, ich bekäme eine Tracht Prügel von Dr. Raine." Die Einbildung hatte ihn in jener Nacht fünfundfünfzig Jahre zurückgeführt. Insgeheim waren ihm Dr. Raine und sein Stock mit achtundsechzig noch ebenso furchtbar wie mit dreizehn Jahren. Wäre der Doktor mit einer großen Rute leibhaftig vor ihm erschienen – sogar jetzt, da er beinahe siebzig war! – und hätte mit schrecklicher Stimme gerufen: „Junge, herunter mit den Hosen! . . ." – O je! – Miss Sedley war jedenfalls sehr erschrocken über solche Insubordination.

„Wie konntest du, Rebekka!" sagte sie endlich nach einer Pause.

„Ach was! Glaubst du, Miss Pinkerton kommt heraus und steckt mich zurück ins schwarze Loch?" lachte Rebekka.

„Das nicht; aber . . ."

„Ich hasse das ganze Haus!" brach Miss Sharp los. „Ich hoffe, es kommt mir nie wieder unter die Augen! Ich wollte, es wäre auf dem Grund der Themse, wahrhaftig, und wenn Miss Pinkerton drinsäße, herausholen würde ich sie nicht, ganz bestimmt nicht! O mein Gott, am liebsten sähe ich sie auf dem Wasser treiben mit Turban und Schleppe und allem Drum und Dran. Ihre Nase würde aussehen wie ein Bootssteven."

„Scht!" machte Miss Sedley entsetzt.

„Pah! Meinst du, der schwarze Diener verrät etwas?" gab Rebekka lachend zurück. – „Meinetwegen mag er hingehen und Miss Pinkerton erzählen, daß ich sie von ganzer Seele hasse; ich wollte, er tät's. Ich wollte, ich könnte es ihr beweisen! Zwei Jahre lang hat sie mich verletzt und beleidigt und mich schlechter behandelt als das schlechteste Küchenmädchen. Keine Freundin hatte ich, keiner gab mir ein gutes Wort außer dir. Die kleinen Mädchen in der Unterstufe mußte ich beaufsichtigen und mit den großen französisch reden, bis mir meine Muttersprache zum Hals heraushing. Aber daß ich mit Miss Pinkerton französisch gesprochen habe, das war fein, nicht? Sie versteht kein Wort und ist viel zu stolz, das zuzugeben. Ich glaube, das war der wahre Grund, weshalb sie mich gehen ließ. Gott sei Dank, daß es Französisch gibt! Vive la France! Vive l'Empereur! Vive Bonaparte"!

„Rebekka! Rebekka! Schäme dich!" rief Miss Sedley, denn das war die größte Lästerung, die Rebekka je geäußert hatte. „Lang lebe Bonaparte!" zu rufen galt in jenen Tagen in England ebensoviel, als hätte man gesagt: „Lang lebe Lucifer!" – „Wie kannst du so böse und rachsüchtig sein! Fürchtest du dich nicht?"

„Rache mag böse sein, aber sie ist natürlich", erwiderte Rebekka. „Ich bin kein Engel." Und um die Wahrheit zu sagen – das war sie wirklich nicht.

Allerdings wird der Leser wohl bemerkt haben, daß Rebekka im Laufe dieser kleinen Unterhaltung (während derer die Kutsche gemütlich am Ufer entlangrollte) zweimal dem Himmel gedankt hatte. Das erste Mal jedoch geschah es dafür, daß er sie von einer Person befreite, die sie haßte, das zweite Mal, weil sie ihre Feindin hatte verblüffen und verwirren können, was beides nicht gerade liebenswerte Motive frommer Dankbarkeit sind, und von freundlichen, friedfertigen Menschen werden sie auch nicht in diesem Sinne gebraucht. Die ganze Welt behandele sie schlecht, klagte dieser kleine Misanthrop. Wir mögen indes mit Fug annehmen, daß Leute, die von aller Welt schlecht behandelt werden, eine solche Behandlung voll und ganz verdienen. Die Welt ist ein Spiegel und wirft jedem sein eigenes

Bild zurück. Grollst du ihr, so antwortet sie dir mit saurem Blick. Lach sie an und lach mit ihr; dann hast du den fröhlichsten Gesellen. Also, meine jungen Herrschaften, trefft eure Wahl. Eines ist sicher: vernachlässigte die Welt Miss Sharp, so war andererseits nicht bekannt, daß sie irgend jemandem je etwas zuliebe getan hätte. Man kann auch nicht verlangen, daß alle vierundzwanzig jungen Damen so anhänglich seien wie die Heldin unserer Geschichte, Miss Sedley (die wir eben deshalb erkoren haben, weil sie das beste Herz hatte; was hätte uns sonst wohl hindern sollen, Miss Swartz, Miss Crump oder Miss Hopkins an ihrer Statt zur Heldin zu machen?); man kann nicht erwarten, daß jede Amelia Sedley gleich sei an Demut und sanftem Wesen, daß eine wie die andere jede Gelegenheit ergreife, Rebekkas Herzenshärte und üble Laune zu besiegen und durch tausend freundliche Worte und kleine Dienste wenigstens einmal die Feindschaft gegen ihr Geschlecht zu überwinden.

Miss Sharps Vater war Maler gewesen und hatte in Miss Pinkertons Schule Zeichenunterricht gegeben. Er war ein kluger Mann, ein angenehmer Gesellschafter und ein sorgloser Künstler mit einer starken Neigung zu Schulden und einer Vorliebe fürs Wirtshaus. War er betrunken, prügelte er Frau und Tochter; am nächsten Morgen dann beschimpfte er in seinem Katzenjammer die Welt, weil sie blind sei für sein Genie, und schmähte mit einiger Berechtigung und einem großen Aufwand an Scharfsinn seine läppischen Kunstgenossen. Da er sich nur mit größter Mühe durchbringen konnte und in Soho, wo er lebte, auf mehr als eine Meile im Umkreis Schulden hatte, gedachte er seine Verhältnisse durch die Heirat mit einem französischen Mädchen vom Opernballett zu bessern. Den geringen Stand ihrer Mutter erwähnte Miss Sharp nie. Im Laufe der Zeit wurden die Entrechats bei ihr sogar zu einer gaskognischen Adelsfamilie, auf deren Blut sie sich viel zugute tat. Und seltsam genug: je weiter sie im Leben vorankam, desto mehr nahmen ihre Vorfahren zu an Reichtum und Ansehen.

Rebekkas Mutter hatte irgendwo eine Art Erziehung genossen; ihre Tochter sprach ein reines Französisch mit Pariser Akzent, in jener Zeit eine seltene Fähigkeit, die ihr die Anstellung bei der orthodoxen Miss Pinkerton einbrachte. Das trug sich so zu: Rebekkas Mutter war gestorben, und nach einem dritten Anfall von delirium tremens erkannte ihr Vater wohl, daß er sich nicht mehr erholen konnte. Er schrieb also einen ebenso rührenden wie mannhaften Brief an Miss Pinkerton und empfahl die arme Waise ihrem Schutze. Darauf starb er, nicht ohne über seine Leiche einen Streit zwischen zwei Gerichtsvollziehern entfesselt zu haben. Rebekka war siebzehn, als sie nach Chiswick kam und als Gouvernanten-Zögling aufgenommen wurde. Wie wir gesehen haben, lag es ihr ob, Französisch zu sprechen; dafür hatte sie freie Station, verdiente ein paar Pfund im Jahr und durfte bei den Lehrern, die in der Schule unterrichteten, hier und da ein paar Brocken Weisheit aufschnappen.

Sie war klein und zierlich von Gestalt, bleich, mit kupferfarbenem Haar und hielt die Augen gewöhnlich niedergeschlagen. Blickten sie aber auf, so waren sie sehr groß, rätselhaft und anziehend – so anziehend, daß der ehrwürdige Mr. Crisp sich in Miss Sharp verliebte. Mr. Crisp, jüngst aus Oxford gekommen, war Hilfsgeistlicher bei dem Pfarrer von Chiswick, Ehrwürden Mr. Flowerdew. Ab und zu kam er zum Tee zu Miss Pinkerton, bei der er von seiner guten Mutter eingeführt worden war. Dieser betörte junge Mann wurde tödlich getroffen von einem Blick, den Rebekka durch die ganze Chiswicker Kirche hindurch vom Schulgestühl bis zur Kanzel schoß. In einem abgefangenen Billett, das die einäugige Kuchenfrau überbringen sollte, machte er ihr tatsächlich so etwas wie einen Heiratsantrag. Mrs. Crisp wurde aus Buxton herbeigerufen und entführte ihren geliebten Jungen eiligst aus der Gefahr. Allein schon der Gedanke, daß sich ein solcher Adler in den Chiswicker Taubenschlag verirrt habe, verursachte in Miss Pinkertons Busen einen stürmischen Aufruhr. Am liebsten hätte sie Miss Sharp sofort entlassen, wäre sie nicht durch eine Verpflichtung ihr gegenüber gebunden gewesen. Jedenfalls aber vermochte sie dem jungen Mädchen keinen Glauben zu schenken, als sie behauptete, sie habe niemals auch nur ein einziges Wort mit Mr. Crisp gewechselt, außer bei den beiden Malen, wo sie ihn unter Miss Pinkertons Augen beim Tee getroffen hatte.

Neben den vielen großen und kräftig entwickelten jungen Mädchen an der Schule wirkte Rebekka wie ein Kind. Sie hatte jedoch die traurige Frühreife der Armut. Wie manchen Mahner hatte sie von ihres Vaters Tür hinweggeredet, wie manchen Krämer fürs liebe Brot beschwatzt und umschmeichelt. Ihr Vater war stolz auf ihre Schlagfertigkeit und nahm sie überallhin mit. Da hörte sie dann die Reden seiner wilden Genossen – meist wenig geeignet für die Ohren eines Mädchens. Sie sei freilich nie wirklich ein Kind gewesen, pflegte sie zu sagen; seit ihrem achten Jahr schon sei sie erwachsen. Warum nur ließ Miss Pinkerton einen so gefährlichen Vogel in ihren Käfig hinein?

Dies war indes nicht gar so verwunderlich. Wenn ihr Vater sie zum Besuch mit nach Chiswick nahm, spielte Rebekka die Rolle der Unschuld so täuschend, daß die alte Dame das demütigste Geschöpf der Welt in ihr sah. Ein Jahr noch, bevor Miss Pinkerton jenes Abkommen traf, durch das Rebekka in ihrem Hause Aufnahme fand, hatte sie, majestätisch wie immer, dem sechzehnjährigen Mädchen mit einer kleinen Ansprache eine Puppe geschenkt – die übrigens Miss Swindle gehörte und konfisziert worden war, als diese während der Schulstunde damit spielte und ertappt wurde. Wie lachten Vater und Tochter, als sie nach der Gesellschaft abends nach Hause stiefelten (man hatte den Schulschluß gefeiert, wozu alle Lehrer eingeladen wurden), wie hätte Miss Pinkerton getobt, wenn sie die Puppe

wiedergesehen hätte, die Becky, die kleine Schauspielerin, zu einem Spottbild ihrer werten Person zu machen gewußt hatte. Rebekka pflegte Gespräche mit der Puppe zu führen, die die Newman Street, die Gerrard Street und das ganze Künstlerviertel begeisterten. Die jungen Maler, die auf einen fröhlichen Grog zu ihrem trägen, liederlichen und genialen älteren Kollegen kamen, fragten Rebekka regelmäßig, ob Miss Pinkerton empfange. Die Gute war ihnen bald ebenso bekannt wie Mr. Lawrence oder Präsident West. Einmal hatte Rebekka die Ehre, ein paar Tage in Chiswick zu verbringen. Danach brachte sie Jemima mit, das heißt, sie richtete eine zweite Puppe als Miss Jemmy her. Dieses rührende Wesen hatte ihr zwar Nachtisch und Kuchen für drei und zum Abschied ein Siebenschillingstück gegeben, doch bei Rebekka war der Sinn fürs Lächerliche so viel stärker als ihre Dankbarkeit, daß sie Miss Jemmy ebenso unbarmherzig opferte wie ihre Schwester.

Das Unglück brach herein; Rebekka wurde in die Mall gebracht, um dort eine neue Heimat zu finden. Doch die strenge Förmlichkeit der Anstalt erstickte sie; die Andachten und Mahlzeiten, die Stunden und Spaziergänge, die mit klösterlicher Regelmäßigkeit einander ablösten, waren ihr ein schier unerträglicher Alpdruck. Sehnsüchtig blickte sie zurück auf das freie Bettlerleben im guten alten Atelier in Soho, und jedermann (sie selbst nicht minder) glaubte, sie verzehre sich vor Gram um ihren Vater. In ihrem Dachstübchen hörten die Dienstboten sie nachts schluchzend umhergehen; aber sie weinte vor Wut und nicht vor Kummer. Bisher hatte sie sich nicht gut zusammennehmen können, aber hier in ihrer Verlassenheit lernte sie, sich zu verstellen. Sie war eigentlich nie mit Frauen zusammengekommen. Ihr Vater, der alte Sünder, war ein begabter Mann, und seine Unterhaltung war ihr tausendmal lieber als das Geschwätz ihrer Geschlechtsgenossinnen, wie sie es jetzt kennenlernte. Die aufgeblasene Eitelkeit der alten Vorsteherin, die törichte Gutmütigkeit ihrer Schwester, das alberne Schwatzen und Klatschen der größeren Mädchen und die frostige Wohlerzogenheit der Gouvernanten gingen ihr gleichermaßen auf die Nerven. Das Unglücksmädchen! Sie hatte kein warmes, mütterliches Herz; sonst hätte das unschuldige Geplauder der Kleinen, die sie hauptsächlich zu beaufsichtigen hatte, sie wohl beruhigen und interessieren können. So aber lebte sie zwei Jahre unter ihnen, und niemand war traurig, als sie ging. Amelia Sedley mit ihrem sanften, weichen Herzen war die einzige, zu der sie sich ein bißchen hingezogen fühlte. Aber wer fühlte sich nicht zu Amelia hingezogen?

Das Glück und das soviel leichtere Leben der jungen Mädchen um sie her erfüllten Rebekka mit unaussprechlichem schmerzlichem Neid. „Wie dieses junge Ding auftritt, weil es die Enkelin eines Grafen ist“, sagte sie von einem Mädchen. „Wie sie sich vor der Kreolin neigen und bücken wegen ihrer hunderttausend Pfund. Trotz ihrem Reichtum: ich habe tausendmal mehr Reiz und Witz. Stammbaum hin, Stammbaum her, ich habe genauso gutes Blut wie die Enkelin des Grafen – und doch übersieht mich hier jedermann! Als ich noch bei meinem Vater war, da gaben die jungen Leute ihre lustigsten Tanzereien und Gesellschaften auf, um den Abend mit mir zu verbringen.“ Sie beschloß, um jeden Preis aus dem Gefängnis zu entkommen, in das sie jetzt eingesperrt war. Von nun an nahm sie ihr Schicksal in die eigene Hand und fing an, Pläne für die Zukunft zu schmieden.

Sie machte sich deshalb die Gelegenheiten zunutze, die ihr die Schule bot, und da sie musikalisch war und gute Sprachkenntnisse hatte, war ihr bald alles geläufig, was man in jenen Tagen von gebildeten Damen erwartete. Sie übte unaufhörlich Klavier, und eines Tages, als die Schülerinnen spazierengingen und sie zu Haus blieb, hörte Minerva sie so vortrefflich spielen, daß sie, klug und weise wie sie war, dachte: Den Musiklehrer für die Kleinen kann ich mir sparen, und Miss Sharp in Zukunft mit dem Musikunterricht betreuen wollte.

Das Mädchen weigerte sich, zum ersten Male und sehr zur Verwunderung der majestätischen Schulherrin. „Ich bin hier, um mit den Kindern Französisch zu sprechen“, sagte Rebekka kurz, „nicht, um ihnen Musikstunden zu geben und Ihnen Geld zu sparen. Geben Sie mir Geld; dann will ich es tun.“

Minerva mußte nachgeben; natürlich hatte Rebekka von dem Tage an bei ihr verspielt. „Fünfunddreißig Jahre lang“, sagte sie wahrheitsgemäß, „hat niemand die Stirn gehabt, hier unter meinem eigenen Dache meine Autorität anzugreifen. Ich habe eine Schlange an meinem Busen genährt!“

„Ach was, Schlange!“ gab Rebekka zurück. Die alte Dame fiel fast in Ohnmacht vor Erstaunen. „Sie haben mich aufgenommen, weil ich Ihnen nützlich war. Von Dankbarkeit ist zwischen uns keine Rede. Ich hasse diese Schule. Am liebsten möchte ich weg. Ich tue hier nur, was ich muß, kein bißchen mehr.“

Vergebens fragte die alte Dame sie, ob sie wisse, wen sie vor sich habe. Rebekka lachte ihr ins Gesicht, ein schreckliches, teuflisches Hohngelächter, das Miss Pinkerton den Rest ihrer Nerven kostete. „Geben Sie mir Geld", wiederholte das Mädchen, „auf diese Weise werden Sie mich los, oder, wenn Ihnen das lieber ist, besorgen Sie mir eine gute Stellung als Gouvernante in einer adligen Familie. Sie können das, wenn Sie wollen." Auch bei ihren späteren Streitigkeiten kam sie stets auf diesen Punkt zurück: „Besorgen Sie mir eine Stellung – wir hassen einander – ich gehe lieber heute als morgen."

Miss Pinkerton hatte zwar das Gardemaß, viel Würde, eine römische Nase und einen Turban, und bislang hatte ihr noch niemand die Herrschaft streitig gemacht; gegen die zähe Willenskraft ihres kleinen Lehrlings aber kam sie nicht auf, sosehr sie sich anstrengte. Das kleine Scheusal ließ sich nicht einmal einschüchtern. Einmal machte die Vorsteherin den Versuch, sie vor den anderen auszuschelten; aber Rebekka schlug in der schon erwähnten Weise zurück und antwortete ihr auf französisch, was der alten Jungfer vollends den Boden unter den Füßen wegzog. Um Zucht und Ordnung in der Schule aufrecht zu erhalten, mußte man diesen Aufrührer entfernen, dieses Ungeheuer, diese Schlange, diesen Feuerbrand! Und da Miss Pinkerton gerade hörte, daß Sir Pitt Crawley für seine Familie eine Gouvernante suche, stand sie nicht an, die Schlange, den Feuerbrand für die Stellung zu empfehlen. Außer gegen mich kann ich Miss Sharps Benehmen nicht tadeln, sagte sie sich; jedenfalls besitzt sie hervorragende Kenntnisse und Fähigkeiten, das muß ich zugeben. Was zumindest den Kopf anlangt, macht sie dem Erziehungssystem meiner Schule alle Ehre.

So beruhigte die Vorsteherin ihr Gewissen. Der Lehrvertrag wurde gelöst, und der Lehrling war frei. Der Kampf, der hier in ein paar Zeilen beschrieben ist, währte in Wirklichkeit natürlich mehrere Monate. Miss Sedley war inzwischen sechzehn Jahre alt geworden und sollte die Schule verlassen, und da sie mit Miss Sharp befreundet war (das einzige, was ihre Lehrerin an Amelias Betragen auszusetzen habe, meinte Minerva), lud sie diese ein, bei ihr zu Hause eine Woche zu verbringen, ehe sie ihre Stellung als Gouvernante in jener Familie antrete.

So fing denn das Leben für die beiden jungen Mädchen an. Für Amelia war es noch funkelnagelneu und taufrisch in all seinem Blütenglanze. Für Rebekka war es nicht mehr so ganz neu (nein, um der Wahrheit die Ehre zu geben: die Kuchenfrau hatte es jemandem angedeutet, der die Sache dann einem Dritten gegenüber mit seinem Eid erhärtete, daß an der Geschichte mit Mr. Crisp viel mehr dran sei, als bekannt geworden; sein Brief sei die Antwort auf einen anderen gewesen!). Aber wer vermag hier die Wahrheit zu ergründen? Wenn also für Rebekka das Leben auch nicht gerade anfing, so fing sie es doch wieder einmal von vorne an.

Bis die beiden am Schlagbaum in Kensington ankamen, hatte Amelia ihre Mitschülerinnen zwar nicht vergessen, aber immerhin ihre Tränen getrocknet, und als nun gar ein schmucker Gardeoffizier vorbeiritt und, sie musternd, ausrief: „Was für ein verteufelt hübsches Kind!“ da wurde sie über und über rot und war selig. Ehe der Wagen am Russell Square einrollte, hatte man die Audienz bei Hofe des längeren und breiteren erörtert: ob junge Damen, wenn sie vorgestellt würden, wohl auch Puder oder nur Reifröcke trügen und ob Amelia dieser Ehre teilhaftig würde – daß sie zum Ball des Lord Mayor gehen würde, wußte sie schon. Als man endlich daheim ankam, hüpfte Miss Amelia Sedley an Sambos Arm hinaus, so strahlend vor Glück und Schönheit wie nur irgendein Mädchen in der ganzen großen Stadt London. Der Neger wie der Kutscher waren sich darin einig, ebenso ihre Eltern und das ganze Hausgesinde, das knicksend und dienernd und lächelnd am Eingang stand, um die junge Herrin willkommen zu heißen.

Daß Amelia Rebekka in jedes Zimmer des Hauses führte, versteht sich von selbst. Sie zog jede Schublade auf, zeigte alles und jedes, ihre Bücher und ihr Klavier, ihre Kleider und Halsketten, ihre Broschen und Spitzen und all ihren Krimskrams. Sie bestand darauf, daß Rebekka den weißen Karneolschmuck und die Türkisringe annahm und ein entzückendes weißes Musselinkleid mit Streublumen, das ihr jetzt zu klein war, ihrer Freundin aber wie angegossen paßte. Heimlich beschloß sie, ihre Mutter zu fragen, ob sie der Freundin nicht den weißen Kaschmirschal schenken dürfe. Konnte sie ihn nicht entbehren? Ihr Bruder Josef hatte ihr doch gerade zwei neue aus Indien mitgebracht!

Als Rebekka die beiden prachtvollen Schals sah, die Josef Sedley für seine Schwester mit nach Hause gebracht hatte, seufzte sie so recht aus Herzensgrund, es müsse doch wunderbar sein, einen Bruder zu haben. Und schon verging die weichherzige Amelia vor Mitleid mit der armen, verlassenen Waise ohne Freunde und Verwandte.

„Rebekka“, rief sie, „du bist nicht allein! Du weißt, ich werde immer deine Freundin bleiben und dich liebhaben wie eine Schwester, ganz gewiß."

„Ach, aber Eltern zu haben wie du, gute, reiche, liebevolle Eltern, die dir jeden Wunsch von den Augen ablesen, und dazu all ihre Liebe, das ist doch viel mehr! Mein armer Vater konnte mir nichts schenken. In der ganzen weiten Welt besaß ich nur zwei Kleider! Und dann noch einen Bruder zu haben, einen lieben Bruder! oh, wie mußt du ihn liebhaben!"

Amelia lachte.

„Wie, hast du ihn etwa nicht lieb? Du sagst doch, du hast jeden lieb!"

„Ja, natürlich; ich habe ihn auch lieb, nur . . ."

„Nur was?"

„Nur Josef scheint sich nicht viel daraus zu machen, ob ich ihn liebhabe oder nicht. Gerade zwei Finger hat er mir hingehalten, als er nach zehn Jahren heimkam. Er ist lieb und gut, aber er spricht fast nie mit mir. Ich glaube, er liebt seine Pfeife weit mehr als seine . . ." Amelia unterbrach sich. Warum sollte sie schlecht von ihrem Bruder sprechen? „Als ich klein war, war er sehr lieb zu mir", fügte sie hinzu; „aber ich war erst fünf, als er wegging."

„Ist er eigentlich sehr reich?" fragte Rebekka. „Alle Nabobs sollen doch so ungeheuer reich sein."

„Er hat ein sehr großes Einkommen, glaube ich."

„Und ist deine Schwägerin nett und hübsch?"

„Haha, Josef ist doch gar nicht verheiratet!" rief Amelia und lachte von neuem.

Hatte sie das Rebekka nicht schon einmal erzählt? Diese junge Dame schien sich dessen nicht zu erinnern. Im Gegenteil: sie beteuerte, sie habe etliche Neffen und Nichten von Amelia erwartet und sei ganz enttäuscht, Mr. Sedley noch ledig zu finden. Amelia habe ihr ganz bestimmt erzählt, daß er verheiratet sei; und sie möge kleine Kinder doch so gern!

„Mir scheint, du hast in Chiswick genug davon gehabt", versetzte Amelia und wunderte sich, wie kinderlieb ihre Freundin auf einmal war.

In späteren Jahren hätte sich Miss Sharp nie darauf eingelassen, Meinungen zu äußern, deren Unwahrheit so leicht an den Tag kommen konnte. Aber man denke: die arme Unschuld war doch erst neunzehn, noch ungeübt in der Kunst zu täuschen! Übersetzt in die Sprache des Herzens dieser gewitzten jungen Person bedeuteten die obigen Fragen einfach folgendes: Wenn

Josef Sedley reich und ledig ist, warum sollte ich ihn nicht heiraten? Allerdings habe ich nur vierzehn Tage Zeit; aber probieren kann ja nichts schaden. Und so beschloß sie, diesen löblichen Versuch zu wagen. Sie verdoppelte ihre Zärtlichkeiten gegen Amelia, küßte das weiße Karneol-Halsband, als sie es anlegte, und schwur, sie werde sich nie, niemals davon trennen. Als man zum Essen läutete, ging sie, den Arm um die Taille ihrer Freundin gelegt, die Treppe hinunter, wie es bei jungen Mädchen Brauch ist. Vor der Wohnzimmertür war sie so aufgeregt, daß sie kaum den Mut fand einzutreten. „Fühle nur, wie mein Herz klopft!" sagte sie zu ihrer Freundin.

„Kann ich gar nicht finden", meinte Amelia. „Komm nur herein, Papa tut dir nichts."

3. Kapitel

Rebekka steht dem Feinde gegenüber

Angetan mit Lederhosen und Russenstiefeln, saß ein untersetzter, fleischiger Mann am Feuer und las Zeitung. Über einer rotgestreiften Weste trug er einen apfelgrünen Rock mit beinahe talergroßen Stahlknöpfen, und sein riesengroßes Halstuch ging ihm fast bis an die Nase (das war das Morgenkostüm der damaligen Stutzer). Als die beiden Mädchen eintraten, sprang er von seinem Lehnstuhl auf, errötete über die Maßen und verbarg bei dieser Erscheinung sein Gesicht fast völlig in seinen vielen Halstüchern.

„Ich bin's nur, deine Schwester", sagte Amelia lachend und schüttelte die beiden Finger, die er ihr hinhielt. „Ich bin jetzt wieder ganz zu Hause; und dies ist meine Freundin, Miss Sharp, von der du schon gehört hast."

„Nein, niemals, auf mein Wort“, stammelte der Kopf unter den Tüchern und zitterte sehr; „das heißt ja – was für ein abscheulich kaltes Wetter, mein Fräulein –“ und damit machte er sich aus Leibeskräften mit dem Feuer zu schaffen, obgleich es Mitte Juni war.

„Er sieht aber gut aus!“ flüsterte Rebekka ziemlich laut Amelia zu.

„Findest du?“ erwiderte diese. „Ich will es ihm sagen.“

„Um Himmels willen nicht, Liebling!“ rief Miss Sharp und scheute zurück wie ein Reh. Vorher hatte sie dem Herrn ehrerbietig einen jungfräulichen Knicks gemacht, und ihre züchtigen Augen waren so ausdauernd auf den Teppich geheftet, daß es wundernahm, wie sie überhaupt eine Gelegenheit hatte finden können, ihn zu sehen.

„Vielen Dank für die wunderbaren Schals, Bruder“, sagte Amelia zu dem Feuerwerker. „Sind sie nicht schön, Rebekka?“

„Himmlisch!“ bestätigte Miss Sharp, und ihre Augen wanderten vom Teppich geradewegs zum Kronleuchter.

Josef machte weiterhin ungeheuren Lärm mit Schüreisen und Feuerzange. Dabei schnaufte und pustete er und lief so rot an, wie es sein gelbes Gesicht nur erlaubte. „So schöne Geschenke kann ich dir nicht machen“, fuhr seine Schwester fort. „Dafür habe ich dir in der Schule ein Paar hübsche Hosenträger gestickt.“

„Guter Gott, Amelia!“ rief ihr Bruder nun ernstlich bestürzt. „Was soll das?“ Damit stürzte er zur Glocke und riß daran, bis er den Klingelzug in der Hand behielt, was die Verwirrung des armen Kerls noch vermehrte. „Um Himmels willen sieh nach, ob mein Buggy vor der Tür ist! Ich habe keine Zeit; muß weg. O dieser verdammte Reitknecht! Ich muß weg!“

In diesem Augenblick trat der Vater der Familie ein, als echter britischer Kaufmann mit seinen Petschaften klappernd. „Was gibt's, Emmy?“ fragte er.

„Josef sagt, ich soll nachsehen, ob sein – sein Buggy vor der Tür steht. Was ist ein Buggy, Papa?“

„Eine einspännige Sänfte“, schmunzelte der alte Herr, dem der Schalk im Nacken saß.

Josef brach darüber in ungestümes Gelächter aus, doch plötzlich hielt er inne, als ob ihn ein Schuß getroffen hätte; er war Miss Sharps Blick begegnet.

„Und diese junge Dame ist deine Freundin? Freut mich, Miss Sharp, Sie kennenzulernen. Haben Emmy und Sie sich bereits mit Josef gezankt, daß er fort will?“

„Ich habe Bonamy aus unserer Abteilung versprochen, mit ihm zu speisen“, erklärte Josef.

„Na so etwas! Hast du deiner Mutter nicht versprochen, zum Essen hierzubleiben?“

„Aber in diesem Aufzug ist das doch unmöglich!“

„Sehen Sie sich ihn an, Miss Sharp, ist er nicht hübsch genug für jede Abendtafel?“

Daraufhin warf natürlich Miss Sharp ihrer Freundin einen Blick zu, und beide brachen in ein Gelächter aus, das den alten Herrn höchlich erfreute.

„Haben Sie bei Miss Pinkerton jemals solche Lederhosen gesehen?“ sprach er weiter, indem er seinen Vorteil ausnutzte.

„Erbarm dich, Vater!“ flehte Josef.

„O je! Ich bin ihm zu nahe getreten! Mrs. Sedley, meine Liebe, ich bin deinem Sohn zu nahe getreten. Ich habe von seinen Lederhosen gesprochen, nicht wahr, Miss Sharp? Komm, Josef, mach deinen Frieden mit Miss Sharp; dann wollen wir essen.“

„Du, Josef, heute abend gibt es Pilaw, gerade wie du ihn magst, und Papa hat den besten Steinbutt vom Fischmarkt mitgebracht.“

„Laß gut sein, mein Lieber. Führ du Miss Sharp zu Tisch. Ich komme mit diesen beiden jungen Damen nach“, begütigte der Vater, bot Frau und Tochter den Arm und marschierte lustig davon.

Wenn Miss Sharp in ihrem Herzen beschlossen hat, sich diesen beleibten Beau zu erobern, so meine ich, meine Damen, wir haben kein Recht, sie deswegen zu tadeln. Im allgemeinen pflegen zwar die jungen Damen mit geziemender Zurückhaltung die Jagd nach dem Ehemann ihren Müttern zu übertragen; aber bedenken Sie: Rebekka hatte keine liebevolle Mutter, die diese delikate Angelegenheit für sie regeln konnte, und wenn sie sich nicht selber einen Mann besorgte, gab es auf der ganzen weiten Welt niemanden, der ihr diese Mühe abgenommen hätte. Weshalb werden junge Mädchen in die Gesellschaft eingeführt? Doch nur, weil sie nach dem heiligen Stand der Ehe streben. Was führt sie herdenweise in die Badeorte? Was läßt sie eine endlose lange Saison hindurch bis morgens um fünf auf dem Parkett aushalten? Warum quälen sie sich mit Klaviersonaten ab und lernen bei einem Lehrer, der gerade Mode ist, vier Lieder singen, die Stunde zu einem Pfund? Warum spielen sie

Harfe, wenn sie schöne Arme und reizende Ellbogen haben? Warum tragen sie moosgrüne Jagdhüte mit wallenden Federn? Doch nur, um mit solchen tödlichen Waffen irgendeinen „passenden" jungen Mann zur Strecke zu bringen. Was bringt nun gar wohlangesehene Eltern dazu, ihre Teppiche aufzurollen, das Haus auf den Kopf zu stellen und ein Fünftel ihres jährlichen Einkommens für Ball-Soupers und geeisten Champagner auszugeben? Ist es reine Menschenliebe? Oder einzig der Wunsch, junge Leute vergnügt beim Tanzen zu sehen? Pah! Sie wollen ihre Töchter verheiraten, das ist es. So hatte sich auch Mrs. Sedley in den Tiefen ihres liebevollen Herzens schon allerlei kleine Pläne zurechtgelegt, wie sie ihre Tochter unter die Haube brächte, und also hatte auch die arme, schutzlose Rebekka beschlossen, alles daranzusetzen, um sich einen Mann zu sichern, den sie noch nötiger brauchte als ihre Freundin. Sie hatte eine lebhafte Einbildungskraft, sie hatte außerdem Tausendundeine Nacht und Guthries Geographie gelesen, sie hatte Amelia gefragt, ob ihr Bruder reich sei: was Wunder, daß sie sich ein glänzendes Luftschloß baute, während sie sich zum Abendessen umzog! Sie war die Herrin darin, der Mann stand irgendwo im Hintergrund (sie hatte ihn ja noch nicht gesehen; er konnte also nicht sehr deutlich in Erscheinung treten). Angetan mit einer Unzahl von Schals, Turbanen und Diamanthalsbändern, ritt sie zu den Klängen des Marsches aus „König Blaubart" auf einem Elefanten und machte dem Großmogul einen Staatsbesuch. O ihr lieblichen Märchenträume, die die glückliche Jugend sich spinnt! Wie manches phantasiereiche junge Geschöpf hat sich gleich Rebekka Sharp solchen herrlichen Tagträumen hingegeben!

Josef Sedley war zwölf Jahre älter als seine Schwester Amelia. Er war Beamter der Ostindischen Compagnie, und zu der Zeit, von der wir schreiben, erschien sein Name in der bengalischen Spalte des Ostindischen Anzeigers unter dem Titel eines Steuereinnehmers von Boggley Wollah, was ein angesehener und einträglicher Posten ist, wie jedermann weiß. Für Josefs weitere Karriere wird der Leser auf die gleiche Zeitschrift verwiesen.

Boggley Wollah liegt herrlich einsam in einem sumpfigen Dschungelgebiet, wo man auf der Schnepfenjagd nicht selten einen Tiger aufstört. Das nächste Amtsgericht ist nur vierzig Meilen entfernt in Ramgunge, und noch dreißig Meilen weiter liegt ein Kavallerie-Posten. So etwa schrieb Josef an seine Eltern, als er seine Stelle antrat. Acht Jahre seines Lebens brachte er mutterseelenallein in diesem reizvollen Orte zu und bekam außer der Kommission, die zweimal im Jahr die eingesammelten Steuern für Kalkutta abholte, kaum je einen Christenmenschen zu Gesicht.

Glücklicherweise hatte er sich gerade jetzt ein Leberleiden zugezogen und fuhr nach Europa, um es auszukurieren. Dieser Krankheit verdankte er überhaupt viel Trost und Unterhaltung in seinem Vaterlande. In London wohnte er nicht bei seiner Familie, sondern hatte als lebenslustiger Junggeselle sein eigenes Quartier. Ehe er nach Indien ging, war er noch zu jung gewesen, um an den köstlichen Vergnügungen eines Lebemannes in der Großstadt teilzunehmen. Nach seiner Rückkehr aber stürzte er sich mit großem Eifer hinein, kutschierte im Hyde Park, ging zum Essen in die elegantesten Restaurants (da der Orient-Club noch nicht erfunden war), besuchte auch, wie es die Mode jener Zeit vorschrieb, häufig das Theater, erschien in der Oper, immer in die vorschriftsmäßigen engen Kniehosen gezwängt und den Dreimaster unter dem Arm.

Nach Indien zurückgekehrt, und überhaupt sein ganzes Leben lang, pflegte er mit der größten Begeisterung von all den Freuden dieser Zeit zu sprechen und gab zu verstehen, daß er und Brummel eigentlich den Ton angegeben hätten. Aber er war hier ebenso einsam wie in seinem Dschungel in Boggley Wollah. Er kannte kaum eine Seele in London, und wären nicht der Doktor, seine Pillen und seine Krankheit gewesen, er hätte vor Einsamkeit sterben müssen. Er war träge, empfindlich und ein Bonvivant; jedes weibliche Wesen jagte ihm maßlosen Schrecken ein, und deshalb ließ er sich nur selten zu Hause am Russell Square sehen, wo ein überaus fröhliches Leben herrschte und die Späße seines allzeit gut aufgelegten Vaters sein Selbstbewußtsein in Gefahr brachten. Sein Umfang verursachte Josef viel ängstliches Kopfzerbrechen. Ab und zu nahm er einen verzweifelten Anlauf, sein überflüssiges Fett loszuwerden. Aber seine Trägheit und seine Vorliebe für gutes Essen erstickten diese Reformversuche im Keime, und ehe er sich's versah, ließ er sich wieder drei Mahlzeiten am Tage schmecken. Er war niemals gut gekleidet, wiewohl er mehrere Stunden des Tages die größte Mühe darauf verwandte, seine füllige Person herauszuputzen. Sein Diener kam zu einem Vermögen durch Josefs abgelegte Kleider. Auf seinem Putztisch standen mindestens ebenso viele Fläschchen und Dosen, wie sie jemals eine verblühte Schönheit gebraucht. Um eine Taille zu bekommen, hatte er sämtliche damals bekannten Gürtel, Leibbinden und

Mieder ausprobiert. Wie meistens dicke Leute, ließ er sich seine Kleider immer zu eng machen und wählte unfehlbar die leuchtendsten Farben und den jugendlichsten Schnitt. Wenn er nachmittags endlich seine Toilette beendet hatte, kam er herunter, um mit – niemandem auszufahren. Dann kam er zurück, zog sich um und ging ins Café Piazza, um wiederum allein zu essen. Er war eitel wie ein junges Mädchen; vielleicht rührte seine grenzenlose Schüchternheit einfach von seiner Eitelkeit her. Wenn Rebekka gleich bei ihrem Eintritt ins Leben mit so jemandem fertig wird, dann muß sie wahrlich eine junge Person von ungewöhnlicher Klugheit sein.

Ihr erster Schachzug zeigte beträchtliche Gewandtheit. Als sie Sedleys gutes Aussehen rühmte, war ihr klar, daß Amelia dies ihrer Mutter wiedererzählen würde, die gewiß Josef davon berichtete oder sich doch mindestens über das Kompliment für ihren Sohn freute. Welche Mutter täte das nicht? Hätte man Sycorax gesagt, ihr Caliban sei schön wie Apoll, es hätte der alten Hexe auch Freude gemacht. Vielleicht hörte Sedley das Kompliment auch selber; Rebekka sprach jedenfalls laut genug. Und so geschah es auch. Da er sich für einen ansehnlichen Mann hielt, durchzuckte das Lob jede Faser seines umfangreichen Körpers und ließ ihn vor Freude zittern. Dann aber kam der Rückschlag: Macht das Mädchen sich über mich lustig? dachte er und schnellte, zum Rückzug bereit, zur Klingel. Doch hielten, wie wir sahen, seines Vaters Späße und die Bitten seiner Mutter ihn zurück und bewogen ihn zu bleiben. Immer noch zweifelnd und aufgeregt, führte er das junge Mädchen zu Tisch. Findet sie wirklich, daß ich gut aussehe? fragte er sich, oder hat sie mich zum besten?

Wir sagten, Josef Sedley sei eitel wie ein Mädchen. Hilf Himmel! Die Mädchen brauchen den Spieß nur umzudrehen und können mit vollstem Recht sagen: „Sie ist eitel wie ein Mann." Der bärtige Teil der Schöpfung ist ebenso auf Lob erpicht, ebenso eigen im Anzug, ebenso stolz auf seine persönlichen Vorzüge und sich der Macht seiner Reize ebenso bewußt wie je eine Kokette.

Sie gingen also hinunter, Josef puterrot und verlegen, Rebekka sehr züchtig, indem sie die grünen Augen niedergeschlagen hielt. Sie war weiß gekleidet, und ihre nackten Schultern leuchteten wie Schnee; ein Bild schutzloser und unschuldiger Jugend und mädchenhaft demütiger Einfalt. Ich muß ganz ruhig sein und sehr interessiert nach Ostindien fragen, ermahnte sie sich.

Wie wir schon hörten, hatte Mrs. Sedley ihrem Sohn einen schönen Curry angerichtet, ganz nach seinem Geschmack. Im Verlaufe des Essens wurde auch Rebekka davon angeboten. „Was ist das?“ Fragend schlug sie die Augen zu Josef auf.

„Vorzüglich!“ gab er mit vollem Munde zurück. Von der vergnüglichen Anstrengung des Schlingens war sein Gesicht ganz rot. „Mutter, er ist ebenso gut wie meine eigenen Pilaws in Indien.“

„Oh, wenn es ein indisches Gericht ist, muß ich es probieren!“ rief Rebekka. „Alles, was von dort kommt, muß ja einfach gut sein.“

„Gib Miss Sharp etwas Curry, mein Lieber“, sagte Mr. Sedley zwinkernd.

Rebekka hatte das Gericht noch nie versucht.

„Finden Sie ihn auch so gut wie alles andere, was aus Indien kommt?“

„Wunderbar!“ hauchte Rebekka, der der Cayenne-Pfeffer qualvoll in der Kehle brannte.

„Wie wäre es mit etwas Chili dazu?“ sagte Josef; er war aufmerksam geworden.

„Chili?“ Rebekka schluckte. „Ach ja, bitte!“ Chili, das war gewiß etwas Frisches, Kühles, so wie der Name klang. Sie ließ sich ein paar Pfefferschoten geben. „Wie schön grün sie aussehen!“ sagte sie und führte eine zum Munde. Sie brannte ärger als der Curry. Fleisch und Blut konnten es nicht länger ertragen. Die Gabel sank ihr aus der Hand. „Wasser!“ rief sie, „um des Himmels willen Wasser!“ Mr. Sedley wollte sich ausschütten vor Lachen (er war ein ungehobelter Mann von der Börse, wo man einander gern Streiche spielt). „Die sind echt indisch; das können Sie mir glauben“, versicherte er. „Sambo, gib dem Fräulein Wasser.“

Des Vaters Gelächter fand ein Echo bei Josef, der den Spaß einfach großartig fand. Die Damen lächelten nur ein bißchen, weil die arme Rebekka gar zuviel auszustehen hatte. Rebekka hätte den alten Herrn am liebsten erdrosselt. Aber sie schluckte ihre Blamage ebenso tapfer hinunter wie den abscheulichen Curry, und sobald sie wieder sprechen konnte, sagte sie mit schelmischer Miene: „Ich hätte an den Pfeffer denken sollen, den die persische Prinzessin aus Tausendundeine Nacht in die Cremetörtchen tut. Nimmt man in Indien Cayenne auch zum Schlagrahm?“ Der alte Sedley lachte und dachte: Das Mädchen hat Humor. Josef erwiderte: „Cremetörtchen, mein gnädiges

Fräulein? In Bengalen ist der Rahm sehr schlecht. Wir nehmen gewöhnlich Ziegenmilch, und denken Sie nur, ich mag sie jetzt lieber als Kuhmilch."

„Von nun an gefällt Ihnen wohl nicht mehr alles, was aus Indien kommt, nicht wahr, Miss Sharp?" erkundigte sich Mr. Sedley nach dem Essen. Aber als die Damen sich zurückgezogen hatten, warnte der alte Schlauberger seinen Sohn: „Paß auf, Joe! Die hat's auf dich abgesehen."

„Unsinn!" wehrte Joe höchst geschmeichelt ab. „Dabei fällt mir ein Mädchen in Dumdum ein, eine Tochter von Cutler bei der Artillerie, die später den Regimentsarzt Lance heiratete. Die hatte 1804 ein Auge auf mich geworfen, auf mich und Mulligatawney, von dem ich vor Tisch erzählte. Ein schneidiger Kerl, Mulligatawney, Amtsrichter in Budgebudge. In fünf Jahren bringt er's bestimmt bis zum Landrichter. Auf dem Ball also, den die Artillerie gab, kam Quintin vom 14. Leibregiment zu mir. ‚Sedley', sagte er, ‚ich wette 13 zu 10, daß sich Sophie Cutler noch vor dem großen Regen jemanden angelt, entweder dich oder Mulligatawney.' ‚Abwarten!' meinte ich, und was soll ich dir sagen, Vater ... dieser Rotwein ist nicht schlecht! Von Adamson oder von Carbonell? ..."

Ein sanftes Schnarchen war die einzige Antwort. Der wackere Börsenmakler war eingeschlafen, und so ging das Ende von Josefs Geschichte für diesmal verloren. In Gesellschaft von Herren war Josef immer sehr mitteilsam, und diese ergötzliche Geschichte hatte er schon ein paar dutzendmal zum besten gegeben, wenn sein Apotheker Dr. Gollop kam, um wieder einmal nach der Leber und den Pillen zu sehen.

Weil Josef ja leidend war, begnügte er sich mit dem Madeira zu Tisch und einer Flasche Burgunder nachher, und dazu verspeiste er weiter nichts als ein paar Teller voll Erdbeeren mit Schlagsahne und vierundzwanzig Biskuitkekse, die unbeachtet auf einer Schale neben ihm standen; und da Dichter nun einmal das Vorrecht haben, alles zu wissen, fügen wir hinzu, daß seine Gedanken sich viel mit dem Mädchen oben beschäftigten. Was für ein nettes kleines Ding, so fröhlich und munter, sann er. Wie sie mich ansah, als ich ihr Taschentuch aufhob! Sie ließ es zweimal fallen. – Wer mag da oben singen? Ob ich mal hinaufgehe und nachsehe?

Aber hier überfiel ihn seine Schüchternheit mit unbezwingbarer Gewalt. Sein Vater schlief. Sein Hut hing im Vorplatz. Ganz in der Nähe war ein Droschkenstand in der Southampton

Row. Ich gehe lieber in die „Vierzig Räuber“, überlegte er, und sehe die Decamp tanzen. Damit schlich er sich sachte auf den schmalen Spitzen seiner Stiefel hinaus und verschwand, ohne seinen würdigen Erzeuger zu wecken.

„Josef geht weg“, sagte Amelia, die aus dem offenen Fenster des Wohnzimmers schaute, während Rebekka am Klavier sang. „Miss Sharp hat ihn hinweggegrault“, meinte Mrs. Sedley. „Der arme Joe! Warum ist er nur immer so schüchtern?“

4. Kapitel

Die grünseidene Börse

einvoller Schrecken hielt den unglücklichen Josef zwei oder drei Tage lang gefangen. Er kam nicht nach Hause, und Rebekka hütete sich, seinen Namen zu nennen. Mrs. Sedley gegenüber war sie eitel Dankbarkeit und Respekt, über die Maßen entzückt von den Bazaren, zu denen die gutherzige Frau sie mitnahm, und im Theater ganz überwältigt von Staunen. Eines Tages hatte Amelia Kopfweh und konnte nicht zu einer Gesellschaft gehen, zu der die beiden jungen Mädchen eingeladen waren. Da war auch ihre Freundin durch nichts zu bewegen, ohne sie zu gehen. „Wie? Dich verlassen? Dich, die der armen Waise zum ersten Male in ihrem Leben gezeigt hat, was Glück und Liebe sind? Nie und nimmermehr!" Die grünen Augen sahen gen Himmel und füllten sich mit Tränen. Mrs. Sedley fand, die Freundin ihrer Tochter habe wahrhaftig ein rührend gutes Herz.

Sogar den alten Herrn konnte sie für sich einnehmen. Sie lachte über seine Späße so herzlich und ausdauernd, daß sie ihm nicht wenig Vergnügen bereitete. Rebekka machte sich indes nicht allein bei der Familie beliebt, auch die Haushälterin, Mrs. Blenkinsop, in deren Reich eben das Einmachen vor sich ging, hatte etwas für sie übrig, seit Rebekka ein unbezwingliches Interesse für Himbeermarmelade an den Tag gelegt hatte. Auch unterließ sie es nie, den Neger, sehr zu dessen Freude, mit „Mr. Sambo" anzureden, und als sie einmal geklingelt hatte, entschuldigte sie sich reizend bescheiden bei der Jungfer wegen der Ungelegenheit, die sie ihr mache. So kam es, daß die unteren Regionen wie das Wohnzimmer gleichermaßen von ihr angetan waren.

Einmal sah Rebekka sich Zeichnungen an, die Amelia nach Hause geschickt hatte. Plötzlich brach sie in Tränen aus und lief aus dem Zimmer. Es war der Tag, an dem Joe Sedley zum zweiten Male in Erscheinung trat.

Amelia eilte ihrer Freundin nach, um die Ursache ihrer Erregung zu erfahren. Die Arglose kam ohne ihre Freundin wieder zurück und war ganz gerührt. „Du weißt doch, Mama, ihr Vater war Zeichenlehrer bei uns in Chiswick; das Beste an unseren Zeichnungen stammt von ihm."

„Na hör mal, Amelia! Miss Pinkerton sagte doch immer, er rühre die Zeichnungen nicht an, er setze nur Lichter auf!"

„So wurde das bei uns genannt, Mama. Rebekka erinnerte sich der Zeichnung und sah plötzlich ihren Vater, wie er daran arbeitete, und da, weißt du . . ."

„Das arme Ding! Sie hat so ein weiches Herz!" sagte Mrs. Sedley.

„Ich wollte, sie könnte noch eine Woche länger bei uns bleiben", meinte Amelia.

„Sie sieht Miss Cutler verdammt ähnlich, mit der ich in Dumdum zusammen war, nur blonder. Die ist jetzt die Frau von

Lance, dem Regimentsarzt von der Artillerie. Habe ich dir erzählt, Mutter, daß einmal Quintin vom 14. Leibregiment mit mir gewettet hat . . ."

„Ach Josef, die Geschichte kennen wir", unterbrach Amelia ihn lachend, „die brauchst du uns nicht noch einmal zu erzählen. Überrede lieber Mama, sie möchte Sir Sowieso Crawley um noch etwas Urlaub für die arme Rebekka bitten. Da kommt sie mit ganz verweinten Augen!"

„Mir ist jetzt wieder besser", sagte das Mädchen mit sanftem Lächeln, ergriff Mrs. Sedleys ausgestreckte Hand und küßte sie ehrfürchtig. „Wie lieb Sie alle zu mir sind! Alle bis auf Sie, Mr. Josef", setzte sie mit einem kleinen Lächeln hinzu.

„Bis auf mich?" Josef war drauf und dran, zu entfliehen. „Um Himmels willen! Guter Gott! Miss Sharp!"

„Ja, Sie! Wie konnten Sie so grausam sein, mir gleich am ersten Tage, als ich Sie sah, das abscheuliche Pfeffergericht vorzusetzen! Sie sind gar nicht so nett zu mir wie Amelia!"

„Er kennt dich nicht so gut", begütigte Amelia.

„Es soll nur jemand wagen, häßlich zu Ihnen zu sein, liebes Kind", fügte Mrs. Sedley hinzu.

„Der Curry war vorzüglich, alles, was recht ist", sagte Joe ernsthaft. „Vielleicht war nicht genug Zitronensaft daran. Ja, das war's."

„Und die Pfefferschoten?"

„O Himmel, wie Sie geschrien haben!" Die Komik der Situation kam Joe plötzlich wieder zu Bewußtsein, und er brach in ein Gelächter aus, das wie gewöhnlich abrupt endete.

„Ich werde mich schon vorsehen, wenn Sie wieder etwas für mich aussuchen", schmollte Rebekka, als sie dann zum Essen hinuntergingen. „Daß Männer arme harmlose Mädchen so quälen mögen!"

„Bei Gott, Miss Rebekka! Um alles in der Welt wollte ich Sie nicht quälen!"

„Ich weiß schon", gab sie sanft zurück und drückte seinen Arm ein ganz klein wenig. Dann zog sie ihre zarte Hand ängstlich weg, schaute ihm zuerst einen Augenblick lang ins Gesicht und schlug dann ihre Augen flugs wieder zum Teppich nieder. Ich wage mich nicht zu verbürgen, daß Josefs Herz ruhig blieb, als das unschuldige Mädchen ihm so unwillkürlich ein scheues Geständnis ihrer Zuneigung machte.

Es kam einer Aufforderung gleich. Damen, deren Anstand und Benehmen über allen Zweifel erhaben sind, werden solche

Dreistigkeit verdammen. Aber sehen Sie, die arme, liebe Rebekka war hier doch ganz allein auf sich angewiesen. – Ist jemand zu arm, sich einen Diener zu halten, so muß er seine Zimmer selber fegen, mag er noch so elegant sein; und wenn ein liebes Mädchen keine liebe Mama hat, die mit dem jungen Mann alles in Ordnung bringt, dann muß sie das eben auch selber tun. Wir können noch von Glück sagen, daß diese Damen ihre Macht nicht häufiger erproben. Wir könnten ihnen ja nicht widerstehen. Bei dem kleinsten Anzeichen von Zuneigung fallen die Männer sofort auf die Knie, ganz gleich ob alt oder häßlich, es ist immer dasselbe. Es ist schon eine allgemeingültige Wahrheit; eine Frau kann, wenn sie nicht gerade einen Buckel hat, sich zum Heiraten aussuchen, wen sie will. Wir wollen nur dankbar sein, daß die Herzchen sind wie die Tiere auf dem Felde und ihre eigene Kraft nicht kennen. Sonst würden sie uns vollständig unterwerfen.

Teufel! dachte Josef, als er ins Eßzimmer trat. Mir wird ganz ebenso zumute wie bei Miss Cutler in Dumdum. Manch reizende kleine Frage nach den Gerichten bei Tisch flog halb zärtlich, halb scherzhaft von Miss Sharp zu ihm hin, denn inzwischen verkehrte sie schon ganz vertraut mit der Familie, und die beiden Mädchen liebten sich wie Schwestern. Das tun junge unverheiratete Mädchen immer, wenn sie nur zehn Tage beieinander sind.

Als ob sie Rebekkas Absichten in jeder Weise hätte fördern wollen, erinnerte Amelia ihren Bruder ausgerechnet an ein Versprechen, das er ihr in den letzten Osterferien gemacht hatte. Als sie noch zur Schule gegangen sei, sagte sie lächelnd, da habe er versprochen, sie mit nach Vauxhall zu nehmen. „Es gibt doch keinen besseren Augenblick dafür als jetzt, wo Rebekka hier ist."

„O wie wundervoll!" rief Rebekka. Fast hätte sie in die Hände geklatscht; aber sie besann sich und blieb still, wie es sich für ein so bescheidenes Wesen gehörte.

„Heute abend nicht", erwiderte Joe.

„Dann morgen."

„Morgen sind Papa und ich zum Essen eingeladen", sagte Mrs. Sedley.

„Willst du damit andeuten, daß ich mit nach Vauxhall gehen soll und daß eine Frau von deinem Alter und deinem Umfang sich an so einem abscheulich feuchten Ort eine Erkältung holen will?" fragte ihr Mann entrüstet.

„Die Kinder können doch nicht allein gehen", rief Mrs. Sedley.

„Dann laß Josef mitgehen", lachte sein Vater. „Er ist imposant genug." Hier mußte sogar Sambo, der an der Anrichte stand, lachen, und der arme Josef in seinem Fett hätte seinen Vater ermorden mögen.

„Macht ihm seine Leibbinde los", fuhr der alte Herr erbarmungslos fort, „ihm wird schlecht; spritzen Sie ihm Wasser ins Gesicht, Miss Sharp, oder tragen Sie ihn hinauf. Das arme Opfer! Tragt ihn nur hinaus, er ist federleicht!"

„Wenn jemand das schafft, will ich verdammt sein!" brüllte Josef.

„Sambo, laß Mr. Josefs Elefanten kommen", rief der Vater noch lauter, „schick in den Zoologischen Garten!" Aber als er sah, daß Josef vor Ärger fast weinte, verbiß sich der alte Spaßmacher seinen Spott, streckte seine Hand hin und sagte: „Ich bin's von der Börse her so gewohnt, Joe. Sambo, laß den Elefanten und hole uns lieber etwas Champagner! Selbst Napoleon hat keinen besseren in seinem Keller, mein Junge!"

Ein Glas Champagner stellte Josefs Gleichmut wieder her, und ehe die Flasche leer war – da er auf Genesungsurlaub war, trank er nur zwei Drittel –, hatte er versprochen, die beiden jungen Mädchen mit nach Vauxhall zu nehmen.

„Die Mädchen müssen beide ihren Kavalier haben", sagte der alte Herr, „sonst verliert Josef Amelia sicher im Gedränge, weil er so mit Miss Sharp beschäftigt ist. Schickt nach Nr. 96 und fragt George Osborne, ob er nicht mitkommen will."

Hier sah Mrs. Sedley ihren Mann an und lachte – ich kann mir gar nicht denken warum! Mr. Sedley zwinkerte Amelia unbeschreiblich verschmitzt zu, worauf Amelia den Kopf senkte und rot wurde, wie nur ein Backfisch von siebzehn Jahren rot werden kann; so rot, wie Rebekka in ihrem ganzen Leben nicht geworden war, zumindest nicht, seit sie mit acht Jahren dabei ertappt wurde, wie sie bei ihrer Patentante Marmelade aus dem Schrank naschte. „Amelia kann ja ein Billett schreiben", meinte der Vater, „damit George Osborne sieht, was für eine schöne Handschrift wir von Miss Pinkerton mitgebracht haben. Weißt du noch, Emmy, wie du ihn zum Dreikönigstag eingeladen hattest und Könige mit h schriebst?"

„Das ist schon Jahre her", verteidigte sich Amelia.

„Mir kommt's wie gestern vor, dir nicht auch, John?" sagte Mrs. Sedley zu ihrem Mann.

Nachts, in einem der Vorderzimmer im zweiten Stock, wurde die Unterhaltung wieder aufgenommen. Prachtvoller Chintz in phantastischen Hindumustern war dort zu einer Art Zelt zusammengerafft, das, rosenrot ausgeschlagen, ein Polster umgab. Und auf dem Polster lagen auf zwei Kopfkissen zwei runde, rote Gesichter, das eine im Spitzenhäubchen, das andere in einer braven, baumwollenen Troddelmütze. Mrs. Sedley hielt ihrem Mann eine Gardinenpredigt, weil er so grausam gegen den armen Joe gewesen war.

„Es war ganz herzlos von dir, Sedley", schalt sie, „den armen Jungen so zu quälen." – „Mein liebes Kind", sagte die baumwollene Troddel zu ihrer Verteidigung, „Joe ist sehr viel eitler, als du je in deinem Leben gewesen bist, und das will was heißen. Allerdings, so vor dreißig Jahren, um 1780 herum, da hattest du wohl ein Recht dazu, das muß ich dir lassen. Aber bei Josef und seiner herausgeputzten Verlegenheit reißt mir die Geduld. Er treibt es wirklich zu weit, und dabei denkt er den lieben langen Tag nur an sich selbst, und was für ein feiner Kerl er ist. Mir scheint, meine Liebe, daß wir mit ihm noch allerlei erleben werden. Amelias kleine Freundin macht ihm jetzt schon schöne Augen, was das Zeug halten will, daran ist kein Zweifel, und wenn sie ihn nicht einfängt, tut's eine andre. Er kann gar nicht anders, als den Frauen auf den Leim gehen, so gewiß wie ich jeden Tag zur Börse gehe. Wir müssen schon dankbar sein, daß er uns nicht eine Schwarze als Schwiegertochter mitgebracht hat. Aber das laß dir gesagt sein: die erste, die ihren Haken nach ihm auswirft, wird ihn sich angeln."

„Morgen soll sie fort, die abgefeimte Person", sagte Mrs. Sedley mit großem Nachdruck.

„Warum nicht ebensogut sie wie eine andere? Immerhin hat das Mädchen doch ein weißes Gesicht. Mir gilt es gleich, wen Josef heiratet; Joe kann tun, was ihm Spaß macht."

Bald darauf verstummten die beiden Stimmen oder wurden vielmehr ersetzt durch die sanfte, wenn auch unharmonische Musik ihrer Nasen. Am Russel Square im Haus des Börsenmaklers John Sedley, Wohlgeboren, war alles still. Nur die Kirchenuhren schlugen die Stunde, und der Nachtwächter sang sein Lied.

Als der Morgen kam, dachte Mrs. Sedley in ihrer Güte nicht mehr daran, ihre Drohung gegen Miss Sharp wahrzumachen; denn wenn auch nichts wachsamer, nichts weiter verbreitet und nichts eher zu rechtfertigen ist als mütterliche Eifersucht, so konnte sie sich doch einfach nicht vorstellen, daß die kleine sanfte Gouvernante, demütig und dankbar wie sie war, es wagen würde, zu einer so glanzvollen Persönlichkeit wie dem Steuereinnehmer von Boggley Wollah ihre Augen zu erheben. Außerdem war das Gesuch um eine Verlängerung ihres Urlaubs schon abgegangen, und ein Vorwand, sie unvermittelt wegzuschicken, würde sich nicht leicht finden lassen.

Als ob alle Dinge sich zugunsten der sanften Rebekka verschworen hätten, legten sich sogar die Elemente ins Mittel. Anfangs war sie freilich nicht geneigt, ihr Eingreifen als günstig anzuerkennen. An dem Abend nämlich, an dem es nach Vauxhall gehen sollte, gab es ein Gewitter, wie es überhaupt nur an Vauxhall-Abenden vorkommt. George Osborne war zum Essen gekommen, die Eltern waren der Einladung des Ratsherrn Balls zum Diner in Highbury Barn gefolgt und abgefahren. Die jungen Leute mußten notgedrungen zu Hause bleiben.

Mr. Osborne schien nicht im mindesten enttäuscht. Josef und er tranken tête à tête eine angemessene Menge Portwein im Eßzimmer, wobei Josef seine besten indischen Geschichten erzählte. In Herrengesellschaft war er ja immer äußerst redselig. Nachher im Wohnzimmer machte Amelia Sedley die Honneurs, und es wurde so gemütlich, daß die vier jungen Leute erklärten, sie seien froh, daß das Gewitter sie von ihrem Abend in Vauxhall abgebracht habe.

Osborne war Mr. Sedleys Patensohn und seit dreiundzwanzig Jahren Kind im Hause. Mit sechs Wochen hatte er von John Sedley einen silbernen Becher geschenkt bekommen, mit sechs Monaten eine goldene Klapper mit einem Pfeifchen und Glokken und einer Koralle zum Beißen. Seit er ein kleiner Junge war, bekam er von dem alten Herrn regelmäßig ein Geldstück zu Weihnachten und einmal auf dem Schulweg (dessen erinnerte er sich noch recht gut) eine Tracht Prügel von Josef Sedley, als jener ein dicker, großspuriger Flegel war und er ein vorlauter Knirps von zehn. Kurz, George war mit der Familie so vertraut, wie es solche Gunstbeweise im täglichen Verkehr nur mit sich bringen konnten.

„Weißt du noch, Sedley, wie wütend du warst, als ich die Troddeln von deinen Russenstiefeln abgeschnitten hatte, und wie Miss – hm! – wie Amelia sich dir zu Füßen warf und dich anflehte, den kleinen George nicht zu schlagen, und mich so vor den Prügeln bewahrte?"

Josef sah die Situation deutlich vor sich, versicherte aber, daß er sie vollständig vergessen habe.

„Weißt du denn noch, wie du mich in einer Gig bei Dr. Swishtali besucht hast, ehe du nach Indien gingst? Damals hast du mir ein halbes Pfund geschenkt und mir auf die Schulter geklopft. Du kamst mir immer vor, als wärst du mindestens zweieinhalb Meter groß, und jetzt nach deiner Rückkehr – wer beschreibt mein Erstaunen? – bist du nicht größer als ich!"

„Wie rührend von Mr. Sedley, daß er Sie in Ihrer Schule besucht und Ihnen Geld geschenkt hat!" rief Rebekka mit dem Ausdruck höchster Bewunderung.

„Nicht wahr? Wo ich doch die Troddeln an seinen Stiefeln abgeschnitten hatte! Jungens vergessen solche Geschenke nicht und die Geber auch nicht."

„Ich mag Russenstiefel zu gern", sagte Rebekka. Joe Sedley, der seine eigenen Beine außerordentlich bewunderte und stets solch dekoratives Schuhzeug trug, war über diese Bemerkung höchst erfreut, wenn er auch sofort seine Beine unter den Stuhl zog.

„Miss Sharp!" sagte George Osborne, „Sie können doch so gut malen! Sie müssen ein großes historisches Bild von der Stiefelszene machen. Sedley muß Lederhosen tragen und in einer Hand einen der verstümmelten Stiefel halten. Mit der andern hat er mich bei der Hemdkrause zu fassen. Amelia kniet neben ihm und ringt ihre kleinen Hände. Das Bild muß einen großartigen allegorischen Namen bekommen, wie die Titelblätter in der Fibel und im Medulla."

„Um es hier zu malen, habe ich nicht mehr genug Zeit", murmelte Rebekka; „ich male es, wenn – wenn ich weg bin." Sie brach ab und sah so betrübt und mitleiderregend drein, daß die anderen im stillen ihr grausames Geschick bedauerten und fühlten, wie traurig sie sein würden, wenn sie sich von ihr trennen mußten.

„Wenn du doch länger bleiben könntest, arme Rebekka", rief Amelia.

„Warum?" versetzte die andere noch trauriger, „damit ich noch unglück ... damit mir der Abschied noch schwerer fiele?"

Sie wandte das Gesicht ab. Amelia konnte ihrer natürlichen Neigung zum Weinen, die ja, wie wir gesagt haben, eine der Schwächen des einfältigen, kleinen Dinges war, nicht mehr widerstehen. George Osborne sah die beiden Mädchen mit gerührter Neugier an; Josef blickte auf seine geliebten Russenstiefel und holte aus seiner geräumigen Brust etwas, das einem Seufzer nicht unähnlich sah.

„Machen Sie ein bißchen Musik für uns, Miss Sedley – Amelia", bat George; er fühlte in sich einen unwiderstehlichen Drang, die vorerwähnte junge Dame in die Arme zu nehmen und vor der ganzen Gesellschaft zu küssen. Sie sah ihn an, einen Augenblick lang. Wenn ich jetzt sagte, daß sie sich in diesem einen Augenblick ineinander verliebten, entspräche das vielleicht nicht ganz der Wahrheit. Denn jedenfalls sind die beiden in eben diesem Sinne von ihren Eltern erzogen worden, und in den letzten zehn Jahren war gleichsam ihr Aufgebot schon wiederholt vor den Familien verlesen worden. Sie ging zum Klavier, das, wie es Klaviere zu tun pflegen, hinten im Damenzimmer stand, und da es ziemlich dunkel war, kam es ganz von selbst, daß Amelia Osborne die Hand gab, der den Weg zwischen Stühlen und Sofas natürlich bedeutend besser finden konnte als sie. So blieb Josef im Tête-à-tête mit Miss Sharp am Wohnzimmertisch sitzen, wo Rebekka an einer grünseidenen Börse strickte.

„Nach Familiengeheimnissen braucht man hier nicht zu fragen", lächelte Miss Sharp; „die beiden haben es ausgeplaudert."

„Sobald er seine Kompanie erhält, glaube ich, ist die Angelegenheit im reinen", erwiderte Josef. „George Osborne ist wirklich ein feiner Kerl."

„Und Ihre Schwester das beste Geschöpf von der Welt", ergänzte Rebekka. „Glücklich der Mann, der sie für sich gewinnt!" Miss Sharp seufzte tief auf.

Wenn zwei unverheiratete Personen zusammenkommen und über solch delikate Dinge sprechen, stellt sich gleich eine innige Vertraulichkeit zwischen ihnen ein. Die Unterhaltung, die nun zwischen Mr. Sedley und der jungen Dame folgte, braucht im einzelnen nicht wiedergegeben zu werden. Wie die obige Probe zeigt, war sie weder besonders witzig noch besonders wortreich. Das ist sie überhaupt selten in kleinem Kreise oder auch sonst irgendwo außer in hochgespannten, einfallsreichen Romanen. Da nebenan musiziert wurde, verlief die Unterhaltung natürlich entsprechend leise. Allerdings hätte sich das Paar nebenan auch durch das lauteste Gespräch nicht stören lassen, so versunken waren sie in ihre eigenen Angelegenheiten.

Fast zum erstenmal in seinem Leben fand sich Mr. Sedley im Gespräch mit einer Person des anderen Geschlechts, ohne im geringsten schüchtern oder zaghaft zu sein. Rebekka fragte ihn genauestens über Indien aus, und so hatte er Gelegenheit, viele interessante Anekdoten von sich und dem Lande zu erzählen. Er beschrieb die Bälle im Regierungsgebäude, erklärte, wie man sich bei dem heißen Wetter mit Federfächern Kühlung verschaffe, mit „tatties“ und anderen Einrichtungen, und machte seine Witze über die Schotten, die Lord Minto, der Generalgouverneur, protegierte. Dann beschrieb er eine Tigerjagd und erzählte, wie eins der wütenden Tiere seinen Elefantenjungen vom Sitz gezerrt hatte. Welch regen Anteil nahm Rebekka doch an den Gouverneursbällen, wie lachte sie über die Geschichten von den schottischen Adjutanten – dabei nannte sie Mr. Sedley einen schlimmen Spötter –, wie erzitterte sie bei der Erzählung von dem Elefanten! „Lieber Mr. Sedley!“ rief sie aus, „um Ihrer Mutter willen, um all Ihrer Freunde willen, versprechen Sie mir, nie wieder solch eine schreckliche Unternehmung mitzumachen!“

„Ha!“ versetzte er und zog seinen Hemdkragen hoch, „die Gefahr ist gerade der Reiz bei diesem Sport!“ Er hatte nur ein einziges Mal eine Tigerjagd mitgemacht, eben damals, als sich der erwähnte Vorfall zugetragen hatte und er halb umkam – nicht durch den Tiger, sondern vor Angst! Je länger er sprach, desto mutiger wurde er. Er besaß sogar die Kühnheit, Rebekka zu fragen, für wen sie den grünseidenen Beutel stricke. Über seine anmutige, unbefangene Art war er selber erstaunt und entzückt.

„Für den, der gerade eine Börse gebrauchen kann“, erwiderte Rebekka und sah ihn mit sanftem, gewinnendem Lächeln an. „O Miss Sharp, wie . . .“ Sedley wollte eben eine seiner schönsten Reden beginnen, da endete der Gesang im Nebenzimmer, und seine eigene Stimme war so deutlich zu hören, daß er verstummte, rot wurde und sich in großer Aufregung die Nase putzte.

„Amelia, haben Sie Ihren Bruder schon einmal so beredt gehört?“ wisperte Osborne, „Ihre Freundin hat Wunder gewirkt.“

„Um so besser!“ erwiderte Amelia. Wie fast alle richtigen Frauen hatte sie ihre Freude daran, Ehen zu stiften, und hätte es gar zu gern gesehen, wenn Josef bei seiner Rückreise nach Indien eine Frau mitgenommen hätte. Außerdem war in ihr während des innigen Umgangs der letzten paar Tage eine zärtliche Freundschaft für Rebekka erwacht, und sie entdeckte tausend Tugenden und liebenswerte Eigenschaften an ihr, die ihr in Chiswick entgangen waren. Die Zuneigung junger Mädchen wächst so schnell wie Münchhausens türkische Bohne und stößt über Nacht an den Himmel. Daß diese „Sehnsucht nach Liebe" sich nach der Trauung legt, will ich ihnen gar nicht verdenken. Was gefühlsselige Leute, die gern mit großen Worten um sich werfen, das Verlangen nach dem Ideal nennen, bedeutet weiter nichts, als daß Frauen keine Ruhe haben, bis sie nicht auf Mann und Kinder all die Liebe sammeln können, die sonst gleichsam in kleiner Münze ausgegeben wird.

Da Amelia ihren kleinen Vorrat an Liedern erschöpft hatte oder lange genug im Damensalon gewesen war, schien es ihr angebracht, ihre Freundin um ein paar Lieder zu bitten. „Mir hätten Sie gar nicht erst zugehört", sagte sie zu Osborne (daß das geflunkert war, wußte sie ganz gut!), „wenn Sie Rebekka vorher gehört hätten."

„Immerhin mag Miss Sharp zur Kenntnis nehmen", erwiderte Osborne, „daß ich, zu Recht oder nicht, Miss Amelia Sedley für die beste Sängerin der Welt halte."

„Sie werden es ja hören", versetzte Amelia, und Josef Sedley war tatsächlich so höflich, die Kerzen zum Flügel zu tragen. Osborne gab zu verstehen, daß er ebensogern im Dämmern sitze, aber Amelia weigerte sich lachend, ihm länger Gesellschaft zu leisten, und also folgten die beiden Josef. Rebekka sang weit besser als ihre Freundin (wenn auch Osborne seine Meinung unbenommen bleiben soll) und gab ihr Bestes her, zur Verwunderung von Amelia, die ihre Freundin noch nie so gut hatte singen hören. Sie sang ein französisches Lied, von dem Josef kein bißchen verstand. Sogar George bekannte, daß er es nicht verstünde. Dann sang sie ein paar der damals beliebten einfachen Balladen, die von britischen Teerjacken handelten und von unserem König, von der armen Susanne, der blauäugigen Marie und so weiter. Musikalisch sollen sie nicht viel taugen, haben aber in ihrer treuherzigen Einfalt etwas unendlich Rührendes, das die Leute damals besser verstanden als das Wassersüppchen aus lagrime, sospiri und felicità der Donizettimusik, das uns heutzutage unvermeidlich vorgesetzt wird.

Empfindsame Unterhaltung, den Gegenständen angepaßt, wurde zwischen den Liedern gepflogen. Sambo, der den Tee gebracht hatte, die hingerissene Köchin und sogar die Haushälterin, Mrs. Blenkinsop, ließen sich herab, auf dem Treppenabsatz zu lauschen.

Den Schluß des Konzertes bildete folgendes kleine Lied:

War auch die Heide öd und leer,
War schneidend auch der Wind,
Die Hütte doch bot gute Wehr,
Der Hütte Herd war warm und lind.

Am Tor sah man den Pilger stehn,
Und als er sah des Zimmers Glanz,
Fühlt' doppelt er des Sturmes Wehn
Und doppelt hart der Flocken Tanz.

Doch immer weiter mußt er eilen,
Mit schwachem Herzen, müdem Fuß,
Da bat man ihn, noch zu verweilen,
Und bot ihm freundlich Willkommsgruß.

Der Tag bricht an, der Gast muß wandern –
Das Feuer brennt noch auf dem Herd!
Gott schütze, die da draußen wandern!
Hört, wie der Sturm die Heide kehrt!

Das gleiche Gefühl schwang darin wie in den vorangegangenen Worten: „Wenn ich weg bin ..." Als Miss Sharp zur letzten Zeile kam, „zitterte ihre samtdunkle Stimme". Alle empfanden, daß ihre Abreise gemeint war und ihr glückloses Dasein als Waise. Josef Sedley mit seinem weichen Herzen und seiner Liebe zur Musik war während des Gesanges ganz verzückt und zum Schluß tief gerührt. Hätte er genug Mut aufgebracht, wären George und Miss Sedley, wie jener es vorgeschlagen hatte, im anderen Zimmer geblieben, Josefs Junggesellenfreiheit wäre dahin gewesen und dieses Buch niemals geschrieben worden. Statt dessen stand Rebekka nach dem Lied auf, gab Amelia die Hand und ging mit ihr in den dämmrigen Salon. In diesem Augenblick erschien auch Sambo auf der Bildfläche mit einem Servierbrett voll belegter Brötchen, Gelee, funkelnden Gläsern und Karaffen, die Josefs Aufmerksamkeit unverzüglich auf sich zogen. Als die Eltern des Hauses Sedley von ihrer Gesellschaft nach Hause kamen, fanden sie die jungen Leute so ins Gespräch vertieft, daß sie den Wagen gar nicht gehört hatten; Josef sagte gerade: „Meine liebe Miss Sharp, noch einen kleinen Teelöffel voll Gelee zur Stärkung nach Ihrer gewaltigen ... Ihrer ... wunderbaren Anstrengung!"

„Recht so, Joe!" rief Mr. Sedley. Der Spott in dieser Stimme war Josef nur zu gut bekannt; augenblicklich zog er sich in ein erschrockenes Schweigen zurück und entfernte sich eilig. In der Nacht lag er nicht etwa wach und sann, ob er in Miss Sharp verliebt sei oder nicht; die Liebe raubte Josef Sedley niemals Schlaf oder Appetit. Aber er stellte sich vor, wie reizend es sein müsse, solche Lieder abends nach dem Amt zu hören. Wie vornehm war sie doch, und Französisch konnte sie sogar besser sprechen als die Frau des Gouverneurs! Was für ein Aufsehen würde sie auf den Bällen in Kalkutta erregen! Augenscheinlich ist das arme Ding verliebt in mich, überlegte er. Sie ist nicht ärmer als die meisten Mädchen, die nach Indien gehen. Ich könnte weiter suchen und weit schlechter fahren, weiß Gott! Über solchen Betrachtungen schlief er ein.

Daß Miss Sharp wach gelegen und immer wieder gedacht hat: Kommt er morgen? Kommt er nicht? braucht hier nicht erwähnt zu werden. Der Morgen kam, und unvermeidlich wie das Schicksal kam auch Josef Sedley vor dem Frühstück. Solche Ehre hatte er dem Russel Square noch nie erzeigt. George Osborne war auch schon da, merkwürdigerweise (und brachte Amelia, die an ihre zwölf besten Freundinnen in Chiswick schrieb, hoffnungslos aus dem Konzept). Rebekka war mit ihrer gestrigen Arbeit beschäftigt. Als der Einspänner vorfuhr und Joe donnernd wie gewöhnlich den Klopfer bewegte und an der Tür einen großen Aufstand machte und als dann der frühere Steuereinnehmer von Boggley Wollah mühsam die Treppe hinauf und ins Wohnzimmer strebte, wechselten Osborne und Miss Sedley verständnisinnige Blicke und sahen mit spitzbübischem Lächeln Rebekka an, die tatsächlich errötete und ihre goldenen Locken über ihr Strickzeug neigte. Wie klopfte ihr Herz, da Josef erschien, Josef, noch keuchend vom Treppensteigen, in blitzblanken, knirschenden Stiefeln, Josef, mit einer neuen Weste angetan, krebsrot vor Hitze und Verlegenheit und unter seinem wattierten Halstuch immer noch mehr erglühend! Es war ein ängstlicher Augenblick für alle, aber Amelia, glaube ich, hatte noch mehr Angst als selbst die beiden, die es am meisten anging.

Sambo, der die Tür aufgerissen und Mr. Josef angemeldet hatte, folgte grinsend dem Steuereinnehmer mit zwei Blumensträußen. Das Ungetüm war tatsächlich so galant und hatte sie am Morgen auf dem Covent Garden Markt erstanden. So groß wie die Heubündel in Papiermanschetten, die heutzutage die Damen mit sich herumschleppen, waren sie nicht. Trotzdem waren die jungen Mädchen hoch erfreut, als Josef beiden die Gabe mit überaus feierlicher Verbeugung überreichte.

„Bravo, Joe!“ rief Osborne.

„Danke dir, du Guter!“ sagte Amelia und war bereit, ihrem Bruder einen Kuß zu geben, wenn er Lust dazu bezeigen sollte (ich für meinen Teil würde für einen Kuß von einem so holden Geschöpf wie Amelia ungesäumt alle Gewächshäuser Mr. Lees leerkaufen!).

„Oh, die himmlischen, himmlischen Blumen!“ rief Miss Sharp. Sie sog ihren Duft ein und drückte sie sanft an den Busen, die Augen von Bewunderung verklärt zum Himmel gerichtet. Vielleicht hatte sie auch ganz geschwind zuerst auf das Bukett geblickt, um zu sehen, ob in den Blumen ein Billettdoux verborgen sei, aber da steckte kein Liebesbriefchen.

„Läßt man in Boggley Wollah auch Blumen sprechen?“ fragte Osborne lachend.

„Unsinn“, knurrte der empfindsame Jüngling, „bei Nathan gekauft, freut mich, daß sie euch gefallen. Übrigens, Amelia, meine Liebe, ich habe gleichzeitig eine Ananas gekauft. Sambo hat sie unten. Wir wollen sie zum Frühstück essen. Schön kühl bei dieser Hitze." Rebekka erklärte, sie habe noch nie Ananas gegessen und könne sich nichts Schöneres denken, als eine zu probieren.

So plätscherte die Unterhaltung fort. Unter welchem Vorwand Osborne das Zimmer verließ, weiß ich nicht, noch warum Amelia gleich darauf wegging. Wahrscheinlich um das Anrichten der Ananas zu beaufsichtigen. Jedenfalls blieb Josef allein bei Rebekka, die ihre Arbeit wieder vorgenommen hatte. Die grüne Seide und die glänzenden Nadeln bewegten sich rasch unter ihren schlanken, weißen Fingern.

„Wie schön, wie wunderschön war Ihr Lied gestern abend,

liebe Miss Sharp", sagte der Steuereinnehmer. „Fast hätte ich geweint, auf mein Ehrenwort!"

„Weil Sie ein gütiges Herz haben, Mr. Josef – wie alle Sedleys, glaube ich."

„Heute nacht konnte ich seinetwegen kein Auge zutun. Heute morgen im Bett habe ich versucht, es zu summen, auf Ehrenwort. Gollop, mein Arzt, kam um elf (Sie wissen, mir geht's gar nicht gut, Gollop muß jeden Tag kommen), und bei Gott, da saß ich und sang wie – ein Rotkehlchen!"

„O Sie seltsames Geschöpf! Singen Sie es mir doch einmal vor!"

„Ich? Nein, Sie, Miss Sharp, liebe Miss Sharp, Sie müssen es singen!"

„Jetzt nicht, Mr. Sedley", seufzte Rebekka. „Jetzt bin ich nicht in Stimmung. Und außerdem muß ich die Börse fertig machen. Wollen Sie mir helfen?" Und ehe er fragen konnte wie, saß Mr. Josef Sedley von der Ostindien-Compagnie im Tête-à-tête einer jungen Dame gegenüber und blickte sie mit faszinierendem Ausdruck an, seine Arme flehentlich ausgestreckt und die Hände gefesselt mit einer Lage grüner Seide, die sie aufwickelte.

In dieser romantischen Stellung fanden Osborne und Amelia das interessante Paar, als sie kamen, um die beiden zum Frühstück zu holen. Die Seide war aufgewickelt, Mr. Joe aber hatte nichts gesagt.

„Liebes, morgen abend wird er es gewiß tun!" Amelia drückte Rebekka die Hand. Auch Sedley war mit sich zu Rate gegangen und hatte sich gesagt: Teufel, in Vauxhall will ich die Frage vom Stapel lassen.

5. Kapitel

Unser Dobbin

uffs Kampf mit Dobbin und sein unerwarteter Ausgang wird allen, die damals in Dr. Swishtails weitbekannter Schule erzogen worden, noch lange im Gedächtnis bleiben. Der junge Dobbin (auch mit Hoppla-Dobbin, Plumps-Dobbin und ähnlichen verächtlichen Spitznamen von den Jungen bedacht) war, wie es schien, der Tolpatsch der Schule, stiller und schlafmütziger als irgendein anderer. Sein Vater hatte ein Feinkostgeschäft in London, und man munkelte, daß der Junge nur im „gegenseitigen Warenaustausch" in Dr. Swishtails Akademie aufgenommen worden sei, das heißt, daß Mr. Dobbin das Schulgeld für seinen Sohn in Waren, nicht in Geld bezahle. Da stand unser Dobbin nun in seinem schäbigen Manchesteranzug, dessen Nähte er fast mit seinen groben Knochen sprengte, da stand er, der Gegenwert für soundsoviel Tee, Kerzen, Zucker, grüne Seife, Katharinenpflaumen (von denen für die Puddings der Anstalt jedenfalls nur eine unschädliche Menge herausgegeben wurde) und andere Artikel, ganz unten auf der Sprossenleiter der Schule. Es war ein furchtbarer Tag für ihn, als einer der Jungen, von einem Jagdzug auf Krokant und Würstchen aus der Stadt zurückkehrend, an der Schultür den Lieferwagen von Dobbin & Rudge, Öl und Feinkost, London, Thames Street, erspähte, während gerade Waren abgeladen wurden, mit denen die Firma handelte.

Mit Dobbins Frieden war es vorbei. Böse Späße hagelten ohne Gnade auf ihn nieder. „Hör mal, Dobbin", sagte einer von den ganz Witzigen, „gute Nachricht in der Zeitung: der Zucker ist gestiegen, mein Junge!" Ein anderer stellte die Rechenaufgabe: Wenn ein Pfund Talglichter $7^1/_2$ Pence kosten, wieviel kostet da Dobbin? Brüllendes Gelächter der ganzen Bande mitsamt dem Stubenältesten antwortete ihm. Mit Recht sahen sie den Kleinhandel als eine beschämende, ja nichtswürdige Beschäftigung an, die jeder echte Gentleman nur mit Zorn und Verachtung strafen könne.

„Dein Vater ist doch auch nur ein Kaufmann, Osborne", hielt Dobbin, als die beiden allein waren, dem kleinen Jungen entgegen, der das Unwetter auf ihn herabbeschworen hatte. „Mein Vater ist ein Gentleman und hat Wagen und Pferde", war die hochmütige Antwort. Da floh Mr. William Dobbin zu einem einsamen Schuppen ganz am Ende des Spielfeldes und verbrachte seinen freien Nachmittag in tiefem Jammer und Herzeleid. Wer kennt nicht aus seiner Kinderzeit solche Stunden bitteren, bitteren Kummers? Wer nimmt sich auch eine Ungerechtigkeit so zu Herzen wie ein Kind? Wer schreckt vor einer Kränkung so schnell zurück, wer empfindet ein Unrecht so brennend und wer dankt einer Freundlichkeit so glühend wie ein echter Junge? Ihr habt manche Seele auf dem Gewissen, habt sie um ein lumpiges bißchen Arithmetik und Küchenlatein erniedrigt, gequält und aus der Bahn gebracht.

Nun sah sich William Dobbin außerstande, auch nur die Anfangsgründe der erwähnten Sprache, wie sie in jenem Wunderbuch der Grammatik, der *Etoner Lateinischen Sprachlehre*, dargelegt sind, zu erlernen. Er blieb daher ewig bei den ABC-Schützen hängen, wurde ständig von den kleinen Burschen mit rosigen Wangen und Lätzchen übertroffen, ein Riese unter Zwergen, wenn er, das mit Eselsohren geschmückte Lehrbuch unter dem Arm, in seinen engen Manchesterhosen mit der untersten Klasse aufmarschierte, immer verdutzt, immer niedergeschlagen. Groß und klein, alle machten sich über ihn lustig. Sie nähten ihm seine schon so engen Hosen zu, schnitten seine Bettgurte durch und kippten Eimer und Bänke um, damit er sich daran die Schienbeine aufschlüge, was er auch unfehlbar tat. Sie schickten ihm Pakete, in denen er Seife und Kerzen der väterlichen Marke fand. Keiner war zu klein, als daß er seinen Spott und Übermut nicht an Dobbin ausließ. Und Dobbin? Er ertrug alles mit Geduld, ganz taub und stumpf vor lauter Kummer.

Cuff hingegen war der große Häuptling und Weltmann der Schule. Er schmuggelte Wein ein und raufte sich mit den Straßenjungen. Sonnabends kamen Ponys, um ihn abzuholen. In seinem Zimmer hatte er Stulpenstiefel stehen, die er anzog, wenn er in den Ferien auf Jagd ritt. Auch besaß er eine goldene Repetieruhr und schnupfte wie Dr. Swishtail. Er war schon in der Oper gewesen, kannte die Vorzüge der einzelnen Schauspieler und hielt Kean für besser als Kembel. Vierzig lateinische Verse schüttelte er in einer Stunde aus dem Handgelenk und dichtete sogar französisch; kurz, man fragte sich, was er eigentlich nicht wüßte, könnte oder verstünde. Selbst Dr. Swishtail sei es etwas unbehaglich in seiner Gegenwart, hieß es.

Natürlich war Cuff der unbestrittene König der Schule. Er beherrschte und tyrannisierte seine Untertanen in strahlender Überlegenheit. Einer putzte seine Schuhe, der andere röstete ihm das Brot. Wieder andere spielten ihm im Sommer ganze Nachmittage lang beim Cricket den Ball zu. „Backobst" war unter allen Sterblichen derjenige, den er am meisten verachtete, ja, er würdigte ihn fast nie einer persönlichen Anrede, wenn er auch dauernd über ihn spottete und lästerte.

Eines Tages indes, als sie unter sich waren, hatten die beiden jungen Herren eine Meinungsverschiedenheit. Backobst saß allein in der Klasse und brütete über einem Brief nach Hause. Da kam Cuff herein und gab ihm einen Auftrag, der vermutlich irgendwelche Törtchen betraf.

„Ich kann nicht", brummte Dobbin, „muß meinen Brief zu Ende schreiben."

„Was? Du kannst nicht?" Cuff ergriff besagtes Dokument (in dem viele Worte ausgestrichen, viele falsch geschrieben und auf das ich weiß nicht wie viele Gedanken, Mühen und Tränen verwandt worden waren; denn der arme Kerl schrieb an seine Mutter, die ihn liebhatte, obgleich sie nur eine Krämersfrau war und in einem Hinterstübchen in der Thames Street wohnte). „Du kannst nicht?" wiederholte Mr. Cuff. „Würdest du mir freundlichst mitteilen, warum nicht? Kannst du Mutter Backobst nicht morgen schreiben?"

„Laß diese Ausdrücke!" grollte Dobbin und zwängte sich aufgeregt aus der Bank.

„Gehst du, oder gehst du nicht?" krähte der Hahn der Schule.

„Leg den Brief hin!" verlangte Dobbin, „kein Gentleman liest fremder Leute Briefe."

„Soll ich dir Beine machen?" fragte der andere.

„Nein, ich geh nicht. Laß mich in Ruhe, oder ich schlage dir den Schädel ein!" brach Dobbin los. Er sprang zu einem bleiernen Tintenfaß und sah so unheildrohend aus, daß Cuff doch innehielt, die Rockärmel wieder herunterkrempelte und, die Hände in den Hosentaschen, verächtlich lächelnd davonging. Danach ließ er sich nie wieder mit dem Krämerjungen ein, wenn er auch – das muß man ihm lassen – hinter Dobbins Rükken verächtlich von ihm sprach.

Einige Zeit nach diesem Zwischenfall, als die übrigen Schüler sich beim Spielen vergnügten, befanden sich Cuff und Dobbin zufällig nicht weit voneinander auf dem Spielplatz. Es war ein sonniger Nachmittag. Dobbin lag unter einem Baum, ganz allein, und buchstabierte an seinem geliebten Tausendundeine Nacht. Beinahe war er glücklich. Wenn die Leute doch Kinder in Frieden lassen würden! Wenn Lehrer sie doch nicht immer einschüchterten! Wenn Eltern doch endlich davon ablassen wollten, die kindlichen Gedanken zu lenken und ihre Gefühle zu gängeln – sind doch ihre Gedanken und Gefühle ein Geheimnis für alle. (Was wissen wir beide, du und ich, schon voneinander, von unsern Kindern, unsern Eltern, unsern Nachbarn? Wieviel schöner, wieviel heiliger sind aller Wahrscheinlichkeit nach die Gedanken der armen Knaben und Mädchen,

die erzogen werden, als die Gedanken ihres dummen, von der Welt verdorbenen Erziehers?) Wenn – sage ich – Eltern und Lehrer ihre Kinder nur ein wenig mehr sich selbst überließen, so würde kaum ein Schaden entstehen, wenn man auch natürlich weniger *as in praesenti* vorzuweisen hätte.

William Dobbin hatte also glücklich einmal die Welt um sich her vergessen und war auf und davon mit Sindbad dem Seefahrer im Diamantental. Mit Prinz Achmed zusammen fand er die Fee Paribanu in der lieblichen Grotte, in der wir alle einmal lustwandeln möchten. Plötzlich weckte ihn gellendes Geschrei aus seinen seligen Träumen. Er blickte auf und sah, wie Cuff einen kleinen Jungen bearbeitete, der erbärmlich heulte.

Es war der Bengel, der die Geschichte mit dem Lieferwagen verpetzt hatte, aber Dobbin trug niemandem etwas nach, den Kleinen und Schwachen schon gar nicht. „Wie konntest du dich unterstehen, Kerl, die Flasche fallen zu lassen?“ donnerte Cuff und schwang einen gelben Cricketpfahl über dem kleinen Wicht.

Der Knabe hatte an einem eigens dazu ausersehenen Fleck, wo die Glasscherben entfernt und bequeme Löcher in die Ziegel gehauen worden waren, über die Mauer des Spielfeldes klettern und ein paar hundert Meter weit laufen sollen, um eine Flasche Limonade mit Rum auf Kredit zu kaufen. Dabei mußte er den ausgestellten Wachen des Doktors entgehen und ungesehen wieder über die Mauer zurückklettern. Als er dieses Unternehmen gerade ausführte, war er ausgerutscht; die Flasche war kaputt gegangen, und der Rum war ausgeflossen. Obendrein hatte er sich dabei die Hosen zerrissen. Obwohl er es doch nicht absichtlich getan hatte, erschien der unglückliche Junge schuldbewußt und zitternd vor seinem Auftraggeber.

„Wie konntest du dich unterstehen, die Flasche zu zerschlagen, du täppischer kleiner Halunke? Soll ich dir mal was sagen? Du hast die Limonade ausgetrunken, und nun tust du so, als hättest du die Flasche fallen lassen. Hand her!“

Sausend fiel der Stock auf die Hand des Kindes. Ein Wehlaut folgte. Dobbin sah auf; die Fee Paribanu floh mit Achmed in die innerste Höhle, der Vogel Roc entführte Sindbad aus dem Diamantental hoch in die Wolken und war nicht mehr zu sehen. Grauer Alltag lag vor dem guten William: ein großer Junge schlug einen kleinen ohne Grund.

„Die andere Hand!“ schnauzte Cuff. Das Gesicht seines kleinen Schulkameraden war vor Schmerz verzerrt. Dobbin schauderte in seinem engen, abgetragenen Zeug und richtete sich auf.

„Hier, das auch noch, du kleiner Satan!“ brüllte Cuff, und wieder sauste der Stock auf die Hand des Kindes. (Entsetzen Sie sich nicht, meine Damen, jeder Junge hat das in der Schule getan. Ihre Kinder werden es höchstwahrscheinlich auch tun und erfahren.) Nieder sauste der Stock; Dobbin sprang auf.

Was sein Beweggrund war, weiß ich nicht. Quälereien sind in der Schule ebenso gestattet wie die Knute in Rußland. Es zeugt von keiner guten Kinderstube – wenigstens in mancher Hinsicht –, wenn man sich dem widersetzt. Mag sein, daß Dobbins närrische Seele sich gegen diese offene Tyrannei empörte. Vielleicht dürstete sein Herz auch nach Rache und verlangte danach, sich mit dem glanzvollen Raufbold zu messen, dem Tyrannen, dem in der Schule alles zufiel, Ruhm, Ehre und Glanz, Feierlichkeiten und fliegende Fahnen, Trommelwirbel und Ehrenbezeugungen. Was immer ihn auch bewegen mochte, er sprang auf und schrie: „Halt, Cuff! Laß den Kleinen in Ruhe, oder ich werde . . .“

„Was wirst du?“ fragte Cuff, ganz verblüfft über diese Unterbrechung. „Hand her, du kleines Biest!“

„Ich werde dir die schlimmste Dresche geben, die du je in deinem Leben bezogen hast“, beantwortete Dobbin den ersten Teil des Satzes. Der kleine Osborne, tränenüberströmt und von Schluchzen geschüttelt, sah auf und wollte seinen Augen nicht trauen, als dieser wunderliche Ritter so plötzlich zu seiner Verteidigung auftauchte. Cuffs Staunen war kaum geringer. Stellt euch euern seligen Monarchen Georg III. vor, als ihm von der Erhebung der nordamerikanischen Kolonien berichtet wurde, vergegenwärtigt euch den ehernen Goliath, als David, der Knirps, vortrat und ihn herausforderte: dann wißt ihr, welche Gefühle Mr. Reginald Cuff bewegten, als ihm dieses Duell angetragen wurde.

„Nach der Schule“, sagte er dann selbstverständlich, nach einem kurzen Schweigen und einem Blick, der zu sagen schien: Mach inzwischen dein Testament und laß deine Freunde deine letzten Wünsche wissen!

„Schön“, sagte Dobbin, „Osborne, du mußt mein Sekundant sein.“

„Wenn du es wünschst“, versetzte der Kleine zögernd; sehen Sie, sein Vater hatte Wagen und Pferde. Und er schämte sich etwas seines Ritters.

Ja, als die Stunde des Duells schlug, war es ihm geradezu peinlich: „Auf ihn, Backobst!“ zu rufen. Während der ersten zwei oder drei Runden dieses berühmten Kampfes war dieser Ruf sonst überhaupt nicht zu hören. Im Anfang wich das verächtliche Lächeln nicht aus Cuffs Gesicht. Leicht und vergnügt wie beim Üben placierte der erfahrene Kämpfer seine Schläge auf dem unglücklichen Gegner und schlug ihn dreimal hintereinander zu Boden. Jedesmal erscholl ein Beifallsgeschrei, und alle rissen sich um die Ehre, dem Sieger ein Knie zum Ausruhen zu bieten.

Die Tracht Prügel, die ich kriege, wenn's vorbei ist! dachte Osborne sorgenvoll, als er seinen Mann aufhob, und er riet ihm: „Gib lieber auf, Backobst; ich kriege ja nur die Jacke voll, und du weißt ja, das bin ich gewöhnt.“ Aber Backobst, am ganzen Leibe zitternd, schob seinen kleinen Sekundanten beiseite und ging wutschnaubend zum viertenmal los.

Da er keine Ahnung hatte, wie er die Schläge parieren könnte, die auf ihn niederhagelten, wollte er diesmal das Handgemenge seinerseits mit einem Angriff beginnen, zumal Cuff die ersten Male den Angriff geführt hatte, ohne seinen Feind überhaupt zum Schlag kommen zu lassen. Backobst brachte also, da er Linkshänder war, jetzt diese Faust ins Spiel und schlug ein paarmal mit aller Kraft zu, einmal auf Cuffs linkes Auge, einmal auf seine stolze Adlernase.

Diesmal stürzte, zum Staunen aller, Cuff. „Das war ein Schlag, Donnerkiel!“ sagte Osborne mit Kennermiene und schlug seinen Mann auf die Schulter. „Gib's ihm mit der Linken, Backobst, alter Junge!“

Während des ganzen übrigen Kampfes wütete Backobsts Linke fürchterlich. Cuff ging jedesmal zu Boden. Bei der sechsten Runde schrien fast ebenso viele: „Auf ihn, Backobst!“ wie: „Auf ihn, Cuff!“ Nach der zwölften Runde war Cuff ganz hinüber, wie man so sagt; er wußte nicht mehr aus noch ein und hatte weder Kraft, um anzugreifen noch um sich zu verteidigen. Backobst hingegen war ungerührt wie ein Säulenheiliger. Im blassen Gesicht standen die glänzenden Augen weit offen; eine große Schmarre auf der Oberlippe blutete unaufhörlich; der ganze Kerl sah so ingrimmig und entsetzlich aus, daß manchen Zuschauer ein Schrecken anwandelte. Dessenungeachtet machte sich sein Gegner unbeirrbar zur dreizehnten Runde bereit.

Hätte ich die Feder eines Napier, oder wäre ich so wortgewandt wie das Herrenjournal, ich möchte wohl diesen Kampf ausführlich schildern. Es war der letzte Angriff auf die Garde (das heißt, er wäre es gewesen, nur hatte Waterloo noch nicht stattgefunden), auf der einen Seite Neys Kolonne im Sturm auf La Haye Sainte, von zehntausend Bajonetten starrend, von zwanzig Adlern gekrönt, auf der anderen der Schlachtruf der fleischfressenden Briten, die in Sprüngen den Hügel hinunterstürzten, um den Feind mit den wilden Armen der Schlacht zu umfangen. – Mit anderen Worten: Cuff stellte sich mutig, war aber ziemlich schwindlig und taumelte. Der Backobsthändler aber pflanzte seine Linke wie gewöhnlich auf die Nase des Gegners und schlug ihn endgültig nieder.

„Er hat genug, glaube ich", meinte Backobst, als sein Gegner ins Gras plumpste, ordentlich, wie eine Billardkugel ins Loch. Und in der Tat, als ausgezählt wurde, konnte oder wollte Mr. Reginald Cuff nicht mehr aufstehen.

Jetzt aber erhob sich für Backobst ein solches Beifallsgetöse von allen Jungen, daß man hätte annehmen können, er sei von Anfang des Duells an ihr Liebling gewesen. Natürlich brachte es auch Dr. Swishtail auf den Plan, der wissen wollte, was all der Krach bedeute. Selbstverständlich drohte er Backobst gehörige Schläge an. Da legte sich jedoch Cuff ins Mittel, der inzwischen zu sich gekommen war und seine Wunde wusch. „Ich bin schuld, Herr Doktor, nicht Backobst; ich meine Dobbin. Ich hatte einen kleinen Jungen geprügelt, und so ist mir ganz recht geschehen." Durch diese großmütige Rede bewahrte er nicht nur seinen Besieger vor einer Tracht Prügel, nein, er gewann all seinen Einfluß auf die Jungen wieder zurück, um den ihn seine Niederlage fast gebracht hätte.

Der kleine Osborne berichtete folgendermaßen über den Vorgang nach Hause:

„Haus Zuckerrohr, Richmond, März 18 . .

Liebe Mama,

hoffentlich geht es Dir gut. Kannst Du mir bitte einen Kuchen und fünf Schilling schicken? Cuff und Dobbin haben sich geschlagen, Cuff war der Stärkste der Schule. Sie haben dreizehn Runden gekämpft. Dobbin hat es ihm tüchtig gegeben. Cuff ist jetzt also bloß noch Zweiter. Meinetwegen haben sie sich geprügelt. Cuff schlug mich, weil ich eine Flasche Milch hingeworfen habe. Backobst wollte das nicht dulden. Wir nennen ihn Backobst, weil sein Vater Krämer ist, Backobst & Rudge, Thames Street, London. Findest Du nicht, daß wir

Zucker und Tee jetzt bei seinem Vater kaufen sollten, weil er sich doch für mich geschlagen hat? Cuff fährt sonnabends immer nach Hause. Diesmal kann er nicht, weil er ein blaues Auge hat. Er hat ein weißes Pony; das kommt und holt ihn ab, und ein Reitknecht in Livree auf einem Braunen. Ich wollte, Vater schenkte mir auch ein Pony, und bin

Dein gehorsamer Sohn
George Sedley Osborne.

P. s. Bitte grüße die kleine Emmy von mir. Ich schneide eine Kutsche aus Pappe für sie aus. Bitte keinen Mohnkuchen, sondern lieber Rosinenkuchen."

Nach seinem Sieg stieg Dobbin sehr in den Augen seiner Schulkameraden, und „Backobst", was bisher einem Schimpf gleichgekommen war, wurde ebenso angesehen und beliebt wie nur je ein Spitzname, der damals in der Schule umlief. „Schließlich kann er ja nichts dafür, daß sein Vater Krämer ist", meinte George Osborne, der trotz seiner Jugend großes Ansehen bei Dr. Swishtails Jungen genoß, und seine Ansicht fand allgemeinen Beifall. Bemerkungen über Dobbins bedauerliche Herkunft zu machen galt als unfein. „Backobst" wurde zu einem Ausdruck freundlichen Wohlwollens, und der ewig petzende Klassenerste spottete nicht mehr über ihn.

Mit den veränderten Verhältnissen wuchs auch Dobbins Lebensmut. Im Lernen machte er erstaunliche Fortschritte. Selbst der erhabene Cuff, über dessen Herablassung Dobbin sich nicht genug wundern konnte, half ihm bei seinen lateinischen Versen, nahm ihn sich auf dem Spielfeld extra vor, brachte ihn im Triumph aus der Unterstufe in die Mittelstufe und verhalf ihm auch dort zu einem guten Platz. So stellte sich heraus, daß er zwar in den alten Sprachen sehr langsam lernte, dafür aber in Mathematik ungewöhnlich begabt war. Zu aller Zufriedenheit bestand er das öffentliche Sommerexamen in Algebra als Dritter und bekam einen Preis in Französisch. Ihr hättet das Gesicht seiner Mutter sehen sollen, als Dr. Swishtail ihm vor versammelter Schule und Elternschaft den *Telemach*, jene anmutige Geschichte von Fénélon, überreichte mit einer Widmung an Gulielmo Dobbin. Alle Jungen klatschten freudig Beifall. Wer schildert sein verlegenes Erröten, wer zählt die Füße, auf die er trat, als er an seinen Platz zurückstolperte? Der alte Dobbin, sein Vater, empfand zum erstenmal in seinem Leben etwas wie Achtung für ihn und schenkte ihm vor aller Augen zwei Pfund, wovon das meiste für eine allgemeine Schmauserei der Schule draufging. Nach den Ferien kam William im vorschriftsmäßigen Cut wieder.

Dobbin kam gar nicht auf den Gedanken, daß diese Wandlung zum Guten seiner eigenen selbstlosen Tapferkeit zu danken sei; dazu war er viel zu bescheiden. Statt dessen schrieb er in einer gewissen Umkehrung der wirklichen Verhältnisse sein ganzes Glück der gütigen Vermittlung des kleinen Osborne zu, dem er hinfort blind ergeben zugetan war, wie nur Kinder es vermögen. Es war ein Verhältnis wie zwischen dem ungeschlachten Orson aus dem alten Roman und dem jungen Valentin, seinem glänzenden Überwinder. Schon vor ihrer Bekanntschaft hatte er Osborne im stillen bewundert. Jetzt warf er sich dem kleinen Osborne zu Füßen und liebte ihn als sein Hund, sein Sklave, sein getreuer Freitag. Er sah in Osborne die Verkörperung jeder Vollkommenheit; in Dobbins Augen war er der hübscheste, tapferste, tatkräftigste, klügste und warmherzigste Junge unter der Sonne. Er teilte sein Taschengeld mit ihm, kaufte ihm ungezählte Messer, Federkästen, goldglänzende Siegel, Bonbons, Trillerpfeifen und Märchenbücher mit großen bunten Bildern von Rittern und Räubern. Drin stand auf der ersten Seite: George Sedley Osborne, Wohlgeboren, von seinem getreuen Freunde William Dobbin. Osborne nahm diese Zeichen der Verehrung, als seinen höheren Verdiensten zukommend, alle huldreich entgegen.

So war es gekommen, daß Leutnant Osborne, als er am Morgen vor dem Ausflug nach Vauxhall an den Russel Square kam, zu den Damen sagte: „Mrs. Sedley, gnädige Frau, hoffentlich haben Sie noch etwas Platz. Ich habe unseren guten Dobbin zum Abendbrot aufgefordert, und hinterher soll er mit nach Vauxhall kommen. Er ist fast so schüchtern wie Joe.“

„Schüchtern? Pah!“ gab dieser zurück und warf einen Siegerblick auf Miss Sharp.

„Jawohl – aber natürlich bist du unvergleichlich viel gewandter“, setzte Osborne lachend hinzu. „Auf der Suche nach dir traf ich ihn im Klub. Da mußte ich ihm doch erzählen, daß Amelia wieder zu Hause ist und daß wir morgen abend bummeln wollen. Daß Mrs. Sedley ihm wegen des Punschkruges nicht böse sei, den er damals auf der Kindergesellschaft zerbrochen hat, habe ich ihm auch gesagt. Erinnern Sie sich noch der Katastrophe vor sieben Jahren, gnädige Frau?“

„Über Mrs. Flamingos karmoisinrotes Seidenkleid“, lachte

Mrs. Sedley gutmütig; „was war er nur für ein Tölpel! Sehr viel anmutiger sind seine Schwestern übrigens auch nicht. Lady Dobbin war gestern mit drei von ihnen in Highbury. Diese Figuren, o Himmel!"

„Ist der Gutsherr nicht sehr reich?" fragte Osborne spitzbübisch. „Ob ich meine Verhältnisse nicht mit einer seiner Töchter vergolden soll?"

„Du Lausbub! Wer soll dich schon nehmen, das möchte ich mal wissen, mit deinem gelben Gesicht?"

„Ich ein gelbes Gesicht? Da sollten Sie mal Dobbin sehen! Er hat dreimal gelbes Fieber gehabt, zweimal in Nassau und einmal in St. Kitt."

„Laß gut sein; deins ist uns gelb genug, nicht wahr, Emmy?" meinte Mrs. Sedley.

Amelia lächelte nur und wurde rot. Sie blickte auf Osbornes blasses, interessantes Gesicht und den wunderschönen, glänzend schwarzen, aufgezwirbelten Schnurrbart, den der junge Herr selber mit nicht geringer Zufriedenheit zu betrachten pflegte, und dachte in ihrem kleinen Herzen, daß es in seiner Majestät ganzem Heer und überhaupt in der weiten Welt nur ein solches Gesicht und nur einen solchen Helden gebe. „Kapitän Dobbins Hautfarbe macht mir nichts aus und seine Ungeschicklichkeit auch nicht", sagte sie; „ich mag ihn gern, und dabei bleibt es." War er doch Georges Freund und Ritter!

„Im ganzen Heer gibt es keinen anständigeren Kerl und besseren Offizier", bekräftigte Osborne, „wenn er auch nicht gerade ein Adonis ist." Und mit kindlicher Unbefangenheit besah er sich im Spiegel. Dabei fing er Miss Sharps Blick auf, die ihn eingehend musterte. Er errötete ein wenig, und Rebekka, die kleine Hexe, dachte: Ah, mon beau Monsieur! Jetzt weiß ich, wo du sterblich bist.

Am Abend kam Amelia ins Wohnzimmer getrippelt, frisch wie eine Rose in ihrem weißen Musselinkleid und recht dazu angetan, in Vauxhall Eroberungen zu machen. Sie trällerte wie eine Lerche vor sich hin.

Ein ellenlanger, ungelenker Mann in dem unkleidsamen Uniformrock jener Zeit erhob sich, den Dreimaster unter dem Arm. Was hatte er für große Hände und Füße, und seine großen Ohren hoben sich von dem kurzgeschorenen schwarzen Schädel noch besonders ab. Er kam auf sie zu und machte ihr die linkischste Verbeugung, die je ein Sterblicher zustande gebracht hat.

Das war kein anderer als Hauptmann William Dobbin von seiner Majestät . . . tem Fußregiment, zurück vom gelben Fieber aus Westindien, wohin das Los des Dienstes sein Regiment verschlagen hatte, während so viele seiner tapferen Kameraden auf der iberischen Halbinsel Ruhm ernteten.

Er war mit so leisem, schüchternem Klopfen hereingekommen, daß die Damen oben es nicht gehört hatten. Sonst wäre Amelia gewiß nicht so kühn gewesen, singend ins Zimmer zu kommen. So aber drang die süße, junge Stimme dem Hauptmann gleich bis ins Herz und nistete sich dort ein. Als sie ihm die Hand reichte, hielt er einen Augenblick inne, bevor er sie mit seiner eigenen umschloß, und dachte: Ist es möglich? Bist du das kleine Mädchen im rosa Kinderkleid, das ich so kürzlich erst vor mir gesehen habe, als ich bald nach meinem Eintritt ins Militär den Punschkrug umwarf? Bist du das kleine Mädchen, das George Osborne immer schon heiraten sollte? Du blühendes kleines Geschöpf! Was hat der Schurke für ein Glück! All dieses dachte er, ehe er Amelias Hand behutsam in seine nahm – und dabei seinen Dreimaster fallen ließ.

Seine Geschichte, von der Zeit, seit er die Schule verlassen hatte, bis zu dem Augenblick, wo wir wieder das Vergnügen haben, ihn zu sehen, ist für den scharfsichtigen Leser, wenn auch nicht im einzelnen erzählt, so doch genügend angedeutet worden. Dobbin, der verachtete Krämer, war inzwischen Ratsherr geworden, und der Ratsherr war zum Obersten der leichten National-Gardereiterei aufgestiegen, die damals darauf brannte, der französischen Invasion mit den Waffen in der Hand zu widerstehen. Oberst Dobbins Korps, in dem der alte Osborne nur als unbekannter Wachtmeister diente, war vom König und vom Herzog von York besichtigt worden, den Obersten und Ratsherrn hatte man später geadelt. Sein Sohn trat ins Heer ein, und der junge Osborne kam bald darauf in dasselbe Regiment. Sie waren in Westindien und in Kanada gewesen, ihr Regiment war gerade nach Hause gekommen, und Dobbin war Osborne noch ebenso warm und begeistert ergeben wie damals in der Schule.

Die guten Leute setzten sich nunmehr also zu Tisch. Sie sprachen über Krieg und Ruhm, über Napoleon und Wellington und über den letzten Amtsanzeiger. In jenen glorreichen Tagen berichtete jeder Anzeiger von einem Sieg, und die beiden tapferen jungen Männer konnten nicht erwarten, ihren Namen in dem Verzeichnis des Ruhms zu lesen. Sie verwünschten ihr unglückliches Geschick, das sie in ein weit vom Felde der Ehre entferntes Regiment verschlagen hatte. Miss Sharp fing bei diesen aufregenden Gesprächen Feuer, Amelia aber zitterte und wurde beim Zuhören ganz blaß. Josef erzählte einige seiner Tigergeschichten, brachte die von Miss Cutler und Lance – dem Regimentsarzt – zu Ende, legte Rebekka von allem vor, was auf dem Tisch stand, und schlang und schluckte selber beträchtliche Mengen.

Als die Damen sich zurückziehen wollten, sprang er auf, um ihnen mit überwältigendem Anstand die Tür zu öffnen, wandte sich dann wieder der Tafel zu und füllte sich Humpen auf Humpen mit Burgunder, den er mit nervöser Hast herunterschluckte.

„Er bringt sich in Gang", flüsterte Osborne Dobbin zu, und endlich kamen Stunde und Wagen für Vauxhall.

6. Kapitel

Vauxhall

Ich spiele eine reichlich sanfte Melodie, ich weiß (wenngleich einige erschütternde Kapitel im Anzuge sind). Indes möge ein nachsichtiger Leser sich vergegenwärtigen, daß wir es im Augenblick nur mit der Familie eines Börsenmaklers am Russel Square zu tun haben, die spazierengeht, ißt und trinkt, liebt und plaudert, wie man es so macht im gewöhnlichen Leben, ohne daß etwa wunderbare oder leidenschaftliche schwere Zwischenfälle das Wachsen ihrer Liebe bekundeten. Wir sind jetzt so weit gediehen: Osborne, verliebt in Amelia, hat seinen alten Freund zum Essen und nach Vauxhall eingeladen. Josef Sedley ist in Rebekka verliebt. Wird er sie heiraten? Diese große Frage soll uns hier beschäftigen.

Wir hätten den Gegenstand auch auf die vornehme, die romantische oder die burleske Art behandeln können. Angenommen, wir hätten die gleichen Abenteuer an den Grosvenor Square verlegt, hätten gewisse Leute dann nicht zugehört? Wenn etwa Lord Josef Sedley sich verliebt und der Marquis Osborne Lady Amelia den Hof gemacht hätte mit voller Zustimmung des Herzogs, ihres hochgeborenen Vaters?

Statt in die Höhen der vornehmen Welt hätten wir die Szene aber auch in die Niederungen verlegen und erzählen können, was sich in Mrs. Sedleys Küche tat, da der schwarze Sambo ein Auge auf die Köchin geworfen hatte (was auch stimmte), wie er sich ihretwegen mit dem Kutscher prügelte, wie der Küchenjunge mit einer gestohlenen kalten Hammelkeule erwischt wurde und Miss Sedleys neue Kammerjungfer ohne Wachslicht nicht zu Bett gehen wollte. Mit solchen ergötzlichen Bildern hätte man das vergnügteste Gelächter erwecken können. Sie würden allgemein für „Szenen aus dem Leben" gelten. Wenn wir uns statt dessen dem Erschrecklichen zugewandt und den Schatz der neuen Jungfer zum Gewohnheitsverbrecher gemacht hätten, der mit seinen Spießgesellen in das Haus einbricht, den schwarzen Sambo zu Füßen seines Herrn hinmordet, Amelia im Nachtgewand entführt und vor dem dritten Band nicht wieder losläßt, wir hätten eine spannende Geschichte zusammengebracht, deren feurige Kapitel der Leser atemlos durchfliegt.

Auf solche romantische Erzählungen dürfen meine Leser indes nicht hoffen. Sie sollen sich mit einer guten, hausbackenen Geschichte zufriedengeben, mit einem Kapitel über Vauxhall, das fast zu kurz ist, um den Namen Kapitel zu verdienen, und doch ist es eins, sogar ein sehr wichtiges. Hat nicht jeder in seinem Leben solch kleine, scheinbar nichtige Kapitel, die doch den ganzen Ausgang der Geschichte ändern?

So wollen wir denn mit der Gesellschaft vom Russel Square in den Wagen steigen und in die Gärten von Vauxhall fahren. Zwischen Josef und Miss Sharp auf dem Rücksitz ist kaum Platz. Osborne sitzt ihnen gegenüber, eingezwängt zwischen Hauptmann Dobbin und Amelia. Alle in der Kutsche waren sich darin einig, daß Joe heute abend aus Rebekka Sharp Mrs. Sedley machen würde. Die Eltern zu Hause hatten sich stillschweigend damit abgefunden, wenn auch – unter uns gesagt – der alte Sedley etwas für seinen Sohn empfand, das der Verachtung bedenklich nahekam. Eitel sei er, selbstsüchtig, faul und weibisch, meinte der alte Herr, sein Auftreten als Weltmann war ihm zuwider, und über seine Aufschneidereien konnte er nur lachen. „Der Kerl kriegt einmal mein halbes Vermögen“, sagte er, „und außerdem hat er selber noch eine ganze Menge. Aber wenn du und ich und seine Schwester morgen sterben sollten, so würde er doch bloß ‚o je!‘ sagen und sich sein Essen wie sonst schmecken lassen. Seinetwegen werde ich mir doch keine grauen Haare wachsen lassen! Er kann heiraten, wen er will. Mich geht es nichts an.“

Amelia jedoch, wie bei ihrem Temperament und ihrer Welterfahrung nicht anders zu erwarten, war Feuer und Flamme für diese Verbindung. Ein paarmal hatte Josef tief Luft geholt, um Rebekka etwas höchst Wichtiges anzuvertrauen, dem sie nur allzu willig ihr Ohr lieh. Aber dann war der Plumpsack doch nicht dazu zu bewegen, ihr sein Herz zu öffnen. Nur ein tiefer Seufzer quoll daraus hervor, und er wandte sich ab, sehr zur Enttäuschung seiner Schwester.

Diese Geheimnistuerei hielt Amelias zarten Busen in beständiger Erregung. Mit Rebekka sprach sie allerdings nicht über diesen delikaten Gegenstand, sie entschädigte sich aber durch lange vertrauliche Unterhaltungen mit Mrs. Blenkinsop, der

Haushälterin, die der Jungfer etwas andeutete, was diese wohl beiläufig der Köchin gegenüber erwähnt haben mag, die die Nachricht, daran ist kein Zweifel, alsbald in alle Läden trug, so daß Josefs Heirat in der kleinen Welt des Russel Square von einer beträchtlichen Anzahl Leuten besprochen wurde.

Mrs. Sedley meinte natürlich, ihr Sohn vergäbe sich etwas durch die Heirat mit der Tochter eines Künstlers. Da rief aber Mrs. Blenkinsop: „Gott, gnä' Frau, wir waren ja schließlich auch nur Krämer, als wir den Makler-Kommis Mr. Sedley heirateten. Zusammen hatten wir nicht einmal fünfhundert Pfund, und jetzt sind wir doch ganz schön reich, nicht?" Amelia teilte diese Ansicht vollkommen, und nach und nach ließ sich die gute Mrs. Sedley auch dazu bekehren.

Mr. Sedley ergriff keine Partei. „Joe soll heiraten, wen er will", sagte er, „mich geht es nichts an. Das Mädchen hat kein Vermögen; Mrs. Sedley hatte auch keins. Sie scheint gutartig und gescheit zu sein. Vielleicht wird sie ihn in Zucht halten. Lieber sie als eine schwarze Mrs. Sedley und ein Dutzend schokoladenbrauner Enkelkinder."

Das Glück schien Rebekka zu lächeln. Selbstverständlich nahm sie Josefs Arm, wenn es zum Essen ging, saß neben ihm auf dem Bock seines offenen Wagens (was war er nur für ein Riesengeck, wenn er so selbstgefällig dasaß und in vollem Putz mit seinen Grauschimmeln herumkutschierte!), und wenn auch niemand ein Wort über die Heirat verlor, schien sie doch allen eine ausgemachte Sache zu sein. Rebekka brauchte nur noch den Antrag. Ach, wie ihr jetzt eine gute Mutter fehlte, eine liebe taktvolle Mutter, die das Geschäft in zehn Minuten ins reine gebracht hätte, die bei einem vertraulichen, kleinen Gespräch den schamhaften Lippen des jungen Mannes dies interessante Geständnis entlockt hätte!

So standen die Dinge, als der Wagen über die Westminster Brücke fuhr. Dann kam man glücklich bei den königlichen Gärten an. Als der majestätische Josef aus dem knarrenden Gefährt stieg, brachte die versammelte Menge ein Hurra auf den beleibten Herrn aus, der errötete und sehr groß und allmächtig aussah, während er mit Rebekka am Arm davonstolzierte. George bemächtigte sich natürlich Amelias. Sie leuchtete vor Glück wie ein blühender Rosenbusch im Sonnenschein.

„Du, Dobbin", sagte George, „sei mal nett und kümmere dich um die Schals und den anderen Kram!" Und während er so mit Miss Sedley entschwand und während sich Josef mit Rebekka durch die Tür in den Garten quetschte, durfte der gute Dobbin sich damit vergnügen, den Schals seinen Arm zu reichen und für die ganze Gesellschaft den Eintritt zu bezahlen.

Bescheiden ging er hinter den anderen her. Er war kein Spielverderber. An Rebekka und Josef verschwendete er nicht einen einzigen Gedanken. Amelia hingegen, fand er, sei selbst des glänzenden George Osborne wert, und während das hübsche Paar die Wege entlangwandelte und das Mädchen von einem Entzücken ins andere fiel, beobachtete er ihre unschuldige Glückseligkeit mit geradezu väterlichem Vergnügen. Vielleicht hätte er außer einem Schal auch noch gern etwas anderes am Arm gehalten (wo der linkische junge Offizier mit seiner weiblichen Bürde erschien, lachten die Leute); aber William Dobbin war selbstsüchtigen Betrachtungen wenig zugeneigt. Wie sollte er unzufrieden sein, solange sein Freund sich gut unterhielt? Für alle die lockenden Herrlichkeiten des Gartens hatte er kein Auge, für die hunderttausend Lampions, die jeden Abend angezündet wurden, die Geiger in ihren Dreimastern, die mitten im Garten unter einer vergoldeten Muschel eine hinreißende Melodie nach der anderen spielten, die Sänger, die mit lustigen oder empfindsamen Balladen das Ohr erfreuten, die Volkstänze, die unter Sprüngen, Stampfen und Gelächter von drallen Cockneys und Cockney-Frauen aufgeführt wurden. Er bemerkte das Zeichen für den Auftritt der Madame Saqui nicht, die auf schlaffem Seil himmelwärts zu steigen begann, achtete nicht auf den Einsiedler in seiner erleuchteten Klause und die dunklen Gänge, wo sich die Liebenden trafen, übersah die Bier herumreichenden Kellner in ihren schäbigen, alten Livreen, die lichterfunkelnden Lauben, in denen frohe Schmauser so taten, als ob sie unsichtbare Schinkenbrötchen aßen; und sogar von dem dummen August – der sicher, wenn ich so sagen darf, schon damals dem Ganzen präsidierte – nahm er nicht die geringste Notiz.

Schließlich geriet er, Amelias weißen Schal immer mit sich herumtragend, unter die goldene Muschel, als Mrs. Salmon die Schlacht von Borodino zum besten gab (ein wildes Schlachtlied gegen den korsischen Emporkömmling, den kürzlich sein Geschick in Rußland ereilt hatte). Im Weitergehen versuchte Dobbin die Melodie nachzusummen, merkte aber, daß er – Amelias Liedchen summte, das sie im Treppenhaus auf dem Weg zum Abendbrot gesungen hatte. Er mußte über sich selbst lachen; denn singen konnte er nicht besser als eine Eule.

Es versteht sich von selbst, daß unsere jungen Leute einander aufs feierlichste versprochen hatten, den ganzen Abend zusammenzubleiben. Nach zehn Minuten hatten sie sich zu zwei und zwei verloren. In Vauxhall verliert man sich immer, um sich dann zum Essen wiederzufinden und die in der Zwischenzeit erlebten Abenteuer auszutauschen.

Was hatten Osborne und Amelia erlebt? Das ist ein Geheimnis. Aber soviel ist sicher: ihr Glück war vollkommen und ihr Benehmen untadelig. Da sie in den letzten fünfzehn Jahren fast täglich zusammen gewesen waren, bot ihr Tête-à-tête ja auch nicht viel Neues.

Anders Rebekka Sharp und ihr wohlbeleibter Begleiter. Während sie einen verlassenen Gang entlangwandelten, in dem nur noch etwa hundert andere Pärchen wie sie die Einsamkeit suchten, empfanden sie beide, daß die Lage äußerst delikat und kritisch sei. Jetzt oder nie, dachte Rebekka, soll das Geständnis heraus, das auf Sedleys schüchternen Lippen schwebt. Vorher waren sie beim Panorama von Moskau gewesen; da hatte ein grober Kerl Rebekka auf den Fuß getreten, so daß sie mit einem kleinen Aufschrei in Sedleys Arme fiel, was sowohl die Zärtlichkeit wie das Selbstvertrauen des besagten Herrn so entfachte, daß er ihr einige seiner Lieblingsgeschichten aus Indien mindestens zum sechstenmal wiederholte.

„Ich möchte zu gern auch einmal nach Indien!" rief Rebekka aus.

„Wirklich?" fragte Josef sie mit der gewinnendsten Zärtlichkeit und wollte zweifellos auf diese zärtliche Einleitung eine noch zärtlichere Frage folgen lassen (denn er schwitzte und keuchte zum Erbarmen, und Rebekkas Hand, die seinem Herzen nahe lag, konnte die fieberhaften Schläge dieses Organs zählen), als – oh weh! – die Glocke zum Feuerwerk rief und ein solches Laufen und Drängen einsetzte, daß dieses interessante Liebespaar dem Strom der Menschen folgen mußte.

Hauptmann Dobbin hatte eigentlich vorgehabt, sich zum Abendbrot wieder bei der Gesellschaft einzufinden, zumal er, wie wir gestehen müssen, die gebotenen Vergnügungen nicht besonders reizvoll fand. Aber obgleich er sich zweimal vor der Laube sehen ließ, in der die beiden Paare nun vereint waren, nahm niemand auch nur Notiz von ihm. Es war für vier gedeckt; die Pärchen waren in munterem Plaudern begriffen, und Dobbin hatten sie so gänzlich vergessen, als sei er nie auf der Welt gewesen.

Ich wäre doch nur das fünfte Rad am Wagen, seufzte der Hauptmann und sah nicht ohne Neid zu den anderen hin. Besser ist's schon, ich gehe, um mich mit dem Eremiten zu unterhalten. Damit ließ er das Stimmengesumm, den Lärm und das Klappern der Teller hinter sich und wandte sich dem dunklen Gang zu, an dessen Ende der bekannte Einsiedler aus Papiermaché wohnte. Sehr unterhaltsam war es nicht für den guten Dobbin; in Vauxhall allein zu sein ist überhaupt das trübseligste Vergnügen, das je ein Junggeselle sich gemacht hat, das weiß ich aus eigener Erfahrung.

Inzwischen waren die beiden Paare so recht von Herzen fröhlich und vergnügt in ihrer Laube. Die Unterhaltung plätscherte auf das anmutigste dahin. Josef, auf der Höhe seiner Pracht, ließ hoheitsvoll die Kellner springen. Er richtete den Salat an, machte den Champagner auf, zerlegte das Geflügel und aß und trank den Löwenanteil der auf dem Tisch befindlichen Erfrischungen. Endlich bestand er auf Punsch, das gehöre einfach zu Vauxhall. „Kellner, einen Krug Punsch!"

Dieser Punsch ist die Ursache unserer ganzen Geschichte, und warum soll es nicht ebensogut Punsch sein wie irgend etwas sonst? War nicht eine Schale Blausäure die Ursache, daß Schön Rosamunde der Welt entsagte? Wurde nicht ein Glas Wein zur Todesursache für Alexander den Großen (wenigstens behauptet das Dr. Lompriere)? So beeinflußte auch dieser Krug Punsch das Schicksal aller Hauptpersonen in diesem „Roman ohne Helden", den wir jetzt erzählen. Er veränderte ihr Leben, obgleich die meisten nicht einen Tropfen davon tranken.

Die jungen Damen tranken so etwas nicht; Osborne mochte ihn nicht, blieb also nur Josef, der dicke Schlemmer, der auch richtig allen Punsch allein austrank, was wiederum eine Heiterkeit zur Folge hatte, die erst verwunderlich, dann aber recht peinlich wurde. Er redete und lachte so laut, daß sich Scharen von Zuhörern um die Laube versammelten, zur größten Verlegenheit derjenigen in der Laube, die nichts dafür konnten, und als Josef gar ein Lied zum besten geben wollte (in der den Betrunkenen eigenen Fistelstimme), wurde er zu einer ernsthaften Konkurrenz für die Musikanten unter der goldenen Muschel und erntete bedeutenden Applaus von seinen Zuhörern.

„Bravo, Dicker!" rief einer; „da capo, Daniel Lampert!" ein anderer. „So etwas sollte seiltanzen!" meinte ein Spaßvogel zur unaussprechlichen Verlegenheit der Damen und zum großen Ärger Osbornes.

„Um Gottes willen, Joe, laß uns bloß weggehen von hier", rief er, und die jungen Mädchen erhoben sich.

„Nicht doch, mein süßes, süßes He-Herzblatt!" brüllte Josef kühn wie ein Löwe und faßte Rebekka um die Taille. Rebekka fuhr zurück, konnte aber ihre Hand nicht freimachen. Das Gelächter draußen verdoppelte sich, Joe trank weiter, warb weiter, sang weiter, schwenkte augenzwinkernd das Glas und lud sein Publikum huldreichst ein, hereinzukommen und den Punsch mit ihm zu teilen.

Osborne war drauf und dran, einen Herrn in Stulpenstiefeln niederzuschlagen, der sich anschickte, von der Einladung Gebrauch zu machen. Ein Handgemenge schien unvermeidlich, da trat, wie vom Himmel gesandt, ein gewisser Herr Dobbin,

der im Garten umhergewandert war, zu der Laube heran. „Verschwindet, ihr Tröpfe!“ drohte er und bahnte sich mit den Ellbogen einen Weg durch die Menge, die sich alsbald beim Anblick seines Dreimasters und seiner verbissenen Miene verdrückte. Aufgeregt kam er in die Laube.

„Himmel! Dobbin! Wo warst du denn die ganze Zeit?“ Osborne riß seinem Freund den weißen Kaschmirschal aus der Hand und hüllte Amelia darin ein. „Mach dich mal nützlich und kümmere dich um Joe, während ich die Damen zum Wagen bringe.“

Joe machte Miene einzuschreiten, aber Osborne brauchte

ihn nur mit dem Finger anzutippen, schon saß er wieder und schnappte nach Luft. Der Leutnant konnte die Damen ungehindert in Sicherheit bringen. Josef warf ihnen Handküsse zu und stotterte: „Gott segne euch! Gott segne euch!“ Dann ergriff er Dobbins Hand und gestand ihm unter heißen Tränen das Geheimnis seiner Liebe. Er vergöttere das Mädchen, das gerade weggegangen sei, er wisse, er habe ihr durch sein Benehmen das Herz gebrochen. Gleich morgen wolle er sie heiraten, in St. George am Hanover Square. Er werde inzwischen den Erzbischof von Canterbury in Lambeth aus dem Bett holen, damit alles bereit sei, bei Gott, das wolle er! Hier hakte Dobbin listig ein und veranlaßte ihn, Vauxhall zu verlassen und eiligst zum Lambeth-Schloß zu gehen. Als sie draußen waren, verstaute er Mr. Josef glücklich in einer Droschke, die ihn richtig vor seiner Wohnung absetzte.

George Osborne brachte die Mädchen wohlbehalten nach Hause. Als die Tür hinter ihnen zugefallen war und er über den Russel Square ging, da lachte er laut vor sich hin, sehr zur Verwunderung des Nachtwächters. – Amelia sah ihre Freundin kummervoll an, als sie die Treppe hinaufstiegen, und umarmte sie und ging ohne ein weiteres Wort zu Bett.

Morgen muß er mir den Antrag machen, dachte Rebekka. Er hat mich viermal sein liebes Herz genannt. Vor Amelia hat er mir die Hand gedrückt. Er muß morgen den Antrag machen. Der gleichen Meinung war auch Amelia, und sie wird sich dabei wohl gleich ihr Brautjungfernkleid ausgedacht haben und die Geschenke für ihre reizende kleine Schwägerin und – ich möchte wetten – auch eine andere Feier, bei der sie die Hauptrolle spielen würde, und so weiter und so weiter und so weiter!

O ihr ahnungslosen kleinen Geschöpfe! Da kennt ihr die Wirkung des Vauxhallpunsches schlecht! Der Punsch am Abend hat es in sich. Das ist aber nichts im Vergleich zum nächsten Morgen. Der Punsch am Abend ist Feuer, der Kater am Morgen die Hölle! Kein Kopfweh in der Welt, das kann ich auf Mannesehre versichern, kommt dem gleich, das auf einen Vauxhallpunsch folgt. Noch nach zwanzig Jahren kann ich mich der Wirkung von zwei Gläsern erinnern, zwei Weingläsern wohlverstanden, nur zwei, auf Ehre! Und Josef mit seinem Leberleiden hatte mindestens fünf Viertelliter von diesem entsetzlichen Gebräu geschluckt.

Der nächste Morgen, der eigentlich über Rebekkas Glück hätte aufgehen sollen, fand Josef unter Qualen ächzend, die die

Feder nicht wiederzugeben vermag. Selterwasser war noch nicht erfunden; Dünnbier – man kann es kaum glauben! – war das einzige, womit die unseligen Männer jener Zeit das Fieber kühlen konnten, das ihnen nach den Getränken der vorangegangenen Nacht in den Eingeweiden brannte. Mit diesem milden Getränk vor sich fand Osborne denn auch den Ex-Steuereinnehmer von Boggley Wollah stöhnend in seiner Wohnung auf dem Sofa. Dobbin war schon da und pflegte seinen Schützling vom Vorabend gutmütig. Die beiden Offiziere blickten auf den hingestreckten Bacchanten. Dann tauschten sie verstohlen ein verständnisinniges Grinsen. Selbst Sedleys Diener, der ernsthafteste und korrekteste aller Gentlemen, sonst stumm und feierlich wie ein Beerdigungsunternehmer, konnte seine Züge kaum beherrschen, als er auf seinen unglückseligen Herrn sah.

„Mr. Sedley war ungewöhnlich lebhaft gestern abend“, vertraute er Osborne an, als dieser die Treppe heraufkam. „Er wollte den Droschkenkutscher durchaus verprügeln. Der Hauptmann mußte ihn wie ein Baby auf den Arm nehmen und die Treppe hinauftragen.“ Ein Lächeln huschte über Mr. Brushs Züge, während er sprach. Gleich darauf aber, als er die Wohnzimmertür aufriß und „Mr. Hosbin“ anmeldete, nahmen sie wieder ihren gewohnten Ausdruck unergründlicher Ruhe an.

„Na, Sedley, wie geht's?“ fragte der Schalk, nachdem er sein wehrloses Opfer betrachtet hatte. „Noch alle Knochen beisammen? Unten ist ein Droschkenkutscher mit einem blauen Auge und einem Verband um den Kopf; er will dir das Gericht auf den Hals hetzen.“

„Gericht? Was soll das heißen?“ fragte Sedley schwach.

„Weil du ihn gestern nacht verdroschen hast – nicht wahr, Dobbin? Du hast zugehauen wie Molyneux. Der Nachtwächter sagt, so schnell habe er noch niemanden umfallen sehen. Frag Dobbin!“

„Den Kutscher hatten Sie allerdings beim Wickel, und nicht zu sanft“, bestätigte Dobbin.

„Und der Kerl mit dem weißen Rock in Vauxhall, wie Josef

auf den losging! Wie die Frauen kreischten! Es tat meinem Herzen wohl, dich zu sehen! Ich dachte immer, ihr Zivilisten hättet keinen Schneid; aber von nun an werde ich mich hüten, dir in den Weg zu kommen, wenn du gut geladen hast, Joe!"

„Ich muß fürchterlich sein, wenn ich aufgebracht bin", hauchte Joe vom Sofa her und zog dazu ein so langes Gesicht, daß selbst des Hauptmanns Höflichkeit der Komik nicht widerstehen konnte und beide, Osborne und er, in eine schallende Lachsalve ausbrachen.

Osborne ließ nicht locker. In seinen Augen war Josef ein Waschlappen. Die zwischen Sedley und Rebekka schwebende Heirat war ihm nicht aus dem Sinn gekommen, und es paßte ihm nicht, daß ein Mitglied der Familie, in die er, George Osborne vom . . .ten Regiment, hineinheiraten wollte, eine Mesalliance eingehe mit einem kleinen Nichts, einer kleinen, ehrgeizigen Gouvernante. „Du und schlagen, du armes altes Haus!" lachte er unnachsichtig, „du und fürchterlich! Du konntest ja nicht einmal auf deinen zwei Beinen stehen! Ganz Vauxhall hat über dich gelacht, nur du hast geheult, denn du hattest deinen moralischen Augenblick. Sogar ein Lied hast du gesungen, weißt du das noch?"

„Wie bitte?" fragte Joe.

„Ja, ein sentimentales Lied, und Rosa oder Rebekka oder wie sie heißt, Amelias kleine Freundin, hast du dein süßes, süßes He- Herzblatt genannt." Damit ergriff der junge Mann Dobbins Hand und spielte zum Entsetzen des ursprünglichen Darstellers die Szene noch einmal vor, erbarmungslos, ungeachtet der Bitten des gutmütigen Dobbin, es doch gnädig mit ihm zu machen.

„Warum soll ich ihn schonen?" erwiderte Osborne auf die Vorwürfe seines Freundes, als sie den Leidenden den Händen Dr. Gollops überließen. „Was zum Teufel setzt er immer solche Gönnermiene auf und macht uns dann in Vauxhall zum Gespött der Leute! Wer ist überhaupt dies kleine Schulmädchen, das ihm verliebte Augen macht? Zum Henker! Die Familie ist schon gewöhnlich genug ohne sie. Eine Gouvernante ist ja ganz schön, aber eine Dame ist mir als Schwägerin lieber. Ich bin nicht kleinlich, aber schließlich habe ich auch meinen Stolz und weiß, wer ich bin; und sie soll wissen, wer sie ist! Den großspurigen Nabob will ich schon kleinkriegen und aufpassen, daß man nicht einen noch größeren Hanswurst aus ihm macht, als er ohnehin schon ist. Deshalb habe ich ihn gewarnt, damit er nicht wegen eines gebrochenen Eheversprechens angezeigt wird!"

„Du wirst wohl am besten wissen, was du tust", antwortete Dobbin zögernd. „Du warst ja schon immer ein Tory, und deine Familie gehört zu den ältesten Englands, aber . . ."

„Komm mit zu den Mädchen und mach du Miss Sharp den Hof", unterbrach hier der Leutnant seinen Freund; aber Hauptmann Dobbin wollte Osborne nicht auf seinem täglichen Gang zu den jungen Damen am Russel Square begleiten.

Als George von Holborne aus die Southampton Row hinunterging, mußte er lachen: in zwei verschiedenen Stockwerken des Sedleyschen Hauses sah er zwei Köpfe auf dem Ausguck. Amelia stand im Erker des Wohnzimmers und schaute eifrig nach dem Leutnant aus, der auf der anderen Seite des Russel Square wohnte, Rebekka wartete in ihrem Schlafstübchen im zweiten Stock, bis Josefs massige Gestalt auftauchen würde.

„Schwester Anna auf dem Luginsland, aber da kommt niemand", sagte George spöttelnd zu Amelia. Mit sichtlichem Vergnügen schilderte er Miss Sedley in den lächerlichsten Ausdrücken die jämmerliche Verfassung ihres Bruders.

„Ich finde es herzlos von dir, George, so zu lachen", sagte sie und sah ganz unglücklich aus. Aber George lachte nur noch mehr über ihre klägliche, niedergeschlagene Miene und ließ sich den Spaß über seine Witze nicht verderben. Als Rebekka herunterkam, foppte er sie unermüdlich mit der Wirkung ihrer Reize auf den beleibten Zivilisten.

„O Miss Sharp, wenn Sie ihn nur hätten sehen können heute morgen in seinem geblümten Schlafrock, schmerzgekrümmt und stöhnend! Hätten Sie ihn nur sehen können, als er Dr. Gollop, dem Apotheker, seine Zunge zeigte!"

„Wen?" fragte Miss Sharp.

„Wen? Ja, wen wohl? Hauptmann Dobbin natürlich, gegen den wir übrigens gestern abend alle so aufmerksam waren."

„Wir waren sehr lieblos gegen ihn!" Amelia wurde über und über rot; „ich – ich hatte ihn ganz vergessen."

„Natürlich hattest du das!" rief Osborne übermütig. „Man kann nicht immer an Dobbin denken, nicht wahr, Miss Sharp?"

„Nur als er bei Tisch das Weinglas umwarf", erwiderte Miss Sharp spitz und warf den Kopf zurück, „habe ich einen Augenblick lang einen Gedanken an ihn verschwendet."

„So ist's recht, Miss Sharp, ich werde es ihm sagen." Während Osborne sprach, regten sich Mißtrauen und Haß gegen ihn in Miss Sharp, wovon der junge Offizier nichts ahnte. Soll so einer sich über mich lustig machen? dachte Rebekka. Hat er mich bei Josef lächerlich gemacht? Hat er ihn verscheucht? Vielleicht kommt er gar nicht? Ein Schleier zog sich über ihre Augen, und das Herz klopfte ihr zum Zerspringen.

„Immer der alte Witzbold!“ Sie lächelte so harmlos, wie sie nur konnte. „Spotten Sie nur zu; mich verteidigt ja niemand!“ Damit ging sie weg. Amelia sah ihn vorwurfsvoll an. Nun schlug ihm doch sein Gewissen, weil er so unnötig hart gegen dieses hilflose Geschöpf gewesen war. „Liebes“, sagte er, „du bist zu gut, zu menschenfreundlich. Du kennst die böse Welt nicht so wie ich. Deine kleine Freundin soll sich bescheiden lernen.“

„Glaubst du nicht, daß Josef ...“

„Auf mein Wort, mein Kleines, ich habe keine Ahnung. Vielleicht, vielleicht auch nicht. Ich habe ihm nichts zu befehlen. Ich weiß nur, daß er ein dummer eitler Kerl ist, der mein liebes kleines Mädchen gestern abend in eine höchst peinliche Lage gebracht hat. Mein süßes, süßes He- Herzblatt!“ Er lachte schon wieder so ansteckend, daß Amelia mitlachen mußte.

Josef ließ sich den ganzen Tag über nicht blicken. Aber das focht Amelia nicht an, denn die kleine Diplomatin hatte den Pagen, Sambos Adjutanten, in seine Wohnung geschickt; er sollte ein Buch holen, das Josef ihr versprochen hatte, und zugleich nach seinem Befinden fragen. Josefs Diener ließ antworten, sein Herr liege krank zu Bett; der Doktor sei gerade bei ihm. Er muß morgen kommen! dachte sie, brachte aber den ganzen Abend nicht den Mut auf, mit Rebekka darüber zu sprechen, die ihrerseits gar nicht davon anfing.

Am nächsten Tage jedoch, als die beiden Mädchen nebeneinander auf dem Sofa saßen und taten, als ob sie strickten, Briefe schrieben oder läsen, kam Sambo, liebenswürdig grinsend wie immer, ins Zimmer und brachte ein Päckchen unter dem Arm und auf dem Präsentierbrett ein Billett. „Brief von Mr. Josef, gnädiges Fräulein“, verkündete er.

Mit zitternden Händen riß Amelia ihn auf. Er lautete:

„Liebe Amelia,
hiermit schicke ich dir *Die Waise im Walde*. Es ging mir gestern zu schlecht, um zu kommen, heute fahre ich nach Cheltenham. Versuche bitte, mich bei der liebenswürdigen Miss Sharp zu

entschuldigen wegen meines Benehmens in Vauxhall. Bitte sie, sie möge mir verzeihen und alles vergessen, was ich etwa, von dem unglücklichen Abendessen erregt, geäußert habe. Sobald ich einigermaßen wiederhergestellt bin – meine Gesundheit hat sehr gelitten –, will ich auf ein paar Monate nach Schottland gehen und bin

aufrichtig der Deine

Josef Sedley."

Das war das Todesurteil. Alles war vorbei! Amelia wagte nicht, ihrer Freundin in das blasse Gesicht und in die brennenden Augen zu blicken. Sie ließ ihr den Brief in den Schoß gleiten, erhob sich, lief die Treppe hinauf in ihr Zimmer und weinte herzbrechend.

Bald darauf kam Mrs. Blenkinsop, um sie zu trösten, und an ihrer Schulter weinte Amelia sich vertrauensvoll aus. „Gnädiges Fräulein sollten es sich nicht so zu Herzen nehmen. Ich wollte

es ja nicht sagen, aber von uns im Haus mochte sie niemand, außer am Anfang. Mit eigenen Augen habe ich gesehen, wie sie Mrs. Sedleys Briefe las. Die Pinner sagt, sie mache sich dauernd an den Schmuckkästchen und Schubladen vom gnädigen Fräulein und überhaupt von allen zu schaffen, und sie hat das weiße Band des gnädigen Fräuleins in ihre Schachtel getan."

„Ich hab's ihr doch geschenkt, ich hab's ihr doch geschenkt!" schluchzte Amelia, aber Mrs. Blenkinsop war nicht umzustimmen. „Und das kann ich Ihnen sagen, Pinner", wandte sie sich an die Zofe, „diesen Gouvernanten traue ich nicht über den Weg. Die tun wer weiß wie, und ihr Lohn ist nicht höher als meiner oder Ihrer."

Es wurde jetzt allen außer der guten Amelia klar, daß Rebekka fort mußte; je eher, desto besser, fand hoch und niedrig übereinstimmend, bis auf diese eine Ausnahme. Das gute Kind plünderte alle ihre Schubladen, Schränke, Beutel und Schatzkästlein, ging alle ihre Kleider, Tücher, Kragen, Litzen, Spitzen, Seidenstrümpfe und den sonstigen Putz durch, wählte dies und das und noch mehr und legte einen kleinen Haufen für Rebekka zurecht. Sie ging zu ihrem Vater, der als nobler britischer Kaufmann ihr soviel Pfund versprochen hatte, wie sie Jahre zählte, und bat den alten Herrn, der lieben Rebekka das Geld zu geben, die dessen sicherlich bedürfe, während es ihr an nichts fehle.

Sie brachte sogar George Osborne dazu, etwas für Rebekkas Ausrüstung beizusteuern, und willig ging er in die Bond Street – freigebig war er wie nur einer in der Armee – und kaufte den reizendsten Hut und das eleganteste Jäckchen, das für Geld zu haben war.

„Das schenkt George dir, Rebekka, Liebling", sagte Amelia voller Stolz über die Schachtel mit den hübschen Geschenken. „Hat er nicht einen fabelhaften Geschmack? Niemand ist ihm gleich!"

„Nein, keiner!" bestätigte Rebekka, „ich bin ihm so dankbar!" Im Herzen aber dachte sie: George Osborne danke ich es, daß diese Heirat ins Wasser gefallen ist – und sie liebte ihn entsprechend.

Gleichgültig betrieb sie ihre Reisevorbereitungen, nahm Amelias liebevolle kleine Geschenke mit eben dem unerläßlichen Zögern und Zieren an, gelobte natürlich Mrs. Sedley ewige Dankbarkeit, machte aber sonst einen Bogen um die gute Frau, die verlegen war und sie ihrerseits zu meiden suchte. Sie küßte Mr. Sedley die Hand, als er ihr die Börse schenkte, und bat, ihn als ihren lieben, lieben Freund und Wohltäter ansehen zu dürfen. Ihr Benehmen ging ihm so zu Herzen, daß der alte Herr drauf und dran war, ihr einen Scheck über weitere zwanzig Pfund auszuschreiben. Doch er hielt an sich, der Wagen wartete vor der Tür, um ihn zu einer Gesellschaft zu fahren, und so eilte er davon mit einem: „Gott behüte Sie, mein Kind. Wenn Sie in London sind, sollen Sie uns immer willkommen sein. Fahr zu, James, Mansion House!“

Endlich kam der Abschied von Amelia; jedoch gedenke ich über dieses Bild einen Schleier fallen zu lassen. Jedenfalls schieden die beiden unter einem Aufgebot der zärtlichsten Liebkosungen, der herzerweichendsten Tränen, des Riechfläschchens und etlicher der allerbesten Empfindungen nach einer Szene, die von der einen bitter ernst gemeint, von der anderen vollendet gespielt war. Rebekka schwur, ihre Freundin immer und ewig zu lieben.

7. Kapitel

Crawley von Queen's Crawley

Als einer der angesehensten unter den Namen mit C im Hofkurier für 18.. galt Crawley, Sir Pitt, Baronet, Great Gaunt Street und Queen's Crawley, Hampshire. Dieser ehrenwerte Name hatte außerdem viele Jahre das Verzeichnis der Parlamentsmitglieder geziert, zusammen mit den Namen anderer würdiger Herren, die den kleinen Ort abwechselnd vertraten.

Man erzählt sich von dem Flecken Queen's Crawley, daß die Königin Elisabeth auf einer ihrer Reisen in Crawley zum Frühstück abstieg. Der damalige Crawley, ein gut aussehender Mann mit dichtem Bart und hübschen Beinen, kredenzte ihr dort so vorzügliches Hampshire Bier, daß sie begeistert war und den Ort zum Wahlflecken erhob, der fortan zwei Vertreter ins Parlament entsenden durfte. Das Nest selber nannte sich vom Tage des hohen Besuches an Queen's Crawley und heißt so bis auf den heutigen Tag. Im Laufe der Zeit stellten sich allerdings jene Erscheinungen ein, die das Alter bei Weltreichen, Städten und Flecken so mit sich bringt. Queen's Crawley war lange nicht mehr so bevölkert wie zu Zeiten der „Queen Bess". Aber wenn es auch zu jenem Zustand herabgesunken war, der gemeinhin mit „verfallen" bezeichnet wird, so pflegte Sir Pitt doch mit der ihm eigenen gepflegten Ausdrucksweise ganz zu Recht zu sagen: „Was Teufel verfallen! Mir bringt es runde fünfzehnhundert im Jahr!"

Sir Pitt Crawley, so genannt nach dem großen Unterhausmitglied, war der Sohn von Walpole Crawley, des ersten Baronets, der unter Georg II. Groß-Siegel-Bewahrer und, wie eine große Zahl andrer ehrenwerter Herren jener Zeit, wegen Unterschlagung vor Gericht gestellt worden war. Walpole Crawley war, was wohl kaum besonders erwähnt zu werden braucht, John Churchill Crawleys Sohn, der von dem gefeierten Feldherrn unter der Regierung der Königin Anna seinen Namen hatte. Im Stammbaum, der in Queen's Crawley hängt, findet sich noch Charles Stuart Crawley, später Skelett-Crawley genannt, ein Sohn des Crawley aus der Zeit Jakobs I., und schließlich, ganz im Vordergrund des Bildes, der Crawley der Königin Elisabeth mit Spitzbart und voller Rüstung. Aus seiner Weste sprießt, wie es Brauch ist, ein Baum, dessen Hauptäste die erwähnten illustren Namen tragen. Neben dem Namen von Sir Pitt Crawley, Baronet, dem Gegenstande vorliegender Ausführungen, steht der seines Bruders, Ehrwürden Bute Crawleys – die Leuchte des Unterhauses war in Ungnade, als Seine Ehrwürden geboren wurden –, des Pfarrherrn von Crawley-cum-Snailby, und verschiedener anderer männlicher und weiblicher Mitglieder der Familie Crawley.

Sir Pitt war in erster Ehe verheiratet mit Griselda, der sechsten Tochter von Mungo Binkie, Lord Binkie, und folglich ein Vetter von Mr. Dundas. Von ihr hatte er zwei Söhne, Pitt – weniger nach seinem Vater so benannt als nach dem gottgesandten Minister – und Rawdon Crawley, dessen Name auf den Freund des Prinzen von Wales zurückging, der bei Seiner Majestät Georg IV. dann so vollständig in Vergessenheit geriet. Viele Jahre nach dem Ableben der Lady führte Sir Pitt Rosa zum Altar, die Tochter des Mr. G. Dawson aus Mudbury. Sie gebar ihm zwei Töchter, zu deren Nutz und Frommen Miss Rebekka Sharp als Gouvernante verpflichtet worden war. Es wird sich zeigen, daß das junge Mädchen in eine Familie geriet, die in den höchsten Kreisen verkehrte und jedenfalls einen viel vornehmeren Umgang bedeutete als die hausbackenen Leute am Russel Square, die Rebekka soeben verlassen hatte.

Den Auftrag, zu ihren Zöglingen zu fahren, erhielt sie auf einem schon einmal benutzten Umschlag mit folgenden Worten:

„Sir Pitt Crawley bittet Miss Sharp und Gepäk, am Dihnstag hier zu sein, da ich frü am nechsten Morgen nach Queen's Crawley abfare.
Great Gaunt Street."

Rebekka hatte mit Bewußtsein noch nie einen leibhaftigen Baron gesehen. Der Abschied von Amelia lag kaum hinter ihr, sie hatte kaum das Geld in der Börse gezählt, das Mr. Sedley ihr großzügig geschenkt hatte, und die Augen mit ihrem Tüchlein getrocknet – sowie der Wagen um die Ecke bog, ließ sie davon ab –, da malte sie sich schon aus, wie ein Baron beschaffen sein müßte. Ob er einen Ordensstern trägt? Oder tragen nur Lords Orden? Ein schönes Hofkleid trägt er ja ganz sicher, mit Jabot und Spitzenmanschetten, dazu leicht gepudertes Haar wie Wroughton in Covent Garden. Er wird furchtbar hochmütig sein und mich von oben herab behandeln. Ich muß mein hartes Los eben tragen, so gut es gehen will. Wenigstens bin ich in bester Gesellschaft und nicht bei gemeinen Kaufleuten . . . und sie philosophierte über ihre Freunde am Russel Square mit der gleichen Bitterkeit wie der Fuchs über die sauren Trauben.

Der Wagen fuhr durch die Gaunt Street in die Great Gaunt Street und hielt dort vor einem großen düsteren Haus. Es stand zwischen zwei anderen großen düsteren Häusern, und alle trugen sie über dem mittleren Salonfenster ein gemeißeltes Wappenzeichen, wie das überhaupt in der düsteren Great Gaunt Street üblich ist, wo auf ewig der Tod zu herrschen scheint. In Sir Pitts Haus waren die Läden des ersten Stockwerks geschlossen, die des Eßzimmers jedoch teilweise offen, und die Jalousien waren säuberlich in alte Zeitungen gewickelt.

John, der Reitknecht, der den Wagen allein gefahren hatte,

war zu faul, abzusteigen und zu klingeln, und bat einen vorübergehenden Milchjungen, es ihm abzunehmen. Als die Glocke ertönte, erschien ein Kopf zwischen den Ritzen der Eßzimmerläden, und ein Mann mit mausgrauen Hosen und Gamaschen, einer schmutzigen alten Jacke und einem schmierigen alten Halstuch um den borstigen Hals öffnete die Tür. Eine glänzende Glatze, ein lüsternes rotes Gesicht, zwinkernde graue Äuglein und ein ewig zum Grinsen bereiter Mund vervollständigten das Bild.

„Hier richtig bei Sir Pitt Crawley?" fragte John vom Bock herab.

„Hm", nickte der Mann an der Tür.

„Dann lang mal die Koffer runter", sagte John.

„Mach's doch selber", brummte der Türhüter.

„Kann doch die Pferde nicht allein lassen! Faß an, alter Junge, dann spendiert dir das Fräulein auch ein Bier", lachte John dreist. Vor Miss Sharp brauchte er ja keinen Respekt mehr zu haben. Zur Familie würde die nicht gehören, und den Dienstboten hatte sie zum Abschied auch nichts gegeben.

Der Glatzkopf zog bei dieser Aufforderung die Hände aus den Hosentaschen, kam an den Wagen, warf Miss Sharps Koffer über die Schulter und trug ihn ins Haus.

„Nehmen Sie bitte diesen Korb und diesen Schal und machen Sie die Tür auf", sagte Miss Sharp und stieg entrüstet aus dem Wagen. „Ich werde es Mr. Sedley schreiben, wie Sie sich benommen haben", sagte sie zu dem Stallburschen.

„Lieber nicht!" meinte der Amtsgewaltige. „Haben Sie auch nichts vergessen? Miss Melias Kleider, die eigentlich die Jungfer kriegen sollte, haben Sie die auch? Hoffentlich passen die bloß! Schlag die Tür zu, Jim, aus der kriegst du doch nichts raus!" Er wies mit dem Daumen auf Miss Sharp. „Mit der ist nichts los, sag ich dir, rein gar nichts." Mit diesen Worten fuhr Mr. Sedleys Stallknecht davon. Hier muß berichtet werden, daß er für besagte Kammerjungfer eine Schwäche hatte und daher empört war, daß man sie um das ihr Zukommende brachte.

Das Individuum in Gamaschen wies Rebekka in das Eßzimmer. Es war nicht anheimelnder, als solche Räumlichkeiten für gewöhnlich sind, wenn die Herrschaft auf dem Lande ist: die treuen Gemächer tragen gleichsam Trauer um ihre abwesenden Herren. Der Perserteppich hatte sich mürrisch unter der Anrichte zusammengerollt, die Bilder hatten ihr Angesicht mit altem Packpapier verhüllt, die Deckenlampe war in einem trüb-

seligen Nesselsack verborgen, die Gardinen waren unter allerlei schäbigen Verhüllungen verschwunden. Die Marmorbüste Sir Walpole Crawleys schaute aus ihrer dunklen Ecke auf die kahlen Borte, auf die eingeölten Schüreisen und leeren Visitenkartenständer auf dem Kaminsims, der Flaschenkasten hatte sich hinter den Teppich verkrochen, die Stühle waren kopfüber, kopfunter an der Wand entlang aufgereiht, und in der dunklen Ecke der Statue gegenüber hockte eine altmodisch verschnörkelte Silberkiste verschlossen auf einem Teewagen.

Zwei Küchenstühle indes, ein runder Tisch und ein paar altersmüde Schüreisen und -zangen hatten sich um den Kamin versammelt, wo ein Kochtopf über einem leise knisternden Feuer schmurgelte. Auf dem Tisch standen Brot und Käse, ein Zinnleuchter und ein halbes Maß Braunbier.

„Vermutlich schon zu Abend gegessen? Doch nicht zu warm hier? Schluck Bier?"

„Wo ist Sir Pitt Crawley?" fragte Rebekka hoheitsvoll.

„Der –? Sir Pitt Crawley, das bin ich! Nicht vergessen, Sie schulden mir noch ein Bier, weil ich Ihr Gepäck reingetragen habe. – Haha! Fragen Sie die Tinkern, ob ich's bin. Mrs. Tinker – Miss Sharp, Fräulein Gouvernante – Madame Scheuerfrau! Haha!"

Die mit Mrs. Tinker angeredete Dame erschien in diesem Augenblick mit einer Pfeife und einem Paket Tabak, nach dem sie kurz vor Miss Sharps Ankunft ausgeschickt worden war. Sie reichte beides Sir Pitt, der sich mittlerweile am Feuer niedergelassen hatte.

„Wo bleibt der Farthing?“ fragte er. „Ich hatte dir drei Halfpence gegeben. Was hast du rausgekriegt, alte Tinkern?“

„Da!“ Mrs. Tinker warf die Münze hin. „Nach dem Farthing fragt auch nur ein Baron!“

„Ein Farthing täglich macht sieben Schilling im Jahr“, erwiderte der Unterhaus-Abgeordnete. „Sieben Schilling im Jahr, das sind die Zinsen von sieben Pfund. Paß du auf deinen Farthing auf, alte Tinkern, dann kommen die Pfunde ganz von selbst.“

„Wenn das nicht Sir Pitt Crawley ist, junge Frau, der so seine Farthings zusammenhält! . . .“ sagte Mrs. Tinker verdrossen. „Den werden Sie noch kennenlernen!“

„Und mir darum nicht weniger hold werden!“ ergänzte der alte Herr geradezu verbindlich. „Erst rechnen, dann ausgeben.“

„Der hat in seinem Leben noch keinen Farthing verschenkt!“ knurrte die Alte.

„Hat er nicht, und wird er nicht! Das geht gegen meine Grundsätze. – Wenn du sitzen willst, Tinker, hol dir einen Stuhl aus der Küche, und dann wollen wir Abendbrot essen.“

Damit tunkte der Baron eine Gabel in den Topf auf dem Feuer, holte ein Stück Kutteln und eine Zwiebel heraus und teilte das zu ungefähr gleichen Teilen zwischen Mrs. Tinker und sich. „Sehen Sie, Miss Sharp, wenn ich weg bin, bekommt die Tinkern Kostgeld. Wenn ich hier bin, hat sie Familienanschluß – haha! Was fürn Glück, daß Miss Sharp keinen Hunger hat, was, Tinkern?“ Damit fielen sie über ihr klägliches Mahl her.

Nach dem Abendbrot steckte Sir Pitt sich die Pfeife an. Die Unschlittkerze im Zinnleuchter wurde erst angezündet, als es vollständig dunkel war. Dann zog er aus seiner schier unergründlichen Tasche eine Unmenge Papiere, sichtete sie und brachte sie in Ordnung.

„Ich habe hier beim Gericht zu tun, liebes Kind; das verschafft mir das Vergnügen einer so hübschen Reisebegleitung für morgen.“

„Er hat immer mit dem Gericht zu tun“, murmelte Mrs. Tinker und hob den Bierkrug.

„Trink und gib weiter“, befahl der Baron. „Ja, mein Kind, die Tinkern hat ganz recht. Ich habe soviel Prozesse verloren und gewonnen wie sonst keiner in ganz England. Sehen Sie hier: ‚Baron Crawley gegen Snaffle‘. Ich wische ihm eins aus, oder ich will nicht Pitt Crawley heißen! Hier: ‚Podder und Sowieso gegen Baron Crawley', ‚Der Gemeindevorstand von Snailby gegen Crawley'. Die sollen mir mal beweisen, daß es Gemeindeeigentum ist! Ich werde es ihnen zeigen! Das Land gehört mir! Die Gemeinde hat soviel Recht darauf wie Sie oder Tinker. Die sollen den kürzeren ziehen, und wenn's mich tausend Pfund kostet. Sehen Sie sich die Akten an, Kind; Sie dürfen, wenn Sie Lust haben. Haben Sie eine gute Handschrift? Sie sollen sich schon nützlich machen, wenn wir erst in Queen's Crawley sind, verlassen Sie sich drauf! Seit die alte Gnädige tot ist, brauche ich jemanden."

„Die war nicht besser als er", erläuterte Mrs. Tinker. „Die schlug sich mit allen Händlern herum und jagte in vier Jahren achtundvierzig Diener davon."

„Sie war genau – sehr genau", bestätigte der Baron schlicht, „aber sie war viel wert für mich! Sie ersparte mir einen Verwalter." – So offenherzig ging die Unterhaltung noch eine gute Weile fort zur Belustigung des Ankömmlings. Was auch Sir Pitts gute oder schlechte Eigenschaften sein mochten, er machte durchaus kein Hehl daraus. Unablässig sprach er von sich, bald mit breitestem, gewöhnlichstem Hampshire Akzent, bald im Tone des Weltmannes. Dann bot er ihr eine gute Nacht und forderte sie auf, sich am nächsten Morgen früh um fünf fertig zu halten. „Sie schlafen heute mit Mrs. Tinker zusammen", sagte er, „das Bett ist breit genug für zwei; Lady Crawley ist darin gestorben. Gute Nacht!"

Mit diesem Segenswunsche ging er davon. Die würdige Mrs. Tinker wies mit dem Licht in der Hand den Weg über die große nackte Steintreppe, vorbei an den hohen, unwirtlichen Salontüren mit den papierumwickelten Türklinken, in das große vordere Schlafzimmer, wo Lady Crawley zum letzten Schlummer die Augen zugetan hatte. Bett und Gemach sahen so düster aus wie bei einem Begräbnis; man hätte meinen können, Lady Crawley sei nicht nur darin gestorben, sondern ihr Geist wohne noch heute dort. Rebekka jedoch hüpfte unbekümmert lebhaft umher, lugte in die riesigen Schränke und Gelasse, rüttelte an den abgeschlossenen Schubladen und besichtigte die melancholischen Bilder und Ziergegenstände, während die alte Putzfrau ihr Abendgebet sprach.

„In so einem Bett möchte ich lieber nicht ohne ein ruhiges Gewissen schlafen", meinte die alte Frau.

„Platz genug für uns beide und ein halbes Dutzend Gespenster", lachte Rebekka. „Meine liebe, gute Mrs. Tinker, erzählen Sie mir doch bitte haarklein alles über Lady Crawley und Sir Pitt und überhaupt die ganze Gesellschaft!"

Aber die alte Tinker ließ sich durch dieses kleine Kreuzverhör nicht ausholen, bedeutete ihr, daß das Bett zum Schlafen da sei und nicht zum Schwatzen, und hob in ihrer Ecke alsogleich ein solches Schnarchen an, wie nur die Nase der Unschuld es hervorbringt. Rebekka lag noch lange, lange wach und dachte an den kommenden Tag, an das neue Leben, dem sie entgegenging, an die Aussichten, die es ihr bot. Der schwimmende Docht des Nachtlichtes flackerte; der Kaminsims warf einen ungeheuren schwarzen Schatten in den Raum, halb über ein vermodertes, altes gesticktes Tuch, an dem ohne Zweifel die selige Lady gearbeitet hatte, und über zwei kleine Familienbilder, von denen das eine einen jungen Menschen in langer Universitätsrobe zeigte. Auf dem anderen war ein Bursch in rotem Soldatenrock zu sehen. Den nahm Rebekka sich beim Einschlafen mit in den Traum hinüber.

Schlag vier schloß die gewissenhafte Mrs. Tinker die Haustür auf und schob klappernd die Riegel zurück, so daß bei dem Lärm in der ganzen Straße das schlafende Echo wach wurde. So rosenrot war der Sommermorgen, daß selbst die Great Gaunt Street vergnügt dreinschaute. Mrs. Tinker, die ihre Schlafgefährtin getreulich geweckt und zur Eile bei ihren Reisevorbereitungen angetrieben hatte, machte sich auf den Weg, um von dem Droschkenstand in der Oxford Street einen Wagen zu holen. Die Nummer des Gefährts tut hier nichts zur Sache. Warum der Kutscher sich in solcher Herrgottsfrühe an der Ecke der Swallow Street postiert hatte, braucht auch nicht erwähnt zu werden. Er rechnete wohl damit, daß ein junger Nachtschwärmer auf seinem taumeligen Heimwege den Beistand seines Gefährts in Anspruch nehmen und mit der offenen Hand der Trunkenheit bezahlen würde.

Der Kutscher, sollte er sich in erwähnter Hoffnung gewiegt haben, sah sich jedoch bitter getäuscht; denn der ehrenwerte Baron, den er in die City fuhr, gab ihm nicht einen Penny mehr, als ihm zustand. Jehu flehte und tobte, doch vergebens. Er schleuderte Miss Sharps Hutschachtel in die Gosse vor dem „Ochsen" und schwur, er werde seine Taxe durch den Gerichtsvollzieher kassieren lassen; es half ihm aber alles nichts. Doch dies nur nebenbei.

„Laß die Finger davon", riet ihm einer der Stallknechte; „das ist doch Sir Pitt Crawley!"

„Ganz richtig, Joe“, rief ihm der Baron beifällig zu, „den möchte ich sehen, der mich übers Ohr haut!“

„Ich auch!“ grinste Joe halb widerwillig und lud das Gepäck des Barons auf das Dach der Postkutsche.

„Halt mir den Sitz auf dem Bock frei, Schwager“, rief der Abgeordnete dem Postillon zu, der mit einem Griff an den Hut und Wut im Herzen „Jawohl, Herr Baron!“ antwortete; denn er hatte einem jungen Herrn aus Cambridge bereits den Platz versprochen, von dem er sicherlich mindestens eine Krone dafür bekommen hätte. Miss Sharp konnte es sich im Wagen auf dem Rücksitz bequem machen und fuhr nun sozusagen in die weite Welt.

Der junge Mann aus Cambridge brachte verdrossen seine fünf Paletots draußen auf dem Vordersitz unter, war jedoch bald wieder besänftigt, denn die kleine Sharp wurde aus dem Wagen zu ihm hinaufgeschickt. Er wickelte sie in einen seiner Überröcke und war bald wieder ganz guter Dinge. Der asthma-

tische Herr, die gezierte Dame, die auf Ehre versicherte, sie sei noch nie in einer öffentlichen Postkutsche gefahren – solche Damen gibt es in jeder Postkutsche, ach, gab es, denn wo sind die Postkutschen geblieben? –, die dicke Witwe mit der Branntweinflasche, alle nahmen ihre Plätze im Wagen ein, der Schaffner bekam sein Geld und obendrein noch sechs Pence von dem Herrn und fünf schmierige Halfpence von der Witwe. Endlich fuhr der Wagen los, schlängelte sich durch die düsteren Gäßchen von Aldersgate, klapperte an der blauen Kuppel der Paulskirche vorbei und klingelte geschwind am Fremdentor von Fleet Market vorüber, das jetzt ebenso wie die Exeterbörse den Weg ins Schattenreich angetreten hat. Auf ihrem Wege lag der Weiße Bär in Piccadilly; über Knightsbridge stieg von den Gemüsegärtnereien der Morgennebel auf; Turnham-Green, Brentford, Bagshot flogen vorüber. Eigentlich brauchte das hier nicht erzählt zu werden; indes ist der Schreiber dieser Zeilen früher selbst diese denkwürdige Strecke gefahren, bei ähnlich strahlendem Wetter, und eine zärtlich wehmütige Erinnerung wird übermächtig in ihm. Was ist wohl aus der Straße geworden? Aus dem lustigen Treiben in ihr? Gibt es kein Chelsea, kein Greenwich mehr für die braven alten Kutscher mit den Pickeln auf der Nase? Wo mögen sie sein, die wackeren? Ob der alte Weller noch lebt? Und die Kellner? Ach ja, und die Wirtshäuser, in denen sie bedienten, und die kalten Ochsenbraten, die es in ihnen gab; der kümmerliche Stallknecht mit der violetten Nase und dem klappernden Eimer, wo ist er und seine ganze Generation? Für die Genies in Unterröcken, die jetzt für des geliebten Lesers Kinder Geschichten schreiben sollen, liegen diese Menschen und Dinge in ebenso sagenhafter Ferne wie Ninive oder Richard Löwenherz oder Rinaldo Rinaldini. Für sie gibt es Postkutschen nur in Romanen, ein Gespann mit vier Braunen gehört ins Reich der Fabel wie Buckephalos oder Falada. – Wie glänzte ihr Fell, wenn die Stalljungen ihnen die Decken abnahmen, und fort ging's! Wie wippten die langen Schweife, wenn sie am Ende der Reise in gemessenem Schritt in den Hof des Wirtshauses einzogen! Ach, niemals werden wir mehr um Mitternacht das Horn klingen hören, niemals mehr fliegen die

Schlagbäume auf! – Wohin aber trägt der leichte Viersitzer uns jetzt? Ohne weitere Umschweife wollen wir uns in Queen's Crawley absetzen lassen und nachsehen, wie es Rebekka Sharp dort erging.

8. Kapitel

Persönlich! Vertraulich!

„Miss Rebekka Sharp an Miss Amelia Sedley
London
Russell Square
(Gebühr bezahlt gez. Pitt Crawley)

Meine liebste süße Amelia,

mit gemischten Gefühlen greife ich zur Feder, um meiner liebsten Freundin zu schreiben. Welch ein Wechsel zwischen heut und gestern! Heute einsam, ohne Freunde – gestern daheim, in der süßen Gesellschaft einer Schwester, die ich immer, immer im Herzen tragen werde.

Ich schweige von den bitteren Tränen, die ich in der Schicksalsnacht nach unserer Trennung habe vergießen müssen. Am Dienstag gingst Du zu Glück und Freude, begleitet von Deiner Mutter und Deinem ergebenen jungen Ritter. Ich habe die ganze Nacht an Dich gedacht, wie Du bei Perkins tanztest, gewiß die Hübscheste von allen jungen Mädchen dort auf dem Ball. Der Stallknecht fuhr mich in dem alten Wagen zu Sir Pitt Crawleys Stadthaus. Er benahm sich ganz unglaublich (Armut und Unglück zu beleidigen war ja nicht weiter gefährlich!). Ich wurde Sir Pitts Obhut übergeben und mußte in einem alten ungemütlichen Bett mit einem ungemütlichen alten Scheusal von Scheuerfrau übernachten, die das Haus hütet. Die ganze Nacht tat ich kein Auge zu.

Sir Pitt ist nicht gerade das, was wir törichten jungen Dinger uns unter einem Baron vorgestellt haben, als wir *Cecilia* in Chiswick lasen. Etwas, das Lord Orville weniger ähnlich sähe, kann man sich überhaupt nicht denken. Ein untersetzter alter Mann, ordinär und sehr schmutzig, in fadenscheinigem Anzug und abgetragenen Gamaschen, der eine scheußliche Pfeife

raucht und sein scheußliches Abendessen selber in einem Blechtopf kocht! Er spricht wie ein Bauer und fluchte in allen Tonarten über die alte Aufwartefrau und über den Kutscher, der uns zur Poststation fuhr. Den größten Teil des Weges mußte ich oben auf dem Dache reisen!

Bei Tagesgrauen wurde ich von der Scheuerfrau geweckt. Im Wirtshaus angekommen, wurde ich zuerst in die Kutsche gesetzt. Aber als wir in einem Dorf Namens Leakington ankamen und es anfing zu gießen, mußte ich – Du magst es glauben oder nicht – nach draußen klettern. Sir Pitt ist Miteigentümer der Kutsche, und da in Mudbury ein Fahrgast kam, der einen Platz drinnen bestellt hatte, mußte ich nach draußen in den Regen. Dort war jedoch ein junger Herr aus Cambridge, der mich sehr freundlich in einen seiner vielen Mäntel einhüllte.

Dieser Herr und der Kutscher schienen Sir Pitt gut zu kennen und machten ihre Witze über ihn. Beide nannten ihn einen alten Filz, was soviel heißen soll wie ein knickriger, geiziger Mensch. Er soll nie einem Menschen etwas schenken (solche

Kleinlichkeit finde ich abscheulich!). Der junge Mann machte mich darauf aufmerksam, daß wir zwischen den letzten beiden Stationen langsam fuhren; denn Sir Pitt saß auf dem Bock, und auf dieser Strecke gehören die Pferde ihm. ‚Na, wartet, wenn ich erst die Zügel in der Hand habe', drohte der Student, ‚dann will ich euch aber nach Squashmore peitschen!' – ‚Geschieht ihnen recht, Master Jack!' bestärkte ihn der Schaffner. Als ich endlich begriff, daß „Master Jack" den Rest des Weges kutschieren und an Sir Pitt Crawleys Pferden sein Mütchen kühlen wollte, mußte ich natürlich lachen.

In Mudbury, vier Meilen von Queen's Crawley entfernt, erwartete uns ein wappenprangender Wagen mit vier prachtvollen Pferden. In vollem Staat fuhren wir in den Park ein. Zum Hause führt eine herrliche Allee, wohl eine Meile lang. Die Türhüterin am Parktor, dessen Pfeiler von einer Schlange und einer Taube gekrönt sind, den Schildträgern des Crawleyschen Wappens, die Türhüterin also knickste, als sie die alten, schmiedeeisernen Torflügel aufriß, die denen in Chiswick, unseligen Angedenkens! nicht unähnlich sind.

‚Das ist mir mal eine Allee, eine Meile lang!' sagte Sir Pitt. ‚Für sechstausend Pfund Bauholz steckt da in den Bäumen. Ist das etwa nichts?' Er sagte nicht Allee, sondern ‚Ällee' und ‚nix' statt nichts, zu komisch! Ein Mr. Hodson war zu uns gestiegen, sein Angestellter aus Mudbury. Sie sprachen die ganze Zeit über Pfänden und Zwangsversteigerung, Trockenlegen und Bewässern und vor allem über die Pächter und ihr Wirtschaften. Viel habe ich nicht davon verstanden. Sam Miles war beim Wildern ertappt und Peter Baily endlich im Armenhaus untergebracht worden. ‚Nicht mehr als recht und billig', meinte Sir Pitt, ‚der mit seiner Familie hat mir die letzten hundertfünfzig Jahre auf dem Hof in einem fort betrogen.' Es handelte sich wohl um einen alten Pächter, der seine Pacht nicht bezahlen konnte. Sir Pitt hätte ja auch ‚mich' sagen können, aber reiche Barone brauchen sich mit der Grammatik nicht so in acht zu nehmen wie arme Erzieherinnen.

Im Fahren bemerkte ich einen wunderschönen Kirchturm, der zwischen ein paar Ulmen im Park hervorlugte. Davor, umgeben von einem Rasen und ein paar Wirtschaftsgebäuden, lag ein altes, efeubewachsenes rotes Haus mit hohen Schornsteinen, dessen Fenster in der Sonne glänzten. ‚Ist das Ihre Kirche, Sir?' fragte ich.

‚Ja, der Henker soll sie holen!' (so ungefähr sagte Sir Pitt, nur brauchte er einen viel schlimmeren Ausdruck!). ‚Wie geht's Buty, Hodson? Buty ist mein Bruder Bute, meine Liebe, mein Bruder, der Pfarrer. Buty und das Biest nenne ich ihn – haha!'

Hodson lachte ebenfalls, dann legte er sein Gesicht wieder in ernste Falten und sagte, indem er den Kopf hin und her wiegte: ‚Ich fürchte, es geht ihm besser, Herr Baron. Gestern ist er auf seinem Pony ausgeritten und hat nachgeschaut, wie unser Korn steht.'

‚Hat wohl nach seinem Anteil gesehen, zum Henker (das heißt, er gebrauchte denselben schlimmen Ausdruck wie vorhin)! Ob Branntwein und Wasser ihn denn nie ins Grab bringen? Der ist zäh wie der alte Dingsda – wie Methusalem.'

Wieder lachte Mr. Hodson. ‚Die jungen Leute haben Ferien. Sie hätten John Scroggins bald das Fell über die Ohren gezogen.'

‚Meinem Unterförster!' brüllte Sir Pitt.

‚Es war auf dem Grund und Boden des Herrn Pfarrers', erklärte Mr. Hodson, und Sir Pitt schwur wutschnaubend, wenn er sie auf seinem Besitz beim Wildern erwische, werde er sie deportieren lassen, bei Gott, das werde er! Er fuhr fort: ‚Jedenfalls habe ich die Anwartschaft auf das Patronat verkauft. Von der Brut soll keiner sie kriegen, darauf können sie Gift nehmen.' Mr. Hodson gab ihm recht. Daraus schließe ich, daß die Brüder sich nicht vertragen – wie Brüder so oft und Schwestern auch. Weißt Du noch, in Chiswick, die beiden Miss Scratchleys, die sich unentwegt zankten und stritten, und wie Mary Box immer Louisa herumknuffte?

Gleich darauf erblickte Mr. Hodson zwei kleine Jungen, die im Walde Holz sammelten. Auf Sir Pitts Geheiß sprang er aus dem Wagen und fiel mit seiner Peitsche über sie her. ‚Auf sie, Hodson!' hetzte der Baron, ‚schlag ihnen die Seele aus dem Leib! Bring die Vagabunden ins Haus! Die sollen ins Loch, so wahr ich Sir Pitt heiße!' Schon hörten wir die Peitsche auf die Schultern der schluchzenden kleinen Kerle niedersausen. Dann, als Sir Pitt die Übeltäter in Gewahrsam wußte, fuhr er beruhigt weiter zum Schloß. Die ganze Dienerschaft war zu unsrer Begrüßung versammelt und – – –

Hier, liebe Amelia, wurde ich gestern nacht durch ein fürchterliches Pochen an meiner Tür unterbrochen, und wer, glaubst Du, war es? Sir Pitt Crawley in Schlafrock und Nachtmütze, ein Anblick, sage ich Dir! Als ich vor solchem Besuche zurückwich, kam er herein und griff nach meiner Kerze. ‚Miss Becky', sagte er, ‚um elf Uhr wird das Licht ausgelöscht. Geh im Dunkeln zu Bett, du niedliche kleine Hexe‘ – so hat er mich genannt –, ‚hörst du, hübsch um elf ins Bett gehen, wenn ich nicht jede Nacht die Kerze holen soll!‘ Damit gingen er und Mr. Horrocks, der Butler, unter Gelächter davon. Solchen Besuch werde ich nicht zum zweitenmal herausfordern, das kannst Du mir glauben!

Nachts lassen sie zwei ungeheure Bluthunde los, die heulten gestern die ganze Nacht den Mond an. ‚Ich nenne den Rüden Mörder‘, erklärte Sir Pitt, ‚er hat tatsächlich einen Mann totgebissen und kriegt einen Bullen unter. Seine Mutter nannte ich Bella; aber jetzt nenne ich sie Beller, denn zum Beißen ist sie zu alt, haha!‘

Queen's Crawley ist ein abscheulich altmodisches Backsteingebäude mit hohen Giebeln und Kaminen im Stil der Königin Elisabeth. Die große Haustür geht auf eine Terrasse, die rechts und links von den Familienemblemen eingerahmt ist, und die große Diele – Du, ich glaube, die ist so groß und so unheimlich wie die in dem guten alten Schloß von Udolpho. Im Kamin könnten wir Miss Pinkertons halbe Schule unterbringen, auf dem Rost mindestens einen ganzen Ochsen braten. Ringsum an den Wänden hängen ich weiß nicht wie viele Generationen von Crawleys, einige mit Bärten und Halskrausen, einige mit mächtigen Perücken und auswärtsgedrehten Füßen. Wieder andere stecken in langen, geraden Schnürleibern und Gewändern, so steif wie Festungstürme, manche haben lange Ringellocken und – o Himmel! – so gut wie überhaupt kein Korsett. An einem Ende der Diele geht die große Treppe nach oben; sie ist ganz aus altersschwarzer Eiche und unbeschreiblich düster; zu beiden Seiten führen hohe Türen mit Hirschgeweihen darüber ins Billardzimmer und in die Bibliothek, in den großen Salon und in die Frühstückszimmer. Im ersten Stock sind mindestens zwanzig Schlafzimmer, glaube ich. In einem steht das Bett, in dem die Königin Elisabeth geschlafen hat. Heute früh haben mich meine neuen Zöglinge durch alle diese schönen Räume geführt. Sie werden nicht anheimelnder dadurch, daß die Läden jahraus, jahrein geschlossen bleiben, und in jedem erwartet man, wenn Licht hereinfällt, ein Gespenst. Im zweiten Stock haben wir ein Schulzimmer, auf der einen Seite stößt daran mein Schlafzimmer, auf der anderen liegt das Zimmer der beiden jungen Mädchen. Daran schließen sich die Zimmer von Mr. Pitt an – er wird hier Mr. Crawley genannt –, dem ältesten

Sohn, und von Mr. Rawdon Crawley; der ist Offizier wie jemand anders, den ich kenne, und fort bei seinem Regiment. Glaube mir, an Platz fehlt es nicht. Man könnte alle Bewohner von Russel Square noch obendrein einquartieren, und es bliebe immer noch Platz übrig.

Eine halbe Stunde nach unserer Ankunft wurde die große Glocke zum Essen geläutet. Ich ging mit meinen beiden Zöglingen hinunter (zwei dünne, kleine, nichtssagende Blaßschnäbel von zehn und acht). Ich hatte Dein schönes Musselinkleid an (um dessentwillen diese gräßliche Mrs. Pinner so unverschämt wurde), denn ich habe Familienanschluß; nur wenn gerade Gesellschaft ist, dann esse ich mit den Kindern oben. Nun also, die große Glocke läutete, und wir gingen alle in den kleinen Salon, wo die Dame des Hauses sich aufzuhalten pflegt. Sie ist die zweite Lady Crawley und die Mutter der beiden Mädchen. Sie war die Tochter eines Eisenhändlers. Ihre Heirat galt als eine sehr gute Partie. Sie muß einmal sehr hübsch gewesen sein. Jetzt scheinen ihre Augen unaufhörlich um ihre verlorene Schönheit zu weinen. Sie ist blaß und hager, hat knochige Schultern und darf natürlich nicht den Mund auftun. Ihr Stiefsohn, Mr. Crawley, war gleichfalls da, in voller Abendtoilette, feierlich wie ein Beerdigungsunternehmer. Er ist auch blaß und mager, dabei häßlich und schweigsam, ein dünnbeiniges Männchen mit eingefallener Brust, einem Backenbart wie Heu und Haaren wie Stroh, das wandelnde Ebenbild seiner seligen Mutter über dem Kaminsims, Griselda aus dem Hause derer von Binkie.

‚Hier ist die neue Erzieherin, Miss Sharp, Mr. Crawley', sagte Lady Crawley, indem sie auf mich zukam und meine Hand ergriff.

‚Oh!' sagte Mr. Crawley, streckte seinen Hals einmal vor und wandte sich wieder der großen Broschüre zu, in die er gerade vertieft war.

‚Hoffentlich sind Sie lieb zu meinen Kindern!' sagte Lady Crawley mit den unvermeidlichen Tränen in den geröteten Augen.

‚Himmel, Mama, natürlich ist sie das', warf die ältere ein, und ich sah mit einem Blick, daß ich vor *der* Frau keine Angst zu haben brauchte.

‚Frau Baronin, es ist angerichtet.' Der Butler erschien, in Schwarz mit einem gewaltigen weißen Jabot, das gut eine von Königin Elisabeths Spitzenkrausen hätte sein können, wie sie

auf dem Bilde in der Halle zu sehen sind. Lady Crawley nahm Mr. Crawleys Arm und ging in den Eßsaal voraus, wohin ich folgte, an jeder Hand einen kleinen Zögling.

Sir Pitt war schon da und hantierte mit einer silbernen Kanne. Er kam eben aus dem Keller und war in voller Abendtoilette, das heißt, er hatte die Gamaschen ausgezogen und zeigte nun seine kleinen stämmigen Beine in schwarzen Wollstrümpfen. Die Anrichte war bedeckt mit schimmerndem, altem Silber, mit alten Pokalen aus Gold und Silber, alten Teebrettern und Untersetzern, geradeso wie im Laden von Rundell & Bridge. Auf dem Tisch war auch alles aus Silber, und zwei rothaarige Diener in kanariengelber Livree standen rechts und links neben der Anrichte.

Mr. Crawley betete ein langes Tischgebet, Sir Pitt sprach das Amen, und dann wurden die silbernen Deckel abgenommen.

,Was gibt's heute, Betsy?' fragte der Baron.

,Ich glaube Hammelbrühe, Sir Pitt', antwortete Lady Crawley.

,Mouton aux navets', ergänzte der Butler gravitätisch (ausgesprochen: Mutongohnawetz), ,als Suppe potage de mouton à l'eccossaise. In den Gemüseschüsseln sind pommes de terre au naturel und choufleur à l'eau.'

,Hammel bleibt Hammel', sagte der Baron, ,ein verteufelt gutes Essen! Was für 'n Schaf war's, Horrocks? Wann habt ihr geschlachtet?'

,Eins von den schwarzköpfigen Schotten, Herr Baron. Wir haben Dienstag geschlachtet.'

,Wer hat was davon genommen?'

,Steel aus Mudbury den Rücken und zwei Keulen, Herr Baron. Aber er sagte, das letzte war zu jung und hatte mehr Wolle als sonst was dran, Herr Baron.'

,Nehmen Sie etwas potage, Miss – eh – Miss Blunt?' fragte Mr. Crawley.

,Vortreffliche schottische Brühe, meine Liebe', ermunterte Sir Pitt, ,wenn sie ihr auch einen französischen Namen geben.'

,Ich meine, in anständiger Gesellschaft ist es Sitte', warf Mr. Crawley hochmütig dazwischen, ,das Gericht so zu nennen, wie ich es getan habe.' Die Kanariengelben brachten uns die Suppe in silbernen Suppentellern, zusammen mit dem mouton aux navets. Dann wurde helles Bier und Wasser gebracht. Wir jungen Mädchen bekamen jede ein Weinglas voll. Von Bier verstehe ich nichts, aber ich kann mit ehrlicher Überzeugung sagen: Wasser ist mir lieber! Während wir uns gütlich taten, fragte Sir Pitt, was aus der Hammelschulter geworden sei.

,Die war, glaube ich, für die Leutestube', sagte Lady Crawley demütig.

,Sie war es, Frau Baronin', bestätigte Horrocks; ,viel anderes kriegen wir ja nicht zu sehen.'

Sir Pitt brach in ein lautes Lachen aus und fuhr in seiner Unterhaltung mit Horrocks fort. ,Das kleine schwarze Ferkel aus dem Wurf der Kent-Sau muß doch langsam mächtig fett sein?'

,Platzen tut es noch nicht, Herr Baron', erwiderte der Butler mit dem ernsthaftesten Gesicht von der Welt. Sir Pitt und diesmal auch die beiden Mädchen prusteten vor Lachen.

,Miss Crawley, Miss Rose Crawley!' ermahnte sie Mr. Crawley, ,euer Lachen scheint mir gänzlich fehl am Platze.'

,Laß sie nur, Mylord', meinte der Baron. ,Am Sonnabend wollen wir es mal mit dem Schwein probieren; schlachte es

Sonnabend früh, John Horrocks. Miss Sharp mag Schweinefleisch sehr gern, nicht wahr, Miss Sharp?‘

Das ist, glaube ich, alles, was ich von der Unterhaltung bei Tisch behalten habe. Nach dem Essen wurde eine Kanne mit heißem Wasser vor Sir Pitt gestellt und eine Korbflasche, die wohl Rum enthielt. Mr. Horrocks schenkte mir und meinen Zöglingen drei kleine Gläser Wein ein, die Lady bekam ein großes Glas. Als wir dann wieder oben waren, nahm die gnädige Frau aus ihrem Nähkasten ein großes, nicht endenwollendes Strickzeug. Die Kinder spielten Pikett mit einem schmutzigen Spiel Karten. Eine einzige Kerze brannte, aber sie steckte in einem herrlichen alten Leuchter aus getriebenem Silber. Nachdem die gnädige Frau einige wenige Fragen an mich gestellt hatte, konnte ich sehen, wie ich mir die Zeit vertrieb. Zur Auswahl standen ein Band Predigten und die Abhandlung über die Getreidegesetze, in der Mr. Crawley vor Tisch gelesen hatte.

So saßen wir wohl eine Stunde lang. Dann waren Schritte zu hören.

‚Steckt die Karten weg, Kinder!‘ rief die Lady in großer Angst. ‚Legen Sie Mr. Crawleys Bücher hin, Miss Sharp!‘ Kaum waren diese Befehle ausgeführt, da trat Mr. Crawley auch schon ein.

‚Wir wollen die Predigt von gestern weiterlesen‘, sagte er zu den Kindern. ‚Ihr lest immer abwechselnd eine Seite. Dann kann Miss – Miss Short euch lesen hören.‘ Und die armen Dinger buchstabierten an einer langen, öden Predigt herum über die Mission bei den Chickasaw Indianern, die in der Bethesdakirche in Liverpool gehalten worden war. War das nicht ein reizender Abend?

Um zehn mußten die Diener Sir Pitt und den ganzen Haushalt zur Abendandacht zusammenrufen. Sir Pitt kam als erster mit rotem Gesicht und nicht ganz sicher auf den Beinen, nach ihm erschienen der Butler, die Kanarienvögel, Mr. Crawleys Diener, drei andere stark nach Stall duftende Männer und vier Frauen. Es fiel mir auf, daß eine von ihnen reichlich aufgetakelt war und mir einen bösen Blick zuwarf, ehe sie sich auf die Knie plumpsen ließ.

Als Mr. Crawley endlich genug gepredigt und den Text ausgelegt hatte, erhielten wir jeder unsere Kerze und gingen zu Bett, und dann wurde ich beim Schreiben unterbrochen, wie ich Dir, meine liebe, süße Amelia, ja schon geschildert habe. Gute Nacht! Tausend, tausend Küsse!

Sonnabend

Heute früh um fünf hörte ich das kleine schwarze Schwein quieken. Rose und Violet haben mich ihm gestern vorgestellt, ebenso den Ställen und dem Hundezwinger und dem Gärtner, der Obst für den Markt pflückte. Die Mädchen bettelten um ein paar Weintrauben aus dem Treibhaus, aber er sagte, Sir Pitt habe jede einzelne gezählt, und es würde ihn seine Stellung kosten, wenn er sie weggäbe. Die lieben Mädchen fingen sich dann ein Hengstfohlen in der Koppel und fragten mich, ob ich reiten wolle. Sie stiegen dann selber auf, bis der Stallknecht sie mit gräßlichen Flüchen vertrieb.

Lady Crawley strickt an ihrem Strickzeug von morgens bis abends. Sir Pitt ist immer betrunken, jeden Abend; ich glaube, er trinkt mit Horrocks, dem Butler. Mr. Crawley liest abends immer Predigten. Morgens schließt er sich in sein Studierzimmer ein oder reitet in Grafschaftsgeschäften nach Mudbury oder nach Squashmore, wo er mittwochs und freitags den Pächtern etwas vorpredigt.

Tausend Dank nochmals an Deine lieben Eltern. Hat sich Dein lieber Bruder von dem Punsch erholt? O je, o je, Männer sollten von diesem bösen Zeug die Finger lassen!

Immer und ewig Deine

Rebekka“

Alles in allem ist es vielleicht ganz gut für unsere kleine Amelia am Russel Square, daß Miss Sharp nicht mehr bei ihr ist. Rebekka ist ein lustiges, einfallsreiches Geschöpf, zweifellos, und die Schilderungen der armen Dame, die um ihre verlorene Schönheit weint, oder des Herrn mit Heubart und Strohhaaren treffen den Nagel auf den Kopf und verraten eine große Kenntnis der Welt. Daß sie im Knien an etwas Besseres hätte denken können als an Miss Horrocks Bänder, ist wohl uns beiden aufgefallen; aber der nachsichtige Leser möge sich gütigst erinnern, daß diese Geschichte den Titel *Jahrmarkt der Eitelkeit* trägt. Dieser Jahrmarkt der Eitelkeit ist bekanntlich ein ganz eitles, törichtes und schlechtes Unternehmen, wo es nichts als Lug und Trug und Anmaßung gibt, und wenn auch der Moralprediger, der auf dem Titelblatt erscheint (ein genaues Konterfei Ihres gehorsamen Dieners), nicht in Talar und Bäffchen gekleidet ist, sondern in das gleiche Narrenkleid, das seine Gemeinde ziert, so muß er doch die Wahrheit sagen, soweit er sie weiß, ob er nun einen schwarzen Hut oder eine Schellenkappe trägt, und bei solch einem Unternehmen springt nun einmal allerlei Unangenehmes heraus.

In Neapel habe ich einmal einem unserer Zunftbrüder zugehört, der einer Handvoll braver, nichtsnutziger Tagediebe am Strand predigte. Er redete sich in eine so leidenschaftliche Wut über die Schurken hinein, deren schlechte Taten er zugleich erdachte und schilderte, daß er seine Zuhörer mitriß und sie mitsamt dem Dichter in donnernde Flüche und Verwünschungen gegen das eingebildete Ungetüm der Erzählung ausbrachen. In einem Sturm von Mitgefühl ging der Hut herum, und die bajocchi klimperten hinein.

In den kleinen Pariser Theatern hingegen hört man wohl ebenfalls „Ah gredin! Ah monstre!" schreien und den Tyrannen des Stückes von den Logen aus verwünschen, aber die Schauspieler weigern sich einfach, die schlechten Rollen zu spielen wie etwa die infames anglais, rohe Kosaken und was weiß ich noch. Lieber erscheinen sie gegen eine geringere Gage in ihrem echten Charakter als ehrenfeste französische Untertanen auf der Bühne. Ich halte diese beiden Geschichten nebeneinander, damit Sie sich überzeugen können, daß der gegenwärtige Komödiant nicht einfach um des Goldes willen seine Schurken bloßstellt und durchprügelt, sondern weil er sie ehrlich haßt und diesen Haß nicht im Zaum halten kann, so daß ihm der Mund übergeht in entsprechenden Schimpfreden und groben Sprüchen.

Ich bereite meine geneigten Freunde darauf vor, daß meine Geschichte von haarsträubender Schurkerei und verwickelten, aber – so hoffe ich – aufregenden Verbrechen handelt. Meine Bösewichter sind nicht von Pappe, das verspreche ich. Wenn wir an die passenden Stellen kommen, wollen wir es an großen Worten nicht fehlen lassen. Gewiß nicht! Aber wenn wir über die stille Heide gehen, müssen wir notgedrungen ruhig sein. Ein Sturm im Wasserglas ist albern. Das sparen wir uns für das gewaltige Meer und die einsame Mitternacht auf. Das vorliegende Kapitel ist sanft. Andere – doch wir wollen nicht vorgreifen!

Dann möchte ich (als Mann und Bruder erbitte ich mir diese Freiheit) meine Personen nicht nur durch den Lauf der Handlung führen. Ich möchte auch ab und zu von der Bühne herunterklettern und über sie sprechen dürfen, sie liebhaben und ihnen die

Hand schütteln, wenn sie gut und freundlich sind. Sind sie aber närrisch, dann lache ich mir mit dem Leser eins ins Fäustchen, und die Bösen, Herzlosen gar will ich in den härtesten Ausdrücken schildern, die der Anstand erlaubt.

Wenn ich dies nicht vorausschicke, meinen Sie etwa, ich machte mich über die Frömmigkeit lustig, die Miss Sharp so lächerlich findet, ich ergötzte mich an dem taumelnden alten Silen von einem Baron. Dabei geht der Spott doch von einer Person aus, die nur für Wohlstand Respekt und nur für den Erfolg ein Auge hat. Solche Leute gibt es in der Welt, und ihnen geht es gut – ohne Treue, ohne Hoffnung, ohne Mitleid! Auf sie, Freunde, mit aller Macht! Einige, die auch viel Erfolg haben, sind eigentlich nur arme Schlucker und Narren. Diese bloßzustellen und zu bekämpfen, ist ohne Zweifel das Gelächter geschaffen worden.

9. Kapitel

Familienbilder

Sir Pitt Crawley war ein Philosoph mit einem Hang zum niederen Volk. Seine erste Ehe mit der Tochter des Edlen Binkie war unter den Augen seiner Eltern geschlossen worden. Schon zu ihren Lebzeiten pflegte er Lady Crawley zu versichern, sie sei ein verdammt zänkisches, vornehmes Weibsbild, und er werde den Teufel tun, je wieder eine wie sie zu nehmen, wenn sie stürbe. Ein Mann, ein Wort – nach ihrem Hinscheiden wählte er sich zur zweiten Frau Miss Rose Dawson, die Tochter des Eisenhändlers Thomas Dawson aus Mudbury. Was hatte Rose für ein Glück, daß sie Lady Crawley werden durfte!

Zählen wir einmal die einzelnen Posten ihres Glücks auf! Zum ersten gab sie Peter Butt auf, den jungen Mann, mit dem sie versprochen war, wie die Leute sagen. Aus Liebeskummer verlegte er sich aufs Schmuggeln und Wildern und tausend andere schlimme Dinge. Außerdem brach sie pflichtschuldigst mit allen ihren Jugendfreundinnen, die Mylady natürlich nicht in Queen's Crawley empfangen konnte. Dort fand sich nun allerdings niemand, der sie seinerseits willkommen hieß. Aber wer hätte das je getan? Sir Huddleston Fuddleston hatte selber drei Töchter, die alle gern Lady Crawley geworden wären. Sir Giles Wapshots Familie war beleidigt, daß keins der Wapshot-Mädchen ihr den Rang abgelaufen hatte, und die restlichen Barone der Grafschaft waren empört über die Mesalliance ihres Standesgenossen. Die Bürgerlichen lassen wir außer acht; die können anonym grollen.

Sir Pitt scherte sich, wie er sagte, den Teufel um sie. Er hatte seine hübsche Rose. Was braucht ein Mann mehr zu seinem Glück? So betrank er sich jeden Abend, schlug seine hübsche Rose ab und zu, und wenn er zu den Parlamentssitzungen nach London fuhr, ließ er sie allein in Hampshire ohne einen einzigen Freund in der ganzen weiten Welt. Sogar Mrs. Bute Crawley, die Pfarrersfrau, weigerte sich, sie zu besuchen; denn einer Krämerstochter den Vortritt lassen, das würde sie nie und nimmer tun, sagte sie.

Die einzige Gabe, mit der die Natur Lady Crawley bedacht hatte, war ein Gesicht wie von Milch und Blut. Charakter hatte sie keinen, auch keine Talente oder Ansichten, keine Liebhabereien und keinen Zeitvertreib. Es fehlten ihr die Seelenstärke oder die bösen Launen, mit denen das Schicksal sonst wohl vollkommen törichte Frauen ausstattet. So vermochte sie Sir Pitt nicht auf die Dauer zu fesseln. Die Rosen auf ihren Wangen verblichen, nach der Geburt einiger Kinder verlor ihre Gestalt die frische Anmut, und nach und nach wurde sie zu einem Gerätestück im Hause ihres Mannes, ebenso unnütz wie das Piano der verstorbenen Lady Crawley. Da sie eine helle Hautfarbe hatte, trug sie helle Kleider wie die meisten blonden Frauen. Mit Vorliebe erschien sie in verwaschenem Seegrün oder verschossenem Himmelblau. Tag und Nacht arbeitete sie an dem bewußten Strickzeug oder etwas Ähnlichem. In wenigen Jahren hatte sie Bettdecken für ganz Crawley beisammen. Dann war da noch der kleine Blumengarten, für den sie eine gewisse Vorliebe hatte. Sonst empfand sie weder Zuneigung noch Abneigung für irgend etwas. Wenn ihr Gatte sich ihr gegenüber schlecht benahm, war sie völlig apathisch, schlug er sie, so weinte sie. Sich dem Trunk zu ergeben, besaß sie nicht genug Charakter. So schlich sie unordentlich angezogen und mit Papierwickeln im Haar seufzend durchs Haus. O dieser Jahrmarkt der Eitelkeit! Ohne ihn wäre sie ein munteres Ding geblieben. Peter Butt und Rose wären inmitten einer fröhlichen Kinderschar glückliche Eheleute auf einem hübschen Hof gewesen und hätten ihren ehrlichen Anteil an den Freuden und Sorgen, an den Hoffnungen und Kämpfen des Lebens gehabt. Aber auf dem Jahrmarkt der Eitelkeit sind Titel und Vierspänner wertvollere Dinge als das Glück, und wenn Heinrich VIII. oder Ritter Blaubart heutigentags noch lebten und eine zehnte Frau suchten, glauben Sie etwa, das hübscheste Mädchen der Saison würde ihnen einen Korb geben?

Das schlaffe, mürrische Wesen ihrer Mama erweckte natürlich in den kleinen Töchtern nicht viel Zuneigung; aber in der Leutestube und in den Ställen, da fühlten sie sich wohl. Zum Glück hatte der schottische Gärtner eine gute Frau und gutartige Kinder. In seinem Häuschen fanden die beiden, was sie an rechtschaffenem Unterricht und Umgang brauchten, und das war die ganze Erziehung, die sie genossen, bis Miss Sharp kam.

Sie war auf die Vorstellungen Mr. Pitt Crawleys hin angestellt worden. Er war der einzige Freund oder Beschützer, den Lady Crawley je gehabt hatte, der einzige Mensch – außer ihren Kindern –, für den sie ein wenig blasse Zuneigung empfand. Mr. Pitt schlug den edlen Binkies nach, von denen er abstammte; er war ein überaus höflicher und korrekter Herr. Als er von Oxford zurückkehrte und ins Mannesalter kam, machte er sich daran, die gelockerte Zucht im Hause wiederherzustellen, selbst über den Kopf seines Vaters hinweg, der in seiner Furcht stand. Er war ein Mann von so strengen Formen, daß er lieber verhungert wäre, als ohne weiße Halsbinde zu Tisch zu gehen. Als er eben von der Universität gekommen war, hatte Horrocks, der Butler, einmal versäumt, einen Brief, den er ihm brachte, auf einen Präsentierteller zu legen. Ein Blick, ein schneidender Verweis von Mr. Pitt, und Horrocks zitterte vor ihm bis an sein Lebensende. Der ganze Haushalt beugte sich vor ihm. War er zu Hause, verschwanden Lady Crawleys Lockenwickler früher als sonst, Sir Pitts verschmutzte Gamaschen waren nicht mehr zu sehen, und wenn der unverbesserliche alte Sünder auch an anderen Gewohnheiten festhielt, in Gegenwart seines Sohnes trank er nie zuviel Grog und war höflich und zurückhaltend im Umgang mit den Dienstboten. Es fiel auf, daß Sir Pitt seine Frau niemals beschimpfte, solange sein Sohn im Zimmer war.

Er war es, der dem Butler beibrachte zu sagen: „Frau Baronin, es ist angerichtet!“ Er bestand darauf, die Lady zu Tisch zu führen. Er richtete selten das Wort an sie, tat er es aber, so geschah es mit der tiefsten Ehrerbietung. Nie ließ er sie aus dem Zimmer gehen, ohne aufzustehen und ihr mit einer feierlichen Verbeugung die Tür zu öffnen.

In Eton wurde er Miss Crawley genannt. Leider muß ich berichten, daß sein jüngerer Bruder Rawdon ihn dort fürchterlich zu verprügeln pflegte. Aber obgleich er nicht sehr begabt war, machte er den Mangel durch rühmlichen Fleiß wett. Soviel man gehört hat, zog er sich während seiner acht Jahre in der Schule nie jene Strafe zu, der – wie man allgemein glaubt – nur ein Engel entgehen kann.

Von seiner Universitätszeit ist natürlich nur Lobenswertes zu berichten. Hier bereitete er sich für das öffentliche Leben vor, in das er unter dem Schutze seines Großvaters Lord Binkie eingeführt werden sollte. Emsig studierte er die alten und neuen Rhetoren und übte sich unaufhörlich in Debattierklubs. Aber obwohl ihm die Worte reichlich zuflossen und er sein dünnes Stimmchen sich selbst zum Vergnügen mit großer Wichtigkeit hören ließ und obwohl er andere als vollständig abgestandene schale Gefühle und Meinungen, die unfehlbar von einem lateinischen Zitat unterstrichen waren, nicht über die Lippen brachte, kam er doch trotzdem zu nichts, unbeschadet seiner Mittelmäßigkeit, die eigentlich jedem zu Erfolg hätte verhelfen müssen. Er gewann noch nicht einmal den Preis für das beste lateinische Gedicht, der ihm, wie alle seine Freunde sagten, eigentlich sicher war.

Nach der Universität wurde er Lord Binkies Privatsekretär, dann Attaché an der Gesandtschaft in Pumpernickel, welchen Posten er auf das ehrenhafteste ausfüllte, indem er lange Berichte über Gänseleberpasteten an den derzeitigen Außenminister sandte. Zehn Jahre blieb er Attaché (noch mehrere über das vielbeklagte Hinscheiden Lord Binkies hinaus), und da ihm die Beförderung zu langsam vonstatten ging, nahm er leicht angewidert den Abschied vom diplomatischen Dienst und schickte sich an, Landedelmann zu werden.

Als er nach England zurückkehrte, schrieb er eine Abhandlung über Malz (denn er war ehrgeizig und sah sich gern im Licht der Öffentlichkeit) und nahm heftig Partei in der Frage der Negerbefreiung. Später befreundete er sich mit Mr. Wilberforce, für dessen Politik er sich begeisterte; auch führte er jene berühmt gewordene Korrespondenz mit Pastor Silas Hornblower über die Aschanti-Mission. Wenn er auch nicht immer zu den Parlamentssitzungen in London war, bei den religiösen Versammlungen im Mai war er es gewiß. Auf dem Gut war er Friedensrichter und ließ es an Besuchen und kräftigem Zuspruch bei geistlich Vernachlässigten nicht fehlen. Es hieß, er erweise Lady Jane Sheepshanks seine Aufmerksamkeit, Lord Southdowns dritter Tochter, deren Schwester, Lady Emily, jene erbaulichen Traktate *Des Seemanns wahrer Kompaß* und *Die Apfelfrau von Finchley Common* geschrieben hat.

Miss Sharps Bericht von seinen Beschäftigungen in Queen's Crawley war nicht übertrieben. Er unterwarf die Dienerschaft den vorerwähnten frommen Übungen und brachte es, gottlob! sogar fertig, daß sein Vater an ihnen teilnahm. Die Gemeinde der Independenten im Kirchspiel stand unter seinem Schutz. Sein Onkel, der Pfarrherr, war entrüstet, Sir Pitt infolgedessen entzückt, so daß er sich bewegen ließ, selber ein paarmal an den Zusammenkünften teilzunehmen, was wiederum einige ohne Umschweife an das alte gotische Kirchengestühl des Barons gerichtete scharfe Predigten nach sich zog. Sir Pitt indes, der biedere, hatte von der Gewalt dieser Reden nichts auszustehen, denn er pflegte während der Predigten sein Schläfchen zu halten.

Zum Heil der Nation und der Christenheit drang Mr. Crawley eifrig darauf, daß der alte Herr ihm seinen Sitz im Parlament abtrete. Der aber dachte nicht daran. Natürlich waren beide nicht so dumm, die fünfzehnhundert Pfund im Jahr fahrenzulassen, die ihnen der zweite Sitz einbrachte (zu jener Zeit hatte ihn Mr. Quadroon mit carte blanche in der Sklavenfrage inne). Der Familienbesitz steckte tief in Schwierigkeiten; das Einkommen aus dem Wahlflecken war dem Schloß daher höchst willkommen.

Von der harten Geldbuße, die Walpole Crawley, dem ersten Baronet, wegen seiner Unterschlagungen im Siegelamt auferlegt worden war, hatte sich das Schloß Queen's Crawley nie erholt. Sir Walpole war ein vergnügter Leichtfuß gewesen, der ebenso leicht nach dem Gelde griff, wie er es ausgab („alieni appetens, sui profusus", pflegte Mr. Crawley mit einem Seufzer zu erklären). Die ganze Grafschaft hatte ihn geliebt, denn in Queen's Crawley war man ständig gastfrei und betrunken gewesen. Seine Keller waren voll Burgunder gewesen, die Zwinger voller Jagdhunde, die Ställe voll edler Renner. Was jetzt noch an Pferden in Queen's Crawley war, ging vor dem Pflug oder zog die Postkutsche. Eins von diesen Gespannen, das anderweitig gerade nicht gebraucht wurde, brachte Miss Sharp zum Schloß. Sir Pitt war zwar ein Krautjunker, hielt aber hartnäckig auf sein Ansehen, wenn er daheim war, und fuhr fast nur vierspännig aus. Zum Abendbrot bekam er Suppenfleisch, ließ es aber immer von drei Dienern servieren.

Wenn bloßer Geiz reich machen könnte, Sir Pitt hätte es zu großem Vermögen gebracht. Wäre er Advokat in einem Landstädtchen und sein Kopf sein einziges Kapital gewesen, er hätte wahrscheinlich etwas Rechtes daraus gemacht und beträchtlichen Einfluß und Sachverstand erworben. Statt dessen hatte er das Pech, einen großen Namen zu besitzen und große, wenn auch verwahrloste Ländereien, was beides ihm eher schadete als nützte. An Prozessen hatte er nun einmal einen Narren gefressen. Sie verschlangen ihm viele Tausende im Jahr; und da er viel zu schlau war, sich – wie er sagte – von einem einzigen Verwalter übers Ohr hauen zu lassen, verkamen seine Güter in den Händen von einem halben Dutzend, denen er allen gleichmäßig mißtraute. Er war ein so harter, unerbittlicher Pachtherr, daß er unter seinen Pächtern kaum einen finden konnte, der nicht bankrott gewesen wäre; als Landmann war er so sparsam, daß er dem Boden seine Saat mißgönnte, und zur Strafe mißgönnte ihm die Natur die Ernten, die sie freigebigeren Bauern gewährt. Er spekulierte in jeder erdenklichen Weise, hatte seine Hand im Bergbau, kaufte Kanalaktien, lieferte Vorspanne für Postkutschen, übernahm Regierungsaufträge und war der geschäftigste Mann und Friedensrichter in der Grafschaft. In seinem Granitsteinbruch wollte er ehrliche Aufseher nicht bezahlen und konnte daher zu seiner Genugtuung feststellen, daß vier Verwalter auf und davon gingen und ein Vermögen mit nach Amerika nahmen. Seine Kohlenschächte standen unter Wasser, weil es an den nötigen Sicherheitsmaßnahmen fehlte; die Regierung ließ ihn auf seinen Lieferungen verdorbenen Rindfleisches sitzen, und seine Kutschpferde – nun, jeder Posthalter wußte, daß keinem im Lande mehr Pferde eingingen als ihm, weil er zu billig kaufte und am Futter sparte. Von Natur war er gesellig und alles andere als hochfahrend. Ihm war bei einem Bauern oder Viehhändler wohler als bei einem Gentleman wie etwa seinem vornehmen Sohn. Trinken, fluchen und mit Bauerntöchtern scherzen, das war sein Element. Nie verschenkte er einen Schilling, nie tat er Gutes, war aber immer vergnügt und zu Schabernack aufgelegt, und es machte ihm nichts aus, an einem Tage mit seinem Pächter bei einem Glas Wein Witze zu reißen und ihn am nächsten pfänden zu lassen oder mit dem Wilddieb zu spaßen, den er deportieren ließ. Seine Höflichkeit gegen das schöne Geschlecht hatte Miss Rebekka Sharp bereits erwähnt – kurz, weder im Landadel noch im Hochadel noch unter dem gemeinen englischen Volk gab es einen so pfiffigen, geizigen, egoistischen, törichten, schändlichen alten Mann wie Sir Pitt Crawley. Seine blutrote Hand griff in jedermanns Tasche außer in seine eigene. Es macht uns Kummer und Schmerzen, daß wir, bei aller Bewunderung für den britischen Adel, einem Mann soviel schlechte Eigenschaften anhängen müssen, dessen Name im Adelsregister steht.

Ein gewichtiger Grund für die Zuneigung, die Sir Pitt für seinen Sohn empfand, waren Geldgeschäfte. Der Baron schuldete seinem Sohn eine Summe Geldes von der Mitgift seiner Mutter, und es paßte ihm nicht, sie auszuzahlen. Er hatte überhaupt einen geradezu unbezwinglichen Widerwillen dagegen, irgend jemandem etwas zu zahlen, und konnte nur mit Gewalt dazu gebracht werden, seine Schulden zu begleichen. Nach Miss Sharps Rechnung (denn sie wurde, wie wir bald sehen werden, in fast alle Familiengeheimnisse eingeweiht) kosteten den ehrenwerten Baron allein die Zahlungen an seine Gläubiger mehrere hundert Pfund im Jahr; aber auf dieses Vergnügen mochte er nicht verzichten. Es machte ihm einen geheimen Spaß, die armen Teufel warten zu lassen und die Zahlungen von einer Instanz zur anderen, von einem Verfallstag zum anderen zu verschleppen. „Was nützt einem der Parlamentssitz, wenn man seine Schulden bezahlen muß?" pflegte Sir Pitt zu fragen. Daher schlug er denn auch aus seiner Stellung als Abgeordneter nicht wenig Gewinn.

O Jahrmarkt der Eitelkeit! Hier ist ein Mann, der nicht richtig schreiben kann und kein Buch in die Hand nimmt, ein Mann von Bauernart und Bauernschläue, dessen Lebenszweck es ist, seine Mitmenschen zu prellen. Sein Geschmack, sein Gefühl, sein Vergnügen galten nur schmutzigen und faulen Dingen. Und doch hatte er irgendwie Rang, Ehre, Macht, war er ein Würdenträger des Landes und eine Stütze des Staates. Er war der Oberrichter der Grafschaft und fuhr in einer goldenen Kutsche aus. Große Minister und Staatsmänner umwarben ihn. Kurz, er nahm auf dem Jahrmarkt der Eitelkeit eine höhere Stellung ein als das glänzendste Genie oder die makelloseste Tugend.

Sir Pitt hatte eine unverheiratete Halbschwester, die von ihrer Mutter ein großes Vermögen geerbt hatte. Der Baron hatte ihr vorgeschlagen, dieses Geld bei ihm als Hypothek anzulegen, aber Miss Crawley hatte das Angebot abgelehnt und die Sicherheit von Staatspapieren vorgezogen. Sie hatte allerdings angedeutet, daß sie die Erbschaft Sir Pitts zweitem Sohn und der Pfarrersfamilie zugedacht habe. Ein paarmal hatte sie Rawdon Crawleys Schulden bezahlt, in die er auf der Universität und beim Heer geraten war. Aus all diesen Gründen wurde Miss Crawley bei ihren Besuchen in Queen's Crawley mit größter Ehrfurcht behandelt, besaß sie doch ein Bankkonto, das ihr überall Zuneigung erworben hätte.

Welches Ansehen verleiht einer alten Dame doch so ein Bankkonto! Wie zärtlich sehen wir über ihre Fehler hinweg, wenn sie mit uns verwandt ist (möge jeder Leser recht viele solcher Verwandten haben)! Was für ein liebes, gutmütiges altes Wesen ist sie dann in unsern Augen! Mit welch liebenswürdigem Lächeln begleitet sie der junge Chef von Hobbs und Dobbs zu ihrem Wagen mit dem Wappen darauf und dem dicken, kurzatmigen Kutscher! Wenn sie bei uns zu Besuch ist, finden wir eigentlich immer eine Gelegenheit, unseren Freunden zu verstehen zu geben, mit was für einer vornehmen Dame sie es hier zu tun haben. Dann sagen wir (und wie wahr ist es!): „Ich wünschte, ich hätte Miss MacWhirters Unterschrift auf einem Scheck über fünftausend Pfund!" – „Sie würde das kaum vermissen", meint dann Ihre Frau. – „Sie ist meine Tante", entgegnen Sie wie beiläufig, wenn Ihr Freund Sie fragt, ob Sie mit Miss Mac Whirter verwandt seien. Ihre Frau schickt dauernd kleine Beweise der Zuneigung, Ihre Töchter sticken ihr endlose Handarbeitskörbchen, Kissen und Fußstützen. Was für ein warmes Feuer brennt in ihrem Zimmer, wenn sie zu Besuch kommt! Ihre Frau aber muß sich das Korsett im Kalten zuschnüren. Solange sie da ist, wirkt das Haus festlich, sauber, warm, freundlich und gemütlich wie sonst nie. Sie selbst, mein lieber Herr, vergessen Ihr Nachmittagsschläfchen zu halten und entdecken plötzlich, wie gern Sie Whist spielen (wenn Sie auch stets verlieren). Was für gute Diners es gibt! Jeden Tag Wild, Madeira und allerlei Fisch aus London. Sogar die Dienstboten in der Küche haben an dem allgemeinen Glück teil. Wenn Miss Mac Whirters dicker Kutscher da ist, ist das Bier auf einmal viel stärker, und im Kinderzimmer kommt es gar nicht drauf an, wieviel Tee und Zucker verbraucht wird (dort nimmt nämlich die Jungfer ihre Mahlzeiten ein!). Ist das nun so oder nicht? Ich wende mich hier an den Mittelstand. O ihr himmlischen Mächte, schickt mir doch eine alte Tante, eine unverheiratete Tante, eine Tante mit einem Wappen auf dem Kutschschlag und einer hellbraunen Perücke! Meine Kinder sollten Handarbeitsbeutel für sie arbeiten, und meine Julia und ich würden es ihr ja so behaglich machen! Süße, liebliche Vision! Närrischer, dummer Traum!

10. Kapitel

Miss Sharp fängt an, sich Freunde zu erwerben

Als erste Pflicht, da Rebekka in die liebenswürdige Familie aufgenommen ist, deren Porträt wir auf den vorhergehenden Seiten skizziert haben, obliegt es ihr nun natürlich, sich bei ihren Wohltätern sozusagen beliebt zu machen und mit all ihrer Kraft deren Vertrauen zu gewinnen. Muß man diese Dankbarkeit bei einer schutzlosen Waise nicht bewundern? Und selbst wenn sich in ihre Berechnungen ein wenig Egoismus eingeschlichen hätte, muß man nicht doch zugeben, daß ihre Klugheit völlig gerechtfertigt war? Ich steh' ganz allein in der Welt, sagte sich das verlassene Mädchen. Ich kann nur auf das bauen, was ich mir durch eigene Arbeit erwerbe. Während die kleine rotwangige Amelia nur halb soviel Vernunft hat wie ich, dafür aber zehntausend Pfund und gesicherte Heiratsaussichten besitzt, muß die arme Rebekka sich nur auf sich selbst und ihren Verstand verlassen (und meine Figur ist doch weitaus besser als die ihre!). Nun, wir wollen sehen, ob mein Verstand mir nicht ein ehrenhaftes Auskommen verschaffen wird und ob ich nicht doch eines Tages Amelia meine wahre Überlegenheit zeigen kann! Nicht, daß ich etwas gegen die arme Amelia hätte – wer wird denn etwas gegen so ein harmloses, gutmütiges Geschöpf haben? Aber es wird doch ein schöner Tag sein, wenn ich in der Welt meine Stellung über ihr werde einnehmen können. Warum sollte mir das eigentlich nicht gelingen? Solche Zukunftsbilder dachte unsere kleine romantische Freundin sich aus. Wir dürfen nicht darüber entsetzt sein, daß in all ihren Luftschlössern ein Mann der Hauptbewohner war. Woran sollen junge Mädchen denn sonst denken als an einen Ehemann? Denken ihre lieben Mamas denn an etwas anderes? Ich muß meine eigene Mama sein, dachte Rebekka, und sooft ihr dabei ihr kleines mißglücktes Abenteuer mit Josef Sedley einfiel, kam ihr ihre Niederlage schmerzlich zu Bewußtsein.

So beschloß sie klug, ihre Stellung bei der Familie in Queen's Crawley angenehm und sicher zu gestalten, und zu diesem Zweck wollte sie sich alle, die ihr irgendwie dabei behilflich sein könnten, zu Freunden machen.

Lady Crawley gehörte nicht zu diesem Personenkreis, war sie doch eine so unbedeutende, charakterlose Frau, daß sie in ihrem eigenen Haus nicht den geringsten Einfluß besaß. So war es also keineswegs nötig, daß Rebekka sich um ihr Wohlwollen bemühte, ja es war sogar unmöglich, es zu gewinnen. Mit ihren Schülerinnen pflegte sie über deren „arme Mama" zu sprechen. Wenn sie diese Dame auch mit allen Zeichen kühlen Respekts behandelte, so widmete sie klugerweise ihre Hauptaufmerksamkeit doch der übrigen Familie.

Das Zutrauen der Kinder gewann sie schnell. Indes war ihre Methode dabei ziemlich einfach. Sie plagte die jungen Köpfe nicht mit allzuviel Gelehrsamkeit; im Gegenteil, sie ließ den Kindern alle Freiheit, sich selbst zu erziehen. Und welche Erziehung ist wirksamer als die Selbsterziehung? Das ältere Mädchen las sehr gern. Zum Glück gab es in der alten Bibliothek in Queen's Crawley einen beträchtlichen Vorrat an leichter Literatur aus dem letzten Jahrhundert, sowohl auf französisch wie auf englisch (der Crawley vom Siegelamt hatte sie gekauft, als er in Ungnade gefallen war). Da niemand außer ihr selbst je in den Regalen kramte, konnte Rebekka auf angenehme Weise und

sozusagen wie im Spiel Miss Rose Crawley ein gut Teil Belehrung verschaffen.

So las sie mit Miss Rose viele köstliche französische und englische Werke, von denen wir nur einige erwähnen wollen, wie die des gelehrten Dr. Smollet, des geistreichen Mr. Henry Fielding, des anmutigen und phantastischen jüngeren Mr. Crébillon, den der unsterbliche Dichter Gray so bewunderte, und des universalen M. de Voltaire. Als Mr. Crawley einmal fragte, was die Mädchen gerade läsen, erwiderte die Gouvernante:

„Smollet." „O Smollet!" sagte Mr. Crawley höchst zufrieden. „Seine Geschichte ist langweiliger, aber bei weitem nicht so gefährlich wie die des Mr. Hume. Lest ihr gerade Geschichte?" – „Ja", antwortete Miss Rose; sie fügte jedoch nicht hinzu, daß es die Geschichte von Mr. Humphrey Clinker war. Bei einer anderen Gelegenheit war er ziemlich entsetzt, als er seine Schwester bei der Lektüre französischer Schauspiele antraf. Aber da die Gouvernante bemerkte, ihre Schülerin solle daran die französische Konversation beherrschen lernen, mußte er sich wohl oder übel zufriedengeben. Als Diplomat war Mr. Crawley außerordentlich stolz auf seine eigenen Fertigkeiten in der französischen Sprache, denn ganz hatte er sich noch nicht von der Welt abgewandt. So war er recht erfreut über die Komplimente, die die Gouvernante ihm immer wieder über sein Können machte.

Miss Violets Geschmack war rauher und weniger fein als der ihrer Schwester. Sie kannte die abgelegenen Winkel, wo die Hühner ihre Eier legten, sie konnte auf Bäume klettern, um die Nester der gefiederten Sänger ihrer gefleckten Beute zu berauben, und ihr größtes Vergnügen war es, junge Füllen zu reiten und wie Camilla die Felder zu durchstreifen. Sie wurde von ihrem Vater und den Stallknechten verwöhnt. Sie war der Liebling und zugleich der Schrecken der Köchin; denn sie fand immer heraus, wo die Marmeladentöpfe versteckt waren, und machte sich stets darüber her, wenn sie in Reichweite standen. Mit ihrer Schwester hatte sie ständig Streit. Wenn Miss Sharp eine dieser Sünden entdeckte, erzählte sie sie nicht Lady Crawley, die sie dem Vater oder, schlimmer noch, Mr. Crawley weitererzählt hätte. Sie versprach vielmehr, nichts zu sagen, wenn Miss Violet ein artiges Mädchen sein und ihre Gouvernante liebhaben wolle.

Gegen Mr. Crawley war Miss Sharp respektvoll und unterwürfig. Sie fragte ihn um Rat bei französischen Stellen, die sie nicht verstehen konnte, obwohl ihre Mutter Französin gewesen war. Er konnte sie ihr dann zu vollster Zufriedenheit erklären. Außer dieser Hilfe bei weltlicher Literatur suchte er ihr freundlicherweise auch Bücher ernsthafterer Richtung heraus. Auch in der Unterhaltung wandte er sich häufig an sie. Über alle Maßen bewunderte sie seine Rede vor der Gesellschaft für Sklavenhilfe, und sie interessierte sich für seine Flugschrift über das Malz. Oft war sie von seinen Abendandachten bis zu Tränen gerührt und sagte dann: „Ach, ich danke Ihnen!" Dabei seufzte sie so tief, indem sie den Blick zum Himmel hob, daß er sich zuweilen herabließ, ihr die Hand zu geben. „Blut ist eben doch das Wichtigste", pflegte der aristokratische Pietist zu sagen. „Wie Miss Sharp von meinen Worten erweckt wird, während sich doch kein anderer Mensch hier davon rühren läßt! Ich bin zu fein, zu delikat. Ich muß meinen Stil volkstümlicher gestalten, aber sie versteht ihn. Ihre Mutter war eben eine Montmorency."

Es hatte tatsächlich den Anschein, als ob Miss Sharp mütterlicherseits von dieser berühmten Familie abstamme. Natürlich erzählte sie nichts davon, daß ihre Mutter beim Theater gewesen war; damit hätte sie nur Mr. Crawleys religiöse Anschauungen verletzt. Wie viele vornehme Emigranten hatte doch diese entsetzliche Revolution ins Elend gestürzt! Kaum daß sie ein paar Monate im Hause war, hatte Rebekka schon mehrere Geschichten über ihre Vorfahren erzählt. Einige davon entdeckte Mr. Crawley zufällig in der Bibliothek in D'Hoziers Lexikon; das bestärkte ihn aber nur in seinem Glauben an ihre Echtheit und an Rebekkas vornehme Abstammung. Dürfen wir dieser Neugier und diesem Herumsuchen im Lexikon etwa entnehmen, daß Mr. Crawley sich für sie interessierte? Konnte unsere Heldin etwa so etwas vermuten? Nein, das geschah alles nur in freundschaftlicher Weise. Haben wir nicht erwähnt, daß seine Neigung Lady Jane Sheepshanks galt?

Ein paarmal machte er Rebekka Vorhaltungen über die Unschicklichkeit des Puffspiels, an dem sie sich mit Sir Pitt ergötzte. Das sei ein gottloses Vergnügen; viel besser wäre es, sie beschäftigte sich mit der Lektüre von *Thrumps Vermächtnis* oder *Die blinde Waschfrau von Moorfields* oder irgendeinem anderen Werk ernsthafteren Charakters. Miss Sharp erklärte jedoch, ihre teure Mutter habe dieses Spiel oftmals mit dem alten Comte de Trictrac und dem ehrwürdigen Abbé du Cornet gespielt. So fand sie eine Entschuldigung für diese und andere weltliche Vergnügungen.

Aber die kleine Gouvernante machte sich nicht nur durch das Puffspiel bei ihrem Prinzipal beliebt; sie fand mancherlei Mittel, um dem Baron von Nutzen zu sein. Mit unermüdlicher Geduld las sie all jene Prozeßakten, von denen er ihr erzählt hatte, ehe sie nach Queen's Crawley kam. Sie erbot sich, seine Briefe abzuschreiben. Dabei änderte sie geschickt die Orthographie so ab, daß sie mit dem modernen Sprachgebrauch übereinstimmte. Sie interessierte sich für alles, was das Besitztum anging, die Landwirtschaft, den Park, den Garten und die Ställe.

Sie war eine so reizende Gefährtin, daß der Baron seinen Rundgang nach dem Frühstück selten ohne sie (und die Kinder natürlich) unternahm. Dabei gab sie ihm Ratschläge, wie die Bäume in den Baumschulen zu verschneiden und die Gartenbeete umzugraben seien, welches Getreide geerntet werden sollte, welche Pferde vor den Wagen oder an den Pflug gespannt werden sollten. Noch ehe sie ein Jahr in Queen's Crawley war, hatte sie das Vertrauen des Barons vollkommen gewonnen, und die Unterhaltung bei Tisch, die ehedem zwischen ihm und Mr. Horrocks, dem Butler, geführt wurde, beschränkte sich jetzt fast ausschließlich auf Sir Pitt und Miss Sharp. Wenn Mr. Crawley nicht da war, war sie beinahe die Herrin des Hauses. In ihrer neuen hohen Stellung benahm sie sich indes mit solcher Umsicht und Bescheidenheit, daß sich keine der Autoritäten in Küche und Stall verletzt fühlte, so außerordentlich anspruchslos und liebenswürdig war ihr Verhalten ihnen gegenüber. Sie war ein ganz andrer Mensch als das hochnäsige, schüchterne, unzufriedene kleine Mädchen, das wir früher kennengelernt haben. Diese Änderung ihres Wesens war ein Beweis für ihre große Klugheit, für den aufrichtigen Wunsch, sich zu bessern, oder jedenfalls für ihren hohen moralischen Mut. Ob es nun das Herz war, das unserer Rebekka dieses neue System der Gefälligkeit und Demut diktierte, das soll ihre spätere Geschichte zeigen. Ein Mädchen von einundzwanzig Jahren wird selten ein System der Heuchelei auf Jahre hinaus befriedigend durchführen. Der Leser wird sich jedoch daran erinnern, daß unsere Heldin, wenn auch jung an Jahren, doch alt an Lebenserfahrung war, und wenn er noch nicht herausgefunden hat, daß sie eine sehr kluge kleine Frau ist, dann hat unsere Erzählung ihren Zweck verfehlt.

Der ältere und der jüngere Sohn des Hauses Crawley waren, wie der Herr und die Dame im Wetterhäuschen, niemals zusammen daheim. Sie haßten einander von Herzen; ja, Rawdon Crawley, der Dragoneroffizier, hegte große Verachtung für den ganzen Besitz und kam fast nur dorthin, wenn seine Tante ihren alljährlichen Besuch in Queen's Crawley abstattete.

Die beste Eigenschaft dieser alten Dame haben wir bereits erwähnt. Sie besaß siebzigtausend Pfund und hatte Rawdon beinahe schon adoptiert. Ihr älterer Neffe war ihr ungemein zuwider. Sie verachtete ihn als einen Schlappschwanz. Er andrerseits zögerte nicht zu behaupten, daß ihre Seele unwiederbringlich verloren sei. Die Aussichten seines Bruders in jener Welt seien allerdings nicht um ein Haar besser. „Sie ist ein gottloses weltliches Frauenzimmer", pflegte Mr. Crawley zu sagen; „sie verkehrt mit Atheisten und Franzosen. Mich schaudert, wenn ich an ihre ganz entsetzliche Lage denke! So nahe dem Grabe noch so der Eitelkeit, Weltlichkeit, Zügellosigkeit und Torheit ergeben zu sein!" Die alte Dame lehnte es nämlich rundweg ab, bei seiner abendlichen Andachtsstunde zu erscheinen, und wenn sie allein nach Queen's Crawley kam, sah er sich genötigt, seine gewohnten Andachtsübungen aufzugeben.

„Hör mit deinen Predigten auf, Pitt, wenn Miss Crawley zu uns kommt", sagte der Vater. „Sie hat geschrieben, sie könne dieses fromme Gewäsch nicht aushalten."

„Aber Sir, denken Sie doch an die Dienstboten!"

„Die Dienstboten können sich aufhängen lassen!" sagte Sir Pitt. Sein Sohn aber fürchtete, es könnte ihnen noch Schlimmeres widerfahren, wenn sie seiner Unterweisung beraubt würden.

„Ach was, zum Henker, Pitt!" entgegnete der Vater auf diese Vorhaltungen. „Du wirst doch nicht so dumm sein und dreitausend Pfund im Jahr der Familie entgehen lassen?"

„Was ist Geld im Vergleich zu unserer Seele, Sir?" versetzte Mr. Crawley.

„Du meinst wohl, daß die alte Dame nicht dir das Geld vermachen wird?" – und wer weiß, ob Mr. Crawley das nicht wirklich gemeint hatte?

Die alte Miss Crawley gehörte ganz gewiß zu den Verworfenen. Sie hatte ein schmuckes Häuschen in Park Lane. Während der Saison in London aß und trank sie viel zuviel und mußte dann zum Sommer nach Harrowgate oder Cheltenham gehen. Sie war die gastfreundlichste und lustigste aller alten Vestalinnen. In ihrer Jugend sei sie einmal eine Schönheit gewesen, behauptete sie (alle alten Frauen sind einmal eine Schönheit gewesen, das wissen wir recht gut!). Sie war ein Schöngeist und für damalige Zeiten schrecklich radikal. Sie war in Frankreich gewesen (wo St. Just angeblich eine unglückliche Neigung in ihr erweckt hatte), und seither liebte sie französische Romane, die französische Küche und französische Weine. Sie las Voltaire und kannte Rousseau auswendig. Sie sprach sehr leichtfertig über Ehescheidungen und sehr energisch über Frauenrechte. In ihrem Haus hatte sie in jedem Zimmer Bilder von Mr. Fox. Ich bin nicht sicher, daß sie diesen Staatsmann, als er in der Opposition war, nicht sogar unterstützt hat, und als er Minister wurde, tat sie sich viel darauf zugute, daß sie Sir Pitt und seinen Kollegen von Queen's Crawley auf seine Seite gebracht hatte. Allerdings hätte die ehrliche Dame sich da gar keine Mühe zu geben brauchen. Sir Pitt wäre schon ganz von selbst umgeschwenkt. Daß sich der Baron nach dem Tode des großen Staatsmannes der Whigs wieder zu einer Meinungsänderung bewogen fand, brauchen wir nicht erst zu erwähnen.

Diese würdige alte Dame faßte eine Vorliebe für Rawdon Crawley, als er noch ein Junge war. Sie schickte ihn nach Cambridge (aus Opposition gegen seinen Bruder, der in Oxford war), und als der junge Mann nach zweijährigem Aufenthalt von der erstgenannten Universität relegiert wurde, kaufte sie ihm ein Offizierspatent in der Leibgarde.

Dieser junge Offizier war ein berühmter Stutzer und vollendeter Großstadt-Dandy. Boxen, Fuchsjagden, Hahnenkämpfe und Vierspännigfahren waren damals Mode unter den britischen Aristokraten. In all diesen vornehmen Wissenschaften war Rawdon Crawley ein Könner. Nun gehörte er zwar zur Leibgarde, deren Pflicht es war, sich um den Prinzregenten zu scharen, und die daher ihre Tapferkeit noch nicht in Kriegsdiensten hatte zeigen können. Aber er hatte seine Todesverachtung schon genügend in drei blutigen Duellen bewiesen, die er wegen seiner Spielschulden ausgefochten hatte; denn das Glücksspiel liebte er über alles.

„Er verachtet eben das, was nach dem Tode kommt", pflegte Mr. Crawley zu bemerken, wobei er seine stachelbeergrünen Augen zur Decke hob. Er dachte stets an die Seele seines Bruders oder an die Seelen derer, die andrer Meinung waren als er. Für viele fromme Leute ist das so eine Art Trost.

Die dumme, romantische Miss Crawley aber war keineswegs über den Mut ihres Lieblings entsetzt, sondern nach den Duellen bezahlte sie stets seine Spielschulden und wollte nichts davon hören, was man über seine Moral flüsterte. „Er wird sich schon die Hörner abstoßen", war ihre Ansicht, „jedenfalls ist er viel mehr wert als sein Bruder, dieser jämmerliche Heuchler!"

11. Kapitel

Arkadische Einfachheit

Bekundeten die Einfachheit und die reizende ländliche Unschuld der ehrlichen Schloßbewohner uns deutlich den Vorteil des Landlebens gegenüber dem in der Stadt, müssen wir nun dem Leser noch ihre Verwandten und Nachbarn im Pfarrhaus, Bute Crawley und seine Frau, vorstellen.

Ehrwürden Bute Crawley, ein stattlicher heiterer Herr mit dem breitkrempigen Hut der Geistlichen, war in seiner Grafschaft weitaus beliebter als sein Bruder, der Baron. Auf der Universität war er Schlagmann des Bootes von Christ Church gewesen und hatte außerdem die besten Boxer zu Boden geschlagen. Diese Vorliebe für Boxen und Sport behielt er auch in seinem Privatleben bei. Im Umkreis von zwanzig Meilen gab es keinen Kampf, bei dem er nicht dabei war, kein Rennen, keinen Wettlauf, keine Regatta, keinen Ball, keine Wahl, keine Abendeinladung und überhaupt kein gutes Diner, dem beizuwohnen er nicht Mittel und Wege fand. Mit allen großen Herren der Grafschaft stand er auf vertrautem Fuße. Sooft es in Fuddleston oder Roxby oder in Schloß Wapshot eine Gesellschaft gab, sah man gewiß seine Braunen und seine Wagenlaternen ein Dutzend Meilen weit von seinem Pfarrhaus. Er hatte eine schöne Stimme und sang „Frischauf zum fröhlichen Jagen", wobei er unter allgemeinem Beifall den Refrain besonders schön herausbrachte. Die Hetzjagden ritt er in einem graumelierten Rock mit. Er war einer der besten Angler der Gegend.

Mrs. Crawley, die Pfarrersfrau, war klein und lebhaft. Sie schrieb die Predigten dieses würdigen Geistlichen. Sie war sehr häuslich und führte den Haushalt fast ganz allein mit ihren Töchtern. Im Haus war sie die unumschränkte Herrin, draußen aber gab sie ihrem Mann weise volle Freiheit. Er konnte kommen und gehen und außer Haus speisen, wie es ihm beliebte. Mrs. Crawley war nämlich eine sparsame Frau, die wußte, wie teuer Portwein war. Sie war aus guter Familie, die Tochter des verstorbenen Oberstleutnants Hector MacTavish. Zusammen mit ihrer Mutter hatte sie sich in Harrowgate um Bute bemüht und ihn für sich gewonnen. Seit ihrer Heirat mit dem jungen Pfarrer von Queen's Crawley war sie ihm eine umsichtige und sparsame Frau gewesen. Trotz all ihrer Mühen steckte er jedoch stets in Schulden. Mindestens zehn Jahre brauchte er schon allein, um die Schulden zu begleichen, die er noch zu Lebzeiten seines Vaters auf der Universität gemacht hatte. Im Jahre 1717, als er diese Last gerade los war, wettete er zwanzigtausend zu zwanzig gegen Känguruh, und dann gewann dieses Pferd doch das Derby! Der Pfarrer mußte Geld zu Wucherzinsen aufnehmen, und seither war er aus den Schulden nicht mehr herausgekommen. Hin und wieder half ihm seine Schwester mit einem Hunderter aus. Natürlich setzte er all seine Hoffnungen auf ihren Tod, denn „zum Henker!" – so sagte er stets – „Mathilda muß mir doch sicher ihr halbes Vermögen vermachen".

So hatten die beiden Brüder wirklich allen Grund, sich in den Haaren zu liegen. In zahllosen Familiengeschäften hatte Bute vor dem Baron den kürzeren gezogen. Der junge Pitt ging nicht auf die Jagd, und obendrein richtete er vor der Nase seines Onkels einen Konventikel ein. Von Rawdon wußte man, daß er die Hauptmasse von Miss Crawleys Vermögen erben würde. Diese Geldangelegenheiten, dieses Spekulieren auf Leben und Tod, diese stillschweigenden Kämpfe um die Erbschaftsbeute erhöhen die Liebe zweier Brüder zueinander auf diesem Jahrmarkt der Eitelkeit ganz besonders. Ich habe es zum Beispiel erlebt, daß eine Fünfpfund-Note die Zuneigung zwischen zwei Brüdern, die schon ein halbes Jahrhundert lang bestanden hatte, einfach zunichte machte. Man muß doch bewundern, wie kostbar und dauerhaft die Liebe unter weltlichen Menschen ist.

Als eine solche Persönlichkeit wie Rebekka nach Queen's Crawley kam und sich allmählich in die Gunst aller Bewohner des Hauses einschlich, konnte das Mrs. Bute Crawleys Aufmerksamkeit natürlich nicht entgehen. Da Mrs. Crawley wußte, für wieviel Tage ein Rinderbraten im Schloß reichte, wieviel Wäsche an dem großen Waschtag gewaschen wurde, wieviel Pfirsiche an der Südwand hingen, wieviel Löffel Arznei Lady Crawley einnahm, wenn sie krank war – denn derartige Dinge sind für manche Leute auf dem Lande von größtem Interesse –, konnte sie die Gouvernante im Schloß doch nicht so einfach übergehen. Sie zog also genaue Erkundigungen über ihr Vorleben und ihren Charakter ein. Zwischen den Dienstboten im Schloß und im Pfarrhaus herrschte das beste Einvernehmen. Stets gab es in der Küche des Pfarrhauses ein gutes Glas Bier für die Leute vom Schloß, denn gewöhnlich bekamen sie dort nur sehr dünnes Bier, ja die Pfarrersfrau wußte ganz genau, wieviel Malz jedes Bier im Schloß enthielt. Wie zwischen der Herrschaft, so bestanden auch zwischen der Dienerschaft von Schloß und Pfarrhaus verwandtschaftliche Beziehungen. Auf diesem Wege erfuhr jede Familie ganz genau, was die andere tat. Man kann hier sogar beiläufig folgende allgemeine Regel aufstellen: Wenn du dich mit deinem Bruder gut stehst, kümmert es dich nicht, was er tut. Wenn du dich aber mit ihm gezankt hast, kennst du jeden seiner Schritte, als ob du ein Spion wärst.

Sehr bald nach ihrer Ankunft tauchte Rebekka regelmäßig in Mrs. Crawleys Schloßberichten auf. Sie lauteten etwa folgendermaßen: Das schwarze Schwein geschlachtet – wog x Pfund – die Seiten eingepökelt – Schweinspastete und Schweinskeule zum Abendessen. Mr. Cramp aus Mudbury bei Sir Pitt wegen Verhaftung von John Blackmore – Mr. Pitt im Konventikel (mit den Namen aller Anwesenden) – Befinden der Lady wie gewöhnlich – die jungen Mädchen bei der Gouvernante.

Dann kam ein Bericht: Die neue Gouvernante ein ausnehmend schlaues Ding – Sir Pitt sehr liebenswürdig zu ihr – Mr. Crawley auch – er liest ihr Traktate vor. „Was für ein unglaubliches Weibsstück!“ entrüstete sich die geschäftige, eifrige, brünette kleine Mrs. Bute Crawley.

Nach einiger Zeit wurde berichtet, daß die Gouvernante alle auf ihre Seite gebracht habe, daß sie für Sir Pitt Briefe schreibe, Geschäfte erledige, Rechnungen führe, daß sie das ganze Haus in der Hand habe mitsamt der Lady, Mr. Crawley, den Kindern und allen anderen. Mrs. Crawley erklärte daraufhin, Miss Sharp sei eine schlaue kleine Kröte und verfolge schlimme Absichten. So lieferten die Vorgänge im Schloß immer neuen Gesprächsstoff für das Pfarrhaus. Mrs. Butes hellen Augen entging nichts, was sich im feindlichen Lager ereignete. Sie sah alles – und außerdem noch manches mehr!

„Mrs. Bute Crawley an Miss Pinkerton, in der Mall, Chiswick
Pfarrhaus Queen's Crawley,
den ... Dezember

Meine liebe Miss Pinkerton,

obgleich es schon so viele Jahre her ist, daß ich Ihren herrlichen, unschätzbaren Unterricht genoß, denke ich doch stets mit liebevollster und ehrerbietigster Zuneigung an Miss Pinkerton und das liebe Chiswick. Hoffentlich geht es Ihnen gut! Die Welt und das Erziehungswesen werden noch auf viele, viele Jahre hinaus Ihrer bedürfen. Leider bin ich zu arm, um selbst eine Gouvernante engagieren zu können, immerhin bin ja wenigstens ich in Chiswick erzogen! Als meine Freundin, Lady Fuddleston, neulich erwähnte, daß sie eine Gouvernante für ihre Töchter brauche, rief ich sofort: ‚Wen anders können wir da um Rat fragen als die ausgezeichnete, unvergleichliche Miss Pinkerton?' Um es kurz zu sagen: Haben Sie, liebe Miss Pinkerton, wohl eine Dame auf Ihrer Liste, deren Dienste Sie meiner Freundin und Nachbarin zur Verfügung stellen könnten? Ich versichere Ihnen, sie wird nur eine Gouvernante nehmen, die Sie ausgewählt haben.

Mein teurer Gatte sagt immer, daß ihm alles gefällt, was aus Miss Pinkertons Schule kommt. Wie gern würde ich der Freundin meiner Jugend, der die Bewunderung des großen Lexikographen unseres Vaterlandes gehörte, einmal meinen Mann und meine geliebten Kinder vorstellen! Er läßt Ihnen sagen, wenn Sie je nach Hampshire kommen sollten, werden Sie hoffentlich auch unser ländliches Pfarrhaus mit Ihrer Gegenwart beehren! Es ist das bescheidene, aber glückliche Heim

Ihrer sehr ergebenen
Martha Crawley.

P. S. Der Bruder meines Mannes, der Baron, mit dem wir leider nicht in der Eintracht leben, die Brüdern geziemt, hat für seine kleinen Mädchen eine neue Gouvernante engagiert, die – wie ich erfuhr – das Glück hat, in Chiswick erzogen zu sein. Ich habe die verschiedenartigsten Dinge über sie gehört. Darum bitte ich Sie, meine liebe Miss Pinkerton, mir einiges über diese junge Dame zu erzählen, nehme ich doch an meinen lieben kleinen Nichten zärtlichsten Anteil und möchte sie trotz aller Familiendifferenzen mit meinen eigenen Kindern zusammenbringen. Auch möchte ich einer Schülerin von Ihnen gern gefällig sein, schon um Ihretwillen. M. C."

„Miss Pinkerton an Mrs. Bute Crawley
Haus Johnson, Chiswick, den ... Dezember 18 ..

Sehr verehrte gnädige Frau,

ich habe die Ehre, den Empfang Ihres liebenswürdigen Schreibens zu bestätigen, und beeile mich, es zu erwidern.

Für jemanden in meiner mühseligen Stellung ist es höchst erfreulich festzustellen, wenn meine mütterliche Sorge wieder einmal eine Gegenneigung erweckt hat. Es freut mich, in der liebenswürdigen Mrs. Bute Crawley meine vortreffliche Schülerin aus früheren Zeiten wiederzuerkennen, die lebhafte und talentvolle Miss Martha MacTarvish. Ich schätze mich glücklich, in meiner Anstalt nunmehr die Töchter vieler Ihrer Mitschülerinnen unter meiner Obhut zu haben. Was für eine Freude würde es mir bereiten, wenn auch Ihre lieben Töchter meines Wissens und meiner Erziehung bedürften!

Indem ich Lady Fuddleston meine respektvollen Komplimente ausspreche, beehre ich mich, ihr (brieflich) meine beiden Freundinnen Miss Tuffin und Miss Hawky vorzustellen.

Jede der beiden jungen Damen ist vorzüglich geeignet, Griechisch, Latein und die Anfangsgründe des Hebräischen zu lehren. Sie unterrichten auch in Mathematik und Geschichte, in Spanisch, Französisch, Italienisch und Geographie, in Gesang und Instrumentalmusik, im Tanz (ohne Hilfe eines Tanzlehrers) und in den Elementen der Naturwissenschaften. Im Gebrauch des Globus sind beide wohlerfahren. Miss Tuffin, die Tochter des verstorbenen Ehrwürden Thomas Tuffin (vom Corpus College in Cambridge), kann außerdem noch in der syrischen Sprache und in den Elementen des Verfassungsrechts Unterricht erteilen. Sie ist allerdings erst achtzehn Jahre alt und sieht außerordentlich hübsch aus. Darum wird sie sich vielleicht nicht für Sir Fuddlestons Familie eignen.

Miss Letitia Hawky hingegen ist persönlich nicht sehr reizvoll. Sie ist neunundzwanzig, und ihr Gesicht hat Pockennarben. Sie hinkt etwas, hat rotes Haar und schielt ein wenig. Beide Damen besitzen alle religiösen und moralischen Tugenden. Ihre Gehaltsforderungen entsprechen ihren Leistungen.

Mit dem Ausdruck dankbarer Hochachtung für Ehrwürden Bute Crawley habe ich die Ehre, sehr verehrte gnädige Frau, als Ihre gehorsame und treue Dienerin

Barbara Pinkerton

P. S. Miss Sharp, die, wie Sie erwähnten, bei dem Baron Sir Pitt Crawley, dem Unterhaus-Abgeordneten, Erzieherin ist, war eine Schülerin von mir, und ich kann nichts Ungünstiges über sie sagen. Ihr Äußeres ist zwar unangenehm, doch können wir der Natur nicht gebieten. Obwohl ihre Eltern einen schlechten Ruf hatten (ihr Vater war Maler und mehrmals bankrott, ihre Mutter – wie ich jetzt zu meinem Entsetzen erfahren habe – Ballettänzerin!), ist sie doch recht begabt. Daher kann ich es nicht bedauern, daß ich sie rein aus Mitleid aufnahm. Mir war erzählt worden, ihre Mutter sei eine französische Gräfin, die von den Schrecken der Revolution aus dem Lande vertrieben worden sei. Inzwischen habe ich aber herausgefunden, daß sie eine Person von ganz niederer Stellung und Moral war. So fürchte ich jetzt, daß die Anlagen der Mutter sich auf das unglückliche junge Mädchen vererbt haben könnten, das ich aufnahm, weil es heimatlos und verlassen war. Bisher allerdings ist Miss Sharps Verhalten korrekt gewesen, glaube ich. Und in dem eleganten und kultivierten Kreise des vortrefflichen Sir Pitt Crawley wird nichts sie veranlassen, davon abzugehen. Dessen bin ich sicher.“

„Miss Rebekka Sharp an Miss Amelia Sedley

Seit vielen Wochen habe ich meiner geliebten Amelia nicht geschrieben. Was hätte es auch Neues zu erzählen gegeben von dem Tun und Treiben in dem Schloß der Langenweile, wie ich es getauft habe! Würde es Dich etwa interessieren, ob die Rübenernte gut oder schlecht ist, ob das fette Schwein hundertzehn oder hundertzwanzig Pfund gewogen hat oder ob das Rindvieh bei Futterrüben gut gedeiht? Seit meinem letzten Brief ist ein Tag so verlaufen wie der andere: vor dem Frühstück Spaziergang mit Sir Pitt und seinen Knirpsen, nach dem Frühstück Lernen (so gut es eben geht) im Schulzimmer und nach dem Unterricht für Sir Pitt Korrespondenz mit Rechtsanwälten wegen Pacht, Kohlenbergwerken oder Kanälen (ich bin nämlich seine Sekretärin geworden!). Nach dem Abendessen Predigt von Mr. Crawley oder Puffspiel mit dem Baron. Beiden Vergnügungen sieht Lady Crawley mit der gleichen Seelenruhe zu. Durch ihre Krankheit ist sie in der letzten Zeit etwas interessanter geworden, denn nun kommt neuer Besuch ins Schloß in Gestalt eines jungen Arztes. Siehst Du, Liebes, junge Mädchen brauchen nicht zu verzweifeln. Der junge Doktor gab

Deiner Freundin zu verstehen, daß sie, wenn sie Mrs. Glauber heißen wolle, ein willkommener Schmuck seiner Apotheke sein würde. Ich erwiderte ihm auf seine Unverschämtheit, daß vergoldete Mörser und Stößer Schmuck genug seien. Als wenn ich dazu geboren wäre, die Frau eines Landarztes zu werden! Mr. Glauber fühlte sich ernstlich krank nach dieser Zurückweisung, nahm zu Hause einen kühlenden Trank und ist nun wieder ganz geheilt. Sir Pitt zollte meinem Entschluß viel Beifall. Er würde es wohl bedauern, wenn er seine kleine Sekretärin verlieren sollte. Ich glaube sogar, der alte Kerl hat mich gern, soweit er überhaupt jemanden gern haben kann. Heiraten, und noch dazu einen Landapotheker, nachdem . . .! Nein, nein, so schnell lassen sich alte Verbindungen nicht vergessen! Doch darüber will ich nicht mehr sprechen. Laß uns zum Schloß der Langenweile zurückkehren!

Seit einiger Zeit ist es hier gar nicht mehr so langweilig. Miss Crawley ist gekommen mit ihren dicken Pferden, ihren dicken Dienern und ihrem dicken Schoßhund – die große, reiche Miss Crawley mit ihren siebzigtausend Pfund in fünfprozentiger Staatsanleihe, die (nämlich die letztere!) von ihren beiden Brüdern angebetet wird. Sie sieht sehr hinfällig aus, die gute alte Seele. Kein Wunder, daß ihre Brüder sehr besorgt sind um sie; Du solltest sehen, wie sie sich darum streiten, wer ihr die Kissen zurechtrücken oder wer ihr den Kaffee reichen darf! ‚Wenn ich aufs Land komme‘, sagt sie (sie hat nämlich viel Humor), ‚lasse ich meinen Speichellecker, Miss Briggs, zu Hause. Hier sind meine Brüder meine Speichellecker. Ein hübsches Paar ist das!‘

Wenn sie aufs Land kommt, verwandelt sich unser Schloß, und mindestens einen Monat lang könnte man sich einbilden, der alte Sir Walpole sei wieder zum Leben erwacht. Wir haben Abendgesellschaften, fahren vierspännig aus, die Diener ziehen ihre neuesten kanariengelben Livreen an, wir trinken französischen Rotwein und Champagner, als wenn wir das jeden Tag täten. Im Schulzimmer gibt es Wachskerzen und Feuer im Kamin, damit wir nicht frieren. Lady Crawley muß das beste grasgrüne Kleid aus ihrem Schrank anziehen. Meine Schülerinnen legen ihre groben Schuhe und die engen alten Schottenmäntel ab und tragen Seidenstrümpfe und Musselinkleider, wie es sich für modische Baronstöchter geziemt. Rose kam gestern in einem traurigen Zustand heim. Die Wiltshire Sau, ihr großer Liebling, hatte sie umgerannt und ihr das reizende, geblümte, lilaseidene Kleid zerrissen. Wäre das vor einer Woche gesche-

hen, so hätte Sir Pitt furchtbar geflucht. Das arme Ding hätte Ohrfeigen bekommen und wäre einen Monat lang auf Wasser und Brot gesetzt worden. Jetzt sagte er nur: ‚Ich werde es dir heimzahlen, wenn die Tante fort ist!‘ Dabei lachte er über den Unfall, als wenn es eine ganz belanglose Sache wäre. Hoffen wir, daß sein Zorn verraucht ist, ehe Miss Crawley abreist! Ich hoffe das wirklich um Miss Roses willen. Was für ein reizender Versöhner und Friedensstifter ist doch das Geld!

Eine andere wunderbare Wirkung Miss Crawleys und ihrer siebzigtausend Pfund zeigt sich an dem Verhalten der beiden Brüder Crawley. Ich meine den Baron und den Pfarrer, nicht

‚unsere' Brüder. Das ganze Jahr lang hassen sie sich, nur zu Weihnachten werden sie ganz liebevoll. Voriges Jahr erzählte ich Dir in meinen Briefen, wie der abscheuliche Pfarrer, der immer zum Rennen geht, uns in der Kirche plumpe Predigten vorsetzt und wie Sir Pitt als Antwort darauf laut schnarcht. Wenn Miss Crawley kommt, ist von Zank und Streit nichts mehr zu hören. Das Schloß besucht das Pfarrhaus und umgekehrt. Der Pfarrer und der Baron unterhalten sich beim Wein auf das liebenswürdigste und ohne jeden Streit über Schweine und Wilddiebe und Grafschaftsangelegenheiten. Miss Crawley mag ja auch nichts von Zank hören, sonst will sie ihr Geld den Shropshire Crawleys vermachen. Wenn diese Shropshire Crawleys klug wären, könnten sie das ganze Vermögen bekommen, scheint mir. Aber der Crawley in Shropshire ist Geistlicher wie sein Vetter in Hampshire. Einmal war Miss Crawley in einem Wutanfall gegen ihre unmöglichen Brüder dorthin geflüchtet, aber da hat dieser Pfarrer sie durch seine engherzigen Moralbegriffe verletzt. Ich glaube, er wollte Andachten in seinem Haus abhalten.

Unsere Predigtbücher werden zugeklappt, wenn Miss Crawley kommt, und Mr. Pitt, den sie nicht leiden mag, zieht es vor, nach London zu fahren. Dafür erscheint dann aber der junge Dandy – ‚Stutzer' ist wohl der richtige Ausdruck –, Hauptmann Crawley. Du wirst wohl gern wissen wollen, was für ein Mensch das ist.

Nun also: er ist ein ganz großer junger Geck. Er ist fast zwei Meter groß, spricht sehr laut, flucht sehr viel und kommandiert die Dienerschaft herum. Trotzdem beten sie ihn alle an, denn er geht mit seinem Geld sehr großzügig um. So tun die Bedienten alles für ihn. Vorige Woche haben die Wildhüter beinah einen Gerichtsdiener und seinen Gehilfen umgebracht, die von London herausgekommen waren, um den Hauptmann zu verhaften. Man sah sie an der Parkmauer herumschleichen – da prügelten die Wildhüter sie durch, warfen sie ins Wasser und hätten sie beinahe als Wilderer erschossen, wenn der Baron nicht eingegriffen hätte.

Der Hauptmann verachtet seinen Vater gründlich, das sieht man gleich. Er nennt ihn einen alten Tölpel und Bauern, einen alten Speckfresser und gibt ihm noch allerlei andre hübsche Namen. Bei den Damen hat er einen furchtbar schlechten Ruf. Er bringt seine Jagdpferde mit nach Hause und lädt zum Abendessen ein, wen er will. Sir Pitt wagt nichts dagegenzusagen, aus

Furcht, es könnte Miss Crawley beleidigen, und die Erbschaft könnte ihm entgehen, wenn sie am Schlaganfall stürbe. Soll ich Dir ein Kompliment berichten, das der Hauptmann mir gemacht hat? Ich muß es tun, es ist zu hübsch! Eines Abends haben wir doch tatsächlich getanzt! Sir Huddleston Fuddleston mit Familie, Sir Giles Wapshot mit seinen Töchtern und wer weiß wie viele andere noch waren gekommen. Da hörte ich ihn sagen: ‚Teufel noch mal, das ist ein sauberes kleines Füllen!' Damit meinte er Deine gehorsame Dienerin. Er tat mir die Ehre an, zwei Contretänze mit mir zu tanzen. Mit den jungen Landedelleuten versteht er sich sehr gut. Er trinkt, wettet, reitet und unterhält sich mit ihnen über Jagd und Schießen. Die Mädchen, sagt er, seien hier aber äußerst langweilig. Und damit hat er nicht ganz unrecht, glaube ich. Du solltest sehen, mit welcher Verachtung sie auf so ein armes Ding wie mich herabschauen. Wenn sie tanzen, sitze ich sehr bescheiden am Klavier und spiele für sie. Aber als der Hauptmann neulich abends

ziemlich erhitzt aus dem Eßzimmer herüberkam und mich bei dieser Beschäftigung sah, fluchte er laut und behauptete, ich sei die beste Tänzerin von allen Anwesenden. Er wolle die Spielleute von Mudbury kommen lassen, schwor er.

‚Dann werde ich einen Contretanz spielen', sagte Mrs. Bute sofort bereitwillig. Sie ist eine dunkelhaarige, kleine, alte Frau mit einem Turban, schon ziemlich gebückt, und hat funkelnde Augen. Als der Hauptmann und Deine arme kleine Rebekka einen Tanz zusammen getanzt hatten, tat sie mir doch wirklich die Ehre an, mir über mein Tanzen Komplimente zu machen. So etwas hatte man noch nie gehört! Die stolze Mrs. Bute Crawley, die Kusine des Grafen Tiptoff, die sich nur dann herabläßt, Lady Crawley zu besuchen, wenn ihre Schwägerin im Lande ist! Arme Lady Crawley! An solchen fröhlichen Abenden sitzt sie meistens oben und schluckt Pillen.

Mrs. Bute hat ganz plötzlich eine Vorliebe für mich gefaßt. ‚Meine liebe Miss Sharp', sagte sie neulich, ‚warum bringen Sie Ihre Schülerinnen nicht einmal ins Pfarrhaus herüber? Die Kusinen würden sich so freuen, sie zu sehen!' Ich weiß sehr wohl, was sie meint. Signor Clementi hat uns nicht umsonst Klavierspielen gelehrt, und Mrs. Bute hofft, auf diese Weise umsonst eine Lehrerin für ihre Kinder zu bekommen. Ich durchschaue ihre Absichten, als ob sie mir alles gesagt hätte. Aber ich werde hingehen. Denn ich bin entschlossen, mich beliebt zu machen – und ist das nicht auch die Pflicht einer armen Gouvernante, die auf der ganzen Welt keinen Freund und Beschützer hat? Die Pfarrfrau machte mir Dutzende von Komplimenten über die Fortschritte meiner Schülerinnen. Damit wollte sie mir zweifellos ans Herz rühren – das arme, einfältige, ländliche Gemüt! Als ob ich mir auch nur das geringste aus meinen Schülerinnen machte!

Dein indischer Musselin und Dein Rosaseidenes, liebste Amelia, sollen mir angeblich sehr gut stehen. Die Kleider sind jetzt schon sehr abgetragen; Du weißt ja, wir armen Mädchen können uns keine neuen Toiletten leisten. Wie glücklich bist Du doch dran! Du brauchst nur nach St. James' Street zu fahren, und eine liebevolle Mutter schenkt Dir alles, worum Du bittest.

Leb wohl, mein Liebes!

Deine Dich liebende

Rebekka

P. S. Ich wünschte, Du hättest die Gesichter der Misses Blackbrook, der Töchter des Admirals Blackbrook, sehen können, als Hauptmann Rawdon trotz ihren hübschen Lärvchen und ihren Londoner Kleidern ausgerechnet mich zu seiner Partnerin wählte! Hier sind sie; es ist ihr getreues Abbild.“

Als Mrs. Bute Crawley – deren List unsere gewitzte Rebekka so schnell durchschaute – erreicht hatte, daß Miss Sharp ihr einen Besuch versprach, bat sie die allmächtige Miss Crawley, bei Sir Pitt die nötige Erlaubnis hierfür zu erwirken. Die gutherzige alte Dame war selbst gern vergnügt und wollte am liebsten alles um sich herum vergnügt und glücklich sehen. So war sie ganz entzückt von dem Gedanken und sofort bereit, Versöhnung und freundschaftlichen Verkehr zwischen ihren beiden Brüdern herzustellen. Man kam überein, daß das junge Volk beider Familien sich in Zukunft häufig besuchen sollte. Natürlich würde diese Freundschaft nur so lange dauern, wie die freundliche alte Vermittlerin da war und den Frieden aufrecht erhielt.

„Warum hast du bloß diesen Halunken Rawdon Crawley zum Essen eingeladen?“ fragte der Pfarrer seine Frau, als sie durch den Park nach Hause gingen. „Ich will den Kerl nicht sehen! Er sieht auf uns Landleute herab, als wenn wir lauter Mohren wären. Nie ist er zufrieden, bis er meinen Wein mit dem gelben Siegel bekommt, und der kostet mich zehn Schilling die Flasche. Zum Henker! Außerdem ist er ein teuflischer Charakter, ein Spieler und Trunkenbold, ein Wüstling in jeder Hinsicht. Im Duell hat er einen erschossen! Bis über die Ohren steckt er in Schulden. Mich und die Meinen hat er um den größten Teil von Miss Crawleys Vermögen gebracht. Fünfzigtausend in ihrem Testament sollen für ihn sein!“ Hier ballte der Pfarrer die Faust, wobei er so etwas wie einen Fluch murmelte, und hob sie gegen den Mond und fügte in melancholischem Ton hinzu: „Dann bleiben nicht mehr als dreißigtausend zu teilen.“

„Ich glaube, mit ihr geht's zu Ende“, meinte die Frau des Pfarrers. „Als wir vom Essen aufstanden, war sie sehr rot im Gesicht. Ich mußte sie aufschnüren.“

„Sieben Gläser Champagner hat sie getrunken“, sagte Ehrwürden mit leiser Stimme, „ein miserabler Champagner ist das, womit mein Bruder uns vergiftet. Aber ihr Frauen versteht ja davon nichts.“

„Wir verstehen gar nichts!“ versetzte Mrs. Bute.

„Nach dem Essen hat sie Cherry Brandy getrunken“, fuhr Ehrwürden fort, „und zum Kaffee nahm sie Curaçao. Nicht um fünf Pfund würde ich ein Glas davon trinken! Das Sodbrennen danach ist unerträglich. Das kann sie gar nicht vertragen, sie muß sterben, es ist nicht menschenmöglich! Ich wette fünf gegen zwei, in einem Jahr ist Mathilde unter der Erde.“

Er gab sich diesen feierlichen Spekulationen hin, dachte an seine Schulden, an seinen Sohn Jim auf der Universität, an Frank in Woolwich, an die vier Töchter, die gerade keine Schönheiten waren, die Ärmsten, und keinen Pfennig haben würden außer dem, was sie von der erwarteten Erbschaft ihrer Tante bekämen. Nachdem der Pfarrer und seine Frau eine Weile so weitergegangen waren, fuhr Mr. Crawley fort: „Pitt kann doch nicht so ein teuflischer Schuft sein und die Anwartschaft auf die Pfründe verkaufen. Der ältere Sohn, dieser methodistische Milchbart, scheint ins Parlament zu wollen.“

„Sir Pitt Crawley ist zu allem fähig“, entgegnete die Pfarrfrau. „Wir müssen uns hinter Miss Crawley stecken. Sie muß ihn so weit bringen, daß er James die Pfarrstelle verspricht."

„Pitt wird alles versprechen", erwiderte der Bruder. „Als unser Vater starb, hat er ja auch versprochen, meine Universitätsschulden zu bezahlen. Er hat versprochen, ans Pfarrhaus einen neuen Flügel anzubauen; er wollte mir Jibbs Acker und die sechs Morgen große Wiese überlassen. Was hat er von all diesen Versprechungen gehalten? Und dem Sohn dieses Mannes, diesem Schuft, Spieler, Schwindler, Mörder, diesem Rawdon Crawley, hinterläßt Mathilde den größten Teil ihres Geldes! Das ist wirklich unchristlich, bei Zeus, das ist es! Dieser infame Hund hat alle Laster, nur die Heuchelei fehlt da noch; aber die hat sein Bruder."

„Still, Lieber, wir sind auf Sir Pitts Grund und Boden", mahnte seine Frau.

„Und ich behaupte doch, er steckt voller Laster. Versuche nicht, mich einzuschüchtern, Frau! Hat er nicht Hauptmann Marker erschossen? Hat er nicht Lord Dovedale in der ‚Kokospalme' ausgeplündert? Hat er nicht den Boxkampf zwischen Bill Soames und dem Meister von Cheshire hintertrieben, wodurch ich vierzig Pfund verloren habe? Das weißt du ganz genau! Und was die Weiber angeht, so hast du doch gehört, sogar vor mir, in meinem eigenen Gerichtszimmer ..."

„Um Himmels willen, Mr. Crawley", bat die Dame, „verschone mich mit den Einzelheiten!"

„Und diesen Schuft lädst du in unser Haus ein!" fuhr der empörte Pfarrer fort. „Du, die Mutter von vielen Kindern, die Frau eines Geistlichen der englischen Staatskirche! Beim Zeus!"

„Bute Crawley, du bist ein Dummkopf", entgegnete die Pfarrersfrau verächtlich.

„Schon gut, Madame, Dummkopf oder nicht – ich behaupte ja auch nicht, daß ich so klug bin wie du, Martha, habe es nie behauptet. Aber ich will Rawdon Crawley nicht empfangen, und damit basta. Ich werde zu Huddleston hinüberreiten und mir seinen schwarzen Windhund ansehen, und ich werde Lancelot für fünfzig Pfund gegen ihn laufen lassen. Beim Zeus, das will ich, oder gegen irgendeinen anderen Hund in England. Aber mit diesem Biest Rawdon Crawley will ich nicht zusammentreffen!"

„Mr. Crawley, du bist berauscht, wie gewöhnlich", erwiderte seine Frau. Als der Pfarrer am nächsten Morgen erwachte und nach seinem Dünnbier verlangte, erinnerte sie ihn an sein Versprechen, am Samstag Sir Huddleston Fuddleston zu besuchen, und da er wußte, es würde ein „feuchter“ Abend werden, war er einverstanden, erst am Sonntag morgen rechtzeitig zur Kirche zurückzukommen.

So sehen wir denn, daß die Gemeindekinder von Crawley ebenso glücklich mit ihrem Gutsherrn dran waren wie mit ihrem Pfarrer.

Miss Crawley war noch nicht lange im Schloß, da hatte Rebekkas Zauber auch schon das Herz der gutmütigen Londoner Weltdame gewonnen, genau wie ihr das vorher bei den unschuldigen Landleuten gelungen war. Bei ihrer gewohnten Spazierfahrt hielt sie es eines Tages für angemessen zu befehlen, daß „diese kleine Gouvernante da“ sie nach Mudbury begleiten solle. Ehe sie zurück waren, hatte Rebekka an ihr eine Eroberung gemacht, hatte sie doch Miss Crawley viermal zum Lachen gebracht und sie während der ganzen Reise amüsant unterhalten.

„Was, ihr wollt Miss Sharp nicht mit an der Tafel essen lassen?“ sagte sie entrüstet zu Sir Pitt. Er hatte ein höchst zeremonielles Abendessen arrangiert, wozu die Barone der Nachbarschaft gebeten waren. „Mein Lieber, glaubst du etwa, ich könne mit Lady Fuddleston über die Kinderstube sprechen oder mit Sir Giles Wapshot, diesem albernen Dummkopf, über Angelegenheiten des Friedensrichters disputieren? Ich bestehe darauf, daß Miss Sharp erscheint. Laß doch Lady Crawley oben bleiben, wenn nicht genug Platz da ist. In der ganzen Grafschaft ist Miss Sharp die einzige, mit der man sich unterhalten kann!“

Nach solch einem kategorischen Befehl wurde Miss Sharp, die Gouvernante, natürlich angewiesen, unten mit den illustren Gästen zu speisen. Eben hatte Sir Huddleston mit großer Würde und Feierlichkeit Miss Crawley zu Tisch geführt und war drauf und dran, an ihrer Seite Platz zu nehmen, da rief die alte Dame mit schriller Stimme: „Becky Sharp! Miss Sharp! Kommen Sie her, setzen Sie sich zu mir und unterhalten Sie mich! Sir Huddleston kann sich ja neben Lady Wapshot setzen.“

Wenn die Gesellschaftsabende vorüber und die Wagen weggefahren waren, pflegte die unersättliche Miss Crawley zu sagen: „Kommen Sie in mein Ankleidezimmer, Becky. Wir wollen ein bißchen über die Leute lästern.“ Und das tat dieses Freundespaar dann gründlich. Der alte Sir Huddleston keuchte soviel bei Tisch; Sir Giles Wapshot schlürfte die Suppe so laut; seine Frau hatte ein Zucken im linken Auge. Von all dem gab Becky bewunderungswürdige Karikaturen. Auch der Gesprächsstoff des Abends wurde durchgehechelt: die Politik, der Krieg, die Gerichtssitzungen, die berühmte Hundehetze und all jene gewichtigen, ermüdenden Themen, über die der Landadel sich unterhält, die Toiletten der Misses Wapshot und der berühmte gelbe Hut der Lady Fuddleston – alles zerpflückte Miss Sharp zum riesigen Vergnügen ihrer Zuhörerin.

„Sie sind ein wertvoller Fund, meine Liebe", pflegte Miss Crawley dann zu sagen, „ich wünschte, Sie könnten zu mir nach London kommen. Sie könnte ich allerdings nicht so zum Sündenbock machen wie die arme Briggs – nein, nein, Sie schlaues Geschöpfchen! Sie sind zu klug, nicht wahr, Firkin?"

Mrs. Firkin, die gerade den winzigen Rest von Haaren auf Miss Crawleys Schädel frisierte, erwiderte mit sarkastischer Liebenswürdigkeit: „Ich finde das Fräulein wirklich sehr gescheit." Wie bei jeder anständigen Frau bildete auch bei Mrs. Firkin die natürliche Eifersucht einen der Hauptgrundzüge ihres Charakters.

Nach Sir Huddleston Fuddlestons Niederlage ordnete Miss Crawley an, daß nunmehr Rawdon Crawley sie täglich zu Tisch führen und Becky ihr mit dem Kissen folgen solle; andernfalls ginge es auch, wenn Becky ihr den Arm reichen und Rawdon das Kissen bringen würde. „Wir müssen zusammen sitzen", erklärte sie, „wir drei sind die einzigen Christenmenschen in der ganzen Gegend." Wenn das der Wahrheit entsprach, dann wäre es allerdings, das muß zugegeben werden, in Hampshire schlecht um die Religion bestellt gewesen!

Miss Crawley war jedoch nicht nur solch eine gute Christin, sondern sie war auch, wie wir gesagt haben, ultraliberal in ihren Ansichten. Sie benutzte jede Gelegenheit, um sie ganz offen auszusprechen. „Was bedeutet die Geburt, meine Liebe?" fragte sie einmal Rebekka. „Sehen Sie sich meinen Bruder Pitt an, sehen Sie sich die Huddlestons an, die schon seit Heinrich II. hier sitzen, sehen Sie sich den armen Bute in seinem Pfarrhaus an – kommt irgendeiner von denen Ihnen an Verstand und Bildung gleich? Ihnen schon gar nicht, aber auch nicht einmal der guten armen Briggs, meiner Gesellschafterin, oder meinem Butler Bowls. Sie, mein Liebes, sind ein richtiges Musterstück, geradezu ein kleines Juwel. Sie haben mehr Grips als die halbe Grafschaft zusammen. Wenn der Lohn sich nach dem Verdienst richtete, müßten Sie Herzogin sein, das heißt, es sollte eigentlich gar keine Herzoginnen geben. Aber Sie sollten wahrhaftig niemanden über sich haben. Ich betrachte Sie in jeder Hinsicht als mir gleichgestellt. Wollen Sie bitte ein paar Kohlen aufs Feuer legen, Liebes? Und wollen Sie sich mal dies Kleid von mir vornehmen und es ändern? Sie können das doch so gut!" So ließ diese alte Menschenfreundin Rebekka, die sie doch sozusagen für ihresgleichen erklärt hatte, Aufträge erledigen, Näharbeiten verrichten und jeden Abend bis zum Einschlafen ihr französische Romane vorlesen.

Wie manche älteren Leser sich wohl noch entsinnen werden, wurde damals die vornehme Welt durch zwei Ereignisse in große Aufregung versetzt, die, wie die Zeitungen meinten, den Advokaten etwas zu tun geben würden. Der Fähnrich Shafton war mit Lady Barbara Fitzurse, der Tochter und Erbin des Grafen Bruin, durchgebrannt, und der arme Vere Vane, der bis zu seinem vierzigsten Jahr den besten Ruf gehabt und eine zahlreiche Familie aufgezogen hatte – o Schande! –, hatte plötzlich sein Haus verlassen wegen Mrs. Rougemont, einer fünfundsechzigjährigen Schauspielerin.

„Das war der schönste Zug am Charakter des teuren Lord Nelson, daß er für eine Frau bis in die Hölle ging", sagte Miss Crawley. „An einem Mann, der das tut, muß etwas Gutes sein. Ich bin begeistert über alle unklugen Verbindungen. Am besten gefällt mir bei einem Edelmann, wenn er eine Müllerstochter heiratet, wie Lord Flowerdale es getan hat. Das ärgert alle anderen Frauen so! Ich wünschte, irgendein vornehmer Mann würde mit Ihnen, Liebes, durchgehen! Sie sind bestimmt hübsch genug."

„Zwei Postillone! O das wäre herrlich!" gab Rebekka zu.

„Am nächstbesten gefällt es mir, wenn ein armer Bursche mit einem reichen Mädchen durchbrennt. Gar zu gern würde ich es sehen, wenn Rawdon mit jemandem durchginge!"

„Mit einem reichen oder einem armen Mädchen?"

„Ach du Gänschen! Rawdon besitzt doch keinen Schilling außer dem, was ich ihm gebe. Seine Schulden wachsen ihm über den Kopf. Er muß sich ein Vermögen verschaffen und zusehen, wie er in der Welt vorwärtskommt."

„Ist er sehr klug?" fragte Rebekka.

„Klug, mein Liebes? Keinen Gedanken kann er fassen, der über seine Pferde, sein Regiment, die Jagd und das Spiel hinausgeht. Aber es muß ihm gelingen; er ist so entzückend schlecht.

Wissen Sie nicht, daß er einen Mann erschossen und einem beleidigten Vater nur den Hut durchlöchert hat? Von seinem ganzen Regiment wird er verehrt; alle jungen Leute bei Wattier und in der ‚Kokospalme' schwören auf ihn."

Als Rebekka ihrer geliebten Freundin über den kleinen Ball in Queen's Crawley berichtete und dabei erwähnte, wie Hauptmann Crawley sie zum erstenmal ausgezeichnet hatte, gab sie merkwürdigerweise keine ganz zutreffende Schilderung des Vorgangs. Der Hauptmann hatte sie schon vorher oft ausgezeichnet. Mindestens ein dutzendmal war er ihr auf dem Spaziergang begegnet. In einem halben Hundert Korridoren und Gängen hatte er ihren Weg gekreuzt. An mehr als zwanzig Abenden hatte der Hauptmann sich über das Klavier gelehnt, wenn Miss Sharp sang (Lady Crawley ging es nicht gut; so blieb sie immer oben, und niemand kümmerte sich um sie). Der Hauptmann hatte Rebekka kleine Briefchen geschrieben, so gut der ungeschickte Dragoner es eben konnte; aber Frauen macht es ja nichts aus, wenn ein Mann langweilig und dumm ist. Als er allerdings das erste Briefchen zwischen die Blätter der Noten steckte, nach denen Rebekka sang, da erhob sich die kleine Gouvernante, blickte ihm fest ins Gesicht, ergriff die dreieckig gefaltete Botschaft mit spitzen Fingern und schwenkte sie hin und her, als wäre sie ein Dreispitz. Dann ging sie auf den Feind zu und warf das Billett ins Feuer. Ein sehr tiefer Knicks, und sie begab sich auf ihren Platz zurück und sang bald wieder fröhlicher denn je.

„Was ist das?" fuhr Miss Crawley auf. Das Aufhören der Musik hatte sie in ihrem Nachmittagsschläfchen gestört.

„Eine falsche Note", lachte Miss Sharp, und Rawdon Crawley schäumte vor Wut und Ärger.

Wie gut war es doch von Mrs. Bute Crawley, nicht eifersüchtig zu sein, obwohl sie Miss Crawleys offenbare Vorliebe für die neue Gouvernante bemerkte. Wie freundlich war es von ihr, die junge Dame im Pfarrhaus zu empfangen, und nicht nur sie, sondern auch Rawdon Crawley, den Nebenbuhler ihres Mannes im Hinblick auf die fünfprozentigen Staatspapiere der alten Jungfer! Sie fanden sehr viel Gefallen aneinander, Mrs. Crawley und ihr Neffe. Er gab die Jagd auf; er sagte Einladungen in Fuddleston ab; er wollte nicht mehr mit den Offizieren von der Garnison in Mudbury speisen. Sein größtes Vergnügen war es, nach dem Pfarrhaus hinüberzuschlendern, wo auch Miss Crawley erschien. Und warum sollten, da ihre Mama krank war, nicht auch die Kinder mit ihrer Gouvernante kommen? So kamen also auch die lieben Kleinen mit Miss Sharp. Abends traten dann einige von der Gesellschaft den Heimweg zusammen an. Natürlich nicht Miss Crawley, sie fuhr lieber mit dem Wagen. Aber für zwei, die das Malerische so liebten wie der Hauptmann und Miss Rebekka, war der Weg über die Felder des Pfarrers zu dem Pförtchen, durch den dunklen Park und die dichtbelaubte Allee nach Queen's Crawley hinauf im Mondlicht sehr reizvoll!

„O diese Sterne, diese Sterne!" rief Miss Rebekka aus und blickte mit funkelnden grünen Augen hinauf. „Ich komme mir fast wie ein Geist vor, wenn ich sie anschaue."

„Oh – ah – Gott – das Gefühl habe ich auch", erwiderte der andere Enthusiast. „Sie haben doch nichts gegen meine Zigarre, Miss Sharp?" Miss Sharp liebte Zigarrenduft im Freien über alles in der Welt. Sie versuchte sogar selbst einmal in der niedlichsten Weise zu rauchen. Sie nahm einen Zug und stieß einen kleinen Schrei aus. Dann gab sie das köstliche Ding kichernd dem Hauptmann zurück. Der zwirbelte seinen Schnurrbart und paffte so heftig, daß die Zigarre unter den dunklen Bäumen ganz rot aufglühte. Dann beteuerte er: „Beim Zeus! – Ah – Gott – ah – das ist die beste Zigarre, die ich in meinem ganzen Leben geraucht habe!" Sein Verstand und seine Konversation waren so glänzend, wie es sich für einen jungen schweren Dragoneroffizier geziemte.

Währenddessen saß der alte Sir Pitt mit Pfeife und Bier am Fenster seines Studierzimmers und unterhielt sich mit John Horrocks über ein Schaf, das geschlachtet werden sollte. Auf einmal erspähte er das Paar da unten und schwor unter fürchterlichen Flüchen, wenn Miss Crawley nicht da wäre, würde er Rawdon, diesen Schuft, packen und aus dem Hause werfen!

„Er ist schon schlimm", meinte Mr. Horrocks, „sein Diener Flethers ist aber noch schlimmer. Hat er doch in der Leutestube um das Essen und das Bier einen solchen Krach geschlagen, wie es kein Lord tun würde. Aber ich glaube – Miss Sharp kann es mit ihm aufnehmen!" fügte er nach einer Pause hinzu.

Das konnte sie wirklich, mit dem Vater und auch mit dem Sohn.

12. Kapitel

Ein ganz sentimentales Kapitel

Wir müssen nun von Arkadien und den liebenswerten Menschen dort mit ihren ländlichen Vorzügen Abschied nehmen und nach London zurückreisen, um zu sehen, was aus Amelia geworden ist. „Ich mache mir nicht einen Pfifferling aus ihr", äußert eine unbekannte Briefschreiberin in zierlicher hübscher Handschrift in einem Brief mit rosa Siegel. „Sie ist fade und abgeschmackt", fügt sie hinzu, dann folgen noch ein paar freundliche Bemerkungen dieser Art. Ich würde das gar nicht erwähnen, wenn es nicht in Wahrheit für die betreffende junge Dame höchst schmeichelhaft wäre.

Hat der geneigte Leser nicht vielleicht auch in der vornehmen Welt die Erfahrung gemacht, daß gutherzige Freundinnen oft solche Urteile äußern? Sie wundern sich darüber, was man an dem bezaubernden Fräulein Schmidt nur finden kann oder was Major Schulze nur veranlaßt haben könnte, diesem einfältigen, unbedeutenden Fräulein Müller, die doch nichts hat als ihr Wachspuppengesicht mit dem gezierten Lächeln, tatsächlich einen Heiratsantrag zu machen. Was ist denn schon so Bedeutendes an rosigen Wangen und einem Paar blauen Augen, fragen die guten Moralistinnen. Klug weisen sie darauf hin, daß die Gaben des Genies – geistiges Können, Kenntnis der Geschichte, Botanik und Geologie, soweit es sich für eine Dame ziemt, die Fähigkeit, Verse zu machen oder Sonaten à la Herz herunterzurasseln und so weiter – an einer Frau weit wertvoller sind als jene flüchtigen Reize, die in wenigen Jahren dem unvermeidlichen Verfall unterworfen sind. Es ist sehr erbaulich, Frauen über die Wertlosigkeit und kurze Dauer der Schönheit diskutieren zu hören.

Tugend ist wirklich etwas viel Wertvolleres, und den armen Wesen, die das Unglück haben, gut auszusehen, sollte man immer wieder vor Augen führen, welches Schicksal sie erwartet. Sehr wahrscheinlich ist der heroische weibliche Charakter, den die Frauen bewundern, ein viel ruhmvolleres und schöneres Thema als die aufrichtige, freundliche, zärtliche, häusliche kleine Göttin mit dem frischen Lächeln, die der Mann so verehrungswürdig findet. Immerhin hat diese tiefer stehende Klasse von Frauen wenigstens den Trost, daß die Männer sie eben doch bewundern. So wollen wir trotz allen Warnungen und Protesten wohlmeinender Freundinnen bei unseren tollkühnen Irrtümern und Torheiten bleiben und uns bis zum Schluß des Kapitels nicht von ihnen abbringen lassen. Wie oft haben mir Personen, für die ich größte Achtung hege, gesagt, Fräulein Braun sei eine unbedeutende Puppe, Frau Weiß habe nichts als ihr niedliches Gesichtchen, Frau Schwarz könne überhaupt kein vernünftiges Wort herausbringen. Und doch habe ich mit Frau Schwarz die reizendsten Unterhaltungen gehabt (die natürlich ein Geheimnis bleiben, meine Gnädigste!). Ich sehe, wie alle Männer sich um Frau Weiß' Stuhl drängen und wie die jungen Leute sich darum streiten, wer mit Fräulein Braun tanzen darf. Daher möchte ich fast meinen, daß es eine große Schmeichelei für eine Frau sei, von ihrem eigenen Geschlecht verachtet zu werden.

Die jungen Damen, mit denen Amelia verkehrte, taten ihr diesen Gefallen zur Genüge. Es gab zum Beispiel kaum etwas, in dem die Misses Osborne, Georges Schwestern, und die Demoisellen Dobbin so gleicher Meinung waren wie in der Einschätzung von Amelias ganz geringem Wert. Sie wunderten sich gleichermaßen, welchen Reiz ihre Brüder nur an ihr finden konnten. „Wir sind freundlich zu ihr", erklärten die Misses Osborne, ein paar hübsche brünette junge Damen, die die allerbesten Erzieherinnen, Lehrer und Modistinnen gehabt hatten. Sie behandelten Amelia mit ausgesuchter Freundlichkeit und Herablassung in einer so unerträglich gönnerhaften Art, daß das arme kleine Ding in ihrer Gegenwart tatsächlich völlig einfältig wurde und dem äußeren Anschein nach wirklich so dumm war, wie sie es von ihr glaubten. Amelia versuchte, sie pflichtgetreu als Schwestern ihres zukünftigen Ehegatten gern zu haben. Sie verbrachte morgens lange Stunden bei ihnen, traurige, ernste Vormittage. Sie machte mit ihnen und ihrer Gouvernante Miss Wirt, einer grobknochigen Jungfer, feierliche Spazierfahrten in der Familienkutsche. Um Amelia eine besondere Freude zu machen, nahmen sie sie zu Kirchenkonzerten und Oratorien mit. Oder sie gingen zusammen in die Paulskirche, um die Waisenkinder zu sehen. Dabei fürchtete die arme Amelia sich so vor ihren Freundinnen, daß sie kaum die Bewegung zu zeigen wagte, die sie bei den Hymnen der Kinder empfand. Das Haus der Osbornes war behaglich, die Tafel des Vaters reich und schön, ihre Gesellschaft feierlich und vornehm, wunderbar war es, wie sie auf ihren guten Ruf hielten. Im Findelhaus hatten sie den ersten Platz inne. Alle ihre Gewohnheiten waren pompös und geziemend, alle ihre Vergnügungen schicklich und unerträglich langweilig. Nach jedem Besuch von Amelia – wie freuten sie sich, wenn sie wieder weg war! – fragten sich Miss Osborne und Miss Maria Osborne und Miss Wirt, die jungfräuliche Gouvernante, mit immer größerer Verwunderung: Was konnte George an dem Geschöpf nur finden?

Wie kommt es, höre ich den aufmerksamen Leser ausrufen, wie kommt es, daß Amelia in der Schule so beliebt war und so viele Freundinnen hatte und nun bei ihrem Eintritt in die Welt von ihrem eigenen kritischen Geschlecht mit Füßen getreten wird? Mein lieber Herr, in Miss Pinkertons Anstalt gab es keine Männer außer dem alten Tanzmeister; und um seinetwillen hätten sich die Mädchen doch nicht in die Haare zu geraten brauchen, nicht wahr? Kein Wunder, daß Georges Schwestern verärgert waren, wenn er sie so vernachlässigte, gleich nach dem Frühstück weglief und ein halb dutzendmal in der Woche nicht zu Hause speiste. Konnte man erwarten, daß es Miss Maria angenehm war, als der junge Bullock (von der Bankiersfirma Hulker, Bullock und Co., Lombard Street), der ihr seit zwei Jahren den Hof machte, Amelia zum Kotillon aufforderte? Und doch ließ sich das unschuldige, nicht nachtragende Wesen nichts merken, als sie nach dem Tanz Mr. Bullock gegenüber eifrig beteuerte: „Ich freue mich ja so, daß Amelia Ihnen gefällt. Sie ist mit meinem Bruder George verlobt. Sonst ist nicht viel los mit ihr, aber sie ist ein sehr gutherziges, liebevolles kleines Ding; zu Hause haben wir sie alle *so* gern!“ Das liebe Mädchen! Wer kann wohl die Tiefe der Zuneigung ermessen, die sich in einem enthusiastischen „so“ ausdrückt?

Miss Wirt und diese beiden liebevollen jungen Damen stellten George Osborne eindringlich und häufig vor Augen, was für ein großes Opfer er zu bringen im Begriff war, wie romantisch-großzügig es sei, daß er sich an Amelia wegwerfen wolle. Es mag sehr wohl sein, daß er sich am Ende selbst für einen der edelsten Charaktere in der britischen Armee hielt und sich mit leichter Wehmut liebhaben ließ.

Wie wir bereits erzählt haben, verließ er jeden Morgen das Haus und aß sechsmal in der Woche außerhalb. Seine Schwestern glaubten natürlich, der verliebte Jüngling hänge an Miss Sedleys Schürzenbändern. Aber dem war nicht so. Nicht immer war er bei Amelia, wenn die Welt glaubte, er liege ihr zu Füßen. Fest steht jedenfalls, daß Hauptmann Dobbin mehr als einmal nach seinem Freund fragte und daß er, wenn Miss Osborne – die sehr zuvorkommend gegen den Hauptmann war und darauf brannte, seine Soldatengeschichten zu hören, und sich stets erkundigte, wie es seiner lieben Mama ginge –, wenn also Miss Osborne lachend über den Platz wies und sagte: „Da müssen Sie schon zu Sedleys gehen und nach George fragen; wir bekommen ihn ja vom Morgen bis zum Abend nicht zu sehen!" – daß er dann auf ihre Worte hin ziemlich gezwungen zu lachen und als vollendeter Weltmann die Unterhaltung schnell auf ein allgemein interessierendes Thema zu lenken pflegte wie zum Beispiel die Oper oder den letzten Ball des Prinzregenten im Carlton-Haus oder das Wetter – diesen Rettungsanker der Gesellschaft.

„Was für ein Unschuldslamm ist doch dein Liebling!" neckte Miss Maria dann Miss Jane, wenn der Hauptmann gegangen war. „Hast du gesehen, wie er errötete, als ich erwähnte, daß der arme Junge ‚im Dienst' sei?"

„Schade, daß Frederick Bullock nicht etwas von seiner Zurückhaltung besitzt, nicht wahr, Maria?" entgegnete die ältere Schwester und warf den Kopf zurück.

„Zurückhaltung! Unbeholfenheit meinst du, Jane! Mir würde es nicht gefallen, wenn Frederick mir ein Loch in mein Musselinkleid reißen würde wie Hauptmann Dobbin, als er bei Mrs. Perkins Gesellschaft auf deins getreten ist."

„Auf dein Kleid? Haha! Wie könnte er das? Hat er da nicht mit Amelia getanzt?"

Die Sache verhielt sich aber so: Als Hauptmann Dobbin errötete und so verlegen aussah, dachte er an einen Umstand, den er nicht für nötig hielt den jungen Damen mitzuteilen. Er hatte nämlich schon vorher bei Sedleys geläutet – natürlich unter dem Vorwand, George sprechen zu wollen –, aber George war nicht dagewesen. Nur die arme kleine Amelia hatte mit sehnsüchtigem, traurigem Ausdruck am Salonfenster gesessen. Nach ein paar unbedeutenden, einfältigen Worten hatte sie die Frage zu stellen gewagt, ob etwas Wahres an dem Gerücht sei, daß das Regiment bald ins Ausland versetzt würde, und ob Hauptmann Dobbin Mr. Osborne heute schon gesehen hätte?

Das Regiment hatte bisher noch keinen solchen Befehl erhalten, und Hauptmann Dobbin hatte George nicht gesehen. Sehr wahrscheinlich sei er bei seinen Schwestern, meinte der Hauptmann, sollte er wohl hinübergehen und den Bummelanten holen? Sie reichte ihm freundlich und dankbar die Hand. Er überquerte den Platz, und sie wartete und wartete, aber George kam nicht.

Armes zärtliches Herzchen! So hofft und klopft es weiter in vertrauensvoller Sehnsucht. Man sieht, hier ist kein aufregendes Leben zu schildern. Es gibt kaum Ereignisse darin, nur ein einziges Gefühl den ganzen Tag lang: Wann kommt er? – nur einen einzigen Gedanken beim Schlafen und Wachen!

Als Amelia Hauptmann Dobbin nach George fragte, spielte dieser, glaube ich, mit Hauptmann Cannon in Swallow Street Billard; denn George war ein lustiger Bursche, der gern in Gesellschaft war und sich in allen derartigen Spielen durch seine Geschicklichkeit auszeichnete.

Als er einmal drei Tage lang nicht dagewesen war, setzte Amelia sich den Hut auf und drang in das Osbornesche Haus vor. „Nanu? Haben Sie unseren Bruder verlassen und kommen zu uns?" staunten die jungen Damen. „Haben Sie sich gezankt, Amelia? Bitte, erzählen Sie!" Nein, Streit hatte es nicht gegeben. Wer könnte sich denn mit ihm streiten? Amelias Augen füllten sich mit Tränen. Sie war nur herübergekommen, um – um ihre lieben Freundinnen zu besuchen; sie hatten sich doch so lange nicht gesehen. Sie war so ungemein einfältig und verlegen, daß die Misses Osborne und ihre Gouvernante, die ihr nachsahen, als sie weggegangen war, sich mehr denn je wunderten, was George nur Reizvolles an ihr finden könnte.

Mit Recht wunderten sie sich. Wie sollte Amelia aber auch ihr schüchternes Herzchen diesen jungen Damen mit den kalten schwarzen Augen bloßlegen? Es war schon das beste, sie verbarg es. Gewiß verstanden die beiden Misses Osborne es ausgezeichnet, einen Kaschmirschal zu beurteilen oder einen rosa Atlasunterrock. Sicherlich entging es diesen klugen jungen Damen nicht, als Miss Turner den ihrigen purpurrot färben und zu einem Spenzer verarbeiten oder als Miss Pickford ihren Hermelinkragen in einen Muff verwandeln ließ. Es gibt aber Dinge, sehen Sie, die feiner gewebt sind als Pelz oder Atlas und

als alle Herrlichkeit Salomons und alle Gewänder der Königin von Saba, Dinge, deren Schönheit sogar den Augen manch eines Kunstkenners verborgen bleibt. Es gibt süße, bescheidene Seelchen, die man duftend und zärtlich blühend an ruhiger Stelle im Schatten antrifft, und es gibt Gartenblumen, so groß wie Messingwärmflaschen, die mit ihrem Blick selbst die Sonne außer Fassung bringen können. Miss Sedley gehörte nicht zu den Sonnenblumen, und meiner Ansicht nach widerspricht es allen Gesetzen der Proportion, ein Veilchen in der Größe einer gefüllten Dahlie zu zeichnen.

Nein, in dem Leben eines braven jungen Mädchens, das sich noch im väterlichen Nest befindet, kann es wirklich nicht viel jener aufregenden Ereignisse geben, auf die eine Romanheldin gewöhnlich Anspruch macht. Alte Vögel, die draußen auf Nahrungssuche ausgehen, können Schlingen oder einem Schuß zum Opfer fallen; Habichte gibt es da, denen sie entkommen oder auch nicht. Aber die Jungen im Nest haben zwischen Daunen und Stroh ein recht behagliches, unromantisches Leben, bis auch für sie die Zeit kommt, daß sie flügge werden. Während Becky Sharp auf dem Lande ganz auf sich gestellt herumflatterte, auf allerlei Zweigen und zwischen mancherlei Fallen herumhüpfte und sich unschuldig, aber erfolgreich ihr Futter aufpickte, saß Amelia noch behaglich in ihrem heimatlichen Nest am Russel Square. Wenn sie sich in die Welt hinauswagte, geschah es in Begleitung ihrer Eltern. Kein Anzeichen deutete darauf hin, daß ihr oder dem reichen, gemütlichen Heim, in dem sie liebevollen Schutz fand, irgend etwas Übles zustoßen könnte. Die Mama hatte ihre Pflichten am Vormittag, ihre tägliche Spazierfahrt und jene entzückende Besuchs- und Einkaufsrunde, die das Vergnügen oder – wenn man so will – die Aufgabe einer reichen Dame in London bildet. Der Papa leitete seine geheimnisvollen Geschäfte in der City. Das war damals ein bewegter Ort, als in ganz Europa der Krieg tobte und das Spiel um ganze Königreiche ging, als die Kurierzeitung Zehntausende von Abonnenten hatte, als ein Tag die Schlacht von Vittoria, ein andrer den Brand von Moskau brachte oder als zur Mittagszeit am Russel Square manchmal das Horn des Ausrufers ertönte, der aufregende Ereignisse verkündete wie „Schlacht bei Leipzig, 600 000 Mann beteiligt, völlige Niederlage der Franzosen, 200 000 Tote". Ein paarmal kam der alte Sedley mit sehr ernstem Gesicht nach Hause. Kein Wunder, wenn solche Nachrichten alle Herzen und alle Börsen Europas in Bewegung setzten!

Inzwischen ging das Leben am Russel Square in Bloomsbury weiter, als wenn Europa nicht im geringsten aus den Fugen geraten wäre. Der Rückzug von Leipzig brachte keinerlei Veränderungen in der Zahl der Mahlzeiten, die Mr. Sambo in der Bedientenstube einnahm. Die Alliierten strömten nach Frankreich hinein, aber wie immer ertönte um fünf die Glocke zum Abendessen. Ich glaube kaum, daß die kleine Amelia sich irgendwie um Brienne oder Montmirail bekümmerte oder sich überhaupt für den Krieg interessierte, bis der Kaiser abdankte. Da klatschte sie in die Hände und betete, ach wie dankbar! und stürzte sich George Osborne in die Arme zur Verwunderung aller, die Zeuge dieses Gefühlsausbruches waren. Nun war der Friede geschlossen, Europa würde wieder zur Ruhe kommen, der Korse war gestürzt, und Leutnant Osbornes Regiment würde nicht mehr zum Kriegsdienst beordert werden. Das war die Bahn, in der Amelias Gedanken sich bewegten. Das Schicksals Europas – das war für sie der Leutnant George Osborne. Für ihn war die Gefahr vorüber, drum sang sie ein Te Deum. Er war ihr Europa, ihr Kaiser, ihre alliierten Monarchen, ihr hoher Prinzregent. Er war ihre Sonne und ihr Mond. Ich glaube sogar, sie meinte, die große Illumination und der Ball im Hause des Lord Mayors für die fremden Herrscher fänden nur George Osborne zu Ehren statt.

Armut, Notbehelfe und Selbständigkeit, das waren die traurigen Lehrmeister, denen Miss Becky Sharp ihre Erziehung verdankte. Miss Amelias letzte Lehrerin aber war die Liebe, und es war erstaunlich, was für Fortschritte unsere kleine Freundin unter ihrer Anleitung machte. Im Laufe von fünfzehn oder achtzehn Monaten täglichen aufmerksamen Lauschens auf die Lehren dieser vortrefflichen Erzieherin lernte Amelia manche Geheimnisse kennen, von denen Miss Wirt und die schwarzäugigen jungen Damen von gegenüber, ja sogar die alte Miss Pinkerton in Chiswick nichts ahnten. Wie hätten diese gezierten und anständigen Jungfrauen aber auch so etwas erfahren sollen? Für die Damen P. und W. kam solch eine zärtliche Leidenschaft gar nicht in Frage. Ich würde es nicht wagen, dergleichen auch nur anzudeuten! Miss Maria Osborne empfand nun allerdings eine „Neigung" für Mr. Frederick Augustus Bullock von der Firma Hulker, Bullock & Bullock. Aber das war eine höchst ehrbare Neigung. Ebenso willig hätte sie auch Bullock senior genommen; kam es ihr doch – wie jedem wohlerzogenen jungen Mädchen – auf ein Haus in Park Lane an, auf ein Landhaus in Wimbledon, einen hübschen Wagen mit zwei wunderbar großen Pferden und Dienern und auf ein Viertel des jährlichen Reinertrags der bedeutenden Firma Hulker & Bullock. Alle diese Vorteile waren nun eben in Frederick Augustus vereinigt. Damals waren allerdings die Orangenblüten, dieses rührende Zeichen weiblicher Reinheit, noch nicht aus Frankreich herübergebracht worden, wo die Töchter des Volkes ja im allgemeinen in die Ehe verkauft werden. Wären sie aber schon eingeführt gewesen, dann hätte Miss Maria gewiß den reinen Kranz genommen und wäre an der Seite des gichtkranken, kahlköpfigen alten Bullock mit der Kürbisnase in die Reisekutsche gestiegen. Mit vollendeter Bescheidenheit hätte sie ihre schöne Person seinem Glück geopfert. Nur war der alte Herr bereits verheiratet. So schenkte sie dem jüngeren Partner ihre Neigung. Ihr köstlichen, duftenden Orangenblüten! Neulich sah ich Miss Trotter mit ihnen geschmückt vor der Georgskirche am Hanover Square in die Reisekutsche steigen, und hinter ihr hinkte Lord Methusalem drein. Mit welch reizender Schamhaftigkeit zog die liebe Unschuld die Wagenvorhänge herunter! Bei der Trauung war die Hälfte aller Kutschen unseres Jahrmarkts zugegen.

Diese Art von Liebe war es nicht, die Amelias Erziehung den Abschluß gab und ein artiges Kind im Laufe eines Jahres in ein junges Mädchen verwandelte, das eine gute Frau sein würde, sobald diese glückliche Zeit gekommen wäre. Dieses Mädchen liebte von ganzem Herzen den jungen Offizier im Dienste Ihrer Majestät, den wir flüchtig kennengelernt haben. Vielleicht war es von den Eltern nicht klug, sie darin zu ermuntern und sie in solch einer einfältigen, romantisch-abgöttischen Liebe zu unterstützen. Dachte sie doch an ihn, sobald sie erwachte, und sein Name war das letzte Wort ihres Abendgebetes. Nie hatte sie einen so schönen und so klugen Mann gesehen, solch eine Gestalt zu Pferde, solch einen Tänzer, kurz: solch einen Helden! Man rede nicht von der Verbeugung des Prinzregenten, was war sie schon gegen Georges? Sie hatte Mr. Brummell gesehen, von dem alle so begeistert waren. Wie konnte man solch einen Mann mit George vergleichen? Nicht einmal unter den Stutzern in der Oper gab es einen, der ihm gleichkam, und damals gab es noch richtige Stutzer mit Zylindern. Er war eben ein Märchenprinz. Wie großmütig war es doch, daß er sich zu dem armen Aschenbrödel herabneigte! Wäre Miss Pinkerton Amelias Vertraute gewesen, so hätte sie sehr wahrscheinlich versucht, dieser blinden Ergebenheit Schranken zu setzen, aber mit keinem großen Erfolg, darauf kann man sich verlassen! Das liegt eben im Wesen mancher Frauen: einige sind zum Intrigieren geschaffen, andre zum Lieben. Jedem ehrbaren Junggesellen, der dies liest, wünsche ich, daß er die Sorte nehmen möge, die am besten zu ihm paßt.

Unter diesem übermächtigen Eindruck vernachlässigte Amelia ihre zwölf Busenfreundinnen in Chiswick höchst grausam. So selbstsüchtige Menschen tun das eigentlich immer. Für Amelia gab es natürlich nur ein Thema. Miss Saltire aber war zu kalt, um ihre Vertraute zu sein. Ebensowenig brachte sie es fertig,

Miss Swartz, der kraushaarigen jungen Erbin aus St. Kitts, ihr Herz auszuschütten. In den Ferien hatte sie sich die kleine Laura Martin eingeladen, und ich glaube fast, Amelia vertraute ihr alles an und versprach, daß Laura bei ihr wohnen sollte, wenn sie erst verheiratet wäre. Sie erzählte Laura so mancherlei über Liebe und Leidenschaft, was diesem kleinen Ding besonders nützlich und neu gewesen sein muß. Ach, ich fürchte, die arme Amelia war darin kein gutes Vorbild!

Was dachten sich nur ihre Eltern, daß sie das kleine Herz nicht davon abhielten, so schnell zu schlagen? Der alte Sedley schien von der ganzen Sache nicht viel zu merken. Er war in letzter Zeit ernster geworden. Seine Geschäfte in der City nahmen ihn ganz in Anspruch. Mrs. Sedley war von so sorgloser und wenig neugieriger Gemütsart, daß sie nicht einmal eifersüchtig war. Mr. Josef war fort; er wurde in Cheltenham von einer irischen Witwe belagert. Amelia hatte das Haus für sich allein – ach, manchmal zu sehr für sich allein! Nicht daß jemals Zweifel in ihr wach wurden. Denn natürlich mußte George ins Kriegsministerium gehen; er konnte doch nicht dauernd Urlaub von Chatham bekommen. Er mußte ja auch seine Freunde und Schwestern besuchen und sich in der Gesellschaft zeigen, wenn er in der Stadt war (er, Zierde jeder Gesellschaft!). Wenn er beim Regiment war, dann war er natürlich zu müde, um lange Briefe zu schreiben. – Ich weiß, wo sie das Päckchen verwahrt, das sie bekam. Ich kann mich in ihr Zimmer stehlen wie Jachimo – wie Jachimo? Nein, das ist eine schlechte Rolle. Ich will nur den Mondenschein spielen und in das Bett lugen, wo Glaube, Schönheit und Unschuld schlafen und träumen.

Osbornes Briefe waren soldatisch kurz. Wenn wir aber Miss Sedleys Briefe an Mr. Osborne veröffentlichen wollten, dann müßte dieser Roman auf solch eine Unzahl von Bänden ausgedehnt werden, wie sie auch der gefühlvollste Leser nicht ertragen könnte. Sie füllte nicht nur Bögen großen Formats, sondern schrieb auch noch mit dem erstaunlichsten Eigensinn quer darüber. Ohne das geringste Mitleid schrieb sie ganze Seiten aus Gedichtbänden ab. Mit leidenschaftlicher Betonung unterstrich sie einzelne Wörter und ganze Stellen. Kurz, sie zeigte die üblichen Symptome ihres Zustandes. Sie war keine Heldin. Ihre Briefe waren voller Wiederholungen. Ihre Orthographie war oft ziemlich zweifelhaft. In ihren Versen erlaubte sie sich allerlei Freiheiten mit dem Metrum. Aber, meine Damen, wenn es Ihnen nicht gestattet sein soll, manchmal aller Grammatik zum Trotz ans Herz zu rühren, und wenn Sie nicht geliebt werden sollen, bis Sie den Unterschied zwischen Trimeter und Tetrameter kennen – dann zum Teufel mit aller Dichtkunst und jedem Schulmeister ein elender Tod!

13. Kapitel

Sentimentales und anderes

Ich fürchte, der Herr, an den Miss Amelias Briefe gerichtet waren, war ein strenger Kritiker. Eine so große Menge Briefe folgten dem Leutnant Osborne auf das Land nach, daß er sich der diesbezüglichen Witze seiner Kameraden im Kasino beinahe schämte und seinem Burschen Befehl gab, sie ihm nur in seiner Wohnung zu übergeben. Man hatte gesehen, wie er sich mit einem dieser Briefchen die Zigarre anzündete, zum Entsetzen von Hauptmann Dobbin, der für dieses Dokument viel Geld gegeben hätte.

Eine Zeitlang versuchte George die Sache geheimzuhalten. „Eine Frau war im Spiel", das gab er zu. „Und bestimmt nicht das erstemal", sagte der Fähnrich Spooney zum Fähnrich Stubbles. „Dieser Osborne ist ein verteufelter Kerl. In Demerara war es die Tochter des Richters, die seinetwegen fast wahnsinnig wurde. Dann in St. Vincents das schöne Mestizenmädchen, Miss Pye, du weißt doch, und seit er wieder zu Hause ist, soll er ein wahrer Don Juan sein!"

Stubbles und Spooney waren der Ansicht, daß „ein wahrer Don Juan" zu sein zu den besten Eigenschaften gehöre, die ein Mann besitzen könne.

Osbornes Ansehen bei den jungen Leuten seines Regiments war ganz ungeheuer. Er war fabelhaft in jedem Sport, fabelhaft im Singen, fabelhaft bei der Parade und freigebig mit Geld, das er vielleicht von seinem Vater bekam. Seine Röcke waren besser gearbeitet als die aller anderen im Regiment, und er besaß mehr davon als alle anderen. Die Soldaten vergötterten ihn.

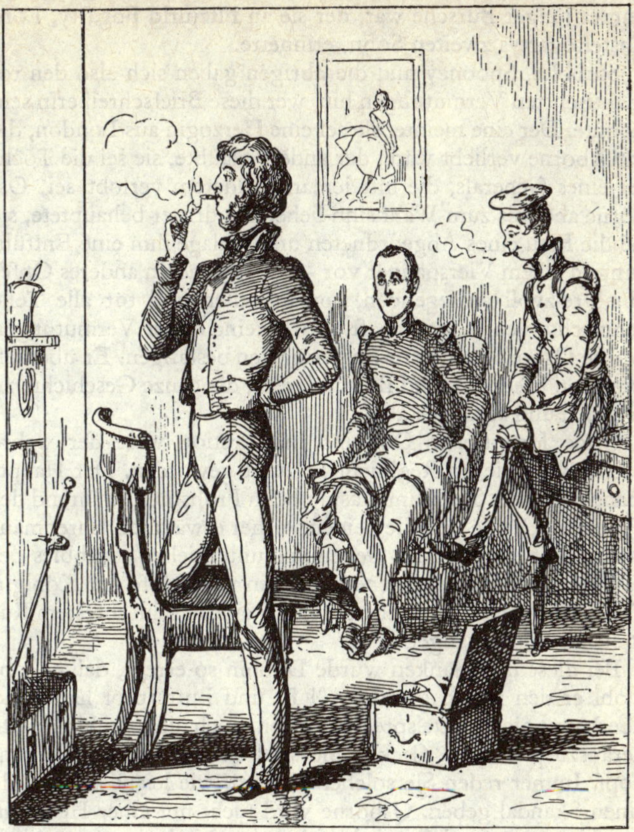

Trinken konnte er mehr als alle Offiziere im Kasino einschließlich des alten Heavytop, des Obersten. Boxen konnte er besser als Knuckles, der Gemeine, der früher Preiskämpfer gewesen war und ohne seine Trunksucht schon längst zum Korporal befördert worden wäre. Zudem war Osborne der beste Kricketspieler im ganzen Regimentsklub. Bei dem Rennen in Quebec ritt er sein eigenes Pferd, den „Geölten Blitz", und gewann damit den Garnisonspokal. Außer Amelia gab es noch andere, die ihn verehrten. Stubbles und Spooney meinten, er sei eine Art Apoll; Dobbin hielt ihn für einen „bewundernswerten Crichton", und die Frau des Majors O'Dowd gab zu, daß er ein eleganter junger Bursche war, der sie an Fitzjurld Fogarty, Lord Castelfogartys zweiten Sohn, erinnerte.

Stubbles, Spooney und die übrigen gaben sich also den romantischsten Vermutungen hin, wer diese Briefschreiberin sein könnte. Der eine meinte, sie sei eine Herzogin aus London, die in Osborne verliebt wäre, der andere glaubte, sie sei die Tochter eines Generals, die mit jemand anderem verlobt sei, Osborne aber bis zum Wahnsinn liebe. Ein dritter behauptete, sie sei die Frau eines Abgeordneten und schlage ihm eine Entführung in einem Vierspänner vor – oder irgendein anderes Opfer einer reizvoll aufregenden, romantischen und für alle Teile schmachvollen Leidenschaft. Doch keine dieser Vermutungen wollte Osborne auch nur im geringsten bestätigen. Er überließ es seinen Freunden und Bewunderern, die ganze Geschichte zu erfinden und auszugestalten.

Ohne Hauptmann Dobbins Indiskretion wäre der wahre Sachverhalt nie im Regiment bekannt geworden. Der Hauptmann saß eines Tages im Kasino beim Frühstück, während der Unterarzt Cackle und die beiden vorher erwähnten Ehrenmänner sich über Osbornes Geheimnis unterhielten. Stubbles behauptete, die Dame sei eine Herzogin vom Hofe der Königin Charlotte; Cackle aber schwor, sie sei eine in schlechtestem Ruf stehende Opernsängerin.

Bei diesem Gedanken wurde Dobbin so erregt, daß er, obwohl er den Mund gerade voll Ei und Butterbrot hatte und überhaupt nicht hätte sprechen sollen, doch nicht umhinkonnte herauszusprudeln: „Cackle, Sie sind ein lächerlicher Dummkopf. Immer reden Sie solchen Unsinn, wie leicht kann es da einen Skandal geben. Osborne wird nicht mit einer Herzogin durchbrennen, und er wird auch keine Modistin unglücklich machen. Miss Sedley ist das bezauberndste Mädchen, das je gelebt hat. Er ist schon wer weiß wie lange mit ihr verlobt; wer etwas Schlechtes über sie sagen will, sollte das lieber nicht tun, wenn ich in der Nähe bin.“ Unter heftigem Rotwerden brach Dobbin seine Rede ab und erstickte fast an einer Tasse Tee, die er in sich hineingoß. Binnen einer halben Stunde hatte die Geschichte im ganzen Regiment die Runde gemacht. Am selben Abend noch schrieb die Majorin O'Dowd ihrer Schwester Glorvina nach O'Dowdstown, sie brauche sich mit ihrer Abreise von Dublin nicht zu eilen – der junge Osborne sei bereits verlobt.

Am gleichen Abend beglückwünschte sie den Leutnant bei

einem Glase Whiskypunsch in einer angemessenen Ansprache. Daraufhin ging dieser wutentbrannt nach Haus, um Dobbin zur Rede zu stellen, weil er sein Geheimnis verraten hatte. Dobbin hatte nämlich bei Mrs. O'Dowds Gesellschaft abgesagt, saß zu Hause und spielte Flöte und verfaßte vielleicht auch sehr melancholische Verse.

„Wer, zum Kuckuck, hat dir gesagt, du sollst über meine Angelegenheiten sprechen?" schrie Osborne entrüstet. „Warum, zum Teufel, soll denn das ganze Regiment wissen, daß ich mich verheiraten werde? Wie kommt die geschwätzige alte Vettel O'Dowd, Peggy O'Dowd, dazu, an ihrem verdammten Tisch meinen Namen in den Mund zu nehmen und meine Verlobung in allen drei Königreichen zu verkünden? Was für ein Recht hast du eigentlich zu behaupten, ich sei verlobt? Wie kannst du dich überhaupt in meine Angelegenheiten mischen?"

„Es scheint mir –" begann Hauptmann Dobbin.

„Zum Henker mit deinem ‚scheint mir', Dobbin", unterbrach der Jüngere ihn. „Ich bin dir zu Dank verpflichtet, das weiß ich, weiß ich leider allzugut. Aber ich will mir nicht immer von dir etwas vorpredigen lassen, weil du fünf Jahre älter bist als ich. Ich will mich hängen lassen, wenn ich deine überlegene Miene und dein höllisches Mitleid und Beschützen noch länger ertrage. Mitleid und Schutz! Da möchte ich doch gern wissen, worin ich dir unterlegen bin!"

„Bist du denn nun verlobt?" unterbrach ihn Hauptmann Dobbin.

„Was zum Teufel geht das dich oder irgend jemanden hier an?"

„Schämst du dich etwa?" fuhr Dobbin fort.

„Was für ein Recht hast du, mich das zu fragen? Das möchte ich doch hören!" entgegnete George.

„Guter Gott, du willst doch damit nicht etwa sagen, daß du die Verlobung aufheben willst?" Dobbin fuhr entsetzt hoch.

„Mit anderen Worten: du fragst mich, ob ich ein Ehrenmann bin", versetzte Osborne wild. „Willst du das damit sagen? Du hast in letzter Zeit einen Ton mir gegenüber angenommen, daß ich verdammt sein will, wenn ich mir das noch länger gefallen lasse."

„Was habe ich denn getan? Ich habe dir doch nur vorgehalten, daß du ein liebes Mädchen vernachlässigst, George. Ich habe dir gesagt, daß du zu ihr gehen solltest, wenn du nach London fährst, und nicht in die Spielklubs um St. James herum."

„Du willst wohl dein Geld zurück haben?“ fragte Osborne höhnisch.

„Natürlich will ich das, habe es immer verlangt, nicht wahr?“ erwiderte Dobbin. „Du sprichst wirklich ganz wie ein hochherziger Mann.“

„Nein, zum Henker, William, bitte verzeih mir!“ unterbrach George ihn hier in einem Anfall von Reue. „Weiß der Himmel, du bist hundertmal mein Freund gewesen. Du hast mich so oft aus schlimmen Lagen gerettet. Ohne dich wäre ich erledigt gewesen, als Crawley von der Leibgarde mir soviel Geld abgenommen hatte; dessen bin ich sicher. Aber du sollst nicht so streng mit mir sein, du solltest mich nicht immer so schulmeistern. Ich habe Amelia wirklich sehr lieb; ich bete sie an und all das. Mach nicht so ein böses Gesicht. Sie ist ohne Fehler, das weiß ich. Aber siehst du, es hat eben keinen Reiz, etwas zu gewinnen, um das man nicht vorher spielen muß. Zum Henker! Das Regiment ist gerade aus Westindien zurück; ich muß mich etwas austoben. Wenn ich dann erst verheiratet bin, will ich mich bessern, bei meiner Ehre! Und – hör mal, Dob: sei nicht böse mit mir! Nächsten Monat gebe ich dir hundert zurück. Ich weiß, mein Vater wird mir etwas Anständiges zukommen lassen. Ich werde Heavytop um Urlaub bitten und morgen nach London fahren und Amelia besuchen. Bist du nun zufrieden?“

„Man kann dir wirklich nicht lange böse sein, George“, erwiderte der gutherzige Hauptmann; „und des Geldes wegen, alter Junge – da weiß ich doch, du würdest deinen letzten Schilling mit mir teilen, wenn ich es brauchte.“

„Das würde ich tun, bei Gott“, versicherte George sehr großzügig. Er hatte aber nie Geld übrig.

„Ich wünschte nur, du hättest dir die Hörner schon abgestoßen, George. Wenn du neulich das Gesicht der armen kleinen Amelia gesehen hättest, als sie mich nach dir fragte, dann würdest du deine Billardkugeln zum Teufel gejagt haben. Geh und tröste sie, du Schuft. Schreib ihr einen langen Brief. Tu irgend etwas, um sie glücklich zu machen! Dazu genügt schon sehr wenig.“

„Ich glaube, sie hat mich verflixt gern“, meinte der Leutnant mit selbstzufriedener Miene, und fort war er, um den Rest des Abends mit ein paar lustigen Kameraden im Kasino zu verbringen.

Amelia am Russel Square schaute indessen zum Mond hinauf, der auf diesen friedlichen Winkel ebenso herabschien wie auf das Viereck der Kasernen in Chatham, wo Leutnant Osborne einquartiert war. Sie überlegte, was ihr Held wohl gerade tue. Vielleicht macht er die Runde bei den Wachtposten, dachte sie; vielleicht liegt er draußen im Biwack. Vielleicht sitzt er am Bett eines verwundeten Kameraden oder in seinem einsamen Zimmer und studiert die Kriegskunst. Ihre liebevollen Gedanken

eilten zu ihm, als wären sie Engel und hätten Flügel. Sie flogen den Fluß entlang bis Chatham und Rochester und versuchten in die Kaserne hineinzuschauen, wo George war ... Alles in allem war es wohl doch gut, meine ich, daß die Tore geschlossen waren und die Schildwache niemanden passieren lassen durfte. So konnte der arme kleine weißgekleidete Engel wenigstens die Lieder nicht hören, die die jungen Kerle beim Whiskypunsch brüllten.

Am Tage, der der kleinen Kontroverse in der Chatham Kaserne folgte, wollte der junge Osborne zeigen, daß er zu seinem Wort stehe, und traf Vorbereitungen, um nach London zu fahren. Hauptmann Dobbin zollte ihm dafür Beifall. „Ich hätte ihr gern eine Kleinigkeit geschenkt", erklärte Osborne seinem Freund ganz im Vertrauen, „ich habe nur keinen einzigen Pfennig, bis mein Vater etwas herausrückt." Aber Dobbin wollte nicht dulden, daß der gutherzige, großzügige Plan seines Freundes zuschanden wurde. Drum versah er Mr. Osborne mit ein paar Pfundnoten, die dieser nach einigen schwachen Bedenken annahm.

Sicherlich hätte er auch etwas sehr Hübsches für Amelia gekauft, wenn – ja wenn ihm nicht beim Aussteigen in Fleet Street im Schaufenster eines Juweliers eine schöne Krawattennadel in die Augen gestochen hätte. Da konnte er nicht widerstehen, und als er sie bezahlt hatte, blieb ihm nur noch sehr wenig Geld übrig für ein Zeichen seiner Zuneigung. Doch das machte ja nichts; Amelia kam es ganz gewiß nicht auf Geschenke von ihm an. Als er am Russel Square anlangte, leuchtete ihr Gesichtchen auf, als wenn er der Sonnenschein selbst wäre. Alle Sorgen, Ängste, Tränen, alle bangen Ahnungen und schlaflosen Stunden ach so vieler Tage und Nächte waren in einem Augenblick vergessen unter der Wirkung dieses vertrauten, unwiderstehlichen Lächelns. In der Tür zum Wohnzimmer stand er und strahlte sie an – prachtvoll, mit nach Ambrosia duftendem Backenbart, wie ein Gott. Sambos Gesicht verzog sich zu einem mitfühlenden Grinsen, als er Hauptmann Osborne anmeldete – er hatte den jungen Offizier von sich aus avancieren lassen. Er sah noch, wie das junge Mädchen zusammenfuhr, erglühte und von ihrem Ausguck am Fenster aufsprang. Dann zog er sich zurück. Sobald die Tür geschlossen war, flatterte sie an Leutnant Osbornes Herz, als ob das der einzig natürliche Platz für sie wäre, wo sie ihr Nest bauen könnte. O du armes aufgeregtes Seelchen! Der schönste Baum im ganzen Wald, mit dem geradesten Stamm und den stärksten Ästen und dem dichtesten Laub, den du dir zum Nestbau erwählt hast, kann gezeichnet sein, ohne daß du es weißt, und vielleicht in kurzer Zeit krachend zu Boden stürzen. Welch uralter Vergleich zwischen Mensch und Baum!

Inzwischen küßte George sie sehr liebevoll auf die Stirn und die glänzenden Augen. Er war äußerst huldreich und gut. Und sie hielt seine Diamantnadel, die sie noch nicht an ihm kannte, für das hübscheste Schmuckstück, das man sich denken kann.

Dem aufmerksamen Leser, der sich an das frühere Benehmen unseres jungen Leutnants erinnert und an den Bericht über die kurze Unterredung, die dieser kurz zuvor mit Hauptmann Dobbin hatte, wird es vielleicht möglich sein, zu gewissen Schlüssen über Mr. Osbornes Charakter zu kommen. Ein zynischer Franzose hat einmal gesagt, daß zu einem Liebesverhältnis zwei Personen gehörten: eine, die liebt, und eine, die sich herabläßt, geliebt zu werden. Die Liebe wohnt zuweilen auf seiten des Mannes und manchmal bei der Frau. Wie mancher Verliebte hat schon Gefühllosigkeit für Bescheidenheit gehalten, Langweiligkeit für jungfräuliche Zurückhaltung, bloße Leere für süße Schüchternheit, kurz: eine Gans für einen Schwan. Wie manches verliebte Mädchen hat einen Esel mit dem Glanz und der Pracht ihrer Phantasie umhüllt, Stumpfheit als männliche Einfachheit bewundert, Selbstsucht als Überlegenheit des Mannes verehrt, Dummheit für majestätische Würde genommen und den Mann behandelt, wie die glänzende Fee Titania einen gewissen Weber aus Athen behandelt hat. Solche Komödien der Irrungen kann man wohl in der ganzen Welt erleben. Aber soviel ist sicher: Amelia glaubte, daß ihr Liebhaber einer der tapfersten und glänzendsten Männer des Weltreiches sei, und möglicherweise dachte Leutnant Osborne das auch. Er war ein bißchen wild wie viele junge Männer. Doch gefällt den Mädchen ein Wüstling nicht besser als ein Milchbart? Er hatte sich noch nicht die Hörner abgestoßen. Aber bald würde er so weit sein. Er würde die Armee verlassen, nun der Friede verkündigt, das korsische Ungeheuer in Elba eingesperrt und eine Beförderung ausgeschlossen war und sich ihm keine Möglichkeit bot, seine unzweifelhaften militärischen Talente und seine Tapferkeit zu beweisen. Sein Taschengeld zusammen mit Amelias Mitgift würde es ihnen ermöglichen, sich irgendwo auf dem Lande ein behagliches Häuschen zu nehmen in der Nähe einer Jagd. Da würde er ein bißchen jagen und ein bißchen Landwirtschaft treiben, und sie würden sehr glücklich sein. Als Verheirateter in der Armee zu bleiben war unmöglich. Man stelle sich nur vor, Mrs. George Osborne solle in einem Landstädtchen wohnen oder, schlimmer noch, in Ost- oder Westindien und sich von Mrs. O'Dowd, der Frau des Majors, begönnern lassen! Amelia kam schier um vor Lachen, wenn Osborne von Mrs. O'Dowd erzählte. Er hatte sie viel zu lieb, als daß er sie der vulgären Art dieser schrecklichen Frau hätte aussetzen wollen und dem rauhen Leben einer Soldatenfrau. Auf ihn kam es dabei nicht an, nein, keineswegs. Aber sein liebes kleines Mädchen sollte in der Gesellschaft den Platz einnehmen, zu dem sie als seine Frau berechtigt war. Ihr könnt sicher sein, daß sie all diesen Vorschlägen zustimmte. Sie hätte das allerdings auch bei jedem anderen Vorschlag getan, der von ihm kam.

Bei dieser Unterhaltung verbrachte das junge Paar einige sehr vergnügte Stunden. Sie bauten zahllose Luftschlösser, und Amelia schmückte sie mit allerlei Blumengärten, ländlichen Spazierwegen, Dorfkirchen, Sonntagsschulen und dergleichen Dingen aus. Georges Interesse hingegen richtete sich auf die Ställe, den Hundezwinger und den Keller. Da dem Leutnant nur dieser eine Tag für die Stadt zur Verfügung stand und er noch viele höchst wichtige Geschäfte erledigen mußte, wurde vereinbart, daß Amelia bei ihren zukünftigen Schwägerinnen essen sollte. Voll Freude nahm sie die Einladung an. Er führte sie zu seinen Schwestern und ließ sie dort in einem so fröhlichen Geplauder zurück, daß diese Damen ganz erstaunt waren. Vielleicht kann George doch etwas aus ihr machen! dachten sie, während er fortging, um seine Geschäfte zu besorgen.

Um es kurz zu sagen: er ging in eine Konditorei am Charing Cross Eis essen, probierte in Pall Mall einen neuen Rock an, schaute kurz bei Old Slaughter herein und ging dann zu Hauptmann Cannon. Dann spielte er mit dem Hauptmann elf Partien Billard, von denen er acht gewann, und kehrte eine halbe Stunde zu spät, aber in bester Stimmung zum Russel Square zurück.

Mit dem alten Mr. Osborne verhielt es sich nicht ganz so. Als er aus der City kam und seine Töchter und die elegante Miss Wirt ihn im Wohnzimmer begrüßten, sahen sie sofort an seinem Gesicht – das zwar auch in seinen besten Zeiten aufgeblasen, feierlich und gelb war – und an dem Runzeln der Stirn und dem Zucken der schwarzen Augenbrauen, daß das Herz unter der weißen Weste unruhig und beklemmt schlug. Amelia begrüßte ihn immer nur mit zitternder Schüchternheit. Aber diesmal brummte er nur mürrisch auf ihren Gruß hin und ließ ihre kleine Hand aus seiner großen haarigen Pfote einfach heruntersinken, ohne den geringsten Versuch zu machen, sie festzuhalten. Düster sah er zu seiner ältesten Tochter hinüber. Sie kannte die Bedeutung dieses Blickes, der unmißverständlich fragte: Was zum Teufel will *die* hier? und sagte darum sofort: „George ist in der Stadt, Papa. Er ist ins Kriegsministerium gegangen und wird zum Essen zurück sein."

„So, wirklich? Ich will nicht, daß wir mit dem Essen auf ihn warten, Jane.“ Damit ließ der würdige Mann sich in seinen Stuhl fallen, der eigens für ihn da war. Dann wurde die völlige Stille in diesem vornehmen, gut eingerichteten Wohnzimmer nur noch durch das beunruhigende Ticken der großen französischen Uhr unterbrochen. Über diesem Chronometer befand sich eine heitere Gruppe mit dem Opfer der Iphigenie in Messing. Als es nun mit dem schweren Ton wie von Kirchenglocken fünf Uhr schlug, zog Mr. Osborne heftig an der Glocke, die rechts neben ihm hing, und der Butler kam hereingestürzt.

„Essen!“ brüllte Mr. Osborne.

„Mr. George ist noch nicht da, Sir“, wandte der Mann ein.

„Zum Teufel mit Mr. George! Bin ich der Herr im Hause? Essen!“ donnerte Mr. Osborne. Amelia zitterte. Die anderen drei Damen verständigten sich durch schnelle Blicke. Da begann die gehorsame Glocke in den unteren Regionen das Mahl anzukündigen. Als das Geläut vorüber war, steckte das Familienoberhaupt die Hände in die großen Taschen der Rockschwänze seines prächtigen blauen Anzugs mit den Metallknöpfen. Ohne auf eine weitere Ankündigung zu warten, schritt er allein hinunter. Nur über die Schulter warf er grollende Blicke auf die vier Damen zurück.

„Was ist denn nun wieder los?“ fragten sie einander, als sie sich erhoben, um vorsichtig hinter ihrem Herrn und Meister herzutrippeln.

„Die Aktien werden wohl gefallen sein“, flüsterte Miss Wirt. In zitterndem Schweigen folgte die verschüchterte weibliche Gesellschaft ihrem düsteren Anführer. Schweigend nahmen sie die Plätze ein. Er brummte einen Segen, der so rauh klang wie ein Fluch. Die großen silbernen Deckel wurden von den Schüsseln genommen. Amelia zitterte auf ihrem Stuhl; denn sie saß neben dem furchtbaren Osborne ganz allein an ihrer Tischseite. Durch Georges Abwesenheit war dort eine Lücke entstanden.

„Suppe?“ fragte Mr. Osborne mit Grabesstimme. Er packte den Schöpflöffel und starrte sie an. Als er ihr und den anderen aufgetan hatte, schwieg er eine Weile.

„Nimm Miss Sedleys Teller weg“, befahl er schließlich dem Butler. „Sie kann die Suppe nicht essen, und ich auch nicht. Scheußliches Zeug! Nimm die Suppe weg, Hicks, und du, Jane, wirf morgen die Köchin hinaus.“

Als Mr. Osborne mit der Suppe fertig war, machte er ein paar bissige Bemerkungen über den Fisch, auch sie von bösartiger Ironie. Er verfluchte den Fischmarkt mit einem Nachdruck, der ganz dieses Ortes würdig war. Dann verfiel er in Schweigen und goß mehrere Gläser Wein hinunter. Dabei wurde sein Ausdruck immer schrecklicher. Endlich verkündete ein kurzes Klopfen an der Tür Georges Ankunft. Alle atmeten auf.

Er konnte nicht früher kommen. General Daguilet im Kriegsministerium ließ ihn so lange warten. Ganz gleich, ob Suppe oder Fisch! Man möge ihm irgend etwas geben, ganz gleich was! Großartiger Hammelbraten! Alles großartig! – Seine gute Stimmung stand in scharfem Gegensatz zum Ernst seines Vaters. Er aber plauderte unaufhörlich beim Essen weiter, zur Freude aller – und ganz besonders einer, die nicht genannt zu werden braucht.

Sobald die jungen Damen ihre Orange verzehrt und das Glas Wein ausgetrunken hatten, was gewöhnlich den Abschluß des traurigen Banketts in Mr. Osbornes Haus bildete, wurde das Zeichen zum Aufbruch in den Salon gegeben. Alle erhoben sich und verließen das Zimmer. Amelia hoffte, George werde bald zu ihnen kommen. Oben im Salon fing sie an, auf dem großen Flügel mit den geschnitzten Beinen und der Lederdecke seine Lieblingswalzer zu spielen, die damals gerade eingeführt worden waren. Doch dieser kleine Kunstgriff brachte ihn nicht herauf. Er war taub für die Walzer. Sie spielte immer leiser. Dann verließ die entmutigte Spielerin das riesige Instrument. Obwohl ihre drei Freundinnen nun die lautesten und glänzendsten neuen Stücke ihres Repertoires spielten, hörte sie keine Note, so war sie in Nachdenken und böse Vorahnungen versunken. Der schon immer schrecklich düstere Blick des alten Osborne war ihr noch nie zuvor so unheimlich gewesen. Als sie das Zimmer verließ, folgten seine Augen ihr, als wenn sie eine Schuld auf sich geladen hätte. Als ihr der Kaffee gereicht wurde, schreckte sie zurück, als wollte Mr. Hicks, der Butler, ihr einen Giftkelch anbieten. Was für ein Geheimnis verbarg sich hier? O diese Frauen! Sie hegen und pflegen ihre vorgefaßten Gefühle und hängen an ihren dunklen Gedanken wie Mütter an ihren mißgestalteten Kindern.

Der düstere Ausdruck auf dem väterlichen Gesicht hatte auch George Osborne mit Besorgnis erfüllt. Wie sollte er bei so gefurchter Stirn und einem so ausgesprochen galligen Blick seinem Alten das Geld herauspressen, das er so dringend brauchte? Er fing an, seines Vaters Wein zu loben. Das war im allgemeinen ein erfolgreiches Mittel, um sich bei dem alten Herrn einzuschmeicheln.

„In Westindien haben wir nie solchen Madeira bekommen wie deinen. Oberst Heavytop nahm neulich drei Flaschen von dem, den du mir hinausgeschickt hattest, unter dem Gürtel mit."

„Wirklich?" versetzte der alte Herr. „Er kostet mich selbst acht Schilling die Flasche."

„Willst du sechs Pfund für ein Dutzend davon haben?" fragte George lachend. „Einer der größten Männer des Königreiches möchte gern welchen haben."

„Wirklich?" brummte der Alte. „Hoffentlich bekommt er ihn."

„Als General Daguilet in Chatham war, gab Heavytop ihm ein Frühstück und bat mich um etwas Wein. Der General fand ihn auch so gut, wollte eine Flasche für den Generalfeldmarschall haben. Er ist die rechte Hand Seiner Königlichen Hoheit."

„Es ist auch verteufelt guter Wein." Die Augenbrauen sahen schon etwas besser gelaunt aus. George wollte gerade diese Selbstgefälligkeit ausnützen und die Geldfrage aufs Tapet bringen, als sein Vater wieder in seine alte Feierlichkeit zurückfiel und ihn, wenngleich noch ziemlich freundlich, bat, nach Claret zu läuten. „Da wollen wir sehen, George, ob er so gut ist wie der Madeira, von dem ich der Königlichen Hoheit gern etwas ablassen will. Und während wir ihn trinken, will ich eine wichtige Angelegenheit mit dir besprechen."

Amelia hörte die Glocke läuten, während sie nervös oben saß. Irgendwie kam sie ihr wie eine geheimnisvolle, ahnungsvolle Glocke vor. Manche Leute haben eben immer Vorahnungen, und einige davon müssen ja dann schließlich auch eintreffen.

„Was ich wissen wollte, George", begann der alte Herr, nachdem er seinen ersten Becher geleert hatte, „was ich wissen will, ist dies: Wie steht es zwischen dir und – hm – dem kleinen Ding da oben?"

„Das ist wohl nicht schwer zu sehen, Vater", erwiderte George mit selbstzufriedenem Lächeln. „Alles ziemlich klar. – Was für ein großartiger Wein!"

„Was meinst du mit ziemlich klar?"

„Aber nun dräng mich doch nicht so! Ich bin ein bescheidener Mann. Ich – ich will mich nicht als Frauenheld aufspielen.

Aber ich gebe zu, sie hat mich so verteufelt gern wie nur möglich. Das sieht jeder auf den ersten Blick."

„Und du selbst?"

„Ja, Vater, hast du mir nicht befohlen, sie zu heiraten, und bin ich nicht ein artiger Junge? Haben unsere Papas das nicht schon lange abgemacht?"

„Ein netter Junge, wahrhaftig! Als wenn ich nicht davon gehört hätte, wie du es mit Lord Tarquin, Hauptmann Crawley von der Leibgarde, dem ehrenwerten Mr. Deuceace und dieser ganzen Gesellschaft treibst. Nimm dich in acht, Bursche, nimm dich in acht!"

Der alte Herr sprach diese aristokratischen Namen mit größtem Behagen aus. Wenn er mit einem hochgeborenen Herrn zusammentraf, kroch er vor ihm und nannte ihn ständig Mylord, wie das eben nur ein freigeborener Brite kann. Sobald er wieder zu Hause war, las er seine Familiengeschichte im Adelsregister nach. Im täglichen Gespräch erwähnte er dann oft diesen Namen und prahlte mit dem Lord vor seinen Töchtern. Er lag vor ihm auf den Knien und wärmte sich in seinem Glanz wie ein neapolitanischer Bettler an der Sonne. George war beunruhigt, als er die Namen hörte. Er fürchtete, sein Vater könne von gewissen Spielgeschäften etwas erfahren haben. Der alte Moralist beruhigte ihn jedoch, als er heiter erklärte: „Na ja, junge Leute müssen sich austoben. Mir ist es ein Trost, George, daß du anscheinend in der besten Gesellschaft Englands verkehrst. Meine Mittel gestatten dir das ja auch."

„Danke, Vater." George ging geradewegs auf sein Ziel los. „Mit diesen großen Leuten kann man natürlich nicht umsonst verkehren, und meine Börse – hier, schau sie dir an!" Er hielt ein kleines Geschenk hoch, das Amelia einmal für ihn geknüpft hatte. Es enthielt die allerletzte von Dobbins Pfundnoten.

„Daran soll es dir nicht fehlen, George. Der Sohn eines britischen Kaufmanns soll keinen Mangel leiden. Mein Geld ist so gut wie ihrs, mein Junge, und ich will da auch nicht kleinlich sein. Wenn du morgen in die City kommst, geh bei Mr. Chopper vorbei. Er wird etwas für dich haben. Ich bin nicht kleinlich mit dem Geld, wenn ich dich in guter Gesellschaft weiß; denn ich bin überzeugt, die gute Gesellschaft kann nie Unrecht tun. Ich bin nicht stolz. Ich bin ein Mann von niedriger Herkunft. Aber du hast es darin schon besser. Nütz diesen Vorteil aus! Misch dich unter den jungen Adel. Da gibt's manchen, der keinen Dollar ausgeben kann, wo du Pfunde hast, mein Junge. Und was die rosa Weiberhüte anlangt" – unter den buschigen Augenbrauen schoß ein nicht sehr angenehmer lüsterner Kennerblick hervor –, „die Jugend will ihren Lauf haben. Nur eins mußt du unbedingt meiden! Wenn du das nicht tust, kriegst du keinen Schilling mehr. Und das ist das Spiel, mein Junge!"

„Natürlich, Vater", bekräftigte George.

„Aber um auf die andere Sache, auf die mit Amelia zurückzukommen: warum solltest du nicht höher heiraten als nur die Tochter eines Börsenmaklers? Das möchte ich gern wissen!"

„Das ist doch eine Familiensache", erwiderte George, während er eine Nuß knackte. „Du und Mr. Sedley, ihr habt das doch schon vor hundert Jahren ausgemacht!"

„Das leugne ich nicht; aber die Lage der Menschen kann sich ändern. Ich streite nicht ab, daß Sedley mein Glück gemacht hat, oder besser gesagt, er hat mich so weit gebracht, daß ich mir kraft meiner eigenen Fähigkeiten und Begabungen die stolze Stellung verschaffen konnte, die ich – wie ich wohl sagen darf – heute im Talg-Handel und in der City von London einnehme. Ich habe Sedley meine Dankbarkeit gezeigt, und er hat sie in letzter Zeit auch ausgenützt, das kann man an meinem Scheckbuch sehen. George, ich sage dir im Vertrauen, mir gefällt es nicht, wie's mit Mr. Sedleys Geschäften steht. Meinem alten Buchhalter, Mr. Chopper, gefällt es auch nicht, und der ist ein Schlaukopf und kennt sich auf der Börse besser aus als jeder andere in London. Hulker & Bullock sehen Sedley schief an. Er hat auf eigene Rechnung gepfuscht, fürchte ich. Es heißt, die ‚Jeune Amelie', die von dem amerikanischen Kaperschiff ‚Molasses' gefischt worden ist, gehörte ihm. Soviel ist jedenfalls klar: wenn ich Amelias zehntausend nicht vor mir sehe, heiratest du sie nicht. Ich will in meiner Familie nicht die Tochter eines Bankrotteurs haben. Nimm dir noch Wein, mein Junge, oder läute nach dem Kaffee!"

Damit faltete Mr. Osborne die Abendzeitung auseinander, und George erkannte an diesem Zeichen, daß die Unterredung beendet war und sein Papa jetzt ein Schläfchen machen würde.

In bester Stimmung eilte er hinauf zu Amelia. Wie kam es nur, daß er an diesem Abend so aufmerksam gegen sie war wie schon lange nicht mehr, so eifrig bemüht, sie zu belustigen, so zärtlich, so glänzend in der Unterhaltung? Wurde sein großmütiges Herz bei der Aussicht auf ein Unglück wärmer ihr gegenüber? Oder machte der Gedanke, diese teure kleine Kostbarkeit vielleicht zu verlieren, sie ihm erst recht wertvoll?

Lange Tage noch zehrte Amelia von der Erinnerung an diesen glücklichen Abend. Sie dachte an seine Worte, seine Blicke, das Lied, das er gesungen hatte, an seine Haltung, wie er sich über sie neigte oder sie von ferne betrachtete. Ihr kam es so vor, als sei noch nie ein Abend in Mr. Osbornes Haus so schnell vergangen. Beinahe wäre sie ärgerlich geworden, als Sambo mit ihrem Schal erschien, um sie abzuholen.

George kam am nächsten Morgen noch einmal und nahm zärtlich Abschied. Dann eilte er in die City, wo er Mr. Chopper, den Buchhalter seines Vaters, aufsuchte. Von diesem Herrn empfing er ein Dokument, das er bei Hulker & Bullock gegen eine ganze Tasche voll Geld eintauschte. Als George das Haus betrat, kam gerade der alte John Sedley mit trübseligem Gesicht aus dem Zimmer des Bankiers. Aber sein Patenkind war viel zu guter Laune, um die Verstimmung des würdigen Börsenmaklers oder den müden Blick zu bemerken, den der freundliche alte Herr ihm zuwarf. Auch war der junge Bullock nicht lächelnd mit ihm aus dem Sprechzimmer getreten, wie er es in früheren Jahren immer getan hatte.

Als die wuchtigen Tore von Hulker, Bullock & Co. sich hinter Mr. Sedley geschlossen hatten, da zwinkerte Mr. Quill, der Kassierer – dessen angenehme Beschäftigung es war, knisternde Banknoten aus einer Schublade herauszuholen und Goldstücke aus einer Kupferschaufel zu verteilen –, dem Buchhalter zu seiner Rechten, Mr. Driver, zu. Mr. Driver zwinkerte zurück.

„Geht nicht“, flüsterte Mr. Driver.

„Nein, um keinen Preis“, versetzte Mr. Quill. „Mr. George Osborne, wie wollen Sie es haben, Sir?“ George stopfte sich eifrig eine Menge Noten in die Tasche. Am selben Abend zahlte er Dobbin im Kasino fünfzig Pfund zurück.

An demselben Abend schrieb Amelia ihm den liebevollsten ihrer langen Briefe. Ihr Herz floß über vor Zärtlichkeit, aber die bösen Vorahnungen ließen ihr keine Ruhe. Was war nur der Grund für Mr. Osbornes düsteres Aussehen? fragte sie sich. Waren zwischen ihm und ihrem Papa Zwistigkeiten entstanden? Der arme Papa war so melancholisch aus der City zurückgekehrt, daß zu Hause alle erschraken. Kurz, es gab vier Seiten voll Liebe und Furcht, Hoffnung und Besorgnis.

Arme kleine Emmy, liebe kleine Emmy! Wie lieb sie mich hat! sagte George, als er das Schreiben durchlas. Und Gott, was für Kopfschmerzen habe ich bloß von diesem gemixten Punsch gekriegt. – Ja, wirklich, arme kleine Amelia!

14. Kapitel

Miss Crawley zu Hause

Annähernd zur gleichen Zeit fuhr vor einem ausnehmend hübschen und gut ausgestatteten Haus in Park Lane eine Reisekutsche mit Wappen an den Türen vor. Auf dem Bedientensitz befand sich ein unglückliches weibliches Wesen mit grünem Schleier und gebrannten Locken. Auf dem Bock thronte ein breiter, vertrauenswürdig aussehender Mann. Es war die Equipage unserer Freundin Miss Crawley, die aus Hampshire zurückkehrte. Die Wagenfenster waren geschlossen. Der dicke Wachtelhund, dessen Kopf und Zunge sonst gewöhnlich aus einem der Fenster herausbaumelten, ruhte auf dem Schoß des unzufriedenen Fräuleins. Als das Gefährt anhielt, wurde mit

Hilfe verschiedener Diener und der jungen Begleiterin ein großes, rundes Schalbündel aus dem Wagen herausgehoben. Das Bündel enthielt Miss Crawley, die gleich nach oben gebracht und ins Bett gesteckt wurde. Bett und Zimmer waren für die Aufnahme einer Kranken entsprechend vorgewärmt worden. Boten eilten zu ihren beiden Hausärzten. Sie kamen, berieten sich, verschrieben etwas, verschwanden. Als die Untersuchung beendet war, kam Miss Crawleys junge Begleiterin herein, um ihre Anweisung entgegenzunehmen. Dann gab sie ihr die antiphlogistischen Arzneien ein, die die gelehrten Männer verordneten.

Am nächsten Tag kam Hauptmann Crawley von der Leibgarde aus der Kaserne in Knightsbridge herübergeritten. Sein schwarzes Schlachtroß scharrte im Stroh vor der Tür seiner kranken Tante. Er erkundigte sich sehr liebevoll nach dem Ergehen seiner reizenden Verwandten. Es schien viel Grund zur Besorgnis vorhanden zu sein. Miss Crawleys Jungfer – das unglückliche Fräulein – war ungewöhnlich mürrisch und niedergeschlagen. Miss Briggs, die Gesellschafterin, fand er im Wohnzimmer allein in Tränen. Sofort, als sie von der Erkrankung ihrer geliebten Freundin hörte, war sie nach Hause geeilt. Wie gern wollte sie an ihr Lager fliegen, ein Lager, das sie – Briggs – so oft in Stunden der Krankheit geglättet hatte. Jetzt wurde ihr der Zutritt zu Miss Crawleys Zimmer versagt. Eine Fremde verabfolgte ihr die Medizin – eine Fremde vom Lande – eine abscheuliche Miss ... Tränen erstickten die Worte der Gesellschafterin, und sie vergrub ihre verschmähte Zuneigung und ihre arme alte rote Nase in ihrem Taschentuch.

Durch die mürrische Kammerjungfer ließ Rawdon sich oben melden, worauf Miss Crawleys neue Gefährtin aus dem Krankenzimmer heruntergetrippelt kam. Als er ihr eifrig entgegenging, legte sie ihre kleine Hand in die seine, warf der verwirrten Briggs einen Blick voll tiefster Verachtung zu und winkte den jungen Gardisten aus dem Salon hinaus. Sie führte ihn hinunter in das jetzt verödete Speisezimmer, wo so manches gute Abendessen eingenommen worden war.

Hier unterhielten sich die beiden zehn Minuten lang. Zweifellos besprachen sie die Krankheitssymptome der alten Patientin oben. Nach Ablauf dieser Zeit erklang scharf die Speisezimmerklingel. Unmittelbar darauf erschien Mr. Bowls, Miss Crawleys dicker Haushofmeister. Zufällig hatte er während des größten Teils der Unterredung am Schlüsselloch gesteckt. Der Hauptmann ging hinaus, zwirbelte seinen Schnurrbart und bestieg, bewundert von den kleinen Gassenjungen, die sich auf der Straße versammelt hatten, sein schwarzes Roß, das ungeduldig im Stroh scharrte. Er schaute noch einmal zum Eßzimmerfenster hinein, ließ sein Pferd wunderschön auf der Stelle galoppieren und springen. Einen Augenblick lang war das junge Ding am Fenster zu sehen. Dann verschwand sie; zweifellos ging sie nach oben, um die liebevolle Ausübung ihrer zarten Pflichten wieder aufzunehmen.

Wer konnte dieses junge Mädchen nur sein, möchte ich wissen? An diesem Abend wurde nur für zwei Personen im Eßzimmer gedeckt. Während die neue Pflegerin und Miss Briggs bei einem netten kleinen Mahl saßen, drängte sich Mrs. Firkin, die Jungfer, in das Zimmer ihrer Herrin und machte sich dort allerlei zu schaffen, solange niemand anders da war.

Die Briggs war von der Erregung so mitgenommen, daß sie kaum einen Bissen herunterbringen konnte. Die junge Person hingegen zerlegte mit größter Anmut ein Hühnchen und bat so bestimmt um die Eiersoße, daß die arme Briggs, vor der diese Beigabe stand, auffuhr, ein großes Geklapper mit dem Schöpflöffel veranstaltete und dann wieder in ihren überspannten hysterischen Zustand zurückfiel.

„Sollten Sie Miss Briggs nicht lieber ein Glas Wein geben?" forderte die Person Mr. Bowls, den dicken Butler, auf. Er tat es. Die Briggs ergriff das Glas mechanisch, schluckte den Wein krampfhaft hinunter, stöhnte ein wenig und begann mit dem Hähnchen auf ihrem Teller zu spielen.

„Ich denke, wir werden uns allein bedienen können", sagte die Person mit größter Höflichkeit, „und Mr. Bowls' freundliche Dienste nicht benötigen. Mr. Bowls, bitte! Wir werden läuten, wenn wir Sie brauchen." Er ging hinunter. Dort angekommen, ließ er die schrecklichsten Flüche auf den unschuldigen Diener, seinen Untergebenen, los.

„Wie schade, daß Sie sich das so zu Herzen nehmen, Miss Briggs", sagte die junge Dame mit kühler, leicht sarkastischer Miene.

„Meine liebste Freundin ist so krank, und wi-wi-will mich nicht sehen!" schluchzte die Briggs in einem neuen Schmerzensausbruch.

„Sie ist nicht mehr sehr krank. Trösten Sie sich, liebe Miss Briggs. Sie hat nur zuviel gegessen – das ist alles. Es geht ihr schon viel besser. Sie wird bald wieder ganz hergestellt sein. Sie ist noch schwach vom Schröpfen und von der ärztlichen Behandlung, aber sie wird sich sehr schnell erholen. Bitte, trösten Sie sich und nehmen Sie noch ein bißchen Wein!"

„Aber warum, warum will sie mich nicht sehen?" blökte Miss Briggs. „O Mathilda, Mathilda! Nach dreiundzwanzig Jahren zärtlicher Freundschaft! Kommst du so zu deiner armen, armen Arabella zurück?"

„Weinen Sie nicht zu sehr, arme Arabella", tröstete die andere mit einem verstohlenen spöttischen Lächeln; „sie will Sie bloß nicht sehen, weil sie meint, Sie könnten sie nicht so gut pflegen wie ich. Es ist kein Vergnügen für mich, die ganze Nacht aufzubleiben. Ich wünschte, Sie könnten es statt meiner tun."

„Habe ich sie nicht jahrelang auf diesem teuren Lager gepflegt?" klagte Arabella, „und jetzt..."

„Jetzt zieht sie eben jemand anderes vor. Kranke haben nun einmal solche Launen, und man muß ihnen zu Willen sein. Wenn es ihr wieder gut geht, werde ich gehen."

„Niemals, niemals!" rief Arabella aus und roch wie wahnsinnig an ihrem Riechfläschchen.

„Niemals gut gehen oder niemals weggehen, Miss Briggs?" fragte die andere mit derselben aufreizenden Gutmütigkeit. „Dann gehe ich zu meinen kleinen Schülerinnen nach Queen's Crawley zurück und zu deren Mutter, die viel kränker ist als unsere Freundin hier. Auf mich brauchen Sie nicht eifersüchtig zu sein, meine liebe Miss Briggs. Ich bin ein armes kleines Mädchen ohne Freunde; ich tue keinem etwas Böses. Ich will Sie auch keineswegs aus Miss Crawleys Gunst verdrängen. Wenn ich erst eine Woche wieder fort bin, wird sie mich schon vergessen haben, und die Freundschaft mit Ihnen ist doch das Werk von Jahren. Bitte, meine liebe Miss Briggs, seien Sie so freundlich und geben Sie mir etwas Wein und lassen Sie uns Freundinnen sein, ich brauche so sehr eine Freundin."

Auf diese Aufforderung hin hielt die versöhnliche und weichherzige Briggs ihr stumm die Hand hin. Aber trotz allem empfand sie ihre Verlassenheit sehr und klagte bitterlich über die Unbeständigkeit ihrer Mathilda. Als das Mahl nach einer halben Stunde zu Ende war, ging Miss Rebekka Sharp wieder in das Zimmer ihrer Patientin hinauf. Ja, staunt nur, Miss Rebekka Sharp heißt sie, die bisher sinnreich als „die Person" bezeichnet worden ist! Oben schickte sie die arme Firkin mit ausgesuchtester Höflichkeit hinaus. „Ich danke Ihnen, Mrs. Firkin, das genügt vollkommen. Wie nett Sie das machen! Ich werde läuten, wenn etwas gebraucht wird."

„Ich danke Ihnen!" Die Firkin kam in einem Sturm von Eifersucht herunter, die um so gefährlicher war, als sie sie ganz für sich behalten mußte.

War das derselbe Sturm, der die Tür zum Wohnzimmer aufriß, als sie auf dem Treppenabsatz im ersten Stock war? Nein, die Tür wurde vorsichtig von Miss Briggs' Hand geöffnet. Die Briggs hatte auf der Lauer gelegen. Nur zu gut hatte sie das Knarren der Stufen gehört, als die Firkin herunterkam, und das Klappern des Löffels in der Grützeschüssel, die die so schlecht behandelte arme Frau in der Hand trug.

„Nun, Firkin?" fragte sie, als die andere das Zimmer betrat. „Nun, Jane?"

„Immer schlimmer, Miss Briggs", erwiderte die Firkin und schüttelte den Kopf.

„Geht's ihr denn nicht besser?"

„Sie sprach nur ein einziges Mal. Ich fragte sie, ob sie sich nicht etwas wohler fühle; da sagte sie nur, ich solle meinen dummen Mund halten. O Miss Briggs, ich habe nie geglaubt, daß ich *das* noch einmal erleben würde!" Und der Springbrunnen begann von neuem zu strömen.

„Was für eine ist das eigentlich, diese Miss Sharp? Als ich die Weihnachtsfeiertage in dem vornehmen Heim meiner treuen Freunde, Ehrwürden Lionel Delamere und seiner liebenswürdigen Gattin, genoß, da hatte ich ja keine Ahnung, daß inzwischen eine Fremde meinen Platz im Herzen meiner teuersten, immer noch teuersten Mathilda eingenommen hat!" Miss Briggs war, wie man aus ihrer Redeweise ersieht, eine literarisch gebildete, gefühlvolle Dame. Einmal hatte sie sogar einen Band Gedichte – *Nachtigallenlieder* – auf Subskription herausgebracht.

„Ach, Miss Briggs", jammerte die Firkin, „an dem jungen Weibsbild haben ja alle einen Narren gefressen. Sir Pitt hätte sie nie weggelassen, wenn er wagen würde, Miss Crawley etwas abzuschlagen. Mrs. Bute vom Pfarrhaus ist genauso schlimm, sie ist nicht zufrieden, wenn sie diese Person nicht um sich hat. Der Hauptmann ist ganz wild nach ihr und Mr. Crawley tödlich eifersüchtig. Seit Miss Crawley krank ist, will sie niemanden bei sich dulden als Miss Sharp. Ich verstehe nicht warum und wieso. Ich kann mir nur denken, daß sie alle behext hat."

Rebekka verbrachte die Nacht wachend an Miss Crawleys Bett. In der nächsten schlief die alte Dame so friedlich, daß auch

Rebekka für mehrere Stunden friedlichen Schlummers auf dem Sofa zu Füßen ihrer Herrin Zeit fand. Bald ging es Miss Crawley so gut, daß sie aufstehen konnte. Sie schüttete sich aus vor Lachen über Rebekkas vollendete Nachahmung der Miss Briggs und ihres Kummers. Das weinerliche Geschnüffel der Briggs und die Art, wie sie ihr Taschentuch gebrauchte, wurden so ausgezeichnet wiedergegeben, daß Miss Crawley in beste Stimmung geriet, sehr zur Verwunderung des Doktors, der ihr einen Besuch abstattete. Denn gewöhnlich fand er diese würdige Weltdame bei dem geringsten Anzeichen von Krankheit in tiefster Niedergeschlagenheit und von entsetzlicher Todesfurcht erfüllt.

Hauptmann Crawley kam jeden Tag, um sich bei Rebekka nach dem Ergehen seiner Tante zu erkundigen. Der Zustand der alten Dame besserte sich so schnell, daß sogar die arme Briggs ihre Herrin besuchen durfte. Jeder, der ein weiches Herz hat, wird sich die gedämpfte Rührung dieses gefühlvollen Fräuleins und die liebevolle Zärtlichkeit dieser Unterredung vorstellen können.

Bald wollte Miss Crawley die Briggs häufiger bei sich haben. Rebekka ahmte sie nämlich in ihrer Gegenwart mit dem bewunderungswürdigsten Ernst nach und machte damit das Spiel für ihre würdige Herrin doppelt pikant.

Die Ursachen, die zu Miss Crawleys beklagenswerter Erkrankung und zu ihrer Abreise aus dem Landhaus ihres Bruders geführt hatten, waren so unromantisch, daß sie eigentlich in diesen vornehmen sentimentalen Roman gar nicht hineinpassen. Kann man denn auch nur andeuten, daß eine empfindliche Dame der besten Gesellschaft zuviel gegessen und getrunken hatte und daß ein Abendbrot mit heißen Hummern, an dem sie sich im Pfarrhaus übermäßig gütlich getan, der Grund des Unwohlseins war? Miss Crawley selbst allerdings blieb hartnäckig dabei, es einzig und allein dem feuchten Wetter zuzuschreiben. Der Anfall war so heftig, daß Mathilda „sehr nahe der Grube war", wie Ehrwürden sich ausdrückte. Die ganze Familie geriet in fieberhafte Aufregung wegen des Testaments. Rawdon Crawley erwartete mindestens vierzigtausend Pfund noch vor dem Beginn der Londoner Saison. Mr. Crawley sandte eine Auswahl von Traktätchen herüber, die sie auf den Übergang vom Jahrmarkt der Eitelkeit und von Park Lane in eine andere Welt vorbereiten sollten. Aber ein rechtzeitig aus Southampton herbeigerufener Arzt überwand den Hummer, der sie beinahe das Leben gekostet hatte, und brachte sie wieder so weit zu Kräften, daß sie nach London zurückkehren konnte. Der Baron jedoch gab sich keine Mühe, seinen Verdruß über diese Wendung der Dinge zu verbergen.

Alle waren eifrigst um Miss Crawley besorgt. Stündlich brachten Boten Berichte über ihre Krankheit zu den liebevollen Verwandten im Pfarrhaus hinüber. In einem anderen Teil des Hauses lag noch eine Dame schwerkrank danieder, aber um sie kümmerte sich niemand. Es war die Herrin von Crawley selbst. Der gute Doktor schüttelte den Kopf, als er sie untersucht hatte. Sir Pitt hatte endlich den Besuch gestattet, da er nun ja nichts extra dafür zu bezahlen brauchte. So ließ man sie in ihrem einsamen Zimmer dahinwelken, ohne mehr auf sie zu achten als auf das Unkraut im Park.

Auch die jungen Damen hatten nicht mehr viel von der unschätzbar segensreichen Erziehung durch ihre Gouvernante. Miss Sharp war eine so liebevolle Pflegerin, daß Miss Crawley von niemand anderem ihre Medizin gereicht haben wollte. Schon lange vor der Abreise ihrer Herrin war die Firkin kaltgestellt worden. Bei der Rückkehr nach London fand diese treue Dienerin einen traurigen Trost darin, Miss Briggs dieselben Qualen der Eifersucht erleiden zu sehen, denen sie selbst unterworfen gewesen war.

Der Krankheit seiner Tante wegen ließ sich Hauptmann Rawdon seinen Urlaub verlängern und blieb pflichtschuldigst zu Hause. Dauernd war er in ihrem Vorzimmer zu finden (sie lag nämlich in dem besten Schlafzimmer, das man durch den kleinen blauen Salon erreichte). Ständig begegnete ihm dort sein Vater. Auch wenn er noch so leise den Korridor entlangkam, immer ging die Tür zum Zimmer seines Vaters auf, und das Hyänengesicht des alten Herrn schaute heraus. Warum beobachteten sie einander nur so genau? Zweifellos war es bloß edle Rivalität, wer am aufmerksamsten gegen die teure Kranke im Staatszimmer wäre. Rebekka pflegte dann herauszukommen und beide zu trösten oder vielmehr einen nach dem anderen. Denn die beiden würdigen Herren brannten darauf, Neuigkeiten über die Patientin aus dem Mund ihrer vertrauten kleinen Botin zu vernehmen.

Zum Essen kam Rebekka auf eine halbe Stunde herunter und sorgte für Frieden zwischen ihnen. Dann verschwand sie für die Nacht, während Rawdon ins Quartier des 15. Regiments nach Mudbury hinüberritt und seinen Papa der Gesellschaft von Mr. Horrocks und seinem Rum mit Wasser überließ. Rebekka verbrachte in Miss Crawleys Krankenzimmer so ermüdende vierzehn Tage wie nur je ein Sterblicher. Aber ihre Nerven schienen aus Eisen zu sein. Sie wirkte nicht im geringsten angegriffen von der Pflicht und der Langeweile des Krankenzimmers.

Erst viel später hat sie einmal erzählt, wie schwer ihr diese Pflichten fielen, was für eine launische, böse Patientin die lustige alte Dame war, wie oft sie nicht schlafen konnte, welche Todesängste sie quälten, wie sie lange Nächte stöhnend in fast wahnsinnigen Phantasien über die zukünftige Welt verbrachte, um die sie sich, wenn sie gesund war, gar nicht kümmerte. Malen Sie sich, meine schöne junge Leserin, nur eine weltliche, selbstsüchtige, gottlose, undankbare alte Frau aus, die sich ohne Perücke in Schmerz und Furcht windet. Dann lernen Sie lieben und beten, ehe Sie alt werden!

Mit unbezwinglicher Geduld wachte die Sharp über diesem gnadenlosen Krankenlager. Nichts entging ihr, und wie eine gute Haushälterin hatte sie für alles Verwendung. In späteren Zeiten erzählte sie manche netten Geschichten über Miss Crawleys Krankheit – Geschichten, bei denen die Dame unter ihrem künstlichen Rouge errötete. Während all der Krankheitstage war sie nie mißgelaunt, immer lebhaft und schlief leicht, weil sie ein ruhiges Gewissen hatte. Jeden freien Augenblick konnte sie zum Ausruhen ausnützen. So kam es, daß man ihr kaum Spuren der Müdigkeit ansah. Ihr Gesicht war vielleicht ein wenig blasser, und die Ringe unter den Augen waren ein wenig dunkler als gewöhnlich. Aber wenn sie aus dem Krankenzimmer trat, lächelte sie stets und sah in ihrem Morgenröckchen und ihrem Häubchen so frisch und nett aus wie in dem elegantesten Abendkleid.

Jedenfalls war das die Ansicht des Hauptmanns, der in unheimlicher Erregung um sie herumschlich. Der widerhakige Pfeil der Liebe war in sein dickes Fell eingedrungen. Sechs Wochen Nähe und Gelegenheit hatten ihn völlig umgeworfen. Er vertraute sich seiner Tante im Pfarrhaus an – ausgerechnet ihr! Sie neckte ihn damit, hatte sie doch seine Torheit schon bemerkt. Sie warnte ihn, aber schließlich gab sie zu, daß die kleine Sharp das klügste, ulkigste, merkwürdigste, gutherzigste, einfachste und freundlichste Geschöpf in ganz England sei. Rawdon dürfe mit ihrer Neigung nicht spielen. Die teure Miss Crawley würde das nie verzeihen, denn auch sie sei ganz entzückt von der kleinen Gouvernante und liebte Miss Sharp wie eine Tochter. Rawdon müsse weggehen – zurück zu seinem Regiment, nach dem gottlosen London, und dürfe nicht mit den Gefühlen eines armen unschuldigen Mädchens spielen.

Die gutherzige Dame hatte jedoch Mitleid mit dem Gardeoffizier, der sein Herz verloren hatte, und so gab sie ihm oft und oft Gelegenheit, Miss Sharp im Pfarrhaus zu treffen und mit ihr gemeinsam nach Hause zu gehen, wie wir bereits gesehen haben. Wenn gewisse Männer verliebt sind, meine Damen, dann mögen sie wohl den Haken und die Angelschnur sehen und den ganzen Apparat, mit dem sie eingefangen werden sollen, aber sie schlucken den Köder trotzdem hinunter – sie müssen herangehen, sie müssen ihn verschlingen ... und dann sind sie gefangen und schnappen nach Luft. Rawdon erkannte Mrs. Butes offenbare Absicht, ihn Rebekka ins Garn zu treiben. Er war nicht sehr schlau, aber er hatte als Mann von Welt in vier Saisons seine Erfahrungen gemacht. Das erste Licht, das in seiner düsteren Seele dämmerte, wie er meinte, steckte ihm ein Ausspruch Mrs. Butes auf.

„Gib acht auf meine Worte, Rawdon", sagte sie. „Eines Tages wird Miss Sharp deine Verwandte sein."

„Meine Verwandte – meine Kusine, wie, Mrs. Bute? James hat wohl ein Auge auf sie geworfen?" fragte der Offizier im Scherz.

„Mehr als das", erwiderte Mrs. Bute, und ihre dunklen Augen blitzten.

„Pitt doch nicht etwa? Der soll sie nicht bekommen. Der Schleicher ist ihrer nicht würdig. Er ist ja für Lady Jane Sheepsbanks vornotiert."

„Ihr Männer merkt auch gar nichts. Du dummer, blinder Kerl! Wenn Lady Crawley etwas passiert, wird Miss Sharp deine Stiefmutter. Das ist's!"

Rawdon Crawley entfuhr ein langer Pfiff – so erstaunt war er über diese Ankündigung. Er konnte es nicht abstreiten: die deutliche Vorliebe seines Vaters für Miss Sharp war ihm nicht entgangen. Er kannte den alten Herrn nur zu gut. Einen bedenkenloseren Alten würde man ... er vollendete den Satz nicht, sondern zwirbelte seinen Schnurrbart und ging nach Hause, überzeugt, den Schlüssel zu Mrs. Butes Geheimnis gefunden zu haben.

Donnerwetter! Das ist schlimm! dachte Rawdon, schlimm, Donnerwetter nochmal! Ich glaube wirklich, die Frau möchte das arme Mädchen ruiniert sehen, nur damit sie nicht als Lady Crawley in die Familie kommt.

Als er Rebekka allein sprach, zog er sie geschickt mit der Neigung seines Vaters auf. Zornig warf sie den Kopf hoch, blickte ihm voll ins Gesicht und erwiderte: „Gut, nehmen wir mal an, er hat mich wirklich gern. Das tut er, das weiß ich, und andere tun es auch. Sie denken doch nicht etwa, ich hätte Angst vor ihm, Hauptmann Rawdon? Glauben Sie nur nicht, daß ich meine Ehre nicht selbst verteidigen könnte", erklärte die kleine Frau stolz wie eine Königin.

„Oh – ah – nun ja – ich wollte Sie ja auch nur warnen. Passen Sie auf – das ist alles", stotterte der Schnurrbartzwirbler.

„Wollen Sie etwa auf etwas Unehrenhaftes anspielen, wie?" fuhr sie auf.

„O Gott – wirklich – Miss Rebekka –" begann der schwere Dragoner.

„Glauben Sie, ich besäße keine Selbstachtung, weil ich arm und ohne Freunde dastehe und weil reiche Leute keine haben? Meinen Sie, weil ich Gouvernante bin, hätte ich nicht soviel Verstand und Gefühl und gute Erziehung wie ihr vornehmen Leute in Hampshire? Ich bin eine Montmorency. Halten Sie eine Montmorency etwa für geringer als einen Crawley?"

Wenn Miss Sharp erregt war und auf ihre Verwandtschaft mütterlicherseits anspielte, sprach sie mit ganz leicht ausländischem Akzent. Das gab ihrer klaren, klingenden Stimme einen großen Reiz. „Nein", fuhr sie in immer größer werdender Erregung fort, „Armut kann ich ertragen, aber keine Schande; Vernachlässigung, aber keine Beleidigung, ganz besonders keine Beleidigung von – von Ihnen!"

Sie konnte ihre Gefühle nicht mehr im Zaum halten und brach in Tränen aus.

„Zum Henker, Miss Sharp – Rebekka – beim Zeus – bei meiner Seele, das wollte ich nicht, nicht um tausend Pfund. Bleiben Sie, Rebekka!"

Sie war fort. Am gleichen Tage fuhr sie mit Miss Crawley aus. Das war vor deren Erkrankung. Beim Abendessen war sie ungewöhnlich lebhaft und geistreich. Aber die Andeutungen, die Winke, die ungeschickten Entschuldigungen des gedemütigten, verliebten Gardeoffiziers wollte sie nicht bemerken. Derartige Scharmützel ereigneten sich ständig während des kleinen Feldzuges. Es wäre zu langweilig, wollte man sie schildern, auch fanden sie alle ein ähnliches Ende. Die schwere Reiterei von Crawley wurde durch ihre Niederlagen fast zur Raserei gebracht, und sie wurde täglich in die Flucht geschlagen.

Wenn der Baron von Queen's Crawley nicht gefürchtet hätte, das Vermächtnis seiner Schwester könne ihm vor seinen Augen entzogen werden, dann hätte er nie erlaubt, daß seine lieben Töchter den Segen der Erziehung entbehren sollten, die ihre unschätzbare Gouvernante ihnen zuteil werden ließ. Ohne sie erschien das alte Haus verlassen, so unentbehrlich und beliebt hatte Rebekka sich hier gemacht. Niemand schrieb Sir Pitts Briefe ab und verbesserte sie, niemand führte seine Bücher; seine häuslichen Angelegenheiten und mannigfachen Pläne wurden vernachlässigt, nun seine kleine Sekretärin fort war. An Ton und Orthographie seiner zahlreichen Briefe an sie konnte man leicht erkennen, wie nötig er solch eine Schreibhilfe brauchte. Er bat und flehte und befahl, sie solle zurückkehren. Fast jeder Tag brachte einen Brief von dem Baron mit den dringendsten Bitten, Becky möge zurückkommen, oder mit pathetischen Schilderungen, die Miss Crawley zeigen sollten, wie sehr die Erziehung seiner Töchter vernachlässigt wurde. Aber Miss Crawley maß diesen Dokumenten wenig Gewicht bei.

Miss Briggs wurde zwar nicht förmlich entlassen, aber ihre Stelle als Gesellschafterin war eine Sinekure, war Spott und Hohn, und ihre Gesellschaft bestand in dem dicken Schoßhund im Salon und gelegentlich der unzufriedenen Firkin im Zimmer der Haushälterin. Andererseits war auch Rebekka in kein regelrechtes Amt in Park Lane eingesetzt worden, wenngleich die alte Dame von ihrer Abreise durchaus nichts wissen wollte. Wie viele reiche Leute war auch Miss Crawley es gewöhnt, Untergebene soviel wie nur möglich auszunützen und sie leichten Herzens abzuschieben, wenn sie sie nicht mehr brauchen konnte. Dankbarkeit ist gewissen reichen Leuten nichts Selbstverständliches, sie denken gar nicht daran. Sie nehmen die Dienste der Armen an, als wenn sie von Rechts wegen ihnen zuständen. Aber ihr armen Parasiten und bescheidenen Anhängsel, ihr habt auch kein Recht, euch zu beklagen! Eure Freundschaft für die Reichen ist ebenso echt wie der Lohn, den ihr gewöhnlich dafür bekommt. Das Geld liebt ihr und nicht den Menschen. Wenn Krösus und sein Diener die Rollen tauschten, dann weißt du sehr wohl, du armer Schelm, wem deine Anhänglichkeit zugute kommen würde.

Und ich bin mir nicht sicher, ob trotz Rebekkas Einfachheit und Tatkraft, trotz ihrer Sanftheit und unwandelbar guten Laune die schlaue alte Londoner Dame, die mit diesen Schätzen der Freundschaft überschwemmt wurde, nicht doch die ganze Zeit über einen heimlichen Argwohn gegen ihre liebevolle Pflegerin und Freundin hegte. Es muß Miss Crawley häufig in den Sinn gekommen sein, daß niemand etwas umsonst tut. Wenn sie ihr eigenes Gefühl der Welt gegenüber maß, dann mußte sie auch recht gut das der Welt ihr gegenüber abschätzen können. Vielleicht kam ihr auch der Gedanke, daß, wenn Menschen sich selbst um niemanden kümmern, es gewöhnlich auch ihr Los ist, keine Freunde zu haben.

Inzwischen war also Becky ein großer Trost und eine große Hilfe für sie. Sie schenkte dem jungen Mädchen ein paar neue Kleider, eine alte Halskette und einen Schal und bewies ihre Freundschaft damit, daß sie mit ihrer neuen Vertrauten alle ihre besten Bekannten durchhechelte. Gibt es wohl einen rührenderen Beweis von Zuneigung? – Vage dachte sie an irgendeine große Wohltat, die sie ihr einmal erweisen wollte – vielleicht würde sie Becky mit dem Apotheker Chumps verheiraten oder sie sonst irgendwie vorteilhaft unterbringen. Jedenfalls wollte sie sie nach Queen's Crawley zurückschicken, sobald sie ihrer nicht mehr bedürfte und die Saison in London anfinge.

Als Miss Crawley auf dem Wege der Besserung war und ins Wohnzimmer hinuntergehen konnte, sang Becky ihr vor oder unterhielt sie auf andere Weise. Als es ihr so gut ging, daß sie ausfahren konnte, begleitete Becky sie. Und was wählte Miss Crawley in ihrer bewunderungswürdigen Gutherzigkeit und Freundschaft ausgerechnet zum Ziel einer ihrer Spazierfahrten? Das Haus von John Sedley am Russel Square in Bloomsbury!

Ehe es dazu kam, waren viele Briefchen hin und her gegangen, wie das bei zwei so liebevollen Freundinnen ganz natürlich ist. Während Rebekka in Hampshire war, hatte ihre ewige Freundschaft allerdings beträchtlich gelitten. Sie war so altersschwach geworden, daß sie schon vom Tode bedroht war. Beide Mädchen hatten eben ihre eigenen Angelegenheiten, die ihre Gedanken in Anspruch nahmen: Rebekka ihr Auskommen mit ihrem Brotherrn, Amelia das eine Thema, das sie ganz gefangennahm. Als die beiden Mädchen sich trafen, flogen sie sich mit dem der Jugend eigenen Ungestüm in die Arme. Rebekka erledigte ihren Teil der Umarmung mit vollendeter Frische und Energie. Die arme kleine Amelia errötete, als sie die Freundin küßte, und klagte sich im Inneren der Kälte gegen sie an.

Ihre erste Unterhaltung war jedoch nur sehr kurz. Amelia hatte sich gerade zu einem Spaziergang fertig gemacht. Miss Crawley wartete unten im Wagen. Ihre Leute wunderten sich insgeheim, wohin sie gefahren waren, und staunten den ehrlichen Sambo, den schwarzen Diener von Bloomsbury, als einen der merkwürdigsten Eingeborenen dieser Gegend an. Aber dann kam Amelia freundlich lächelnd herunter. Rebekka mußte sie doch ihrer Freundin vorstellen; Miss Crawley wollte sie so gern sehen und war zu krank, um den Wagen zu verlassen. Als also Amelia herunterkam, wunderte sich die Lakaienaristokratie von Park Lane noch mehr, daß es in Bloomsbury so etwas gab. Miss Crawley war ganz bezaubert von dem lieblich errötenden Antlitz der jungen Dame, die so schüchtern und anmutig herantrat, um der Wohltäterin ihrer Freundin ihre Aufwartung zu machen.

„Welch ein Teint, meine Liebe! Was für ein süßes Stimmchen!" begeisterte sich Miss Crawley, als man nach der kurzen Unterhaltung wieder westwärts fuhr. „Ihre kleine Freundin, meine liebe Sharp, ist wirklich bezaubernd. Lassen Sie sie einmal nach Park Lane kommen, hören Sie?" Miss Crawley hatte einen guten Geschmack. Ihr gefiel ein natürliches Wesen; ein bißchen Schüchternheit hob es nur noch besser hervor. Sie hatte gern hübsche Gesichter um sich, so wie sie hübsche Bilder und nettes Porzellan gern hatte. Ein halbes dutzendmal sprach sie an jenem Tag voll Entzücken von Amelia. Sie erzählte sogar Rawdon Crawley von ihr, als er kam, um sich pflichtschuldigst an dem Hähnchen seiner Tante zu beteiligen.

Rebekka bemerkte daraufhin natürlich sofort, daß Amelia verlobt sei, mit einem Leutnant Osborne; es sei eine ganz alte Liebe.

„Gehört er zu einem Linienregiment?" fragte Hauptmann Crawley. Nach einiger Mühe, wie es sich für einen Gardeoffizier gehört, konnte er sich auch an die Nummer des Regiments erinnern.

Rebekka meinte, das sei wohl das Regiment. „Der Hauptmann hieß Hauptmann Dobbin", erklärte sie.

„Ein schmächtiger, linkischer Kerl, nicht wahr?" fragte Crawley, „stolpert über jeden. Den kenne ich, und Osborne ist ein gutaussehender Bursche mit breitem schwarzem Backenbart?"

„Mit einem riesigen Bart", erwiderte Miss Rebekka Sharp, „und er ist riesig stolz darauf, das kann ich Ihnen versichern."

Als Antwort brach Hauptmann Rawdon Crawley in ein rauhes Gelächter aus. Als dieser Ausbruch von Heiterkeit vorüber war, gab er auf Drängen der Damen eine Erklärung dafür. „Er bildet sich ein, er könne Billard spielen. In der ‚Kokospalme' habe ich zweihundert von ihm gewonnen. Er und spielen, der junge Fant! Er hätte damals um jede Summe gespielt, aber sein Freund, Hauptmann Dobbin, holte ihn weg. Zum Henker mit ihm!"

„Rawdon, Rawdon, lästere nicht so!" mahnte Miss Crawley höchst belustigt.

„Ja, Tante, unter all den jungen Burschen, die ich von den Linienregimentern kenne, ist dieser Kerl wohl der grünste. Tarquin und Deuceace holen aus ihm soviel Geld heraus, wie sie wollen. Er würde selbst zum Teufel gehen, nur um mit einem Lord zusammen gesehen zu werden. Er zahlt ihre Diners in Greenwich, und sie laden die Gesellschaft ein."

„Das mag eine Gesellschaft sein!"

„Ganz recht, Miss Sharp. Eine ungewöhnlich nette Gesellschaft – haha!" Der Hauptmann lachte immer mehr, in der Meinung, er hätte einen guten Witz gemacht.

„Rawdon, sei nicht ungezogen!" rief die Tante aus.

„Sein Vater ist einer von den City-Leuten, ungeheuer reich soll er sein. Zum Henker mit diesen Geschäftsleuten! Sie müssen bluten. Mit dem bin ich auch noch nicht fertig, das kann ich euch sagen. Haha!"

„Pfui, Hauptmann Crawley, ich werde Amelia warnen. Ein Ehemann, der spielt!"

„Schrecklich, nicht wahr?" meinte der Hauptmann feierlich. Dann fügte er, als ob ihm der Gedanke ganz plötzlich kam, hinzu: „Bei Gott, Tante, wir laden ihn hierher ein, ja?"

„Hat er gute Manieren?" wollte die Tante wissen.

„Gute Manieren? O ja, sehr gute. Du würdest keinen Unterschied merken", erwiderte der Hauptmann. „Bitte, laß uns ihn einladen, wenn du wieder anfängst, ein paar Leute hier zu haben. Und seine ... wie heißt sie doch gleich ... seine amorata – nicht wahr, Miss Sharp, so sagt man doch? – kommt auch. Bei Gott, ich werde ihm ein Briefchen schreiben und ihn einladen. Dann werde ich sehen, ob er ebensogut Pikett spielen kann wie Billard. Wo wohnt er doch, Miss Sharp?"

Miss Sharp gab Crawley die Londoner Adresse des Leutnants. Ein paar Tage nach dieser Unterhaltung erhielt Leutnant Osborne einen Brief in Hauptmann Rawdons Kinderschrift, dem eine Einladung von Miss Crawley beigelegt war.

Auch Rebekka schickte ihrer geliebten Freundin eine Einladung. Als Amelia hörte, daß George ebenfalls dasein würde, nahm sie sie natürlich nur allzugern an. Es wurde vereinbart, daß Amelia den Vormittag bei den Damen in Park Lane verbringen sollte. Hier waren alle sehr freundlich zu ihr. Rebekka behandelte die Freundin mit ruhiger Überlegenheit, war sie doch bei weitem die Klügere von beiden und Amelia so sanft und bescheiden, daß sie stets nachgab, wenn jemand ihr energisch gegenübertrat. So nahm sie Rebekkas Anordnungen mit größter Sanftmut hin, ohne dadurch in ihrer guten Stimmung gestört zu werden. Miss Crawleys Liebenswürdigkeit war gleichfalls bemerkenswert. Sie war immer noch entzückt von der kleinen Amelia und redete in deren Gegenwart über sie, als ob sie eine Puppe wäre oder ein Dienstmädchen oder ein Bild. Sie bewunderte sie höchst wohlwollend. Die Bewunderung, die die vornehme Welt manchmal dem gewöhnlichen Volk zollt, ist wirklich bewundernswert. Es gibt im Leben nichts Erfreulicheres als den Anblick sich herablassender Adliger. Miss Crawleys überschwengliches Wohlwollen ermüdete die arme kleine Amelia fast, und vielleicht gefiel ihr von den drei Damen in Park Lane die ehrliche Miss Briggs doch am besten. Wie alle unterdrückten sanften Menschen war ihr auch Miss Briggs sympathisch. Amelia gehörte eben nicht zu den geistreichen Frauen.

George kam zu dem Diner, einem Mahl en garçon mit Hauptmann Crawley.

Vom Russel Square brachte die große Familienkutsche der Osbornes ihn nach Park Lane. Den jungen Damen, die nicht mit eingeladen waren, war diese Zurücksetzung scheinbar höchst gleichgültig. Trotzdem suchten sie Sir Pitts Namen im Adelsregister auf und machten sich alles zu eigen, was dieses Buch über die Familie Crawley und ihren Stammbaum und über die Binkies, deren Verwandte und so weiter zu berichten wußte. Rawdon Crawley empfing George Osborne äußerst freimütig und liebenswürdig. Er lobte sein Billardspiel und fragte ihn, wann er seine Revanche haben wolle. Er interessierte sich für Osbornes Regiment. Fast hätte er ihm an diesem Abend ein Spiel Pikett vorgeschlagen, aber Miss Crawley hatte jedes Glücksspiel in ihrem Hause streng verboten. So wurde, wenigstens für diesmal, die Börse des jungen Leutnants noch nicht von seinem edlen Gönner erleichtert. Sie verabredeten sich jedoch für den nächsten Tag. Sie wollten sich ein Pferd ansehen, das Crawley zu verkaufen hatte, und es im Park ausprobieren. Dann wollten sie zusammen essen und den Abend mit ein paar lustigen Kameraden verbringen. „Das heißt, wenn Sie nicht Dienst haben bei dieser niedlichen Miss Sedley", meinte Crawley mit verständnisvollem Zwinkern und fügte gnädig hinzu: „Furchtbar nettes Mädchen, auf Ehre, Osborne. Hat wohl einen Haufen Geld, was?"

Osborne hatte keinen Dienst; es würde ihm ein Vergnügen sein, mit Crawley zusammen zu sein. Als sie sich am nächsten Tag trafen, lobte Crawley die Reitkunst seines Freundes (was er mit voller Ehrlichkeit konnte). Er stellte ihn drei oder vier Modejünglingen vor, durch deren Bekanntschaft der einfache junge Offizier sich hoch erhoben vorkam.

„Wie geht's übrigens der kleinen Miss Sharp?" erkundigte sich Osborne über ein Glas Wein hinweg mit der Miene eines Stutzers bei seinem Freund. „Ein gutherziges Mädel ist das. Ist man in Queen's Crawley mit ihr zufrieden? Miss Sedley mochte sie voriges Jahr recht gut leiden."

Hauptmann Crawley warf dem Leutnant aus seinen kleinen schlauen Augen einen wütenden Blick zu und beobachtete ihn, wie er auf die hübsche Gouvernante zutrat, um die alte Bekanntschaft zu erneuern. Ihr Benehmen mußte Crawley jedoch beruhigen, falls im Herzen dieses Gardeoffiziers wirklich Eifersucht wohnte.

Nachdem Osborne Miss Crawley vorgestellt worden war, stolzierte er herablassend auf Rebekka zu. Er wollte freundlich zu ihr sein und sie beschützen. Er wollte ihr als Amelias Freundin sogar die Hand reichen. Mit den Worten: „Ah, Miss Sharp, wie geht es Ihnen?" hielt er ihr seine linke Hand entgegen in der Erwartung, daß sie durch diese ihr angetane Ehre ganz verwirrt sein würde.

Miss Sharp erhob ihren rechten Zeigefinger und nickte ihm leicht zu, so kühl und selbstbewußt, daß Rawdon Crawley, der den Vorgang vom Nebenzimmer aus beobachtete, sich kaum das Lachen verbeißen konnte, als er den Leutnant so völlig außer Fassung geraten sah. Er fuhr zusammen, verstummte und ließ sich schließlich mit größter Ungeschicklichkeit dazu herab, den dargebotenen Finger zu ergreifen.

Sie würde auch den Teufel besiegen, beim Zeus! meinte der

Hauptmann entzückt. Um eine Unterhaltung einzuleiten, fragte der Leutnant Rebekka nun freundlich, wie es ihr in ihrer neuen Stellung gefiele.

„Meine Stellung?“ versetzte Miss Sharp kühl, „wie nett von Ihnen, mich daran zu erinnern! Es ist eine leidlich gute Stellung. Das Gehalt ist ziemlich gut – wenn auch wohl nicht so gut wie das von Miss Wirt bei Ihren Schwestern am Russel Square. Wie geht es den jungen Damen – wenn ich fragen darf?“

„Warum sollten Sie das nicht dürfen?“ fragte Mr. Osborne erstaunt.

„Als ich bei Amelia war, haben sie sich nie herabgelassen, mit mir zu sprechen oder mich einzuladen. Aber wir armen Gouvernanten sind ja an derartige Zurücksetzungen gewöhnt, wissen Sie.“

„Meine liebe Miss Sharp!“ rief Mr. Osborne aus.

„Wenigstens in einigen Familien“, fuhr Rebekka fort. „Sie können sich nicht denken, was für Unterschiede es da doch gibt. Wir in Hampshire sind nicht so reich wie ihr glücklichen Leute in London. Aber dafür lebe ich in der Familie eines Gentleman – gutes, altes englisches Blut. Sie werden wohl wissen, daß Sir Pitts Vater die Würde eines Lords ausgeschlagen hat? Und hier sehen Sie, wie ich behandelt werde. Ich fühle mich sehr wohl. Es ist wirklich eine recht gute Stellung. Zu freundlich von Ihnen, sich zu erkundigen!“

Osborne war wütend. Die kleine Gouvernante sprach in so herablassendem, spöttischem Ton mit ihm, bis dieser junge britische Löwe ganz verlegen wurde. Er hatte nicht einmal mehr soviel Geistesgegenwart, einen Vorwand zu finden, um sich von dieser ergötzlichen Unterhaltung zurückzuziehen.

„Ich dachte, die Londoner Familien hätten Ihnen recht gut gefallen?“ meinte er hochmütig.

„Ach, Sie meinen voriges Jahr, als ich frisch von dieser scheußlichen, ordinären Schule kam? Damals natürlich. Kommt nicht jedes Mädchen gern in den Ferien nach Hause? Wie sollte ich es da besser wissen? Aber, Mr. Osborne, was für einen Unterschied macht doch die Erfahrung von anderthalb Jahren aus ... anderthalb Jahre im Verkehr mit – verzeihen Sie, wenn ich das sage –, mit Gentlemen. Die liebe Amelia ist eine Perle, das gebe ich zu, und sie würde überall bezaubernd wirken. Aha, ich sehe, Ihre Stimmung bessert sich! Aber diese komischen Londoner Kaufleute! – Und Mr. Joseph – wie geht's dem wunderbaren Mr. Joseph?“

„Voriges Jahr kam es mir so vor, als wenn Sie dem wunderbaren Mr. Joseph gar nicht so abgeneigt gewesen wären“, warf Osborne freundlich ein.

„Oh, wie streng! Nun, entre nous, das Herz ist mir nicht gebrochen seinetwegen. Wenn er mich jedoch gebeten hätte, das zu tun, was Sie mit Ihrem Blick sagen wollen (übrigens einem sehr ausdrucksvollen, freundlichen Blick!), dann würde ich nicht nein gesagt haben.“

Mr. Osborne warf ihr einen Blick zu, der einem: Danke verbindlichst!! gleichkam.

„Was für eine Ehre wäre es gewesen, Sie zum Schwager zu haben, nicht wahr? Schwägerin von George Osborne, Hochwohlgeboren, dem Sohn des John Osborne, Hochwohlgeboren, dem Sohn des – was war doch Ihr Großpapa, Mr. Osborne?

Bitte nicht böse sein! Sie können doch nichts für Ihre Abstammung, und ich stimme ganz darin mit Ihnen überein, daß ich Mr. Joe Sedley geheiratet hätte. Hätte ein armes Mädchen ohne Geld denn etwas Besseres tun können? Jetzt kennen Sie das ganze Geheimnis. Ich spreche freimütig und offen. Wenn man alles bedenkt, war es sehr freundlich von Ihnen, darauf anzuspielen, sehr freundlich und liebenswürdig. Amelia, Liebes, Mr. Osborne und ich sprechen gerade über deinen armen Bruder Joseph. Wie geht's ihm?"

Damit war George vollends geschlagen. Nicht daß Rebekka recht gehabt hätte, aber sie hatte es mit viel Geschick fertiggebracht, ihn ins Unrecht zu setzen. Und so floh er schamerfüllt, denn er fühlte, wenn er nur noch eine Minute blieb, so würde er in Amelias Gegenwart wie ein Narr dagestanden haben.

Obwohl Rebekka ihm eine Niederlage beigebracht hatte, war George doch nicht so gemein, über eine Dame klatschen oder sich an ihr rächen zu wollen. Doch konnte er am nächsten Tag nicht umhin, Hauptmann Crawley weise einige seiner Gedanken über Rebekka anzuvertrauen: daß sie eine ganz schlaue Person sei, eine gefährliche Person, furchtbar kokett und so fort. Allen diesen Ansichten stimmte Crawley lachend zu, und ehe vierundzwanzig Stunden um waren, hatte Rebekka alles erfahren. Ihre ursprüngliche Achtung für Mr. Osborne wurde dadurch noch vergrößert. Ihr weiblicher Instinkt hatte ihr gesagt, daß es George gewesen war, der den Erfolg ihrer ersten Liebesaffäre vereitelt hatte. Daher schätzte sie ihn entsprechend.

„Ich will Sie nur warnen", sagte er mit Kennermiene zu Rawdon Crawley – er hatte das Pferd gekauft und nach dem Essen ein paar Dutzend Pfund verloren. „Ich will Sie nur warnen: ich kenne die Frauen und rate Ihnen, gut aufzupassen."

„Danke schön, mein Junge", erwiderte Crawley mit einem Blick voll besonderer Dankbarkeit. „Sie sind sehr gescheit, wie ich sehe." Und George ging weg, in der Überzeugung, daß Crawley recht hatte.

Er erzählte Amelia, was er getan und wie er Rawdon Crawley, einem verteufelt guten, rechtschaffenen Burschen, geraten hatte, auf der Hut zu sein vor Rebekka, dem listigen kleinen Ränkeschmied.

„Vor wem?" schrie Amelia auf.

„Vor deiner Freundin, der Gouvernante. Mach doch nicht so ein erstauntes Gesicht!"

„O George, was hast du da getan!" rief Amelia aus. Denn

ihre Mädchenaugen, die von der Liebe geschärft waren, hatten im Nu ein Geheimnis entdeckt, das Miss Crawley, der armen jungfräulichen Briggs und dem stumpfen Blick des bärtigen jungen Gecken, Leutnant Osborne, verborgen geblieben war.

Rebekka hatte ihr in einem der oberen Räume in den Mantel geholfen. Da hatten die beiden Freundinnen Gelegenheit gefunden, sich ein wenig in dem geheimen Plaudern und Plänemachen zu ergehen, das das Entzücken jeder Frau ist. Auf einmal war Amelia zu Rebekka getreten, hatte ihre beiden kleinen Hände in die ihren genommen und gesagt: „Rebekka, ich verstehe alles."

Und Rebekka hatte sie geküßt.

Keine Silbe weiter war zwischen den jungen Mädchen über dieses kostbare Geheimnis gesprochen worden. Und doch sollte es binnen kurzem offenbar werden.

Kurze Zeit nach den eben erzählten Begebenheiten, als Miss Sharp noch im Hause ihrer Gönnerin in Park Lane weilte, war in Great Gaunt Street unter den vielen Seidenwappen, die gewöhnlich diese düstere Straße zieren, ein neues zu sehen. Es befand sich an Sir Pitts Haus; doch kündigte es nicht das Ableben des würdigen Barons an. Es war das Wappen einer Frau und hatte vor wenigen Jahren schon beim Leichenbegängnis von Sir Pitts alter Mutter, der verwitweten Lady Crawley, gute Dienste geleistet. Als seine Zeit vorüber war, war es wieder von der Front des Hauses entfernt worden und hatte irgendwo in den hinteren Gefilden von Sir Pitts Palast ein zurückgezogenes Leben geführt. Jetzt erschien es abermals, und zwar für die arme Rose Dawson. Sir Pitt war von neuem Witwer. Das Wappen auf dem Schild neben dem seinen war allerdings nicht das der armen Rose. Sie hatte kein Wappen. Aber die auf das Wappenschild gemalten Engel paßten ebensogut für sie wie für Sir Pitts Mutter. Unter der Wappendecke stand „Resurgam", eingerahmt von der Taube und der Schlange der Crawleys. Wappen, Leichenschild, Resurgam – hier wäre eine gute Gelegenheit, zu moralisieren!

Mr. Crawley hatte sich als einziger um die verlassene Kranke gekümmert. Gestärkt durch den Trost, den er spenden konnte, ging sie aus der Welt. Lange Jahre hindurch hatte sie Freundlichkeit nur von ihm erfahren. Er schenkte ihr die einzige Freundschaft, die diese schwache einsame Seele irgendwie getröstet hatte. Ihr Herz war lange tot, ehe der Körper starb. Sie hatte es verkauft, um Sir Pitt Crawleys Frau zu werden. Jeden Tag schließen ja Mütter und Töchter auf dem Jahrmarkt der Eitelkeit solche Geschäfte ab.

Als sie starb, befand sich ihr Gatte in London, mit seinen zahllosen Plänen und endlosen Rechtshändeln beschäftigt. Dennoch hatte er Zeit gefunden, öfters in Park Lane vorzusprechen und Rebekka viele Briefe zu schreiben, in denen er bat, flehte, befahl, sie möge zu ihren Schülerinnen aufs Land zurückkehren, zumal sie nun seit der Erkrankung der Mutter ganz ohne Gefährtin seien. Aber Miss Crawley wollte von einer Abreise nichts hören. Es gab zwar in London keine vornehme Dame, die ihre Freunde leichter im Stich ließ, wenn sie ihrer Gesellschaft überdrüssig war – und keine wurde ihrer schneller überdrüssig –, aber solange ihre Vorliebe andauerte, war ihre Anhänglichkeit wunderbar, und bislang hing Miss Crawley immer noch mit der größten Hartnäckigkeit an Rebekka.

Die Nachricht von Lady Crawleys Tod erregte in Miss Crawleys Kreis nicht mehr Kummer oder Beachtung, als zu erwarten war. „Ich werde meine Gesellschaft wohl auf den dritten verschieben müssen", meinte Miss Crawley, und nach einer Pause fügte sie hinzu: „Hoffentlich besitzt mein Bruder soviel Anstand, sich nicht wieder zu verheiraten!" – „Da würde Pitt schön in Wut geraten, wenn er das täte!" bemerkte Rawdon, wie immer sehr um seinen älteren Bruder besorgt. Rebekka sagte nichts. Sie sah ernster aus als alle andern, die Nachricht schien auf sie den tiefsten Eindruck gemacht zu haben. An jenem Abend verließ sie das Zimmer, ehe Rawdon wegging. Aber zufällig trafen sie sich unten, als Rawdon sich verabschiedet hatte und gerade gehen wollte. Da hatten sie noch eine lange Unterredung miteinander.

Als Rebekka am nächsten Morgen aus dem Fenster schaute, erschreckte sie Miss Crawley, die friedlich in einen französischen Roman vertieft war, indem sie mit unruhiger Stimme ausrief: „Da kommt Sir Pitt, gnädige Frau!" und gleich nach dieser Ankündigung hörten sie den Baron am Tor klopfen.

„Ich kann ihn nicht sehen, meine Liebe, ich will ihn nicht sehen. Sagen Sie Bowls, ich sei nicht zu Hause, oder gehen Sie hinunter und sagen Sie, ich sei zu krank, um irgend jemanden zu empfangen. Meine Nerven könnten meinen Bruder jetzt wirklich nicht ertragen!" rief Miss Crawley aus und versenkte sich wieder in ihren Roman.

„Sie ist zu krank, um Sie zu empfangen, Sir", erklärte Rebekka und trat dem Baron entgegen, der sich eben anschickte heraufzukommen.

„Um so besser“, erwiderte Sir Pitt. „*Sie* möchte ich sprechen, Miss Becky. Kommen Sie bitte mit ins Empfangszimmer!“ Zusammen betraten sie diesen Raum.

„Ich möchte Sie wieder in Queen's Crawley haben, Miss“, sagte der Baron, die Augen auf sie geheftet. Inzwischen zog er sich die schwarzen Handschuhe aus und nahm den Hut mit dem breiten Kreppband ab. Seine Augen hatten einen so merkwürdigen Ausdruck und starrten sie so an, daß Rebekka Sharp beinahe zu zittern anfing.

„Ich hoffe, ich werde bald kommen können“, sagte sie leise, „sobald es Miss Crawley so weit besser geht, daß ich wieder zu – zu den lieben Kindern zurück kann.“

„Das sagen Sie nun schon seit drei Monaten, Becky“, versetzte Sir Pitt, „und immer noch hängen Sie hier fest, obwohl meine Schwester Sie wie einen alten Schuh wegwerfen wird, wenn sie genug von Ihnen hat. Ich sage Ihnen, ich brauche Sie. Zum Begräbnis fahre ich wieder hinaus. Wollen Sie zurückkommen? Ja oder nein?“

„Ich wage es nicht – ich glaube nicht – es wäre nicht recht – allein zu sein – mit Ihnen, Sir“, erwiderte Becky, anscheinend in großer Erregung.

„Ich wiederhole, ich brauche Sie“, erklärte Sir Pitt und trommelte auf dem Tisch herum; „ich werde ohne Sie nicht fertig. Erst als Sie weggingen, habe ich das gemerkt. Alles im Haus geht schief. Es ist nicht mehr dasselbe Haus. Meine Rechnungen sind wieder alle ganz durcheinander! Sie müssen wirklich zurückkommen! Bitte, kommen Sie zurück! Liebe Becky, bitte kommen Sie!“

„Kommen – als was, Sir?“ brachte Rebekka mühsam heraus.

„Kommen Sie als Lady Crawley, wenn Sie wollen!“ sagte der Baron und griff nach seinem Krepphut. „Nun, genügt Ihnen das? Kommen Sie zurück und werden Sie meine Frau! Ihr Verstand ist mehr wert als eine vornehme Geburt. Sie sind eine genauso gute Lady wie jede andere. Sie haben mehr Verstand im kleinen Finger als alle Baroninnen der Grafschaft zusammen; wollen Sie kommen? Ja oder nein?“

„O Sir Pitt!“ Rebekka war sehr bewegt.

„Sagen Sie ja, Becky“, fuhr Sir Pitt fort. „Ich bin ein alter Mann, aber ein guter. Ich bring's noch gut auf zwanzig Jahre. Ich werde Sie glücklich machen, das werden Sie sehen. Sie sollen tun können, was Sie wollen, Geld ausgeben, wie es Ihnen beliebt, und in allem Ihren Willen haben. Ich werde Ihnen eine Summe aussetzen; ich werde alles in Ordnung bringen. Sehen Sie her!" Und der Alte fiel vor ihr auf die Knie und schielte sie lüstern an wie ein Satyr.

Rebekka fuhr bestürzt zurück. Noch nie haben wir sie im Laufe dieser Geschichte die Geistesgegenwart verlieren sehen. Jetzt weinte sie einige der wenigen echten Tränen, die je aus ihren Augen flossen.

„O Sir Pitt!" sagte sie. „O Sir – ich – ich bin ja schon verheiratet!"

15. Kapitel

Rebekkas Mann tritt für kurze Zeit auf

Ein jeder Leser, der romantisch veranlagt ist (und einen anderen wünschen wir uns nicht), muß sich über das Bild gefreut haben, mit dem der letzte Akt unseres kleinen Dramas schloß. Kann es denn einen schöneren Anblick geben als Amor auf den Knien vor Venus?

Kaum hatte Amor jedoch das furchtbare Geständnis von Venus vernommen, daß sie bereits verheiratet sei, da sprang er aus seiner demütigen Haltung von dem Teppich hoch. Was er ausrief, versetzte die arme kleine Venus in noch größere Angst, als sie vorher empfand, da sie ihr Geständnis machte. „Verheiratet? Sie scherzen!" rief der Baron nach dem ersten Ausbruch von Wut und Verwunderung. „Sie machen sich über mich lustig, Becky. Wer sollte Sie denn heiraten, so ohne jeden Pfennig, wie Sie sind?"

„Verheiratet! verheiratet!" murmelte Rebekka tränenerstickt. Ihre Stimme schwankte vor Bewegung. Das Taschentuch vor die überströmenden Augen gedrückt, sank sie gegen den Kaminsims – ein Bild des Schmerzes, das das härteste Herz hätte rühren müssen. „O Sir Pitt, lieber Sir Pitt, halten Sie mich nicht für undankbar gegen alle Ihre Güte! Nur Ihre Großmut hat mir mein Geheimnis entrissen."

„Zum Henker mit der Großmut!" brüllte Sir Pitt. „Wer ist's also, mit wem sind Sie verheiratet? Wo ist es geschehen?"

„Lassen Sie mich mit Ihnen aufs Land zurückkehren, Sir! Lassen Sie mich über Ihrem Wohl wachen so treu wie nur je! Bitte, bitte, trennen Sie mich nicht von dem lieben Queen's Crawley!"

„Der Kerl hat Sie wohl verlassen, was?" fragte der Baron, dem, wie er glaubte, allmählich ein Licht aufging. „Gut, Becky, kommen Sie mit, wenn Sie wollen. Man kann nicht alles zugleich haben. Ich habe Ihnen jedenfalls ein ehrliches Anerbieten gemacht. Kommen Sie als Gouvernante zurück, Sie sollen in allem Ihren Willen haben." Sie reichte ihm die Hand. Sie weinte zum Herzzerbrechen. Die Locken fielen ihr über das Gesicht, das sie auf den Marmorkamin gelegt hatte.

„Der Halunke ist also durchgebrannt, he?" Sir Pitt versuchte sie zu trösten. „Machen Sie sich nichts daraus, Becky, ich werde schon für Sie sorgen."

„O Sir! Es würde der Stolz meines Lebens sein, nach Queen's Crawley zurückzukommen und mich wie früher um die Kinder und um Sie zu kümmern. Sie haben doch immer gesagt, Sie seien mit Ihrer kleinen Rebekka zufrieden gewesen. Wenn ich daran denke, was Sie mir eben angeboten haben, dann erfüllt Dankbarkeit mein Herz – wirklich! Ihre Frau kann ich nicht sein, Sir; lassen Sie mich – lassen Sie mich Ihre Tochter sein!"

Bei diesen Worten fiel Rebekka in tragischer Haltung auf die Knie. Sie nahm Sir Pitts schwielige schwarze Pranke in ihre beiden hübschen, weißen, samtweichen Hände und blickte mit dem Ausdruck tiefster Leidenschaft und tiefsten Vertrauens zu ihm auf, als – als die Tür aufging und Miss Crawley hereingesegelt kam.

Zufällig hatten Mrs. Firkin und Miss Briggs sich an der Tür zum Wohnzimmer getroffen, bald nachdem der Baron mit Rebekka den Raum betreten hatte; zufällig hatten sie durchs Schlüsselloch gesehen, wie der alte Herr vor der Gouvernante auf den Knien lag, und das großzügige Angebot vernommen, das er ihr machte. Kaum waren diese Worte seinen Lippen entflohen, als Mrs. Firkin und Miss Briggs auch schon die Treppe hinaufgeeilt und in den Salon gestürzt waren, wo Miss Crawley ihren französischen Roman las. Sie brachten der alten Dame die erstaunliche Nachricht, daß Sir Pitt vor Miss Sharp auf den Knien lag und ihr einen Heiratsantrag machte. Wenn man die Zeit berechnet, die das oben erzählte Gespräch einnahm, die Zeit, während der die Briggs und die Firkin in den Salon eilten und Miss Crawley in Erstaunen geriet, ihren Band Pigault le Brun fallen ließ und herunterkam, wird man sehen, wie ungemein genau diese Geschichte berichtet ist. Miss Crawley mußte gerade in eben dem Augenblick erscheinen, als Rebekka ihre demütige Haltung eingenommen hatte.

„Die Dame liegt ja auf dem Boden, und nicht der Herr", stellte Miss Crawley mit verächtlicher Miene und Stimme fest.

„Man hatte mir berichtet, du lägest auf den Knien, Pitt! Knie noch mal hin, damit ich dies hübsche Paar sehen kann!"

„Ich habe mich bei Sir Pitt bedankt, gnädige Frau", sagte Rebekka und erhob sich, „und ihm gesagt, daß – daß ich nie Lady Crawley werden kann."

„Ihn abgewiesen!" Miss Crawleys Erstaunen wurde immer größer. An der Tür sperrten die Briggs und die Firkin vor Staunen Mund und Ohren auf.

„Ja, abgewiesen", bestätigte Rebekka mit trauriger, tränenerstickter Stimme.

„Soll ich meinen Ohren trauen, hast du ihr wirklich einen Heiratsantrag gemacht, Pitt?" fragte die alte Dame.

„Jawohl", antwortete der Baron, „das habe ich getan."

„Und sie hat dich abgewiesen, wie sie behauptet?"

„Jawohl!" erwiderte Sir Pitt, und seine Züge verzogen sich zu einem breiten Grinsen.

„Es scheint dir jedenfalls nicht das Herz zu brechen", meinte Miss Crawley.

„Nicht im entferntesten", entgegnete Sir Pitt so kühl und gutgelaunt, daß Miss Crawley starr vor Staunen war. Daß ein vornehmer alter Herr vor seiner bettelarmen Gouvernante auf die Knie fiel und sich vor Lachen ausschüttete, wenn sie seinen Antrag abwies, daß eine bettelarme Gouvernante es ablehnte, Baronin zu werden mit viertausend Pfund Einkommen im Jahr – das waren Rätsel, die Miss Crawley nie würde begreifen können. Das übertraf noch alle Verwicklungen und Intrigen bei ihrem geliebten Pigault le Brun.

„Ich freue mich, daß du es für einen guten Spaß hältst, Bruder", fuhr sie fort und versuchte sich durch diese wirre Finsternis zu tasten.

„Famos!" entgegnete Sir Pitt. „Wer hätte das gedacht! Was für ein schlaues Teufelchen! Was für ein kleiner Fuchs ist sie doch!" murmelte er vor sich hin und kicherte vor Vergnügen.

„Als Sie hereinkamen, gnädige Frau", sagte Rebekka, „da sah meine Haltung nicht gerade so aus, als ob ich eine Ehre verachtete, die dieser gute edle Mann mir gnädigst zu erweisen gedachte. Glauben Sie, ich hätte kein Herz? Sollten Sie alle so lieb und freundlich zu der armen Waise, dem verlassenen Mädchen gewesen sein, und sollte nur ich da nichts fühlen? O meine Freunde! O meine Wohltäter! Darf ich nicht mit meiner Liebe, meinem Leben, meiner Pflichterfüllung versuchen, Ihnen das Vertrauen zu entgelten, das Sie mir gezeigt haben? Gestehen Sie mir nicht wenigstens Dankbarkeit zu, Miss Crawley? Es ist zuviel – mein Herz ist zu voll", und sie sank so pathetisch auf einen Stuhl, daß die meisten der Zuschauer ganz gerührt waren ob ihrer Traurigkeit.

„Ob Sie mich nun heiraten oder nicht, Becky, Sie sind doch ein gutes kleines Mädchen, und ich bin Ihr Freund, vergessen Sie das nicht!" sagte Sir Pitt, setzte sich den Hut mit dem schwarzen Krepp auf und ging von dannen – sehr zu Rebekkas Erleichterung; denn es war offenbar, daß Miss Crawley noch nichts von ihrem Geheimnis wußte. So hatte sie noch eine kurze Frist für sich.

Sie drückte sich das Taschentuch vor die Augen, winkte der ehrlichen Briggs ab, die ihr folgen wollte, und eilte nach oben in ihr Zimmer. Miss Briggs und Miss Crawley indes blieben in höchster Aufregung zurück und besprachen das seltsame Ereignis. Die Firkin, die nicht weniger bewegt war, tauchte in die

Küchenregionen hinab und beredete es dort mit der ganzen Gesellschaft, männlich und weiblich. Mrs. Firkin stand so unter dem Eindruck dieser Neuigkeit, daß sie es für angemessen hielt, mit der Abendpost gleich einen Brief abzusenden, „mit ihrer demütigen Empfehlung an Mrs. Bute Crawley und Familie im Pfarrhaus, und Sir Pitt ist dagewesen und hat Miss Sharp einen Heiratsantrag gemacht, den sie aber abgelehnt hat zum Erstaunen aller."

Die beiden Damen im Speisezimmer verwunderten sich nach Herzenslust über Sir Pitts Antrag und Rebekkas Ablehnung. Die würdige Briggs, die glücklich war, wieder von ihrer Herrin ins Vertrauen gezogen zu werden, meinte sehr scharfsinnig, es müsse da wohl ein Hindernis geben in Gestalt einer früheren Neigung, sonst hätte ein junges Mädchen, das bei Verstand war, doch niemals einen so günstigen Antrag abgewiesen.

„Sie selbst würden ihn doch angenommen haben, nicht wahr, Briggs?" fragte Miss Crawley freundlich.

„Wäre es nicht eine unschätzbare Gunst, Miss Crawley Schwester nennen zu dürfen?" entgegnete die Briggs mit sanfter Ausflucht.

„Nun, Becky würde schließlich keine so schlechte Lady Crawley abgegeben haben", bemerkte Miss Crawley. Durch die Weigerung des Mädchens war sie besänftigt, und jetzt, da kein Opfer von ihr verlangt wurde, konnte sie auch wieder liberal und großmütig sein. „Sie besitzt viel Verstand, schon in ihrem kleinen Finger hat sie mehr als Sie, meine arme liebe Briggs, im ganzen Kopf. Ihre Manieren sind ausgezeichnet, seit ich sie ausgebildet habe. Sie ist eine Montmorency, Briggs, und Blut ist eben doch etwas, wenn ich für meinen Teil es auch verachte. Bei diesen pompösen dummen Leuten in Hampshire würde sie sich viel besser durchgesetzt haben als die unglückliche Tochter des Eisenhändlers."

Briggs stimmte zu, wie gewöhnlich, und dann ergingen sich die beiden in Vermutungen über die „frühere Neigung". „Ihr armen alleinstehenden Geschöpfe habt immer so eine törichte Liebe", sagte Miss Crawley. „Sie selbst, Sie wissen ja, waren in einen Schreiblehrer verliebt (weinen Sie nicht, Briggs, wenn Sie auch noch so oft weinen, so macht ihn das doch nicht wieder lebendig!). Die unglückliche Becky wird wohl auch so dumm und sentimental gewesen sein – irgendein Apotheker oder Hausverwalter oder Maler oder junger Pfarrer oder dergleichen."

„Armes Ding! Armes Ding!“ seufzte die Briggs. Sie versetzte sich vierundzwanzig Jahre zurück und dachte an den hektischen jungen Schreiblehrer, dessen blonde Locke und dessen Briefe – schön, aber unleserlich – sie oben in ihrem alten Schreibpult liebevoll aufbewahrte. „Armes Ding! Armes Ding!“ seufzte sie. Sie war wieder ein achtzehnjähriges Mädchen mit frischen Wangen, und sie und der hektische Schreiblehrer sangen beim Abendgottesdienst zusammen aus demselben Liederbuch.

„Nach solchem Verhalten von seiten Rebekkas sollte unsere Familie etwas unternehmen“, sagte Miss Crawley entschlossen. „Suchen Sie zu erfahren, Briggs, um wen es geht. Ich werde ihm einen Laden einrichten oder mein Porträt bei ihm bestellen, verstehen Sie, oder mit meinem Vetter, dem Bischof, sprechen, und Becky werde ich eine Ausstattung besorgen. Wir werden eine Hochzeit hier haben, und Sie, Briggs, werden das Frühstück vorbereiten und Brautjungfer sein!“

Die Briggs erklärte, das würde entzückend sein, und beteuerte, daß ihre liebe Miss Crawley stets freundlich und hochherzig sei. Dann ging sie zu Rebekka hinauf, um sie zu trösten, um über den Antrag zu plaudern und ihre Ablehnung und um den Grund dazu zu erfahren. Schließlich wollte sie noch Miss Crawleys großmütige Absichten andeuten, um herauszufinden, wer der Mann war, der von Miss Sharps Herzen Besitz ergriffen hatte.

Rebekka war äußerst freundlich, sehr liebevoll und gerührt. Mit warmer Dankbarkeit erwiderte sie Miss Briggs zärtliches Entgegenkommen. Sie gab zu, daß da eine geheime Neigung bestand, ein köstliches Geheimnis. Wie schade, daß Miss Briggs nicht eine halbe Minute länger am Schlüsselloch gehorcht hatte! Vielleicht hätte Rebekka noch mehr erzählt; aber Miss Briggs war kaum fünf Minuten in Rebekkas Zimmer, als auch schon Miss Crawley dort erschien. Eine noch nie dagewesene Ehre – die Ungeduld hatte sie überfallen; sie konnte die langsamen Operationen ihrer Botschafterin nicht abwarten! So kam sie in eigener Person und schickte die Briggs hinaus. Von Rebekkas Verhalten war sie sehr befriedigt, und nun wollte sie Einzelheiten wissen über die Unterredung und alles, was vorhergegangen war und zu Sir Pitts erstaunlichem Angebot geführt hatte.

Rebekka erklärte, sie hätte schon seit langem etwas von der Neigung geahnt, mit der Sir Pitt sie beehrte (gab er doch seine

Gefühle stets sehr freimütig und rückhaltlos kund). Aber auch abgesehen von ihren privaten Gründen, mit denen sie Miss Crawley vorerst nicht behelligen wolle, machten schon Sir Pitts Alter, seine Stellung und seine Gewohnheiten eine Heirat ganz unmöglich. Konnte denn ein anständiges Mädchen, das auf sich hielt, überhaupt auf derartige Vorschläge hören, solange die verstorbene Frau des Liebhabers noch nicht einmal bestattet war?

„Unsinn, meine Liebe; Sie hätten ihn nie abgewiesen, wenn da nicht jemand anderes im Spiel wäre", entgegnete Miss Crawley geradeheraus. „Erzählen Sie mir Ihre privaten Gründe! Worin bestehen denn diese privaten Gründe? Es gibt da jemanden! Wer ist es wohl, der Ihr Herz erobert hat?"

Rebekka schlug die Augen nieder. „Sie haben richtig geraten, gnädige Frau", gestand sie einfach, mit sanfter, schwankender Stimme. „Sie wundern sich, wie ein so armes alleinstehendes Mädchen eine Neigung fassen kann, nicht wahr? Ich habe nie gehört, daß Armut davor schütze. Ich wünschte, es wäre so!"

„Mein armes liebes Kind!" rief Miss Crawley, deren Mitgefühl sehr leicht zu erregen war, „wird Ihre Liebe also nicht erwidert? Haben wir geheimen Kummer? Erzählen Sie mir alles, und lassen Sie sich trösten!"

„Ich wünschte, Sie könnten mich trösten, liebe gnädige Frau", sagte Rebekka, noch immer mit tränenerstickter Stimme. „Ja, ich brauchte es so nötig." Und sie legte ihr Haupt an Miss Crawleys Schulter und weinte dort so natürlich, daß die alte Dame sie in mitleidiger Überraschung mit fast mütterlicher Freundlichkeit umarmte und beteuerte, sie wie eine Tochter liebzuhaben. Sie würde alles tun, was in ihrer Macht stünde, um Rebekka zu helfen. „Wer ist es also, mein Liebes? Ist es der Bruder der hübschen Miss Sedley? Sie erwähnten einmal etwas von einer Affäre mit ihm. Ich werde ihn hierher einladen, Liebes. Sie sollen ihn bekommen, auf jeden Fall!"

„Fragen Sie mich jetzt nicht!" bat Rebekka. „Sie werden bestimmt bald alles erfahren. Liebe gute Miss Crawley – teure Freundin, darf ich so sagen?"

„Sie dürfen, mein Kind", erwiderte die alte Dame und küßte sie. „Ich kann es Ihnen jetzt nicht erzählen", schluchzte Rebekka, „mir ist so elend. Aber bitte, behalten Sie mich lieb – versprechen Sie mir, daß Sie mich immer liebhaben werden!" Und unter gemeinsam vergossenen Tränen – die Erregung der jungen Frau hatte das Mitgefühl der älteren geweckt – gab Miss

Crawley ihr feierlich dieses Versprechen. Dann verließ sie ihren kleinen Schützling, segnete Rebekka und bewunderte sie als ein reizendes, unschuldiges, weichherziges, liebevolles, unverständliches Geschöpfchen.

Und nun war sie allein und konnte über die plötzlichen und wunderbaren Ereignisse des Tages nachdenken, über das, was gewesen war, und das, was hätte sein können. Was, glauben Sie, empfand wohl Miss, nein, Verzeihung: Mrs. Rebekka ganz persönlich? Wenn der Verfasser kurz zuvor das Vorrecht für sich in Anspruch nahm, in Miss Amelia Sedleys Schlafzimmer hineinschauen zu dürfen, und mit der Allwissenheit des Romanschriftstellers alle die zarten Qualen und Liebesleiden, die sich auf dem unschuldigen Kissen häuften, zu kennen behauptete, warum sollte er sich dann nicht auch zu Rebekkas Vertrautem erklären, zum Herrn ihrer Geheimnisse und zum Siegelbewahrer des Gewissens dieser jungen Dame?

Nun, zunächst einmal gab Rebekka dem sehr aufrichtigen und rührenden Bedauern Raum, daß ein so wunderbares Glück ihr so nahe gewesen war und sie es doch hatte von sich weisen müssen. Dieses natürliche Empfinden wird jeder vernünftige Mensch teilen. Welche gute Mutter würde nicht eine bettelarme Jungfrau bemitleiden, die eine vornehme Dame werden und viertausend Pfund im Jahr hätte haben können? Welchen gebildeten jungen Menschen gibt es auf dem ganzen Jahrmarkt der Eitelkeit, der kein Mitgefühl hätte für ein schwer arbeitendes, kluges, tüchtiges Mädchen, das solch einen ehrenvollen, vorteilhaften, verlockenden Antrag erhält gerade in dem Augenblick, da es außer ihrer Macht steht, ihn anzunehmen? Die Enttäuschung unserer Freundin Becky wird sicherlich alle Sympathien finden, die sie verdient.

Ich erinnere mich an eine Abendgesellschaft, an der ich selbst teilnahm. Dort beobachtete ich, wie die alte Miss Toady, die auch da war, die kleine Frau des Advokaten Briefless mit besonders schmeichelhafter Aufmerksamkeit überhäufte. Nun ja, sie ist aus guter Familie, aber soviel wir wissen: arm wie eine Kirchenmaus.

Was, fragte ich mich, kann nur der Grund für diese Höflichkeit von seiten der Miss Toady sein? Hat Briefless eine Stelle an einem Landgericht bekommen, oder hat seine Frau ein Vermögen geerbt? Mit jener Einfachheit, die ihr Benehmen auszeichnet, gab Miss Toady sogleich die Erklärung. „Mrs. Briefless, wissen Sie, ist die Enkelin von Sir John Redhand, der in

Cheltenham so schwer krank darniederliegt, daß er es kein halbes Jahr mehr macht. Mrs. Briefless' Papa ist sein Nachfolger; somit wird sie die Tochter eines Barons sein, sehen Sie." Und gleich in der nächsten Woche lud die Toady Briefless und Frau zum Abendessen ein.

Wenn die bloße Möglichkeit, die Tochter eines Barons zu werden, einer Dame solches Ansehen in der Welt verschafft, dann ahnen wir ganz gewiß die Todesqualen einer jungen Frau, die die Gelegenheit verpaßt hat, die Frau eines Barons zu werden. Wer hätte auch nur im Traum daran gedacht, daß Lady Crawley so früh sterben würde? Sie war eine jener kränklichen Frauen, die noch gut zehn Jahre leben können, dachte Rebekka in all ihrem reuevollen Leid, und ich hätte Baronin werden können! Ich hätte den alten Mann ganz nach meinem Willen leiten können. Ich hätte Mrs. Bute für ihre gönnerhafte Art und Mr. Pitt für seine unerträgliche Herablassung danken können. Ich hätte das Haus in der Stadt neu einrichten und ausstatten lassen. Ich hätte den schönsten Wagen in ganz London und eine Loge in der Oper gehabt. Und in der nächsten Saison wäre ich bei Hofe vorgestellt worden. – All das hätte sein können, und nun, nun war alles voll Zweifel und Geheimnis.

Aber Rebekka hatte einen zu entschlossenen und zu energischen Charakter, als daß sie sich lange so nutzlose und unziemliche Sorgen um die unwiderrufliche Vergangenheit gestattet hätte. So widmete sie ihr nur ein gewisses Bedauern und wandte dann ihre ganze Aufmerksamkeit weise der Zukunft zu, die ihr jetzt weitaus wichtiger war. Sie überprüfte ihre Stellung, die Hoffnungen, Zweifel und Möglichkeiten, die sich daraus ergaben.

Zunächst war da einmal die unumstößliche Tatsache: sie war verheiratet. Sir Pitt wußte es. Sie war nicht so sehr durch Überraschung zu diesem Geständnis gebracht worden, sondern hatte es aus einer schnellen Berechnung heraus gemacht. Eines Tages hätte sie es doch tun müssen, und warum nicht jetzt ebensogut wie später? Er, der sie selbst geheiratet hätte, mußte über ihre Ehe zunächst Stillschweigen bewahren. Die große Frage war, wie Miss Crawley die Nachricht aufnehmen würde. Etwas Beunruhigung empfand Rebekka wohl dabei, aber sie dachte dann an alles, was Miss Crawley gesagt hatte, an die offen ausgesprochene Verachtung der alten Dame für Geburt und Rang, an ihre kühnen freisinnigen Ansichten, an ihren Hang zur Romantik überhaupt, an ihre fast kindische Vorliebe für ihren Neffen und schließlich an ihre Zuneigung für Rebekka selbst, die sie so oft zum Ausdruck gebracht hatte. Sie hat ihn so gern, dachte Rebekka, daß sie ihm alles vergeben wird; sie hat sich so an mich gewöhnt, daß sie sich ohne mich nicht wohlfühlen würde, glaube ich. Wenn die Aufklärung kommt, wird es eine Szene geben, einen hysterischen Anfall, einen großen Streit – und dann die große Versöhnung. Auf alle Fälle, was hatte das Hinausschieben für einen Zweck? Der Würfel war gefallen, und der Ausgang mußte heute oder morgen der gleiche sein. So beschloß sie, daß Miss Crawley die Neuigkeit erfahren sollte. Sie überlegte, wie man sie ihr am besten beibringen könnte, und ob sie selbst sich dem Sturm stellen sollte, der unvermeidlich kommen würde, oder ob sie fliehen und ihn meiden sollte, bis die erste Erregung abgeebbt war. Aus diesen Überlegungen heraus schrieb sie den folgenden Brief:

„Liebstes, die große Krise, über die wir so oft gesprochen haben, ist da. Mein Geheimnis ist zur Hälfte enthüllt. Ich habe lange nachgedacht, bis ich zu der Überzeugung gekommen bin, daß es jetzt an der Zeit ist, es ganz aufzudecken. Heute morgen kam Sir Pitt zu mir, und was glaubst Du wohl? – er machte mir eine Erklärung in aller Form! Stell Dir das vor! Ich arme Kleine hätte Lady Crawley werden können. Wie hätte Mrs. Bute sich darüber gefreut und auch ‚ma tante‘, wenn ich vor ihr den Vorrang gehabt hätte! Ich hätte jemandes Mama sein können, anstatt . . .! O ich zittere, ich zittere, wenn ich daran denke, wie bald wir alles erzählen müssen! –

Sir Pitt weiß, daß ich verheiratet bin. Aber da er nicht weiß mit wem, ist er noch nicht allzu böse darüber. ‚Ma tante‘ ist sogar recht ärgerlich darüber, daß ich ihn abgewiesen habe. Aber sie ist äußerst liebevoll und gütig. Sie hat sich sogar so weit herabgelassen, zu sagen, ich würde ihm eine gute Frau gewesen sein, und sie gelobte, sie wolle Deiner kleinen Rebekka eine gute Mutter sein. Sie wird erschüttert sein, wenn sie die Nachricht erfährt. Aber brauchen wir mehr zu fürchten als vorübergehenden Zorn? Ich glaube nicht, sicherlich nicht. Sie ist so in Dich vernarrt (Du ungezogener Taugenichts!), daß sie Dir alles verzeihen wird. Ich glaube sogar, nach Dir stehe ich ihrem Herzen am nächsten. Sie würde sich ohne mich ganz elend fühlen. Liebstes, etwas sagt mir, wir werden siegen. Du wirst dieses scheußliche Regiment verlassen, das Spielen und die Rennen aufgeben und ein artiger Junge sein. Wir werden alle hier in Park Lane wohnen, und ‚ma tante‘ wird uns all ihr Geld vermachen.

Ich werde versuchen, morgen um drei an den gewohnten Ort zu kommen. Wenn Miss B. mich begleitet, mußt Du zum Abendessen kommen und die Antwort mitbringen. Stecke sie in den dritten Band von Porteus' Predigten. Aber komm auf alle Fälle zu Deiner

Rebekka.

An Miss Eliza Styles
bei Mr. Bornet, Sattler
Knightsbridge"

Gewiß gibt es keinen Leser dieser kleinen Geschichte, der nicht scharfsinnig genug ist, um zu merken, daß Miss Eliza Styles (eine alte Schulkameradin, sagte Rebekka, mit der sie in letzter Zeit einen lebhaften Briefwechsel unterhalten hatte und die diese Briefe gewöhnlich von dem Sattler abholte) Sporen trug und einen großen krausen Schnurrbart und daß es niemand anders war als Hauptmann Rawdon Crawley.

16. Kapitel

Der Brief auf dem Nadelkissen

insichtlich ihrer Heirat ist nichts zu berichten, was irgendwen kümmern könnte. Was sollte einen majorennen Hauptmann und eine großjährige junge Dame wohl hindern, sich eine Lizenz zu kaufen und sich in irgendeiner Londoner Kirche trauen zu lassen? Wem braucht man erst noch zu erzählen, daß für die Frau ganz besonders gilt: wo ein Wille ist, da ist auch ein Weg? Meiner Ansicht nach hätte man eines Nachmittags, als Miss Sharp weggegangen war, um ihre liebe Freundin Amelia Sedley am Russel Square zu besuchen, sehen können, wie eine ihr sehr ähnliche Dame in Begleitung eines Herrn mit gefärbtem Schnurrbart eine Kirche in der City betrat. Nach einer Viertelstunde geleitete er sie zu der wartenden Mietkutsche zurück. Es war eine recht stille Hochzeit.

Und müssen wir nach den Erfahrungen, die wir täglich machen, nicht annehmen, daß ein Mann wahrscheinlich irgendeine Frau heiraten wird? Wie viele weise Gelehrte haben nicht ihre Köchin geheiratet? Ist nicht auch der vorsichtigste aller Männer, Lord Eldon selbst, mit einer Frau durchgegangen? Waren nicht sogar Achilles und Ajax beide in ihre Dienstmädchen verliebt? Und soll man etwa von einem schweren Dragoner mit heftigen Neigungen und schwachem Verstand, der nie im Leben seinen Leidenschaften Zügel angelegt hatte, erwarten, daß er plötzlich vorsichtig würde? Warum sollte er auf einmal davor zurückschrecken, jeden Preis für die Befriedigung eines Wunsches zu zahlen, den er sich in den Kopf gesetzt hatte? Wenn die Leute lediglich Vernunftehen schließen wollten, wie gefährlich wäre das für die Vermehrung der Bevölkerung!

Ich möchte vielmehr meinen, Mr. Rawdons Heirat war eine der ehrlichsten Taten, die wir von jenem Abschnitt seines Lebens, der in unsere Geschichte gehört, berichten können. Niemand wird sagen, es sei unmännlich von ihm, sich von einer Frau gefangennehmen zu lassen und, einmal gefangen, sie zu heiraten. Die Bewunderung, das Entzücken, die Liebe, das Erstaunen, das unbegrenzte Vertrauen und die leidenschaftliche Anbetung, womit der große Kriegsheld allmählich die kleine Rebekka betrachten lernte, waren Gefühle, die zumindest die Damen ihm nicht zum Nachteil anrechnen werden. Wenn sie sang, klang jeder Ton in seiner stumpfen Seele wider und erschütterte seine riesige Gestalt. Wenn sie sprach, sammelte er all seine geistigen Kräfte in staunendem Lauschen. Wenn sie scherzte, bewegte er ihre Witze lange in seinem Herzen und brach eine halbe Stunde später auf der Straße plötzlich in Gelächter aus, sehr zur Verwunderung des Kameraden, der neben ihm im Wagen saß, oder des Reitknechts, mit dem er die Rotten Row entlangritt. Ihre Worte waren für ihn eine Offenbarung; ihre geringste Handlung war ihm von unfehlbarer Gnade und Weisheit gezeichnet. Wie sie singt! Wie sie malt! dachte er, wie sie in Queen's Crawley jenes wilde Pferd ritt! In vertraulichen Augenblicken pflegte er zu ihr zu sagen: „Beim Zeus, Becky, du verdientest, Generalfeldmarschall oder Erzbischof von Canterbury zu werden, beim Zeus!" Ist er ein solcher Ausnahmefall? Sehen wir nicht manch ehrlichen Herkules am Schürzenbande seiner Omphale hängen und den großen bärtigen Samson in Dalilas Schoß liegen?

Als Becky ihm also mitteilte, daß die große Krise nahe war und die Zeit zum Handeln gekommen sei, erklärte Rawdon, er sei bereit, alles nach ihren Befehlen zu tun, genauso wie er auf Befehl seines Obersten seine Truppen zum Angriff führen würde. Er brauchte keinen Brief in den dritten Band des Porteus zu stecken. Mit Leichtigkeit fand Rebekka Mittel und Wege, die Begleitung von Miss Briggs loszuwerden, und traf am nächsten Tag ihren treuen Freund am „gewohnten Ort". In der Nacht hatte sie sich die Sache noch einmal überlegt und teilte Rawdon nun ihre Entschlüsse mit. Er war natürlich mit allem einverstanden, überzeugt, daß sie recht habe, daß es so am besten sei, wie sie es vorschlug, daß Miss Crawley nach einiger Zeit unfehlbar nachgeben oder „weich werden" würde, wie er sich ausdrückte. Hätte Rebekka ganz etwas anderes beschlossen, so wäre er ihr ebenso bedingungslos gefolgt. „Du hast Verstand genug für uns beide, Becky", sagte er, „du wirst uns sicher aus der Patsche ziehen. Ich habe noch keine gesehen, die dir gleichkäme, und zu meiner Zeit habe ich doch auch manches gescheite Prachtweib gekannt." Mit diesem einfältigen Glaubensbekenntnis verließ der liebeskranke Dragoner sie, um den ihm zufallenden Teil des Planes auszuführen, den sie für sie beide erdacht hatte.

Dieser Plan bestand einfach darin, in Brompton oder in der Nähe der Kaserne eine ruhige Wohnung für Hauptmann Crawley und Frau zu mieten. Denn Rebekka hatte klugerweise beschlossen zu fliehen. Rawdon war von ihrem Entschluß sehr beglückt, hatte er sie doch schon wochenlang um diesen Schritt gebeten. Mit dem Ungestüm der Liebe stürzte er stolz fort, um die Wohnung zu mieten. Er ließ sich so bereitwillig darauf ein, zwei Pfund wöchentlich zu zahlen, daß die Wirtin nur bedauerte, so wenig verlangt zu haben. Er ließ ein Klavier herbeischaffen und ein halbes Treibhaus voll Blumen und einen Haufen anderer hübscher Dinge. Schals, Lederhandschuhe, seidene Strümpfe, goldene Schweizer Uhren, Armbänder und Parfümerien schickte er in so verschwenderischer Fülle hin, wie es nur bei seiner blinden Liebe und seinem unbegrenzten Kredit möglich war. Als er sein Gemüt nun durch diese überströmende Freigebigkeit beruhigt hatte, ging er zum Essen in den Klub und wartete dort nervös auf den großen Augenblick seines Lebens.

Die Ereignisse des vergangenen Tages hatten Miss Crawley viel zärtlicher gemacht, als sie gewöhnlich war. Wie bewundernswert hatte Rebekka sich doch verhalten, als sie einen für sie so vorteilhaften Antrag abwies! Wie lastete das geheime Unglück auf ihr! Mit welch süßem Stillschweigen ertrug sie doch ihren Kummer! Ereignisse wie eine Heirat, eine Ablehnung oder ein Antrag bringen ein ganzes Haus voll Frauen in Aufregung und lösen geradezu hysterische Mitgefühle aus. Als Beobachter der menschlichen Natur besuche ich während der Heiratssaison der vornehmen Welt regelmäßig die St. Georgskirche am Hanover Square. Den Bräutigam und seine Freunde habe ich allerdings nie weinen gesehen, auch die Kirchendiener und die amtierenden Geistlichen waren in keiner Weise gerührt. Doch ist es dort kein ungewöhnlicher Anblick, Frauen, die nicht das geringste mit den Vorgängen zu tun haben, in Tränen aufgelöst zu finden. Alte Damen, die längst über das heiratsfähige Alter hinaus sind, dicke mittelalterliche Frauen mit vielen Söhnen und Töchtern, ganz zu schweigen von hübschen jungen Dingern unter den rosa Hauben, die noch darauf warten und sich ganz natürlich für die Feierlichkeit interessieren – alle verbergen ihre Gesichter in den kleinen nutzlosen Taschentüchern, und alt und jung seufzt vor Bewegung. Als mein Freund, der elegante John Pimlico, die liebliche Lady Belgravia Green Parker heiratete, war die Aufregung so allgemein, daß sogar die schnupfende kleine alte Platzanweiserin, die mich in den Kirchenstuhl hinein ließ, in Tränen aufgelöst war. Und warum? fragte ich mich, *sie* sollte doch nicht getraut werden.

Mit einem Wort: Miss Crawley und Miss Briggs schwelgten nach der Affäre mit Sir Pitt in Gefühlen. Rebekka wurde für sie der Gegenstand zärtlichsten Interesses. Wenn sie abwesend war, tröstete Miss Crawley sich mit dem sentimentalsten Roman aus ihrem Bücherschrank. Die kleine Sharp mit ihrem geheimen Kummer war die Heldin des Tages.

An diesem Abend sang Rebekka entzückender und plauderte reizender denn je in Park Lane. Sie umgarnte Miss Crawleys Herz. Mit leichtsinnigem Lachen sprach sie von Sir Pitts Antrag und verspottete ihn als die närrische Einbildung eines alten Mannes. Ihre Augen füllten sich mit Tränen, während die Briggs im Herzen unaussprechliche Schmerzen über die Niederlage empfand, als Rebekka erklärte, sie wünsche sich kein anderes Los, als für immer bei ihrer lieben Wohltäterin zu bleiben. „Meine liebe Kleine“, sagte die alte Dame, „ich lasse Sie für Jahre nicht wieder weg, darauf können Sie sich verlassen. Es kommt ja gar nicht in Frage, daß Sie nach dem, was vorgefallen ist, zu diesem gräßlichen Bruder von mir zurückgehen. Sie bleiben hier bei mir und Miss Briggs. Miss Briggs will häufig ihre Verwandten besuchen. Sie können hingehen, wann immer Sie wollen, Briggs. Aber Sie, meine Liebe, müssen hierbleiben und sich um mich alte Frau kümmern.“

Wenn Rawdon Crawley jetzt hier gewesen wäre, anstatt im Klub nervös Rotwein zu trinken, hätten sie beide vor der alten Jungfer auf die Knie fallen und alles gestehen können. Im Nu wäre ihnen vergeben worden. Aber so einfach wurde es dem jungen Paar nicht gemacht – ohne Zweifel deshalb, damit diese Geschichte geschrieben werden konnte, die viele ihrer wunderbaren Abenteuer enthält, Abenteuer, die sie nie hätten erleben können, wenn sie unter Miss Crawleys bequemer, uninteressanter Vergebung Schutz und Zuflucht gefunden hätten.

Unter Mrs. Firkins Fuchtel befand sich in dem Haus in Park Lane auch ein junges Mädchen aus Hampshire, dessen Aufgabe es unter anderem war, mit einem Krug heißen Wassers an Miss Sharps Tür zu klopfen; denn die Firkin wäre eher gestorben, als daß sie es dem Eindringling hinaufgebracht hätte. Dieses Mädchen, das auf dem Familiengut aufgewachsen war, hatte einen Bruder in Hauptmann Crawleys Kompanie. Wenn die Wahrheit bekannt würde, dürfte es wohl auch herauskommen, daß sie von mancherlei Vereinbarungen wußte, die viel mit dieser Geschichte zu tun haben. Auf jeden Fall kaufte sie sich von den drei Pfund, die Rebekka ihr gab, einen gelben Schal, ein Paar grüne Stiefel und einen hellblauen Hut mit roter Feder. Da die kleine Sharp nun mit ihrem Geld keineswegs immer so freigebig war, besteht wohl kein Zweifel, daß Betty Martin für bestimmte Dienste so großartig belohnt worden war.

Am übernächsten Tag, nachdem Sir Pitt Miss Sharp seinen Antrag gemacht hatte, ging die Sonne auf wie gewöhnlich, und zur gleichen Stunde wie gewöhnlich klopfte das Stubenmädchen Betty Martin an die Schlafzimmertür der Gouvernante.

Keine Antwort. Sie klopfte noch einmal. Die Stille wurde durch nichts unterbrochen, und so öffnete Betty die Tür und betrat mit dem heißen Wasser das Zimmer.

Das bescheidene kleine weiße Bett war so glatt und unberührt wie am Tage zuvor, als Bettys Hände geholfen hatten, es zu machen. In einer Ecke des Zimmers standen zwei kleine verschnürte Koffer, und auf dem Tisch vor dem Fenster auf dem Nadelkissen, dem großen, dicken, rosagefütterten und wie ein Damennachthäubchen gefältelten Nadelkissen, lag ein Brief. Wahrscheinlich hatte er schon die ganze Nacht dort gelegen.

Betty ging auf Zehenspitzen darauf zu, als ob sie fürchtete, sie könnte ihn aufwecken; sie sah ihn an, und dann blickte sie sich erstaunt und befriedigt im Zimmer um. Sie ergriff den Brief und grinste über das ganze Gesicht, als sie ihn um und um drehte und schließlich in Miss Briggs' Zimmer hinuntertrug.

Wie konnte Betty eigentlich wissen, daß der Brief für Miss Briggs bestimmt war? Sie hatte doch nur das gelernt, was man in Mrs. Bute Crawleys Sonntagsschule lernen konnte. Geschriebenes war ihr fremd wie Hebräisch.

„Ach, Miss Briggs", rief das Mädchen aus, „o Miss, da muß etwas passiert sein. In Miss Sharps Zimmer ist niemand, das Bett ist nicht benutzt; sie ist fort und hat diesen Brief für Sie dagelassen, Miss."

„Was?" rief die Briggs, und der Kamm entglitt ihrer Hand, so daß die dünne graue Haarsträhne ihr über die Schultern fiel. „Eine Entführung? Miss Sharp geflohen? Was, was ist nur geschehen?" Eifrig erbrach sie den säuberlich versiegelten Brief und verschlang förmlich dessen Inhalt.

„Liebe Miss Briggs", schrieb die Entflohene, „Ihr Herz, das freundlichste der Welt, wird Mitleid fühlen und Anteil nehmen und mich entschuldigen. Unter Tränen, Gebeten und Segenswünschen verlasse ich das Haus, in dem die arme Waise nur Güte und Liebe gefunden hat. Ansprüche, die sogar denen meiner Wohltäterin voranstehen, rufen mich von dannen. Ich folge meiner Pflicht – ich gehe zu meinem Mann. Ja, ich bin verheiratet. Mein Mann verlangt, daß ich in unser bescheidenes Heim komme. Liebe Miss Briggs, Ihr zartes Mitgefühl wird Ihnen am besten sagen können, wie Sie meiner teuren, geliebten Freundin und Wohltäterin diese Nachricht mitteilen. Sagen Sie, daß ich vor dem Weggehen über ihrem lieben Kissen Tränen vergoß, jenem Kissen, das ich so oft während ihrer Krankheit geglättet habe, über dem ich so gern wieder wachen möchte! Oh, mit welcher Freude werde ich nach Park Lane zurückkehren! Wie zittere ich in Erwartung der Antwort, die mein Schicksal besiegeln soll! Als Sir Pitt mir gnädigst seine Hand anbot – ich verdiene ja diese Ehre, wie meine geliebte Miss Crawley meinte (mein Segen über sie, daß sie eine arme Waise für würdig erachtete, ihre Schwester zu werden!) –, da sagte ich Sir Pitt, daß ich schon verheiratet sei. Sogar er verzieh mir. Aber mein Mut verließ mich, und ich habe ihm nicht alles gesagt, wie ich es hätte tun sollen: daß ich nämlich seine Frau nicht sein kann, weil ich seine Tochter bin! Ich bin mit dem besten und großherzigsten aller Männer verheiratet – Miss Crawleys Rawdon ist mein Rawdon! Auf seinen Befehl öffne ich die Lippen und folge ihm in unser bescheidenes Heim, wie ich ihm durch die ganze Welt folgen würde. O meine vortreffliche, gütige Freundin, legen Sie bei der geliebten Tante meines Rawdon ein Wort ein für ihn und das arme Mädchen, zu dem seine ganze Familie so unvergleichlich liebevoll gewesen ist. Bitten Sie Miss Crawley, sie möge ihre Kinder aufnehmen. Ich kann nichts mehr sagen; aber des Himmels Segen über alle in dem teuren Hause, das ich nun verlasse, erfleht Ihre dankbare, Sie liebende

Mitternacht Rebekka Crawley.“

Gerade als Miss Briggs die Lektüre dieses rührenden, interessanten Dokumentes beendet hatte, das sie wieder in ihre Stellung als Miss Crawleys erste Vertraute einsetzte, betrat Mrs. Firkin das Zimmer. „Mrs. Bute Crawley ist eben mit der Post aus Hampshire angekommen und möchte etwas Tee. Wollen Sie herunterkommen und das Frühstück fertig machen, Miss?“

Und zur Überraschung der Firkin raffte Miss Briggs ihren Morgenrock, ließ die Haarsträhne unordentlich herumflattern, kümmerte sich nicht um die Papierwickel in den Lockenbündeln über der Stirn, sondern segelte sofort zu Mrs. Bute hinunter, in der Hand den Brief, der die wunderbare Nachricht enthielt.

„O Mrs. Firkin“, keuchte Betty. „So eine Geschichte! Miss Sharp ist auf und davon mit dem Hauptmann, nach Gretna Green sind sie gefahren!“ Wir würden Mrs. Firkins Gefühlen ein ganzes Kapitel widmen, wenn nicht die Leidenschaften ihrer Gebieterinnen unsere vornehmere Muse beschäftigten.

Als Mrs. Bute Crawley, noch ganz erstarrt von der nächtlichen Reise, sich an dem frisch aufgeschürten Feuer im Empfangszimmer wärmte, erfuhr sie durch Miss Briggs die Nachricht von der heimlichen Heirat. Sofort erklärte sie, die Hand der Vorsehung habe sie im richtigen Augenblick hergeführt, damit sie der armen lieben Miss Crawley helfen könne, den Schlag zu überwinden. Rebekka sei eine listige kleine Kröte, gegen die sie stets ein gewisses Mißtrauen gehegt habe, und was Rawdon Crawley betreffe, so hätte sie nie die Vorliebe seiner Tante für ihn begreifen können; sie, Mrs. Bute, habe ihn immer für verworfen, verloren und gottverlassen gehalten. Sein schreckliches Verhalten jetzt würde wenigstens das eine Gute haben, meinte Mrs. Bute, daß es der armen lieben Miss Crawley die Augen öffne über den wahren Charakter dieses schlechten Menschen. Dann genoß Mrs. Bute schönen heißen Toast und Tee, und da im Haus nunmehr ein Zimmer frei war, brauchte sie nicht im „Gloster“-Kaffeehaus zu bleiben, wo die Postkutsche aus Portsmouth sie abgesetzt hatte. Ihre Koffer ließ sie durch Mr. Bowls' Adjutanten, den Diener, von dort abholen.

Wie man weiß, pflegte Miss Crawley erst gegen Mittag ihr Zimmer zu verlassen. Morgens trank sie ihre Schokolade im Bett, während Becky Sharp ihr die Zeitung vorlas oder sie mit allerlei anderem Zeitvertreib unterhielt. Die Verschwörer unten einigten sich darauf, daß sie die Gefühle der teuren Dame schonen wollten, bis sie im Wohnzimmer erschiene. Inzwischen meldete man ihr, daß Mrs. Bute Crawley von Hampshire mit der Post hereingekommen sei, daß sie im „Gloster“ wohnen wolle, daß sie Miss Crawley viele Grüße schicke und mit Miss Briggs frühstücken möchte. Zu anderer Zeit hätte die Ankunft von Mrs. Bute Miss Crawley kaum besonderes Vergnügen bereitet; jetzt aber wurde sie mit Freuden begrüßt, denn Miss Crawley war entzückt von der Aussicht auf das Plauderstündchen mit ihrer Schwägerin, in dem sie über Lady Crawleys Ableben, die bevorstehenden Begräbnisfeierlichkeiten und Sir Pitts plötzlichen Antrag klatschen würden.

Erst als die Begrüßung mit den Umarmungen und den ersten Fragen vorüber war und die alte Dame im Wohnzimmer gemütlich in ihrem gewohnten Lehnstuhl saß, hielten die Verschwörer es für angemessen, sie der Operation zu unterziehen. Wer hat nicht schon die Kunstgriffe und zarten Andeutungen bewundert, mit denen Frauen ihre Freunde auf schlechte Nachrichten „vorbereiten"? Miss Crawleys zwei Freundinnen hüllten sich so in Geheimnis, ehe sie ihr die Neuigkeit mitteilten, daß sie die alte Dame in einen Zustand höchster Beunruhigung und Ungewißheit versetzten.

„Sie hat Sir Pitt bloß darum abgewiesen – meine liebe, liebe Miss Crawley, fassen Sie sich – weil – weil sie nicht anders konnte", erklärte ihr Mrs. Bute.

„Natürlich lag da ein Grund vor", erwiderte Miss Crawley. „Sie liebt jemand anderen. Das habe ich der Briggs schon gestern gesagt."

„Liebt jemand anderen!" Der Briggs blieb die Luft weg. „Oh, teure Freundin, sie ist ja schon verheiratet!"

„Schon verheiratet!" fiel Mrs. Bute ein; händeringend saßen sie da und blickten abwechselnd sich und ihr Opfer an.

„Schicken Sie sie sofort zu mir, wenn sie zurückkommt, die schlaue kleine Hexe. Wie hat sie nur wagen können, es mir nicht zu erzählen?" rief Miss Crawley aus.

„Sie kommt nicht so bald zurück. Richten Sie sich darauf ein, liebe Freundin – sie ist auf lange Zeit weggegangen. Sie ist – sie ist überhaupt für immer fort!"

„Heiliger Himmel! Wer soll mir dann meine Schokolade machen? Schicken Sie zu ihr und holen Sie sie zurück, ich will, daß sie zurückkommt!" forderte die alte Dame.

„Sie ist gestern abend ausgerissen!" schrie Mrs. Bute.

„Mir hat sie einen Brief dagelassen", rief die Briggs. „Sie ist verheiratet mit . . ."

„Um Himmels willen! Bereiten Sie sie doch erst vor! Foltern Sie sie nicht, liebe Miss Briggs!"

„Mit wem verheiratet?" schrie die alte Jungfer außer sich vor Wut.

„Mit – mit einem Verwandten von –"

„Sie hat Sir Pitt abgewiesen", rief das Opfer. „Sprechen Sie, los! Machen Sie mich nicht wahnsinnig!"

„O Madame – bereiten Sie sie vor, Miss Briggs! – Sie ist mit Rawdon Crawley verheiratet!"

„Rawdon verheiratet – Rebekka – die Gouvernante – niemand – raus aus meinem Haus, Sie Dummkopf, Sie Idiot – Sie dumme alte Briggs – wie können Sie es wagen? Du steckst da mit dahinter, Martha – du hast ihn zu der Heirat gebracht, weil du glaubst, ich würde ihm dann mein Geld nicht hinterlassen – gib das zu, Martha!" kreischte die arme alte Dame hysterisch.

„Ich soll ein Mitglied unserer Familie veranlaßt haben, die Tochter eines Zeichenlehrers zu heiraten?"

„Ihre Mutter war eine Montmorency", rief die alte Dame und riß mit aller Macht an der Klingelschnur.

„Ihre Mutter war eine Balletteuse, und sie selbst war auch bei der Bühne oder noch etwas Schlimmeres", entgegnete Mrs. Bute.

Miss Crawley stieß noch einen Schrei aus und fiel dann in Ohnmacht. Man mußte sie in das Zimmer zurücktragen, das sie gerade verlassen hatte. Ein hysterischer Anfall folgte dem anderen. Der Arzt wurde geholt, der Apotheker kam. Mrs. Bute nahm die Stelle der Krankenpflegerin an ihrem Bett ein. „Es ziemt sich für ihre Verwandten, daß sie jetzt um sie sind", erklärte diese liebenswürdige Frau.

Kaum war Miss Crawley wieder in ihr Zimmer gebracht worden, als ein neuer Gast eintraf, dem man die Neuigkeit ebenfalls mitteilen mußte. Es war Sir Pitt. „Wo ist Becky?" fragte er beim Hereinkommen. „Wo ist ihr Gepäck? Sie kommt mit mir mit nach Queen's Crawley."

„Haben Sie denn noch nicht die erstaunliche Neuigkeit gehört über ihre heimliche Verbindung?" fragte die Briggs.

„Was geht mich das an?" versetzte Sir Pitt. „Ich weiß, daß sie verheiratet ist. Das hat nichts zu bedeuten. Sagen Sie ihr, sie soll sofort herunterkommen und mich nicht warten lassen."

„Wissen Sie denn nicht, Sir", fragte Miss Briggs, „daß sie unser Haus verlassen hat, sehr zum Entsetzen von Miss Crawley? Beinahe hat sie der Schlag gerührt, als sie von Hauptmann Crawleys Heirat mit Becky Sharp erfuhr."

Als Sir Pitt hörte, daß Rebekka mit seinem Sohn verheiratet sei, bekam er einen solchen Wutanfall, daß sich seine Reden hier nicht wiederholen lassen. Auch die arme Briggs zog sich schaudernd zurück. Und mit ihr schließen wir die Tür hinter der Gestalt dieses fast wahnsinnigen alten Mannes, der ganz wild vor Haß und toll vor vereiteltem Verlangen war.

Am Tage nach seiner Ankunft in Queen's Crawley stürzte er sich wie ein Verrückter in das Zimmer, das sie dort benutzt hatte. Mit dem Fuß stieß er ihre Koffer auf und schleuderte

Papiere, Kleider, alles umher. Etwas davon nahm sich Miss Horrocks, die Tochter des Butlers. Den Rest zogen die Kinder sich zum Theaterspielen an. Wenige Tage erst waren vergangen, seit die arme Mutter zu ihrer einsamen Grabstätte getragen und unbeweint und unbeachtet zu lauter Fremden in das Gewölbe gelegt worden war.

„Und wenn die alte Dame nun doch nicht weich wird?" meinte Rawdon fragend, als er mit seiner kleinen Frau in ihrer schmucken kleinen Wohnung in Brompton zusammensaß. Den ganzen Vormittag lang hatte sie das neue Klavier ausprobiert. Die neuen Handschuhe paßten ihr wie angegossen. Die neuen Schals standen ihr wunderbar. Die neuen Ringe glitzerten an ihren kleinen Händen, und an ihrem Handgelenk tickte die neue Uhr. „Wenn sie nun nicht nachgibt, was dann, Becky?"

„Ich werde unser Glück schon machen", versicherte sie, und Delila streichelte Samson die Wange.

„Du bringst alles fertig", sagte er und küßte ihr die Hand. „Beim Zeus, du kannst alles. Laß uns zum ‚Stern und Hosenband' fahren und dort zu Abend essen!"

17. Kapitel

Hauptmann Dobbin kauft ein Klavier

Im Getriebe des Jahrmarkts der Eitelkeit gibt es ein ganz besonderes Schauspiel, das Satire und Sentiment gut Arm in Arm besuchen können, wo man auf die seltsamsten Gegenstände stößt, die zum Lachen oder zu Tränen reizen, wo man ebensogut sanft und gefühlvoll wie auch wild und zynisch sein kann. Das sind jene öffentlichen Veranstaltungen, die jeden Tag auf der letzten Seite der Times massenhaft angekündigt werden und denen der verstorbene Mr. George Robins stets mit sehr viel Würde zu präsidieren pflegte. Es wird wohl nur wenige Londoner geben, vermute ich, die so etwas noch nie besucht haben. Wer

Sinn für Moral hat, wird voll Aufregung und mit merkwürdig unruhigem Interesse an den Tag denken, da er an der Reihe sein wird, wenn Herr Hammerschlag auf Befehl oder auf Anweisung des Testamentsvollstreckers die Bibliothek, die Möbel, das Silber, den Kleiderschrank und den ausgewählten Weinkeller des verstorbenen Epikur der Öffentlichkeit zum Kauf anbieten wird.

Auch der selbstsüchtigste Besucher kann sich beim Anblick dieses schmutzigen Teils der Totenfeier für seinen dahingegangenen Freund eines gewissen Mitgefühls und Bedauerns nicht erwehren. Die sterblichen Überreste von Lord Dives ruhen in der Familiengruft, die Bildhauer sind dabei, eine Inschrift auszuhauen, die wahrheitsgetreu seine Tugenden und den Kummer seines Erben, der nun über seinen Besitz verfügt, verewigen wird. Wer kann, ohne zu seufzen, an dem vertrauten Haus vorübergehen, wenn er einmal an Dives' Tafel zu Gast war? Jeden Abend war das wohlbekannte Haus stets so freundlich erleuchtet; seine Tore öffneten sich so bereitwillig; wenn man die bequeme Treppe hinaufging, riefen ehrerbietige Diener den Namen von Absatz zu Absatz hinauf, bis man den Raum erreichte, wo der vergnügte alte Dives seine Gäste empfing. Wie zahlreiche Freunde hatte er doch! In welch vornehmer Art unterhielt er sie bei seinen Abendgesellschaften! Wie lebhaft waren hier die Leute, die draußen so mürrisch waren! Wie liebenswürdig und freundlich waren die Menschen zueinander, die sich anderswo verleumdeten und haßten! Der gute Dives war eingebildet, aber was nahm man bei so einem Koch nicht alles in Kauf? Vielleicht war er auch recht langweilig, aber bei solch einem Wein gewann jede Unterhaltung an Reiz. In seinem Klub jammerten die Leidtragenden: „Von seinem Burgunder müssen wir um jeden Preis etwas bekommen." – „Diese Dose habe ich auf der Versteigerung beim alten Dives erwischt", sagt Pincher und reicht sie herum; „von einer Mätresse Ludwigs XV. – hübsch, nicht wahr? Eine reizende Miniatur." Dann dreht sich die Unterhaltung um den jungen Dives, der sein Vermögen verschleudert. – –

Wie hat sich das Haus doch verändert! Vorn kleben überall Plakate, die in Riesenbuchstaben Einzelheiten über die Einrichtung verkünden. Aus einem Fenster oben hängt ein Teppichfetzen heraus. Auf den schmutzigen Treppen lungern ein halbes Dutzend Gepäckträger herum. In der Halle drängen sich schmierige Gäste mit orientalischen Zügen; sie drücken jedem ihre Karte in die Hand und erklären sich bereit, das Bieten zu übernehmen. Alte Frauen und verliebte Pärchen haben die oberen Räume überschwemmt. Sie befühlen die Bettvorhänge, greifen in die Federbetten, sie probieren die Matratzen aus und schieben die Schubladen auf und zu. Unternehmungslustige junge Hausfrauen messen die Spiegel und Vorhänge aus, um zu sehen, ob sie in ihr neues Heim passen. Mancher Snob wird noch nach Jahren damit prahlen, daß er dies und das aus Dives' Nachlaß gekauft hat! Unten im Speisezimmer sitzt Herr Hammerschlag auf dem großen Mahagonitisch und schwingt den Elfenbeinhammer. Dabei bietet er alle Künste der Beredsamkeit auf, Begeisterung, Bitten, Vernunft, Verzweiflung. Er schreit seine Leute an. Herrn Müller verspottet er wegen seiner Trägheit, Frau Moos feuert er zu Entschlüssen an; er fleht, befiehlt, brüllt, bis der Hammer wie ein Schicksalsschlag herniedersaust und man zur nächsten Nummer übergeht. O Dives, als wir noch an deinem von Silber und fleckenlosem Leinen blinkenden Tisch saßen, wer hätte da wohl gedacht, daß er je solch ein Gericht auf seiner Tafel sehen würde wie diesen schreienden Auktionator?

Man war schon ziemlich weit vorangekommen mit der Versteigerung. Die wunderbare Saloneinrichtung, bestes Fabrikat, war schon weg, den seltenen, berühmten Wein hatten die Käufer mit ihrem wohlbekannten Geschmack ohne Rücksicht auf die Kosten ausgewählt; das reiche, vollständige Familienservice war an den Tagen vorher verkauft worden. Einige der besten Weine, die alle von den Kennern in der Nachbarschaft sehr geschätzt wurden, hatte der Butler unseres Freundes John Osborne vom Russel Square für seinen Herrn erstanden, der sie sehr gut kannte. Einen kleinen Teil der brauchbarsten Gegenstände vom Service hatten einige junge Börsenmakler der City erworben. Als das Publikum nun zum Kauf der kleineren Objekte aufgefordert wurde, traf es sich, daß sich der Redner auf dem Tisch gerade über den Wert eines Gemäldes verbreitete, das er seiner Zuhörerschaft zu empfehlen suchte. Das war aber längst keine so ausgewählte und zahlreiche Gesellschaft mehr, wie sie an den vorangegangenen Tagen die Versteigerung besucht hatte.

„Nr. 369“, schrie Herr Hammerschlag. „Porträt eines Herrn auf einem Elefanten. Wer bietet für den Herrn auf dem Elefanten? Hebe das Bild hoch, Schläger, und laß die Herrschaften das Objekt prüfen!“ Ein großer, blasser, militärisch aussehen-

der Herr, der bescheiden an dem Mahagonitisch saß, konnte sich eines Lächelns nicht enthalten, als das wertvolle Objekt von Herrn Schläger vorgezeigt wurde. „Zeige den Elefanten dem Herrn Hauptmann, Schläger. Was bieten wir für den Elefanten, Sir?“ Aber der Hauptmann wandte unter verlegenem Erröten schnell den Kopf weg.

„Sagen wir zwanzig Pfund für dies Kunstwerk? Oder fünfzehn, fünf – nennen Sie Ihren Preis. Ohne den Elefanten ist der Herr fünf Pfund wert.“

„Ich wundere mich nur, daß das Tier nicht unter ihm zusammengebrochen ist“, meinte ein Spaßvogel, „er wäre jedenfalls schwer genug dazu!“ Darauf entstand ein allgemeines Gelächter im Saal, denn der Elefantenreiter war als ein recht wohlbeleibter Herr dargestellt.

„Versuchen Sie nicht, den Wert dieses Objektes herabzusetzen, Herr Moos“, sagte Herr Hammerschlag; „die Herrschaften sollen es als Kunstwerk prüfen – die Haltung des wakkeren Tieres ist ganz naturgetreu, der Herr in der Nankingjacke mit dem Gewehr in der Hand begibt sich auf die Jagd, im Hintergrund sind ein heiliger Feigenbaum und eine Pagode zu sehen, höchstwahrscheinlich die Abbildung einer interessanten Lokalität in unseren berühmten ostindischen Besitzungen. Wieviel für dies Objekt? Los, meine Herren, lassen Sie mich nicht den ganzen Tag hier warten.“

Irgend jemand bot fünf Schilling, worauf der militärisch aussehende Herr in die Richtung blickte, aus der dieses glänzende Angebot gekommen war. Da sah er einen anderen Offizier mit

einer jungen Dame am Arm, die offenbar beide von dieser Szene höchst belustigt waren. Ihnen wurde schließlich das Objekt um ein halbes Pfund zugeschlagen. Als der Herr am Tisch das Paar erblickte, sah er noch überraschter und verlegener aus als zuvor. Er versteckte sich hinter seinem militärischen Kragen und wandte den beiden den Rücken zu, als wenn er ihnen unbedingt aus dem Wege gehen wollte.

Von all den anderen Dingen, die Herr Hammerschlag die Ehre hatte dem Publikum an diesem Tag anzubieten, braucht hier nur ein einziges erwähnt zu werden, ein kleines Tafelklavier, das aus den oberen Regionen des Hauses stammte (der große Flügel war schon vorher veräußert worden). Die junge Dame probierte es mit schneller, geschickter Hand (wobei der Offizier wiederum errötete und zusammenfuhr). Als es dann an der Reihe war, begann ihr Agent zu bieten.

Aber da erstand ihnen ein Gegner. Der jüdische Adjutant im Dienst des Offiziers am Tisch bot gegen den jüdischen Herrn, den die Elefantenkäufer engagiert hatten. Um das kleine Klavier entstand ein lebhafter Streit. Herr Hammerschlag ließ es nicht an anfeuernden Aufmunterungen für die Kämpfer fehlen.

Als das Scharmützel eine Zeitlang gedauert hatte, gaben der Elefanten-Hauptmann und seine Dame das Rennen auf. Der Hammer fiel, und der Auktionator sagte: „Mr. Lewis, fünfundzwanzig." So wurde Mr. Lewis' Auftraggeber Besitzer des kleinen Tafelklaviers. Als der Kauf erledigt war, richtete er sich wie erleichtert auf. Da erblickten die weniger glücklichen Konkurrenten ihn, und die Dame sagte zu ihrem Freund: „Schau, Rawdon, das ist ja Hauptmann Dobbin!"

Ich vermute, daß Becky mit dem neuen Klavier, das ihr Mann für sie gemietet hatte, nicht zufrieden war oder daß der Besitzer das Instrument wieder weggeholt hatte, weil er nicht länger Kredit gewähren wollte; vielleicht hatte Becky auch eine besondere Vorliebe für dieses Klavier, das sie zu erwerben versucht hatte, erinnerte es sie doch an alte Zeiten, als sie in dem kleinen Wohnzimmer unserer lieben Amelia Sedley darauf gespielt hatte.

Die Versteigerung fand in dem alten Haus am Russel Square statt, wo wir zu Beginn unserer Geschichte einige Abende zusammen verbrachten. Der gute alte John Sedley war ruiniert. Auf der Börse war er für zahlungsunfähig erklärt worden; Konkurs und geschäftliches Ende folgten. Mr. Osbornes Butler kam, um etwas von dem berühmten Portwein zu kaufen und ihn in den Keller gegenüber zu bringen. Drei junge Börsenmakler, die Herren Dale, Spiggot und Dale aus der Threadneedle Street, die mit dem alten Mann in Geschäftsverkehr gestanden und von ihm Gefälligkeiten erfahren hatten zu einer Zeit, als er noch gegen alle seine Geschäftsfreunde gefällig war, hatten ein Dutzend gut gearbeitete silberne Löffel und Gabeln und ein Dutzend Dessertbestecke gekauft und diese kleinen Splitter von dem Wrack mit vielen Grüßen der guten Mrs. Sedley geschickt. Und da das Klavier Amelia gehört hatte und ihr jetzt vielleicht fehlen würde und da der Hauptmann William Dobbin ebensowenig Klavier spielen konnte wie seiltanzen, ist wohl anzunehmen, daß er das Instrument nicht zu eigenem Gebrauch gekauft hatte.

Kurz und gut, es traf an diesem Abend in einem wunderhübschen Häuschen in einer Straße ein, die von Fulham Road abgeht, einer jener Straßen, die die schönsten romantischen Namen haben. Diese hier hieß St. Adelaide Villen, Anna-Maria Road, West. Die Häuser sehen hier alle wie Spielzeughäuschen aus. Wenn die Leute im ersten Stock zum Fenster hinausschauen, hat man unbedingt den Eindruck, ihre Füße müßten unten im Wohnzimmer ruhen. Die Büsche in den kleinen Vorgärten verlieren nie ihren ewigen Schmuck aus Kinderschürzen, roten Söckchen, Mützen und so weiter (Polyandria polygynia). Von drinnen ertönt klimperndes Spinettspiel und Gesang von Frauenstimmen. Auf dem Geländer sonnen sich kleine Bierkrüge. Abends wanken müde Angestellte aus der City nach Hause. Hier wohnte auch Mr. Clapp, Mr. Sedleys Buchhalter, und in diesem Asyl barg der gute alte Herr zusammen mit Frau und Tochter sein Haupt, als der große Krach kam.

Joseph Sedley hatte sich so verhalten, wie es von einem Mann seines Charakters zu erwarten stand. Als ihn die Nachricht von dem Familienunglück erreichte, kam er nicht nach London, sondern schrieb seiner Mutter, sie könne von seiner Bank soviel abheben, wie sie brauche. So waren seine guten gebrochenen Eltern wenigstens für den Augenblick der Furcht vor der Armut enthoben. Als das erledigt war, lebte Joseph in der Pension ganz so weiter wie zuvor. Er fuhr in seinem Einspänner, trank seinen Rotwein, spielte seine Partie Whist, erzählte seine Geschichten aus Indien, und die irische Witwe tröstete und umschmeichelte ihn wie gewöhnlich. So dringend sie sein Geldgeschenk auch brauchten, es machte doch keinen Eindruck auf seine Eltern. Amelia soll gesagt haben, daß sie ihren Vater nach der Katastrophe sich das erste Mal wieder aufrichten sah, als ein Paket mit Gabeln und Löffeln und den Grüßen der jungen Makler ankam. Da brach er wie ein Kind in Tränen aus. Es machte auf ihn noch mehr Eindruck als auf seine Frau, für die die Gabe eigentlich bestimmt war. Edward Dale, der Junior des Hauses, der die Löffel für die Firma gekauft hatte, war heimlich in Amelia verliebt und machte ihr trotz allem einen Antrag. 1820 heiratete er dann Miss Louisa Cutts, von der Firma Higham und Cutts, den bekannten Kornhändlern, die ihm ein hübsches Vermögen in die Ehe brachte. Jetzt lebt er glanzvoll mit seiner zahlreichen Familie in seiner eleganten Villa in Muswell Hill. Aber die Erinnerung an diesen guten Jungen soll uns nicht von unserer Haupterzählung ablenken.

Der Leser hat hoffentlich eine viel zu gute Meinung von Hauptmann Crawley und seiner Frau, als daß er annehmen wollte, sie könnten je daran gedacht haben, einer so entfernten Gegend wie Bloomsbury einen Besuch abzustatten, vor allem wenn man bedenkt, daß die Familie, der sie die Ehre ihres Besuchs erweisen würden, nicht nur ohne gesellschaftliches Ansehen, sondern auch ohne Geld dastand und ihnen in keiner Weise nützlich sein konnte. Rebekka war höchst überrascht, als sie das gemütliche alte Haus, in dem sie so freundlich aufgenommen worden war, nun von Maklern und Händlern geplündert und seine stillen Familienschätze öffentlicher Entweihung und Beutegier preisgegeben sah. Einen Monat nach ihrer Flucht hatte sie sich an Amelia erinnert, und Rawdon hatte sich mit rauhem Gelächter bereit erklärt, den jungen George Osborne wiederzusehen. „Das war doch eine sehr nette Bekanntschaft, Becky", fügte der Spaßvogel hinzu. „Ich würde ihm gern noch ein Pferd verkaufen. Auch würde ich gern wieder ein paar Partien Billard mit ihm spielen. Er könnte uns jetzt sehr nützlich sein, möchte ich meinen, haha!" Diesen Worten darf man aber nicht entnehmen, daß Rawdon Crawley Mr. Osborne beim Spiel direkt zu betrügen beabsichtigte – er wollte nur seine Überlegenheit ihm gegenüber ausnützen, und dazu hält sich fast jeder sportliche Herr auf dem Jahrmarkt der Eitelkeit für berechtigt.

Die alte Tante brauchte recht lange, bis sie „weich" wurde. Schon war ein Monat verflossen. Rawdon wurde an der Tür von Mr. Bowls zurückgewiesen. Seine Diener wurden nicht mehr in das Haus am Park Lane eingelassen. Seine Briefe kamen uneröffnet zurück. Miss Crawley rührte sich nie aus dem Haus, es ging ihr nicht gut, und Mrs. Bute blieb immer noch da und ließ sie nie allein. Sowohl Crawley wie seine Frau fürchteten Übles von diesem verlängerten Besuch.

„Himmel, ich fange an zu begreifen, warum sie uns in Queen's Crawley dauernd zusammenbrachte", sagte Rawdon.

„Was für eine schlaue Person!" rief Rebekka aus.

„Nun, ich bedauere es jedenfalls nicht, wenn du es nicht tust!" erklärte der Hauptmann, der immer noch sterblich in seine Frau verliebt war. Als Antwort belohnte sie ihn mit einem Kuß. Sie war in der Tat nicht wenig befriedigt von dem großherzigen Vertrauen ihres Mannes.

Wenn er nur ein bißchen mehr Verstand hätte, dachte sie, dann könnte ich aus ihm noch etwas machen. Aber nie ließ sie ihn merken, wie sie ihn beurteilte. Sie hörte seinen Stall- und Kasinogeschichten mit nie ermüdendem Eifer zu, lachte über seine Scherze, nahm lebhaften Anteil an Jack Spatterdash, dessen Wagenpferd gestürzt war, an Bob Martingale, der in einer Spielhölle erwischt worden war, und an Tom Cinqbars, der das Querfeldeinrennen mitreiten würde. Wenn er nach Hause kam, war sie munter und glücklich; wenn er ausging, drängte sie ihn, er solle ruhig gehen; wenn er zu Hause blieb, spielte und sang sie ihm vor, bereitete ihm gute Getränke, überwachte sein Abendessen, wärmte ihm die Hausschuhe und überhäufte ihn mit Behaglichkeit. Die besten aller Frauen – so sagte meine Großmutter einmal – sind Heuchlerinnen. Wir wissen nicht, wieviel sie vor uns verbergen, wie genau sie beobachten, wenn sie ganz harmlos und zutraulich zu sein scheinen. Wie oft ist das freimütige Lächeln, das sie so häufig zeigen, nur eine Falle, um dem Mann zu schmeicheln, um ihm auszuweichen oder ihn zu entwaffnen. Ich meine hier nicht die eigentlichen Kokotten, sondern die vorbildlichen Hausfrauen und Muster weiblicher Tugend. Wer hat nicht schon gesehen, wie eine Frau ihren dummen Ehemann nicht merken läßt, wie langweilig er ist, oder wie sie den Zorn eines wilden Mannes umschmeichelt? Wir nehmen diese liebenswürdige Unterwürfigkeit hin und preisen eine Frau deswegen. Diese niedliche Betrügerei nennen wir Wahrheit. Eine gute Hausfrau ist notwendigerweise eine Schwindlerin, und Cornelias Mann wurde ebenso hintergangen wie Potiphar, nur in anderer Weise.

Durch solche Aufmerksamkeiten war der alte Lüstling Rawdon Crawley in einen sehr glücklichen, ergebenen Ehegatten verwandelt worden. Seine Gefährten von früher sahen ihn nicht mehr. Sie fragten ein paarmal im Klub nach ihm, vermißten ihn aber nicht sehr. In diesen Buden des Jahrmarkts der Eitelkeit vermissen die Leute einander selten. Seine häusliche, immer lächelnde, stets heitere Frau, die behagliche Wohnung, ausgezeichnete Mahlzeiten und gemütliche Abende zu Hause – all das hatte für ihn den Reiz des Neuen und Geheimen. Die Eheschließung war noch nicht bekanntgegeben oder in der *Morning Post* veröffentlicht worden. Wenn seine Gläubiger gewußt hätten, daß er eine Frau ohne Vermögen geheiratet hatte, hätten sie sich allesamt auf ihn gestürzt. „Meine Verwandten werden nicht pfui über mich schreien", meinte Becky mit bitterem Lachen. Sie war es ganz zufrieden abzuwarten, bis die alte Tante sich mit ihnen ausgesöhnt hatte, ehe sie ihren Platz in der Gesellschaft beanspruchte. So lebte sie in Brompton und hatte keinen Verkehr außer den wenigen Kameraden ihres Mannes, die in ihrem kleinen Speisezimmer zugelassen waren. Sie fanden sie alle bezaubernd. Von den kleinen Diners, dem Lachen, dem Plaudern und der Musik hinterher waren alle entzückt, die an diesen Abenden teilnahmen. Major Martingale dachte nie daran, nach der Heiratserlaubnis zu fragen. Hauptmann Cinqbars war von ihrer Geschicklichkeit in der Punschzubereitung hell begeistert. Und der junge Leutnant Spatterdash – der gern Whist spielte und den Crawley häufig einlud – war Mrs. Crawley sichtlich verfallen. Aber ihre Umsicht und Zurückhaltung verließen sie keinen Augenblick. Außerdem war Crawleys Ruf als wilder, eifersüchtiger Krieger seiner kleinen Frau ein sicherer Schutz.

Es gibt in London angesehene Herren aus sehr guter Familie, die noch nie den Salon einer Dame betreten haben. So kam es, daß zwar auf dem Lande, wo Mrs. Bute natürlich die Nachricht verbreitet hatte, über Rawdon Crawleys Heirat geredet wurde, daß man sie in London aber in Zweifel zog oder nicht beachtete, jedenfalls überhaupt nicht darüber sprach. So lebte er bequem auf Kredit. Er hatte ein großes Kapital von Schulden, das, weise angelegt, einen Mann viele Jahre lang ernähren kann. Manche Leute in London bringen es fertig, auf diese Art hundertmal besser zu leben als andere mit viel Bargeld. Wer kann, wenn er durch die Straßen der Stadt schlendert, nicht ein halbes Dutzend Leute finden, die in glänzender Aufmachung an ihm vorbeireiten, während er zu Fuß geht, die in jeder eleganten Gesellschaft gesucht sind, die die Kaufleute mit tiefen Verbeugungen an den Wagen geleiten, die sich nichts zu versagen brauchen – und die wer weiß wovon leben? Da sehen wir Hans Reichlich im Park herumstolzieren oder im Wagen Pall Mall heruntersausen, wir essen seine auf wunderbarem Silbergeschirr servierten Diners. „Wie hat er das nur angefangen?" fragen wir. – „Mein lieber Mann", hörte ich einmal jemanden sagen, „ich habe in jeder Hauptstadt Europas Schulden." Eines Tages muß das Ende kommen, aber inzwischen geht es ihm glänzend; man schüttelt ihm gern die Hand, keiner beachtet die dunklen kleinen Geschichten, die man hin und wieder von ihm flüsternd erzählt; alle erklären ihn für einen sorglosen, lustigen, gutmütigen Burschen.

Die Wahrheit zwingt uns zu bekennen, daß Rebekka solch einen Mann geheiratet hatte. Alles war in seinem Haus reichlich vorhanden außer Geld. Diesen Mangel verspürte der Haushalt recht bald. Als Rawdon eines Tages die Armeezeitung las, stieß er auf die Ankündigung: „Leutnant G. Osborne wird durch Kauf Hauptmann, an Stelle von Smith, der in ein anderes Regiment überwechselt.“ Da machte er jene Bemerkung über Amelias Verlobten, die zu dem Besuch am Russel Square führte.

Als Rawdon und seine Frau bei der Versteigerung mit Hauptmann Dobbin sprechen wollten, um Einzelheiten über das Unglück zu hören, das Rebekkas alte Freunde betroffen hatte, war der Hauptmann verschwunden. So konnten sie nur einiges von den Trägern oder Maklern dort erfahren.

„Sieh nur, wie sie mit ihren krummen Nasen dastehen“, sagte Becky, als sie mit dem Bild unter dem Arm in bester Laune in den Wagen stieg; „wie Geier nach einer Schlacht.“

„Weiß ich nicht. War nie vor dem Feind, mein Liebes. Frag Martingale, der war in Spanien Adjutant bei General Blazes.“

„Mr. Sedley war ein sehr freundlicher alter Herr“, sagte Rebekka sinnend. „Es tut mir wirklich leid, daß es mit ihm schiefgegangen ist.“

„Oh, Börsenmakler sind Bankrotteure, die sind daran gewöhnt, weißt du“, erwiderte Rawdon und schlug mit der Peitsche nach einer Fliege am Ohr des Pferdes.

„Ach, Rawdon, ich wünschte, wir hätten uns etwas von dem Silber leisten können!“ seufzte die kleine Frau. „Fünfundzwanzig Pfund war ungeheuer viel für das kleine Klavier. Wir hatten es bei Broadwood gekauft, als Amelia aus der Schule kam. Damals kostete es nur fünfunddreißig.“

„Der – wie heißt er doch gleich? . . . der Osborne wird jetzt wohl die Verlobung auflösen, nachdem die Familie pleite ist? Deine niedliche Freundin wird da wohl recht betrübt sein, was meinst du, Becky?“

„Ach, sie wird sich schon bald wieder trösten“, lächelte Becky – und sie fuhren weiter und sprachen von etwas anderem.

18. Kapitel

Wer spielte auf dem Klavier, das Hauptmann Dobbin gekauft hatte?

bgleich es allseitig überraschen mag, berührt unsere Erzählung nun einen Augenblick lang den Rand der Weltgeschichte, indem sie es mit sehr berühmten Persönlichkeiten und Ereignissen zu tun bekommt. Die Adler Napoleon Bonapartes, des korsischen Emporkömmlings, hatten sich nach kurzem Aufenthalt in Elba in der Provence niedergelassen, um dann von einem Kirchturm zum anderen zu fliegen, bis sie die Türme von Notre Dame erreichten. Ob die kaiserlichen Vögel dabei wohl noch einen Blick übrig hatten für jenen kleinen Winkel des Kirchspiels von Bloomsbury in London, den man für so ruhig halten möchte, daß selbst das Schwirren und Flattern dieser mächtigen Schwingen unbemerkt daran vorüberziehen würde?

„Napoleon ist in Cannes gelandet." Solch eine Nachricht konnte wohl in Wien eine Panik hervorrufen und Rußland veranlassen, seine Karten unversehens aufzudecken; Preußen konnte dadurch in die Ecke gedrängt werden, und Talleyrand und Metternich mochten deswegen die Köpfe zusammenstecken, während Fürst Hardenberg und sogar der jetzige Marquis von Londonderry völlig verblüfft waren. Aber wie sollte diese Neuigkeit auf eine junge Dame am Russel Square Eindruck machen, vor deren Tür der Nachtwächter die Stunden blies, während sie schlief? Wenn sie auf dem Platz spazierenging, war sie durch das Geländer und durch den Kirchendiener geschützt. Wenn sie nur bis Southampton Row ging, um Band einzukaufen, folgte ihr schon der schwarze Sambo mit einem riesigen Stock. Sie wurde stets umsorgt, gut gekleidet, zu Bett gebracht und von vielen, vielen Schutzengeln mit und ohne Lohn behütet. Bon Dieu, sage ich, ist es nicht schlimm, daß der verhängnisvolle Sturm des großen Kaiserkampfes nicht vor sich gehen kann, ohne daß ein armes, kleines, unschuldiges Mädchen von achtzehn Jahren da hineingerissen wird, das an nichts anderes denkt als an Girren und Schnäbeln und in ihrem Heim am Russel Square nur Musselinkragen stickt? Auch du, freundliches, bescheidenes Blümchen? Soll der rasende Kriegssturm auch dich hinwegfegen, obgleich du dich unter Holbornes Schutz stellst? Ja, Napoleon tut seinen letzten Wurf, und das Glück der armen kleinen Amy Sedley ist irgendwie damit verbunden.

Zunächst wurde durch diese verhängnisvolle Nachricht das Vermögen ihres Vaters hinweggefegt. Alles war dem unglücklichen alten Herrn in letzter Zeit mißglückt. Unternehmungen waren schiefgegangen, Geschäftsleute waren zusammengebrochen, Staatspapiere waren gestiegen, wenn er darauf rechnete, daß sie fallen würden. Was braucht es da noch Einzelheiten? Wenn der Erfolg selten wird und auf sich warten läßt, steht der Ruin, wie jeder weiß, vor der Tür. Der alte Sedley hatte sein trauriges Geheimnis für sich behalten. In dem ruhigen, wohlhabenden Hause schien alles seinen gewohnten Gang zu gehen. Die gutmütige Herrin ging ahnungslos ihrem geschäftigen Müßiggang und ihren leichten täglichen Pflichten nach. Die Tochter war ganz in ihre eigenen zärtlichen Gedanken versunken und kümmerte sich um nichts in der ganzen Welt, bis der endgültige Zusammenbruch über die würdige Familie hereinstürzte.

Eines Abends schrieb Mrs. Sedley Einladungen aus. Die Osbornes hatten eine Gesellschaft gegeben, da durfte sie nicht zurückstehen. John Sedley, der sehr spät aus der City heimgekommen war, saß schweigend am Kamin, während seine Frau ihm etwas vorschwatzte. Amelia war traurig und niedergeschlagen in ihr Zimmer hinaufgegangen. „Sie ist nicht glücklich", erzählte die Mutter. „George Osborne vernachlässigt sie. Die Mädchen sind schon drei Wochen lang nicht hier gewesen, und George war zweimal in der Stadt, ohne herzukommen. Edward Dale hat ihn in der Oper gesehen. Edward würde sie gewiß heiraten. Auch Hauptmann Dobbin würde das wollen, glaube ich – nur mag ich Offiziere nicht leiden. Was für ein Stutzer ist George doch geworden! Und wie eingebildet er auf sein militärisches Aussehen ist! Wir müssen gewissen Leuten zeigen, daß wir genauso gut sind wie sie. Man braucht Edward Dale nur ein wenig entgegenzukommen, dann wirst du schon sehen. Wir müssen eine Gesellschaft geben. Warum sprichst du nicht, John? Soll ich sagen Dienstag in vierzehn Tagen? Warum antwortest du nicht? Heiliger Himmel, John, was ist denn geschehen?"

John Sedley sprang vom Stuhl auf, seiner Frau entgegen, die auf ihn zueilte. Er nahm sie in die Arme und sagte hastig: „Wir sind ruiniert, Mary. Wir müssen wieder von vorn anfangen, Liebes. Es ist das beste, du erfährst sofort alles." Während er sprach, zitterte er an allen Gliedern und fiel beinahe um. Er fürchtete, die Nachricht würde seine Frau überwältigen, diese Frau, der er nie ein hartes Wort gesagt hatte. Aber nun war er viel aufgeregter als sie, obwohl es für sie ein so gänzlich unvorhergesehener Schrecken war. Als er auf seinen Stuhl zurücksank, war es seine Frau, die ihn tröstete. Sie nahm seine zitternde Hand, küßte sie und legte sie sich um den Nacken. Sie nannte ihn ihren John, ihren lieben John, ihren alten Mann, ihren guten alten Mann. Hundert unzusammenhängende Worte der Liebe und Zärtlichkeit strömten von ihren Lippen; ihre treue Stimme und die einfachen Liebkosungen taten seinem traurigen Herzen unbeschreiblich wohl und erheiterten und trösteten seine schwer beladene Seele.

Nur einmal während der langen Nacht, als sie beieinander saßen und der arme Sedley sein verschlossenes Gemüt vor ihr auftat und ihr in einer Generalbeichte die Geschichte seiner Verluste und seiner Not berichtete, den Verrat einiger alter Freunde, die männliche Freundlichkeit anderer, von denen er das nie erwartet hatte – nur einmal gab die treue Frau ihren Gefühlen Ausdruck.

„Mein Gott, mein Gott, es wird Emmy das Herz brechen!" jammerte sie.

Der Vater hatte das arme Mädchen ganz vergessen. Sie lag oben wach. Mitten unter Freunden, in ihrem schönen Heim, bei liebevollen Eltern war sie unglücklich und einsam. Wie vielen Menschen kann man alles erzählen? Wer kann offen sein, wo er kein Mitgefühl findet; wer will zu denen sprechen, die kein Verständnis haben? So stand unsere sanfte Amelia ganz allein. Seit sie etwas anzuvertrauen hatte, hatte sie keine Vertraute mehr, wenn man so sagen darf. Der alten Mutter konnte sie ihre Zweifel und Sorgen nicht beichten; die schwesterlichen Freundinnen kamen ihr mit jedem Tag fremder vor. Sie hatte

Ahnungen und Befürchtungen, die sie sich selbst nicht einzugestehen wagte, obwohl sie insgeheim dauernd über sie nachdachte.

Ihr Herz wollte unbedingt daran festhalten, daß George ihrer würdig und ihr treu sei, und doch wußte sie, daß es anders war. Wie vieles hatte sie gesagt, und kein Echo war von ihm zurückgekommen. Wie oft mußte sie dem Verdacht, daß er selbstsüchtig und gleichgültig sei, gegenübertreten und ihn hartnäckig zur Ruhe zwingen! Wem konnte die arme kleine Märtyrerin von diesen täglichen Kämpfen und Qualen erzählen? Ihr Held selbst verstand sie nur halb. Sie wagte nicht, sich einzugestehen, daß der Mann, den sie liebte, ihr unterlegen war, oder dem Gefühl Raum zu geben, daß sie ihr Herz zu schnell verschenkt habe. Da sie es nun einmal verschenkt hatte, war das reine, schüchterne Mädchen zu bescheiden, zu zärtlich, zu vertrauensvoll, zu schwach, zu sehr Frau, um es wieder zurückzufordern. Wir gehen wie die Türken mit den Gefühlen unserer Frauen um und haben sogar sie selbst gezwungen, diese Lehre anzunehmen. Ihrem Körper geben wir wohl Freiheit genug, sich hinter Lächeln und Löckchen und rosa Hauben zu verbergen statt hinter Schleiern. Ihre Seele aber darf nur ein einziger Mann sehen. Sie gehorchen nicht unwillig und bleiben als unsere Sklaven zu Hause, bedienen uns und placken sich für uns.

In dieser qualvollen Gefangenschaft befand sich das arme Herzchen, als im Monat März anno Domini 1815 Napoleon in Cannes landete und Ludwig XVIII. die Flucht ergriff, als Europa in Schrecken versetzt wurde, als die Staatspapiere fielen und der alte John Sedley ruiniert war.

Wir wollen dem würdigen alten Börsenmakler nicht durch die letzten Kämpfe und Qualen des Ruins folgen, die er vor seinem Ende als Geschäftsmann durchmachen mußte. Sein Name wurde an der Börse angeschlagen; er kam nicht mehr in sein Büro, seine Wechsel gingen zu Protest, und sein Bankrott wurde öffentlich erklärt. Das Haus am Russel Square wurde mitsamt der Einrichtung beschlagnahmt und versteigert. Er und seine Familie wurden hinausgeworfen, wie wir erfahren haben. Nun mochten sie sehen, wohin sie ihr Haupt betten konnten.

John Sedley brachte es nicht übers Herz, die Dienerschaft, die ab und zu auf diesen Seiten aufgetreten ist, noch einmal vor sich kommen zu lassen, nun, da er durch die Armut gezwungen war, sich von ihnen zu trennen. Diese würdigen Leute erhielten ihren Lohn mit jener Pünktlichkeit, wie sie sich oft bei Menschen findet, die nur große Summen schulden. Es tat ihnen leid, ihre gute Stellung zu verlieren, aber es brach ihnen nicht das Herz, daß sie von ihrem verehrten alten Herrn scheiden mußten. Amelias Jungfer floß über von Beileidsbezeigungen, aber dann zog sie gefaßt ab, um sich in einem eleganteren Stadtviertel zu verbessern. Wie viele andere seines Berufs beschloß auch Sambo, ein Wirtshaus aufzumachen. Nur die ehrliche alte Mrs. Blenkinsop, die schon bei Josefs und Amelias Geburt dagewesen war und John Sedleys Brautzeit miterlebt hatte, wollte unbedingt ohne Lohn bei ihnen bleiben. Hatte sie sich während ihrer Dienstzeit doch eine beträchtliche Summe erspart. So konnte sie nun ihre unglückliche Herrschaft an ihren neuen bescheidenen Zufluchtsort begleiten, wo sie sie noch eine Zeitlang pflegte und mit ihnen schimpfte.

Für den alten Sedley folgten viele Besprechungen mit seinen Gläubigern, die die Gefühle des gedemütigten alten Herrn so schwer verletzten, daß er in sechs Wochen mehr alterte als vorher in fünfzehn Jahren. Der entschiedenste und hartnäckigste aller seiner Gegner schien sein alter Freund und Nachbar John Osborne zu sein, dem er die ersten Wege geebnet hatte, der ihm hundertfachen Dank schuldete und dessen Sohn Sedleys Tochter heiraten sollte. Jeder einzelne dieser Umstände würde schon genügen, um die Bitterkeit von Osbornes Gegnerschaft zu erklären.

Wenn ein Mensch einem anderen, mit dem er sich streitet, sehr verpflichtet ist, macht ein gewisses Gefühl für Anstand ihn zu einem viel schlimmeren Feind, als er es einem Fremden gegenüber wäre. Um in solch einem Fall die eigene Hartherzigkeit und Undankbarkeit zu rechtfertigen, ist man einfach gezwungen, dem anderen seine Verbrechen nachzurechnen. Nicht man selbst ist egoistisch, brutal und verärgert über eine gescheiterte Unternehmung, nein – der Geschäftspartner hat einen durch gemeinen Verrat und aus düstersten Gründen dahin gebracht. Einfach aus dem Gefühl für konsequentes Handeln heraus muß der Kläger aufzeigen, daß der Gescheiterte ein Schuft ist, sonst wäre ja er selbst, der Kläger, der Missetäter.

Es gibt eine allgemeine Regel, die alle gestrengen Gläubiger beruhigen kann: wahrscheinlich kann kein Mensch, der in Verlegenheit geraten ist, ganz ehrlich sein. Etwas verheimlicht er stets; er übertreibt seine Glückschancen; er verbirgt die wahre Sachlage; er behauptet, die Geschäfte blühten, wenn sie ganz hoffnungslos stehen; selbst am Rande des Bankrotts bewahrt er noch ein lächelndes Gesicht – wenn auch ein verzweifelt lächelndes; er ist bereit, jeden Vorwand zu einem Aufschub zu benutzen oder jedes Geld anzunehmen, um den unvermeidlichen Zusammenbruch noch für ein paar Tage aufzuhalten. „Nieder mit solcher Unehrlichkeit!" ruft der Gläubiger triumphierend und schmäht seinen sinkenden Feind. „Du Narr, warum klammerst du dich an einen Strohhalm?" sagt der ruhige Verstand zu dem Ertrinkenden. „Du Schuft, warum scheust du dich vor der unvermeidlichen Bankrotterklärung in der Zeitung?" sagt der Reichtum zu dem armen Teufel, der sich in diesem schwarzen Sumpf abmüht. Wer hat noch nicht bemerkt, wie die besten Freunde und ehrlichsten Leute sofort bereit sind, jeden des Betruges zu verdächtigen und anzuklagen, sobald seine Geldgeschäfte mißglücken? Jeder tut das. Und er tut recht daran, vermute ich; die Welt ist eben schlecht.

Außerdem wirkte auf Osborne das unerträgliche Gefühl, früher von Sedley Wohltaten empfangen zu haben, anstachelnd und aufreizend. So etwas vertieft ja immer die Feindseligkeit. Schließlich mußte er auch die Verbindung zwischen Sedleys Tochter und seinem Sohn abbrechen. Da diese Verbindung aber schon sehr weit fortgeschritten war und das Glück, vielleicht sogar der Ruf des armen Mädchens kompromittiert wurden, mußten für den Bruch ganz unbedingt zwingende Gründe angeführt werden. Für John Osborne hieß das: beweisen, daß John Sedley wirklich ein ganz schlechter Mensch war.

Bei den Zusammenkünften der Gläubiger gebärdete er sich infolgedessen mit so wilder Verachtung gegen Sedley, daß es ihm fast gelang, dem elenden bankrotten Mann das Herz zu brechen. Gegen Georges Verkehr mit Amelia legte er sofort ein Veto ein; er drohte dem Jüngling mit seinem Fluch, falls er dem Befehl zuwiderhandele, und schmähte das arme unschuldige Mädchen als eine ganz gemeine und gerissene Dirne. Eine der Hauptvoraussetzungen für Zorn und Haß ist es ja, daß man Lügen gegen den Verhaßten ausstreut und sie auch glaubt, damit man, wie wir sagten, konsequent bleibt.

Als der große Krach kam, die Ankündigung des Ruins, der Auszug von Russel Square, die Erklärung, daß zwischen ihr und George alles aus sei, alles zu Ende für sie mit der Liebe, mit dem Glück, mit dem Glauben an die Welt – ein brutaler Brief von John Osborne erklärte ihr in wenigen knappen Zeilen, daß ihres Vaters Verhalten jede Verbindung zwischen den beiden Familien unmöglich gemacht habe –, als die letzte Entscheidung kam, wurde Amelia nicht so schwer getroffen, wie die Eltern oder vielmehr ihre Mutter erwarteten (denn John Sedley war unter den Trümmern seiner eigenen Geschäfte und seiner zerschmetterten Ehre selbst völlig zusammengebrochen). Amelia nahm die Nachricht sehr bleich, aber gefaßt auf. Sie bestätigte nur ihre lang gehegten düsteren Vorahnungen. Sie bedeutete nur die Verlesung des Urteils für das Vergehen, dessen sie sich vor langer Zeit schuldig gemacht hatte – des Vergehens, falsch zu lieben, zu sehr zu lieben gegen alle Vernunft. Von ihren Gedanken verriet sie jetzt ebensowenig wie früher. Sie schien nun, da es klar war, daß alle Hoffnung für sie vorüber war, kaum unglücklicher als zuvor, da sie es fühlte, aber sich nicht einzugestehen wagte. So zog sie, ohne irgendwelches Aufheben zu machen, aus dem großen Haus in das kleine. Meistens blieb sie in ihrem Zimmerchen, härmte sich im stillen und wurde von Tag zu Tag weniger. Ich will nicht behaupten, daß alle weiblichen Wesen so sind. Von Ihnen, meine liebe Miss Bullock, würde ich nicht annehmen, daß man Ihnen das Herz auf diese Weise brechen könnte. Sie sind ein verständiges junges Frauenzimmer mit gesunden Grundsätzen. Ich wage auch nicht zu behaupten, daß mir das Herz so brechen würde; es hat es überstanden. Es gibt aber Seelen, die von so sanfter, feiner Natur, die so zart, schwach und zerbrechlich sind.

Wenn der alte John Sedley an die Affäre zwischen George und Amelia dachte oder darauf anspielte, geschah es mit einer Bitterkeit, die der des alten Osborne fast gleichkam. Er verfluchte Osborne und dessen Familie als herzlos, böse und undankbar. Keine Macht auf Erden, schwor er, sollte ihn dazu bringen, seine Tochter mit dem Sohn eines solchen Schuftes zu verheiraten, und er befahl Amelia, George aus ihrem Gedächtnis zu streichen und alle Geschenke und Briefe zurückzugeben, die sie je von ihm empfangen hatte.

Sie versprach, sich zu fügen, und versuchte zu gehorchen. Sie packte die wenigen Schmucksachen zusammen, nahm die Briefe aus dem Versteck hervor, wo sie sie verwahrte, und las sie noch einmal durch, als ob sie sie nicht schon längst auswendig wußte. Aber sie konnte sich nicht von ihnen trennen. Das war zuviel verlangt! Sie steckte sie in den Busen zurück – so wie man manchmal sieht, daß eine Frau noch ihr totes Kind in die Arme nimmt. Die junge Amelia fühlte, daß sie sterben oder den Verstand verlieren würde, wenn man ihr diesen letzten

Trost entrisse. Wie war ihr Antlitz immer errötet, wie hatte sie gestrahlt, wenn diese Briefe ankamen! Wie war sie mit klopfendem Herzen weggeeilt, um sie unbeobachtet zu lesen! Wenn sie kalt waren, brachte diese liebevolle kleine Seele es doch fertig, Wärme hineinzulesen. Wenn sie kurz und egoistisch waren, fand sie tausend Entschuldigungen für den Schreiber.

Über diesen wenigen wertlosen Papieren brütete sie nun ständig. Sie lebte in der Vergangenheit, und jeder Brief schien ihr eine Einzelheit dieser Vergangenheit wieder vor Augen zu stellen. Wie gut sie sich an alles erinnerte! Sein Aussehen, seine Stimme, seine Kleidung, was er sagte und wie er es sagte – diese Reliquien und Erinnerungen an die tote Liebe waren das einzige, was ihr auf der Welt noch blieb. Und ihre Lebensaufgabe war es, an dem Totenbett ihrer Liebe zu wachen.

Mit unaussprechlichem Verlangen sehnte sie sich nach dem Tod. Dann, dachte sie, werde ich ihm immer folgen können. Ich will ihr Verhalten nicht loben oder es Miss Bullock als nachahmenswertes Beispiel hinstellen. Miss Bullock versteht es besser, ihre Gefühle zu beherrschen, als dieses arme Geschöpfchen. Sie hätte sich nie so kompromittiert wie die unvorsichtige Amelia, nie ihre Liebe unwiederbringlich verschenkt und ihr Herz ganz geöffnet. Amelia aber hatte nichts dafür bekommen als ein billiges Versprechen, das jeden Augenblick zurückgezogen und wertlos werden konnte. Bei einem langen Verlöbnis ist ein Partner immer frei, es zu halten oder zu brechen, während der andere sein ganzes Kapital hineingesteckt hat.

Seien Sie also vorsichtig, meine jungen Damen, seien Sie wachsam, wenn Sie eine Verlobung eingehen! Scheuen Sie sich davor, frei und offen zu lieben; verraten Sie nie all Ihre Gefühle, oder (noch besser) fühlen Sie recht wenig! Sehen Sie sich die Folgen vorzeitiger Ehrlichkeit und allzu schnellen Vertrauens an, mißtrauen Sie sich selbst und allen anderen! Verheiraten Sie sich, wie man es in Frankreich tut, wo Rechtsanwälte als Brautjungfern und Vertraute fungieren. Hüten Sie sich jedenfalls vor Gefühlen, die Ihnen unbequem werden könnten, oder vor Versprechen, die Sie nicht jeden Augenblick, falls erforderlich, brechen oder zurücknehmen könnten. So nur kommt man auf dem Jahrmarkt der Eitelkeit vorwärts, so nur erhält man sich die allgemeine Achtung und seinen guten Ruf.

Wenn Amelia die Bemerkungen hätte hören können, die in jenen Kreisen, aus denen sie durch ihres Vaters Ruin soeben vertrieben worden war, über sie gemacht wurden, dann hätte sie ihr Vergehen erkannt und gesehen, wie sie ihren Ruf aufs Spiel gesetzt hatte. Solch eine verbrecherische Unklugheit hatte Frau Schmidt noch nie erlebt; solch scheußliche Vertraulichkeiten hatte Frau Braun schon immer verurteilt; das traurige Ende sollte ihren eigenen Töchtern nun zur Warnung dienen. „Die Tochter eines Bankrotteurs kann Hauptmann Osborne natürlich nicht heiraten", erklärten die Misses Dobbin. „Von dem Vater beschwindelt zu werden, das genügte schon gerade. Und was die kleine Amelia angeht, so überschritt ihre Torheit wirklich alle ..."

„Alle was?" schrie Hauptmann Dobbin. „Waren sie nicht miteinander verlobt seit ihrer Kindheit? War es nicht so gut wie eine Heirat? Es soll nur jemand wagen, ein Wort gegen das süßeste, reinste, zärtlichste, engelhafteste aller Mädchen zu sagen!"

„Na, William, sei bloß nicht so stürmisch. Wir sind keine Männer. Wir können uns nicht mit dir schlagen", versetzte Miss Jane. „Wir haben ja nichts gegen Miss Sedley gesagt, nur daß ihr ganzes Verhalten höchst unklug war, um nicht etwas Schlimmeres zu sagen, und daß ihre Eltern Leute sind, die ihr Pech wirklich verdient haben."

„Willst du nicht jetzt, da Miss Sedley frei ist, lieber um sie anhalten?" spottete Miss Ann. „Du würdest für die Familie eine annehmbare Partie sein. Haha!"

„Ich sie heiraten!" fuhr Dobbin los und wurde über und über rot. „Wenn ihr, meine jungen Damen, so wankelmütig seid, glaubt ihr darum, bei ihr müsse es ebenso sein? Lacht und spottet nur über diesen Engel! Sie kann es ja nicht hören; sie ist elend und unglücklich; da verdient sie es, daß man sie verlacht! Mach nur weiter solche Scherze, Ann, du bist der Witzbold der Familie, und die anderen hören dir gern zu!"

„Ich wiederhole, wir sind nicht in der Kaserne, William", bemerkte Miss Ann nur.

„In der Kaserne – beim Zeus, ich wünschte, in der Kaserne spräche einer so wie ihr!" schrie der erzürnte britische Löwe. „Ich möchte einen Mann nur ein leises Wort gegen sie sagen hören, beim Zeus! Aber Männer reden nicht so, Ann, nur Frauen stecken die Köpfe zusammen und zischeln und schnattern und schreien. Weg mit euch! Aber fangt nicht an zu heulen! Ich habe ja nur gesagt, daß ihr ein Paar Gänse seid", sagte Will Dobbin, als er merkte, daß Miss Anns gerötete Augen wie üblich feucht zu werden begannen. „Na gut, ihr seid keine Gänse, ihr seid Schwäne – alles, was ihr wollt, nur laßt mir bitte Miss Sedley in Ruhe!“

Die Mama und die Schwestern waren sich darin einig, daß man so etwas wie Williams blinde Neigung für dieses kleine, dumme, kokettierende, mit Blicken um sich werfende Ding noch nie erlebt habe. Sie zitterten vor Angst, nun, da die Verlobung mit Osborne aufgehoben war, könnte sie sofort ihren anderen Anbeter und Hauptmann erhören. Bei diesen Befürchtungen urteilten diese würdigen jungen Damen zweifellos aus ihrer eigenen Erfahrung heraus oder vielmehr (da sie noch keine Gelegenheit gehabt hatten, jemanden zu heiraten oder sitzenzulassen) nach ihren eigenen Anschauungen von Recht und Unrecht.

„Welch ein Segen, Mama, daß das Regiment auf den Kontinent versetzt ist“, meinten die Mädchen. „So bleibt unserem Bruder wenigstens diese Gefahr erspart.“

Das war tatsächlich der Fall, und so kommt es, daß der französische Kaiser in der häuslichen Komödie auf dem Jahrmarkt der Eitelkeit, die wir hier vorführen, eine Rolle spielt. Ohne den Eingriff dieser hohen stummen Gestalt wäre sie sogar nie aufgeführt worden. Er war es, der die Bourbonen und Mr. Sedley ins Verderben stürzte. Erst bei seiner Ankunft in seiner Hauptstadt griff ganz Frankreich zu den Waffen, um ihn dort zu verteidigen, und ganz Europa, um ihn zu vertreiben. Während die französische Nation und Armee auf den Champs de Mars den Adlern Treue schwor, setzten sich in Europa vier mächtige Heere in Bewegung für die große *chasse à l'aigle*. Eines davon war die britische Armee, zu der auch unsere beiden Helden Hauptmann Dobbin und Hauptmann Osborne gehörten.

Die Nachricht von Napoleons Flucht und Landung wurde bei dem tapferen ... ten Regiment mit feuriger Begeisterung und großer Freude aufgenommen, wie jeder verstehen wird, der diese berühmte Truppe kennt. Vom Oberst bis zum geringsten Tambour waren alle im Regiment von Hoffnung, Ehrgeiz und vaterländischem Zorn erfüllt. Sie waren dem französischen Kaiser dankbar wie für eine persönliche Liebenswürdigkeit, daß er den Frieden Europas zu stören gekommen war. Jetzt war die Zeit da, nach der das ... te Regiment sich so lange gesehnt hatte; nun würden sie ihren Waffenbrüdern zeigen können, daß sie ebenso gut kämpfen konnten wie die Veteranen aus Spanien und daß all der Mut und all die Tapferkeit des ... ten Regiments noch nicht von Westindien und dem gelben Fieber vernichtet worden waren. Stubble und Spooney sahen sich schon an der Spitze einer Kompanie, ohne das Hauptmannspatent erst kaufen zu müssen. Noch vor dem Ende des Feldzuges (an dem sie teilzunehmen beschloß) hoffte Mrs. O'Dowd, die Frau des Majors, als Frau des Obersten zeichnen zu können. Unsere beiden Freunde, Dobbin und Osborne, waren ebenso aufgeregt wie alle anderen, und jeder war auf seine Art entschlossen – Mr. Dobbin sehr ruhig, Mr. Osborne sehr laut und energisch –, seine Pflicht zu tun und sich seinen Teil an Ehre und Auszeichnung zu holen.

Die Erregung, die infolge dieser Nachricht Land und Heer durchbebte, war so groß, daß man privaten Angelegenheiten nur wenig Beachtung mehr schenkte. Daher machten andere Ereignisse, die ihn in ruhigeren Zeiten weit mehr interessiert hätten, keinen allzu großen Eindruck auf George Osborne, der eben offiziell seine Kompanie bekommen hatte, den es nach weiterer Beförderung verlangte und der eifrig mit den Vorbereitungen für den Abmarsch, der unbedingt kommen mußte, beschäftigt war. Wir müssen gestehen, daß ihn das Unglück des guten alten Mr. Sedley nicht sehr getroffen hatte. An dem Tag, da die erste Gläubigerversammlung des unglücklichen Mannes stattfand, probierte er seine neue Uniform an, die ihm sehr gut stand. Sein Vater erzählte ihm von dem schmachvollen Verhalten des Bankrotteurs, der sich als ein schändlicher Schuft erwiesen hatte; er erinnerte den Sohn daran, was er über Amelia gesagt hatte, und daß ihre Verbindung für immer aufgehoben sei. An diesem Abend bekam George von ihm eine beachtliche Summe Geldes, um seine neue Uniform und die Epauletten zu bezahlen, in denen er so gut aussah. Geld konnte dieser leichtsinnige junge Bursche immer gebrauchen, und er nahm es ohne viele Worte. An Sedleys Haus, in dem er so viele, viele glückliche Stunden verlebt hatte, hingen die Versteigerungsplakate. Er konnte sie hell im Mondenschein schimmern sehen, als er an diesem Abend vom Russel Square nach dem Slaughters Klub ging, wo er wohnte, wenn er in der Stadt war. Das gemütliche Haus hatte sich hinter Amelia und ihren Eltern geschlossen. Wo hatten sie Zuflucht gefunden? Der Gedanke an ihren Ruin machte ihm nicht wenig zu schaffen. An diesem Abend war er im Kaffeezimmer des Slaughters Klub sehr melancholisch und trank ziemlich viel, wie seine Kameraden feststellten.

Sogleich kam Dobbin herein und warnte ihn, nicht soviel zu trinken. Er tue es nur, erklärte Osborne, weil er verteufelt niedergeschlagen sei. Aber als sein Freund ihn ungeschickt auszufragen anfing und ihn in bedeutungsvollem Ton nach neuen Nachrichten fragte, lehnte Osborne es ab, sich in eine Unterhaltung einzulassen; er gab lediglich zu, daß er verteufelt beunruhigt und unglücklich sei.

Drei Tage später fand Dobbin Osborne in seinem Zimmer in der Kaserne, den Kopf auf dem Tisch, und rings um ihn her waren eine Anzahl Papiere verstreut. Der junge Hauptmann war offensichtlich ganz verzweifelt. „Sie hat – sie hat mir ein paar Sachen zurückgeschickt, die ich ihr geschenkt hatte – ein paar lächerliche Schmuckstücke; schau, hier!" Vor ihm lag ein kleines Päckchen, von wohlbekannter Hand an Hauptmann George Osborne adressiert, und daneben lagen ein paar Sachen, ein Ring, ein silbernes Messer, das er ihr als Knabe auf einem Jahrmarkt gekauft hatte, eine goldene Kette und ein Medaillon mit einem Haarbündel darin. „Es ist alles aus", stöhnte er reuevoll. „Sieh hier, William, du kannst es lesen, wenn du willst."

Er zeigte auf ein Briefchen, dessen wenige Zeilen folgenden Inhalt hatten:

„Mein Papa hat mir befohlen, Dir diese Geschenke zurückzuschicken, die Du mir in glücklicheren Zeiten gemacht hast. Ich soll Dir heute zum letztenmal schreiben. Ich glaube zu wissen, daß Du ebenso wie ich den Schlag fühlst, der uns getroffen hat. Ich gebe Dich aus einer Bindung frei, die in unserem jetzigen Elend unmöglich geworden ist. Ich bin sicher, daß Du keinen Anteil daran hattest, ebensowenig wie an Mr. Osbornes grausamen Verdächtigungen, die für uns in all unserem Kummer am schwersten zu ertragen sind. Lebe wohl, lebe wohl! Ich bete zu Gott um die Kraft, dieses und weiteres Unglück ertragen zu können. Er möge Dich segnen immerdar.

A.

Ich werde oft auf dem Klavier spielen – Deinem Klavier! Das sah Dir ähnlich, es zu schicken!"

Dobbin hatte ein sehr weiches Herz. Beim Anblick leidender Frauen und Kinder pflegte er zu zerschmelzen. Der Gedanke an die einsame Amelia mit ihrem gebrochenen Herzen zerriß dem gutmütigen Menschen die Seele vor Sorge, und sein Kummer brach sich nun in einer Erregung Bahn, die man für unmännlich halten mag, wenn man will. Er schwor, Amelia sei ein Engel; Osborne stimmte dem von ganzem Herzen bei. Auch er hatte ihr Leben noch einmal überdacht, hatte sie von Kindheit an bis zu ihrem jetzigen Alter vor sich gesehen, so süß, so unschuldig, so bezaubernd einfach und so voll offenherziger Liebe und Zärtlichkeit.

Welch ein Schmerz, das alles zu verlieren, es besessen und nicht recht geschätzt zu haben! Tausend anheimelnde Bilder und Erinnerungen drangen auf ihn ein, und in allen erblickte er sie nur gut und schön. Er errötete vor Reue und Scham, wenn er sich seiner Selbstsucht und Gleichgültigkeit im Gegensatz zu ihrer vollendeten Reinheit erinnerte. Für eine Weile waren Ruhm, Krieg, war alles vergessen, und das Freundespaar sprach nur über sie.

„Wo sind sie?“ fragte Osborne endlich nach einer langen Pause – er schämte sich wirklich nicht wenig, daß er keine Schritte unternommen hatte, um ihre Spur zu verfolgen. „Wo sind sie? Auf dem Brief steht keine Anschrift.“

Dobbin wußte es. Er hatte nicht nur das Klavier hingeschickt, sondern auch bei Mrs. Sedley in einem Briefchen angefragt, ob er sie besuchen dürfe. Und gestern war er dort gewesen und hatte auch Amelia gesehen, ehe er nach Clatham hinausfuhr. Außerdem hatte er den Abschiedsbrief und das Päckchen mitgebracht, die Osborne so bewegt hatten.

Der gutherzige Mensch hatte Mrs. Sedley nur zu gern bereit gefunden, ihn zu empfangen. Sie war sehr gerührt über das Klavier, das, wie sie sicher glaubte, von George gekommen sein mußte, als ein Zeichen der Freundschaft von seiner Seite. Hauptmann Dobbin ließ die würdige Dame bei ihrem Irrtum, hörte den Klagen über ihr Unglück voll Mitgefühl zu, bedauerte, daß sie soviel verloren hatten und so vieles jetzt entbehren mußten, und stimmte ihr bei, wenn sie Mr. Osbornes grausames Verhalten gegen seinen früheren Wohltäter tadelte. Als sie ihr überströmendes Herz etwas erleichtert und einen großen Teil ihres Kummers vor ihm ausgeschüttet hatte, faßte er Mut und bat tatsächlich darum, Amelia sehen zu dürfen. Sie war oben in ihrem Zimmer, von wo die Mutter die Zitternde herunterholte.

Sie sah so blaß aus, und ihr verzweifelter Ausdruck war so erschütternd, daß der ehrliche William Dobbin bei ihrem Anblick erschrak. Ihr bleiches, starres Antlitz erfüllte ihn mit den schlimmsten Vorahnungen. Als sie ein paar Minuten bei ihm gesessen hatte, drückte sie ihm das Päckchen in die Hand und sagte: „Nehmen Sie das, bitte, Hauptmann Osborne mit, und – und hoffentlich geht's ihm gut – es war sehr freundlich von Ihnen, uns aufzusuchen – das neue Haus gefällt uns sehr gut.

Und ich – ich denke, ich gehe wieder hinauf, Mama, ich fühle mich nicht sehr kräftig." Bei diesen Worten knickste das arme Kind und ging lächelnd hinaus. Während die Mutter sie hinaufbrachte, warf sie Dobbin einen ängstlichen Blick zu. Der Gute brauchte keine solche Bitte. Dazu liebte er sie selbst zu innig. Unaussprechliche Sorge, Mitleid und Furcht verfolgten ihn, und als er fortging, kam er sich vor wie ein Verbrecher.

Als Osborne hörte, daß sein Freund sie besucht hatte, überhäufte er ihn mit heißen, ängstlichen Fragen nach dem armen Kind. Wie ging es ihr? Wie sah sie aus? Was hatte sie gesagt? Der Kamerad ergriff seine Hand und sah ihm in die Augen.

„George, sie stirbt", sagte William Dobbin – und konnte nicht weitersprechen.

In dem kleinen Haus, in dem die Sedleys Zuflucht gefunden hatten, gab es ein dralles irisches Dienstmädchen, das alle häuslichen Arbeiten besorgte. Dieses Mädchen hatte sich schon oft bemüht, Amelia zu helfen oder sie zu trösten. Amelia aber war viel zu traurig, um ihr zu antworten oder auch nur die Mühe zu bemerken, die das Mädchen sich mit ihr gab.

Vier Stunden nach der Unterredung zwischen Dobbin und Osborne trat dieses Dienstmädchen in Amelias Zimmer, wo sie wie gewöhnlich über ihren Briefen, ihrem kleinen Schatz, brütete. Das Mädchen lächelte und machte mit schalkhafter glückstrahlender Miene allerlei Versuche, die Aufmerksamkeit der armen Amelia auf sich zu lenken. Aber diese beachtete sie gar nicht.

„Miss Amelia", sagte das Mädchen.

„Ich komme schon", erwiderte Amelia, ohne sich umzusehen.

„Ich habe einen Auftrag auszurichten", fuhr das Mädchen fort. „Hier ist etwas – jemand – ja, hier ist ein neuer Brief für Sie – lassen Sie doch die alten, die brauchen sie jetzt nicht mehr zu lesen!" Und sie gab ihr den Brief. Amelia nahm ihn und las: „Ich muß Dich sehen, liebste Emmy, mein süßer Liebling, liebstes Mädchen, komm zu mir!"

Draußen wartete George mit ihrer Mutter, bis sie den Brief gelesen hatte.

19. Kapitel

Miss Crawley in guter Pflege

ir haben gesehen, daß Mrs. Firkin, die Kammerjungfer, sich stets verpflichtet fühlte, Mrs. Bute Crawley im Pfarrhaus jedes für die Familie Crawley wichtige Ereignis mitzuteilen, sobald sie davon erfuhr. Schon früher hatten wir erwähnt, wie ausnehmend freundlich und aufmerksam diese gutherzige Dame Miss Crawleys Butler gegenüber war. Auch Miss Briggs, der Gesellschafterin, war sie eine gütige Freundin. Sie hatte sich deren Wohlwollen durch eine Menge jener Aufmerksamkeiten und Versprechen gesichert, die so wenig kosten und doch so gern entgegengenommen und so hoch geschätzt werden. Jede sparsame Hausfrau sollte eigentlich wissen, wie billig und doch wie gern gesehen diese Vertraulichkeiten sind und wie schön sie die einfachste Speise im Leben würzen. Wer mag nur der große Dummkopf gewesen sein, der gesagt hat: „Mit schönen Worten lockt man keinen Hund hinter dem Ofen vor"? In der menschlichen Gesellschaft werden die Hälfte aller Hunde auf diese Weise dahin gelockt, wo man sie haben will. Wie der unsterbliche Alexis Soyer für fünfzig Pfennig eine köstlichere Suppe machen kann, als sie ein dummer Koch aus Massen von Gemüse und Fleisch zusammenbraut, so erreicht der geschickte Künstler mit ein paar einfachen, netten Redensarten mehr als ein Stümper mit noch so vielen wirklichen Wohltaten. Ja, wir wissen sogar, daß mancher Magen durch wirkliche Wohltaten überladen wird, während die meisten Leute schöne Worte in unbegrenzter Fülle vertragen und von dieser Nahrung immer noch mehr verlangen. Mrs. Bute hatte mit der Briggs und der Firkin oft davon gesprochen, wie sehr sie sie schätze und was sie alles für so vortreffliche, anhängliche Freunde tun würde, stünde ihr Miss Crawleys Vermögen zur Verfügung. So genoß sie die höchste Achtung der besagten Frauen, und sie brachten ihr soviel Dankbarkeit und Vertrauen entgegen, als ob Mrs. Bute sie mit den kostbarsten Gunstbezeigungen überhäuft hätte.

Rawdon Crawley andererseits gab sich als der egoistische Dragoner, der er war, nie die geringste Mühe, die Adjutanten seiner Tante für sich zu gewinnen. Frei und offen zeigte er seine Verachtung für das Paar. Einmal ließ er sich sogar von der Firkin die Stiefel ausziehen, schickte sie bei Regenwetter mit herabwürdigenden Aufträgen hinaus, und wenn er ihr schon mal ein Pfund gab, warf er es ihr hin wie eine Ohrfeige. Da auch seine Tante die Briggs zur Zielscheibe ihres Spotts machte, folgte der Hauptmann ihrem Beispiel und machte seine Witze über sie – Witze, die so zart waren wie ein Hufschlag von seinem Pferd. Mrs. Bute hingegen zog sie in schwierigen Fragen des Geschmacks zu Rate, bewunderte ihre Verse und bewies ihr durch tausend freundliche Höflichkeiten ihre Hochschätzung. Wenn sie der Firkin ein Geschenk von zwei Groschen machte, begleitete sie es mit so vielen Komplimenten, daß sich die Kupfermünze im Herzen der dankbaren Zofe in Gold verwandelte. Außerdem wartete die Firkin in aller Ruhe auf das wunderbare Glück, das ihr widerfahren würde, sobald Mrs. Bute das Vermögen erbte.

Ich erlaube mir ergebenst, die Aufmerksamkeit aller, die in der großen Welt noch neu sind, auf das verschiedene Verhalten dieser beiden Personen zu lenken. Loben Sie jedermann, sage ich zu Ihnen; seien Sie nie heikel, sondern sagen Sie jedem Menschen das Kompliment offen ins Gesicht und hinter seinem Rücken nur, falls Sie die Gewähr haben, daß er es trotzdem erfährt. Lassen Sie keine Gelegenheit aus, ein freundliches Wort zu sagen. So wie Collingwood keine freie Stelle auf seinem Gut sehen konnte, in die er nicht sofort eine Eichel aus seiner Tasche gesteckt hätte, so sollte man das ganze Leben lang mit den Komplimenten verfahren. Eine Eichel kostet nichts; aber sie kann zu einer wunderbaren Masse Holz emporwachsen.

Mit einem Wort, man hatte Rawdon Crawley nur mürrisch und widerwillig gehorcht, solange es ihm gut ging. Als die

Tage des Unglücks kamen, war niemand da, der ihm half oder Mitleid mit ihm hatte. Als Mrs. Bute den Oberbefehl in Miss Crawleys Haus übernahm, war die Besatzung dort entzückt, unter solch einem Führer zu dienen, erwartete man doch alle möglichen Vorteile von ihr auf Grund ihrer Versprechungen, ihres Edelmuts und ihrer freundlichen Worte.

Mrs. Bute Crawley gestattete sich nie, zu glauben, Rawdon könnte sich nach seiner Niederlage geschlagen geben und keinen Versuch machen, die verlorene Stellung wiederzugewinnen. Sie wußte, daß Rebekka eine zu kluge und beherzte Frau war, als daß sie sich ohne Kampf unterwerfen würde. Sie fühlte, sie mußte sich auf diese Schlacht vorbereiten und ständig auf der Hut sein gegen einen offenen oder heimlichen Angriff, mit dem man sie überraschen könnte.

Die Festung hielt sie; war sie nun aber auch – das Wichtigste von allem – der Kommandantin sicher? Würde Miss Crawley selbst durchhalten? Oder verlangte es sie nicht schon im stillen, den vertriebenen Gegner wieder bei sich willkommen zu heißen? Die alte Dame hatte Rawdon gern und auch Rebekka mit ihren Scherzen. Mrs. Bute konnte sich der Tatsache nicht verschließen, daß von ihrer Partei niemand so gut zur Unterhaltung der verwöhnten Weltdame beitragen konnte. Der Gesang meiner Töchter ist unerträglich, wenn man diese häßliche kleine Gouvernante gehört hat, das weiß ich, gestand sich das aufrichtige Weib des Geistlichen ein. Sie pflegte stets schlafen zu gehen, wenn Martha und Louisa ihre Duette sangen. Jims steifes, schülerhaftes Benehmen und die Unterhaltung des armen Bute über seine Hunde und Pferde haben sie immer gelangweilt. Wenn ich sie ins Pfarrhaus mitnähme, würde sie gewiß auf uns alle böse werden und fliehen, vielleicht wieder diesem entsetzlichen Rawdon in die Klauen fallen und das Opfer dieser kleinen Schlange, der Sharp, werden. Soviel ist mir jetzt klar, daß es ihr sehr schlecht geht und sie sich jedenfalls ein paar Wochen lang noch nicht rühren kann. Inzwischen müssen wir uns einen Plan schmieden, um sie vor den Künsten dieser leichtfertigen Bande zu schützen.

Selbst wenn jemand in ihren besten Augenblicken zu Miss Crawley sagte, sie sei krank oder sähe schlecht aus, ließ sie sofort ihren Arzt holen. Daß es ihr nach diesem unerwarteten Familienereignis, das auch stärkere Nerven als die ihren erschüttert hätte, wirklich schlecht ging, das wird wohl jeder glauben; zumindest hielt es Mrs. Bute für ihre Pflicht, dem Arzt, dem Apotheker, der Gesellschafterin und den Bedienten mitzuteilen, daß Miss Crawleys Zustand höchst kritisch sei und daß sie sich entsprechend verhalten sollten. Sie ließ die Straße kniehoch mit Stroh belegen und den Türklopfer abnehmen. Sie bestand darauf, daß der Doktor zweimal täglich kam, und überschwemmte ihre Patientin alle zwei Stunden mit Arzeneien. Wenn jemand ins Zimmer trat, stieß sie ein zischendes, so drohendes „Schschsch“ aus, daß die arme Dame in ihrem Bett vor Schreck zusammenfuhr. Da Mrs. Bute sich nicht von ihrem Sessel neben dem Bett wegrührte, konnte Miss Crawley nicht aufblicken, ohne den Glasperlenaugen zu begegnen, die voll Eifer auf sie gerichtet waren. Die Augen schienen im Dunkeln zu leuchten (denn die Vorhänge waren stets zugezogen), wenn Mrs. Bute sich wie auf samtweichen Katzenpfoten im Zimmer bewegte. Da lag Miss Crawley nun tagelang – ach so viele Tage! –, und Mrs. Bute las ihr aus frommen Büchern vor, und nächtelang, lange Nächte, während derer sie den Wächter singen hörte und das Nachtlicht flackern sah. Als letzter kam um Mitternacht leisen Schrittes der Arzt; dann blieb ihr nichts, als Mrs. Butes funkelnde Augen oder das gelbe zuckende Licht zu betrachten, das die Kerze auf das eintönige Dunkel der Decke warf. Hygieia selbst wäre unter so einem Regiment krank geworden, um wieviel mehr nun dieses arme, alte, nervöse Opfer!

Wir erzählten schon, daß diese verehrungswürdige Bewohnerin des Jahrmarkts der Eitelkeit, wenn sie gesund und guter Dinge war, über Religion und Moral so freie Anschauungen hatte, wie sie Monsieur Voltaire selbst nur hätte wünschen können; aber wenn eine Krankheit über sie kam, machte der furchtbare Todesschrecken alles viel schlimmer, und äußerste Feigheit ergriff von der daniederliegenden alten Sünderin Besitz.

Moralpredigten am Krankenbett und fromme Betrachtungen sind in reinen Unterhaltungsbüchern gewiß nicht am Platze, und wir wollen nicht in die Art mancher heutiger Romanschriftsteller verfallen und dem Leser eine Predigt aufschwatzen, wenn er für sein Geld nur eine Komödie hören will. Aber ohne predigen zu wollen, dürfen wir wohl doch an die Wahrheit erinnern, daß Geschäftigkeit, Triumph, Lachen und Fröhlichkeit, die der Jahrmarkt der Öffentlichkeit zeigt, den Schauspielern nicht immer ins Privatleben folgen, sondern daß sie manchmal tiefste Niedergeschlagenheit und elende Reue überkommen. Erinnerungen an die herrlichsten Bankette werden den kranken Epikuräer kaum aufheitern. Verwelkte Schönheiten werden sich nur wenig damit trösten können, daß sie an ihre schönsten Kleider und ihre glänzendsten Triumphe auf den Bällen zurückdenken. Vielleicht denken auch Staatsmänner zu einer gewissen Zeit ihres Lebens nicht sehr gern an ihre erfolgreichsten Abstimmungen zurück. Der Erfolg oder das Vergnügen von gestern schrumpfen zu geringer Wichtigkeit zusammen, wenn ein gewisses (oder besser: ungewisses) Morgen in Aussicht steht, über das wir alle einmal nachdenken müssen. O meine buntscheckigen Brüder! Gibt es nicht Augenblicke, wo einem Lachen und Springen und das Klirren der Schellenkappe zuwider sind? Dies, meine Freunde und Gefährten, ist meine liebenswürdige Aufgabe: mit euch durch den Jahrmarkt zu wandern, die Buden und Schaustellungen dort prüfend zu betrachten; wenn wir aber nach dem Glanz und Lärm und der Fröhlichkeit wieder nach Hause gehen, wird uns in unseren vier Wänden oft höchst elend zumute sein.

Wenn mein armer Mann nur einen Kopf auf den Schultern hätte, dachte Mrs. Bute Crawley, wie nützlich könnte er sich jetzt der alten Dame machen! Er könnte sie dazu bringen, ihre entsetzlichen freidenkerischen Ansichten zu bereuen und lieber ihre Pflicht zu tun und diesen scheußlichen Bösewicht, der sich und seiner Familie Schande gemacht hat, von sich zu stoßen. Er könnte sie dazu bewegen, meinen lieben Töchtern und den beiden Jungen gerecht zu werden; denn sie brauchen (und verdienen, dessen bin ich sicher!) alle Hilfe, die ihnen ihre Verwandten zuteil werden lassen können.

Da der Haß gegen das Laster stets einen Fortschritt auf dem Wege der Tugend bedeutet, bemühte Mrs. Bute Crawley sich, ihrer Schwägerin einen regelrechten Abscheu vor Rawdon Crawleys vielfältigen Sünden einzuflößen. Und von diesen

Sünden führte die Frau seines Onkels eine lange Liste an, die genügt hätte, ein ganzes Regiment junger Offiziere zu verdammen. Wenn ein Mensch im Leben Unrecht getan hat, ist keiner schneller bei der Hand, seine Fehler vor der Welt aufzudecken, als seine eigenen Verwandten. Mrs. Bute zeigte also das richtige Familieninteresse und wußte alles über Rawdons Geschichte. Sie kannte alle Einzelheiten des häßlichen Streits mit Hauptmann Marker, in dem Rawdon von Anfang an Unrecht gehabt und schließlich den Hauptmann erschossen hatte. Sie wußte, wie der unglückliche Lord Dovedale, dessen Mutter ein Haus in Oxford gemietet hatte, damit er dort erzogen werden konnte, von Rawdon im „Kakao-Baum" verführt worden war, obwohl der junge Lord noch nie eine Karte angerührt hatte, ehe er nach London kam. Dieser schändliche Verführer der Jugend hatte ihn hoffnungslos betrunken gemacht und dann um viertausend Pfund geschröpft. Mit eindringlichster Genauigkeit beschrieb sie die Qualen der ländlichen Familien, die er ruiniert hatte, deren Söhne er in Unehre und Armut gebracht, deren Töchter er ins Verderben gestürzt hatte. Sie kannte die armen Krämer, die infolge seiner Verschwendung Bankrott gemacht hatten, die gemeinen Ränke und Schuftereien, mit denen er sie an der Nase herumgeführt hatte, die erstaunlichen Lügen, die er der edelsten aller Tanten aufgetischt, und die Undankbarkeit und den Spott, womit er ihr ihre Opfer gelohnt hatte. Nach und nach verabfolgte sie Miss Crawley diese Geschichten in aller Ausführlichkeit. Als christliche Frau und Familienmutter fühlte sie sich dazu verpflichtet. Darum empfand sie auch nicht das geringste Bedenken oder Bedauern für das arme Opfer ihrer Zunge. Nein, sehr wahrscheinlich dachte sie sogar, ihr Handeln sei sehr verdienstvoll, und sie brüstete sich damit, wie entschlossen sie es durchführte. Ja, wenn der Charakter eines Menschen geschmäht werden soll, dann gibt es niemanden – man sage, was man wolle –, der es so gründlich tut wie ein Verwandter. Bei diesem elenden unglücklichen Rawdon Crawley muß man allerdings zugeben, daß die bloße Wahrheit schon genügte, um ihn zu verdammen, und daß all der erfundene Skandal eine ganz überflüssige Mühe von seiten seiner Freunde war.

Da Rebekka nun ebenfalls zur Familie gehörte, wurde auch sie bei Mrs. Butes gütigen Nachforschungen mit ihrem Teil bedacht. Die unermüdliche Verfolgerin der Wahrheit gab strengen Befehl, allen Abgesandten oder Briefen, die von Rawdon kamen, die Tür zu verschließen. In Miss Crawleys Wagen fuhr sie zu ihrer alten Freundin Miss Pinkerton im Minervahaus, Chiswick Mall. Ihr verkündete sie die furchtbare Nachricht, daß Hauptmann Rawdon von Miss Sharp verführt worden war. Daraufhin erfuhr sie allerlei merkwürdige Einzelheiten über die Geburt und Kindheit der ehemaligen Gouvernante. Die Freundin des Lexikographen wußte viel davon zu erzählen. Miss Jemima mußte die Quittungen und Briefe des Zeichenlehrers holen. Der eine war im Schuldgefängnis geschrieben, ein anderer enthielt eine Bitte um Vorschuß, ein dritter war voll Dankbarkeit, daß Rebekka bei den Damen in Chiswick aufgenommen worden war. Das letzte Dokument aus der Feder des unglücklichen Mannes war jenes, in dem er auf dem Totenbett seine Waise Miss Pinkertons Schutz anempfahl. Die Sammlung enthielt auch Jugendbriefe und Bittschriften von Rebekka, in denen sie um Hilfe für ihren Vater flehte oder ihrer Dankbarkeit Ausdruck gab. Auf dem Jahrmarkt der Eitelkeit gibt es vielleicht keine besseren Satiren als Briefe. Nimm nur ein Bündel Briefe vor, die dir ein guter Freund (den du jetzt haßt) vor zehn Jahren geschrieben hat! Schau dir die Sammlung von Briefen deiner Schwester an! Wie hingt ihr aneinander, bis ihr über die Erbschaft von zwanzig Pfund in Streit gerietet. Hole dir die Briefe mit den runden Kinderbuchstaben deines Sohnes vor, der dir seither mit seinem selbstsüchtigen Ungehorsam fast das Herz gebrochen hat, oder ein Päckchen deiner eigenen Briefe voll unendlicher Leidenschaft und ewiger Liebe, die deine Geliebte dir zurückschickte, als sie einen reichen Mann heiratete – und jetzt machst du dir aus ihr nicht mehr als aus der Königin Elisabeth! Gelübde, Liebesschwüre, Dankesversicherungen: wie seltsam liest sich das nach einiger Zeit! Es sollte ein Gesetz geben, das die Vernichtung jedes geschriebenen Dokuments nach einem kurzen angemessenen Zeitraum gebietet (außer den Quittungen über bezahlte Rechnungen). Jene Quacksalber und Misanthropen, die unzerstörbare japanische Tinte anpreisen, sollte man zusammen mit ihren bösen Erfindungen vernichten. Die beste Tinte für die Welt wäre eine, die nach ein paar Tagen gänzlich verlöschte und das Papier sauber und leer hinterließe, so daß man darauf an jemand anderes schreiben könnte.

Von Miss Pinkerton aus folgte die unermüdliche Mrs. Bute den Spuren Sharps und seiner Tochter bis zu der Wohnung in Green Street, die der verstorbene Maler innegehabt hatte. Dort waren die Wände des Wohnzimmers immer noch mit dem Porträt der Wirtin im weißen Atlas und dem ihres Mannes in Messingknöpfen geschmückt, die Mr. Sharp einmal gemacht hatte, um die vierteljährliche Miete zu bezahlen. Mrs. Stokes war sehr mitteilsam und hatte bald alles, was sie über Mr. Sharp wußte, erzählt; wie arm und liederlich er war, wie gutmütig und wie lustig, wie er immer von Gerichtsdienern und ungestümen Gläubigern verfolgt wurde; wie er zum Entsetzen der Wirtin, die das Frauenzimmer nie hatte leiden mögen, seine Frau erst kurz vor ihrem Tode heiratete; und was für eine drollige wilde kleine Kröte seine Tochter war; wie sie immer alle durch ihre Späße und Possen zum Lachen brachte; wie sie den Branntwein aus dem Wirtshaus zu holen pflegte und in allen Ateliers des Viertels bekannt war. Kurz und gut, Mrs. Bute bekam einen sehr ausführlichen Bericht über Herkunft, Erziehung und Benehmen ihrer neuen Nichte. Hätte Rebekka gewußt, daß man solche Nachforschungen über sie anstellte, wäre sie kaum sehr erfreut gewesen.

Mit den Ergebnissen dieser fleißigen Forschungsarbeit wurde Miss Crawley aufs genaueste bekannt gemacht. Mrs. Rawdon Crawley war die Tochter einer Balletteuse. Sie hatte sogar selbst getanzt. Sie hatte Malern Modell gestanden. Sie war erzogen, wie es sich für die Tochter so einer Mutter gehörte. Sie hatte zusammen mit ihrem Vater Schnaps getrunken und so weiter und so weiter. Sie war ein verlorenes Frauenzimmer, das einen verlorenen Mann geheiratet hatte. Und die Moral von Mrs. Butes Geschichte war, daß die beiden unverbesserliche Schurken waren und daß kein anständiger Mensch je wieder von ihnen Notiz nehmen dürfte.

Dies war das Material, das die umsichtige Mrs. Bute in Park Lane zusammenbrachte, sozusagen die Nahrungsmittel und die Munition, mit denen sie das Haus gegen die kommende Belagerung ausrüstete. Denn daß Rawdon und seine Frau Miss Crawley belagern würden, das war ihr klar.

Wenn sich indes ein Fehler in ihren Vorbereitungen finden ließ, dann der, daß sie zu eifrig war; sie machte ihre Sache zu gut. Zweifellos machte sie Miss Crawley kränker, als es notwendig war. Wenn die kranke Alte sich auch ihrer Autorität unterwarf, dann empfand das arme Opfer sie doch als so streng und quälend, daß sie bei der allerersten sich bietenden Gelegenheit geneigt sein würde, ihr zu entfliehen. Rührige Frauen, die Zierde ihres Geschlechts, Frauen, die für jeden jede Einzelheit ordnen und immer soviel besser als der Betroffene selbst wissen, was gut für ihre Nächsten ist, solche Frauen rechnen manchmal nicht mit der Möglichkeit einer häuslichen Revolte oder anderen äußersten Folgen, die sich aus ihrer überspannten Autorität ergeben könnten.

So ging Mrs. Bute, von der schweren Krankheit der alten Dame fest überzeugt, so weit, daß sie sie beinahe ins Grab brachte. Zweifellos hatte sie die besten Absichten von der Welt und war selbst fast dem Tode nahe, weil sie Schlaf, Essen und frische Luft entbehrte, und das alles um ihrer kranken Schwägerin willen. Eines Tages erwähnte sie ihre Opfer und deren Folgen im Gespräch mit dem treuen Arzt, Mr. Clump.

„Seien Sie überzeugt, mein lieber Mr. Clump", sagte sie, „daß ich es nicht an Anstrengungen habe fehlen lassen, um unserer lieben Patientin wieder aufzuhelfen, die die Undankbarkeit ihres Neffen auf das Krankenlager niedergestreckt hat. Ich weiche nie vor persönlichen Unbequemlichkeiten zurück; ich weigere mich nie, mich aufzuopfern."

„Ihre Hingabe ist bewundernswert, das muß man zugeben", erwiderte Mr. Clump mit tiefer Verbeugung, „aber . . ."

„Seit meiner Ankunft habe ich kaum ein Auge zugetan; ich opfere Schlaf, Gesundheit, jede Bequemlichkeit meinem Pflichtgefühl. Als mein armer James die Windpocken hatte, habe ich da etwa einer Fremden erlaubt, ihn zu pflegen? Nein!"

„Sie taten, was sich für eine gute Mutter gehört, meine liebe gnädige Frau – für die beste aller Mütter; aber . . ."

„Als Familienmutter und Frau eines englischen Geistlichen vertraue ich in aller Bescheidenheit darauf, daß meine Grundsätze richtig sind", versetzte Mrs. Bute in glücklichem Selbstbewußtsein feierlich; „und solange die Natur mir hilft, werde ich nie, niemals, Mr. Clump, den Posten der Pflicht verlassen. Andere mögen dieses graue Haupt vor Kummer auf das Krankenbett niedergezwungen haben" – hier deutete Mrs. Bute mit einer Handbewegung auf eine von Miss Crawleys kaffeebraunen Perücken hin, die auf einem Gestell im Ankleidezimmer thronte –, „ich aber will es nie im Stich lassen. Ach, Mr. Clump! Ich fürchte, ich weiß, daß jenes Krankenlager ebensosehr geistlichen wie ärztlichen Trostes bedarf!"

„Was ich eben sagen wollte, meine liebe gnädige Frau", unterbrach Clump sie noch einmal entschlossen mit sanfter Miene, „was ich eben sagen wollte, als Sie den Gefühlen Ausdruck gaben, die Ihnen soviel Ehre machen, war dies: ich glaube, Sie beunruhigen sich unnötig über Ihre teure Freundin und opfern

Ihre eigene Gesundheit zu verschwenderisch in ihren Diensten auf.“

„Ich würde das Leben für meine Pflicht hingeben; ich würde es für jeden aus der Familie meines Mannes tun“, warf Mrs. Bute ein.

„Ja, gnädige Frau, wenn es not tut; aber wir wollen nicht, daß Mrs. Bute Crawley eine Märtyrerin wird“, erwiderte Mr. Clump galant. „Dr. Squills und ich selbst, wir haben beide Miss Crawleys Fall mit allem Eifer und aller Sorgfalt geprüft, wie Sie sich wohl denken können. Wir sehen sie niedergeschlagen und nervös; Vorkommnisse in der Familie haben sie aufgeregt ...“

„Ihr Neffe wird der ewigen Verdammnis nicht entgehen!“ rief Mrs. Crawley.

„... haben sie aufgeregt; und Sie, meine liebe gnädige Frau, erschienen wie ein Schutzengel, wie ein richtiger Schutzengel, versichere ich Ihnen, um sie von dem Druck des Unheils zu befreien. Aber Dr. Squills und ich sind der Ansicht, daß unsere liebenswürdige Freundin nicht in einem solchen Zustand ist, daß sie notwendigerweise das Bett hüten muß. Sie ist niedergeschlagen, aber diese Abgeschlossenheit vermehrt vielleicht gerade ihre Niedergeschlagenheit. Sie sollte Abwechslung haben, frische Luft, Fröhlichkeit, die reizendsten Heilmittel der Pharmakologie“, erklärte Mr. Clump und zeigte beim Lächeln seine schönen Zähne. „Überreden Sie sie aufzustehen, liebe gnädige Frau, zerren Sie sie von ihrem Lager und aus ihrer schlechten Stimmung weg; bestehen Sie darauf, daß sie kleine Spazierfahrten macht. Das wird auch Ihren Wangen die rosige Farbe wiedergeben, wenn ich das zu Mrs. Bute Crawley sagen darf!“

„Wenn sie durch Zufall ihrem entsetzlichen Neffen im Park begegnete, wo der Elende, wie man mir sagt, mit der unverschämten Genossin seiner Verbrechen ausfährt“, sagte Mrs. Bute (und ließ dabei die Katze der Selbstsucht aus dem Sack des Geheimnisses), „würde ihr das solch einen Schock geben, daß wir sie sofort wieder ins Bett bringen müßten. Sie darf nicht ausgehen, Mr. Clump. Solange ich hier bin und über ihr wache, soll sie nicht ausgehen. Und meine Gesundheit – was macht das schon aus? Ich gebe sie freudig hin, mein Herr. Ich opfere sie auf dem Altar meiner Pflicht.“

„Auf mein Wort, gnädige Frau“, begann Mr. Clump jetzt ohne weitere Umstände, „wenn sie in diesem dunklen Zimmer eingesperrt bleibt, stehe ich nicht für ihr Leben ein. Sie ist so nervös, daß wir sie jeden Tag verlieren können. Und wenn Sie wollen, daß Hauptmann Crawley ihr Erbe wird, so sage ich Ihnen offen, gnädige Frau, Sie tun Ihr Bestes, um ihm dabei behilflich zu sein."

„Gütiger Himmel! Ihr Leben ist in Gefahr?" rief Mrs. Bute. „Warum – warum haben Sie mir das nicht früher gesagt, Mr. Clump?"

Am Abend vorher hatten sich Mr. Clump und Dr. Squills (bei einer Flasche Wein im Hause Sir Lapin Warrens, dessen Frau ihm gerade zum dreizehntenmal Glück schenken wollte) über Miss Crawley und ihren Fall beraten.

„Was für ein Raubvogel ist doch dieses Frauenzimmer aus Hampshire, nicht wahr, Clump?" bemerkte Squills. „Sie hat die alte Tilly Crawley ganz mit Beschlag belegt. Verteufelt guter Madeira!"

„Was für ein Dummkopf war Rawdon Crawley", erwiderte Clump, „eine Gouvernante zu heiraten! Immerhin war etwas an dem Mädchen dran!"

„Grüne Augen, helle Haut, hübsche Figur, famose Frontalentwicklung", sagte Squills. „Es ist schon was an ihr, aber Crawley war ein Dummkopf, Clump."

„Ein verfluchter Narr", pflichtete der Arzt ihm bei.

„Natürlich wird die alte Jungfer ihn über Bord werfen", meinte der Arzt und fügte nach einer Pause hinzu: „Sie wird eine reiche Erbschaft hinterlassen, vermute ich?"

„Reiche Erbschaft?" sagte Clump lachend. „Nicht um zweihundert Pfund jährlich möchte ich, daß sie schon abkratzt."

„Diese Frau da aus Hampshire wird sie in wenigen Monaten unter die Erde bringen, Clump, mein Junge, wenn sie bei ihr bleibt", erwiderte Dr. Squills. „Eine alte Frau, starker Esser, nervöse Veranlagung, Herzklopfen, Druck auf dem Gehirn, Schlaganfall, und weg ist sie. Sorg dafür, daß sie aufsteht, Clump, daß sie ausgeht, oder es dauert keinen Monat mehr bis zu deinen zweihundert jährlich." Auf diesen Wink hin hatte der würdige Apotheker so offen mit Mrs. Bute Crawley gesprochen.

Solange Mrs. Bute die alte Dame allein im Bett unter ihren Händen hatte, hatte sie mehr als einen Angriff auf sie gemacht, der sie veranlassen sollte, ihr Testament abzuändern. Aber Miss Crawleys gewöhnlicher Schrecken vor dem Tode wurde noch bedeutend größer, wenn man ihr dergleichen düstere Vorschläge machte. Mrs. Bute sah also ein, sie mußte ihre Patientin erst in gute Stimmung bringen und wieder gesund machen, ehe sie hoffen konnte, das fromme Ziel zu erreichen, das sie im Auge hatte. Das nächste Problem war, wohin man mit ihr fahren sollte. Einzig und allein in der Kirche war sie sicher, diesen verhaßten Rawdons nicht zu begegnen, aber ein Gang in die Kirche würde Miss Crawley nicht sehr aufheitern, empfand Mrs. Bute ganz richtig. Wir müssen eben unsere schönen Londoner Vorstädte besuchen, dachte sie dann. Wie ich höre, sind sie die malerischsten der Welt. So interessierte sie sich plötzlich für Hampstead und Hornsey, und Dulwich bekam großen Reiz für sie. Sie packte also ihr Opfer in die Kutsche und fuhr mit ihr in diese ländlichen Orte, wobei sie ihr diese Fahrten mit Gesprächen über Rawdon und seine Frau verkürzte. Sie erzählte der alten Dame alle möglichen Geschichten, die ihre Entrüstung über dieses verworfene Paar vergrößern konnten.

Vielleicht zog Mrs. Bute die Schlinge unnötig fest an. Zwar gelang es ihr, Miss Crawley in eine richtige Abneigung gegen den ungehorsamen Neffen hineinzusteigern, aber die Patientin empfand so tiefen Haß und eine geheime Furcht ihrer Quälerin gegenüber, daß sie sehnlichst danach verlangte, ihr zu entfliehen. Binnen kurzem empörte sie sich gegen Highgate und Hornsey. Sie wollte in den Park. Mrs. Bute wußte ja, sie würden dort dem schändlichen Rawdon begegnen. Richtig kam auch eines Tages auf dem Ring Rawdons leichter Wagen in Sicht. Neben ihm saß Rebekka. In der feindlichen Equipage nahm Miss Crawley ihren gewohnten Platz ein, während sich Mrs. Bute ihr zur Linken, der Pudel und Miss Briggs auf dem Rücksitz befanden. Es war ein spannender Augenblick, und Rebekkas Herz klopfte schneller, da sie den Wagen erkannte. Als die beiden Kutschen aneinander vorüberfuhren, faltete sie die Hände und blickte mit dem Ausdruck schmerzlicher Anhänglichkeit und Ergebenheit zu der alten Jungfer hin. Rawdon selbst zitterte, und sein Gesicht wurde unter seinem gefärbten Schnurrbart dunkelrot. Im anderen Wagen war nur die alte Briggs bewegt und richtete die großen Augen nervös auf ihre alten Freunde. Miss Crawleys Haube war entschlossen zur Serpentine gewandt. Mrs. Bute war zufällig ganz hingerissen von dem Pudel und nannte ihn ihren kleinen Liebling, ein süßes kleines Geschöpfchen. Die Wagen fuhren weiter, jeder in seiner Richtung.

„Erledigt, zum Teufel", sagte Rawdon zu seiner Frau.

„Versuch es noch mal, Rawdon", erwiderte Rebekka. „Könntest du nicht mit deinen Rädern in ihre hineinfahren, Liebster?"

Zu diesem Manöver hatte Rawdon nicht genug Mut. Als die Wagen sich wieder trafen, stand er in seinem Wagen auf, hob die Hand, bereit, den Hut abzunehmen, und blickte gespannt hinüber. Diesmal war Miss Crawleys Gesicht jedoch nicht abgewandt, sie und Mrs. Bute sahen ihn voll an und schnitten den Neffen mitleidlos. Mit einem Fluch sank er auf den Sitz zurück, brach aus der Reihe aus und fuhr verzweifelt heim.

Es war ein herrlicher, entscheidender Triumph für Mrs. Bute. Aber der Anblick von Miss Crawleys offensichtlicher Nervosität warnte sie vor der Gefahr, die häufige derartige Begegnungen mit sich bringen könnten, und sie traf die Entscheidung, daß es um der Gesundheit ihrer teuren Freundin willen dringend notwendig sei, die Stadt auf eine Weile zu verlassen. Mit größtem Nachdruck empfahl sie ihr zu diesem Zweck Brighton.

20. Kapitel

Hauptmann Dobbin spielt Hymens Boten

Wahrscheinlich ohne zu wissen, wie er dazu kam, stellte Hauptmann Dobbin auf einmal fest, daß es seine Aufgabe war, die Heirat George Osbornes mit Amelia zu fördern, sie zu vereinbaren und überhaupt zustande zu bringen. Wenn er nicht wäre, würde es niemals dazu kommen, das mußte er sich mit bitterem Lächeln gestehen. Ausgerechnet ihn hatte es getroffen, für diese Heirat Sorge tragen zu müssen. Obgleich diese Verhandlungen für den Hauptmann so ungefähr die schmerzlichste Aufgabe bedeuteten, die man ihm stellen konnte, so war er doch daran gewöhnt, seine Pflicht ohne viele Worte und ohne langes Zögern zu erfüllen. Da er zu der Überzeugung gelangt war, daß Miss Sedley vor Enttäuschung sterben würde, wenn sie diesen Mann nicht bekäme, war er entschlossen, sein möglichstes zu tun, sie am Leben zu erhalten.

Ich will davon absehen, die Unterredung zwischen George und Amelia in allen Einzelheiten zu schildern, als dieser durch die Vermittlung seines Freundes, des ehrlichen William, wieder zu den Füßen (oder sollen wir es wagen zu sagen: in die Arme?) seiner Geliebten zurückgeführt war. Ein noch viel härteres Gemüt als das Georges wäre bei dem Anblick des süßen Gesichtchens, das Kummer und Verzweiflung so traurig mitgenommen hatten, und bei den einfachen zärtlichen Worten, mit denen sie die Geschichte ihres gebrochenen Herzens erzählte, weich geworden. Sie war nicht in Ohnmacht gefallen, als die zitternde Mutter George hereinführte; sie war nur erleichtert, als sie ihr Haupt an die Schulter des Geliebten betten und dort viele zärtliche, erfrischende Tränen weinen konnte. Da war auch die alte Mrs. Sedley ganz erleichtert und hielt es für das beste, die jungen Leute sich selbst zu überlassen. Sie ging hinaus, während Amelia über Georges Hand weinte und sie demütig küßte, als sei er ihr oberster Herr und Meister und sie ein schuldiges, unwürdiges Ding, das aller Gunst und Gnade von seiner Seite bedürfe.

Diese Demut und ihre süße, klaglose Unterwürfigkeit rührten George Osborne und schmeichelten ihm außerordentlich. In dem einfachen, nachgiebigen, treuen Geschöpf sah er seine Sklavin vor sich, und das Herz in der Brust erzitterte ihm insgeheim, als ihm seine Macht zu Bewußtsein kam. Er wollte edelmütig sein wie ein Sultan, seine kniende Esther aufheben und sie zur Königin machen. Außerdem rührten ihn ihre Traurigkeit und Schönheit ebensosehr wie ihre Unterwürfigkeit, und so sprach er zu ihr, hob sie auf und vergab ihr sozusagen. All ihre Hoffnungen, die dahingewelkt waren, als diese Sonne ihr genommen war, blühten mit einem Male wieder auf, da ihnen das Licht wiedergegeben wurde. In dieser Nacht hätte man das strahlende Gesichtchen auf Amelias Kissen kaum als das gleiche wiedererkannt, das in der Nacht vorher so bleich, so leblos, so unbeteiligt an allem um sie her dagelegen hatte. Das ehrliche irische Dienstmädchen war so entzückt von der Veränderung, daß sie bat, das plötzlich so rosig gewordene Gesicht küssen zu dürfen. Da legte Amelia dem Mädchen die Arme um den Nacken und küßte sie herzlich wie ein Kind; sie war auch kaum mehr als ein Kind. In dieser Nacht schlief sie einen so süßen, erfrischenden Schlaf wie nur je. Welch ein Quell unaussprechlichen Glücks, als sie in der Morgensonne erwachte! Heute kommt er wieder! dachte Amelia. Er ist der größte und beste aller Männer. Tatsache ist, daß George meinte, er sei eines der edelsten Geschöpfe der Welt und vollbringe ein ungeheures Opfer, wenn er dieses junge Ding heirate.

Während Amelia und Osborne oben ihr reizendes Tête-à-tête hatten, besprachen unten die alte Mrs. Sedley und Hauptmann Dobbin den Stand der Dinge, die Aussichten und die Zukunft der jungen Leute. Mrs. Sedley hatte wohl die beiden Liebenden zusammengeführt und sie in inniger Umarmung zurückgelassen. Als eine echte Frau war sie jedoch der Ansicht, daß keine Macht auf Erden Mr. Sedley dazu bringen würde, der Ehe seiner Tochter mit dem Sohn jenes Mannes zuzustimmen, der ihn so schändlich, so böse, so ungeheuerlich behandelt hatte. Sie erzählte lange Geschichten von glücklicheren Zeiten und ihrem früheren Glanz, als Mr. Osborne noch sehr bescheiden in New Road wohnte und seine Frau nur zu froh war, wenn sie ein paar von Joes Kindersachen erhielt, mit denen Mrs. Sedley ihr bei der Geburt von Osbornes Kindern aushalf. Sie war überzeugt, daß die höllische Undankbarkeit dieses Mannes Mr. Sedley das Herz gebrochen habe, und was die Heirat anginge, da würde er nie, niemals einwilligen.

„Sie müssen eben zusammen durchbrennen", meinte Dobbin lachend, „und dem Beispiel von Rawdon Crawley und Miss Emmys Freundin, der kleinen Gouvernante, folgen." War das möglich? Das wäre doch unerhört! Mrs. Sedley wurde ganz aufgeregt, als sie diese Neuigkeit vernahm. Sie wünschte, die Blenkinsop wäre da und könnte es hören; die hatte doch immer solches Mißtrauen gegen Miss Sharp gehabt! Da war Joe aber noch gut davongekommen! Und sie beschrieb die uns bereits wohlbekannte Liebesgeschichte zwischen Rebekka und dem Steuereinnehmer von Boggley Wollah.

Es war jedoch nicht so sehr Mr. Sedleys Zorn, den Dobbin fürchtete, als der des anderen Vaters, und er gab zu, daß es ihm beträchtliche Zweifel und Sorgen bereitete, wie der finstere alte Tyrann am Russel Square sich verhalten werde. Hatte er doch die Heirat strikt verboten, wie sich Dobbin erinnerte. Er wußte, welch ein hartnäckiger Mann Mr. Osborne war und wie er zu seinem Wort stand. Die einzige Aussicht auf Versöhnung besteht für George darin, sich in dem kommenden Feldzug auszuzeichnen, überlegte der Freund. Wenn er fällt, gehen sie beide zusammen dahin. Wenn er sich nicht hervortut – was dann? Von seiner Mutter her hat er ja wohl etwas Geld, genug, um sich den Majorsrang zu erwerben; sonst muß er sein Offizierspatent verkaufen und als Farmer nach Kanada gehen oder hier auf dem Lande leben, so gut es geht. Dobbin war allerdings der Ansicht, ihm selbst würde mit solch einer Gefährtin auch Sibirien nichts ausmachen. Seltsamerweise dachte der leichtsinnige junge Mann nicht einen Augenblick lang daran, daß das Fehlen der Mittel für einen hübschen Wagen und Pferde und eines Einkommens, das eine vornehme Geselligkeit ermöglicht, sich als Hindernis für die Verbindung zwischen George und Miss Sedley erweisen könnte.

Diese gewichtigen Überlegungen bestimmten ihn, die Trauung möglichst zu beschleunigen. Ob ihm wohl selbst so viel daran lag, daß die Sache erledigt und vorbei war? Es kommt doch vor, daß Leute nach einem Todesfall auf ein schnelles Begräbnis drängen oder eine Trennung, die ihnen bevorsteht, schnell hinter sich bringen wollen. Sicher ist, daß Mr. Dobbin, nachdem er die Sache in die Hand genommen hatte, sehr eifrig darauf bedacht war, sie vorwärtszutreiben. Er stellte George vor, wie notwendig schnelles Handeln sei. Er wies ihn auf die Möglichkeiten zur Versöhnung mit seinem Vater hin, die eine lobende Erwähnung seines Namens in den Armeeberichten mit sich bringen konnte. Wenn's not tat, wollte er in dieser Angelegenheit auch selbst beiden Vätern gegenübertreten. Auf jeden Fall flehte er George an, es zu erledigen, ehe der von allen erwartete Befehl kam, daß das Regiment an die Front aufzubrechen hatte.

Mit diesen Heiratsplänen beschäftigt, machte Mr. Dobbin sich auf, um Mr. Sedley an seinem gewöhnlichen Aufenthaltsort in der City, dem Tapioca-Kaffeehaus, aufzusuchen; denn Mrs. Sedley lag nichts daran, ihrem Mann die Nachricht persönlich mitzuteilen. So war sie von Dobbins Absicht sehr angetan und gab ihm ihre Zustimmung. Seit das Schicksal ihn ereilt hatte und sein eigenes Büro geschlossen war, begab der gebrochene, arme alte Herr sich nun täglich hierher in die City, schrieb und erhielt Briefe und band sie zu geheimnisvollen Bündeln zusammen. Einige davon trug er stets in den Taschen seiner Rockschöße mit sich herum. Ich kenne nichts Trübseligeres als das geschäftige Hin- und Her und die Geheimnistuerei eines ruinierten Mannes: wie er einem Briefe von reichen Leuten vorzeigt, wie er einem mit forschender Miene jene ab-

genutzten, schmierigen Papiere voll Hilfeversprechen und Beileidsbezeugungen vorlegt, auf die er seine Hoffnungen auf einen neuen Anfang und künftiges Glück baut! Auch dem geneigten Leser hat im Laufe seines Lebens sicherlich schon so manch einer dieser unglücklichen Gesellen aufgelauert, um ihn in einen Winkel zu ziehen. Da nimmt er dann sein Bündel Papiere aus der weit aufstehenden Rocktasche, knüpft die Schnur auf, hält sie mit dem Mund fest, wählt seine Lieblingsbriefe aus und legt sie ihm vor. Wer kennt nicht den traurigen, flehenden, halb irren Blick, mit dem er uns aus hoffnungsleeren Augen anstarrt?

In solch einen Mann verwandelt fand Dobbin den jovialen, reichen John Sedley, dem es einmal so gut gegangen war. Sein Rock, sonst immer elegant und bequem, war an den Kanten ganz abgestoßen, und bei den Knöpfen schimmerte das Metall durch. Sein Gesicht war eingefallen und unrasiert. Die Krause und das Halstuch hingen ihm schlaff unter die faltige Weste. Wenn er in alten Zeiten die Jungen einmal in das Kaffeehaus eingeladen hatte, hatte er gewöhnlich lauter gesprochen und gelacht als jeder andere dort und alle Kellner um sich her in Bewegung gesetzt, und es war schmerzlich zu sehen, wie demütig und höflich er nun im Tapioca John gegenüber war, dem triefäugigen alten Diener mit seinen schmutzigen Strümpfen und zerrissenen Schuhen, dessen Aufgabe es war, den Besuchern dieses traurigen Wirtshauses, wenn anscheinend nichts anderes gewünscht wurde, Gläser mit Oblaten, zinnerne Tintenfässer und einige Blatt Papier zu servieren. William Dobbin, dem der alte Herr in seiner Jugend oftmals ein kleines Geldgeschenk gemacht hatte und der bei tausend Gelegenheiten die Zielscheibe seiner Späße gewesen war, gab der alte Sedley jetzt nur sehr zögernd und demütig die Hand und nannte ihn „Sir“. Ein Gefühl der Scham und Reue überkam Dobbin, als der gebrochene alte Mann ihn so empfing und anredete, fast als sei er selbst irgendwie schuld an dem Unglück, das Sedley so weit heruntergebracht hatte.

„Ich freue mich sehr, Sie zu sehen, Herr Hauptmann“, sagte er, nachdem er einen lauernden Blick auf seinen Besucher geworfen hatte, dessen schmale, hohe Gestalt und dessen militärisches Aussehen auch in den Triefaugen des alten Dieners mit den zerrissenen Tanzschuhen einige Aufregung erzittern ließen und die alte Frau in Schwarz aufweckten, die zwischen den angeschlagenen alten Kaffeetassen am Ausschank eingenickt war. „Wie geht's dem würdigen Ratsherrn und Lady Dobbin, Ihrer vortrefflichen Mutter?“ Als er das „Lady Dobbin“ aussprach, sah er sich nach dem Diener um, als ob er sagen wollte: Gib acht, John! Ich habe noch Freunde, und noch dazu Personen von Rang und Ruf! „Kommen Sie wegen einer geschäftlichen Angelegenheit, Sir? Meine jungen Freunde Dale und Spiggot erledigen jetzt alles Geschäftliche für mich, bis meine neuen Büroräume fertig sind. Denn hier, wissen Sie,

Herr Hauptmann, hier bin ich nur vorübergehend. Womit können wir Ihnen dienen, Sir? Möchten Sie etwas zu sich nehmen?“

Zögernd und stotternd beteuerte Dobbin, daß er nicht im geringsten hungrig oder durstig sei, daß er über nichts Geschäftliches zu verhandeln habe, daß er nur gekommen sei, um sich nach Mr. Sedleys Befinden zu erkundigen und einem alten Freund die Hand zu schütteln. Indem er verzweifelt die Wahrheit umkehrte, fügte er hinzu: „Meiner Mutter geht es sehr gut – das heißt, es ging ihr sehr schlecht; nun wartet sie auf den ersten schönen Tag, um Mrs. Sedley einen Besuch zu machen. Wie geht's Mrs. Sedley, Sir? Hoffentlich recht gut!“ Hier hielt er inne und überdachte seine tolle Heuchelei; denn es war ein schöner Tag, und die Sonne schien so hell wie nur je in Coffin Court, wo das Tapioca-Kaffeehaus liegt. Dann entsann sich Mr. Dobbin, daß er Mrs. Sedley vor einer Stunde erst gesehen hatte, als er mit Osborne nach Fulham gefahren und ihn dort im tête-à-tête mit Miss Amelia zurückgelassen hatte.

„Meine Frau wird sich über einen Besuch von Lady Dobbin sehr freuen“, erwiderte Sedley und zog dabei seine Papiere heraus. „Hier habe ich einen sehr freundlichen Brief von Ihrem Vater, Sir. Bitte richten Sie ihm meine untertänigsten Komplimente aus! Lady Dobbin wird uns in einem weitaus kleineren Haus finden als dem, wo wir sonst unsere Freunde empfingen. Aber es ist gemütlich, und der Luftwechsel tut meiner Tochter gut. Sie hatte in der Stadt ziemlich gelitten – Sie erinnern sich doch an die kleine Emmy, Sir? –, ja, recht gelitten.“ Die Augen des alten Herrn schweiften umher, als er sprach, und er dachte an etwas ganz anderes, während er dasaß und auf seinen Papieren trommelte und an der abgenutzten roten Schnur herumfingerte.

„Sie sind Offizier“, fuhr er fort, „ich frage Sie, Bill Dobbin, konnte man denn damit rechnen, daß dieser korsische Schurke aus Elba zurückkehren würde? Als die verbündeten Herrscher im vorigen Jahr hier waren und wir ihnen in der City ein Diner gaben, Sir, und den Tempel der Eintracht und das Feuerwerk und die chinesische Brücke im St. James Park sahen, konnte da ein vernünftiger Mann annehmen, daß der Friede nicht wirklich geschlossen war, nachdem wir doch deswegen das Te Deum gesungen hatten? Ich frage Sie, William, konnte ich denn ahnen, daß der Kaiser von Österreich ein verdammter Verräter ist – ein Verräter und nichts weiter? Ich will meine

Worte nicht beschönigen – ein doppelgesichtiger, höllischer Verräter und Ränkeschmied, der seinen Schwiegersohn schon immer zurückholen wollte! Und ich behaupte, daß Boneys Flucht aus Elba ein infamer Betrug und eine Verschwörung war, Sir, an der die Hälfte der europäischen Mächte beteiligt war, bloß um die Staatspapiere herabzudrücken und unser Land zu ruinieren. Darum sitze ich hier, William! Darum steht mein Name in den Bankrott-Bekanntmachungen. Warum, Sir? – Weil ich dem Kaiser von Rußland und dem Prinzregenten vertraut habe! Schauen Sie her! Sehen Sie sich meine Papiere an! Sehen Sie, wie die Papiere am 1. März standen – was die französischen Fünfprozentigen wert waren, als ich sie kaufte! Und wie stehen sie jetzt? Das war ein abgekartetes Spiel, Sir, oder dieser Schurke hätte nie entwischen können. Wo war der englische Kommissar, der ihn entkommen ließ? Er müßte erschossen werden, Sir, vor ein Kriegsgericht gestellt und erschossen werden, beim Zeus!"

„Wir werden Boney schon hinausjagen, Sir", sagte Dobbin, ziemlich beunruhigt von der Wut des alten Mannes, auf dessen Stirn die Adern anzuschwellen begannen, während er mit geballter Faust auf seinen Papieren herumtrommelte. „Wir werden ihn hinausjagen, Sir, der Herzog ist schon in Belgien, und wir erwarten täglich den Marschbefehl."

„Gebt ihm keinen Pardon! Bringt den Kopf dieses Schuftes mit! Schießt den Feigling nieder!" brüllte Sedley. „Ich würde mich selbst noch anwerben lassen, beim . . . aber ich bin ein gebrochener alter Mann, ruiniert von diesem verdammten Schurken und einer Rotte von Schwindlern und Dieben hier in England, die ich erst groß gemacht habe, Sir, und die jetzt stolz in ihren Wagen herumfahren", fügte er mit brechender Stimme hinzu.

Dobbin war nicht wenig gerührt von dem Anblick dieses einst so lieben alten Freundes, der nun durch das Unglück fast wahnsinnig geworden war und in altersschwachem Zorn wütete. Habt Mitleid mit dem gefallenen Gentleman, ihr, denen Geld und guter Ruf die höchsten Güter bedeuten! Und sind sie das nicht auch, jedenfalls auf dem Jahrmarkt der Eitelkeit?

„Ja", fuhr er fort, „es gibt da Schlangen, die man am Busen nährt und die einen nachher stechen. Es gibt Bettler, die man aufs Pferd setzt und die dann die ersten sind, einen niederzureiten. Sie wissen, wen ich meine, nicht wahr, mein Junge? Ich meine einen protzigen Schuft am Russel Square, den ich kannte, als er noch keinen Schilling hatte. Jetzt hoffe und bete ich, daß ich ihn noch einmal als den Bettler sehe, der er war, als ich mich seiner annahm."

„Etwas dergleichen habe ich von meinem Freund George gehört, Sir", sagte Dobbin, der nun endlich zur Sache kommen wollte. „Der Streit zwischen Ihnen und seinem Vater ist ihm sehr nahegegangen. Ich bringe Ihnen eine Botschaft von ihm."

„Oho, das ist also der Zweck Ihres Kommens!" rief der alte Mann und sprang auf. „Wie? Vielleicht drückt er mir sein Beileid aus, was? Sehr freundlich von ihm, dem steifen, stolzen Narren mit der Stutzermiene und dem Westend-Getue! Schleicht wohl immer noch um mein Haus herum, wie? Wenn mein Sohn ein Mann wäre, würde er ihn erschießen. Er ist ein ebenso großer Schuft wie sein Vater. Ich will nicht, daß sein Name in meinem Haus genannt wird! Ich verfluche den Tag, da ich ihn einließ! Lieber sähe ich meine Tochter tot zu meinen Füßen als mit ihm verheiratet!"

„George kann doch nichts für die Härte seines Vaters, Sir. Dazu, daß Ihre Tochter ihn liebt, haben Sie ebensoviel beigetragen wie er. Wer sind Sie, daß Sie mit den Gefühlen zweier junger Menschen so spielen und ihnen nach Ihrem Willen das Herz brechen dürfen?"

„Merken Sie sich wohl, es ist nicht sein Vater, der die Verbindung abbricht!" rief der alte Sedley aus, „ich verbiete sie! Diese Familie und die meine sind auf ewig getrennt. Ich bin tief gesunken, aber so tief doch nicht, nein, nein! Das können Sie der ganzen Sippschaft erzählen, dem Sohn, dem Vater, den Schwestern, allen!"

„Sir, ich glaube, Sie haben weder die Macht noch das Recht, die beiden zu trennen", antwortete Dobbin leise. „Wenn Sie Ihrer Tochter Ihre Zustimmung verweigern, dann – glaube ich – wird es ihre Pflicht sein, ohne diese Zustimmung zu heiraten. Es ist nicht einzusehen, warum sie elend dahinsiechen sollte, nur weil Sie so starrköpfig sind. Meiner Ansicht nach ist sie genausogut verheiratet, als wenn das Aufgebot schon in allen Londoner Kirchen verlesen worden wäre. Und welch bessere Antwort auf Osbornes Anschuldigungen gegen Sie kann es geben, als daß sein Sohn in Ihre Familie eintreten und Ihre Tochter heiraten will?"

So etwas wie ein Aufleuchten der Genugtuung zeigte sich bei dem alten Sedley, als ihm dieser Umstand klargemacht wurde;

aber er beharrte doch dabei, daß er Amelia und George nie die Einwilligung zur Heirat geben würde.

„Dann müssen wir es ohne sie tun", sagte Dobbin lächelnd und erzählte Mr. Sedley – wie kurz vorher am gleichen Tage Mrs. Sedley – die Geschichte von Rebekkas heimlicher Vermählung mit Hauptmann Crawley. Augenscheinlich amüsierte es den alten Herrn. „Ihr seid tolle Burschen, ihr Offiziere", sagte er, während er seine Papiere zusammenband. Auf seinem Gesicht stand so etwas wie ein Lächeln, sehr zur Verwunderung des triefäugigen Kellners, der eben hereinkam und solch einen Ausdruck noch nie auf Sedleys Gesicht bemerkt hatte, seit jener das elende Kaffeehaus besuchte.

Der Gedanke, seinem Feinde Osborne solch einen Schlag zu versetzen, besänftigte vielleicht den alten Herrn, und da nunmehr ihr Gespräch zum Ende kam, schieden er und Dobbin als gute Freunde.

„Meine Schwestern behaupten, sie habe Diamanten, so groß wie Taubeneier", erzählte George lachend. „Wie müssen die sich von ihrem Teint abheben! Es muß ein richtiges Feuerwerk sein, wenn sie ihre Juwelen am Hals trägt! Ihr pechschwarzes Haar ist so kraus wie das Sambos. Sicher hat sie einen Nasenring getragen, als sie bei Hofe vorgestellt wurde. Und mit einem Federbusch im Knoten müßte sie geradezu aussehen wie eine richtige belle sauvage."

George unterhielt sich mit Amelia. Er spöttelte über das Äußere einer jungen Dame, deren Bekanntschaft sein Vater und seine Schwestern kürzlich gemacht hatten und die nun für die Familie am Russel Square der Gegenstand ungeheurer Achtung war. Man erzählte, sie besitze wer weiß wie viele Pflanzungen in Westindien, eine Menge Geld in Staatspapieren, und in der Liste der Aktionäre der Ostindischen Compagnie stünden drei Sterne vor ihrem Namen. Sie hatte einen Landsitz in Surrey und ein Haus am Portland Place. Der Name der westindischen Erbin war beifällig in der *Morgenpost* erwähnt worden. Mrs. Haggistoun, Hauptmann Haggistouns Witwe, eine Verwandte der jungen Dame, führte ihr den Haushalt und spielte die Anstandsdame bei ihr. Sie war eben von der Schule gekommen, wo sie ihre Ausbildung abgeschlossen hatte. George und seine Schwestern hatten sie bei einer Abendgesellschaft im Hause des alten Hulker am Devonshire Place kennengelernt (Hulker, Bullock & Co. waren lange die Hauptvertreter ihres Hauses in Westindien gewesen). Die Mädchen waren ihr herzlich ent-

gegengekommen, was die Erbin sich freundlich hatte gefallen lassen. Eine Waise in ihrer Stellung – mit soviel Geld – wie interessant! sagten die Misses Osborne. Als sie nach dem Ball bei Hulkers zu Miss Wirt, ihrer Gesellschafterin, zurückkehrten, waren sie ganz erfüllt von ihrer neuen Freundin. Sie hatten verabredet, daß sie sich sehr häufig sehen wollten. Schon gleich am nächsten Tage nahmen sie den Wagen und fuhren zu ihr, um sie zu besuchen. Mrs. Haggistoun, Oberst Haggistouns Witwe, eine Verwandte von Lord Binkie, von dem sie ständig redete, kam den lieben, einfältigen Mädchen sehr hochmütig vor und sprach ihrer Ansicht nach zu gern und zuviel über ihre vornehmen Verwandten. Aber Rhoda war ganz so, wie man es sich nur wünschen konnte, ein offenherziges, freundliches, reizendes Wesen, das zwar noch ein bißchen Politur brauchte, aber doch sehr gutmütig war. Die Mädchen nannten einander gleich beim Vornamen.

„Du hättest ihr Kleid für den Empfang bei Hofe sehen sollen, Emmy“, lachte Osborne; „sie kam zu meinen Schwestern, um sich von ihnen bewundern zu lassen, ehe sie von Lady Binkie, der Verwandten der Haggistoun, vorgestellt wurde. Sie ist mit allen verwandt, diese Haggistoun. Ihre Diamanten funkelten wie Vauxhall an dem Abend, als wir dort waren. Erinnerst du dich noch an Vauxhall, Emmy, als Josef seinem teuersten Her-er-Herzchen vorsang? Diamanten und Mahagoni, Liebes, denk nur, welch günstiger Kontrast – und die weißen Federn im

Haar – ich meine in ihrer Wolle! Sie hatte Ohrringe wie Leuchter, man hätte sie anzünden können, beim Zeus! und eine gelbe Atlasschleppe, die sie hinter sich herzog wie einen Kometenschweif!"

„Wie alt ist sie denn?" fragte Amelia, der George am Morgen ihres Wiederfindens in einem fort von diesem schwarzen Musterstück vorplauderte, wie es gewiß kein anderer Mann auf der Welt fertigbrachte!

„Ja, die schwarze Prinzessin muß wohl zwei- oder dreiundzwanzig sein, obzwar sie eben erst die Schule verlassen hat. Du solltest ihre Handschrift sehen! Gewöhnlich schreibt Mrs. Haggistoun ihr die Briefe, aber in einem vertraulichen Augenblick brachte sie für meine Schwestern die Feder selbst aufs Papier. Sie schreibt Satin ‚Satteng' und St. James ‚Sint Jems'."

„Das muß doch Miss Swartz sein, meine Schulkameradin!" rief Amelia aus, als ihr das gutmütige Mulattenmädchen einfiel, die so hysterisch geschluchzt hatte, als Amelia Miss Pinkertons Anstalt verließ.

„Ganz recht", erwiderte George. „Ihr Vater war ein deutscher Jude – Sklavenbesitzer sagt man –, der irgendwie mit den Kannibaleninseln zu tun hatte. Er starb voriges Jahr, und Miss Pinkerton hat nun ihre Erziehung abgeschlossen. Sie kann auf dem Klavier zwei Stücke spielen, sie kennt drei Lieder und kann schreiben, wenn Mrs. Haggistoun danebensitzt und ihr bei der Orthographie hilft. Jane und Maria haben sie schon so lieb wie eine Schwester."

„Ich wünschte, sie hätten mich auch liebgehabt", sagte Amelia sehnsüchtig. „Zu mir waren sie immer so kalt."

„Mein liebes Kind, sie hätten dich liebgehabt, wenn du 200 000 Pfund gehabt hättest", erwiderte George. „So sind sie eben erzogen worden. In unseren Gesellschaftskreisen sieht man aufs Geld. Wir leben unter Bankiers und City-Geldsäcken, zum Henker mit ihnen! Jeder, der mit dir redet, klimpert mit den Goldstücken in der Tasche. Da ist dieser Esel Fred Bullock, der Maria heiraten wird, da ist Goldmore, der Direktor der Ostindischen Compagnie, da ist Dipley, der vom Talghandel, unserm Handel" – George wurde rot und lachte verlegen. „Zum Teufel mit der ganzen Bande von gemeinen Geldschneidern! Bei ihren großen ausgedehnten Diners schlafe ich immer ein. Bei den langweiligen Galaabenden meines Vaters schäme ich mich. Ich bin gewöhnt, mit Gentlemen zu verkehren, mit eleganten, vornehmen Männern, Emmy, aber nicht mit diesem

Pack von schildkrötenfressenden Krämern. Du, liebes Kleines, bist die einzige in unserem Kreis, die wie eine Dame aussieht, denkt und spricht, und du tust es, weil du ein Engel bist und nicht anders kannst. Wehre dich nicht! Du bist die einzige wirkliche Dame hier! Hat Miss Crawley das nicht auch gesagt? Und sie hat doch in der besten Gesellschaft Europas verkehrt! Und Crawley von der Leibgarde, zum Henker, der ist ein feiner Kerl; das gefällt mir an ihm, daß er das Mädchen seiner Wahl auch geheiratet hat."

Auch Amelia zollte Mr. Crawley dafür große Bewunderung und war sicher, daß Rebekka mit ihm glücklich werden würde. Hoffentlich würde Joe sich trösten, lachte sie. Und so plauderte das junge Paar weiter, ganz wie in früheren Zeiten. Amelia hatte ihr Vertrauen völlig wiedergewonnen, obgleich sie wegen Miss Swartz sehr eifersüchtig tat und behauptete, sie habe große Angst – diese kleine Heuchlerin! –, daß George sie um der schwarzen Erbin, ihres Geldes und ihrer Besitzungen in St. Kitts willen vergessen könnte. In Wahrheit war sie viel zu glücklich, um Angst oder Zweifel oder schlimme Ahnungen irgendwelcher Art zu hegen. Nun, da sie George wieder an ihrer Seite hatte, fürchtete sie weder Erbin noch Schönheit noch irgendeine andere Gefahr.

Als Hauptmann Dobbin am Nachmittag voller Mitgefühl zu ihnen zurückkehrte, freute es sein Herz zu sehen, wie Amelia wieder jung geworden war, wie sie lachte und zwitscherte und vertraute alte Lieder am Klavier sang, die nur durch die Klingel draußen unterbrochen wurden. Mr. Sedley kam aus der City nach Hause, und das war für George das Signal zum Rückzug.

Außer dem ersten Lächeln zur Begrüßung – und auch das war geheuchelt, denn sie hielt sein Kommen für höchst ärgerlich – nahm Miss Sedley während seines ganzen Besuches nicht die geringste Notiz von Hauptmann Dobbin. Aber er war zufrieden, sie glücklich zu sehen, und dankbar, daß er ihr dazu hatte verhelfen können.

21. Kapitel

Der Streit um die Erbin

Leicht kann jeder Mann für eine junge Dame mit solchen Eigenschaften, wie sie Miss Swartz besaß, Liebe fühlen. So gab auch der alte Osborne sich ehrgeizigen Träumen hin, die durch sie verwirklicht werden sollten. Voll Begeisterung unterstützte er in jeder Art die liebenswürdige Anhänglichkeit seiner Töchter an die junge Erbin und behauptete, er sei als Vater aufrichtig froh, daß seine Töchter gerade sie sich zur Freundin erwählt hatten.

„In unserem bescheidenen Haus am Russel Square“, pflegte er zu Miss Rhoda zu sagen, „werden Sie nicht den Glanz und die Vornehmheit finden, an die Sie im Westend gewöhnt sind, mein liebes Fräulein. Meine Töchter sind einfache, uneigennützige Mädchen, aber sie haben das Herz auf dem rechten Fleck. Sie haben eine Freundschaft für Sie gefaßt, die ihnen alle Ehre macht. Ich bin ein einfacher, bescheidener britischer Kaufmann, und ein ehrlicher dazu, wie meine achtenswerten Freunde Hulker und Bullock, die Geschäftsfreunde Ihres seligen, hochbeklagten Vaters, bezeugen können. Sie finden bei uns eine einfache, einige, glückliche und, ich darf wohl sagen: geachtete Familie, eine bescheidene Küche, einfache Leute, aber ein herzliches Willkommen, meine liebe Miss Rhoda. Lassen Sie mich Rhoda sagen, mein Herz fühlt sich wahrhaft zu Ihnen hingezogen. Ich bin ein aufrichtiger Mann, und ich habe Sie gern! Ein Glas Champagner! Hicks, Champagner für Miss Swartz!“

Es besteht wenig Zweifel darüber, daß der alte Osborne alles glaubte, was er sagte, und daß die Mädchen die Beteuerungen ihrer Freundschaft für Miss Swartz ernst meinten. Auf dem Jahrmarkt der Eitelkeit hängen die Leute sich ganz natürlich an die Reichen. Schon die einfachsten Menschen sind geneigt, sehr freundlich auf großen Reichtum zu blicken. Ich möchte den aus dem britischen Volk sehen, der behaupten könnte, der Gedanke an Reichtum habe nicht etwas Ehrfurchtgebietendes und Anziehendes für ihn. Wenn du erfährst, daß der Mann, der bei Tisch neben dir sitzt, eine halbe Million hat, siehst du ihn da nicht auch mit einem gewissen Interesse an? Wenn nun die einfachen Leute schon so wohlwollend auf das Geld blicken, wieviel mehr muß es erst so ein Weltmann schätzen! Sofort stürzt man hinaus, um das Geld liebenswürdig willkommen zu heißen. Spontan erwacht ein freundliches Gefühl für den interessanten Besitzer. Ich kenne allerlei achtbare Leute, die sich nicht für berechtigt halten, Freundschaft mit jemandem zu schließen, der nicht ein gewisses Einkommen oder eine anerkannte Stellung in der Gesellschaft hat. Bei geeigneter Gelegenheit wiederum lassen sie ihrem Gefühl die Zügel schießen. Beweis dafür ist, daß die Familie Osborne, die in fünfzehn Jahren sich nicht zu herzlicher Achtung für Amelia Sedley hatte aufraffen können, im Verlauf eines einzigen Abends Miss Swartz so liebgewann, wie es der romantischste Verteidiger der Freundschaft auf den ersten Blick sich nur wünschen könnte.

Wie gut würde sie zu George passen (darin waren sich die Schwestern mit Miss Wirt einig), wieviel besser als diese unbedeutende kleine Amelia! So ein eleganter junger Bursche wie er mit seinem guten Aussehen, seinem Rang, seinem Können würde der richtige Mann für sie sein. Im Geiste malten die jungen Damen sich schon Bälle in Portland Place, Vorstellungen bei Hofe und den Verkehr mit dem halben hohen Adel aus. Mit ihrer lieben neuen Freundin sprachen sie von nichts anderem als von George und seinen vornehmen Verbindungen.

Auch der alte Osborne war der Ansicht, daß sie für seinen Sohn eine glänzende Partie wäre. Er sollte die Armee verlassen und ins Parlament gehen; er sollte in Politik und Mode eine Rolle spielen. Das Blut wallte ihm in ehrlicher britischer Freude auf, als er sich den Namen Osborne in der Person seines Sohnes geadelt dachte. Er sah sich schon als Stammvater einer ruhmreichen Reihe von Baronen. In der City und an der Börse zog er Erkundigungen ein, bis er über das Vermögen der Erbin genau im Bilde war und wußte, wo ihr Geld angelegt war und wo sich ihre Besitzungen befanden. Der junge Fred Bullock, der ihm die meisten Auskünfte erteilte, hätte gern selbst auf sie geboten (so drückte der junge Bankier es aus), nur war er schon für Maria Osborne vorbestimmt. Da er sie sich nicht als Frau sichern konnte, war der uneigennützige Fred durchaus damit einverstanden, sie zur Schwägerin zu bekommen. „Soll George doch geradewegs drauflosgehen und sie sich gewinnen", war sein Rat. „Man soll das Eisen schmieden, solange es heiß ist, wissen Sie, solange sie noch neu in der Stadt ist. In ein paar Wochen wird sicher so ein verdammter Kerl vom Westend mit einem vornehmen Namen und verschuldeten Besitzungen ankommen und uns Leute aus der City ausstechen, wie Lord Fitzrufus es voriges Jahr bei Miss Grogram getan hat, die tatsächlich mit Podder, von Podder & Brown, verlobt gewesen war. Je eher es geschieht, desto besser. Das ist meine Meinung", erklärte er gewitzt. Hinterher, als Osborne das Sprechzimmer des Bankiers verlassen hatte, fiel Bullock allerdings Amelia ein; er erinnerte sich, was für ein hübsches Mädchen sie doch war und wie sehr sie an George Osborne hing. Er gab sogar ganze zehn Sekunden seiner kostbaren Zeit daran, das Unglück zu bedauern, das das arme junge Mädchen getroffen hatte.

Während also George Osbornes bessere Gefühle und sein guter Freund und Genius Dobbin den Abtrünnigen zu Amelias Füßen zurückbrachten, bereiteten Georges Vater und seine Schwestern diese glänzende Partie vor, und es kam ihnen nicht im Traum in den Sinn, er könnte sich ihrem Vorhaben widersetzen.

Wenn der alte Osborne jemandem einen „Wink" gab, wie er es nannte, dann konnte auch der Beschränkteste dessen Bedeutung nicht mißverstehen. Ein „Wink" für einen Diener, daß er seinen Dienst verlassen sollte, war es, wenn Mr. Osborne ihn mit einem Fußtritt die Treppe hinunterbeförderte. Mit seinem üblichen taktvollen Freimut erklärte er Mrs. Haggistoun, er würde ihr an dem Tag, da sein Sohn ihr Mündel heirate, einen Scheck über fünftausend Pfund geben. Diesen Vorschlag nannte er einen „Wink" und hielt ihn für einen äußerst geschickten diplomatischen Schachzug. Schließlich gab er auch George solch einen „Wink" hinsichtlich der Erbin und befahl ihm, sie auf der Stelle zu heiraten, genauso wie er seinem Butler befohlen hätte, eine Flasche zu entkorken, oder seinem Angestellten, einen Brief zu schreiben.

Dieser kategorische „Wink" versetzte George in nicht geringe Unruhe. Noch war er dabei, Amelia voll größter Begeisterung und Freude zum zweitenmal den Hof zu machen. Noch schien sie ihm unaussprechlich süß. Der Gegensatz zwischen ihrem Äußeren und Wesen und dem der Erbin ließ ihm den Gedanken einer Verbindung mit der letzteren doppelt lächerlich und ekelhaft erscheinen. Wagen und Opernlogen – man stelle sich vor, er sollte sich da an der Seite dieser mahagonifarbenen Zauberin sehen lassen! Dazu kam, daß Osborne junior genauso hartnäckig war wie Osborne senior. Wenn er etwas wollte, stand er ebenso fest zu seinem Entschluß, und wenn man ihn erzürnte, wurde er ebenso heftig wie sein Vater in seinen furchtbarsten Augenblicken.

Am ersten Tage, als der Vater ihm in aller Form jenen „Wink" gab, er solle seine Neigung Miss Swartz zu Füßen legen, suchte er den alten Mann hinzuhalten. „Du hättest eher daran denken sollen, Vater", sagte er; „jetzt geht es nicht, da wir jeden Tag darauf warten, an die Front abzurücken. Warte, bis ich zurückkomme – wenn ich überhaupt zurückkomme!" Er stellte ihm vor, daß die Zeit, da sein Regiment täglich damit rechnete, England zu verlassen, sehr schlecht gewählt war, denn die wenigen Tage oder Wochen, die sie noch zu Hause sein würden, müßten den Geschäften gewidmet sein und nicht Liebeleien. Dafür sei Zeit genug, wenn er als Major nach Hause käme. „Denn ich verspreche dir", erklärte er mit selbstzufriedener Miene, „so oder so wirst du den Namen George Osborne in den Armeeberichten lesen!"

Des Vaters Antwort gründete sich auf die Auskünfte, die er in der City erhalten hatte. Die Kerle von Westend würden unvermeidlich die reiche Erbin mit Beschlag belegen, wenn man noch zögere, und George solle sich doch wenigstens schriftlich mit ihr verloben, um dann zu heiraten, wenn er nach England zurückkehre. Außerdem sei ein Mann, der zehntausend Pfund jährlich gewinnen könne, indem er zu Hause bleibe, ein Narr, wenn er sein Leben draußen aufs Spiel setzen wolle.

„So willst du also, daß man mit Fingern auf mich zeigt als einen Feigling und daß unser Name um Miss Swartz' Geld willen gebrandmarkt wird?" warf George ein.

Diese Bemerkung erschütterte den alten Herrn; aber da er auf sie eine Antwort geben mußte und da sein Entschluß trotzdem feststand, sagte er: „Morgen bist du zum Abendessen hier, und sooft Miss Swartz kommt, wirst auch du erscheinen, um ihr deine Komplimente zu machen. Wenn du Geld brauchst, geh bei Mr. Chopper vorbei." So legte sich Georges Plänen mit Amelia ein neues Hindernis in den Weg. Er und Dobbin hatten deswegen mehr als eine vertrauliche Beratung. Die Ansicht des Freundes, wie er sich verhalten solle, kennen wir bereits. Und was Osborne anging, so machten ihn, wenn er sich einmal auf etwas versteift hatte, ein paar neue Hindernisse nur noch um so entschlossener.

Das dunkle Ziel der Verschwörung, die von den Häuptern der Osborneschen Familie angezettelt worden war, ahnte von all diesen Plänen nicht das geringste (und merkwürdigerweise verriet ihr auch ihre Freundin und Beschützerin nichts davon). So hielt sie die Schmeicheleien der jungen Damen für den Ausdruck echten Gefühls, und da sie – wie wir schon früher zu zeigen Gelegenheit hatten – ein warmes Herz und viel Temperament besaß, erwiderte sie diese Zuneigung mit geradezu tropischer Glut. Um die Wahrheit zu gestehen, müssen wir sagen, daß auch sie einen egoistischen Zweck bei den Besuchen am Russel Square verfolgte. In einem Wort: sie hielt George Osborne für einen sehr netten jungen Mann! Sein Backenbart hatte schon am allerersten Abend Eindruck auf sie gemacht, als sie ihn auf dem Ball bei Hulkers erblickte. Wie wir wissen, war sie nicht die erste Frau, die davon entzückt war. George hatte etwas Blendendes und zugleich Melancholisches an sich, er war schmachtend und ungestüm im selben Augenblick. Er sah aus wie ein Mann voller Leidenschaft und Geheimnis, voll heimlich nagenden Kummers, kurz, wie ein Mann, der viele Abenteuer hinter sich hat. Seine Stimme klang voll und tief. Mit einem traurigen oder vertraulichen Ton, als ob er von dem Tode seiner Mutter spräche oder auf eine Liebeserklärung hinauswollte, konnte er zu seiner Partnerin sagen: „Ein warmer Abend heute, nicht wahr?" oder ihr etwas Eis anbieten. In den Kreisen seines Vaters stellte er alle jungen Stutzer in den Schatten. Er war der Held dieser drittklassigen Leute. Nur wenige verspotteten oder haßten ihn, andere, wie Dobbin, zollten ihm fanatische Bewunderung. Und sein Bart hatte angefangen, seine Wirkung zu tun und sich um Miss Swartz' Herz zu schlingen.

Wann immer nur sich irgendeine Möglichkeit zeigte, ihn am Russel Square zu treffen, war dieses einfache, gutherzige Mädchen voll aufgeregter Unruhe, bis sie ihre lieben Misses Osborn besuchen konnte. Sie stürzte sich in große Ausgaben für neue Kleider, Armbänder, Hauben und Federn in verschwenderischer Fülle. Mit größtem Geschick putzte sie sich, um dem Eroberer zu gefallen. Sie zeigte all ihre bescheidenen Künste, um seine Gunst zu gewinnen. Mit tiefstem Ernst pflegten die Mäd-

chen sie zu bitten, ein bißchen Musik zu machen. Dann sang sie ihre drei Lieder und spielte ihre zwei Stücke, sooft sie darum gebeten wurde, und das Vergnügen wurde für sie dabei nicht geringer. Während dieser reizenden Unterhaltungen saßen Miss Wirt und die Anstandsdame im Hintergrund, blätterten im Pairsregister und plauderten über den Adel.

Am Tage, nachdem George von seinem Vater den „Wink" bekommen hatte, lehnte er – es war kurz vor dem Abendessen

– im Salon in malerischer und durchaus natürlich wirkender melancholischer Haltung auf dem Sofa. Auf die Aufforderung seines Vaters hin war er in der City bei Mr. Chopper gewesen (der alte Herr gab seinem Sohn zwar beträchtliche Summen, wollte aber nie ein bestimmtes Taschengeld festsetzen, sondern zahlte ihm je nach Laune). Dann hatte er drei Stunden in Fulham bei Amelia, seiner lieben, kleinen Amelia, verbracht. Zu Hause hatte er im Salon seine Schwestern in gestärkten Musselinkleidern vorgefunden mit den plaudernden alten Damen im Hintergrund und die ehrliche Swartz in ihrem Lieblingskleid aus bernsteinfarbenem Atlas, mit Türkisarmreifen, unzähligen Ringen, Blumen, Federn und allerlei Troddeln und Flitterwerk fast so reich geschmückt wie ein Schornsteinfeger am ersten Mai.

Nachdem die Mädchen vergeblich versucht hatten, ihn in ein Gespräch zu verwickeln, unterhielten sie sich über die Mode und die letzte Vorstellung bei Hofe, bis ihm von dem Geschnatter ganz übel wurde. Er verglich ihr Benehmen mit dem der kleinen Emmy, diese schrillen Stimmen mit ihrem zarten, klingenden Ton, diese steife Haltung mit ihren anspruchslosen, weichen Bewegungen und ihrer verschämten Anmut. Die arme Swartz hatte einen Platz eingenommen, auf dem Amelia zu sitzen pflegte. Ihre juwelenüberladenen Hände lagen ausgebreitet auf dem bernsteingelben Atlasschoß. Der Flitterkram und die Ohrringe funkelten, und ihre großen Augen rollten von einer Seite zur anderen. Sie hielt sich für bezaubernd und saß, höchst zufrieden mit ihrem Nichtstun, da. Etwas so Kleidsames wie diesen Atlasstoff hatten die Schwestern noch nie gesehen!

„Verdammt noch mal!" sagte George später zu einem vertrauten Freund, „sie sah aus wie eine chinesische Puppe, die den ganzen Tag lang nichts zu tun hat als zu lächeln und mit dem Kopf zu nicken. Beim Zeus, Will, alles, was ich tun konnte, war, mich zu beherrschen, daß ich nicht mit Sofakissen nach ihr warf." Diesen Ausdruck seiner Gefühle hatte er sich allerdings versagt.

Die Schwestern begannen die *Schlacht von Prag* zu spielen. „Hört auf mit dem verdammten Zeug!" schrie George wütend vom Sofa her. „Das macht mich ganz verrückt. Spielen Sie uns doch was vor, Miss Swartz, bitte! Singen Sie etwas, irgend etwas, nur nicht die *Schlacht von Prag*!"

„Soll ich *Die blauäugige Marie* singen oder *Du bist wie eine Blume*?" fragte Miss Swartz.

„Das süße *Du bist wie eine Blume*", baten die Schwestern.

„Das haben wir doch schon gehört", versetzte der Misanthrop auf dem Sofa.

„Ich könnte *Flef du Tasch* singen", erklärte Miss Swartz mit sanfter Stimme, „wenn ich nur den Text hätte." Das war das letzte Stück aus dem Repertoire des jungen Mädchens.

„O ja, *Fleuve du Tage*", rief Miss Maria, „das Lied haben wir." Und sie lief weg, um das Buch zu holen, in dem es stand.

Nun hatten die jungen Damen dieses damals sehr beliebte Lied von einer Freundin bekommen, deren Name auf dem Titelblatt stand. Als Miss Swartz den Schlager unter Georges Beifall beendet hatte (denn er erinnerte sich, daß es eins von Amelias Lieblingsliedern war) und vielleicht hoffte, sie würde zu einer Wiederholung aufgefordert werden, blätterte sie in den Noten herum. Da fiel ihr Auge auf das Titelblatt, und sie sah in einer Ecke „Amelia Sedley" stehen.

„Himmel!“ rief Miss Swartz und drehte sich blitzschnell auf dem Klaviersessel herum, „ist das meine Amelia? Amelia, die bei Miss Pinkerton in Hammersmith war? Das muß sie sein! Das ist sie! Erzählen Sie mir von ihr – wo ist sie?“

„Sprechen Sie nicht von ihr“, sagte Miss Maria Osborne hastig; „ihre Familie hat sich in Schande gestürzt. Ihr Vater hat Papa betrogen, und sie selbst darf hier in unserem Hause niemals erwähnt werden.“ Das war Miss Marias Vergeltung für Georges Grobheit wegen der *Schlacht von Prag.*

„Sind Sie eine Freundin von Amelia?“ fragte George aufspringend. „Gott segne Sie dafür, Miss Swartz! Glauben Sie nichts von dem, was die Mädchen sagen. Sie jedenfalls trifft kein Tadel. Sie ist das beste ...“

„George, du weißt, du darfst nicht von ihr sprechen!“ rief Jane, „Papa hat's verboten!“

„Wer will mich daran hindern?“ schrie George. „Ich will von ihr sprechen! Ich sage, sie ist das beste, freundlichste, sanfteste, süßeste Mädchen in ganz England, und – bankrott oder nicht – meine Schwestern können ihr jedenfalls nicht das Wasser reichen. Wenn Sie sie gern haben, besuchen Sie sie doch, Miss Swartz! Sie hat jetzt Freunde nötig. Und ich sage, Gott segne jeden, der ihr Freund ist. Jeder, der freundlich von ihr spricht, ist mein Freund. Jeder, der gegen sie spricht, ist mein Feind. Ich danke Ihnen, Miss Swartz!“ rief er und stand auf und drückte ihr die Hand.

„George! George!“ rief eine der Schwestern flehend.

„Ich wiederhole es nochmals“, sagte George wild, „ich danke jedem, der Amelia – –“ Er hielt inne. Der alte Osborne stand im Zimmer mit einem vor Wut bleichen Gesicht, und seine Augen glühten wie Kohlen.

Obwohl George mitten im Satz innegehalten hatte, ließ er sich, nun sein Blut in Wallung geraten war, auch nicht von einem Osborne einschüchtern. Er faßte sich sofort und erwiderte den drohenden Blick seines Vaters mit einem ebenso entschlossenen und trotzigen Ausdruck, so daß der Ältere seinerseits erschrak und wegsah. Er fühlte, daß der Kampf bevorstand. „Darf ich Sie zum Essen herunterbitten, Mrs. Haggistoun?“ sagte er. „George, reich Miss Swartz den Arm!“ Und los ging es.

„Miss Swartz, ich liebe Amelia; wir sind schon von Kindheit an miteinander verlobt“, erklärte George seiner Tischdame, und während des ganzen Essens plauderte er mit einer Geläufigkeit, die ihn selbst überraschte. Sein Vater aber wurde dadurch doppelt nervös in Erwartung des Kampfes, der stattfinden würde, sobald die Damen sich zurückgezogen hatten.

Der Unterschied zwischen beiden bestand darin, daß der Vater heftig und tyrannisch war, der Sohn aber dreimal soviel Nervenkraft und Mut besaß und einen Angriff nicht nur durchführen, sondern ihm auch standhalten konnte. George hatte erkannt, daß jetzt der Augenblick gekommen war, da der Streit zwischen ihm und seinem Vater entschieden werden würde, und darum verzehrte er sein Abendessen mit vollkommener Gelassenheit und gutem Appetit, ehe der Kampf begann. Der alte Osborne andrerseits war nervös und trank viel. Die Unterhaltung mit seinen Nachbarinnen stockte. Georges Kaltblütigkeit machte ihn nur noch zorniger. Er wurde halb wahnsinnig, als er sah, wie George ruhig die Serviette hinlegte und mit eleganter Verbeugung den Damen die Tür aufhielt. Dann schenkte George sich ein Glas Wein ein, leerte es genießerisch und blickte seinem Vater voll in die Augen, als ob er sagen wollte: Meine Herren von der Garde, feuern Sie zuerst! Auch der alte Mann versah sich mit Munition, aber die Karaffe klirrte gegen das Glas, als er versuchte, es zu füllen.

Er holte tief Luft, und dann begann er mit purpurrotem Gesicht und erstickter Stimme: „Wo nimmst du die Frechheit her, heute in meinem Salon vor Miss Swartz den Namen dieser Person auszusprechen? Ich frage dich, wie kommst du dazu?“

„Halt, Vater!“ fiel George ein, „sprich nicht von ‚Frechheit‘, Vater! ‚Frechheit‘ ist kein Ausdruck, mit dem man einen Hauptmann der britischen Armee bezeichnen darf!“

„Ich sage zu meinem Sohn, was mir paßt! Ich kann ihn enterben, wenn es mir paßt. Ich kann ihn zum Bettler machen, wenn es mir paßt. Ich will das sagen, was mir paßt!“ erklärte der Alte.

„Ich bin ein Gentleman, wenn ich auch dein Sohn bin“, antwortete George stolz. „Ich bitte dich, alles, was du mir mitzuteilen hast, oder alle Befehle, die du mir geben willst, in jene Sprache zu fassen, die ich gewohnt bin zu hören.“

Immer wenn der Bursche diese stolze Haltung annahm, erregte sie bei dem Vater großen Schrecken oder großen Zorn. Im geheimen hatte der alte Osborne Angst vor seinem Sohn als dem besseren Gentleman. Vielleicht haben meine Leser auf dem Jahrmarkt der Eitelkeit auch schon die Erfahrung gemacht, daß ein Mensch von niedriger Gesinnung niemandem so sehr mißtraut wie einem Gentleman.

„Mein Vater hat mir nicht die Erziehung gegeben, die du gehabt hast, und nicht die Vorteile, die du genossen hast, und nicht das Geld, das du bekommen hast. Wenn ich in jener Gesellschaft verkehrt hätte, die gewisse Personen sich durch meine Mittel leisten können, dann hätte mein Sohn vielleicht keinen Grund, mit seiner Überlegenheit und seinen Westendmanieren großzutun." Diese Worte sprach der alte Osborne in seinem sarkastischsten Ton. „Zu meiner Zeit ziemte es sich aber nicht für einen Gentleman, seinen Vater zu beleidigen. Wenn ich so etwas getan hätte, hätte mein Vater mich die Treppe hinuntergeworfen."

„Ich habe dich nicht beleidigt, Vater. Ich habe nur gesagt, du möchtest bitte nicht vergessen, daß dein Sohn ebensogut ein Gentleman ist wie du selbst. Ich weiß sehr wohl, daß du mir viel Geld gibst", sagte George (seine Finger spielten währenddessen mit einem Bündel Banknoten, das er am Morgen von Mr. Chopper erhalten hatte). „Du sagst es mir oft genug. Du brauchst nicht zu fürchten, ich könnte es vergessen!"

„Ich wünschte, du würdest andere Dinge ebensogut im Gedächtnis behalten", erwiderte der Vater. „Ich wünschte, du würdest nicht vergessen, daß in diesem Hause – selbst solange Sie es mit Ihrer Gegenwart beehren, Herr Hauptmann! – ich der Herr bin und daß jener Name – und daß – daß du – daß ich sage –"

„Daß was, Vater?" fragte George mit leichtem Hohn, während er sich ein neues Glas Rotwein einschenkte.

„Verdammt!" brach es aus Osborne mit donnerndem Fluch los, „daß der Name dieser Sedleys hier nie genannt wird – nicht einer von der ganzen verfluchten Bande!"

„Ich war es ja gar nicht, der Miss Sedleys Namen zuerst genannt hat. Es waren meine Schwestern, die vor Miss Swartz schlecht über sie sprachen, und beim Teufel! ich werde sie verteidigen, wo es auch sei! In meiner Gegenwart soll niemand diesen Namen herabsetzen! Unsere Familie hat ihr schon genug Unrecht zugefügt, meine ich. Jetzt, wo sie daniederliegt, sollte man damit aufhören, sie zu schmähen. Ich werde jeden außer dir niederschießen, der ein Wort gegen sie sagt!"

„Nur so weiter, mein Herr!" sagte der Alte mit hervorquellenden Augen.

„Weiter worüber? Über die Art und Weise, in der wir diesen

Engel behandelt haben? Wer hat mir gesagt, ich solle sie lieben? Du warst es! Ich hätte woanders wählen können und vielleicht höher hinaufgesehen als in deine Gesellschaftskreise; aber ich habe dir gehorcht. Und nun, da ihr Herz mir gehört, befiehlst du mir, es wegzuwerfen und sie leiden zu lassen, ja vielleicht zu töten, wegen der Fehler anderer. Beim Himmel, es ist eine Schande!" George steigerte sich selbst in immer größere Entrüstung und Begeisterung hinein, „es ist eine Schande, so frivol mit dem Herzen eines Mädchens zu spielen, das ein solcher Engel ist, eines Mädchens, das so hoch über den Menschen steht, mit denen es zusammenlebt, daß es hätte Neid erregen können, wäre es nicht so gut und sanft. Es ist wirklich erstaunlich, wie jemand es wagen kann, Amelia zu hassen. Wenn ich sie verließe, glaubst du, Vater, sie würde mich vergessen?"

„Ich dulde diesen verdammten sentimentalen Unsinn nicht bei mir!" rief der Alte. „In meiner Familie gibt es keine Bettelheiraten! Wenn du achttausend jährlich, die du ohne Mühe haben kannst, wegwerfen willst, dann kannst du das tun; aber beim Zeus! dann schnür dein Bündel und verlasse dies Haus! Willst du tun, was ich dir sage, ein für allemal, oder willst du es nicht?"

„Diese Mulattin heiraten?" George zog den Kragen hoch. „Ich mag die Farbe nicht. Frag doch den Neger, der am Fleet Markt die Straße fegt! Ich jedenfalls werde keine Hottentotten-Venus heiraten!"

Mr. Osborne riß wütend an der Klingelschnur, mit der er gewöhnlich den Butler rief, wenn er Wein wünschte. Fast schwarz im Gesicht befahl er ihm, für Hauptmann Osborne einen Wagen zu holen.

„Ich hab's geschafft", sagte George, als er eine Stunde später mit sehr bleichem Gesicht in sein Hotel kam.

„Was, mein Junge?" fragte Dobbin.

George erzählte, was zwischen seinem Vater und ihm vorgefallen war.

„Ich heirate sie morgen", sagte er mit einem feierlichen Schwur. „Dobbin, ich liebe sie jeden Tag mehr!"

22. Kapitel

Eine Heirat und ein Teil der Flitterwochen

in Feind, und mag er noch so hartnäckig und mutig sein, kann sich doch gegen den Hunger nicht behaupten. Deshalb machte sich der alte Osborne um seinen Gegner in dem soeben beschriebenen Scharmützel wenig Sorgen. Vertrauensvoll erwartete er, daß George sich unterwerfen würde, sobald ihm die Mittel knapp würden. Es war natürlich Pech, daß der Bursche sich gerade an dem Tag, an dem sie zum erstenmal zusammenstießen, ein gewisses Kapital gesichert hatte. Aber das war ja nur eine zeitweilige Hilfe, meinte der alte Osborne, und würde Georges Unterwerfung nur hinauszögern. Ein paar Tage lang hörten Vater und Sohn nichts voneinander. Der Vater war verdrossen über dies Schweigen, aber nicht beunruhigt; denn er wußte ja, sagte er sich, wo er bei George die Schraube anziehen konnte, und wartete nur auf das Ergebnis dieser Operation. Den Schwestern erzählte er, wie der Streit ausgegangen war, befahl ihnen aber, der Angelegenheit gar keine Beachtung zu schenken und George bei seiner Rückkehr so zu empfangen, als wenn nichts geschehen wäre. Es wurde jeden Tag wie gewöhnlich für ihn gedeckt. Vielleicht wartete der alte Herr sogar sehnlich auf die Rückkehr seines Sohnes; aber er kam nicht. Man erkundigte sich im Hotel nach ihm, und dort erfuhren sie, daß er und sein Freund Dobbin die Stadt verlassen hatten.

Es war an einem stürmischen, rauhen Apriltag. Der Regen peitschte das Pflaster der alten Straße, in der Slaughter's Kaffeehaus einst lag, als George Osborne das Gastzimmer betrat. Er sah sehr bleich und verstört aus, obwohl er ziemlich elegant gekleidet war und einen blauen Anzug mit Metallknöpfen und eine hübsche lederfarbene Weste nach der Mode der damaligen Zeit trug. Hier traf er seinen Freund Hauptmann Dobbin, ebenfalls im blauen Anzug. Er hatte den Militärrock und die grauen Hosen abgelegt, mit denen er gewöhnlich seinen schmächtigen Körper bedeckte.

Dobbin hatte schon etwa eine Stunde lang in dem Kaffeehaus gewartet. Er hatte alle Zeitungen vorgenommen, aber sie nicht lesen können. Dutzende von Malen hatte er auf die Uhr gesehen und auf die Straße hinaus, wo der Regen herunterprasselte, und auf die Leute, die in Holzschuhen vorbeiklapperten und lange Schatten auf das schimmernde Pflaster warfen. Er trommelte auf den Tisch, biß sich die Nägel vollständig fast bis aufs Blut ab (er war daran gewöhnt, seine großen Hände auf diese Art zu verschönern), balancierte den Teelöffel geschickt auf dem Milchkännchen, kippte es um und so weiter und so weiter. Kurz und gut, er wies alle Zeichen von Unruhe auf und machte alle jene verzweifelten Versuche, die Männer gewöhnlich unternehmen, um sich die Zeit zu vertreiben, wenn sie begierig und unruhig auf etwas warten.

Einige seiner Kameraden, die sich auch in dem Raum befanden, zogen ihn wegen seines glänzenden Anzugs und seines aufgeregten Benehmens auf. Einer fragte ihn, ob er heiraten wolle. Dobbin lachte und erwiderte, er würde ihm (dem Major Wagstaff von den Pionieren) ein Stück Kuchen schicken, wenn dies Ereignis stattfinden würde. Schließlich erschien Hauptmann Osborne, sehr elegant gekleidet, aber, wie gesagt, bleich und erregt. Er wischte sich das Gesicht mit seinem großen, gelben, schwer parfümierten indischen Taschentuch ab, schüttelte Dobbin die Hand, sah auf die Uhr und befahl dem Kellner John, ihm einen Curaçao zu bringen. Mit nervöser Hast stürzte er ein paar Gläser dieses Likörs herunter. Voll Teilnahme erkundigte sich der Freund, wie es ihm ginge.

„Hab bis zum Morgengrauen kein Auge zugetan, Dobbin", sagte er. „Höllisches Kopfweh und Fieber. Um neun bin ich aufgestanden und habe ein Bad genommen. Hör, Dob, mir ist genauso wie an dem Morgen in Quebeck, als ich mit Rocket losging."

„Mir auch", stimmte William zu. „An dem Morgen damals war ich verteufelt viel nervöser als du. Du hast damals ein tolles Frühstück gegessen. Iß doch auch jetzt was!"

„Du bist ein guter alter Kerl, Will. Ich trinke auf deine Gesundheit, und lebe wohl, alles . . ."

„Nein, nein! Zwei Gläser sind genug!" unterbrach Dobbin ihn. „Hier, trag den Likör weg, John! Nimm etwas scharfen

Pfeffer zu dem Huhn! Und dann mach schnell, denn es ist Zeit, wir sollten schon da sein."

Es war gegen halb zwölf, als dieses kurze Gespräch zwischen den beiden Offizieren stattfand. Der Wagen, in den Hauptmann Osbornes Bursche den Schreib- und Toilettenkoffer seines Herrn gestellt hatte, mußte lange warten. Nun eilten die beiden Herren unter einem Schirm hinaus und stiegen ein. Der Diener ließ sich auf dem Bock nieder, fluchend über den Regen und über die Feuchtigkeit, die der Kutscher neben ihm ausströmte. „An der Kirchentür werden wir einen besseren Wagen finden als den hier", sagte er, „das ist ein Trost." Und los ging's Piccadilly entlang, wo das Apsley Haus und das Georgshospital noch rote Jacken trugen, wo es noch Öllampen gab, wo Achilles noch nicht geboren und der Pimlico Bogen noch nicht errichtet war und wo auch die häßliche, ungeheure Reiterstatue noch nicht stand, die jetzt die Straße und die Nachbarschaft beherrscht. Dann fuhren sie durch Brompton zu einer kleinen Kirche in der Nähe von Fulham Road.

Ein Vierspänner wartete schon da neben einer anderen Kutsche, einer sogenannten Glaskutsche. Wegen des scheußlichen Regens hatten sich nur wenige Müßiggänger eingefunden.

„Zum Henker!" fluchte George, „ich habe doch gesagt, nur ein Paar!"

„Mein Herr wollte vier haben", erklärte Mr. Josefs Diener, der sich unter den Wartenden befand. Während sie George und William in die Kirche folgten, stimmten er und Mr. Osbornes Diener darin überein, daß es eine „ziemlich schäbige Angelegenheit war, kaum daß es ein Frühstück oder eine Hochzeitsschleife gab".

„Da seid ihr ja", sagte unser alter Freund Joe Sedley und trat näher. „Du kommst fünf Minuten zu spät, mein Junge! Was für ein Tag, wie? Verflucht, es ist wie der Beginn der Regenzeit in Bengalen! Aber ihr werdet feststellen, daß mein Wagen regendicht ist. Kommt mit! Meine Mutter und Amelia sind in der Sakristei."

Josef Sedley sah prächtig aus. Er wirkte flotter denn je. Sein Hemdkragen war noch höher, sein Gesicht noch röter. Die Hemdkrause quoll prunkvoll aus der bunten Weste hervor. Lackschuhe waren damals noch nicht erfunden; aber die Russenstiefel an seinen schönen Beinen glänzten derart, daß es genau das gleiche Paar gewesen sein muß, vor dem der Herr auf dem alten Bild sich zu rasieren pflegte. Auf seinem hellgrünen Rock prangte eine schöne Hochzeitsrosette wie eine große, weiße, vollerblühte Magnolie.

Mit einem Wort: George hatte den großen Wurf gewagt. Er war auf dem Wege zur Trauung. Daher seine Blässe und Nervosität, seine schlaflose Nacht und die Aufregung am Morgen. Ich habe Leute, die dieselbe Operation durchgemacht haben, gestehen hören, daß sie die gleichen Empfindungen hatten. Nach drei oder vier Malen gewöhnt man sich zweifellos an so eine Feierlichkeit; aber das erstemal, das gibt jeder zu, ist es furchtbar.

Die Braut trug einen braunen Seidenumhang (wie Hauptmann Dobbin mir später erzählte) und einen Strohhut mit einem rosa Band. Den Hut hatte sie mit einem Schleier aus weißen Chantilly-Spitzen garniert, einem Geschenk ihres Bruders Mr. Josef Sedley.

Hauptmann Dobbin hatte gebeten, ihr eine goldene Kette mit einer Uhr schenken zu dürfen, die sie bei dieser Gelegenheit trug. Die Mutter hatte ihr eine Diamantbrosche geschenkt, fast das einzige Schmuckstück, das der alten Dame geblieben war. Bei der Feier saß Mrs. Sedley in einem Kirchenstuhl und weinte heftig, während das irische Dienstmädchen und Mrs. Clapp aus ihrem Haus sie trösteten. Der alte Sedley hatte nicht kommen wollen. So war Josef an die Stelle des Vaters getreten und führte die Braut, während Hauptmann Dobbin bei seinem Freunde George den Trauzeugen machte.

Außer dem Geistlichen und der kleinen Hochzeitsgesellschaft und ihrer Begleitung war niemand in der Kirche. Die beiden Diener hielten sich hochmütig abseits. Der Regen prasselte gegen die Scheiben. In den Pausen hörte man dazu das Schluchzen der alten Mrs. Sedley in ihrem Kirchenstuhl. Die Stimme des Pfarrers hallte traurig von den leeren Wänden wider. Osbornes Ja erklang in tiefem Baß, Amelias Antwort zitterte vom Herzen zu den Lippen herauf, aber kaum jemand außer Hauptmann Dobbin vernahm sie.

Als die Feier vorüber war, trat Josef Sedley vor und küßte seine Schwester, die Braut, zum erstenmal nach langen Monaten. Georges düsterer Ausdruck war verschwunden; er sah stolz und strahlend aus. „Jetzt bist du dran, William“, sagte er und legte Dobbin liebevoll die Hand auf die Schulter, und Dobbin trat herbei und berührte Amelias Wange.

Dann gingen sie in die Sakristei und trugen sich in das Register ein. „Gott segne dich, alter Dobbin“, sagte George und ergriff seine Hand. Dabei schimmerte es feucht in seinen Augen. Williams Antwort war nur ein Kopfnicken. Das Herz war ihm zu voll, als daß er viel sprechen konnte.

„Schreibe gleich und komm hinaus, sobald du kannst, ja?“ bat Osborne. Nachdem Mrs. Sedley tränenreichen Abschied von ihrer Tochter genommen hatte, begab sich das Paar zum Wagen. „Macht Platz, ihr kleinen Teufel!“ rief George einer kleinen Gruppe von nassen Straßenjungen zu, die an der Kirchentür herumlungerten. Der Regen schlug den Neuvermählten ins Gesicht, als sie zum Wagen gingen. Die Schleifen der Postillone hingen schlaff an den triefenden Jacken herunter. Die wenigen Kinder riefen ein kümmerliches „Hurra!“ als der Wagen in solch einem Tempo abfuhr, daß zu beiden Seiten der Schmutz aufspritzte.

William Dobbin stand in der Vorhalle der Kirche und sah ihnen nach – eine merkwürdige Gestalt. Die wenigen Zuschauer lachten über ihn, aber er achtete weder auf sie noch auf ihr Gelächter.

„Kommen Sie mit nach Hause, Dobbin, und frühstücken Sie bei mir!“ rief eine Stimme hinter ihm. Eine dicke Hand legte sich ihm auf die Schulter. Der ehrliche Bursche wurde aus seiner Träumerei aufgestört. Aber er hatte keine Lust zu einem Festmahl mit Josef Sedley. Er half der weinenden alten Dame und ihren Begleiterinnen in Josefs Wagen und verließ sie, ohne daß weitere Worte gewechselt wurden. Auch dieser Wagen fuhr ab, und die Gassenjungen brüllten ein zweites, höhnisches „Hurra“.

„Hier, ihr kleinen Bettler!“ sagte Dobbin und warf ein paar Münzen unter sie. Dann ging er allein durch den Regen fort. Nun war also alles vorüber. Sie waren verheiratet und glücklich – darum betete er zu Gott! Niemals seit seiner Kinderzeit hatte er sich so elend und einsam gefühlt. Mit schmerzlichem Sehnen wünschte er, die ersten Tage wären vorüber, und er könnte sie wiedersehen.

Etwa zehn Tage nach dieser Feier erfreuten sich drei uns bekannte junge Männer der schönen Aussicht auf die Erkerfenster auf der einen Seite und die blaue See auf der anderen, wie Brighton sie dem Reisenden bietet. Manchmal schaut der Londoner verzückt auf das Meer hinaus. Zahllose Grübchen zeigen sich da, wo es lächelt, das Blau ist gesprenkelt von den weißen

Flecken der Segelboote, Hunderte von Badehäuschen küssen den Saum seines Gewandes. Wer sich mehr für Menschen interessiert als für irgendwelche Ausblicke, wird sich jedoch den Fenstern und dem Gewimmel menschlichen Lebens zuwenden, das sich dort zeigt. Aus einem dringt Klaviermusik; dort übt eine junge Dame mit lockigem Haar sechs Stunden täglich zur Freude ihrer Mitbewohner. An einem anderen sieht man, wie die reizende Polly, das Kindermädchen, den kleinen Master Omnium auf dem Arm hätschelt, während am Fenster darunter Jakob, sein Papa, Garnelen ißt und die Times zum Frühstück verschlingt. Drüben sieht man die Misses Leery nach den Kürassieroffizieren Ausschau halten, die mit ziemlicher Sicherheit beim Spaziergang auf der Promenade anzutreffen sind. Dort wiederum hat ein Londoner Geschäftsmann in Seemannsausrüstung ein riesiges Teleskop seewärts gerichtet, so daß ihm auch kein einziges Vergnügungsschiff, kein Heringsboot, keine Bademaschine entgeht, die an den Strand kommen oder in See stechen. Aber haben wir denn Muße, Brighton zu beschreiben? Dieses Brighton, das mit seinen eleganten Lazzaroni wie ein sauberes Neapel wirkt, das Brighton, das immer lebhaft, lustig und bunt wie ein Harlekinskostüm ist, das Brighton, das zur Zeit unserer Erzählung sieben Stunden von London entfernt war, heute aber nur hundert Minuten, und das vielleicht noch viel näher heranrücken wird, wer weiß, wenn nicht Joinville kommt und es vorzeitig bombardiert?

„Tolles Mädchen da drüben über der Putzmacherin, nicht wahr?“ meinte einer dieser drei Spaziergänger zu den anderen; „haben Sie gesehen, Crawley, wie sie mir zugezwinkert hat, als ich vorüberkam?“

„Brich ihr nur nicht das Herz, Josef, du Gauner!“ sagte der zweite. „Spiel nicht mit ihrer Neigung, du Don Juan!“

„Laßt mich doch“, sagte Josef Sedley höchst befriedigt und warf dem fraglichen Dienstmädchen einen faszinierenden Blick zu. Josef war hier in Brighton noch prächtiger ausstaffiert als bei der Trauung seiner Schwester. Er hatte phantastische Westen an, von denen jede einzelne schon genügt hätte, ihn zu einem gewöhnlichen Stutzer zu machen. Dazu trug er einen militärisch aussehenden, mit Posamenten, Stickereien und schwarzen Knöpfen verzierten Gehrock. Seit einiger Zeit hatte er sich ein betont militärisches Aussehen und Benehmen zugelegt. Wenn er mit einem seiner Freunde, die beide Offiziere waren, spazierenging, stolzierte er mit klirrenden Sporen herum und schoß unwiderstehliche Blicke auf alle Dienstmädchen ab, die es wert waren, erlegt zu werden.

„Was sollen wir machen, Jungens, bis die Damen zurückkommen?“ fragte der Elegant. Die Damen waren in seinem Wagen nach Rottingdean hinausgefahren.

„Laßt uns eine Partie Billard spielen“, schlug einer der Freunde vor – der große mit dem gewichsten Schnurrbart.

„Nein, verdammt, Herr Hauptmann“, erwiderte Josef einigermaßen beunruhigt. „Heut kein Billard, Crawley, mein Junge; gestern hat's mir gereicht!“

„Sie spielen sehr gut“, lachte Crawley, „nicht wahr, Osborne? Wie gut er die fünf Punkte machte, was?“

„Wunderbar!“ bestätigte Osborne. „Joe ist ein verteufelter Kerl beim Billard und auch sonst überall! Ich wünschte, es gäbe hier irgendwo Tigerjagden! Dann könnten wir noch mal schnell vor dem Essen hinausgehen und ein paar schießen. (Da geht ein hübsches Mädchen! Was für Fesseln, schau nur, Joe!) Erzähl uns doch die Geschichte von der Tigerjagd, und wie du ihn im Dschungel erledigt hast! Eine wundervolle Geschichte, Crawley!“ Osborne gähnte. „Nicht viel los hier draußen“, sagte er; „was sollen wir bloß machen?“

„Sollen wir uns ein paar Pferde ansehen, die Sneffler vom Markt in Lewes mitgebracht hat?“ meinte Crawley.

„Was sagt ihr dazu, wenn wir zu Dutton Gelee essen gingen?“ fragte Joe listig, denn er wollte gleich zwei Fliegen mit einer Klappe schlagen. „Verteufelt hübsches Mädchen bei Dutton!“

„Oder was meint ihr dazu, wenn wir zur Ankunft der *Blitzkutsche* gingen? Es ist gerade an der Zeit“, sagte George. Dieser Vorschlag setzte sich gegen Ställe und Gelee durch, und so wandten sie sich zum Postbüro, um Zeuge von der Ankunft des *Blitzes* zu sein.

Auf dem Wege dorthin begegneten sie dem Wagen, Josef Sedleys offenem Wagen mit dem prächtigen Wappen am Schlag, jenem glänzenden Gefährt, in dem er in Cheltenham in majestätischer Einsamkeit mit dem Dreispitz auf dem Kopf und gekreuzten Armen oder in glücklicheren Fällen in Damenbegleitung herumzufahren pflegte.

Jetzt saßen zwei Personen in dem Wagen, eine kleine Blondine, die nach der neuesten Mode gekleidet war, und die andere in einem braunen Seidenumhang. Unter dem Strohhut mit rosa Bändern war ein rosiges, rundes, glückliches Gesichtchen zu sehen, dessen Anblick wohltat. Als die drei Herren sich näherten, ließ sie den Wagen halten. Nachdem sie solchermaßen ihre Autorität bewiesen hatte, sah sie aber ziemlich nervös drein und begann dann ganz ohne Grund rot zu werden. „Wir haben eine reizende Fahrt gehabt, George, und wir – wir sind so froh, daß wir wieder da sind! Josef, gib acht, daß er nicht zu spät zurückkommt!"

„Führen Sie unsere Männer nicht in Versuchung, Mr. Sedley, Sie ganz Schlimmer!" Rebekka drohte Joe mit ihrem niedlichen kleinen Finger, dem ein französischer Lederhandschuh wie angegossen saß. „Spielen Sie bloß nicht mehr Billard, rauchen Sie nicht und machen Sie keine Dummheiten!"

„Meine liebe Mrs. Crawley – aber, aber, bei meiner Ehre!" war alles, was Josef als Antwort herausbrachte. Es gelang ihm aber, leidlich Haltung anzunehmen; mit schräggeneigtem Kopf lächelte er zu seinem Opfer hinauf. Dabei hielt er eine Hand auf dem Rücken, mit ihr stützte er sich auf den Stock, während die andere, die mit dem Diamantring, an der Hemdkrause und der Weste herumfingerte. Als der Wagen sich wieder in Bewegung setzte, warf er den schönen Damen mit der diamantengeschmückten Hand eine Kußhand zu. Ach, wenn doch ganz Cheltenham, ganz Chowringhee, ganz Kalkutta ihn in dieser Stellung hätte sehen können, wie er in Gesellschaft solch eines berühmten Stutzers, wie es Rawdon Crawley von der Garde war, solch einer Schönheit zuwinkte!

Unser junges Ehepaar hatte sich Brighton ausgewählt, um dort die ersten Tage nach der Hochzeit zu verbringen. Sie hatten im „Schiffshotel" Wohnung genommen und genossen nun ein Leben größter Behaglichkeit und Ruhe, bis Josef zu ihnen herauskam. Er war nicht der einzige Gefährte, den sie dort bekamen. Als sie eines Nachmittags von einem Spaziergang an die See ins Hotel zurückkamen, auf wen anders sollten sie da stoßen als auf – Rebekka und ihren Mann! Sie erkannten sich sofort. Rebekka flog ihrer liebsten Freundin in die Arme, Crawley und Osborne schüttelten sich recht herzlich die Hand. Im Verlauf weniger Stunden gelang es Becky, Osborne den wenig netten Wortwechsel bei ihrem letzten Zusammentreffen vergessen zu machen. „Erinnern Sie sich noch an das letztemal, da wir bei Miss Crawley zusammen waren, als ich so unhöflich zu Ihnen war, lieber Hauptmann Osborne? Ich dachte, Ihnen läge nichts an der lieben Amelia. Und das brachte mich so auf, machte mich so schnippisch, so unfreundlich, so undankbar. Bitte, verzeihen

Sie mir!“ bat Rebekka und hielt mit so freimütiger, gewinnender Anmut ihre Hand hin, daß Osborne nicht anders konnte, als sie zu ergreifen. Man weiß nie, mein Sohn, wieviel man durch ein freimütiges, bescheidenes Eingeständnis, man sei im Unrecht gewesen, erreichen kann! Ich kannte einmal einen Herrn, der sich auf dem Jahrmarkt der Eitelkeit sehr wohl auskannte und seinen Nächsten absichtlich kleine Unannehmlichkeiten zuzufügen pflegte, nur damit er hinterher offen und mannhaft um Verzeihung bitten konnte. Und was war die Folge? Mein Freund Crocky Doyle war überall beliebt; man hielt ihn zwar für etwas ungestüm, aber doch für einen grundehrlichen Kerl. So hielt auch hier George Osborne Beckys demütige Art für aufrichtig.

Die beiden jungen Paare hatten sich vielerlei zu erzählen. Man sprach über die jeweiligen Heiraten; mit größter Offenheit und gegenseitigem Interesse erörterte man die Aussichten für das weitere Leben. Hauptmann Dobbin sollte Georges Vater von dessen Heirat in Kenntnis setzen. Der junge Osborne war wegen des Ergebnisses dieser Mitteilung in einiger Unruhe. Miss Crawley, von der allein Rawdons Hoffnungen abhingen, war immer noch unerbittlich. Da sie nicht in das Haus in Park Lane eindringen konnten, war der liebevolle Neffe ihr mit seiner Frau hierher nach Brighton gefolgt, wo er ihre Tür ständig durch Späher belagern ließ.

„Ich wünschte, Sie könnten ein paar von Rawdons Freunden sehen, die immer vor unserer Tür Wache stehen“, sagte Rebekka lachend. „Hast du jemals einen ungestümen Gläubiger gesehen, meine Liebe? Oder einen Gerichtsdiener mit seinen Gehilfen? Die ganze vorige Woche lang lagen zwei dieser abscheulichen Kreaturen bei dem Gemüsehändler gegenüber auf der Lauer. So konnten wir erst am Sonntag weg. Wenn die Tante sich nicht erweichen läßt, was dann?“

Unter schallendem Gelächter erzählte Rawdon ein Dutzend lustige Anekdoten von seinen Gläubigern, und wie geschickt Rebekka sie behandelte. Er schwor feierlich, daß es in Europa keine Frau gäbe, die einen Gläubiger so gut beschwatzen könnte wie sie. Fast unmittelbar nach ihrer Verheiratung hatte ihre Praxis begonnen, und ihr Mann hatte eingesehen, wie unendlich wertvoll solch eine Frau war. Sie hatten viel Kredit, aber auch eine Fülle von unbezahlten Rechnungen, und sie mußten ständig mit dem Mangel an Bargeld kämpfen. Beeinträchtigten nun diese Schwierigkeiten und Schulden etwa Rawdons gute Laune?

Keineswegs! Jeder, der auf dem Jahrmarkt der Eitelkeit Bescheid weiß, wird wohl schon bemerkt haben, wie gut jene leben, die bis an den Hals in Schulden stecken, wie sie sich nichts versagen, wie lustig und unbekümmert sie sind. Im Hotel in Brighton hatten Rawdon und seine Frau die besten Zimmer. Wenn der Wirt das erste Gericht hereinbrachte, verbeugte er sich vor ihnen wie vor seinen besten Gästen. Rawdon jedoch schimpfte über das Essen und den Wein mit einer Kühnheit, die kein Magnat im Lande übertreffen konnte. Lange Übung, ein männliches Auftreten, tadellose Schuhe und Kleidung und eine glückliche Zuversichtlichkeit im Benehmen helfen einem Mann oft ebenso weit wie ein dickes Bankkonto.

Die beiden jungen Paare besuchten sich ständig in ihren Apartements. Nach zwei oder drei Abenden spielten die Herren einmal eine kleine Partie Pikett, während die Damen nebenan saßen und plauderten. Dieser Zeitvertreib füllte Rawdons Börse wieder ein wenig auf. Dazu kam die Ankunft von Josef Sedley, der in seinem großen, offenen Wagen erschien und mit Hauptmann Crawley ein paar Partien Billard spielte. Auf diese Art versah er sich wieder mit Bargeld, ohne das auch die größten Geister manchmal nicht weiterkönnen.

Die drei Herren begaben sich also zum Posthaus, um die Ankunft der Blitzkutsche mitzuerleben. Pünktlich auf die Minute kam der innen und außen überfüllte „*Blitz*" unter dem munteren Blasen des Postillons die Straße heruntergerasselt und hielt vor dem Postbüro an.

„Hallo! Da ist ja der alte Dobbin!" rief George aus, höchst erfreut, seinen Freund auf dem Dach hocken zu sehen. Dobbin hatte ihm zwar einen Besuch in Brighton versprochen, ihn aber bislang immer noch aufgeschoben. „Wie geht's denn, alter Bursche? Schön, daß du herausgekommen bist! Emmy wird sich sehr freuen, dich zu sehen", sagte Osborne und drückte dem Freunde warm die Hand, sobald dieser vom Wagen geklettert war. Dann fügte er in heiserem, unruhigem Ton hinzu: „Was gibt es Neues? Warst du am Russel Square? Was sagt der Alte? Erzähl mir alles!"

Dobbin sah sehr bleich und ernst aus. „Ich habe deinen Vater gesprochen", antwortete er. „Wie geht's Amelia – Mrs. Osborne? Ich werde dir gleich alles erzählen; aber die größte Neuigkeit, die ich mitgebracht habe, ist . . ."

„Heraus damit, alter Junge!" drängte George.

„Wir sind nach Belgien abkommandiert; die ganze Armee

geht, die Garde und alle. Heavytop hat die Gicht und ist ganz rasend, daß er nicht mit kann. O'Dowd hat das Kommando übernommen. Nächste Woche schiffen wir uns in Chatham ein."

Diese Neuigkeit war ein schwerer Schlag für unsere verliebten Paare. Die Herren sahen auf einmal alle sehr ernst aus.

23. Kapitel

Hauptmann Dobbin als Vermittler

Was für einen geheimen Zauber besitzt doch die Freundschaft! Einen für gewöhnlich trägen oder kalten oder schüchternen Menschen verwandelt sie oft in einen klugen Mann voll tatkräftiger Entschlossenheit, wenn es für einen Freund nötig ist. Wie der Schlafwandler nach wenigen magnetischen Strichen des Arztes den Schmerz nicht mehr fühlt, mit dem Hinterkopf lesen und meilenweit und bis in die nächste Woche hinein sehen kann, wie er Wunder vollbringt, zu denen er in normalem Zustand nie fähig wäre, so ähnlich wirkt sich auch die Freundschaft magnetisch aus. Da wird der bescheidene Mann auf einmal kühn, der Scheue zutraulich, der Faule entwickelt eine große Geschäftigkeit in der Welt da draußen, der Ungestüme wird vorsichtig und friedlich. Was veranlaßt den Rechtsgelehrten, seine eigene Sache nicht selbst zu vertreten und seinen gelehrten Bruder als Ratgeber heranzuziehen? Warum läßt der Arzt, wenn er selbst Schmerzen hat, den Rivalen holen? Warum setzt er sich nicht selber hin und untersucht seine Zunge und schreibt sich selber am Schreibtisch die Rezepte aus? Diese Fragen möchte ich dem intelligenten Leser einmal vorlegen. Er weiß ja, wie leichtgläubig, wie freundlich, wie fest wir anderen gegenüber sind und wie skeptisch, wie hartnäckig, wie mißtrauisch gegen uns selbst. Soviel ist jedenfalls sicher, daß unser Freund William Dobbin für sich persönlich so fügsam veranlagt war, daß er wahrscheinlich, wenn seine Eltern ihn sehr gedrängt hätten, sogar in die Küche heruntergestiegen wäre und die Köchin geheiratet hätte. Wenn es sich nur um seine eigenen Interessen handelte, hätte er wohl sogar im Überschreiten der Straße unüberwindliche Schwierigkeiten gesehen. Nun aber trieb er George Osbornes Angelegenheiten so geschäftig und eifrig voran, wie es auch der größte Egoist für sich selbst nicht besser könnte.

Während unser Freund George und seine junge Frau in Brighton die ersten rosigen Tage der Flitterwochen genossen, war der ehrliche William in London als Georges Bevollmächtigter zurückgeblieben, um den geschäftlichen Teil der Heirat zu erledigen. Er mußte den alten Sedley und dessen Frau besuchen und sie bei guter Laune erhalten; er sollte Josef und den Schwager näher zusammenführen, damit Josefs Rang und Würde als Steuereinnehmer von Boggley Wollah die verlorene Stellung des Alten wieder ausgliche; er mußte versuchen, den alten Osborne mit der Verbindung auszusöhnen, und schließlich sollte er dem alten Herrn die Nachricht von der Heirat so schonend beibringen, daß es ihn möglichst wenig erzürnte.

Ehe Dobbin nun dem Oberhaupt des Hauses Osborne mit dieser Nachricht gegenübertrat, die er pflichtgemäß übermitteln mußte, überlegte er sich, daß es klug sein würde, sich mit der übrigen Familie gutzustellen und, wenn möglich, die Damen auf seine Seite zu ziehen. Im Herzen können sie darüber gar nicht böse sein, meinte er. Keine Frau nahm je eine romantische Heirat wirklich krumm. Ein bißchen Geschrei, und dann mußten sie dem Bruder verzeihen; dann können wir drei die Belagerung des alten Osborne beginnen. So sah sich dieser schlaue Infanteriehauptmann nach einem geeigneten Mittel oder einer Kriegslist um, durch die er die Misses Osborne sanft und allmählich von ihres Bruders Heirat in Kenntnis setzen könnte.

Er erkundigte sich also nach den Verpflichtungen seiner Mutter und fand bald heraus, wer von den Freunden der Lady in dieser Saison Gesellschaften gab, auf denen er Osbornes Schwestern aller Wahrscheinlichkeit nach treffen würde. Obwohl er wie ach so mancher vernünftige Mann einen Horror vor Bällen und Abendgesellschaften hegte, entdeckte er bald eine Veranstaltung, bei der die Misses Osborne anwesend sein würden. Er erschien auf dem Ball, tanzte ein paarmal mit den beiden, war erstaunlich liebenswürdig und hatte sogar den Mut, Miss Osborne zu bitten, sie möchte ihm am nächsten Morgen auf ein paar Minuten Gehör schenken. Er habe ihr, sagte er, eine Nachricht von allergrößtem Interesse mitzuteilen.

Was ließ sie wohl zusammenfahren, ihn einen Augenblick lang anstarren und dann zu Boden blicken? Beinahe wäre sie in seinem Arm in Ohnmacht gefallen, wenn er ihr nicht zum Glück auf den Fuß getreten wäre und die junge Dame damit wieder zum Bewußtsein gebracht hätte. Warum erregte Dobbins Bitte sie so heftig? Das wird man nie erfahren. Aber als er am nächsten Tage erschien, war Maria nicht bei ihrer Schwester im Salon, und Miss Wirt ging hinaus, um sie zu holen. So blieben der Hauptmann und Miss Osborne allein zurück. Beide schwiegen, so daß das Ticktack der Uhr auf dem Kaminsims mit dem Opfer der Iphigenie aufdringlich laut zu hören war.

„Was für eine nette Gesellschaft war das doch gestern abend!“ begann Miss Osborne schließlich ermunternd, „und – wieviel besser Sie schon tanzen, Hauptmann Dobbin! Gewiß hat es jemand Ihnen beigebracht!“ fügte sie liebenswürdig-schalkhaft hinzu.

„Sie sollten mich einmal einen schottischen Tanz mit Mrs. O'Dowd, der Frau unseres Majors, tanzen sehen! Haben Sie je so einen Tanz gesehen? Aber mit Ihnen könnte auch jeder tanzen, Miss Osborne, Sie tanzen ja so gut!“

„Ist die Gattin Ihres Majors jung und hübsch, Herr Hauptmann?“ fuhr die Schöne fort zu fragen. „Ach, wie schrecklich muß es doch sein, die Frau eines Soldaten zu sein! Ich verstehe eigentlich nicht recht, wie sie noch in der Stimmung sein können zu tanzen, noch dazu in diesen schrecklichen Kriegszeiten. O Hauptmann Dobbin, ich zittere manchmal, wenn ich an unseren geliebten George denke und an die Gefahren, die einen armen Soldaten umgeben! Sind in Ihrem Regiment viele Offiziere verheiratet, Hauptmann Dobbin?“

Ich finde, sie legt ihre Karten allzu offen auf den Tisch, dachte Miss Wirt. Aber diese Bemerkung steht nur in Klammern und war durch die Türspalte, hinter der Miss Wirt mit sich selbst sprach, nicht zu hören.

„Einer unserer jungen Leute hat sich eben verheiratet“, erwiderte Dobbin. Jetzt konnte er zur Sache kommen. „Es war eine ganz alte Liebe. Das junge Paar ist so arm wie eine Kirchenmaus."

„O wie entzückend! O wie romantisch!" rief Miss Osborne, als der Hauptmann die Worte „alte Liebe" und „arm" aussprach. Ihr Mitgefühl flößte ihm Mut ein.

„Er ist der feinste Kerl im ganzen Regiment", fuhr er fort; „in der ganzen Armee gibt es keinen tapfereren oder besser aussehenden Offizier und solch eine reizende Frau! Wie würde sie Ihnen gefallen! Wie wird sie Ihnen gefallen, wenn Sie sie erst kennen, Miss Osborne!" Die junge Dame glaubte, nun sei der entscheidende Augenblick gekommen. Dobbin wurde von einer Nervosität überwältigt, die sich im Zucken seines Gesichts äußerte und in der Art, wie er mit seinen großen Füßen auf dem Boden herumtrat, wie er seinen Rock hastig auf und zu knöpfte – kurz, Miss Osborne glaubte, jetzt, da er einen Anlauf genommen hatte, würde er ihr sein ganzes Herz ausschütten, und sie war bereit, ihm eifrig zu lauschen. Nach einigen vorbereitenden Tönen begann die Uhr, an deren Altar Iphigenie saß, zwölf zu schlagen. Dieses Schlagen schien bis ein Uhr dauern zu wollen – so lang kam das Geläut der ängstlichen Jungfer vor.

„Aber nicht über Heiraten wollte ich mit Ihnen sprechen – das heißt über diese Heirat – das heißt – nein, ich meine – meine liebe Miss Osborne, es handelt sich um unseren lieben Freund George", stotterte Dobbin.

„Um George?" sagte sie so verwirrt, daß Maria und Miss Wirt hinter der Tür in Lachen ausbrachen; und sogar der unglückliche Dobbin spürte ein Verlangen zu lächeln. Denn wie die Dinge standen, war ihm nicht ganz entgangen, hatte George ihn doch oft freundschaftlich geneckt und gesagt: „Zum Henker, Will, warum nimmst du die gute Jane nicht? Sie wird nicht nein sagen, wenn du sie fragst. Darum wette ich fünf zu zwei mit dir!"

„Ja, um George", fuhr er fort. „Zwischen ihm und Mr. Osborne hat es eine Meinungsverschiedenheit gegeben. Ich schätze ihn so sehr – Sie wissen, wir waren stets wie Brüder miteinander, daß ich hoffe und bete, der Streit möge sich beilegen lassen. Wer weiß, was auf dem Feldzug geschehen wird? Regen Sie sich nicht auf, liebe Miss Osborne! Diese beiden sollten doch wenigstens als Freunde scheiden, nicht wahr?"

„Es hat keinen Streit gegeben, Hauptmann Dobbin, außer einer kleinen Szene mit Papa, wie sie häufiger vorkam", entgegnete die Dame. „Wir erwarten George jeden Tag zurück. Was Papa wollte, war nur zu seinem Besten. Er braucht nur zurückzukommen, und bestimmt ist alles wieder gut. Die liebe Rhoda ist böse und sehr, sehr traurig von hier weggegangen, aber sie wird ihm verzeihen, das weiß ich bestimmt! Eine Frau verzeiht nur zu leicht, Hauptmann Dobbin!"

„Solch ein Engel wie Sie gewiß", pflichtete ihr der Hauptmann mit abscheulicher List bei. „Kein Mann kann es sich vergeben, wenn er einer Frau Schmerzen bereitet. Was würden Sie wohl empfinden, wenn ein Mann Ihnen die Treue bräche?"

„Ich würde zugrunde gehen – ich würde mich aus dem Fenster stürzen – ich würde Gift nehmen – ich würde gewiß vor Sehnsucht sterben!" rief Miss Osborne, die allerdings bereits ein oder zwei Herzensaffären hinter sich hatte, ohne je auch nur im entferntesten an Selbstmord gedacht zu haben.

„Und es gibt noch mehr Frauen", fuhr Dobbin fort, „die ein ebenso treues, gutes Herz haben wie Sie. Ich spreche nicht von der westindischen Erbin, Miss Osborne, sondern von einem armen Mädchen, das George einst liebte und das von Kindheit an so erzogen worden war, daß es an niemand anderen als an ihn dachte. Ich habe sie in ihrer Armut gesehen, in die sie unverschuldet geraten ist. Das Herz war ihr gebrochen, aber sie klagte nicht. Ich spreche von Miss Sedley. Liebe Miss Osborne, kann Ihr edles Herz dem Bruder böse sein, weil er ihr treu blieb? Könnte sein eigenes Gewissen es ihm jemals verzeihen, wenn er sie verließe? Seien Sie ihr eine Freundin; sie hat Sie immer liebgehabt – und – und – ich bin in Georges Auftrag hergekommen, um Ihnen zu sagen, daß er zu seiner Verlobung als zu seiner heiligsten Verpflichtung steht, und ich soll Sie herzlich bitten, wenigstens Sie möchten sich auf seine Seite stellen!"

Wenn eine starke Gefühlsbewegung von Hauptmann Dobbin Besitz ergriff, konnte er nach den ersten zögernden Worten vollkommen fließend sprechen. Ganz offensichtlich machte auch diesmal seine Beredsamkeit einen gewissen Eindruck auf sein Gegenüber.

„Ach", sagte sie, „das ist – höchst überraschend – sehr schmerzlich – ganz außerordentlich – was wird Papa sagen? Daß George solch eine großartige Partie, wie sie sich ihm bot, ausschlagen konnte! Auf alle Fälle hat er in Ihnen, Herr Hauptmann, einen sehr tapferen Sekundanten gefunden. – Es hat aber keinen Zweck", fuhr sie nach einer Pause fort, „ich habe bestimmt aufrichtiges Mitgefühl mit Miss Sedley, das können Sie mir glauben! Wir haben die Verbindung aber nie für gut gehalten, wenn wir auch immer sehr, sehr freundlich zu ihr waren. Aber Papa wird seine Einwilligung niemals geben, dessen bin ich sicher. Und ein gut erzogenes Mädchen, wissen Sie, mit ein wenig Vernunft, muß – George muß sie aufgeben, lieber Hauptmann Dobbin, das geht wirklich nicht anders!"

„Soll ein Mann eine Frau, die er liebt, aufgeben, wenn sie ins Unglück geraten ist?" fragte Dobbin und hielt ihr seine Hand hin. „Meine liebe Miss Osborne, ist das der Rat, den ich von Ihnen höre? Mein liebes gnädiges Fräulein, Sie müssen Miss Sedleys Freundin werden! Er kann sie nicht aufgeben. Er darf sie nicht aufgeben. Glauben Sie, daß ein Mann Sie aufgeben würde, wenn Sie arm wären?"

Diese geschickte Frage rührte Jane Osborne nicht wenig ans Herz. „Ich weiß nicht recht, ob wir armen Mädchen glauben sollen, was Sie sagen, Herr Hauptmann?" erwiderte sie. „Die Liebe macht die Frauen nur allzu leichtgläubig. Ich fürchte, Ihr Männer seid grausame, grausame Betrüger!" Hier meinte Dobbin einen Druck der Hand zu verspüren, die Miss Osborne ihm hingestreckt hatte.

Bestürzt ließ er sie los. „Betrüger!" entgegnete er. „Nein, liebe Miss Osborne, nicht alle Männer sind Betrüger. Ihr Bruder ist gewiß keiner. George hat Amelia Sedley von Kind auf geliebt. Kein Reichtum hätte ihn verleiten können, eine andere als sie zu heiraten. Sollte er sie im Stich lassen? Würden Sie ihm dazu raten?"

Was konnte Miss Jane auf solch eine Frage schon antworten, zumal bei ihren besonderen Absichten? Sie konnte keine Antwort geben, und so parierte sie die Frage, indem sie sagte: „Nun gut, wenn Sie kein Betrüger sind, dann sind Sie zumindest sehr romantisch!" Der Hauptmann ließ die Bemerkung ohne weiteres durchgehen.

Als er endlich mit Hilfe weiterer höflicher Reden Miss Osborne für genügend vorbereitet hielt, überfiel er sie mit der ganzen Schwere der Nachricht: George könne Amelia nicht aufgeben – George sei mit ihr verheiratet! Dann erzählte er, was wir bereits wissen: unter welchen Umständen die Heirat vor sich gegangen war, wie das arme Mädchen gestorben wäre, hätte ihr Verlobter ihr nicht die Treue gehalten, wie der alte Sedley seine Einwilligung zu der Verbindung rundweg abgeschlagen hatte, wie sie eine Genehmigung besorgt hatten, wie Josef Sedley von Cheltenham hereingekommen war, um seines

Vaters Stelle zu vertreten, wie sie in Joes Vierspänner nach Brighton gefahren waren, um dort die Flitterwochen zu verleben, und schließlich, wie George darauf rechnete, daß seine lieben, teuren Schwestern die Versöhnung mit dem Vater zustande bringen würden, was sie als echte, zärtliche Frauen, die sie waren, gewiß tun würden. Zuletzt bat Hauptmann Dobbin um die Erlaubnis, sie wiedersehen zu dürfen, was ihm gewährt wurde. Dann verabschiedete er sich mit einer Verbeugung in der richtigen Vermutung, daß die anderen Damen die Nachricht, die er soeben überbracht hatte, binnen fünf Minuten erfahren würden.

Er war kaum aus dem Hause, als Miss Maria und Miss Wirt auch schon zu Miss Osborne hineinstürzten, worauf diese ihnen das ganze wunderbare Geheimnis mitteilte. Wir wollen ihnen Gerechtigkeit widerfahren lassen: keine der Schwestern war sehr ärgerlich. Eine Entführung hat ein gewisses Etwas an sich, so daß nur wenige Frauen ernstlich böse darüber werden können. Der Mut, den Amelia mit ihrer Zustimmung zu der Heirat bewiesen hatte, ließ sie vielmehr in ihrer Achtung steigen. Wie sie nun so über die Sache debattierten und schwatzten und überlegten, was der Papa tun und sagen würde, ertönte an der Tür wie ein Donnerschlag der Rache ein lautes Klopfen, das die Verschwörerinnen zusammenfahren ließ. Es muß der Papa sein, dachten sie. Aber er war es nicht. Es war nur Mr. Frederick Bullock, der einer Verabredung gemäß aus der City gekommen war, um die Damen zu einer Blumenschau abzuholen.

Wie sich denken läßt, wurde dem Herrn das Geheimnis nicht lange vorenthalten. Als er es vernahm, zeigte sein Gesicht jedoch einen Ausdruck der Verwunderung, ganz anders als das sentimentale Staunen, das in den Zügen der Mädchen zu lesen war. Mr. Bullock war ein Mann von Welt und Junior-Partner einer reichen Firma. Er wußte, was Geld war, und kannte dessen Wert, und ein freudiges Aufblitzen der Erwartung belebte seine kleinen Augen und ließ ihn seiner Maria zulächeln bei dem Gedanken, daß sie durch dieses Narrenstück von Mr. George 30 000 Pfund mehr wert war, als er je durch sie zu erlangen gehofft hatte.

„Gott, Jane!“ sagte er und ließ seine Blicke mit einigem Interesse auch auf der älteren Schwester ruhen, „jetzt wird es Eels leid tun, daß er abgesprungen ist. Sie können noch mal 50 000 Pfund mitkriegen!“

Bis zu diesem Augenblick hatten die Schwestern noch gar

nicht an die Geldfrage gedacht; aber Frederick Bullock neckte sie während des ganzen Vormittagspazierganges in anmutiger Vergnügtheit damit. Als diese morgendliche Unterhaltung vorüber war und sie zum Essen heimfuhren, waren sie in ihrer eigenen Achtung nicht wenig gestiegen. Der geschätzte Leser möge diese Selbstsucht nicht für unnatürlich erklären. Gerade heute morgen sah der Verfasser, als er mit dem Omnibus von Richmond hereinkam, während des Pferdewechsels vom Dach aus drei kleine Kinder in einer Pfütze spielen, schmutzig, freundlich und glücklich. Zu diesen dreien trat nun ein anderes Kind. „Polly", sagte es, „deine Schwester hat einen Pfennig bekommen." Woraufhin die Kinder sogleich von der Pfütze aufsprangen und wegliefen, um Peggy den Hof zu machen. Und als der Omnibus abfuhr, sah ich Peggy mit ihrem Gefolge höchst würdevoll auf den benachbarten Stand der Frau mit dem Zuckerwerk zumarschieren.

24. Kapitel

Mr. Osborne nimmt die Familienbibel vor

Sobald Dobbin die Schwestern vorbereitet hatte, eilte er in die City, um den letzten und schwierigsten Teil seiner Aufgabe zu erfüllen. Der Gedanke, dem alten Osborne gegenübertreten zu müssen, machte ihn nicht wenig nervös, und mehr als einmal dachte er daran, die Verbreitung des Geheimnisses den jungen Damen zu überlassen; denn daß sie es nicht lange würden für sich behalten können, das war ihm klar. Aber er hatte seinem Freund versprochen, er würde ihm berichten, wie der alte Osborne die Nachricht aufgenommen habe. So suchte er also in der City das Büro des Alten in der Thames Street auf und gab dort ein Billett für Mr. Osborne ab, in dem er ihn um eine halbstündige Unterredung in Angelegenheiten seines Sohnes bat. Dobbins Bote kehrte mit Mr. Osbornes Empfehlungen aus dessen

Privatbüro zurück und kündigte ihm an, daß es Mr. Osborne angenehm sein würde, den Hauptmann sofort zu sprechen. Also machte Dobbin sich auf, um ihm gegenüberzutreten.

Da der Hauptmann ein Geheimnis zu enthüllen hatte, an dem er selbst zur Hälfte schuld war, und zudem eine peinliche und stürmische Unterredung in Aussicht stand, betrat er Mr. Osbornes Büro mit trübseliger Miene und unsicherem Schritt. Als er den Vorraum durchschritt, wo Mr. Chopper präsidierte, grüßte dieser ihn mit einem so spöttischen Ausdruck, daß der arme Dobbin in noch größere Verlegenheit geriet. Mr. Chopper zwinkerte mit den Augen, nickte mit dem Kopf, deutete mit der Feder auf die Tür des Chefs und meinte mit aufreizendem Humor: „Sie werden den Alten in bester Laune finden!"

Osborne erhob sich und schüttelte ihm herzlich die Hand. „Wie geht's, mein lieber Junge?" sagte er so freundlich, daß Georges Abgesandter sich doppelt schuldig vorkam. Seine Hand lag wie leblos in der des alten Herrn. Dobbin hatte das Gefühl, daß er selbst mehr oder weniger die Ursache alles dessen war, was sich ereignet hatte. Er war es gewesen, der George zu Amelia zurückgebracht hatte; er hatte die Ehe angeraten, gefördert, ja beinahe geschlossen, diese Ehe, von der er jetzt Georges Vater berichten wollte. Und da empfing der Alte ihn mit einem lächelnden Willkommensgruß, klopfte ihm auf die Schulter und nannte ihn „mein lieber Junge"! Der Botschafter hatte wirklich guten Grund, den Kopf hängen zu lassen.

Osborne war völlig überzeugt, Dobbin sei gekommen, um ihm die Unterwerfung seines Sohnes anzukündigen. Mr. Chopper und sein Prinzipal hatten die Sache gerade besprochen, als Dobbins Bote ankam. Beide stimmten darin überein, daß George gewiß seine Unterwerfung anbieten würde. Beide hatten das schon tagelang erwartet. „Herr des Himmels, Chopper, da werden wir aber eine Hochzeit haben!" sagte Mr. Osborne zu seinem Angestellten; er knackte mit seinen dicken Fingern und klimperte mit all den Goldstücken und Schillingen in der Tasche, während er seinem Untergebenen einen triumphierenden Blick zuwarf.

Auch jetzt klimperte Osborne wieder mit dem Geld in beiden Taschen und betrachtete Dobbin, der ihm in verlegenem Schweigen gegenübersaß, von seinem Stuhl aus mit wissendem, munterem Ausdruck. Für einen Hauptmann der Armee ist er doch reichlich tölpelhaft, dachte der alte Osborne; ich wundere mich, daß George ihm nicht bessere Manieren beigebracht hat.

Schließlich faßte Dobbin Mut. „Sir", begann er, „ich bringe Ihnen eine sehr schwerwiegende Nachricht. Ich bin heute morgen im Kriegsministerium gewesen. Es besteht kein Zweifel, daß unser Regiment auf den Kontinent versetzt werden und noch vor Ende dieser Woche auf dem Weg nach Belgien sein wird. Und Sie wissen, Sir, daß wir nicht eher heimkehren werden, als bis wir eine Schlacht bestanden haben, die für viele von uns verhängnisvoll werden kann."

Osborne sah ernst drein. „Mein S . . . das Regiment wird seine Pflicht tun, dessen bin ich sicher", sagte er.

„Die Franzosen sind sehr stark, Sir", fuhr Dobbin fort, „und die Russen und Österreicher werden lange brauchen, bis ihre Truppen heran sind. Wir werden den ersten Kampf zu bestehen haben, Sir, und Sie können sich darauf verlassen, Bonaparte wird dafür sorgen, daß er heiß wird."

„Worauf wollen Sie hinaus, Dobbin?" fragte der andere unruhig und finster. „Ich denke, kein Brite fürchtet sich vor einem Franzosen, wie?"

„Ich meine nur, ehe wir abziehen, und in Anbetracht der großen, unvermeidlichen Gefahr, in der jeder von uns schwebt – wenn es zwischen George und Ihnen Unstimmigkeiten gegeben hat – dann wäre es vielleicht gut, Sir, wenn – wenn Sie sich die Hand reichen würden, nicht wahr? Sollte ihm etwas zustoßen, würden Sie es sich wohl nie verzeihen, denke ich, wenn Sie nicht in Liebe geschieden wären."

Bei diesen Worten wurde der arme Dobbin bis über beide Ohren rot in dem ehrlichen Gefühl, daß er ein Verräter war. Ohne ihn wäre es vielleicht nie zu diesem Streit gekommen. Warum hatten sie Georges Heirat nicht hinausgeschoben? Weshalb mußte sie so eifrig betrieben werden? Er hatte das Gefühl, daß George jedenfalls sich ohne tödlichen Schmerz von Amelia getrennt haben würde. Auch Amelia würde sich vielleicht von dem Leid über den Verlust erholt haben. Sein Ratschlag war es gewesen, der diese Heirat und alles, was daraus folgte, zustande gebracht hatte. Und warum das alles? Weil er sie so sehr liebte, daß er sie nicht unglücklich sehen konnte, oder weil ihm die schmerzvolle Ungewißheit so unerträglich war, daß er seine Leiden lieber mit einem Male ersticken wollte – wie wir etwa nach einem Todesfall auf ein schnelles Begräbnis drängen oder, wenn eine Trennung von unsren Lieben bevorsteht, nicht ruhen, bis der Abschied vorüber ist.

„Sie sind ein guter Kerl, William", sagte Mr. Osborne in

sanfterem Ton; „es ist wahr, George und ich sollten nicht im Zorn scheiden. Sehen Sie, ich habe soviel für ihn getan wie nur je ein Vater. Er hat bestimmt dreimal soviel Geld von mir bekommen, wie Ihnen Ihr Vater je gegeben hat. Aber ich will damit nicht prahlen. Ich will nicht davon reden, wie ich mich für ihn abgemüht und abgearbeitet habe, wie ich all mein Können und meine Energie für ihn aufgewandt habe. Fragen Sie Chopper! Fragen Sie ihn selbst! Fragen Sie die City von London! Nun schlage ich ihm eine Partie vor, auf die jeder Edelmann im Lande stolz sein könnte – das einzige im Leben, worum ich ihn je gebeten habe –, und er lehnt sie ab! Habe ich da unrecht? Ist der Streit mein Werk? Will ich denn nicht nur das Beste für ihn, wofür ich wie ein Zuchthäusler geschuftet habe, seit er geboren ist? Niemand kann behaupten, ich sei selbstsüchtig. Lassen Sie ihn nur zurückkommen. Hier ist meine Hand, ich will vergeben und vergessen. Eine Heirat kommt jetzt sowieso nicht in Frage. Sollen er und Miss Swartz sich einig werden und dann später heiraten, wenn er als Oberst heimkehrt; denn er soll Oberst werden, bei Gott, das soll er, wenn Geld das erreichen kann! Ich freue mich, daß Sie ihn zur Vernunft gebracht haben. Ich weiß, daß Sie es waren, Dobbin. Sie haben ihm schon aus so mancher Patsche geholfen. Lassen Sie ihn nur kommen! Ich werde nicht hart sein. Kommen Sie und essen Sie heute bei uns am Russel Square! Kommt beide! Im alten Haus, zur alten Zeit! Ihr werdet einen Rehrücken vorfinden, und niemand wird eine Frage stellen."

Dieses Lob und dieses Vertrauen trafen Dobbin tief. Von Augenblick zu Augenblick, den das Gespräch in diesem Ton andauerte, fühlte er sich mehr schuldig. „Sir", sagte er, „ich fürchte, Sie täuschen sich. Ich bin sicher, Sie täuschen sich. George ist ein viel zu hochgesinnter Mensch, um je des Geldes willen zu heiraten. Einer Drohung Ihrerseits, Sie würden ihn enterben, falls er sich nicht fügen wolle, würde nur Widerstand von seiner Seite folgen."

„Ei was, zum Henker, Mann! Ein Angebot von acht- bis zehntausend jährlich – das nennen Sie eine Drohung?" entgegnete Mr. Osborne, immer noch in bester Laune. „Gott, wenn Miss Swartz mich haben wollte, ich wäre ihr Mann. Ich stoße mich nicht an einem ein bißchen dunkleren Teint!" Hier grinste der Alte vielsagend und brach in rauhes Gelächter aus.

„Sir, Sie vergessen frühere Bindungen, die Hauptmann Osborne eingegangen ist", sagte der Abgesandte ernst.

„Was für Bindungen? Was zum Teufel meinen Sie damit? Sie meinen doch nicht etwa“, fuhr Mr. Osborne, in Erstaunen und Zorn geratend, fort, da ihm dieser Gedanke eben jetzt erst kam, „Sie meinen doch nicht etwa, er ist ein so verdammter Narr, daß er immer noch der Tochter des bankrotten alten Schwindlers nachläuft? Sie sind doch wohl nicht hergekommen, um mir beizubringen, er wolle die heiraten? Die heiraten – das wäre ein guter Witz! Mein Sohn und Erbe die Tochter eines Bettlers aus der Gosse heiraten! Verflucht sei er, wenn er das tut! Dann soll er sich einen Besen kaufen und die Straße fegen! Sie ist immer hinter ihm hergewesen und hat ihm schöne Augen gemacht, ich entsinne mich jetzt. Sicher hat ihr Vater, dieser alte Betrüger, sie auf George gehetzt!“

„Mr. Sedley war ein sehr guter Freund von Ihnen, Sir“, warf Dobbin ein. Er war beinahe froh darüber, daß er allmählich in Wut geriet. „Es gab eine Zeit, da Sie ihm bessere Namen gaben als Schuft und Schwindler. Die Heirat war Ihr Werk! George hat nicht das Recht, so frivol mit ihr zu spielen –“.

„Frivol!“ brüllte der alte Osborne, „frivol zu spielen! Zum Teufel, das sind dieselben Worte, die mein feiner Sohn gebrauchte, als er sich Donnerstag vor vierzehn Tagen so aufspielte und seinem Vater, der ihn zu dem gemacht hat, was er ist, von der britischen Armee vorschwatzte. Sie haben ihn wohl dazu gebracht, wie? Meinen besten Dank dafür, Herr Hauptmann! Sie wollen also Bettler in meine Familie bringen! Danke bestens, Herr Hauptmann! Sie heiraten – haha! warum sollte er das denn! Ich garantiere Ihnen, sie würde auch ohne das schnell genug zu ihm laufen!“

„Sir!“ fuhr Dobbin in unverhohlenem Zorn auf, „vor meinen Ohren darf niemand diese Dame schmähen, Sie am allerwenigsten!“

„Oh, Sie wollen mich wohl herausfordern, wie? Halt! Dann will ich nach Pistolen für uns zwei klingeln. Mr. George hat Sie wohl hergeschickt, damit Sie seinen Vater beleidigen, was?“ rief Osborne und riß an der Klingelschnur.

„Mr. Osborne“, sagte Dobbin mit schwankender Stimme, „Sie beleidigen das beste Wesen auf der ganzen Welt. Sie sollten sie lieber schonen, Sir, denn sie ist Ihres Sohnes Frau!“

Mit diesen Worten ging Dobbin, da er fühlte, er könne nichts mehr sagen. Der alte Osborne sank in seinen Stuhl zurück und sah ihm mit wildem Blick nach. Auf das Klingelzeichen hin trat ein Angestellter ein. Der Hauptmann war kaum aus dem

Hof heraus, in dem Mr. Osbornes Büroräume lagen, als Mr. Chopper, der erste Buchhalter, ihm ohne Hut nachgelaufen kam.

„Um Gottes willen, was ist los?" fragte Mr. Chopper und packte den Hauptmann am Rock. „Der Alte ist ohnmächtig geworden. Was hat Mr. George getan?"

„Er hat vor fünf Tagen Miss Sedley geheiratet", erwiderte Dobbin. „Ich war sein Trauzeuge, Mr. Chopper, und Sie müssen sein Freund bleiben!"

Dobbin bat Chopper, ihm über die weitere Entwicklung der Lage in sein Hotel Nachricht zu geben. Dann ging er bedrückt westwärts und dachte voll schwerer Unruhe an Vergangenheit und Zukunft.

Als die Familienmitglieder am Russel Square sich an diesem Abend zum Essen versammelten, saß ihr Vater auf seinem gewohnten Platz. Aber über seinem Gesicht lag jener düstere Ausdruck, der die Tischrunde noch stets zum Verstummen gebracht hatte. Die Damen und Mr. Bullock, der mit ihnen speiste, ahnten, daß Mr. Osborne die Neuigkeit erfahren hatte. Sein finsterer Blick beeindruckte Mr. Bullock so sehr, daß er ganz still und ruhig war, wenn auch ungewöhnlich freundlich und aufmerksam gegen Miss Maria neben ihm und die Schwester, die oben am Tisch saß.

Folglich sah Miss Wirt sich ganz allein auf ihrer Seite der Tafel. Zwischen ihr und Miss Jane Osborne gähnte ein Loch. Das war nämlich Georges Platz, wenn er zu Hause speiste; und wie wir schon sagten, wurde jeden Tag für ihn gedeckt in der Erwartung, der Ausreißer würde zurückkehren. Während des Essens ereignete sich nichts Besonderes. Nur das vertrauliche Flüstern des lächelnden Mr. Frederick und das Klappern des Geschirrs und des Silbers unterbrachen die Stille des Mahles. Die Diener schlichen beim Servieren vorsichtig umher. Statisten bei einem Begräbnis können nicht düsterer aussehen als Mr. Osbornes Bediente. Unter tiefstem Schweigen zerlegte der Hausherr die Rehkeule, zu der er Dobbin eingeladen hatte. Doch sein eigener Anteil wurde fast unberührt hinausgetragen, wiewohl er viel trank und der Diener ihm fleißig das Glas füllte.

Schließlich, gegen Ende des Mahles, blieben seine Augen, die bisher überall starr herumgewandert waren, eine Weile auf Georges Gedeck haften. Dann zeigte er mit der linken Hand darauf. Die Töchter sahen ihn verständnislos an oder taten zumindest so, als ob sie nichts verstünden, ebensowenig begriffen die Diener zunächst, was er meinte.

„Nehmt das Gedeck weg!" sagte er schließlich und stand mit einem Fluch auf. Er schob seinen Stuhl zurück und begab sich in sein Zimmer.

Hinter dem Osborneschen Eßzimmer lag wie üblich ein zweiter Raum, der hier im Hause Studierzimmer genannt wurde und dem Herrn des Hauses vorbehalten war. Hierhin zog Mr. Osborne sich am Sonntagvormittag zurück, wenn er keine Lust hatte, in die Kirche zu gehen. Hier verbrachte er in seinem roten Ledersessel, die Zeitung lesend, den Morgen. Es gab da ein paar verglaste Bücherschränke mit den Standardbüchern in starken Einbänden und mit Goldschnitt wie etwa *Das Jahresregister*, *Das Magazin des Gentleman*, *Blairs Predigten* und *Hume und Smollet*. Vom ersten bis zum letzten Tag des Jahres nahm er nie auch nur einen dieser Bände vom Bort, und doch gab es in der Familie niemanden, der es je gewagt hätte, eins dieser Bücher anzurühren, außer an jenen seltenen Sonntagabenden, an denen keine Gesellschaft im Hause gegeben wurde. Dann holte man die große rote Bibel und das Gebetbuch aus der Ecke hervor, wo sie neben dem Adelsregister standen. Die Diener wurden ins Eßzimmer gerufen, und Mr. Osborne las seiner Familie mit schriller, salbungsvoller Stimme die Abendandacht vor. Niemand im Haus, auch nicht die Kinder oder die Bedienten, betrat je den Raum ohne eine gewisse Angst. Hier prüfte er die Abrechnungen der Haushälterin und das Kellerbuch des Butlers. Von hier aus übersah er, über den sauberen kiesbedeckten Hof hinweg, den Hintereingang der Ställe, mit denen eine Klingel ihn verband. In diesen Hof kamen die Kutscher von der Straße wie in ein Dock hinein, und Mr. Osborne schalt sie vom Fenster des Studierzimmers aus. Viermal im Jahr betrat Miss Wirt diesen Raum, um ihr Gehalt zu empfangen, und ebensooft kamen die Töchter, um ihr vierteljährliches Taschengeld zu holen. Als Junge hatte George in diesem Zimmer oft eins mit der Peitsche bekommen, während seine Mutter ganz krank vor Angst auf der Treppe saß und auf die Peitschenschläge lauschte. Man hatte den Jungen kaum je weinen sehen bei dieser Bestrafung; die arme Frau aber pflegte ihn heimlich zu herzen und zu küssen und ihm, wenn er herauskam, zum Trost Geld zuzustecken.

Über dem Kamin hing ein Familienbild. Nach Mrs. Osbornes Tod war es aus dem Vorderzimmer hierhergebracht worden.

George saß da auf einem Pony, und die ältere Schwester hielt ihm einen Blumenstrauß hin. Alle hatten rosige Wangen und einen großen roten Mund und lächelten sich einfältig zu wie stets auf Familienbildern. Die Mutter lag nun unter der Erde, längst vergessen von allen anderen. Die Schwestern und der Bruder hatten hundert verschiedene eigene Interessen, und wenn sie auch noch äußerlich in vertrautem Umgang standen, so waren sie sich doch gänzlich fremd geworden. Welch bittere Ironie liegt dann doch wenige Dutzend Jahre später, wenn die Dargestellten alle groß geworden sind, in diesen glänzenden, kindischen Familienbildern mit ihrer Sentimentalität, ihrem lügnerischen Lächeln und ihrer so selbstbewußten und selbstzufriedenen Unschuld! Osbornes eigenes Staatsporträt mit dem großen silbernen Tintenfaß und dem Lehnstuhl hing jetzt auf dem Ehrenplatz im Eßzimmer an Stelle des Familienbildes.

In dieses Studierzimmer zog Osborne sich also zurück, sehr zur Erleichterung der kleinen Gesellschaft, die er allein zurückließ. Als die Diener hinausgegangen waren, begannen sie, sich eine Weile lebhaft, aber mit unterdrückter Stimme zu unterhalten. Dann gingen sie leise nach oben. Mr. Bullock begleitete sie heimlich auf knarrenden Sohlen. Er hatte nicht den Mut, allein beim Wein unten zu bleiben, so nahe dem schrecklichen Alten im Studierzimmer nebenan!

Als der Butler mindestens eine Stunde nach dem Dunkelwerden immer noch nicht gerufen worden war, wagte er es, an die Tür zu klopfen und Wachskerzen und Tee hineinzubringen. Der Herr des Hauses saß in seinem Stuhl und tat so, als ob er Zeitung läse. Nachdem der Diener das Licht und das Getränk auf den Tisch neben ihm gestellt und sich zurückgezogen hatte, erhob sich Mr. Osborne und riegelte die Tür ab. Diesmal war kein Irrtum mehr möglich. Das ganze Haus wußte, daß es zu einer fürchterlichen Katastrophe kommen würde, die für Master George wahrscheinlich die schlimmsten Folgen haben würde.

In dem großen schimmernden Mahagonischreibpult hatte Mr. Osborne ein besonderes Fach nur für die Papiere und Sachen seines Sohnes reserviert. Hier bewahrte er alle Urkunden über George von dessen Kindheit an auf. Hier befanden sich seine Hefte und Zeichenblöcke, für die er einen Preis bekommen hatte. Alle zeigten Georges Hand und die seines Lehrers. Hier lagen seine ersten Briefe in großer, runder Kinderschrift mit vielen Grüßen an Papa und Mama und der Bitte um einen

Kuchen. Sein lieber Pate Sedley kam mehr als einmal darin vor. Ein Fluch zitterte auf den bleichen Lippen des alten Osborne, und entsetzlicher Haß und furchtbare Enttäuschung drückten ihm das Herz ab, als er beim Durchlesen der Briefe auf diesen Namen stieß. Alle Briefe waren bezeichnet, mit kurzer Inhaltsangabe versehen und mit einer roten Schnur zusammengebunden: „Von Georgy, Bitte um 5 Schilling, 23. April 18 . ., beantwortet 25. April", oder „Georgy wegen eines Ponys, 13. Oktober" und so weiter. In einem anderen Päckchen lagen „Dr. S.'s Rechnungen", „G.'s Schneiderrechnungen und Ausstattung", „Wechsel auf mich, ausgestellt von G. Osborne junior" et cetera, seine Briefe aus Westindien, die Briefe seiner Beauftragten und die Zeitungen, die seine Beförderung meldeten. Da lag auch eine Peitsche, die er als Junge gehabt hatte, und in einem Papier ein Medaillon mit einer Locke, das seine Mutter getragen hatte.

Viele Stunden vergingen, während der Unglückliche ein Stück nach dem anderen in die Hand nahm und diesen Erinnerungen nachhing. Seine teuerste Eitelkeit, seine ehrgeizigste Hoffnung, all das lag hier beschlossen. Wie stolz war er auf seinen Jungen gewesen! Er war das niedlichste Kind von der Welt. Jeder sagte, er sähe dem Sohn eines Adligen gleich. Sogar einer königlichen Prinzessin war er in Kew Gardens aufgefallen; sie hatte ihn geküßt und nach seinem Namen gefragt. Welcher Geschäftsmann in der City konnte so einen Sohn aufweisen? Hätte ein Prinz besser umsorgt werden können? Alles, was es für Geld gab, hatte dem Sohn gehört. Zu der Feier am Ende des Schuljahres pflegte er vierspännig mit Dienern in neuen Livreen hinauszufahren und neue Schillinge unter die Jungen von Georges Schule zu streuen. Als er George zur Kaserne begleitete, ehe der Junge sich nach Kanada einschiffte, gab er den Offizieren ein Diner, das selbst der Herzog von York nicht verschmäht hätte. Hatte er jemals einen Wechsel zurückgewiesen, den George ausgestellt hatte? Sie waren da und wurden bezahlt, ohne daß er ein Wort darüber verlor. Mancher General in der Armee konnte nicht solche Pferde reiten wie George! Das Kind stand ihm vor Augen, bei hundert verschiedenen Gelegenheiten – nach dem Essen, wenn George kühn wie ein Lord hereinkam und neben dem Vater an der Spitze der Tafel sein Glas austrank; auf dem Pony in Brighton, als er die Hecke glatt nahm und sich von dem Jäger nicht abhängen ließ; an dem Tag, da er dem Prinzregenten beim Lever vorgestellt wurde. Im ganzen St. James Palast gab es keinen feineren jungen Kerl! Und das Ende von all dem war nun, daß er die Tochter eines Bankrotteurs heiratete, um vor der Pflicht und dem Glück zu entfliehen. Unter welcher Demütigung, welcher Wut, welchen Schmerzen elenden Zorns, verschmähten Ehrgeizes und Wohlwollens, unter welchen Wunden verletzter Eitelkeit, ja, verletzter Liebe mußte das altgewordene Weltkind jetzt leiden!

Nachdem Georges Vater alle Papiere durchgesehen und dem einen und dem anderen nachgesonnen hatte in jenem bittersten allen hilflosen Wehs, mit dem Unglückliche an die vergangenen glücklichen Zeiten denken, nahm er sie aus der Schublade heraus, in der er sie so lange aufbewahrt hatte, und verschloß sie in einem Schreibkasten, den er verschnürte und mit seinem Petschaft versiegelte. Dann öffnete er den Bücherschrank und nahm die große rote Bibel heraus, von der wir schon sprachen, ein pompöses Buch, über und über glitzernd von Gold, das selten jemand in die Hand nahm. Das Titelbild stellte Abraham dar, wie er Isaak opferte. Hier hatte Osborne, dem Brauch entsprechend, auf dem Schutzblatt in seiner sauberen Kaufmannsschrift die Daten seiner Verheiratung, des Todes seiner Frau und die Geburtstage und Vornamen seiner Kinder verzeichnet. Zuerst kam Jane, dann George Sedley Osborne, dann Maria Frances, gefolgt von den Tagen der jeweiligen Taufe. Er ergriff eine Feder und strich Georges Namen sorgfältig aus. Als das Blatt ganz trocken war, stellte er das Buch wieder an den Platz zurück, wo er es hergenommen hatte. Dann nahm er aus einer anderen Schublade, wo er seine eigenen Privatpapiere aufbewahrte, eine Urkunde, las sie durch, zerknüllte sie, zündete sie an einer Kerze an und sah zu, bis sie auf dem Kaminrost zu Asche geworden war. Es war sein Testament. Als es verbrannt war, setzte er sich nieder, warf einen Brief aufs Papier und läutete dem Diener, den er beauftragte, ihn am nächsten Morgen zu bestellen. Der Morgen war bereits angebrochen, als er zu Bett ging. Das ganze Haus strahlte im Sonnenschein. Am Russel Square sangen die Vögel im frischen Grün.

William Dobbin wollte Mr. Osbornes ganze Familie und alle seine Untergebenen bei guter Stimmung erhalten und George in der Stunde seiner Not so viele Freunde wie möglich verschaffen. Zudem kannte er die Wirkung eines guten Essens und guter Weine auf die Seele des Menschen. Darum verfaßte er sofort nach der Rückkehr in seinen Gasthof eine sehr herzliche Einladung für Thomas Chopper, Hochwohlgeboren, in der er diesen Herrn bat, am nächsten Tage mit ihm im Slaughters Klub zu speisen. Das Billett erreichte Mr. Chopper gerade noch, ehe er die City verließ. Die umgehende Antwort besagte, daß Mr. Chopper sich mit respektvollen Empfehlungen die Ehre und das Vergnügen geben werde, „Hauptmann D. seine Aufwartung zu machen". Am Abend bekamen daheim Mrs. Chopper und die Töchter die Einladung und das Konzept der Antwort zu sehen, und als die Familie beim Tee zusammensaß, redete man mit großem Entzücken über die vornehmen Offiziere und Leute vom Westend. Als die Mädchen zu Bett gegangen waren, besprachen Mr. und Mrs. Chopper die merkwürdigen Vorkommnisse in der Familie des Alten. Noch nie hatte der Buchhalter seinen Prinzipal so erregt gesehen. Als Mr. Chopper das Zimmer des Chefs betreten hatte, nachdem Hauptmann Dobbin fortgegangen war, fand er ihn ganz dunkel im Gesicht und einer Ohnmacht nahe vor. Gewiß hatte sich irgendein schrecklicher Streit zwischen Mr. O. und dem jungen Hauptmann zugetragen. Chopper hatte den Befehl erhalten, eine Liste aller Gelder zusammenzustellen, die Hauptmann Osborne in den letzten drei Jahren ausgezahlt worden waren. „Eine ganz hübsche Menge Geld hat er bekommen", erklärte der erste Buchhalter. Und wegen der freizügigen Art, wie sie die Goldstücke hinausgeworfen hatten, stiegen der alte und der junge Herr noch in seiner Achtung. Es ging irgendwie um Miss Sedley. Mrs. Chopper beteuerte, wie leid die arme junge Dame ihr täte, daß sie einen so hübschen jungen Burschen wie den Hauptmann aufgeben mußte. Mr. Chopper hingegen hatte für Miss Sedley, die Tochter eines unglücklichen Spekulanten, der immer nur eine sehr schäbige Dividende gezahlt hatte, recht wenig übrig. Er schätzte das Haus Osborne höher als alle anderen in der City, und er hoffte und

wünschte, Hauptmann George würde eines Edelmannes Tochter heiraten. In dieser Nacht schlief der Buchhalter ein gut Teil besser als sein Prinzipal. Nach dem Frühstück (dem er herzhaft zusprach, obwohl sein bescheidener Lebenstrank nur mit braunem Zucker gesüßt war) herzte er seine Kinder und begab sich im besten Sonntagsanzug und mit seiner schönsten Hemdkrause ins Geschäft, nicht ohne vorher seiner Frau, die bewundernd vor ihm stand, versprochen zu haben, daß er abends Hauptmann Dobbins Portwein schonen würde.

Als Mr. Osborne zur gewohnten Stunde ins Büro kam, fiel sein Aussehen den Angestellten, die mit gutem Grund seine Züge zu studieren pflegten, als besonders erschreckend und angegriffen auf. Um zwölf Uhr erschien verabredungsgemäß Mr. Higgs (von der Rechtsanwaltsfirma Higgs & Blatherwick, Bedford Row). Er wurde in das Privatkontor des Alten geführt und blieb dort länger als eine Stunde. Gegen ein Uhr erhielt Mr. Chopper ein Billett, das Hauptmann Dobbins Bursche brachte und eine Einlage für Mr. Osborne enthielt, die der Buchhalter sofort hineintrug. Kurze Zeit später wurden Mr. Chopper und Mr. Birch, der zweite Buchhalter, hereingerufen und aufgefordert, ein Dokument als Zeugen zu unterschreiben. „Ich habe ein neues Testament gemacht", erklärte Mr. Osborne, worauf die Herren ihre Namen daruntersetzten. Mehr Worte wurden nicht gewechselt.

Als Mr. Higgs in das Vorzimmer hinaustrat, sah er außerordentlich ernst aus und blickte Mr. Chopper scharf ins Gesicht. Doch gab er keinerlei Erklärungen. Zum Erstaunen aller, die aus seiner düsteren Miene Übles geweissagt hatten, war Mr. Osborne den ganzen Tag über auffallend ruhig und sanft. Er schimpfte auf niemanden, und man hörte ihn nicht einmal fluchen. Er verließ das Geschäft frühzeitig. Bevor er wegging, rief er seinen ersten Buchhalter noch einmal herein, gab ihm ein paar allgemeine Anweisungen und fragte ihn dann etwas zögernd, so als wollte er es eigentlich nicht aussprechen, ob er wisse, ob Hauptmann Dobbin noch in der Stadt sei.

Chopper erwiderte, er glaube wohl, daß der Hauptmann noch da sei. Beide wußten aber ganz genau, wie die Dinge lagen.

Osborne ergriff einen Brief, der an den Offizier gerichtet war, und händigte ihn dem Buchhalter mit dem Auftrag aus, er solle ihn sofort Dobbin persönlich übermitteln.

„Und nun, Chopper", sagte er, während er mit seltsamem Ausdruck nach dem Hut griff, „nun ist mein Gemüt beruhigt." Gerade als die Uhr zwei schlug (offenbar war es eine verabredete Sache), erschien Mr. Frederick Bullock, und er und Mr. Osborne gingen zusammen weg.

Der Kommandeur des . . . ten Regiments, in dem die Herren Dobbin und Osborne jeder eine Kompanie führten, war ein alter General, der unter Wolfe in Quebeck seinen ersten Feldzug mitgemacht hatte und schon seit langem zu alt und schwach für ein Kommando war. Aber er interessierte sich doch für das Regiment, dessen nominelles Oberhaupt er war, und zog einige der jungen Offiziere an seine Tafel, eine Art von Gastfreundschaft, die heute unter seinen Standesgenossen, scheint mir, nicht mehr sehr verbreitet ist. Hauptmann Dobbin war bei dem alten General besonders beliebt. Dobbin war sehr versiert in militärischer Literatur und konnte über den großen Friedrich und Maria Theresia und ihre Kriege fast so gut sprechen wie der General selbst, dessen Herz ganz den Strategen von vor fünfzig Jahren gehörte, so daß die Triumphe seiner Zeit auf ihn gar keinen Eindruck machten.

An dem Morgen, da Mr. Osborne sein Testament änderte und Mr. Chopper seine beste Hemdkrause anlegte, schickte dieser Offizier seinem jungen Günstling eine Aufforderung, zum Frühstück zu ihm zu kommen, und setzte ihn dabei ein paar Tage im voraus von dem allgemein erwarteten Befehl zum Abmarsch nach Belgien in Kenntnis. In wenigen Tagen würde das Kriegsministerium den Befehl herausgeben, daß das Regiment sich bereit zu halten habe, und da Transportmöglichkeiten reichlich vorhanden waren, würden sie noch vor Ende der Woche aufbrechen. Während das Regiment in Chatham lag, war es durch Rekruten verstärkt worden, und der alte General hoffte, daß das Regiment, das geholfen hatte, Montcalm in Kanada zu schlagen, und auf Long Island Mr. Washington in die Flucht getrieben hatte, sich auf den so oft umkämpften Schlachtfeldern der Niederlande seines alten Rufes würdig zeigen werde. „Wenn Sie, mein guter Freund, also noch irgendeine Affäre haben", sagte der alte General, indem er mit der zitternden weißen Hand eine Prise Schnupftabak nahm und dann auf die Stelle seiner robe de chambre deutete, wo ihm noch schwach das Herz schlug, „wenn Sie eine Phyllis zu trösten oder Papa und Mama Lebewohl zu sagen und ein Testament zu machen haben, so empfehle ich Ihnen, es unverzüglich in Angriff zu nehmen." Darauf reichte der General seinem jungen Freund einen Finger und nickte ihm wohlwollend zu mit seinem gepuderten, bezopften Haupt. Und als die Tür sich hinter Dobbin geschlossen hatte, ließ er sich nieder, um ein „billet d'amour" (er war außerordentlich stolz auf sein Französisch!) an Mademoiselle Amenaide vom Königlichen Theater zu kritzeln.

Die Nachricht stimmte Dobbin sehr ernst; er dachte an unsere Freunde in Brighton. Dann schämte er sich, daß sein erster Gedanke vor allen anderen, vor Vater und Mutter, vor den Schwestern, vor der Pflicht, stets Amelia galt. Ins Hotel zurückgekehrt, schickte er Mr. Osborne einen kurzen Brief und teilte ihm mit, was er erfahren hatte, weil er hoffte, das könne vielleicht dazu dienen, eine Versöhnung mit George herbeizuführen.

Dieser Brief, den derselbe Bote überbrachte, der am Tage zuvor Mr. Chopper die Einladung übermittelt hatte, beunruhigte den würdigen Buchhalter nicht wenig. Er war an ihn adressiert, und als er ihn öffnete, zitterte er vor Angst, er könnte eine Absage für das Diner, auf das er sich schon so sehr freute, enthalten. Er war unbeschreiblich erleichtert, als er sah, daß der Umschlag ihn nur noch einmal daran erinnern sollte („ich erwarte Sie um halb sechs", schrieb Hauptmann Dobbin). Er nahm großen Anteil an der Familie seines Prinzipals, aber que voulez-vous? – ein großartiges Diner war ihm weitaus interessanter als die Angelegenheiten jedes anderen Sterblichen.

Dobbin war ermächtigt, die Nachricht, die er von dem General erhalten hatte, allen anderen Offizieren des Regiments weiterzugeben, denen er begegnen sollte. Demgemäß teilte er die Kunde auch dem Fähnrich Stubble mit, den er bei seinem Agenten traf. Sofort eilte dieser – so groß war sein militärischer Eifer! – hin, um bei dem Waffenschmied einen neuen Degen zu erstehen. Dieser junge Bursche, obzwar er erst siebzehn Jahre alt und nur anderthalb Meter groß, von Natur aus rachitisch und durch vorzeitigen Alkoholgenuß geschwächt war, zeigte eindeutig Mut und ein Löwenherz, wie er da die Waffe abwägend in der Hand erprobte, sie bog und balancierte, als ob er unter den Franzosen wüten wollte. Mit einem lauten „haha!" stampfte er mit furchtbarer Energie auf seinen kleinen Füßen umher und ging ein paarmal auf Hauptmann Dobbin los, der den Stoß lachend mit dem Rohrstock parierte.

Mr. Stubble gehörte, wie sich bei seiner Größe und seiner Magerkeit denken läßt, zur leichten Infanterie. Fähnrich Spooney dagegen war ein hochgewachsener Jüngling aus Hauptmann Dobbins Grenadierkompanie. Er probierte sogleich eine neue Bärenfellmütze auf, unter der er für sein Alter erschreckend wild aussah. Dann zogen die beiden Burschen in Slaughters Klub, bestellten ein Prachtdiner und setzten sich hin und schrieben Briefe an die gütigen, besorgten Eltern daheim, Briefe voll herzlicher Liebe, voll Mut und voller orthographischer Fehler. Ach, wie viele unruhige Herzen schlugen damals in England, in wie vielen Häusern beteten Mütter unter strömenden Tränen!

Als Dobbin im Klub den jungen Stubble traf, der über seinem Brief brütete, wobei ihm die Tränen die Nase herunter auf das Papier tropften (der Junge dachte an seine Mama, die er vielleicht nie wiedersehen würde), da hielt er inne in seinem Brief an George Osborne und schloß seinen Schreibtisch zu. Warum sollte ich? überlegte er. Sie mag wenigstens noch eine Nacht glücklich sein. Morgen früh werde ich meine Eltern besuchen und dann selbst nach Brighton hinausfahren.

So erhob er sich und legte dem jungen Stubble die Hand auf die Schulter. Er sprach dem jungen Helden Mut zu und erklärte ihm, wenn er den Alkohol lassen wollte, würde er ein guter Soldat werden, wie er stets ein gutherziger Bursche und ein Gentleman sei. Da leuchteten die Augen des jungen Stubble auf, denn Dobbin genoß im Regiment hohe Achtung als der beste Offizier und klügste Mann.

„Danke Ihnen, Dobbin", sagte er und rieb sich mit den Knöcheln der Hand die Augen; „ich schrieb – ich schrieb ihr gerade, ich wolle ein guter Soldat werden. O Sir, sie ist so verdammt gut zu mir!" Die Wasserwerke arbeiteten von neuem, und ich kann nicht mit Gewißheit behaupten, daß es in den Augen des weichherzigen Hauptmanns nicht auch ein wenig blitzte.

Die beiden Fähnriche, der Hauptmann und Mr. Chopper speisten zusammen in derselben Nische. Chopper brachte einen Brief mit, in dem Mr. Osborne Hauptmann Dobbin kurz seine Empfehlung aussprach und ihn bat, das beigefügte Schreiben Hauptmann George Osborne zu übermitteln. Chopper wußte nichts Näheres; er schilderte nur Mr. Osbornes Aussehen und seine Unterredung mit dem Rechtsanwalt, wunderte sich, daß der Alte auf niemanden geflucht hatte, und als der Wein die Runde machte, erging er sich in endlosen Vermutungen und Verdächtigungen. Doch mit jedem Glas wurden diese immer vager, bis sie schließlich völlig unverständlich waren. Zu später Stunde brachte Hauptmann Dobbin seinen Gast zu einer Droschke, während der unter vielem Schlucken schwor, er würde dem – hup – hup – Hauptmann auf ewig Freund sein.

Wir erzählten schon, daß Hauptmann Dobbin beim Abschied Miss Osborne gebeten hatte, sie noch einmal besuchen zu dürfen. So wartete die Jungfer am nächsten Tag mehrere Stunden lang auf ihn. Wäre er gekommen und hätte er ihr die erwartete Frage gestellt, so wäre sie vielleicht auf die Seite ihres Bruders getreten, und vielleicht wäre doch noch eine Versöhnung zwischen George und seinem zornigen Vater zustande gekommen. Aber solange sie auch daheim wartete, der Hauptmann kam nicht. Er hatte sich um seine eigenen Angelegenheiten zu kümmern. Er mußte seine eigenen Eltern besuchen und sie trösten; und zu früher Stunde mußte er schon seinen Platz in der „Blitzkutsche" einnehmen, um zu seinen Freunden nach Brighton zu fahren. Im Laufe des Tages vernahm Miss Osborne, wie ihr Vater befahl, dieser Schuft, Hauptmann Dobbin, dürfe nie wieder über die Schwelle seines Hauses treten. So wurden alle Hoffnungen, die sie vielleicht insgeheim gehegt hatte, plötzlich zunichte gemacht. Mr. Frederick Bullock erschien und war zu Maria besonders liebevoll und besonders aufmerksam gegen den gebrochenen alten Herrn. Denn wenn er auch behauptete, sein Gemüt sei nun beruhigt, so schienen doch die Mittel, die er gewählt hatte, um sich diese Ruhe zu verschaffen, bisher noch nicht sehr gewirkt zu haben. Die Ereignisse der letzten beiden Tage hatten ihn sichtlich mitgenommen.

25. Kapitel

Allen Hauptpersonen erscheint es geraten, Brighton zu verlassen

Captain Dobbin wurde, als er im „Schiffsgasthof“ zu den Damen trat, sehr vergnügt und gesprächig; das bewies, wie dieser junge Offizier sich mit jedem Tag seines Lebens zu einem vollendeteren Heuchler entwickelte. Immer mußte er seine privaten Gefühle zu verbergen suchen, zuerst einmal, als er Mrs. George Osborne in ihrem neuen Stande sah, und dann wollte er sich seine Befürchtungen hinsichtlich der Wirkungen nicht anmerken lassen, die seine traurige Nachricht bestimmt auf sie haben würde.

„Meiner Meinung nach“, sagte er zu George, „wird der Kaiser uns mit Kavallerie und Infanterie angreifen, noch ehe drei Wochen um sind. Er wird dem Herzog einen solchen Tanz aufführen, daß die Kämpfe in Spanien dagegen ein Kinderspiel sein werden. Aber das brauchst du natürlich deiner Frau nicht zu erzählen, hörst du? Am Ende kommen wir gar nicht mehr in den Kampf, und vielleicht haben wir in Belgien nichts anderes mehr zu tun, als es zu besetzen. Dieser Ansicht sind viele. Brüssel ist voll von feinen Leuten und eleganten Damen.“

So kamen sie überein, Amelia die Aufgabe der britischen Armee in Belgien in diesem harmlosen Lichte darzustellen.

Nachdem diese Verschwörung beschlossen war, begrüßte der heuchlerische Dobbin Mrs. George Osborne ganz fröhlich und versuchte, ihr ein paar Komplimente über ihre neue Stellung als junge Ehefrau zu machen (diese Komplimente waren allerdings – das müssen wir zugeben – äußerst ungeschickt und kamen nur mühsam heraus). Dann begann er über Brighton und die Seeluft und die Vergnügungsmöglichkeiten des Ortes zu plaudern, über die Schönheit der Fahrt, die Vorzüge der Blitzkutsche und die Güte der Pferde, und das alles in einer Art, die für Amelia ganz unverständlich, für Rebekka aber sehr belustigend war; denn sie beobachtete den Hauptmann genau, wie sie jeden beobachtete, der in ihre Nähe kam.

Die kleine Amelia hatte allerdings, wie wir gestehen müssen, eine ziemlich geringe Meinung von dem Freund ihres Mannes. Der Hauptmann lispelte, er sah sehr einfach und häuslich aus und war außerordentlich verlegen und linkisch. Sie hatte ihn gern wegen seiner Anhänglichkeit ihrem Mann gegenüber, worin allerdings ein nur geringes Verdienst lag. Sie hielt nämlich George für sehr edel und gütig, weil er seinem Kameraden seine Freundschaft schenkte. Oft hatte George in ihrer Gegenwart Dobbins Lispeln und seine merkwürdige Art spottend nachgeahmt, wenn er auch – das muß man gerechterweise zugeben – stets mit der größten Achtung von den guten Eigenschaften seines Freundes sprach. In der kurzen Zeit ihres Triumphes, als sie den ehrlichen William noch nicht genauer kannte, kümmerte sie sich herzlich wenig um ihn. Er sah sehr wohl, was sie über ihn dachte, doch nahm er es in demütiger Gelassenheit hin. Es sollte eine Zeit kommen, da sie ihn besser kennenlernen und ihre Ansicht über ihn ändern würde. Aber das lag noch in weiter Ferne.

Rebekka aber hatte Hauptmann Dobbins Geheimnis durchschaut, kaum daß er zwei Stunden in der Gesellschaft der Damen zugebracht hatte. Sie mochte ihn nicht und fürchtete ihn insgeheim, und auch er hatte nicht viel für sie übrig. Er war so ehrlich, daß ihre Künste und Schmeicheleien keine Wirkung auf ihn ausübten. In instinktivem Widerwillen zog er sich vor ihr zurück. Sie jedoch war keineswegs über ihr Geschlecht derart erhaben, daß sie keine Eifersucht empfunden hätte. So wurde ihre Abneigung gegen ihn durch seine Verehrung für Amelia noch gesteigert. Trotzdem war ihr Benehmen ihm gegenüber sehr achtungsvoll und herzlich. Ein Freund der Osbornes! Ein Freund ihrer teuren Wohltäter! Sie beteuerte, daß sie ihm stets aufrichtige Freundschaft entgegenbringen würde. Sie erinnere sich noch sehr gut an ihn während jenes Abends in Vauxhall, erzählte sie Amelia schalkhaft und spottete ein wenig über ihn, als die beiden Damen gingen, um sich zum Essen umzukleiden. Rawdon Crawley schenkte Dobbin so gut wie gar keine Aufmerksamkeit; er betrachtete ihn als einen gutmütigen Einfaltspinsel und schlecht erzogenen Krämerssohn. Josef begönnerte ihn würdevoll.

George war Dobbin in dessen Zimmer gefolgt, und als sie nun allein waren, nahm Dobbin aus seinem Schreibtisch den

Brief heraus, den Mr. Osborne ihm für seinen Sohn übergeben hatte. „Das ist ja gar nicht die Handschrift meines Vaters", sagte George mit erschrockenem Blick. Und sie war es auch nicht; der Brief war von Mr. Osbornes Rechtsanwalt und lautete folgendermaßen:

„Bedford Row, den 7. Mai 1815

Sehr geehrter Herr,

ich bin von Mr. Osborne beauftragt, Ihnen mitzuteilen, daß er auf dem Entschluß beharrt, den er Ihnen gegenüber schon früher ausgesprochen hat, und daß er infolge der Ehe, die es Ihnen beliebte einzugehen, von nun an aufhört, Sie als Mitglied seiner Familie zu betrachten. Dieser Entschluß ist endgültig und unwiderruflich.

Die Gelder, die während Ihrer Minderjährigkeit für Sie ausgegeben worden sind, und die Wechsel, die Sie in den letzten Jahren in so verschwenderischer Fülle auf Mr. Osborne gezogen haben, übertreffen zwar bei weitem den Betrag, der Ihnen von Rechts wegen zusteht – ein Drittel vom Vermögen Ihrer Mutter, der verstorbenen Mrs. Osborne, das bei ihrem Ableben Ihnen, Miss Jane Osborne und Miss Maria Frances Osborne zufiel. Dennoch hat Mr. Osborne mich angewiesen, Ihnen mitzuteilen, daß er auf alle Ansprüche auf Ihren Besitz verzichtet und daß die Summe von zweitausend Pfund in vierprozentiger Rente (Ihr Drittelanteil an der Summe von sechstausend Pfund) zum Tageswert Ihnen selbst oder Ihrem Bevollmächtigten gegen Ihre Quittung ausgezahlt werden soll von Ihrem ergebenen Diener

S. Higgs.

P.S. Mr. Osborne ersucht mich, Ihnen zu sagen, daß er es ein für allemal ablehnt, Botschaften, Briefe oder sonstige Mitteilungen von Ihnen betreffs dieser oder anderer Fragen anzunehmen."

„Das hast du ja glänzend gemacht!" rief George Osborne und blickte William Dobbin wütend an. „Schau her, Dobbin", er warf ihm den Brief seines Vaters hin, „jetzt bin ich ein Bettler! Und das alles nur wegen meiner verdammten Gefühlsduselei! Warum konnten wir denn nicht warten? Eine Kugel hätte mich im Laufe des Krieges erledigen können und kann es noch. Ist das nun besser für Amelia, wenn sie als Witwe eines Bettlers zurückbleibt? Das alles hast du angerichtet! Du gabst ja nicht Ruhe, bis ich verheiratet und ruiniert war. Was zum Teufel soll ich mit zweitausend Pfund anfangen? Die reichen doch keine zwei Jahre! Hundertvierzig habe ich beim Billard und beim Kartenspiel an Crawley verloren, seit wir hier draußen sind. Du kannst wahrhaftig anderer Leute Angelegenheiten gut ordnen!"

„Natürlich läßt sich nicht leugnen, daß die Lage mißlich ist", erwiderte Dobbin, nachdem er mit ausdruckslosem Gesicht den Brief durchgelesen hatte. „Du hast recht, es ist zum Teil meine Schuld. Es gibt aber manchen, der nichts dagegen hätte, mit dir zu tauschen", fügte er mit bitterem Lächeln hinzu. „Wie viele Hauptleute des Regiments, glaubst du, haben zweitausend Pfund zur Hand? Du mußt eben von deinem Sold leben, bis dein Vater nachgibt, und wenn du fällst, bleiben deiner Frau einhundert jährlich."

„Glaubst du etwa, ein Mann von meinen Gewohnheiten könnte von seinem Sold und einhundert Pfund jährlich leben?" rief George wütend aus. „Du mußt ein Narr sein, daß du so redest, Dobbin. Wie zum Teufel soll ich meine Stellung in der Welt behaupten mit solch einem bescheidenen bißchen? Ich kann meine Gewohnheiten nicht ändern. Ich muß meine Bequemlichkeit haben. Ich bin nicht mit Haferbrei aufgezogen worden wie MacWhirter oder mit Kartoffeln wie der alte O'Dowd. Möchtest du meiner Frau zumuten, für Soldaten die Wäsche zu waschen oder auf einem Bagagewagen hinter dem Regiment herzufahren?"

„Na, na", beschwichtigte Dobbin, noch immer gutmütig, „wir werden schon ein besseres Gefährt finden. Aber versuch daran zu denken, George, daß du jetzt nur noch ein entthronter Prinz bist, mein Junge, und verhalte dich ruhig, solange der Sturm tobt. Es wird nicht so lange dauern. Sorge dafür, daß dein Name in den Heeresberichten genannt wird, und ich lege meine Hand dafür ins Feuer, daß der alte Herr nachgibt."

„In den Heeresberichten genannt?" erwiderte George. „In welchem Teil wohl? Unter den Toten und Verwundeten, und sehr wahrscheinlich an der Spitze der Liste!"

„Pah, zum Schreien wird Zeit genug sein, wenn wir erst verwundet sind!" sagte Dobbin. „Und wenn dir etwas zustoßen sollte, George, du weißt, ich besitze etwas. Ich werde mich nicht verheiraten, und mein Patenkind werde ich in meinem Testament nicht vergessen!" fügte er lächelnd hinzu. Darauf endete das Wortgefecht wie schon früher so viele andere Diskussionen zwischen Osborne und seinem Freund. George erklärte, man könne Dobbin nicht lange böse sein, und vergab ihm großherzig, nachdem er ihn vorher ohne Grund gescholten hatte.

„Hör mal, Becky!" rief Rawdon Crawley aus dem Ankleidezimmer seiner Frau zu, die sich in ihrem eigenen Zimmer zum Essen zurechtmachte.

„Was?" antwortete Beckys schrille Stimme. Sie schaute über die Schulter in den Spiegel. Sie hatte das sauberste, frischeste weiße Kleid angelegt, das man sich denken konnte, und mit ihren bloßen Schultern und dem kleinen Halskettchen und der hellblauen Schärpe sah sie aus wie ein Bild mädchenhafter Unschuld und jugendlichen Glückes.

„Sag mal, was wird Mrs. Osborne machen, wenn Osborne mit dem Regiment ins Feld zieht?" fragte Crawley, als er ins Zimmer trat. Mit zwei riesigen Haarbürsten spielte er ein Duett auf seinem Kopf und blickte unter dem Haar hervor voll Bewunderung auf seine hübsche kleine Frau.

„Ich denke, sie wird sich die Augen ausweinen", antwortete Becky. „Schon bei dem bloßen Gedanken daran ist sie in meiner Gegenwart ein halb dutzendmal in Schluchzen ausgebrochen."

„Du machst dir wohl gar nichts daraus?" meinte Rawdon halb ärgerlich über die offenbare Gefühllosigkeit seiner Frau.

„Du Böser! Weißt du denn nicht, daß ich mitkommen will?" erwiderte Becky. „Bei dir ist's übrigens auch etwas anderes. Du gehst als General Tuftos Adjutant. Wir gehören ja nicht zu den Linientruppen", sagte Mrs. Crawley und warf den Kopf mit so bezaubernder Miene zurück, daß ihr Mann sich herabbeugte und sie küßte.

„Rawdon, Lieber – glaubst du nicht, es wäre besser, du läßt dir das Geld von Kupido geben, ehe er abreist?" fuhr Becky fort, während sie eine reizende Schleife befestigte. George Osborne hieß bei ihr Kupido. Schon ein paarmal hatte sie ihm wegen seines guten Aussehens schmeichelhafte Bemerkungen gemacht. Wenn er abends vor dem Schlafengehen auf eine halbe Stunde in Rawdons Zimmer herüberkam, pflegte sie ihm freundlich beim Kartenspiel zuzusehen.

Oft hatte sie ihn einen entsetzlichen, ausschweifenden Bösewicht genannt und gedroht, Amelia etwas von seinen Missetaten und seinen nichtsnutzigen, verschwenderischen Gewohnheiten zu erzählen. Sie brachte ihm die Zigarre und zündete sie ihm an, kannte sie doch die Wirkung dieses Manövers, das sie früher bei Rawdon Crawley ausprobiert hatte. Er hielt sie für lustig, lebhaft, schelmisch, vornehm, bezaubernd. Auf ihren kleinen Fahrten und bei den Diners stellte Becky die arme Amelia natürlich völlig in den Schatten. Sie blieb stumm und schüchtern, während ihr Mann und Mrs. Crawley miteinander schwatzten und Hauptmann Crawley und Josef, der sich den jungen Paaren angeschlossen hatte, sich schweigend ins Essen vertieften.

Wenn Amelia an ihre Freundin dachte, überkamen sie irgendwie trübe Ahnungen. Rebekkas Witz, ihre Munterkeit und ihre Talente versetzten sie in gramvolle Unruhe. Sie waren erst eine Woche verheiratet, und schon langweilte George sich und sehnte sich nach anderer Gesellschaft. Sie zitterte um die Zukunft. Wie soll ich ihm eine Gefährtin sein – er so klug und glänzend und

ich solch ein unbedeutendes, törichtes Geschöpf? Wie edel war es von ihm, mich zu heiraten, alles aufzugeben und sich zu mir herabzulassen! Ich hätte ihm meine Hand versagen sollen, nur hatte ich nicht das Herz dazu! Ich hätte zu Hause bleiben und mich um den armen Papa kümmern sollen. Zum erstenmal dachte sie jetzt daran, wie sie die Eltern im Stich gelassen hatte, und errötete schuldbewußt (und in der Tat war diese Anklage, die ihr unruhiges Gewissen gegen das arme Kind erhob, nicht ganz unbegründet). O wie böse und selbstsüchtig war ich, dachte sie, wie selbstsüchtig, daß ich sie mit all ihrem Kummer ganz vergaß, wie selbstsüchtig, daß ich George zwang, mich zu heiraten! Ich weiß, ich bin seiner nicht würdig; ich weiß, er würde auch ohne mich glücklich geworden sein, und doch – ich habe es ja wirklich versucht, ihn aufzugeben!

Es ist hart, wenn dergleichen Gedanken und Bekenntnisse sich dem Herzen einer jungen Frau aufdrängen, noch ehe sieben Tage der Ehe vergangen sind. Aber es war so. An dem Abend, bevor Dobbin zu den jungen Leuten herauskam, einem wunderbar schönen, mondhellen Maiabend, an dem die Luft so warm und lind war, daß die Fenster weit offenstanden, da blickten George und Mrs. Crawley vom Balkon aus auf das ruhige Meer hinaus, das sich schimmernd vor ihnen dehnte, während Rawdon und Joe drinnen ins Puffspiel vertieft waren; Amelia aber kauerte ganz vergessen in einem großen Lehnstuhl und beobachtete mit Reue und Verzweiflung die beiden Gruppen. Das waren gewiß bittere Gefährten für ihre zärtliche, einsame Seele! Kaum eine Woche war vergangen, und so weit war es schon gekommen! Wenn sie an die Zukunft gedacht hätte, hätten sich ihr trübe Aussichten geboten. Aber Amelia war gleichsam zu schüchtern, so weit vorauszuschauen und sich allein auf dies weite Meer hinauszuwagen, das sie doch nicht ohne Lotsen und Beschützer befahren konnte. Ich weiß, daß Fräulein Schmidt sehr geringschätzig von ihr denken wird. Aber wie viele, mein liebes gnädiges Fräulein, sind denn mit Ihrer wunderbaren Seelenstärke begabt?

„Gott, was für ein schöner Abend, wie hell der Mond scheint!" sagte George und zog an seiner Zigarre, daß eine Rauchwolke gen Himmel stieg.

„Wie köstlich so eine Zigarre im Freien duftet! Ich habe das zu gern! Wer würde es denken, daß der Mond 236 847 Meilen weit weg ist?" fügte Becky hinzu und blickte lächelnd zu dem Gestirn hinauf. „Hab ich das nicht gut behalten? Ja, das haben

wir alles bei Miss Pinkerton gelernt. Wie ruhig das Meer ist, und wie klar ist es ringsum! Ich kann beinahe die Küste von Frankreich sehen!“ Ihre funkelnden, grünen Augen schossen einen Strahl in die Nacht hinaus, so, als ob sie wirklich hinübersehen könnten.

„Wissen Sie, was ich an einem Morgen mal tun will?“ fragte sie. „Ich habe festgestellt, daß ich sehr gut schwimmen kann, und wenn einmal die Gesellschafterin meiner Tante Crawley, die alte Briggs, wissen Sie – Sie erinnern sich doch? die Frau mit der Hakennase und den langen Haarbüscheln –, wenn die Briggs also einmal zum Baden hinausgeht, will ich unter ihr Zeltdach tauchen und auf einer Versöhnung im Wasser bestehen. Ist das nicht ein feiner Schlachtplan?"

Bei dem Gedanken an diese Zusammenkunft im Wasser brach George in lautes Gelächter aus. „Was habt ihr denn, ihr zwei?" rief Rawdon hinaus und klapperte mit dem Würfelbecher. Amelia machte sich in einer unsinnigen, hysterischen Art zum Narren und zog sich in ihr Zimmer zurück, um dort allein zu schluchzen.

Unsere Erzählung muß in diesem Kapitel in anscheinend sehr unentschlossener Weise vor- und zurückschreiten. Und wenn wir gleich bis zum nächsten Tag gelangen, werden wir sofort wieder Gelegenheit haben, auf den gestrigen Tag zurückzukommen, damit die ganze Geschichte zu ihrem Recht kommt. Bei einem Empfang Ihrer Majestät kann man auch die Wagen der Gesandten und hohen Würdenträger von einem Privatausgang davonrollen sehen, während Hauptmann Schmidts Damen noch auf ihre Mietkutsche warten. Im Vorzimmer des Finanzministers sieht man oft ein halbes Dutzend Bittsteller geduldig auf ihre Audienz warten, zu der sie einer nach dem anderen aufgerufen werden. Plötzlich betritt da ein irisches Parlamentsmitglied oder eine andere hervorragende Persönlichkeit den Raum und schreitet unverzüglich, ohne von den andern Anwesenden nur Notiz zu nehmen, geradewegs zum Herrn Unterstaatssekretär hinein. So ist auch im Verlaufe unseres Romans der Erzähler gezwungen, eine höchst parteiische Art von Gerechtigkeit walten zu lassen. Die kleinen Vorkommnisse sollen zwar gleichfalls zu Wort kommen, aber sie müssen sofort zurückstehen, wenn große Ereignisse auf den Plan treten. Solch ein Umstand wie der, der Dobbin nach Brighton führte, nämlich der Befehl zum Ausrücken der Garde und der Linientruppen nach Belgien und das Zusammenziehen der alliierten Armeen dort unter dem Befehl Seiner Gnaden des Herzogs von Wellington, solch ein hervorragendes Ereignis, sage ich, hat gewiß das Recht, sich über all die geringeren Vorkommnisse hinwegzusetzen, aus denen unsere Erzählung hauptsächlich besteht. Daher ist ein wenig Unordnung und Umstellung wohl entschuldbar und angemessen. Wir sind nun zeitlich erst so weit über das zweiundzwanzigste Kapitel hinausgekommen, daß die verschiedenen Personen sich kurz vor dem Abendessen, das auch an dem Tag von Dobbins Ankunft wie gewöhnlich stattfand, in ihren Ankleidezimmern befinden.

George war viel zu menschenfreundlich und viel zusehr mit dem Binden seiner Krawatte beschäftigt, als daß er Amelia sogleich alle Neuigkeiten hätte mitteilen können, die sein Kamerad ihm aus London mitgebracht hatte. Mit dem Brief des Rechtsanwalts in der Hand betrat er ihr Zimmer. Dabei hatte er eine so feierlich-wichtige Miene aufgesetzt, daß seine Frau, die stets auf der Ausschau nach einem Unglück war, das Schlimmste erwartete und auf den Gatten zulief. Sie flehte ihren teuren George an, ihr alles zu erzählen. Gewiß sei er aus England abkommandiert, sicherlich würde nächste Woche eine Schlacht stattfinden, davon war sie überzeugt.

Der teure George parierte die Frage nach der Versetzung des Regiments und sagte mit melancholischem Kopfschütteln: „Nein, Amelia, das ist's nicht. Nicht um mich mache ich mir Sorgen, sondern um dich! Ich habe schlechte Nachrichten von meinem Vater. Er lehnt jeden Verkehr mit mir ab, er hat uns hinausgeworfen und überläßt uns der Armut. Ich kann damit schon noch fertig werden, aber du, Liebes, wie willst du das ertragen! Hier, lies!" Und er reichte ihr den Brief.

Mit Augen voll zärtlicher Unruhe lauschte Amelia ihrem edlen Helden, als er diese hochherzigen Gefühle äußerte. Nun setzte sie sich auf das Bett, um den Brief zu lesen, den George ihr mit erhabener Märtyrermiene gab. Ihr Gesicht hellte sich beim Lesen jedoch auf. Wie wir schon früher sagten, hat für eine warmherzige Frau die Aussicht, Armut und Entbehrungen mit dem geliebten Mann teilen zu müssen, keineswegs etwas Unangenehmes. Der kleinen Amelia machte der Gedanke sogar Freude. Dann schämte sie sich wie üblich, daß sie sich in einem solchen unziemlichen Augenblick glücklich fühlen konnte, drängte ihre Freude zurück und sagte demütig: „O George, wie muß dir das arme Herz bluten bei dem Gedanken, von deinem Papa so getrennt zu sein!"

„Das tut es", stimmte George mit schmerzlicher Miene bei.

„Er wird dir aber nicht lange böse sein können", fuhr sie fort, „das kann ja niemand, das weiß ich! Er muß dir vergeben, mein liebster, gütigster Mann! Oh, ich werde es mir nie verzeihen, wenn er es nicht tut!"

„Was mich quält, meine arme Emmy, ist nicht mein Unglück, sondern deines", erwiderte George. „Ich mache mir nichts daraus, arm zu sein. Ich meine – ohne alle Eitelkeit –, ich habe Talente genug, um meinen Weg selbst zu machen."

„Das gewiß", warf seine Frau ein, glaubte sie doch, daß ihr Mann mit dem Ende des Krieges augenblicklich zum General befördert werden würde.

„Ja, ich werde meinen Weg ebensogut machen wie jeder andere", fuhr Osborne fort; „aber du, mein liebes Mädchen, wie kann ich es ertragen, daß du all der Bequemlichkeiten und der gesellschaftlichen Stellung beraubt wirst, die meine Frau mit Recht erwarten darf? Mein liebstes Mädchen in der Kaserne! Als Soldatenfrau bei dem marschierenden Regiment, aller Art von Verdruß und Entbehrungen ausgesetzt! Das macht mich ganz elend!"

Amelia, die jetzt ganz beruhigt war, daß dies die einzige Ursache für die Besorgnisse ihres Gatten bildete, ergriff seine Hand und begann mit strahlendem Lächeln jene Strophe aus dem beliebten Volkslied zu trällern, in der die Heldin, nachdem sie ihren Tom wegen seiner Unaufmerksamkeit ausgescholten hat, verspricht, „seine Hosen zu flicken und ihm Grog zu bereiten", wenn er treu und gut bleiben und sie nicht verlassen wolle. „Und außerdem", meinte sie nach einer Pause, in der sie so hübsch und glücklich aussah, wie eine junge Frau es immer sein sollte, „sind zweitausend Pfund nicht eine riesige Menge Geld, George?"

George lachte über ihre Naivität, und als sie schließlich zum Essen hinuntergingen, hing Amelia an Georges Arm und trällerte immer noch die Melodie jenes Volksliedes. Ihr war froher und leichter zumute als in all den letzten Tagen.

So verlief das Mahl, das endlich stattfand, nicht traurig, sondern äußerst lebhaft und vergnügt. Die Aufregung über den Feldzug überwog in Georges Gemüt die Niedergeschlagenheit, in die der Brief mit der Nachricht, daß er enterbt worden sei, ihn gestürzt hatte. Dobbin spielte immer noch den fröhlichen Plauderer. Er unterhielt die Gesellschaft mit Berichten über das Heer in Belgien, wo man an nichts dachte als an Feste, Vergnügungen und Moden. Dann steuerte der geschickte Hauptmann direkt auf sein Ziel los und erzählte, wie Mrs. O'Dowd für sich und den Major die Koffer gepackt habe, wie seine besten Achselstücke in einer Teebüchse verstaut worden seien, während ihr berühmter gelber Turban mit dem in Packpapier eingewickelten Paradiesvogel in die blecherne Hutschachtel des

Majors gewandert sei. Er überlegte, welche Wirkung dieser Turban wohl am Hofe des französischen Königs in Gent oder bei den großen Militärbällen in Brüssel haben würde.

„Gent, Brüssel!“ rief Amelia, in plötzlichem Schrecken zusammenfahrend, aus – „hat das Regiment den Marschbefehl bekommen, George, ist es abkommandiert?“ Ein Ausdruck des Entsetzens verbreitete sich über ihr liebliches, lächelndes Gesicht, und instinktiv klammerte sie sich an George.

„Hab keine Angst, Liebes“, sagte er gutmütig, „die Überfahrt dauert nur zwölf Stunden. Die Fahrt wird dir nichts schaden, denn du sollst auch mitkommen, Emmy!“

„Ich jedenfalls habe die Absicht mitzugehen“, warf Becky ein, „ich bin beim Stab. General Tufto gehört zu meinen eifrigsten Anbetern, nicht wahr, Rawdon?“

Rawdon brach in sein übliches schallendes Gelächter aus, William Dobbin wurde über und über rot. „Sie kann doch nicht mitgehen“, sagte er, „denke nur an die ...“ An die Gefahr, wollte er hinzufügen. Aber hatte er mit all seiner Plauderei beim Essen nicht gerade zu beweisen versucht, daß es dort gar keine Gefahr gebe? Er schwieg verwirrt.

„Ich muß und will mitkommen“, rief Amelia mit größter Lebhaftigkeit. George lobte ihren Entschluß, streichelte sie und fragte alle Anwesenden, ob sie je eine so wild entschlossene Frau gesehen hätten. Er erklärte sich einverstanden damit, daß sie ihn begleite. „Wir haben ja Mrs. O'Dowd, die kann dich unter ihre Fittiche nehmen“, meinte er. Was sorgte sie sich schon darum, solange ihr Mann ihr nahe war! So wurden sie über die Bitterkeit des Abschieds einigermaßen hinweggetäuscht. Wenn auch Krieg und Gefahr auf sie warteten, so konnte es doch noch Monate dauern, bis Krieg und Gefahr wirklich da waren. Auf alle Fälle hatten sie noch eine Galgenfrist, die die schüchterne kleine Amelia fast ebenso glücklich machte, wie eine volle Begnadigung es getan hätte. Auch Dobbin gab im Herzen zu, daß sie ihm sehr willkommen war. Denn sie sehen zu dürfen war jetzt das größte Glück für ihn und die Hoffnung seines Lebens, und insgeheim nahm er sich vor, über ihr zu wachen und sie zu beschützen. Ich hätte sie nicht mitgehen lassen, wenn ich mit ihr verheiratet wäre, dachte er. Aber George war der Herr, und der Freund hielt es nicht für richtig, Einspruch zu erheben.

Arm in Arm mit Amelia verließ Rebekka schließlich die Tafel, an der man so wichtige Dinge besprochen hatte. Die Männer blieben in sehr gehobener Stimmung zurück und unterhielten sich höchst vergnügt beim Wein.

Im Laufe des Abends erhielt Rawdon ein kleines Billett von seiner Frau. Er zerknüllte es und verbrannte es sogleich an einer Kerze, aber zum Glück konnten wir über Rebekkas Schulter hinweg doch noch schnell einen Blick hineinwerfen. „Große Neuigkeiten!“ schrieb sie. „Mrs. Bute ist weg. Laß dir heute abend noch von Kupido das Geld geben, da er höchstwahrscheinlich morgen abreist. Vergiß das nicht! – R.“ Als die kleine Gesellschaft sich dann zum Mokka in den Damensalon zurückziehen wollte, hielt Rawdon Osborne am Ellbogen fest und sagte leichthin: „Übrigens, Osborne, wenn es Ihnen recht ist, möchte ich Sie um die bewußte Kleinigkeit bitten.“ Es war George ganz und gar nicht recht, aber trotzdem zog er als Anzahlung eine beträchtliche Summe in Banknoten aus seinem Portefeuille und stellte ihm für die restliche Summe einen Wechsel auf seinen Agenten aus, der in einer Woche zahlbar sein würde.

Als diese Angelegenheit erledigt war, hielten George, Josef und Dobbin bei einer Zigarre Kriegsrat und beschlossen, ihren Standort nach London zu verlegen. Am nächsten Morgen wollte man in Josefs offenem Wagen abreisen. Josef wäre wohl lieber noch dageblieben, bis Rawdon Brighton verlassen hätte, aber Dobbin und George überstimmten ihn, und er erklärte sich einverstanden, die Gesellschaft nach London zu fahren. Seinem Ansehen entsprechend bestellte er vier Pferde. Mit diesen brach er am nächsten Morgen nach dem Frühstück mit allem Pomp auf. Amelia hatte sich sehr früh erhoben und in lebhafter Geschäftigkeit ihre kleinen Koffer gepackt. George lag währenddessen noch im Bett und bedauerte, daß sie keine Zofe zur Hilfe hatte. Sie selbst war jedoch nur allzu froh, daß sie es allein tun konnte. Bei dem Gedanken an Rebekka empfand sie bereits ein undeutliches, unheimliches Gefühl, und wenn sie sich beim Abschied auch zärtlich küßten, so weiß man doch, was Eifersucht ist. Neben anderen Tugenden ihres Geschlechts besaß Amelia auch eine ganze Portion davon.

Wir dürfen jedoch nicht vergessen, daß in Brighton außer diesen Personen, die da kommen und gehen, noch andere alte Freunde von uns waren, nämlich Miss Crawley und ihr Gefolge. Rebekka und ihr Mann wohnten nur ein paar Steinwürfe entfernt von dem Haus der alten Dame, aber dennoch blieb ihnen die Tür ebenso unbarmherzig verschlossen wie zuvor in

London. Solange Mrs. Bute Crawley ihrer Schwägerin zur Seite stand, sorgte sie dafür, daß ihre liebe Mathilde nicht durch ein Zusammentreffen mit dem Neffen beunruhigt wurde. Wenn die alte Jungfer ihre Spazierfahrt machte, saß die treue Mrs. Bute stets neben ihr im Wagen. Wenn Miss Crawley im Rollstuhl an die Luft kam, marschierte auf der einen Seite Mrs. Bute und auf der anderen die treue Briggs. Wenn sie zufällig Rawdon und seiner Frau begegneten, dann nahm er zwar stets sehr ehrerbietig den Hut ab, aber die Gruppe um Miss Crawley ging mit einer so kalten, tödlichen Gleichgültigkeit vorüber, daß Rawdon an den Rand der Verzweiflung kam.

„Wir könnten genausogut in London sein wie hier", meinte der Hauptmann oft mit niedergeschlagener Miene.

„Ein bequemes Gasthaus in Brighton ist besser als das Schuldgefängnis in Chancery Lane", erwiderte seine Frau, die heiterer veranlagt war. „Denk doch nur an die beiden Adjutanten von Mr. Moses, dem Gerichtsvollzieher, die unsere Wohnung eine Woche lang belauerten. Unsere Freunde hier

sind recht einfältig, aber Mr. Joe und Hauptmann Kupido sind bessere Gefährten als Mr. Moses' Leute, mein lieber Rawdon."

„Es wundert mich nur, daß mir die Haftbefehle nicht bis hierher gefolgt sind", fuhr Rawdon, immer noch verzagt, fort.

„Wenn es so weit kommt, werden wir schon Mittel und Wege finden, ihnen zu entwischen", erklärte die kleine Becky unerschrocken. Dann setzte sie ihrem Mann weiter den großen Nutzen und Vorteil der Bekanntschaft mit Josef und Osborne auseinander, denn durch den Umgang mit ihnen hatte Rawdon Crawley sich mit einem höchst willkommenen kleinen Vorrat an Bargeld versehen können.

„Es wird kaum genügen, um die Rechnung hier zu bezahlen", brummte der Leibgardist.

„Warum sollten wir sie denn bezahlen?" fragte die Dame, die für alles eine Antwort hatte.

Das junge Paar war ziemlich genau darüber im Bilde, was Miss Crawley tat. Rawdons Diener unterhielt immer noch einen gelegentlichen Verkehr mit Miss Crawleys Bedienten, und zudem war er angewiesen, den Kutscher, sooft sie zusammentrafen, zu einem Trunk einzuladen. Zum Glück war es Rebekka eingefallen, daß sie sich nicht wohlfühlte, und so hatte sie denselben Arzt herbeigerufen, der die alte Jungfer behandelte. Dadurch waren ihre Informationen im ganzen leidlich vollständig. Auch war Miss Briggs insgeheim Rawdon und seiner Frau nicht unfreundlich gesinnt, wenn sie auch gezwungen war, eine feindselige Haltung anzunehmen. Da nun kein Grund zur Eifersucht mehr vorlag, war auch ihre Abneigung gegen Rebekka verschwunden, und sie erinnerte sich nur mehr all ihrer freundlichen Worte und ihrer ständig guten Laune. Ja, sie und Mrs. Firkin, die Kammerfrau, und überhaupt die ganze Dienerschaft in Miss Crawleys Haus stöhnten unter der Tyrannei der siegreichen Mrs. Bute.

Wie es oft der Fall zu sein pflegt, so ging auch hier die gute, aber herrschsüchtige Frau in der Verfolgung ihrer Vorteile und ihres Erfolges zu weit und war zu unbarmherzig. Im Laufe weniger Wochen hatte sie die Kranke in solch einen Zustand hilfloser Unterwerfung gebracht, daß die arme Seele den Anordnungen ihrer Schwägerin völlig nachgab und nicht einmal wagte, sich bei der Briggs oder bei der Firkin über diese Sklaverei zu beklagen. Mit unbarmherziger Genauigkeit maß Mrs. Bute das Glas Wein ab, das Miss Crawley jeden Tag trinken durfte, sehr zum Ärger der Firkin und des Butlers, die sich sogar der Kontrolle über die Sherryflasche beraubt sahen. Sie teilte die Konfitüren, die Gelees, die Hühnchen nach Menge und Reihenfolge aus. Abends, mittags und morgens brachte sie die vom Arzt verordneten abscheulichen Tränke an, die die Patientin mit so rührendem Gehorsam schluckte, daß die Firkin sagte: „Meine arme Herrin nimmt ihre Medizin wie ein Lamm!" Sie schrieb vor, wann Miss Crawley im Wagen oder im Rollstuhl ausfahren sollte – kurz, sie hielt die Genesung der alten Dame so lange auf, wie es nur ein richtig mütterliches, moralisches Frauenzimmer vermag. Wenn die Patientin je schwachen Widerstand leisten wollte und um ein bißchen mehr Essen und einen Tropfen weniger von der Medizin bat, dann drohte die Pflegerin ihr mit sofortigem Tod, worauf Miss Crawley sogleich nachgab. „Sie hat keinen Mumm mehr in den Knochen", sagte die Firkin zur Briggs; „schon drei Wochen lang hat sie mich nicht mehr ‚Dummkopf' genannt." Schließlich hatte Mrs. Bute beschlossen, die oben genannte treue Kammerfrau, Mr. Bowls, den dicken Butler, und sogar die Briggs zu entlassen und ihre Töchter aus dem Pfarrhaus zu holen, ehe sie die teure Kranke selbst nach Queen's Crawley brachte. Da ereignete sich ein häßlicher Unfall, der sie von den ihr so lieben Pflichten wegrief. Eines Nachts beim Nachhauseritt stürzte ihr Mann, Ehrwürden Bute Crawley, mit dem Pferd und brach sich das Schlüsselbein. Fieber und eine Entzündung stellten sich ein, und Mrs. Bute war gezwungen, Sussex zu verlassen und nach Hampshire zu fahren. Sobald Mr. Bute wieder hergestellt war, wollte sie zurückkehren, das versprach sie ihrer liebsten Freundin. Dann reiste sie ab, nicht ohne der Dienerschaft genaueste Vorschriften über ihr Verhalten der Herrin gegenüber gemacht zu haben. Kaum aber saß sie in der Postkutsche nach Southampton, als sich ein solcher Jubel und ein solches Gefühl der Erleichterung in Miss Crawleys Haus breitmachten, wie es die dort Anwesenden schon wochenlang nicht mehr gekannt hatten. Noch am gleichen Tage ließ Miss Crawley die Nachmittagsdosis ihrer Medizin aus, und Bowls öffnete für sich und Mrs. Firkin eine Extraflasche Sherry. Am Abend schwelgten Miss Crawley und Miss Briggs in einem Pikettspiel an Stelle von Porteus' Predigten. Es war wie in dem alten Ammenmärchen, als der Prügel vergaß, den Pudel zu schlagen, und der ganze Lauf der Ereignisse einer friedlichen, glücklichen Veränderung unterlag.

Zwei oder drei Mal wöchentlich pflegte Miss Briggs sich zu

sehr früher Morgenstunde zu einem Badekarren zu begeben und sich in Flanellgewand und Wachstuchhaube im Wasser zu amüsieren. Rebekka wußte davon, wie wir schon sahen. Sie machte nun zwar nicht gerade ihre Drohung wahr und überfiel die Briggs, indem sie tauchte und die Dame unter dem geheiligten Zeltdach überraschte, sondern sie beschloß, die Briggs anzugreifen, wenn sie erfrischt und gestärkt vom Bade kam und wahrscheinlich guter Laune war.

So stand Becky also am nächsten Morgen sehr früh auf, brachte das Fernrohr in ihr Wohnzimmer, das auf das Meer hinausging, und richtete es auf die Badekarren am Strand. Sie sah die Briggs ankommen, ihren Kasten betreten und in See stechen. Sie war im gleichen Augenblick am Strand, als die gesuchte Badenixe aus dem kleinen Gefährt auf das steinige Ufer trat. Es war ein hübsches Bild: der Strand, die Gesichter der Badefrauen und die lange Reihe der Felsen und der Gebäude leuchteten rot auf im Glanz der Sonne. Mit freundschaftlich-liebevollem Lächeln streckte Rebekka der Briggs ihre hübsche weiße Hand hin, als diese aus dem Kasten auftauchte. Konnte die Briggs denn anders als die Begrüßung erwidern?

„Miss Sh . . . Mrs. Crawley!“ sagte sie.

Mrs. Crawley ergriff ihre Hand, drückte sie an ihr Herz und schlang dann aus einer plötzlichen Regung heraus die Arme um die Briggs und küßte sie liebevoll. „Liebe, liebe Freundin!“ rief sie so voll natürlicher Empfindung aus, daß Miss Briggs natürlich sofort weich zu werden begann und sogar die Badefrau gerührt war.

Für Rebekka war es nun eine Kleinigkeit, die Briggs in eine lange, reizende, vertrauliche Unterhaltung zu verwickeln. Alles, was seit dem Morgen von Beckys Aufbruch aus Miss Crawleys Haus in Park Lane bis zum heutigen Tag und zu Mrs. Butes glücklichem Rückzug vorgegangen war, wurde besprochen und von der Briggs geschildert. Miss Crawleys Vertraute berichtete von allen Symptomen und Besonderheiten der Krankheit und der ärztlichen Behandlung mit jener Ausführlichkeit und Genauigkeit, an der Frauen ihre Freude haben. Werden Damen es denn je müde, miteinander über ihre Leiden und ihre Ärzte zu reden? Die Briggs wurde es diesmal nicht, und auch Rebekka wurde des Zuhörens nicht überdrüssig. Sie war dankbar, wahrhaft dankbar, daß die liebe, gute Briggs, daß die treue und schätzbare Firkin während der ganzen Zeit ihrer Krankheit bei ihrer Wohltäterin hatten bleiben dürfen. Der Himmel segne sie! Wenn auch sie selbst, Rebekka, anscheinend undankbar gegen sie gehandelt hatte – war ihr Vergehen nicht natürlich und entschuldbar? Konnte sie denn anders als dem Mann, der ihr Herz gewonnen hatte, die Hand zu reichen? Bei dieser Frage vermochte die sentimentale Briggs nur die Augen zum Himmel zu erheben und sich mit einem Seufzer des Mitgefühls daran zu erinnern, daß auch sie einmal vor langen Jahren ihr Herz verschenkt hatte. Sie mußte zugeben, daß Rebekka keine allzu große Verbrecherin war.

„Kann ich denn jemals die vergessen, die der einsamen Waise ihre Freundschaft entgegenbrachte? Nein! Wenn sie mich auch verstoßen hat, so werde ich doch nie aufhören, sie zu lieben, und würde gern mein Leben ihrem Dienst weihen. Mehr als jede andere Frau auf der Welt liebe und bewundere ich Miss Crawley als meine Wohltäterin, als die verehrte Verwandte meines geliebten Rawdon, liebe Miss Briggs, und nächst ihr liebe ich alle, die ihr treu ergeben sind. Ich würde Miss Crawleys treue Freunde nie so behandelt haben, wie jene abscheuliche, hinterhältige Mrs. Bute es getan hat. Rawdon, der ganz Herz ist", fuhr Rebekka fort, „obwohl sein äußeres Wesen vielleicht rauh und rücksichtslos erscheinen mag, hat hundertmal mit Tränen in den Augen gesagt, der Himmel sei gesegnet dafür, daß er seinem liebsten Tantchen zwei so bewundernswerte Pflegerinnen wie die anhängliche Firkin und die prächtige Briggs geschickt hat." Sollte die schreckliche Mrs. Bute es mit ihren Machenschaften so weit bringen – was sie nur allzusehr befürchte –, daß sie alle, die Miss Crawley liebten, von deren Seite verbannte und die arme Frau den Harpyen im Pfarrhaus zum Opfer brächte, dann sollte Miss Briggs, bat Rebekka, sich daran erinnern, daß ihr eigenes Heim, so bescheiden es auch wäre, für sie stets offenstünde. „Liebe Freundin", rief Rebekka in einem Anfall von Begeisterung aus, „manche Herzen können Wohltaten nie vergessen; nicht alle Frauen sind Bute Crawleys. Aber warum sollte ich mich über sie beklagen?" fügte Rebekka hinzu. „Obzwar ich ihr Werkzeug und das Opfer ihrer Listen gewesen bin, verdanke ich ihr nicht meinen liebsten Rawdon?" Und Rebekka deckte vor Miss Briggs das ganze Verhalten Mrs. Butes in Queen's Crawley auf, das ihr damals zwar unverständlich geblieben, nun aber durch die Ereignisse klargeworden war, jetzt, da die Liebe, die Mrs. Bute durch tausend Listen begünstigt hatte, erwacht war, jetzt, da zwei Unschuldige sich in den für sie ausgelegten Schlingen gefangen, sich verliebt und geheiratet hatten und nun durch ihre Intrigen ins Verderben gestürzt waren.

Das war alles sehr wahr. Die Briggs erkannte die List ganz klar. Mrs. Bute hatte die Verbindung zwischen Rawdon und Rebekka zustande gebracht. Gewiß war Rebekka ein völlig unschuldiges Opfer, aber dennoch konnte Miss Briggs ihrer Freundin die Besorgnis nicht verbergen, daß Miss Crawleys Zuneigung für sie hoffnungslos verloren war und daß die alte Dame ihrem Neffen nie verzeihen würde, eine derartig törichte Ehe eingegangen zu sein.

Über diesen Punkt hatte Rebekka ihre eigene Ansicht und ließ sich daher den Mut nicht rauben. Wenn Miss Crawley ihnen auch nicht sofort verzeihen wollte, würde sie doch wohl irgendwann in Zukunft einmal nachgeben. So, wie die Dinge jetzt lagen, stand nur der frömmelnde, kränkliche Pitt Crawley zwischen Rawdon und dem Baronstitel, und wenn diesem etwas zustoßen sollte, dann war ohnehin alles gut. Auf alle Fälle war es befriedigend, Mrs. Butes Absichten, deren Opfer sie geworden war, ans Licht gezogen zu sehen. Vielleicht war dies auch in Rawdons Interesse ganz vorteilhaft. So verließ Rebekka ihre wiedergewonnene Freundin erst nach stundenlangem Geplauder. Sie war überzeugt, daß ihre Unterhaltung Miss Crawley binnen weniger Stunden hinterbracht sein würde.

Als diese Unterredung beendet war, wurde es für Rebekka höchste Zeit, ins Hotel zurückzukehren, denn dort saß schon die ganze Gesellschaft vom Vorabend bei einem Abschiedsfrühstück beisammen. Rebekka nahm von Amelia so zärtlich Abschied, wie es zwei Frauen geziemt, die sich wie Schwestern liebhaben.

Sie machte reichlich Gebrauch von ihrem Taschentuch, umarmte die Freundin, als ob sie sich für immer trennen würden, und winkte ihr mit dem Tuch (das übrigens ganz trocken war) aus dem Fenster nach, als der Wagen abfuhr. Dann wandte sie sich wieder dem Frühstückstisch zu und aß mit in Anbetracht ihrer Gefühlsbewegung recht beträchtlichem Appetit ein paar Garnelen. Während sie mit vollen Backen an diesem Leckerbissen kaute, erzählte sie Rawdon, was sich auf dem Morgenspaziergang zwischen ihr und der Briggs zugetragen hatte. Ihre Hoffnungen waren sehr hochgespannt, und sie beeinflußte Rawdon so weit, daß er sie teilte. Es gelang ihr ja meistens, ihren Mann so weit zu bringen, daß er mit ihren Ansichten übereinstimmte, mochten sie nun traurig oder heiter sein.

„Jetzt, Lieber, setz dich bitte an den Schreibtisch und schreib mir einen hübschen kleinen Brief an Miss Crawley, in dem du erklärst, daß du ein artiger Junge bist und so weiter." Rawdon setzte sich also hin und schrieb los. „Brighton, Donnerstag" und: „Meine liebe Tante!" Das ging ganz schnell, aber dann verließ die Phantasie den tapferen Offizier. Er kaute am Federhalter und blickte seiner Frau ins Gesicht. Die konnte nicht anders, sie mußte über seinen hilflosen Ausdruck lachen, und so begann die kleine Frau, wobei sie mit den Händen auf dem Rücken im Zimmer auf und ab ging, ihm den Brief zu diktieren.

„Ehe ich die Heimat verlasse und mich in die Schlacht begebe, die mich höchstwahrscheinlich in größte Gefahr bringen wird –"

„Nanu?" fragte Rawdon ziemlich überrascht, aber der Humor des Satzes leuchtete ihm ein, und er schrieb ihn mit einem Lächeln schnell nieder.

„... die mich höchstwahrscheinlich in größte Gefahr bringen wird, bin ich hierhergeeilt –"

„Warum sagen wir nicht hierhergekommen, Becky? Das ist doch auch richtig!" warf der Dragoner ein.

„... bin ich hierhergeeilt", verlangte Rebekka und stampfte mit dem Fuß auf, „um der teuersten Freundin meiner Jugend Lebewohl zu sagen. Ich flehe Dich an, daß ich, ehe ich weggehe, um vielleicht nie mehr zurückzukehren, noch einmal derjenigen die Hand drücken darf, von der ich mein ganzes Leben lang nichts als Gutes empfangen habe."

„Mein ganzes Leben lang", wiederholte Rawdon, während er ganz verblüfft über seinen geschickten Stil die Worte hinkritzelte.

„Ich bitte Dich um nichts als um dieses, daß wir nicht im Zorn scheiden. In mancher Beziehung, wenn auch nicht in jeder, besitze ich den Stoltz meiner Familie. Ich habe die Tochter eines Malers geheiratet, aber ich schäme mich dieser Ehe nicht."

„Nein, du kannst mich erstechen, wenn ich das tue!" rief Rawdon aus.

„Du alter Dummerjan!" Rebekka zwickte ihn ins Ohr, während sie ihm über die Schulter guckte, um zu sehen, ob er keine Schreibfehler machte, „Stolz schreibt man doch nicht mit tz!" Da änderte er das Wort eben, denn er beugte sich stets der überlegenen Weisheit seiner kleinen Frau.

„Ich glaubte, Du seist über das Erwachen meiner Neigung im Bilde", fuhr Rebekka fort, „wußte ich doch, daß Mrs. Bute

Crawley dieselbe billigte und förderte. Aber ich erhebe gegen niemanden einen Vorwurf. Ich habe ein armes Mädchen geheiratet, und ich will zu dem stehen, was ich getan habe. Hinterlasse Dein Vermögen, wem Du willst, liebe Tante, ich werde mich nie beklagen, wie auch immer Du darüber verfügen magst. Ich möchte vielmehr, daß Du mir glaubst, daß ich Dich um Deiner selbst willen liebe und nicht Deines Geldes wegen. Ich möchte mit Dir versöhnt sein, ehe ich England verlasse. Bitte, bitte, laß mich Dich sehen, bevor ich abreise! In wenigen Wochen oder Monaten kann es vielleicht schon zu spät sein. Ich vermag den Gedanken nicht zu ertragen, daß ich die Heimat ohne ein freundliches Abschiedswort von Dir verlassen soll."

„Meinen Stil wird sie nicht darin erkennen", meinte Becky. „Ich habe die Sätze absichtlich kurz und abgebrochen verfaßt." Dann wurde dieses authentische Schreiben unter der Adresse von Miss Briggs abgesandt.

Die alte Miss Crawley lachte, als die Briggs ihr mit höchst geheimnisvoller Miene diesen aufrichtigen, einfachen Brief überreichte. „Wir können ihn gleich lesen; Mrs. Bute ist ja weg", sagte sie. „Lesen Sie vor, Briggs!"

Als die Briggs die Epistel zu Ende gelesen hatte, lachte ihre Herrin noch mehr. „Merken Sie denn nicht, Sie Gans", sagte sie zu Miss Briggs, die zugab, von der aufrichtigen Liebe, die aus dem ganzen Schriftstück sprach, sehr gerührt zu sein, „merken Sie denn nicht, daß Rawdon kein Wort davon geschrieben hat? In seinem ganzen Leben hat er mir noch nie geschrieben, ohne um Geld zu bitten, und seine Briefe waren immer voll von orthographischen und grammatischen Fehlern und Gedankenstrichen. Diese kleine Schlange, diese Gouvernante, beherrscht ihn ganz." Sie sind doch alle gleich, dachte Miss Crawley bei sich, alle wollen sie, ich wäre schon tot, so groß ist ihr Verlangen nach meinem Geld.

„Ich habe nichts dagegen, Rawdon zu sehen", fügte sie nach einer Pause mit dem Ton vollendeter Gleichgültigkeit hinzu. „Es würde mir nichts ausmachen, ihm die Hand zu reichen. Wenn es keine Szene gibt, warum sollen wir dann nicht zusammentreffen? Mir ist es gleich. Aber die Geduld eines Menschen hat auch ihre Grenzen, und vergessen Sie nicht, meine Liebe, ich lehne es höflichst ab, Mrs. Rawdon zu empfangen – das könnte ich denn doch nicht ertragen!" Miss Briggs mußte sich wohl oder übel mit dieser halben Versöhnungsbotschaft begnügen. Der beste Weg, die alte Dame und den Neffen zusammenzubringen, war ihrer Ansicht nach, Rawdon zu sagen, er möge auf den Klippen warten, wenn Miss Crawley im Rollstuhl hinausfahre, um frische Luft zu schöpfen.

Dort trafen sie zusammen. Ich weiß nicht, ob Miss Crawley beim Anblick ihres einstigen Lieblings insgeheim von einem freundlichen Gefühl bewegt wurde. Jedenfalls hielt sie ihm lächelnd und mit einem so gutmütigen Ausdruck die Hand hin, als ob sie sich am Tage zuvor zuletzt gesehen hätten. Rawdon wurde puterrot und zerquetschte der Briggs fast die Hand, so groß waren seine Freude und Verwirrung bei dieser Begegnung. Vielleicht war es selbstsüchtiges Interesse, was ihn bewegte, vielleicht Liebe, vielleicht war er auch von der Veränderung beeindruckt, die die Krankheit der letzten Wochen bei der Tante hervorgerufen hatte.

„Die Alte hat sich mir gegenüber immer ganz großartig benommen", meinte er zu seiner Frau, als er ihr von der Unterredung berichtete. „Mir war ganz sonderbar zumute, weißt du. Ich ging neben dem Dingsda, du weißt schon, bis zu ihrem Haus, wo Bowls kam, um ihr hereinzuhelfen. Ich wäre auch sehr gern hineingegangen, wenn –"

„Du bist nicht hineingegangen, Rawdon?" schrie seine Frau.

„Nein, mein Schatz, ich will verflucht sein, wenn ich nicht Angst hatte, als es so weit war."

„Du Dummkopf! Du hättest hineingehen und nie wieder herauskommen sollen", erwiderte Rebekka.

„Schimpf nicht", sagte der stattliche Leibgardist mürrisch. „Vielleicht war ich wirklich ein Dummkopf, Becky, aber du solltest das nicht sagen!" Er blickte seine Frau mit jenem Ausdruck an, den sein Gesicht immer hatte, wenn er ärgerlich war, und den sie gar nicht gerne sah.

„Nun gut, mein Lieber, morgen mußt du dann eben auf der Hut sein und sie bestimmt besuchen, ob sie dich nun einlädt oder nicht", versuchte Rebekka ihre zornige Ehehälfte zu besänftigen. Er aber erwiderte, er würde tun, was ihm beliebe, und ihr dankbar sein, wenn sie ihre Zunge im Zaum hielte. Daraufhin ging der verletzte Ehemann weg und verbrachte den Vormittag mürrisch, schweigsam und voll böser Ahnungen im Billardzimmer.

Doch noch ehe der Abend vergangen war, mußte er nachgeben und wie gewöhnlich die größere Klugheit und Einsicht seiner Frau anerkennen; denn ihre Befürchtungen über die Folgen seines Fehlers hatten eine traurige Bestätigung gefunden. Miss Crawley mußte tatsächlich durch die Begegnung mit ihm nach so langer Zeit in eine gewisse Erregung versetzt worden sein. Sie grübelte ziemlich lange über das Zusammentreffen nach. „Rawdon wird recht dick und alt, Briggs“, meinte sie zu ihrer Gesellschafterin. „Er hat eine rote Nase bekommen, und sein Äußeres hat außerordentlich gelitten. Die Ehe mit dieser Frau hat ihn hoffnungslos ordinär gemacht. Mrs. Bute behauptete immer, sie hätten sich beide dem Trunk ergeben; mir scheint das gar nicht zweifelhaft. Ja, mir fiel auf, daß er abscheulich nach Schnaps roch. Haben Sie das nicht auch bemerkt?“

Vergeblich wandte die Briggs ein, daß Mrs. Bute von allen Leuten Schlechtes rede und, soweit jemand in ihrer bescheidenen Stellung es beurteilen könne, ein . . .

„Ein listiges, ränkesüchtiges Frauenzimmer sei? Ja, das ist sie; sie redet wirklich von allen Leuten schlecht – aber ich bin überzeugt, dieses Weib hat Rawdon zum Trinken gebracht. Alle gewöhnlichen Leute tun das.“

„Er war so gerührt bei Ihrem Anblick, gnädige Frau“, sagte die Gesellschafterin. „Und wenn Sie daran denken, daß er sich in Gefahr begibt, werden Sie sicher . . .“

„Wieviel Geld hat er Ihnen versprochen, Briggs?“ schrie die alte Jungfer, die sich immer mehr in eine nervöse Wut steigerte. „Da haben wir's, natürlich fangen Sie an zu heulen! Ich hasse Szenen! Warum muß man mich ständig quälen? Gehen Sie in Ihr Zimmer hinauf und heulen Sie sich dort aus und schicken Sie mir die Firkin her – doch nein, halt! Setzen Sie sich hin und putzen Sie sich die Nase! Hören Sie auf zu weinen und schreiben Sie einen Brief an Hauptmann Crawley!“ Die arme Briggs setzte sich gehorsam an den Schreibtisch. Auf dem Löschblatt zeichneten sich überall die festen, energischen, schnellen Schriftzüge der letzten Sekretärin der alten Jungfer, der Mrs. Bute Crawley, ab.

„Beginnen Sie: ‚Sehr geehrter Herr!‘ oder: ‚Geehrter Herr!‘ das ist besser, und sagen Sie, daß Sie ihm auf Wunsch von Miss Crawley – nein, von Miss Crawleys Arzt, Mr. Creamer, mitteilen, meine Gesundheit sei derart, daß mir alle starken Erregungen in meinem augenblicklichen schwachen Zustand gefährlich seien und daß ich alle Besprechungen über Familienangelegenheiten oder irgendwelche Zusammenkünfte ablehnen müsse. Und danken Sie ihm, daß er nach Brighton gekommen ist und so weiter, und bitten Sie ihn, meinetwegen nicht länger hierzubleiben. Und dann können Sie hinzufügen, Miss Briggs, daß ich ihm bon voyage wünsche und daß er, wenn er sich die Mühe machen will, bei meinem Anwalt in Gray's Inn Square vorbeigehen und sich dort ein Schreiben abholen kann. Ja, das genügt! Daraufhin wird er Brighton gewiß verlassen." Diesen Satz schrieb die wohlwollende Briggs mit größter Befriedigung nieder.

„Mich gleich zu überfallen, kaum daß Mrs. Bute weg war", schwatzte die alte Dame weiter, „das war wirklich nicht anständig. Briggs, meine Liebe, schreiben Sie an Mrs. Crawley und erklären Sie ihr, sie brauche nicht wiederzukommen. Nein, sie braucht es nicht und soll es nicht! Ich will in meinem eigenen Haus nicht wie eine Sklavin leben! Ich will nicht verhungern und an Gift umkommen! Sie wollen mich alle töten – alle – alle!" Damit brach die einsame alte Dame in eine Flut hysterischer Tränen aus.

Die letzte Szene ihrer traurigen Komödie auf dem Jahrmarkt der Eitelkeit kam rasch heran. Die prunkenden Lampen gingen eine nach der anderen aus, und der dunkle Vorhang senkte sich bereits herab.

Der letzte Absatz, der Rawdon an Miss Crawleys Anwalt in London verwies und den die Briggs so erfreut niedergeschrieben hatte, tröstete den Dragoner und seine Frau ein wenig, nachdem sie über die Weigerung der alten Jungfer, sich auszusöhnen, zunächst schwer enttäuscht gewesen waren. Außerdem erfüllte er den Zweck, dessentwegen die alte Dame ihn hatte schreiben lassen; er veranlaßte Rawdon, schnell nach London zurückzukehren.

Mit Joes Verlusten und George Osbornes Banknoten bezahlte er seine Hotelrechnung. Wahrscheinlich weiß der Wirt bis heute noch nicht, wie wenig Aussicht auf Begleichung seiner Rechnung er einmal hatte. Denn wie ein General vor der Schlacht sein Gepäck zur Nachhut schickt, so hatte Rebekka weise alle ihre wichtigsten Wertsachen schon verpackt und mit Georges Burschen weggeschickt, der mit den Koffern in der Postkutsche nach London zurückkehrte. Das Ehepaar selbst fuhr erst am nächsten Tag mit demselben Gefährt heim.

„Ich hätte die Alte doch gern vor unserer Abreise noch einmal gesehen", sagte Rawdon. „Sie sieht so mitgenommen und verändert aus, daß ich sicher bin, sie macht's nicht mehr lange. Ich bin gespannt, was für einen Scheck ich bei Maxy finden werde! Zweihundert? Es kann doch nicht weniger als zweihundert sein, nicht wahr, Becky?“

Infolge der wiederholten Besuche der beiden Herren, die wir bereits geschildert haben, kehrte Rawdon mit seiner Frau nicht in seine Wohnung in Brompton zurück, sondern sie stiegen in einem Gasthof ab. Früh am nächsten Morgen hatte Rebekka Gelegenheit, ihr Heim zu sehen, als sie auf dem Wege zum Haus des alten Mr. Sedley in Fulham durch Brompton kam. Sie wollte ihre liebe Amelia und die Freunde aus Brighton besuchen; aber sie waren alle nach Chatham gefahren und von dort nach Harwich, um sich mit dem Regiment nach Belgien einzuschiffen. Die gute alte Mrs. Sedley war sehr niedergeschlagen; der einsamen Frau standen Tränen in den Augen.

Als Rebekka von dem Besuch heimkehrte, war ihr Mann inzwischen in Gray’s Inn gewesen und hatte sein Schicksal erfahren. Wütend war er zurückgekommen.

„Zum Teufel, Becky!“ rief er, „sie hat mir nur zwanzig Pfund gegeben!“

Und obwohl der Schlag sich auch gegen sie richtete, so war er doch so gut, daß Becky in schallendes Gelächter über Rawdons Niederlage ausbrach.

26. Kapitel

Zwischen Chatham und London

hne Zögern fuhr unser Freund George nach seiner Rückkehr aus Brighton, wie es sich für einen so hochstehenden, eleganten Mann geziemt, vierspännig vor einem guten Hotel am Cavendish Square vor. Da warteten auf das junge Ehepaar schon ein paar prächtige Zimmer und ein glänzend gedeckter Tisch voller Silbergeschirr, um den ein halbes Dutzend schwarzer Kellner schweigend herumstanden. Mit fürstlichem Anstand machte George Joe und Dobbin die Honneurs. Und Amelia saß zum erstenmal ganz scheu und zag an der Spitze ihrer eigenen Tafel, wie George es nannte.

George schimpfte über den Wein und ließ die Kellner springen wie ein König. Josef schlürfte mit unendlichem Behagen die Schildkrötensuppe. Dobbin hatte ihm davon aufgetan; denn die Dame des Hauses, vor der die Schüssel stand, kannte sich mit derem Inhalt so wenig aus, daß sie Mr. Sedley schon davon geben wollte, ohne ihm zuvor weder von dem grünlichen noch von dem gelblichen Schildkrötenfleisch angeboten zu haben.

Die Pracht des Mahles und des Raumes, in dem es stattfand, beunruhigte Mr. Dobbin so sehr, daß er nach dem Essen, als Joe in dem großen Sessel eingeschlafen war, seinem Freund Vorhaltungen deswegen machte. Aber vergebens protestierte er gegen diese Verschwendung von Schildkrötensuppe und Champagner, die eines Erzbischofs würdig gewesen wäre. „Ich bin es immer gewohnt gewesen, wie ein Gentleman zu reisen", erwiderte George, „und verdammt noch mal, meine Frau soll reisen wie eine Lady! Solange ich noch einen Schuß in der Patronentasche habe, soll's ihr an nichts fehlen!" erklärte er großzügig und mit sich selbst zufrieden. Da machte Dobbin keinen Versuch mehr, ihn zu überzeugen, daß Amelias Glück nicht von einer Schildkrötensuppe abhing.

Bald nach dem Essen sprach Amelia schüchtern den Wunsch aus, ihre Mama in Fulham zu besuchen. Mit leichtem Murren gab George ihr die Erlaubnis dazu. So trippelte sie hinaus in ihr riesiges Schlafzimmer mit dem riesigen Paradebett in der Mitte, „in dem die Schwester des Kaisers Alexander geschlafen hatte, als die alliierten Herrschaften hier waren". Voll freudigen Eifers setzte sie sich den Hut auf und legte den Schal um. Als sie in das Speisezimmer zurückkehrte, saß George immer noch beim Rotwein und machte keine Anstalten aufzubrechen. „Kommst du denn nicht mit, Liebster?" fragte sie ihn. Nein, der „Liebste" hatte heute abend „geschäftlich" zu tun. Sein Bursche sollte ihr einen Wagen holen und sie begleiten. Als der Wagen dann vor der Tür stand, warf Amelia George ein paarmal einen bittenden Blick zu; doch es war vergebens. Da machte sie ihm einen enttäuschten Knicks und ging traurig die große Treppe hinunter. Hinter ihr drein kam Hauptmann Dobbin, der sie in den Wagen setzte und bis zur Abfahrt neben ihm stehenblieb. Sogar der Diener genierte sich, vor den Kellnern des Hotels dem Mietkutscher die Adresse anzugeben. Darum erklärte er, er würde ihm später unterwegs Anweisungen erteilen.

Dobbin begab sich auf sein altes Zimmer in Slaughter's Klub. Sehr wahrscheinlich träumte er davon, wie reizend es in der Mietkutsche neben Mrs. Osborne sein würde. George hatte offenbar einen ganz anderen Geschmack, denn als er genug Wein getrunken hatte, ging er ins Theater, um Mr. Kean als Shylock zu sehen. Hauptmann Osborne war ein großer Theaterfreund und hatte auf den Liebhaberbühnen verschiedener Garnisonen komische Rollen mit größtem Erfolg gespielt. Joe schlief bis tief in die Nacht hinein, bis er plötzlich durch die Schritte des Dieners aufgeweckt wurde, der die Flaschen vom Tisch abräumte und leerte. Wieder mußte jemand vom Droschkenstand einen Wagen holen, der den stattlichen Helden zu seiner Wohnung und seinem Bett brachte.

Als der Wagen vor dem kleinen Gartentor vorfuhr, kam Mrs. Sedley herausgelaufen, um die zitternde, weinende junge Frau zu begrüßen. Im Eifer ihrer mütterlichen Liebe wollte sie die Tochter gar nicht mehr aus den Armen lassen. Der alte Mr. Clapp, der in Hemdsärmeln in dem Stück Garten arbeitete, zog sich erschrocken zurück. Aus der Küche eilte das irische Dienstmädchen heraus, um ihr ein „Gott segne Sie" zuzulächeln. Amelia war kaum imstande, den Steinplattenweg entlang und die Stufen zum Wohnzimmer hinaufzugehen.

Wie die Schleusen sich öffneten und Mutter und Tochter einander weinend in den Armen lagen, sobald sie in dem Heiligtum allein waren, das kann sich jeder Leser, der nicht ganz gefühllos ist, leicht ausmalen. Wann weinen Frauen denn nicht? Bei welcher freudigen, traurigen oder anderen Begebenheit des Lebens? Und nach solch einem Ereignis wie einer Heirat – hatten Mutter und Tochter da nicht gewißlich das Recht, einer Gefühlsbewegung freien Lauf zu lassen, die so zärtlich wie erfrischend ist? Ich habe es erlebt, wie sich Frauen, die sich hassen, dennoch küssen und liebevoll miteinander weinen, wenn es sich um eine Heirat handelt. Wieviel mehr noch müssen sie empfinden, wenn sie einander liebhaben! Gute Mütter verheiraten sich sozusagen immer wieder bei der Hochzeit ihrer Töchter. Und wer weiß nicht, wie bei den nachfolgenden Ereignissen in den Großmüttern mehr als mütterliche Gefühle wach werden? Ja, man kann geradezu sagen, eine Frau weiß oft nicht richtig, was es heißt, Mutter zu sein, ehe sie nicht Großmutter geworden ist. So wollen wir in dem dämmerigen Wohnzimmer Amelia und ihre Mutter ihrem Geflüster und Geseufze, ihrem Lachen und Weinen überlassen. Auch der alte Mr. Sedley tat das. Er hatte nicht geahnt, wer in der Kutsche saß, die da vor seinem Fenster anhielt. Er war der Tochter nicht entgegengeeilt, doch umarmte er sie herzlich, als sie das Zimmer betrat, in dem er wie gewöhnlich über seinen Papieren und Rechnungen saß. Als er sich aber ein Weilchen bei Mutter und Tochter aufgehalten hatte, überließ er den kleinen Raum weise ihnen allein.

Georges Diener schaute sehr hochnäsig auf Mr. Clapp herab, der in Hemdsärmeln die Rosenstöcke goß. Achtungsvoll nahm er jedoch den Hut ab, als Mr. Sedley sich bei ihm nach dem Schwiegersohn und nach Josefs Wagen erkundigte, und ob die Pferde mit draußen in Brighton gewesen wären, und wie es mit dem verfluchten Verräter Bonaparte und dem Krieg stünde, bis das irische Dienstmädchen mit einem Teller und einer Flasche Wein ankam, aus der der alte Herr unbedingt selbst dem Diener einschenken wollte. Er gab ihm eine Zehn-Schilling-Note, die der Bursche mit einer Mischung aus Verwunderung und Verachtung einsteckte. „Auf das Wohl Ihres Herrn und Ihrer Herrin, Trotter“, sagte Mr. Sedley, „und hier

haben Sie noch etwas, was Sie zu Hause auf Ihr eigenes Wohl trinken können, Trotter!“

Neun Tage erst waren vergangen, seit Amelia dieses kleine Haus und ihr Heim verlassen hatte – und doch, wie fern erschien ihr die Zeit, da sie davon Abschied genommen hatte! Welch ein Abgrund lag zwischen ihr und der Vergangenheit! Von ihrem jetzigen Standort aus konnte sie darauf zurückblikken und fast wie ein fremdes Wesen das junge Mädchen betrachten, das so in seine Liebe vertieft war, daß es für nichts anderes Augen hatte. Auch die elterliche Liebe hatte sie, wenn nicht undankbar, so doch zumindest gleichgültig entgegengenommen, so als ob das ihr gutes Recht sei. Ihr ganzes Herz und all ihr Sinnen waren nur auf die Erfüllung des einen Wunsches gerichtet gewesen. Die Erinnerung an jene Tage, die erst so kurz zurücklagen und doch schon so fern schienen, ließ Amelia vor Scham erröten. Der Anblick der liebevollen Eltern erfüllte sie mit zärtlicher Reue. War nicht der Preis nunmehr gewonnen, der Himmel auf Erden geschaffen? Oder war der Gewinner immer noch im Zweifel und unbefriedigt? Wenn der Held und die Heldin die Schranke der Ehe durchschritten haben, läßt der Romanschriftsteller für gewöhnlich den Vorhang fallen, als wenn das Drama nun vorüber und die Zweifel und Kämpfe beendet wären, als wenn nun im Land der Ehe alles grün und schön wäre, als wenn Mann und Frau nun nichts mehr zu tun hätten, sich nur noch bei der Hand zu fassen und sorglos in vollendet glücklichem Genießen auf das Alter zuzuschreiten hätten. Unsere kleine Amelia aber war eben erst in ihrer neuen Heimat angelangt und schaute doch schon sehnsüchtig auf das ferne Ufer zurück, von wo aus die traurigen, vertrauten Gestalten ihr über den Strom ein Lebewohl zuwinkten.

Der Ankunft der jungen Frau zu Ehren hielt die Mutter es für nötig, allerhand festlichen Aufwand zu machen. Drum zog sie sich, nachdem der erste Redestrom versiegt war, auf eine Weile zurück und tauchte in die unteren Regionen des Hauses hinab, in eine Art Wohnküche, die von Mr. und Mrs. Clapp benutzt wurde und abends, wenn das Geschirr abgewaschen und die Lockenwickler entfernt waren, auch von Miss Flannigan, dem irischen Dienstmädchen. Dort traf Mrs. Sedley die Vorbereitungen für einen prächtigen, reichhaltigen Tee. Alle Menschen haben ihre besondere Art, wenn sie jemandem etwas Gutes antun wollen; Mrs. Sedley nun glaubte, daß ein Brötchen und auf einem geschliffenen Glasteller aufgehäufte Orangenmarmelade Amelia in ihrer höchst interessanten Lage besonders willkommen sein würden.

Während diese delikaten Erfrischungen unten zurechtgemacht wurden, verließ Amelia das Wohnzimmer und ging nach oben. Da fand sie sich, sie wußte kaum wie, in dem kleinen Zimmer, das sie vor ihrer Heirat bewohnt hatte, auf demselben Stuhl, wo sie so viele bittere Stunden durchlebt hatte. Sie lehnte sich in ihm zurück, als wäre er ein guter Freund, und begann über die verflossene Woche und das Leben, das ihr folgen würde, nachzudenken. Immer irgendwie traurig zurückzublicken, sich immer nach etwas zu sehnen, das, wenn es erreicht war, eher Zweifel und Kummer als Freude brachte, das war das Los dieses armen Geschöpfchens, das sich als harmloser Wanderer unter die feindliche Menge auf dem Jahrmarkt der Eitelkeit verirrt hatte.

Hier saß sie nun und rief sich Georges liebes Bild ins Gedächtnis zurück, vor dem sie vor ihrer Ehe gekniet hatte. Gestand sie es sich ein, wie anders der wirkliche Mann war, wie ganz anders als der großartige Held, den sie angebetet hatte? Es braucht viele, viele Jahre, und ein Mann muß schon wirklich sehr schlecht sein, bis der Stolz und die Eitelkeit einer Frau solch ein Geständnis zulassen. Dann kamen ihr Rebekkas grüne, glitzernde Augen und ihr gefährliches Lächeln in den Sinn und erfüllten sie mit Furcht und Schrecken. So saß sie eine Zeitlang da, wieder der alten Gewohnheit des Nachdenkens über sich und ihre Lage hingegeben, in eben derselben teilnahmslosen, melancholischen Haltung, in der das freundliche Dienstmädchen sie damals angetroffen hatte, als sie ihr den Brief mit Georges erneutem Heiratsantrag brachte.

Sie blickte auf das kleine weiße Bett, das vor wenigen Tagen noch das ihre gewesen war. Wie gern würde sie heute nacht darin schlafen und wie früher unter dem Lächeln der Mutter aufwachen! Dann dachte sie voll Schrecken an das große Prachtbett mit dem Damasthimmel, das in dem vornehmen Hotel am Cavendish Square ihrer wartete. Liebes, kleines, weißes Bett! Wie manche lange Nacht hatte sie in seinen Kissen geweint! Wie verzweifelt war sie gewesen, und wie hatte sie gehofft, dort zu sterben! Waren nun nicht all ihre Wünsche erfüllt? Gehörte ihr der Geliebte, der der Anlaß ihrer Verzweiflung gewesen war, nun nicht für immer? Gute Mutter! Wie geduldig und zärtlich hatte sie über diesem Bett gewacht! Hier

suchte nun das sanfte, furchtsame, verwundete, zärtliche Seelchen nach Trost, hier, wo ihn das junge Mädchen – das müssen wir allerdings zugeben – nur selten gesucht hatte. Liebe war bisher ihr Glaube gewesen. Jetzt begann das traurig enttäuschte, blutende Herz zu fühlen, daß es einen anderen Tröster brauchte.

Haben wir das Recht, ihre Gebete zu wiederholen oder zu belauschen? Das, mein Bruder, sind Geheimnisse, die außerhalb des Bereichs des Jahrmarkts der Eitelkeit, auf dem unsere Erzählung spielt, liegen.

Soviel nur sei gesagt: Als endlich zum Tee gerufen wurde, kam unsere junge Frau sehr viel heiterer herunter; sie verzagte nicht und beklagte nicht ihr Schicksal; sie dachte nicht mehr an Georges Kälte oder Rebekkas Augen wie so oft in letzter Zeit. Sie kam herunter, küßte Vater und Mutter, plauderte mit dem alten Herrn und machte ihn vergnügter, als er so manchen Tag lang gewesen war. Sie setzte sich an das Klavier, das Dobbin für sie gekauft hatte, und sang dem Vater all seine Lieblingslieder vor.

Der Tee sei hervorragend, erklärte sie und lobte den erlesenen Geschmack, mit dem die Marmelade auf den Teller gehäuft war. Wie sie nun so entschlossen war, alle andern glücklich zu machen, war sie selbst auf einmal auch glücklich. Und als George aus dem Theater nach Hause kam, hatte sie in dem großen Himmelbett schon fest geschlafen und wachte mit einem Lächeln auf.

Am nächsten Tag hatte George noch wichtigere „Geschäfte" vor, als Mr. Kean in der Rolle des Shylock zu sehen. Sofort nach der Ankunft in London hatte er an den Anwalt seines Vaters geschrieben und ihm huldreichst mitgeteilt, daß er sich das Vergnügen machen werde, ihn am nächsten Morgen aufzusuchen. Die Verluste beim Billard und beim Kartenspiel mit Hauptmann Crawley hatten den Geldbeutel des jungen Mannes fast völlig geleert. Er mußte ihn also frisch auffüllen, ehe er sich wieder auf Reisen begab. Nun hatte er aber keine andere Möglichkeit mehr, als die zweitausend Pfund anzubrechen, die der Rechtsanwalt ihm auszahlen sollte. Er war zutiefst überzeugt, daß sein Vater binnen kurzem nachgeben würde; wie konnte ein Vater denn auf die Dauer solch einem Prachtkerl gegenüber, wie er es war, hartnäckig bleiben? Wenn seine Vergangenheit und seine Persönlichkeit nicht genügen sollten, um den Vater zur Milde zu stimmen, so wollte George sich in dem bevorstehenden Feldzug so herrlich auszeichnen, daß der alte Herr einfach nachgeben mußte. Und wenn nicht? Pah! Die Welt stand ihm doch offen. Er konnte ja auch wieder mal Glück haben beim Spiel, und außerdem dauerte es schon eine Weile, bis zweitausend Pfund ausgegeben waren.

So schickte er Amelia also noch einmal im Wagen zu ihrer Mama und gab ihr einen Blankoscheck und den strikten Befehl mit, die beiden Frauen sollten alles einkaufen, was eine Dame von Mrs. Osbornes Stellung für eine Reise ins Ausland benötigte. Sie hatten nur einen Tag Zeit, um die Ausstattung zu vervollständigen, und so kann man sich vorstellen, daß dies Geschäft sie fast völlig in Anspruch nahm. Als sie im Wagen von der Putzmacherin zum Wäschegeschäft eilte, von unterwürfigen Verkäufern oder höflichen Besitzern hinausgeleitet, war Mrs. Sedley beinahe wieder die alte. Zum erstenmal seit dem Unglück war sie wieder richtig glücklich. Auch Amelia war durchaus nicht erhaben über das Vergnügen, einkaufen, handeln und hübsche Dinge aussuchen zu können (würde ein Mann, und sei er der größte Philosoph, auch nur einen Groschen für eine Frau geben, die sich daraus nichts machte?). Amelia machte sich ein kleines Fest daraus und kaufte, den Befehlen ihres Gatten gehorsam, eine Menge Dinge, die eine Dame brauchen konnte. Dabei bewies sie sehr viel Geschmack und einen feinen Sinn für Eleganz, wie alle Kaufleute betonten.

Über den kommenden Krieg beunruhigte Mrs. Osborne sich nicht sehr; Bonaparte würde schon ohne große Kämpfe niedergeworfen werden! Von Margate liefen jeden Tag Schiffe voll vornehmer Herren und Damen aus, die nach Brüssel und Gent wollten. Man begab sich nicht so sehr in einen Krieg als vielmehr auf eine elegante Reise. Die Zeitungen spotteten verächtlich über den elenden Emporkömmling und Schwindler. Solch ein armseliger Korse wollte sich den Armeen Europas und dem Genius des unsterblichen Wellington widersetzen! Amelia verachtete ihn gründlichst. Es braucht kaum erwähnt zu werden, daß dieses weiche, sanfte Geschöpf die Meinung ihrer Umgebung zu ihrer eigenen machte. In ihrem Vertrauen war sie viel zu bescheiden, als daß sie selbst nachgedacht hätte. Kurz und gut, sie und ihre Mutter eilten den ganzen Tag lang von einem Geschäft zum anderen, und Amelia bekundete bei diesem ersten Auftreten in der vornehmen Londoner Welt eine beachtliche Lebhaftigkeit und guten Geschmack.

Inzwischen begab George sich mit schief aufgesetztem Hut, angewinkelten Ellenbogen und betont martialischer Miene in die Redford Row. Dort betrat er das Büro des Anwalts, als ob er der Herr und Meister all der kritzelnden, blassen Schreiberlinge wäre. Er ließ Mr. Higgs melden, daß Hauptmann Osborne draußen warte. Das tat er in so bestimmtem, herablassendem Ton, als ob dieser Anwalt, der dreimal soviel Verstand, fünfzigmal soviel Geld und tausendmal mehr Erfahrung hatte als er, nur ein erbärmlicher Bedienter wäre, der sofort all seine Geschäfte im Stich lassen müßte, um dem Hauptmann zur Verfügung zu stehen. Er sah nichts von dem verächtlichen Grinsen, das durch den ganzen Raum ging, vom ersten Buchhalter bis zu den Lehrlingen, zu den zerlumpten Schreibern und blassen Milchgesichtern der Laufburschen in den ausgewachsenen Anzügen. Er saß da und schlug mit dem Stock gegen die Stiefel und dachte daran, was für ein elendes Pack armseliger Teufel sie doch wären. Diese elenden armen Teufel wußten jedoch über seine Lage genau Bescheid. Des Abends in den Wirtshausklubs sprachen sie mit anderen Angestellten darüber. Ihr Götter, was wissen Londoner Anwälte und ihre Angestellten nicht alles! Nichts bleibt ihren Nachforschungen verborgen, und wer zu ihnen gehört, übt sozusagen eine stumme Herrschaft über die Stadt aus.

Als George Mr. Higgs' Zimmer betrat, erwartete er vielleicht, daß der Herr beauftragt wäre, ihm mitzuteilen, sein Vater sei zu einem Kompromiß oder einer Versöhnung bereit. Vielleicht hatte er die kühle, hochmütige Haltung auch nur angenommen, um damit seine Entschlossenheit zu zeigen. Aber wie dem auch sei, seinem energischen Auftreten begegnete der Anwalt mit einer kühlen Gleichgültigkeit, die jede Angeberei unsinnig werden ließ. Als der Hauptmann eintrat, tat er so, als sei er gerade mit Schreiben beschäftigt. „Bitte nehmen Sie Platz, Sir", sagte er, „einen Augenblick bitte, ich werde mich gleich mit Ihrer kleinen Angelegenheit befassen. Mr. Poe, holen Sie doch bitte ein Quittungsformular." Damit schrieb er weiter.

Als Poe die Formulare gebracht hatte, berechnete der Chef den Tageskurs der zweitausend Pfund Aktien und fragte Hauptmann Osborne, ob er die Summe in einem Bankscheck haben oder ob er die Bank beauftragen wolle, für den Betrag neue Staatspapiere zu erwerben. „Einer der Vermögensverwalter der verstorbenen Mrs. Osborne ist zwar gerade nicht in der Stadt", sagte er gleichgültig, „aber mein Klient möchte Ihren Wünschen entgegenkommen und die Angelegenheit so schnell wie möglich erledigen."

„Geben Sie mir einen Scheck, Sir", sagte der Hauptmann sehr verdrossen. „Lassen Sie nur die verdammten Schillinge und Pennys, Sir", fügte er hinzu, als der Anwalt den genauen Betrag des Wechsels ausschreiben wollte. In der Einbildung, durch diese großzügige Äußerung den alten Federfuchser beschämt zu haben, stolzierte er mit dem Schein in der Tasche zum Büro hinaus.

„In zwei Jahren sitzt der Bursche im Gefängnis", sagte Mr. Higgs zu Mr. Poe.

„Was glauben Sie, Sir, ob Osborne wohl weich werden wird?"

„Ob ein Steinbild weich werden würde?" erwiderte Mr. Higgs.

„Der treibt es gut", meinte der Buchhalter. „Kaum eine Woche ist er verheiratet, und schon habe ich ihn und ein paar andere Offiziere Mrs. Highflyer nach der Vorstellung an ihren Wagen begleiten sehen." Dann kam ein anderer Fall dran, und

Mr. George Osborne entschwand den würdigen Herren aus dem Sinn.

Der Scheck war auf unsere Freunde Hulker & Bullock in der Lombard Street ausgestellt, zu deren Haus George sich jetzt begab, um das Geld abzuheben, immer noch in dem Glauben, er mache Geschäfte. Zufällig war Frederick Bullock im Schalterraum, als George eintrat. Sein gelbes Gesicht war über ein Hauptbuch geneigt, vor dem ein bescheidener Schreiber saß. Als er den Hauptmann erblickte, wurde die Leichenblässe seines Gesichtes noch fahler, und er verzog sich schuldbewußt in den hintersten Büroraum. George starrte zu begierig auf das Geld (er hatte noch nie zuvor eine solche Summe beisammen gesehen), als daß er den Gesichtsausdruck oder die Flucht dieses gespensterhaften Freiers seiner Schwester bemerkt hätte.

Frederick Bullock berichtete dem alten Osborne von dem Aussehen und Auftreten seines Sohnes. „Er kam herein, stolz wie ein Spanier", sagte Frederick. „Alles hat er abgehoben bis auf den letzten Schilling. Wie lange werden ein paar hundert Pfund bei so einem Burschen reichen?" Der alte Osborne schwor laut, daß es ihn wenig kümmern solle, wann und wie bald George das Geld ausgeben werde. Frederick Bullock kam jetzt jeden Tag zum Abendessen an den Russel Square. George aber war trotz alledem höchst zufrieden mit dem Geschäft des Tages. Sein eigenes Gepäck und seine Ausstattung wurden schnellstens zusammengestellt. Amelias Einkäufe bezahlte er per Scheck mit der Großzügigkeit eines Lords.

27. Kapitel

Amelia stößt zu ihrem Regiment

as Amelia zuerst erkannte, als Josefs eleganter Wagen vor der Tür des Gasthauses in Chatham vorfuhr, das war das freundliche Gesicht Hauptmann Dobbins, der in Erwartung seiner Freunde schon eine Stunde lang auf der Straße auf und ab gegangen war. Mit den Soldatenknöpfen auf dem Rock, mit der feuerroten Schärpe und dem Säbel sah der Hauptmann so militärisch aus, daß Joe ganz stolz war, ihn als Bekannten ansprechen zu können. Daher begrüßte der dicke Zivilist ihn mit weitaus größerer Herzlichkeit als früher in Brighton oder in der Bond Street.

Bei dem Hauptmann stand Fähnrich Stubble. Als der Wagen sich näherte, zollte er mit dem Ruf: „Beim Zeus! Was für ein hübsches Mädel!“ Osbornes Wahl deutlich Beifall. Mit ihrem Hochzeitsmantel und den rosa Bändern und ihrem von der schnellen Fahrt in der frischen Luft geröteten Gesichtchen sah sie so rosig und niedlich aus, daß das Kompliment des Fähnrichs vollauf gerechtfertigt war. Und Dobbin freute sich darüber. Als er herantrat, um der Dame aus dem Wagen zu helfen, sah Stubble, was für eine hübsche kleine Hand sie ihm reichte und was für ein reizendes Füßchen da heraustrat. Er wurde über und über rot und machte seine allerschönste Verbeugung. Als Amelia daraufhin die Regimentsnummer bemerkte, die auf der Mütze des Fähnrichs eingestickt war, errötete auch sie, lächelte und dankte mit einem Knicks. Da war es um den Fähnrich geschehen. Dobbin schloß ihn von nun an ganz besonders in sein Herz, und auf ihren Spaziergängen oder auf dem Zimmer ermunterte er ihn immer wieder, von Amelia zu reden. Ja, bei all den ehrlichen jungen Burschen des . . . ten Regiments wurde es geradezu Mode, Mrs. Osborne zu bewundern und anzubeten. Ihr einfaches, ungekünsteltes Benehmen und ihre freundliche

Bescheidenheit gewannen die unverdorbenen Herzen. Doch all diese süße Einfachheit läßt sich hier gar nicht beschreiben. Wer hat denn noch nicht solch eine Frau gekannt und bei ihr allerlei gute Eigenschaften entdeckt, wenn sie auch nicht mehr gesagt hat als: sie sei zur nächsten Quadrille schon vergeben, oder: es sei doch sehr heiß? Durch die edle Ritterlichkeit, die sich darin zeigte, daß er dieses arme junge Geschöpf geheiratet hatte, und durch die Wahl einer reizenden, netten Frau stieg George, der schon immer der Liebling des ganzen Regiments gewesen war, bei den jungen Offizieren des Korps noch ganz ungemein im Ansehen.

In dem Wohnzimmer, das für die Reisenden bereit stand, fand Amelia zu ihrer Überraschung einen Brief, der an Frau Hauptmann Osborne gerichtet war. Es war ein dreieckiges Billett in einer sehr großen, unausgeschriebenen weiblichen Handschrift auf rosa Papier, das mit einer Taube und einem Olivenzweig auf einer Unmenge von hellblauem Lack versiegelt war.

„Das ist Peggy O'Dowds Hand!" lachte George. „Ich erkenne sie gleich am Siegel." Es war tatsächlich ein Briefchen von Mrs. O'Dowd, in dem sie Mrs. Osborne bat, ihr die Freude zu machen, am gleichen Abend zu einer kleinen Gesellschaft im Freundeskreis zu kommen. „Da mußt du hingehen", sagte George; „du lernst dort das ganze Regiment kennen. O'Dowd hat das Kommando über das Regiment übernommen und Peggy das Kommando über O'Dowd!"

Doch sie hatten kaum ihren Spaß an Mrs. O'Dowds Brief gehabt, als auch schon die Tür aufgerissen wurde und eine lustige, stattliche Dame im Reitkostüm mit ein paar Offizieren des Regiments das Zimmer betrat. „Ich konnte einfach nicht warten bis zum Tee! George, mein lieber Junge, stellen Sie mich Ihrer Gattin vor! Gnädige Frau, ich bin entzückt, Sie kennenzulernen und Ihnen meinen Mann, Major O'Dowd, vorstellen zu können." Und damit ergriff die lustige Dame im Reitkostüm Amelias Hand und drückte sie herzlich. Da begriff Amelia sofort, daß vor ihr die Frau stand, über die ihr Mann so oft gelacht hatte. „Sie haben von Ihrem Gatten sicher schon viel über mich gehört", sagte die Dame mit großer Lebhaftigkeit.

„Viel über sie gehört", echote ihr Mann, der Major.

Amelia antwortete lächelnd, das sei der Fall.

„Viel Gutes wird er nicht von mir erzählt haben", meinte Mrs. O'Dowd und fügte hinzu, George sei ein schlimmer Teufel.

„Dafür kann ich mich verbürgen", sagte der Major und versuchte einen schlauen Ausdruck anzunehmen, worauf George in Lachen ausbrach. Mit einem Schlag ihrer Reitpeitsche wies Mrs. O'Dowd den Major zur Ruhe. Dann bat sie, Frau Hauptmann Osborne in aller Form vorgestellt zu werden.

„Dies, meine Liebe", sagte George gravitätisch, „ist meine gute, liebevolle, vortreffliche Freundin Aurelia Margareta, sonst Peggy genannt..."

„Meiner Treu, da haben Sie recht!" warf der Major ein.

„... sonst Peggy genannt, Gattin des Majors Michael O'Dowd von unserem Regiment und Tochter von Fitzjurld Ber'sford de Burgo Malony aus Glenmalony, Grafschaft Kildare."

„Und Muryan Squeere, Dublin", ergänzte die Dame mit überlegener Ruhe.

„Natürlich, und Muryan Squeere", flüsterte der Major.

„Da hast du mir den Hof gemacht, mein lieber Major", erklärte die Dame, und der Major stimmte dem ebenso bei wie allem anderen, was in Gesellschaft geäußert wurde.

Major O'Dowd, der seinem König in allen Teilen der Welt gedient und jeden Aufstieg in seiner militärischen Laufbahn mit mehr tapferen Taten bezahlt hatte, als erforderlich gewesen wäre, war ein höchst bescheidener, schweigsamer, einfältig aussehender, sanfter kleiner Mann, der seiner Frau so gut gehorchte, als ob er ihr Lakai wäre. Im Kasino saß er meist schweigend da und trank ziemlich viel. Hatte er genug Alkohol genossen, schwankte er schweigend nach Hause. Wenn er sprach, dann nur, um jedem in jedem erdenklichen Punkte beizupflichten. So kam er leicht und angenehm und stets gut gelaunt durchs Leben. Auch die heißeste Sonne Indiens konnte sein Blut nicht erhitzen, und das Sumpffieber konnte ihm nichts anhaben. Er ging ebenso gleichmütig auf eine Batterie los wie auf eine Tafel. Mit gleichem Appetit aß er Pferdefleisch wie Schildkröten. Er hatte eine alte Mutter, Mrs. O'Dowd aus O'Dowdstown natürlich, der er nur zweimal ungehorsam gewesen war, nämlich als er ausriß, um Soldat zu werden, und als er hartnäckig darauf bestand, die abscheuliche Peggy Malony zu heiraten.

Peggy war eine der fünf Schwestern und der elf Kinder des edlen Hauses Glenmalony. Ihr Mann war zwar ihr Vetter, doch von der Seite ihrer Mutter her; so hatte er nicht den unschätzbaren Vorteil, mit den Malonys verwandt zu sein, die Peggy für die berühmteste Familie der Welt hielt. Nachdem Miss Malony es während neun Saisons in Dublin und während zweier in Bath und in Cheltenham versucht und doch keinen Gefährten fürs Leben gefunden hatte, befahl sie im Alter von dreiunddreißig Jahren ihrem Vetter Mick, sie zu heiraten. Der ehrliche Kerl gehorchte und nahm sie nach Westindien mit. Dort konnte sie den Damen des . . . ten Regiments präsidieren, zu dem er soeben übergewechselt war.

Noch ehe Mrs. O'Dowd eine halbe Stunde mit Amelia zusammen gewesen war (und mit allen anderen machte sie es genauso), hatte sie der neuen Freundin schon alles über ihre Geburt und Herkunft erzählt. „Meine Liebe", sagte sie gutmütig, „eigentlich war es ja meine Absicht, daß George mein Bruder werden sollte. Meine Schwester Glorvina hätte so gut zu ihm gepaßt. Aber vorbei ist vorbei, und da er nun Ihnen versprochen ist, will ich Sie statt dessen als meine Schwester betrachten und Sie liebhaben wie jemanden, der zur Familie gehört. Meiner Treu, Sie haben solch ein nettes Gesichtchen und so ein gutherziges Wesen, daß wir bestimmt gut miteinander auskommen werden. Sie werden jedenfalls ein willkommener Zuwachs zu unserer Familie sein."

„Das wird sie sein", sagte O'Dowd zustimmend, und Amelia war nicht wenig belustigt und erfreut, so unversehens in einen so großen Verwandtenkreis aufgenommen zu sein.

„Wir sind hier alle gute Kerle", fuhr die Frau des Majors fort. „In der ganzen Armee gibt es kein Regiment, bei dem man größere Einigkeit und eine nettere Gesellschaft im Kasino findet. Bei uns gibt es keinen Streit, keinen Zwist, kein Verleumden, keinen Klatsch. Wir lieben uns alle untereinander!"

„Besonders Mrs. Magenis", lachte George.

„Mrs. Magenis und ich, wir haben uns ausgesöhnt, wenn auch die Art, wie sie mich behandelt, mir graue Haare wachsen lassen und mich vor Kummer ins Grab bringen könnte."

„Du mit deinem schönen schwarzen Haar, meine liebe Peggy!" rief der Major.

„Halt den Mund, Mick, du Tolpatsch! Diese Ehemänner sind einem immer im Wege, liebe Mrs. Osborne! Ich habe es meinem Mick schon so oft gesagt, er solle seinen Mund nur auftun, um einen Befehl zu geben oder Essen und Trinken hineinzustopfen. Wenn wir mal allein sind, erzähle ich Ihnen von dem Regiment und werde Sie warnen. Stellen Sie mich nun doch, bitte, Ihrem Bruder vor! Bestimmt ist er ganz etwas Besonderes! Er erinnert mich an meinen Vetter Dan Malony (Malony aus Ballymalony, Sie wissen, der Ophelia Scully aus Oystherstown, die Kusine von Lord Poldoody, geheiratet hat). – Mr. Sedley, ich bin entzückt, Sie kennenzulernen! Ich nehme an, Sir, Sie werden heute im Kasino speisen? (Denk an diesen Teufel von Doktor, Mick; und was du auch immer tust: bleib nüchtern für meine Gesellschaft heute abend!)"

„Das 150. Regiment gibt uns ein Abschiedsessen, mein Schatz", warf der Major ein, „aber wir werden für Mr. Sedley sicher noch eine Karte bekommen."

„Laufen Sie, Simple (Fähnrich Simple von unserem Regiment, meine liebe Amelia! Ich vergaß, ihn Ihnen vorzustellen!), laufen Sie schnell mit einer Empfehlung von Mrs. O'Dowd zu

Oberst Tavish; Hauptmann Osborne hätte seinen Schwager mit herausgebracht und würde ihn um fünf Uhr zum Kasino der Hundertfünfziger mitbringen – während Sie, meine Liebe, und ich hier einen kleinen Imbiß nehmen, wenn's Ihnen recht ist." Noch ehe Mrs. O'Dowds Rede zu Ende war, trabte der junge Fähnrich schon mit seinem Auftrag los.

„Gehorsam ist die Seele der Armee! Wir werden unserer Pflicht nachgehen, während Mrs. O'Dowd hierbleibt und dich aufklärt, Emmy", sagte Hauptmann Osborne, und indem sie den Major in die Mitte nahmen, gingen die beiden Hauptleute hinaus und grinsten sich dabei über seinen Kopf hinweg an.

Als die ungestüme Mrs. O'Dowd nun ihre neue Freundin für sich allein hatte, überströmte sie die arme kleine Frau mit solch einer Flut von Mitteilungen, daß deren Gedächtnis sie unmöglich fassen konnte. Sie erzählte Amelia tausend Einzelheiten über die sehr zahlreiche Familie, als deren Mitglied die erstaunte junge Dame sich nun auf einmal sah. „Mrs. Heavytop, die Frau des Obersten, starb in Jamaica am gelben Fieber und an gebrochenem Herzen noch dazu; denn der scheußliche alte Oberst, dessen Kopf so kahl war wie eine Kanonenkugel, machte dort einem farbigen Mädchen verliebte Augen. Mrs. Magenis besitzt zwar keine Kinderstube, ist aber doch eine gute Frau. Sie hat indessen eine verteufelte Zunge und würde beim Whist sogar die eigene Mutter betrügen. Mrs. Kirk, die Frau des Hauptmanns Kirk, wendet schon bei dem Gedanken an ein harmloses Spielchen die Hummeraugen zum Himmel (obwohl mein Vater, der bestimmt so fromm war wie nur einer, der regelmäßig zur Kirche geht, mit meinem Onkel, dem Dekan Malony, und meinem Vetter, dem Bischof, jeden Abend sein ganzes Leben lang Whist oder etwas anderes spielte). Diesmal geht aber keine von beiden mit dem Regiment mit", fügte Mrs. O'Dowd hinzu. „Fanny Magenis bleibt bei ihrer Mutter, die in Islington, nahe bei London, glaube ich, eine Kohlen- und Kartoffelhandlung hat, wenn sie auch immer mit den Schiffen ihres Vaters prahlt und sie uns zeigt, wenn wir den Fluß hinauffahren. Und Mrs. Kirk bleibt mit den Kindern hier in Bethesda, um ihrem Lieblingsprediger Dr. Ramshorn nahe zu sein. Mrs. Bunny ist in interessanten Umständen, wie übrigens fast immer; sie hat dem Leutnant schon sieben Kinder geschenkt. Und die Frau des Fähnrichs Posky, die zwei Monate vor Ihnen hierherkam, hat sich mit Tom Posky schon ein paarmal so laut gezankt, daß man es in der ganzen Kaserne hören konnte. Sie sollen es schon bis zu zerbrochenen Tellern gebracht haben, und Tom hat auch nie eine Erklärung dafür gegeben, woher er sein blaues Auge hatte. Nun geht sie zu ihrer Mutter zurück, die in Richmond eine Pension für junge Damen hat. Es geschieht ihr schon recht! Warum ist sie erst fortgelaufen! Wo haben Sie Ihre Erziehung genossen, meine Liebe? Ich erhielt die meine, mit allen Finessen, in Madame Flanahans Pension, am Odysseus Hain in Booterstown bei Dublin, bei einer Marquise, die uns die echte Pariser Aussprache beibrachte, und einem verabschiedeten Generalmajor von der französischen Armee als Lehrer."

So war Amelia zu ihrem Erstaunen plötzlich Mitglied einer buntscheckigen Familie geworden mit Mrs. O'Dowd als älterer Schwester. Beim Tee wurde sie den anderen weiblichen Verwandten vorgestellt, auf die sie einen recht guten Eindruck machte, zumal sie ruhig, gutmütig und nicht zu hübsch war. Als aber die Herren aus dem 150er Kasino herüberkamen und sie alle mit Bewunderung überhäuften, da hatten die Schwestern natürlich bald etwas an ihr auszusetzen.

„Hoffentlich hat Osborne sich jetzt die Hörner abgestoßen!" meinte Mrs. Magenis zu Mrs. Bunny. „Wenn ein geheilter Wüstling einen guten Ehemann abgibt, dann hat sie mit George bestimmt die besten Aussichten", bemerkte Mrs. O'Dowd zu Mrs. Posky, die ihre Stellung als jüngste Ehefrau im Regiment nun verloren hatte und auf den Eindringling recht zornig war. Mrs. Kirk endlich, die Schülerin von Dr. Ramshorn, stellte Amelia ein paar bedeutsame Fragen, um festzustellen, ob sie erweckt war, ob sie sich als Christin bekannte und dergleichen mehr. Da sie Mrs. Osbornes schlichten Antworten entnahm, daß diese noch in völliger Finsternis wandelte, drückte sie ihr ein paar illustrierte Groschenheftchen in die Hand, *Die heulende Wildnis*, *Die Waschfrau der Wandsworth-Gemeinde* und *Das beste Schwert des britischen Soldaten*. Sie bat Amelia, sie noch am gleichen Abend zu lesen, ehe sie zu Bett ginge; denn Mrs. Kirk hatte die edle Absicht, Amelia zu erwecken, noch bevor sie eingeschlafen war.

Aber die Männer, als gute Kerle, die sie waren, scharten sich alle um die hübsche Frau ihres Kameraden und machten ihr mit soldatischer Galanterie den Hof. Der kleine Triumph regte ihre Stimmung an und ließ ihre Augen aufblitzen. George war stolz darauf, wie beliebt sie war, und zufrieden mit der heiteren, anmutigen, wenn auch ein wenig schüchternen Art, in der sie die Aufmerksamkeiten der Herren entgegennahm und auf ihre

Komplimente antwortete. – Und er in seiner schönen Uniform – wieviel besser sah er doch aus als alle anderen hier! Sie fühlte es, wie liebevoll er sie beobachtete, und erglühte vor Freude über seine Aufmerksamkeit. Ich will all seinen Freunden nett entgegenkommen, beschloß sie in ihrem Herzen. Ich will alle lieben, die ihn lieben. Ich will immer versuchen, lustig und guter Laune zu sein und ihm ein glückliches Heim zu schaffen.

Das Regiment nahm sie mit großem Beifall auf. Die Hauptleute waren mit ihr einverstanden, die Leutnants waren begeistert von ihr, die Fähnriche bewunderten sie. Der alte Cutler, der Arzt, machte ein paar richtige Soldatenwitze, die wir hier nicht zu wiederholen brauchen, und Cackle, der Assistenzarzt aus Edinburgh, ließ sich herab, sie über ihre Literaturkenntnisse zu examinieren, und versuchte es mit seinen drei besten französischen Zitaten bei ihr. Der junge Stubble ging von einem zum anderen und flüsterte: „Teufel, ist das nicht ein hübsches Mädel?“ Er mußte sie ständig anschauen; nur als der Punsch hereinkam, konnte er den Blick von ihr wenden.

Hauptmann Dobbin aber sprach den ganzen Abend lang so ungefähr kein einziges Wort mit ihr. Doch brachte er zusammen mit Hauptmann Porter von den 150ern den halbbezechten Josef ins Hotel zurück. Joe hatte seine Geschichte von der Tigerjagd mit großem Erfolg sowohl im Kasino wie auf der Soiree der Mrs. O'Dowd (im Turban mit dem Paradiesvogel) erzählt. Nachdem Dobbin den Steuereinnehmer den Händen seines Dieners überantwortet hatte, bummelte er herum und rauchte vor der Hoteltür noch eine Zigarre. Inzwischen hatte George seine Frau sorgfältig in ihren Schal gehüllt und sie nach allgemeinem Händeschütteln von Mrs. O'Dowds Gesellschaft hinweggeführt. All die jungen Offiziere begleiteten sie hinunter und riefen ihr ein Lebewohl zu, als der Wagen abfuhr. So reichte Amelia Dobbin beim Aussteigen ihre kleine Hand und schalt ihn lächelnd, daß er sich den ganzen Abend überhaupt nicht um sie gekümmert habe.

Der Hauptmann frönte noch lange dem verderblichen Laster des Rauchens, noch lange nachdem im Hotel und auf der Straße schon überall Ruhe herrschte. Er sah, wie in Georges Wohnzimmer das Licht ausging und dann im Schlafzimmer dicht nebenan aufflammte. Es war schon beinahe Morgen, als er nach Hause ging. Er konnte die Rufe der Schiffer vom Fluß her hören, wo die Frachter ihre Ladung aufnahmen, ehe sie die Themse hinunterfuhren.

28. Kapitel

Amelia dringt in die Niederlande ein

Transportiert sollte das Regiment samt allen seinen Offizieren in Schiffen werden, die von der Regierung eigens zu diesem Zweck bereitgestellt worden waren. So fuhr man schon zwei Tage nach der festlichen Versammlung in Mrs. O'Dowds Gemächern den Fluß hinunter. Alle Ostindienschiffe, die dort lagen, und die Soldaten am Ufer riefen ihnen Grüße zu; die Kapelle spielte die Königshymne; die Offiziere winkten mit den Mützen, und die Mannschaften schrien tapfer hurra. Dann ging es im Geleitzug nach Ostende. Der ritterliche Josef hatte sich einverstanden erklärt, seine Schwester und die Frau des Majors zu begleiten. Der größte Teil des Gepäcks, auch der berühmte Turban mit dem Paradiesvogel, war bei der Bagage des Regiments, und so reisten unsere beiden Heldinnen ziemlich unbelastet nach Ramsgate, wo viele Transportschiffe vor Anker lagen. Eines von ihnen brachte sie schnell nach Ostende hinüber.

Der nun folgende Abschnitt in Josefs Leben war so ereignisreich, daß er ihm noch jahrelang Stoff für seine Unterhaltungen lieferte. Sogar die Geschichte von der Tigerjagd wurde in den Hintergrund gedrängt um der weit aufregenderen Begebenheiten willen, die er aus dem großen Feldzug von Waterloo zu erzählen hatte. Kaum hatte er sich bereit erklärt, seine Schwester auf den Kontinent zu begleiten, als er auch schon aufhörte, sich die Oberlippe zu rasieren, was allgemein auffiel. In Chatham verfolgte er mit beharrlichem Interesse die Paraden und Exerzierübungen. Mit größter Aufmerksamkeit lauschte er der

Unterhaltung seiner Kameraden (wie er die Offiziere später nannte) und eignete sich so viele militärische Ausdrücke an, wie er nur konnte. Bei diesen Studien war ihm die vortreffliche Mrs. O'Dowd eine große Hilfe. Als sie sich schließlich auf der „Lieblichen Rose" einschifften, die sie ans Ziel bringen sollte, erschien er in Schnürrock und weißen Leinenhosen und in einer mit leuchtendem Goldband gezierten Fouragiermütze. Da er seinen Wagen mitführte und jedem an Bord im Vertrauen erzählte, er wolle zur Armee des Herzogs von Wellington, hielt man ihn für eine wichtige Persönlichkeit, einen General der Intendantur oder zumindest einen Regierungskurier.

Auf der Überfahrt hatte er schwer zu leiden. Auch die Damen lagen danieder. Amelia erholte sich jedoch schnell wieder, als das Schiff Ostende erreichte und sie sah, daß die Transporter, die das Regiment herüberbrachten, fast zur gleichen Zeit wie die „Liebliche Rose" in den Hafen einliefen. Schwer mitgenommen begab Josef sich in ein Wirtshaus, während Hauptmann Dobbin die Damen begleitete und sich dann damit beschäftigte, Josefs Wagen und Gepäck vom Schiff herunterzuholen und aus dem Zoll auszulösen. Mr. Josef hatte nämlich im Augenblick keinen Diener, seit sein eigener und Osbornes zimperlicher Bursche sich in Chatham verschworen hatten und sich rundweg weigerten, das Wasser zu überqueren. Dieser Aufstand, der ganz plötzlich am letzten Tage ausbrach, erschreckte Mr. Sedley junior derartig, daß er nahe daran war, das ganze Unternehmen aufzugeben. Aber Hauptmann Dobbin (der sich in der ganzen Angelegenheit größte Mühe gab, wie Joe sagte) schalt ihn und lachte ihn gründlich aus. Der Schnurrbart war nun schon so lang gewachsen, daß Josef sich schließlich doch überreden ließ und sich einschiffte. An Stelle der wohlerzogenen und wohlgenährten Londoner Dienstboten, die nur Englisch sprechen konnten, verschaffte Dobbin ihm einen dunkelhäutigen kleinen Belgier, der überhaupt keine Sprache beherrschte. Durch sein geschäftiges Hin und Her und dadurch, daß er Mr. Sedley ständig mit Mylord anredete, erwarb er sich jedoch schnell die Gunst seines Herrn. Jetzt sieht es in Ostende anders aus. Von den Engländern, die dorthin fahren, wirken die wenigsten wie ein Lord, und fast keiner benimmt sich wie ein Mitglied unserer erblichen Aristokratie. Zum größten Teil erscheinen sie in sehr schäbiger Aufmachung und schmutziger Wäsche, und sie interessieren sich vornehmlich für Billard, Schnaps, Zigarren und schmierige Wirtschaften.

Hingegen kann man wohl behaupten, daß jeder Engländer von der Armee des Herzogs von Wellington alles bezahlte, was er brauchte. Gewiß ziemt es einer Nation von Kaufleuten, sich hieran zu erinnern. Für ein handeltreibendes Land war es geradezu ein Segen, von einer Armee von Kunden überlaufen zu werden und solch zahlungskräftige Soldaten ernähren zu müssen. Außerdem ist das Volk, das zu schützen die Engländer herübergekommen waren, nicht gerade kriegsliebend. Oftmals in der Geschichte hat es andere Völker auf seinem Boden kämpfen lassen. Als der Verfasser dieser Erzählung nach Waterloo hinausfuhr, um das Schlachtfeld mit Adlerblicken zu überschauen, da fragte er den Postillon, einen stattlichen Veteranen von soldatischem Äußeren, ob er an der Schlacht teilgenommen habe. „Pas si bête!" war seine Antwort, eine Antwort und ein Empfinden, die bei einem Franzosen unmöglich gewesen wären. Andrerseits wäre zu erwähnen, daß der Postillon, der uns fuhr, ein Viscount war, der Sohn irgendeines verkrachten kaiserlichen Generals, der unterwegs ruhig ein Glas Bier annahm. Daraus läßt sich sicherlich eine gute Lehre ziehen.

Dieses flache, blühende, heitere Land hat wohl nie reicher und glücklicher ausgesehen als an diesen ersten Sommertagen des Jahres 1815, als die grünen Felder und die stillen Städte von unzähligen Rotröcken belebt waren. Auf den breiten Landstraßen rollte eine glänzende englische Equipage nach der anderen vorbei. Die großen Kanalboote, die an reichen Weiden und malerischen altfränkischen Dörfern, an alten Schlössern inmitten dichter Parks vorüberglitten, waren überfüllt mit wohlhabenden englischen Reisenden. Der Soldat, der im Dorfgasthaus einkehrte, trank nicht nur, sondern bezahlte auch seine Zeche, und der Schotte Donald, der in einem flämischen Bauernhaus einquartiert war, schaukelte das Kind in der Wiege, während Jean und Jeanette das Heu hereinholten. Unsere Maler haben jetzt eine Vorliebe für militärische Sujets; da würde ich ihnen diesen Gegenstand für ihren Pinsel vorschlagen, um so einen ehrlichen, englischen Krieg zu illustrieren. Alles sah so glänzend und harmlos aus wie eine Parade im Hyde Park. Währenddessen bereitete Napoleon, durch einen Wall von Grenzfestungen geschützt, alles zu einem Ausbruch vor, der all diese ordentlichen Leute in einen Wirbel von Kampf und Blut stürzen und so viele von ihnen ins Grab bringen sollte.

Jeder hatte ein so sicheres Gefühl des Vertrauens auf den Führer; denn die gläubige Entschlossenheit, mit der der Herzog von Wellington das ganze englische Volk erfüllt hatte, war ebenso stark wie die viel lebhaftere Begeisterung, mit der die Franzosen zeitweise Napoleon betrachteten. Das ganze Land schien in einen so vollkommenen Verteidigungszustand gesetzt und die Hilfe, die für den Fall der Not bereit stand, so nah und überwältigend groß zu sein, daß man keine Unruhe kannte. So fühlten sich auch unsere Reisenden, von denen zwei von Natur aus recht zaghaft waren, ebenso behaglich wie all die anderen englischen Touristen. Das berühmte Regiment, von dem wir schon so viele Offiziere kennengelernt haben, wurde auf Kanalbooten nach Brügge und Gent gebracht, um von dort den Marsch nach Brüssel anzutreten. Josef begleitete die Damen auf dem offiziellen Touristenboot. Jeder der alten Flandernreisenden wird sich noch der luxuriösen Bequemlichkeit erinnern, die hier geboten wurde. Essen und Trinken an Bord dieser langsamen, aber höchst komfortablen Fahrzeuge waren märchenhaft. Die Sage erzählt von einem englischen Touristen, der für eine Woche nach Belgien kam und auf einem dieser Schiffe reiste. Er begeisterte sich aber derart an der Speisekarte, daß er von nun an dauernd zwischen Gent und Brügge hin und her fuhr, bis die Eisenbahn aufkam. Bei der letzten Fahrt nahm er sich das Leben, indem er ins Wasser sprang. Josefs Leben sollte nicht auf diese Art ein Ende finden, doch genoß er den Komfort in vollen Zügen. Mrs. O'Dowd meinte immer wieder, zum vollständigen Glück fehle ihm nur noch ihre Schwester Glorvina. Den ganzen Tag lang saß er auf dem obersten Deck und trank flämisches Bier, rief nach seinem Diener Isidor und plauderte galant mit den Damen.

Sein Mut war sagenhaft. „Was? Bonaparte sollte uns angreifen?“ rief er aus. „Meine liebe Kleine, meine arme Emmy, hab nur keine Angst! Es besteht keine Gefahr. Paß auf, in zwei Monaten sind die Verbündeten in Paris! Dann lade ich dich zum Essen ins Palais Royal ein, beim Zeus! Dreihunderttausend Russen, sage ich dir, dringen jetzt eben bei Mainz über den Rhein in Frankreich ein, dreihunderttausend unter Wittgenstein und Barclay de Tolly, mein armes Täubchen! Du verstehst nichts von militärischen Dingen, Liebes. Ich aber kenne mich da aus, und ich sage dir, in ganz Frankreich gibt es keine Infanterie, die der russischen Infanterie standhalten könnte, und dem Wittgenstein kann keiner von Napoleons Generälen das Wasser reichen. Dann sind da noch die Österreicher, fünfhunderttausend mindestens. Sie stehen unter Schwarzenberg und dem Prinzen Karl augenblicklich zehn Tagemärsche vor der Grenze. Dann sind da noch die Preußen unter dem tapferen Marschall. Bitte, nenn mir einen Kavalleriegeneral, der ihm gleichkommt, seit Murat dahin ist! Nicht wahr, Mrs. O'Dowd? Finden Sie, daß unser kleines Mädchen hier Angst haben müßte? Besteht irgendein Grund zur Furcht, Isidor? Wie, Sir? Bring mehr Bier!“

Mrs. O'Dowd erklärte, ihre Glorvina habe vor niemandem Angst, und vor den Franzosen schon gar nicht. Dann kippte sie ein Glas Bier herunter und zwinkerte dabei mit den Augen, um anzudeuten, wie gut ihr dies Getränk gefiele.

Unser Freund, der Steuereinnehmer, hatte schon oft vor dem Feind gestanden, will sagen vor den Frauen in Cheltenham und Bath. Daher hatte er ein gut Teil seiner früheren Schüchternheit verloren und war jetzt, ganz besonders, wenn er Alkohol genossen hatte, so gesprächig, wie man es sich nur wünschen konnte. Im Regiment war er sehr beliebt, da er die jungen Offiziere großzügig bewirtete und sie mit seinem militärischen Gehabe belustigte. So wie es in der Armee ein bekanntes Regiment gibt, das unter dem Zeichen einer Ziege ins Feld zieht, und ein anderes, das von einem Hirsch angeführt wird, so sagte George mit Bezug auf seinen Schwager, sein Regiment marschiere mit einem Elefanten.

Seit Amelia in das Regiment eingeführt war, begann George sich etwas der Gesellschaft zu schämen, die er ihr hatte vorstellen müssen, und er beschloß, wie er Dobbin, zu dessen großer Befriedigung natürlich, mitteilte, er wolle so bald wie möglich in ein anderes Regiment überwechseln, um seiner Frau das Zusammensein mit diesen verdammt ordinären Weibsbildern zu ersparen. Diese geschmacklose Art, sich seines Umgangs zu schämen, ist bei Männern viel häufiger zu finden als bei Frauen (außer unter großen Modedamen, die das allerdings auch tun). Mrs. Amelia jedoch, dieses schlichte natürliche Wesen, zeigte keine Spur dieser gekünstelten Scham, die ihr Mann für ein feineres Empfinden hielt. Mrs. O'Dowd zum Beispiel trug eine Hahnenfeder auf dem Hut und am Gürtel eine ungeheuer große Repetieruhr, die sie bei allen möglichen Gelegenheiten aufzog. Dabei erzählte sie dann, daß ihr Vater sie ihr geschenkt habe, als sie nach der Trauung in den Wagen gestiegen sei. Dieser Schmuck und andere äußere Besonderheiten der Majorsgattin waren für Hauptmann Osborne eine Quelle ständigen, qualvollen Ärgers, wenn seine Frau mit der des Majors zusammenkam. Amelia hingegen amüsierten die exzentrischen Eigenheiten der guten Frau nur, und sie schämte sich keineswegs ihrer Gesellschaft.

Für diese allgemein bekannte Reise, die fast jeder Engländer der Mittelschicht einmal gemacht hat, hätte Amelia vielleicht eine belehrendere, aber bestimmt keine unterhaltendere Begleiterin finden können als Mrs. O'Dowd. „Reden Sie bloß nicht von den Kanalbooten, meine Liebe! Sie sollten mal die Kanalboote zwischen Dublin und Ballinasloe sehen! Da reist man schnell! Und dann das schöne Vieh! Mein Vater bekam einmal eine goldene Medaille für eine vierjährige Kuh. Seine Exzellenz selbst aß eine Scheibe von dem Braten und erklärte, er habe in seinem ganzen Leben noch kein besseres Fleisch vorgesetzt bekommen. So etwas kriegen Sie hier nie zu sehen!" Und Josef gab seufzend zu, daß, „was gutes durchwachsenes Rindfleisch angeht, schön mager und fett gemischt, kein anderes Land England gleichkommt".

„Außer Irland, wo all Ihr bestes Fleisch herkommt", versetzte die Majorin und ging dann dazu über, wie es bei ihren Landsleuten nicht ungewöhnlich ist, Vergleiche zu ziehen, die sehr vorteilhaft für ihre Heimat ausfielen. Der Gedanke, man könnte den Markt in Brügge mit dem in Dublin vergleichen, ließ sie in verächtliches Lachen ausbrechen, obwohl sie selbst ihn als erste ausgesprochen hatte. „Ich möchte bloß wissen, was die alte Baracke da auf dem Marktplatz zu bedeuten hat!" rief sie mit so lautem, spöttischem Gelächter aus, daß der alte Turm fast davon eingestürzt wäre. Die Stadt war voll von englischem Militär. Morgens wurde man von englischen Hörnern geweckt; abends ging man beim Schall britischer Trommeln zu Bett.

Das ganze Land, ja ganz Europa starrte von Waffen. Das größte Ereignis der Weltgeschichte stand bevor. Und die gute Peggy O'Dowd, die es geradesoviel anging wie alle anderen, schwatzte immer weiter von Ballinafad und den Pferden in den Ställen von Glenmalony und dem Rotwein, den man dort trank. Und Josef Sedley machte dazwischen seine Bemerkungen über den Curry-Reis in Dumdum, und Amelia dachte an ihren Mann, wie sie ihm am besten zeigen könnte, daß sie ihn liebhatte, als ob das das Wichtigste von der Welt wäre.

Es gibt Menschen, die gern das Geschichtsbuch weglegen und sich ausdenken, was auf der Welt hätte geschehen können, wenn es nicht unglücklicherweise so gekommen wäre, wie es wirklich gekommen ist (und das ist ein höchst verwirrendes, amüsantes, geistreiches und nützliches Gedankenspiel!). Solche Menschen haben gewiß oft bemerkt, was für eine unglaublich ungünstige Zeit Napoleon wählte, um von Elba zurückzukehren und seinen Adler vom Golf San Juan bis nach Notre Dame flattern zu lassen. Unsere Historiker berichten, daß die Armeen der Verbündeten schon alle vorsorglich ausgerüstet waren und bereit standen, sich augenblicklich auf den Kaiser von Elba zu stürzen. Die hohen Spieler, die in Wien versammelt waren, um die Königreiche Europas nach ihrem Gutdünken zurechtzustutzen, hatten Grund genug, sich untereinander zu streiten. Zwischen den Armeen, die Napoleon überwunden hatten, hätte es leicht zum Kampf kommen können, wenn nicht der Gegenstand einmütigen Hasses und allseitiger Furcht zurückgekehrt wäre. Der eine Monarch unterhielt eine Armee in voller Kriegsausrüstung, weil er Polen gestohlen hatte und es für sich behalten wollte. Ein anderer hatte halb Sachsen geraubt und war entschlossen, seine Erwerbung zu behaupten. Der Gegenstand der Fürsorge eines dritten war Italien. Jeder protestierte gegen die Raubgier des anderen. Hätte der Korse in seinem Gefängnis nur gewartet, bis alle diese Parteien sich in den Haaren lagen, dann hätte er zurückkehren und unbelästigt herrschen können. Aber was wäre dann aus unserer Erzählung und all unseren Freunden geworden? Wenn jeder Tropfen Wasser vertrocknete, was würde dann aus dem Meer werden?

Inzwischen nahmen die Geschäfte des täglichen Lebens und insbesondere die Vergnügungen ihren Fortgang, als ob ihrer kein Ende abzusehen wäre und kein Feind an der Front stünde.

Das Regiment hatte großes Glück gehabt und war in Brüssel einquartiert worden. Als unsere Reisenden dort ankamen, sahen sie sich in eine der fröhlichsten und glänzendsten Hauptstädte Europas versetzt, wo all die Schaubuden des Jahrmarkts der Eitelkeit mit bunter, verlockender Pracht ausgestattet waren. Überall wurde gespielt und getanzt. Man konnte so gut essen, daß selbst ein Feinschmecker wie Josef entzückt war. Ein Theater gab es da, wo der wunderbare Catalani alle Zuhörer bezauberte; schöne Reitwege waren mit soldatischem Glanz belebt. Die altertümliche Stadt mit ihren merkwürdigen Trachten und ihrer wundervollen Architektur erfreute unsere kleine Amelia, die noch nie ein fremdes Land gesehen hatte. Immer wieder boten sich ihren Augen neue reizvolle Überraschungen. Sie wohnten in einem hübschen Hotel, in dessen Kosten Josef und Osborne sich teilten. George verfügte über reichlich Geld und war voll freundlicher Aufmerksamkeit gegen seine Frau. So war Mrs. Amelia fürs erste eine Woche lang, oder vielmehr die vierzehn Tage bis zum Ende ihrer Flitterwochen, so zufrieden und glücklich wie nur irgendeine junge Frau in England.

In dieser glücklichen Zeit gab es jeden Tag neue Unterhaltungen für alle. Da war eine Kirche zu besichtigen oder eine Bildergalerie; da gab es eine Spazierfahrt oder einen Opernbesuch. Die Regimentskapellen musizierten zu jeder Stunde. Im Park gingen die vornehmsten Leute Englands spazieren; es war ein ständiges Schauspiel militärischer Pracht. George führte seine Frau jeden Abend auf eine andere Lustbarkeit. Wie immer war er sehr zufrieden mit sich selbst und beteuerte, er sei wirklich ein Mustergatte geworden. So ein Abendvergnügen mit ihm! Genügte das allein nicht schon, das kleine Herzchen vor Freude schlagen zu lassen? Die Briefe, die sie in dieser Zeit an ihre Mutter nach Hause schrieb, waren voller Glück und Dankbarkeit. Ihr Mann forderte sie auf, sich Spitzen, Schmuck und Flitter aller Art zu kaufen. Oh, er war der beste, gütigste, großzügigste aller Männer!

Der Anblick all der Lords und Ladys und der eleganten Leute, die sich in der Stadt drängten und sich überall in der Öffentlichkeit sehen ließen, erfüllte Georges echt englisches Herz mit hohem Entzücken. Sie hatten jene kühle Erhabenheit und jenes aufreizende Benehmen abgelegt, das die Vornehmen zuweilen in England charakterisiert. Hier erschienen sie an zahllosen öffentlichen Stellen und ließen sich herab, sich unter die übrige Gesellschaft, die sie dort antrafen, zu mischen. Bei einer Abendgesellschaft des Divisionsgenerals, dem Georges Regiment unterstand, hatte er die Ehre, mit Lady Blanche Thistlewood, Lord Bareacres' Tochter, zu tanzen. Er eilte geschäftig nach Eis und Erfrischungen für die beiden vornehmen Damen. Er drängte und zwängte sich, um Lady Bareacres' Wagen zu holen. Als er heimkam, prahlte er derartig mit der Gräfin, wie es selbst sein Vater nicht besser gekonnt hätte. Am nächsten Tage machte er einen Besuch bei den Damen, ritt neben ihnen durch den Park und bat sie zu einem großen Diner in ein Restaurant. Als sie zusagten, war er ganz wild vor Entzücken. Der alte Bareacres hatte so wenig Stolz, aber so viel Appetit, daß er zu einem Diner überallhin gegangen wäre.

„Hoffentlich sind außer uns keine anderen Damen da", meinte Lady Bareacres, als sie über die allzu eilig ausgesprochene und übereilt angenommene Einladung nachdachte.

„Gütiger Himmel! Mama, du meinst doch nicht etwa, der Mann könnte seine Frau mitbringen?" schrie Lady Blanche auf, die am Abend vorher bei dem neuen Walzer stundenlang in Georges Arm gelegen hatte. „Die Männer sind gerade noch zu ertragen, aber ihre Frauen –!"

„Erst seit kurzem verheiratet, verteufelt hübsche Frau, wie ich höre", bemerkte der alte Graf.

„Meine liebe Blanche", sagte die Mutter, „der Papa will anscheinend hingehen, folglich müssen wir gehen; aber in England brauchen wir sie nicht zu kennen, weißt du!" Mit dem Entschluß, ihre neuen Bekannten in der Bond Street zu schneiden, gingen diese vornehmen Leute also zu deren Diner in Brüssel und ließen sich von ihnen herablassend ihr Vergnügen bezahlen. Sie zeigten ihre Würde, indem sie Georges Frau in die unbehaglichste Stimmung versetzten und sie sorgfältig von der Unterhaltung ausschlossen. Das ist eine Art von Würde, in der eine hochgeborene englische Dame unübertroffen ist. Für einen philosophisch veranlagten Besucher des Jahrmarkts der Eitelkeit ist es immer ein großer Spaß, das Verhalten einer feinen Dame anderen, bescheideneren Frauen gegenüber zu beobachten.

Dieses Festessen, für das der gute George einen großen Teil seines Geldes ausgab, war das trübseligste Vergnügen, das Amelia in ihren Flitterwochen hatte. Sie schrieb der Mama einen ganz kläglichen Bericht darüber, wie die Gräfin Bareacres nicht geantwortet hatte, wenn sie sie anredete, wie Lady Blanche sie durch die Lorgnette angestarrt hatte, wie wütend Hauptmann Dobbin über deren Benehmen gewesen war und wie der Lord schließlich die Rechnung zu sehen verlangt und erklärt hatte, es sei ein verdammt schlechtes Essen und verdammt teuer gewesen. Aber obgleich Amelia all diese Einzelheiten beschrieb und von der Unhöflichkeit der Gäste und ihrem eigenen Mißerfolg berichtete, war die alte Mrs. Sedley doch mächtig stolz darauf, und sie erzählte so eifrig überall von Emmys Freundin, der Gräfin Bareacres, daß diese Neuigkeit, wie sein Sohn Grafen und Gräfinnen bewirtete, sogar dem alten Osborne in der City zu Ohren kam.

Wer den jetzigen Generalleutnant Sir George Tufto, Ritter des Bath-Ordens, kennt und ihn heute sieht, würde in ihm schwerlich den kühnen Offizier der Kämpfe in Spanien und bei Waterloo erkennen. Auswattiert und geschnürt, stolziert er jetzt, sich steif in den Hüften wiegend, auf hochhackigen Lackstiefeln Pall Mall entlang und schaut den vorüberkommenden Damen dreist unter den Hut, oder er reitet auf einem protzigen Kastanienbraunen durch den Park und schielt in die Wagen. Er hat jetzt dichtes, lockiges, braunes Haar und dunkle Augenbrauen, und sein Backenbart ist von tiefstem Purpur. Im Jahre 1815 war er blond und fast kahl und im ganzen etwas dicker. Vor allem in letzter Zeit ist er sehr abgefallen. Als er um die siebzig war (jetzt ist er fast achtzig Jahre alt), wurde sein spärliches, völlig weißes Haar plötzlich dicht und braun und lockig, und Bart und Augenbrauen nahmen ihre jetzige Farbe an. Böswillige Zungen behaupten, sein Brustkasten bestehe aus nichts anderem als aus Watte, und er trage eine Perücke, weil sein Haar gar nicht wachse. Tom Tufto, mit dessen Vater der General sich vor vielen Jahren gezankt hatte, hat erklärt, Mademoiselle de Jaisey vom Französischen Theater habe seinem Großpapa einst in ihrer Garderobe die Haare ausgerissen. Aber Tom ist ein notorischer Spötter und eifersüchtig noch dazu. Und schließlich hat die Perücke des Generals mit unserer Geschichte auch nichts zu tun.

Eines Tages schlenderten ein paar unserer Freunde vom ...ten Regiment über den Blumenmarkt in Brüssel. Sie hatten das Rathaus besichtigt, von dem Mrs. O'Dowd erklärte, es sei bei weitem nicht so groß und schön wie ihres Vaters Landhaus in Glenmalony. Da kam auf einmal ein Offizier mit einer Ordonnanz hinterdrein auf den Markt geritten. Er stieg vom Pferd, trat an die Blumenstände und wählte den schönsten Strauß, den man für Geld haben konnte. Nachdem die Blumen in Papier ge-

wickelt waren, stieg der Offizier wieder auf und übergab den Strauß seinem Burschen, der seinem stolz und selbstzufrieden wegreitenden Herrn grinsend folgte.

„Sie sollten erst mal die Blumen in Glenmalony sehen!" bemerkte Mrs. O'Dowd. „Mein Vater hat drei schottische Gärtner mit neun Gehilfen. Unsere Treibhäuser erstrecken sich über einen ganzen Morgen, und in der Saison sind Ananas bei uns so gewöhnlich wie Erbsen. Bei unserem Wein wiegt jede Traube sechs Pfund, und ich versichere Ihnen auf Ehre und Gewissen, daß unsere Magnolien so groß sind wie Teekessel."

Dobbin zog Mrs. O'Dowd nie so furchtbar auf, wie der böse Osborne es so gerne tat (sehr zu Amelias Entsetzen, die ihn oftmals bat, die arme Frau zu schonen). Diesmal aber verdrückte er sich prustend in der Menge, bis er in sicherer Entfernung war und zum Erstaunen der Marktleute in laut schallendes Gelächter ausbrach.

„Warum kichert der Einfaltspinsel da so?" fragte Mrs. O'Dowd; „hat er wieder Nasenbluten? Er behauptet immer, er hätte Nasenbluten. Er muß wahrhaftig bald all sein Blut zur Nase hinausgepumpt haben. Sind die Magnolien in Glenmalony denn nicht so groß wie Teekessel, O'Dowd?"

„Gewiß sind sie das und noch größer, Peggy", bestätigte der Major. Da wurde die Unterhaltung durch die Ankunft des Offiziers unterbrochen, der den Strauß kaufte.

„Verteufelt schönes Pferd – wem gehört es denn?" fragte George.

„Sie sollten Molasses, das Pferd meines Bruders Mallay Malony, erst sehen, das beim Curragh-Rennen den ersten Preis gewonnen hat!" rief die Frau des Majors aus und fuhr in der Familiengeschichte fort, bis ihr Mann sie unterbrach: „Das ist doch General Tufto, der die . . .te Kavalleriedivision befehligt!" Und ruhig fügte er hinzu: „Wir wurden in Talavera beide am gleichen Bein verwundet."

„Wo Sie avancierten", lachte George. „General Tufto! Dann, meine Liebe, sind auch die Crawleys hier!"

Amelia sank das Herz, sie wußte nicht warum. Die Sonne schien ihren Glanz zu verlieren. Die hohen, alten Dächer und Giebel wirkten plötzlich weniger malerisch, obwohl es ein prächtiger Sonnenuntergang und einer der schönsten, strahlendsten Maitage war.

29. Kapitel

Brüssel

Mr. Josef hatte für seinen offenen Wagen ein Paar Pferde gemietet. Mit diesen und seinem eleganten Londoner Gefährt machte er auf den Spazierwegen um Brüssel herum eine leidliche Figur. Zu seinem Privatgebrauch hatte George sich ein Pferd gekauft, und so begleiteten er und Hauptmann Dobbin oft den Wagen, in dem Josef mit seiner Schwester die täglichen Vergnügungsfahrten unternahm. Auch am heutigen Tage fuhren sie wie gewöhnlich in den Park, und da fand nun Georges Vermutung, Rawdon Crawley und seine Frau seien angekommen, ihre Bestätigung. Mitten in einer kleinen Gruppe von Reitern, die aus den ersten Persönlichkeiten Brüssels bestand, war Rebekka in einem wunderhübschen, enganliegenden Reitkostüm auf einem bildschönen kleinen Araber an der Seite des tapferen Generals Tufto zu sehen. Sie ritt ausgezeichnet; das hatte sie in Queen's Crawley gelernt, wo der Baron, Mr. Pitt und Rawdon selbst ihr oft Unterricht in dieser Kunst erteilt hatten.

„Da ist ja der Herzog selbst!" rief Mrs. O'Dowd Josef zu, der heftig errötete, „und dort auf dem Braunen, das ist Lord Uxbridge! Wie elegant er aussieht! Mein Bruder Mallay Malony gleicht ihm wie ein Ei dem anderen."

Rebekka ritt nicht auf den Wagen zu. Aber als sie ihre alte Freundin Amelia darin erkannte, grüßte sie mit einem freundlichen Wort und Lächeln und warf ihr spielerisch eine Kußhand zu. Dann nahm sie die Unterhaltung mit General Tufto wieder auf, der sich erkundigte, wer der dicke Offizier mit der goldgestickten Mütze sei. Becky erwiderte, er stehe im Dienst der Ostindischen Gesellschaft. Rawdon Crawley jedoch löste sich von der Gruppe, kam herangeritten und schüttelte Amelia herzlich die Hand. Zu Joe sagte er: „Nun, alter Junge, wie steht's?" Dabei starrte er Mrs. O'Dowd so lange ins Gesicht und auf die schwarze Hahnenfeder, bis sie anfing zu meinen, sie habe eine Eroberung an ihm gemacht.

George, der zurückgeblieben war, kam sofort mit Dobbin herbeigeritten. Sie grüßten die hohen Persönlichkeiten, unter denen Osborne sofort Mrs. Crawley erkannte. Er war hocherfreut, als er sah, wie Rawdon sich vertraulich in den Wagen lehnte und mit Amelia plauderte, und erwiderte den herzlichen Gruß des Adjutanten mit mehr als angemessener Wärme. Rawdon und Dobbin begrüßten sich so kühl, wie es die Höflichkeit eben noch zuließ.

Crawley erzählte George, daß sie zusammen mit General Tufto im Parkhotel wohnten. George nahm dem Freund das Versprechen ab, daß dieser ihn so bald wie möglich in seinen eigenen Räumen besuchen werde. „Schade, daß ich Sie nicht schon vor drei Tagen getroffen habe", sagte George; „hatte ein Diner in einem Restaurant, nette Sache. Lord Bareacres und die Gräfin und Lady Blanche waren so gütig, mit uns zu speisen. Ich wollte, Sie wären mit dabeigewesen!" So brachte er dem Freund bei, daß er als ein Mann der eleganten Welt angesehen werden wolle. Dann verabschiedete Osborne sich von Rawdon, der der hohen Kavalkade in eine Allee folgte, die sie entlangtrabte. George und Dobbin nahmen wieder ihre Plätze zu beiden Seiten des Wagens ein.

„Wie gut der Herzog aussieht!" bemerkte Mrs. O'Dowd. „Die Welleslys und die Malonys sind miteinander verwandt. Aber ich würde natürlich nicht im Traum daran denken, mich vorzustellen, wenn Seine Gnaden es nicht für angemessen halten, sich der Familienbande zu erinnern."

„Er ist ein großer Soldat", meinte Joe, der sich nun, nachdem der hohe Herr fort war, wieder behaglicher fühlte. „Hat wohl je einer eine Schlacht schöner gewonnen als er die von Salamanca? He, Dobbin? Aber wo hat er seine Kunst gelernt? In Indien, mein Junge! Der Dschungel ist die richtige Schule für einen General, merkt euch das! Ich habe ihn auch gekannt, Mrs. O'Dowd. Wir tanzten beide an demselben Abend in Dumdum mit Miss Cutler, der Tochter von Cutler von der Artillerie. Ein verteufelt feines Mädchen war das!"

Die Begegnung mit den hohen Persönlichkeiten bot ihnen während der ganzen Spazierfahrt und während des Essens noch Stoff zur Unterhaltung, bis die Stunde kam, da sie allesamt in die Oper gehen wollten.

Es war beinahe wie im alten England! Das Haus war voll von vertrauten britischen Gesichtern und von jenen Toiletten, derentwegen die englische Frau lange berühmt war. Mrs. O'Dowds Gewand zählte mit zu den glänzendsten. Locken fielen ihr in die Stirn, und darüber trug sie einen Reif mit irischen Diamanten und Juwelen, der ihrer Ansicht nach allen Schmuck im ganzen Haus überstrahlte. Ihre Gegenwart war stets eine Qual für George Osborne. Aber sie bestand darauf, alle Vergnügungen mitzumachen. Es kam ihr nie anders in den Sinn, als daß jedermann von ihrer Anwesenheit entzückt sein müßte.

„Sie ist dir sehr nützlich gewesen, Liebes", sagte George zu seiner Frau, die er in dieser Gesellschaft mit weniger Bedenken allein lassen konnte. „Aber wie nett ist es doch, daß Rebekka hier ist! Nun hast du wieder eine Freundin, und wir können diese verdammte Irländerin abschütteln." Amelia erwiderte darauf weder ja noch nein. Wie können wir wissen, was sie dabei dachte?

Auf den ersten Blick machte die Brüsseler Oper Mrs. O'Dowd keinen so großartigen Eindruck wie das Theater in der Fishamble Street in Dublin. Auch die französische Musik kam ihrer Meinung nach den Melodien ihrer Heimat nicht gleich. Sie beglückte ihre Freunde mit diesen und anderen sehr laut ausgesprochenen Urteilen, wobei sie mit ungemeiner Selbstgefälligkeit einen großen klappernden Fächer herumschwenkte.

„Wer ist diese wundervolle Frau neben Amelia, liebster Rawdon?“ erkundigte sich eine Dame in der gegenüberliegenden Loge. Schon zu Hause war sie fast immer höflich zu ihrem Gatten, in Gesellschaft aber war sie ihm gegenüber liebevoller denn je. „Siehst du nicht dieses Wesen da mit dem gelben Ding auf dem Turban und dem roten Atlaskleid und der großen Uhr?“

„Neben der hübschen kleinen Frau in Weiß?“ fragte der Herr mittleren Alters, der neben der Neugierigen saß. Er trug viele Orden im Knopfloch, mehrere Unterwesten und ein dickes weißes Halstuch, unter dem er fast erstickte.

„Die hübsche Frau in Weiß ist Amelia, General. Sie bemerken aber auch immer sofort alle hübschen Frauen, Sie Böser!“

„Nur eine auf der ganzen Welt, bei Gott!“ beteuerte der General charmant, und die Dame versetzte ihm einen leichten Schlag mit dem großen Blumenstrauß, den sie in der Hand hielt.

„Wahrhaftig, er ist's!“ sagte Mrs. O'Dowd, „und das ist derselbe Strauß, den er auf dem Blumenmarkt gekauft hat!“ Als Rebekka ihre Freundin herüberblicken sah, warf sie ihr wieder eine leichte Kußhand zu. Jetzt bezog aber Mrs. O'Dowd das Kompliment auf sich selbst und erwiderte den Gruß mit gnädigem Lächeln. Das trieb den unglücklichen Dobbin wieder aus der Loge heraus, damit er sich draußen auslachen konnte.

Am Ende des ersten Aktes war George im Nu aus der Loge verschwunden, um Rebekka in der ihrigen seine Aufwartung zu machen. Im Foyer traf er Crawley, mit dem er ein paar Worte über die Begebenheiten der letzten vierzehn Tage wechselte.

„Meine Anweisung auf den Agenten war doch in Ordnung, nicht wahr?“ fragte George mit schlauer Miene.

„Vollkommen, mein Junge“, antwortete Rawdon. „Wird mir ein Vergnügen sein, Ihnen Revanche zu geben! Ist der Alte weich geworden?“

„Noch nicht“, erwiderte George, „aber er wird's schon noch. Indes, Sie wissen ja, ich habe von meiner Mutter her etwas Vermögen. Hat die gute Tante nachgegeben?“

„Hat mir zwanzig Pfund geschickt, der verdammte alte Geizkragen. Wann wollen wir uns treffen? Der General speist dienstags außerhalb. Können Sie nicht am Dienstag kommen? Übrigens, bringen Sie Sedley doch dazu, daß er sich den Bart abrasiert! Was zum Teufel soll das heißen, ein Zivilist mit Schnurrbart und diesem höllischen Schnürrock! Auf Wiedersehen! Sehen Sie zu, daß Sie Dienstag kommen können!" Dann wollte Rawdon mit zwei eleganten jungen Herren abziehen, die gleich ihm dem Stab des Generals angehörten.

George war nicht sonderlich erfreut, gerade an dem Tag eingeladen zu sein, an dem der General nicht dasein würde. „Ich werde eben noch hineingehen und Ihrer Frau Gemahlin meine Aufwartung machen", sagte er, worauf Rawdon mit finsterem Blick erwiderte: „Hm, wie Sie wollen!" Die beiden jungen Offiziere wechselten vielsagende Blicke. George trennte sich von ihnen und stolzierte das Foyer entlang bis zur Loge des Generals, deren Nummer er sorgfältig abgezählt hatte.

„Entrez!" rief ein helles Stimmchen, und unser Freund stand vor Rebekka. Sie sprang auf, klatschte vor Freude in die Hände und hielt sie beide George hin. Der General mit den Orden im Knopfloch stierte den Ankömmling finster an, als wollte er sagen: Wer zum Teufel bist du denn?

„Mein lieber Hauptmann George!" rief die kleine Rebekka begeistert. „Wie nett, daß Sie gekommen sind! Der General und ich langweilten uns bei unserem Tête-à-tête fast zu Tode. General, das ist mein Hauptmann George, von dem ich Ihnen schon so oft erzählt habe!"

„Stimmt", sagte der General mit ganz knapper Verbeugung. „Von welchem Regiment ist Hauptmann George?"

George nannte das . . .te Regiment; wie gern hätte er gesagt, er sei bei einem vornehmen Kavalleriekorps!

„Wohl erst kürzlich aus Westindien zurück, wie? Vom letzten Krieg nicht viel mitgemacht? Eh? Hier in Quartier, Hauptmann George?" fuhr der General mit eisigem Hochmut fort.

„Doch nicht Hauptmann George, Sie Dummer! Hauptmann Osborne!" sagte Rebekka, während der General wütend von einem zum anderen blickte.

„Ach so, Hauptmann Osborne! Irgendwie verwandt mit den Osbornes aus L.?"

„Wir haben dasselbe Wappen", antwortete George. Das stimmte. Als Mr. Osborne sich vor fünfzehn Jahren einen Wagen anschaffte, hatte er einen Heraldiker in Long Acre zu

Rate gezogen und aus dem Adelsregister dieses Wappen herausgesucht. Der General erwiderte nichts darauf, sondern nahm sein Opernglas – unser heutiges doppellinsiges Theaterglas war damals noch nicht erfunden – und tat so, als ob er das Haus betrachte. Aber Rebekka sah, daß sein unbeschäftigtes Auge in ihre Richtung herüberschielte und blutdürstige Blicke auf sie und George schoß.

Sie verdoppelte ihre Herzlichkeit. „Wie geht's der lieben Amelia? Aber ich brauche gar nicht zu fragen, sie sieht so hübsch aus! Und wer ist diese nette, gutmütig aussehende Dame neben ihr? Eine neue Flamme von Ihnen? Oh, ihr schlimmen Männer! Und da ist ja auch Mr. Sedley! Eis, natürlich! Wie gut es ihm zu schmecken scheint! General, warum haben wir kein Eis bekommen?"

„Soll ich welches holen?" fragte der General mit zornerstickter Stimme.

„Lassen Sie mich gehen, bitte!" sagte George.

„Nein! Ich will zu Amelia in ihre Loge hinübergehen. Das liebe, süße Mädchen! Geben Sie mir Ihren Arm, Hauptmann George!" Damit nickte sie dem General zu und trippelte ins Foyer hinaus. Als sie allein waren, warf sie George einen seltsamen, vielsagenden Blick zu, der vielleicht bedeuten konnte: Sehen Sie nicht, wie die Dinge liegen und wie ich ihn zum Narren halte? Aber George merkte nichts. Ganz verloren in selbstgefällige Bewunderung seiner sieghaften Unwiderstehlichkeit, dachte er nur an seine eigenen Pläne.

Die unterdrückten Flüche, in die der General ausbrach, sobald Rebekka und ihr Eroberer ihn verlassen hatten, waren so kräftig, daß ich fürchte, kein Setzer der Firma Bradbury und Evans würde sie zu setzen wagen, wenn ich sie niederschriebe. Sie kamen aus tiefstem Herzen. Es ist wirklich wunderbar zu bedenken, wessen das menschliche Herz fähig ist, daß es, wenn es die Gelegenheit erheischt, eine solche Fülle von Ärger und Zorn, Wut und Haß ausströmen kann.

Auch Amelias sanfte Augen waren ängstlich auf das Paar gerichtet, dessen Benehmen den eifersüchtigen General so in Hitze gebracht hatte. Als Rebekka nun Amelias Loge betrat, flog sie mit liebevollem Entzücken auf die Freundin zu, obwohl sie von allen Seiten gesehen werden konnte. Sie umarmte ihre liebste Freundin vor dem ganzen Haus, zumindest geradewegs vor dem Glas des Generals, das jetzt auf die Osbornesche Gesellschaft gerichtet war. Mrs. Rawdon begrüßte auch Josef auf das freundlichste. Sie bewunderte Mrs. O'Dowds große Juwelenbrosche und ihre prachtvollen irischen Diamanten. Sie wollte es gar nicht glauben, daß die Diamanten nicht direkt von Golkonda kämen. Sie schwatzte eifrig drauflos, drehte und wendete sich, lächelte bald dem einen, bald dem anderen zu, alles frei und offen vor dem eifersüchtigen Opernglas von gegenüber. Als das Klingelzeichen zum Beginn des Balletts ertönte (in dem es bestimmt keine Tänzerin gab, die ihre Pantomime besser gespielt hätte), hüpfte sie in ihre eigene Loge zurück, diesmal auf Hauptmann Dobbins Arm gelehnt. Nein, sie wollte sich nicht von George begleiten lassen; er sollte dableiben und seine liebste, beste kleine Amelia unterhalten.

„Was für eine Komödiantin dies Frauenzimmer doch ist!" murmelte der ehrliche alte Dobbin George zu, als er aus Rebekkas Loge zurückkehrte. Er hatte sie in tiefstem Schweigen dorthin geleitet und mit einem so düsteren Gesicht wie ein Leichenbestatter. „Wie eine Schlange dreht und windet sie sich! Hast du nicht gesehen, George, wie sie die ganze Zeit über, die sie hier war, nur für den General da drüben Theater spielte?"

„Komödiantin? Spielen? Zum Henker! Sie ist die reizendste kleine Frau von ganz England!" erwiderte George. Dabei zeigte er seine weißen Zähne und strich sich über seinen parfümierten Backenbart. „Du bist kein Mann von Welt, Dobbin. Verdammt, sieh sie dir nur an, da hat sie den alten Tufto schon wieder beschwatzt! Schau, wie sie lacht! Gott, was für Schultern sie hat! Emmy, warum hast du eigentlich kein Bukett? Hier hat doch jede Frau eins!"

„Ja, warum haben Sie ihr denn keins gekauft?" sagte Mrs. O'Dowd, und sowohl Amelia wie William Dobbin waren ihr für diese passende Bemerkung von Herzen dankbar. Aber keine der Damen fand nun ihre gute Laune wieder. Amelia war überwältigt von der glanzvollen lebhaften Art und dem eleganten Geplauder ihrer welterfahrenen Rivalin. Sogar Mrs. O'Dowd war, von Beckys brillantem Auftreten bedrückt, zum Schweigen gebracht worden und sagte den ganzen Abend lang kaum noch ein Wort über Glenmalony.

„Wann wirst du endlich mit Spielen aufhören, George, wie du es mir seit hundert Jahren tagtäglich versprochen hast?" fragte Dobbin den Freund ein paar Tage nach dem Abend in der Oper. „Wann wirst du endlich mit Predigen aufhören?" war die Antwort. „Was zum Teufel, Mann, regst du dich auf?

Wir spielen niedrig. Gestern abend habe ich gewonnen. Du glaubst doch nicht etwa, Crawley betrügt? Bei ehrlichem Spiel gleicht es sich im Laufe eines Jahres so ungefähr wieder aus."

„Ich glaube nur, er könnte nicht bezahlen, wenn er verlöre", sagte Dobbin. Sein Rat hatte so viel Erfolg, wie ihn gute Ratschläge meist haben. Osborne und Crawley waren jetzt wieder öfters zusammen. General Tufto speiste fast ständig auswärts. So war George in den Räumen, die der Adjutant mit seiner Frau bewohnte (in der Tat lagen sie sehr nahe neben denen des Generals), immer willkommen.

Bei dem ersten Besuch, den sie und George dem Ehepaar Crawley machten, benahm sich Amelia in einer Weise, daß es fast zum ersten Streit gekommen wäre; George schalt seine Frau zunächst heftig, weil sie offenbar nicht hatte hingehen wollen, und dann wegen der hochmütigen Art, wie sie sich Mrs. Crawley, ihrer alten Freundin, gegenüber benahm. Amelia erwiderte kein einziges Wort. Aber bei dem zweiten Besuch, den sie Mrs. Rawdon abstattete, führte sie sich unter den Augen ihres Mannes und Rebekkas prüfenden Blicken womöglich noch schüchterner und verlegener auf als das erstemal.

Natürlich war Rebekka doppelt liebevoll und schien von der kühlen Zurückhaltung der Freundin nicht die geringste Notiz nehmen zu wollen. „Ich finde, Emmy ist noch stolzer geworden, seit der Name ihres Vaters in der ... seit Mr. Sedleys Unglück", verbesserte sich Rebekka, um den Satz für Georges Ohr zu mildern. „Auf mein Wort, in Brighton glaubte ich, sie tue mir die Ehre an, auf mich eifersüchtig zu sein. Und jetzt, scheint mir, stößt sie sich daran, daß Rawdon und ich und der General zusammen wohnen. Aber wie sollten wir denn mit unsern Mitteln leben, mein Lieber, wenn wir nicht mit einem Freund die Ausgaben teilten? Und glauben Sie vielleicht, Rawdon sei nicht stark genug, meine Ehre zu wahren? Ich bin Emmy jedoch sehr dankbar, wirklich sehr!" sagte Mrs. Rawdon.

„Pah, Eifersucht!" erwiderte George, „alle Frauen sind eifersüchtig!"

„Und alle Männer ebenfalls! Waren Sie denn an dem Abend in der Oper nicht eifersüchtig auf General Tufto und der General nicht auf Sie? Ja, er hätte mich fressen mögen, weil ich mit Ihnen fortging, um Ihre närrische kleine Frau zu besuchen – als wenn ich mir auch nur soviel aus einem von euch beiden machte!" sagte Crawleys Frau und warf keck den Kopf zurück.

„Wollen Sie hier zu Abend essen? Der Dragoner speist bei

dem Oberbefehlshaber. Große Neuigkeiten soll's geben! Die Franzosen sollen die Grenze überschritten haben. Wir werden ein ruhiges Diner haben."

George nahm die Einladung an, obwohl seine Frau sich nicht ganz wohlfühlte. Noch nicht ganz sechs Wochen waren sie verheiratet, und schon konnte eine andere Frau auf ihre Kosten spotten und lachen, und er wurde nicht böse darüber. Der gutmütige Kerl war nicht einmal böse mit sich selbst. Es ist eine Schande, das gestand er sich ein, aber, zum Henker, wenn eine hübsche Frau sich ihm absichtlich an den Hals wirft, ja, was kann da ein Mann machen? Was wollt ihr? Ich bin eben ziemlich frei im Umgang mit Frauen! hatte er oft lächelnd und mit vielsagendem Nicken zu Stubble und Spooney und anderen Kameraden im Kasino gesagt. Ihre Achtung vor ihm war deswegen höchstens noch gestiegen. Nächst den Eroberungen im Kriege sind Eroberungen bei Frauen seit undenklichen Zeiten immer noch für die Männer des Eitelkeitsmarktes eine Quelle des Stolzes gewesen. Woher käme es sonst, daß schon Schuljungen mit ihren Liebschaften prahlen und daß ein Don Juan so beliebt ist?

Mr. Osborne war überzeugt, der geborene Eroberer zu sein, dem keine Frau widerstehen konnte. Darum ergab er sich friedlich in sein Geschick und versuchte nicht, dagegen anzugehen. Weil Amelia nicht viel sagte und ihn auch nicht mit Eifersucht plagte, sondern nur sehr unglücklich wurde und sich im stillen abhärmte, bildete er sich gern ein, sie ahne nichts von dem, was alle seine Bekannten wußten, nämlich daß er mit Mrs. Crawley einen verzweifelten Flirt angefangen hatte. Wenn er frei war, ritt er stets mit ihr aus. Amelia gegenüber gab er vor, er habe beim Regiment zu tun. Diese Lüge konnte die arme kleine Frau jedoch nicht täuschen. Er überließ sie der Einsamkeit oder Dobbins Gesellschaft und verbrachte die Abende zusammen mit den Crawleys. Dabei verlor er viel Geld an den Mann, schmeichelte sich aber, die Frau sei unsterblich verliebt in ihn. Es ist sehr wohl möglich, daß dies würdige Paar sich nie offen verschworen hatte, sie solle dem jungen Herrn schöntun, während er ihm beim Spiel das Geld abnahm. Sie verstanden einander indes auch ohne Worte vollkommen, und Rawdon sah Osborne in bester Laune kommen und gehen.

George war so mit seinen neuen Bekannten beschäftigt, daß er mit William Dobbin längst nicht mehr so häufig zusammenkam wie früher. In der Öffentlichkeit und beim Dienst mied

George ihn geradezu. Wie wir sahen, liebte er die Predigten nicht sehr, die der Ältere ihm zu halten oft geneigt war. Das Benehmen seines Freundes veranlaßte Hauptmann Dobbin oft, sehr ernst und kühl zu werden. Doch was nützte es, George zu erzählen, er sei ein grüner Junge trotz seinem dichten Backenbart und seiner hohen Meinung von der eigenen Klugheit? Ihm zu erklären, daß er Rawdons Opfer werden würde, wie schon so viele vor ihm, und daß dieser ihn verächtlich von sich stoßen würde, sobald er ihm ausgedient hätte? George wollte nichts davon hören. Da Dobbin während seiner Besuche bei den Osbornes nur noch selten Gelegenheit hatte, seinen alten Freund allein zu sehen, ersparte er sich viele schmerzliche und nutzlose Reden. Unser Freund George aber trieb mit vollen Segeln in den Freuden des Jahrmarkts der Eitelkeit dahin.

Seit den Tagen des Darius hat es wohl niemals wieder solch einen glänzenden Kometenschweif im Gefolge einer Armee gegeben wie den, der dem Heer des Herzogs von Wellington 1815 in die Niederlande folgte. Man schmauste und tanzte bis kurz vor Beginn der Schlacht. Der Ball, den eine Herzogin am 15. Juni dieses Jahres in Brüssel gab, ist historisch geworden. Ganz Brüssel fieberte vor Aufregung wegen dieses Balles. Damen, die zu jener Zeit dort waren, haben mir erzählt, daß bei ihren Geschlechtsgenossinnen das Interesse für den Ball weit größer war als die Furcht vor dem Feind an der Front. Der Ball war das Thema aller Unterhaltungen. Die Kämpfe, Intrigen und Bitten um die Einladungen waren von einer Art, wie man sie nur bei englischen Damen findet, die Zutritt zu der vornehmen Gesellschaft ihrer eigenen Nation suchen.

Josef und Mrs. O'Dowd, die um alles in der Welt gern dabeigewesen wären, bemühten sich vergeblich, Karten zu bekommen. Andere unserer Freunde hatten mehr Glück darin. So erhielt zum Beispiel George durch Lord Bareacres' Vermittlung und sozusagen als Revanche für das Diner eine Einladung für Hauptmann Osborne und Frau. Das steigerte sein Selbstbewußtsein ganz bedeutend. Dobbin, der mit dem kommandierenden General seiner Division befreundet war, kam eines Tages lachend zu Mrs. Osborne und zeigte ihr ebenfalls eine Einladung. Josef war darob sehr neidisch, und George wunderte sich, wie zum Teufel Dobbin in solche Gesellschaft komme. Natürlich waren auch Mr. und Mrs. Rawdon eingeladen, wie es bei den Freunden eines Generals, der eine Kavalleriebrigade befehligt, nicht anders zu erwarten ist.

George hatte Amelia ein neues Kleid und den verschiedensten neuen Schmuck besorgt, und so fuhren sie nun an dem festgesetzten Abend auf den Ball, auf dem Amelia keine einzige Menschenseele kannte. George schaute sich nach Lady Bareacres um, die ihn jedoch schnitt. Schließlich war es ihrer Ansicht nach reichlich genug gewesen, daß sie ihm eine Einladung besorgt hatte. Amelia hatte er auf eine Bank gesetzt und dort ihren eigenen Gedanken überlassen, meinte er doch, er hätte sich bereits sehr großmütig gezeigt, indem er ihr ein neues Kleid kaufte und sie auf den Ball mitnahm. Dort konnte sie sich nun nach eigenem Belieben amüsieren. Ihre Gedanken waren nicht gerade heiter, und niemand außer dem guten Dobbin kam, um sie darin zu stören.

Ärgerlich stellte George fest, daß ihr Erscheinen völlig unbeachtet blieb, während Mrs. Rawdon Crawley ein glänzendes Debüt hatte. Sie kam sehr spät. Ihr Antlitz strahlte über einem vollendet schönen Kleid. Inmitten all der vornehmen Persönlichkeiten, die hier versammelt waren und die Gläser auf sie richteten, blieb sie so kühl und gelassen, wie wenn sie Miss Pinkertons kleine Schülerinnen zur Kirche führte. Eine große Zahl Herren kannte sie bereits, und die Dandys drängten sich um sie. Unter den Damen flüsterte man, sie sei mit der Familie Montmorency verwandt, und Rawdon hätte sie aus dem Kloster entführt. Sie sprach so ausgezeichnet französisch, daß etwas Wahres an dem Gerücht sein konnte. Alle stimmten darin überein, daß sie sehr gute Manieren habe und sehr distinguiert wirke. Sofort drängten sich fünfzig Bewerber um sie und baten sie inständig um die Ehre eines Tanzes. Aber sie entgegnete, sie sei bereits vergeben und würde nur sehr wenig tanzen. Dann strebte sie sogleich dorthin, wo Amelia elend, unglücklich und völlig unbeachtet dasaß. Und um dem armen Kind gleich den Rest zu geben, lief Mrs. Rawdon auf sie zu und begrüßte ihre liebste Amelia aufs herzlichste. Dann begann sie das Kleid und die Frisur der Freundin recht gönnerhaft zu begutachten. Sie wunderte sich, wie man so chaussée sein konnte, und versprach, gleich am nächsten Morgen ihre corsetière zu ihr zu schicken. Sie betonte, was für ein reizender Ball es doch sei, daß alle da seien, die „man“ kenne, und daß im ganzen Saal nur sehr wenig unbedeutende Persönlichkeiten zu finden seien. In der Tat hatte sich diese junge Frau innerhalb von vierzehn Tagen nach drei

Diners in der großen Welt den Jargon der Vornehmen so gut angeeignet, daß keiner dieser Gesellschaftsklasse ihn hätte besser sprechen können. Nur daran, daß ihr Französisch so gut war, konnte man erkennen, daß sie keine wirkliche Lady war.

George, der Amelia beim Eintritt in den Ballsaal auf der Bank abgesetzt hatte, fand sich bald wieder ein, als er Rebekka an der Seite ihrer lieben Freundin sah. Becky hielt Mrs. Osborne eben einen Vortrag über die Torheiten, die ihr Mann ständig beging. „Bring ihn um Himmels willen vom Spielen ab, Liebes", sagte sie, „sonst ruiniert er sich noch! Er spielt jeden Abend mit Rawdon. Du weißt doch, er ist sehr arm, und Rawdon wird ihm noch jeden Heller abgewinnen, wenn er nicht achtgibt. Warum hinderst du ihn nicht daran, du harmloses kleines Ding? Warum kommst du nicht abends mit zu uns herüber, anstatt dich zu Hause mit dem Hauptmann da zu langweilen? Dobbin ist wirklich très aimable, aber wie könnte man sich in einen Mann mit so großen Füßen verlieben? Dein Mann hat einen reizenden Fuß – doch da kommt er! Wo waren Sie, Sie Böser? Emmy weint sich hier die Augen aus nach Ihnen! Kommen Sie, mich zur Quadrille abzuholen?" Sie ließ Blumen und Schal neben Amelia liegen und trippelte mit George fort zum Tanzen. Nur Frauen können einander so verletzen. An der Spitze ihrer kleinen Pfeile sitzt ein Gift, das tausendmal mehr weh tut als die stumpferen Waffen der Männer. Ohnmächtig sah die arme Amelia, die nie jemanden gehaßt oder verspottet hatte, sich den Händen ihrer bedenkenlosen Feindin ausgeliefert.

George tanzte zwei- oder dreimal mit Rebekka. Amelia wußte kaum wie oft. Unbeachtet saß sie in ihrem Winkel; nur ab und zu kam Rawdon und versuchte ungeschickt, sie ein bißchen zu unterhalten. Als der Abend schon vorgerückt war, faßte Hauptmann Dobbin sich ein Herz, brachte ihr ein paar Erfrischungen und setzte sich neben sie. Er wollte nicht fragen, warum sie so traurig sei. Aber um die Tränen zu erklären, die ihr die Augen füllten, erzählte sie ihm, Mrs. Crawdon habe sie damit erschreckt, daß sie ihr verraten hatte, George spiele noch immer.

„Es ist merkwürdig, von welch plumpen Schuften ein Mann sich betrügen läßt, wenn er aufs Spielen versessen ist", sagte Dobbin, und Amelia erwiderte: „Ja, wirklich!" Sie dachte an etwas anderes. Es war nicht der Verlust des Geldes, der sie so bekümmerte.

Endlich kam George, aber nur um Rebekkas Blumen und ihren Schal abzuholen. Sie ging nach Hause und ließ sich nicht einmal dazu herab, zu kommen und sich von Amelia zu verabschieden. Ohne ein Wort zu sagen, ließ die arme kleine Frau ihren Mann kommen und gehen. Der Kopf sank ihr auf die Brust. Dobbin war weggerufen worden. In eine leise Unterhaltung mit seinem Freund, dem Divisionsgeneral, vertieft, hatte er diese Abschiedsszene nicht bemerkt. George ging mit dem Strauß fort; aber als er ihn der Eigentümerin zurückgab, lag da zusammengerollt wie eine Schlange ein Briefchen zwischen den Blumen. Rebekkas Auge erspähte es sofort. Schon von frühester Jugend an war sie an Billetts gewöhnt. Sie streckte die Hand aus und ergriff den Strauß. Als ihre Augen sich begegneten, sah er, daß sie wußte, was sie darin finden würde. Ihr Mann eilte mit ihr fort, anscheinend zu sehr mit seinen eigenen Gedanken beschäftigt, um zu bemerken, was zwischen seinem Freund und seiner Frau vorging. Es war allerdings auch kaum zu bemerken. Mit einem jener schnellen, vielsagenden Blicke, auf die sie sich verstand, gab Rebekka George die Hand, knickste und ging. George beugte sich über die Hand, erwiderte nichts auf eine Bemerkung Crawleys – vielleicht hatte er sie gar nicht gehört, so sehr pochte ihm das Herz in dem aufregenden Gefühl des Triumphes – und ließ sie fortgehen, ohne ein Wort zu sagen.

Seine Frau hatte zum mindesten den einen Teil der Szene, den mit dem Strauß, gesehen. Es war ganz natürlich, daß George Rebekka auf deren Bitte hin Blumen und Schal holte; es war nicht mehr, als was er im Laufe der letzten Tage an die zwanzigmal getan hatte. Aber nun war es zuviel für Amelia. „William" – sie klammerte sich plötzlich an Dobbin, der neben ihr saß –, „Sie sind immer so gut zu mir gewesen – ich – ich fühle mich nicht wohl. Bitte, bringen Sie mich nach Hause!" Sie merkte gar nicht, daß sie ihn beim Vornamen nannte, wie George es immer tat. Schnell ging er mit ihr fort. Sie wohnten ganz in der Nähe. Draußen schlängelten sie sich durch die Menge, wo alles in noch lebhafterer Bewegung zu sein schien als drinnen im Ballsaal.

Ein paarmal war George erzürnt gewesen, wenn er seine Frau bei der Rückkehr von einer Gesellschaft noch auf fand. Darum ging sie jetzt sofort zu Bett, obwohl sie doch nicht einschlafen konnte, so laut waren draußen der Lärm und das Geklapper, und unaufhörlich galoppierten Reiter vorbei. Dennoch vernahm sie nichts von allen diesen Geräuschen, sie hatte ganz andere Sorgen, die sie wachhielten.

Osborne indessen begab sich, fast außer sich vor Freude, an einen Spieltisch und begann fieberhaft zu setzen. Er gewann wiederholt, aber nicht einmal das Glück im Spiel heilte ihn von seiner Ruhelosigkeit. So sprang er nach einer Weile wieder auf, steckte den Gewinn ein und trat zu einem Büfett, wo er mehrere Glas Wein herunterstürzte.

Hier fand Dobbin ihn, wie er laut lachend und ungeheuer lebhaft mit den Umstehenden schwatzte. Dobbin hatte den Freund schon an den Kartentischen gesucht. Der Hauptmann war ebenso bleich und ernst, wie sein Kamerad erhitzt und munter war.

„Hallo, Dob! Komm, trink was, alter Dob! Der Wein des Herzogs ist großartig. Hier noch etwas, Sir!" Die schwankende Hand hielt das Glas für einen Likör hin.

„Komm 'raus, George", sagte Dobbin, noch immer sehr ernst; „laß das Trinken!"

„Trinken! Etwas Besseres gibt es gar nicht! Trink selbst, bis dir die Wangen glühen, alter Knabe! Auf dein Wohl!"

Da trat Dobbin heran und flüsterte ihm etwas zu, worauf George auffuhr und mit wildem Hurra sein Glas hinunterkippte, es klirrend auf den Tisch stellte und eilig am Arm seines Freundes hinausging. „Der Feind hat den Sambre überschritten", sagte William, „unser linker Flügel steht schon im Feuer. Komm fort! Wir marschieren in drei Stunden!"

Georges Nerven bebten vor Aufregung über die so lange erwartete Nachricht, die nun doch so plötzlich da war. Was galten jetzt noch Liebe und Intrige? Auf dem eiligen Gang nach Hause dachte er an tausend andere Dinge, nur nicht daran; er dachte an seine Vergangenheit, an die Aussichten für die Zukunft, an das Schicksal, das ihm vielleicht bevorstand, an die Frau, vielleicht an das Kind, von dem er, ohne es je gesehen zu haben, scheiden mußte. Oh, wie wünschte er, er könnte ungeschehen machen, was er an diesem Abend getan hatte, damit er dem zarten, unschuldigen Wesen, auf dessen Liebe er so geringen Wert gelegt hatte, wenigstens mit ruhigem Gewissen Lebewohl sagen könnte!

Er überdachte seine kurze Ehe. In diesen wenigen Wochen hatte er sein kleines Kapital furchtbar verschwendet. Wie wild und unbedacht war er gewesen! Was blieb ihr, falls ihm etwas zustoßen sollte? Wie unwürdig war er ihrer! Warum hatte er sie nur geheiratet? Er war nicht für die Ehe geschaffen. Warum hatte er seinem Vater nicht gehorcht, der ihm gegenüber immer so großzügig gewesen war? Hoffnung, Reue, Ehrgeiz, Zärtlichkeit und egoistisches Bedauern erfüllten ihm das Herz. Er setzte sich an den Schreibtisch und schrieb an seinen Vater. Das, was er früher einmal, ehe er zu einem Duell ging, gesagt hatte, kam ihm in den Sinn. Über den Himmel zog der erste Schimmer der Morgendämmerung, als er den Brief verschloß. Er versiegelte ihn und küßte die Aufschrift. Er dachte an den Augenblick zurück, da er diesen großmütigen Vater verlassen hatte, an die tausend Freundlichkeiten, die der alte Mann ihm erwiesen hatte.

Als er heimkam, hatte er einen Blick in Amelias Schlafzimmer geworfen. Sie hatte ruhig dagelegen, die Augen schienen geschlossen zu sein. Er war froh gewesen, daß sie schlief. Denn als er nach dem Ball in sein Quartier zurückkehrte, fand er den Burschen schon bei den Vorbereitungen zum Aufbruch. Der Mann hatte sein Zeichen, still zu sein, verstanden und erledigte alles schnell und leise. Sollte er hineingehen und Amelia wecken, überlegte er, oder sollte er ihrem Bruder ein Briefchen hinterlassen, damit dieser ihr die Nachricht vom Aufbruch überbrächte? Noch einmal ging er in ihr Zimmer, um sie anzuschauen.

Als er es zum erstenmal betreten hatte, war sie wach gewesen, hatte aber die Augen geschlossen gehalten, damit er nicht aus ihrem Wachsein auch nur den geringsten Schein eines Vorwurfes herauslesen konnte. Aber da er so bald nach ihr schon heimgekommen war, hatte das zage kleine Herzchen sich schon wieder ein wenig beruhigt. Sie wandte sich ihm zu, wie er leise aus dem Zimmer schritt, und fiel dann in einen leichten Schlummer. Vorsichtig kam George noch einmal herein und schaute sie an. Im bleichen Schimmer des Nachtlichts konnte er ihr süßes Gesichtchen erkennen; die rosigen Augenlider mit den langen Wimpern waren geschlossen; ein runder weicher Arm lag draußen auf der Bettdecke. Großer Gott! Wie rein war sie, wie sanft, wie zart, wie allein und verlassen! Und er, so selbstsüchtig und brutal wie ein finsterer Verbrecher! Schuldbewußt und voller Scham stand er am Fußende des Bettes und blickte auf das schlafende Mädchen. Wie konnte er es wagen – wer war er, daß er für ein so fleckenloses Wesen beten dürfte? Gott segne sie! Gott segne sie! Er trat neben das Bett und blickte auf die Hand, die weiche kleine Hand, die da im Schlaf lag.

Leise beugte er sich über das Kissen, auf das sanfte, blasse Gesichtchen.

Wie er sich so herabneigte, schlossen sich zwei schöne Arme zärtlich um seinen Hals. „Ich bin wach, George“, sagte das arme Kind mit einem Schluchzen, daß das kleine Herz, das sich so fest an das seine schmiegte, fast zerreißen wollte. Sie war wach, das arme Seelchen, wozu? In diesem Augenblick ertönte vom Sammelplatz deutlich das Horn. Der Ruf wurde an allen Ecken und Enden aufgenommen, und von dem Klang der Trommeln der Infanterie und der schrillen Pfeifen der Schotten erwachte die ganze Stadt.

30. Kapitel

„Ein schönes Mädchen blieb zurück“

Wir erheben nicht den Anspruch, zu den Kriegsromanschriftstellern gerechnet zu werden. Unser Platz ist bei den Nichtkämpfern. Wenn das Deck zur Schlacht geräumt wird, gehen wir nach unten und warten dort bescheiden ab, was geschieht. Wir wären den tapferen Burschen da oben bei ihren Manövern doch nur im Wege. Drum ziehen wir mit dem . . .ten Regiment auch nicht weiter als bis zum Stadttor. Wir überlassen Major O'Dowd seiner Pflicht und kehren zu seiner Frau, den anderen Damen und der Bagage zurück.

Der Major und seine Frau, die nicht wie andere unserer Freunde zu dem Ball eingeladen gewesen waren, hatten mehr Zeit für einen gesunden Schlaf gehabt als jene Leute, die neben der Pflicht auch noch ihr Vergnügen haben wollten. „Ich bin überzeugt, Peggy, mein Schatz“, sagte der Major, während er sich gelassen die Nachtmütze über die Ohren zog, „in ein paar Tagen wird es einen Tanz geben, dessen Melodie noch keiner von all denen da gehört hat.“ Er war es ganz zufrieden, daß er sich nach einem stillen Glase Bier zur Ruhe begeben konnte, statt irgendein Vergnügen mitzumachen. Peggy aber hätte allzugern ihren Turban mit dem Paradiesvogel auf dem Ball gezeigt, wenn sie nicht von ihrem Mann eine Nachricht erfahren hätte, die sie sehr ernst stimmte.

„Wecke mich doch, bitte, eine halbe Stunde vor der Reveille“, bat der Major seine Frau; „wecke mich um halb zwei, liebe Peggy, und sieh zu, daß meine Sachen dann fertig sind. Es kann sein, Mrs. O'Dowd, daß ich nicht zum Frühstück zurückkomme!“ Mit diesen Worten, die besagen sollten, daß das Regiment am nächsten Morgen abmarschieren würde, beendete der Major die Unterhaltung und schlief ein.

Mrs. O'Dowd, in Nachthemd und Lockenwicklern, fühlte, daß es in diesem Augenblick ihre Pflicht sei, zu handeln und nicht zu schlafen. Dafür bleibt noch Zeit genug, wenn Mick weg ist, dachte sie. So packte sie ihm die Reisetasche fertig für den Marsch, bürstete Rock, Mütze und die übrigen soldatischen Kleidungsstücke ab und legte sie bereit. In die Manteltaschen steckte sie ein leichtes Päckchen mit Erfrischungen und eine kleine Korbflasche, eine sogenannte Taschenpistole, mit einem halben Liter gutem, reinem Kognak, den sie und der Major besonders schätzten. Sobald der Zeiger der Repetieruhr auf halb zwei zeigte, läutete sie die Schicksalsstunde ein. (Die Uhr hatte einen Ton ganz wie eine Kirchenglocke, meinte ihre schöne Besitzerin.) Dann weckte Mrs. O'Dowd ihren Major und bereitete ihm einen so gemütlichen Kaffee, wie ihn an diesem Morgen wohl kaum jemand sonst in Brüssel bekam. Wer will leugnen, daß die Vorkehrungen dieser edlen Dame ebensoviel Zuneigung bewiesen wie die hysterischen Tränenausbrüche, mit denen empfindsamere Frauen ihre Liebe zeigten? War dieses gemeinsame Kaffeetrinken beim Klang der Hörner und Trompeten, die aus den verschiedenen Vierteln der Stadt zum Aufbruch riefen, nicht nützlicher und zweckvoller als jeder bloße Gefühlsausbruch? Die Folge davon war, daß der Major völlig in Ordnung und frisch und munter zur Parade erschien. Wie er so gutrasiert und rosig auf dem Pferde saß, flößte er dem ganzen Korps Zuversicht ein. Als das Regiment an dem Balkon vorbeimarschierte, grüßten alle Offiziere die tapfere Frau da oben, die ihnen einen fröhlichen Abschiedsgruß zuwinkte. Ich möchte fast sagen, es war nicht Mangel an Mut, sondern eher das feine Gefühl einer Frau für Sitte und Anstand, das sie davon zurückhielt, das tapfere . . .te Regiment selbst in die Schlacht zu führen.

Sonntags und bei sonstigen feierlichen Gelegenheiten pflegte Mrs. O'Dowd mit großem Ernst in einem dicken Band mit den Predigten ihres Onkels, des Dekans, zu lesen. Bei ihrer Heimkehr aus Westindien, als das Schiff beinahe gescheitert wäre, hatten sie ihr großen Trost gespendet. Nach dem Aufbruch des Regiments gönnte sie sich eine ruhige Stunde mit diesem Buch. Vielleicht verstand sie nicht viel von dem, was sie da las; ihre Gedanken waren woanders. Aber mit der Nachtmütze des armen Mick da auf dem Kissen wäre es doch ein vergebliches Bemühen gewesen, Schlaf zu suchen. So geht es immer in der Welt. Hans und Karl marschieren frisch und munter mit einem fröhlichen Lied auf den Lippen hinaus, um sich den Tornister mit Ruhm vollzupacken. Das Mädchen oder die Frau indes bleiben zurück und leiden; sie haben nun Muße genug, um nachzudenken, zu grübeln und sich in ihre Erinnerungen zu vergraben.

Mrs. Rebekka jedoch wußte, wie zwecklos es ist, sich zu grämen, und daß es den Menschen nur noch unglücklicher macht, wenn er sich diesen Gefühlen hingibt. Darum beschloß sie weise, keinem nutzlosen Kummer nachzuhängen, sondern ertrug die Trennung von ihrem Mann mit geradezu spartanischem Gleichmut. Ja, Hauptmann Rawdon war beim Abschied viel bewegter als die entschlossene kleine Frau, der er Lebewohl sagte. Sie hatte sein ungehobeltes, rauhes Wesen gemeistert, und er liebte und verehrte sie, soweit er überhaupt lieben und verehren konnte. In seinem ganzen Leben war er noch nie so glücklich gewesen wie in diesen wenigen Monaten seiner Ehe. Alle früheren Freunde auf dem Rennplatz und im Kasino, bei der Jagd und am Spieltisch, alle vergangenen Liebeleien mit Putzmacherinnen und Balletteusen, all diese leichten Triumphe des plumpen Militär-Adonis waren fade im Vergleich zu den rechtmäßigen Freuden der Ehe, die er letzthin genossen hatte. Sie hatte stets gewußt, wie sie ihn zerstreuen konnte. Ihr Haus und ihre Gesellschaft hatten ihm tausendmal besser gefallen als jeder andere Ort und jede andere Gesellschaft, die er seit frühester Jugend besucht hatte. Er verfluchte seine früheren Torheiten und tollen Launen. Vor allem bedauerte er die vielen Schulden, die er überall hatte; denn sie würden seiner Frau für ihr Vorwärtskommen in der Welt immer ein Hindernis bleiben. In mitternächtlichen Gesprächen mit Rebekka hatte er oft darüber gestöhnt, obwohl sie ihm während seiner Junggesellenzeit nicht die geringste Unruhe verursacht hatten. Darüber war er selbst erstaunt. „Zum Henker!“ pflegte er zu sagen (vielleicht gebrauchte er auch einen noch stärkeren Ausdruck seines einfachen Wortschatzes), „ehe ich verheiratet war, kümmerte es mich wenig, was für Wechsel ich unterschrieb, und solange Moses geduldig wartete oder Levy sie auf weitere drei Monate verlängerte, war es mir ganz gleichgültig. Aber seit ich verheiratet bin, habe ich – auf Ehre! – nie so einen Fetzen bedruckten Papiers angerührt, außer den verlängerten Wechseln natürlich.“

Rebekka verstand es stets, diese Anfälle von Schwermut hinwegzuzaubern. „Laß nur, mein dummer Liebling“, sagte sie dann, „wir sind mit deiner Tante ja doch noch nicht fertig! Und wenn es mit ihr nichts werden sollte, gibt es dann nicht immer noch so etwas wie die öffentliche Erklärung der Zahlungsunfähigkeit!? Oder halt! Wenn dein Onkel Bute ums Leben kommen sollte, habe ich noch einen anderen Plan. Die Pfründe hat immer dem jüngeren Bruder gehört. Warum solltest du dann nicht dein Offizierspatent verkaufen und in die Kirche eintreten?" Bei der Vorstellung einer solchen Bekehrung brach Rawdon in brüllendes Gelächter aus. Durch das ganze mitternächtlich stille Hotel konnte man den Lärm und das Haha! der lauten Dragonerstimme hören. General Tufto vernahm ihn in seinen Zimmern im ersten Stock über ihnen. Daraufhin gab Rebekka beim Frühstück dem General zu seinem großen Vergnügen eine witzreiche Wiederholung der Szene zum besten und führte Rawdons erste Predigt vor.

Aber das waren verflossene Zeiten und Reden. Als schließlich die Nachricht kam, daß der Feldzug eröffnet war und die Truppen abmarschieren sollten, wurde Rawdons Schwermut immer größer. Rebekka zog ihn so oft damit auf, daß es die Gefühle des Gardeoffiziers verletzte. „Du denkst doch nicht etwa, Becky, ich hätte Angst?" sagte er mit leichtem Schwanken in der Stimme. „Ich gäbe immerhin ein ziemlich gutes Ziel ab. Aber siehst du, wenn es mich trifft, so lasse ich einen oder vielleicht auch zwei Menschen zurück, für die ich gern sorgen möchte, hab doch ich sie erst in die Patsche gebracht. Dabei gibt's doch nichts zu lachen, Mrs. Crawley!"

Mit hundert Zärtlichkeiten und liebevollen Worten versuchte Rebekka die Gefühle des verwundeten Liebhabers wieder zu besänftigen. Wenn dieses lebhafte Geschöpf sich von ihrem Temperament und ihrem Sinn für Humor überwältigen ließ (und das geschah allerdings sehr oft im Leben), dann brach der Spott aus ihr hervor; doch konnte sie auch schnell wieder eine ernste Miene aufsetzen. „Liebster", flüsterte sie, „glaubst du etwa, ich fühle nichts?" Hastig wischte sie sich die Augen und blickte ihrem Mann lächelnd ins Gesicht.

„Schau her", sagte er, „laß uns überlegen, was da ist, wenn ich falle. Ich habe jetzt eine ganz hübsche Glückssträhne gehabt – hier sind 230 Pfund! In der Tasche habe ich zehn Napoleons. Das reicht für meinen Bedarf, denn der General bezahlt alles so großzügig wie ein Fürst. Und wenn es mich trifft, dann koste ich nichts mehr, das weißt du ja. Wein doch nicht, kleine Frau! Vielleicht bleibe ich auch am Leben und ärgere dich weiter!

Von meinen eigenen zwei Pferden werde ich keins mitnehmen. Ich reite lieber das graue Schlachtroß des Generals. Das ist billiger. Ich habe ihm erzählt, meins sei lahm. Wenn ich nicht davonkomme, solltest du aus den beiden eine nette Summe herausschlagen können. Gestern, ehe diese infame Nachricht kam, hat Grigg mir neunzig Pfund für die Stute geboten; aber ich Dummkopf wollte sie nicht unter hundert weggeben. Buchfink wird immer seinen Preis behalten. Nur wäre es besser, du verkaufst ihn hier, weil drüben die Pferdehändler zuviel Wechsel von mir haben. Drum wär's mir lieber, er käme nicht nach England hinüber. Für die kleine Stute, die der General dir geschenkt hat, bekommst du auch etwas. Gott sei Dank gibt's hier nicht die verdammten Stallgebühren wie in London", fügte Rawdon lachend hinzu. „Dieses Reisenecessaire da hat mich zweihundert gekostet, das heißt, ich schulde zweihundert dafür. Die vergoldeten Deckel und Flaschen müssen dreißig oder vierzig wert sein. Bitte versetz die zusammen mit meinen Nadeln, den Ringen, der Uhr mit der Kette und dem anderen Kram. Das alles zusammen hat eine hübsche Menge Geld gekostet. Miss Crawley, das weiß ich, hat zum Beispiel hundert Pfund allein für die Uhr und die Kette bezahlt. Bei den goldenen Deckeln und Flaschen – verdammt noch mal! –, da tut's mir wahrhaftig leid, daß ich nicht noch mehr davon genommen habe! Edwards wollte mir unbedingt einen versilberten Stiefelknecht aufdrängen. Ich hätte auch ein Necessaire mit silberner Wärmflasche und silbernes Geschirr haben können. Aber so müssen wir eben sehen, daß wir aus dem, was wir haben, möglichst viel herausholen, verstehst du, Becky?"

So traf Hauptmann Crawley, der bis auf die letzten Monate, da die Liebe die Herrschaft über ihn errungen hatte, noch selten an jemand anderen als an sich selbst gedacht hatte, nun seine letzten Verfügungen und ging den kleinen Vorrat seiner Wertsachen durch, immer in dem Bemühen herauszufinden, wie seine Frau sie zu Geld machen könnte im Fall, es stieße ihm ein Unglück zu. Er hatte sein Vergnügen daran, in seiner großen Jungenhandschrift die verschiedenen Posten seines beweglichen Eigentums aufzuführen, die sich zugunsten seiner Frau vielleicht verkaufen ließen, wie zum Beispiel „Meine Manton-Doppelflinte – sagen wir vierzig Pfund; meinen zobelgefütterten Reitmantel – fünfzig Pfund; meine Duellpistolen in dem Rosenholzkasten (dieselben, mit denen ich Hauptmann Marker erschossen habe) – zwanzig Pfund; mein verstellbares Sattelhalfter und die Satteldecke, mein Laurie – dito" und so weiter. All diese Gegenstände übergab er Rebekka zur freien Verfügung.

Seinem Sparplan getreu, kleidete der Hauptmann sich in seine älteste, schäbigste Uniform mit den alten Epauletten. Die neuen Sachen aber ließ er in der Obhut seiner Frau (oder vielleicht seiner Witwe) zurück. So zog dieser in Windsor und im Hyde Park weitberühmte Stutzer mit einer Ausrüstung ins Feld, die so bescheiden war wie die eines Sergeanten, und auf den Lippen lag ihm so etwas wie ein Gebet für die Frau, die er zurückließ. Er hob sie hoch und hielt sie minutenlang im Arm, fest an sein heftig klopfendes Herz gedrückt. Als er sie niedersetzte und sich abwandte, war sein Gesicht dunkelrot, und in den Augen standen ihm die Tränen. Neben dem General reitend, rauchte er schweigend eine Zigarre, während sie den Truppen von der Brigade des Generals nacheilten, die bereits vorausgezogen waren. Erst als sie einige Meilen Wegs hinter sich hatten, brach er das Stillschweigen und hörte auf, seinen Schnurrbart zu zwirbeln.

Rebekka aber hatte, wie wir schon erzählten, weise beschlossen, beim Abschied ihres Mannes keiner unnützen Sentimentalität Raum zu geben. Vom Fenster aus winkte sie ihm ein Adieu zu und blieb noch einen Augenblick lang dort stehen, nachdem er fort war, um ihm nachzuschauen. Eben begannen die Türme des Domes und die Giebel der altertümlichen Häuser im ersten

Sonnenstrahl aufzuglühen. Rebekka hatte in der ganzen Nacht keine Ruhe gehabt. Immer noch hatte sie ihr hübsches Ballkleid an. Die blonden Locken im Nacken hatten sich etwas gelöst. Um die Augen standen ihr dunkle Ringe vor Übermüdung. Wie gräßlich ich aussehe! stellte sie fest, als sie sich prüfend im Spiegel betrachtete; wie blaß dies Rosa doch macht! Sie ließ das rosa Gewand herabgleiten. Dabei fiel ihr ein Billett aus dem Busen. Mit einem Lächeln hob sie es auf und verschloß es im Toilettentisch. Dann stellte sie den Ballstrauß in ein Glas Wasser, ging zu Bett und war bald in einen sehr behaglichen Schlummer gesunken.

Die Stadt war ganz ruhig, als sie um zehn Uhr erwachte und den Kaffee zu sich nahm, der ihr nach den Anstrengungen und dem morgendlichen Kummer sehr guttat.

Als sie das Frühstück beendet hatte, nahm sie die Berechnungen, die der gute Rawdon in der vorigen Nacht aufgesetzt hatte, wieder zur Hand und verschaffte sich einen Überblick über ihre Lage. Alles in allem stand sie ganz gut da, sollte das Schlimmste eintreten. Neben dem, was ihr Mann ihr hinterließ, besaß sie noch ihre eigenen Juwelen und ihren Schmuckkasten. Rawdons Großzügigkeit in der ersten Zeit ihrer Ehe haben wir schon lobend erwähnt. Außerdem hatte ihr der General, der sie sklavisch anbetete, neben der Stute noch viele andere sehr hübsche Geschenke verehrt, zum Beispiel in Gestalt von Kaschmirschals, die er bei einer Versteigerung von der Frau eines bankrotten französischen Generals gekauft hatte. Sie alle waren ein Beweis für den Geschmack und den Reichtum ihres Verehrers. Ihre Zimmer waren voll von dem Ticken von allerlei Uhren oder „Tick-tacks", wie der arme Rawdon sie nannte. Eines Abends hatte sie nämlich zufällig erwähnt, daß die Uhr, die Rawdon ihr geschenkt hatte, eine englische Arbeit sei und schlecht gehe. Da tauchte schon am nächsten Morgen ein kleines Juwel der Marke Leroy auf mit einer Kette und einem entzückenden türkisbesetzten Deckel und dann noch ein zweites, mit Bregnet signiert, das, mit Perlen bedeckt, kaum größer war als eine halbe Krone. Die eine Uhr hatte General Tufto gekauft, die andere war ein galantes Geschenk von Hauptmann Osborne. Mrs. Osborne besaß keine Uhr. Sie hätte allerdings eine haben können (wir wollen George nicht unrecht tun), wenn sie darum gebeten hätte. Die ehrenwerte Mrs. Tufto in England besaß ein altes Stück von ihrer Mutter, die als eine silberne Wärmflasche hätte dienen können, wie Rawdon erwähnte. Wenn die Firma Howell und James eine Liste der Käufer all der Juwelen, die dort verkauft werden, veröffentlichen würde, dann wäre manche Familie sicher recht überrascht. Und wenn all diese Schmuckstücke in die Hände der Ehefrauen und Töchter dieser Herren gelangten, welche Fülle von Juwelen müßte man dann in den vornehmsten Häusern auf dem Jahrmarkt der Eitelkeit sehen!

Als Mrs. Rawdon den Wert all dieser Gegenstände berechnet hatte, stellte sie nicht ohne ein stolzes Gefühl des Triumphes fest, daß sie, wenn die Umstände es so wollten, auf sechs- bis siebenhundert Pfund mindestens rechnen könne, um damit die Welt zu erobern. So verging ihr der Morgen auf das angenehmste mit dem Betrachten, Ordnen, Heraussuchen und Verschließen ihres Besitzes. Zwischen den Zetteln in Rawdons Notizbuch lag eine Anweisung auf zwanzig Pfund an Osbornes Bank. Das lenkte ihre Gedanken auf Mrs. Osborne. Ich werde lieber hingehen und den Wechsel einkassieren, überlegte sie, und nachher der armen kleinen Amelia einen Besuch machen. Wenn dies auch ein Roman ohne Helden ist, so können wir doch behaupten, daß zumindest eine Heldin darin vorkommt. Kein Soldat des ausmarschierenden britischen Heeres, auch nicht der große Herzog selbst, könnten den Zweifeln und Schwierigkeiten gefaßter gegenüberstehen als des Adjutanten furchtlose kleine Frau.

Von unseren Bekannten war noch ein anderer zurückgeblieben, gleichfalls ein Nichtkämpfer. Darum haben wir das Recht, auch etwas über seine Gefühle und sein Verhalten zu berichten. Es war unser Freund, der ehemalige Steuereinnehmer von Boggley Wollah. Wie alle anderen wurde auch er früh am Morgen vom Klang der Hörner aus dem Schlaf gerissen. Da er das Bett und den Schlaf sehr liebte, ist es möglich, daß er vielleicht wie gewöhnlich bis in den Vormittag hinein geschnarcht hätte trotz aller Trompeten, Hörner und Dudelsackpfeifen der britischen Armee, wenn er nicht auf andere Art gestört worden wäre. Diese Störung kam allerdings nicht von seiten George Osbornes, der das Quartier mit ihm teilte. George war – wie üblich – viel zusehr mit seinen eigenen Angelegenheiten oder auch dem Kummer über die Trennung von seiner Frau beschäftigt, als daß er noch daran gedacht hätte, sich von seinem schlummernden Schwager zu verabschieden. Nicht George war es also, der sich zwischen Josef Sedley und den Schlaf drängte, sondern Hauptmann Dobbin rüttelte ihn auf und wollte ihm vor dem Aufbruch unbedingt noch die Hand schütteln.

„Sehr freundlich von Ihnen!" erwiderte Josef gähnend und wünschte den Hauptmann zum Teufel.

„Ich – ich wollte nicht gern fortgehen, ohne Ihnen Lebewohl zu sagen, verstehen Sie", stotterte der Hauptmann, „weil – verstehen Sie – manch einer von uns vielleicht doch nicht wiederkommt, und ich möchte Sie alle gut aufgehoben sehen – und so weiter, verstehen Sie!"

„Was meinen Sie damit?" fragte Josef und rieb sich die Augen. Der Hauptmann hörte ihm nicht im geringsten zu und sah auch dem stattlichen Herrn in der Nachtmütze gar nicht ins Gesicht, obgleich er sich so liebevoll für ihn zu interessieren behauptete. Der Heuchler blickte und lauschte mit allen Sinnen in Richtung von Georges Zimmern. Mit großen Schritten durchmaß er den Raum, stieß Stühle um, trommelte den Zapfenstreich, biß sich die Nägel ab und verriet noch auf allerlei andere Art seine innere Bewegung.

Josef hatte von dem Hauptmann immer eine recht geringe Meinung gehabt. Jetzt begann er geradezu an seinem Mut zu zweifeln. „Was kann ich für Sie tun, Dobbin?" fragte er in sarkastischem Ton.

„Ich werde Ihnen gleich sagen, was Sie tun können", erwiderte der Hauptmann und trat an das Bett. „In einer Viertelstunde marschieren wir, Sedley, und es kann sein, daß weder George noch ich zurückkommen. Hören Sie, Sie dürfen die Stadt nicht verlassen, bis Sie genaue Nachricht haben. Sie müssen hierbleiben und über Ihre Schwester wachen und sie trösten und aufpassen, daß ihr nichts geschieht! Sollte George etwas zustoßen, so denken Sie daran, daß sie dann außer Ihnen auf der ganzen Welt niemanden mehr hat, an den sie sich halten kann! Sie müssen mir Ihr Ehrenwort geben, daß Sie sie nie im Stich lassen werden! Ich weiß, Sie werden das nicht tun. In allem, was man für Geld erreichen kann, waren Sie immer sehr großzügig. Brauchen Sie welches? Ich meine, haben Sie genug Geld, um im Falle eines Unglücks nach England zurückzukommen?"

„Sir", erwiderte Josef majestätisch, „wenn ich Geld brauche, so weiß ich, wo ich es hole. Und was meine Schwester angeht, so brauchen Sie mir nicht zu sagen, wie ich mich ihr gegenüber verhalten soll!"

„Sie sprechen wie ein rechter Mann, Joe", versetzte der andere gutmütig; „ich freue mich, daß George sie in so guten Händen zurücklassen kann. Ich darf ihm also Ihr Ehrenwort geben, nicht wahr, daß Sie im Falle der Not zu ihr stehen werden?"

„Natürlich, natürlich", antwortete Mr. Josef, dessen Großzügigkeit in Geldangelegenheiten Dobbin ganz richtig eingeschätzt hatte.

„Und im Falle einer Niederlage bringen Sie sie sicher aus Brüssel hinaus, ja?"

„Einer Niederlage? Verdammt, Sir, das ist doch unmöglich! Versuchen Sie nur nicht, mir Angst zu machen!" rief der Held vom Bett aus. Dobbins Gemüt war nun vollauf beruhigt, da Josef sich so entschlossen über sein Verhalten der Schwester gegenüber geäußert hatte. So ist für sie wenigstens der Rückzug gesichert, falls das Schlimmste eintreffen sollte, dachte der Hauptmann.

Wenn Hauptmann Dobbin gehofft hatte, auch für sich persönlich etwas Trost zu finden und Amelia vor dem Abmarsch noch einmal sehen zu können, dann wurde diese Selbstsucht so bestraft, wie es solch schändlicher Egoismus eben verdient. Die Tür von Josefs Schlafzimmer führte in das gemeinsame Wohnzimmer, und gegenüber dieser Tür ging es in Amelias Zimmer. Die Hörner hatten alle aufgeweckt. Nun ließ sich nichts mehr verheimlichen. Im Wohnzimmer war Georges Bursche beim Packen. Aus dem anstoßenden Schlafzimmer kam Osborne immer wieder heraus und warf dem Mann Dinge zu, die ihm geeignet schienen auf den Feldzug mitgenommen zu werden. Auf einmal bot sich Dobbin die Gelegenheit, die sein Herz begehrte: er sah noch einmal Amelias Antlitz. Aber welch ein Antlitz! So weiß und wild verzweifelt, daß ihn die Erinnerung daran noch lange wie ein Verbrechen verfolgte, so unaussprechliche Schmerzen des Verlangens und des Mitleids hatte der Anblick in ihm wachgerufen.

Sie war in einen weißen Morgenrock gehüllt; das Haar fiel ihr auf die Schultern; die Augen waren starr und ohne Glanz. Um bei den Vorbereitungen zum Aufbruch zu helfen und zu zeigen, daß auch sie in einem so kritischen Augenblick zu etwas nutze war, hatte das arme Ding eine von Georges Schärpen von der Kommode genommen. Mit dieser Schärpe in der Hand folgte sie George überallhin und sah ihm stumm beim Packen zu. Sie kam heraus und stand an die Wand gelehnt da, die Schärpe gegen den Busen gedrückt, so daß das schwere rote Netz wie ein Blutstropfen herabhing. Bei diesem Anblick erschrak der weichherzige Hauptmann schuldbewußt. Guter Gott! dachte er, wie konnte ich es wagen, solches Leid zu belauschen! Hilfe gab es hier nicht, kein Mittel konnte das hilflose, stumme Elend besänftigen und trösten. Einen Augenblick lang blieb er stehen und schaute sie an, von ohnmächtigem Mitleid zerrissen, so wie Eltern ihr Kind betrachten, das große Schmerzen leiden muß.

Schließlich nahm George Amelia bei der Hand und führte sie in das Schlafzimmer zurück. Nach einem kurzen Augenblick kam er allein wieder heraus. Er hatte Abschied genommen, und nun ging es fort.

Gott sei Dank, das ist vorüber! dachte George, als er mit dem Degen unter dem Arm die Treppe hinunterging und schnell zum Alarmplatz lief, wo das Regiment gemustert wurde. Von allen Seiten eilten Soldaten und Offiziere aus ihren Quartieren herbei. Die Pulse klopften ihm, seine Wangen glühten; nun sollte das große Spiel, der Krieg, beginnen, und er war unter den Spielern! Welch wilde Aufregung, gemischt aus Zweifeln, Hoffnung, Freude! Welch ungeheure Möglichkeiten des Verlusts und des Gewinns! Was waren alle Glücksspiele, an denen er je teilgenommen hatte, im Vergleich zu diesem? Seit der Knabenzeit hatte er sich mit ganzer Kraft in alle Wettkämpfe gestürzt, die athletische Geschicklichkeit und Mut erforderten. Er war der Held seiner Schule und seines Regiments gewesen. Überall waren ihm die Heilrufe seiner Gefährten gefolgt; vom jugendlichen Kricketspiel bis zu den Rennen der Garnison hatte er Hunderte von Siegen gewonnen. Wohin er auch kam, hatten Frauen und Männer ihn bewundert und beneidet. Gibt es denn andere Eigenschaften, für die ein Mann schneller lauten Beifall findet, als körperliche Überlegenheit, Tatkraft und Tapferkeit? Seit unvordenklichen Zeiten sind Stärke und Mut die Themen der Sänger und Lieder gewesen. Von der Sage von Troja an bis auf den heutigen Tag hat der Dichter immer einen Soldaten zum Helden gewählt. Ob wohl die Menschen im Herzen so feige sind, daß sie Tapferkeit so sehr bewundern und militärische Tüchtigkeit in ihrer Achtung und Verehrung so weit über alle anderen Eigenschaften stellen?

So sprang George bei dem zündenden Schlachtruf aus den weichen Armen auf, in denen er tändelnd gelegen hatte. Er war nicht ganz frei von Scham (obzwar seine Frau ihn nur schwach hatte fesseln können), daß er sich dadurch so lange hatte zurückhalten lassen. Dasselbe Gefühl aufgeregten Eifers beherrschte seine Freunde, die wir gelegentlich kennengelernt haben, den stattlichen, bejahrten Major, der das Regiment in den Kampf führte, ebenso wie den kleinen Stubble, der als Fähnrich an diesem Tag seine Farben tragen sollte.

Als sie hinausmarschierten, ging die Sonne eben auf. Es war ein blendender Anblick. Voran die Musikkapelle, die den Regimentsmarsch spielte, dann der Befehlshaber, der Major, auf Pyramus, seinem dicken Schlachtroß, dann die marschierenden Grenadiere, jede Abteilung mit ihrem Hauptmann an der Spitze, in der Mitte die Fahnen, getragen von den älteren und den jungen Fähnrichen – und dann kam George an der Spitze seiner Kompanie! Er blickte hinauf, lächelte Amelia zu und war vorbei. Und dann verklang auch der letzte Ton der Musik.

31. Kapitel

Josef Sedley nimmt die Schwester in seine Obhut

Trauernd blieb Josef Sedley, nachdem die Pflicht nun alle höheren Offiziere anderswohin gerufen hatte, allein als Kommandeur der kleinen Kolonie in Brüssel zurück. Seine Garnison bestand aus der kranken Amelia, dem belgischen Diener Isidor und der Bonne, dem Mädchen für alles. Obwohl Josefs Gemüt durch die Ereignisse des Morgens beunruhigt und sein Schlaf durch Dobbins Eindringen gestört worden war, blieb er doch noch viele Stunden wach im Bett liegen. Er wälzte sich von einer Seite auf die andere, bis die übliche Stunde des Aufstehens gekommen war. Die Sonne stand schon hoch am Himmel, und unsere tapferen Freunde vom . . .ten Regiment waren schon meilenweit marschiert, als der Zivilist endlich in seinem geblümten Morgenrock zum Frühstück erschien.

Um Georges Abwesenheit machte Josef sich keine Sorgen. Insgeheim war er vielmehr ganz zufrieden, daß Osborne fort war; denn solange der Schwager da war, hatte Josef im Haus nur eine höchst untergeordnete Rolle gespielt. George hatte keinerlei Hemmungen, seine Verachtung für den dicken Zivilisten deutlich zu zeigen. Nur Amelia war immer gut und aufmerksam ihm gegenüber. Sie war darum besorgt, daß er es behaglich hatte; sie überwachte die Zubereitung seiner Lieblingsgerichte; sie ging mit ihm spazieren oder ritt mit ihm aus (und dazu hatte sie oft, ja allzuoft Gelegenheit, denn wo war George?); sie stellte ihr süßes, freundliches Gesichtchen zwischen Josefs Zorn und die Verachtung von seiten ihres Mannes. Oft hatte sie bei George schüchtern Einspruch dagegen erhoben, daß er den Bruder so schlecht behandle. Doch Osborne hatte ihre Bitten in seiner forschen Art einfach kurz abgeschnitten. „Ich bin ein ehrlicher Mann", sagte er, „und wenn ich etwas fühle, so zeige ich es ehrlich. Wie zum Teufel, Schatz, sollte ich mich einem solchen Narren wie deinem Bruder gegenüber respektvoll benehmen?" So war Joe sehr froh, daß George fort war. Hut und Handschuhe auf der Anrichte erinnerten ihn daran, daß ihr Besitzer nicht mehr da war, und erfüllten ihn mit einem geheimen Gefühl des Behagens. Heute morgen wird er mich jedenfalls mit seiner Stutzermiene und seiner Unverschämtheit nicht ärgern können, dachte Josef.

„Bring den Hut des Herrn Hauptmanns in das Vorzimmer", befahl er dem Diener Isidor.

„Vielleicht wird er ihn nie mehr brauchen", meinte der Lakai mit einem schlauen Blick auf seinen Herrn. Auch er haßte George, der ihn mit echt englischer Unverschämtheit behandelt hatte.

„Und frag, ob die gnädige Frau zum Frühstück kommt", fuhr Mr. Sedley majestätisch fort. Er schämte sich, mit einem Bedienten über seine Abneigung gegen George zu sprechen. Er hatte jedoch schon häufig vor dem Diener über den Schwager geschimpft.

Ach, Madame konnte nicht zum Frühstück kommen und die „tartines" so schneiden, wie Josef es liebte. Madame sei viel zu krank und seit dem Aufbruch des Gatten in einem ganz entsetzlichen Zustand, erklärte die Bonne. Josef bewies sein Mitgefühl, indem er ihr eine große Tasse Tee einschenkte. Das war so seine Art, seine Zuneigung zum Ausdruck zu bringen. Ja, er ging noch weiter, er schickte ihr nicht nur das Frühstück hinüber, sondern überlegte auch, was sie am liebsten zu Mittag essen würde.

Der Diener Isidor hatte sehr mürrisch zugesehen, während Osbornes Bursche das Gepäck seines Herrn in Ordnung brachte, ehe der Hauptmann abmarschierte. Denn erstens haßte er Mr. Osborne, der sich ihm und allen Untergebenen gegenüber im allgemeinen sehr überheblich benahm (auf dem Kontinent lassen die Bedienten sich nicht gern so unverschämt behandeln, wie es unsere gutmütigeren englischen Dienstboten gewöhnt sind), und zweitens war er wütend darüber, daß so viele wertvolle Gegenstände ihm außer Reichweite kamen, nur um dann vermutlich anderen in die Hände zu fallen, wenn die Engländer geschlagen werden sollten. Daß es zu einer Niederlage kommen würde, darüber hegten er und unzählige Leute in Brüssel und in ganz Belgien nicht den geringsten Zweifel. Fast überall glaubte man, der Kaiser würde die preußische und die englische Armee trennen, sie nacheinander vernichten und binnen drei Tagen in Brüssel einmarschieren. Dann würde aller bewegliche Besitz seines jetzigen Herrn, der dann tot oder flüchtig oder gefangen sein würde, Monsieur Isidors rechtmäßiges Eigentum werden.

Während der treue Diener Josef bei seiner mühseligen, komplizierten täglichen Toilette half, überlegte er schon, was er mit eben jenen Dingen tun würde, mit denen er jetzt seinen Herrn schmückte. Mit den silbernen Essenzfläschchen und dem Toilettenkram wollte er einer jungen Dame, die er liebte, ein Geschenk machen. Das englische Rasiermesser und die große Rubinnadel würde er für sich selbst behalten. Auf der feinen Hemdkrause würde sie sich sehr elegant ausnehmen, und mit der goldbetreßten Mütze und dem Schnürrock, den er leicht nach seiner Größe verändern lassen konnte, und des Hauptmanns Stock mit dem Goldknauf und dem großen doppelten Rubinring, aus dem er ein Paar schöne Ohrringe machen lassen wollte, würde er einen vollendeten Adonis abgeben, für den Mademoiselle Reine eine leichte Beute sein würde. Wie gut mir diese Manschettenknöpfe stehen werden! dachte er, während er sie Mr. Sedley an dem dicken, fleischigen Handgelenk befestigte. Solche Manschettenknöpfe hätte ich doch gar zu gern! Und die Stiefel des Hauptmanns mit den Messingsporen, die da nebenan stehen – Teufel, was für einen Eindruck werden die auf der Allée Verte machen! Während Monsieur Isidor mit der Hand die Nase seines Herrn gefaßt hielt und den unteren Teil von Josefs Gesichts rasierte, flog seine Phantasie nach der grünen Allee. Dort sah er sich im Geist mit Schnürrock und Tressen in Gesellschaft von Mademoiselle Reine herumbummeln und die Barken betrachten, die im kühlen Schatten der Bäume langsam den Kanal entlangsegelten, oder sich auf der Bank eines Wirtshauses auf dem Wege nach Laacken mit einem Becher Bier erfrischen.

Für Mr. Josef Sedleys Seelenruhe war es ein Glück, daß er nichts davon wußte, was im Geiste seines Dieners vorging, ebensowenig wie wir ahnen, was Hans und Marie, denen wir den Lohn zahlen, von uns denken. Was unsere Bedienten über uns denken! Schon allein wenn wir wüßten, was unsere vertrauten Freunde und lieben Verwandten über uns denken, würden wir diese Welt sicher nur allzu gern verlassen. Wir würden in ständigem Schrecken leben, und unser Gemütszustand wäre einfach unerträglich. Josefs Diener zeichnete also schon sein Opfer, wie man in London manchmal den Gehilfen des Kochs eine ahnungslose Schildkröte mit einem Zettel verzieren sieht, auf dem geschrieben steht: „Zur Suppe für morgen!"

Amelias Zofe war viel weniger selbstsüchtig veranlagt. Diesem freundlichen, sanften Geschöpf konnten nur wenige Untergebene nahen, ohne ihr einen Tribut an treuer Zuneigung für ihr süßes, liebevolles Wesen zu entrichten. In der Tat konnte Pauline, die Köchin, ihre Herrin besser trösten als alle anderen, die Amelia an diesem traurigen Morgen sah. Denn als sie Amelia nach Stunden noch immer in stummer Verzweiflung am Fenster lehnen sah, von dem aus sie den letzten Bajonetten der abziehenden Truppen nachgeschaut hatte, nahm das gute Mädchen die Dame bei der Hand und sagte: „Tenez, Madame, est-ce qu'il n'est pas aussi à l'armée, mon homme à moi?" Dabei brach sie in Tränen aus, und Amelia fiel ihr, ebenfalls weinend, in die Arme, und sie bemitleideten und trösteten einander.

An diesem Vormittag begab Mr. Josefs Isidor sich mehrmals in die Stadt und an die Türen der Hotels und Pensionen um den Park herum, wo die Engländer wohnten. Dort traf er mit anderen Kammerdienern, Kurieren und Lakaien zusammen, sammelte alle erreichbaren Nachrichten und brachte seinem Herrn stets die neuesten Berichte mit. Im Herzen standen alle diese Männer auf seiten des Kaisers. Sie hatten ihre eigene Ansicht über ein schnelles Ende des Feldzuges. Überall in Brüssel hatte man die Proklamation des Kaisers, die er in Avesnes erlassen hatte, verteilt. „Soldaten!" hieß es darin, „es ist der Jahrestag von Marengo und Friedland, da das Schicksal Europas zweimal entschieden wurde. Nach Austerlitz wie nach Wagram waren wir zu großmütig. Wir glaubten den Schwüren und Versprechen der Fürsten, die wir auf ihrem Thron beließen. Wir wollen ihnen noch einmal entgegentreten! Wir und sie – sind es nicht noch immer dieselben Männer? Soldaten! Diese Preußen, die heute so anmaßend sind, standen drei gegen einen gegen euch bei Jena und in sechsfacher Übermacht bei Montmirail. Diejenigen unter euch, die in England gefangen waren, können ihren Kameraden erzählen, welch fürchterliche Qualen sie auf den englischen Schiffen erdulden mußten. Die Wahnsinnigen! Ein Augenblick des Glücks hat sie geblendet. Aber wenn sie in Frankreich einmarschieren, werden sie dort ihr Grab finden!" Die Parteigänger der Franzosen prophezeiten sogar eine noch schnellere Vernichtung aller Feinde des Kaisers. Alle waren sich darin einig, daß die Preußen und die Engländer nie nach Brüssel zurückkehren würden, es sei denn als Gefangene im Gefolge der siegreichen Armee.

Im Laufe des Tages wurde auch Mr. Josef mit diesen Ansichten bekannt gemacht. Man erzählte ihm, der Herzog von Wellington habe versucht, seine Armee zu sammeln, deren Vorstoß in der Nacht zuvor völlig abgeschlagen worden sei.

„Abgeschlagen! Pah!" sagte Josef, dessen Mut sich durch das Frühstück gehoben hatte. „Der Herzog wird den Kaiser ebenso schlagen, wie er bisher alle seine Generäle geschlagen hat."

„Seine Papiere sind verbrannt, seine Wertsachen entfernt worden, und sein Quartier wird schon für den Herzog von Dalmatien hergerichtet", erwiderte Josefs Berichterstatter. „Ich habe es von seinem eigenen maître d'hôtel. Die Leute von Mylord, dem Herzog von Richmont, packen schon alles zusammen. Seine Gnaden sind bereits geflohen, und die Herzogin wartet nur noch ab, bis das Silbergeschirr verpackt ist. Dann begibt auch sie sich nach Ostende zum König von Frankreich."

„Der König von Frankreich ist in Gent, Bursche", versetzte Josef. Er bemühte sich, ungläubig zu erscheinen.

„Er ist gestern nacht nach Brügge geflohen, und heute schifft er sich in Ostende ein. Der Herzog de Berri ist gefangengenommen. Wer sicher sein will, sollte lieber bald gehen, denn morgen sind die Deiche offen, und wer kann dann noch fliehen, wenn das ganze Land unter Wasser steht?"

„Unsinn! Wir sind in dreifacher Überzahl gegen jedes Heer, das Napoleon auf die Beine stellen kann", entgegnete Mr. Sedley. „Die Österreicher und die Russen sind unterwegs. Er muß, er soll geschlagen werden!" rief Joe und schlug mit der flachen Hand auf den Tisch.

„Bei Jena waren die Preußen auch in dreifacher Überzahl, und er nahm ihre Armee und das Königreich doch in einer Woche ein. Bei Montmirail waren sie in sechsfacher Überzahl, und er zerstreute sie doch wie Schafe. Die österreichische Armee ist tatsächlich auf dem Wege hierher, aber mit der Kaiserin und dem König von Rom an der Spitze! Und die Russen, pah! die Russen werden sich zurückziehen. Den Engländern wird man keinen Pardon geben, weil sie gegen unsere tapferen Soldaten auf jenen infamen Pontons so grausam waren. Sehen Sie her, hier steht es schwarz auf weiß! Hier ist die Proklamation Seiner Majestät, des Kaisers und Königs!" Isidor bekannte sich nun offen als Parteigänger Napoleons. Er zog das Dokument aus der Tasche und hielt es seinem Herrn mit ernster Miene unter die Augen. Dabei blickte er auf den Schnürrock und die Wertgegenstände, als wären sie schon seine eigene Beute.

Josef war zwar noch nicht ernstlich in Schrecken versetzt, aber immerhin bereits beträchtlich beunruhigt. „Gib mir Rock und Mütze", sagte er, „und folge mir. Ich will selbst hinausgehen und sehen, ob an diesen Berichten etwas Wahres ist." Isidor war wütend, als Josef den Schnürrock anzog. „Mylord sollten lieber nicht diesen militärischen Rock tragen", sagte er, „die Franzosen haben geschworen, keinem einzigen britischen Soldaten Pardon zu geben."

„Halts Maul, Bursche!" verwies ihn Josef, immer noch mit entschlossener Miene. Energisch warf er sich gerade den Rock über, als Mrs. Rawdon Crawley ihn überraschte, die Amelia besuchen wollte und, ohne zu läuten, durch den Vorraum hereingekommen war.

Wie immer war Rebekka sehr gut und elegant gekleidet. Ein ruhiger Schlaf hatte sie erfrischt, nachdem Rawdon abmarschiert war. So boten die rosigen Wangen in ihrem lächelnden Gesicht einen recht erfreulichen Anblick in einer Stadt und an einem Tage, da man allen anderen Menschen ihre tiefe Angst und düstere Sorge ansah. Sie lachte, als sie Josef in diesem Aufzug antraf, wie er sich eben mit krampfhaften Bemühungen in den Schnürrock hineinzwängte.

„Sie wollen wohl auch zur Armee stoßen, Mr. Josef?" fragte sie. „Will denn niemand hier in Brüssel bleiben und uns arme Frauen beschützen?" Endlich war Josef glücklich in den Rock gekommen. Nun trat er, rot im Gesicht und Entschuldigungen stotternd, der schönen Besucherin entgegen. Wie fühlte sie sich nach den Ereignissen des frühen Morgens? Nach den Anstrengungen des Balles am gestrigen Abend? Monsieur Isidor verschwand mit dem geblümten Morgenrock in das angrenzende Schlafzimmer seines Herrn.

„Wie gütig von Ihnen, danach zu fragen!“ sagte Rebekka und drückte seine Hand zwischen ihren beiden. „Wie kühl und gefaßt Sie aussehen, wo jedermann vor Angst vergeht! Was macht unsere liebe kleine Emmy? Es muß ein ganz schrecklicher Abschied gewesen sein!“

„Entsetzlich!“ bestätigte Josef.

„Ihr Männer könnt alles ertragen“, erwiderte die Dame, „Trennung und Gefahr bedeuten euch nichts. Gestehen Sie nur, Sie wollen sich gewiß dem Heer anschließen und uns unserem Schicksal überlassen! Ich weiß es – irgend etwas sagt es mir! Ich bekam einen solchen Schrecken, als mir dieser Gedanke kam (denn wenn ich allein bin, denke ich manchmal auch an Sie, Mr. Josef!), daß ich schnurstracks hierherlief, um Sie anzuflehen, Sie möchten uns nicht im Stich lassen!“

Diese Rede sollte etwa folgendes bedeuten: Mein lieber Herr, Sie haben einen bequemen Wagen, und falls der Armee ein Unglück zustoßen und der Rückzug notwendig werden sollte, möchte ich mir gern einen Platz darin sichern. Ich weiß nicht, ob Josef ihre Worte in diesem Sinne verstand. Er war tief verletzt durch die mangelnde Aufmerksamkeit, die Rebekka ihm während ihres Aufenthaltes in Brüssel bewiesen hatte. Nie war er auch nur einem von Rawdon Crawleys vornehmen Bekannten vorgestellt worden. Und nur äußerst selten hatte Rebekka ihn zu ihren Gesellschaften eingeladen, denn er war viel zu zaghaft, um hoch zu spielen, und seine Anwesenheit langweilte George und Rawdon gleicherweise. Vielleicht wollten diese beiden auch nicht gern einen Zeugen bei den Vergnügungen haben, denen sie frönten. Aha! dachte Josef, jetzt, da sie mich braucht, kommt sie zu mir. Wenn niemand anders da ist, fällt ihr wieder der alte Joe Sedley ein! Aber abgesehen von diesen Zweifeln fühlte er sich doch sehr geschmeichelt durch die hohe Meinung, die Rebekka von seinem Mut hatte.

Er errötete ziemlich heftig und setzte eine gewichtige Miene auf. „Ich würde mir ganz gern die Schlacht ansehen", meinte er, „wie jeder Mann, der Mut hat, wissen Sie. Ich habe zwar in Indien etwas vom Krieg gesehen, aber nichts in diesem Ausmaß."

„Für ein Vergnügen opfert ihr Männer aber auch alles!" erwiderte Rebekka. „Hauptmann Crawley zog heute morgen so fröhlich ab, als ginge es zu einer Jagdpartie. Was macht es ihm schon aus! Was kümmern euch die Schmerzen und Qualen einer armen, verlassenen Frau? (Ich möchte zu gern wissen, ob dieser dicke, faule Feinschmecker es wirklich fertigbrächte, zum Heer zu gehen!) O lieber Mr. Sedley, ich komme zu Ihnen, um mir Trost und Beruhigung zu holen! Den ganzen Morgen lang habe ich auf den Knien gelegen. Ich zittere bei dem Gedanken an die furchtbare Gefahr, der unsere Männer, unsere Freunde, unsere tapferen Truppen und Verbündeten entgegengehen. Bei Ihnen hoffte ich nun eine Zuflucht zu finden, statt dessen aber finde ich auch den letzten meiner Freunde, der mir noch geblieben ist, entschlossen, auf den schrecklichen Schauplatz des Kampfes zu eilen!"

„Meine liebe gnädige Frau", erwiderte Josef, der sich allmählich beruhigte, „fürchten Sie nichts! Ich habe ja nur gesagt, ich würde gern gehen – welcher Engländer würde das nicht? Aber meine Pflicht hält mich hier zurück; ich kann das arme Wesen da nebenan doch nicht allein lassen." Dabei zeigte er auf die Tür, die in Amelias Zimmer führte.

„Guter, edler Bruder!" sagte Rebekka und drückte sich das

nach Eau de Cologne duftende Taschentuch an die Augen. „Ich habe Ihnen unrecht getan, Sie haben doch ein Herz! Ich glaubte schon, Sie hätten keins!"

„Bei meiner Ehre!" Josef machte eine Bewegung, als ob er die Hand auf die fragliche Stelle legen wollte. „Sie tun mir wirklich unrecht, meine liebe Mrs. Crawley!"

„Das gebe ich zu. Jetzt ist Ihr Herz Ihrer Schwester treu! Aber wenn ich zwei Jahre zurückdenke – wie falsch war es da gegen mich!" Rebekka sah ihn kurz an und schaute dann zum Fenster hinaus.

Josef wurde über und über rot. Das Organ, das er nach Rebekkas Anschuldigungen gar nicht haben sollte, begann heftig zu klopfen. Er gedachte der Tage, da er vor ihr geflohen war, und der Leidenschaft, die ihn einst entflammt hatte – als er sie in seinem Wagen spazierenfuhr, als sie die grüne Börse für ihn strickte, als er verzaubert dasaß und ihre weißen Arme und leuchtenden Augen anstarrte.

„Ich weiß, Sie halten mich für undankbar", fuhr Rebekka mit leise bebender Stimme fort. Ihre Augen kehrten vom Fenster zurück und waren wieder auf ihn gerichtet. „Ihre Kälte, Ihr abgewandter Blick, Ihr Benehmen, wenn wir uns in letzter Zeit trafen . . . als ich eben hier hereinkam – all das ist mir ein Beweis dafür. Aber hatte ich denn keinen Grund, Sie zu meiden? Fragen Sie Ihr eigenes Herz! Glauben Sie etwa, mein Mann hätte sich sehr gefreut, wenn Sie oft zu uns gekommen wären? Die einzigen unfreundlichen Worte, die Hauptmann Crawley je zu mir gesagt hat (und ich will ihm da nicht unrecht tun), bezogen sich auf Sie. Grausame, sehr grausame Worte waren es!"

„Heiliger Himmel! Was habe ich denn getan?" fragte Joe in einem Gemisch von Vergnügen und Verwunderung. „Was habe ich getan um . . . um . . .?"

„Ist Eifersucht etwa nichts?" erwiderte Rebekka. „Er machte mir das Leben schwer Ihretwegen! Aber was je gewesen sein mag – jetzt gehört mein Herz nur ihm allein! Ich bin unschuldig, nicht wahr, Mr. Sedley?"

Josefs Blut geriet in freudige Wallung, als er dieses Opfer seiner Reize betrachtete. Ein paar geschickte Worte, ein oder zwei vielsagende, zärtliche Blicke, und sein Herz war von neuem entflammt! Zweifel und Argwohn waren vergessen. Sind denn nicht seit Salomons Zeiten schon weisere Männer von Frauen umschmeichelt und zum Narren gehalten worden? – Wenn es zum Schlimmsten kommt, überlegte Becky, dann ist mein

Rückzug gesichert, und ich bekomme den besten Platz im Wagen.

Man kann nicht wissen, zu was für glühenden Liebeserklärungen die verwirrte Leidenschaft Josef vielleicht noch hingerissen hätte, wäre nicht in diesem Augenblick der Kammerdiener Isidor wieder eingetreten, um weiter seinen Pflichten nachzugehen. Josef wollte eben ein Liebesgeständnis herausstottern, und nun erstickte er fast an den zurückgedrängten Gefühlen. Rebekka fiel ein, daß es an der Zeit wäre, zu Amelia hineinzugehen und die teure Freundin zu trösten. „Au revoir!" sagte sie und warf Josef eine Kußhand zu. Dann klopfte sie leise an die Tür, die in das Zimmer seiner Schwester führte. Als sie hineingegangen war und die Tür hinter sich geschlossen hatte, sank er mit starrem Blick, seufzend und mächtig an der Zigarre ziehend, auf einen Stuhl nieder. „Der Rock ist Mylord sehr eng", meinte Isidor, dessen Augen immer noch an der Verschnürung hingen. Aber sein Herr hörte nichts. Sein Geist weilte in anderen Gefilden. Jetzt erglühte er bis zum Wahnsinn bei dem Gedanken an die bezaubernde Rebekka, dann schreckte er schuldbewußt zurück vor dem Bild des eifersüchtigen Rawdon Crawley mit dem grimmigen, gedrehten Schnurrbart und den schrecklichen Duellpistolen, fertig geladen und gespannt!

Beim Anblick Rebekkas fuhr Amelia erschrocken zurück. Sie wurde wieder an die Welt und den gestrigen Tag erinnert. In der überwältigenden Furcht vor dem Morgen hatte sie Rebekka, ihre Eifersucht, kurz alles vergessen; nichts war mehr da als das Bewußtsein, daß ihr Mann fortgegangen und nun in Gefahr war. Bis dieses unerschrockene Weltkind die Klinke herunterdrückte und den Zauber brach, haben auch wir uns von dem traurigen Zimmer ferngehalten. Wie lange hatte das arme Mädchen auf den Knien gelegen! Welche Stunden wortlosen Gebets und bitterer Niedergeschlagenheit hatte sie durchlebt! Die Historiker des Krieges mit ihren glänzenden Geschichten von Kampf und Sieg erzählen uns davon so gut wie nichts. Diese Seite des Schauspieles ist ihnen zu unbedeutend. Mitten in dem Jubel des großen Siegeschores hört man ja auch nichts von dem Weinen der Witwen und dem Schluchzen der Mütter. Und doch, wann hat es je eine Zeit gegeben, da sie nicht gebrochenen Herzens aufgeweint hätten, voll demütigen Protestes, der in dem Siegesjubel indes ungehört verhallte!

Die grünen Augen auf die Freundin gerichtet, trippelte Rebekka in raschelnder neuer Seide und glänzendem Schmuck auf sie zu, um sie in ihre ausgebreiteten Arme zu nehmen. Nach dem ersten Schrecken überkam Amelia ein Gefühl des Zornes. Ihr totenblasses Gesicht überzog sich mit tiefer Röte, und im nächsten Augenblick erwiderte sie Rebekkas Blick mit einer Festigkeit, die ihre Rivalin überraschte und einigermaßen beschämte.

„Liebste Amelia! Dir geht's wohl gar nicht gut?" Damit streckte die Besucherin Amelia die Hand hin. „Was ist? Ich hatte keine Ruhe, bis ich wußte, wie es dir geht!"

Amelia zog die Hand zurück. Noch nie im Leben hatte dieses sanfte Seelchen sich geweigert, ein Zeichen guten Willens oder liebevoller Zuneigung für echt zu nehmen und zu beantworten. Aber jetzt zog sie, am ganzen Körper erbebend, ihre Hand zurück. „Was willst du hier, Rebekka?" sagte sie und schaute Rebekka immer noch ernst aus ihren großen Augen an. Dieser Blick beunruhigte die Besucherin.

Sie muß gesehen haben, wie er mir beim Ball den Brief gab, überlegte Rebekka. „Reg dich nicht auf, liebe Amelia", sagte sie und blickte zu Boden. „Ich bin ja nur hergekommen, um zu sehen, ob ich – ob du dich wohlfühlst!"

„Du jedenfalls fühlst dich wohl?" erwiderte Amelia. „Das sieht mir ganz so aus! Du liebst deinen Mann nicht. Denn wenn du ihn liebtest, wärst du nicht hier. Sag, Rebekka, bin ich je anders zu dir gewesen als freundlich und liebevoll?"

„Nein, Amelia, wirklich nicht!" bestätigte die andere, immer noch gesenkten Hauptes.

„Wer wurde deine Freundin, als du ganz arm warst? War ich dir nicht eine wirkliche Schwester? Du hast uns alle in glücklichen Tagen gekannt, ehe er mich heiratete. Damals bedeutete ich ihm alles. Hätte er sonst sein Vermögen, seine Familie aufgegeben, wie er es so edel tat, um mich glücklich zu machen? Warum bist du zwischen mich und seine Liebe getreten? Wer hat dich hergeschickt, daß du das trennst, was Gott zusammengefügt hat? Daß du mir das Herz meines Geliebten, meines Mannes wegnimmst? Glaubst du, du könntest ihn so lieben, wie ich ihn liebe? Seine Liebe bedeutet für mich alles. Das hast du gewußt, und doch hast du sie mir rauben wollen. Schäme dich, Rebekka, du schlechte, böse Frau, du falsche Freundin und falsche Gattin!"

„Amelia, ich beteure es vor Gott, ich habe meinem Mann kein Unrecht getan!" sagte Rebekka und wandte sich ab.

„Aber hast du nicht mir ein Unrecht zugefügt? Es ist dir nicht gelungen, aber du hast es versucht. Frage dein Herz, ob das nicht stimmt!"

Sie weiß nichts, dachte Rebekka.

„Er ist zu mir zurückgekehrt. Ich wußte, daß es so kommen würde. Ich wußte, daß keine Falschheit, keine Schmeichelei ihn auf die Dauer von mir fernhalten könnte. Ich wußte, er würde wiederkommen. Ich habe so darum gebetet!"

Das arme Mädchen brachte diese Worte so mutig und ohne Zögern heraus, wie Rebekka es noch nie zuvor bei ihr erlebt hatte. Die Sprache versagte ihr davor. „Aber was habe ich dir getan?" fuhr Amelia in schmerzlichem Ton fort, „daß du versuchst, ihn mir wegzunehmen? Ich habe ihn doch nur sechs Wochen gehabt! Die hättest du mir wirklich gönnen können, Rebekka. Und doch bist du vom allerersten Tag unserer Ehe an gekommen und hast mir alles verdorben. Nun, da er fort ist, kommst du, um zu sehen, wie unglücklich ich bin, nicht wahr?" Dann fuhr sie fort: „Du hast es mir in den letzten vierzehn Tagen schwer genug gemacht; das heute hättest du mir ersparen können!"

„Ich – ich bin nie hierhergekommen", warf Rebekka ein, und das war unglücklicherweise ganz richtig.

„Nein, du bist nicht hergekommen, du hast ihn fortgelockt! Willst du ihn dir jetzt von mir holen?" fuhr Amelia, die sich immer mehr erregte, fort. „Er war hier, aber nun ist er weg. Da, auf diesem Sofa hat er gesessen. Rühre es nicht an! Da haben wir gesessen und miteinander geredet. Ich saß auf seinen Knien, und mein Arm lag um seinen Hals, und wir beteten das Vaterunser. Ja, er war hier; aber sie sind gekommen und haben ihn weggeholt. Doch er hat mir versprochen, daß er wiederkommt!"

„Er wird wiederkommen!" tröstete Rebekka, wider Willen gerührt.

„Sieh hier", sagte Amelia, „das ist seine Schärpe – ist es nicht eine schöne Farbe?" Sie nahm die Fransen und küßte sie. Irgendwann hatte sie sich das Band um die Taille geschlungen. Es schien, als ob sie ihren Zorn, ihre Eifersucht, ja sogar die Anwesenheit der Rivalin vergessen hätte. Denn schweigend und mit einer Art Lächeln auf dem Gesicht trat sie an das Bett und begann Georges Kissen glattzustreichen.

Da ging Rebekka stumm hinaus. „Wie geht es Amelia?" fragte Josef, der seine Stellung auf dem Stuhl immer noch hielt.

„Es sollte jemand bei ihr sein“, erwiderte Rebekka. „Ich fürchte, es steht sehr schlimm mit ihr.“ Mit sehr ernstem Ausdruck ging sie fort, ohne Mr. Sedleys dringenden Bitten, sie möge doch zu einem frühen Essen bleiben, das er schon bestellt habe, nachzukommen.

Rebekka war von Natur aus gutmütig und gefällig und hatte Amelia eigentlich gern. Sogar ihre harten Worte, soviel Vorwürfe sie auch enthielten, taten ihr irgendwie wohl. Es war das Stöhnen eines Menschen unter der Last der Niederlage. Im Park traf sie Mrs. O'Dowd, die durch die Predigten des Dekans keineswegs aufgerichtet worden war und nun trostlos und voll Kummer dahinschritt. Sehr zur Überraschung der Majorin, die von Mrs. Rawdon Crawley solche Zeichen der Höflichkeit gar nicht gewöhnt war, sprach Rebekka sie an und teilte ihr mit, daß die arme kleine Mrs. Osborne sich in einem verzweifelten Zustand befinde und fast wahnsinnig vor Schmerz sei. Das brachte die gutherzige Irländerin schnurstracks auf den Weg zu Amelia, um nachzusehen, ob sie ihre junge Lieblingsfreundin trösten könnte.

„Ich habe selbst Sorgen genug“, sagte Mrs. O'Dowd ernst, „und ich glaubte, die kleine Amelia würde heute wenig Verlangen nach Gesellschaft haben. Aber wenn es so schlimm steht, wie Sie sagen, und wenn Sie ihr nicht helfen können, obwohl Sie sie immer so gern hatten, ja, dann will ich versuchen, ob ich ihr von Nutzen sein kann. Also guten Morgen, Madame!“ Mit diesen Worten und einem energischen Kopfnicken verabschiedete die Dame mit der Repetieruhr sich von Mrs. Crawley, deren Gesellschaft sie ganz und gar nicht schätzte.

Mit einem Lächeln auf den Lippen sah Becky sie abziehen. Sie hatte ausgesprochenen Sinn für Humor, und so wäre es bei dem grimmigen Blick, den Mrs. O'Dowd ihr beim Rückzug über die Schulter zuwarf, fast um Mrs. Crawleys Ernst geschehen. Mein Kompliment, schöne Madame, ich freue mich, Sie so heiter zu sehen! dachte Peggy. Sie jedenfalls werden sich bestimmt nicht vor Kummer die Augen ausweinen. Damit schritt sie aus und fand schnell zu Mrs. Osbornes Wohnung hin.

Das arme Geschöpf stand, fast wahnsinnig vor Schmerz, immer noch neben dem Bett, wo Rebekka sie verlassen hatte. Die Frau des Majors, ein etwas weniger empfindsames Wesen, tat ihr Bestes, um die junge Freundin zu trösten. „Sie müssen sich fassen, liebe Amelia“, sagte sie freundlich, „denn wenn er Sie nach dem Siege holen läßt, darf er Sie doch nicht krank finden! Sie sind ja nicht die einzige Frau, deren Geschick heute in Gottes Hand steht."

„Das weiß ich. Ich bin sehr schlecht, sehr schwach", sagte Amelia. Sie kannte ihre Schwäche nur zu genau. Die Gegenwart der energischen Freundin hemmte sie jedoch etwas, und die durch ihre Gesellschaft erzwungene Selbstbeherrschung tat ihr gut. Sie plauderten bis zwei Uhr. Ihre Herzen waren bei den Truppen, die immer weiter wegmarschierten. Furchtbare Zweifel und Sorgen, Gebete, Furcht und unaussprechlicher Kummer folgten dem Regiment. Das war der Beitrag der Frauen zum Krieg. Er stellte an alle gleichermaßen seine Forderungen. Von den Männern verlangte er Blut, von den Frauen Tränen.

Täglich um halb drei Uhr trat ein für Mr. Josef immer wieder neues, wichtiges Ereignis ein: die Stunde des Essens war da. Krieger konnten kämpfen und umkommen; er aber mußte sein Essen haben. Er trat in Amelias Zimmer, um zu sehen, ob er sie überreden könnte, das Mahl mit ihm zu teilen. „Versuch es doch", sagte er, „die Suppe ist sehr gut. Bitte, versuch es, Emmy!" und er küßte ihr die Hand. Außer bei der Trauung hatte er das seit vielen Jahren nur sehr selten getan. „Du bist sehr lieb und gut, Josef", sagte sie, „alle sind es, aber wenn's dir recht ist, möchte ich heute doch lieber auf meinem Zimmer bleiben!"

Der Duft der Suppe war indes Mrs. O'Dowd in die Nase gestiegen. Sie meinte, sie würde Mr. Josefs Gesellschaft wohl ertragen können. So ließen die beiden sich zu dem Mahl nieder. „Gott sei Dank, Fleisch", sagte die Frau des Majors feierlich; sie dachte an ihren guten Mick, der an der Spitze seines Regiments ritt. „Die armen Burschen werden heute nur ein bescheidenes Essen haben", fügte sie seufzend hinzu. Und dann machte sie sich mit stoischem Gleichmut über das Essen her.

Joes Geister belebten sich wieder bei diesem Mahl. Er trank auf das Wohl des Regiments und ergriff überhaupt jeden Vorwand, um sich noch ein Glas Champagner einzuschenken. „Lassen Sie uns auf O'Dowd und das tapfere . . .te Regiment anstoßen!" sagte er mit galanter Verbeugung zu seinem Gast. „Nicht wahr, Mrs. O'Dowd? Isidor, füll Mrs. O'Dowds Glas!"

Aber urplötzlich fuhr Isidor zusammen, und die Majorin legte Messer und Gabel hin. In dem Zimmer standen die

Fenster offen, sie gingen nach Süden, und nun kam aus dieser Richtung über die besonnten Dächer ein fernes Dröhnen. „Was ist das?“ fragte Josef. „Warum schenkst du nicht ein, du Schuft?“

„C'est le feu!“ antwortete Isidor und eilte auf den Balkon. „Gott helfe uns! Das sind Kanonen!“ rief Mrs. O'Dowd zusammenschreckend aus und lief ebenfalls ans Fenster. Auch aus allen anderen Fenstern hätte man bleiche Gesichter angsterfüllt hinausblicken sehen können. Und dann schien es, als ob die gesamte Bevölkerung der Stadt auf die Straßen stürzte.

32. Kapitel

Josef ergreift die Flucht, und der Krieg geht zu Ende

Wir hier im friedlichen London haben solche Hast und Aufregung, wie sie damals in Brüssel herrschten, nie erlebt, und so Gott will, werden wir nie Zeuge derartiger Szenen werden, wie sie sich in dieser Stadt damals abspielten. Die Menge stürzte an das Tor nach Namur; ja, viele fuhren sogar auf die ebene Chaussee hinaus, um jede Nachricht von der Armee womöglich noch schneller abzufangen. Jeder fragte den Nachbarn, ob er etwas Neues wisse, und selbst vornehme englische Lords und Ladys ließen sich herab, mit Menschen zu sprechen, die sie gar nicht kannten. Diejenigen, die auf seiten der Franzosen standen, liefen in wilder Erregung umher und sagten den Triumph des Kaisers voraus. Die Kaufleute schlossen ihre Läden und kamen auf die Straße, um den allgemeinen Lärm und den Chor der Aufgeregten zu verstärken. Frauen stürzten in die Kirchen; in den Kapellen drängte sich die Menge; auf dem Fußboden, auf den Stufen, überall knieten sie nieder, um zu beten. Das dumpfe Dröhnen der Kanonen nahm kein Ende. Da, auf einmal fuhren die ersten Wagen im Galopp am Genter Schlagbaum vorbei aus der Stadt heraus. Die Prophezeiungen der Parteigänger der Franzosen wurden nun schon als Tatsachen weitererzählt. „Er hat die Armee in zwei Teile gespalten", hieß es. „Er marschiert geradewegs auf Brüssel zu. Er wird die Engländer überwältigen und heute abend hier sein." – „Er wird die Engländer überwältigen und heute abend hier sein!" schrie Isidor seinem Herrn zu. Der Mann eilte ständig zwischen Wohnung und Straße hin und her und kehrte mit immer neuen unheilvollen Botschaften zurück. Josefs Gesicht wurde blasser und blasser. Der Schrecken begann von dem dicken Zivilisten Besitz zu ergreifen. Auch all der Champagner, den er trank, konnte ihm keinen Mut mehr einflößen. Bis zum Sonnenuntergang hatte seine Nervosität einen fast unglaublichen Grad erreicht. Unser Freund Isidor aber war höchst erfreut über diesen Anblick, glaubte er doch nun mit Sicherheit auf die Beute aus dem Besitz des Herrn mit dem verschnürten Rock rechnen zu können.

Die Frauen waren die ganze Zeit über nicht zu sehen gewesen. Nachdem sie dem Kanonendonner für einen Augenblick gelauscht hatte, fiel der handfesten Majorin die Freundin nebenan ein, und sie eilte hinüber, um bei Amelia zu sein und sie womöglich zu trösten. Die Vorstellung, daß dieses hilflose, sanfte Geschöpf unter ihren Schutz gestellt war, verstärkte noch den Mut, den die ehrliche Irin von Natur aus hatte. Fünf Stunden verbrachte sie da an der Seite der Freundin, manchmal redete sie ihr gut zu, manchmal plauderte sie heiter drauflos, doch meist saßen sie schweigend in stummem Gebet da. „Nicht einmal habe ich ihre Hand losgelassen", erzählte die gute Frau später, „bis nach Sonnenuntergang, als das Feuer vorüber war." Pauline, die Bonne, lag in der nahen Kirche auf den Knien und betete für son homme à elle.

Als der Lärm der Geschütze verstummt war, ging Mrs. O'Dowd aus Amelias Zimmer in das benachbarte Wohnzimmer hinüber. Dort saß Josef vor zwei leeren Flaschen. Sein Mut war gänzlich dahin. Ein paarmal hatte er sich mit schreckensbleichem Gesicht in das Schlafzimmer der Schwester hineingewagt, als ob er etwas sagen wollte. Aber die Majorin behauptete ihren Platz, und so ging er wieder hinaus, ohne sein Gemüt erleichtert zu haben. Er schämte sich, vor ihr zu erklären, daß er fliehen wolle.

Aber als sie im Dämmerlicht im Eßzimmer erschien, wo er in der trostlosen Gesellschaft zweier leerer Champagnerflaschen saß, öffnete er ihr sein Herz.

„Mrs. O'Dowd", begann er, „wäre es nicht besser, Sie machten Amelia fertig?"

„Wollen Sie sie zu einem Spaziergang mit nach draußen nehmen?" fragte die Frau des Majors. „Dazu ist sie bestimmt zu schwach."

„Ich – ich habe den Wagen bestellt", stotterte er, „und – und Postpferde. Isidor holt sie gerade", fuhr Josef fort.

„Warum wollen Sie denn heute abend ausfahren?" versetzte die Frau. „Ist es nicht besser, sie bleibt im Bett? Ich habe sie eben soweit gebracht, daß sie sich hinlegt."

„Lassen Sie sie aufstehen", sagte Josef, „sie muß aufstehen, sage ich!" Er stampfte energisch mit dem Fuß auf. „Ich sage Ihnen doch, die Pferde sind bestellt – ja, die Pferde sind bestellt. Es ist alles aus, und –"

„Und was?" fragte Mrs. O'Dowd.

„Ich fahre ab nach Gent", antwortete Josef. „Alle machen, daß sie fortkommen. Ich habe auch für Sie noch einen Platz. Wir fahren in einer halben Stunde."

Mit unendlicher Verachtung sah die Majorin ihn an. „Ich rühre mich nicht eher von der Stelle, ehe ich nicht von O'Dowd den Marschbefehl bekomme!" erklärte sie. „Sie können ja gehen, wenn Sie wollen, Mr. Sedley! Aber meiner Treu, Amelia und ich bleiben hier!"

„Sie soll weg"! Josef stampfte noch einmal mit dem Fuß auf. Mrs. O'Dowd stellte sich vor die Tür zum Schlafzimmer und stemmte die Arme in die Seite.

„Wollen Sie sie zu ihrer Mutter bringen?" fragte sie, „oder wollen Sie selbst zur Mama, Mr. Sedley? Guten Morgen und angenehme Reise, Sir! Bon voyage, wie man hier sagt! Und nehmen Sie einen Rat von mir an: rasieren Sie sich den Schnurrbart ab, sonst bringt er ihnen noch Unheil!"

„Verflucht!" schrie Josef auf, wild vor Furcht, Wut und Demütigung. In diesem Augenblick kam Isidor seinerseits fluchend zurück. „Pas de chevaux, sacrebleu!" zischte der Diener wutentbrannt. Alle Pferde waren fort. Josef war in Brüssel nicht der einzige, der von Panik ergriffen war.

Aber noch ehe die Nacht um war, sollte sich Josefs Angst, so groß und grausam sie schon war, noch zu fast wahnwitziger Höhe steigern. Wir hatten erwähnt, daß Pauline, die Bonne, son homme à elle in den Reihen der Armee wußte, die dem Kaiser Napoleon entgegengezogen war. Dieser Mann, ein belgischer Husar, stammte aus Brüssel. Die Truppen dieser Nation zeichneten sich in jenem Kriege durch alles andere eher aus als durch Mut, und der junge van Cutsum, Paulines Verehrer, war ein viel zu guter Soldat, um dem Befehl seines Obersten, sich aus dem Staub zu machen, nicht zu gehorchen. Solange er in Brüssel in Garnison lag, hatte der junge Regulus (er war zur Zeit der Revolution geboren) viel Trost in Paulines Küche gefunden und dort all seine Mußestunden verbracht. Die Taschen und Halfter vollgestopft mit guten Dingen aus ihrer Speisekammer, hatte er vor einigen Tagen von seinem weinenden Schatz Abschied genommen, um ins Feld zu ziehen.

Soweit es sein Regiment betraf, war der Feldzug nunmehr vorüber. Es hatte einen Teil der Division gebildet, die unter dem Kommando des rechtmäßigen Herrschers, des Prinzen von Oranien, stand, und wenn man nach der Länge der Degen und Schnurrbärte und nach dem Reichtum der Uniformen und der Ausstattung urteilen will, dann sahen seine Kameraden so tapfer aus wie nur je ein Korps, das die Trompete ins Feld rief.

Als Ney sich auf die Vorhut der verbündeten Truppen stürzte und ihre Stellungen eine nach der anderen einnahm, bis die Ankunft der großen Masse der britischen Armee aus Brüssel die Aussichten des Kampfes bei Quatre-Bras änderte, da zeigten die Schwadronen, zu denen Regulus gehörte, äußerste Behendigkeit im Rückzug vor den Franzosen. Mit größter Bereitwilligkeit ließen sie sich aus den Stellungen, die sie besetzt hielten, vertreiben. Aufgehalten wurden ihre Bewegungen nur durch den Vormarsch der Briten. So wurden sie zum Halten gezwungen, und nun hatte die feindliche Kavallerie, deren blutdürstige Hartnäckigkeit nicht scharf genug getadelt werden kann, endlich Gelegenheit, mit den tapferen Belgiern handgemein zu werden. Die Belgier allerdings zogen es vor, den Briten zu begegnen statt den Franzosen. Sie machten einfach kehrt und ritten durch die anrückenden britischen Regimenter hindurch und zerstreuten sich in alle vier Winde. Das Regiment bestand nicht mehr. Es war nirgends. Es hatte kein Hauptquartier. Regulus sah sich auf einmal ganz allein, viele Meilen vom Schauplatz der Schlacht entfernt. Wohin sollte er fliehen, wo sollte er Zuflucht suchen, wenn nicht in jener Küche und jenen treuen Armen, wo Pauline ihn so oft willkommen geheißen?

Gegen zehn Uhr hätte man in dem Hause, in dem die Osbornes, wie es auf dem Kontinent üblich ist, ein Stockwerk innehatten, einen Säbel über die Treppe klirren hören können. Man hätte ein Klopfen an der Küchentür hören können. Die arme Pauline, die eben aus der Kirche zurückgekommen war, fiel vor Schreck fast in Ohnmacht, als sie die Tür öffnete und vor sich den verstörten Husaren stehen sah. Mit seinem bleichen Gesicht glich er dem Reiter, der Leonore um Mitternacht aufstörte. Pauline hätte aufgeschrien, wenn sie nicht dadurch ihre Herrschaft herbeigerufen hätte, die dann ihren Freund entdeckt haben würde. So erstickte sie den Schrei und führte ihren Helden in die Küche, gab ihm Bier zu trinken und setzte ihm die Überreste des Essens vor, das Josef vor Angst kaum angerührt hatte. Durch die erstaunlichen Mengen von Fleisch und Bier, die er vertilgte, bewies der Husar, daß er kein Geist war. Zwischendrein erzählte er die Geschichte des Unglücks.

Sein Regiment hatte Wunder an Tapferkeit vollbracht und eine Zeitlang dem Ansturm der ganzen französischen Armee standgehalten. Aber schließlich wurde es überwältigt, wie gleichzeitig auch die ganze britische Armee. Ney vernichtete ein Regiment nach dem anderen. Vergeblich warfen die Belgier sich dazwischen, um zu verhindern, daß auch die Engländer niedergemetzelt wurden. Die Braunschweiger waren zusam-

mengehauen und flohen; ihr Herzog war gefallen. Es war ein allgemeines Debakel! In Strömen von Bier suchte er seinen Jammer über die Niederlage zu ertränken.

Isidor war in die Küche heruntergekommen und hatte das Gespräch mit angehört. Sofort stürzte er zu seinem Herrn, um ihm die Neuigkeit mitzuteilen. „Es ist alles aus!“ schrie er Josef zu. „Mylord der Herzog ist gefangen; der Herzog von Braunschweig ist gefallen. Nur ein Mann ist entkommen, und der sitzt jetzt unten in der Küche. Kommen Sie mit und hören Sie ihm zu!“ So wankte Josef hinunter, wo Regulus immer noch am Küchentisch saß und seine Bierflasche fest in der Hand hielt. In seinem allerbesten Französisch, das allerdings mit der Grammatik nicht sehr übereinstimmte, bat Josef den Husaren, seine Geschichte zu berichten. Unter Regulus' Worten wurde das Unheil nur noch schlimmer. Er war der einzige von seinem Regiment, der nicht auf dem Schlachtfeld erschlagen worden war. Er hatte gesehen, wie der Herzog von Braunschweig fiel, wie die Schwarzen Husaren die Flucht ergriffen, wie die Schotten von den Kanonen zermalmt wurden.

„Und das . . .te Regiment?“ hauchte Josef.

„Völlig zerschlagen“, sagte der Husar, worauf Pauline aufschrie: „O meine Herrin, ma bonne petite dame!“ Sie brach in einem hysterischen Anfall zusammen und erfüllte das ganze Haus mit ihrem Schreien.

Fast wahnsinnig vor Schrecken wußte Mr. Sedley nicht, wie oder wo er Zuflucht suchen sollte. Aus der Küche eilte er in das Wohnzimmer zurück. Dort warf er einen flehentlichen Blick auf Amelias Tür, die Mrs. O'Dowd ihm vor der Nase zugesperrt und abgeriegelt hatte. Nachdem er einen kurzen Augenblick lauschend an der Tür gestanden hatte, fiel ihm aber ein, wie verächtlich Mrs. O'Dowd ihn behandelt hatte, und so beschloß er, sich auf die Straße zu begeben, zum erstenmal an jenem Tag. Er ergriff also eine Kerze und sah sich nach seiner Kappe mit den goldenen Schnüren um. Er fand sie auf ihrem gewöhnlichen Platz auf dem Spiegeltischchen im Vorzimmer. Vor diesem Spiegel pflegte Josef den Locken über der Schläfe den letzten Pfiff zu geben und sich die Mütze keck aufs Ohr zu schieben, ehe er sich in der Öffentlichkeit sehen ließ. So groß ist die Macht der Gewohnheit, daß er sogar mitten in all dieser Aufregung mechanisch an seinen Haaren zu zupfen und die Mütze zurechtzurücken begann. Dann blickte er verwundert

auf das bleiche Gesicht, das ihm aus dem Spiegel entgegenschaute, und insbesondere auf den Schnurrbart, der in den annähernd sieben Wochen seines Wachstums eine stattliche Fülle erreicht hatte. Auf einmal fielen ihm Isidors warnende Worte über das Blutbad ein, das der geschlagenen britischen Armee drohte. Man wird mich bestimmt für einen Soldaten halten, überlegte er und wankte in sein Schlafzimmer, wo er wild an der Klingel riß, um den Diener zu rufen.

Isidor erschien tatsächlich. Josef war in einen Stuhl gesunken. Er hatte sich die Krawatte abgerissen, den Kragen heruntergeklappt und saß nun da, beide Hände an der Kehle.

„Coupez-moi, Isidor!" schrie er, „vite! Coupez-moi!"

Einen Augenblick lang glaubte Isidor, sein Herr sei verrückt geworden und wolle, daß er ihm die Gurgel abschneide.

„Les moustaches!" keuchte Josef, „les moustaches, couper,

raser, vite!" Das war sein Französisch: lebhaft, aber grammatisch nicht besonders elegant.

Im Handumdrehen hatte Isidor ihn mit dem Rasiermesser von dem Schnurrbart befreit. Nun vernahm er zu seiner unaussprechlichen Freude den Befehl, er solle einen Hut und einen Zivilrock holen. „Ne porter plou – habit militair – bonnet – donner à vous – prenez dehors!" stammelte Josef. So waren Rock und Mütze endlich Isidors Eigentum.

Nachdem diese Schenkung vollzogen war, wählte Josef unter seinem reichhaltigen Vorrat einen schlichten schwarzen Rock mit Weste aus, dazu ein großes weißes Halstuch und einen einfachen steifen Filzhut. Wenn ihm ein breitrandiger, schwarzer Hut zur Verfügung gestanden hätte, würde er den aufgesetzt haben. Aber auch ohne ihn wirkte er schon wie ein richtiger, stattlicher Geistlicher der englischen Staatskirche.

„Venez maintenong", fuhr er fort, „suivez – allez – partez – dong la rou!" Mit diesen Worten stürzte er das Treppenhaus hinunter und verschwand auf der Straße.

Obwohl Regulus geschworen hatte, er sei der einzige Überlebende seines Regiments und fast der einzige der gesamten verbündeten Heere, der der Vernichtung durch Ney entkommen sei, so war seine Behauptung anscheinend doch nicht ganz korrekt, denn außer ihm hatte noch eine größere Anzahl der angeblichen Opfer das Gemetzel überlebt. Ganze Scharen von Regulus' Kameraden hatten nach Brüssel zurückgefunden. Alle gaben sie zu, davongelaufen zu sein. Sie verbreiteten in der ganzen Stadt das Gerücht von der Niederlage der Verbündeten. Das Eintreffen der Franzosen wurde stündlich erwartet. Die Panik wurde immer größer. Überall trafen die Leute immer noch Vorbereitungen zur Flucht. Keine Pferde! fiel es Josef plötzlich mit Schrecken ein. Er ließ Isidor bei zahllosen Leuten nachfragen, ob sie wohl welche zu verleihen oder zu verkaufen hätten. Das Herz sank ihm bei den abschlägigen Antworten, die er von überallher erhielt. Sollte er sich zu Fuß auf den Weg machen? Aber nicht einmal die Angst konnte den schwerfälligen Körper in Bewegung setzen.

Fast alle Brüsseler Hotels, die von Engländern bewohnt waren, lagen nach dem Park hinaus. Unentschlossen und niedergedrückt von Furcht und Neugier wanderte Josef da unter der Menge umher. Einige Familien sah er, die mehr Glück gehabt hatten als er; sie hatten ein Gespann Pferde entdeckt und ratterten flüchtend durch die Straßen. Anderen wieder ging es wie ihm. Weder für Geld noch gute Worte konnten sie sich die zur Flucht notwendigen Pferde verschaffen. Unter denen, die gern fliehen wollten, entdeckte Josef auch Lady Bareacres und ihre Tochter, die in ihrem Wagen vor der Tür ihres Hotels saßen. Alle Koffer waren aufgeladen. Was sie an der Flucht hinderte, war dasselbe, was auch Josef in Brüssel zurückhielt: es fehlte ihnen die bewegende Kraft.

Im gleichen Hotel hatte auch Rebekka Crawley einige Zimmer inne. In den vergangenen Tagen hatte sie verschiedentlich feindliche Begegnungen mit den Damen Bareacres gehabt. Wenn sie sich auf der Treppe trafen, schnitt Lady Bareacres Mrs. Crawley. Überall, wo der Name der letzteren erwähnt wurde, äußerte die Lady beharrlich nur Schlechtes über ihre Nachbarin. Die Gräfin war entsetzt über den vertraulichen Verkehr des Generals Tufto mit der Frau seines Adjutanten. Lady Blanche mied Rebekka, als ob sie eine ansteckende Krankheit hätte. Nur der Graf unterhielt sich zuweilen heimlich mit ihr, wenn er außer Reichweite seiner Damen war. Jetzt bot sich Rebekka eine Gelegenheit, sich an ihren unverschämten Feinden zu rächen. Im Hotel sprach es sich herum, daß Hauptmann Crawleys Pferde zurückgeblieben waren. Als nun die Panik begann, ließ Lady Bareacres sich so weit herab, ihre Zofe mit vielen Empfehlungen zu der Frau des Hauptmanns zu senden, damit sie sich nach dem Preis von Mrs. Crawleys Pferden erkundige. Mrs. Crawley schickte mit den besten Empfehlungen ein Billett zurück, in dem sie andeutete, sie sei es nicht gewohnt, mit Kammerzofen Geschäfte abzuschließen.

Auf diese kurze Antwort hin erschien der Graf höchstpersönlich in Beckys Zimmer; aber auch er hatte nicht mehr Erfolg als seine Vorgängerin. „Mir eine Kammerzofe zu schicken!“ rief Mrs. Crawley zornig aus. „Warum hat Lady Bareacres mich nicht gleich hinausgeschickt, die Pferde anzuschirren? Will die Lady selbst fliehen oder nur die femme de chambre der Lady?“ Und das war die ganze Antwort, die der Graf seiner Gemahlin übermitteln konnte!

Aber was bringt die Not nicht alles zustande! Nachdem auch der zweite Abgesandte gescheitert war, begab die Gräfin sich selbst zu Mrs. Crawley und bat sie inständig, ihren Preis zu nennen. Sie erbot sich sogar, Becky nach Bareacres' House einzuladen, wenn sie ihr die Mittel verschaffe, dorthin zurückkehren zu können. Doch Mrs. Crawleys Antwort war nur Hohn.

„Ich will mir nicht von Schergen in Livree auflauern lassen“, sagte sie, „aber höchstwahrscheinlich werden Sie nie dorthin zurückkehren, zumindest nicht Sie und Ihre Diamanten zusammen! Die werden die Franzosen Ihnen schon wegnehmen! In zwei Stunden sind sie hier, und ich werde inzwischen schon auf halbem Wege nach Gent sein. Ihnen würde ich meine Pferde nicht verkaufen, nein, nicht einmal um die beiden größten Diamanten, die Euer Gnaden bei dem Ball trugen!" Lady Bareacres zitterte vor Wut und Angst. Die Diamanten waren in ihr Kleid eingenäht und in der Wattierung und den Stiefeln des Grafen versteckt. „Weib! Die Diamanten sind beim Bankier! Ich will die Pferde haben, um jeden Preis!" rief sie aus. Rebekka lachte ihr ins Gesicht. Da ging die Gräfin wutentbrannt nach unten und setzte sich in den Wagen. Sie hetzte das Mädchen, den Kurier und ihren Mann noch einmal durch die Stadt, damit sie sich nach Pferden umsähen, und wehe dem, der zuletzt zurückkam! Die Lady war entschlossen, sofort abzufahren, sobald sie von irgendwoher Pferde bekäme – mit ihrem Mann oder ohne ihn!

Rebekka hatte nun das Vergnügen, die Lady in dem Wagen ohne Bespannung sitzen zu sehen. Den Blick fest auf sie gerichtet, beklagte Mrs. Crawley, so laut sie konnte, die schwierige Lage der Gräfin. „Daß die keine Pferde bekommen können!" rief sie, „und dann all die Diamanten in die Wagenkissen eingenäht zu haben! Das wird eine schöne Beute für die Franzosen geben, wenn sie erst hier sind – der Wagen und die Diamanten, meine ich, nicht die Dame!" Diese Bemerkung machte sie auf dem Hof vor dem Wirt, den Bedienten, den Gästen und den zahllosen Zuschauern. Lady Bareacres hätte sie vom Wagenfenster aus erschießen mögen.

Während Rebekka noch die Demütigung ihrer Feindin genoß, fiel ihr Auge auf Josef, der sofort auf sie zukam, sobald er sie erblickte.

Das ganz veränderte, entsetzte, fette Gesicht verriet sein Geheimnis nur allzu deutlich. Auch er wollte fliehen und war auf der Ausschau nach den nötigen Hilfsmitteln. Er soll meine Pferde kaufen, dachte Rebekka, und ich werde die Stute reiten!

Josef trat zu der Freundin und stellte, wohl zum hundertstenmal seit einer Stunde, die Frage, ob sie wohl wüßte, wo man Pferde bekommen könnte.

„Was, Sie wollen fliehen?" lachte Rebekka. „Ich dachte, Sie wären der Beschützer aller Damen, Mr. Sedley!"

„Ich – ich bin kein Soldat!" Josef atmete schwer.

„Und Amelia? Wer soll Ihre arme kleine Schwester behüten?“ fragte Rebekka. „Sie wollen sie doch gewiß nicht im Stich lassen?“

„Was kann ich schon für sie tun, falls – falls der Feind kommt?“ erwiderte Joe. „Die Frauen wird man schonen, aber mein Diener hat mir erzählt, sie hätten geschworen, den Männern keinen Pardon zu geben – die gemeinen Feiglinge!“

„Entsetzlich!“ rief Rebekka aus und weidete sich an seiner Verwirrung.

„Außerdem will ich sie ja gar nicht im Stich lassen“, rief der Bruder. „Sie soll nicht allein zurückbleiben. In meinem Wagen ist Platz für Amelia und auch für Sie, liebe Mrs. Crawley, falls Sie mitkommen wollen – und falls wir Pferde bekommen können . . .“ seufzte er.

„Ich habe zwei zu verkaufen“, erklärte die Dame. Josef hätte sie für diese Mitteilung umarmen mögen. „Hol den Wagen, Isidor“, rief er, „wir haben sie – wir haben sie!“

„Meine Pferde sind noch nie im Geschirr gegangen“, fuhr die Dame fort, „Bullfinch würde den Wagen in Stücke schlagen, wenn Sie ihn einspannen wollten.“

„Aber er läßt sich ruhig reiten?“ fragte der Zivilist.

„So fromm wie ein Lamm ist er und so schnell wie ein Hase“, antwortete Rebekka.

„Glauben Sie, er könnte mein Gewicht tragen?“ wollte Joe nun wissen. Im Geist saß er schon auf dem Rücken des Pferdes, ohne auch nur einen einzigen Gedanken an Amelia zu verschwenden. Welcher Pferdeliebhaber könnte aber auch einer solchen Versuchung widerstehen?

Statt einer Antwort bat Rebekka ihn, mit in ihr Zimmer zu kommen. Er folgte ihr in atemloser Spannung, hoffte er doch den Handel abzuschließen. Selten in seinem Leben verbrachte Josef eine halbe Stunde, die ihn soviel Geld kostete. Rebekka maß den Wert dessen, was sie zu verkaufen hatte, sowohl an Josefs Kaufeifer wie an der Knappheit der Ware und verlangte daher für ihre Pferde einen so märchenhaften Preis, daß selbst Mr. Sedley zurückschreckte. Sie wolle nur beide zusammen oder keins verkaufen, erklärte sie entschieden. Rawdon habe ihr befohlen, sich nicht unter dem genannten Preis von den Pferden zu trennen. Lady Bareacres unten würde ihr dieselbe Summe geben, und trotz aller Freundschaft und Achtung für die Familie Sedley müsse ihr lieber Mr. Josef verstehen, daß arme Leute auch leben wollen – kurz, niemand hätte liebenswürdiger, aber auch entschiedener in seinen Geschäften sein können.

Am Ende willigte Josef doch ein, wie auch zu erwarten gewesen war. Die Summe, die er zu zahlen hatte, war so groß, daß er sie um etwas Zeit bitten mußte, so groß, daß sie für Rebekka ein kleines Vermögen bedeutete. Schnell überschlug sie, daß sie mit dieser Summe, dazu dem Erlös beim Verkauf von Rawdons übrigen Wertsachen und ihrer Witwenpension, falls er fallen sollte, von nun an völlig unabhängig in der Welt dastehen und der Witwentrauer gefaßt entgegensehen könne.

Natürlich hatte auch sie ein oder zwei Mal im Laufe des Tages daran gedacht, zu fliehen. Aber ihr Verstand belehrte sie eines Besseren. Nehmen wir an, die Franzosen kommen, überlegte Becky, was können sie einer armen Offizierswitwe schon viel tun? Pah, die Zeiten der Belagerungen und Plünderungen sind vorüber! Man wird uns ruhig nach Hause gehen lassen, oder vielleicht kann ich mit meinem netten kleinen Einkommen auch sehr angenehm im Ausland leben.

Mittlerweile waren Josef und Isidor nach dem Stall gegangen, um die soeben erstandenen Pferde zu besichtigen. Josef ließ den Mann die Tiere sofort satteln. Noch in der gleichen Nacht wollte er losreiten, noch in der gleichen Stunde. Er ließ den Diener zurück, der dabei war, die Pferde reitfertig zu machen, und ging selbst heim, um alles für den Aufbruch vorzubereiten. Es mußte verborgen bleiben. So wollte er sich durch den Hintereingang in sein Zimmer schleichen. Er legte keinen Wert darauf, Mrs. O'Dowd und Amelia zu begegnen und ihnen einzugestehen, daß er sich verdrücken wolle.

Bis Josef seinen Handel mit Rebekka abgeschlossen und die Pferde aufgesucht und besichtigt hatte, war es fast wieder Morgen geworden. Wiewohl Mitternacht lange vorüber war, gab es doch keine Ruhe für die Stadt; die Leute waren auf, in den Häusern brannte Licht, vor den Türen standen die Menschen, und auf den Straßen war lebhafter Betrieb. Immer noch gingen die verschiedensten Gerüchte von Mund zu Mund. Ein Bericht bestätigte die völlige Niederlage der Preußen; ein anderer besagte, daß vielmehr die Engländer angegriffen und geschlagen worden seien, ein dritter, daß sie sich behauptet hätten. Dieses letzte Gerücht verdichtete sich mehr und mehr. Noch war kein Franzose erschienen. Versprengte kamen und brachten immer günstigere Berichte vom Heer mit. Schließlich erschien sogar ein Adjutant mit Depeschen für den Kommandanten von Brüssel, der sofort überall in der Stadt eine offizielle Mitteilung über den Erfolg der Verbündeten bei Quatre-Bras und den vollständigen Rückzug der Franzosen unter Ney nach sechsstündiger Schlacht anschlagen ließ. Der Adjutant mußte ungefähr zu der Zeit angekommen sein, da Josef und Rebekka über ihren Handel einig wurden oder Josef seinen Kauf begutachtete. Als er das Hotel erreichte, fand er ein rundes Dutzend der Bewohner vor der Tür in eifriger Diskussion über die letzten Nachrichten, an deren Richtigkeit kein Zweifel bestand. Er ging hinauf, um sie den ihm anvertrauten Damen mitzuteilen. Doch erachtete er es nicht für notwendig, ihnen zu erzählen, daß er sie hatte verlassen wollen, wie er die Pferde erstanden und welchen Preis er für sie gezahlt hatte.

Aber Erfolg oder Niederlage interessierten die Damen erst in zweiter Linie, waren sie doch nur auf die Sicherheit ihrer Lieben bedacht. Amelia wurde bei der Siegesnachricht beinahe noch erregter als zuvor. Am liebsten wollte sie sich sofort zur Armee begeben. Unter Tränen flehte sie ihren Bruder an, sie hinzubringen. Ihre Zweifel und Ängste erreichten einen Höhepunkt. Das arme Wesen, das stundenlang in Teilnahmslosigkeit versunken gewesen war, raste nun und lief in einem Anfall von wahnsinniger Hysterie im Zimmer hin und her. Es war ein erbarmungswürdiger Anblick! Auf dem hartumkämpften Schlachtfeld, zwanzig Kilometer entfernt, wo nach dem Kampf so viele tapfere Männer lagen, wand sich keiner in größeren Schmerzen, litt keiner mehr als dieses arme, unschuldige Opfer des Krieges. Josef konnte den Anblick nicht ertragen. Er überließ die Schwester der Obhut ihrer abgehärteteren Gefährtin und stieg noch einmal zur Haustür hinunter, wo die Leute noch immer schwatzend herumstanden und auf neue Nachrichten warteten.

Wie sie so dastanden, wurde es allmählich heller Tag, und Männer, die selbst bei dem Schauspiel mitgewirkt hatten, brachten immer neue Berichte von der Schlacht mit. Leiterwagen und lange Bauernkarren, beladen mit Verwundeten, rollten in die Stadt. Schauriges Stöhnen erklang von ihnen, und verzerrte Gesichter blickten traurig aus dem Stroh. Voll schmerzlicher Neugier betrachtete Josef einen dieser Wagen. Das Ächzen der Leute war furchtbar. Die müden Pferde konnten den Wagen kaum noch ziehen. „Halt! Halt!“ rief eine schwache Stimme aus dem Stroh, und das Gefährt hielt gegenüber von Mr. Sedleys Hotel an.

„Das ist George! Ich weiß es genau!“ rief Amelia und stürzte augenblicklich mit bleichem Gesicht und lose flatterndem Haar auf den Balkon. Es war indes nicht George, aber doch das Nächstbeste: Nachricht von ihm.

Es war der arme Tom Stubble, der vor vierundzwanzig Stunden mit der Fahne des Regiments, die er auf dem Schlachtfeld sehr tapfer verteidigt hatte, so mutig aus Brüssel ausgezogen war. Ein französischer Ulan hatte dem jungen Fähnrich das Bein durchbohrt. Noch im Fallen hielt er tapfer seine Fahne fest. Als die Kämpfe zu Ende waren, hatte sich für den armen Jungen ein Platz auf einem Wagen gefunden, und man hatte ihn nach Brüssel zurückgebracht.

„Mr. Sedley! Mr. Sedley!“ rief der Junge mit schwacher Stimme, und Josef trat, fast erschreckt von dem Anruf, näher. Im ersten Augenblick hatte er nicht unterscheiden können, wer ihn da rief.

Der kleine Tom Stubble hielt ihm eine heiße, kraftlose Hand hin. „Ich soll hier hereingebracht werden“, sagte er, „Osborne – und Dobbin haben es gesagt, und Sie möchten dem Mann zwei Napoleons geben; meine Mutter wird sie Ihnen zurückzahlen.“ Während der langen Fieberstunden, die der junge Bursche auf dem Wagen verbracht hatte, waren seine Gedanken in das heimatliche Pfarrhaus gewandert, das er erst vor wenigen Monaten verlassen hatte, und zuweilen hatte er über diesem Phantasiebild sogar seine Schmerzen vergessen.

Das Hotel war groß, und die Bewohner waren sehr freundlich. So wurden alle von dem Wagen hereingeholt und auf die verschiedenen Liegestätten gebettet. Der junge Fähnrich wurde nach oben in Osbornes Räume gebracht. Sobald die Majorin ihn vom Balkon aus erkannt hatte, war sie mit Amelia zu ihm hinuntergeeilt. Man kann sich die Gefühle dieser Frauen vorstellen, als sie hörten, die Schlacht sei vorüber, und ihre Gatten seien beide heil und gesund. Vor übergroßer Freude verstummt, fiel Amelia der guten Freundin um den Hals und umarmte sie. Voll leidenschaftlicher Dankbarkeit kniete sie nieder, um zu beten und der Macht zu danken, die ihr den Mann erhalten hatte.

Kein Arzt hätte der jungen Frau für ihre fieberhaft gereizten Nerven ein besseres Heilmittel verschreiben können als das, was der Zufall ihr bot. Sie und Mrs. O'Dowd wachten unablässig bei dem jungen Verwundeten, der sehr arge Schmerzen zu erdulden hatte. Diese ihr aufgezwungene Pflicht ließ Amelia keine Zeit mehr, über ihren persönlichen Sorgen zu brüten oder sich nach ihrer Gewohnheit ihren eigenen Ängsten und Vorahnungen hinzugeben. In seiner schlichten Art berichtete der Patient von den Ereignissen des Tages und den Taten unserer Freunde vom . . .ten Regiment. Sie hatten schwer gelitten und eine große Anzahl Offiziere und Mannschaften verloren. Beim Angriff war dem Major das Pferd unter dem Leib erschossen worden, und alle glaubten, es sei um ihn geschehen, und Dobbin würde nun Major werden, bis sie bei der Rückkehr von ihrem Angriff den Major entdeckten, wie er auf Pyramus' Leichnam saß und sich aus einer Feldflasche erquickte. Hauptmann Osborne war es gewesen, der den französischen Ulanen niederschlug, der den Fähnrich getroffen hatte. Bei diesem Gedanken wurde Amelia so bleich, daß Mrs. O'Dowd den jungen Fähnrich in seinem Bericht unterbrach. Am Ende des Tages war es wiederum Hauptmann Dobbin gewesen, der den Jungen auf die Arme genommen und zum Wundarzt getragen hatte und dann auf den Bauernwagen, der ihn nach Brüssel zurückbringen sollte. Er hatte dem Fahrer zwei Louisdor versprochen, wenn er bis zu Mr. Sedleys Hotel in der Innenstadt fahren und Mrs. Osborne berichten wollte, daß die Schlacht vorüber und ihr Mann unverletzt und wohlauf sei.

„Dieser William Dobbin hat wahrhaftig ein gutes Herz!" sagte Mrs. O'Dowd, „wenn er auch immer über mich lacht."

Der junge Stubble pflichtete ihr bei; es gebe in der ganzen Armee keinen zweiten Offizier, der ihm gleichkomme. Er wollte nicht aufhören, seinen Vorgesetzten wegen seiner Bescheidenheit, Freundlichkeit und bewunderungswürdigen Kaltblütigkeit im Kampf zu preisen. Diesem Teil des Gesprächs widmete Amelia indes nur geringe Aufmerksamkeit. Bloß wenn von George die Rede war, hörte sie zu, und wurde er nicht erwähnt, waren ihre Gedanken trotzdem nur bei ihm.

Mit der Pflege des Patienten und dem Nachdenken über die wunderbaren Ereignisse des Vortages verging der zweite Tag für Amelia verhältnismäßig schnell. Für sie gab es in der ganzen Armee nur einen Mann; und solange er wohlauf war, interessierte sie alles andere nur wenig. All die Berichte, die Josef von der Straße mitbrachte, drangen ihr gar nicht richtig ins Ohr, obwohl sie genügten, diesen furchtsamen Herrn und noch viele andere in Brüssel in einige Unruhe zu versetzen. Gewiß, die Franzosen waren zurückgeschlagen worden, aber erst nach schwerem, zweifelhaftem Kampf, und nur ein Bruchteil der französischen Armee war bislang eingesetzt gewesen. Mit der

Hauptmasse stand der Kaiser noch bei Ligny. Dort hatte er die Preußen völlig vernichtet, und nun war er frei und konnte sich mit voller Kraft auf die Verbündeten werfen. Der Herzog von Wellington zog sich auf die Hauptstadt zurück. Unter ihren Mauern würde wahrscheinlich eine große Schlacht geschlagen werden müssen, deren Ausgang mehr als ungewiß war. Der Herzog hatte nur zwanzigtausend Mann britische Truppen, auf die er sich verlassen konnte; denn die Deutschen waren rohe Miliz und die Belgier unzuverlässig. Und mit dieser Handvoll Soldaten sollten Seine Gnaden den 150 000 Mann Widerstand leisten, die unter Napoleon in Belgien eingebrochen waren! Unter Napoleon! Wo gab es einen Krieger, und sei er noch so berühmt und geschickt, der mit einer so ungleichen Kriegsmacht gegen ihn bestehen könnte?

All das stand Josef vor Augen, und er erzitterte. Ähnlich erging es dem übrigen Brüssel, wo man das Empfinden hatte, der Kampf des Vortages sei nur das Vorspiel zu einer größeren Schlacht gewesen, die unmittelbar bevorstünde. Schon war eine der Armeen, die gegen den Kaiser stand, in alle Winde zerstreut. Die wenigen Engländer, die zum Widerstand gegen ihn aufgeboten werden konnten, würden in ihrer Stellung fallen, und der Eroberer würde über ihre Leichen hinweg in die Stadt einziehen. Wehe denen, die er dort fand! Man bereitete schon Ansprachen vor; Staatsbeamte versammelten sich und debattierten im geheimen; man machte die Zimmer zurecht und stellte Trikoloren und Siegesembleme her, um Seine Majestät den Kaiser und König bei seiner Ankunft zu begrüßen.

Das Flüchten hatte noch kein Ende genommen. Wo immer Familien eine Möglichkeit zur Abreise fanden, flohen sie. Als Josef sich am Nachmittag des 17. Juni in Rebekkas Hotel begab, stellte er vor dem Tor fest, daß die große Kutsche der Bareacres nun schließlich doch abgefahren war. Irgendwie hatte der Graf, trotz Mrs. Crawley, sich doch Pferde zu verschaffen gewußt und rollte nun schon auf dem Wege nach Gent. Dort schnürte auch Ludwig der Ersehnte bereits sein Bündel. Es schien fast so, als ob das Unglück nie genug davon bekam, diese schwerfälligen Verbannten weiterzuhetzen.

Josef hatte das Gefühl, daß der gestrige Erfolg nur eine Gnadenfrist gewesen sei und daß seine teuer erstandenen Pferde sicherlich noch requiriert werden würden. Den ganzen Tag über stand er unbeschreibliche Qualen aus. Solange sich eine englische Armee zwischen Brüssel und Napoleon befand, bestand noch keine Notwendigkeit zu sofortiger Flucht. Aber vorsichtshalber ließ er die Pferde doch lieber aus den weit entfernten Stallungen auf den Hof seines Hotels bringen, damit er sie unter Augen hatte und sie ihm nicht so leicht gewaltsam entführt werden konnten. Isidor behielt ständig ein Auge auf die Stalltür, hinter der die Pferde gesattelt und zum Aufbruch bereit standen. Sehnsüchtig wartete er auf diesen Augenblick.

Nach dem Empfang am gestrigen Tag legte Rebekka keinen Wert darauf, ihrer lieben Amelia zu begegnen. Sie schnitt die Blumen ab, die George ihr geschenkt hatte, gab ihnen frisches Wasser und las noch einmal das Briefchen von ihm durch. Das armselige Geschöpf! lachte sie und wirbelte das Stückchen Papier in den Fingern herum, wie könnte ich sie hiermit niederschmettern! Um so einen Mann muß ihr nun das Herz brechen, um so einen dummen Gecken, der sich nicht das geringste aus ihr macht. Mein armer, guter Rawdon ist zehnmal soviel wert wie so ein Kerl! Und dann begann sie zu überlegen, was sie tun würde, wenn – wenn dem armen, guten Rawdon etwas zustieße. Was für ein riesiges Glück war es doch, daß er seine Pferde zurückgelassen hatte!

Nicht ohne Ärger sah sie im Laufe des Tages die Bareacres abfahren. Da fielen ihr die Vorsichtsmaßnahmen ein, die die Gräfin getroffen hatte. So machte auch sie sich an die Arbeit und nähte den größten Teil ihres Schmuckes, der Wechsel und der Banknoten in ihr Gewand ein. Derart vorbereitet, war sie für jedes Ereignis gerüstet – zu fliehen, falls es ihr richtig erschien, oder zu bleiben und den Sieger willkommen zu heißen, sei er nun Engländer oder Franzose. Ich bin mir nicht sicher, ob sie in dieser Nacht nicht doch davon träumte, Herzogin oder Madame la Maréchale zu werden. Rawdon lag unterdessen in seinen Mantel gewickelt bei der Höhe Saint Jean draußen im Regen und dachte mit aller Kraft seines Herzens an die kleine Frau, die er zurückgelassen hatte.

Der nächste Tag war ein Sonntag. Mrs. O'Dowd hatte die Befriedigung, ihre beiden Patienten durch die Nachtruhe an Körper und Geist erfrischt zu sehen. Sie selbst hatte in einem Lehnstuhl in Amelias Zimmer geschlafen, immer bereit, sich um ihre arme Freundin oder den Fähnrich zu kümmern, sollte einer der beiden ihrer Fürsorge bedürfen. Als der Morgen kam, kehrte die tüchtige Frau in das Haus zurück, wo sie und der Major einquartiert waren. Hier machte sie ausgiebig Toilette, wie es sich für den Tag geziemte. Während sie allein in dem

Zimmer war, das ihr Mann bewohnt hatte und wo seine Nachtmütze noch auf dem Kissen lag und sein Stock noch in der Ecke stand, stieg vielleicht sogar ein Gebet für das Wohl des tapferen Soldaten Michael O'Dowd zum Himmel auf.

Bei ihrer Rückkehr brachte sie das Gebetbuch und auch das berühmte Buch mit den Predigten ihres Onkels, des Dekans, mit, aus dem sie unfehlbar jeden Sonntag vorlas. Zwar verstand sie nicht unbedingt alles und sprach auch viele Wörter nicht korrekt aus (der Dekan war ein Gelehrter und liebte lateinische Wörter), aber im ganzen las sie leidlich richtig, jedenfalls mit großem Ernst und vielem Nachdruck. Wie oft hat mein Mick diesen Predigten zugehört, dachte sie, wenn ich ihm bei Windstille in der Kabine daraus vorlas. Auch heute wollte sie diese geistliche Übung vornehmen; Amelia und der verwundete Fähnrich sollten die Gemeinde sein. An jenem Tag wurde zur gleichen Stunde in zwanzigtausend Kirchen der gleiche Gottesdienst abgehalten, und Millionen von Engländern, Männer und Frauen, lagen auf den Knien und flehten den himmlischen Vater um Schutz an.

Sie alle vernahmen das Getöse nicht, durch das unsere kleine Gemeinde in Brüssel gestört wurde. Gerade als Mrs. O'Dowd die Predigt, so schön sie nur konnte, vorlas, begannen viel lauter als vor zwei Tagen die Kanonen zu dröhnen.

Als Josef diesen furchtbaren Lärm hörte, meinte er diese unaufhörliche Wiederkehr des Schreckens nicht länger zu ertragen und beschloß, sofort zu fliehen. Er stürzte ins Krankenzimmer, wo unsere drei Freunde soeben im Gebet innegehalten hatten, und störte sie noch mehr, indem er einen leidenschaftlichen Appell an Amelia richtete.

„Ich ertrage es nicht länger, Emmy", sagte er, „ich will es nicht länger ertragen! Du mußt mitkommen! Ich habe auch für dich ein Pferd gekauft – was es kostet, ist jetzt ganz gleich –, du mußt dich anziehen und mitkommen! Du kannst hinter Isidor aufsitzen."

„Gott verzeihe mir, Mr. Sedley, aber Sie sind nichts Besseres als ein Feigling!" erklärte Mrs. O'Dowd und legte das Buch nieder.

„Bitte komm mit, Amelia!" fuhr der Zivilist fort, „kümmere dich nicht darum, was sie sagt! Warum sollen wir hierbleiben und uns von den Franzosen niedermetzeln lassen?"

„Sie vergessen das . . .te Regiment, alter Junge", warf der kleine Stubble, der verwundete Fähnrich, vom Bett her ein,

„und – und – Sie lassen mich doch nicht im Stich, nicht wahr, Mrs. O'Dowd?"

„Nein, mein lieber Junge!" beteuerte Mrs. O'Dowd und ging hin zu ihm und gab ihm einen Kuß. „Ihnen soll kein Leid geschehen, solange ich hier bin! Ich rühre mich nicht von der Stelle, bis ich von Mick den Befehl dazu bekomme. Das würde ein hübsches Bild abgeben, wenn ich mich hinter den Kerl da aufs Kissen setzen würde, nicht wahr?"

Bei dieser Vorstellung brach der junge Patient in lautes Gelächter aus, und sogar Amelia mußte lächeln. „Sie bitte ich ja auch gar nicht mitzukommen", rief Josef, „ich bitte ja nicht diese – diese Irin, sondern dich, Amelia! Kurz und gut, willst du mitkommen?"

„Ohne meinen Mann, Josef?" versetzte Amelia mit verwundertem Blick und reichte der Majorin die Hand. Jetzt war Josefs Geduld erschöpft.

„Also dann leb wohl!" Wütend ballte er die Faust gegen sie und knallte die Tür hinter sich zu. Diesmal gab er wirklich den Befehl zum Aufbruch und bestieg auf dem Hof sein Pferd. Mrs. O'Dowd hörte das Klappern der Hufe, als sie zum Tor hinausritten. Unter verächtlichen Bemerkungen über den armen Josef sah sie ihm nach, wie er die Straße entlangritt, während Isidor mit der goldbetreßten Kappe ihm folgte. Die Pferde, die ein paar Tage lang nicht herausgekommen waren, sprangen munter auf der Straße umher. Das war für einen so ungeschickten, zaghaften Reiter, wie es Josef war, nicht gerade vorteilhaft. „Schauen Sie sich ihn nur an, liebe Amelia! Er reitet beinahe in das Schaufenster hinein! Solch einen Elefanten im Porzellanladen habe ich wahrhaftig noch nie gesehen!" Dann verschwanden die beiden Reiter im Trab auf der Straße nach Gent. Mrs. O'Dowd verfolgte sie mit einem Feuer von Spott und Hohn, solange sie noch zu sehen waren.

Den ganzen Tag lang, vom Morgen bis zum Sonnenuntergang, nahm das Donnern der Geschütze kein Ende. Es war bereits dunkel, als die Kanonade plötzlich abbrach.

Wir alle haben gelesen, was sich während dieser Zeit ereignete. Diese Geschichte ist im Munde jedes Engländers. Wir alle, die wir Kinder waren, als die große Schlacht gewonnen und verloren wurde, werden nie müde, von diesem berühmten Kampf zu hören und zu erzählen. Die Erinnerung daran nagt noch immer am Herzen von Millionen Landsleuten jener tapferen Männer, die die Schlacht verloren. Sie sehnen sich nach einer Ge-

legenheit, Rache zu nehmen für diese Demütigung. Wenn dann der nächste Kampf mit einem Sieg ihrerseits endete und sie mit Jubel erfüllte, dann bliebe uns das verfluchte Erbe von Haß und Wut, und es wäre kein Ende des sogenannten Ruhmes und der sogenannten Schaden abzusehen. Zwei hochherzige Nationen würden abwechselnd in erfolgreiches und erfolgloses Morden ohne Ende verwickelt werden. Noch in Jahrhunderten würden wir Franzosen und Engländer voreinander prahlen und uns gegenseitig töten in tapferer Erfüllung eines teuflischen Ehrenkodex.

Alle unsere Freunde trugen ihr Teil zu der großen Schlacht bei und kämpften wie Männer. Während die Frauen zehn Meilen entfernt im Gebet lagen, hielten die Linien der unerschrokkenen englischen Infanterie den ganzen Tag lang dem wütenden Ansturm der französischen Kavallerie stand und warfen sie zurück. Die Kanonen, die man in Brüssel hörte, pflügten ihre Reihen um. Kameraden fielen, aber die Überlebenden sprangen entschlossen für sie ein. Gegen Abend ließ die Wut der so tapfer vorangetragenen und so tapfer aufgenommenen Angriffe der Franzosen etwas nach. Entweder mußten sie sich anderen Feinden als den Briten zuwenden, oder sie bereiteten einen letzten Ansturm vor. Schließlich kam dieser letzte Ansturm. In langen Reihen marschierte die kaiserliche Garde die Anhöhe Saint Jean hinauf, um die Engländer hinunterzufegen, die den Hügel den ganzen Tag lang allem zum Trotz gehalten hatten. Ohne Rücksicht auf die donnernde Artillerie, die Tod von den englischen Linien herabspie, drängte die dunkle Kolonne immer weiter den Hügel hinauf. Fast schien es, als ob sie bereits die Höhe überschritte, als sie auf einmal zu wanken begann. Dann blieb sie, immer noch in Schußrichtung, stehen. Da stürzten die englischen Truppen endlich aus den Stellungen, aus denen kein Feind sie hatte vertreiben können, und die Garde wandte sich und floh.

In Brüssel war kein Feuern mehr zu hören. Die Verfolgung entfernte sich Meile um Meile. Dunkelheit senkte sich über das Schlachtfeld und die Stadt. Amelia betete für George; aber George lag tot dort draußen, eine Kugel hatte ihn mitten ins Herz getroffen.

33. Kapitel

Miss Crawleys Verwandte machen sich große Sorgen um sie

Tapfer rückte die Armee aus Flandern vor, um nach den dort vollbrachten Heldentaten die französischen Grenzfestungen einzunehmen und dann das ganze Land zu besetzen, während zur gleichen Zeit andere Leute – wie der geneigte Leser sich erinnern wird – friedlich in England lebten. Da auch sie in die vorliegende Geschichte verwikkelt sind, müssen wir ihnen ebenfalls etwas Raum in unserer Chronik zugestehen. Während der gefahrvollen Schlachten lebte die alte Miss Crawley in Brighton und ließ sich durch die großen Ereignisse, die da vor sich gingen, nur wenig rühren. Allerdings wurden durch diese großen Ereignisse die Zeitungen weitaus interessanter. So konnte die Briggs zum Beispiel vorlesen, daß Rawdon Crawleys Tapferkeit in einem Blatt ehrenvoll erwähnt wurde und daß er zum Oberstleutnant befördert worden war.

„Wie schade, daß der junge Mann einen solchen nie wiedergutzumachenden Schritt in die Welt hinaus getan hat!" sagte die Tante daraufhin. „Bei seinem Rang und mit diesen Auszeichnungen hätte er eine Brauerstochter mit einer Viertelmillion heiraten können, wie etwa Miss Grains. Oder er hätte versuchen können, mit den besten englischen Familien in Verbindung zu kommen. Eines Tages hätte er mein Geld geerbt, oder seine Kinder hätten es bekommen; denn ich habe es noch nicht so eilig mit dem Sterben, Miss Briggs, wenn Sie mich wohl auch gern bald lossein würden! Statt dessen ist er dazu verdammt, ein Bettler zu bleiben, mit einem Ballettmädchen als Frau!"

„Will meine teure Miss Crawley denn nicht mit dem Auge des Mitleids auf den heldenhaften Soldaten blicken, dessen Name in die Ruhmestafeln des Vaterlandes eingegraben ist?"

fragte Miss Briggs, die durch die Vorgänge bei Waterloo sehr erregt war und sich gern einer romantischen Ausdrucksweise bediente, sobald sich nur eine Gelegenheit bot. „Hat der Herr Hauptmann – oder der Herr Oberst, wie ich ihn jetzt wohl titulieren darf, nicht Taten vollbracht, die den Namen Crawley berühmt gemacht haben?“

„Briggs, Sie sind eine Närrin“, sagte Miss Crawley. „Oberst Crawley hat unseren Namen in den Schmutz gezerrt, Miss Briggs! Die Tochter eines Zeichenlehrers zu heiraten – eine dame de compagnie zu heiraten! Denn etwas Besseres war sie nicht, Briggs; nein, sie war genau das gleiche wie Sie, nur jünger und sehr viel hübscher und klüger! Ich wüßte ja gern, ob Sie mit diesem gottlosen Geschöpf, dessen gemeinen Schlichen er zum Opfer gefallen ist und das Sie so bewunderten, wohl unter einer Decke gesteckt haben? Ja, eigentlich bin ich ganz sicher, daß Sie da Ihre Hand mit im Spiel gehabt haben! Aber das kann ich Ihnen sagen, von meinem Testament werden Sie enttäuscht sein! Haben Sie bitte die Güte, an Mr. Waxy zu schreiben und ihm zu sagen, ich wünschte ihn sofort zu sprechen!“ Miss Crawley hatte es sich jetzt angewöhnt, ihrem Rechtsanwalt Mr. Waxy fast jeden Tag zu schreiben; denn sie hatte ihre Verfügungen bezüglich ihres Vermögens fast alle widerrufen, und die Frage, was nun mit ihrem Geld werden sollte, verursachte ihr beträchtliches Kopfzerbrechen.

Aus den häufigen spöttischen Bemerkungen zu Miss Briggs läßt sich ersehen, wie gut die alte Dame sich inzwischen erholt hatte. Die arme Gesellschafterin ließ diese Angriffe demütig, feige oder auch in halb großzügiger, halb erheuchelter Resignation über sich ergehen, in einem Wort: mit jener sklavischen Unterwürfigkeit, die Frauen ihrer Veranlagung und ihrer Stellung zeigen müssen. Wer hat noch nicht erlebt, wie Frauen ihresgleichen tyrannisieren können? Was bedeuten schon die Qualen, die Männer zu ertragen haben, im Vergleich zu diesen täglich wiederholten verächtlichen, grausamen Sticheleien, mit denen diese armen Frauen von den Tyrannen ihres eigenen Geschlechts überschüttet werden? Die armen Opfer! – Aber wir schweifen ab. Wir wollen nur feststellen, daß Miss Crawley immer besonders scharf und bissig war, wenn sie sich nach einer Krankheit auf dem Wege der Besserung befand, so wie man sagt, Wunden schmerzten besonders, wenn sie heilen wollten.

Während sie sich – wie alle hofften – der Genesung näherte, war Miss Briggs das einzige Opfer, das Zutritt zu ihrem Krankenzimmer hatte. Natürlich vergaßen auch Miss Crawleys Verwandte in der Ferne die geliebte Tante nicht, sondern bemühten sich, durch zahlreiche kleine Liebeszeichen und Geschenke und freundliche, liebevolle Briefe in ihrem Gedächtnis lebendig zu bleiben.

An erster Stelle sei hier ihr Neffe Rawdon Crawley erwähnt. Wenige Wochen nach der berühmten Schlacht bei Waterloo, nachdem die Zeitung von der Beförderung und Tapferkeit dieses hervorragenden Offiziers berichtet hatte, brachte das Schiff von Dieppe für Miss Crawley in Brighton eine Schachtel voll Geschenke mit und einen ergebenen Brief des Obersten, ihres Neffen. In der Schachtel befanden sich ein Paar französische Epauletten, ein Kreuz der Ehrenlegion und der Handgriff eines Degens – Reliquien vom Schlachtfeld! Der Brief erzählte sehr lebendig, daß der Degen einem kommandierenden Offizier der Garde gehört hatte, der geschworen hatte: „Die Garde fällt, aber ergibt sich nie!" In der nächsten Minute schon war er von einem einfachen Soldaten gefangengenommen worden, der mit dem Flintenkolben auf den Degen des Franzosen einhieb, worauf Rawdon sich der zerbrochenen Waffe bemächtigt hatte. Das Kreuz und die Epauletten stammten von einem französischen Kavallerieoberst, der von der Hand des Adjutanten in der Schlacht gefallen war. Rawdon wußte nun mit der Beute nichts Besseres zu tun, als sie seiner gütigen, liebevollen alten Freundin zu schicken. Sollte er ihr wohl auch aus Paris wieder schreiben, wohin die Armee jetzt marschierte? Er könnte ihr vielleicht interessante Dinge aus der Hauptstadt und von Miss Crawleys alten Freunden zu berichten haben, denen sie in der Not der Verbannung so viele Freundlichkeiten erwiesen hatte.

Die alte Jungfer ließ die Briggs mit einem liebenswürdigen Brief voller Komplimente erwidern, in dem sie den Oberst aufforderte, den Briefwechsel fortzusetzen. Der erste Brief sei so außerordentlich lebendig und amüsant gewesen, daß sie den weiteren mit Vergnügen entgegensähe. „Ich weiß natürlich ganz genau", erklärte sie Miss Briggs, „daß Rawdon ebensowenig wie Sie, meine arme Briggs, einen so guten Brief schreiben kann. Natürlich hat ihm diese kluge kleine Hexe Rebekka jedes Wort darin diktiert. Aber das ist noch lange kein Grund, daß ich mich nicht von meinem Neffen unterhalten lassen sollte, und deshalb möchte ich ihm zu verstehen geben, daß ich bei bester Laune bin."

Ob sie wohl auch wußte, daß Becky nicht nur die Briefe

schrieb, sondern auch die Trophäen sammelte und heimschickte? Für ein paar Franken hatte sie die Sachen von einem der zahllosen Hausierer gekauft, die sofort angefangen hatten, mit Kriegsandenken zu handeln. Der Verfasser, der alles weiß, ist natürlich auch hierüber im Bilde. Doch wie dem auch sei – Miss Crawleys liebenswürdige Antwort stärkte jedenfalls unseren jungen Freunden sehr den Mut, so daß sie sich nun das Beste von der offensichtlich besänftigten Stimmung der Tante erhofften. Sie bemühten sich, die alte Dame mit vielen reizenden Briefen aus Paris zu unterhalten, wohin sie das Glück, wie Rawdon sagte, auf den Spuren der siegreichen Armee geführt hatte.

Bei weitem weniger liebenswürdig waren die Briefe der alten Jungfer an die Pfarrersfrau, die ins Pfarrhaus nach Queen's Crawley zurückgekehrt war, um ihren Mann mit dem gebrochenen Schlüsselbein zu pflegen. Die lebhafte, energische, tatkräftige, herrschsüchtige Mrs. Bute hatte ihrer Schwägerin gegenüber einen höchst verhängnisvollen Irrtum begangen: sie hatte nicht nur sie und ihr ganzes Haus unterdrückt, sie hatte Miss Crawley auch gelangweilt! Wäre die arme Miss Briggs nun eine Frau von Ehrgefühl gewesen, so hätte der Auftrag, den ihre Herrin ihr erteilte, sie sehr glücklich machen müssen. Sie sollte nämlich an Mrs. Bute Crawley einen Brief schreiben, des Inhalts, daß Miss Crawleys Befinden sich seit Mrs. Butes Abreise bedeutend gebessert habe und daß sie die letztere bäte, sich unter keinen Umständen irgendwelche Mühe zu machen oder ihre Familie um Miss Crawleys willen zu verlassen. Dieser Triumph über eine Dame, die Miss Briggs gegenüber so hochmütig und grausam gewesen war, hätte den meisten Frauen größte Freude bereitet; aber die Briggs hatte eben überhaupt kein Ehrgefühl, und kaum war ihre Feindin niedergeschlagen, empfand sie auch schon Mitleid mit ihr.

Wie dumm war ich doch! dachte Mrs. Bute – und das mit Recht –, überhaupt anzudeuten, daß ich kommen wollte, wie ich es in dem albernen Brief getan habe, mit dem wir Miss Crawley die Truthähne schickten. Ohne ein Wort hätte ich zu der armen, geistesschwachen Alten fahren und sie dieser närrischen Briggs und dieser Harpyie von Kammerfrau aus den Händen reißen sollen. O Bute, Bute! Warum hast du dir bloß das Schlüsselbein gebrochen?

Ja, warum eigentlich? Wir sahen, wie Mrs. Bute, als sie das Spiel in der Hand hatte, ihre Karten allzu gut ausspielte. Sie hatte Miss Crawleys Haushalt vollkommen beherrscht und wurde dann vollkommen geschlagen, als sich eine günstige Gelegenheit zur Empörung bot. Sie und die Ihren waren allerdings der Ansicht, sie sei einem entsetzlichen Egoismus und Verrat zum Opfer gefallen, und alles, was sie für Miss Crawley getan hatte, habe nur grausamsten Undank gefunden. Auch Rawdons Beförderung und seine ehrenvolle Erwähnung im Heeresbericht verursachten dieser guten Christin lebhafte Beunruhigung. Ob die Tante sich ihm nun wohl wieder zuwenden würde, da er Oberst und Ritter des Bath-Ordens geworden war? Ob es der verhaßten Rebekka nun wohl gelingen würde, sich wieder bei ihr einzuschmeicheln? Die Pfarrersfrau setzte für ihren Mann eine Predigt über die Eitelkeit des militärischen Ruhmes auf und über das Glück der Bösen, und der würdige Pfarrer verlas sie mit schönster Betonung, ohne eine Silbe davon zu verstehen. Unter den Zuhörern befand sich Pitt Crawley, der mit seinen beiden Stiefschwestern zur Kirche gekommen war. Der alte Baron war durch kein Mittel mehr zu bewegen, den Gottesdienst zu besuchen.

Seit Becky Sharp Queen's Crawley verlassen hatte, ließ der alte Bösewicht sich zum Entsetzen der ganzen Grafschaft und zum stummen Abscheu seines Sohnes durch nichts von seinem schlechten Lebenswandel abbringen. Die Bänder an Miss Horrocks' Haube waren prächtiger denn je. Die anständigen Familien mieden das Schloß und seinen Besitzer wie die Pest. Sir Pitt zechte in den Häusern seiner Pächter herum, und an den Markttagen trank er seinen Rum mit den Bauern in Mudbury und den benachbarten Orten. Vierspännig fuhr er mit Miss Horrocks in der Familienkutsche nach Southampton. Jede Woche erwarteten die Leute in der Grafschaft wie auch sein Sohn in stummer Qual, daß seine Heirat mit ihr in den Provinzblättern angezeigt würde. Es war wirklich eine schwere Last für Mr. Crawley. Auf den Missionstagen und bei anderen religiösen Versammlungen in der Nachbarschaft, wo er gewöhnlich den Vorsitz führte und stundenlang redete, war ihm die Zunge wie gelähmt; denn wenn er sich erhob, hatte er das Gefühl, das Publikum werde sagen: Das ist der Sohn des verworfenen Alten, Sir Pitt, der höchstwahrscheinlich jetzt im Wirtshaus sitzt und trinkt! Als er einmal von der entsetzlichen Lage des Königs von Timbuktu und seiner zahlreichen Weiber sprach, die gleich ihm in der Finsternis wandeln, fragte ein angetrunkener Schurke aus der Menge: „Wieviel gibt's denn davon in Queen's

Crawley, Sie alter Moralist?!" Auf der Rednertribüne war man entsetzt, und um Mr. Pitts Rede war es geschehen. Die beiden Töchter wären in Queen's Crawley völlig ohne Erziehung aufgewachsen (denn Sir Pitt hatte geschworen, daß nie wieder eine Erzieherin die Schwelle seines Hauses überschreiten solle), hätte Mr. Crawley nicht den alten Herrn durch Drohungen gezwungen, sie auf eine Schule zu schicken.

Indessen waren sich Miss Crawleys Neffen und Nichten in ihrer Liebe zu der Tante einig, ganz gleich, was für Differenzen im übrigen zwischen ihnen bestanden, und alle sandten ihr Zeichen ihrer Zuneigung. Mrs. Bute schickte also Truthähne und besonders schönen Blumenkohl und eine hübsche Börse und ein Nadelkissen, das die lieben Töchter gearbeitet hatten, die sich so gern ein ganz kleines Plätzchen im Herzen der Tante bewahren wollten, und Mr. Pitt schickte aus dem Schloß Pfirsiche und Trauben und Wildbret. Die Southamptoner Kutsche brachte Miss Crawley diese Liebesbeweise nach Brighton hinaus. Manchmal brachte sie auch Mr. Pitt mit; denn infolge seiner Streitigkeiten mit Sir Pitt blieb Mr. Crawley oft dem Schloß fern. Außerdem hatte Brighton für ihn eine besondere Anziehungskraft in Gestalt von Lady Jane Sheepshanks, deren Verlobung mit Mr. Crawley wir schon früher einmal erwähnt haben. Die Lady und ihre Schwestern lebten in Brighton bei der Mama, der Gräfin Southdown, jener willensstarken Frau, die in seriösen Kreisen so ungemein geschätzt wird.

Hier müssen wir ein paar Worte einschalten über die Lady und ihre edle Familie, die mit dem Hause Crawley so eng verbunden war und es in Zukunft noch mehr sein würde. Von dem Haupt der Familie Southdown, dem vierten Grafen Southdown, Clement William, braucht nur wenig erzählt zu werden, außer, daß der Lord (als Lord Wolsey) unter dem Schutz von Mr. Wilberforce ins Parlament kam und dort eine Zeitlang seinen politischen Posten ehrenvoll ausfüllte und überhaupt ein sehr seriöser junger Mann war. Doch Worte können die Gefühle seiner bewundernswerten Mutter nicht beschreiben, als sie ganz kurz nach dem Ableben ihres Gatten erfuhr, daß ihr Sohn Mitglied verschiedener weltlicher Klubs sei, daß er bei Wattier und im „Kakaobaum" viel Geld verspielt habe, daß er beträchtliche Summen auf nach ihrem Tode zu zahlende Schuldscheine aufgenommen und den Familienbesitz schwer belastet habe, daß er vierspännig fahre und ein Gönner aller Preisboxer sei, daß er sogar eine Loge in der Oper habe, wo er eine höchst gefährliche Gesellschaft von Junggesellen treffe. Vor der Witwe wurde sein Name nun nur noch unter Seufzen und Klagen genannt.

Lady Emily war um viele Jahre älter als ihr Bruder. In der seriösen Welt nahm sie als Verfasserin der schon früher erwähnten reizenden Traktate und vieler Hymnen und geistlicher Lieder eine bedeutende Stellung ein. Sie war eine reife Jungfrau mit nur undeutlichen Vorstellungen von der Ehe. Ihre Liebe zu den Schwarzen nahm fast alle ihre Gefühle in Anspruch. Ihr verdanken wir, glaube ich, auch dieses schöne Gedicht:

„Führ uns in atlantische Meere,
Nach den sonnumglänzten Inseln,
Wo der Himmel ewig lächelt
Und die Schwarzen ewig winseln" und so weiter.

Sie korrespondierte mit vielen Geistlichen in den englischen Besitzungen in West- und Ostindien und hatte eine heimliche Neigung für Ehrwürden Silas Hornblower, der auf einer Südseeinsel tätowiert worden war.

Lady Jane nun, der, wie gesagt, Mr. Pitts Neigung galt, war ein sanftes, schweigsames, schüchternes Geschöpf, das leicht errötete. Trotz den Fehltritten ihres Bruders weinte sie um ihn und schämte sich, daß sie ihn immer noch liebte. Sie schickte ihm sogar heimlich eilige Briefchen, die sie selbst in den Briefkasten warf, wenn es keiner merkte. Das Geheimnis ihres Lebens, das schwer auf ihr lastete, war, daß sie zusammen mit der alten Haushälterin Mr. Southdown einmal heimlich einen Besuch in der Albany gemacht hatte. Sie hatte den nichtsnutzigen, lieben, verlorenen Bösewicht eine Zigarre rauchend vor einer Flasche Curaçao angetroffen. Sie bewunderte ihre Schwester, betete die Mama an und hielt Mr. Crawley nächst Southdown, dem gefallenen Engel, für den reizendsten und gebildetsten Mann. Ihre Mama und ihre Schwester erledigten in ihrer Überlegenheit alles für sie und betrachteten sie mit jenem liebenswürdigen Mitleid, über das die wirklich überlegenen Frauen stets in so reichem Maße verfügen. Die Mama kümmerte sich um ihre Kleider, Hüte, Bücher und auch um ihre Gedanken. Sie mußte auf einem Pony reiten und Klavier spielen lernen, soweit Lady Southdown es für schicklich hielt. Vielleicht hätte die Lady ihre Tochter noch bis zum heutigen Tag trotz ihren sechsundzwanzig Jahren in einer Schürze herumlaufen lassen, wenn man sie ihr nicht abgenommen hätte, als sie der Königin Charlotte vorgestellt wurde.

Als die Damen gerade ihr Haus in Brighton bezogen hatten, stattete Mr. Crawley ihnen einen persönlichen Besuch ab. Bei seiner Tante hingegen begnügte er sich damit, seine Karte abzugeben und sich bei Mr. Bowls und dessen Gehilfen bescheiden nach dem Ergehen der Patientin zu erkundigen. Als er Miss Briggs auf dem Rückweg von der Bücherei mit einem Packen Romane unter dem Arm traf, errötete Mr. Crawley, was er sonst nie tat. Er trat auf Miss Crawleys Gesellschafterin zu und schüttelte ihr die Hand. Dann stellte er Miss Briggs der Dame, mit der er gerade spazierenging, eben Lady Jane Sheeps-

hanks, mit folgenden Worten vor: „Lady Jane, gestatten Sie, daß ich Ihnen Miss Briggs, die beste Freundin und liebevollste Gefährtin meiner Tante, vorstelle! Sie kennen sie schon unter anderem Namen als Verfasserin der entzückenden *Lieder des Herzens*, die Sie so gern haben.“ Auch Lady Jane wurde rot, als sie Miss Briggs freundlich das Händchen hinhielt, und sagte irgend etwas sehr Höfliches und gänzlich Zusammenhangloses über Mama. Sie versprach, Miss Crawley zu besuchen, und gab ihrer Freude darüber Ausdruck, Mr. Crawleys Freunde und Verwandte kennenzulernen. Als sie sich trennten, grüßte sie Miss Briggs mit sanften Taubenaugen, während P. H. Crawley sie mit einer unglaublich höflichen und so tiefen Verbeugung ehrte, wie er sie vor ihrer Hoheit der Herzogin von Pumpernickel gemacht hatte, als er an ihrem Hof Attaché war.

Was für ein schlauer Diplomat war doch der Schüler Lord Binkies, der seinen Macchiavelli so gut studiert hatte! Er selbst hatte Lady Jane den Band mit den frühen Gedichten der armen Briggs gegeben. Es war ihm eingefallen, daß er das Buch in Queen's Crawley gesehen hatte, mit einer Widmung der Dichterin für die verstorbene Frau seines Vaters. Er nahm es nach Brighton mit, las es in der Postkutsche auf dem Wege nach Southampton und strich einige Stellen mit Bleistift an, ehe er es der sanften Lady Jane in die Hand drückte. Ebenso war er es gewesen, der Lady Southdown die großen Vorteile klarmachte, die sich aus einem Verkehr ihrer Familie mit Miss Crawley ergeben würden. Vorteile sowohl weltlicher wie geistlicher Art seien das, sagte er; denn Miss Crawley sei jetzt ganz allein. Die unerhörte Verschwendungssucht und die Ehe seines Bruders Rawdon hätten diesen verworfenen jungen Mann ihrer Neigung ganz entfremdet. Die habgierige Tyrannei und der Geiz der Mrs. Bute Crawley hätten die alte Dame bis zur Empörung gegen die maßlosen Ansprüche von dieser Seite der Familie getrieben. Wenn Mr. Crawley sich auch sein ganzes Leben von Miss Crawley ferngehalten und sich nicht um ihre Zuneigung bemüht hätte (vielleicht war es ein falscher Stolz gewesen?), so hielte er es jetzt doch für richtig, jedes angemessene Mittel zu benutzen, ihre Seele vor der Verdammnis zu retten und gleichzeitig sich selbst als dem Oberhaupt der Familie ihr Vermögen zu sichern.

In beidem stimmte die energische Lady Southdown mit dem Schwiegersohn völlig überein. Sie war ganz dafür, Miss Crawley umgehend zu bekehren. In ihrem eigenen Reich, sowohl in

Southdown wie auf Schloß Trottermore, fuhr diese stattliche, furchterregende Missionarin der Wahrheit in ihrem Wagen mit Vorreitern auf dem Lande umher und verteilte ganze Pakete von Traktaten unter die Dorfbewohner und Pächter. Dem einen befahl sie, sich zu bekehren, ganz so wie sie bei einer anderen anordnete, sie solle eine Dosis Bittersalz nehmen – ohne Rücksicht auf Bitten und Widerstand, ohne Gnade. Lord Southdown, ihr verstorbener Mann, ein epileptischer, einfältiger Adliger, hatte sowieso alles gebilligt, was seine Matilda dachte und tat. Ihr eigner Glaube mochte sich noch so oft wandeln (und er paßte sich einer erstaunlichen Vielfalt von Meinungen an, die von allen Arten von Doktoren unter den Freidenkern stammten), sie hatte trotzdem nie die geringsten Bedenken, von allen ihren Pächtern und Untergebenen zu verlangen, daß sie ihr auch darin folgten. Ob sie nun Ehrwürden Saunders McNitre, den schottischen Geistlichen, empfing oder Ehrwürden Lukas Waters, den milden Anhänger Wesleys, oder Ehrwürden Giles Jowls, den erleuchteten Flickschuster, der sich selbst zum Geistlichen erhoben hatte, so wie Napoleon sich selbst zum Kaiser krönte – sie erwartete von dem ganzen Haus, den Kindern, den Pächtern, daß sie mit der Lady zusammen auf die Knie fielen und amen zu den Gebeten des jeweiligen Geistlichen sagten. Bei diesen Andachten durfte der alte Southdown wegen seines leidenden Zustandes in seinem Zimmer bleiben, Glühwein trinken und sich aus der Zeitung vorlesen lassen. Lady Jane war die Lieblingstochter des alten Grafen. Sie liebte ihn aufrichtig und war zärtlich um ihn besorgt. Die Prophezeiungen von Lady Emily, der Verfasserin der *Waschfrau von Finchley*, über zukünftige Strafen waren – zumindest zu dieser Zeit; später änderte sie ihre Ansichten – so furchtbar, daß sie den zaghaften alten Herrn in großen Schrecken versetzten. Ja, die Ärzte behaupteten sogar, die Anfälle träten immer nach den Andachten der Lady auf.

„Gewiß werde ich ihr einen Besuch machen", sagte Lady Southdown in Erwiderung der Ermahnungen des Zukünftigen ihrer Tochter; „wer ist übrigens Miss Crawleys Hausarzt?"

Mr. Crawley nannte seinen Namen, Mr. Creamer.

„Ein höchst gefährlicher und unwissender Mann, mein lieber Pitt! Zum Glück war ich dazu ausersehen, ihn aus verschiedenen Häusern zu entfernen. In ein oder zwei Fällen kam ich allerdings nicht mehr zur rechten Zeit. Den guten armen General Glanders, der unter den Händen dieses Scharlatans dahinstarb, konnte ich leider nicht mehr retten. Er erholte sich ein wenig infolge der Pillen, die ich ihm eingab, aber ach! es war zu spät! Sein Tod war jedoch wunderbar, und für ihn war es nur gut. Mein lieber Pitt, Creamer muß von Ihrer Tante fort!"

Pitt gab seiner absoluten Zustimmung Ausdruck. Auch er stand ganz im Bann der Energie seiner edlen Verwandten und zukünftigen Schwiegermutter. Unter ihrem Einfluß hatte er Saunders McNitre, Lukas Waters, Giles Jowls, Podgers Pillen, Rodgers Pillen, Pokeys Elixier, kurz alle geistlichen und weltlichen Heilmittel der Lady widerspruchslos hingenommen. Nie verließ er das Haus, ohne respektvoll ganze Pakete von ihrer Quacksalber-Theologie und -Medizin mitzunehmen. O meine lieben Mitbrüder und Gefährten auf dem Jahrmarkt der Eitelkeit, wer von euch kennt nicht zu seinem Kummer solch wohlwollende Tyrannen? Vergeblich sagt man ihnen: „Liebe gnädige Frau, auf Ihre Anordnung hin habe ich im vorigen Jahr Podgers Spezialmittel genommen und glaube daran. Warum, warum nur soll ich jetzt davon abgehen und Rodgers Artikel nehmen?" Dagegen ist nichts zu machen. Wenn die treue Proselytenmacherin nicht durch Argumente überzeugen kann, bricht sie in Tränen aus, und am Ende des Wortgefechts nimmt der Widerspenstige doch die Pillen und erklärt: „Na schön, dann sind also Rodgers Pillen das Richtige!"

„Und um ihr Seelenheil müssen wir uns natürlich auch sofort kümmern", fuhr die Lady fort. „Unter Creamers Behandlung kann sie jeden Tag von uns gehen, und in welcher Verfassung, mein lieber Pitt, in welch furchtbarer Verfassung! Ich werde umgehend Ehrwürden Mr. Irons zu ihr schicken. Jane, schreib bitte ein paar Zeilen an Ehrwürden Bartholomäus Irons, in der dritten Person, und sage ihm, er möchte mir die Freude machen, heute abend um halb sieben zum Tee zu kommen. Er ist ein Mann, der andere Menschen erwecken kann. Noch heute abend sollte er Miss Crawley aufsuchen, ehe sie sich zur Ruhe begibt. Und du, Emily, Liebes, mach bitte für Miss Crawley ein Paket mit Büchern zurecht! Nimm *Die Stimme aus den Flammen*, *Das warnende Trompetensignal für Jericho* und *Die zerbrochenen Fleischtöpfe oder der bekehrte Kannibale*!"

„Und *Die Waschfrau von Finchley Common*, ja, Mama?" meinte Lady Emily. „Es ist vielleicht besser, sanft anzufangen."

„Halt, meine sehr verehrten Damen!" fiel der Diplomat Pitt ein. „Bei allem Respekt vor den Ansichten meiner verehrten, hochgeschätzten Lady Southdown denke ich doch, es würde keineswegs ratsam sein, bei Miss Crawley so schnell mit ernsten Themen zu beginnen. Bedenken Sie ihre zarte Gesundheit, und wie wenig, wie sehr wenig sie bislang daran gewöhnt war, sich Gedanken über ihr Seelenheil zu machen!"

„Aber Pitt, kann man denn überhaupt zu früh damit anfangen?" Lady Emily erhob sich schon mit einem halben Dutzend Büchlein in der Hand.

„Wenn Sie sie unvorbereitet damit überfallen, stoßen Sie sie völlig vor den Kopf. Ich kenne den weltlichen Charakter meiner Tante zu gut, als daß ich nicht sicher wäre, jeder plötzliche Bekehrungsversuch würde sich als das schlechteste Mittel erweisen, das man für das Seelenheil der unglücklichen Dame anwenden könnte. Sie werden ihr nur Schrecken und Verdruß einflößen. Sehr wahrscheinlich wird sie die Bücher in die Ecke werfen und die Bekanntschaft mit den Spendern überhaupt ablehnen."

„Pitt, Sie sind genauso weltlich wie Miss Crawley!" warf Lady Emily ein und schritt stolz mit den Büchern in der Hand aus dem Zimmer hinaus.

„Ihnen, meine liebe Lady Southdown, brauche ich es ja nicht erst zu sagen", fuhr Pitt leise ohne Rücksicht auf die Unterbrechung fort, „wie verhängnisvoll sich mangelnde Sanftheit und Vorsicht auf die Hoffnungen auswirken würden, die wir in bezug auf den weltlichen Besitz meiner Tante hegen. Vergessen Sie nicht, daß sie 70 000 Pfund hat! Denken Sie an ihr Alter und ihren sehr nervösen, geschwächten Zustand! Ich weiß, daß sie das Testament vernichtet hat, das bisher zugunsten meines Bruders, des Obersten Crawley, bestand. Nur durch besänftigende Mittel können wir den verirrten Geist wieder auf den rechten Pfad lenken, nicht aber durch furchterregende. Und so denke ich, Sie werden mir zustimmen, daß . . . daß . . ."

„Natürlich, natürlich!" meinte Lady Southdown. „Jane, Liebes, du brauchst Mr. Irons das Briefchen nicht zu schicken. Wenn ihr Gesundheitszustand derart ist, daß Diskussionen sie ermüden, wollen wir warten, bis es ihr besser geht. Ich werde Miss Crawley morgen einen Besuch machen."

„Und wenn ich noch etwas dazu sagen dürfte, meine Gnädigste", fuhr Pitt in einschmeichelndem Ton fort, „so wäre es vielleicht besser, unsere teure Emily nicht mitzunehmen. Sie ist zu enthusiastisch. Viel eher sollten Sie sich von unserer sanften, lieben Jane begleiten lassen!"

„Ganz gewiß; Emily würde alles verderben", gab Lady

Southdown zu. Diesmal ließ sie sich darauf ein, von ihrer gewöhnlichen Methode abzugehen. Ehe sie sich sonst persönlich mit einem Menschen befaßte, den sie unterwerfen wollte, pflegte sie auf den Bedrohten eine Menge Traktätchen abzufeuern, so wie einem Ansturm der Franzosen stets eine wütende Kanonade vorausging. Lady Southdown willigte also ein, sich zu mäßigen, sei es um des Gesundheitszustandes der Kranken willen oder um des ewigen Heils ihrer Seele oder um des Geldes willen.

Am nächsten Tage fuhr an Miss Crawleys Tür die große Familienkutsche der Damen Southdown vor, mit der Grafenkrone und dem Wappen, in dem drei springende Lämmer in Silber auf dem grünen Feld der Southdowns mit einem gebogenen Säbel und drei Zobeln, dem Zeichen des Hauses Binkie, zusammen standen. Der hochgewachsene seriöse Diener händigte Mr. Bowls die Karten der Lady für Miss Crawley und auch eine für Miss Briggs ein. Um auch etwas dabei zu tun, schickte Lady Emily abends der letzteren ein Päckchen mit der *Waschfrau* und anderen sanften, hübschen Traktaten zur Lektüre, und auch ein paar kräftigere für die Dienerschaft wie zum Beispiel *Krumen aus der Speisekammer*, *Die Bratpfanne und das Feuer* und *Das Kleid der Sünde*.

34. Kapitel

James Crawley wird die Pfeife ausgelöscht

Tief beeindruckt von Mr. Crawleys schmeichelhafter Liebenswürdigkeit und Lady Janes freundlicher Begrüßung, benutzte Miss Briggs gleich die Gelegenheit, nachdem die Karten der Familie Southdown Miss Crawley vorgelegt waren, ein gutes Wort für Lady Jane einzulegen. Daß eine Gräfin höchstselbst auch für sie, Miss Briggs, eine Karte abgegeben hatte, freute die arme einsame Gesellschafterin nicht wenig. „Ich möchte zu gern wissen, was Lady Southdown sich dachte, als sie für Sie, Miss Briggs, eine Karte daließ!" wunderte sich die republikanische Miss Crawley, woraufhin die Gesellschafterin schüchtern meinte, es würde hoffentlich niemanden verletzen, wenn eine vornehme Lady einer armen Dame Beachtung schenke. Dann steckte sie die Karte in ihren Nähkasten zwischen ihre Lieblingsschätze. Außerdem berichtete Miss Briggs, wie sie Mr. Crawley tags zuvor beim Spaziergang mit seiner Kusine und schon lange anverlobten Braut getroffen habe. Sie erzählte, wie freundlich die Dame gewesen sei und wie nett sie ausgesehen habe und wie einfach, um nicht zu sagen bescheiden sie gekleidet gewesen sei; vom Hut bis zu den Schuhen beschrieb und würdigte sie alles mit weiblicher Genauigkeit.

Miss Crawley ließ die Briggs schwatzen, ohne sie viel zu unterbrechen. Sobald es ihr besser ging, sehnte sie sich nach Gesellschaft. Mr. Creamer, ihr Hausarzt, wollte nichts davon hören, daß sie zu ihren gewohnten Vergnügungen und Zerstreuungen nach London zurückkehrte. So war die alte Jungfer nur zu froh, in Brighton Gesellschaft zu finden. Schon am nächsten Tage schickte sie den Southdowns ihre Karten und lud darüber hinaus Pitt Crawley sehr liebenswürdig ein, er möge die Tante besuchen. Er kam und brachte Lady Southdown nebst Tochter mit. Die Witwe verlor kein Wort über Miss Crawleys ewiges Heil, sondern unterhielt sich sehr diskret über das Wetter, den König und den Sturz des Ungeheuers Bonaparte, vor allem aber über Ärzte, Quacksalber und die besonderen Verdienste Dr. Podgers, der gerade bei ihr in Gunst stand.

Während dieses Gesprächs gelang Pitt Crawley ein ganz großer Coup, der zeigte, daß er es in der Laufbahn eines Diplomaten hätte weit bringen können, wenn nicht anfängliche Nachlässigkeit diese Aussichten zerstört hätte. Als die alte Gräfin Southdown nach der damaligen Gepflogenheit über den korsischen Emporkömmling herzog und behauptete, er sei ein Ungeheuer und mit allen erdenklichen Verbrechen befleckt, ein Feigling und ein Tyrann, der nicht fürs Leben tauge und dessen Sturz schon prophezeit sei, und so weiter, und so weiter, da ergriff Pitt Crawley plötzlich Partei für den verhängnisvollen Mann. Er schilderte den Ersten Konsul, wie er ihn in Paris zur Zeit des Friedens von Amiens gesehen hatte. Damals habe er, Pitt Crawley, das Glück gehabt, die Bekanntschaft des großen guten Mr. Fox zu machen, eines Staatsmannes, den man unbedingt glühend bewundern müsse, mochte man auch ganz andere Ansichten haben als er. Dieser Staatsmann habe nun aber den Kaiser Napoleon stets hoch geschätzt. Mit Ausdrücken stärkster Entrüstung äußerte er sich über das treulose Verhalten der Verbündeten gegenüber dem entthronten Monarchen, der sich hochherzig ihrer Gnade ausgeliefert hatte und dann in eine unwürdige, grausame Verbannung geschickt wurde. Inzwischen aber tyrannisierte ein bigotter päpstlicher Pöbel Frankreich an seiner Statt.

Dieser orthodoxe Abscheu vor dem römischen Aberglauben rettete Pitt Crawley in den Augen Lady Southdowns, während er durch seine Bewunderung für Fox und Napoleon in Miss Crawleys Achtung unermeßlich stieg. Als wir sie zum erstenmal in dieser Erzählung vorstellten, erwähnten wir schon, wie befreundet sie mit diesem verstorbenen britischen Staatsmann gewesen war. Als treue Anhängerin der Whig-Partei war Miss Crawley den ganzen Krieg über in der Opposition gewesen. Gewiß hatte der Sturz des Kaisers die alte Dame nicht allzusehr bewegt; ebensowenig konnte die schlechte Behandlung, die er erlitt, ihr Leben abkürzen oder ihre natürliche Ruhe beeinträchtigen. Doch sprach Pitt ihr wie aus dem Herzen, als er ihre beiden Idealgestalten lobte. Durch diese Worte allein schon machte er ungeheure Fortschritte in ihrer Gunst.

„Und was meinen Sie dazu, meine Liebe?“ fragte Miss Crawley die junge Dame, die sie wie alle hübschen und bescheidenen jungen Leute vom ersten Augenblick an in ihr Herz geschlossen hatte, wobei wir allerdings gestehen müssen, daß ihre Neigungen sich ebenso schnell abkühlten, wie sie entstanden.

Lady Jane wurde glühend rot und erwiderte, sie verstünde nichts von Politik, das überließe sie klügeren Köpfen; aber wenn Mama auch zweifellos recht habe, so habe Mr. Crawley doch sehr schön gesprochen. Als die Damen sich am Schluß ihres Besuchs verabschiedeten, gab Miss Crawley der Hoffnung Ausdruck, Lady Southdown würde wohl so freundlich sein und ihr gelegentlich Lady Jane schicken, wenn sie die Tochter entbehren könnte, damit sie eine arme, einsame, kranke alte Frau tröste. Man versprach ihr das sehr liebenswürdig, und sie schieden als die besten Freunde.

„Laß Lady Southdown bloß nicht wieder herkommen, Pitt!" sagte die alte Dame. „Sie ist dumm und eingebildet wie die ganze Familie deiner Mutter. Ich habe sie niemals vertragen können! Aber diese nette, gutherzige kleine Lady Jane bring nur mit, sooft du Lust hast!" Das versprach Pitt. Der Gräfin Southdown erzählte er nichts davon, welche Meinung seine Tante über sie hatte. Und die Lady selbst war im Gegenteil überzeugt, sie habe auf Miss Crawley einen ganz reizenden, unauslöschlichen Eindruck gemacht.

Lady Jane hatte nichts dagegen, die Kranke zu trösten. Vielleicht bedauerte sie es zutiefst in ihrem Innern auch gar nicht so sehr, ab und zu den langweiligen Reden von Ehrwürden Bartholomäus Irons und den frommen Speichelleckern zu entgehen, die sich zu Füßen der pompösen Gräfin, ihrer Mama, versammelten. Jedenfalls besuchte sie Miss Crawley ziemlich häufig, begleitete sie auf ihren Spazierfahrten und verschönte ihr so manchen Abend. Sie hatte ein so liebes, sanftes Wesen, daß nicht einmal die Firkin eifersüchtig war, und der guten Briggs schien es, als sei ihre Freundin weniger grausam gegen sie, wenn die freundliche Lady Jane da war. Zu der jungen Dame war Miss Crawley ganz bezaubernd. Die alte Jungfer erzählte ihr tausend Anekdoten aus ihrer eigenen Jugend. Dabei schlug sie einen ganz anderen Ton an als einst in den Gesprächen mit der gottlosen kleinen Rebekka. In Lady Janes Unschuld lag etwas, das leichtfertiges Reden vor ihr zu einer Unverschämtheit machte, und Miss Crawley war viel zu feinfühlend, um solche Reinheit zu verletzen. Die junge Dame selbst hatte außer bei ihrem Bruder und ihrem Vater noch nie ein so freundliches Entgegenkommen erlebt. Drum erwiderte sie Miss Crawleys Zuneigung mit einer reizenden, offenherzigen Freundschaft.

An den Herbstabenden (als Rebekka sich in Paris umschwärmen ließ als die vergnügteste unter den vergnügten Eroberern, und unsere Amelia, unsere liebe, verwundete Amelia – ach, wo war sie?) pflegte Lady Jane in Miss Crawleys Wohnzimmer zu sitzen und ihr in der Dämmerung mit süßer Stimme ihre einfachen kleinen Lieder und Hymnen vorzusingen, während die Sonne unterging und die Wellen sich tosend an der Küste brachen. Waren die Lieder zu Ende, wachte die alte Jungfer gewöhnlich auf und bat sie fortzufahren. Wie viele Tränen des Glücks vergoß dann die Briggs, während sie so tat, als ob sie stricke und auf das glänzende Meer da vor dem Fenster hinausblicke, das langsam dunkler wurde, während die Himmelslichter immer heller erstrahlten! Wer, frage ich, kann wohl das Glück der empfindsamen Briggs ermessen?

Indes verschaffte Pitt sich im Eßzimmer, eine Flugschrift über die Korngesetze oder ein Missionarsregister neben sich, die Erholung, die romantische und unromantische Männer nach dem Essen am meisten schätzen. Er schlürfte seinen Madeira, baute Luftschlösser, hielt sich selbst für einen prachtvollen Kerl, kam sich viel verliebter in Jane vor als während der ganzen sieben Jahre, die ihre Liaison schon dauerte, ohne daß Pitt auch nur die leiseste Ungeduld verraten hätte, und außerdem schlief er ziemlich viel. Wenn es dann Zeit für den Kaffee war, pflegte Mr. Bowls geräuschvoll einzutreten und Mr. Crawley zu rufen, der im Dunkeln sehr eifrig mit seiner Flugschrift beschäftigt war.

„Ich wünschte, mein Lieber, ich fände jemanden, mit dem ich Pikett spielen könnte!“ sagte Miss Crawley eines Abends, als der Butler mit den Kerzen und dem Kaffee erschien. „Die arme Briggs spielt nicht besser als eine Eule, sie ist zu dumm!“ Die Alte benutzte jede Gelegenheit, um die Briggs vor der Dienerschaft herabzusetzen. „Ich glaube, ich würde besser schlafen, wenn ich vorher mein Spielchen hätte.“

Da wurde Lady Jane bis über beide Ohren und bis zu ihren hübschen Fingerspitzen rot, und als Mr. Bowls das Zimmer verlassen hatte und die Tür fest zu war, sagte sie: „Miß Crawley, ich kann ein wenig spielen. Ich habe mit – mit dem armen Papa manchmal ein bißchen gespielt.“

„Kommen Sie her, geben Sie mir einen Kuß! Geben Sie mir

sofort einen Kuß, Sie liebes, gutes Seelchen!“ rief Miss Crawley höchst begeistert aus. Und als Mr. Pitt mit seiner Flugschrift in der Hand heraufkam, traf er die alte und die junge Dame über dieser netten, malerischen Beschäftigung an. Die arme Lady Jane aber wurde immer wieder, den ganzen Abend lang, rot.

Wir brauchen uns nicht einzubilden, Mr. Pitt Crawleys Schliche könnten der Aufmerksamkeit seiner teuren Verwandten im Pfarrhaus von Queen's Crawley entgehen. Hampshire und Sussex sind ja nicht weit voneinander entfernt, und Mrs. Bute hatte auch dort Freunde, die dafür sorgten, daß sie alles (und noch viel mehr!) erfuhr, was sich in Miss Crawleys Haus in Brighton zutrug. Pitt war immer häufiger dort. Monatelang ließ er sich nicht mehr im Schloß sehen, wo sein schändlicher alter Vater sich völlig dem Trunk und der widerwärtigen Gesellschaft der Horrocks ergab. Pitts Erfolge machten die Familie des Pfarrers wütend, und Mrs. Bute bedauerte mehr denn je (wenn sie es auch weniger oft zugab), daß sie den entsetzlichen Fehler begangen hatte, Miss Briggs beleidigt zu haben und gegen Bowls und die Firkin so hochnäsig und geizig gewesen zu sein, so daß sie in Miss Crawleys Haus nun keinen einzigen Menschen mehr hatte, der ihr berichten konnte, was dort vorging. „Butes Schlüsselbein ist an allem schuld“, behauptete sie immer wieder. „Wenn er es sich nicht gebrochen hätte, so hätte ich sie nie verlassen. Ich bin eine Märtyrerin der Pflicht und deiner widerwärtigen, ungeistlichen Vorliebe für die Jagd, Bute!“

„Unfug, die Jagd! Du hast ihr einen Schrecken eingejagt, Barbara“, warf der Geistliche ein. „Du bist eine kluge Frau, aber du hast ein höllisches Temperament, und auf deinem Geld sitzt du ärger als der Teufel, Barbara!“

„Und du hättest im Gefängnis gesessen, Bute, wenn ich dein Geld nicht zusammengehalten hätte!“

„Das weiß ich, meine Liebe“, gab der Pfarrer gutmütig zu. „Du bist wirklich eine kluge Frau. Aber du machst alles zu gut, verstehst du?“ Und der fromme Mann tröstete sich mit einem großen Glas Bier.

„Was zum Teufel kann sie nur an so einem Narren wie Pitt Crawley finden?“ fuhr er fort. „Der Kerl hat doch nicht einmal Mumm genug, eine Gans zu verscheuchen. Ich erinnere mich noch, wie Rawdon (der ein richtiger Mann ist, wenn ihn auch der Teufel holen möge!) ihn um die Ställe herumjagte und verprügelte, als wenn er ein Kreisel wäre, und Pitt lief dann heulend nach Hause zu seiner Mama! Haha! Von meinen Jungen würde ihn jeder mit einer Hand erledigen! Jim sagt, in Oxford spricht man immer noch von ihm als ‚Miss Crawley' – dieser Esel!

Übrigens, Barbara –" fuhr Ehrwürden nach einer Pause fort.

„Was denn?" fragte Barbara, die an ihren Nägeln kaute und auf dem Tisch herumtrommelte.

„Warum sollten wir eigentlich nicht Jim einmal nach Brighton hinüberschicken, damit er versucht, ob er nicht mit der Alten etwas anfangen kann? Er steht ganz dicht vor dem Examen, weißt du. Er ist ja erst zweimal durchgefallen, genau wie ich, aber er hat doch die Vorteile Oxfords und einer Universitätsbildung genossen. Er kennt dort ein paar der besten Burschen. Im Boniface Boot rudert er am Schlag. Er ist ein hübscher Kerl. Verdammt, Frau, wollen wir ihn nicht mal auf die Alte hetzen? Wir sagen ihm, er solle Pitt verdreschen, wenn er etwas sagt. Hahaha!"

„Sicherlich könnte Jim einmal hinfahren und sie besuchen", stimmte die Hausfrau zu und fügte dann mit einem Seufzer hinzu: „Wenn ich bloß eins von den Mädchen in ihr Haus bringen könnte, aber sie würde die beiden nie bei sich dulden, weil sie nicht hübsch sind." Bei den Worten der Mutter ließen sich die unglücklichen, wohlerzogenen Mädchen aus dem anstoßenden Wohnzimmer vernehmen, wo sie mit harten Fingern ein schwieriges Stück auf dem Klavier herunterhämmerten. Sie waren in der Tat den ganzen Tag lang mit Musik oder Haltungsübungen oder Geographie oder Geschichte beschäftigt. Aber was nützen auf dem Jahrmarkt der Eitelkeit all diese Talente schon einem armen, häßlichen kleinen Mädchen mit schlechtem Teint? Mrs. Bute sah keine andere Hoffnung, als daß der Hilfsgeistliche ihr eine abnehmen würde. Und da in diesem Augenblick Jim durch die Verandatür mit einer kurzen Pfeife im Mund aus dem Stall hereinkam und sich mit dem Vater über Vorgaben beim Rennen von St. Leger zu unterhalten begann, war damit dieses Gespräch zwischen dem Pfarrer und seiner Frau beendet.

Mrs. Bute glaubte nicht, daß es ihrer Sache sehr dienlich wäre, wenn sie ihren Sohn James als Gesandten hinschickte. So sah sie ihn in recht verzweifelter Stimmung abfahren. Auch der junge Bursche selbst erwartete nicht viel Vergnügen oder

Erfolg, als er erfuhr, was seine Mission war. Er tröstete sich indes mit der Hoffnung, daß die alte Dame ihm vielleicht irgendein hübsches Andenken schenken würde. Damit könnte er dann zu Beginn des nächsten Semesters in Oxford seine dringendsten Schulden bezahlen. So nahm er also seinen Platz in der Southamptoner Postkutsche ein und landete am gleichen Abend sicher in Brighton mit seiner Reisetasche, seiner Lieblingsdogge und einem riesigen Korb voller Feld- und Gartenerzeugnisse, die die lieben Verwandten im Pfarrhaus der lieben Miss Crawley schickten. Da es ihm zu spät schien, als daß er die Kranke noch am gleichen Abend nach seiner Ankunft hätte stören können, quartierte er sich in einem Gasthaus ein und machte Miss Crawley erst spät am nächsten Nachmittag seine Aufwartung.

Als die Tante James Crawley zum letztenmal gesehen hatte, war er ein schlaksiger Junge gewesen, in jenem unglücklichen Alter, da die Stimme zwischen überirdischem Diskant und unnatürlichem Baß schwankt. Auf dem Gesicht dieser Knaben erscheinen dann nur allzuoft jene Blüten, für die Rowlands' Kalydor ein gutes Heilmittel sein soll. Man kann da manchmal Jungen sehen, die sich heimlich mit der Schere der Schwester rasieren. Der Anblick anderer junger Mädchen löst unerträgliche Angstzustände bei ihnen aus. Große Hände und Knöchel sehen bei ihnen weit aus den zu eng gewordenen Anzügen hervor. Nach dem Essen ist ihre Anwesenheit den Damen, die in dem dämmerigen Salon miteinander flüstern, ebenso schrecklich, wie sie den Herren drüben am Mahagonitisch unaussprechlich verhaßt ist, sind sie doch durch die Anwesenheit dieser eckigen Unschuld in ihrer freien Unterhaltung und dem Austausch reizender Witze sehr behindert. So sagt der Papa dann wohl nach dem zweiten Glas: „Hans, mein Junge, geh hinaus und schau nach, ob sich das Wetter heute abend hält!" Der Jüngling, einerseits froh, frei zu sein, und andrerseits betrübt, daß er noch kein Mann ist, verläßt dann das unvollkommene Bankett.

Damals war James auch so ein Tolpatsch, aber inzwischen ist er ein junger Mann geworden. Er hat eine Universitätsbildung genossen und jene unschätzbare Politur erworben, die man nur bekommt, wenn man in einem eleganten Zirkel verkehrt, Schulden macht, relegiert wird und beim Examen durchfällt.

Er war ein hübscher Bursche, als er kam, um sich seiner Tante in Brighton vorzustellen, und gutes Aussehen half jedem, die Gunst der wetterwendischen alten Dame zu gewinnen. Da schadeten auch sein Erröten und seine Verlegenheit nichts. Im Gegenteil, sie hatte ihre Freude an diesen Anzeichen eines gesunden, unverdorbenen Sinnes bei dem jungen Mann.

Er erzählte, er sei auf ein paar Tage herausgekommen, um einen Studienfreund zu besuchen und „um Ihnen meine Aufwartung zu machen, Madame, und Ihnen Grüße von meinem Vater und meiner Mutter zu überbringen, die hoffen, daß es Ihnen gut geht".

Pitt war gerade bei Miss Crawley, als der Junge angemeldet wurde. Er wurde sehr bleich, als er den Namen hörte. Die alte Dame mit ihrem ausgeprägten Sinn für Humor genoß die Verwirrung ihres korrekten Neffen. Voll Interesse erkundigte sie sich nach allen im Pfarrhaus und erklärte, sie gedenke sie einmal zu besuchen. Sie sagte dem Jüngling viel Nettes ins Gesicht, er sei gut gewachsen und habe sich sehr herausgemacht, aber wie schade sei es, daß seine Schwestern nicht auch so gut aussähen! Als sie durch ihre Fragen feststellte, daß er in einem Hotel abgestiegen war, wollte sie nichts davon hören, sondern befahl Mr. Bowls, er solle sofort Mr. James Crawleys Sachen holen lassen. „Und hören Sie, Bowls", fügte sie äußerst liebenswürdig hinzu, „seien Sie auch so freundlich und bezahlen Sie Mr. James' Rechnung!"

Sie warf Pitt einen Siegerblick zu, daß der Diplomat vor Neid fast erstickte. Sosehr er sich auch bei seiner Tante verdient gemacht hatte, sie hatte ihn doch noch nie aufgefordert, bei ihr zu wohnen, und da kam nun so ein junger Grünschnabel, der auf den ersten Blick willkommen geheißen wurde!

„Verzeihung, Sir", Bowls näherte sich mit einer tiefen Verbeugung, „aus welchem Hotel, Sir, soll Thomas das Gepäck holen?"

„O verflucht!" Der junge James fuhr erschrocken hoch, „ich gehe schon selbst."

„Nanu?" rief Miss Crawley.

„Aus dem ‚Wappen von Tom Cribb'", sagte James und wurde dunkelrot.

Bei diesem Namen brach Miss Crawley in lautes Gelächter aus. Auch Mr. Bowls als vertrauter Diener der Familie lachte schallend los, unterdrückte dann aber den Rest der Salve. Der Diplomat lächelte nur.

„Ich – ich wußte kein besseres", sagte James und schlug die Augen nieder. „Ich bin noch nie hier gewesen. Der Postillon hat es mir genannt." Der Lügenbold! Tatsache war, daß James

Crawley tags zuvor in der Southamptoner Postkutsche den Preisboxer von Tutbury getroffen hatte, der zu einer Partie mit dem „Schläger von Rottingdean" nach Brighton kam. James hatte an der Unterhaltung des Boxers solches Gefallen gefunden, daß er den Abend in der Gesellschaft dieses Wissenschaftlers und seiner Freunde in dem fraglichen Gasthaus verbracht hatte.

„Ich – ich glaube, ich gehe am besten selbst und begleiche die Rechnung", fuhr James fort. „Ich kann Sie doch nicht darum bemühen, Madame!" fügte er großzügig hinzu.

Diese feinfühlige Bemerkung brachte die Tante nur noch mehr zum Lachen.

„Gehen Sie und bezahlen Sie die Rechnung, Bowls", sagte sie mit einer Handbewegung, „und bringen Sie sie mir her!"

Die Arme! Sie wußte nicht, was sie tat! „Da – da ist noch ein kleiner Hund von mir", erklärte James mit schuldbewußtem Blick. „Ich hole ihn doch besser selbst. Er beißt Diener meist ins Bein."

Die ganze Gesellschaft schüttelte sich vor Lachen bei dieser Beschreibung, sogar die Briggs und Lady Jane, die während der Unterhaltung zwischen Miss Crawley und ihrem Neffen stumm dagesessen hatten, lachten jetzt. Ohne ein weiteres Wort verließ Bowls das Zimmer.

Um ihren älteren Neffen zu strafen, war Miss Crawley weiterhin sehr liebenswürdig zu dem jungen Oxforder Studenten. Wenn sie einmal damit angefangen hatte, kannten ihre Freundlichkeit und ihre Komplimente keine Grenzen. Sie sagte Pitt, er könne zum Abendessen kommen, und bestand darauf, daß James sie bei ihrer Spazierfahrt begleite. Feierlich fuhr sie mit ihm auf dem Rücksitz des Wagens Parade an den Klippen hin und her. Während der ganzen Fahrt ließ sie sich dazu herab, ihm allerlei Höflichkeiten zu sagen. Sie zitierte vor dem armen verwirrten Jungen italienische und französische Dichtungen und behauptete steif und fest, er sei ein glänzender Gelehrter und werde ganz gewiß eine Goldmedaille gewinnen und ein Senior Wrangler* werden.

„Haha!" lachte James, durch die Komplimente ermutigt, „ein Senior Wrangler? Das gibt's ja nur in dem anderen Laden!"

* Baccalaureus, der in der mathematischen Prüfung den ersten Grad erhalten hat. (Anmerkung des Übersetzers)

„In was für einem anderen Laden, mein liebes Kind?" fragte die Dame.

„Senior Wranglers gibt's nur in Cambridge, nicht in Oxford", erklärte der Student mit überlegener Miene. Wahrscheinlich wäre er noch zutraulicher geworden, wenn nicht plötzlich bei den Klippen ein von einem Pony mit gestutztem Schweif gezogener Mietwagen aufgetaucht wäre, in dem seine Boxerfreunde, der Liebling von Tutbury und der Schläger von Rottingdean, mit drei anderen Herren aus ihrem Bekanntenkreis saßen. Sie trugen weiße Röcke mit Perlmutterknöpfen und grüßten alle den armen James in der eleganten Kutsche. Dieser Zwischenfall setzte dem Geist des offenherzigen Jünglings einen Dämpfer auf, und während der ganzen weiteren Fahrt war ihm kein Wort mehr zu entlocken außer ja und nein.

Bei der Rückkehr fand er sein Zimmer hergerichtet und die Reisetasche bereit zum Auspacken. Als Mr. Bowls ihn hinaufführte, hätte er auf dessen Gesicht einen ernsten, erstaunten, mitleidigen Ausdruck bemerken können. Er beklagte die mißliche Lage, in der er sich befand, in einem Haus voll Frauen, die Französisch und Italienisch schwatzten und ihm Gedichte vortrugen. „Scheußlich festgefahren, hol's der Teufel!" rief der schüchterne Jüngling aus, der sich auch mit der sanftesten Person des weiblichen Geschlechts, selbst mit der Briggs, nicht ungeniert unterhalten konnte. Brächte man ihn aber nach Iffley Lock, dann könnte er es an Wortgewandtheit mit dem tollsten Schiffer aufnehmen.

Zum Essen erschien James mit einer weißen Krawatte, die ihn beinahe erstickte. Er hatte die Ehre, Lady Jane zu Tisch zu führen. Dann folgten die Briggs und Mr. Crawley mit der alten Dame und ihrem ganzen Apparat von Bündeln, Schals und Kissen. Das halbe Abendessen lang war die Briggs damit beschäftigt, sich darum zu kümmern, daß Miss Crawley es bequem hatte. Außerdem mußte sie für den fetten Schoßhund ein Hühnchen zerkleinern. James redete nicht viel, aber er wollte unbedingt allen Damen zutrinken. Er nahm Mr. Crawleys Herausforderung an und konsumierte den größeren Teil der Flasche Champagner, die Mr. Bowls ihm zu Ehren hatte heraufbringen müssen. Als die Damen sich zurückgezogen hatten und die beiden Vettern allein blieben, wurde Pitt, der ehemalige Diplomat, sehr freundlich und redselig. Er erkundigte sich nach James' Fortschritten auf der Universität und nach seinen Zukunftsaussichten. Er hoffe von ganzem Herzen, James würde vorwärtskommen und es zu etwas bringen. Mit einem Wort: Pitt war offen und liebenswürdig. Der Portwein löste James die Zunge, und so erzählte er dem Vetter von seinem Leben, seinen Aussichten, seinen Schulden, seinen Sorgen um das kleine Vorexamen und von seinen Prügeleien mit dem Pedell. Dabei schenkte er sich häufig aus den vor ihm stehenden Flaschen ein und ging bei dieser fröhlichen Tätigkeit schnell vom Portwein zum Madeira über.

„Der Tante macht es die größte Freude, wenn man in ihrem Hause so tut, als wenn man daheim wäre", erklärte Mr. Crawley, während er sich das Glas füllte. „Es ist hier das Schloß der Freiheit, James, und du kannst Miss Crawley keinen größeren Gefallen tun, als wenn du dich ganz so benimmst, wie's dir beliebt, und um alles bittest, was dir in den Sinn kommt. Ich weiß, ihr da draußen auf dem Lande habt mich alle als einen Tory verspottet. Miss Crawley nun ist so liberal, wie man sich's nur wünschen kann. Sie ist Republikanerin aus Prinzip und verachtet alle jene Dinge wie Rang und Titel."

„Warum heiratest du dann die Tochter eines Grafen?" fragte James.

„Mein lieber Freund, vergiß nicht: es ist ja nicht die Schuld der armen Lady Jane, daß sie so hochgeboren ist", erwiderte Pitt mit überlegener Höflichkeit. „Sie kann doch nichts dafür, daß sie eine Lady ist. Außerdem bin ich ja konservativ, wie du weißt."

„Ja, natürlich", sagte Jim. „Altem Blut kommt eben nichts gleich, nein, verdamm mich, wirklich nichts! Ich bin keiner von diesen Radikalen. Verflucht noch mal, ich weiß, was es heißt, ein Gentleman zu sein. Sieh dir nur die Burschen bei der Regatta an oder die Kerle beim Ringkampf! Ja, schau dir den Hund an, der eine Ratte fängt – wer gewinnt da? Immer der mit dem guten Blut! Holen Sie mehr Portwein, Bowls, alter Junge, solange ich mich noch mit dieser Flasche hier unterhalte! Was sagte ich doch eben?"

„Ich glaube, du sprachst von Rattenfängern", bemerkte Pitt nachsichtig und reichte dem Vetter die Karaffe hin, damit er „sich mit ihr unterhalte".

„Von Rattenfängern? Ach so! Pitt, bist du ein Sportsmann? Möchtest du mal einen Hund sehen, der wirklich gut Ratten fangen und totbeißen kann? Wenn ja, dann komm mit zu Tom Corduroy in die Castle Street Mews, da will ich dir eine Bulldogge zeigen wie . . . Ach Quatsch!“ James brach in lautes Gelächter über seinen eigenen Unfug aus. „Du machst dir bestimmt nichts aus Hunden oder Ratten. Das ist alles Blödsinn! Ich will verdammt sein, wenn du überhaupt den Unterschied zwischen einem Hund und einer Ente kennst!“

„Nein, den kenne ich nicht. Übrigens sprachst du eben über das Blut“, fuhr Pitt, der immer liebenswürdiger wurde, fort, „und über die persönlichen Vorteile, die man von einer vornehmen Geburt hat. Hier ist eine neue Flasche!“

„Blut ist das richtige Wort!“ rief James und stürzte die rubinrote Flüssigkeit hinunter. „Es gibt nichts, was so wichtig ist wie das Blut, Sir, bei Pferden, Hunden und Menschen. Erst letztes Semester, gerade als ich relegiert wurde – ich meine, ehe ich die Masern hatte, haha –, da saß ich mit Ringwood von Christchurch, Bob Ringwood, Lord Cinqbars Sohn, in der ‚Glocke von Belnheim‘ beim Bier, als der Fährmann von Banbury vorschlug, er wolle sich mit einem von uns um eine Schale Punsch raufen. Ich konnte nicht, mein Arm war in der Schlinge. Ich konnte nicht einmal die Bremse am Wagen anziehen – zwei Tage vorher war meine verflixte Stute mit mir gestürzt, und ich glaubte, ich hätte mir den Arm gebrochen. Ich konnte ihn also nicht fertigmachen, Sir, aber Bob riß sofort den Rock herunter. Drei Minuten lang hielt der gegen den Mann von Banbury durch. In vier Runden hat er ihn leicht untergekriegt. Gott, wie der absackte! Und was war es, Sir? Nur das gute Blut, Sir, nichts anderes!“

„Du trinkst ja gar nicht, James“, warf der ehemalige Attaché ein. „Zu meiner Zeit wurde in Oxford der Becher ein bißchen schneller herumgereicht, als es bei euch jungen Burschen der Fall zu sein scheint!“

„Na, na!“ meinte James. Er hatte die Hand an die Nase gelegt und zwinkerte dem Vetter mit leicht benebeltem Blick zu. „Keine Witze, alter Junge! Bei mir brauchst du das nicht zu probieren! Du willst mich fertigmachen, aber das wird dir nicht gelingen, bei mir nicht! In vino veritas, alter Junge! Mars, Bacchus, Apollo virorum, was? Ich wünschte, die Tante würde meinem alten Herrn etwas von diesem köstlichen Tropfen hinausschicken!“

„Dann müßtest du sie schon darum bitten“, fuhr der Machiavellischüler fort, „oder deine Zeit hier richtig anwenden! Wie sagt doch der Barde? ‚Nunc vino pellite curas, cras ingens iterabimus aequor!‘“ Und der Bacchant, der dieses Zitat mit der

Miene eines Unterhausredners herausbrachte, stürzte mit riesigem Schwung fast einen Fingerhut voll Wein hinunter.

Wenn im Pfarrhaus nach dem Essen die Flasche mit dem Portwein geöffnet wurde, bekamen die jungen Mädchen jedes ein Glas aus einer Johannisbeerweinflasche, Mrs. Bute trank ein Glas Portwein, der ehrliche James nahm gewöhnlich zwei, und nur weil sein Vater sehr ärgerlich wurde, wenn er weitere Angriffe auf die Flasche unternahm, hielt der gute Junge sich im allgemeinen zurück und begnügte sich entweder mit dem Johannisbeerwein oder mit Gin, den er heimlich im Stall in Gesellschaft des Kutschers und seiner Pfeife genoß. In Oxford war die Menge des Weins unbeschränkt, aber dessen Güte war gering. Doch wenn Quantität und Qualität sich vereinten wie hier bei der Tante, dann zeigte James, daß er das voll zu würdigen verstand. Drum bedurfte es eigentlich kaum der freundlichen Aufforderung des Vetters, auch der zweiten Flasche, die Mr. Bowls brachte, den Garaus zu machen.

Als es Zeit wurde, zum Kaffee wieder zu den Damen zurückzukehren, vor denen der junge Mann eine große Scheu hatte, verließ ihn seine nette Offenherzigkeit, und er verfiel wieder in seine gewohnte mürrische Schüchternheit. Für den Rest des Abends begnügte er sich damit, ja oder nein zu sagen, Lady Jane Gesichter zu schneiden und eine Kaffeetasse umzuwerfen.

Wenn er nicht sprach, gähnte er ganz mitleiderregend. Seine Gegenwart warf einen Schatten auf die bescheidenen Vergnügungen des Abends. Miss Crawley und Lady Jane bei ihrem Pikett und Miss Briggs bei ihrer Handarbeit hatten das Gefühl, daß er sie wild anstarre, und ihnen wurde unter diesen trunkenen Blicken ziemlich unbehaglich zumute.

„Er scheint ein sehr schweigsamer, verlegener und schüchterner Bursche zu sein“, bemerkte Miss Crawley zu Mr. Pitt.

„In Männergesellschaft spricht er mehr als bei Damen“, erwiderte der Macchiavelli trocken. Vielleicht war er auch enttäuscht, daß der Portwein Jim nicht redseliger gemacht hatte.

Früh am nächsten Morgen verfaßte James für seine Mutter eine blütenreiche Schilderung seines Empfangs bei Miss Crawley. Doch ach! er ahnte nicht, was der Tag ihm noch an Bösem bringen würde und wie kurz die Zeit sein sollte, da er Miss Crawleys Gunst genoß! Am Abend, ehe er in das Haus der Tante kam, hatte sich in „Cribbs Wappen“ ein Vorfall zugetragen, den Jim ganz vergessen hatte, ein völlig unbedeutender, aber verhängnisvoller Vorfall. Es hatte sich nämlich nichts anderes ereignet als dies: Jim, immer großzügig, war besonders freigebig, wenn er leicht angeheitert war. So hatte er im Laufe des Abends den Helden von Tutbury und den Mann aus Rottingdean samt ihren Freunden zwei- oder dreimal zu einer Runde Schnaps eingeladen. Auf diese Weise standen nicht weniger als achtzehn Gläser dieses Getränks zu acht Pence das Glas auf Mr. James Crawleys Rechnung. Es war nicht so sehr die Menge des Geldes als die Menge des Schnapses, die ein verhängnisvolles Licht auf den Charakter des armen James warf, als der Butler seiner Tante, Mr. Bowls, auf Bitten seiner Herrin die Rechnung des jungen Mannes bezahlen wollte. Der Wirt fürchtete, die Bezahlung könnte ihm überhaupt verweigert werden, und deshalb schwor er Stein und Bein, der junge Herr habe den Likör bis auf den letzten Tropfen selbst getrunken. So beglich Bowls schließlich die Rechnung. Heimgekehrt, zeigte er sie Mrs. Firkin, die über diese furchtbare Menge Schnaps ganz entsetzt war. Sie brachte die Rechnung Miss Briggs als dem Oberzahlmeister. Diese nun hielt es für ihre Pflicht, die Sache ihrer Prinzipalin, Miss Crawley, zur Kenntnis zu bringen.

Hätte er ein Dutzend Flaschen französischen Rotweins getrunken, dann hätte die alte Jungfer es ihm verzeihen können. Mr. Fox und Mr. Sheridan hatten Rotwein getrunken; Herren trinken eben Rotwein. Aber in einer schäbigen Kneipe unter Boxern achtzehn Gläser Schnaps zu trinken, das war ein widerliches Verbrechen und nicht so leicht zu verzeihen. Alles sprach gegen den Jungen: er kam mit einem Stallduft zurück, der von einem Besuch bei seinem Hund Towzer stammte, und als er seinen Freund ein wenig an die Luft führen wollte, begegnete er Miss Crawley und ihrem asthmatischen Schoßhund. Towzer hätte ihn beinahe aufgefressen, wenn der Blenheim nicht winselnd unter Miss Briggs' Schutz geflohen wäre, während der abscheuliche Herr der Bulldogge lächelnd der grausigen Verfolgung zusah.

Heute hatte den unglücklichen Jüngling auch seine Zurückhaltung ganz verlassen. Beim Abendessen war er lebhaft und witzig. Zwei- oder dreimal ließ er während der Mahlzeit einen Scherz gegen Pitt Crawley los. Er trank ebensoviel Wein wie am Vortage und begab sich dann ahnungslos in den Salon, wo er die Damen mit ausgewählten Oxforder Geschichten zu unterhalten begann. Er schilderte, was Molyneux und der holländische Sam im Boxkampf leisteten, und schlug Lady Jane im Scherz eine Wette auf den Liebling von Tutbury gegen den

Schläger von Rottingdean oder umgekehrt vor. Schließlich krönte er den ganzen Spaß, indem er erklärte, gegen Pitt Crawley, mit oder ohne Handschuhe, boxen und dabei auf sich selbst setzen zu wollen. „Und das ist ein anständiges Angebot, mein Herz!“ sagte er und schlug Pitt laut lachend auf die Schulter. „Mein Vater hat mir das auch geraten, er übernimmt die Hälfte des Einsatzes, haha!“ Bei diesen Worten nickte der unternehmungslustige Jüngling der armen Miss Briggs vielsagend zu und wies scherzend und triumphierend mit dem Daumen über die Schulter auf Pitt Crawley.

Mag sein, daß all das Pitt nicht allzu angenehm war, er fühlte sich jedoch nicht geradezu unglücklich. Der arme Jim lachte über seinen Scherz, und als die alte Dame sich erhob, um sich zurückzuziehen, schwankte er mit ihrer Kerze durch das Zimmer und bot ihr mit eindeutig angeheitertem Lächeln den Gute-

nachtgruß. Dann verabschiedete auch er sich und ging hinauf in sein Schlafzimmer, höchst zufrieden mit sich bei dem angenehmen Gedanken, daß die Tante ihm vor allen anderen, insbesondere vor seinem Vater und der übrigen Familie, ihr Geld vermachen würde.

Als er erst einmal oben in seinem Schlafzimmer war, hätte man kaum vermutet, daß er die Sache noch schlimmer machen könnte; und doch brachte der unglückselige Junge das fertig. Draußen über dem Meer schien der Mond so schön, daß Jim von dem romantischen Bild des Wassers und des Himmels ans Fenster gelockt wurde. Da kam ihm der Gedanke, er wolle sich noch länger daran erfreuen und ein bißchen rauchen. Niemand würde den Tabak riechen, überlegte er, wenn er schlau das Fenster aufmachte und Kopf und Pfeife in die frische Luft hielte. Gesagt, getan! Aber in seiner gehobenen Stimmung hatte der arme Jim vergessen, daß die Tür noch immer offenstand, so daß ein leichter Wind hereinblies und ein schöner Durchzug entstand. Dadurch wurden die Tabakwolken nach unten getragen und gelangten mit völlig unvermindertem Duft bis zu Miss Crawley und Miss Briggs.

Diese Pfeife schlug dem Faß den Boden aus. Die Bute Crawleys haben nie erfahren, wie viele tausend Pfund dieser Tabak sie kostete. Die Firkin stürzte zu Bowls hinunter, der seinem Adjutanten mit lauter Stimme *Das Feuer und die Bratpfanne* vorlas. In den Zügen der Firkin malte sich ein so großer Schrekken, als sie ihm das furchtbare Geheimnis erzählte, daß Mr. Bowls und sein junger Mann im ersten Augenblick meinten, Räuber seien im Haus, und die Frau hätte ihre Beine vermutlich unter Miss Crawleys Bett entdeckt. Als er aber schließlich begriffen hatte, was los war, da war es das Werk einer Minute, daß er, drei Stufen auf einmal nehmend, in das Zimmer des ahnungslosen James hinaufeilte und mit furchterstickter Stimme ausrief: „Mr. James! Um Himmels willen, Sir, legen Sie bloß die Pfeife da weg!“ Als er dann das böse Ding aus dem Fenster geworfen hatte, sagte er mit einer Stimme voll des tiefsten Pathos: „O Mr. James, was haben Sie getan! Wie konnten Sie das nur tun, Sir! Die Gnädige kann das doch nicht ausstehen!“

„Die Gnädige braucht ja nicht zu rauchen“, entgegnete James mit lautem, völlig unangebrachtem Gelächter. Ihm kam das Ganze wie ein guter Witz vor. Am nächsten Morgen aber sollten seine Gefühle von ganz anderer Art sein. Mr. Bowls’

junger Mann, der für Mr. James die Stiefel putzte und ihm das heiße Wasser zum Rasieren des so sehnlichst erwarteten Bartes brachte, überreichte Mr. James als allererstes einen Brief in Miss Briggs' Handschrift.

„Sehr geehrter Herr", hieß es da, „Miss Crawley hat eine sehr unruhige Nacht verbracht, dank der entsetzlichen Art, in der das Haus von Tabakduft durchzogen war. Miss Crawley hat mich beauftragt, Ihnen zu sagen, daß sie es sehr bedauert, Sie vor Ihrer Abreise nicht mehr sprechen zu können, aber es geht ihr zu schlecht, und vor allem tut es ihr leid, daß sie Sie verleitet hat, aus dem Wirtshaus auszuziehen, wo Sie sich für die übrige Zeit Ihres Aufenthaltes in Brighton sicherlich viel wohler fühlen werden als hier in Miss Crawleys Haus."

Und hiermit endete die Laufbahn des ehrlichen James als Bewerber um die Gunst seiner Tante. Er hatte in der Tat, und ohne es zu wissen, getan, was er angedroht hatte. Er hatte seinen Vetter Pitt mit Handschuhen bekämpft.

Wo aber weilte inzwischen derjenige, der einst der Favorit in diesem Rennen um das Geld gewesen war? Becky und Rawdon hatten sich, wie wir sahen, nach Waterloo wieder zusammengefunden und verlebten den Winter 1815 in Glanz und Fröhlichkeit in Paris. Rebekka konnte gut rechnen, und die Summe, die der arme Joe Sedley ihr für die beiden Pferde gezahlt hatte, reichte an sich schon aus, um ihren kleinen Haushalt mindestens ein Jahr lang über Wasser zu halten. Es war nicht nötig gewesen, „meine Pistolen, dieselben, mit denen ich Hauptmann Marker erschoß“, oder das goldene Toilettennecessaire oder den zobelgefütterten Mantel zu Geld zu machen. Becky ließ sich daraus einen Umhang anfertigen, in dem sie zur Bewunderung aller im Bois de Boulogne ausritt. Ihr hättet die Szene zwischen ihr und dem entzückten Ehegatten sehen sollen (den sie wiedertraf, nachdem die Armee in Cambrai eingezogen war), als sie ihre Kleider auftrennte und all ihre Uhren, Nippsachen, Banknoten, Schecks und Wertgegenstände hervorholte, die sie vor ihrer geplanten Flucht aus Brüssel im Futter versteckt hatte. Tufto war begeistert, und Rawdon brüllte freudig vor Lachen und schwor, das sei besser als alle Stücke, die er je im Theater gesehen habe. Die Art, wie sie Josef hereingelegt hatte, was sie unter endlosen Späßen beschrieb, steigerte seine Freude bis zum Gipfel wahnsinniger Begeisterung. Er glaubte so fest an seine Frau wie die französischen Soldaten an Napoleon.

In Paris hatte sie bemerkenswerte Erfolge. Alle französischen Damen erklärten, sie sei bezaubernd. Sie sprach ihre Sprache geradezu bewunderungswürdig gut. Sie nahm sogleich ihre Anmut, ihre Lebhaftigkeit, ihre Manieren an. Gewiß, ihr Mann war dumm – alle Engländer sind dumm –, aber in Paris spricht ein langweiliger Ehemann nur für die Dame. Zudem war er der Erbe der wohlhabenden und geistreichen Miss Crawley, deren Haus während der Verbannung so vielen französischen Adligen offengestanden hatte. Sie empfingen die Frau des Obersten in ihren Hotels. „Warum“, schrieb eine Dame an Miss Crawley, die ihre Spitzen und Schmucksachen zu höchsten Preisen gekauft und sie in den knappen Zeiten nach der Revolution zu so manchem Diner eingeladen hatte, „warum kommt unsere liebe Miss nicht zu ihrem Neffen und ihrer Nichte und ihren treuen Freunden nach Paris? Jedermann ist entzückt von der reizenden Frau, ihrem Witz und ihrer Schönheit. Ja, in ihr erkennen wir die Grazie und den geistreichen Charme unserer lieben Freundin Miss Crawley wieder! Gestern fiel sie in den Tuilerien sogar dem König auf, und nun sind wir alle eifersüchtig auf die Aufmerksamkeit, die Monsieur ihr widmet. Wenn Sie nur den Zorn einer gewissen Miladi Bareacres hätten sehen können (deren Adlerschnabel und Federturban man noch über die Köpfe aller hinweg bemerkt), als Madame, die Herzogin von Angoulême, die erlauchte Tochter und Gefährtin von Königen, ausdrücklich wünschte, mit Mrs. Crawley als Ihrer lieben Tochter und protégée bekanntgemacht zu werden, und ihr im Namen Frankreichs dankte für Ihr Wohlwollen, das Sie unseren Unglücklichen in der Verbannung bewiesen haben! Sie ist bei allen Gesellschaften dabei, bei allen Bällen – bei allen Bällen ja, doch bei den Tanzereien nicht. Wie interessant und hübsch sieht dieses schöne Geschöpf aus, wenn sie von der Anbetung der Männer umgeben ist, und doch soll sie so bald Mutter werden, sagt man! Sie von Ihnen, ihrer Beschützerin, ihrer Mutter, sprechen zu hören würde sogar einem Ungeheuer Tränen in die Augen treiben! Wie sie Sie liebt! Wie wir alle unsere bewunderungswürdige, verehrte Miss Crawley lieben!"

Es steht zu befürchten, daß dieser Brief der großen Dame aus Paris bei der bewunderungswürdigen, verehrten Tante Mrs. Beckys Interessen keineswegs dienlich war. Im Gegenteil, die Wut der alten Jungfer überstieg alle Grenzen, als sie Rebekkas Lage erkannte und sah, wie kühn diese Miss Crawleys Namen benutzt hatte, um in die Pariser Gesellschaft einzudringen. Zu mitgenommen an Körper und Geist, um einen Antwortbrief in französischer Sprache verfassen zu können, diktierte sie der Briggs eine wütende Erwiderung in ihrer Muttersprache, in der sie Mrs. Rawdon Crawley überhaupt verleugnete und die Öffentlichkeit warnte, sich vor ihr als einer höchst gefährlichen, listigen Person zu hüten. Aber da Madame la Duchesse de X. nur zwanzig Jahre lang in England gewesen war, verstand sie kein einziges Wort dieser Sprache. So begnügte sie sich damit, Mrs. Rawdon Crawley bei ihrem nächsten Zusammentreffen mitzuteilen, sie haben von der „chère Mise" einen reizenden Brief erhalten voll wohlwollender Bemerkungen über Mrs. Crawley. Daraufhin begann diese wieder ernstliche Hoffnung zu schöpfen, daß die alte Jungfer sich doch einmal erweichen lassen würde.

Inzwischen war sie unter allen Engländerinnen die Vergnügteste und fand die meiste Bewunderung. Bei ihren Empfangsabenden kam ein kleiner europäischer Kongreß zusammen: Preußen, Kosaken, Spanier, Engländer. In diesem berühmten Winter weilte die ganze Welt in Paris. Beim Anblick all der Sterne und Ordensbänder in Rebekkas einfachem Salon wäre die ganze Baker Street vor Neid erblaßt. Berühmte Offiziere ritten im Bois neben ihrem Wagen oder drängten sich in ihrer bescheidenen Loge in der Oper. Rawdon war in allerbester Stimmung. Noch gab es in Paris keine drängenden Gläubiger. Bei Véry oder Beauvillier fanden jeden Tag Gesellschaften statt. Es wurde viel gespielt, und er hatte viel Glück. Tufto allerdings war verdrossen. Mrs. Tufto war aus eigenem Entschluß nach Paris herübergekommen, und von diesem höchst unpassenden Ereignis abgesehen, umstanden auch noch an die zwanzig Generäle Beckys Stuhl – wenn sie ins Theater ging, konnte sie unter einem Dutzend Buketts die Auswahl treffen. Lady Bareacres und die Häupter der englischen Gesellschaft, untadelhafte, dumme Frauenzimmer, knirschten mit den Zähnen vor Wut über den Erfolg dieses kleinen Emporkömmlings, dieser Becky, deren Witze wie vergiftete Pfeile in ihren keuschen Busen stachen und brannten. Aber sie hatte ja die Männer alle auf ihrer Seite. Mit unerschütterlichem Mut kämpfte sie gegen die Frauen, und schließlich konnten die ja auch nur in ihrer eigenen Sprache über sie lästern!

So verging der Winter 1815 für Mrs. Crawley mit Festen, Vergnügen und Wohlleben. Sie fügte sich in dieses gesellschaftliche Leben ein, als ob ihre Vorfahren schon durch Jahrhunderte vornehme Leute gewesen wären. Ihrem Geist, ihrem Talent und ihrer Energie nach verdiente sie allerdings auch bestimmt einen Ehrenplatz auf dem Jahrmarkt der Eitelkeit. Zu Beginn des Frühjahrs 1816 enthielt Galignanis Journal in einer interessanten Ecke folgende Anzeige:

„Am 26. März wurde die Gemahlin Oberstleutnant Crawleys von der Grünen Garde von einem Sohn und Erben entbunden.“

Diese Mitteilung wurde auch von den Londoner Zeitungen abgedruckt, und so kam es, daß in Brighton Miss Briggs eines Tages beim Frühstück Miss Crawley die Anzeige vorlas. Wenn die Nachricht auch nicht unerwartet kam, so verursachte sie doch eine Krisis in den Familienangelegenheiten der Crawleys. Die Wut der alten Jungfer erreichte ihren Höhepunkt. Sie ließ sofort ihren Neffen Pitt und Lady Southdown vom Brunswick Square holen und forderte sie auf, sich unverzüglich zu vermählen, wie es schon so lange in den beiden Familien geplant war. Sie teilte ihnen mit, sie habe die Absicht, dem jungen Paar tausend Pfund jährlich zukommen zu lassen, solange sie lebe, und nach ihrem Tode solle die Hauptmasse ihres Vermögens an ihren Neffen und ihre liebe Nichte Lady Jane Crawley fallen. Way kam heraus, um die Urkunden zu beglaubigen. Lord Southdown machte den Brautführer bei seiner Schwester. Sie wurden von einem Bischof getraut, nicht von Ehrwürden Bartholomäus Irons, zur großen Enttäuschung dieses freigeistigen Prälaten.

Nach der Hochzeit hätte Pitt mit seiner jungen Frau gern eine Hochzeitsreise unternommen, wie es sich für Leute seines Standes geziemte. Aber die alte Dame hatte Lady Jane so in ihr Herz geschlossen, daß sie offen gestand, sie könne sich von ihrem Liebling nicht trennen. Daher zog Pitt mit seiner Frau ganz zu Miss Crawley, und Lady Southdown herrschte vom Nachbarhaus aus über die ganze Familie: über Pitt, Lady Jane, Miss Crawley, die Briggs, Bowls, die Firkin und alle übrigen. Der arme Pitt war darob sehr verärgert und kam sich höchst bemitleidenswert vor. Auf der einen Seite unterstand er den Launen seiner Tante, auf der anderen denen seiner Schwiegermutter. Diese verabfolgte ihnen erbarmungslos ihre Traktate und Medizinen. Sie entließ Creamer, führte Rodgers ein, und bald blieb Miss Crawley nicht einmal mehr ein Schein von Autorität. Das arme Wesen wurde so verschüchtert, daß sie sogar die Briggs nicht mehr tyrannisierte, sondern sich täglich liebevoller und furchtsamer an die Nichte anklammerte! Friede sei mit dir, du gütige, selbstsüchtige, eitle, großherzige alte Heidin! Wir werden dich nicht mehr sehen. Hoffen wir, daß Lady Jane ihr freundlich half und sie mit sanfter Hand aus dem geschäftigen Treiben des Jahrmarkts der Eitelkeit hinausgeleitete.

35. Kapitel

Witwe und Mutter

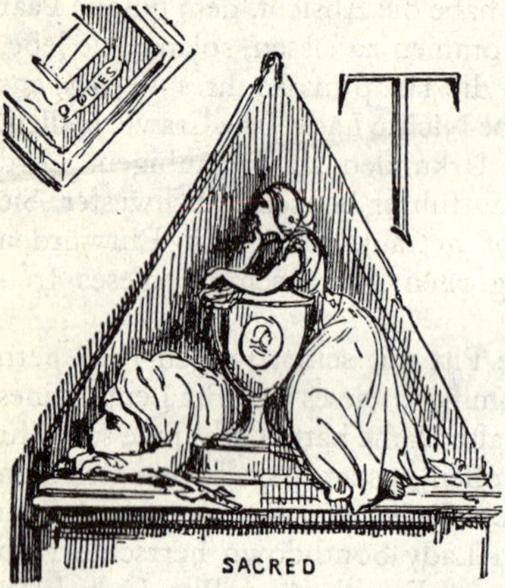

Triumphierend und von Furcht gebannt, erhielt England die wunderbare Nachricht von den schweren Kämpfen bei Quatre-Bras und bei Waterloo zur gleichen Zeit. Der Heeresbericht veröffentlichte zunächst das Ergebnis der beiden Schlachten. Dann folgten Einzelheiten. Nachdem die Siege verkündet waren, kam die Liste der Verwundeten und Gefallenen an die Reihe. Wer beschreibt die Angst, mit der das Verzeichnis aufgeschlagen und gelesen wurde! Man stelle sich vor, wie in jedem Dorf und jedem Heim fast überall in den drei Königreichen die großartige Nachricht von den Schlachten in Flandern eintraf und mit Gefühlen dankbarer Begeisterung aufgenommen wurde und wie diese Begeisterung sich in Trauer und Kummer wandelte, wenn man die Verlustliste des Regiments durchgesehen hatte und es sich herausstellte, ob der treue Freund oder Verwandte mit dem Leben davongekommen oder gefallen war. Jeder, der sich die Mühe macht, einen Stoß Zeitungen aus jenen Tagen zu lesen, wird noch heute diese atemlose Pause der Erwartung empfinden. Die Verlustliste wird von Tag zu Tag weitergeführt; man hält in der Mitte an wie bei einer Geschichte, deren Fortsetzung in der nächsten Nummer folgt. Man denke nur, wie die Gefühle der Menschen gewesen sein müssen, als diese Zeitungen einander frisch von der Druckerpresse folgten! Und wenn man schon in unserem Lande bei einer Schlacht, in die nur zwanzigtausend Mann unseres Volkes verwickelt waren, solch ein starkes Interesse empfand, dann kann man sich die Lage Europas vor zwanzig Jahren ausmalen, als nicht nur Tausende, sondern Millionen im Kampf standen, von denen jeder, der einen Feind erschlug, irgendein unschuldiges Herz in der Ferne furchtbar verwundete!

Die Nachricht, die dieser berühmte Heeresbericht den Osbornes brachte, versetzte der ganzen Familie und ihrem Oberhaupt einen entsetzlichen Schlag. Die Mädchen gaben sich hemmungslos ihrem Schmerz hin. Den unglücklichen Vater machten der Kummer und das grausame Schicksal noch niedergeschlagener. Er mühte sich ab zu glauben, sein Junge sei dadurch für seinen Ungehorsam gestraft worden. Er wagte nicht, sich einzugestehen, daß die Strenge des Richterspruches ihm Furcht einjagte und daß auf seine bösen Wünsche die Erfüllung allzu schnell gefolgt war. Manchmal überlief ihn ein Schauer des Schreckens, als sei er der Urheber des Verhängnisses, das er auf den Sohn herabbeschworen hatte. Vorher hatte doch immer noch die Möglichkeit einer Versöhnung bestanden. Die Frau seines Sohnes hätte sterben können, oder er hätte zurückkommen und sagen können: Vater, ich habe gesündigt! Jetzt aber gab es keine Hoffnung mehr. Er stand auf der anderen Seite des unüberbrückbaren Abgrundes und verfolgte den Vater mit traurigen Blicken. Er erinnerte sich, daß der Junge schon einmal so ausgesehen hatte, im Fieber, als alle dachten, er müsse sterben, als er stumm in seinem Bett lag und mit furchtbar düsterem Blick vor sich hinstarrte. Guter Gott, wie hatte der Vater sich da an den Arzt geklammert! Mit welch elender Angst war er ihm gefolgt! Welch eine Last der Sorge wurde ihm von der Seele genommen, als der Junge sich nach der Fieberkrisis wieder erholte und den Vater wieder mit erkennenden Augen anblickte! Jetzt aber gab es keine Hilfe oder Rettung mehr, keine Möglichkeit der Versöhnung und vor allem keine demütigen Worte, die die wütende, verletzte Eitelkeit besänftigten oder das vergiftete, zornige Blut wieder in seinen natürlichen Fluß zurückbrachten. Es ist schwer zu entscheiden, welcher Schmerz dem stolzen Vater mehr das Herz zerriß: daß der Sohn sich nun außer Reichweite seiner Vergebung befand oder daß er um die Entschuldigung gekommen war, die sein eigener Stolz erwartete.

Wie immer seine Empfindungen auch sein mochten, der harte alte Mann wollte keinen ins Vertrauen ziehen. Vor den Töchtern erwähnte er den Namen des Sohnes niemals mehr. Der älteren befahl er nur, alle Frauen des Hauses mit Trauerkleidung zu versehen. Dazu drückte er den Wunsch aus, daß auch die männliche Dienerschaft sich in tiefstes Schwarz kleide. Natürlich wurden alle Einladungen abgesagt. Dem zukünftigen Schwiegersohn, dessen Hochzeitstag schon festgesetzt war, machte er keinerlei Mitteilung. Aber Mr. Osbornes Aussehen genügte schon, um Mr. Bullock daran zu hindern, irgendwelche Fragen zu stellen oder irgendwie auf die Vermählung zu drängen. Manchmal flüsterte er im Salon, wohin der Vater nie kam, leise mit den Damen darüber. Der Alte hielt sich nur noch in seinem Studierzimmer auf. Die ganze Vorderseite des Hauses blieb weit über die übliche Trauerzeit hinaus geschlossen.

Etwa drei Wochen nach dem 18. Juni sprach ein Bekannter von Mr. Osborne, Sir William Dobbin, am Russel Square vor und bestand mit bleicher, erregter Miene darauf, daß er den alten Herrn selbst sprechen müsse. Als er hereingeführt worden war und ein paar Worte gesagt hatte, die weder der Sprecher noch der Hausherr verstanden, zog er einen mit einem großen, roten Siegel versehenen Brief hervor. „Mein Sohn, Major Dobbin", sagte der Ratsherr etwas zögernd, „hat mir durch einen Offizier des ...ten Regiments, der heute in London eintraf, einen Brief geschickt. Der Brief meines Sohnes enthielt einen anderen für Sie, Osborne." Der Ratsherr legte den Brief auf den Tisch, und Osborne starrte ein paar Minuten lang schweigend darauf hin. Sein Ausdruck erschreckte den Boten, der den schmerzzerrütteten Mann eine kleine Weile lang schuldbewußt anblickte und dann ohne weitere Worte hinauseilte.

Der Brief trug Georges wohlbekannte kühne Handschrift. Es war jener Brief, den er am 16. Juni, kurz bevor er Abschied von Amelia nahm, geschrieben hatte. Das große rote Siegel zeigte das angebliche Familienwappen, das Osborne dem Adelsregister entnommen hatte, mit dem Motto „Pax in bello", das Wappen jenes herzoglichen Hauses, mit dem verwandt zu sein der eitle alte Mann sich so gern einbildete. Die Hand, die es aufgedrückt hatte, würde nun nie mehr Feder und Schwert führen. Sogar das Siegel selbst hatte man Georges Leiche geraubt, als er auf dem Schlachtfeld lag. Das wußte der Vater natürlich nicht, sondern er saß da und starrte mit schrecklicher Leere im Gehirn den Brief an. Als er sich daran machte, ihn zu öffnen, fiel er beinahe um.

Sind Sie jemals mit einem guten Freund in Streit geraten? Wie widerwärtig sind Ihnen dann seine Briefe aus der Zeit, als Sie noch Liebe und Vertrauen füreinander empfanden! Mit welch beklommener Trauer betrachtet man dann jene heftigen Beteuerungen einer toten Neigung! Welch lügnerische Nachrede halten diese Briefe über dem Grab der Liebe! Welch düsterer Kommentar auf das Leben und alles eitle Streben! Die meisten von uns haben ganze Schubladen voll davon erhalten oder geschrieben. Es sind Skelette, die wir aufbewahren und doch meiden. So saß der alte Osborne lange zitternd vor dem Brief seines Sohnes.

Der Brief des armen Jungen sagte nicht viel. Er war zu stolz gewesen, um die Zärtlichkeit einzugestehen, die er im Herzen fühlte. Er sagte nur, er wolle am Vorabend einer großen Schlacht dem Vater Lebewohl sagen und ihn feierlich um seine Hilfe anflehen für die Frau – und vielleicht das Kind, die er zurücklasse. Reuevoll gestand er, daß er durch sein leichtsinniges, ausschweifendes Leben schon einen großen Teil von dem kleinen Vermögen seiner Mutter verschwendet habe. Er dankte dem Vater für seine frühere Großzügigkeit und versprach ihm, sein Handeln würde immer des Namens George Osborne würdig sein, ganz gleich, ob er fallen oder die Schlacht überleben würde.

Sein englisches Wesen, vielleicht auch Stolz oder Verlegenheit hatten ihn daran gehindert, mehr zu sagen. Der Vater konnte ja den Kuß nicht sehen, den George auf die Unterschrift des Briefes gedrückt hatte. Mit dem bitteren, tödlichen Schmerz enttäuschter Liebe und Rache ließ Mr. Osborne den Brief fallen. Immer noch liebte er den Sohn und hatte ihm dennoch nicht vergeben.

Etwa zwei Monate später jedoch bemerkten die jungen Damen, als sie mit dem Vater zur Kirche gingen, daß er einen anderen Platz wählte als sonst, wenn er dem Gottesdienst beiwohnte, und daß er von seinem Kissen ihnen gegenüber auf die Mauer über ihnen blickte. Da schauten die jungen Mädchen ebenfalls in die Richtung, in die die düsteren Blicke des Vaters wiesen. Da sahen sie an der Wand ein feingearbeitetes Grabdenkmal, auf dem Britannia über einer Urne weinend dargestellt war. Ein zerbrochenes Schwert und ein ruhender Löwe deuteten an, daß das Bildwerk zu Ehren eines dahingegangenen Soldaten errichtet worden war. Damals hatten die Bildhauer immer einen Vorrat an solchem Grabschmuck bei der Hand. Auch an den Wänden der Paulskirche kann man das noch sehen; sie sind bedeckt mit Hunderten dieser prahlerischen, heidnischen Allegorien. Während der ersten fünfzehn Jahre dieses Jahrhunderts war die Nachfrage danach ständig sehr groß.

Unter dem besagten Grabdenkmal war das wohlbekannte prächtige Osbornesche Wappen angebracht. Der Inschrift nach war das Monument „Geweiht dem Andenken von George Osborne junior, Hauptmann in Seiner Majestät . . .ten Regiment zu Fuß, der im Alter von 28 Jahren am 18. Juni 1815 im Kampf für König und Vaterland in der ruhmreichen Schlacht bei Waterloo fiel. Dulce et decorum est pro patria mori."

Der Anblick dieses Gedenksteines erregte die Nerven der Schwestern so sehr, daß Miss Maria gezwungen war, die Kirche zu verlassen. Respektvoll machte die Gemeinde dem schluchzenden, schwarzgekleideten Mädchen Platz und blickte voll Mitleid auf den harten alten Vater, der dem Grabdenkmal des toten Soldaten gegenübersaß. Wird er Mrs. George vergeben? fragten sich die Mädchen, sobald der Schmerzensausbruch vorüber war. Auch bei den Bekannten der Familie Osborne, die von dem Streit zwischen Vater und Sohn wußten, der durch des letzteren Heirat entstanden war, wurde viel darüber gesprochen, ob wohl eine Versöhnung mit der jungen Witwe zustande kommen würde. Unter den jungen Leuten sowohl am Russel Square als auch in der City wurden sogar Wetten darüber abgeschlossen.

Wenn die Schwestern mit einiger Furcht darauf warteten, daß Amelia als Familienmitglied anerkannt werde, so wurden ihre Besorgnisse gegen Ende des Herbstes noch verstärkt, als der Vater verkündete, er reise ins Ausland. Er sagte nicht, wohin er fahren wolle; aber sie wußten sofort, daß er seine Schritte nach Belgien lenken würde. Zudem hatten sie erfahren, daß Georges Witwe noch in Brüssel war. Von Lady Dobbin und deren Töchtern hatten sie ziemlich genaue Nachrichten über Amelia. Nachdem auch der zweite Major des Regiments auf dem Schlachtfeld geblieben war, war unser ehrlicher Hauptmann befördert worden, und der gute O'Dowd, der sich hier ebenfalls wieder sehr ausgezeichnet hatte, wie bei allen Gelegenheiten, wo er seine Kaltblütigkeit und Tapferkeit zeigen konnte, war Oberst und Ritter des Bath-Ordens geworden.

Sehr viele von dem tapferen . . .ten Regiment, das an den beiden Schlachttagen schwer gelitten hatte, waren im Herbst immer noch in Brüssel, um ihre Wunden auszuheilen. Noch monatelang nach den schweren Kämpfen glich die Stadt einem riesigen Lazarett, und als die Soldaten und Offiziere sich langsam von ihren Verletzungen zu erholen begannen, waren die Parks und öffentlichen Lokale von verstümmelten Kriegern überfüllt, von alten und jungen, die, gerade noch dem Tode entkommen, sich dem Spiel, der Fröhlichkeit und den Liebeleien hingaben, wie die Leute auf dem Jahrmarkt der Eitelkeit das eben so tun. Leicht gelang es Mr. Osborne, einige vom . . .ten Regiment herauszufinden. Er kannte ihre Uniform ja nur zu gut. Auch hatte er von jeher alle Beförderungen und Versetzungen im Regiment verfolgt und sprach gern über die Truppe und ihre Offiziere, ganz als ob er dazugehörte. Als er am Tage nach seiner Ankunft in Brüssel sein Hotel am Park gerade verließ, sah er einen Soldaten mit den wohlbekannten Aufschlägen, der sich auf einer Steinbank im Park ausruhte. Er trat hinzu und setzte sich zitternd neben den Verwundeten.

„Waren Sie in Hauptmann Osbornes Kompanie?" fragte er, und nach einer Pause fügte er hinzu: „Er war mein Sohn, Sir!"

Der Mann gehörte nicht zur Kompanie des Hauptmanns, aber er hob den unverletzten Arm an die Mütze zu einem traurigen, ehrerbietigen Gruß vor dem abgehärmten, gebrochenen Herrn, der ihn angeredet hatte. „In der ganzen Armee gab es keinen feineren oder besseren Offizier!" sagte der Soldat. Ein Sergeant aus der Kompanie des Hauptmanns, Hauptmann Raymond, führe sie jetzt. Er sei noch in Brüssel, soeben von einem Schulterschuß genesen. Der Herr könne ihn sprechen, wenn er wolle. Der Sergeant könne ihm alles erzählen, was er über die Taten des . . .ten Regiments wissen wolle. Aber zweifellos habe der Herr schon mit Major Dobbin, dem guten Freund des tapferen Hauptmanns, gesprochen? Und wohl auch mit Mrs. Osborne, die ebenfalls noch in Brüssel sei und der es sehr schlecht gegangen sei, wie überall erzählt werde. Die Leute sagten, sie habe mehr als sechs Wochen lang sozusagen den Verstand verloren gehabt. „Aber gewiß weiß der Herr das alles schon – und ich bitte um Vergebung", schloß der Mann.

Osborne drückte dem Soldaten ein Goldstück in die Hand und sagte ihm, er solle noch eins haben, wenn er den Sergeanten in das Parkhotel brächte. Auf dieses Versprechen hin erschien der Verlangte sehr bald bei Mr. Osborne. Der erste Soldat ging hin und erzählte ein paar Kameraden, daß Hauptmann Osbornes Vater da sei, und was für ein freigebiger, großzügiger Herr er sei. Da gingen sie hin und aßen und tranken fröhlich, solange die Goldstücke aus der stolzen Tasche des trauernden alten Vaters reichten.

In Gesellschaft des soeben wieder genesenen Sergeanten fuhr Osborne nach Waterloo und Quatre-Bras hinaus auf denselben Wegen, die Tausende seiner Landsleute damals gingen. Er nahm den Sergeanten zu sich in den Wagen und fuhr unter seiner Führung über die beiden Schlachtfelder. Er sah die Straßenkreuzung, wo das Regiment am 16. in die Schlacht marschiert war, und den Hügel, von dem sie die französische Kavallerie, die gegen die zurückgehenden Belgier drückte, heruntergejagt hatten. Da war die Stelle, wo der edle Hauptmann den französischen Offizier niedergehauen hatte, der mit dem jungen Fähnrich um die Fahne kämpfte, nachdem die Fahnenträger gefallen waren. Diesen Weg entlang hatten sie sich am nächsten Tage zurückgezogen, und hier war der Abhang, an dem das Regiment in der regnerischen Nacht zum 17. biwakiert hatte. Etwas weiter entfernt lag die Stellung, die sie am nächsten Tage genommen und gegen die wiederholten Angriffe der feindlichen Reiterei gehalten hatten, während sie in den Pausen hinter der Höhe vor der rasenden Kanonade der Franzosen Schutz suchten. Als am Abend die ganze englische Front den Befehl zum Vormarsch bekam, während der Feind sich nach dem letzten Angriff zurückzog, hatte der Hauptmann an diesem Abhang die tödliche Kugel empfangen, als er sich mit Hurra, den Degen schwingend, den Hügel hinunterstürzte. „Major Dobbin hat dann die Leiche des Herrn Hauptmann nach Brüssel zurückgebracht und ihn begraben lassen, wie der Herr ja weiß", sagte der Sergeant leise. Während der Soldat diese Geschichte erzählte, schrien die Bauern und Reliquienhändler um das Paar herum und boten allerlei Andenken an die Schlacht zum Verkauf an, Kreuze, Epauletten, geborstene Helme und Adler.

Osborne gab dem Sergeanten eine großartige Belohnung, als er sich von ihm trennte, nachdem sie die Stätte der letzten Taten seines Sohnes besucht hatten. Das Grab hatte er schon vorher gesehen. Sofort nach seiner Ankunft in Brüssel war er dorthin gefahren. George war auf dem schönen Friedhof von Laeken begraben, nahe bei der Stadt. Als er einmal auf einer Vergnügungsfahrt dort gewesen war, hatte er leichthin den Wunsch ausgesprochen, da begraben zu werden. So hatte der Freund nun den jungen Offizier hier hingebettet, in eine ungeweihte Ecke des Friedhofs, die durch eine niedrige Hecke von den Tempeln und Türmen, den Blumen und Sträuchern, unter denen die katholischen Toten ruhten, getrennt war. Der alte Osborne empfand es als eine Demütigung, daß sein Sohn, ein englischer Gentleman und Hauptmann der berühmten britischen Armee, nicht für würdig befunden worden war, in dem Grund zu ruhen, wo gewöhnliche Ausländer begraben waren. Wer von uns will entscheiden, ob sich nicht doch auch in unser wärmstes Empfinden für andere ein wenig Eitelkeit einschleicht und ob unsere Liebe nicht doch selbstsüchtig ist? Der alte Osborne dachte nicht viel über die zwiespältige Natur seiner Gefühle nach, in denen sich Instinkt und Selbstsucht miteinander stritten. Er war fest davon überzeugt, daß alles, was er tat, richtig war und daß man ihm bei jeder Gelegenheit zu Willen sein müsse. Auf jeden Widerstand aber stürzte sich mit giftiger Waffe sein Haß, wie mit dem Stich einer Wespe oder dem Biß einer Schlange. Er war stolz auf seinen Haß wie auf alles andere. Immer recht haben, immer vorwärtskommen und nie zweifeln – sind das nicht die großen Eigenschaften, durch die die Mittelmäßigkeit die Welt beherrscht?

Als auf dem Rückweg von Waterloo Mr. Osbornes Wagen sich bei Sonnenuntergang den Toren der Stadt näherte, kam ihm ein anderer offener Wagen entgegen, in dem ein paar Damen und ein Herr saßen, während ein Offizier nebenherritt. Osborne fuhr erschrocken zusammen. Der neben ihm sitzende Sergeant warf einen erstaunten Blick auf seinen Nachbarn, als dieser zum Hut griff, während der Offizier den Gruß mechanisch erwiderte. Es war Amelia mit dem lahmen jungen Fähnrich an der Seite und der treuen Freundin Mrs. O'Dowd ihr gegenüber. Es war Amelia; aber wie hatte das frische, anmutige Mädchen, das Osborne kannte, sich jetzt verändert! Ihr Antlitz war weiß und schmal. Ihr hübsches braunes Haar war unter der Witwenhaube gescheitelt. Armes Kind! Ihre Augen blickten starr und schienen nichts zu sehen. Als die Wagen aneinander vorüberfuhren, blickte sie Osborne ausdruckslos ins Gesicht, erkannte ihn aber nicht. Ebensowenig erkannte er sie, bis er aufblickend Dobbin neben ihr reiten sah. Da wußte er, wer sie war. Er haßte sie. Wie sehr er sie haßte, wußte er erst in diesem Augenblick, da er sie sah. Als ihr Wagen vorüber war, drehte er sich um und starrte dem Sergeanten, der nicht umhin konnte, ihn anzuschauen, trotzig und herausfordernd ins Gesicht, als ob er sagen wollte: Wie kannst du es wagen, mich anzusehen? Verdammt sollst du sein, ich hasse sie wirklich! Sie ist es, die all meinen Stolz und all meine Hoffnungen zerstört hat. „Sag dem Halunken, er soll schneller fahren!" rief er fluchend dem Lakai auf dem Bock zu. Eine Minute später klapperten Pferdehufe auf dem Pflaster hinter Osbornes Wagen, und Dobbin ritt heran. Seine Gedanken waren ganz woanders gewesen, als die beiden Wagen sich begegneten. Erst nach ein paar Schritt fiel ihm ein, daß es Osborne gewesen war, der soeben an ihnen vorübergefahren war. Dann wandte er sich Amelia zu, um zu sehen, ob der Anblick ihres Schwiegervaters irgendeinen Eindruck auf sie gemacht hatte. Aber das arme Mädchen hatte gar nicht gemerkt, wer da vorübergefahren war. Da zog William, der sie täglich auf ihren Spazierfahrten zu begleiten pflegte, die Uhr heraus, entschuldigte sich mit einer Verpflichtung, die ihm plötzlich eingefallen sei, und ritt los. Auch davon merkte Amelia nichts. Sie blickte vor sich hin, über die liebliche Landschaft bis zu den fernen Wäldern, durch die George fortgezogen war.

„Mr. Osborne! Mr. Osborne!“ rief Dobbin im Heranreiten und hielt dem alten Herrn die Hand hin. Osborne indes rührte sich nicht, sondern rief dem Diener nur noch einmal fluchend zu, er solle weiterfahren.

Dobbin legte die Hand an den Schlag. „Ich muß Sie sprechen, Sir“, sagte er. „Ich habe eine Botschaft für Sie.“

„Von dem Frauenzimmer dort?“ fragte Osborne wütend.

„Nein“, erwiderte der andere, „von Ihrem Sohn!“ Da sank Osborne in seine Ecke zurück. Dobbin ließ den Wagen ruhig weiterfahren und ritt dicht hinterdrein. So ging es durch die ganze Stadt, ohne daß sie ein einziges Wort sprachen, bis sie Mr. Osbornes Hotel erreichten. Dort folgte er Osborne hinauf in dessen Zimmer. George war oft in diesen Räumen gewesen. Es waren dieselben, die die Crawleys während ihres Aufenthaltes in Brüssel innegehabt hatten.

„Bitte, haben Sie irgendwelche Befehle für mich, Hauptmann Dobbin – oder Verzeihung, ich sollte wohl Major Dobbin sagen, seit bessere Männer tot sind und Sie an deren Platz getreten sind“, sagte Mr. Osborne in jenem sarkastischen Ton, den er zuweilen anzunehmen beliebte.

„Ja, bessere Männer sind tot“, erwiderte Dobbin, „und über einen solchen möchte ich mit Ihnen sprechen.“

„Machen Sie es kurz, Sir“, sagte der andere, und mit einem Fluch warf er einen finsteren Blick auf seinen Besucher.

„Ich stehe hier als sein bester Freund“, begann der Major wieder, „und als sein Testamentsvollstrecker. Er setzte es auf, ehe wir in die Schlacht zogen. Wissen Sie wohl, über wie geringe Mittel er nur noch verfügte und in welch bedrängter Lage seine Witwe sich befindet?“

„Ich kenne seine Witwe nicht, Sir“, sagte Osborne. „Soll sie doch zu ihrem Vater zurückkehren!“ Aber der Mann, an den diese Worte gerichtet waren, war entschlossen, Ruhe zu bewahren, und so fuhr er fort, ohne der Unterbrechung Beachtung zu schenken: „Kennen Sie Mrs. Osbornes Lage, Sir? Ihr Leben und ihr Verstand sind dem Schlag, der sie getroffen hat, beinahe erlegen. Es ist sehr zweifelhaft, ob sie sich je wieder erholen wird. Es bleibt ihr nur noch eine Möglichkeit, und um derentwillen bin ich zu Ihnen gekommen. Sie wird bald Mutter sein. Wollen Sie das Vergehen des Vaters noch an dem Kinde vergelten? Oder wollen Sie dem Kind um des armen George willen verzeihen?"

Osborne brach in eine Flut von Eigenlob und Verwünschungen aus. Mit dem einen entschuldigte er sein Verhalten vor seinem Gewissen, mit dem anderen übertrieb er Georges Unbotmäßigkeit. Kein Vater in ganz England hätte großzügiger gegen seinen Sohn sein können, der sich dann so boshaft gegen ihn empörte. Nun war er gestorben, ohne das Unrecht, das er getan hatte, auch nur im geringsten einzugestehen. Solle er nur die Folgen seines Ungehorsams und seiner Torheit tragen. Er selbst, Mr. Osborne, stehe zu seinem Wort. Er habe geschworen, nie mit jener Frau zu sprechen oder sie als Gattin seines Sohnes anzuerkennen. „Das können Sie ihr sagen", schloß er mit einem Fluch, „und daran werde ich bis zum letzten Tage meines Lebens festhalten."

Hier gab es also keine Hoffnung mehr. Die Witwe mußte von ihrem bißchen Geld und dem wenigen, was Josef ihr geben konnte, zu leben versuchen. Ich könnte es ihr erzählen, aber sie würde es gar nicht beachten, dachte Dobbin traurig. Denn seit der Katastrophe waren die Gedanken der Armen nicht mehr hier, sondern lagen begraben unter der Last des Kummers. Gutes und Böses waren ihr gleicherweise gleichgültig, wie auch Freundschaft und Güte. Sie nahm alles ohne Klage hin und versank dann wieder in ihr Leid.

Inzwischen waren seit der soeben erzählten Unterhaltung zwölf Monate im Leben der armen Amelia vergangen. Den ersten Teil dieser Zeit hatte sie in so tiefem, mitleiderregendem Schmerz verbracht, daß jeder, der auch nur etwas von den Gefühlen dieses zarten, schwachen Herzens beobachten und schildern wollte, vor der grausamen Wunde, aus der es immer noch blutete, zurückweichen müßte. Tretet still an das Schmerzenslager der armen, gebrochenen Seele! Macht die Tür des dunklen Zimmers, in dem sie leidet, leise zu, so wie es jene freundlichen Menschen taten, die sie in den ersten Monaten des Schmerzes pflegten und sie nie verließen, bis der Himmel ihr

Trost sandte. Es kam ein Tag voll fast schrecklicher Freude und Verwunderung, da die arme kleine Witwe ein Kind an ihre Brust drückte, ein Kind mit den Augen ihres dahingegangenen George, einen kleinen engelschönen Knaben. Welches Wunder, seinen ersten Schrei zu hören! Wie sie über ihn lachte und weinte, wie Liebe, Hoffnung und Gebet wieder in ihrer Brust erwachten, als das Kind sich an sie schmiegte! Sie war gerettet. Die Ärzte, die sie behandelten und für ihr Leben oder ihren Verstand gefürchtet hatten, hatten ängstlich auf diese Krisis gewartet, ehe sie es aussprechen konnten, daß beide, Mutter und Kind, in Sicherheit waren. Es war die langen Monate angstvollen Bangens wert, die die Menschen, die ständig um sie gewesen waren, durchlebt hatten, als sie nun sahen, wie Amelias Augen ihnen wieder zärtlich entgegenstrahlten.

Einer von ihnen war unser Freund Dobbin. Er war es gewesen, der sie nach England in das Haus ihrer Mutter zurückgebracht hatte, als Mrs. O'Dowd auf den dringenden Ruf ihres Obersten hin die Patientin hatte verlassen müssen. Jeder, der Sinn für Humor hat, hätte seine Freude daran gehabt, wie Dobbin das Kind in den Armen hielt und Amelia bei diesem Anblick sieghaft lachte. William wurde der Pate des Kleinen und bot nun seinen ganzen Scharfsinn auf beim Einkauf von Bechern, Löffeln, Schüsselchen und Spielzeug für sein kleines Patenkind.

Wir brauchen hier nicht zu erzählen, wie seine Mutter für ihn sorgte und ihn kleidete, wie ihr ganzes Leben von ihm abhing, wie sie alle Kinderschwestern wegjagte, wie fast niemand außer ihr selbst das Kind anfassen durfte, wie es die größte Gunst bedeutete, die sie dem Paten, Major Dobbin, gewährte, wenn er gelegentlich mit dem Kleinen spielen durfte. Das Kind war ihr ein und alles. Ihr ganzes Dasein war eine einzige mütterliche Liebkosung. Sie umhüllte das schwache, seiner selbst noch nicht bewußte Geschöpfchen mit Liebe und Anbetung. Es war sozusagen ihr eigenes Leben, das der Säugling aus ihrer Brust sog. Des Nachts und auch sonst, wenn sie allein war, brach ihre Mutterliebe in ein gewaltiges, heimliches Entzücken aus, mit dem Gottes wunderbare Fürsorge nur den weiblichen Instinkt begabt hat, in Freuden, die höher und tiefer waren als alle Vernunft, blinde, schönste Hingabe, wie sie nur das Herz einer Frau kennt. William Dobbin blieb es überlassen, über diese Gefühlsbewegungen Amelias nachzusinnen und ihr Herz zu beobachten. Seine Liebe ließ ihn fast alle Empfindungen erraten, die Amelias Herz erregten; aber mit trauriger Klarheit konnte er leider auch sehen, daß darin für ihn kein Platz war. So ertrug er in dieser Erkenntnis still und zufrieden sein Geschick.

Amelias Eltern durchschauten vermutlich die Absichten des Majors und waren nicht übel geneigt, ihn darin zu unterstützen; denn Dobbin kam täglich in ihr Haus und blieb stundenlang bei ihnen oder bei Amelia oder bei dem ehrlichen Mr. Clapp, dem Hauswirt, und seiner Familie. Unter irgendeinem Vorwand brachte er fast allen jeden Tag ein Geschenk mit. Das

Töchterchen des Hauswirts, die Amelias Liebling war, nannte ihn deswegen nur Major Zuckerwerk. Dieses Kind spielte für gewöhnlich den Oberhofmeister, der ihn bei Mrs. Osborne anmeldete. Als eines Tages der Wagen des Majors Zuckerwerk nach Fulham hereinkam und er ausstieg mit einem Holzpferd, einer Trommel, einer Trompete und anderem kriegerischem Spielzeug für den kleinen Georgy, der knapp sechs Monate alt war, unter dem Arm, da lachte sie laut auf. Das war denn doch entschieden verfrüht.

Das Kind schlief. „Still!" sagte Amelia, vielleicht ein wenig ärgerlich wegen der knarrenden Stiefel des Majors. Sie hielt ihm die Hand hin und lächelte, weil er sie doch nicht ergreifen konnte, ehe er seine Spielzeuglast nicht los war. „Geh nach unten, kleine Mary", sagte er dann zu dem Kind. „Ich möchte mit Mrs. Osborne sprechen." Sie blickte ziemlich erstaunt auf und legte das Kind in sein Bettchen.

„Ich bin gekommen, um Ihnen Lebewohl zu sagen, Amelia", sagte er dann und ergriff sanft ihre schmale, kleine, weiße Hand.

„Lebewohl? Wo fahren Sie denn hin?" fragte sie mit einem Lächeln.

„Schicken Sie Ihre Briefe nur an meinen Agenten", erwiderte er. „Ich lasse sie mir von dort nachschicken; denn Sie werden mir doch schreiben, nicht wahr? Ich werde lange wegbleiben!"

„Ich werde Ihnen dann von Georgy erzählen", versprach sie. „Lieber William, wie gut sind Sie zu ihm und zu mir gewesen! Schauen Sie ihn an! Ist er nicht ein kleiner Engel?"

Die rosa Händchen des Kindes schlossen sich mechanisch um den Finger des ehrlichen Soldaten, während Amelia ihm in stolzer Mutterfreude strahlend ins Gesicht schaute. Die grausamsten Blicke hätten ihn nicht mehr verwunden können als dieser hoffnungslos freundliche Ausdruck. Er beugte sich über Kind und Mutter. Einen Augenblick lang konnte er nicht sprechen. Nur mit aller Gewalt brachte er ein „Gott segne Sie!" heraus. „Gott segne Sie!" erwiderte Amelia und hob ihr Antlitz zu ihm auf und küßte ihn.

„Leise! Wecken Sie Georgy nicht auf!" fügte sie hinzu, als William Dobbin mit schweren Tritten zur Tür ging. Sie hörte nichts von dem Geräusch der Räder des abfahrenden Wagens. Sie schaute auf das Kind, das im Schlaf lachte.

36. Kapitel

Wie man von nichts gut leben kann

Ich vermute, daß es auf unserem Jahrmarkt der Eitelkeit kaum jemanden gibt, der sich nicht zuweilen bemüßigt fühlte, über die irdischen Angelegenheiten seiner Nachbarn nachzudenken. Auch wird wohl niemand ein so ausgesprochener Christ sein, daß er sich nicht wunderte, wie Nachbar Müller oder Nachbar Schmidt mit ihrem Geld auskommen. Ich muß zum Beispiel bei aller Hochachtung vor der Familie Jenkins (bei der ich zwei- oder dreimal in der Saison zum Essen eingeladen werde) zugeben, daß ihr Auftreten im Park, in dem großen Landauer mit den riesigen, strammen Lakaien, mir immer ein Grund zur Verwunderung und bis an mein Ende ein Geheimnis bleiben wird. Denn wenn ich auch weiß, daß die Equipage nur gemietet ist und daß all die Bedienten nur gegen Kostgeld bei den Jenkins sind, so müssen die drei Leute und der Wagen doch zum allermindesten ein Einkommen von sechshundert Pfund jährlich erfordern. Dazu kommen dann noch die glänzenden Diners, die beiden Jungen in Eton, die ausgezeichnete Erzieherin und der Privatlehrer für die Töchter, die Reisen ins Ausland oder nach Eastbourne oder im Herbst nach Worthing und der alljährliche Ball mit dem Souper aus Günthers Restaurant (der übrigens die meisten erstklassigen Diners liefert, die Jenkins gibt, wie ich ganz genau weiß; denn ich war einmal dazu eingeladen, um für eine Absage einzuspringen. Da merkte ich sofort, daß das Essen weitaus besser war als bei den gewöhnlichen Einladungen, zu denen Jenkins an die weniger vornehmen Leute unter seinen Bekannten Karten schickt). Wer also, sage ich, und sei er der gutmütigste Mensch auf der Welt, wundert sich nicht, wovon die Jenkins das alles wohl bestreiten mögen? Was ist Jenkins denn von Beruf? Wir wissen es alle: Geheimrat im Siegelamt mit einem jährlichen Gehalt von zwölfhundert Pfund. Hatte seine Frau Vermögen? Pah! Miss Flint, eines von elf Kindern eines kleinen Landedelmannes aus Buckinghamshire! Alles, was sie jemals von zu Hause bekommt, ist ein Truthahn zu Weihnachten. Dafür muß sie dann zwei oder drei ihrer Schwestern außerhalb der Saison bei sich unterbringen und die Brüder beherbergen und beköstigen, wenn sie in die Stadt kommen. Wie kommt Jenkins nur mit seinem Geld aus? Wie alle seine Freunde frage ich: Wie kommt es, daß er nicht schon längst im Schuldgefängnis sitzt, und wie ist es möglich, daß er letztes Jahr (zur Überraschung aller) aus Boulogne wieder zurückkam?

„Ich" steht hier für die Welt im allgemeinen, für die Klatschbasen aus dem Bekanntenkreis jedes achtbaren Lesers; denn jeder von ihnen kann unter seinen Bekannten einige Familien aufzählen, bei denen niemand weiß, wovon sie leben. Wie mancher von uns hat zweifellos schon mit einem großzügigen Gastgeber angestoßen und sich gewundert, wovon zum Teufel er das Glas Wein bezahlt haben mag!

Als Rawdon Crawley sich etwa drei bis vier Jahre nach seinem Aufenthalt in Paris in einem recht kleinen, aber behaglichen Häuschen in der Curzon Street in Mayfair eingerichtet hatte, gab es unter den zahlreichen Freunden, die dort zum Essen eingeladen waren, kaum einen, der sich nicht die oben erwähnte Frage stellte. Der Romanschriftsteller, wir sagten es schon, weiß alles, und da ich in der Lage bin, der Öffentlichkeit erzählen zu können, wie die Crawleys ohne Einkommen lebten, bitte ich die Zeitungen, die die Angewohnheit haben, Teile aus den verschiedenen jetzt erscheinenden Zeitschriften zu entnehmen, doch den folgenden genauen Bericht und die Berechnungen nicht abzudrucken; denn davon sollte ich, als der Entdecker der Sache (und was hat es mich gekostet!), den alleinigen Profit haben. Mein Sohn (würde ich sagen, wenn ich mit Kindern gesegnet wäre), durch vieles Nachforschen und ständigen Verkehr kannst du lernen, wie ein Mann von nichts bequem leben kann. Aber es ist doch besser, sich mit solchen Herren nicht allzusehr einzulassen, sondern die Berechnungen lieber aus zweiter Hand zu übernehmen (wie du es zum Beispiel auch bei den Logarithmen tust); denn sie selbst aufzustellen würde dir beträchtliche Kosten verursachen, darauf kannst du dich verlassen!

Crawley und seine Frau lebten also in Paris von nichts etwa zwei oder drei Jahre lang sehr glücklich und behaglich. Doch davon können wir nur ganz kurz berichten. Zu dieser Zeit verließ Crawley die Leibgarde und verkaufte sein Offizierspatent. Als wir ihn wiedertrafen, waren der Schnurrbart und der Titel „Oberst" auf seiner Visitenkarte die einzigen Überbleibsel seiner militärischen Laufbahn.

Wir hatten erwähnt, daß Rebekka bald nach ihrer Ankunft in Paris eine führende Stellung in der vornehmen Gesellschaft der Hauptstadt einnahm und daß sie in einigen der ersten Häuser des zurückgekehrten französischen Adels gastlich aufgenommen wurde. Auch die eleganten Engländer in Paris machten ihr den Hof, sehr zum Ärger ihrer Ehefrauen, die den Emporkömmling aus tiefster Seele haßten. Einige Monate lang war Mrs. Crawley von den Salons des Faubourg St. Germain, in denen sie eine gesicherte Stellung innehatte, und von dem Glanz des neuen Hofes, wo sie mit besonderer Auszeichnung empfangen wurde, entzückt und vielleicht sogar ein wenig berauscht. Es kann sein, daß sie während dieser erfolgreichen Zeit geneigt war, gewisse Leute zu vernachlässigen, besonders ehrliche junge Offiziere, die den hauptsächlichen Verkehr ihres Gatten ausmachten.

Der Oberst indessen gähnte traurig zwischen all den Herzoginnen und vornehmen Damen bei Hofe. Die alten Weiber, die Ecarté spielten, machten so viel Lärm um ein Fünffrancstück, daß es sich für Oberst Crawley gar nicht lohnte, sich an den Kartentisch zu setzen. Den Witz ihrer Unterhaltung vermochte er nicht zu würdigen, da er ihre Sprache nicht verstand. Und was hatte seine Frau schon davon, fragte er sich immer wieder, wenn sie sich jeden Abend vor einem ganzen Kreis von Prinzessinnen verneigte? So ließ er Rebekka oft allein zu diesen Gesellschaften gehen, während er sein altes Leben, seine alten Vergnügungen unter den liebenswürdigen Freunden seiner Wahl wieder aufnahm.

Wenn wir von einem Mann sagen, daß er elegant von nichts lebt, so gebrauchen wir allerdings das Wort „nichts", um eine unbekannte Größe zu bezeichnen, einfach in dem Sinne, daß wir nicht wissen, wovon der fragliche Herr die Ausgaben seines Haushalts bestreitet. Unser Freund, der Oberst, verfügte über bedeutende Fähigkeiten in allen Arten von Glücksspielen. Da er sich ständig mit den Karten, dem Würfelbecher und dem Billardstock übte, können wir wohl als selbstverständlich annehmen, daß er im Gebrauch dieser Gegenstände eine weit größere Geschicklichkeit erlangte, als Männer sie haben können, die sich nur gelegentlich damit befassen. Einen Billardstock gut handhaben zu können bedeutet ungefähr soviel, wie wenn man mit einem Bleistift, einer Flöte oder einem Degen umzugehen weiß. Zu Anfang meistert man keines dieser Instrumente, und nur durch fortgesetztes, ausdauerndes Studium in Verbindung mit einer natürlichen Begabung kann

ein Mann es dahin bringen, sich im Gebrauch dieser Instrumente auszuzeichnen. Aus einem glänzenden Amateur war Crawley allmählich zu einem unübertrefflichen Meister im Billard geworden. Wie bei einem großen General, so wuchs auch hier sein Können mit der Gefahr. Wenn er ein ganzes Spiel lang Pech gehabt hatte und die Wetten folglich gegen ihn standen, dann pflegte er mit größter Geschicklichkeit und Kaltblütigkeit ein paar erstaunliche Stöße zu machen, die den Kampf wieder ausglichen, so daß er schließlich als Sieger aus dem Spiel hervorging, zum Erstaunen aller, das heißt aller, die das Spiel nicht kennen. Die anderen, die ihm oft zusahen, hüteten sich, ihr Geld gegen einen Mann mit solchen plötzlichen Überraschungen und so glänzender, überwältigender Geschicklichkeit zu setzen.

Im Kartenspiel war er ebenso geschickt. Zu Beginn eines Abends verlor er oft ständig, spielte so sorglos und machte solch grobe Schnitzer, daß Neulinge häufig geneigt waren, sein Können gering einzuschätzen. Wenn er jedoch durch wiederholte kleine Verluste aufgestachelt und zur Vorsicht gemahnt war, dann konnte man bemerken, wie sein Spiel auf einmal ganz anders wurde, bis er ziemlich sicher war, daß er seinen Gegner gründlich schlagen würde, noch ehe die Nacht um war. Nur sehr wenige konnten sich rühmen, ihn je besiegt zu haben.

Seine Triumphe wiederholten sich so häufig, daß es kein Wunder war, wenn die Neider und Besiegten manchmal mit Bitterkeit von ihm sprachen. Auch die Franzosen behaupten von dem Herzog von Wellington, der nie eine Niederlage erlitt, er sei nur durch eine erstaunliche Reihe von Glückszufällen stets Sieger geblieben, und sogar bei Waterloo hätte er nur durch Betrug schließlich den Sieg errungen. Ebenso flüsterte man im englischen Hauptquartier davon, die andauernden Erfolge Hauptmann Crawleys ließen sich nur durch Falschspiel erklären.

Die Spielleidenschaft war damals in Paris so verbreitet, daß die öffentlichen Spiellokale, obwohl Frascati und Der Salon offen waren, für das allgemeine Bedürfnis nicht ausreichten. Daher wurde auch in Privathäusern soviel gespielt, als ob es gar keine öffentlichen Einrichtungen gäbe, diese Leidenschaft zu befriedigen. Bei den reizenden kleinen Abendgesellschaften der Crawleys kam es fast immer zu dieser verhängnisvollen Unterhaltung, sehr zum Verdruß der gutherzigen kleinen Mrs. Crawley. Mit tiefster Betrübnis sprach sie von dieser Leidenschaft ihres Gatten für den Würfelbecher. Sie jammerte darüber vor allen, die in ihr Haus kamen. Sie flehte die jungen Leute an, nie, niemals einen Würfel anzurühren, und als der junge Green vom Schützenregiment eine sehr beträchtliche Summe verloren hatte, schwamm Rebekka eine ganze Nacht lang in Tränen, wie das Dienstmädchen dem unglücklichen jungen Herrn erzählte. Sie hatte sich sogar vor ihrem Mann auf die Knie geworfen, um ihn zu bitten, die Schuld zu erlassen und den Schuldschein zu verbrennen. Aber wie konnte er das? Er hatte doch selbst ebensoviel an Blackstone von den Husaren verloren und an den Grafen Punter von der Hannoverschen Kavallerie. Er wollte

Green Zeit lassen, doch bezahlen? – bezahlen mußte er natürlich! Es war kindisch zu verlangen, er solle den Schuldschein verbrennen!

Andere Offiziere, hauptsächlich junge – denn die jungen drängten sich um Mrs. Crawley –, kamen mit langen Gesichtern von ihren Gesellschaften, weil sie an ihrem verhängnisvollen Spieltisch eine mehr oder minder große Summe hatten zurücklassen müssen. Ihr Haus kam allmählich in einen unvorteilhaften Ruf. Alte Besucher warnten weniger erfahrene vor der Gefahr. So warnte etwa Oberst O'Dowd vom . . .ten Regiment, einem der Regimenter, die Paris besetzt hielten, Leutnant Spooney aus dem gleichen Truppenteil. Zwischen dem Oberst der Infanterie und seiner Gattin, die in dem Café de Paris zu Abend aßen, und Oberst Crawley und Mrs. Crawley, die ebenfalls dort ihr Mahl einnahmen, kam es zu einem lauten, heftigen Streit. Auch die Damen griffen auf beiden Seiten ein. Mrs. O'Dowd schnippte mit dem Finger Mrs. Crawley ins Gesicht und erklärte, ihr Mann sei „um kein Haar besser als ein Schwindler". Oberst Crawley forderte Oberst O'Dowd. Als der Oberbefehlshaber von dem Streit hörte, ließ er Oberst Crawley kommen, der gerade dieselben Pistolen fertig machte, „mit denen er Hauptmann Marker erschossen hatte". Der General hatte eine Unterredung mit ihm, und das Duell fand nicht statt. Hätte Rebekka nicht vor General Tufto auf den Knien gelegen, dann wäre Crawley nach England zurückgeschickt worden. Ein paar Wochen lang spielte er nicht – außer mit Zivilisten.

Trotz Rawdons unzweifelhaftem Geschick und trotz seinen Erfolgen wurde es indessen Rebekka bei Betrachtung dieser Dinge allmählich klar, daß ihre Lage recht prekär war und daß ihr kleines Kapital, obzwar sie kaum jemandem etwas zahlten, doch eines Tages zu einem Nichts zusammengeschmolzen sein würde. „Das Spiel, mein Lieber, ist dazu gut, das Einkommen zu vergrößern", sagte sie oft, „aber nicht, um es völlig zu ersetzen! Die Leute können ja eines Tages vom Spielen genug haben, und wie stehen wir dann da?" Rawdon stimmte ihrer Ansicht zu; sie hatte recht, und auch er selbst hatte schon bemerkt, wie die Herren nach ein paar Abenden mit einem kleinen Souper tatsächlich des Spielens mit ihm überdrüssig waren und sich trotz Rebekkas Reizen nicht mehr oft sehen ließen.

So leicht und angenehm ihr Leben in Paris war, es war letzten Endes eben doch nur ein faules Zeitvergeuden und liebenswürdiges Herumtändeln. Rebekka sah ein, daß sie Rawdon in seinem eigenen Vaterland zum Glück verhelfen mußte. Sie mußte ihn in England oder in den Kolonien in irgendeiner Stellung oder einem Amt unterbringen. So beschloß sie, nach England überzusiedeln, sobald der Weg dorthin für sie frei war. Als ersten Schritt dazu hatte sie Crawley veranlaßt, aus der Garde auszutreten und sich auf halben Sold setzen zu lassen. Sein Dienst als Adjutant bei General Tufto hatte schon vorher aufgehört. Rebekka lachte in allen Salons über diesen Offizier, über die Perücke, die er sich hatte machen lassen, als er nach Paris kam, über seinen Hosenbund, seine falschen Zähne, vor allem über seine Einbildung, die ihn glauben ließ, jede Frau, der er sich nähere, sei sogleich verliebt in ihn. Augenblicklich galten die Aufmerksamkeiten des Generals Mrs. Brent, der Gattin des Kommissars Brent mit den dichten, buschigen Brauen. Für sie waren die Buketts, die Diners in den Restaurants, die Logen in der Oper, die Schmuckstücke bestimmt. Die arme Mrs. Tufto war auch jetzt nicht glücklicher; immer noch mußte sie lange Abende allein mit ihren Töchtern verbringen und wußte doch, daß ihr General fein frisiert und parfümiert ausgegangen war, um im Theater hinter Mrs. Brents Stuhl zu stehen. Gewiß hatte Becky dort ein Dutzend Verehrer und konnte ihre Nebenbuhlerin mit ihrem Witz zu Boden schmettern, und doch wurde sie, wie gesagt, dieses müßigen gesellschaftlichen Lebens müde. Die Logen in der Oper und die Diners in den Restaurants kamen ihr schal vor, Blumensträuße konnte man nicht für spätere Jahre aufbewahren, und von Schmucksachen, Spitzentaschentüchern und Lederhandschuhen konnte sie auch nicht leben. Sie empfand die Frivolität all dieser Vergnügungen und sehnte sich nach handgreiflicheren Genüssen.

Als die Dinge derart standen, traf eine Nachricht in Paris ein, die sich bei den zahlreichen Gläubigern des Obersten schnell verbreitete und große Befriedigung hervorrief. Miss Crawley, die reiche Tante, von der er eine unermeßliche Erbschaft erwartete, lag im Sterben. Der Oberst mußte an ihr Krankenlager eilen. Mrs. Crawley und das Kind würden zurückbleiben, bis er sie abholen kam. Er reiste nach Calais ab, und nachdem er diesen Ort sicher erreicht hatte, sollte man wohl vermuten, daß er nach Dover weiterfahren würde. Statt dessen bestieg er aber das Schnellboot nach Dünkirchen und reiste von dort nach Brüssel. Für diese Stadt hatte er schon früher eine große Vorliebe gehegt. Tatsache ist, daß er in London viel mehr Schulden hatte als in Paris. Die ruhige kleine belgische Stadt zog er daher den beiden geräuschvollen Hauptstädten bei weitem vor.

Die Tante war tot. Mrs. Crawley bestellte Trauerkleidung für sich selbst und den kleinen Rawdon. Der Oberst war noch damit beschäftigt, die Erbschaftsangelegenheiten zu ordnen. Sie konnten nun das erste Stockwerk des Hotels nehmen an Stelle des kleinen Zwischengeschosses, das sie bislang bewohnt hatten. Mrs. Crawley beriet sich mit dem Wirt über die neuen Vorhänge und hatte einen freundschaftlichen Streit mit ihm um die Teppiche. Schließlich wurde alles geordnet außer der Rechnung. Sie fuhr in einem seiner Wagen ab, zusammen mit der franzö-

sischen Bonne und dem Kind an ihrer Seite. Die liebenswürdigen Wirtsleute sagten ihr am Tor lächelnd Lebewohl. General Tufto war wütend, als er hörte, daß sie weg war, und Mrs. Brent war wütend auf ihn, weil er wütend war. Leutnant Spooney war ins Herz getroffen. Der Wirt richtete seine besten Zimmer her für die Rückkehr der reizenden kleinen Frau und ihres Gatten. Mit größter Sorgfalt bewahrte er die Koffer auf, die sie in seiner Obhut zurückgelassen hatte. Madame Crawley hatte sie ihm besonders ans Herz gelegt. Als man sie später öffnete, fand sich allerdings nichts von besonderem Wert darin.

Ehe indes Mrs. Crawley zu ihrem Mann nach Brüssel fuhr, machte sie einen kleinen Abstecher nach England. Ihren kleinen Sohn ließ sie auf dem Kontinent unter dem Schutz ihres französischen Mädchens zurück.

Die Trennung Rebekkas von dem kleinen Rawdon tat keinem von beiden sehr weh. Um die Wahrheit zu gestehen, hatte sie sich um den jungen Herrn seit seiner Geburt nicht viel gekümmert. Nach der liebenswürdigen Art französischer Mütter hatte sie ihn zu einer Amme auf ein Dorf in der Nähe von Paris gegeben, wo der kleine Rawdon die ersten Monate seines Lebens nicht unglücklich im Kreise zahlreicher holzbeschuhter Pflegebrüder zugebracht hatte. Sein Vater fuhr oftmals heimlich hinaus, um ihn zu besuchen. Das Vaterherz des alten Rawdon erglühte bei dem Anblick des rosigen, schmutzigen Buben, der lustig krähte und glückstrahlend unter der Aufsicht seiner Amme, der Gärtnersfrau, im Schlamm spielte.

Rebekka lag nicht viel daran, ihren Sohn und Erben zu besuchen. Einmal verdarb er ihr einen neuen taubengrauen Mantel. Er ließ sich lieber von der Amme liebkosen als von der Mama, und als er schließlich die gute Pflegemutter verlassen mußte, die ihm beinahe eine richtige Mutter gewesen war, weinte er stundenlang mit größter Lautstärke. Nur das Versprechen seiner Mutter, er dürfe am nächsten Tag zu seiner Amme zurückkehren, konnte ihn trösten. Auch der Amme selbst, die sich sonst sicherlich über die Trennung gleichfalls sehr gegrämt hätte, wurde gesagt, daß sie das Kind umgehend wiederbekommen solle. So wartete sie eine Zeitlang ängstlich auf seine Rückkehr.

Man kann wirklich sagen, daß unsere Freunde zu den ersten jenes Geschlechts kühner Abenteurer gehörten, die in der Folge den Kontinent heimsuchten und in allen Hauptstädten ihre Schwindeleien ausübten. Die allgemeine Achtung vor dem

Reichtum und der Ehre der Engländer war damals, in den glücklichen Jahren 1817/18, sehr groß. Zu jener Zeit, so erzählte man mir, hätten sie noch nicht jenes so hartnäckige Feilschen gekannt, das sie jetzt auszeichnet. Die großen Städte Europas waren damals noch nicht dem Unternehmungsgeist englischer Schurken geöffnet, wohingegen es jetzt in Frankreich oder Italien kaum eine Stadt gibt, in der man nicht einen unserer edlen Landsleute mit jenem glücklichen Renommieren und unverschämten Benehmen sieht, das sie überall auszeichnet. Sie beschwindeln die Gastwirte, betrügen leichtgläubige Bankiers mit ungedeckten Wechseln, berauben Wagenbauer ihrer Kutschen, Goldschmiede ihrer Schmucksachen, einfältige Reisende ihres Geldes beim Kartenspiel und sogar öffentliche Bibliotheken ihrer Bücher.

Vor dreißig Jahren aber brauchte man nur ein Mylord anglais zu sein und im Privatwagen zu reisen, um überall nach Belieben über Kredit zu verfügen. Damals wurden noch die Engländer betrogen, statt daß sie andere betrogen. Erst viele Wochen nach der Abreise der Crawleys entdeckte der Wirt des Hotels, in dem sie in Paris gewohnt hatten, die Verluste, die er durch sie erlitten hatte. Erst mußte Madame Marabou, die Putzmacherin, zu wiederholten Malen mit ihrer kleinen Rechnung kommen für die Dinge, die sie an Madame Crawley geliefert hatte; erst mußte Monsieur Didelot vom Boule d'Or im Palais Royal ein halb dutzendmal anfragen, ob diese charmante Mylady, die Uhren und Armbänder bei ihm gekauft hatte, noch nicht zurück sei. Sogar die arme Gärtnersfrau, die Madames Kind gestillt hatte, bekam nach den ersten sechs Monaten kein Geld mehr zu sehen für die Milch menschlicher Freundlichkeit, mit der sie den kleinen Rawdon gesund und munter aufgezogen hatte. Nein, nicht einmal die Amme war bezahlt worden – die Crawleys hatten es so eilig, daß sie nicht auch noch an diese geringfügigen Schulden denken konnten! Der Hotelwirt aber hat zeit seines Lebens heftig auf die englische Nation geflucht. Er fragte alle Reisenden, ob sie einen gewissen Oberst Lord Crawley kannten, avec sa femme, une petite dame très spirituelle. „Ah, Monsieur!" pflegte er hinzuzufügen, „ils m'ont affreusement volé!" Man konnte ganz melancholisch werden, wenn man den Ton hörte, in dem er von dieser Katastrophe sprach.

Rebekkas Ziel bei ihrer Reise nach London war, mit den zahlreichen Gläubigern ihres Mannes eine Art von Kompromiß zu schließen, damit er ungefährdet in die Heimat zurückkehren könnte. Sie wollte ihnen eine Anzahlung von neun Pence oder einem Schilling auf das Pfund anbieten. Wir brauchen hier nicht die einzelnen Schritte zu verfolgen, die sie bei diesen äußerst schwierigen Verhandlungen unternahm. Jedenfalls gelang es ihr, den Gläubigern glaubhaft darzulegen, daß die Summe, die sie ihnen anbieten konnte, das gesamte Kapital darstelle, über das ihr Mann verfüge. Sie überzeugte sie davon, daß Oberst Crawley lieber dauernd auf dem Kontinent bleiben als nach England zurückkehren würde, wenn die Frage seiner Schulden jetzt nicht geregelt würde. Sie bewies ihnen, daß ihm unmöglich Geld von irgendeiner Seite her zufallen könnte und daß sie auf Erden keine Aussicht hätten, eine größere Zahlung zu erhalten als diejenige, die sie ihnen jetzt bieten konnte. Somit brachte sie die Gläubiger so weit, daß sie alle ihre Vorschläge annahmen, und tilgte mit 1500 Pfund in bar mehr als den zehnfachen Schuldbetrag.

Bei diesem ganzen Geschäft nahm Mrs. Crawley keinen

Rechtsanwalt in Anspruch. Die Sache war so einfach – nehmen oder es bleiben lassen, wie sie ganz richtig bemerkte –, daß sie die Anwälte der Gläubiger selbst zur Erledigung heranziehen konnte. Und Mr. Lewis, der Mr. Davids vom Red Lion Square vertrat, und Mr. Moses, für Mr. Manasse aus der Cursitor Street, die Anwälte der beiden Hauptgläubiger des Obersten, machten der Dame ihre Komplimente, wie glänzend sie die Angelegenheit durchgeführt habe. Sie erklärten, es gäbe keinen Fachmann, der sie darin schlagen könnte.

Rebekka nahm das Lob mit aller Bescheidenheit hin. Um die Anwälte des Feindes zu bewirten, hatte sie eine Flasche Sherry und Brotkuchen in ihre schäbige kleine Wohnung bringen lassen, wo sie das Geschäft besprachen. Beim Abschied schüttelte sie ihnen in bester Laune die Hand. Sodann kehrte sie geradewegs auf den Kontinent zurück zu Mann und Kind, um dem ersteren die frohe Nachricht seiner völligen Befreiung mitzuteilen. Das Kind war während der Abwesenheit der Mutter von Mademoiselle Geneviève, seiner französischen Bonne, arg vernachlässigt worden. Dieses junge Mädchen hatte mit einem Soldaten, der in Calais in Garnison lag, eine Liebelei angefangen und vergaß in Gesellschaft dieses militaire ihre Pflicht völlig, so daß der kleine Rawdon einmal um ein Haar am Strand ertrunken wäre, weil Geneviève weggegangen war und ihn dort vergessen und verloren hatte.

So kehrten Oberst Crawley und Mrs. Crawley also nach London zurück. In ihrem neuen Haus in der Curzon Street in Mayfair offenbarten sie nun erst die ganze Geschicklichkeit, die jene Menschen haben müssen, die von den oben genannten Mitteln leben.

37. Kapitel

Fortsetzung

Indessen ehe wir auf etwas anderes eingehen, müssen wir zunächst unbedingt erzählen, wie man, wenn das jährliche Einkommen gleich null ist, zu einem Haus kommen kann. Solche Wohnungen kann man entweder unmöbliert haben, und man läßt sie sich nach eigenem Geschmack glanzvoll einrichten und ausstatten – sofern man bei den Firmen Gillows oder Bantings Kredit hat –, oder man kann sie möbliert mieten, was viele lieber tun, weil es weniger kompliziert ist. Auch die Crawleys zogen es vor, so ein möbliertes Haus zu mieten.

Ehe Miss Crawleys Haus und Keller in Park Lane Mr. Bowls unterstellt wurden, hatte die Dame als Butler einen gewissen Mr. Raggles gehabt, der als jüngerer Sohn eines Gärtners auf dem Familiengut in Queen's Crawley geboren war. Durch gutes Betragen, angenehmes Äußeres, hübsche Beine und ernste Haltung war Raggles vom Messerbrett zum Wagentritt aufgestiegen und von da zur Kammer des Butlers. Als er eine Reihe von Jahren Miss Crawleys Haushalt vorgestanden hatte, wo er guten Lohn, fette Nebeneinkünfte und reichlich Gelegenheit zum Sparen gehabt hatte, verkündete er, daß er mit einer früheren Köchin Miss Crawleys, die sich in ehrenhafter Weise durch den Betrieb einer Drehrolle und einen kleinen Gemüseladen in der Nähe den Lebensunterhalt verdiente, die Ehe eingehen wolle. In Wirklichkeit war die Trauung schon vor einigen Jahren heimlich vollzogen worden. Miss Crawley erhielt die Nachricht allerdings zuerst durch einen kleinen Jungen und ein Mädchen von sieben und acht Jahren, deren ständige Anwesenheit in der Küche Miss Briggs aufgefallen war.

Mr. Raggles trat daraufhin von seinem Amt zurück und übernahm persönlich die Aufsicht über den kleinen Laden und das Gemüse. Er fügte zu den Vorräten noch Milch und Sahne, Eier und Speck vom Lande hinzu und beschränkte sich auf den Handel mit einfachsten ländlichen Produkten, statt wie andere ehemalige Butler in Wirtshäusern Schnaps zu verkaufen. Da er zu den Butlern der Nachbarschaft gute Verbindungen besaß und außerdem ein gemütliches Hinterzimmer, wo er und seine Frau die Leute empfingen, fanden seine Milch, Sahne und Eier bei vielen von der Brüderschaft Absatz, und sein Profit wurde von Jahr zu Jahr größer. Jahr für Jahr erhöhte er still und bescheiden sein Vermögen, und als schließlich die gemütliche, vollständig eingerichtete Junggesellenwohnung in der Curzon Street Nr. 201, Mayfair, wo früher der jetzt im Ausland lebende Edle Frederick Deuceace gewohnt hatte, mit all ihrer reichen, geschmackvollen Einrichtung, von ersten Firmen geliefert, unter den Hammer kam, wer sollte da wohl das Haus und die Möbel erwerben, wenn nicht Charles? Einen Teil des Geldes mußte er sich freilich leihen, und zwar zu ziemlich hohen Zinsen; aber den Hauptanteil bezahlte er doch selbst in bar. Mrs. Raggles war nun nicht wenig stolz darauf, in einem geschnitzten Mahagonibett hinter seidenen Vorhängen schlafen zu können, mit einem wunderbaren Spiegel gegenüber und einem Kleiderschrank, in den sie selbst, Raggles und die ganze Familie hineinpaßten.

Auf die Dauer wollten sie dieses großartige Haus natürlich nicht selbst bewohnen. Raggles hatte es in der Absicht gekauft, es später weiterzuvermieten. Sobald ein Mieter gefunden war, stieg er wieder in den Gemüseladen hinab. Aber er hatte jederzeit die Freude, seine Wohnung verlassen und in die Curzon Street gehen zu können und dort sein Haus, sein eigenes Haus mit den Geranien am Fenster und dem verzierten Bronzetürklopfer, zu betrachten. Der Diener, der zuweilen am Vorgartenzaun herumstand, behandelte ihn voller Respekt, und die Köchin bezog ihren Grünkram aus seinem Geschäft und nannte ihn Herr Wirt. Es gab nichts, was die Mieter taten, und kein Gericht, das sie aßen, über das Raggles sich nicht nach Belieben unterrichten konnte.

Er war ein guter Mann, gut und glücklich. Das Haus brachte ihm ein so hübsches jährliches Einkommen, daß er seine Kinder auf gute Schulen schicken wollte. So kam Charles, ohne Rücksicht auf die Kosten, in das Internat von Dr. Swishtail, ins Zuckerrohrhaus, und die kleine Matilda in Miss Peckovers Pension, Laurentium Haus in Clapham.

Raggles liebte und verehrte die Familie Crawley als die Urheber all seines Glückes im Leben. In der Stube hinter dem

Laden hingen eine Silhouette seiner Herrin und eine Sepiazeichnung des Portierhauses in Queen's Crawley, die die alte Dame selbst angefertigt hatte. Das einzige, was er der Ausstattung des Hauses in der Curzon Street hinzutat, war ein Druck, der Queen's Crawley in Hampshire, den Sitz von Sir Walpole Crawley, darstellte. Der Baron war in einer vergoldeten Kutsche sitzend abgebildet, die von sechs Schimmeln gezogen wurde. Hinter ihm lag ein mit Schwänen bedeckter See, auf dem Boote mit Damen in Reifröcken und Musikanten mit Fahnen und Perücken schwammen. Raggles war überzeugt, daß es auf der ganzen Welt keinen zweiten solchen Palast und keine so vornehme Familie wie die Crawleys gebe.

Das Glück wollte es, daß Raggles' Haus in der Curzon Street gerade zu vermieten war, als Rawdon mit seiner Frau nach London zurückkehrte. Der Oberst kannte das Haus und seinen Besitzer recht gut, war Raggles doch ständig mit der Familie Crawley in Verbindung geblieben, indem er Bowls aushalf, wenn Miss Crawley Gäste empfing. Der alte Mann vermietete dem Oberst nicht nur sein Haus, sondern spielte auch den Butler bei ihm, wenn er Gesellschaft hatte. Mrs. Raggles wirkte dann unten in der Küche und schickte ein Essen herauf, mit dem selbst die alte Miss Crawley zufrieden gewesen wäre. So war es also gekommen, daß Crawley das Haus umsonst bekam. Raggles mußte allerdings Steuern und Abgaben zahlen und auch die Hypothekenzinsen an den anderen Butler und die Lebensversicherung und das Schulgeld für seine Kinder und Essen und Trinken für seine eigene Familie und eine Zeitlang auch für Oberst Crawley. So wurde der arme Teufel durch das Geschäft völlig ruiniert, seine Kinder wurden auf die Straße geworfen, und er selbst kam ins Schuldgefängnis. Aber schließlich muß ja jemand für die Herren zahlen, die von nichts leben. So wurde hier der unglückliche Raggles zum Vertreter von Oberst Crawleys mangelndem Kapital gemacht.

Ich möchte wohl wissen, wie viele Familien durch große Könner von Crawleys Art zu Ruin und Bankrott getrieben werden, wie viele vornehme Adlige wohl ihre kleinen Kaufleute berauben und sich herablassen, ihren armen Dienern elende, kleine Summen abzuschwindeln und sie um ein paar Schillinge zu betrügen. Wenn wir lesen, daß so ein vornehmer Adliger nach dem Kontinent gegangen ist oder daß ein anderer vornehmer Adliger in seinem Haus eine Versteigerung hat, daß der eine oder der andere Schulden in Höhe von sechs bis sieben Millionen hat, so erscheint uns der Untergang noch glorreich, und wir achten das Opfer in seinem ungeheuren Unglück. Wer aber hat mit dem armen Barbier Mitleid, der sein Geld für das Pudern der Köpfe der Diener nicht bekommen kann, oder mit dem armen Zimmermann, der sich mit der Erfindung von Verzierungen und dem Bau von Pavillons für Myladys déjeuners ruiniert hat, oder mit dem armen Teufel von Schneider, der von dem Steward bevorzugt wurde und nun alles, was er besitzt, und noch mehr darangesetzt hat, die Livreen fertigzustellen, die bei ihm zu bestellen Mylord ihm die Ehre erwiesen hatte? Wenn das große Haus einstürzt, fallen diese armseligen Wichte unbemerkt mit darunter, oder wie es in den alten Legenden heißt: bevor ein Mann zum Teufel geht, schickt er ihm viele andere Seelen hin.

Rawdon und seine Frau beehrten großzügig alle diejenigen von Miss Crawleys Handwerkern und Geschäftsleuten mit ihrer Kundschaft, die ihnen dienen wollten. Einige, besonders die armen, waren dazu nur zu gern bereit. Es war wunderbar, die Hartnäckigkeit zu beobachten, mit der die Waschfrau aus Tooting jeden Sonnabend, Woche für Woche, die Wäsche und die Rechnungen brachte. Mr. Raggles selbst hatte das Gemüse und die übrigen landwirtschaftlichen Erzeugnisse zu liefern. Die Rechnung über Bier für die Dienstboten im Gasthaus „Zum Kriegsglück“ ist eine Kuriosität in den Bierannalen. Jedem Diener schuldeten sie den größten Teil des Lohnes und hielten so zwangsläufig das Interesse an ihrem Hause wach. Einfach niemand erhielt sein Geld. Der Schmied nicht, der das Schloß aufmachte, der Glaser nicht, der die Fensterscheiben ausbesserte, weder der Pferdeverleiher, der den Wagen auslieh, noch der Kutscher, der ihn lenkte, noch der Fleischer, der für die Hammelkeule sorgte, noch der Kohlenhändler für die Kohlen, die sie brieten, noch die Köchin, die sie fertig machte, noch die Diener, die sie aßen. Und das ist, wie ich höre, nicht selten der Weg, von nichts flott zu leben.

In einer kleinen Stadt können dergleichen Dinge nicht unbemerkt geschehen. Dort kennt man die Menge Milch, die der Nachbar nimmt, man sieht den Braten oder das Geflügel, das da zum Mittagessen auf den Tisch kommt. So würden Nr. 200 und Nr. 202 in der Curzon Street wahrscheinlich wissen, was in dem Hause zwischen ihnen vorgeht, klatschen doch die Bedienten miteinander über den Zaun hinweg. Aber Crawley und seine

Frau und seine Freunde kannten keine Nr. 200 und Nr. 202. Wenn man nach Nr. 201 kam, gab es ein herzliches Willkommen, ein freundliches Lächeln, gutes Essen und einen herzlichen Händedruck von den Gastgebern, ganz als ob sie unbestrittene Herren von drei- oder viertausend Pfund jährlich wären. Und sie waren es auch, wenn nicht in Geld, so doch in Sachwerten und Arbeit! Wenn sie den Hammelbraten auch nicht bezahlten, so hatten sie ihn doch bekommen; ob sie für den Wein keine Silberbarren gaben, wie soll man das wissen? Nirgends gab es besseren Rotwein als bei dem ehrlichen Rawdon, nirgends waren die Diners besser zubereitet und netter. Seine Salons waren die hübschesten, kleinsten, bescheidensten, die man sich nur denken konnte. Sie waren von Rebekka in feinstem Geschmack mit tausend Kleinigkeiten aus Paris ausgeschmückt. Und wenn sie am Klavier saß und mit fröhlichem Herzen ihre Lieder trällerte, meinte der Fremde, in ein Paradies häuslicher Behaglichkeit versetzt zu sein; er gab zu, der Mann sei zwar ziemlich dumm, die Frau aber reizend, und die Diners seien die nettesten auf der ganzen Welt.

Rebekka wurde durch ihren Witz, ihre Klugheit und ihre lose Zunge in einer gewissen Klasse der Londoner Gesellschaft schnell sehr beliebt. Man sah vor ihrer Tür unauffällige Kutschen, aus denen die vornehmsten Leute stiegen. Im Park war ihr Wagen von bekannten Stutzern umringt. In der Oper drängten sich in der kleinen Loge im dritten Rang immer wieder andere Gesichter. Wir müssen allerdings zugeben, daß die Damen sich fernhielten und daß ihre Türen der kleinen Abenteurerin verschlossen blieben.

Über die vornehme Damenwelt und ihre Gebräuche kann der Verfasser natürlich nur vom Hörensagen berichten. Ein Mann kann diese Geheimnisse ebensowenig durchschauen und verstehen, wie er wissen kann, worüber die Damen sich unterhalten, wenn sie sich nach dem Essen zurückziehen. Nur durch ständiges Forschen erfährt man zuweilen andeutungsweise etwas davon. Durch ähnlichen Eifer kann jeder, der auf der Pall Mall spazierengeht oder häufig die Klubs der Hauptstadt besucht, entweder durch eigene Erlebnisse oder durch Bekannte, mit denen er Billard spielt oder den Braten teilt, etwas über die vornehme Londoner Welt erfahren. Da wird er sehen, daß es Männer gibt (wie etwa Rawdon Crawley, über dessen Lage wir schon sprachen), die vor den Augen der unwissenden Welt und vor den Lehrlingen im Park, die sie mit den bekanntesten

Stutzern verkehren sehen, eine gute Figur machen. Ebenso gibt es auch Damen, die in den Augen vieler Männer die einzig richtigen Frauen sind. Überall werden sie von der Herrenwelt freudig begrüßt, von den Ehefrauen aber geschnitten oder absichtlich zurückgesetzt. Zu dieser Art gehört zum Beispiel Mrs. Firebrace, die Dame mit den schönen blonden Locken, die man jeden Tag im Hyde Park sieht, umgeben von den größten, berühmtesten Dandys des ganzen britischen Weltreichs. Eine andere von ihnen ist Mrs. Rockwood, deren Gesellschaften in den Zeitungen der eleganten Welt stets ausführlich beschrieben werden; denn bei ihr speisen eine Reihe Gesandte und vornehme Adlige. Wir könnten noch viele weitere nennen, wenn sie mit der vorliegenden Erzählung etwas zu tun hätten. Während jedoch einfache Leute, die nichts von der Welt wissen, oder Leute vom Lande mit einem Hang zur Vornehmheit diese Damen in der Öffentlichkeit in ihrem scheinbaren Glanz betrachten und sie von ferne beneiden, so könnte, wer besser unterrichtet ist, ihnen allerdings erzählen, daß diese so vielfach beneideten Damen keine größeren Aussichten auf eine Stellung in der „Gesellschaft“ besitzen als die unwissende Gutsbesitzersfrau aus Somersetshire, die in der *Morgenpost* von ihrem Tun und Treiben liest. Richtige Londoner wissen um diese Wahrheit. Da hört man, wie viele Damen, die anscheinend über Rang und Reichtum verfügen, erbarmungslos von dieser „Gesellschaft“ ausgeschlossen bleiben. Über die wahnwitzigen Bemühungen, die sie unternehmen, um in diese Kreise einzudringen, die Demütigungen, denen sie sich unterwerfen, die Beleidigungen, die sie hinnehmen, muß sich jeder wundern, der sich das Studium des Menschen oder der Frau zur Aufgabe gemacht hat. Die Jagd nach einer gesellschaftlichen Stellung unter solchen Schwierigkeiten wäre ein schönes Thema für jeden großen Schriftsteller, der über Witz, Muße und genügende englische Sprachkenntnisse verfügt, um solch eine Geschichte verfassen zu können.

Die wenigen Damen, die Mrs. Crawley im Ausland kennengelernt hatte, lehnten es nicht nur ab, sie zu besuchen, als sie über den Kanal kam, sondern schnitten sie sogar völlig, wenn sie ihr in der Öffentlichkeit begegneten. Es war ganz merkwürdig, wie schnell diese Damen vergessen hatten. Zweifellos waren das für Rebekka keine allzu angenehmen Erfahrungen. Als Lady Bareacres mit ihr im Foyer der Oper zusammentraf, sammelte sie ihre Töchter um sich, als ob die Berührung Beckys ansteckend wäre. Dann trat sie ein paar Schritte zurück, stellte sich vor ihre Töchter und starrte ihre Feindin an. Becky aus der Fassung zu bringen erforderte aber noch strengere Blicke, als sogar die eisige alte Bareacres aus finsteren Augen auf sie schießen konnte. Als Lady de la More, die in Brüssel Dutzende von Malen neben Becky ausgeritten war, Mrs. Crawleys offenem Wagen im Hyde Park begegnete, war die Lady völlig blind und konnte ihre ehemalige Freundin absolut nicht erkennen. Sogar Mrs. Blenkinsop, die Frau des Bankiers, verleugnete sie in der Kirche. Becky ging jetzt regelmäßig zum Gottesdienst. Es war ein erbaulicher Anblick, wie sie an Rawdons Seite die Kirche betrat, beide große vergoldete Gebetbücher in der Hand, und wie sie dann dem Gottesdienst bis zum Schluß mit ernster Andacht folgte.

Rawdon empfand zuerst die Mißachtung, die seiner Frau zuteil wurde, als sehr bitter und neigte dazu, düster und wild zu werden. Er sprach davon, er wolle die Männer oder Brüder jeder einzelnen dieser unverschämten Weiber, die seiner Frau nicht die geziemende Achtung zukommen ließen, zum Duell herausfordern; und nur durch strengste Befehle und Bitten ihrerseits war er zu anständigem Benehmen zu bewegen. „Du kannst mich nicht in die Gesellschaft hineinschießen!" sagte sie gutgelaunt. „Vergiß nicht, mein Lieber, daß ich nur eine Erzieherin war, und du, du armer alter Dummerjan, hast einen ganz schlechten Ruf wegen deiner Schulden und des Würfelspiels und allerlei andrer schlimmer Dinge. Mit der Zeit werden wir schon soviel Freunde finden, wie wir wollen. Inzwischen aber mußt du ein artiger Junge sein und deiner Lehrerin gehorchen und alles tun, was sie dir sagt! Weißt du noch, wie wütend du warst, als wir hörten, daß deine Tante fast all ihr Geld Pitt und seiner Frau hinterlassen hatte? Du hättest es ganz Paris erzählt, wenn ich dich nicht dazu gezwungen hätte, dich zu beherrschen, und wo wären wir dann jetzt? Sicherlich im Schuldgefängnis von Sainte Pelagie und nicht in London in einem hübschen Haus mit allem Komfort! Du warst damals so wütend, daß du deinen Bruder hättest ermorden können, du schlimmer Kain du! Aber was wäre dabei herausgekommen, wenn dein Zorn sich nicht gelegt hätte? Alle Wut der Welt konnte uns nicht zum Geld deiner Tante verhelfen. Es ist viel besser, wir stehen uns gut mit der Familie deines Bruders, als daß wir Feinde sind, wie die dummen Butes es machen. Wenn dein Vater stirbt, wird Queen's Crawley für dich und mich ein angenehmer Winteraufenthalt sein. Wenn wir mit unserem Latein am Ende sind, kannst du die Aufsicht über die Ställe übernehmen, und ich kann bei Lady Janes Kindern Erzieherin werden. Am Ende? Ach was! Ich werde dir vorher lieber eine gute Stellung besorgen, oder vielleicht sterben auch Pitt und sein kleiner Sohn, und wir werden Sir Rawdon und Mylady! Solange wir leben, haben wir noch Hoffnung, mein Lieber, und ich will aus dir schon noch einen Mann machen! Wer hat deine Pferde für dich verkauft? Wer hat deine Schulden für dich bezahlt?" Und Rawdon mußte zugeben, daß er alle diese Wohltaten seiner Frau verdanke und sich besser auch in Zukunft ihrer Führung anvertraue.

Als Miss Crawley von dieser Welt geschieden war und das Geld, um das alle ihre Verwandten so hitzig gekämpft hatten, schließlich doch Pitt zufiel, stellte Bute Crawley fest, daß er nur fünftausend Pfund bekam an Stelle der zwanzigtausend, mit denen er gerechnet hatte. Diese Enttäuschung brachte ihn in eine solche Wut, daß er in wilde Schmähungen gegen seinen Neffen ausbrach, und der immer zwischen ihnen schwelende Streit wurde zum offenen Bruch. Rawdon Crawleys Haltung andrerseits (er hatte nur hundert Pfund bekommen!) versetzte den Bruder in Erstaunen und die Schwägerin in Entzücken, zumal sie allen Mitgliedern der Familie ihres Mannes von vornherein freundlich gesonnen war. Von Paris aus schrieb Rawdon dem Bruder einen freimütigen, männlichen, gutgelaunten Brief. Er sei sich dessen bewußt, sagte er darin, daß er sich durch seine Ehe die Gunst der Tante verscherzt habe, und obgleich er seine Enttäuschung darüber, daß sie ihm gegenüber so ganz unbarmherzig geblieben war, nicht leugnen wolle, so sei er doch froh darüber, daß das Vermögen ihrem Zweige der Familie erhalten geblieben sei, und er gratuliere dem Bruder herzlich zu seinem großen Glück. Der Schwägerin sandte er liebe Grüße; er hoffte, sie würde Mrs. Crawley wohlgesonnen sein. Der Brief schloß mit einigen Zeilen an Pitt in der Handschrift der eben erwähnten Dame. Auch sie wolle sich den Glückwünschen ihres Mannes anschließen. Sie werde sich immer daran erinnern, wie gütig Mr. Crawley früher zu ihr gewesen sei, als sie noch eine einsame Waise und die Lehrerin seiner kleinen Schwestern war, an deren Wohlergehen sie immer noch auf das zärtlichste interessiert sei. Sie wünschte ihm alles Glück für seine Ehe und bat, sich Lady Jane (von deren Güte alle Welt ihr berichte) empfehlen zu dürfen. Sie hoffte, sie werde eines Tages ihren kleinen

Jungen dem Onkel und der Tante vorstellen dürfen, und bat für ihn um ihre Freundschaft und Hilfe.

Pitt Crawley nahm diesen Brief sehr gnädig auf – gnädiger, als Miss Crawley früher Rebekkas Aufsätze in Rawdons Handschrift aufgenommen hatte. Und Lady Jane war sogar so entzückt von dem Brief, daß sie von ihrem Mann erwartete, er würde den Nachlaß der Tante sofort in zwei gleiche Teile teilen und die eine Hälfte dem Bruder nach Paris schicken.

Zur Überraschung der Lady lehnte Pitt es jedoch rundweg ab, seinem Bruder einen Scheck über 30 000 Pfund zukommen zu lassen. Er machte Rawdon indessen von sich aus ein hübsches Angebot für den Fall, daß Rawdon nach London kommen und willens sein sollte, es anzunehmen. Gleichzeitig dankte er Mrs. Crawley auch im Namen von Lady Jane für ihr freundliches Gedenken und drückte liebenswürdig seine Bereitwilligkeit aus, jede Gelegenheit benutzen zu wollen, um sich für ihr Söhnchen einzusetzen.

So kam so etwas wie eine Versöhnung der beiden Brüder zustande. Als Rebekka in London erschien, waren Pitt und seine Frau nicht in der Stadt. Oftmals fuhr Rebekka an der alten Tür in Park Lane vorüber, um zu sehen, ob Miss Crawleys Haus wohl wieder bezogen war. Aber keine neue Familie quartierte sich dort ein. Nur durch Raggles hörte sie, was dort vorging. Miss Crawleys Dienerschaft sei mit anständigen Gratifikationen entlassen worden, und Mr. Pitt sei nur einmal in London erschienen. Er habe einige Tage in dem Haus gewohnt, als er mit den Anwälten zu tun hatte und Miss Crawleys sämtliche französischen Romane an einen Buchhändler aus der Bond Street verkaufte. Becky hatte ihre eigenen Gründe, warum sie so sehnlich auf das Kommen der neuen Verwandten wartete. Wenn Lady Jane erst hier ist, dachte sie, soll sie mich in die Londoner Gesellschaft einführen; und die Frauen – pah! die werden mich schon einladen, wenn sie merken, daß die Männer mich dahaben wollen!

Was eine Dame in dieser Lage ebenso nötig braucht wie ihren Wagen oder ihren Blumenstrauß, ist eine Gesellschafterin. Ich habe es immer bewundert, wie die zarten Geschöpfe, die ohne Mitgefühl nicht leben können, sich eine äußerst häßliche Freundin besorgen, von der sie dann fast unzertrennlich sind. Der Anblick des unvermeidlichen Frauenzimmers in verblichenem Gewand, die in der Oper in der Loge hinter unserer lieben

Freundin sitzt oder im Wagen den Rücksitz einnimmt, ist mir stets eine sehr gesunde, moralische Genugtuung gewesen, eine ebenso nette Mahnung wie etwa der Totenschädel, den die ägyptischen Bonvivants bei ihren Gastmählern aufstellten, ein seltsam hämisches Denkmal des Eitelkeitsmarktes. Was glauben Sie wohl? Sogar die unverschämte, mit allen Wassern gewaschene, schöne, bedenkenlose, herzlose Mrs. Firebrace, deren Vater vor Gram über die Schande starb, sogar die reizende, kühne Mrs. Mantrap, die über jeden Zaun springt, den nur irgendein Reiter in England nimmt, und die mit ihren Grauschimmeln im Park spazierenfährt, während ihre Mutter in Bath noch eine Hökerbude hat, sogar diejenigen, die so keck sind, daß man meint, sie würden sich vor nichts scheuen, wagen es nicht, ohne eine Freundin vor die Welt zu treten. Man wird sie kaum je in der Öffentlichkeit sehen, ohne daß nicht die schäbige Begleiterin in verschossenem Seidenkleid irgendwo im Schatten dicht hinter ihr säße.

„Rawdon", sagte Becky eines späten Abends, als eine Herrengesellschaft um ihr prasselndes Kaminfeuer versammelt war (denn nach einem angebrochenen Abend kamen die Herren gern in ihr Haus, wo sie ihnen Eis und Kaffee anbot, vom Besten, was es in London gab), „Rawdon, ich muß einen Schäferhund haben!"

„Einen was?" Rawdon blickte vom Spieltisch auf.

„Einen Schäferhund!" sagte der junge Lord Southdown, „meine liebe Mrs. Crawley, welch ein Einfall! Warum nicht eine dänische Dogge? Ich kenne eine so groß wie eine Giraffe, bei Gott! Sie könnte beinahe Ihren Wagen ziehen. Oder einen persischen Windhund, was meinen Sie? Oder vielleicht einen kleinen Mops, der in Lord Steynes Schnupftabaksdose hineinpaßt? In Bayswater hat ein Mann einen mit einer Nase, an der Sie – ich steche mit dem König und spiele aus –, an der Sie Ihren Hut aufhängen könnten!"

„Ich steche", sagte Rawdon ernsthaft. Im allgemeinen gab er nur auf das Spiel acht und mischte sich nicht in die Unterhaltung, außer wenn es um Pferde und Wetten ging.

„Was wollen Sie denn bloß mit einem Schäferhund?" fuhr der lebhafte kleine Southdown fort.

„Ich meine einen moralischen Schäferhund!" erklärte Becky lachend und sah dabei Lord Steyne an.

„Was zum Teufel ist das denn nun wieder?" rief der Lord aus.

„Einen Hund, der die Wölfe von mir fernhält!" fuhr Rebekka fort, „eine Gesellschafterin!"

„Sie liebes unschuldiges Lämmlein, ja, Sie brauchen einen!" sagte der Marquis. Sein Kinn stand vor, und er sah Rebekka mit häßlichem Grinsen lüstern an.

Der große Lord Steyne stand am Kamin und schlürfte seinen Mokka. Das Feuer prasselte und strömte eine angenehme Wärme aus. Auf dem Kaminsims funkelten mehr als zwanzig Kerzen in allerlei seltsamen Leuchtern aus Gold, Bronze und Porzellan. Rebekkas Gestalt, wie sie da auf dem buntgeblümten Sofa saß, wurde dadurch sehr reizvoll beleuchtet. Sie hatte ein rosa Kleid an und sah so frisch wie eine Rose aus. Ihre blendend weißen Arme und Schultern waren halb bedeckt von einem hauchdünnen Schal, der nichts von ihrem Schimmer verbarg. Das Haar hing ihr in Locken auf den Nacken. Unter den frischen, scharfen Falten ihres Seidenkleides guckte eins ihrer Füßchen heraus, das hübscheste Füßchen in der hübschesten kleinen Sandale und dem feinsten Seidenstrumpf von der Welt.

Die Kerzen beleuchteten auch Lord Steynes glänzenden Kahlkopf, um den ein Kranz roter Haare stand. Er hatte dichte, buschige Augenbrauen und von tausend Fältchen umgebene zwinkernde, blutunterlaufene Augen. Sein Unterkiefer stand weit vor, und wenn er lachte, zeigte er zwei große weiße Zähne, was dem grinsenden Gesicht einen raubtierhaften Ausdruck gab. Er war schon oft mit Persönlichkeiten von königlichem Rang zu Tisch gegangen und trug den Hosenbandorden. Der Lord war ein Mann von untersetzter Gestalt mit breitem Brustkasten und Säbelbeinen, aber stolz auf seinen schönen Fuß und seine Knöchel, auch streichelte er sich gern das Knie mit dem Orden.

„Der Schäfer genügt also nicht, um sein Lämmchen zu beschützen?" meinte er.

„Der Schäfer spielt viel zu gern Karten und geht zu gern in den Klub", lachte Becky.

„Gott, was für ein Wüstling von Schäfer!" sagte der Lord, „was für ein Mund für eine Hirtenflöte!"

„Ich nehme Ihre Wette drei zu zwei an", sagte Rawdon in diesem Augenblick am Kartentisch.

„Hören Sie nur den Schäfer!" flüsterte der edle Marquis höhnisch, „er ist bei einer ganz schäferlichen Beschäftigung: er schert einen Southdown-Hammel! Welch unschuldiges Schäfchen, nicht wahr? Verdammt noch mal, welch schneeweißes Vlies!"

Aus Rebekkas Augen schossen Blitze der Verachtung. „Mylord", sagte sie, „auch Sie sind ein Ritter dieses Ordens!" Tatsächlich trug er um den Hals das Vlies, eine Gabe des wieder eingesetzten spanischen Herrschers.

In früheren Jahren war Lord Steyne wegen seines kühnen, erfolgreichen Spiels berüchtigt gewesen. Mit Mr. Fox hatte er zwei Tage und zwei Nächte lang beim Hazardspiel gesessen. Den erhabensten Persönlichkeiten des Kontinents hatte er Geld abgenommen. Man behauptete sogar, er habe seine Marquiswürde am Spieltisch gewonnen. Er schätzte jedoch Anspielungen auf seine jugendlichen Streiche ganz und gar nicht. Rebekka sah, wie sich ein Ungewitter auf seiner finsteren Stirn zusammenzog.

Sie erhob sich vom Sofa, ging zu ihm hinüber und nahm ihm mit einem kleinen Knicks die Kaffeetasse aus der Hand. „Ja", sagte sie, „ich muß mir einen Schäferhund anschaffen; aber Sie wird er nicht anbellen!" Dann ging sie in das Nebenzimmer, wo sie sich ans Klavier setzte und kleine französische Lieder mit einer so bezaubernden erregenden Stimme zu singen begann, daß der besänftigte Edelmann ihr eilends nachfolgte, und bald konnte man ihn über ihren Stuhl gebeugt sehen, wie er mit dem Kopf im Takt nickte.

Rawdon und sein Freund spielten mittlerweile Ecarté, bis sie genug davon hatten. Der Oberst gewann; aber wenn er auch sehr viel und sehr oft gewann, so mußten diese Abende, die sich mehrmals in der Woche in dieser Art wiederholten, für den ehemaligen Dragoneroffizier recht langweilig sein, denn seiner Frau allein galt alle Unterhaltung und Bewunderung. Er saß schweigend außerhalb des Kreises, von dessen Scherzen, Anspielungen und mystischer Sprache er kein Wort verstand.

„Wie geht's Mrs. Crawleys Mann?" pflegte Lord Steyne ihn an Stelle einer Begrüßung anzureden, wenn sie sich irgendwo trafen. Und das war jetzt in der Tat sein Beruf. Er war nicht mehr Oberst Crawley. Er war Mrs. Crawleys Mann.

Wenn wir inzwischen nichts über den kleinen Rawdon gesagt haben, so darum, weil er irgendwo oben in einer Dachkammer versteckt saß oder in die Küche hinuntergekrabbelt war, um sich Gesellschaft zu suchen. Seine Mutter kümmerte sich so gut wie gar nicht um ihn. Er verbrachte die Tage mit seiner französischen Bonne, solange diese in Mrs. Crawleys Haus Dienste leistete, und als die Französin weggegangen war, erregte der kleine Bursche, der nachts in seiner Verlassenheit weinte, das Mitgefühl eines Hausmädchens, das ihn aus dem einsamen Kinderzimmer in die Dachkammer nebenan zu sich ins Bett nahm und tröstete.

Rebekka, Lord Steyne und noch ein paar andere saßen nach der Oper im Salon beim Tee, als auf einmal von oben sein Schreien zu hören war. „Das ist mein kleiner Engel, der nach seinem Kindermädchen ruft", sagte sie, machte aber keine Anstalten, nach dem Kind zu sehen. „Beunruhigen Sie Ihre Gefühle nur nicht damit, daß Sie nach ihm sehen!" sagte Lord Steyne höhnisch. „Ach was!" erwiderte sie mit leichtem Erröten, „er wird sich schon in den Schlaf weinen." Und man unterhielt sich wieder über die Oper.

Rawdon jedoch hatte sich heimlich weggestohlen, um nach seinem Sohn und Erben zu sehen. Er kehrte zu der Gesellschaft zurück, als er festgestellt hatte, daß die gute Dolly das Kind tröstete. In diesen oberen Regionen des Hauses lag auch das Ankleidezimmer des Obersten, und dort pflegte er heimlich mit dem Jungen zusammen zu sein. Jeden Morgen, während er sich rasierte, unterhielten sie sich. Rawdon junior saß dann auf einem Kasten neben dem Vater und beobachtete die Operation mit nie endendem Vergnügen. Er und der Vater waren die besten Freunde. Der Vater brachte ihm oft Süßigkeiten vom Nachtisch mit herauf und versteckte sie in einer alten Epaulettenschachtel. Dort suchte das Kind sie dann und jubelte vor Freude, wenn es den Schatz entdeckte. Es jubelte jedoch nicht zu laut; denn unten schlief die Mama, und die durfte nicht gestört werden. Sie ging immer erst sehr spät zu Bett und erhob sich selten vor Mittag.

Rawdon kaufte dem Jungen zahllose Bilderbücher und füllte sein Kinderzimmer mit Spielzeug an. Die Wände dort waren bedeckt mit Bildern, die der Vater für ihn gegen bares Geld gekauft und selbst aufgezogen hatte. Wenn er nicht Mrs. Rawdon in den Park begleiten mußte, pflegte er dort oben zu sitzen und viele Stunden mit dem Jungen zu verbringen. Der Kleine ritt auf seiner Brust und zog an seinem langen Schnurrbart, als wenn das die Zügel wären. So vergingen ganze Tage in unermüdlichem Spiel. Das Zimmer war niedrig, und einmal – das Kind war noch nicht fünf Jahre alt – warf der Vater es so wild in die Höhe, daß der arme kleine Kerl heftig mit dem Kopf gegen die Decke schlug. Fast hätte der Vater das Kind fallen lassen, so erschrocken war er über das Unglück.

Rawdon junior verzog das Gesicht zu einem entsetzlichen Gebrüll – der harte Anprall hätte ihn tatsächlich dazu berechtigt –, aber gerade, als er damit anfangen wollte, rief der Vater: „Um Himmels willen, Rawdy, weck bloß die Mama nicht auf!" Da sah das Kind seinen Vater mit einem langen, mitleidigen Blick an, biß sich auf die Lippen, ballte die Fäuste und schrie kein bißchen. Rawdon erzählte diese Geschichte in seinen Klubs, im Kasino, allen in der Stadt. „Bei Gott, Sir", erklärte er seinem Publikum im allgemeinen, „was für ein schneidiger Kerl ist doch mein kleiner Junge! Was für ein Prachtbengel! Ich habe ihm den halben Schädel an der Decke eingeschlagen, bei Gott, und er hat nicht geweint, um die Mutter nicht zu stören."

Ein- oder zweimal in der Woche besuchte die Dame die oberen Regionen, wo das Kind wohnte. Sie kam wie eine lebende Figur aus einem Modemagazin, mit freundlichem Lächeln und den schönsten neuen Kleidern und Handschuhen und Schuhen. Wunderbare Schals, Spitzen und Juwelen glänzten an ihr. Immer hatte sie einen neuen Hut auf, auf dem ewig Blumen blühten oder auch prächtige, wellige Straußenfedern, weich und schneeweiß wie Kamelienblüten. Sie nickte dem Kleinen ein paarmal von oben herab zu, wenn er vom Essen oder von den Soldatenbildern, die er malte, zu ihr aufblickte. Wenn sie hinausgegangen war, schwebte in dem Kinderzimmer ein Hauch von Rosen oder irgendein anderer zauberhafter Duft. In seinen Augen war sie ein überirdisches Wesen, das viel höher stand als der Vater, als die ganze Welt. Man mußte es von ferne anbeten und bewundern. Mit dieser Dame im Wagen auszufahren war ein Glück, zum Schaudern schön. Er saß auf dem Rücksitz und wagte kein Wort zu reden, sondern starrte nur die wunderschön gekleidete Prinzessin an, die ihm gegenübersaß. Herren auf edlen, prächtigen Rossen kamen lächelnd herangesprengt und unterhielten sich mit ihr. Wie ihre Augen sie alle anstrahlten! Im Vorbeifahren winkte sie ihnen mit einer graziösen Handbewegung zu. Wenn er mit ihr ausfuhr, durfte er den neuen roten Anzug anziehen, für zu Hause war sein brauner Leinwandanzug gut genug. Manchmal, wenn die Mutter weg war und das Dienstmädchen Dolly ihr Bett machte, kam er in ihr Zimmer. Es war für ihn wie das Heim einer Fee, ein geheimnisvoller Raum voll Pracht und Herrlichkeit. Dort im Schrank hingen jene wundervollen Gewänder, rosa, blau und buntgemustert. Da war der mit Silber eingefaßte Schmuckkasten, und auf dem Toilettentisch glitzerte die geheimnisvolle Bronzehand mit ihren hundert Ringen. Da war der hohe Drehspiegel, jenes Wunderwerk der Kunst, in dem er eben noch sein erstauntes Gesicht sehen konnte und gleich darauf das merkwürdig verzerrte Spiegelbild Dollys, die oben an der Decke zu kleben schien und die Kissen aufklopfte und glattstrich. O du armer, einsamer, unwissender Kleiner! Auf den Lippen und im Herzen kleiner Kinder ist Mutter der Name für Gott, und hier betete ein Kind einen Stein an!

Wenn Rawdon Crawley auch ein Windhund war, so konnte er doch eine männliche Zuneigung empfinden und ein Kind und eine Frau wahrhaft lieben. Für den kleinen Rawdon fühlte er eine geheime, große Zärtlichkeit, die Rebekka nicht entging. Sie sprach allerdings mit ihrem Mann nicht davon; sie ärgerte sich auch nicht darüber; dazu war sie zu gutmütig. Nur ihre Verachtung für ihn wurde dadurch noch gesteigert. Er wiederum schämte sich gewissermaßen seines weichen Vaterherzens und verbarg diese Empfindungen vor seiner Frau. Nur wenn er mit dem Knaben allein war, überließ er sich ganz seinem Gefühl.

In den Morgenstunden nahm er ihn oft in die Ställe mit und in den Park. Der junge Lord Southdown, der gutmütigste aller Männer, der bereit war, den Hut vom Kopf weg zu verschenken, und dessen Hauptbeschäftigung im Leben darin bestand, allerlei Kleinigkeiten zu kaufen, die er dann weiterverschenkte, erstand für den kleinen Rawdon ein Pony, das nicht größer war als eine Ratte (wie der Spender sagte). Auf diesen schwarzen Shetland-Zwerg setzte des kleinen Rawdon großer Vater gern seinen Jungen und ging neben ihm durch den Park. Er hatte Freude daran, die alten Stätten seines Wirkens zu besuchen und die alten Kameraden in Knightsbridge zu treffen. Allmählich dachte er mit leisem Bedauern an die Junggesellenzeit zurück. Die alten Soldaten freuten sich, ihren ehemaligen Offizier wiederzusehen und den kleinen Oberst hätscheln zu können. Oberst Crawley fand es sehr angenehm, im Kasino mit seinen Offizierskameraden zusammen zu speisen. „Zum Teufel, ich bin nicht klug genug für sie, das weiß ich! Sie wird mich schon nicht vermissen!" pflegte er zu sagen. Und er hatte recht. Seine Frau vermißte ihn wirklich nicht.

Rebekka hatte ihren Mann lieb. Sie war stets freundlich zu ihm und guter Laune in seiner Gegenwart. Sie zeigte nicht einmal sehr deutlich ihre Verachtung für ihn. Vielleicht mochte sie ihn nur um so lieber, weil er solch ein Dummkopf war? Er war ihr erster Diener und ihr maître d'hôtel. Er erledigte ihre Aufträge, gehorchte ihren Befehlen, ohne zu fragen, fuhr ohne Widerrede mit ihr im Wagen über den Ring, begleitete sie in die Oper, tröstete sich während der Vorstellung in seinem Klub und kam pünktlich wie befohlen zurück, um sie abzuholen. Er hätte es gern gesehen, wenn sie den Jungen ein wenig mehr liebgehabt hätte. Aber sogar damit fand er sich ab. „Zum Teufel, sie ist so klug, wissen Sie", sagte er, „und ich bin gar nicht literarisch gebildet und all so was, wissen Sie." Denn wie wir schon bemerkten, erforderte es keine große Weisheit, um beim Kartenspiel und beim Billard gewinnen zu können, und Rawdon vermaß sich nicht, auf irgendeinem anderen Gebiet hervortreten zu wollen.

Als die Gesellschafterin engagiert war, wurden seine häuslichen Pflichten um vieles leichter. Seine Frau redete ihm zu, außerhalb des Hauses zu speisen; sie befreite ihn vom Dienst in der Oper. „Bleib doch heute abend nicht zu Hause, wo du dich doch nur langweilst, mein Lieber", sagte sie nun häufig, „es kommen einige Leute, die dich nur zum Gähnen bringen. Ich würde sie ja nicht einladen, aber du weißt, es ist in deinem Interesse, und jetzt, da ich einen Schäferhund habe, brauche ich ja keine Angst mehr zu haben, wenn ich allein bin!"

Ein Schäferhund – eine Gesellschafterin! Becky Sharp mit einer Gesellschafterin! Ist das nicht ein guter Witz? dachte Mrs. Crawley. Der Gedanke reizte ihren Sinn für Humor ganz ungemein.

Als Rawdon Crawley, sein kleiner Sohn und das Pony an einem Sonntagmorgen den gewohnten Weg durch den Park machten, begegneten sie einem alten Bekannten des Obersten, Korporal Chink von seinem Regiment. Er unterhielt sich gerade mit einem alten Herrn, der einen Knaben im Alter des kleinen Rawdon auf dem Arm hielt. Dieser Bube hatte die Waterloo-Medaille ergriffen, die der Korporal trug, und untersuchte sie mit größtem Entzücken.

„Guten Morgen, Euer Gnaden", sagte Chink, indem er das „Wie geht's, Chink?" des Obersten erwiderte. „Dieser junge Herr hier ist etwa ebenso alt wie der kleine Oberst, Sir", fuhr der Korporal fort.

„Sein Vater war auch ein Waterloo-Kämpfer!" sagte der alte Herr, der den Jungen hielt. „Nicht wahr, Georgy!"

„Ja!" bestätigte Georgy. Er und der kleine Bursche auf dem

Pony blickten einander mit großen Augen an und prüften sich feierlich, wie Kinder das so zu tun pflegen.

„In einem Linienregiment", sagte Chink mit Gönnermiene.

„Er war Hauptmann im . . . ten Regiment", sagte der alte Herr stolz. „Hauptmann George Osborne, vielleicht kannten

Sie ihn? Er starb den Heldentod, Sir, im Kampf gegen den korsischen Tyrannen."

Oberst Crawley errötete. „Ich kannte ihn sehr gut, Sir", erwiderte er; „und seine Frau, seine reizende kleine Frau, wie geht's ihr?"

„Sie ist meine Tochter, Sir", erwiderte der alte Herr. Er setzte den Knaben ab, zog mit großer Feierlichkeit eine Karte hervor und reichte sie dem Oberst. Darauf stand geschrieben:

„Mr. Sedley, alleiniger Agent für die Schwarze-Diamanten- und Aschenkohlen-Gesellschaft, Bunkerswerft, Thames Street, und Haus Anna-Maria, Fulham Road West"!

Der kleine Georgy trat heran und schaute sich das Shetlandpony an.

„Möchtest du wohl mal reiten?" fragte Rawdon junior vom Sattel aus.

„Ja", sagte Georgy. Der Oberst, der das Kind mit Interesse betrachtet hatte, nahm es hoch und setzte es auf das Pony hinter Rawdon junior.

„Halt dich an ihm fest, Georgy", sagte er, „faß meinen kleinen Jungen fest um die Hüfte! Er heißt Rawdon!" Und beide Kinder fingen an zu lachen.

„Sie werden am Johannistag dieses Jahres kein hübscheres Paar zu Gesicht bekommen, Sir, möchte ich meinen!" sagte der gutherzige Korporal, und der Oberst, der Korporal und der alte Mr. Sedley mit seinem Regenschirm spazierten neben den Kindern weiter.

38. Kapitel

Eine Familie in sehr bescheidenen Verhältnissen

ir wollen nun annehmen, der kleine George Osborne sei von Knightsbridge nach Fulham geritten. Lassen Sie uns deshalb in diesem Dorf anhalten und uns nach ein paar alten Freunden erkundigen, die wir dort zurückgelassen haben. Wie geht es Mrs. Amelia nach dem Sturm von Waterloo? Lebt sie und geht es ihr gut? Was ist aus Major Dobbin geworden, dessen

Wagen sich stets in der Nähe ihrer Wohnung herumtrieb? Ist Nachricht da von dem Steuereinnehmer von Boggley Wollah?

Zu der letzten Frage können wir kurz folgende Tatsachen berichten: Nicht lange nach der Flucht aus Brüssel kehrte unser würdiger, dicker Freund Josef Sedley nach Indien zurück. Entweder war sein Urlaub abgelaufen, oder er fürchtete sich, Zeugen seiner Waterloo-Flucht zu begegnen. Wie dem auch sei, er kehrte jedenfalls zu seinen Pflichten nach Bengalen zurück, sehr bald nachdem Napoleon seine Zelte in St. Helena aufgeschlagen hatte, wo Josef den Exkaiser sah. Wenn man Mr. Sedley an Bord reden hörte, mußte man annehmen, es sei nicht das erstemal, daß er und der Korse zusammengetroffen waren, sondern der Zivilist sei dem französischen General schon bei Saint Jean entgegengetreten. Er wußte tausend Anekdoten über die berühmten Schlachten; er kannte die Stellung eines jeden Regiments und auch die Verluste, die es erlitten hatte. Er leugnete nicht, daß er an diesen Siegen beteiligt gewesen war, daß er bei der Armee gewesen war und Depeschen für den Herzog von Wellington überbracht hatte. Er beschrieb, was der Herzog in jedem erdenklichen Augenblick des Tages von Waterloo gesagt und getan hatte. Seine Schilderungen zeugten von einer derart genauen Kenntnis, daß es klar war, er mußte sich den ganzen Tag über an der Seite des Siegers befunden haben, wenn auch sein Name, als der eines Nicht-Kämpfers, in den auf die Schlacht bezüglichen, für die Öffentlichkeit bestimmten Dokumenten nicht erwähnt war. Es mag sein, daß er am Ende tatsächlich selber glaubte, er habe bei der Armee zu tun gehabt. Gewiß ist jedenfalls, daß er eine Zeitlang in Kalkutta ungeheures Aufsehen erregte und während seines ganzen Aufenthaltes in Bengalen nurmehr der Waterloo-Sedley hieß.

Die Wechsel, die Joe für den Kauf jener unglücklichen Pferde ausgestellt hatte, wurden von ihm und seinem Agenten ohne weiteres bezahlt. Man hat nie gehört, daß er auf den Handel anspielte, und niemand kann mit Gewißheit sagen, was aus den Pferden wurde oder was aus Isidor, dem belgischen Diener, wurde. Man weiß nur, daß er im Herbst 1815 in Valenciennes einen Grauschimmel verkaufte, der dem sehr ähnlich war, den Joe geritten hatte.

Josefs Londoner Agenten waren beauftragt, seinen Eltern in Fulham alljährlich 120 Pfund zu zahlen. Das war im wesentlichen die Summe, von der das alte Ehepaar lebte; denn Mr. Sedleys Spekulationen nach dem Bankrott verhalfen dem alten

Herrn keineswegs zu einem neuen Vermögen. Er versuchte sich als Weinhändler, als Kohlenhändler, als Lotterieeinnehmer und so weiter. Sooft er ein neues Geschäft anfing, schickte er seinen Freunden Prospekte zu, bestellte ein neues Messingschild für die Haustür und redete großspurig davon, daß er doch noch einmal sein Glück machen würde. Aber das Glück kehrte nie wieder zu dem schwachen, gebeugten Alten zurück. Seine Freunde ließen ihn einer nach dem anderen im Stich. Sie hatten genug davon, bei ihm teure Kohlen und schlechte Weine zu kaufen. Auf der ganzen Welt glaubte schließlich nur noch seine Frau, er betreibe Geschäfte, wenn er morgens mit schwankendem Schritt in die City ging. Abends schleppte er sich dann langsam nach Hause und ging in einen kleinen Klub in einem Wirtshaus, wo er über die Finanzen des Staates verfügte. Es war wunderbar, ihn über Millionen und Wechselgeschäfte und Diskont reden zu hören und darüber, was Rothschild tat oder die Gebrüder Baring. Er sprach von so riesigen Summen, daß die Mitglieder des Klubs (der Apotheker, der Leichenbestatter, der große Zimmermann und Baumeister, der Gemeindeschreiber, der gnädigst inoffiziell zugelassen war, und unser alter Freund Mr. Clapp) vor dem alten Sedley großen Respekt hatten. „Mir ist es einmal besser gegangen, Sir“, sagte er unfehlbar zu jedem, der in den Klub kam. „Mein Sohn, Sir, ist in diesem Augenblick erster Verwaltungsbeamter von Ramgunge in der Präsidentschaft Bengalen. Er hat so an die viertausend Rupien pro Monat. Meine Tochter könnte Frau Oberst sein, wenn sie wollte. Ich könnte morgen auf meinen Sohn, den ersten Verwaltungsbeamten, einen Wechsel von zweitausend Pfund ausstellen, Sir, und Alexander würde ihn anstandslos sofort einlösen, Sir! Aber die Sedleys sind immer eine stolze Familie gewesen.“ Auch wir, du, mein lieber Leser, und ich, können eines Tages in diese Lage kommen; denn ist es nicht vielen unserer Freunde so ergangen? Unser Glück kann sich wenden, unsere Kräfte können uns verlassen; unser Platz auf den Brettern kann von jüngeren, besseren Schauspielern eingenommen werden, die Wellen des Lebens können über uns hinwegrollen und uns zerschlagen und gestrandet zurücklassen. Dann werden die Leute auf die andere Seite der Straße hinübergehen, wenn sie dir begegnen, oder, schlimmer noch, in mitleidiger, gönnerhafter Weise ein paar Finger zum Gruß an den Hut legen. Dann weißt du, daß dein Freund, sobald er an dir vorüber ist, sagen wird: Der arme Teufel! Was für Dummheiten hat er nur gemacht! Was für Chancen hat der Kerl sich entgehen lassen! Ja, ja, ein Wagen und ein jährliches Einkommen von dreitausend Pfund sind weder der höchste Lohn noch das letzte Zeichen von Gottes Urteil über einen Menschen. Scharlatane können ebensooft Erfolg haben wie scheitern. Ein Hanswurst kann Glück haben und ein Schuft zu einem Vermögen kommen und umgekehrt. Sie alle erhalten ihr Teil Glück und Unglück in dieser Welt zugemessen wie die Tüchtigsten und Ehrlichsten unter uns auch. Darum, mein Bruder, dürfen wir nicht allzu großen Wert auf die Gaben und Vergnügungen des Jahrmarkts der Eitelkeit legen, denn es ist wahrscheinlich . . . doch wir schweifen zu sehr von unserer Erzählung ab!

Wäre Mrs. Sedley eine energische Frau gewesen, so hätte sich das nach dem Bankrott ihres Mannes gezeigt. Da sie ein großes Haus hatte, hätte sie zum Beispiel Pensionäre aufnehmen können. Der gebrochene alte Sedley hätte sich als Mann der Pensionsinhaberin ganz leidlich gemacht. Er hätte gut den Herrn und Meister, der den Namen hergab, den Vorschneider, den Hausverwalter und den bescheidenen Ehemann der Inhaberin des armseligen Thrones spielen können. Ich habe Männer gesehen von Verstand und Bildung, die einst in ihrer Jugend, als sie voll Kraft und Hoffnung waren, Edelleute bewirteten und sich Jagdpferde hielten und die dann später bescheiden für zänkische alte Vetteln die Hammelkeule zerlegten und sich den Anschein gaben, als hätten sie an der elenden Tafel noch etwas zu sagen. Mrs. Sedley aber, wie wir schon sagten, besaß nicht Energie genug, sich um „einige ausgewählte Kostgänger für eine heitere, musikalische Familie“ zu bemühen, wie man es so oft in der Times liest. Sie gab sich damit zufrieden, an dem Strand liegenzubleiben, wohin das Unglück sie geworfen hatte. Man sieht also, mit der Laufbahn dieses alten Ehepaares war es vorbei.

Ich glaube nicht, daß sie unglücklich waren. Vielleicht waren sie im Unglück noch ein wenig stolzer als im Glück. Mrs. Sedley war für die Hauswirtin Mrs. Clapp immer noch eine hohe Persönlichkeit, wenn sie zu ihr in die Küche herunterkam und dort stundenlang mit ihr plauderte. Die Hüte und Bänder des irischen Dienstmädchens Betty Flanagan, ihre Widerspenstigkeit, ihre Faulheit, ihre unbedachte Verschwendung der Küchenkerzen, ihr Verbrauch an Tee und Zucker, all das beschäftigte und belustigte die alte Dame ebensosehr, wie es die Ereignisse in ihrem früheren Haushalt getan hatten, als sie noch über Sambo und den Kutscher und einen Reitknecht und einen Laufjungen und eine Haushälterin mit einem ganzen Regiment von Dienstmädchen verfügte. Über diesen früheren Haushalt sprach die gute Alte überhaupt an die hundert Male jeden Tag. Außer Betty Flanagan hatte Mrs. Sedley auch die übrigen „Mädchen für alles" in ihrer Straße zu überwachen. Sie wußte, ob jeder Mieter seine kleine Miete zahlte oder schuldig blieb. Sie trat beiseite, wenn Mrs. Rougemont, die Schauspielerin, mit ihrer zweifelhaften Familie vorüberkam. Sie warf den Kopf zurück, wenn sie Mrs. Pestler, der Frau des Apothekers, in dem Einspänner ihres Mannes begegnete. Mit Grünkramhändlern hatte sie lange Unterredungen über die paar Rüben, die Mr. Sedley gerne aß. Sie hatte ein Auge auf den Milchmann und den Bäckerjungen und stattete dem Fleischer gelegentlich Besuche ab. Dort wurde bei dem Verkauf von hundert Ochsen höchstwahrscheinlich weniger Lärm gemacht als bei der einen Hammelkeule, die Mrs. Sedley kaufte. Sonntags zählte sie die Kartoffeln zum Braten nach. An diesem Tag ging sie in ihren besten Kleidern zweimal zur Kirche und las abends Blairs Predigten.

An diesem Tag (denn an Wochentagen war er durch „Geschäfte" verhindert) machte der alte Sedley sich das Vergnügen, seinen kleinen Enkel Georgy in den benachbarten Park oder in den Kensington Park auszuführen, damit er Soldaten sehen oder Enten füttern könne. Georgy liebte die Rotröcke sehr; und der Großvater erzählte ihm, daß sein Vater ein berühmter Offizier gewesen sei. Er machte den Jungen mit vielen Wachtmeistern und anderen Trägern der Waterloo-Medaille bekannt. Ihnen stellte der Großvater das Kind stolz als den Sohn des Hauptmanns Osborne vom ... ten Regiment vor, der am ruhmreichen achtzehnten ein ruhmreiches Ende gefunden hatte. Einige dieser Unteroffiziere soll er sogar zu einem Glas Bier eingeladen haben. Von den ersten Sonntagsspaziergängen kam der kleine Georgy mit völlig verdorbenem Magen zurück; denn der Großvater hatte den kleinen Burschen so mit Äpfeln und Kuchen vollgestopft, daß Amelia erklärte, sie würde George nie wieder mit ihm ausgehen lassen, wenn er nicht feierlich bei seiner Ehre versprechen wolle, dem Kind keinerlei Kuchen, Bonbons oder anderen Kram aus den Verkaufsbuden mehr zu geben.

Zwischen Mrs. Sedley und ihrer Tochter bestand dieses Knaben wegen eine gewisse Kälte und geheime Eifersucht. Eines Abends, als George noch sehr klein war, hatte Amelia in dem

Wohnzimmerchen gesessen und kaum bemerkt, daß die alte Dame das Zimmer verlassen hatte. Auf das Schreien des Kindes hin, das bislang geschlafen hatte, war sie nichts Gutes ahnend in das Kinderzimmer hinaufgelaufen und hatte dort Mrs. Sedley vorgefunden, die gerade dabei war, dem Kleinen heimlich Daffy's Elixier zu verabreichen. Als Amelia, für gewöhnlich das sanfteste und mildeste aller sterblichen Geschöpfe, diese Einmischung in ihre mütterlichen Rechte entdeckte, hatte sie vor Zorn am ganzen Körper gezittert und gebebt. Ihre für gewöhnlich blassen Wangen hatte eine dunkle Röte überzogen, bis sie dieselbe Farbe hatten wie damals, als sie zwölf Jahre alt war. Sie riß das Kind ihrer Mutter aus den Armen und griff nach der Flasche, während die alte Frau sie erstaunt und wütend anstarrte, den verräterischen Teelöffel in der Hand.

Amelia warf die Flasche in den Kamin, daß sie krachend zersprang. „Ich will mein Kind nicht vergiften lassen, Mama!" rief Amelia. Sie hatte beide Arme um den Säugling geschlungen und wiegte ihn heftig hin und her, während sie die Mutter mit funkelnden Augen anblickte.

„Vergiften, Amelia?" sagte die alte Frau. „Wie sprichst du denn mit mir?"

„Er soll keine andere Medizin bekommen außer der, die Mr. Pestler ihm schickt. Er hat mir gesagt, Daffy's Elixier sei Gift für das Kind."

„Sehr gut! Dann denkst du also, ich sei eine Mörderin!" erwiderte Mrs. Sedley. „So sprichst du mit deiner Mutter! Ich habe viel Unglück gehabt im Leben. Ich bin tief gesunken. Ich habe meinen eigenen Wagen gehabt, und jetzt gehe ich zu Fuß. Aber ich wußte noch nicht, daß ich eine Mörderin bin. Ich danke dir für die Neuigkeit!"

„Mama!" sagte das arme Ding, dem so leicht die Tränen kamen, „du solltest nicht so hart zu mir sein! Ich – ich habe es nicht so gemeint, das heißt, ich wollte damit nicht sagen, daß du unserem kleinen Liebling etwas Böses antun willst, nur –"

„O nein, meine Liebe, nur daß ich eine Mörderin bin, und in dem Fall ginge ich am besten gleich ins Gefängnis. Dich habe ich allerdings nicht vergiftet, als du klein warst, sondern dir die allerbeste Erziehung gegeben und die teuersten Lehrer, die man um Geld haben konnte. Ja, ich habe fünf Kinder aufgezogen und drei begraben, und jetzt sagt dasjenige, das ich am meisten von allen geliebt habe, das ich bei der Bräune, beim Zahnen, bei den Masern und beim Keuchhusten gepflegt habe, das ich ohne

Rücksicht auf die Kosten von ausländischen Lehrern und im Minervahaus habe erziehen lassen – was mir nicht geboten wurde, als ich jung war; ich war nur zu froh, meine Eltern ehren zu können, indem ich lange bei ihnen blieb und mich nützlich machen konnte; ich habe nicht den ganzen Tag lang in meinem Zimmer gesessen und Trübsal geblasen und die feine

Dame gespielt! –, jetzt sagt dieses Kind mir, ich sei eine Mörderin! Ach, Mrs. Osborne, ich wünsche dir nur, daß du niemals eine Schlange am Busen nähren wirst!"

„Mama! Mama!" rief die entsetzte junge Frau, während das Kind in ihren Armen in ein furchtbares Geschrei ausbrach.

„Ja, eine Mörderin! Fall nieder auf die Knie und bete zu Gott, Amelia, daß er dein schlechtes, undankbares Herz reinigen und dir vergeben möge, so wie ich es tue!" Damit eilte Mrs. Sedley aus dem Zimmer, während sie noch einmal das Wort „Gift" zischte und damit ihren liebevollen Segen abschloß.

Bis ans Ende ihres irdischen Lebens wurde dieser Bruch

zwischen Mrs. Sedley und ihrer Tochter nie wieder ganz geheilt. Der Streit gab der Älteren zahllose Vorteile, die sie sich nicht entgehen ließ und mit weiblicher Erfindungsgabe und Ausdauer auszunutzen wußte. Sie warnte die Dienstboten davor, das Kind anzurühren, da Mrs. Osborne es übelnehmen könnte. Sie forderte die Tochter auf, sich selbst davon zu überzeugen, daß sich in dem täglichen Breichen, das für Georgy zusammengerührt wurde, kein Gift befand. Wenn die Nachbarn sich erkundigten, wie es dem Kleinen gehe, verwies Mrs. Sedley sie mit spitzen Worten an Mrs. Osborne. Sie wage nie zu fragen, ob es Georgy gut gehe oder nicht. Sie würde das Kind nie anrühren, obwohl es ihr Enkel sei und ihr ganzer Liebling; aber sie sei nicht an Kinder gewöhnt und könnte es umbringen! Wenn Mr. Pestler kam, um sich nach dem Ergehen des Kindes zu erkundigen, empfing sie den Doktor mit so sarkastischer, verächtlicher Miene, daß der Arzt erklärte, nicht einmal Lady Thistlewood, mit der er die Ehre hatte beruflich zu verkehren, könne hochmütiger sein als die alte Mrs. Sedley, von der er nie einen Pfennig nahm. Sehr wahrscheinlich war auch Amelia ihrerseits eifersüchtig, und welche Mutter ist nicht eifersüchtig auf alle, die ihre Kinder pflegen oder auf die erste Stelle in ihrem Herzen Anspruch erheben wollen? Soviel ist gewiß, daß sie unruhig war, wenn jemand anderes das Kind versorgte, und daß sie Mrs. Clapp oder dem Dienstmädchen ebensowenig erlauben wollte, es anzuziehen oder zu füttern, wie sie das Miniaturbild ihres Mannes abstauben durften, das über ihrem Bett hing, demselben kleinen Bett, aus dem das arme Mädchen in das seine gegangen war und zu dem sie nun für viele lange, stille, tränenreiche, aber glückliche Jahre zurückkehrte.

Dieses Zimmer umschloß Amelias ganzes Herz und ihren ganzen Schatz. Hier fütterte sie ihren kleinen Jungen und saß mit immer wacher, leidenschaftlicher Liebe während der vielen Kinderkrankheiten an seinem Bettchen. Irgendwie lebte der ältere George in ihm wieder auf, nur in besserer Gestalt, so als sei er vom Himmel zurückgekommen. In hundert kleinen Einzelheiten, im Ton der Stimme, im Blick, in der Bewegung, ähnelte das Kind so sehr seinem Vater, daß das Herz der Witwe erzitterte, wenn sie ihn an sich drückte. Oft fragte er sie, warum sie weine. Weil er seinem Vater so ähnlich sei, gestand sie ihm. Sie erzählte ihm immer wieder von seinem toten Vater und sprach mit dem unschuldigen, staunenden Kind von ihrer Liebe zu George viel offener, als sie es je mit George selbst oder einer Jugendgefährtin getan hatte. Der kleine George verstand sie vermutlich nicht besser als jene; aber seinen Ohren vertraute sie ihre geheimen Gefühle hemmungslos an, und nur den seinen. Die wahre Freude dieser Frau bestand in einer Art von Leid, einem so zarten, daß es in Tränen seinen Ausdruck fand. Sie war von einer so tiefen, zitternden Empfindlichkeit, daß man vielleicht in einem Buch gar nicht darüber sprechen sollte. Mr. Pestler (jetzt ein gutsituierter Frauenarzt mit einem kostspieligen, dunkelgrünen Wagen, mit der Aussicht auf baldige Erhebung in den Adelsstand und einem Haus am Manchester Square) erzählte mir, daß ihr Schmerz, als das Kind entwöhnt wurde, ein Anblick gewesen sei, der selbst einen Herodes erweicht hätte. Mr. Pestler war vor vielen Jahren selbst sehr empfindsam gewesen. Seine Frau war damals und noch lange danach von tödlicher Eifersucht gegen Mrs. Amelia erfüllt gewesen.

Vielleicht hatte die Doktorsfrau guten Grund für ihre Eifersucht. Die meisten Frauen aus Amelias kleinem Bekanntenkreis teilten sie und waren über die Begeisterung, mit der das andere Geschlecht sie betrachtete, wahrhaft erzürnt. Denn fast alle Männer, die ihr nahekamen, liebten sie, obzwar sie zweifellos in Verlegenheit geraten wären, wenn sie den Grund dafür hätten angeben sollen. Sie war weder elegant noch geistreich noch sehr klug noch besonders hübsch. Aber wohin sie auch kam, rührte und bezauberte sie jeden Mann mit eben der gleichen Unabänderlichkeit, wie sie bei ihren Geschlechtsgenossinnen ungläubige Verachtung erweckte. Wahrscheinlich war ihre Schwäche ihr hauptsächlicher Reiz, eine Art süße Unterwürfigkeit und Weichheit, die jeden Mann, dem sie begegnete, um sein Mitgefühl und seinen Schutz zu bitten schien. Wir sahen, wie bei dem Regiment die Degen all der jungen Burschen aus der Scheide geflogen wären, um für sie zu fechten, obwohl sie im Kasino nur mit wenigen von Georges Kameraden gesprochen hatte. In dem kleinen Mietshaus, in dem engen Kreis in Fulham war es genauso. Sie interessierte alle und gefiel allen. Wäre sie Mrs. Mango selbst gewesen, Mrs. Mango aus dem großen Hause Mango, Plantain & Co., Crutched Friars, die glänzende Besitzerin der Ananastreibhäuser von Fulham, die im Sommer Frühstücke gab, zu denen Herzöge und Grafen erschienen, und im ganzen Kirchspiel mit Lakaien in prächtiger gelber Livree und mit kastanienbraunen Pferden herumfuhr, so wie sie nicht einmal die königlichen Ställe aufweisen konnten – ich sage, wäre sie Mrs. Mango gewesen oder die Frau von deren Sohn, Lady Mary

Mango, die Tochter des Grafen Castlemouldy, die sich herabgelassen hatte, den Chef der Firma zu heiraten, auch dann hätten die Kaufleute der Nachbarschaft ihr nicht mehr Ehre erweisen können als der freundlichen jungen Witwe, die zuweilen an ihrer Tür vorbeikam oder in ihren Läden ihre bescheidenen Einkäufe machte.

So bekannte sich also nicht nur Mr. Pestler, der Arzt, sondern auch Mr. Linton, sein junger Assistent, der die Dienstmädchen und kleinen Kaufleute behandelte und den man jeden Tag, die Times lesend, in der Apotheke sehen konnte, offen als Mrs. Osbornes Sklaven. Mr. Linton war ein ansehnlicher junger Mann, der in Mrs. Sedleys Wohnung willkommener war als sein Chef. Wenn mit Georgy nicht alles ganz in Ordnung war, pflegte er ein paarmal täglich hereinzuschauen, um nach dem kleinen Kerl zu sehen, und dabei dachte er nicht im entferntesten daran, ein Honorar zu fordern. Häufig brachte er aus den Schubladen der Apotheke dem Kind Pastillen, Tamarinden und andere Dinge mit und braute ihm Tränke und Mixturen von wunderbarer Süße, so daß es für den Kleinen geradezu ein Vergnügen war, krank zu sein. In jener gefährlichen, entsetzlichen Woche, als Georgy die Masern hatte, saßen er und Pestler, sein Prinzipal, zwei volle Nächte lang bei dem Knaben. Aus der Angst der Mutter hätte man aber auch darauf schließen können, daß es noch nie zuvor auf der ganzen Welt Masern gegeben hatte. Ob sie wohl für andere auch soviel getan hätten? Hielten sie bei den Leuten mit den Treibhäusern ebenfalls Nachtwache, als Ralph Plantagenet und Gwendoline und Guinever Mango dieselbe Kinderkrankheit durchmachten? Saßen sie auch so lange bei der kleinen Mary Clapp, der Tochter des Hauswirts, die sich doch tatsächlich bei dem kleinen Georgy angesteckt hatte? Die Wahrheit zwingt uns zu sagen: nein! Sie schliefen ganz ungestört, jedenfalls soweit es die kleine Mary betraf. Sie erklärten ihren Fall für einen ganz leichten, der beinahe von selbst heilen würde, schickten ihr ein paar Heiltränke und taten, als das Kind sich erholte, mit der größten Gleichgültigkeit und nur um der Form willen etwas Chinarinde hinein.

Dann war da der kleine französische Chevalier von gegenüber, der in verschiedenen Schulen der Nachbarschaft Unterricht in seiner Muttersprache erteilte. Nachts konnte man ihn in seinem Zimmer auf einer krächzenden alten Fiedel zitternd alte Gavotten und Menuetts spielen hören. Wenn dieser gepuderte höfliche Greis, der keinen Sonntag in der Konventskapelle in

Hammersmith fehlte und der in jeder Hinsicht, in Gedanken, Betragen und Haltung, so gänzlich verschieden war von den bärtigen Wilden seiner Nation, die heute unter den Quadrant-Arkaden das treulose Albion verfluchen und alle, die Zigarre im Mund, anbrummen – wenn der alte Chevalier de Talonrouge von Mrs. Osborne sprach, nahm er zuerst seine Prise, schnippte mit graziöser Handbewegung die übriggebliebenen Staubteilchen weg, legte die Finger zusammen, führte sie zum Mund und blies sie mit einem Kuß und den Worten: „Ah, la divine créature!" wieder auseinander. Er schwor und beteuerte, daß unter Amelias Füßen Blumen in verschwenderischer Fülle aufsprössen, wenn sie durch die Straßen von Brompton wandle. Den kleinen Georgy nannte er Kupido und erkundigte sich bei ihm nach Venus, seiner Mama. Der erstaunten Betty Flanagan erzählte er, sie sei eine der Grazien und die Lieblingsgefährtin der *Reine des Amours*.

Beispiele für diese leicht gewonnene Beliebtheit, deren Amelia sich oft gar nicht bewußt war, ließen sich noch viele anführen. Stattete Mr. Binny, der milde, vornehme Geistliche der Kapelle ihres Bezirks, in der die Familie sich sonntags einfand, der Witwe nicht häufig seinen Besuch ab? Nahm er nicht den Kleinen auf die Knie und scherzte mit ihm? Sehr zum Ärger seiner Schwester, einer ältlichen Jungfer, die ihm den Haushalt führte, erbot er sich sogar, ihn im Lateinischen zu unterrichten. „Es ist wirklich nichts an ihr, Beilby", pflegte sie zu sagen. „Wenn sie zum Tee herkommt, redet sie den ganzen Abend lang kein einziges Wort. Sie ist ein armes, zimperliches Geschöpf, und ich bin überzeugt, daß sie überhaupt kein Herz hat! Ihr Männer fallt nur auf ihr hübsches Frätzchen herein. Miss Grits mit ihren fünftausend Pfund und der Aussicht auf noch mehr hat doppelt soviel Charakter und ist viel netter, jedenfalls für meinen Geschmack. Wenn sie auch noch gut aussehen würde, könnte man sie gewiß für ein Musterexemplar halten."

Sehr wahrscheinlich hatte Miss Binney bis zu einem gewissen Grade recht. Immer wird ein hübsches Gesicht bei den Männern, diesen bösen Schurken, Sympathie erwecken. Wenn eine Frau häßlich ist, dann mag sie ruhig alle Weisheit und Keuschheit der Minerva besitzen, kein Mann wird sie beachten. Welche Torheit würde man einem Paar schönen Augen nicht verzeihen? Wieviel Dummheit wird nicht durch rote Lippen und eine süße Stimme wettgemacht? Wenn eine Frau hübsch ist, so schließen die Damen mit ihrem gewöhnlich ausgesprochenen

Sinn für Gerechtigkeit, daß sie dumm sein muß. O meine Damen! Es gibt unter Ihnen doch auch manche, die weder hübsch noch klug ist!

All dies sind nur belanglose Einzelheiten, die wir hier aus dem Leben unserer Heldin berichten. In ihrer Geschichte kommen keine wunderbaren Ereignisse vor, wie der geneigte Leser zweifellos schon bemerkt haben wird. Wenn man über ihr Leben während der sieben Jahre nach der Geburt ihres Sohnes Tagebuch geführt hätte, so hätte man darin nur wenige Vorfälle von größerer Bedeutung verzeichnen können als die Masern, von denen wir auf den vorigen Seiten berichtet haben. Ja, eines Tages bat der soeben erwähnte Ehrwürden Mr. Binney Amelia – zu ihrer großen Verwunderung –, den Namen Osborne gegen den seinen einzutauschen. Unter tiefem Erröten und mit Tränen in den Augen und erstickter Stimme dankte sie ihm für seine Sorge um sie und für all die Aufmerksamkeiten, die er ihr selbst und ihrem Söhnchen erwiesen hatte, sagte dann aber, daß sie nie, niemals an einen anderen denken könne als – als an den Gatten, den sie verloren hatte.

Am 25. April und am 18. Juni, ihrem Hochzeitstag und dem Tag, an dem sie Witwe wurde, blieb sie stets auf ihrem Zimmer und weihte, wir wissen nicht wie viele einsame Nachtstunden dem Gedächtnis des dahingegangenen Geliebten, während der kleine Junge in seinem Bettchen neben ihr friedlich schlief. Den Tag über gab es mehr zu tun. Sie mußte George Lesen und Schreiben beibringen und auch ein wenig Zeichnen. Sie las Bücher, um ihm daraus Geschichten erzählen zu können. Sowie sich dem Kind die Augen öffneten und sich unter dem Einfluß der ihn umgebenden Natur sein Geist weitete, lehrte sie ihn – soweit es in ihren bescheidenen Kräften stand –, in allem den Schöpfer zu erkennen. Jeden Abend und jeden Morgen beteten er und sie, die Mutter und der kleine Junge, zusammen zum Vater im Himmel, in jener erhabenen und rührenden Seelengemeinschaft, die wohl das Herz jedes Menschen bewegen muß, der dessen Zeuge war oder sich daran erinnert. Aus der Tiefe ihres sanften Herzens flehte die Mutter Gott an, und das Kind lispelte ihre Worte nach. Jedesmal beteten sie zu Gott, er möge den lieben Papa segnen, als ob er noch am Leben und im gleichen Raume wäre.

Viele Stunden des Tages verwandte sie darauf, den jungen Herrn zu waschen und anzuziehen, ihn vor dem Frühstück, ehe der Großpapa ins „Geschäft" ging, zu einem kurzen Morgenspaziergang hinauszuführen und ihm wunderbare, phantastische Kleider zu machen. Dazu trennte die sparsame Witwe jedes verfügbare kleine Kleidungsstück, das sie noch von ihrer Garderobe aus ihrer Ehe besaß, auf und änderte es um. Denn Mrs. Osborne trug jetzt stets ein schwarzes Gewand und einen Strohhut mit einem schwarzen Band, worüber die Mutter sehr verärgert war, denn sie bevorzugte, insbesondere seit dem Unglück, eine feine Kleidung. Andere Stunden wieder mußte Amelia ihren Eltern widmen. Sie hatte sich die Mühe gemacht, Cribbage zu lernen, und spielte es nun mit ihrem alten Vater an den Abenden, wenn er nicht in seinen Klub ging. Wenn ihm der Sinn danach stand, sang sie ihm etwas vor, und das war ein gutes Mittel; denn während der Musik sank er unvermeidlich in einen bequemen Schlummer. Sie schrieb ihm seine zahllosen Denkschriften, Briefe und Prospekte und Entwürfe ab. In ihrer Handschrift erhielten die meisten seiner früheren Bekannten die Mitteilung, daß der alte Herr die Vertretung der Schwarzen

Diamanten-und-Aschenkohlen-Gesellschaft übernommen hatte und seine Freunde und andere Kunden mit den besten Kohlen zu . . . Schilling den Sack beliefern könne. Er tat nichts, als die Rundschreiben mit seiner verschnörkelten Unterschrift zu versehen und die Anschrift in zittriger Angestelltenschrift darüberzusetzen. Eines dieser Schreiben ging an Major Dobbin, . . . tes Regiment, über Messrs. Cox und Greenwood. Aber da der Major zu der Zeit gerade in Madras war, hatte er keinen besonderen Bedarf an Kohlen. Er erkannte jedoch die Hand, die den Prospekt geschrieben hatte. Gütiger Gott! Was hätte er nicht darum gegeben, diese Hand in der seinen zu halten! Ein zweiter Prospekt kam, der dem Major mitteilte, daß J. Sedley und Co. durch ihre Vertretungen in Oporto, Bordeaux und St. Mary imstande seien, ihren Freunden und anderen Kunden Portwein, Sherry und französischen Rotwein feinster berühmtester Provenienz zu mäßigen Preisen und bei außerordentlichen Vorteilen anzubieten. Auf diesen Wink hin machte Dobbin wilde Reklame bei dem Gouverneur, dem Oberbefehlshaber, dem Richter, dem Regiment und bei allen, die er in dem ganzen Bezirk kannte, und schickte an Sedley und Co. Weinbestellungen, die Mr. Sedley und Mr. Clapp, den Sozius der Firma, baß erstaunten. Auf diesen glücklichen Anfang hin wollte der arme Sedley schon ein Haus in der City bauen, ein ganzes Regiment von Angestellten berufen, für sich ein Büro errichten und Vertreter in die ganze Welt hinausschicken. Doch es trafen keine weiteren Bestellungen mehr ein. Der alte Herr war kein Weinkenner mehr. Im Kasino überhäufte man den Major mit Flüchen wegen des elenden Gesöffs, das er an soviel andere vermittelt hatte. Er kaufte eine große Menge davon zurück und verkaufte den Wein öffentlich mit enormem Verlust. Josef, der inzwischen an das Steueramt nach Kalkutta versetzt worden war, wurde ganz wild vor Wut, wenn die Post ihm ein Bündel dieser bacchanalischen Prospekte mit einem Privatbrief seines Vaters brachte, in dem dieser Joe mitteilte, daß er als Vater auf seine Unterstützung bei diesem Unternehmen rechne und ihm eine Sendung ausgewählter Weine (siehe beiliegende Preisliste) zuschicke und gleichzeitig für den genannten Betrag Wechsel auf ihn ausgestellt habe. Josef, der es ebensowenig für möglich gehalten hätte, daß sein Vater, der Vater Josef Sedleys vom Steueramt, als Weinhändler um Bestellungen bitten könnte, wie er selbst etwa ein Henker hätte sein können, wies die Wechsel verächtlich zurück und schrieb dem alten Herrn einen Antwortbrief, in dem er ihm bedeutete, er solle sich um seine eigenen Angelegenheiten kümmern. Als der protestierte Wechsel zurückkam, mußte die Firma Sedley und Co. ihn mit dem Erlös aus dem Madras-Unternehmen und einem kleinen Teil von Amelias Ersparnissen decken.

Außer der Pension von fünfzig Pfund jährlich hatte der Agent bei Osbornes Tod noch fünfhundert Pfund in seiner Verwaltung, wie der Testamentsvollstrecker festgestellt hatte. Dobbin, als Georges Vormund, schlug vor, sie zu acht Prozent in einem indischen Handelshaus anzulegen. Mr. Sedley glaubte, der Major verfolge schurkische Absichten mit dem Geld, daher war er entschieden gegen den Plan. Er ging selbst zu dem Agenten, um persönlich gegen diese Verwendung der fraglichen Summe zu protestieren. Aber da erfuhr er zu seiner Überraschung, daß er die Summe gar nicht in Händen hatte und daß das ganze Vermögen des gefallenen Hauptmanns sich auf nicht einmal hundert Pfund belief. Die fraglichen fünfhundert Pfund könnten nur einen gesonderten Betrag darstellen, über den Major Dobbin allein Näheres wüßte. Nun war der alte Sedley mehr denn je davon überzeugt, daß da irgendeine Schurkerei vorlag. Er lauerte dem Major auf. Als nächste Stütze seiner Tochter forderte er ihn in arroganter Weise auf, er solle die Verhältnisse des gefallenen Hauptmanns offenlegen. Dobbins Gestammel, sein Erröten und seine Verlegenheit bestärkten den anderen in seiner Vermutung, daß er es hier mit einem Spitzbuben zu tun hatte. In majestätischem Ton sagte er dem Offizier gründlich seine Meinung, wie er es nannte, indem er einfach seiner Vermutung Ausdruck gab, der Major halte das Geld seines, Mr. Sedleys, gefallenen Schwiegersohnes unrechtmäßig zurück.

Nun verlor Dobbin aber doch alle Geduld, und wenn der Kläger nicht so alt und gebrochen gewesen wäre, es wäre zwischen ihnen in Slaughters Kaffeehaus zu einem regelrechten Streit gekommen. Die Unterredung der beiden Herren fand nämlich in einer Loge dieses Vergnügungslokals statt. „Kommen Sie bitte nach oben, Sir", brachte der Major mühsam heraus, „Sie müssen unbedingt mit nach oben kommen! Da werde ich Ihnen zeigen, wer der Leidtragende ist, der arme George oder ich." Und er schleppte den alten Herrn in sein Schlafzimmer hinauf. Dort holte er aus dem Schreibtisch Osbornes Abrechnungen hervor und ein Bündel Schuldscheine, die George ihm ausgestellt hatte. Denn das muß man Osborne lassen: er war immer bereit gewesen, einen Schuldschein auszuschreiben. „Seine Wechsel in England hat er bezahlt", fügte Dobbin hinzu, „aber als er fiel, waren ihm in der ganzen Welt keine hundert Pfund mehr geblieben. Ein paar Offizierskameraden und ich haben das Geld zu der kleinen Summe aufgebracht. Das war alles, was wir erübrigen konnten. Und Sie wagen zu behaupten, wir versuchten die Witwe und das Waisenkind zu betrügen!" Sedley war ganz zerknirscht und tief gedemütigt. Tatsache bleibt allerdings, daß Dobbin dem alten Herrn eine grobe Lüge erzählt hatte, hatte er doch jeden Schilling selbst gegeben, den Freund begraben und alle Spesen und Kosten beglichen, die durch das Unglück und die Rückkehr der armen Amelia entstanden waren.

Weder der alte Sedley noch irgendein anderer Verwandter von Amelia noch Amelia selbst hatten sich je die Mühe gemacht, über diese Ausgaben nachzudenken. Sie vertraute Major Dobbin als ihrem Kassenverwalter, nahm seine etwas wirren Berechnungen ohne zu fragen hin, und ihr kam auch niemals nur die leiseste Ahnung, wie sie in seiner Schuld stand.

Getreu ihrem Versprechen schrieb sie ihm zwei- oder dreimal im Jahr einen Brief nach Madras. Diese Briefe handelten immer nur von dem kleinen Georgy. Er aber bewahrte sie als seine größten Schätze auf. Wenn Amelia schrieb, antwortete er – aber nur dann. Er schickte dem Patenkind und ihr indes zahlreiche Dinge herüber, die sie an ihn erinnerten. Aus China sandte er ihr eine Schachtel mit Schals und ein großes Schachspiel aus Elfenbein. Die Bauern waren kleine grün-weiße Männer mit richtigen Schwertern und Schilden. Die Springer saßen zu Pferde, und die Türme waren auf dem Rücken von Elefanten befestigt. „Nicht einmal Mrs. Mangos Schachspiel ist so schön!" meinte Mr. Pestler. Diese Schachfiguren waren Georgys ganzes Entzücken, und in dem Dankbrief an seinen Patenonkel malte er seine ersten Buchstaben. Der Major schickte Konserven und Mixed Pickles, welch letztere der junge Herr heimlich von der Anrichte nahm und probierte, womit er sich beinahe umbrachte. Er meinte, es sei die Strafe für den Diebstahl, daß sie so scharf waren. Amelia schrieb dem Major einen humorvollen kleinen Bericht über das Mißgeschick, und er freute sich, daraus entnehmen zu können, daß ihre Gemütsverfassung sich gebessert hatte und sie auch manchmal wieder fröhlich sein konnte. Er schickte ein paar Schals herüber, einen weißen für Amelia und einen schwarzen mit Palmblättern für ihre Mutter und zwei rote Schals für den alten Sedley und Georgy zum Winter. Die Schals waren jeder mindestens fünfzig Pfund wert, stellte Mrs. Sedley fest. Sie trug den ihren stolz, wenn sie nach Brompton zur Kirche ging, wo sie von ihren Freundinnen zu der prächtigen Neuerwerbung beglückwünscht wurde. Auch Amelias Schal paßte gut zu ihrem einfachen schwarzen Kleid. „Wie schade, daß sie von ihm nichts wissen will!" sagte Mrs. Sedley gelegentlich zu Mrs. Clapp und all ihren Bekannten in Brompton. „Josef schickt uns bestimmt nie solche Geschenke, im Gegenteil, er mißgönnt uns alles. Es ist ganz klar, daß der Major bis über beide Ohren in sie verliebt ist. Und doch, wenn ich nur eine Andeutung mache, wird sie rot, fängt an zu weinen und geht nach oben und setzt sich vor ihr Bildchen. Ich kann dieses Miniaturbild schon gar nicht mehr sehen! Ich wünschte, wir wären diesen gemeinen, geldstolzen Osbornes nie begegnet!"

Unter solch einem einfachen Leben und mit solch bescheidenen Gefährten war Georges Kindheit vergangen. Das Kind wuchs zu einem zarten empfindsamen Knaben heran, dem man anmerkte, daß er von Frauen erzogen worden war. Er tyrannisierte die sanfte Mutter vollkommen, obwohl er ihr leidenschaftlich zugetan war. Er beherrschte aber auch die übrige kleine Welt um sich herum. Als er größer wurde, wunderten sich alle über seine hochfahrende Art und seine ausgesprochene Ähnlichkeit mit dem Vater. Er fragte nach allem, wie das neugierige Kinder so tun. Die Tiefgründigkeit seiner Bemerkungen und Fragen setzte den alten Großvater in Erstaunen, der die Klubmitglieder im Wirtshaus bis zum Überdruß mit Erzählungen von dem Können und der Begabung des Jungen langweilte. Der Großmutter stand das Kind mit gutmütiger Gleichgültigkeit gegenüber. Der kleine Kreis von Menschen, der Georgy umgab, glaubte, daß es auf Erden niemanden gab, der diesem Kinde gleichkam. Der Knabe, der den Stolz seines Vaters geerbt hatte, dachte vielleicht, sie hätten gar nicht so unrecht damit.

Als er sechs Jahre alt geworden war, begann Dobbin ihm sehr oft zu schreiben. Der Major wollte hören, ob Georgy zur Schule ginge, und er hoffte, er würde sich dort gut machen. Oder ob er wohl einen Hauslehrer haben würde? Es sei an der Zeit, daß er mit Lernen anfange. Der Patenonkel und Vormund deutete an, er würde hoffentlich die Kosten für die Erziehung des Knaben tragen dürfen, denn für das beschränkte Einkommen seiner Mutter würden sie doch eine viel zu große Belastung bedeuten. Kurz und gut, der Major dachte immer an Amelia und ihren kleinen Sohn. Durch Aufträge an seine Agenten versorgte er ihn ständig mit Bilderbüchern, Malkästen, Schreibpulten und allen erdenklichen unterhaltenden und belehrenden Gegenständen. Drei Tage vor Georges sechstem Geburtstag fuhr ein Herr in einem Einspänner, von einem Diener begleitet, an Mr. Sedleys Haus vor und fragte nach dem jungen Mr. Osborne. Es war Mr. Woolsey, der Militärschneider aus der Conduit Street, der auf Befehl des Majors gekommen war, um dem jungen Herrn für einen Anzug Maß zu nehmen. Er hatte die Ehre gehabt, auch für den Herrn Hauptmann, den Vater des jungen Herrn, zu arbeiten.

Manchmal, und sicherlich auf Wunsch des Majors, kamen seine Schwestern, die Misses Dobbin, in der Familienkutsche vorbei, um Amelia und den kleinen Jungen zu einer Spazierfahrt abzuholen, falls sie Lust dazu hätten. Die herablassende Freundlichkeit dieser Damen war Amelia sehr unangenehm, aber sie nahm sie sanftmütig hin, denn Nachgiebigkeit lag in ihrem Wesen, und außerdem bereitete die glanzvolle Equipage dem kleinen Georgy ein ungeheures Vergnügen. Gelegentlich baten die Damen darum, daß das Kind einen Tag bei ihnen verbringen dürfe. Georgy ging immer sehr gern in die feine Villa am Denmark Hill, wo sie wohnten und wo es im Treibhaus so schöne Trauben und an den Mauern so viele Pfirsiche gab.

Eines Tages überraschten sie Amelia liebenswürdig mit einer Nachricht, die sie doch gewiß sehr erfreuen würde. Es sei etwas sehr Interessantes über ihren lieben William.

„Was ist's? Kommt er nach Hause?" fragte sie, und Freude glänzte in ihren Augen auf.

O nein, das nun gerade nicht, aber sie hätten guten Grund anzunehmen, daß ihr lieber William sich verheiraten würde, und zwar mit einer Verwandten einer sehr lieben Freundin von Amelia, mit Miss Glorvina O'Dowd, Sir Michael O'Dowds Schwester, die zu Lady O'Dowd nach Madras gefahren war. Sie sei ein sehr hübsches, gebildetes Mädchen, sagten alle.

Amelia sagte nichts als: „Oh!" Amelia freute sich wirklich sehr. Aber Glorvina würde doch wohl nicht ihrer alten Freundin ähnlich sein, die zwar sehr gütig sei, aber – jedenfalls freue sie sich sehr! Und aus einer Gefühlsregung heraus, deren Bedeutung ich nicht zu erklären vermag, nahm sie George in die

Arme und küßte ihn ganz besonders zärtlich. Ihre Augen waren feucht, als sie das Kind niedersetzte, und sie sprach auf der ganzen Spazierfahrt kein Wort mehr – obwohl sie sich doch wirklich freute!

39. Kapitel

Ein zynisches Kapitel

rdnungshalber müssen wir jetzt für eine kurze Weile wieder zu unseren alten Bekannten nach Hampshire zurückkehren, deren Hoffnungen bezüglich des Vermögens ihrer reichen Verwandten so schmerzlich enttäuscht worden waren. Da Bute Crawley auf dreißigtausend Pfund von seiner Schwester gerechnet hatte, war es für ihn ein schwerer Schlag, als er nur fünftausend bekam. Nachdem er von dieser Summe seine eigenen Schulden und die seines Sohnes an der Universität bezahlt hatte, blieb nur ein sehr kleiner Bruchteil für die Aussteuer der vier häßlichen Töchter übrig. Mrs. Bute ahnte nicht, oder wenigstens gab sie es nicht zu, inwieweit ihr eigenes tyrannisches Verhalten dazu beigetragen hatte, ihren Mann zu ruinieren. Sie beteuerte feierlich, sie habe alles getan, was in ihrer Macht gestanden hätte. War es ihre Schuld, wenn sie nicht über jene Schmeichelkünste verfügte, mit denen ihr heuchlerischer Neffe Pitt Crawley arbeitete? Sie wünschte ihm zu seinem so übel erworbenen Vermögen alles Glück, das er verdiente. „Wenigstens bleibt das Geld in der Familie!“ sagte sie milde, „Pitt wird es nie ganz ausgeben, mein Lieber, das ist ganz gewiß. Denn einen größeren Geizhals als ihn gibt es in ganz England nicht. Er ist genauso widerwärtig, wenn auch in anderer Art, wie sein hoffnungslos verschwenderischer Bruder Rawdon.“

Nach der ersten Wut der Enttäuschung begann Mrs. Bute sich also, so gut sie konnte, der veränderten Lage anzupassen, indem sie mit aller Macht sparte und ihre Ausgaben einschränkte. Sie lehrte ihre Töchter, die Armut heiteren Sinnes zu ertragen, und erfand tausend bemerkenswerte Methoden, sie zu verheimlichen oder zu verschleiern. Ja, sie war ihren Freunden eine bessere Gastgeberin und lud sie häufiger ins Pfarrhaus ein als zu der Zeit, ehe die Erbschaft der lieben Miss Crawley ihnen zugefallen war. Aus der Haltung der Familie der Welt gegenüber hätte niemand den Schluß ziehen können, sie seien in ihren Erwartungen getäuscht worden. Ebensowenig hätte man nach ihrem häufigen Auftreten in der Öffentlichkeit vermuten können, wie sehr sie sich zu Hause einschränkten und hungerten. Die Töchter verfügten über mehr Putz als zuvor. Sie erschienen immer wieder auf den Gesellschaften in Winchester und Southampton. Sie fuhren sogar bis nach Cowes zu den Rennbällen und Regattavergnügen. Ihr Wagen mit den Pferden, die soeben noch hinter dem Pflug gegangen waren, war ständig unterwegs, bis man fast meinte, die vier Schwestern hätten von der Tante, deren Name in der Öffentlichkeit stets nur mit der zärtlichsten Dankbarkeit und Ehrerbietung genannt wurde, doch ein Vermögen geerbt. Ich kenne keine Art Lüge, die auf dem Jahrmarkt der Eitelkeit häufiger vorkommt als diese, und man kann wohl sagen, daß Leute, die sie benutzen, sich auf ihre Heuchelei zumeist noch etwas zugute tun und sich einbilden, sie seien außerordentlich tugendhaft und lobenswert, weil sie die Welt über das Ausmaß ihrer Geldmittel zu täuschen verstünden.

Bestimmt hielt Mrs. Bute sich für eine der tugendhaftesten Frauen von ganz England. Der Anblick ihrer glücklichen Familie war für Außenstehende sehr erbaulich. Sie waren doch so vergnügt, so liebevoll, so gut erzogen, so einfach! Martha konnte ganz vorzüglich Blumen malen und belieferte die Hälfte aller Wohltätigkeitsbasare, die in der Grafschaft stattfanden. Emmy war die Singdrossel der Grafschaft, und ihre Verse im *Hampshire Telegraf* machten den Ruhm seiner Dichterecke aus. Fanny und Mathilde sangen zusammen Duette, wozu die Mama sie am Klavier begleitete. Die beiden anderen Mädchen saßen daneben, den Arm einander um die Taille geschlungen, und lauschten hingegeben. Es sah ja niemand, wie den armen Mädchen die Duette zu Hause eingepaukt wurden. Niemand sah, wie die Mama sie Stunde um Stunde eisern vornahm. In einem Wort, Mrs. Bute wurde mit ihrer Lage gut fertig und hielt das Ansehen der Familie vor der Welt aufs beste aufrecht.

Mrs. Bute tat alles, was eine gute, achtbare Mutter tun kann. Sie lud die Yachtbesitzer von Southampton, die Geistlichen vom Domplatz in Winchester und die Offiziere der dortigen Garnison ein. Sie versuchte, die jungen Anwälte vom Schwurgericht anzulocken, und beredete Jim, Freunde mit nach Hause zu bringen, die er dann auf die Jagd mit den königlichen Hoheiten mitnahm. Was tut eine Mutter nicht alles zum Wohl ihrer geliebten Töchter?

Solch eine Frau konnte mit ihrem widerwärtigen Schwager, dem Baron vom Schloß, natürlich nur wenig gemein haben. Der Bruch zwischen Bute und seinem Bruder Sir Pitt war endgültig. Ja, man würde besser sagen: zwischen Sir Pitt und der ganzen Grafschaft; denn allen war das skandalöse Verhalten des alten Mannes ein Dorn im Auge. Seine Abneigung gegen anständige Gesellschaft wurde mit den Jahren immer größer, und seit Pitt und Lady Jane nach ihrer Vermählung zu einem Anstandsbesuch dagewesen waren, hatten sich die Pforten des Schlosses nicht wieder vor dem Wagen eines Gentleman geöffnet.

Das war ein schrecklicher, unglückseliger Besuch gewesen, an den die Familie nur mit Entsetzen zurückdachte. Mit verzerrtem Gesicht bat Pitt seine Frau, nie wieder davon zu sprechen. Nur durch Mrs. Bute, die immer über alles im Bilde war, was im Schloß vor sich ging, erfuhren die anderen die näheren Umstände davon, wie Sir Pitt den Sohn und die Schwiegertochter empfangen hatte.

Als sie in ihrem sauberen, ordentlichen Wagen die Allee durch den Park entlangfuhren, bemerkte Pitt voller Entsetzen und Zorn große Lücken zwischen den Bäumen, seinen Bäumen, die der alte Baron ohne jede Erlaubnis fällen ließ. Der Park sah unendlich traurig und verkommen aus. Die Wege waren schlecht gepflegt. Die saubere Kutsche platschte und schwankte durch zahllose Pfützen längs des Weges. Die große Auffahrt vor der Terrasse und der Freitreppe war ganz schwarz von Moos. Die einst so schmucken Blumenbeete erstickten in Unkraut. Fast an der ganzen Front des Hauses waren die Fenster mit Läden verschlossen. Nach langem Läuten wurde schließlich an der großen Eingangstür der Riegel weggeschoben. Als Horrocks endlich den Erben von Queen's Crawley und seine junge Frau in die Halle ihrer Vorfahren eintreten ließ, sah man ein bebändertes Individuum die dunkle Eichentreppe hinaufflitzen. Pitt und Lady Jane wurden in Sir Pitts sogenannte „Bibliothek" geführt. Je mehr sie sich dem Zimmer näherten, um so dichter wurde der Tabakqualm. Sir Pitt fühle sich nicht sehr gut, bemerkte Horrocks entschuldigend und deutete an, sein Herr leide an einem Hexenschuß.

Die Fenster der Bibliothek gingen nach vorn auf den Park und die Straße hinaus. Sir Pitt hatte eines geöffnet und schrie von dort aus den Kutscher und Pitts Diener an, die anscheinend gerade das Gepäck abladen wollten.

„Laßt bloß die Koffer oben!" rief er und wies mit der Pfeife, die er in der Hand hielt, auf sie hin. „Es ist doch nur ein Vormittagsbesuch, Tucker, du Dummkopf! Herrgott, was für Wunden das rechte Pferd da an den Fesseln hat. Ist denn da im ‚Königskopf' niemand, der sie ihm ein bißchen einreiben könnte? Wie geht's, Pitt? Wie geht's, meine Liebe? Den alten Mann besuchen gekommen, was? Bei Gott, du hast ein hübsches Frätzchen! Siehst nicht so knochig aus wie deine Mutter, die lange Latte! Komm und gib dem alten Pitt einen Kuß wie ein artiges kleines Mädchen!"

Die Umarmung brachte die Schwiegertochter etwas aus der Fassung, wie das bei den Zärtlichkeiten unrasierter, nach Tabak riechender alter Männer nicht anders zu erwarten ist. Aber sie dachte daran, daß ihr Bruder Southdown auch einen Schnurrbart hatte und Zigarren rauchte, und ertrug es also in leidlicher Haltung.

„Pitt ist fett geworden", sagte der Baron nach dieser Freundschaftsbezeugung. „Liest er dir ellenlange Predigten vor, meine Liebe? Hundertster Psalm, Abendlied, he, Pitt? Horrocks, hol Kuchen und ein Glas Malmsey für Lady Jane! Steh nicht herum wie ein fettes Schwein, du großer, dicker Tölpel! Ich will dich nicht bitten hierzubleiben, meine Liebe, du würdest es zu langweilig finden. Das täte ich übrigens auch bei einem Pitt! Ich bin jetzt ein alter Mann und tue gern alles, wie ich es möchte, und rauche abends gern meine Pfeife und spiele ein bißchen Karten."

„Karten kann ich auch spielen, Sir", sagte Lady Jane lachend, „früher habe ich oft mit Papa und Miss Crawley gespielt, nicht wahr, Mr. Crawley?"

„Lady Jane kann Karten spielen, was du so sehr schätzt, wie du erklärtest", sagte Pitt hochmütig.

„Aber sie wird trotzdem nicht hierbleiben wollen. Nein, nein, fahrt zurück nach Mudbury und gebt Mrs. Rincer die Ehre oder geht ins Pfarrhaus und bittet Bute um ein Mittagessen! Er wird bestimmt entzückt sein, euch zu sehen! Er ist euch ja auch so zu Dank verpflichtet, daß er das Geld von der Alten bekommen hat. Haha! Ein kleiner Teil davon wird ausreichen, um das Schloß wieder zurechtzuflicken, wenn ich abgekratzt bin."

„Ich habe bemerkt, Sir", sagte Pitt mit erhobener Stimme, „daß Ihre Leute Holz schlagen wollen."

„Ja, richtig, so schönes Wetter und so milde für die Jahreszeit!" erwiderte Sir Pitt, der plötzlich schwerhörig geworden war. „Aber ich werde allmählich alt, Pitt. Gott segne dich, du bist ja selbst nicht weit entfernt von den Fünfzig. Aber er hat sich gut gehalten, nicht wahr, meine niedliche Lady Jane? Das liegt nur an seiner Frömmigkeit, seiner Mäßigkeit und dem moralischen Lebenswandel. Seht mich an! Ich bin jetzt nicht mehr sehr weit von den Achtzig entfernt, haha!" lachte er und nahm eine Prise. Dann sah er sie lüstern von der Seite an und drückte ihr die Hand.

Pitt brachte die Unterhaltung nochmals auf das Holz zurück, aber im Nu war der Baron wieder fast taub.

„Ich werde jetzt sehr alt, und dieses Jahr ist es mir scheußlich schlecht gegangen mit dem Hexenschuß. Ich werde nicht mehr lange hier sein. Aber ich freue mich, daß du gekommen bist, Schwiegertochter! Dein Gesicht gefällt mir, Lady Jane! Da ist nichts von dem verdammten knochigen Gesicht der Binkies drin. Ich werde dir was Hübsches geben, meine Liebe, für die Vorstellung bei Hofe!" Und er schlurfte quer durch das Zimmer zu dem Schrank, dem er ein Kästchen mit Juwelen von einigem Wert entnahm. „Nimm das hier", sagte er, „es hat meiner Mutter gehört und später der ersten Lady Binkie. Hübsche Perlen, die hab ich der Tochter des Eisenhändlers nie gegeben. Nein, nein! Nimm sie und leg sie schnell weg." Damit drückte er der Schwiegertochter das Kästchen in die Hand. Als Horrocks mit einem Tablett voll Erfrischungen eintrat, klappte er schnell die Tür des Wandschranks zu.

„Was hast du Pitts Frau da gegeben?" fragte das bebänderte Individuum, als Pitt und Lady Jane sich von dem alten Herrn verabschiedet hatten. Es war Miss Horrocks, die Tochter des Butlers und die Ursache des im ganzen Lande verbreiteten Skandals, die Dame, die nun fast uneingeschränkt in Queen's Crawley herrschte.

Die Grafschaft und die Familie hatten das Auftreten und die Erfolge dieser Bänderhaube mit Abscheu wahrgenommen. Die „Bänderhaube" eröffnete ein Konto bei der Zweigstelle der Sparkasse in Mudbury. Die „Bänderhaube" belegte die Ponywagen, die eigentlich der Dienerschaft des Schlosses zur Verfügung standen, völlig mit Beschlag und fuhr damit in die Kirche. Die Dienstboten wurden entlassen, wie es ihr beliebte. Der schottische Gärtner, der immer noch da war und stolz das Spalier und das Treibhaus pflegte und in der Tat durch den Garten, den er bebaute und dessen Erzeugnisse er in Southampton verkaufte, ganz gut seinen Lebensunterhalt bestritt, entdeckte an einem sonnigen Morgen die „Bänderhaube“ an der Südwand beim Pfirsichessen und erhielt ein paar Ohrfeigen, als er gegen diesen Eingriff in sein Besitztum Protest einlegte. Er wurde mitsamt seiner schottischen Frau und seinen schottischen Kindern, den einzigen achtbaren Einwohnern von Queen's Crawley, gezwungen, mit seinem ganzen Hab und Gut abzuziehen. Damit wurde der ansehnliche, gepflegte Garten dem Verfall preisgegeben und die Blumenbeete dem wuchernden Unkraut. Der Rosengarten der armen Lady Crawley wurde zu einer traurigen Wildnis. Nur zwei oder drei Hausangestellte saßen schaudernd in der kahlen alten Leutestube. Die Ställe und Verwaltungsgebäude standen leer, waren verschlossen und halb verfallen. Sir Pitt lebte ganz zurückgezogen und zechte abends mit Horrocks, dem Butler oder Hausverwalter, wie er immer häufiger genannt wurde, und der gottlosen „Bänderhaube“. Die Zeiten hatten sich sehr geändert; jetzt fuhr sie nicht mehr in dem leichten Wagen nach Mudbury und redete die kleinen Krämer mit „Sir“ an. Vielleicht war es Scheu oder auch Abneigung gegen die Nachbarn, jedenfalls kam der alte Zyniker von Queen's Crawley kaum noch aus seinem Parktor heraus. Er stritt sich schriftlich mit seinen Agenten und plagte seine Pächter brieflich. Die Tage vergingen ihm mit Briefschreiben. Die Anwälte und Gutsverwalter, die mit ihm zu tun hatten, konnten ihn nur noch auf dem Umweg über die „Bänderhaube“ erreichen; sie empfing sie an der Tür, die zur Stube der Haushälterin führte. Diese Tür aber beherrschte den Hintereingang, durch den sie eingelassen wurden. So wurde die Verlegenheit des Barons täglich größer, und seine Hilflosigkeit wuchs ständig.

Man wird sich Pitt Crawleys Entsetzen ausmalen können, als dieser Bericht über den Schwachsinn seines Vaters den so überaus musterhaften, korrekten Mann erreichte. Er zitterte täglich davor, etwa hören zu müssen, daß die „Bänderhaube“ zu seiner zweiten rechtmäßigen Stiefmutter erklärt worden sei. Nach jenem ersten und einzigen Besuch wurde der Name des Vaters in Pitts höflichem, vornehmem Haushalt niemals mehr genannt. Er war das Schreckgespenst des Hauses, und die ganze

Familie ging in stummem Entsetzen daran vorbei. Die Gräfin Southdown gab im Pförtnerhäuschen immer wieder die aufregendsten Traktate ab, Schriften, bei denen einem vor Angst die Haare hätten zu Berge stehen müssen. Mrs. Bute blickte jeden Abend vom Pfarrhaus aus hinüber, um zu sehen, ob der Himmel über den Ulmen hinter dem Schloß etwa rot wäre und Feuer im Herrenhaus ausgebrochen wäre. Sir G. Wapshot und Sir H. Fuddlestone, die alten Freunde des Hauses, wollten bei dem vierteljährlichen Gerichtstag nicht mehr mit Sir Pitt zusammen auf einer Bank sitzen, und in der Hauptstraße von Southampton schnitten sie den verworfenen Alten ganz unbarmherzig, wenn er ihnen die schmutzige Hand reichen wollte. Aber nichts machte auf ihn Eindruck. Er steckte die Hände wieder in die Taschen oder brach in lautes Gelächter aus, während er mühsam wieder in den Vierspänner kletterte. Über Lady Southdowns Traktate lachte er nur. Er lachte über seine Söhne und über die ganze Welt und auch über die „Bänderhaube", wenn sie wütend war, was nicht selten vorkam.

Miss Horrocks war jetzt Haushälterin in Queen's Crawley und regierte die Dienstboten sehr hoheitsvoll und unerbittlich. Die ganze Dienerschaft wurde angewiesen, sie mit Madame anzureden. Es gab unter den Mädchen sogar eine Anfängerin, die hartnäckig dabei blieb, sie Mylady zu nennen, ohne daß die Haushälterin es ihr jemals verwiesen hätte. „Es hat schon bessere Ladys gegeben und auch schlechtere, Esther", lautete Miss Horrocks' Erwiderung auf das Kompliment ihrer Untergebenen. So herrschte sie mit uneingeschränkter Gewalt über alle mit Ausnahme ihres Vaters. Auch ihn behandelte sie jedoch sehr von oben herab und warnte ihn, sich nicht zu sehr gehenzulassen gegenüber einer, „die noch einmal Baronin werden würde". Sie probte diese exklusive Rolle mit großer Befriedigung für sich selbst und zur Belustigung des alten Sir Pitt, der sich bei ihrem Getue vor Kichern nicht zu halten wußte und stundenlang über ihre angemaßte Würde und ihre Nachahmung vornehmer Lebensart lachte. Er beteuerte, es sei eine wahre Komödie, sie in der Rolle der feinen Dame zu sehen. Einmal ließ er sie eins der Hofgewänder der ersten Lady Crawley anziehen und schwor (ganz im Einklang mit Miss Horrocks' Ansicht), daß ihr das Kleid wunderbar stünde, und drohte, sie umgehend im Vierspänner an den Hof zu fahren. Sie plünderte die Kleiderschränke der beiden verstorbenen Damen und änderte deren zurückgelassenen Putz so um, wie es ihrem eigenen

Geschmack und ihrer Figur entsprach. Gar zu gern hätte sie auch von den Juwelen und Schmuckstücken der beiden Ladys Crawley Besitz ergriffen; aber der alte Baron hielt sie in seiner Privatschatulle verschlossen, und es gelang ihr nicht, ihm die Schlüssel abzuschwatzen oder zu entlocken. Tatsache ist, daß einige Zeit, nachdem diese Dame Queen's Crawley verlassen hatte, ein ihr gehöriges Heft gefunden wurde, das zeigte, wie große Mühe sie sich gegeben hatte, die Kunst des Schreibens im allgemeinen zu lernen und insbesondere ihre Unterschrift als Lady Crawley, Lady Betsy Horrocks, Lady Elisabeth Crawley und so weiter zu üben.

Obgleich die guten Leute aus dem Pfarrhaus niemals ins Schloß kamen und dessen Besitzer, diesen entsetzlichen alten Sünder, strikt mieden, hielten sie sich doch stets über alles, was

dort geschah, auf dem laufenden. Jeden Tag erwarteten sie die Katastrophe, die auch Miss Horrocks so sehr herbeisehnte. Aber das Schicksal trat neidisch dazwischen und verhinderte, daß sie die Belohnung erhielt, die solch reiner Liebe und Tugend gebührt hätte.

Eines Tages überraschte der Baron die „Lady“, wie er sie zum Spaß nannte, im Salon vor dem alten verstimmten Klavier, das kaum jemand angerührt hatte, seit Becky Sharp ihre Quadrillen darauf gespielt hatte. Sie saß ernst und würdevoll vor dem Klavier und versuchte, so gut sie konnte, die Melodien, die sie gelegentlich gehört hatte, mit ihrer kreischenden Stimme nachzusingen. Das von ihr bevorzugte kleine Küchenmädchen stand ganz entzückt neben der Herrin, wiegte den Kopf hin und her und rief: „O Gott, Madame, wie rührend!“ – genau wie ein vornehmer Speichellecker in einem richtigen Salon.

Dieser Vorfall entlockte dem Baron das übliche Gelächter. Im Laufe des Abends erzählte er Mr. Horrocks wohl ein dutzendmal davon, so daß Miss Horrocks sich sehr gedemütigt vorkam. Er trommelte mit den Fingern auf dem Tisch herum, als ob er ein Musikinstrument sei, und ahmte ihren kreischenden Gesang nach. Eine so schöne Stimme müßte eigentlich gepflegt werden, erklärte er, sie solle einen Gesanglehrer bekommen. Sie indessen sah in diesem Vorschlag gar nichts Lächerliches. An diesem Abend war Sir Pitt glänzender Laune und trank mit seinem Butler und Freund eine außerordentliche Menge Grog, bis der treue Freund und Diener seinen Herrn zu sehr später Stunde ins Schlafzimmer brachte.

Eine halbe Stunde später herrschte große Aufregung im Haus. In dem einsamen, verödeten alten Schloß wanderten Lichter von einem Fenster zum anderen, obwohl doch für gewöhnlich nur zwei oder drei Räume von dem Besitzer benutzt wurden. Dann galoppierte ein Junge auf einem Pony nach Mudbury zum Arzt. Binnen einer weiteren Stunde (und daran merken wir, wie sorgfältig diese vortreffliche Dame stets die Verbindung zu dem großen Haus gepflegt hatte) war Mrs. Bute in Kapuze und Galoschen mit Ehrwürden Bute Crawley und ihrem Sohn James Crawley vom Pfarrhaus durch den Park ins Schloß hinübergegangen. Durch die offene Eingangstür waren sie in das Herrenhaus gelangt.

Sie schritten durch die Halle und das kleine eichengetäfelte Wohnzimmer, wo auf dem Tisch noch die drei Gläser und die

Rumflasche von Sir Pitts Gelage her standen. Dann betraten sie die Bibliothek. Dort fanden sie Miss Horrocks, die schuldige „Bänderhaube", vor, wie sie gerade wild und aufgeregt mit einem Bündel Schlüssel an den Schnappschlössern des Schreibpults herumhantierte. Mit einem entsetzten Aufschrei ließ sie die Schlüssel fallen, als die Augen der kleinen Mrs. Bute sie unter der Kapuze hervor anblitzten.

„Seht euch das an, James und Mr. Crawley!" rief Mrs. Bute und wies auf das angsterfüllte Gesicht der schwarzäugigen, schuldbewußten Frauensperson.

„Er hat sie mir gegeben; er hat sie mir doch geschenkt!" rief sie.

„Ihnen geschenkt, Sie gottloses Geschöpf?" kreischte Mrs. Bute. „Du bist Zeuge, Mr. Crawley, daß wir dieses nichtsnutzige Weib dabei ertappt haben, wie sie das Eigentum deines Bruders stehlen wollte! Sie wird an den Galgen kommen, das habe ich schon immer gesagt!"

Betsy Horrocks fiel zerschmettert auf die Knie und brach in Tränen aus. Wer aber eine Frau von echtem Schrot und Korn kennt, weiß, daß eine solche Person mit dem Verzeihen nicht so schnell bei der Hand ist, sondern daß die Demütigung des Feindes ein Triumph ist, den sie ganz auskosten muß.

„Läute, James!" befahl Mrs. Bute, „läute so lange, bis jemand kommt!" Auf das fortgesetzte Klingeln hin erschienen bald die drei oder vier Bedienten, die noch in dem verlassenen alten Haus wohnten.

„Bringt die Frau in Gewahrsam", sagte sie, „wir haben sie dabei erwischt, wie sie Sir Pitt berauben wollte. Mr. Crawley, du wirst den Haftbefehl ausstellen, und Sie, Beddoes, werden sie morgen früh in dem leichten Wagen nach Southampton ins Gefängnis überführen!"

„Meine Liebe", warf der Pfarrherr und Friedensrichter ein, „sie hat doch nur –"

„Sind keine Handschellen hier?" fuhr Mrs. Bute fort und stampfte in den Galoschen auf. „Früher gab es hier doch Handschellen! Wo ist der verabscheuenswürdige Vater dieser Kreatur?"

„Er hat sie mir wirklich geschenkt!" rief die arme Betsy wieder; „nicht wahr, Esther? Du hast es doch gesehen, das weißt du doch noch, wie Sir Pitt sie mir geschenkt hat – es ist schon lange her – an dem Tag nach dem Jahrmarkt in Mudbury! Nicht daß ich sie haben will! Nehmen Sie sie nur, wenn

Sie meinen, sie gehörten nicht mir!“ Damit zog die unglückliche Sünderin ein Paar große verzierte Schuhschnallen aus der Tasche, die ihr in die Augen gestochen hatten und die sie sich soeben aus einem Bücherschrank in der Bibliothek herausgeholt hatte.

„Gott, Betsy, wie können Sie nur so gottlose Lügen erzählen!“ rief Esther, das kleine Küchenmädchen, aus, „und noch dazu vor der guten, freundlichen Madame Crawley und Ehrwürden“ – bei diesen Worten knickste sie. „Hier sind meine Schlüssel, Madame, Sie können alle meine Schubladen nachsehen! Ich bin ein ehrliches Mädchen, wenn meine Eltern auch arm waren und ich im Armenhaus erzogen worden bin. Und wenn Sie nur einen Seidenstrumpf oder das armseligste Fetzchen Spitze von all den Kleidern finden, unter denen sie sich die ihren ausgesucht hat, dann will ich nie wieder zur Kirche gehen!"

„Her mit den Schlüsseln, du hartgesottene Dirne!" zischte die tugendhafte kleine Dame in der Kapuze.

„Hier ist eine Kerze, Madame, und bitte schön, Madame, ich kann Ihnen ihr Zimmer zeigen, Madame, und den Schrank im Haushälterinnenzimmer, Madame, wo sie eine Unmenge Sachen aufbewahrt!" rief die eifrige kleine Esther unter zahllosen Knicksen.

„Halt gefälligst den Mund! Ich weiß sehr wohl, in welchem Zimmer diese Kreatur wohnt. Mrs. Brown, haben Sie bitte die Güte mitzukommen, und Beddoes, lassen Sie das Weibsstück nicht aus den Augen!" rief Mrs. Bute, während sie die Kerze ergriff. „Mr. Crawley, du solltest lieber nach oben gehen und achtgeben, daß sie deinen unglücklichen Bruder nicht ermorden!" Damit zog die Kapuze, von Mrs. Brown geleitet, nach dem Zimmer ab, das sie – wie sie richtig bemerkt hatte – ganz genau kannte.

Bute ging nach oben, wo er den Arzt aus Mudbury mit dem erschrockenen Horrocks über den Stuhl seines Herrn gebeugt fand. Sie versuchten, Sir Pitt zur Ader zu lassen.

Früh am nächsten Morgen ging ein Eilbrief an Mr. Pitt Crawley ab, den die Pfarrersfrau verfaßt hatte. Sie hatte sofort das Kommando an sich gerissen und die ganze Nacht bei dem alten Baron gewacht. Man hatte ihn so halbwegs wieder ins Leben zurückrufen können; aber er konnte nicht sprechen, wenngleich er seine Umgebung zu erkennen schien. Mrs. Bute ließ sich von ihrem Posten neben seinem Bett nicht verdrängen. Es schien fast, als ob die kleine Frau überhaupt keinen Schlaf brauche. Sie schloß die funkelnden schwarzen Augen nicht ein einziges Mal, obgleich der Arzt im Armstuhl schnarchte. Horrocks machte verzweifelte Anstrengungen, seine Stellung zu behaupten und seinem Herrn beizustehen, aber Mrs. Bute nannte ihn einen betrunkenen alten Halunken und warnte ihn, sich nie wieder im Hause blicken zu lassen. Sonst würde er abtransportiert werden, genau wie seine abscheuliche Tochter.

Durch ihr Benehmen in größten Schrecken versetzt, schlich er in das eichengetäfelte Wohnzimmer hinab, wo er Mr. James fand. Der war gerade dabei, die dort stehende Flasche zu untersuchen, und da er keinen Alkohol darin entdeckte, befahl er Mr. Horrocks, eine andere Flasche Rum zu holen. Als der Butler mit frischen Gläsern erschien, ließen der Pfarrer und sein Sohn sich nieder und befahlen Horrocks, die Schlüssel augenblicklich auf den Tisch zu legen und sich nie wieder sehen zu lassen.

Völlig eingeschüchtert gab Horrocks die Schlüssel ab. Noch in derselben Nacht schlichen er und seine Tochter sich heimlich davon und gaben ihre einflußreiche Stellung im Herrenhaus von Queen's Crawley einfach auf.

40. Kapitel

Becky wird von der Familie anerkannt

Traurigen Herzens traf der Erbe des Crawleyschen Gutes umgehend nach dieser Katastrophe in Queen's Crawley ein, und von dem Zeitpunkt an begann hier eigentlich seine Herrschaft. Der alte Baron lebte zwar noch so manchen Monat; aber er gewann nie wieder ganz seinen Verstand und die Sprechfähigkeit zurück, so daß die Verwaltung des Besitzes auf seinen ältesten Sohn überging. Pitt fand diesen Besitz in einem merkwürdigen Zustand vor. Sir Pitt war dauernd mit Käufen und Hypotheken beschäftigt gewesen. Er hatte zwanzig Agenten, und mit jedem von ihnen hatte er Streit gehabt. Er stritt sich mit seinen Pächtern und führte Prozesse gegen sie. Er prozessierte aber auch mit den Anwälten, mit den Bergbau- und Hafengesellschaften, deren Mitglied er war, kurz mit allen, mit denen er zu tun hatte. Diese verwickelten Verhältnisse zu entwirren und das Gut schuldenfrei zu machen war eine Aufgabe, die des ordnungsliebenden, ausdauernden Diplomaten von Pumpernickel durchaus würdig war. Mit bewundernswertem Fleiß machte er sich an die Arbeit. Natürlich siedelte seine ganze Familie nach Queen's Crawley über, und natürlich kam auch Lady Southdown dorthin. Unter den Augen des Pfarrers machte sie sich daran, die Gemeinde zu bekehren, und zum Ärger der wütenden Mrs. Bute brachte sie ihre Laienprediger mit aufs Land. Über den Verkauf der Pfründe von Queen's Crawley hatte Sir Pitt noch keinen Vertrag abgeschlossen. Lady Southdown schlug daher vor, sie wolle selbst das Patronat übernehmen und einem ihrer jungen Schützlinge die Pfarrstelle geben, sobald diese erledigt sein würde. Der diplomatische Pitt sagte dazu gar nichts.

Mrs. Butes Absichten bezüglich Miss Betsy Horrocks kamen nicht zur Ausführung. Miss Betsy stattete dem Gefängnis von Southampton keinen Besuch ab. Sie verließ mit ihrem Vater das Schloß, und der ehemalige Butler ergriff im Dorfe von dem Gasthof mit dem Wappen der Crawleys Besitz, den er von Sir Pitt gepachtet hatte. Ferner hatte er ein kleines Gütchen an sich gebracht, wodurch er in der Gemeinde Stimmrecht gewann. Außer ihm war der Pfarrer noch stimmberechtigt, so daß sie zusammen mit vier anderen die Wählerschaft bildeten, die zwei Vertreter von Queen's Crawley ins Parlament schickte.

Zwischen den Damen in Pfarrhaus und Schloß wurde ein scheinbar höflicher Verkehr aufrecht erhalten, zumindest von der jüngeren Generation; denn Mrs. Bute und Lady Southdown begegneten sich nie, ohne daß es zum Streit gekommen wäre. Allmählich gaben sie es überhaupt auf, einander zu besuchen. Wenn die Damen aus dem Pfarrhaus ihre Verwandten im Schloß besuchten, blieb die Lady stets auf ihrem Zimmer. Vielleicht war Mr. Pitt über diese gelegentliche Abwesenheit seiner Schwiegermutter gar nicht so ungehalten. Gewiß war er überzeugt, daß die Familie Binkie die vornehmste, klügste und interessanteste auf der ganzen Welt sei. Die Lady und seine Tante hatten ihn ja auch lange genug unter ihrem Joch gehalten. Aber manchmal hatte er das Gefühl, sie beherrsche ihn gar zu sehr. Für jung angesehen zu werden war zweifellos recht schmeichelhaft; aber wenn man im Alter von sechsundvierzig noch wie ein Junge behandelt wird, ist es mitunter doch sehr ärgerlich. Lady Jane hingegen gab in allem und jedem ihrer

Mutter nach. Sie zeigte ihre Liebe zu ihren Kindern nur, wenn sie unter sich waren. Es war ein Glück für sie, daß Lady Southdowns vielfache Aufgaben, ihre Konferenzen mit Ministern und ihr Briefwechsel mit sämtlichen Missionaren in Afrika, Asien, Australien und so weiter, die würdige Gräfin so stark in Anspruch nahmen, daß sie ihrer Enkelin, der kleinen Matilda, und dem Enkel Master Pitt Crawley nur wenig Zeit widmen konnte. Der kleine Junge war ein zartes Kind, und nur durch ungeheure Mengen von Kalomel hatte Lady Southdown ihn überhaupt am Leben erhalten können.

Sir Pitt zog sich in dieselben Gemächer zurück, in denen einst Lady Crawleys Lebenslicht verlöscht war. Hier wurde er von Miss Esther, dem kleinen Dienstmädchen, das gern weiterkommen wollte, mit immer wacher Sorgfalt gepflegt. Wo findet man soviel Liebe, Treue und Beständigkeit wie bei einer gutbezahlten Wärterin? Sie glättet das Kissen; sie bereitet aus Wurzeln stärkende Tränke; sie steht nachts auf; sie nimmt Klagen und Nörgeleien gelassen hin; sie kann den Sonnenschein draußen sehen und will doch nicht spazierengehen; sie schläft im Armstuhl und ißt ruhig ihr einsames Mahl; sie verbringt lange, lange Abende mit Nichtstun, wacht nur über der Glut im Kamin und dem im Topf summenden Getränk des Kranken; sie liest die ganze Woche lang die Sonntagszeitung, und *Der ernste Ruf des Gesetzes* und *Die ganze Pflicht des Menschen* genügen ihr als Lektüre für ein Jahr. Und wir schelten sie aus, wenn die Verwandten, die sie einmal in der Woche besuchen, in den Wäschekorb ein bißchen Branntwein hineingeschmuggelt haben! Meine Damen, wo gibt es den Mann, dessen Liebe so ausdauernd ist, daß er den Gegenstand seiner Neigung ein Jahr lang pflegen würde? Eine Krankenschwester hingegen tut das schon für zehn Pfund im Vierteljahr, und wir meinen noch, das wäre zu hoch bezahlt! Wenigstens brummte Mr. Crawley häufig, weil er Miss Esther für die ständige Wartung des alten Barons die Hälfte dieser Summe zahlen mußte.

An sonnigen Tagen wurde der alte Herr in seinem Stuhl auf die Terrasse hinausgefahren, in dem gleichen Stuhl, den Miss Crawley in Brighton gehabt hatte. Zusammen mit einer Reihe anderer Gegenstände aus Lady Southdowns Besitz war er von dort nach Queen's Crawley gebracht worden. Lady Jane ging immer neben dem Alten her. Sie war sein ausgesprochener Liebling. Er nickte ihr oft zu und lächelte, wenn sie hereinkam, und wenn sie wegging, stieß er unartikulierte, klagende Laute aus. Sobald die Tür sich hinter ihr geschlossen hatte, brach er oft in Weinen und Schluchzen aus. Daraufhin änderten sich Esthers Ausdruck und ihr Verhalten, die in Anwesenheit ihrer

Herrin immer ungemein sanft und gütig waren, sofort. Mit verzerrtem Gesicht und geballter Faust schrie sie ihn an: „Halt den Mund, du dummer alter Narr!" und rollte alsdann seinen Stuhl vom Feuer weg, das er doch so gern betrachtete, worauf er nur um so mehr weinte. Denn das war nun alles, was nach siebzig Jahren heimlichen oder offenen Kampfes, des Trinkens, Ränkeschmiedens, der Sünde und Selbstsucht übriggeblieben war: ein weinerlicher alter Idiot, der wie ein Säugling ins Bett gebracht und herausgenommen, gewaschen und gefüttert wurde!

Schließlich kam ein Tag, an dem die Arbeit der Pflegerin ein Ende fand. In aller Morgenfrühe, als Pitt Crawley im Studierzimmer über den Haushalts- und Rechnungsbüchern saß, klopfte es an die Tür, und hereintrat mit einem tiefen Knicks Esther und sagte: „Bitte schön, Sir Pitt, Sir Pitt ist heute morgen gestorben, Sir Pitt. Ich röstete ihm gerade ein Brot, Sir Pitt, zu dem Haferschleim, Sir Pitt, den er jeden Morgen regelmäßig um sechs aß, Sir Pitt, und da kam es mir so vor, als hörte ich so etwas wie ein Stöhnen, Sir Pitt, und – und – und –" Sie versank wieder in einen Knicks.

Warum wurde Pitts blasses Gesicht auf einmal dunkelrot? Vielleicht darum, weil er nun endlich Sir Pitt war, mit einem Sitz im Parlament und der möglichen Aussicht auf weitere Ehren? Jetzt werde ich das Gut mit dem vorhandenen Bargeld entlasten, dachte er und überschlug schnell die Hypotheken und die Verbesserungen, die er vornehmen wollte. Er hatte das Geld der Tante bisher nicht dazu verwenden wollen, aus Furcht, Sir Pitt könnte sich doch noch einmal erholen, und all seine Auslagen könnten dann umsonst gewesen sein.

Im Schloß und im Pfarrhaus wurden die Vorhänge heruntergelassen. Die Kirchenglocken läuteten ein Trauergeläut. Die Kanzel wurde schwarz verhängt. Bute Crawley ging nicht zum Rennen, sondern ganz einfach zum Essen nach Fuddlestone, wo man beim Portwein über seinen verstorbenen Bruder und den jungen Sir Pitt redete. Miss Betsy, die inzwischen in Mudbury einen Sattler geheiratet hatte, vergoß viele Tränen. Der Hausarzt kam zu einem Beileidsbesuch herübergeritten und erkundigte sich auch nach dem Befinden der Damen. In Mudbury und im „Wappen der Crawleys" sprach man viel über den Todesfall. Der Besitzer des Gasthofes hatte sich vor kurzem mit dem Pfarrherrn wieder ausgesöhnt, und man hörte sogar, daß der letztere gelegentlich Mr. Horrocks' Gaststube aufsuchte und sein mildes Bier probierte.

„Soll ich an deinen Bruder schreiben, oder willst du das tun?" fragte Lady Jane ihren Gatten Sir Pitt.

„Das tue natürlich ich!" erwiderte Sir Pitt, „ich werde ihn auffordern, zum Begräbnis zu kommen. Das gehört sich doch."

„Und – und auch – Mrs. Rawdon?" meinte Lady Jane zaghaft.

„Jane!“ sagte Lady Southdown, „wie kannst du nur an so etwas denken!“

„Natürlich müssen wir Mrs. Rawdon auch auffordern“, sagte Sir Pitt entschlossen.

„Nicht solange ich im Hause bin!“ protestierte Lady Southdown.

„Euer Gnaden wollen sich bitte daran erinnern, daß ich das Haupt der Familie bin!“ erwiderte Sir Pitt. „Bitte, Lady Jane, sei so freundlich und schreibe einen Brief an Mrs. Rawdon Crawley und bitte sie um ihr Erscheinen bei diesem traurigen Anlaß.“

„Jane, ich verbiete dir, so etwas niederzuschreiben!“ rief die Gräfin.

„Ich glaube, das Haupt der Familie bin ich!“ wiederholte Sir Pitt, „und wenn ich es auch sehr bedauern würde, sollten Euer Gnaden sich dadurch gezwungen sehen, das Haus zu verlassen, so muß ich doch weiterhin das Regiment so führen, wie es mir recht dünkt!“

Lady Southdown erhob sich mit der gleichen Würde wie Mrs. Siddons als Lady Macbeth und befahl, die Pferde anzuspannen. Wenn ihr Sohn und ihre Tochter sie aus dem Hause wiesen, dann würde sie ihre Sorgen irgendwo in die Einsamkeit tragen und dafür beten, daß die Gesinnung ihrer Kinder sich wandeln möge.

„Wir weisen dich doch gar nicht aus dem Haus, Mama“, sagte die schüchterne Lady bittend.

„Doch, wenn ihr Leute einladet, mit denen eine Christin nicht unter einem Dach leben darf. Morgen früh will ich meine Pferde haben!“

„Jane, habe die Güte, nach meinem Diktat zu schreiben!“ sagte Sir Pitt und erhob sich. Er nahm eine gebieterische Haltung an, wie sie das Porträt eines Gentleman in der Ausstellung zeigt. „Nun fang an! Queen's Crawley, den 14. September 1822. – Mein lieber Bruder –“

Als Lady Macbeth, die bei dem Schwiegersohn auf ein Zeichen der Schwäche oder des Schwankens gewartet hatte, diese furchtbaren und entscheidenden Worte vernahm, erhob sie sich und verließ wütenden Blickes das Studierzimmer. Lady Jane sah zu ihrem Gatten auf, als wollte sie der Mama am liebsten folgen und sie besänftigen. Aber Pitt verbot seiner Frau, sich von der Stelle zu rühren.

„Sie wird schon nicht fortgehen“, meinte er. „Ihr Haus in

Brigthon hat sie vermietet, und ihr Einkommen vom letzten halben Jahr hat sie auch schon verbraucht. Und wenn eine Gräfin in einem Gasthof wohnt, ist sie so gut wie ruiniert. Ich habe lange auf eine Gelegenheit zu – zu diesem entscheidenden Schritt gewartet. Denn auch du, meine Liebe, mußt gemerkt haben, daß es unmöglich zwei Häupter in einer Familie geben kann. Und jetzt wollen wir, wenn es dir recht ist, das Diktat wieder aufnehmen. ‚Mein lieber Bruder, es ist meine Pflicht, der Familie eine traurige Nachricht zu übermitteln, die ihr gewiß schon seit langem erwartet habt' und so weiter."

Mit einem Wort, Pitt war nun zur Herrschaft gelangt und hatte durch viel Glück oder vielmehr, seiner Ansicht nach, durch sein Verdienst fast all das Vermögen erworben, mit dem die anderen Verwandten gerechnet hatten. Er war nunmehr entschlossen, die Familie mit freundlicher Achtung zu behandeln und Queen's Crawley wieder zu einem anständigen Haus zu machen. Die Vorstellung, daß er nun das Haupt der Familie war, bereitete ihm Genuß. Er nahm sich vor, den ungeheuren Einfluß, den seine achtunggebietende Begabung und Stellung ihm schnellstens in der Gegend verschaffen würden, zugunsten seines Bruders und seiner anderen Verwandten auszunützen, damit sie anständig versorgt würden. Vielleicht empfand er auch leise Gewissensbisse, daß er nun der Besitzer von all dem geworden war, worauf die anderen gehofft hatten. Im Laufe von drei oder vier Tagen seiner Regierungszeit hatte seine Haltung sich verändert. Seine Pläne standen fest: er wollte gerecht und ehrlich herrschen, Lady Southdown absetzen und mit allen Blutsverwandten möglichst freundschaftliche Beziehungen pflegen.

So diktierte er also den Brief an seinen Bruder Rawdon, einen feierlichen, kunstvoll abgefaßten Brief voll tiefsinniger Bemerkungen in umständlicher Ausdrucksweise. Die schlichte kleine Sekretärin, die diesen Brief auf Befehl des Gatten niederschrieb, war darob von Staunen erfüllt. Was für einen Redner wird er abgeben, dachte sie, wenn er erst Parlamentsmitglied ist! (Hierüber wie auch über Lady Southdowns Tyrannei hatte Pitt zuweilen mit seiner Frau abends im Bett andeutungsweise gesprochen.) Wie gut und weise und wie begabt ist doch mein Mann! Ich glaubte, er sei ein wenig kalt, aber wie gut ist er doch und was für ein Genie!

In Wahrheit hatte Pitt Crawley jedes Wort dieses Schreibens auswendig gelernt. Zuvor hatte er es sich mit diplomatischer

Heimlichkeit lange und nach allen Richtungen hin überlegt, ehe er die Zeit für gekommen hielt, es seiner erstaunten Frau zu unterbreiten.

Diesen Brief mit breitem Trauerrand und schwarzem Siegel schickte also Sir Pitt Crawley an seinen Bruder, den Oberst, nach London. Rawdon Crawley war nicht übermäßig erfreut, als er ihn erhielt. Was hat's für einen Zweck, nach dem langweiligen Dorf hinauszufahren? dachte er. Ich kann es nicht vertragen, nach dem Essen mit Pitt allein zu sein, und Pferde hin und zurück kosten uns mindestens zwanzig Pfund.

Wie mit allen schwierigen Fragen ging er auch mit diesem Brief hinauf zu Becky in ihr Schlafzimmer. Gleichzeitig brachte er ihr die Schokolade, die er ihr jeden Morgen zubereitete.

Er stellte das Tablett mit dem Frühstück und dem Brief auf den Toilettentisch, vor dem Becky saß und sich ihr blondes Haar bürstete. Sie ergriff das schwarzgeränderte Schreiben, las es und sprang mit einem Hurra, den Brief über dem Kopf schwenkend, von ihrem Stuhl auf.

„Nanu, hurra?" fragte Rawdon und blickte verwundert auf die zierliche Gestalt, die mit wehendem Flanellschlafrock und aufgelösten lohfarbenen Locken im Zimmer herumhüpfte. „Er hat uns nichts hinterlassen, Becky. Ich habe meinen Anteil schon bekommen, als ich mündig wurde."

„Du wirst nie mündig werden, du alter Dummkopf!" versetzte Becky. „Lauf schnell zu Madame Brunoy, ich brauche Trauerkleidung, und besorg dir ein Kreppband für den Hut und eine schwarze Weste, ich glaube, du hast keine! Laß alles morgen hierherbringen, damit wir Donnerstag abreisen können!"

„Du willst doch nicht etwa hinfahren?" warf Rawdon ein.

„Natürlich! Ich will, daß Lady Jane mich nächstes Jahr bei Hof einführt! Ich will, daß dein Bruder dir einen Platz im Parlament verschafft, du dummer alter Narr! Ich will, daß Lord Steyne deine und seine Stimme erhält, mein lieber alter Dummerjan, und daß du Staatssekretär für Irland oder Gouverneur von Westindien oder Konsul oder irgend so etwas wirst!"

„Die Postkutsche wird verteufelt viel Geld kosten", brummte Rawdon.

„Wir könnten ja Southdowns Kutsche nehmen; die muß ja doch zum Begräbnis hinausfahren, da Lord Southdown ein Verwandter der Familie ist. Aber nein – ich möchte lieber, daß wir mit der Postkutsche fahren. Das wird ihnen besser gefallen. Es sieht bescheidener aus –"

„Rawdy fährt doch natürlich auch mit?" fragte der Oberst.

„Unfug! Warum sollen wir noch einen Platz bezahlen? Er ist schon zu groß, um noch zwischen dich und mich eingezwängt reisen zu können. Er mag ruhig hierbleiben. Die Briggs kann ihm ja einen schwarzen Anzug machen. Bitte geh und tu, was ich dir aufgetragen habe! Und du solltest es am besten auch Sparks, deinem Burschen, sagen, daß der alte Sir Pitt gestorben ist und daß du Aussicht auf ein beträchtliches Erbe hast, sobald die Angelegenheit geordnet ist. Er wird es Raggles weitererzählen, der schon auf Bezahlung gedrängt hat. Das wird den armen Raggles trösten!" Dann begann Becky ihre Schokolade zu schlürfen.

Als der getreue Lord Steyne am Abend im Hause Crawley erschien, fand er Becky und die Gesellschafterin (die keine andere war als unsere alte Freundin Miss Briggs!) eifrig dabei, allen für diesen traurigen Zweck verfügbaren schwarzen Stoff auszuwählen, aufzutrennen, zu zerschnippeln und zu zerschneiden.

„Miss Briggs und ich sind in tiefes Leid um den Tod unseres Papas versunken", sagte Rebekka. „Sir Pitt Crawley ist tot, Mylord! Wir haben uns den ganzen Morgen lang die Haare ausgerissen, und nun zerreißen wir unsere alten Kleider!"

„O Rebekka, wie können Sie nur –" war alles, was die Briggs mit entsetztem Augenaufschlag herausbrachte.

„O Rebekka, wie können Sie nur –" echote der Lord. „Der alte Schurke ist also tot! Er hätte Peer werden können, wenn er seine Karten besser ausgespielt hätte. Mr. Pitt hätte ihm um ein Haar dazu verholfen; aber er ist immer im falschen Augenblick zur anderen Partei übergelaufen. Was für ein alter Silen war er doch!"

„Ich hätte eine Silenswitwe sein können", sagte Rebekka. „Wissen Sie noch, Miss Briggs, wie Sie durch das Schlüsselloch guckten und den alten Sir Pitt vor mir auf den Knien liegen sahen?" Unsere alte Freundin Miss Briggs errötete heftig bei dieser Erinnerung. Sie war froh, daß Lord Steyne sie nach unten schickte, damit sie ihm eine Tasse Tee zubereite.

Die Briggs war der Hofhund, den Rebekka sich zum Schutz ihrer Unschuld und ihres guten Rufes zugelegt hatte. Miss Crawley hatte der Briggs eine kleine Rente hinterlassen. Sie wäre gern in der Familie bei Lady Jane Crawley geblieben; denn die Lady war gut zu ihr wie überhaupt zu jedermann. Aber Lady Southdown entließ die arme Briggs, sobald es der Anstand nur erlaubte. Mr. Pitt war sehr verletzt über den gänzlich überflüssigen Edelmut seiner verstorbenen Tante einer Dame gegenüber, die so etwa zwanzig Jahre lang schließlich doch nichts anderes als Miss Crawleys treue Dienerin gewesen war. Daher erhob er gegen den Beschluß der Schwiegermutter keinen Einspruch. Auch Bowls und die Firkin erhielten ihre Erbschaft und wurden entlassen. Sie heirateten und machten wie alle Leute ihresgleichen ein Pensionshaus auf.

Die Briggs versuchte bei ihren Verwandten auf dem Lande zu leben, aber sie stellte bald fest, daß es ein vergeblicher Versuch war. Sie hatte sich schon zu sehr an die feinere Gesellschaft gewöhnt. Diese Leute, kleine Krämer in einem Landstädtchen, zankten sich um Miss Crawleys Jahresrente von vierzig Pfund ebenso eifrig und nur noch offener, wie Miss Crawleys Familie sich um deren Nachlaß gestritten hatte. Der Bruder der Briggs, ein radikaler Hutmacher und Kolonialwarenhändler, nannte seine Schwester eine geldstolze Aristokratin, weil sie ihm nicht einen Teil ihres Kapitals zur Auffüllung seines Ladens vorschießen wollte. Sehr wahrscheinlich hätte sie es getan, wenn nicht ihre Schwester, die Frau eines pietistischen Schusters, die mit dem Hutmacher und Kolonialwarenhändler im Streit lag, weil er eine andere Kirche besuchte, sie darüber aufgeklärt hätte, daß der Bruder kurz vor dem Bankrott stand. Es gelang ihr, die Briggs eine Zeitlang mit Beschlag zu belegen. Der pietistische Schuster wollte gern, daß Miss Briggs seinen Sohn auf die Universität schickte, damit er dort ein Gentleman werde. Diese beiden Familien zogen ihr miteinander ein gut Teil ihrer privaten Ersparnisse aus der Tasche; so floh sie schließlich unter allseitigen Verwünschungen nach London zurück, entschlossen, sich wieder in die Knechtschaft zu begeben, die ihr im Vergleich zur Freiheit nun als eine geringere Last erschien. Sie gab also eine Anzeige in den Zeitungen auf: „Dame mit angenehmem Wesen, an beste Gesellschaftskreise gewöhnt, sucht ..." Sie quartierte sich bei Mr. Bowls in der Half Moon Street ein und wartete darauf, was sich aus ihrer Anzeige ergeben würde.

So kam es, daß sie Rebekka wiedertraf. Eines Tages kehrte Miss Briggs müde aus der City vom Büro der Times zurück, wo sie ihre Anzeige zum sechstenmal aufgegeben hatte. Sie hatte soeben Mr. Bowls' Tür erreicht, als Mrs. Rawdons eleganter kleiner Ponywagen die Straße entlangsauste. Rebekka kutschierte selbst, und da sie, wie wir sahen, sehr gutherzig war und die Briggs gern hatte, hielt sie die Ponys an, sobald sie die Dame mit dem angenehmen Wesen erkannte. Sie warf die Zügel dem Reitknecht zu und sprang aus dem Wagen. Schon hatte sie die Hände der Briggs ergriffen, ehe noch die Dame mit dem angenehmen Wesen sich von dem Schock über das plötzliche Wiedersehen mit ihrer alten Freundin erholt hatte.

Die Briggs weinte, und Becky lachte und küßte sie, kaum daß sie im Hauseingang waren. Dann traten sie in Mrs. Bowls' Vorderzimmer mit den roten Moiré-Vorhängen und dem runden Spiegel mit dem gefesselten Adler darüber, der auf die

Rückseite des Schildes blickte, das im Fenster möblierte Zimmer zum Vermieten anbot.

Unter jenen völlig unnötigen Schluchzern und Ausrufen der Verwunderung, womit Frauen ihres weichen Naturells eine alte Bekannte begrüßen oder auf eine Begegnung auf der Straße reagieren, erzählte die Briggs ihre ganze Geschichte. Denn obwohl es täglich vorkommt, daß Leute einander zufällig treffen, gibt es doch so manche, die das unbedingt als ein Wunder ansehen wollen. Dann fangen sogar Frauen, die sich gar nicht leiden mögen, zu weinen an, wenn sie sich wiedersehen, und gedenken jammernd der Zeit, da sie sich zum letzten Mal zankten. Mit einem Wort, die Briggs erzählte also ihre ganze Geschichte, und auch Becky gab mit ihrer gewohnten unschuldigen Offenherzigkeit einen Bericht über ihr Leben.

Mrs. Bowls, früher Mrs. Firkin, kam und lauschte im Gang finsteren Gesichts auf das hysterische Schnüffeln und Kichern, das im Vorderzimmer vor sich ging. Sie hatte Becky nie sehr geschätzt. Seit das Ehepaar sich in London niedergelassen hatte, hatten sie häufig ihre alten Freunde im Hause Raggles besucht. Was der alte Raggles über den Haushalt des Obersten berichtete, hatte ihnen gar nicht gefallen. „Ich würde ihm nicht trauen, Ragg", meinte Bowls, und seine Frau grüßte Mrs. Rawdon, als sie aus dem Zimmer trat, nur mit einem sehr knappen Knicks, und ihre Finger lagen kalt und kraftlos wie Würstchen in Mrs. Rawdons Hand, als diese darauf bestand, der ehemaligen Kammerjungfer die Hand zu schütteln. Dann fuhr sie im Trab nach Piccadilly, nachdem sie mit dem liebenswürdigsten Lächeln der Briggs zugenickt hatte, die ihr vom Fenster aus unter dem Anzeigenschild nachsah. Im nächsten Augenblick war sie im Park, wo ein halbes Dutzend Stutzer heransprengten und sich um ihren Wagen drängten.

Als Becky herausfand, wie ihre Freundin gestellt war, und daß es ihr bei ihrer hübschen Erbschaft von Miss Crawley gar nicht so sehr auf das eigene Gehalt ankam, da entwarf sie für ihre Freundin sofort die menschenfreundlichsten häuslichen Pläne. Sie würde gerade die passende Gesellschafterin für sie sein, und so forderte sie die Briggs auf, am gleichen Abend zu ihr zum Essen zu kommen; bei der Gelegenheit würde sie ihr dann auch gleich ihren kleinen Liebling Rawdon zeigen.

Mrs. Bowls warnte ihre Mieterin davor, sich in die Höhle des Löwen zu wagen: „Sie werden es bereuen, Miss Briggs, merken Sie sich meine Worte, so wahr ich Bowls heiße!" Und die Briggs versprach, sehr vorsichtig zu sein. Das Ergebnis dieser Vorsicht war, daß sie in der folgenden Woche zu Mrs. Rawdon zog, und ehe sechs Monate um waren, hatte sie Rawdon Crawley ihre 600 Pfund Lebensrente geliehen.

41. Kapitel

Becky besucht wieder die Hallen ihrer Väter

Sobald die Trauerkleidung fertig war und man Sir Pitt Crawley die Ankunft mitgeteilt hatte, belegten Oberst Crawley und seine Frau zwei Plätze in derselben alten Postkutsche, in der Becky auf ihrer ersten Fahrt in die Welt vor nunmehr neun Jahren in Gesellschaft des verstorbenen Barons gereist war. Wie gut erinnerte sie sich noch an den Hof des Wirtshauses und an den Pferdeknecht, dem sie das Trinkgeld verweigert hatte, und an den netten Cambridger Studenten, der sie auf der Fahrt in seinen Mantel gehüllt hatte. Rawdon wählte seinen Platz draußen und hätte am liebsten selbst die Zügel genommen; aber die Trauer verbot es ihm. Er saß neben dem Kutscher und unterhielt sich mit ihm während der ganzen Fahrt über Pferde und über die Straße und die Besitzer der Gasthäuser und der Postpferde, mit denen er so manches Mal gereist war, als er und Pitt noch Jungen waren und in Eton zur Schule gingen. In Mudbury erwartete sie ein Wagen mit zwei Pferden und einem schwarzgekleideten Kutscher. „Es ist noch der alte Kasten, Rawdon!“ sagte Rebekka beim Einsteigen, „die Motten haben das Tuch ziemlich zerfressen. Da ist der Fleck, um den Sir Pitt – ha! da hat ja auch

Dawson, der Eisenhändler, seine Fenster verhangen! –, um den Sir Pitt immer solchen Lärm machte. Er stammt von der Flasche Sherry Brandy, die er zerbrach, als wir sie für deine Tante aus Southampton holten. Wie doch die Zeit vergeht! Das kann doch nicht Polly Talboys sein, das ausgewachsene Mädchen, das da vor dem Häuschen neben der Mutter steht? Ich habe sie noch als räudigen kleinen Schelm gekannt, der im Garten Unkraut auszupfte!"

„Hübsches Mädel", sagte Rawdon, als er, zwei Finger an das Kreppbutband gelegt, den Gruß der Bauersleute erwiderte. Becky verneigte sich und grüßte hier und da die Leute sehr gnädig. Diese Grüße waren ihr eine unaussprechliche Freude. Sie erweckten den Eindruck, als sei sie keine Betrügerin mehr und kehre heim zu ihren Vorvätern. Rawdon hingegen war recht beschämt und niedergeschlagen. Was für Erinnerungen an seine unschuldige Jugend mochten ihm wohl durch den Kopf gehen? Welche Schmerzen unbestimmter Reue und unsicherer Scham mochte er empfinden?

„Deine Schwestern müssen jetzt auch schon erwachsen sein", sagte Rebekka, als sie an die beiden Mädchen dachte – vielleicht zum erstenmal, seit sie sie verlassen hatte.

„Weiß nicht, wahrscheinlich", erwiderte der Oberst. „Hallo, da ist die alte Mutter Lock! Wie geht's, Mrs. Lock? Sie kennen mich doch noch, nicht wahr? Master Rawdon, was? Verdammt, wie lange diese alten Weiber leben. Sie war schon hundert Jahre alt, als ich ein Junge war."

Sie fuhren durch das Parktor, das die alte Mrs. Lock ihnen öffnete. Rebekka mußte ihr unbedingt die Hand schütteln, als sie die quietschenden alten Eisenflügel aufwarf und der Wagen zwischen den beiden moosgrünen Pfeilern mit der Taube und der Schlange hindurchfuhr.

„Der Alte hat ordentlich ins Holz gehauen", sagte Rawdon und schaute sich um. Dann verstummte er, und auch Becky sagte nichts mehr. Beide waren ziemlich bewegt bei den Gedanken an alte Zeiten. Er dachte an Eton und an seine Mutter, die er als eiskalte, ernste Frau in Erinnerung hatte, und an eine verstorbene Schwester, die er sehr geliebt hatte, und an Pitt, den er zu verdreschen pflegte, und an den kleinen Rawdon zu Hause. Rebekka dachte an ihre eigene Jugend und an die dunklen Geheimnisse jener frühen Tage und an den Eintritt ins Leben hier durch diese Pforten und an Miss Pinkerton und Joe und Amelia.

Der Kiesweg und die Terrasse waren sauber gemacht worden. Über dem Eingang hing bereits ein großartiges gemaltes Trauerwappen, und zwei sehr feierliche, große Gestalten in Schwarz rissen die Türflügel auf, als der Wagen an der altvertrauten Freitreppe vorfuhr. Rawdon wurde rot und Rebekka einigermaßen blaß, als sie Arm in Arm durch die alte Halle schritten. Sie drückte den Arm des Gatten, als sie in das eichengetäfelte Wohnzimmer eintraten, wo Sir Pitt und seine Frau sie erwarteten. Sir Pitt war in Schwarz, Lady Jane war in Schwarz, und Lady Southdown trug auf dem Kopf ein schwarzes Gebilde aus Federn und Glasperlen, das auf dem Haupt der Lady wie der Kopfputz eines Schlittenpferdes auf und ab wippte.

Sir Pitt hatte recht gehabt, sie hatte das Haus nicht verlassen. Sie begnügte sich damit, in Gesellschaft Pitts und seiner rebellischen Frau ein feierliches eisiges Schweigen zu bewahren und die Kleinen im Kinderzimmer durch die gespensterhafte Düsterkeit ihrer Erscheinung zu erschrecken. Nur ein ganz schwaches Neigen des Kopfputzes und der Federn begrüßte Rawdon und seine Frau, als diese ungeratenen Kinder zu ihrer Familie zurückkehrten.

Um die Wahrheit zu sagen, sie waren in keiner Weise durch den kühlen Empfang beeindruckt. Die Lady war in diesem Augenblick merkwürdigerweise nur eine Persönlichkeit von zweitrangiger Wichtigkeit für sie. Es kam ihnen viel mehr auf den Empfang an, den der regierende Bruder und die Schwägerin ihnen zuteil werden ließen.

Pitt erhob sich leicht errötend, schüttelte dem Bruder die Hand und begrüßte auch Rebekka mit einem Händeschütteln und einer sehr tiefen Verbeugung. Lady Jane aber ergriff beide Hände der Schwägerin und küßte sie liebevoll. Diese Umarmung ließ irgendwie Tränen in die Augen der kleinen Abenteurerin steigen, welchen Schmuck sie, wie wir wissen, nur sehr selten trug. Das unschuldige Zeichen von Güte und Zutrauen rührte sie und gefiel ihr. Rawdon faßte dadurch Mut, zwirbelte seinen Schnurrbart und bat um die Erlaubnis, die Schwägerin mit einem Kuß begrüßen zu dürfen, woraufhin Lady Jane über und über rot wurde.

„Verteufelt nettes Frauchen, diese Lady Jane“, war sein Urteil, als er und seine Frau wieder zusammen waren. „Pitt ist auch dicker geworden; er macht sich gut.“ – „Er kann es sich ja auch leisten“, sagte Rebekka und stimmte der Ansicht ihres Mannes zu, daß „die Schwiegermutter eine tolle alte Vogelscheuche“ sei und die Schwestern „ziemlich gut aussehende junge Damen“.

Auch diese beiden waren aus der Schule zurückgeholt worden, um den Begräbnisfeierlichkeiten beizuwohnen. Sir Pitt Crawley hatte es anscheinend um der Würde des Hauses und der Familie willen für richtig erachtet, eine so große Anzahl schwarzgekleideter Personen im Schloß zu versammeln, wie es nur irgend möglich war. Alle Diener und Dienstmädchen des Hauses, die alten Frauen aus dem Armenhaus, die der ältere Sir Pitt um ein gut Teil dessen, was ihnen zustand, betrogen hatte, die Familie des Küsters und die besonderen Gefolgsleute vom Schloß und Pfarrhaus waren in Trauerkleidung da. Zu diesen gesellten sich die Leute des Leichenbestatters, an die zwanzig, mit Krepp und schwarzem Hutband. Sie machten sich sehr wirkungsvoll, als das große Begräbnis stattfand. Aber sie alle sind nur Statisten in unserm Drama, und da sie nichts zu tun oder zu sagen haben, brauchen sie hier weiter keinen Platz einzunehmen.

Ihren Schwägerinnen gegenüber versuchte Rebekka nicht etwa so zu tun, als hätte sie ihre frühere Stellung als deren Erzieherin vergessen. Im Gegenteil, sie sprach mit ihnen häufig sehr freundlich und offenherzig davon, erkundigte sich mit großem Ernst nach ihren Studien und erzählte ihnen, sie habe so manchen Tag an sie gedacht und würde sehr gern hören, wie es ihnen ginge. Man hätte wirklich meinen können, die Mädchen hätten seit ihrem Weggang die erste Stelle in ihrer Erinnerung eingenommen, und sie hätte stets das zärtlichste Interesse für ihr Wohlergehen gehegt. Das nahmen jedenfalls Lady Crawley und ihre jüngeren Schwestern an.

„Sie hat sich in den acht Jahren kaum verändert“, sagte Miss Rosalind zu Miss Violet, als sie sich zum Essen umkleideten.

„Diese rothaarigen Frauen sehen erstaunlich gut aus“, versetzte die andere.

„Ihr Haar ist viel dunkler geworden als früher; ich möchte wetten, sie färbt es“, fügte Miss Rosalind hinzu. „Sie hat auch etwas zugenommen und sieht überhaupt viel besser aus“, fuhr Miss Rosalind fort, die die Anlage hatte, sehr stark zu werden.

„Wenigstens benimmt sie sich nicht eingebildet und erinnert sich noch daran, daß sie einmal unsere Erzieherin war“, sagte Miss Violet und wollte damit andeuten, daß es sich für Gouvernanten immer gezieme, sich in den Schranken ihrer Stellung zu halten. Dabei vergaß sie vollständig, daß sie nicht nur die Enkelin von Sir Walpole Crawley war, sondern auch von Mr. Dawson aus Mudbury und also eine Kohlenschaufel im Wappen hatte. Aber auf dem Jahrmarkt der Eitelkeit kann man noch viele andere wohlmeinende Leute treffen, die ähnlich vergeßlich sind.

„Es kann doch nicht wahr sein, was die Mädel im Pfarrhaus erzählen, daß ihre Mutter Balletteuse gewesen sei . . .“

„Für seine Herkunft kann niemand etwas“, erwiderte Rosalind sehr freisinnig. „Ich stimme unserem Bruder zu, daß wir sie nun, da sie zur Familie gehört, natürlich beachten müssen. Tante Bute braucht wahrhaftig nicht so zu reden. Sie will ja Kate an den jungen Hooper, den Weinhändler, verheiraten und hat ihn sogar aufgefordert, nach dem Pfarrhaus zu kommen und sich dort Bestellungen zu holen.“

„Ich bin gespannt, ob Lady Southdown jetzt weggehen wird; sie hat Mrs. Rawdon ziemlich finster angeschaut“, sagte die andere.

„Ich wünschte, sie täte es! Ich jedenfalls will die *Waschfrau von Finchley Common* nicht lesen!“ beteuerte Violet. Mit diesen Worten machten die beiden jungen Mädchen sich auf den Weg zu dem Familienmahl, zu dem die Klingel wie gewöhnlich geläutet hatte. Dabei vermieden sie einen Gang, an dessen Ende ein gewisser Sarg mit zwei Wächtern stand und wo in dem verhangenen Zimmer ständig Kerzen brannten.

Zuvor aber brachte Lady Jane Rebekka in die Räume, die für sie bereit gestellt waren. Ebenso wie das übrige Haus hatten sie sich in puncto Ordnung und Behaglichkeit unter Pitts Herrschaft wesentlich zu ihrem Vorteil verändert. Als Lady Jane hier sah, daß Mrs. Rawdons bescheidene kleine Koffer eingetroffen und in das Schlafzimmer und das daneben liegende Ankleidezimmer gestellt worden waren, half sie ihr, den netten schwarzen Hut und Mantel abzulegen. Dann fragte sie die Schwägerin, womit sie ihr sonst noch behilflich sein könnte.

„Am liebsten würde ich ins Kinderzimmer gehen“, sagte Rebekka, „und mir deine lieben Kleinen ansehen.“ Daraufhin blickten sie beide einander sehr freundlich an und begaben sich Hand in Hand dorthin.

Becky erklärte bewundernd, die knapp vierjährige kleine Matilda sei das reizendste Kind der Welt, und der kleine Junge, ein blasser Knirps von zwei Jahren, mit großem Kopf und hervortretenden Augen, sei ein wahres Wunder an Größe, Intelligenz und Schönheit.

„Ich wünschte nur, Mama bestände nicht immer darauf, ihm soviel Medizinen zu geben!" seufzte Lady Jane. „Ich denke oftmals, ohne Medizinen würden wir uns alle besser befinden." Dann entspann sich zwischen Lady Jane und ihrer neuen Freundin eine jener vertraulichen Unterhaltungen über Kinderkrankheiten, an denen alle Mütter und, wie man mir erklärt hat, überhaupt die meisten Frauen das größte Vergnügen finden. Der Verfasser erinnert sich noch sehr gut an seine Kinderzeit vor fünfzig Jahren. Wenn er damals nach dem Essen mit den Damen zusammen das Zimmer verlassen mußte, unterhielten sie sich zumeist über ihre Leiden. Seither habe ich zwei oder drei Damen geradezu danach gefragt, worauf ich von ihnen stets die Bestätigung erhielt, daß die Zeiten sich nicht geändert haben. Mögen meine schönen Leserinnen es heute abend doch selbst einmal ausprobieren, wenn sie nach dem Dessert die Tafel verlassen und sich versammeln, um die Mysterien des Salons zu feiern. Kurz und gut, binnen einer halben Stunde waren Becky und Lady Jane vertraute Freundinnen geworden, und im Laufe des Abends tat die Lady Sir Pitt kund, daß sie die Schwägerin für eine freundliche, offenherzige, ungezierte, liebevolle junge Frau halte.

Nachdem so das Wohlwollen der Tochter gewonnen war, machte die unermüdliche kleine Frau sich daran, die erhabene Lady Southdown zu versöhnen. Sobald Rebekka die Lady allein traf, überfiel sie sie sofort mit der Frage nach den Kinderkrankheiten und erzählte, daß ihr eigener kleiner Junge nur durch reichliche Anwendung von Kalomel geradezu vom Tode gerettet worden sei, als alle Ärzte in Paris den lieben Kleinen schon aufgegeben hatten. Weiterhin erwähnte sie, wieviel sie schon von Lady Southdown gehört habe durch den ausgezeichneten Geistlichen Ehrwürden Lawrence Grills, den Prediger der Kapelle in May Fair, die sie häufig besuche; wie sich durch die Lebenserfahrungen und das Unglück ihre Ansichten sehr gewandelt hätten und wie sie hoffe, daß ein in Weltlichkeit und Irrtum verbrachtes vergangenes Leben sie nicht unfähig gemacht habe, mit ernsteren Gedanken an die Zukunft heranzugehen. Sie schilderte, wie sie früher einmal Mr. Crawley ihre religiöse Unterweisung verdankt habe. Dabei berührte sie kurz *Die Waschfrau von Finchley Common*, die sie mit größtem Nutzen gelesen habe, und erkundigte sich nach der begabten Verfasserin, Lady Emily, jetzt in Kapstadt, wo ihr Mann die besten Aussichten hatte, Bischof vom Kaffernland zu werden.

Schließlich krönte sie all ihre Bemühungen und sicherte sich Lady Southdowns Gunst dadurch, daß sie sich nach dem Begräbnis sehr erregt und übel fühlte und die Lady um ihren ärztlichen Rat bat. Die vornehme Witwe gab ihr nicht nur gute Ratschläge, sondern erschien sogar abends, in ein Nachtgewand gehüllt und mehr denn je Lady Macbeth gleichend, persönlich in Beckys Zimmer und brachte ihr ein Päckchen ihrer Lieblingsschriften und eine von ihr selbst gebraute Arznei, die Mrs. Rawdon unbedingt einnehmen sollte.

Becky nahm zuerst die Traktate und begann sie mit größtem Interesse durchzusehen. Dabei verwickelte sie die Gräfin in eine Unterhaltung über diese Schriften und ihr Seelenheil, weil sie hoffte, auf diese Weise ihren Körper vor der Kur zu retten. Aber nachdem die religiösen Themen erschöpft waren, wollte Lady Macbeth Beckys Zimmer nicht verlassen, bis nicht auch das Glas mit dem Nachttrunk ausgeleert war. So mußte die arme Mrs. Rawdon tatsächlich dankbaren Blickes die Medizin unter den Augen der unerbittlichen Gräfin hinunterschlucken, bis diese endlich ihr Opfer mit einem Segen verließ.

Doch all das half Mrs. Rawdon wenig. Sie hatte einen recht merkwürdigen Ausdruck im Gesicht, als Rawdon hereinkam und hörte, was geschehen war. Seine Lachsalven dröhnten so laut wie gewöhnlich, als Becky mit dem ihr eigenen Humor, obgleich es auf ihre Kosten ging, schilderte, wie sie der Lady zum Opfer gefallen war. Auch später noch in London, als die Crawleys in ihre Wohnung nach May Fair zurückgekehrt waren, lachten Lord Steyne und ihr Mann noch manches Mal über diese Geschichte. Becky spielte ihnen die ganze Szene vor. Sie legte Nachtmütze und Nachtgewand an, dann hielt sie eine lange Predigt in echt pietistischer Manier und verbreitete sich über den Wert der Medizin, die sie dem Schein nach eingab, mit einem Ernst, der so vollendet nachgeahmt war, daß man hätte meinen können, es sei die römische Nase der Gräfin selbst, die da schnüffle. „Bitte, spielen Sie uns ‚Lady Southdown und die schwarze Arznei' vor!" hieß es ständig bei den Besuchern in Beckys kleinem Salon in May Fair. Und zum erstenmal in ihrem Leben trug die verwitwete Gräfin Southdown etwas zu einer vergnügten Unterhaltung bei.

Sir Pitt hatte noch nicht vergessen, welche Achtung und Verehrung Rebekka ihm in früheren Jahren gezollt hatte. Daher war er ihr immer noch leidlich wohlgesinnt. Die Heirat, so unüberlegt sie auch gewesen war, hatte sich für Rawdon doch sehr zu seinem Vorteil ausgewirkt; das war aus den veränderten Gewohnheiten und Sitten des Obersten klar zu ersehen. Und hatte nicht auch Pitt selbst dadurch sehr viel gewonnen? Der gerissene Diplomat lächelte innerlich, als er sich eingestand, daß er eigentlich eben dieser Heirat sein Vermögen verdankte! So sollte zum mindesten er nichts dagegensagen! Seine Befriedigung wurde durch Rebekkas Worte, ihr Benehmen und ihre Unterhaltung in keiner Weise beeinträchtigt.

Sie steigerte die ehrerbietige Haltung, die ihn früher so bezaubert hatte, nur noch mehr. Sie stellte seine Unterhaltungsgabe in ein solches Licht, daß sogar Pitt selbst überrascht war. Schon immer war er geneigt gewesen, seine eigenen Fähigkeiten zu respektieren; nun aber bewunderte er sie um so mehr, da Rebekka ihn darauf hinwies. Ihrer Schwägerin konnte Becky ganz überzeugend beweisen, daß Mrs. Bute Crawley einst die Heirat zustande gebracht habe, über die sie später so lästerte. Mrs. Butes Habsucht (hoffte sie doch, Miss Crawleys ganzes Vermögen zu ergattern, indem sie Rawdon aus der Gunst der Tante verdrängte) sei ganz allein die Ursache all der bösen Gerüchte, die sie gegen Rebekka ausgestreut hatte. „Es ist ihr gelungen, uns arm zu machen", sagte Becky mit engelhafter Ergebung; „aber wie kann ich einer Frau böse sein, die mir den besten Mann von der Welt zugebracht hat? Und ist ihre eigene

Habsucht nicht genügend gestraft durch den Zusammenbruch all ihrer Hoffnungen und den Verlust des Vermögens, auf das sie so großen Wert legte? Arm?" rief sie aus, „liebe Lady Jane, was kümmert uns schon die Armut! Ich bin von Kindheit an daran gewöhnt, und ich bin oft sehr dankbar, daß Miss Crawleys Geld dazu geholfen hat, den Glanz der edlen alten Familie wieder herzustellen, der anzugehören ich so stolz bin! Ich bin überzeugt, Sir Pitt wird es viel besser verwenden, als Rawdon es je getan hätte."

All diese Reden wurden Sir Pitt von der treuesten aller Frauen natürlich hinterbracht. Sie verstärkten den günstigen Eindruck, den Rebekka gemacht hatte, so sehr, daß Sir Pitt Crawley am dritten Tag nach dem Begräbnis, als die Familie bei Tisch saß, doch tatsächlich zu Mrs. Rawdon sagte, während er das Geflügel zerlegte: „Hm! Rebekka, darf ich Ihnen einen Flügel auflegen?" Die Augen der kleinen Frau blitzten auf vor Freude über diese Anrede.

Während Rebekka diese Pläne und Hoffnungen verfolgte und Sir Pitt die Begräbnisfeierlichkeiten und andere seine zukünftige Größe und Würde betreffende Dinge ordnete und Lady Jane sich im Kinderzimmer zu tun machte, soweit ihre Mutter es zuließ, und die Sonne auf- und unterging und die Glocke vom Turm des Schlosses wie üblich zum Essen und zur Andacht rief, lag der Leichnam des einstigen Besitzers von Queen's Crawley in dem Zimmer, das er zuletzt bewohnt hatte. Neben ihm hielten unablässig die zu diesem Zweck gemieteten Leute Wache. Ein paar Frauen und drei oder vier Leichenträger, die besten, die man in ganz Southampton hatte finden können, ganz in Schwarz und mit der gehörigen, unauffälligen, tragischen Haltung, versahen abwechselnd die Pflicht, an den sterblichen Überresten des Barons zu wachen. Zwischendurch saßen sie in der Verwalterstube, wo sie ungestört Karten spielten und ihr Bier tranken.

Die Familie und die Dienerschaft des Hauses scheuten den düsteren Ort, wo die Gebeine des Abkömmlings eines alten Stammes von Rittern und Edelleuten auf die letzte Beisetzung in der Familiengruft warteten. Der alte Mann wurde von niemandem betrauert, außer vielleicht von der armen Frau, die gehofft hatte, Sir Pitts Ehefrau und Witwe zu werden, die dann aber mit Schande bedeckt aus dem Schloß fliehen mußte, in dem sie beinahe schon Herrscherin gewesen war. Außer ihr und seinem alten Lieblingshund, dessen Anhänglichkeit er sich in der Zeit seiner Verblödung erworben hatte, besaß der alte Mann keinen einzigen Freund, der ihn betrauert hätte. Er hatte sich aber auch in seinem ganzen Leben niemals die geringste Mühe gegeben, sich Freunde zu schaffen. Wenn die Besten und Gütigsten unter uns nach dem Tode Gelegenheit hätten, die Erde noch einmal zu besuchen, sie würden sicherlich tief betrübt sein (vorausgesetzt, daß es in der anderen Welt überhaupt solche Gefühle wie auf diesem Jahrmarkt der Eitelkeit gibt!), wenn sie sähen, wie schnell die Zurückgebliebenen sich getröstet haben. So fiel auch Sir Pitt der Vergessenheit anheim, gleich den Besten und Gütigsten unter uns – nur schon ein paar Wochen früher.

Wer will, mag seinen sterblichen Überresten zum Grabe folgen, wohin sie an dem festgesetzten Tag, ganz wie es sich geziemt, getragen wurden. Die Familie fuhr in schwarz ausgeschlagenen Wagen, die Taschentücher an der Nase, bereit für die Tränen, die nicht kommen wollten. Der Leichenbestatter und seine Leute waren zutiefst betrübt. Die größeren Pächter trauerten mit Rücksicht auf den neuen Herrn. Die Kutschen des benachbarten Adels aus dem Umkreis von drei Meilen waren leer in tiefer Trauer erschienen. Der Pfarrer redete wie stets von „unserem lieben dahingeschiedenen Bruder". Solange wir noch den Körper eines Menschen zur Verfügung haben, machen wir ihn zum Werkzeug unserer Eitelkeit. Er wird zum Mittelpunkt närrischer Zeremonien. Er wird aufgebahrt und mit Samt und vergoldeten Nägeln geschmückt. Und als allerletzte Pflicht legen wir einen Stein darüber, der über und über mit Lügen bedeckt ist. Gemeinsam mit Butes Hilfsgeistlichem, einem flotten jungen Burschen aus Oxford, verfaßte Sir Pitt Crawley eine passende lateinische Grabschrift für den seligen Baron. Der Geistliche hielt eine klassische Predigt, in der er die Überlebenden ermahnte, sich vom Schmerz nicht überwältigen zu lassen, und sie in respektvollen Worten daran erinnerte, daß auch sie eines Tages durch jene düstere, geheimnisvolle Pforte eingehen würden, die sich soeben hinter ihrem bedauernswerten Bruder geschlossen habe. Dann stiegen die Pächter wieder zu Pferde oder blieben noch da und erquickten sich im „Wappen der Crawleys". Nach einem Frühstück in der Leutestube von Queen's Crawley rollten die Kutschen des Landadels in verschiedenen Richtungen ab. Dann ergriffen die Leute des Leichenbestatters die Seile, die Bahrtücher, den Samt, die Pfauenfedern und die übrigen Begräbnisrequisiten, kletterten auf das Dach des Leichenwagens und fuhren ab nach Southampton. Sobald die Pferde hinter dem Parktor auf der offenen Straße in eine schnellere Gangart fielen, entspannten sich die Gesichter der Männer und nahmen einen natürlichen Ausdruck an. Späterhin hätte man manch einen Wirtshauseingang durch sie verdüstert sehen können. Dazwischen aber blitzten die Zinnkrüge im Sonnenschein. Sir Pitts Krankenstuhl wurde in einen Geräteschuppen im Garten geschoben. Der alte Hofhund heulte zu Anfang noch manchmal. Das waren die einzigen Laute der Betrübnis, die in dem Schloß zu hören waren, dessen Herr der Baron Sir Pitt Crawley sechzig Jahre lang gewesen war.

Da es reichlich Rebhühner gab und die Jagd darauf gewissermaßen zu den Pflichten eines Engländers gehört, der sich zum Staatsmann berufen fühlt, zog auch Sir Pitt Crawley, nachdem die Erschütterung des ersten Schmerzes vorüber war, aus und nahm in weißem Hut mit Kreppband an diesem Vergnügen teil. Der Anblick der Stoppel- und Rübenfelder, die jetzt ihm gehörten, erfüllte ihn mit geheimer Freude. Zuweilen nahm er in ausgesuchter Demut keine Flinte mit, sondern nur einen friedlichen Bambusstock, während der große Bruder Rawdon und die Wildhüter neben ihm lustig drauflosfeuerten. Pitts Geld und Felder machten auf den Bruder tiefen Eindruck. Der bettelarme Oberst benahm sich ganz unterwürfig und respektvoll gegen das Oberhaupt des Hauses und verachtete den Bruder mit dem Milchgesicht nicht mehr. Voll Interesse lauschte er den Gesprächen über die Pläne des Älteren, wie er die Felder bepflanzen und bewässern wolle. Er gab ihm gute Ratschläge über Ställe und Rindvieh. Er ritt mit ihm nach Mudbury hinüber, um eine Stute zu besichtigen, die ihm für Lady Jane als Reitpferd geeignet schien, und erbot sich, das Tier zuzureiten und so weiter. Der rebellische Dragoner war jetzt ganz bescheiden und demütig und ein höchst annehmbarer jüngerer Bruder geworden. Aus London erhielt er von Miss Briggs laufend Berichte über den kleinen Rawdon, den sie dort zurückgelassen hatten. Manchmal schickte der Knabe selbst kleine Briefe. „Mir geht es sehr gut", schrieb er, „ich hoffe, Euch geht es auch gut. Ich hoffe, Mama geht es auch gut. Dem Pony geht es sehr gut. Grey nimmt mich mit in den Park zum Reiten. Ich kann schon Trab reiten. Ich habe den kleinen Jungen wiedergetroffen, den wir damals reiten ließen. Er schrie, als das Pferd antrabte. Ich schreie nicht!" Rawdon las diese Briefchen seinem Bruder und Lady Jane vor, die ganz entzückt davon war. Der Baron versprach, die Schulkosten für den Jungen zu tragen, und seine gutherzige Frau gab Rebekka eine Banknote und bat sie, damit ein Geschenk für den kleinen Neffen zu kaufen.

So verging ein Tag nach dem anderen. Die Damen verbrachten die Zeit mit jenen ruhigen Beschäftigungen und Vergnügungen, an denen Frauen auf dem Lande ihre Freude haben. Die Glocke rief zum Essen und zur Andacht. Die jungen Mädchen übten jeden Morgen nach dem Frühstück auf dem Klavier, und Rebekka überwachte sie freundlicherweise dabei. Dann zogen sie grobe Schuhe an und gingen in den Park oder ins Gehölz oder über den Zaun hinaus ins Dorf, wo sie in den Bauernhäusern mit Lady Southdowns Arzneien und Traktaten die Kranken aufsuchten. Manchmal fuhr auch Lady Southdown in ihrem Ponywagen aus. Dann nahm Rebekka den Platz neben der gräflichen Witwe ein und lauschte ihren feierlichen Reden mit größtem Interesse. Abends sang sie der Familie Händel und Haydn vor und begann eine lange Handarbeit, als ob sie dazu geboren wäre und als ob sie dieses Leben fortsetzen wollte, bis sie in ehrwürdig hohem Alter unter allgemeiner Trauer und unter Hinterlassung einer Unmenge von Staatspapieren ins Grab sinken würde – als ob es keine Sorgen und keine Gläubiger, keine Pläne, keine Ausflüchte, keine Armut gäbe, die da draußen vor dem Parktor auf sie warteten, um sich auf sie zu stürzen, sobald sie wieder in die Welt hinaustrat.

Die Frau eines Landedelmannes zu sein ist wirklich nicht schwer, dachte Rebekka. Ich glaube, ich könnte eine gute Frau sein, wenn ich im Jahr fünftausend Pfund hätte. Ich könnte mich im Kinderzimmer herumtreiben und die Aprikosen am Spalier zählen. Ich könnte Pflanzen im Treibhaus begießen und von den Geranien die trockenen Blätter abknipsen. Ich könnte alte Frauen nach ihrem Rheumatismus fragen und für die Armen Suppe für eine halbe Krone bestellen. Das würde mir bei fünftausend jährlich nicht allzuviel ausmachen. Ich könnte sogar zehn Meilen weit zu einem Nachbarn zum Diner fahren und mich nach der Mode des vorletzten Jahres kleiden. Ich könnte in die Kirche gehen und mich in dem großen Familiengestühl wach halten oder hinter den Vorhängen oder meinem Schleier einschlafen, wenn ich erst Übung darin hätte. Ich könnte jedermann seine Forderung bezahlen, wenn ich nur das Geld hätte. Und darauf bilden sich nun diese Hexenmeister hier soviel ein.

Mitleidig schauen sie auf uns arme Sünder herab, die wir kein Geld haben. Sie halten sich für sehr großzügig, wenn sie unseren Kindern eine Fünfpfundnote schenken, und verachten uns, wenn wir keine haben. Und wer weiß, vielleicht hatte Rebekka sogar recht mit ihren Überlegungen, vielleicht war es wirklich nur eine Geld- und Vermögensfrage, die den Unterschied zwischen ihr und einer ehrlichen Frau ausmachte. Und wenn man dazu noch die Versuchungen in Betracht zieht, wer will dann sagen, er sei besser als sein Nächster? Wenn bequemes Wohlleben den Menschen schon nicht ehrlich macht, so hält es ihn zum mindesten bei der Ehrlichkeit. Ein Ratsherr, der von einem Truthahnbraten kommt, wird nicht aus seinem Wagen steigen, um eine Hammelkeule zu stehlen. Aber laßt ihn hungern und seht dann zu, ob er nicht einen Laib Brot mitgehen heißt! Becky tröstete sich damit, daß sie auf diese Weise die Chancen gegeneinander abwog und die Verteilung von Gut und Böse ausglich.

Sie stattete den alten Spazierwegen, den alten Feldern und Wäldern, den Hainen, Teichen und Gärten und den Räumen des alten Hauses, wo sie vor sieben Jahren eine so lange Zeit verbracht hatte, eingehende Besuche ab. Damals war sie noch jung gewesen oder jedenfalls verhältnismäßig jung (denn die Zeit, in der sie wirklich ein Kind war, hatte sie völlig vergessen). Dennoch erinnerte sie sich sehr gut ihrer Gedanken und Gefühle vor sieben Jahren und verglich sie mit dem, was sie heute dachte und empfand, nachdem sie die Welt gesehen und mit vornehmen Leuten verkehrt und sich hoch über ihre einstige niedrige Stellung erhoben hatte.

Ich bin darüber hinausgekommen, weil ich Verstand habe, dachte Becky, und weil fast alle anderen Dummköpfe sind. Jetzt könnte ich nicht mehr zurückkehren und mit den Leuten Umgang pflegen, die ich in meines Vaters Atelier traf. Jetzt kommen Lords mit Sternen und Orden an meine Tür und nicht mehr arme Künstler mit Tabakspäckchen in der Tasche. Ich habe einen vornehmen Ehemann und wohne bei meiner Schwägerin, einer Grafentochter, in demselben Haus, in dem ich vor sieben Jahren kaum etwas Besseres als ein Dienstbote war. Aber stehe ich jetzt viel besser da als damals, als ich die Tochter eines armen Malers war und dem Kolonialwarenhändler an der Ecke Zucker und Tee abschwatzte? Nehmen wir einmal an, ich hätte Francis geheiratet, der mich so liebte – dann wäre ich auch nicht viel ärmer gewesen, als ich es jetzt bin! Ich wünschte, ich könnte meine gesellschaftliche Stellung und all meine Verwandten gegen eine hübsche Summe in dreiprozentigen Staatspapieren eintauschen! So sehr empfand Becky die Eitelkeit aller menschlichen Beziehungen, daß sie lieber auf dem sicheren Grunde der Staatspapiere Anker geworfen hätte.

Es mag ihr wohl auch in den Sinn gekommen sein, daß ehrliche bescheidene Pflichterfüllung ohne Abweichen von der geraden Straße sie dem Glück ebenso nahegebracht hätte wie der Pfad, auf dem sie es jetzt zu erreichen trachtete. Aber falls Becky jemals solche Gedanken hatte, so schlich sie um sie herum und sah nicht zu ihnen hin – genau wie die Kinder in Queen's Crawley das Zimmer umgingen, in dem der Leichnam ihres Vaters lag. Sie wich diesen Gedanken aus und verachtete sie. Jedenfalls wandelte sie schon weit auf dem anderen Pfad, auf dem es keine Umkehr gab. Ich für mein Teil glaube doch, daß die Reue diejenige der menschlichen Moralempfindungen ist, die sich am leichtesten betäuben läßt, wenn sie einmal erwachen sollte. Bei manchen Leuten erwacht sie sogar niemals. Wir sind bekümmert, wenn wir erwischt werden, und fürchten uns vor der Schande und der Strafe. Aber das bloße Gefühl, Unrecht begangen zu haben, macht auf dem Jahrmarkt der Eitelkeit die wenigsten Menschen unglücklich.

So verschaffte sich Rebekka während ihres Besuches in Queen's Crawley so viele Freunde bei dem ungerecht erworbenen Mammon, wie sie nur zusammenbringen konnte. Lady Jane und deren Mann verabschiedeten sich mit allen Zeichen wärmsten Wohlwollens. Sie freuten sich schon darauf, wenn das Haus der Familie in Gaunt Street überholt und verschönert sein würde. Dann wollten sie sich in London wiedersehen. Lady Southdown machte ihr ein Päckchen mit Arzneien zurecht und gab ihr einen Brief mit an Ehrwürden Lawrence Gills, in dem sie den Herrn beschwor, die arme Seele, die den Brief überbringe, vor der Verdammnis zu retten. Pitt fuhr sie selber vierspännig nach Mudbury. Das Gepäck hatte er schon vorher in einem anderen Wagen zusammen mit Unmengen von Wildbret vorausgeschickt.

„Wie glücklich wirst du sein, wenn du deinen kleinen Liebling wiedersiehst!" sagte Lady Jane beim Abschied.

„O so glücklich!" bestätigte Rebekka, indem sie die grünen Augen zum Himmel aufschlug. Sie war unendlich glücklich, dem Schloß zu entkommen, und doch tat es ihr leid wegzugehen. Queen's Crawley war schauderhaft langweilig, und doch war die Luft dort irgendwie reiner als jene, die sie zu atmen gewöhnt war. Alle waren dort sehr einfältig gewesen, aber doch freundlich in ihrer Art. Das ist eben alles nur die Folge langjährigen Besitzes von dreiprozentigen Staatspapieren, sagte sich Becky. Und sehr wahrscheinlich hatte sie damit recht!

Wie immer strahlten die Lampen in London fröhlich auf, als die Postkutsche nach Piccadilly einbog. In der Curzon Street hatte Miss Briggs ein schönes Feuer entfacht, und der kleine Rawdon war noch wach, um den Papa und die Mama bei ihrer Rückkehr zu begrüßen.

42. Kapitel

Ein Kapitel über die Familie Osborne

Chronos hat eine beträchtliche Spanne Zeit hinweggerafft, seit wir unseren achtenswerten Freund, den alten Mr. Osborne vom Russel Square, zuletzt sahen. Er ist inzwischen nicht der Glücklichste unter den Sterblichen gewesen. Es haben sich Dinge ereignet, die seine Stimmung nicht gerade verbesserten, und mehr als einmal ist es nicht nach seinem Kopf gegangen. Wenn ihm dieses billige Verlangen nicht erfüllt wurde, wirkte es immer schädlich auf den alten Herrn. Nun, da die Gicht, das Alter, die Einsamkeit und die Gewalt vielfacher Enttäuschungen ihn alle miteinander niederdrückten, wurde es für ihn immer aufreibender, Widerstand zu leisten. Bald nach dem Tode seines Sohnes wurde sein borstiges, schwarzes Haar ganz weiß. Sein Gesicht wurde immer röter, und seine Hände zitterten immer stärker beim Einschenken des Portweins. Seine Angestellten in der City hatten ein furchtbares Leben bei ihm, und zu Hause war die Familie nicht viel glücklicher dran. Ich bezweifle, ob Rebekka, die wir so fromm um Staatspapiere beten sahen, ihre Armut und die tollen Aufregungen und Möglichkeiten ihres Lebens gegen Osbornes Geld und die traurige Langeweile rings um ihn her eingetauscht hätte. Mr. Osborne hatte um Miss Swartz' Hand angehalten, war aber von den Hütern dieser jungen Dame verächtlich abgewiesen worden. Sie wurde dann an den jungen Sprößling einer schottischen Adelsfamilie verheiratet. Osborne war ein Mann, der eine Frau niederen Standes hätte heiraten und sie dann schandbar tyrannisieren können. Aber es bot sich für seinen Geschmack nichts Passendes. So tyrannisierte er statt dessen zu Hause seine unverheiratete Tochter. Sie hatte einen schönen Wagen und schöne Pferde und saß an der Spitze einer mit elegantestem Silber besetzten Tafel. Sie verfügte über ein Scheckbuch, einen Riesen von Lakai, der ihr überallhin folgte, und nahm die Verbeugungen und Komplimente aller Kaufleute entgegen; kurz, sie genoß alle Annehmlichkeiten des Lebens, ganz wie es sich für eine reiche Erbin gehörte. Dennoch führte sie ein erbarmenswürdiges Leben. Das bescheidenste Waisenkind im Findelhaus, die Straßenfegerin an der Kreuzung, das ärmste Küchenmädchen von der Dienerschaft war zu beneiden im Vergleich zu der unglücklichen, jetzt bereits mittelalterlichen jungen Dame.

Mr. Frederick Bullock, aus dem Hause Bullock, Hulker & Bullock, hatte Maria Osborne geheiratet, allerdings unter sehr vielen Schwierigkeiten und unter dem Gebrumm von seiten Mr. Bullocks. Da George tot und aus dem Testament des Vaters gestrichen war, bestand Frederick darauf, daß seiner Maria die Hälfte vom Vermögen des alten Herrn verschrieben wurde, und lange Zeit hatte er sich wirklich geweigert, unter anderen Bedingungen „anzubeißen“ (das war Mr. Fredericks eigner Ausdruck). Osborne wiederum sagte, Fred hätte eingewilligt, seine Tochter mit zwanzigtausend zu nehmen, und so wollte er sich zu nichts weiter verpflichten. „Fred soll sie nehmen, dann ist's gut, oder er läßt es bleiben und schert sich zum Teufel!“ Fred, dessen Hoffnungen gestiegen waren, als George enterbt wurde, kam sich nun schändlich betrogen vor und tat eine Zeitlang so, als wolle er ganz von dem Plan Abstand nehmen. Osborne löste sein Konto bei Bullock & Hulker auf und erschien auf der Börse mit einer Reitpeitsche. Mit der wollte er – so schwor er – einem gewissen Schuft, der ungenannt bleiben sollte, über den Rücken fahren. Kurz, er benahm sich mit der üblichen Heftigkeit. Während dieses Familienzwistes tröstete Jane Osborne ihre Schwester. „Ich habe es dir ja immer gesagt, Maria, es war nur dein Geld, dem seine Liebe galt, nicht dir“, sagte sie besänftigend.

„Jedenfalls hat er mich und mein Geld gewählt und nicht dich und das deine“, versetzte Maria und warf den Kopf zurück.

Das Zerwürfnis hielt jedoch nicht lange an. Freds Vater und die Senioren der Firma rieten ihm, sie auch mit den zwanzigtausend Pfund zu nehmen, die zur Hälfte sofort und zur anderen Hälfte beim Tode Mr. Osbornes zahlbar waren. Dann bleibe immer noch die Möglichkeit einer weiteren Teilung des Vermögens. So gab er also nach und schickte den alten Hulker mit friedlichen Vorschlägen zu Mr. Osborne. Sein Vater, ließ er sagen, hätte von der Partie nichts hören wollen und daher soviel Schwierigkeiten gemacht. Er selbst wünsche nichts eifriger, als sein Versprechen zu halten. Mr. Osborne nahm die Entschuldigung mürrisch an, Hulker und Bullock waren bedeutende Familien der City-Aristokratie und hatten Beziehungen zu den vornehmen Leuten vom Westend. Es war schon etwas, wenn der Alte sagen konnte: Mein Sohn, Sir, vom Bankhaus Hulker, Bullock & Co., Sir, die Kusine meiner Tochter, Lady Mary Mango, Sir, Tochter Seiner Gnaden des Grafen Castlemouldy ... In der Phantasie sah er sein Haus schon vom hohen Adel besucht. So verzieh er dem jungen Bullock und gab seine Zustimmung zu der Heirat.

Es war eine großartige Angelegenheit! Die Verwandten des Bräutigams gaben das Frühstück, da sie in der Nähe der St. Georgs-Kirche am Hanover Square wohnten, wo die Feier stattfand. Die Vornehmen vom Westend waren eingeladen, und viele von ihnen trugen sich in das Kirchenbuch ein. Auch Mr. Mango und Lady Mary Mango waren zugegen, und ihre lieben Töchter Gwendolyne und Gwinever waren Brautjungfern. Dann war Oberst Bludyer da, der Gardedragoner (der älteste Sohn aus dem Hause Gebrüder Bludyer, Mincing Lane), ebenfalls ein Vetter des Bräutigams, mit der ehrenwerten Mrs. Bludyer, außerdem kamen der ehrenwerte George Boulter, Lord Levants Sohn, und seine Gemahlin, die frühere Miss Mango, Lord Viscount Castletoddy, der ehrenwerte James McMull und Mrs. McMull (die frühere Miss Swartz) und eine Unzahl von eleganten Leuten, die alle nach Lombard Street geheiratet und viel dazu getan hatten, Cornhill zu heben.

Das junge Paar besaß ein Haus in der Nähe des Berkeley Square und eine kleine Villa in Roehampton in der dortigen Bankierskolonie. Fred habe sozusagen eine Mesalliance geschlossen, meinten die Damen der Familie, deren Großvater auf eine Armenschule gegangen war. Durch ihre Ehemänner aber waren sie mit dem besten englischen Blut verwandt. Maria sah sich gezwungen, die Mängel ihrer Geburt durch überlegenen Stolz und große Sorgfalt bei der Führung ihres Gästebuchs auszugleichen. Sie empfand es als ihre Pflicht, den Vater und die Schwester so selten wie möglich zu sehen.

Es wäre absurd gewesen anzunehmen, sie würde mit dem Alten gänzlich brechen, verfügte er doch noch über so manchen Tausender. Das würde Fred Bullock ihr nie gestattet haben. Aber sie war noch jung und konnte ihre Gefühle schlecht verbergen. Sie lud den Papa und die Schwester zu drittrangigen Gesellschaften ein und benahm sich ihnen gegenüber sehr kalt, wenn sie kamen. Den Russel Square mied sie überhaupt und bat unvorsichtigerweise ihren Vater, doch aus dieser häßlichen, gewöhnlichen Gegend wegzuziehen. Dadurch richtete sie mehr Schaden an, als Fredericks ganze Diplomatie wiedergutmachen konnte, und gefährdete so ihre Aussicht auf ihr Erbteil in ganz gedankenloser, unsinniger Weise.

„Der Russel Square ist für Mrs. Maria also nicht mehr gut genug, was?“ sagte der alte Mann und zog klirrend die Wagenfenster herauf, als er und seine Tochter eines Abends nach dem Essen von Mrs. Frederick Bullocks Haus heimfuhren. „Sie lädt also den Vater und die Schwester zu einem aufgewärmten Essen ein! Wenn diese Zwischengerichte, wie sie das nennt, nicht schon gestern serviert wurden, will ich verdammt sein! Und dann sind da nur Leute aus der City und Bücherschreiber; die Grafen und die vornehmen Damen aber behält sie für sich! Vornehme Leute? Zum Teufel mit den Vornehmen! Ich bin ein einfacher britischer Kaufmann und weiter nichts, aber ich könnte diese Bettlerbande arm kaufen. Lords! – Wahrhaftig! Da habe ich doch auf so einer Gesellschaft bei ihr einen von ihnen mit einem verdammten Fiedler sprechen sehen, einem Kerl, den ich verachten würde. Nach dem Russel Square aber wollen sie nicht kommen, wie? Zum Teufel, ich wette um mein Leben, daß ich ein besseres Glas Wein habe und mehr dafür zahle und besseres silbernes Tafelgeschirr vorweisen und ein besseres Diner auf meinem Mahagonitisch auftragen lassen kann, als sie jemals auf ihren Tafeln sehen, diese kriecherischen, schmeichlerischen, aufgedonnerten Narren! Fahr zu, James! Ich will zurück zum Russel Square – haha!“ Mit wütendem Gelächter sank er in seine Ecke zurück. Mit dergleichen Betrachtungen, wieviel größer seine eigenen Verdienste seien, pflegte der alte Herr sich nicht selten zu trösten.

Jane Osborne konnte diesen Ansichten über das Benehmen der Schwester ihre Zustimmung nicht versagen. Als Mrs. Fredericks Erstgeborener, Frederick Augustus Howard Stanley Devereux Bullock, zur Welt kam, wurde der alte Osborne als Pate zur Taufe eingeladen. Er begnügte sich jedoch damit, dem Kind einen goldenen Becher und zwanzig Pfund in Goldstükken für die Amme zu schicken. „Das ist mehr, als ihr irgendeiner von diesen Lords schicken wird, dafür verbürge ich mich", sagte er und weigerte sich, bei der Feier zu erscheinen.

Das glanzvolle Geschenk erregte im Hause Bullock große Befriedigung. Maria glaubte, der Vater sei sehr zufrieden mit ihr, und Frederick schloß daraus das Beste für seinen Sohn und Erben.

Man kann sich leicht die Qualen vorstellen, mit denen Miss Osborne in ihrer Einsamkeit am Russel Square die *Morgenpost* las, wo in Artikeln unter der Überschrift *Die elegante Welt* hin und wieder der Name ihrer Schwester erwähnt wurde. Da konnte sie zum Beispiel die Beschreibung von Mrs. F. Bullocks Kleid lesen, das sie trug, als sie durch Lady Frederica Bullock bei Hofe vorgestellt wurde. Janes eigenes Leben wußte nichts von solchem Glanz. Sie führte ein furchtbares Dasein. An den finstersten Wintermorgen mußte sie sich früh erheben, um dem ewig schimpfenden alten Vater das Frühstück zuzubereiten. Er hätte alle aus dem Hause geworfen, wenn sein Tee nicht um halb neun fertig gewesen wäre. Schweigend saß sie ihm gegenüber und lauschte auf das Summen des Teekessels. Zitternd wartete sie, bis der Vater die Zeitung gelesen und die gewohnte Portion Brötchen und Tee verzehrt hatte. Um halb zehn stand er auf und ging in die City. Dann war sie bis zum Mittagessen bis zu einem gewissen Grade frei. Sie konnte der Küche einen Besuch abstatten und die Dienstboten ausschelten; sie konnte ausfahren und bei den äußerst respektvollen Kaufleuten vorsprechen; sie konnte ihre und Papas Karten in den düsteren Häusern ihrer angesehenen Cityfreunde abgeben oder allein in dem großen Salon sitzen und auf Besucher warten. Sie konnte am Feuer auf dem Sofa an einer riesigen Strickdecke arbeiten, dicht neben der großen Iphigenienuhr, die laut und traurig in dem einsamen Zimmer tickte und die Stunden schlug. Der große Spiegel über dem Kamin und der große Konsolenspiegel, der ihm gegenüberstand, spiegelten vervielfältigt den braunen Leinwandsack wider, in dem der Kronleuchter hing, bis man eine endlose Reihe dieser braunen Leinwandsäcke zu sehen vermeinte und Miss Osbornes Zimmer der Mittelpunkt einer ganzen Flucht von Salons zu sein schien. Wenn sie die ziegenlederne Decke vom Flügel herunternahm und ein paar Töne zu spielen wagte, klang es so unendlich traurig, als ob im ganzen Haus ein düsteres Echo aufgeschreckt werde. Georges Bild war weg. Es lag oben auf dem Dachboden in einer Rumpelkammer. Obwohl er nicht vergessen war und Vater und Tochter oft instinktiv wußten, daß sie beide an ihn dachten, wurde dieser tapfere, einst so geliebte Sohn doch niemals erwähnt.

Um fünf Uhr kam Mr. Osborne zum Essen zurück, das er und seine Tochter schweigend einnahmen. Nur selten wurde diese Stille durch seine Flüche und Wutanfälle unterbrochen, wenn ein Gericht ihm nicht paßte. Zweimal im Monat fand sich dazu eine Gesellschaft trübseliger Freunde von Osbornes Stellung und Alter ein: der alte Dr. Gulp und seine Frau vom Bloomsbury Square, der alte Mr. Frowser, der Staatsanwalt aus der Bedford Row, ein sehr bedeutender Mann, der durch seine Tätigkeit mit dem Westend-Adel auf vertrautestem Fuß stand, der alte Oberst Livermore von der Bombay-Armee mit Mrs. Livermore vom Upper Bedford Place, der alte Sergeant Toffy und Mrs. Toffy und manchmal der alte Sir Thomas Coffin und seine Frau vom Bedford Square. Sir Thomas war berühmt als Richter, der viele an den Galgen gebracht hatte. Wenn er bei Mr. Osborne speiste, kam stets ein besonders guter gelbbrauner Portwein auf den Tisch.

Diese Leute und ihresgleichen gaben für den prahlerischen Kaufmann vom Russel Square wiederum prahlerische Diners. Wenn man nach dem Wein nach oben gegangen war, gab es feierliche Whistpartien, und um halb elf fuhren die Wagen vor. Viele reiche Leute, die wir armen Teufel gewöhnlich sehr beneiden, führen in aller Zufriedenheit ein Leben, wie wir es eben beschrieben haben. Jane Osborne traf kaum jemals einen Mann unter sechzig, und der beinahe einzige Junggeselle, der in diesen Gesellschaftskreisen verkehrte, war Mr. Smirk, der berühmte Frauenarzt.

Ich kann nicht behaupten, daß die Einförmigkeit dieses furchtbaren Daseins niemals unterbrochen worden wäre. Im Leben der armen Jane gab es nämlich ein Geheimnis, das ihren Vater noch heftiger und mürrischer gemacht hatte, als er durch Veranlagung, Stolz und übermäßiges Essen schon war. Mit diesem Geheimnis stand Miss Wirt in Beziehung. Sie hatte einen Vetter, einen Künstler, Mr. Smee, der seither als Porträtist sehr berühmt und sogar Mitglied der Königlichen Akademie geworden ist. Früher allerdings war er froh gewesen, wenn er vornehmen Damen Zeichenunterricht geben durfte. Jetzt hat Mr. Smee vergessen, wo der Russel Square liegt, aber im Jahre 1818 besuchte er gern diese Gegend, als er Miss Osborne unterrichtete.

Smee war ein Schüler von Sharpe aus der Frith Street gewesen, einem liederlichen, unordentlichen Menschen, der es zu nichts gebracht hatte, aber in seinem Fach etwas konnte. Als Miss Wirts Vetter bei Miss Osborne eingeführt war, deren Herz und Hand nach verschiedenen unfruchtbaren Liebesgeschichten immer noch nicht vergeben waren, fühlte er bald eine tiefe Neigung für diese Dame und stieß anscheinend in ihrem Busen auf Gegenliebe. Miss Wirt war die Vertraute dieses Geheimnisses. Ich weiß nicht, ob sie das Zimmer zu verlassen pflegte, in dem Lehrer und Schülerin malten, um ihnen Gelegenheit zu geben, jene Liebeserklärungen auszutauschen, die sich nicht gut in Gegenwart eines Dritten aussprechen lassen. Ich weiß nicht, ob sie hoffte, der Vetter würde ihr, falls es ihm gelang, die Tochter des reichen Kaufmanns heimzuführen, einen Teil des Vermögens geben, zu dem sie ihm verholfen hatte. Gewiß ist jedenfalls, daß Mr. Osborne Wind von der Sache bekam, unvermutet aus der City zurückkehrte und mit dem Bambusrohr in der Hand das Wohnzimmer betrat. Dort fand er den Maler, die Schülerin und die Gesellschafterin alle mit sehr bleichen Gesichtern vor. Er drohte dem Maler, er werde ihm alle Knochen im Leibe zerbrechen, und warf ihn aus dem Hause hinaus. Eine halbe Stunde später entließ er auch Miss Wirt, stieß ihre Koffer mit dem Fuß die Treppe hinunter, trampelte auf ihren Hutschachteln herum und ballte die Faust hinter der Mietkutsche, die sie fortbrachte.

Jane Osborne blieb tagelang in ihrem Schlafzimmer. Sie durfte nie wieder eine Gesellschafterin haben. Der Vater schwor, sie werde von ihm keinen Pfennig bekommen, wenn sie ohne seine Einwilligung eine Ehe einginge. Und da er eine Frau brauchte, die ihm das Haus führte, wünschte er eben nicht, daß sie heiratete. So sah sie sich gezwungen, alle Pläne, an denen Kupido Anteil hatte, aufzugeben. Solange der Vater lebte, mußte sie sich also mit einem Dasein der hier beschriebenen Art abfinden und wohl oder übel eine alte Jungfer werden. Ihre Schwester gebar inzwischen jedes Jahr ein Kind mit immer feineren Namen, und der Verkehr zwischen den beiden Familien wurde immer geringer. „Jane und ich, wir bewegen uns nicht in derselben Lebenssphäre", sagte Mrs. Bullock. „Ich betrachte sie natürlich als meine Schwester, und das bedeutet –" Ja, was bedeutet es, wenn eine Dame sagt, sie betrachte Jane als ihre Schwester?

Wir erzählten bereits, daß die Misses Dobbin mit ihrem Vater in einer schönen Villa am Denmark Hill wohnten, wo es Weinspaliere und Pfirsichbäume gab, die den kleinen Georgy Osborne so entzückten. Die Misses Dobbin, die oft nach Brompton zu unserer lieben Amelia fuhren, kamen auch manchmal zum Russel Square, um ihrer alten Bekannten, Miss Osborne, einen Besuch abzustatten. Ich vermute, diese Aufmerksamkeit gegenüber Mrs. George hatte ihren Grund in Befehlen ihres Bruders, der als Major in Indien stand und für den der Papa ungeheure Achtung hegte. Denn der Major, der Pate und Vormund von Amelias kleinem Jungen war, hoffte immer noch, daß des Kindes Großvater sich doch noch einmal dazu bewegen ließe, den Jungen um seines Sohnes willen anzuerkennen. Die Misses Dobbin hielten Miss Osborne über Amelias Lage auf dem laufenden; sie berichteten, wie sie mit Vater und Mutter zusammenlebte, wie arm sie waren, wie sie sich wunderten, daß Männer, und besonders solche Männer wie ihr Bruder, der teure Hauptmann Osborne, an einem so unbedeutenden kleinen Ding etwas hatten finden können, wie sie immer noch genau wie früher ein sentimentales Milchgesicht sei, wie aber der Knabe der reizendste kleine Junge sei, den es gebe. Für kleine Kinder erwärmen sich eben die Herzen aller Frauen, und auch die versauertste alte Jungfer ist freundlich zu ihnen.

Nach langen Bitten von seiten der Misses Dobbin erlaubte Amelia es eines Tages, daß der kleine George mitfahren und einen Tag am Denmark Hill verbringen durfte. Sie selbst verbrachte einen Teil dieses Tages damit, an den Major in Indien zu schreiben. Sie gratulierte ihm zu der glücklichen Nachricht, die seine Schwestern ihr soeben überbracht hatten. Sie sagte ihm, sie bete für sein Glück und das der Braut, die er erwählt habe. Sie dankte ihm für die tausend und aber tausend Beweise steter Freundschaft, mit denen er ihr in der Not geholfen habe, und erzählte ihm die letzten Neuigkeiten vom kleinen Georgy, und daß er am gleichen Tage zu seinen Schwestern aufs Land gefahren sei. Sie unterstrich viele Worte in dem Brief und unterzeichnete als seine liebevolle Freundin Amelia Osborne. Sie vergaß, an Lady O'Dowd freundliche Grüße zu bestellen, so wie sie es gewöhnlich tat, und erwähnte auch Glorvina nicht mit Namen, sondern sprach von ihr nur als seiner Braut (unterstrichen), für die sie um Gottes Segen bitte. Aber die Nachricht der bevorstehenden Vermählung löste die Zurückhaltung, die sie ihm gegenüber stets beobachtet hatte. Sie freute sich, eingestehen zu können, mit welch warmer Dankbarkeit sie an ihn dachte. Den Gedanken aber, sie könnte auf Glorvina eifersüchtig sein (Glorvina, wahrhaftig!), hätte Amelia verächtlich von sich gewiesen, auch wenn ein Engel vom Himmel ihr so etwas angedeutet hätte.

Als Georgy abends in dem Ponywagen, der ihn so entzückte, von Sir William Dobbins altem Kutscher zurückgebracht wurde, hatte er um den Hals eine feine goldene Kette mit einer Uhr. Er erzählte, eine alte, wenig hübsche Dame habe sie ihm geschenkt; sie habe geweint und ihn vielmals geküßt. Aber er möge sie nicht. Er möge sehr gern Weintrauben. Und er habe nur seine Mama lieb. Amelia fuhr erschrocken zurück. Ihrer furchtsamen Seele ahnte etwas Schreckliches, als sie hörte, daß die Verwandten von des Kindes Vater es gesehen hatten.

Miss Osborne kehrte heim, um dem Vater das Abendessen zu bereiten. Er hatte in der City gute Geschäfte gemacht und war an diesem Tage recht guter Laune. Zufällig bemerkte er die Erregung, die sie aufwühlte. „Was ist denn los, Miss Osborne?“ ließ er sich herab zu fragen. Die Tochter brach in Tränen aus. „O Sir!“ sagte sie. „Ich habe den kleinen George gesehen. Er ist schön wie ein Engel – und sieht ihm so ähnlich!“ Der alte Mann ihr gegenüber sagte kein Wort, sondern wurde nur rot und begann an allen Gliedern zu zittern.

43. Kapitel

Der Leser muß das Kap der Guten Hoffnung umschiffen

Trotz seinem Erstaunen müssen wir nun den Leser bitten, mit uns zehntausend Meilen weit nach der Militärstation Bundlegunge in der Provinz Madras in Ostindien zu reisen, wo unsere tapferen alten Freunde vom ... ten Regiment unter dem Befehl des braven Obersten Sir Michael O'Dowd in Garnison liegen. Die Zeit ist mit dem prächtigen Offizier milde verfahren, sowie sie es meist mit Männern tut, die einen gesunden Magen und ein gleichmäßiges Temperament besitzen und ihr Gehirn nicht übermäßig anstrengen. Der Oberst benutzt beim Mittagessen eifrig Messer und Gabel und bedient sich dieser Waffen auch beim Abendessen wieder mit großem Erfolg. Nach beiden Mahlzeiten raucht er seine Wasserpfeife und zieht, während seine Frau ihn ausschilt, ebenso ruhig an ihr weiter wie damals unter dem Feuer der Franzosen bei Waterloo. Weder Alter noch Hitze haben der Beredsamkeit des Abkömmlings der Malonys und Molloys etwas anhaben können. Die Lady, unsere alte Freundin, fühlt sich in Madras genauso zu Hause wie in Brüssel, im Lager ebenso wie im Zelt. Auf dem Marsch sah man sie an der Spitze des Regiments auf einem königlichen Elefanten reiten – ein edler Anblick! Auf so einem Tier sitzend hat sie im Dschungel mit Tigern gekämpft. Sie ist von eingebornen Fürsten empfangen worden, die sie und Glorvina in den Tiefen der Frauengemächer willkommen hießen und ihr Schals und Juwelen anboten, die sie nur schweren Herzens zurückweisen konnte. Wachtposten aller Waffengattungen grüßen sie, wo sie auch erscheint, und sie legt als Antwort ernst die Hand an den Hut. Lady O'Dowd ist eine der bedeutendsten Damen in der Provinz Madras. Noch immer erinnert man sich in Madras an ihren Streit mit Lady Smith, der Frau des Unterrichters Sir Minos Smith. Da schnippte die Gattin des Obersten der Gemahlin des Richters mit den Fingern ins Gesicht und erklärte, sie würde vor einem Bettler in Zivil auch nicht einen Fußbreit zurückweichen. Noch heute, obwohl es fünfundzwanzig Jahre zurückliegt, können die Leute sich daran erinnern, wie Lady O'Dowd im Gouverneurspalast einen schottischen Tanz tanzte, bei dem sie länger durchhielt als zwei Lageradjutanten, ein Major von der Madras-Kavallerie und zwei Herren von der Zivilverwaltung, bis sie schließlich von Major O'Dowd, dem Ritter des Bath-Ordens und stellvertretendem Kommandeur des . . . ten Regiments, überredet wurde, sich ins Speisezimmer zurückzuziehen. Lassate nondum satiate recessit.

Peggy O'Dowd ist in der Tat noch ganz die alte, gütig im Handeln und Denken, ungestümen Temperaments, begierig zu kommandieren, eine Tyrannin für ihren Michael, ein Drache unter den Damen des Regiments und eine Mutter für alle jungen Männer, die sie pflegt, wenn sie krank sind, und denen sie aus jeder Patsche heraushilft. Bei ihnen ist Lady Peggy ungeheuer beliebt. Die Frauen der Unteroffiziere und Offiziere jedoch (der Major ist unverheiratet) intrigieren gegen sie, soviel sie nur können. Sie behaupten, Glorvina sei zu eingebildet und Peggy selbst unerträglich herrschsüchtig. Sie mischte sich in die Angelegenheiten einer kleinen Gemeinde ein, die Mrs. Kirk zusammengebracht hatte, spottete so lange, bis die jungen Männer nicht mehr zu den Predigten kamen, und erklärte, einer Soldatenfrau stehe es nicht an, den Pfaffen zu spielen; Mrs. Kirk täte besser daran, ihrem Mann die Kleider zu flicken. Und wenn das Regiment Predigten haben wolle, dann besäße sie die besten von der Welt, die ihres Onkels, des Dekans. Sie machte einer Liebelei, die der Leutnant Stubble mit der Frau des Arztes angefangen hatte, ein plötzliches Ende, indem sie drohte, von Stubble das Geld zu verlangen, das er von ihr geborgt hatte (denn der junge Kerl war immer noch sehr verschwenderisch), wenn er die Sache nicht sofort abbräche und auf Erholungsurlaub nach Kapland ginge. Auf der anderen Seite nahm sie Mrs. Posky bei sich auf, bot ihr eine Zuflucht, als sie eines Nachts aus ihrem Bungalow floh, von dem wütenden Ehemann verfolgt, der seine zweite Flasche Brandy in der Hand schwang. Sie brachte Posky tatsächlich durch das Delirium tremens hindurch und heilte ihn von der Trunksucht, die über den armen

Offizier allmählich solche Macht gewonnen hatte, wie es bei schlechten Gewohnheiten oft vorkommt. In einem Wort: in schlechten Zeiten war sie die beste Stütze und der beste Trost, den man sich denken konnte, und in guten Zeiten die lästigste Freundin von der Welt, hegte sie doch stets die beste Meinung von sich selbst und hatte immer den unbezähmbaren Willen, ihren Kopf durchzusetzen.

Unter anderem hatte sie beschlossen, daß Glorvina unseren alten Freund Dobbin heiraten sollte. Mrs. O'Dowd wußte, was der Major erwarten durfte, und schätzte seine guten Eigenschaften und den guten Ruf, dessen er sich unter den Kameraden erfreute. Glorvina, ein sehr hübsches, frisches junges Mädchen mit schwarzem Haar und blauen Augen, die es im Reiten oder Klavierspielen mit jedem Mädchen aus der Grafschaft Cork aufnehmen konnte, schien die Richtige zu sein, um Dobbin glücklich zu machen, viel besser als diese gute, arme, kleine schwachmütige Amelia, die ihm von jeher so sehr am Herzen lag. „Sehen Sie sich nur Glorvina an, wie sie ein Zimmer betritt!" pflegte Mrs. O'Dowd zu sagen, „und vergleichen Sie sie mit der armen Mrs. Osborne, die vor einer Gans Angst hatte. Sie ist Ihrer würdig, Major; Sie selbst sind ein ruhiger Mensch, Sie brauchen jemanden, der für Sie spricht, und wenn sie auch nicht von so gutem Blut ist wie die Malonys oder die Molloys, so kann ich Ihnen doch versichern, daß sie aus einer alten Familie stammt, in die hineinzuheiraten jeder Edelmann stolz sein könnte."

Ehe sie jedoch zu diesem Entschluß gekommen war und begonnen hatte, Major Dobbin mit Glorvinas Reizen zu umgarnen, hatte Glorvina diese Reize schon vielfach anderen Orts erprobt, was wir nicht verheimlichen wollen. Sie hatte eine Saison in Dublin mitgemacht und wer weiß wie viele noch in Cork, Killarney und Mallow. Sie hatte mit allen heiratsfähigen Offizieren geflirtet, die die Garnisonen der Heimat ihr boten, und mit allen unverheirateten Landedelleuten, die überhaupt in Frage zu kommen schienen. Außer mit dem Geistlichen in Bath, der sie so schlecht behandelt hatte, war sie in Irland noch an die dreißigmal verlobt gewesen. Während der ganzen Fahrt nach Madras hatte sie mit dem Kapitän und dem ersten Offizier des Ostindiendampfers „Ramchunder" geflirtet und in der Provinz eine Saison mit ihrem Bruder und Mrs. O'Dowd, die sich in der Hauptstadt aufhielten, mitgemacht. Der Major hatte inzwischen das Regiment auf der Station kommandiert. Alle bewunderten sie, alle tanzten mit ihr, aber niemand, bei dem es sich gelohnt hätte, machte ihr einen Heiratsantrag. Ein paar sehr junge Unteroffiziere und ein paar bartlose Zivilisten schmachteten sie an. Aber Glorvina wies sie zurück, da sie ihren Ansprüchen nicht genügten. So kam es, daß andere, jüngere Jungfrauen schneller verheiratet waren als sie. Es gibt so manche Frauen, auch gut aussehende Frauen, denen es im Leben so ergeht. Ihr Herz ist außerordentlich leicht entflammt; sie reiten oder gehen mit dem halben Offizierskorps aus, bis sie an die Vierzig kommen. Und doch bleibt Miss O'Grady immer noch Miss O'Grady. Glorvina behauptete steif und fest, nur Lady O'Dowds Streit mit der Gattin des Richters sei schuld daran, daß sie in Madras nicht eine gute Partie gemacht habe. Dort sei der alte Mr. Chutney, der Chef der Zivilverwaltung (der nachher Miss Dolby heiratete, eine junge Dame von dreizehn Jahren, die soeben aus Europa von der Schule gekommen war), nahe daran gewesen, ihr einen Heiratsantrag zu machen.

Ja, Lady O'Dowd und Glorvina stritten sich jeden Tag viele Male und über jeden nur erdenklichen Gegenstand. Wenn Mick O'Dowd nicht so ein Engelsgemüt gehabt hätte, so hätten ihn zwei solche Frauen, die ständig um ihn herum waren, geradezu um den Verstand bringen müssen. In einem Punkt waren sie sich jedoch einig, nämlich darin, daß Glorvina Major Dobbin heiraten solle. Sie waren entschlossen, dem Major keine Ruhe zu lassen, bis sie die Verbindung zustande gebracht hätten. Glorvina ließ sich durch die vierzig oder fünfzig Niederlagen, die sie schon erlitten hatte, nicht abschrecken und begann die Belagerung. Unaufhörlich sang sie ihm irische Lieder vor. Sie forderte ihn so häufig und so pathetisch auf: „Willst du nicht in die Laube kommen?" daß es ein Wunder ist, wie ein Mann von Gefühl dieser Einladung überhaupt widerstehen konnte. Sie wurde nie müde zu fragen, ob Kummer seine Jugend verdüstert habe. Sie war bereit, zuzuhören und wie Desdemona in Tränen auszubrechen, wenn er von den Gefahren und Feldzügen erzählte, die er bestanden hatte. Wir sagten schon, daß unser ehrlicher, guter alter Freund auf seinem Zimmer gern Flöte spielte. Glorvina bestand darauf, ihn auf dem Klavier zu begleiten. Lady O'Dowd pflegte sich dann zu erheben und still das Zimmer zu verlassen, wenn das junge Paar mit dieser Unterhaltung beschäftigt war. Glorvina zwang den Major, des Morgens mit ihr auszureiten. Die ganze Garnison sah die beiden aufbrechen und zurückkommen. Sie schrieb ihm ständig

Briefe, borgte sich Bücher von ihm und strich dick mit Bleistift alle gefühlvollen oder humoristischen Stellen an, die ihr gefielen. Sie lieh sich von ihm Pferde, Diener, Löffel und Sänften aus. Kein Wunder, daß der öffentliche Klatsch die beiden in Verbindung brachte und daß in England die Schwestern des Majors glauben konnten, sie würden bald eine Schwägerin bekommen.

Doch der so tapfer belagerte Dobbin ließ sich leider durch nichts aus der Ruhe bringen. Er lachte nur, wenn die jungen

Burschen des Regiments ihn mit Glorvinas offenkundigen Bemühungen um ihn aufzogen. „Pah!" sagte er, „sie will nur nicht aus der Übung kommen! Sie übt bei mir, wie sie auf Mrs. Tozers Klavier übt, weil es das bequemste Instrument am Ort ist. Ich bin für eine so schöne junge Dame wie Glorvina viel zu alt und abgenutzt." Und so ritt er weiter mit ihr aus, schrieb ihr Lieder und Verse ins Album und spielte mit ihr sehr friedlich Schach. Denn mit diesen einfachen Vergnügungen vertreiben sich manche Offiziere in Indien ihre Mußestunden. Andere, die weniger häuslich veranlagt sind, gehen auf die Wildschweinjagd oder schießen Schnepfen oder spielen oder rauchen Zigarren oder ergeben sich dem Alkohol. Sowohl Mrs. O'Dowd wie auch ihre Schwägerin drangen in Sir Michael, er solle den Major auffordern, sich zu erklären; er dürfe doch ein so armes, unschuldiges Mädchen nicht weiter so schändlich quälen. Aber der alte Soldat weigerte sich rundweg; er wollte mit der Verschwörung nichts zu tun haben. „Der Major ist wahrhaftig alt genug, um selbst wählen zu können", sagte Sir Michael. „Wenn er dich haben will, wird er dir schon einen Antrag machen." Ein anderes Mal zog er die Sache ins Lächerliche und erklärte, Dobbin sei viel zu jung, um einen Hausstand zu gründen; er habe nach Hause geschrieben und die Mama um Erlaubnis gebeten. Ja, er ging noch weiter und warnte den Major in privaten Gesprächen spottend: „Sehen Sie sich vor, mein Junge! Die Weiber haben nichts Gutes im Sinn! Meine Frau hat gerade ein Paket mit Kleidern aus Europa bekommen; da ist ein rosaseidenes für Glorvina dabei. Das wird Ihnen den Rest geben, Dob, wenn überhaupt eine Frau oder ein Kleid die Macht hat, Sie zu rühren!"

In Wahrheit konnten aber weder Schönheit noch Eleganz ihn erobern. Unserem ehrlichen Freund lag nur eine Frau im Sinn, und die sah Miss Glorvina O'Dowd im rosa Seidenkleid nicht im geringsten ähnlich. Es war eine sanfte, kleine, schwarzgekleidete Frau mit großen Augen und braunem Haar, die selten, und nur wenn man sie anredete, sprach und eine Stimme hatte, die Miss Glorvinas nicht im entferntesten ähnelte, eine sanfte, junge Mutter, die ein Kind wiegte und den Major heranwinkte, daß er es betrachte, ein rosenwangiges Mädchen, das am Russel Square singend ins Zimmer trat oder glücklich und verliebt an George Osbornes Arm hing. Nur dieses eine Bild erfüllte das Gemüt des Majors bei Tag und Nacht und beherrschte ihn ganz. Sehr wahrscheinlich glich Amelia gar nicht dem Bilde, das der Major sich von ihr gemacht hatte. Aus einem Modeblatt, das seine Schwestern in England gehalten hatten, hatte William heimlich ein Bild herausgeschnitten und es in den Deckel seines Koffers geklebt, weil er sich einbildete, es habe eine gewisse Ähnlichkeit mit Mrs. Osborne. Ich habe es gesehen und kann bezeugen, daß es nichts als das Bild eines hochtaillierten Gewandes war, über dem ein unmögliches Puppengesicht einfältig lächelte. So entsprach vielleicht auch Dobbins sentimentale Amelia ebensowenig der Wirklichkeit wie dieses absurde Bildchen, das er wie einen Schatz hütete. Aber welcher verliebte Mann sieht da klarer? Oder ist er etwa glücklicher, wenn er seinen Irrtum erkennt und ihn sich eingesteht? Dobbin stand ganz unter diesem Zauber. Er belästigte seine Freunde und andere Leute nie mit seinen Gefühlen. Er verlor auch ihretwegen nicht seinen gesunden Appetit und natürlichen Tatendrang. Sein Haar ist leicht ergraut, seit wir ihn zuletzt sahen. In dem weichen, braunen Haar schimmern nun ein paar Silberfäden. Aber seine Gefühle haben sich nicht im mindesten geändert oder sind alt geworden. Seine Liebe ist so frisch geblieben wie die Erinnerungen eines Mannes an seine Knabenzeit.

Wir erzählten, wie die beiden Misses Dobbin und Amelia, mit denen der Major korrespondierte, ihm aus England Briefe schrieben. Mrs. Osborne beglückwünschte ihn darin sehr aufrichtig und herzlich zu seiner bevorstehenden Vermählung mit Miss O'Dowd.

„Ihre Schwester hat mir soeben einen freundlichen Besuch gemacht", schrieb Amelia in ihrem Brief, „und mir von einem *interessanten Ereignis* berichtet, zu dem ich Ihnen meine *aufrichtigsten Glückwünsche* senden möchte. Ich hoffe, daß die junge Dame, mit der Sie sich, wie ich höre, *verbinden* werden, sich in jeder Hinsicht eines Mannes würdig erweisen wird, der selbst ganz Freundlichkeit und Güte ist. Die arme Witwe hat nichts zu geben als ihre Gebete und ihre herzlichen Wünsche für *Ihr Wohlergehen!* Georgy läßt *seinen lieben Patenonkel* recht herzlich grüßen und hofft, daß Sie ihn nicht vergessen werden. Ich habe ihm erzählt, daß Sie andere Bindungen eingehen werden mit *einer*, die sicherlich Ihre *ganze Liebe* verdient. Aber wenn auch solche Bindungen natürlich die stärksten und heiligsten sein müssen und *über allen anderen* stehen, so bin ich doch gewiß, daß die Witwe und das Kind, die Sie immer so liebevoll beschützt haben, stets ein *Plätzchen in Ihrem Herzen* behalten werden!"
Der Brief, den wir schon früher erwähnten, ging in derselben

Tonart weiter und gab überall der größten Befriedigung der Schreiberin Ausdruck.

Dieser Brief traf mit demselben Schiff ein, das auch Lady O'Dowd die Schachtel mit den Kleidern aus London brachte. Ihr könnt sicher sein, daß Dobbin ihn zuallererst öffnete, vor all den anderen Paketen, die mit der Post für ihn angekommen waren. Dieser Brief versetzte den Empfänger in einen solchen Seelenzustand, daß ihm Glorvina und ihr Rosaseidenes und überhaupt alles, was zu ihr gehörte, geradezu verhaßt wurden. Der Major verfluchte das Gerede der Frauen und ihr Geschlecht im allgemeinen. An diesem Tage verdroß ihn aber auch alles. Auf Parade war es unerträglich heiß und ermüdend. Heiliger Himmel! Sollte ein intelligenter Mann wirklich einen Tag nach dem anderen darauf verschwenden, Schulterriemen zu inspizieren und Dummköpfe einzuexerzieren? Das sinnlose Gewäsch der jungen Leute im Kasino fiel ihm mehr denn je auf die Nerven. Was kümmerte es denn ihn, einen Mann, der stark auf die Vierzig zuging, wieviel Schnepfen Leutnant Smith geschossen hatte und was die Stute des Fähnrichs Brown alles konnte? Die Witze, die bei Tisch gemacht wurden, erfüllten ihn mit Scham. Er war zu alt, um den Scherzen des Unterarztes und den Redensarten der jungen Leute zuzuhören, über die der alte O'Dowd mit seinem kahlen Schädel und dem roten Gesicht noch so bereitwillig lachte. Der Alte hatte diese Witze

dreißig Jahre lang gehört, Dobbin aber erst fünfzehn Jahre. Und dann nach der lärmenden Öde der Tafel der Streit und Skandal der Damen des Regiments! Es war schandbar, unerträglich! O Amelia, Amelia! dachte er, du, der ich so treu gewesen bin, du machst mir Vorwürfe! Ich schleppe dieses langweilige Leben hier ja nur weiter, weil du für mich nichts zu fühlen vermagst! Und nach Jahren treuer Liebe belohnst du mich mit deinem Segen zu meiner Heirat mit diesem protzigen irischen Frauenzimmer! Dem armen William war übel und weh zumute; er fühlte sich elender und einsamer denn je. Am liebsten wäre es ihm gewesen, wenn das Leben mit all seinen Nichtigkeiten schon vorüber gewesen wäre, so ziel- und nutzlos kam ihm der Kampf vor, so traurig und trübe die Aussicht auf die Zukunft. Die ganze Nacht lag er schlaflos da, voller Verlangen, heimkehren zu können. Amelias Brief hatte ihm eine bittere Enttäuschung bereitet. Keine Treue, keine noch so beständige, aufrichtige Liebe konnten in ihr ein wärmeres Gefühl wecken. Sie wollte nicht sehen, daß er sie liebte. Sich im Bett herumwälzend, sprach er zu ihr: Guter Gott! Amelia! Weißt du denn nicht, daß ich auf der ganzen Welt nur dich liebe? Dich, die du zu mir hart wie ein Stein bist, dich, die ich in endlosen Monaten der Krankheit und des Schmerzes gepflegt habe und die mir mit einem Lächeln auf den Lippen Lebewohl sagte und mich wohl schon vergessen hatte, noch ehe die Tür zwischen uns geschlossen war! Die eingeborenen Diener, die vor seiner Veranda schliefen, wunderten sich, ihren sonst so kühlen, ruhigen Herrn auf einmal so leidenschaftlich erregt und niedergeschlagen zu sehen. Ob Amelia wohl Mitleid mit ihm gehabt hätte, wenn sie ihn erblickt hätte? Wieder und wieder las er alle Briefe durch, die er von ihr bekommen hatte. Geschäftliche Briefe wegen des kleinen Vermögens, das ihr angeblich ihr Mann hinterlassen hatte, kurze Einladungen, jeden kleinsten Zettel, den sie einmal geschrieben hatte. Wie kalt, wie freundlich, wie hoffnungslos, wie selbstsüchtig waren sie alle!

Wenn jetzt eine gütige, milde Seele dagewesen wäre, die dieses schweigende, edle Herz erkannt und gewürdigt hätte, wer weiß, vielleicht wäre es dann mit Amelias Herrschaft über ihn doch zu Ende gewesen, und die Liebe unseres Freundes William hätte sich in einen gefälligeren Kanal ergossen. Aber da war nur Glorvina mit den schwarzglänzenden Locken, mit der er in vertrautem Verkehr stand. Und dieses elegante junge Mädchen war gar nicht darauf aus, den Major zu lieben; ihr kam es vielmehr darauf an, sich von ihm bewundern zu lassen. Und das war ein ganz eitles, hoffnungsloses Bemühen, zumindest wenn man an die Mittel dachte, die dem armen Mädchen für diesen Zweck zur Verfügung standen. Sie drehte sich schöne Locken und zeigte ihm ihre Schultern, als ob sie sagen wollte: Hat man je solch schwarze Locken und solch einen Teint gesehen? Sie lachte ihn an, damit er ihre gesunden Zähne sehen könnte. Aber er achtete nicht im geringsten auf all diese Reize. Kurze Zeit nach Ankunft des Kleiderpakets und vielleicht sogar zu dessen Ehren gaben Lady O'Dowd und die Damen des königlichen Regiments einen Ball für die Truppen der Ostindischen Compagnie und für die Zivilisten auf der Station. Glorvina trug das faszinierende rosa Kleid. Aber der Major, der auch an der Gesellschaft teilnahm und trübselig durch die Säle wanderte, bemerkte das rosa Gewand nicht einmal. Wütend tanzte Glorvina mit allen jungen Leutnants der Station an ihm vorüber. Doch der Major wurde nicht im geringsten eifersüchtig oder ärgerlich, weil Hauptmann Bangles von der Kavallerie sie zu Tisch führte. Eifersucht, Kleider oder Schultern konnten ihn nicht rühren, und über etwas anderes verfügte Glorvina nicht.

So boten die beiden ein gutes Beispiel für die Eitelkeit des Lebens: beide sehnten sich nach dem, was sie nicht haben konnten. Glorvina weinte vor Wut über ihren Mißerfolg. Sie hatte es sich nun einmal in den Kopf gesetzt, den Major heiraten zu wollen – „viel lieber als irgendeinen von den anderen", wie sie schluchzend gestand. „Er wird mir noch das Herz brechen, bestimmt, Peggy!" jammerte sie vor der Schwägerin, als sie gute Freunde geworden waren. „Gewiß wird jedes meiner Kleider enger gemacht werden müssen, ich werde noch zu einem richtigen Skelett abmagern!" Dick oder dünn, lachend oder melancholisch, zu Pferde oder vor dem Klavier – dem Major war das ganz gleich. Die Pfeife paffend hörte der Oberst sich diese Klagen an und schlug vor, Glorvina solle sich das nächstemal aus London schwarze Kleider schicken lassen. Dazu erzählte er die mysteriöse Geschichte einer Dame aus Irland, die vor Kummer um den Verlust ihres Gatten starb, noch ehe sie ihn bekommen hatte.

Während der Major Glorvina weiterhin so quälte, ihr keinen Heiratsantrag machte und sich nicht in sie verliebte, traf wieder ein Schiff mit Briefen aus Europa ein. Darunter waren wieder einige für den herzlosen Mann. Es waren Briefe von zu Hause, die einen früheren Poststempel trugen als jene vom letzten Schiff. Unter ihnen entdeckte der Major einen in der Handschrift seiner Schwester, die ihre Briefe an den Bruder stets kreuz und quer beschrieb, alle möglichen schlechten Nachrichten für ihn sammelte, ihn beschimpfte und ihm mit schwesterlicher Offenheit Gardinenpredigten hielt, so daß dem „lieben William" nach der mühevollen Lektüre so einer Epistel jedesmal einen Tag lang ganz übel zumute war. Darum beeilte der „liebste William" sich auch gar nicht, das Siegel auf Miss Dobbins Brief zu erbrechen, sondern schob das für eine besonders günstige Stunde und Stimmung auf. Zudem hatte er ihr gerade vor vierzehn Tagen geschrieben und sie ausgescholten, daß sie Mrs. Osborne solche unsinnigen Geschichten erzählt habe. Außerdem hatte er an die genannte Dame einen Antwortbrief abgesandt, in dem er sie vorsichtig über ihren Irrtum aufklärte und ihr versicherte, daß er im Augenblick keinerlei Absicht habe, seine gegenwärtige Stellung zu verändern.

Zwei oder drei Tage nach der Ankunft des zweiten Briefpäckchens hatte der Major den Abend einigermaßen heiter bei Lady O'Dowd verbracht. Glorvina kam es so vor, als lausche er mit etwas größerer Aufmerksamkeit dem *Erlkönig* und den *Sängerknaben* und den anderen Liedern, die sie ihm bot (in Wahrheit hörte er ebensowenig auf Glorvina wie auf das Heulen der Schakale draußen im Mondschein, und die Täuschung lag, wie immer, völlig auf ihrer Seite). Nachdem der Major eine Partie Schach mit ihr gespielt hatte, während Lady O'Dowd mit dem Arzt ihrer Lieblingsunterhaltung, dem Kartenspiel, frönte, verabschiedete er sich zur gewohnten Stunde von der Familie des Obersten und begab sich nach Hause.

Da lag vorwurfsvoll der Brief seiner Schwester auf dem Tisch. Er ergriff ihn, weil er sich seiner Nachlässigkeit schämte, und bereitete sich auf eine unerfreuliche Stunde beim Entziffern dieser Kritzelei der fernen Schwester vor . . . Eine Stunde mochte wohl vergangen sein, seit der Major das Haus des Obersten verlassen hatte. Sir Michael schlief den Schlaf des Gerechten. Glorvina hatte ihre schwarzen Locken in zahllose Fetzchen Papier gewickelt, wie sie es gewöhnlich tat. Auch Lady O'Dowd hatte sich in dem gemeinsamen Schlafzimmer im Erdgeschoß zu Bett begeben und die Moskitoschleier um ihre schöne Gestalt gezogen, als die Wache an der Kommandantur Major Dobbin erblickte, der im Mondschein schnellen Schrittes und mit erregtem Gesichtsausdruck auf das Haus zueilte. Er ging an dem Wachtposten vorüber bis vor das Fenster zum Schlafzimmer des Obersten.

„O'Dowd – Herr Oberst!" rief Dobbin mehrmals sehr laut.

„Himmel, der Major!" sagte Glorvina und steckte den Kopf mit den Lockenwickeln zum Fenster hinaus.

„Was ist denn los, mein Junge?" fragte der Oberst in der Erwartung, daß auf der Station Feuer ausgebrochen oder vom Hauptquartier der Befehl zum Abmarsch gekommen sei.

„Ich – ich muß sofort Urlaub haben! Ich muß nach England fahren, in ganz dringenden Privatangelegenheiten", erklärte Dobbin.

Heiliger Himmel, was ist denn geschehen? dachte Glorvina und begann unter den Papierschnitzeln zu zittern.

„Ich muß weg, sofort, noch heute abend!" fuhr Dobbin fort. Der Oberst stand auf und ging hinaus, um mit ihm zu reden.

In der Nachschrift zu Miss Dobbins Brief war der Major auf eine Stelle gestoßen, die folgenden Wortlaut hatte: „Gestern habe ich Deine *alte Bekannte*, Mrs. Osborne, besucht. Du kennst ja das armselige Haus, in dem sie seit dem Bankrott leben. Nach dem *Messingschild* an der Tür dieser Hütte (etwas Besseres ist es nicht!) zu urteilen, ist Mr. S. jetzt Kohlenhändler. Der kleine Junge, Dein Patenkind, ist gewiß ein hübsches Kind, wenn auch ein wenig vorlaut und gern ungezogen und eigenwillig. Aber wir haben uns ganz nach Deinem Wunsch um ihn gekümmert und ihn seiner Tante, Miss O., vorgestellt, die von ihm sehr angetan war. Vielleicht läßt der Großvater – nicht der bankrotte, der ist beinahe schwachsinnig, sondern Mr. Osborne vom Russel Square – sich doch noch einmal dem Kind Deines Freundes, *seines irrenden, eigenwilligen Sohnes*, gegenüber erweichen. Und Amelia wird auch nicht übel geneigt sein, es aufzugeben. Die Witwe hat sich *getröstet* und steht im Begriff, einen Geistlichen, Ehrwürden Mr. Binney, einen der Hilfspfarrer von Brompton, zu heiraten. Eine armselige Partie. Aber Mrs. O. wird allmählich alt. Ich habe eine ganze Menge graue Haare bei ihr gesehen. Sie ist sehr guter Stimmung. Dein kleiner Patensohn hat sich bei uns überfressen. Mama schickt Dir herzliche Grüße zusammen mit denen Deiner treuen Ann Dobbin."

44. Kapitel

Hin und Her zwischen London und Hampshire

rdnungsgemäß trug das uns wohlbekannte Haus der Crawleys in der Great Gaunt Street an der Vorderseite noch immer das Wappen, das als Zeichen der Trauer bei Sir Pitts Ableben dort angebracht worden war. Dieses Wappenschild war indessen so gut wie ein glänzendes Schmuckstück. Überhaupt wurde das ganze Haus viel prächtiger gehalten, als es je unter der Herrschaft des seligen Barons der Fall gewesen war. Der schwarze Belag wurde von den Ziegeln entfernt, und sie leuchteten nun in fröhlichem Rot unter den weißen Streifen hervor. Die alten Bronzelöwen am Türklopfer wurden schön vergoldet, und der Zaun wurde neu gestrichen. So wurde das trübseligste Haus in der Great Gaunt Street zum elegantesten im ganzen Viertel, noch ehe die Bäume in der Queen's Crawley Allee grün wurden, unter deren gelbem Laub Sir Pitt zur letzten Ruhe geleitet worden war.

In der Nähe dieses Hauses konnte man sehr häufig eine kleine Frau in einem ansprechenden Wagen beobachten. Auch eine ältliche Jungfer kam täglich in Begleitung eines kleinen Jungen dorthin. Es war Miss Briggs mit dem kleinen Rawdon. Ihre Aufgabe war es, die Wiederherstellung der Räume in Sir Pitts Haus zu beobachten, die Frauen zu überwachen, die die Gardinen und Wandbehänge nähten, in den Kommoden und Schränken herumzustöbern, die zwei Generationen von Lady Crawleys mit schmutzigen Resten und Bergen von Flitterkram vollgestopft hatten, und schließlich mußte sie auch noch Verzeichnisse des Porzellans, der Gläser und anderer Dinge in Wandschränken und Vorratsräumen aufnehmen.

Mrs. Rawdon Crawley führte den Oberbefehl über all diese Maßnahmen. Sie besaß ausgedehnte Vollmachten von Sir Pitt, um die Möbelstücke zu verkaufen, zu vertauschen, zu beschlagnahmen oder zu erwerben. Sie fand kein geringes Vergnügen an dieser Beschäftigung, die ihrem Geschmack und ihren Einfällen weiten Spielraum ließ. Als Sir Pitt im November nach London kam, um seine Rechtsanwälte aufzusuchen, war die Renovierung des Hauses beschlossen worden. Damals hatte er fast eine Woche in Curzon Street unter dem Dach seiner liebevollen Geschwister verbracht.

Zuerst hatte er sich in einem Hotel einquartiert; aber sobald Becky vernahm, daß der Baron in der Stadt sei, fuhr sie ganz allein zu ihm, um ihn zu begrüßen, und binnen einer Stunde kehrte sie mit Sir Pitt an ihrer Seite in die Curzon Street zurück. Manchmal war es einfach unmöglich, sich der Gastfreundschaft dieses unschuldigen, lieben Geschöpfes zu entziehen, so offen und reizend wurde sie angeboten, und so liebenswürdig bestand Becky darauf. Als Sir Pitt einwilligte zu kommen, ergriff sie seine Hand und drückte sie in begeisterter Dankbarkeit. „Ich danke dir!" sagte sie und blickte dabei dem Baron so tief in die Augen, daß er dunkelrot anlief; „wie glücklich wird Rawdon darüber sein!" Geschäftig eilte sie in Sir Pitts Schlafzimmer hinauf und wies die Diener an, die die Koffer hinaufbrachten. Sie selbst trug lachend eine Kohlenschaufel aus ihrem Zimmer herbei.

Schon als sie kamen, brannte ein helles Feuer in Sir Pitts Zimmer (es war übrigens das von Miss Briggs, die oben bei dem Mädchen schlafen mußte). „Ich wußte doch, daß ich dich mitbringen würde!" sagte sie, und Freude glänzte in ihrem Blick. Ja, sie war wirklich aufrichtig glücklich, ihn als Gast bei sich zu haben.

Solange Pitt bei ihnen wohnte, veranlaßte Becky ihren Mann, ein paarmal auswärts zu essen. Dann verbrachte der Baron harmonische Abende mit ihr und der Briggs. Sie ging in die Küche hinunter und bereitete ihm mit eigener Hand kleine Delikatessen. „Ist das nicht ein ausgezeichnetes Fasanenragout?" meinte sie. „Ich habe es für dich gekocht. Ich kann noch viel bessere Gerichte machen und werde es dir zeigen, wenn du mich das nächstemal besuchst."

„Alles, was du tust, machst du gut!" sagte der Baron galant. „Das Ragout ist in der Tat ausgezeichnet."

„Eines armen Mannes Frau muß sich eben nützlich machen", erwiderte Rebekka heiter, worauf der Schwager beteuerte, sie sei wert, die Frau eines Kaisers zu sein, und Geschick in häuslichen Dingen sei sicherlich eine der reizvollsten Eigenschaften, die eine Frau haben könne. Und mit einem Gefühl von leichtem Ärger dachte Sir Pitt an Lady Jane daheim und an eine gewisse Pastete, die sie unbedingt selbst zubereiten und ihm zu Mittag hatte auftischen wollen – eine ganz gräßliche Pastete!

Zu dem Ragout, das aus Lord Steynes Fasanen aus dem Landhaus in Stillbrook zubereitet worden war, bot Becky dem

Schwager eine Flasche Weißwein, die Rawdon aus Frankreich mitgebracht hatte, wo er sie beinahe umsonst bekommen hatte – so berichtete die kleine Märchenerzählerin. In Wahrheit war das Getränk ein weißer Dauphine-Wein aus dem berühmten Keller des Marquis von Steyne. Jedenfalls entzündete er ein Feuer auf den bleichen Wangen des Barons und eine Glut in seinem schwachen Körper.

Als er dann die Flasche Weißwein ausgetrunken hatte, gab sie ihm die Hand und führte ihn in den Salon hinauf. Dort machte sie es ihm auf dem Sofa neben dem Kamin gemütlich und lauschte, neben ihm sitzend, voll zärtlichen Interesses seinen Worten, während sie den Saum an einem Hemdchen für ihren lieben kleinen Buben nähte. Immer, wenn Mrs. Rawdon besonders bescheiden und tugendhaft wirken wollte, zog sie dieses Hemdchen aus ihrem Handarbeitskasten vor. Für Rawdon war es freilich schon längst zu klein geworden, noch ehe es fertig war.

Rebekka hörte ihm also zu, unterhielt ihn, sang ihm vor, schmeichelte ihm und lockte ihn, so daß er jeden Tag lieber die Anwälte in Gray's Inn verließ und an das lodernde Feuer in der Curzon Street zurückkehrte – und die Männer des Rechts freuten sich gleicherweise, denn Pitts feierliche Reden waren immer endlos lang. Als er abreiste, empfand er geradezu etwas wie Abschiedsschmerz. Wie niedlich sah sie aus, als sie ihm vom Wagen aus eine Kußhand zuwarf und mit dem Taschentuch zuwinkte, als er seinen Platz in der Postkutsche eingenommen hatte. Einmal führte sie das Tuch sogar an die Augen. Als die Kutsche abfuhr, zog er sich die Pelzmütze übers Gesicht, lehnte sich zurück und dachte darüber nach, wie hoch sie ihn doch schätzte, und wie sehr er es verdiente, und wie Rawdon eigentlich ein närrischer, blöder Kerl sei, der seine Frau gar nicht richtig zu würdigen wisse, und wie langweilig und dumm seine eigene Frau sei im Vergleich zu der brillanten kleinen Becky. Es mag sein, daß Becky alle diese Dinge selbst einmal angedeutet hatte, aber dann war es so vorsichtig und zartfühlend geschehen, daß man es kaum merkte, wann oder wo es gewesen war. Und ehe sie schieden, waren sie übereingekommen, daß das Haus in London für die nächste Saison neu hergerichtet werden sollte und daß die Familien der Brüder sich zu Weihnachten auf dem Lande wiedersehen würden.

„Ich wünschte, du hättest ihm ein bißchen Geld abgeknöpft", sagte Rawdon mürrisch zu seiner Frau, als der Baron fort war. „Ich würde dem alten Raggles gern etwas geben, Teufel noch mal! Es ist nicht recht, weißt du, daß wir ihm sein ganzes Geld vorenthalten. Es könnte unangenehm werden; er könnte das Haus an jemand anders vermieten, weißt du."

„Sag ihm nur", versetzte Becky, „daß alles bezahlt werden wird, sobald Sir Pitts Angelegenheiten geregelt sind. Gib ihm eine Kleinigkeit als Anzahlung. Hier ist ein Scheck, den Pitt für den Jungen dagelassen hat." Damit nahm sie ein Papier aus der Tasche, das der Schwager ihr für den kleinen Sohn und Erben der jüngeren Linie der Crawleys gegeben hatte, und reichte es ihrem Mann.

In Wahrheit hatte sie selbst das Gelände sondiert, auf das der Wunsch ihres Mannes hinzielte, wenn auch nur sehr vorsichtig, aber es war ihr unsicher vorgekommen. Bei der geringsten Andeutung von geldlichen Verlegenheiten war Sir Pitt Crawley aufgeschreckt und hatte eine lange Rede begonnen, in der er auseinandersetzte, in wie bedrängter Lage er selbst sei, daß die Pächter nicht zahlen wollten, in welche geldlichen Schwierigkeiten die Angelegenheiten seines Vaters und die mit dem Ableben des alten Herrn verbundenen Kosten ihn verwickelt hätten, daß er gern die Hypotheken zurückzahlen wolle und daß seine Konten bei den Banken schon überzogen seien. Schließlich schloß Pitt Crawley mit der Schwägerin einen Kompromiß und gab ihr eine ganz geringe Summe für ihren kleinen Jungen.

Pitt wußte, wie arm der Bruder und dessen Familie sein mußten. Solch einem kühlen, erfahrenen alten Diplomaten konnte es nicht entgehen, daß Rawdons Familie nichts zu beißen hatte und daß man ein Haus und einen Wagen nicht für umsonst haben kann; er wußte sehr wohl, daß er das Geld, das billigerweise dem jüngeren Bruder hätte zufallen sollen, bekommen oder sich beschafft hatte. Bestimmt empfand er in seinem Herzen geheime Gewissensbisse, die ihm rieten, diesen enttäuschten Verwandten irgendwie in ausgleichender Gerechtigkeit entgegenzukommen. Ein anständiger, gerechter, nicht ganz unverständiger Mann, der jeden Abend betete und seinen Katechismus kannte und nach außen hin im Leben seine Pflicht tat, mußte unbedingt ein Empfinden dafür haben, daß er seinem Bruder etwas zukommen lassen müßte und daß er, moralisch gesehen, Rawdons Schuldner war.

In den Spalten der Times kann man hin und wieder merkwürdige Anzeigen lesen. Da bestätigt der Schatzkanzler den Empfang von fünfzig Pfund von A. B. oder von zehn Pfund von W. T. als Bußgeld für Steuern, mit denen der genannte A. B. oder W. T. im Rückstand waren. Die reuigen Schuldner bitten dann den ehrenwerten Herrn, diese Zahlung öffentlich durch die Presse zu bestätigen. Dabei ist sich dann der Kanzler zweifellos darüber im klaren (und der Leser auch), daß die obengenannten A. B. und W. T. nur eine ganz geringe Anzahlung auf die Summe leisteten, die sie wirklich schuldeten, und daß der Mann, der eine Zwanzigpfundnote einschickt, sehr wahrscheinlich Hunderte und Tausende zu zahlen hätte. Das sind wenigstens meine Gefühle, wenn ich von den ungenügenden Bußleistungen eines A. B. oder W. T. lese. Ebensowenig zweifle ich daran, daß Pitt Crawleys Gewissensbisse oder – wenn man so will – seine Güte gegenüber seinem jüngeren Bruder, den er so übervorteilt hatte, nur einen ganz geringen Teil des Kapitals darstellten, das er Rawdon eigentlich schuldete. Nicht jeder wird bereit sein, überhaupt schon soviel zu zahlen. Sich vom Geld zu trennen ist ein Opfer, das für die meisten Menschen mit einem eigenen Sinn für Ordnung einfach zu schwer ist. Es gibt kaum einen Menschen, der sich nicht sehr verdienstvoll vorkäme, wenn er dem Nachbarn fünf Pfund gibt. Der Verschwender gibt nicht aus einer wohlwollenden Freude am Geben heraus, sondern aus einem lässigen Vergnügen am Ausgeben. Er würde sich selbst keinen Genuß versagen, weder die Loge in der Oper noch sein Pferd noch sein Diner, nicht einmal das Vergnügen, dem armen Lazarus die fünf Pfund zu schenken. Der gute, weise, gerechte, sparsame Mann, der niemandem, ach! nur einen Pfennig schuldet, wendet sich von dem Bettler weg, zankt sich mit dem Droschkenkutscher herum und weist einen armen Verwandten ab. Ich weiß nicht, welcher von beiden der größere Egoist ist. Nur hat das Geld in den Augen beider verschiedenen Wert.

Mit einem Wort: Pitt Crawley gedachte also etwas für seinen Bruder zu tun, und dann meinte er, er würde ein anderes Mal darüber nachdenken.

Becky wiederum war keine Frau, die zuviel von dem Edelmut ihrer Nächsten erwartete. So war sie ganz zufrieden mit dem, was Sir Pitt für sie getan hatte. Das Haupt der Familie hatte sie anerkannt. Wenn Pitt ihr selbst nichts geben wollte, würde er ihr doch eines Tages zu etwas verhelfen. Wenn sie von dem Schwager auch kein Geld bekam, so bekam sie doch etwas anderes, das ebenso gut wie Geld war: Kredit. Das Schauspiel der Versöhnung zwischen den beiden Brüdern beruhigte Raggles wieder, besonders als er sofort eine kleine Anzahlung erhielt und ihm eine weitaus größere Summe für bald in Aussicht gestellt wurde. An Miss Briggs zahlte Rebekka die Weihnachtszinsen für die kleine Summe, die sie von ihr geliehen hatte, mit dem Ausdruck so reiner Freude aus, als ob ihre Kasse von Geld nur so überflösse. Ganz im Vertrauen erzählte sie Miss Briggs, daß sie sich mit Sir Pitt, der ein ausgezeichneter Kenner in Finanzfragen sei, wegen Miss Briggs besprochen habe in betreff der günstigsten Anlage von Miss Briggs' restlichem Kapital. Nach langem Überlegen sei Sir Pitt auf den sichersten, vorteilhaftesten Weg gekommen, wie die Briggs ihr Geld am besten anlegen könne. Da er sich für sie als treue Freundin der seligen Miss Crawley und überhaupt der ganzen Familie besonders interessiere, habe er, lange ehe er die Stadt verließ, empfohlen, sie solle das Geld jederzeit bereit halten, damit man bei günstiger Gelegenheit die Aktien kaufen könne, die Sir Pitt im Auge habe. Die arme Miss Briggs war sehr dankbar für dieses Zeichen von Sir Pitts Aufmerksamkeit. Es komme ihr sehr unerwartet, sagte sie, denn sie habe nie daran gedacht, ihr Geld aus den Staatspapieren herauszuziehen; aber die Güte seines Anerbietens werde noch größer durch die delikate Art, in der er es ihr gemacht habe. So versprach sie, sofort mit ihrem Agenten zu sprechen und ihr kleines Kapital zu gegebener Zeit bereit zu halten.

Diese würdige Dame war Rebekka so dankbar für ihren Anteil an der Sache und auch ihrem hochherzigen Wohltäter, dem Oberst, daß sie hinging und einen großen Teil ihrer Halbjahreszinsen für einen schwarzen Samtrock für den kleinen Rawdon ausgab, der jetzt übrigens schon fast zu groß geworden war für einen schwarzen Samt. Er hatte nunmehr eine Größe und ein Alter erreicht, zu dem eine männliche Jacke und lange Hosen besser paßten.

Er war ein hübscher Junge mit offenem Gesicht, blauen Augen und lockigem flachsblondem Haar, kräftig an Gliedern, aber großmütig und weichen Herzens; sehr anhänglich an alle, die gut zu ihm waren, an das Pony, an Lord Southdown, der ihm das Pony geschenkt hatte (er wurde immer über und über rot, wenn er dem freundlichen jungen Edelmann begegnete), an den Reitknecht, der sich um das Pony kümmerte, an die Köchin Molly, die ihn abends mit Gespenstergeschichten und guten Dingen vom Abendessen vollstopfte, an die Briggs, die er quälte und auslachte, und ganz besonders an seinen Vater, dessen Liebe zu dem Knaben ein merkwürdiges Schauspiel bot. Damit endete, als er acht Jahre alt wurde, wohl der Kreis seiner Neigungen. Das schöne Bild, das er sich von seiner Mutter gemacht hatte, war nach einer Weile verblaßt. Fast zwei Jahre lang hatte sie mit dem Kind kaum ein Wort gewechselt. Sie mochte es nicht leiden. Es hatte Masern und Keuchhusten; es langweilte sie. Eines Tages war es, angelockt von dem Klang der Stimme seiner Mutter, die Lord Steyne vorsang, aus den oberen Regionen heruntergeschlichen und stand auf dem Treppenabsatz, als sich plötzlich die Tür des Salons öffnete. Da war der kleine Spion entdeckt, der noch einen Augenblick vorher, hingerissen vor Entzücken, der Musik gelauscht hatte.

Die Mutter kam heraus und versetzte ihm ein paar heftige Ohrfeigen. Drinnen im Zimmer hörte er den Marquis lachen, der sich über Beckys ungezügeltes Temperament belustigte. Er floh zu seinen Freunden in die Küche und brach in bittere Tränen aus.

„Es ist nicht, weil es weh tut", schluchzte der kleine Rawdon, „nur – nur . . ." und ein Strom von Tränen beendete den Satz. Es war das Herz des kleinen Buben, das da blutete. „Warum darf ich sie denn nicht singen hören? Warum singt sie denn mir niemals vor – so wie dem kahlköpfigen Mann mit den großen Zähnen?" Unter Tränen brachte er abgerissen diese rührenden, kummervollen Ausrufe hervor. Die Köchin sah das Hausmädchen an; das Hausmädchen sah vielsagend den Diener an. In diesem Augenblick saß über Rebekka die furchtbare Kücheninquisition zu Gericht, die es in jedem Hause gibt und die alles weiß.

Nach diesem Zwischenfall steigerte sich die Abneigung der Mutter bis zum Haß. Das Kind im Haus zu wissen war ihr ein ständiger Vorwurf und eine stete Qual. Schon allein sein Anblick verdroß sie. Furcht, Zweifel, Widerstand erwachten auch in der Brust des Knaben. Der Tag der Ohrfeigen hatte sie endgültig voneinander getrennt.

Auch Lord Steyne hatte eine ausgesprochene Abneigung gegen den Jungen. Wenn das Unglück es wollte, daß sie sich begegneten, machte er spöttische Verbeugungen oder Bemerkungen und starrte das Kind mit wildem Blick an. Rawdon starrte ihm dann wieder ins Gesicht und ballte die kleinen Fäuste. Er kannte seinen Feind, und dieser Herr war von allen, die in das Haus kamen, derjenige, über den er sich am meisten ärgerte. Eines Tages fand der Diener ihn in der Eingangshalle, wie er die Fäuste gegen Lord Steyne ballte. Der Diener erzählte das als guten Witz dem Kutscher Lord Steynes; dieser wieder berichtete es Lord Steynes Kammerdiener und der gesamten Dienerschaft. Als Mrs. Rawdon Crawley sehr bald danach in Gaunt House erschien, wußten alle über sie Bescheid: der Portier, der das Tor öffnete, die Diener aller Gattungen in der Halle, die Lakaien in weißer Weste, die auf der Treppe die Namen des Obersten und Mrs. Rawdon Crawleys von Absatz zu Absatz weiterriefen – wenigstens bildeten sie es sich ein. Der Mann, der ihr Erfrischungen brachte und hinter ihrem Stuhl stand, hatte mit dem großen Herrn in dem buntscheckigen Anzug neben ihm über ihren Charakter gesprochen. Bon Dieu! Dieses Dienstboten-Inquisitionsgericht ist etwas Furchtbares. Da sieht man bei einer vornehmen Gesellschaft in einem prächtigen Salon eine Frau, umgeben von treuen Bewunderern, denen sie funkelnde Blicke zuwirft. Sie ist mit vollendeter Sorgfalt gekleidet, hat lockiges Haar und rotgeschminkte Lippen, lächelt und ist glücklich. Doch da kommt respektvoll die Entlarvung auf sie zu in Gestalt eines riesigen, gepuderten Mannes mit dikken Waden und einem Tablett mit Eisbechern. Hinter ihm schreitet die Verleumdung (die genauso verhängnisvoll ist wie die Wahrheit) in Gestalt eines ungeschlachten Burschen, der die Eiswaffeln bringt. Madame, noch heute abend wird Ihr Geheimnis von diesen Leuten in ihrem Klub im Wirtshaus besprochen werden. Jeames wird über einer Pfeife und dem zinnernen Bierkrug Chawles erzählen, was er über Sie denkt. Einige Leute auf dem Jahrmarkt der Eitelkeit sollten Stumme als Diener haben, Stumme, die nicht schreiben können. Wenn Sie schuldig sind, dann zittern Sie. Der Kerl hinter Ihrem Stuhl kann ein Janitschare sein, der in der Tasche seiner Plüschhosen die seidene Schnur für Sie trägt. Wenn Sie unschuldig sind, hüten Sie sich vor dem bösen Schein, der ebenso verderbenbringend ist wie die Schuld.

War Rebekka schuldig oder nicht? Das Femegericht der Dienerschaft hatte gegen sie entschieden.

Und – ich schäme mich, es zu sagen: hätte man sie nicht für schuldig gehalten, so hätte sie auch keinen Kredit mehr gehabt. Der Anblick von Lord Steynes Wagenlampen, die da in schwarzer, finsterer Mitternacht vor ihrer Tür brannten, beruhigte Raggles, wie er später sagte, mehr als alle Künste und Schmeicheleien von seiten Rebekkas.

So drängte und stieß sie sich vorwärts, um das zu erreichen, was man „eine Stellung in der Gesellschaft" nennt. Sehr wahrscheinlich war sie schuldlos, aber schon wiesen die Diener auf sie als verloren und ruiniert. So kann man zuweilen morgens das Hausmädchen Molly eine Spinne am Türpfosten beobachten sehen, wie sie ihren Faden spinnt und mühselig daran entlangkriecht, bis Molly, des Anblicks müde, ihren Besen nimmt und Faden und Weberin einfach wegfegt.

Ein paar Tage vor Weihnachten machte Becky sich mit Mann und Sohn bereit, um hinauszufahren und die Festtage im Haus ihrer Vorfahren in Queen's Crawley zu verbringen. Becky würde das kleine Balg gern zu Hause gelassen haben und hätte es auch getan, wenn Lady Jane den Jungen nicht so dringend eingeladen hätte. Zudem scheute sie die Zeichen von Empörung und Unzufriedenheit, mit der Rawdon auf die Vernachlässigung des Kindes durch sie reagierte. „Er ist der feinste Junge in ganz England", sagte der Vater in vorwurfsvollem Ton zu ihr, „du hast ihn aber anscheinend nicht einmal so gern wie deinen Schoßhund, Becky! Er wird dir keine große Last sein; zu Hause wird er sich im Kinderzimmer aufhalten, und in der Postkutsche kann er mit mir draußen fahren."

„Und du fährst nur draußen, weil du deine ekligen Zigarren rauchen willst!" versetzte Mrs. Rawdon.

„Ich kann mich noch gut an eine Zeit erinnern, da du sie ganz gern hattest", antwortete der Ehemann.

Becky lachte. Sie war fast immer guter Laune. „Ja, damals diente ich noch auf Beförderung, du Esel", sagte sie. „Nimm Rawdon zu dir hinaus und gib ihm meinetwegen auch eine Zigarre, wenn du Lust hast."

Rawdon wärmte den kleinen Sohn allerdings nicht auf diese Weise, sondern er und die Briggs hüllten das Kind vor der Winterreise warm in Tücher und Schals ein. Dann wurde er an einem dunklen Morgen unter den Lampen des Gasthofs „Zum Weißen Roß" respektvoll auf das Dach der Postkutsche gehoben. Mit großem Entzücken sah er die Dämmerung heraufziehen auf seiner ersten Reise nach dem Ort, den der Vater immer noch „zu Hause" nannte. Für den Knaben war diese Fahrt eine große Freude, und er beobachtete alles auf der Straße mit nimmermüdem Interesse. Der Vater beantwortete ihm alle diesbezüglichen Fragen; er erzählte ihm, wer in dem großen weißen Haus da zur Rechten wohnte und wem der Park gehörte. Im Innern des Wagens machte seine Mutter mit ihrer Zofe und ihren Pelzen, ihren Decken und Riechfläschchen so viel Umstände, daß man meinen konnte, sie sei noch niemals in einer Postkutsche gereist; noch viel weniger hätte man angenommen, daß sie auf einer Fahrt vor einem runden Dutzend Jahren aus ebenderselben Kutsche hinausgewiesen worden war, um für einen voll zahlenden Fahrgast Platz zu machen.

Es war wieder dunkel, als der kleine Rawdon in Mudbury geweckt wurde, um in den Wagen seines Onkels umzusteigen. Verwundert sah er hinaus, als die großen Eisentore aufgingen und die weißen Stämme der Linden vorüberflogen, bis sie schließlich vor den erleuchteten Fenstern des Schlosses anhielten, wo warme, weihnachtliche Behaglichkeit sie willkommen hieß. Die große Tür stand weit offen. Ein mächtiges Feuer brannte in dem riesigen alten Kamin. Über den schwarzkarierten Steinfußboden war ein Teppich gebreitet. Der alte türkische, der früher in der Damengalerie lag, dachte Rebekka. Im nächsten Augenblick küßte sie Lady Jane.

Mit würdigem Ernst begrüßte sie Sir Pitt in der gleichen Weise. Rawdon jedoch hielt sich vor der Schwägerin zurück, da er geraucht hatte. Die beiden Kleinen von Lady Jane traten zu dem Vetter heran. Während Matilda ihm die Hand reichte und ihm einen Kuß gab, stand Pitt Binkie Southdown, der Sohn und Erbe, hochmütig etwas abseits und betrachtete den Vetter

prüfend, so wie sich ein kleiner Hund einen großen erst einmal vorsichtig ansieht.

Dann führte die liebenswürdige Gastgeberin die Gäste in ihre gemütlichen, freundlich vom Feuer durchwärmten Räume. Darauf kamen die jungen Mädchen und klopften an Mrs. Rawdons Tür unter dem Vorwand, sich nützlich machen zu wollen. In Wahrheit wollten sie nur gern einen Blick auf den Inhalt ihrer Koffer und Schachteln werfen; denn wenn die Kleider auch schwarz waren, so waren sie doch von der neuesten Londoner Mode. Sie erzählten ihr, wieviel netter es jetzt im Schloß sei, daß Lady Southdown abgereist sei und daß Sir Pitt sich allmählich jene Stellung in der ländlichen Gesellschaft erwerbe, die einem Crawley in der Tat zukomme. Als dann die große Glocke ertönte, versammelte die Familie sich zum Essen. Bei diesem Mahl saß Rawdon junior neben seiner Tante, der gutherzigen Dame des Hauses, und Sir Pitt war ganz ungewöhnlich aufmerksam gegen seine Schwägerin zur Rechten.

Der kleine Rawdon aß mit gutem Appetit und benahm sich sehr anständig.

„Hier gefällt es mir zu essen“, sagte er nach Beendigung des Mahles zu seiner Tante. Nach einer geziemenden Danksagung von Sir Pitt wurde nun der junge Sohn und Erbe vorgeführt und auf ein hohes Stühlchen neben dem Baron gesetzt, während die kleine Tochter sich neben der Mutter niederließ, wo ein Weinglas für sie bereit stand.

„Warum?“ fragte die gute Lady Jane.

„Wenn ich zu Hause bin, esse ich immer in der Küche“, erwiderte Rawdon, „oder auch mit der Briggs.“ Becky war indessen in die Unterhaltung mit dem Baron, ihrem Gastgeber, vertieft und überschüttete ihn mit einer Flut von Komplimenten und entzückten Freudenausbrüchen. Sie bewunderte den kleinen Pitt Binkie. „Ein so hübsches, intelligentes, edel aussehendes Geschöpfchen!“ rief sie entzückt aus, „und dem Vater so ähnlich!“ So hörte sie nichts von dem, was ihr eigenes Fleisch und Blut am anderen Ende der schimmernden Tafel sagte.

Weil er zu Besuch war und es der erste Abend nach seiner Ankunft war, durfte Rawdon II. aufbleiben, bis der Tee vorüber war und ein großes, vergoldetes Buch vor Sir Pitt auf den Tisch gelegt wurde. Dann strömten alle Hausangestellten der Familie herein, und Sir Pitt verlas die Abendandacht. Es war das erstemal in seinem Leben, daß der arme kleine Junge so etwas erlebte oder hörte.

Schon während dieser kurzen Zeit hatte das Haus sich unter der Herrschaft des Barons sehr verschönert. Als Becky es in Sir Pitts Begleitung besichtigte, erklärte sie es für reizend, entzückend, vollendet schön. Dem kleinen Rawdon, der es unter der Führung der Kinder erforschte, kam es wie ein richtiges Zauberschloß vor. Da gab es lange Galerien, alte, prunkvolle Staatsschlafzimmer, Bilder und altes Porzellan und allerlei Waffen. Da waren die Zimmer, in denen der Großvater gestorben war und an denen die Kinder mit furchtsamen Blicken vorübergingen. „Wer war der Großpapa?“ fragte Rawdon, und sie erzählten ihm, daß er schrecklich alt gewesen und immer in einem Rollstuhl herumgefahren sei. Eines Tages zeigten sie ihm den Rollstuhl, der in einem Schuppen vermoderte. Dort stand er nun, seit man den alten Herrn zu der Kirche dort hinübergefahren hatte, deren Turm sie durch die Ulmen im Park glänzen sahen.

Die Brüder waren mehrere Vormittage lang mit der Besichtigung der Verbesserungen beschäftigt, die Sir Pitts Talent und seine Sparsamkeit bewirkt hatten. Während sie hinausgingen oder -ritten, um sich alles anzusehen, konnten sie sich gut unterhalten, ohne einander allzusehr zu langweilen. Pitt trug dabei stets Sorge, Rawdon zu erklären, wieviel Geld diese Verbesserungen verschlungen hatten, und daß ein Mann mit Grundbesitz und einem in Staatspapieren angelegten Vermögen doch oft um zwanzig Pfund in Verlegenheit sein könnte. „Da ist zum Beispiel dieses neue Parktor“, sagte Pitt und zeigte bescheiden mit dem Rohrstock darauf hin; „ich kann es ebensowenig vor dem Eingang der Januar-Zinsen bezahlen, wie ich fliegen kann.“

„Bis dahin kann ich dir etwas leihen, Pitt“, antwortete Rawdon ziemlich reuig. Dann gingen sie hinaus und sahen sich das wiederhergestellte Portiershäuschen an, wo eben das Familienwappen neu in Stein gehauen wurde. Die alte Mrs. Lock hatte nun nach vielen langen Jahren zum erstenmal wieder fest schließende Türen, ein wasserdichtes Dach und heile Fenster.

45. Kapitel

Zwischen Hampshire und London

Sir Pitt Crawley hatte mehr getan als Zäune flicken und verfallene Pförtnerhäuschen auf dem Gut von Queen's Crawley ausbessern. Als weiser Mann hatte er sich daran gemacht, den beschädigten Ruf seines Hauses wiederherzustellen und die Löcher und schlechten Stellen auszuflikken, die sein liederlicher, verschwenderischer alter Vorgänger auf dem Namen zurückgelassen hatte. Sehr bald nach dem Ableben seines Vaters wurde er von der Gemeinde als ihr Vertreter gewählt. Als Friedensrichter, Parlamentsmitglied, Großgrundbesitzer und Repräsentant einer alten Familie machte er es sich zur Pflicht, sich in Hampshire in aller Öffentlichkeit zu zeigen. Er spendete reichlich bei Wohltätigkeitsversammlungen der Grafschaft, machte eifrig überall Besuch, kurz, er legte es darauf an, in Hampshire und später im ganzen britischen Weltreich die Stellung zu gewinnen, die ihm seiner Ansicht nach auf Grund seiner besonderen Talente zustand. Lady Jane war angewiesen, zu den Fuddlestones und den Wapshots und den anderen berühmten Baronsfamilien der Nachbarschaft recht gute Beziehungen zu pflegen. Ihre Kutschen waren jetzt häufig in der Allee von Queen's Crawley zu sehen. Sie speisten ziemlich oft im Schloß (wo das Essen so gut war, daß Lady Jane offenbar nur selten an der Zubereitung beteiligt zu sein schien), und umgekehrt fuhren Pitt und seine Frau eifrig aus zum Abendessen, war auch das Wetter noch so schlecht und der Weg noch so weit. Pitt selbst mit seiner schlechten Gesundheit und seinem geringen Appetit machte sich zwar nichts aus Geselligkeit. Aber er fand, bei seiner Stellung gehöre es sich, gastfrei und liebenswürdig zu sein, und sooft er nach einem langen Abend außer Hause Kopfschmerzen bekam, fühlte er sich als Märtyrer der Pflicht. Mit den vornehmsten Herren des Landadels unterhielt er sich über die Ernte, die Korngesetze und über Politik. Obzwar er früher geneigt gewesen war, in dieser Hinsicht ein trauriger Freidenker zu sein, nahm er jetzt voll Eifer an jeder Unterhaltung über Wilddiebe und Wildgehege teil. Selber ging er nicht auf die Jagd; er war kein Jäger, sondern ein Mann der Bücher und friedlichen Gewohnheiten; aber er war ganz der Ansicht, daß die Pferdezucht im Lande hochgehalten werden müsse und daß man sich daher auch um die Aufzucht von Füchsen kümmern müsse. Wenn also sein Freund Sir Huddlestone Fuddlestone Lust hätte, durch das Land zu streifen und wie früher die Hunde zur Fuchsjagd in Queen's Crawley zu versammeln, so würde er sich freuen, ihn und die Fuddlestonesche Jagdgesellschaft dort zu sehen. Zu Lady Southdowns Entsetzen wurde er in seinen Ansichten täglich orthodoxer. Er gab das öffentliche Predigen auf und besuchte keine religiösen Versammlungen mehr, sondern ging regelmäßig zur Kirche, sprach beim Bischof und allen Geistlichen von Winchester vor und erhob keine Einwände, wenn der ehrwürdige Erzdekan Trumper ihn zu einer Partie Whist aufforderte. Wie schmerzlich mußte das für Lady Southdown sein! Sie mußte den Schwiegersohn wirklich für völlig verworfen halten, daß er solch gottlose Vergnügungen erlaubte! Und als die Familie von einem Oratorium in Winchester zurückkehrte, verkündete der Baron den jungen Mädchen sogar, im nächsten Jahr werde er sie wahrscheinlich zum Grafschaftsball mitnehmen. Sie waren begeistert von ihm und seiner Güte. Lady Jane unterwarf sich völlig seinem Willen. Vielleicht freute auch sie sich darauf, hinzugehen. Die gräfliche Witwe schilderte das weltliche Benehmen ihrer Tochter in den düstersten Farben, wenn sie an die Verfasserin der *Waschfrau von Finchley Common* nach dem Kapland schrieb. Da ihr Haus in Brighton gerade frei wurde, kehrte sie in den Badeort zurück. Ihre Kinder aber vermißten sie nicht allzusehr. Vermutlich war auch Rebekka bei ihrem zweiten Besuch in Queen's Crawley nicht allzu betrübt darüber, die Dame mit dem Arzneikasten nicht mehr anzutreffen. Trotzdem schrieb sie der Lady einen Weihnachtsbrief, in dem sie sich respektvoll in Erinnerung brachte und mit Dankbarkeit der Freude gedachte, die die Unterhaltung mit Mylady ihr bei ihrem früheren Besuch bedeutet hatte. Sie verweilte des längeren bei der Freundlichkeit, mit der die Lady sie während ihrer Krankheit behandelt hatte, und erklärte schließlich, in Queen's Crawley erinnere sie alles an die ferne Freundin.

Sir Pitts verändertes Benehmen und seine neu errungene Beliebtheit waren zu einem guten Teil auf die Ratschläge der schlauen kleinen Frau aus der Curzon Street zurückzuführen. „Sie wollen ein Baron bleiben? Sie wollen für immer nur ein Landedelmann sein?“ hatte sie zu ihm gesagt, als er in London ihr Gast war. „Nein, Sir Pitt Crawley, ich kenne Sie besser! Ich kenne Ihre Talente und Ihren Ehrgeiz. Sie bilden sich ein, Sie könnten sich verstecken; aber vor mir können Sie nichts verbergen! Ich habe Lord Steyne Ihre Flugschrift über das Malz gezeigt. Er kannte sie bereits und sagte, nach Ansicht aller Kabinettsmitglieder sei es die meisterhafteste Abhandlung, die je über diesen Gegenstand erschienen sei. Das Ministerium hat ein Auge auf Sie geworfen! Ich weiß, was Sie erstreben. Sie wollen sich im Parlament auszeichnen. Jeder sagt, Sie seien der beste Redner in England. Man erinnert sich noch gut Ihrer Reden in Oxford. Sie wollen Ihre Grafschaft im Parlament vertreten, wo Sie mit Ihrer eigenen Stimme und mit Ihrer Gemeinde im Hintergrund alles beherrschen können. Sie wollen Graf Crawley von Queen's Crawley werden, und Sie werden es erreichen, ehe Sie sterben! Ich habe das alles erkannt. Ich konnte in Ihrem Herzen lesen, Sir Pitt. Wenn ich einen Mann hätte, der neben Ihrem Namen auch noch Ihren Geist besäße, dann würde ich mich seiner nicht unwürdig zeigen, denke ich manchmal. Aber – aber nun bin ich Ihre Verwandte“, fügte sie lachend hinzu. „Wenn ich auch kein Geld habe, so habe ich doch einigen Einfluß, und wer weiß – vielleicht kann die Maus doch noch einmal dem Löwen helfen!“

Pitt Crawley war über diese Rede verwundert und entzückt. „Wie gut diese Frau mich versteht!“ sagte er. „Ich habe Jane nie dazu bewegen können, die Flugschrift über das Malz zu lesen. Sie hat keine Ahnung von meinen überragenden Fähigkeiten oder meinem geheimen Ehrgeiz. So, man erinnert sich also noch an meine Reden in Oxford, wirklich? Diese Schurken! Jetzt, da ich meine Gemeinde vertrete und vielleicht auch bald die Grafschaft, da beginnt man sich meiner zu entsinnen! Letztes Jahr hat Lord Steyne mich während des Empfangs bei Hofe noch gar nicht beachtet. Jetzt finden sie allmählich, daß Pitt Crawley doch jemand ist! Aber es war immer derselbe Mann, den diese Leute vernachlässigten. Es fehlte ihm eben nur an Gelegenheit. Jetzt will ich ihnen schon zeigen, daß ich ebenso sprechen und handeln kann wie schreiben. Auch Achilles zeigte sich in seiner wahren Stärke erst, als man ihm das Schwert gab.

Ich halte es jetzt in Händen! Die Welt soll noch von Pitt Crawley hören!"

Darum also war dieser schlaue Diplomat so gastfreundlich geworden, darum so freigebig, wenn es sich um Oratorien und Krankenhäuser handelte, darum so freundlich zu Dekanen und Domkapiteln, darum an Markttagen so ungewöhnlich gnädig zu den Bauern und darum so interessiert für alle Grafschaftsangelegenheiten! Darum war auch das Weihnachtsfest im Schloß das fröhlichste, das man seit Jahren dort erlebt hatte.

Am Weihnachtstag fand ein großes Familientreffen statt. Alle Crawleys aus dem Pfarrhaus kamen zum Abendessen. Rebekka war zu Mrs. Bute so offenherzig und liebenswürdig, als wäre die letztere nie ihre Feindin gewesen. Sie legte zärtliches Interesse für die beiden lieben Mädchen an den Tag und war überrascht, welche Fortschritte sie seit damals in der Musik gemacht hatten, da sie in Queen's Crawley gewesen war. Sie bestand darauf, eins der Duette aus dem großen Liederbuch zu singen, das Jim brummend aus dem Pfarrhaus mitgebracht hatte. Mrs. Bute kam nicht darum herum, zu der kleinen Abenteurerin ebenfalls höflich zu sein. Natürlich konnte niemand es ihr verwehren, hinterher mit den Töchtern über die absurde Achtung zu reden, mit der Sir Pitt seine Schwägerin behandelte. Aber Jim, der bei Tische neben ihr gesessen hatte, erklärte, sie sei ein Prachtkerl, und was den kleinen Rawdon betraf, so war die ganze Familie sich einig, daß er ein reizender Junge sei. Sie respektierten in dem Knaben den möglichen Baron; denn zwischen ihm und dem Adelstitel stand nur der kleine, blasse, kränkliche Pitt Binkie.

Die Kinder waren die besten Freunde. Pitt Binkie war ein viel zu kleiner Hund, als daß ein so großer Hund wie Rawdon mit ihm gespielt hätte. Und Matilda war als Mädchen natürlich kein passender Gefährte für einen jungen Herrn, der fast acht Jahre alt war und sehr bald richtige Anzüge tragen würde. Daher übernahm er sofort das Kommando über die kleine Truppe. Das kleine Mädchen und der kleine Junge liefen ihm mit tiefster Ehrerbietung nach, wenn er sich zuweilen dazu herabließ, sich mit ihnen zu beschäftigen. Er war unendlich glücklich auf dem Lande. Der Küchengarten gefiel ihm ganz ungeheuer, die Blumen schon weniger, aber die Tauben und das Geflügel und die Ställe, die er manchmal besuchen durfte, waren für ihn eine Quelle hohen Entzückens. Von den Misses Crawley ließ er sich nicht küssen; Lady Jane indessen erlaubte er gelegentlich, ihn zu umarmen. Wenn das Zeichen zum Aufbruch in den Salon gegeben wurde und die Damen die Herren beim Rotwein zurückließen, setzte er sich lieber neben sie als neben seine Mutter. Denn Rebekka, die gesehen hatte, daß Zärtlichkeit Trumpf war, hatte Rawdon eines Abends zu sich gerufen, sich zu ihm herabgebeugt und ihn vor allen Damen geküßt. Zitternd und über und über rot wie stets, wenn er erregt war, hatte er ihr danach voll ins Gesicht geblickt und gesagt: „Zu Hause küßt du mich nie, Mama!" Daraufhin war ein allgemeines bestürztes Stillschweigen entstanden und in Beckys Augen ein durchaus nicht angenehmes Licht aufgeglommen.

Rawdon hatte die Schwägerin gern um ihrer Zuneigung zu seinem Sohn willen. Lady Jane aber und Becky kamen bei diesem Besuch nicht ganz so gut miteinander aus wie bei dem früheren, als es der Frau des Obersten mehr darauf angekommen war zu gefallen. Durch die beiden Bemerkungen des Kindes waren ihre Beziehungen etwas abgekühlt. Vielleicht war auch Sir Pitt ihr gegenüber etwas zu aufmerksam.

Wie es sich für sein Alter und seine Größe gehörte, schätzte der kleine Rawdon mehr die Gesellschaft von Männern als von Frauen. Er wurde es nie müde, seinen Vater in die Ställe zu begleiten, wohin der Oberst sich oft zurückzog, um eine Zigarre zu rauchen. Hierin wie auch in anderen Vergnügungen schloß sich ihm manchmal sein Vetter Jim, der Pfarrerssohn, an. Er und der Förster des Barons waren dicke Freunde. Ihr gemeinsames Interesse an Hunden hatte sie zusammengeführt. Eines Tages gingen Mr. James, der Oberst und der Förster Horn hinaus zum Fasanenschießen und nahmen den kleinen Rawdon mit. An einem anderen wunderschönen Morgen belustigten diese vier Herren sich in der Scheune mit einer Rattenjagd. So etwas Interessantes hatte der kleine Rawdon noch nie gesehen! Zunächst verstopften sie in der Scheune die Ausgänge gewisser Abzugslöcher. In die anderen Öffnungen steckten sie Frettchen hinein. Dann warteten sie schweigend mit erhobenem Stock in der Hand, während ein eifriger kleiner Terrier (Mr. James' berühmter Hund, Forceps mit Namen), der vor Aufregung kaum atmen konnte, bewegungslos auf drei Pfoten stand und auf das schwache Quieken der Ratten unten lauschte. Mit dem Mut der Verzweiflung kamen die verfolgten Tiere plötzlich zum Vorschein. Der Terrier erledigte eins, der Förster das andere; Rawdon griff vor Nervosität und Aufregung daneben und tötete statt dessen beinahe ein Frettchen.

Aber der größte Tag von allen war, als Sir Huddlestone Fuddlestones Meute auf dem Rasen in Queen's Crawley zusammenkam.

Das war ein Anblick für den kleinen Rawdon! Um halb elf erschien Tom Moody, Sir Huddlestone Fuddlestones Jäger, in der Allee. Ihm folgte, dicht gedrängt, das edle Rudel Hunde. Die Nachhut wurde von zwei in fleckige, scharlachrote Röcke gekleideten Hundejungen herangetrieben, leichten Kerlen mit harten Zügen, auf edelrassigen, schlanken Pferden. Sie besaßen eine wunderbare Geschicklichkeit darin, mit den Spitzen ihrer schweren, langen Peitschen die empfindlichste Stelle in der Haut der Hunde zu treffen, die es wagten, sich von dem Rudel zu trennen oder von den Hasen und Kaninchen, die ihnen unter die Nase kamen, auch nur die geringste Notiz zu nehmen, ja auch nur mit dem Kopf nach ihnen zu zucken.

Als nächster kam der junge Jack, Tom Moodys Sohn. Er wog knapp siebzig Pfund und maß 1,20 Meter und würde niemals größer werden. Er hockte auf einem großen, grobknochigen Jagdpferd, das von dem riesigen Sattel fast ganz bedeckt wurde. Dieses Tier war Sir Huddlestone Fuddlestones Lieblingspferd Nob. Von Zeit zu Zeit trafen andere Pferde, ebenfalls von kleinen Jungen geritten, ein. Sie warteten auf ihre Herren, die gleich angetrabt kommen würden.

Tom Moody ritt bis vor das Schloßtor, wo er von dem Butler begrüßt wurde, der ihm einen Trunk anbot. Aber er lehnte ab. Dann zog er sich mit der Meute in eine geschützte Ecke des Rasens zurück, wo die Hunde auf dem Gras herumtollten, miteinander spielten oder sich anbellten. Hin und wieder verwikkelten sie sich in einen wütenden Kampf, der durch Toms unvergleichliche, scheltende Stimme oder durch die lange, geschmeidige Peitsche schnell wieder erstickt wurde.

Auf reinblütigen Pferden kamen zahlreiche junge Herren in eleganten Reithosen herangesprengt. Sie traten ins Haus ein, um einen Likör zu trinken und den Damen ihre Aufwartung zu machen. Andere wiederum, bescheidener und waidmannsmäßiger, entledigten sich ihrer schmutzigen Stiefel, wechselten ihre Gäule gegen ihre Jagdpferde aus und erwärmten sich durch einen kleinen Probegalopp auf dem Rasen. Dann sammelten sie sich um die Meute in der Ecke und plauderten mit Tom Moody über vergangene Sportereignisse, über die Leistungen von Sniveller und Diamond und über die Lage des Landes und die daniederliegende Fuchsaufzucht.

Bald darauf erschien Sir Huddlestone auf einem klugen Gaul. Er ritt zum Schloß heran, trat ein und begrüßte höflich die Damen. Dann ging er als Mann von wenig Worten schnell zum Geschäft über. Die Hunde wurden vor das Schloßtor getrieben, und der kleine Rawdon mischte sich unter sie, aufgeregt und erschreckt von den Liebkosungen, die sie ihm erwiesen. Sie stießen ihn mit den wedelnden Schwänzen, sie zankten sich nach Hundeart und waren sogar durch Tom Moodys Zunge und Peitsche kaum zurückzuhalten.

Inzwischen war Sir Huddlestone schwerfällig auf Nob hinaufgeklettert. „Wollen wir es nicht mal mit Sowster's Spinney versuchen, Tom?" sagte der Baron. „Bauer Mangle hat mir gesagt, da seien zwei Füchse drin." Tom stieß ins Horn und trottete los, und hinter ihm her kamen die Meute, die Peitschen, die jungen Herren von Winchester, die Bauern der Nachbarschaft und zu Fuß die Arbeiter des Kirchspiels, für die dieser Tag ein großes Fest bedeutete. Den Schluß machte Sir Huddlestone mit Oberst Crawley, und dann verschwand der ganze Zug in der Allee.

Ehrwürden Bute Crawley war zu bescheiden, um bei der öffentlichen Versammlung unter den Fenstern seines Neffen zu erscheinen. Tom Moody erinnerte sich noch an ihn, wie er vor vierzig Jahren als schlanker Geistlicher die wildesten Pferde ritt, über die breitesten Bäche und die neuesten Tore im ganzen Land in tollem Galopp hinübersetzte. Zufällig trabten Ehrwürden jetzt auf seinem mächtigen schwarzen Roß aus dem Heckenweg am Pfarrhaus heraus, gerade als Sir Huddlestone vorbeikam. Er schloß sich dem würdigen Baron an. Hunde und Reiter verschwanden, und der kleine Rawdon blieb allein auf der Freitreppe zurück, verwundert und glücklich.

Der kleine Rawdon mochte seinen Onkel nicht besonders. Er war immer so furchterregend und kalt, wie er sich da in Rechtsgeschäfte vertiefte oder sich, von Gerichtsdienern und Bauern umgeben, in seinem Studierzimmer einschloß. Im Verlauf dieser denkwürdigen Ferien eroberte der kleine Rawdon sich indes das Wohlwollen seiner Tanten, der verheirateten wie der unverheirateten, und auch das Jims, des Pfarrerssohns, den Sir Pitt in seinem Werben um eine der jungen Damen ermunterte, zweifellos mit der Aussicht, daß er die Pfründe erhalten solle, sobald sein jagdlustiger alter Herr sie freigeben würde. Jim selbst hatte diesen Sport aufgegeben und beschränkte sich während der Weihnachtsferien darauf, sich ein wenig mit der harmlosen Enten- und Schnepfenjagd abzugeben und ein bißchen mit den Ratten zu spielen. Nach den Ferien wollte er auf die Universität zurückgehen und versuchen, nicht wieder durchzufallen. Er hatte bereits seine grünen Röcke, die roten Halsbinden und anderen weltlichen Zierat abgelegt und bereitete sich auf einen Wechsel seiner Verhältnisse vor. Auf diese billige, sparsame Weise versuchte Sir Pitt, seine Schulden an die Familie abzutragen.

Noch ehe diese fröhlichen Weihnachtstage vorüber waren, hatte der Baron Mut gefaßt und seinem Bruder einen weiteren Scheck, auf die nicht geringe Summe von einhundert Pfund lautend, überreicht. Zunächst bereitete diese edle Tat ihm allerdings grausame Qualen, aber schließlich erwärmte er sich bei dem Gedanken, einer der hochherzigsten Menschen zu sein. Rawdon und sein Sohn gingen wahrhaft schweren Herzens fort. Becky und die Damen dagegen trennten sich nicht gerade ungern, und unsere Freundin kehrte nach London zurück, um sich wieder den Beschäftigungen zu widmen, bei denen wir sie zu Beginn dieses Kapitels antrafen. Unter ihrer Aufsicht wurde das Crawleysche Haus in der Great Gaunt Street wieder richtiggehend verjüngt, bereit, Sir Pitt und seine Familie aufzunehmen. Dann kam der Baron nach London, um seinen Pflichten im Parlament nachzugehen und sich die Stellung im Lande zu erobern, zu der seine ungeheure Begabung ihn befähigte.

In der ersten Sitzungsperiode ließ er sich noch nichts anmerken, verheimlichte seine Pläne und machte nur einmal den Mund auf, um eine Petition von Mudbury einzureichen. Aber er besuchte fleißig die Sitzungen und verschaffte sich eine genaue Kenntnis von den Sitten und dem Geschäftsgang des Hauses. Daheim widmete er sich der Lektüre der Parlaments- und Kabinettsprotokolle, worüber Lady Jane einigermaßen verwundert und recht beunruhigt war, fürchtete sie doch, er könnte sich durch spätes Zubettgehen und eifriges Arbeiten noch den Tod holen. Er machte die Bekanntschaft von Ministern und Parteiführern, fest entschlossen, in nicht allzu ferner Zeit auch einer von ihnen zu sein.

Lady Janes Milde und Güte hatten Rebekka mit solcher Verachtung gegen die Lady erfüllt, daß es der kleinen Frau ordentlich schwer wurde, sie zu verbergen. Diese einfache Güte, die Lady Jane besaß, verdroß unsere Freundin Becky sehr, und zuweilen war es ihr ganz unmöglich, der anderen ihre Gefühle nicht zu zeigen oder sie nicht erraten zu lassen. Auch Lady Jane war Rebekkas Gegenwart nicht angenehm. Ständig unterhielt sich Pitt mit ihr. Zeichen des Einverständnisses schienen zwischen den beiden hin und her zu gehen, und Pitt besprach Dinge mit ihr, über die er seiner Frau gegenüber nie auch nur ein Wort verlor. Sicher, Lady Jane verstand nichts davon; aber es war doch kränkend, stillbleiben zu müssen, und noch kränkender war das Bewußtsein, daß sie nichts zu sagen hatte. Noch dazu mußte sie mit anhören, wie die freche kleine Mrs. Rawdon von einem Gegenstand zum anderen sprang, wie sie für jeden ein Wort übrig hatte und einen Scherz, der ihr immer zur Hand war. Lady Jane aber mußte in ihrem eigenen Haus allein sitzen und sehen, wie alle Männer sich um die Rivalin drängten.

Wenn Lady Jane den sich um ihre Knie scharenden Kindern Märchen erzählte (und auch der kleine Rawdon, der sie sehr gern hatte, war dann stets dabei) und wenn Becky dann mit spöttischem Lächeln und einem verächtlichen Ausdruck in ihren grünen Augen hereinkam, wurde die arme Lady unter diesem boshaften Blick ganz still. Ihre harmlosen kleinen Phantasien schraken zitternd zurück wie die Elfen im Märchenland vor dem mächtigen bösen Engel. Sie konnte nicht weitererzählen, obwohl Rebekka sie mit einem fast unmerklichen Anflug von Spott in der Stimme bat, in ihrer reizenden Geschichte fortzufahren. Auf der anderen Seite waren milde Gedanken und einfache Freuden Mrs. Becky geradezu widerwärtig. Sie paßten nicht zu ihr, und sie haßte die Menschen, die Gefallen daran fanden. Kinder und Kinderfreunde stieß sie verächtlich von sich. „Butterbrot ist nicht nach meinem Geschmack", sagte sie, wenn sie im Beisein Lord Steynes über Lady Jane und ihre Art spottete.

„Ebensowenig wie für einen gewissen Jemand das Weihwasser!" erwiderte der Lord mit einer Verbeugung. Sein Grinsen machte einem unangenehmen Gelächter Platz.

So sahen die beiden Damen sich nicht häufig, außer bei jenen Gelegenheiten, da die Frau des jüngeren Bruders die Schwägerin aufsuchte, weil sie etwas von der anderen haben wollte. Sie nannten sich fleißig „meine Liebe" und „meine Teure", aber im übrigen mieden sie sich, wohingegen Sir Pitt trotz seinen vielseitigen Geschäften noch täglich Zeit fand, seine Schwägerin zu besuchen.

Den Anlaß des ersten Diners bei dem Sprecher des Unterhauses, an dem er teilnahm, benutzte Sir Pitt, um sich der

Schwägerin in Uniform zu präsentieren, der alten Diplomatenuniform, die er als Attaché bei der Gesandtschaft in Pumpernickel getragen hatte.

Becky machte ihm zahlreiche Komplimente wegen dieser Kleidung und bewunderte sie fast ebensosehr, wie seine eigene

Frau und die Kinder es getan hatten, als er sich ihnen beim Weggehen vorstellte. Sie erklärte, nur der reinblütige Adel könne das Hofkleid mit Anstand tragen, und die culotte courte stehe wirklich nur Männern aus altem Geschlecht. Pitt sah wohlgefällig an seinen Beinen herunter, die allerdings kaum eine größere Symmetrie oder ausgeglichenere Formen besaßen als der magere kurze Degen, der ihm an der Seite baumelte. Er sah auf seine Beine herunter und kam sich recht unwiderstehlich vor.

Kaum war er fort, entwarf Becky eine Karikatur seiner Gestalt, die sie Lord Steyne zeigte, als er kam. Von der treffenden Ähnlichkeit ganz begeistert, nahm der Lord die Skizze mit. Er hatte Sir Pitt die Ehre erwiesen, ihn in Mrs. Beckys Haus zu begrüßen, und war zu dem neuen Baron und Parlamentsmitglied sehr gnädig gewesen. Zudem war Pitt betroffen von der Unterwürfigkeit, mit der der große Lord seine Schwägerin behandelte. Er staunte darüber, mit welch glänzender Leichtigkeit sie die Unterhaltung führte und mit welchem Vergnügen die anderen Männer ihrem Geplauder zuhörten. Lord Steyne zweifelte nicht daran, daß der Baron erst am Anfang seiner Laufbahn stehe. Er wartete gespannt darauf, ihn als Redner zu hören. Da sie Nachbarn waren (denn die Great Gaunt Street mündet auf den Gaunt Square, dessen eine Seite, wie jeder weiß, Gaunt House bildet), würde Lady Steyne, sobald sie in London eingetroffen wäre, hoffentlich die Ehre haben, Lady Crawleys Bekanntschaft zu machen. Im Laufe des nächsten Tages gab er bei dem Nachbarn seine Karte ab, bei demselben Nachbarn, von dem Notiz zu nehmen er bisher noch nie geruht hatte, ebensowenig wie von dessen Vorgänger, obwohl sie schon ein Jahrhundert lang Nachbarn gewesen waren.

Inmitten dieser Intrigen, dieser feinen Gesellschaften und klugen, glänzenden Persönlichkeiten kam Rawdon sich mit jedem Tag verlassener vor. Er durfte häufiger in den Klub gehen, er durfte mit befreundeten Junggesellen außer Haus essen, er durfte kommen und gehen, wie es ihm beliebte, ohne je gefragt zu werden. Oftmals ging er mit dem kleinen Rawdon in die Gaunt Street, um dort Lady Jane und die Kinder zu besuchen, während Sir Pitt sich auf dem Wege vom oder zum Parlament bei Rebekka eingefunden hatte.

Stundenlang pflegte der ehemalige Oberst schweigend im Hause seines Bruders zu sitzen und so wenig wie möglich zu tun und zu denken. Er war froh, wenn er einen Auftrag zu erledigen hatte, wenn er über ein Pferd oder einen Diener Erkundigungen einziehen mußte oder beim Essen den Hammelbraten für die Kinder aufschneiden durfte. Er war zu Trägheit und Unterwürfigkeit erzogen worden. Delila hatte ihn gefangengenommen und ihm das Haar abgeschnitten. Der kühne, sorglose junge Stutzer, der er vor zehn Jahren gewesen war,

war unterjocht und in einen trägen unterwürfigen Herrn mittleren Alters verwandelt worden.

Die arme Lady Jane merkte, daß Rebekka auch ihren eigenen Mann eingefangen hatte, obwohl sie und Mrs. Rawdon sich stets, wenn sie sich begegneten, „meine Liebe“ und „meine Teure“ nannten.

46. Kapitel

Kämpfe und Prüfungen

Obgleich keineswegs sehr heiterer Stimmung, verlebten unsere Freunde in Brompton inzwischen das Weihnachtsfest nach ihrer Art.

Von den ungefähr hundert Pfund, die Osbornes Witwe jährlich zur Verfügung standen, hatte sie gewöhnlich fast drei Viertel den Eltern gegeben, damit sie die Ausgaben für sie selbst und ihren kleinen Jungen davon bestreiten konnten. Mit weiteren einhundertzwanzig Pfund, die Joe schickte, konnte diese vierköpfige Familie samt einem einzigen irischen Dienstmädchen, das auch noch Mrs. Clapp aushalf, ganz behaglich und anständig leben und den Kopf über Wasser halten. Ja, sie konnten nach all den Stürmen und Enttäuschungen ihren Freunden doch immer noch eine Tasse Tee anbieten. Sedley hatte sich bei der Familie Clapp immer noch ein gewisses Ansehen bewahrt. Mr. Clapp, ehemals sein Angestellter, erinnerte sich noch der Zeit, da er, auf der äußersten Stuhlkante sitzend, am Tisch des reichen Kaufmanns vom Russel Square sein Glas auf das Wohl von Mrs. Sedley, Miss Emmy und Mr. Josef in Indien geleert hatte. Die Zeit hatte den Glanz der Erinnerung im Herzen des ehrlichen Schreibers nur noch erhöht. Sooft er aus seiner Wohnküche in den Salon hinaufkam und dort mit Mr. Sedley einen Tee oder einen Grog trank, sagte er: „So etwas waren Sie früher nicht gewöhnt, Sir!“ und trank so gravitätisch ernst und ehrerbietig auf das Wohl der Damen wie einst in den Tagen ihres Wohlstandes. Miss Amelias Klavierspiel dünkte ihn die himmlischste Musik, die er je gehört hatte, und sie war für ihn die vornehmste Dame, die er kannte. Nicht einmal im Klub nahm er Platz, ehe nicht Mr. Sedley saß, und in Gesellschaft duldete er niemals, daß irgendeiner über seinen alten Chef schlecht redete. Er habe gesehen, wie die bedeutendsten Leute von London Mr. Sedley die Hand geschüttelt hätten, sagte er, er habe ihn zu einer Zeit gekannt, da Rothschild täglich auf der Börse mit ihm zu sehen gewesen wäre, und er persönlich verdanke ihm alles!

Clapp mit seinen ausgezeichneten Zeugnissen und seiner guten Handschrift hatte bald nach dem Unglück seines Herrn eine neue Stellung finden können. „So ein kleiner Fisch wie ich schwimmt in jedem Eimer“, war seine ständige Rede. Ein Mitglied der Firma, aus der Mr. Sedley augeschieden war, hatte gern die Gelegenheit ergriffen, sich Mr. Clapps Dienste zunutze zu machen und ihn mit einem anständigen Gehalt zu belohnen. Alle seine reichen Freunde hatten sich einer nach dem anderen von Mr. Sedley zurückgezogen, nur dieser arme ehemalige Untergebene bewahrte ihm eine treue Anhänglichkeit.

Es bedurfte größter Sparsamkeit und Sorgfalt, wenn Amelia mit dem kleinen Rest ihres Einkommens, den sie für sich behielt, ihren lieben Buben so kleiden wollte, wie es sich für George Osbornes Sohn gehörte. Dazu mußte sie noch die Kosten für die Schule bestreiten, in die sie ihn nach langem Widerstreben und zunächst geheimen Qualen und Befürchtungen schließlich doch geschickt hatte. Nächtelang hatte sie wach gesessen und war die Lektionen durchgegangen und hatte mühselig in Grammatiken und Geographiebüchern herumstudiert, um Georgy etwas davon beibringen zu können. Sie hatte sich sogar an der lateinischen Formenlehre versucht, in der Hoffnung, ihn in dieser Sprache unterrichten zu können. Sich von ihm für den ganzen Tag zu trennen, ihn dem Rohrstock eines Schulmeisters und den rauhen Händen seiner Mitschüler zu überlassen war für die schwache, ängstliche, empfindsame Mutter fast ebenso schwer gewesen, als wenn sie ihn zum zweiten Male hätte entwöhnen müssen. Der Junge dagegen war überglücklich, in die Schule zu kommen. Er sehnte sich nach dem Wechsel. Diese kindliche Freude tat der Mutter weh. Sie selbst war doch so bekümmert, daß sie sich von ihm trennen mußte. Mir wäre es lieber gewesen, wenn es ihm leid getan hätte, dachte sie. Dann wieder bereute sie tief, daß sie wagte, so selbstsüchtig zu sein und sich ihren eigenen Sohn unglücklich zu wünschen.

Georgy machte in der Schule, die unter der Leitung des treuen Verehrers seiner Mutter, Ehrwürden Mr. Binneys, stand, gute Fortschritte. Er brachte zahllose Preise und Anerkennungen mit nach Hause. Jeden Abend erzählte er seiner Mutter endlose Geschichten von seinen Schulkameraden: was für ein feiner Kerl Lyons sei und was für ein Angeber Sniffin, und Steels Vater liefere doch tatsächlich das Fleisch für die Schule, während Goldings Mutter ihren Sohn jeden Samstag im Wagen abhole, und Neat habe Stege an den Hosen (ob er wohl auch Stege haben könne?), und der große Bull sei so tüchtig (wenn auch nur im Eutropius), daß alle glaubten, er könne darin sogar den Hilfslehrer Mr. Ward schlagen. So kannte Amelia bald jeden Jungen aus der Schule so gut wie Georgy selbst. Abends half sie ihm gewöhnlich bei seinen Aufgaben und strengte ihr Köpfchen dabei so an, als ob sie selbst am nächsten Morgen vor den Lehrer treten müßte. Einmal kam Georgy nach einer Schlägerei mit dem jungen Smith mit einem blauen Auge nach Hause und prahlte vor der Mutter und den entzückten Großeltern gehörig mit seiner Tapferkeit in dem Kampf. In Wahrheit hatte er sich gar nicht so besonders heldenhaft benommen und war entschieden unterlegen. Amelia aber hat es Smith bis auf den heutigen Tag noch nicht vergeben, obgleich er jetzt ein friedlicher Apotheker in der Nähe vom Leocester Square ist.

Unter solch stillen Mühen und harmlosen Sorgen verging das Leben der sanften kleinen Witwe. Ein paar Silberfäden im Haar zeigten das Dahinschwinden der Zeit an, und auf ihrer schönen Stirn gruben sich die ersten leichten Falten ein. Sie lächelte nur über diese Zeichen der Zeit. „Was macht es für eine alte Frau wie mich schon aus?“ fragte sie. Ihre einzige Hoffnung bestand darin, noch erleben zu dürfen, daß ihr Sohn so groß, bekannt und berühmt werde, wie er es verdiente. Sie bewahrte seine Hefte, Zeichnungen und Aufsätze auf und zeigte sie in kleinem Kreise herum, als seien es Wunderwerke eines Genies. Einige davon vertraute sie Miss Dobbin an, damit diese sie Miss Osborne, Georges Tante, zeige oder sogar Mr. Osborne selbst. Vielleicht würde der alte Mann dann endlich seine Grausamkeit und Hartherzigkeit gegen den toten Sohn bereuen. Alle Fehler und Schwächen des Gatten hatte sie mit ihm ins Grab gebettet. Sie dachte nur noch an den Geliebten, der sie unter Opfern geheiratet hatte, an den tapferen, schönen, edlen Gatten, der sie an dem Morgen, ehe er fortzog in den Kampf und ruhmreichen Tod für seinen König, in seinen Armen gehalten hatte. Gewiß mußte der Held vom Himmel herab dem Muster von Knaben zulächeln, den er ihr zum Trost zurückgelassen hatte!

Wir sahen, wie der eine von Georges Großvätern, Mr. Osborne, in seinem Armstuhl am Russel Square täglich mürrischer und heftiger wurde und wie seine Tochter trotz ihrem schönen Wagen und ihren schönen Pferden und trotz all ihren Gaben für Wohltätigkeitszwecke doch nur eine einsame, elende, gedemütigte alte Jungfer war. Immer wieder mußte sie an den hübschen kleinen Jungen, den Sohn ihres Bruders, denken, den sie einmal gesehen hatte. Sie sehnte sich danach, mit ihrem schönen Wagen zu dem Haus fahren zu dürfen, wo er wohnte. Jeden Tag, wenn sie ihre einsame Fahrt durch den Park machte, blickte sie umher in der Hoffnung, ihn zu sehen. Ihre Schwester, die Gattin des Bankiers, ließ sich auch gelegentlich dazu herab, ihrer alten Heimat und der Gefährtin am Russel Square einen Besuch zu machen. Sie brachte dann zwei kränkliche Kinder unter der Obhut einer aufgeputzten Kinderschwester mit und klatschte mit zarter, vornehmer, alberner Stimme über ihre hochstehenden Bekannten, daß ihr kleiner Frederick ganz das Ebenbild von Lord Claude Lollypop sei und daß ihre süße Maria der Baronin aufgefallen sei, als sie in ihrem Eselswagen in Roehampton spazierenfuhr. Sie forderte die Schwester auf, sie solle den Papa dazu drängen, daß er für die lieben Kleinen etwas tue. Frederick sollte zur Garde gehen, hatte sie beschlossen. Und wenn sie einen Majoratserben aus ihm machen wollten (Mr. Bullock ruinierte sich und schuftete sich fast zu Tode, um Land kaufen zu können), wie sollte dann das liebe Mädchen versorgt werden? „Das erwarte ich dann von dir, Liebste", sagte Mrs. Bullock in solchem Zusammenhang; „denn mein Anteil an Papas Vermögen geht natürlich an das Haupt des Hauses über. Die liebe Rhoda McMull will sofort alle Ländereien von Castletoddy freimachen, sobald der gute arme Lord Castletoddy stirbt. Er ist schwer epileptisch, weißt du. Dann wird der kleine Macduff McMill Viscount Castletoddy. Die Mr. Bludyers von Mincing Lane haben beide ihr Vermögen Fanny

Bludyers kleinem Jungen verschrieben. Mein lieber Frederick muß unbedingt ein Majoratserbe werden, und – und bitte doch Papa, sein Konto wieder nach der Lombard Street zu verlegen! Willst du das tun, Liebes? Es sieht nicht gut aus, wenn er zu Stumpy und Rowdy geht." Nach derartigen Reden, aus Modegeschwätz und Geldgier gemischt, und nach einem Kuß, der wie die Berührung einer Auster war, pflegte Mrs. Frederick Bullock dann ihre gestärkten Treibhauspflänzchen zusammenzusuchen und zum Wagen zurückzutrippeln.

Jeder Besuch, den diese vornehme Dame ihrer Familie machte, wirkte sich für sie nur immer noch unglücklicher aus. Ihr Vater zahlte nur noch mehr Geld bei Stumpy und Rowdy ein. Ihre Herablassung wurde immer unerträglicher. Die arme Witwe in dem bescheidenen Häuschen in Brompton, die dort ihren Schatz hütete, ahnte nicht, wie sehr andere nach ihm verlangten.

Am Abend, als Jane Osborne ihrem Vater erzählt hatte, daß sie seinem Enkel begegnet sei, erwiderte der Alte nichts darauf, zeigte aber auch keinen Zorn, sondern sagte ihr recht freundlich gute Nacht, als er sich in sein Zimmer zurückzog. Offenbar hatte er aber doch über das nachgedacht, was sie ihm erzählt hatte, und sich bei der Familie Dobbin nach dem Besuch erkundigt; denn vierzehn Tage später fragte er sie, wo denn die kleine französische Uhr sei, die sie gewöhnlich an einer Kette trug.

„Ich hatte sie doch von meinem eigenen Geld gekauft, Sir", versetzte sie in großem Schrecken.

„Geh und bestelle dir eine ebensolche oder eine bessere, wenn du sie bekommen kannst", sagte der alte Herr nur und versank wieder in sein Stillschweigen.

In letzter Zeit hatten die Misses Dobbin Amelia immer wieder gebeten, George zu erlauben, daß er sie besuche. Seine Tante habe Gefallen an ihm gefunden; vielleicht würde sich auch der Großvater bereit finden, sich mit ihm auszusöhnen, meinten sie vorsichtig. Natürlich konnte Amelia dem Kleinen so vorteilhafte Aussichten nicht versperren; sie wollte es auch nicht. Aber sie gab den Bitten der Damen nur schweren Herzens und böser Vorahnungen voll nach. Solange das Kind fort war, fühlte sie sich stets unruhig, und bei seiner Rückkehr begrüßte sie es, als sei es einer Gefahr entronnen. Der Knabe brachte Geld und Spielzeug mit, das die Witwe mit eifersüchtiger Furcht betrachtete. Jedesmal fragte sie ihn aus, ob er irgendwelche Herren gesehen hätte. Nur den alten Sir William, antwortete er dann, der mit ihm in dem vierrädrigen Wagen ausgefahren sei, und Mr. Dobbin, der am Nachmittag auf einem schönen braunen Pferd hingekommen sei, in grünem Rock mit einem rosa Halstuch und mit einer Peitsche mit goldenem Knauf. Er hatte Georgy versprochen, ihm den Tower zu zeigen und ihn mit den Surreyhunden auf die Jagd mitzunehmen. Endlich berichtete er: „Heute war auch ein alter Herr da, mit buschigen Augenbrauen, einem breitrandigen Hut und einer dicken Kette mit vielen Siegeln. Er kam gerade, als der Kutscher mein graues Pony auf dem Rasen im Kreis herumführte. Er besah mich ganz genau. Er zitterte sehr. Nach dem Essen habe ich ein Gedicht aufgesagt. Die Tante fing an zu weinen. Sie weint immer.“ Das war Georgys Bericht, den er an diesem Abend gab.

Da wußte Amelia, daß der Knabe seinen Großvater gesehen hatte. In fieberhafter Angst wartete sie auf den Vorschlag, der bestimmt kommen würde. Einige Tage später erfolgte er tatsächlich. Mr. Osborne erbot sich in aller Form, den Kleinen zu sich zu nehmen und ihn zum Erben des Vermögens zu machen, das sein Vater hätte bekommen sollen. Für Mrs. George Osborne wolle er eine gewisse Summe aussetzen, die ihr ein anständiges Auskommen gewährleiste. Auch für den Fall, daß Mrs. Osborne sich wieder verheiraten wolle, wie es anscheinend ihre Absicht sei, würde Mr. O. ihr seine Unterstützung nicht entziehen. Es müsse jedoch durchaus klargestellt werden, daß das Kind ganz bei seinem Großvater leben würde, sei es am Russel Square oder an irgendeinem anderen Ort, den Mr. O. bestimmen würde. Es solle ihm indes gestattet sein, gelegentlich seine Mutter zu besuchen. Diese Botschaft hatte Amelia eines Tages erhalten, als ihre Mutter eben nicht zu Hause und ihr Vater wie gewöhnlich in der City war.

Man hat sie eigentlich nie zornig gesehen, höchstens zwei oder dreimal in ihrem Leben. Mr. Osbornes Anwalt hatte das Glück, sie in solch einer Stimmung zu erleben. Am ganzen Körper zitternd, erhob sie sich, als Mr. Poe ihr den Brief vorgelesen hatte und ihn ihr nun aushändigte. Unter heftigem Erröten zerriß sie das Papier in hundert Fetzen und trat mit den Füßen darauf. „Ich mich wieder verheiraten! Ich soll Geld annehmen dafür, daß ich mich von meinem Kind trenne! Wer wagt es, mich durch einen derartigen Vorschlag zu beleidigen? Sagen Sie Mr. Osborne, es sei ein ganz schändlicher Brief, Sir, ein gemeiner Brief! Auf so etwas antworte ich nicht! Und damit guten Morgen, Sir!" – „Und sie entließ mich wie die Königin in einer Tragödie!" sagte der Notar, der die Geschichte berichtete.

Dennoch merkten die Eltern an jenem Tage nichts von ihrer Erregung, und sie erzählte ihnen auch nichts über die Unterredung. Sie hatten ihre eigenen Angelegenheiten, um die sie sich kümmern mußten, die aber auch die unschuldige kleine Frau sehr viel angingen, ohne daß sie es wußte. Ihr Vater war ständig mit irgendwelchen Spekulationen beschäftigt. Wir sahen schon, wie seine Weingesellschaft und auch sein Kohlengeschäft scheiterten. Er aber strich immer noch eifrig und ruhelos in der City herum, bis er wieder auf einen neuen Plan verfiel, der ihm so gut schien, daß er sich trotz allen Einwänden von seiten Mr. Clapps darauf einließ. Ja, er wagte überhaupt nicht, Mr. Clapp zu erzählen, wie weit er sich festgelegt hatte. Und da es immer zu Mr. Sedleys Grundsätzen gehört hatte, vor Frauen niemals von Geldsachen zu reden, hatten sie nicht die leiseste Ahnung, was für ein Unheil da wieder auf sie wartete, bis sich der unglückliche alte Herr schließlich gezwungen sah, nach und nach den wahren Sachverhalt einzugestehen.

Zuerst gerieten die Rechnungen des kleinen Haushaltes, die bislang wöchentlich beglichen worden waren, in Rückstand. Die Wechsel aus Ostindien seien nicht eingetroffen, erklärte Mr. Sedley betrübten Gesichts seiner Frau. Da sie ihre Rechnungen immer sehr pünktlich bezahlt hatte, wurden ein paar Kaufleute, die die Arme um Aufschub bitten mußte, recht ärgerlich über die Verzögerung, obzwar sie bei anderen, nachlässigeren Kunden durchaus daran gewöhnt waren. Amelia indes entrichtete heiter, und ohne irgendwelche Fragen zu stellen, ihren Beitrag, und so konnte die kleine Familie, wenn auch unter eingeschränkten Verhältnissen, doch weiterexistieren. Sechs Monate vergingen ohne größere Schwierigkeiten. Der alte Sedley lebte noch immer in der Hoffnung, daß seine Aktien doch eines Tages steigen würden, und dann würde noch einmal alles gut werden.

Am Ende des halben Jahres trafen jedoch keine sechzig Pfund ein, die dem Haushalt hätten aufhelfen können. Man geriet in immer größere Verlegenheit. Mrs. Sedley, deren Gesundheit sehr erschüttert war, wurde kränklich. Sie schwieg zumeist und weinte viel unten in der Küche bei Mrs. Clapp. Der Fleischer wurde ungemein mürrisch, der Kolonialwarenhändler grob; ein paarmal brummte sogar der kleine George über das Essen. Amelia selbst hätte sich zum Abend auch mit nur einer Scheibe Brot zufriedengegeben; aber als sie merkte, daß ihr Sohn zu kurz kam, kaufte sie dem Jungen Kleinigkeiten aus eigener Tasche, um ihn gesund zu erhalten.

Endlich erzählten sie ihr von ihrer Notlage, das heißt, sie erzählten ihr eine so zurechtgestutzte Geschichte, wie Leute, die in Schwierigkeiten geraten sind, sie eben erzählen. Eines Tages traf Amelias Geld ein. Sie hatte über ihre Ausgaben stets genau Buch geführt und schlug deshalb, als sie das Geld jetzt weitergeben wollte, vor, sie wolle einen gewissen Anteil ihres Einkommens zurückbehalten, da sie einen neuen Anzug bestellt habe.

Da kam es heraus, daß Josef keine Unterstützung mehr gezahlt hatte und daß die Familie sich in Schwierigkeiten befand, die Amelia längst hätte bemerken müssen, wie die Mutter meinte. Aber sie kümmere sich ja um nichts und niemanden außer ihren Georgy. Daraufhin schob Amelia ohne ein Widerwort all ihr Geld über den Tisch und ging in ihr Zimmer, um sich die Augen auszuweinen. Noch einmal an diesem Tag brach sie in Tränen aus, als sie hingehen mußte, um den Anzug abzubestellen, den hübschen Anzug, auf den sie zu Weihnachten ihr ganzes Herz gesetzt hatte. Wie oft und ausführlich hatte sie Schnitt und Machart mit der kleinen Putzmacherin, einer Bekannten von ihr, besprochen!

Das Schlimmste von allem war, daß sie George die Sache mitteilen mußte. Er erhob ein lautes Geschrei. Jeder Junge bekäme zu Weihnachten einen neuen Anzug. Die andern würden ihn auslachen. Er wolle auch einen neuen Anzug haben, sie habe es ihm doch versprochen! Die arme Witwe hatte nichts für ihn als Küsse. Unter Tränen flickte sie den alten Anzug. Sie sah ihre kleinen Schmuckstücke durch, ob sie nicht etwas davon verkaufen könne, um die ersehnten neuen Sachen zu erwerben. Da war ihr indischer Schal, den Dobbin ihr geschickt hatte. Sie erinnerte sich, daß sie früher mit der Mutter oft in einen schönen Indien-Laden am Ludgate Hill gegangen war, in dem die Damen dergleichen Dinge zu erstehen pflegten. Ihre Wangen glühten, und ihre Augen glänzten auf vor Freude, als ihr dieser Ausweg eingefallen war. Sie küßte George, ehe er zur Schule ging, und sah ihm mit frohem Lächeln nach. Der Knabe fühlte, daß etwas Hoffnungsvolles in ihrem Blick lag.

Sie packte den Schal in ein seidenes Tuch (auch ein Geschenk des guten Majors) und versteckte alles unter dem Mantel. Dann lief sie munter und mit leicht gerötetem Gesicht den ganzen Weg bis Ludgate Hill zu Fuß. Sie ging an der Parkmauer vorbei und quer über die Straßen. Wie sie so an den Leuten vorbeieilte, drehte sich manch ein Mann nach ihrem hübschen rosigen Gesichtchen um. Sie überlegte, wie sie den Erlös des Schals verwenden würde; außer dem Anzug würde sie ihm auch noch die Bücher kaufen, die er so gern haben wollte, und das Schulgeld für ein halbes Jahr bezahlen. Dazu würde sie für den Vater einen Mantel kaufen an Stelle des alten Überrocks, den er jetzt trug. Sie hatte sich in dem Wert des Geschenks, das sie von dem Major bekommen hatte, nicht getäuscht. Es war ein sehr schönes, feines Gewebe, und der Kaufmann machte noch ein gutes Geschäft, als er ihr zwanzig Pfund für den Schal gab.

Ganz verwirrt durch ihren Reichtum, eilte sie in die nächste Buchhandlung am St. Pauls-Kirchhof und kaufte dort die beiden Bücher, die das Ziel von Georgys Sehnsucht waren: *Helfer der Eltern* und *Sandfort und Merton*. Dann stieg sie mit ihrem Päckchen in einen Wagen und fuhr in gehobener Stimmung nach Hause. Vergnügt schrieb sie in ihrer saubersten Handschrift vorn in die Bücher: „George Osborne – ein Weihnachtsgeschenk von seiner lieben Mutter.“ Die Bücher mit der zarten hübschen Inschrift sind noch heute vorhanden.

Sie verließ gerade mit den Büchern in der Hand ihr Zimmer, um sie auf Georges Tisch zu legen (er sollte sie finden, wenn er von der Schule heimkam), als sie auf dem Korridor ihrer Mutter begegnete.

„Was hast du da?“ fragte sie.

„Ein paar Bücher für Georgy“, erwiderte Amelia und wurde rot. „Ich hatte sie ihm zu Weihnachten versprochen.“

„Bücher!“ rief die alte Dame entrüstet. „Bücher, wenn im ganzen Hause kein Brot ist! Bücher! Und ich verkaufe all meine Schmucksachen, den indischen Schal, den ich immer getragen habe, um dir und deinem Sohn weiter ein Wohlleben zu ermöglichen und deinen lieben Vater vor dem Gefängnis zu schützen! Ja, sogar die Löffel habe ich verkauft, damit die Krämer nicht unverschämt werden und damit Mr. Clapp seine Miete haben kann, auf die er ein Anrecht hat, ist er doch kein strenger Wirt, sondern ein höflicher Mensch und selbst ein Familienvater. O Amelia, du brichst mir das Herz mit deinem Jungen und seinen Büchern! Du wirst ihn noch zugrunde richten, aber du willst dich ja nicht von ihm trennen! O Amelia, möge Gott dir ein gehorsameres Kind schenken, als ich es gehabt habe! Da läßt Josef seinen alten Vater im Stich, und da könnte George so gut versorgt sein und wie ein Lord in die Schule gehen mit einer goldenen Uhr an einer Kette um den Hals, während mein lieber, lieber Alter keinen Sch-Schilling mehr hat!" Hysterisches Schluchzen und wilde Ausrufe beendeten Mrs. Sedleys Rede. Sie drangen durch alle Zimmer des kleinen Hauses, und alle anderen weiblichen Bewohner konnten jedes Wort verstehen.

„O Mutter, Mutter!" rief die arme Amelia daraufhin. „Ihr habt mir nichts davon gesagt! Ich – ich hatte ihm doch die Bücher versprochen! Ich – ich habe auch heut morgen nur meinen Schal verkauft. Nimm das Geld! Nimm alles!" Mit zitternden Händen holte sie das Silber hervor und ihre Goldstücke, die kostbaren Goldstücke, und drückte sie der Mutter in die Hand, die sie gar nicht alle fassen konnte, so daß sie ihr entglitten und die Treppe hinunterrollten.

Dann ging sie in ihr Zimmer und sank verzweifelt und unendlich bekümmert nieder. Jetzt verstand sie alles. Ihrer Selbstsucht opferte sie den Knaben auf. Ohne sie hätte er Reichtum, Rang, Erziehung, kurz den Platz seines Vaters haben können, den der ältere George um ihretwillen aufgegeben hatte. Sie brauchte nur ein Wort zu sagen, und ihr Vater würde wieder sein Auskommen haben, und dem Jungen stünde der Weg zum Glück offen. Oh, was für eine Erkenntnis war das für dieses zarte, gequälte Herz!

47. Kapitel

Gaunt House

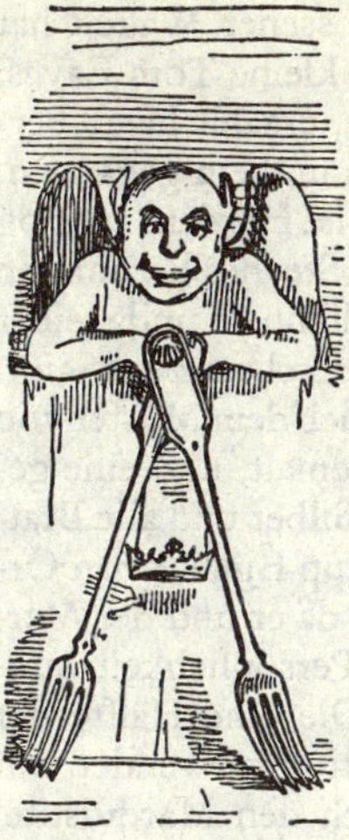

lle Welt weiß, daß Lord Steynes Stadtwohnung am Gaunt Square liegt. Von dort geht auch die Great Gaunt Street aus, wohin wir zu den Zeiten des seligen Sir Pitt Crawley Rebekka einmal geleiteten. Wenn man durch die dunklen Bäume über das Geländer in die Anlagen des Platzes schaut, sieht man dort ein paar elende Gouvernanten mit ihren blassen Schutzbefohlenen immer rundherum gehen, rund um den trübseligen Grasfleck in der Mitte, auf dem sich die Statue des Lord Gaunt, der bei Minden kämpfte, erhebt. Auf dem Kopf hat er eine Perücke mit drei Zöpfen, im übrigen ist er aber gekleidet wie ein dämonischer Kaiser. Gaunt House nimmt fast eine ganze Seite des Platzes ein. An den übrigen drei Seiten stehen vornehme Häuser, deren Besitzer meist verwitwete adlige Damen sind, hohe düstere Häuser mit steinernen Fensterkreuzen in hellerem Rot. Nur noch selten ist hinter den schmalen schmucklosen Fenstern Licht zu sehen. Von den Türen scheint die Gastfreundschaft ebenso geflohen zu sein wie die betreßten Lakaien und Fackelträger der alten Zeit, die ihre Fackeln in den alten Eisenpfannen, die immer noch neben den Lampen an der Treppe zu sehen sind, auszulöschen pflegten. Jetzt gibt es sogar Firmenschilder auf dem Platz: Ärzte, die westliche Zweigstelle von der Diddlese-Bank, die englisch-europäische Reunion und so weiter. Das Ganze sieht recht trübselig aus, und auch Lord Steynes Palast sieht nicht weniger trübselig aus. Alles, was ich je davon gesehen habe, ist die riesige Frontmauer mit den plumpen Säulen vor dem Haupttor, durch das hin und wieder ein alter Portier mit düsterem, fettem, rotem Gesicht hinauslugt, und über der Mauer die Fenster der Dachkammern und Schlafzimmer und die Schornsteine, aus denen heutzutage aber nur noch selten Rauch aufsteigt. Denn der gegenwärtige Lord Steyne lebt in Neapel. Wahrscheinlich zieht er die Aussicht auf den Golf,

Capri und den Vesuv dem trübseligen Anblick der Mauer am Gaunt Square vor.

Etwa fünfzig bis sechzig Schritte weiter in der New Gaunt Street führt ein bescheidenes Hintertürchen in Richtung der Ställe, das sich in nichts von den Türen zu den anderen Ställen unterscheidet. Aber manch kleiner geschlossener Wagen hat schon vor dieser Tür gehalten, wie mir der kleine Tom Eaves, der alles weiß und der mir das Haus zeigte, erzählt hat. „Perdita und der Prinz sind durch diese Tür aus und ein gegangen, Sir", sagte er oft zu mir; „Marianne Clarke ist mit dem Herzog von ... hier gewesen. Hier geht es zu Lord Steynes berühmten petits appartements. Ein Raum ist ganz in Elfenbein und weißer Seide gehalten, ein anderer in Ebenholz und schwarzem Samt. Dann gibt's da einen kleinen Bankettsaal nach dem Muster von Sallusts Haus in Pompeji, von Cosway ausgemalt, und eine geheime kleine Küche, in der jede Pfanne aus Silber und alle Bratspieße aus Gold sind. Hier war es, wo Philipp Égalité von Orleans Rebhühner röstete an jenem Abend, da er und der Marquis von Steyne im Lomber einer hohen Persönlichkeit hunderttausend Pfund abgenommen hatten. Die eine Hälfte der Summe wurde für die Französische Revolution verwendet, mit der anderen Hälfte kaufte Lord Gaunt sich den Marquistitel und den Hosenbandorden, und der Rest ..." Aber es gehört nicht hierher, was mit dem Rest geschah, obwohl der kleine Tom Eaves, der über anderer Leute Angelegenheiten aufs genaueste Bescheid weiß, uns über die Verwendung jeden Schillings und noch viel mehr berichten könnte.

Außer diesem Stadthaus besaß der Marquis noch Schlösser und Paläste in den verschiedenen Teilen der drei Königreiche. Die betreffenden Beschreibungen findet man in den Reisehandbüchern: Schloß Strongbow mit seinen Wäldern am Strand von Shannon; Schloß Gaunt in Carmarthenshire, wo Richard II. gefangengenommen wurde; Gauntly Hall in Yorkshire, wo für die Gäste des Hauses angeblich zweihundert silberne Teetassen zum Frühstück bereit stehen sollten und alles übrige mit entsprechender Pracht ausgestattet war; und Stillbrock in Hampshire, der Privatbesitz des Lords, ein bescheidenes Landhaus, an dessen wunderbare Einrichtung wir uns noch alle erinnern, da sie beim Ableben des Lords von einem in der letzten Zeit berühmten Auktionator versteigert wurde.

Die Marquise von Steyne gehörte zu der alten berühmten Familie der Caerlyons, Marquis von Camelot, die seit der Bekehrung des verehrungswürdigen Druidenpriesters, ihres ältesten Vorfahren, den alten Glanz bewahrt haben. Ihre Ahnentafel geht weit bis über die Zeit zurück, da König Brutus auf die englische Insel kam. Pendragon ist der Titel des ältesten Sohnes des Hauses. Seit undenklichen Zeiten heißen die Söhne immer Arthur, Uther und Caradoc. Ihre Häupter sind in manch einer patriotischen Verschwörung gefallen. Elisabeth ließ den damaligen Arthur enthaupten. Er war Kammerherr bei Philip und Mary gewesen und trug Briefe zwischen der Königin von Schottland und ihren Verwandten, den Guisen, hin und her. Ein jüngerer Sohn des Hauses war Offizier des großen Herzogs und zeichnete sich in der berühmten Bartholomäusnacht aus. Während der ganzen Zeit von Maria Stuarts Gefangenschaft konspirierte die Familie Camelot für sie. Durch ihre Ausgaben für die Rüstung gegen die Spanier zur Zeit der Armada erlitten sie ebensoviel Schaden wie durch die Geldstrafen und Einziehungen von Grundbesitz, die Elisabeth ihnen auferlegte, weil sie katholischen Priestern Unterschlupf gewährten, hartnäckig bei ihrer Meinung blieben und allerlei papistische Untaten begingen. Ein Renegat zur Zeit von James I. wurde vorübergehend, durch die Argumente dieses großen Theologen verleitet, seiner Religion untreu. Durch diese rechtzeitige Schwäche wurde die Vermögenslage der Familie wieder etwas gebessert. Aber der Graf Camelot, der unter Charles II. lebte, kehrte wieder zu dem alten Glauben seines Hauses zurück. So kämpften sie weiter darum und stürzten sich dafür ins Verderben, solange es noch einen Stuart gab, der eine Empörung aufrühren oder anstiften konnte.

Lady Mary Caerlyon war in einem Pariser Kloster erzogen worden. Die Dauphine Marie Antoinette war ihre Patin. In der Glanzzeit ihrer Schönheit war sie an Lord Gaunt verheiratet worden – verkauft, sagt man –, der damals gerade in Paris war und von dem Bruder jener Dame bei den Banketten Philipps von Orleans ungeheure Summen gewonnen hatte. Das berühmte Duell des Grafen Gaunt mit dem Comte de la Marche von den Grauen Musketieren wurde von der öffentlichen Meinung darauf zurückgeführt, daß der Offizier (ein früherer Page und ständiger Günstling der Königin) sich um die Hand der schönen Lady Caerlyon bemüht hatte. Sie wurde mit Lord Gaunt verheiratet, während der Graf an seinen Wunden darniederlag. Sie zog ins Gaunt House und spielte für kurze Zeit eine Rolle an dem glänzenden Hof des Prinzen von Wales. Fox hat auf ihr

Wohl getrunken. Morris und Sheridan haben Lieder auf sie geschrieben. Malmsbury hat ihr seine beste Verbeugung gemacht. Walpole erklärte, sie sei charmant. Devonshire war beinah eifersüchtig um ihretwillen. Sie aber war angewidert von den wilden Freuden und Vergnügungen dieser Gesellschaft, in die man sie hineingezogen hatte, und nachdem sie zwei Söhne geboren hatte, zog sie sich in ein Leben frommer Abgeschiedenheit zurück. Kein Wunder, daß Lord Steyne, der Vergnügen und Heiterkeit liebte, nach der Heirat nicht oft an der Seite dieser schweigsamen, furchtsamen, abergläubischen und unglücklichen Frau zu sehen war.

Der vorerwähnte Tom Eaves (der mit unserer Geschichte nichts zu tun hat, außer daß er alle Vornehmen in London und die Geschichte und die Geheimnisse jeder Familie kennt) kann uns noch mehr über Lady Steyne berichten. Ob alles wahr ist, ist eine andere Frage. „Die Demütigungen", erzählte Tom, „denen diese Frau sich in ihrem eigenen Haus unterwerfen mußte, waren furchtbar. Lord Steyne zwang sie, sich mit Frauen an einen Tisch zu setzen, mit denen ich meine Frau nicht verkehren ließe, und sollte es mich das Leben kosten, mit Lady Crackenbury, mit Mrs. Chippenham, mit Madame de la Cruchecassé, der Gattin des französischen Gesandtschaftssekretärs" – und doch war Tom Eaves, der seine Frau geopfert hätte, wenn sie ihre Bekanntschaft gemacht hätte, nur zu glücklich, wenn er von einer dieser Damen einen Gruß oder eine Abendeinladung erhielt –, „kurz und gut, mit seiner jeweiligen Mätresse. Und glauben Sie etwa, daß diese Frau aus dieser Familie, die so stolz ist wie die Bourbonen und für die die Steynes nur Lakaien, Glücksritter von gestern sind (denn schließlich stammen sie nicht von den alten Gaunts ab, sondern von einer zweifelhaften Seitenlinie), glauben Sie, sage ich" – der Leser muß sich vor Augen halten, daß hier immer noch Tom Eaves spricht! –, „daß die Marquise von Steyne, die hochmütigste Frau von ganz England, sich ihrem Mann so unterwürfig gebeugt hätte, wenn sie nicht Ursache dazu gehabt hätte? Pah, ich sage Ihnen, es gibt da geheime Gründe. Ich kann Ihnen erzählen, daß der Abbé de la Marche, der als Emigrant in England lebte und hier an der Quiberoon-Geschichte zusammen mit Puisaye und Tinteniac beteiligt war – daß der Abbé de la Marche derselbe Oberst der Grauen Musketiere war, mit dem der Marquis im Jahre achtundsechzig gefochten hatte. Er und die Marquise sahen sich wieder, und erst nachdem der geistliche Oberst in der Bretagne erschossen worden war, nahm Lady Steyne diese außerordentlich demütige Haltung, die sie heute zeigt, an. Täglich schließt sie sich mit ihrem Beichtvater ein; sie geht jeden Morgen zum Gottesdienst am Spanischen Platz, ich habe sie dort beobachtet, das heißt, ich ging zufällig dort vorbei. Verlassen Sie sich darauf, da steckt ein Geheimnis dahinter! Die Menschen sind nur dann so unglücklich, wenn sie etwas zu bereuen haben", fügte Tom Eaves mit vielsagendem Kopfnicken hinzu; „und verlassen Sie sich darauf, diese Frau würde nicht so unterwürfig sein, wenn der Marquis nicht ein Schwert hätte, das er über sie halten kann!"

Wenn Mr. Eaves recht berichtet, hat diese hochgestellte Dame also manche geheime Kränkung erduldet und manchen heimlichen Kummer unter einer ruhigen Miene verbergen müssen. Wir aber, meine Brüder, deren Namen nicht in den Adelsregistern stehen, wollen uns mit dem Gedanken trösten, wie jämmerlich es Bessergestellten zuweilen geht, und daß einem Damokles, der auf seidenen Kissen sitzt und von goldenen Tellern ißt, oftmals ein furchtbares Schwert über dem Haupt schwebt – sei es in Gestalt des Gerichtsdieners oder einer Erbkrankheit oder eines Familiengeheimnisses, das hin und wieder gespenstisch hinter dem Gobelin hervorlugt – und eines Tages bestimmt auf die rechte Stelle fallen wird.

Wenn ein armer Mann seine Lage mit der eines Reichen vergleicht, wird er (immer nach Mr. Eaves) noch manchen Trost dabei entdecken. Wo es kein Vermögen zu hinterlassen oder zu erwerben gibt, können Vater und Sohn sich leicht gut verstehen. Der Erbe eines großen Fürsten wie Lord Steyne wird jedoch ganz natürlicherweise darüber ärgerlich sein, daß er immer noch auf sein Königreich warten muß, und er wird den Inhaber des Thrones nicht gerade mit freundlichen Blicken betrachten. „Man kann geradezu die Regel aufstellen", pflegte der alte Spötter Eaves zu sagen, „daß in allen vornehmen Familien der Vater und der älteste Sohn sich hassen. Der Kronprinz steht immer in Opposition zur Krone und strebt nach ihr. Shakespeare kannte die Welt, mein lieber Herr! Und wenn er schildert, wie Prinz Heinrich (von dessen Familie die Gaunts angeblich abstammen, obwohl sie mit John of Gaunt ebensowenig verwandt sind wie du oder ich) sich die Krone seines Vaters aufsetzt, gibt er eine ganz naturgetreue Darstellung aller rechtmäßigen Erben. Wollen Sie behaupten, daß Sie, wenn Sie Aussicht auf ein Herzogtum und tausend Pfund täglich hätten, nicht danach strebten, dieses Erbe auch wirklich zu besitzen? Pah! Es versteht sich von selbst, daß jeder Vornehme sich dessen bewußt ist, daß sein Sohn solche Gefühle gegen ihn hegt, erging es ihm mit seinem eigenen Vater doch nicht anders. So können sie gar nicht anders als argwöhnisch und feindselig sein. Und dann denke man an die Gefühle des ältesten gegenüber den jüngeren Söhnen! Sie müßten eigentlich wissen, mein lieber Herr, daß der älteste die jüngeren Brüder stets als seine natürlichen Feinde ansieht, die ihn einer Menge baren Geldes berauben, das von Rechts wegen ihm gehören sollte. Ich habe George MacTurc, Lord Bajazets ältesten Sohn, oft sagen hören, wenn es nach ihm ginge, würde er, sobald er zur Herrschaft käme, tun, was der Sultan tut, das heißt, er würde das Vermögen dadurch entlasten, daß er allen seinen jüngeren Brüdern auf einmal den Kopf abschlagen ließe. Und so ist es ungefähr bei allen. Im Herzen sind sie alle Türken, das kann ich Ihnen versichern! Ja, Sir, die kennen die Welt!" Hier flog Eaves' Hut herunter; denn zufällig kam ein vornehmer Herr vorbei, und Tom verbeugte sich eilfertig und lächelte liebenswürdig. Man sieht, auch er kannte die Welt – auf seine Art! Und da Tom jeden Pfennig seines Vermögens in Renten angelegt hatte, brauchte er seinen Neffen und Nichten nicht übelzuwollen und auch gegen Höherstehende keine anderen Gefühle zu hegen als den dauernden edlen Wunsch, bei ihnen speisen zu dürfen.

Zwischen der Marquise und ihren Kindern stand als grausame Schranke der verschiedene Glaube, so daß die natürliche zärtliche Sorge einer Mutter sich hier nicht voll entfalten konnte. Selbst die Liebe, die sie für ihre Söhne empfand, diente nur dazu, die schüchterne, fromme Frau noch ängstlicher und unglücklicher zu machen. Der Abgrund, der sie voneinander trennte, war unüberwindlich. Ihre schwachen Arme reichten nicht hinüber und konnten die Kinder nicht auf ihre Seite herüberholen, wo allein das Heil war. Lord Steyne, ein großer Gelehrter und findiger Moralist, konnte sich auf dem Lande abends nach dem Essen kein schöneres Vergnügen denken, als den Hauslehrer der Knaben, Ehrwürden Mr. Trail (jetzt Lord Bischof von Ealing), mit dem Beichtvater der Lady, Pater Mole, beim Wein in ein Wortgefecht zu verwickeln und Oxford gegen St. Acheul auszuspielen. Abwechselnd rief er: „Bravo, Latimer! Gut gesagt, Loyola!" Er versprach Mole einen Bischofssitz, falls er übertreten wolle, und gelobte, all seinen Einfluß aufzubieten, um Trail einen Kardinalshut zu verschaffen,

wenn er katholisch werden würde. Doch keiner der beiden Geistlichen ließ sich überreden. Die liebevolle Mutter hoffte, wenigstens ihr Lieblingssohn, ihr Jüngster, würde den Weg zu ihrer Kirche – seiner Mutterkirche – finden. Aber hier erwartete die fromme Frau eine traurige, furchtbare Enttäuschung, die vielleicht die Strafe für die Sünde ihrer Ehe war.

Lord Gaunt verheiratete sich, wie jeder im Adelsregister Beschlagene weiß, mit Lady Blanche Thistlewood aus dem edlen Hause Bareacres, die in dieser wahrheitsgetreuen Erzählung bereits erwähnt wurde. Dem jungen Paar wurde ein Flügel in Gaunt House angewiesen; denn das Oberhaupt der Familie wollte sie unter seiner Herrschaft behalten, und solange er regierte, wollte er unumschränkt regieren. Der Erbsohn lebte jedoch wenig zu Hause, da er mit seiner Frau nicht gut auskam. Das Geld, das er über die sehr bescheidene Summe hinaus, die sein Vater ihm gab, brauchte, lieh er sich auf nach dessen Tode zahlbare Wechsel. Der Marquis wußte bis zum letzten Schilling genau Bescheid über die Schulden seines Sohnes. Bei seinem vielbetrauerten Hinscheiden stellte man fest, daß er viele von den Schuldscheinen seines Sohnes selbst besaß, die er den Kindern seines jüngsten Sohnes vererbte. Da Lady Gaunt zu Lord Gaunts Verdruß und zum Ergötzen seines natürlichen Feindes, seines Vaters, keine Kinder hatte, wurde Lord George Gaunt aus Wien zurückgerufen, wo er sich mit Walzertanzen und Diplomatie beschäftigte, und aufgefordert, ein Ehebündnis mit Joan, der einzigen Tochter von John Johnes, dem ersten Baron Helvellyn und Oberhaupt der Bankiersfirma Johnes, Brown und Robinson aus der Threadneedle Street, zu schließen. Dieser Verbindung entsprangen mehrere Söhne und Töchter, die indes mit unserer Erzählung nichts zu tun haben.

Anfänglich war die Ehe recht glücklich. Lord George Gaunt konnte nicht nur lesen, sondern auch ziemlich richtig schreiben. Er sprach mit beachtlicher Geläufigkeit Französisch und war einer der besten Walzertänzer von ganz Europa. Angesichts dieser Talente und bei seinem Einfluß in England bestand kaum ein Zweifel, daß der Lord zu den höchsten Würden in seinem Beruf aufsteigen würde. Seine Gemahlin stellte fest, daß der Hof das Richtige für sie war, und ihr Reichtum ermöglichte es ihr, in allen Städten des Kontinents, in die sie die diplomatischen Pflichten ihres Gatten führten, glänzende Empfänge zu veranstalten. Man sprach davon, daß er zum Botschafter ernannt werden sollte, und schon wurden in den Klubs Wetten aufgestellt, daß er binnen kurzem Gesandter sein würde. Da verbreiteten sich plötzlich dunkle Gerüchte über das merkwürdige Verhalten des Diplomaten. Bei einem großen Diner, das sein Vorgesetzter gegeben habe, sei er plötzlich aufgesprungen und habe erklärt, die paté de foie gras sei vergiftet. Auf einem Ball des bayerischen Gesandten, des Grafen Springbock-Hohenlaufen, sei er mit geschorenem Kopf und als Kapuzinermönch gekleidet erschienen. Es war aber kein Maskenball, wie einem manche Leute einreden möchten! Es sei irgend etwas Seltsames, flüsterte man, sein Großvater sei auch so gewesen; es liege in der Familie.

Seine Frau kehrte mit der ganzen Familie nach England zurück und nahm in Gaunt House Wohnung. Lord George gab seinen Posten auf dem europäischen Kontinent auf und ging nach Brasilien, wie die Zeitungen meldeten. Die Leute aber wußten es besser. Von dieser Fahrt nach Brasilien kehrte er niemals zurück. Er sei niemals dort gestorben, habe niemals dort gelebt, er sei überhaupt niemals dort gewesen, sagte man. Er war völlig verschwunden. „Brasilien!“ meinte ein Klatschmaul grinsend zu einem andern, „Brasilien, das ist der St. John's Wald. Rio de Janeiro ist eine Hütte mit vier Wänden. Dort ist George Gaunt bei einem Wärter akkreditiert, der ihn mit dem Orden der Zwangsjacke belehnt hat.“ Das sind so die Nachreden, die die Menschen auf dem Jahrmarkt der Eitelkeit einander halten.

Zwei- oder dreimal wöchentlich suchte die arme Mutter in den frühen Morgenstunden zur Strafe für ihre Sünden den armen Kranken auf. Zuweilen lachte er; aber sein Lachen war herzzerreißender als sein Weinen. Zuweilen fand sie den glänzenden, eleganten Diplomaten vom Wiener Kongreß, wie er ein Kinderspielzeug herumzerrte oder die Puppe der Kinder seines Wärters im Arm hielt. Manchmal erkannte er sie und Pater Mole, ihren Beichtvater, der sie stets begleitete. Noch häufiger hatte er sie ganz vergessen, genau wie Frau, Kinder, Liebe, Ehrgeiz, Eitelkeit. Niemals aber vergaß er, wann es Zeit zum Essen war; und wenn der Wein nicht stark genug war, pflegte er zu weinen.

Es war ein unheimliches Bluterbe, das die arme Mutter aus ihrem alten Geschlecht mit herübergebracht hatte. Das Übel war in der Familie ihres Vaters einige Male aufgetreten, doch lange ehe Lady Steyne ihre Sünden begangen und dann mit Fasten, Tränen und Bußübungen wieder wegzuwaschen versucht hatte. Der Stolz des Geschlechtes lag niedergeschlagen da wie die Erstgeborenen der Ägypter. An der Schwelle der hohen alten Tür unter Kronen und geschnitzten Wappen stand das Schicksalszeichen der Verdammnis.

Inzwischen wuchsen die Kinder des fernen Lords frisch und munter auf, ohne zu ahnen, welch Verhängnis auch über ihnen schwebte. Allmählich tauchte der Name des Lebendig-Toten immer seltener in ihren Gesprächen auf, und dann wurde er überhaupt nicht mehr erwähnt. Die gebeugte alte Großmutter jedoch zitterte bei dem Gedanken, daß diese zwei wohl die Ehre, aber auch die Schande von ihrem Vater geerbt haben mochten. Ängstlich wartete sie auf den Tag, da der furchtbare Fluch der Voreltern auf sie niederfahren würde.

Auch Lord Steyne wurde von diesen düsteren Vorahnungen heimgesucht. Er versuchte, das entsetzliche Gespenst in einem Meer von Wein und Lust zu ertränken, und manchmal verlor er es im Strudel der Vergnügungen ganz aus den Augen. Aber stets kehrte es zurück, sobald er allein war. Mit den Jahren schien es immer drohender zu werden. „Ich habe deinen Sohn genommen", sagte es, „warum nicht auch dich? Eines Tages kann ich vielleicht auch dich in ein ebensolches Gefängnis sperren wie deinen Sohn George. Vielleicht schlage ich dich schon morgen auf den Kopf, und aus ist's mit Vergnügen, Ehren, Festen, Schönheit, Freunden, Schmeichlern, französischen Köchen, schönen Pferden und Wagen, und statt dessen gibt's nur ein Gefängnis, einen Wärter und ein Strohlager wie bei

George Gaunt." Der Lord aber pflegte dann das drohende Gespenst höhnisch abzuweisen, kannte er doch ein Heilmittel, durch das er seinen Feind um seine Beute betrügen konnte.

Hinter den hohen geschnitzten Portalen von Gaunt House mit ihren altersdunklen Kronen und Jahreszahlen herrschten Glanz und Reichtum, aber das Glück war dort wohl kaum zu Hause. Die Feste waren die großartigsten von ganz London, aber die Zufriedenheit war darum auch hier nicht größer, außer bei den Gästen, die am Tisch des Lords saßen. Wäre er nicht ein so großer Herr gewesen, ihn hätten wohl nur wenige besucht. Auf dem Jahrmarkt der Eitelkeit ist man indes sehr nachsichtig mit den Sünden hoher Persönlichkeiten. „Nous regardons à deux fois", sagte die Französin, „ehe wir eine Persönlichkeit von so unzweifelhaftem Wert wie den Lord verurteilen." Ein paar notorische Nörgler und empfindsame Moralisten mochten wohl ungehalten sein über Lord Steyne, aber sie waren dennoch nur allzu froh, wenn sie bei ihm eingeladen wurden.

„Lord Steyne treibt es wirklich zu arg!" sagte Lady Slingstone, „aber schließlich gehen alle hin, und ich werde natürlich dafür sorgen, daß meinen Töchtern nichts geschieht." – „Der Lord ist der Mann, dem ich viel, ja alles im Leben verdanke", sagte Ehrwürden Dr. Trail, wobei er daran dachte, daß der Erzbischof schon recht wackelig auf seinen Füßen stand, und Mrs. Trail und die jungen Damen hätten eher einen Gottesdienst versäumt als eine Gesellschaft bei Lord Steyne. „Mit seiner Moral steht es schlimm", sagte der junge Lord Southdown zu seiner Schwester, die ihm sanfte Vorhaltungen machte, da sie von der Mama furchtbare Gerüchte über die Vorkommnisse in Gaunt House gehört hatte. „Aber zum Henker! Er hat den besten Kognak in ganz Europa!" Und der Baron Sir Pitt Crawley, dieses Muster an Achtbarkeit, Sir Pitt, der Missionsversammlungen geleitet hatte, dachte auch nicht einen Augenblick daran, die Einladung abzulehnen. „Wo man solche Persönlichkeiten wie den Bischof von Ealing und die Gräfin Slingstone trifft, da können wir ziemlich sicher sein, Jane, daß wir nicht fehlgehen", sagte der Baron. „Der hohe Rang Lord Steynes und seine Stellung erlauben es ihm eben, Leute unserer Stellung zu beherrschen. Der erste Friedensrichter einer Grafschaft, meine Liebe, ist ein überall geachteter Mann. Zudem waren George Gaunt und ich früher einmal Freunde. Er stand unter mir, als wir beide Attachés in Pumpernickel waren."

Kurz und gut, jeder machte diesem großen Mann seine Aufwartung, jeder, der eingeladen wurde; und auch du, lieber Leser (sage nicht nein!), oder ich, der Verfasser dieser Erzählung, würden seiner Einladung Folge leisten, wenn wir eine bekämen.

48. Kapitel

Der Leser wird in die allerbeste Gesellschaft eingeführt

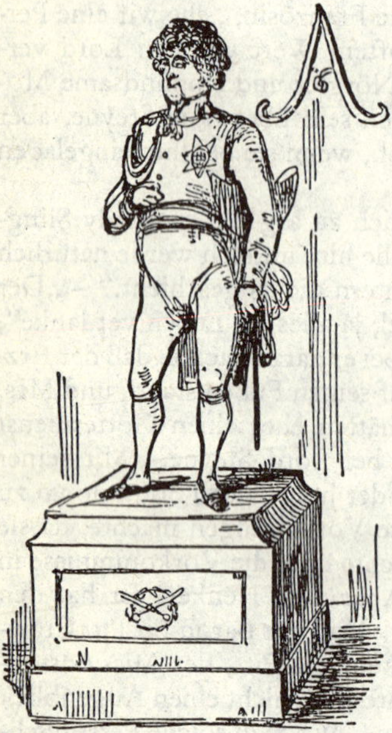

Aber schließlich sollte Beckys liebenswürdige Aufmerksamkeit gegenüber dem Oberhaupt der Familie ihres Mannes doch noch eine außerordentliche Belohnung erfahren. Diese Belohnung war zwar nicht greifbarer Gestalt, doch hatte die kleine Frau sie begieriger erstrebt als andere, handgreiflichere Vorteile. Wenn sie auch kein tugendhaftes Leben führen wollte, so wollte sie sich doch zumindest den Ruf einer tugendhaften Frau sichern. Wie man weiß, kann eine Dame der vornehmen Welt sich dieser Zierde aber nur dann rühmen, wenn sie Schleppe und Federn trägt und bei Hofe dem König vorgestellt worden ist. Von diesem hohen Augenblick an ist sie dann als hochanständige Frau abgestempelt. Der Lordkämmerer stellt ihr ein Zeugnis über ihre Tugend aus. Und wie Waren oder Briefe bei der Quarantäne durch einen Ofen hindurchgehen, mit duftendem Essig bespritzt werden und dann wieder rein sind, so gehen manchmal auch Damen zweifelhaften Rufes, die ansteckend sein könnten, durch die heilsame Feuerprobe des Empfangs bei dem König und kommen rein und allen Makels bar wieder heraus.

Lady Bareacres, Lady Tufto, Mrs. Bute Crawley dort auf dem Lande und andere Damen, die mit Mrs. Rawdon Crawley in Berührung gekommen waren, mochten sich wohl darüber entrüsten, daß die gräßliche kleine Abenteurerin dem König ihre Aufwartung machen sollte. Sie konnten wohl darauf hinweisen, daß zu Lebzeiten der guten Königin Charlotte solch eine höchst übelbeleumdete Person niemals in deren keuschen Salon eingelassen worden wäre. Aber wenn wir bedenken, daß es immerhin der erste Gentleman von Europa war, in dessen hoher Gegenwart Mrs. Rawdon ihr Examen bestand und sozusagen in ihrem Ruf promovierte, dann kann man es nur glattweg als mangelnde Untertanentreue bezeichnen, wenn einer noch weiterhin an ihrer Tugend zweifeln will. Ich für mein Teil wenigstens schaue mit Liebe und Achtung auf diese große historische Persönlichkeit zurück. Wie hoch muß man auf dem Jahrmarkt der Eitelkeit doch einen Gentleman eingeschätzt haben, wenn dieser verehrte hohe Fürst unter dem allgemeinen Beifall des kultivierten, gebildeten Teils des englischen Weltreiches mit dem Titel eines „Premier Gentilhomme des Königreichs“ belehnt wurde! Erinnerst du dich, lieber M., du Freund meiner Jugend, noch eines seligen Abends vor fünfundzwanzig Jahren, da unter der Regie von Elliston und mit Dowton und Liston als Hauptdarstellern *Tartuffe* gegeben wurde und zwei Jungen der Slaughter House Schule von ihren loyalen Lehrern Urlaub bekamen und auf der Bühne des Drury Lane Theaters erschienen, um inmitten einer Menge Leute, die sich dort versammelt hatten, den König zu begrüßen? Den König? Da ist er selbst! Rindfleischesser standen vor der Loge des erhabenen Herrschers, der Marquis von Steyne (als Lord des Pulvermagazins) und andere hohe Staatsbeamte standen hinter dem Stuhl, auf dem er saß – er, blühend, stattlich, ordenbedeckt und mit reichem Lockenhaar! Wie begeistert sangen wir die Königshymne mit! Das ganze Haus zitterte, als die prächtige Musik darin erklang. Man rief hurra, schrie und winkte mit den Taschentüchern. Frauen weinten, Mütter umklammerten ihre Kinder, einige wurden ohnmächtig vor Erregung. Im Parkett drängte sich das Volk, Geschrei und Stöhnen stieg aus der hin und her wogenden, laut rufenden Masse dort unten auf. Alle schienen bereit, für ihn ihr Leben zu lassen. Ja, wir haben ihn gesehen! Das kann uns kein Schicksal mehr rauben! Andere haben Napoleon gesehen. Und dann gibt es noch einige, die Friedrich den Großen, Dr. Johnson, Maria

Antoinette oder andere gesehen haben. So mögen unsere Kinder sich der Tatsache rühmen, daß wir Georg den Guten, den Prächtigen, den Großen von Angesicht zu Angesicht gesehen haben!

In Mrs. Rawdon Crawleys Leben kam nun also der Tag, an dem dieser Engel in das ersehnte Paradies des Hofes eingelassen wurde. Ihre Schwägerin war die Patin. An dem festgesetzten Tag fuhren Sir Pitt und seine Gattin in der großen Familienkutsche (die soeben für die Einführung des Barons in sein neues Amt als oberster Friedensrichter der Grafschaft erneuert und zurechtgemacht worden war) an dem kleinen Haus in der Curzon Street vor, worüber Raggles, der sie von seinem Grünkramladen aus beobachtete, sehr erbaut war. Er starrte auf die feinen Federn drinnen und auf die riesigen Blumensträuße, die die Lakaien am Aufschlag ihrer neuen Livreen trugen.

Sir Pitt, in glitzernder Uniform, stieg aus und betrat das Haus, während ihm der Degen dauernd zwischen die Beine geriet. Am Wohnzimmerfenster stand der kleine Rawdon und preßte sein lächelndes Gesicht gegen das Glas und nickte mit aller Macht der Tante da unten im Wagen zu. Kurz darauf verließ Sir Pitt schon wieder das Haus und führte eine Dame mit langwallenden Federn hinaus. Sie war in einen weißen Schal gehüllt und hielt zierlich eine Schleppe aus prachtvollem Brokat hoch. Sie bestieg den Wagen in einer Haltung, als sei sie eine Prinzessin, die ihr Leben lang daran gewöhnt ist, bei Hofe zu erscheinen. Gnädig lächelte sie den Lakaien an der Tür zu und auch Sir Pitt, der nach ihr den Wagen bestieg.

Dann folgte Rawdon in seiner alten Gardeuniform, die jetzt recht kümmerlich und schäbig aussah und ihm viel zu eng geworden war. Er hatte der Kutsche eigentlich in einem Mietwagen zum Hof folgen wollen, aber die gutherzige Schwägerin bestand darauf, daß es eine richtige Familienangelegenheit sein sollte. Der Wagen war ja groß und die Damen schlank, sie konnten ihre Schleppen ja auf dem Schoß halten. So fuhren die vier also schließlich in brüderlicher Eintracht los, und bald rollte ihr Wagen in der langen Reihe königstreuer Equipagen Piccadilly und St. James' Street entlang auf den alten roten Palast zu, wo der Stern von Braunschweig seine Edlen und Vornehmen erwartete.

Becky hatte das Gefühl, sie müßte das Volk vom Wagenfenster aus segnen, so gehobener Stimmung war sie. Sie empfand es ganz stark, welch eine würdige Stellung sie endlich erreicht hatte. Auch unsere Becky hatte ihre Schwächen. Man trifft es ja häufig, daß die Menschen auf irgend etwas besonders stolz sind, das andere bei ihnen kaum bemerken. So ist zum Beispiel Comus fest davon überzeugt, er sei der größte tragische Schauspieler Englands, und Brown, der berühmte Schriftsteller, sehnt sich danach, nicht auf literarischem Gebiet, sondern auf modischem als tonangebend angesehen zu werden. Robinson, der große Richter, andrerseits legt auf seinen Ruf in Westminster Hall gar keinen Wert, sondern hält sich für unübertrefflich im Geländeritt und im Sprung über die höchsten Hürden. So war es Beckys Lebensziel, eine achtbare Frau zu sein und für eine solche gehalten zu werden. Mit erstaunlichem Eifer, Fleiß und Erfolg hatte sie sich eine vornehme Lebensart angeeignet. Es gab Zeiten, da sie selbst glaubte, eine wirkliche Dame zu sein, und ganz vergaß, daß zu Hause kein Geld im Kasten war, daß die Schergen vor der Tür auf sie warteten und daß sie die Kaufleute mühsam beschwatzen und an der Nase herumführen mußte. Wie sie nun aber in der Kutsche, der großen Familienkutsche, zu Hofe fuhr, nahm sie eine so vornehme, selbstzufriedene, überlegene und eindrucksvolle Haltung an, daß sie selbst Lady Jane zum Lachen reizte. Sie betrat die königlichen Gemächer mit einer Kopfhaltung, die einer Kaiserin würdig gewesen wäre. Und wenn sie wirklich eine gewesen wäre, so würde sie zweifellos ihre Rolle glänzend gespielt haben.

Es darf hier festgestellt werden, daß Mrs. Rawdon Crawleys costume de cour anläßlich ihrer Vorstellung beim König höchst elegant und prunkvoll war. Wer Sterne und Ordensschnüre trägt und bei den Versammlungen in St. James' Palast zugegen ist, und auch die anderen, die in schmutzigen Stiefeln Pall Mall entlangbummeln und in die Wagen hineinlugen, in denen die Vornehmen in ihrem Federschmuck zum Empfang fahren, sie alle mögen wohl schon so manches Mal bei dieser Gelegenheit Damen gesehen haben, die zu so früher Stunde keineswegs so liebreizend und bezaubernd wirkten; denn es ist gegen zwei Uhr mittags am Empfangstag, wenn die Garde in ihren tressenbesetzten Uniformröcken auf jenen eleganten Musikstühlchen, ihren elfenbeinfarbenen Rossen, sitzt und den Siegesmarsch bläst. Eine dicke Gräfin von sechzig Jahren, dekolletiert, bemalt, runzlig, mit Rouge bedeckt bis zu den schweren Augenwimpern hinauf und mit von Diamanten funkelnder Perücke, bietet vielleicht einen wohltuenden, erbaulichen Anblick, aber bestimmt keinen erfreulichen. Sie sieht so ähnlich aus wie die St. James Street in der matten Beleuchtung des frühen Morgens, wenn die Lampen zur einen Hälfte gelöscht sind und die anderen nur noch schwach flackern, als wollten sie sich Gespenstern gleich vor dem dämmernden Morgen zurückziehen. Solche Reize, von denen wir nur einen flüchtigen Blick erhaschen, wenn der Wagen der Lady vorüberrollt, sollte man nur nachts sehen lassen. Wenn sogar Cynthia am Nachmittag solcher Wintertage, wie wir sie jetzt haben, blaß und unansehnlich wirkt, während von der anderen Seite des Himmels her Phöbus sie mit seinen Strahlen aus der Fassung zu bringen sucht, wie sollte dann die alte Lady Castlemouldly den Kopf hochhalten können, wenn die Sonnenstrahlen durch die Wagenfenster auf sie scheinen und all die Runzeln und Falten aufdekken, die die Zeit auf ihrem Antlitz eingegraben hat? Nein, Empfänge sollten nur im November abgehalten werden oder an dem ersten nebligen Tag, oder aber die ältlichen Haremsdamen unseres Eitelkeitsmarktes dürften sich nur in geschlossenen Sänften zu Hof begeben, in einem bedeckten Gang absteigen und ihre Verbeugung vor dem Herrscher unter dem Schutz des Lampenlichts machen.

Unsere liebe Rebekka jedoch bedurfte keines freundlichen Lichtscheins, damit ihre Schönheit richtig zur Geltung kam. Ihr Teint konnte noch gut den Sonnenschein vertragen, und ihr Kleid war in ihren eigenen Augen und in denen des Publikums so schön wie nur je das glänzendste Gewand der berühmtesten Schönheit der Saison, wenn auch heute, nach fünfundzwanzig Jahren, jede Dame auf dem Jahrmarkt der Eitelkeit es für völlig närrisch und unmöglich halten würde. Einige zwanzig Jahre später wird aber auch das Wunderwerk einer Schneiderin von heute in das Gebiet des Absurden gehören wie aller frühere Putz. Aber wir schweifen ab. Das Kleid, das Mrs. Rawdon an dem bedeutenden Tage ihrer Vorstellung bei Hofe trug, wurde für einfach charmant erklärt. Sogar die gute kleine Lady Jane mußte dem beistimmen, als sie ihre Schwägerin betrachtete. Kummervoll gestand sie sich, daß sie Mrs. Becky in Geschmacksfragen absolut unterlegen war.

Sie wußte nicht, wieviel Sorgfalt, Nachdenken, wie mancherlei Talente Mrs. Rawdon auf dieses Gewand hatte verwenden müssen. Rebekka hatte einen so guten Geschmack wie nur irgendeine Putzmacherin in Europa und eine so geschickte Art, die Dinge zusammenzustellen, wie Lady Jane wenig davon verstand. Sie entdeckte nur bald, wie glanzvoll der Brokat an

Beckys Schleppe und wie prächtig die Spitze an ihrem Kleid war. Der Brokat sei ein alter Rest, sagte Becky, und bei der Spitze habe sie ein gutes Geschäft gemacht. Sie besäße diese Spitze schon ewig lange.

„Meine liebe Mrs. Crawley, das muß ja ein kleines Vermögen gekostet haben!" sagte Lady Jane und blickte auf ihre eigenen Spitzen, die nicht halb so gut waren. Als sie dann den alten Brokat an Mrs. Rawdons Hofgewand untersuchte, hätte sie gern gesagt, sie selbst könne sich so feine Kleider nicht leisten! Doch mit einiger Mühe gelang es ihr, diese Worte zu unterdrücken, weil sie doch zu unfreundlich geklungen hätten.

Hätte Lady Jane indes wirklich Bescheid gewußt, dann wäre es wohl selbst für ihr friedfertiges Temperament zuviel gewesen. Mrs. Rawdon hatte nämlich die Spitzen und den Brokat beim Aufräumen in alten Schränken in Sir Pitts Haus gefunden. Sie hatten den früheren Herrinnen des Hauses gehört; nun aber belegte Becky einfach alles mit Beschlag und verwandte es für ihre eigene kleine Person. Die Briggs sah, wie sie die Sachen mitnahm, stellte aber keinerlei Fragen und schwatzte nicht darüber. Ich möchte vielmehr glauben, sie war in diesem Punkt ganz mit Becky einverstanden, genau wie viele andere ehrliche Frauen es ebenfalls gewesen wären.

Und die Diamanten? „Wo zum Kuckuck hast du die Diamanten her, Becky?" fragte ihr Gatte, als er ein paar Juwelen bewunderte, die er noch nie an ihr gesehen hatte. Jetzt aber funkelte es an ihren Ohren und ihrem Nacken in verschwenderischem Glanz.

Becky wurde ein wenig rot und sah ihm einen Augenblick lang fest in die Augen. Pitt Crawley errötete gleichfalls und blickte zum Fenster hinaus. Einen ganz kleinen Teil dieser Diamanten hatte er ihr nämlich geschenkt, ein hübsches Brillantschloß, das ihre Perlenkette zusammenhielt. Nur hatte der Baron unterlassen, seiner Frau etwas davon zu erzählen.

Becky sah ihren Mann an und darauf Sir Pitt mit keck-triumphierender Miene, als wollte sie sagen: Soll ich dich verraten?

„Rate einmal!" sagte sie schließlich zu ihrem Mann. „Na, du Dummkopf", fuhr sie fort, „woher soll ich sie denn haben? Alles außer dem kleinen Brillantschloß, das mir ein teurer Freund vor längerer Zeit geschenkt hat, habe ich mir natürlich geliehen! Bei Mr. Polonius in der Coventry Street. Du glaubst doch nicht etwa, daß alle Diamanten, die man bei Hofe sieht, tatsächlich den Leuten gehören, die sie tragen? Wie zum Beispiel die schönen Steine, die Lady Jane dort hat, die gewiß viel hübscher sind als meine alle zusammen!"

„Das sind Stücke aus dem Familienschmuck", sagte Sir Pitt und wurde wieder verlegen. Während dieser vertraulichen Unterhaltung rollte der Wagen die Straße entlang, bis seine Last schließlich an den Toren des Palastes, wo der Herrscher seine Empfänge veranstaltete, abgesetzt wurde.

Die Diamanten, die Rawdons Bewunderung erregt hatten, kehrten nie zu Mr. Polonius in die Coventry Street zurück, und dieser Herr forderte sie auch niemals wieder ein. Sie wanderten vielmehr in ein kleines Geheimfach eines alten Schreibtischs, den Amelia Sedley ihrer Freundin vor langen Jahren geschenkt hatte. Hier verwahrte Becky eine Reihe von nützlichen und vielleicht auch wertvollen Dingen, von denen ihr Mann nichts wußte. Nichts oder nur wenig zu wissen, das liegt in der Natur mancher Ehemänner. Etwas zu verstecken – in der Natur wie vieler Frauen liegt aber das? O meine Damen, wie viele von Ihnen haben heimliche Schneiderrechnungen? Wie viele von Ihnen besitzen Gewänder und Armbänder, die Sie hier nicht zu zeigen wagen oder die Sie nur zitternd tragen? Zitternd umschmeicheln Sie den Gatten an Ihrer Seite mit einem Lächeln, damit er das neue Samtkleid mit dem alten verwechseln möge und das neue Armband mit dem vom vorigen Jahr! Er hat ja keine Ahnung, daß der zerlumpt aussehende gelbe Spitzenschal vierzig Pfund gekostet hat und daß Madame Bobinot allwöchentlich Mahnbriefe wegen des Geldes schreibt!

So wußte denn auch Rawdon nichts von den glänzenden Diamantohrringen und dem prächtigen Brillantschmuck, der den schönen Busen seiner Gattin zierte. Lord Steyne aber wußte, woher die Juwelen kamen und wer sie bezahlt hatte. Er befand sich bei Hofe als Lord des Pulvermagazins, als einer der großen Würdenträger und eine der berühmten Stützen des englischen Thrones. In all seinen Sternen, Orden, Kragen und Schnüren kam er der kleinen Frau entgegen und widmete ihr besondere Aufmerksamkeit.

Als er sich über ihre Hand beugte, lächelte er und zitierte die schönen, abgedroschenen Zeilen aus dem *Raub der Locke* über Belindas Diamanten, die „Juden küssen und Ungläubige anbeten durften".

„Ich hoffe, Euer Gnaden ist orthodox!" versetzte die kleine Dame und warf den Kopf zurück. Die Damen ringsumher wisperten und redeten miteinander, und die Herren nickten sich zu und flüsterten über die betonte Aufmerksamkeit, die der große Lord der kleinen Abenteurerin erwies.

Für eine so schwache und unerfahrene Feder wie die meine geziemt es sich nicht, von den näheren Umständen des Gesprächs zwischen Rebekka Crawley, geborener Sharp, und ihrem königlichen Herrn zu berichten. Bei dieser überwältigenden Vorstellung schließen sich geblendet unsere Augen. Untertänigste Achtung und Sinn für Anstand gebieten von selbst schon der Phantasie, nicht zu scharf und kühn in das geheiligte Empfangszimmer hineinzuschauen, sondern sich respektvoll unter tiefen Verbeugungen aus der Nähe des Allerhöchsten zurückzuziehen.

Nur so viel sei gesagt, daß es nach diesem Empfang in ganz London kein Herz gab, das seinem König treuer ergeben war, als das Beckys. Stets war der Name des Königs nun auf ihren Lippen. Er sei der charmanteste aller Männer, erklärte sie. Sie ging in die Kunsthandlung von Colnaghi und bestellte das schönste Porträt von ihm, das je ein Künstler geschaffen hatte und das auf Kredit zu haben war. Sie wählte jenes bekannte Bild, auf dem der beste aller Monarchen im Pelzrock mit Kniehosen und Seidenstrümpfen dargestellt ist, wie er auf einem Sofa sitzt und unter einer braunen Lockenperücke einfältig lächelt. Sie ließ ihn sich auf eine Brosche malen, die sie immer trug. Ihr ganzer Bekanntenkreis amüsierte und ärgerte sich ein wenig darüber, daß sie ständig über seine Liebenswürdigkeit und Schönheit sprach. Wer weiß? Vielleicht glaubte die kleine Frau auch, sie könnte einmal die Rolle einer Maintenon oder einer Pompadour spielen.

Den schönsten Spaß nach ihrer Vorstellung bei Hofe bereitete es aber, sie tugendhafte Reden halten zu hören. Sie kannte einige Damen, die auf dem Jahrmarkt der Eitelkeit nicht gerade in bestem Rufe standen. Sobald Becky aber nun sozusagen zu einer ehrbaren Frau gemacht worden war, konnte sie mit so zweifelhaften Personen nicht mehr verkehren. Sie schnitt Lady Crackenbury, wenn diese ihr in der Oper aus ihrer Loge zunickte, und im Park fuhr sie an Mrs. Washington White ohne Gruß vorüber. „Man muß eben zeigen, mein Lieber, daß man jemand ist“, sagte sie. „Man darf sich nicht mit Leuten zweifelhaften Rufes sehen lassen. Lady Crackenbury tut mir von Herzen leid, und Mrs. Washington White mag ein sehr gutherziges Geschöpf sein. Du kannst ja bei ihnen dinieren, da du so gern Karten spielst. Aber ich darf es nicht und will es nicht. Und du wirst so gut sein und Smith sagen, daß ich nicht zu Hause bin, wenn eine dieser beiden kommen sollte!“

In allen Zeitungen standen Einzelheiten über Beckys Kleid, ihre Federn, Spitzen, ihre prächtigen Diamanten und all das übrige. Mrs. Crackenbury las den Abschnitt mit einem Gefühl der Bitterkeit und sprach mit ihrem Anhang über das anspruchsvolle Auftreten dieser Frau. Mrs. Bute Crawley und ihre Töchter da draußen auf dem Lande erhielten aus London die Morgenpost und machten bald ihrer ehrlichen Entrüstung Luft. „Ja, wenn du rötliches Haar und grüne Augen hättest und die Tochter einer französischen Seiltänzerin wärst“, sagte Mrs. Bute zu ihrer ältesten Tochter (die ganz im Gegenteil eine sehr dunkle, kleine, stubsnasige junge Dame war), „dann hättest du bestimmt auch prachtvolle Diamanten haben können und wärst von deiner Kusine Lady Jane bei Hof eingeführt worden. Du aber hast nichts als deine gute Herkunft, mein armes, liebes Kind! Du hast nur etwas von dem besten englischen Blut in deinen Adern und als Aussteuer nichts als gute Grundsätze und Frömmigkeit. Ich selbst, die Frau des jüngeren Bruders eines Barons, habe nie an so etwas gedacht, wie zum Beispiel bei Hofe vorgestellt zu werden! Und andere Leute hätten es auch nicht gekonnt, wenn die gute Königin Charlotte noch am Leben wäre!“ In dieser Weise tröstete sich die würdige Pfarrersfrau. Ihre Töchter aber seufzten und saßen den ganzen Abend lang über dem Adelsregister.

Wenige Tage nach dem berühmten Empfang wurde der tugendsamen Becky eine weitere große, erstaunliche Ehre zuteil. Lady Steynes Wagen fuhr vor Mrs. Rawdon Crawleys Tür vor. Dem erschrecklichen Klopfen nach hätte man fast vermuten können, der Diener wolle gleich die ganze Vorderfront des Hauses einschlagen. Er erbarmte sich aber und gab nur zwei Karten ab, auf denen die Namen „Marquise von Steyne“ und „Gräfin Gaunt“ standen. Wenn diese Stückchen Papier schöne Gemälde gewesen wären oder wenn hundert Meter Brüsseler Spitze um sie herumgewickelt gewesen wären, die doppelt soviel Pfund wert waren, hätte Becky sie nicht mit größerem Entzücken betrachten können. Man darf sicher sein, daß sie in der chinesischen Porzellanschale auf dem Salontisch, wo Becky die Besuchskarten aufbewahrte, einen auffallenden Platz einnahmen. Du lieber Gott! Noch vor wenigen Monaten hatte unsere kleine Freundin sich gefreut, als sie die Karten der armen Mrs.

Washington White und der Lady Crackenbury bekam. Das einfältige Geschöpfchen war damals recht stolz darauf gewesen. Du lieber Gott! Wie schnell verschwanden jetzt beim Erscheinen dieser vornehmen Karten aus Hofkreisen jene armen vernachlässigten kleinen Teufel unter dem ganzen Packen! Steyne! Bareacres, Johnes of Helvellyn und Caerlyon of Camelot! Natürlich schlugen Becky und die Briggs diese vornehmen Namen im Adelsregister nach und verfolgten dort die edlen Geschlechter durch alle Abzweigungen des Stammbaums der Familie.

Ein paar Stunden später sprach Lord Steyne vor. Er sah sich um, stellte fest, daß alles in der gewohnten Ordnung war, und als er dann die Karten seiner Gattin bereits als Trumpf in Beckys Spiel offenliegen sah, grinste dieser alte Zyniker, wie er es immer tat, wenn jemand sich so naiv seine menschlichen Schwächen anmerken ließ. Becky kam sofort herunter. Immer, wenn das liebe Kind den Lord erwartete, war alles an ihrer Toilette in bester Ordnung, ihr Haar, ihr Taschentuch, ihre Schürze, ihr Schal, ihre kleinen ledernen Hausschuhe und all der andere Flitter einer Frau. Sie saß dann in natürlicher, netter Haltung da, bereit, ihn zu empfangen. Wenn er überraschend kam, mußte sie natürlich erst in ihr Zimmer hinaufeilen, um sich vor dem Spiegel einer schnellen Prüfung zu unterziehen, und dann trippelte sie wieder hinunter, um den großen Lord zu begrüßen.

Sie fand ihn lächelnd vor der Schale. Sie war durchschaut und wurde ein wenig rot. „Ich danke Ihnen, Monseigneur", sagte sie. „Sie sehen, Ihre Damen sind hier gewesen. Wie nett von Ihnen! Ich konnte nicht schneller kommen – ich war gerade in der Küche und kochte Pudding!"

„Ich weiß, ich habe Sie durch das Gitter des Vorgartens bemerkt, als ich vorfuhr", erwiderte der alte Herr.

„Sie sehen aber auch alles!" versetzte sie.

„Manches wohl, aber doch nicht alles, meine hübsche Dame", erwiderte er gutgelaunt. „Sie törichte kleine Lügnerin! Ich habe Sie in Ihrem Zimmer oben herumgehen hören, wo Sie zweifellos etwas Rouge aufgelegt haben. Sie müssen Lady Gaunt ein wenig davon geben; sie hat eine ganz unmögliche Gesichtsfarbe! Dann hörte ich die Schlafzimmertür gehen, und Sie kamen herunter!"

„Ist es denn ein Verbrechen, wenn ich versuche, so gut wie möglich auszusehen, wenn Sie herkommen?" fragte Mrs. Rawdon klagend. Sie rieb sich mit einem Taschentuch die Wangen, wie um zu zeigen, daß sie kein Rouge aufgelegt hatte, daß es bei ihr nur ein echtes Erröten aus Bescheidenheit war. Wer kann das wissen? Ich weiß, es gibt Rouge, das beim Reiben mit dem Taschentuch nicht abgeht, und manches ist sogar so gut, daß nicht einmal Tränen ihm etwas anhaben können.

„Sie sind also darauf aus, eine feine Dame zu werden!" sagte der alte Herr und spielte mit der Karte seiner Frau. „Sie plagen mich armen alten Mann, daß ich Ihnen Zutritt zu der großen Welt verschaffe. Sie werden sich da nicht behaupten können, Sie dummes kleines Närrchen! Sie haben ja kein Geld!"

„Sie werden uns doch eine Stelle verschaffen, nicht wahr?" warf Becky so schnell wie möglich ein.

„Sie haben kein Geld und wollen es mit denen aufnehmen, die welches haben. Sie armes irdenes Töpfchen wollen mit den großen Kupferkesseln zusammen den Strom hinabschwimmen! So sind die Frauen! Jede strebt nach dem, was all der Mühe gar nicht wert ist. Gott! Gestern war ich beim König zum Diner; es gab Hammelkeule und Rüben. Sehr häufig ist ein Mahl von Kräutern besser als ein gemästeter Ochse. Sie wollen also in Gaunt House eingeladen werden. Ich sehe schon, Sie lassen dem alten Mann keine Ruhe, bis Sie das erreicht haben. Aber dort ist's nicht halb so nett wie hier! Sie werden sich langweilen. Meine Frau ist so lustig wie Lady Macbeth, und meine Töchter sind so vergnügt wie Regan und Goneril! In meinem sogenannten Schlafzimmer wage ich nicht zu schlafen. Das Bett ist wie der Baldachin aus der Peterskirche, und die Gemälde dort versetzen mich in Angst und Schrecken. In meinem Ankleidezimmer habe ich ein kleines Metallbett mit einer Roßhaarmatratze stehen wie ein Anachoret. Ich bin ja auch ein Anachoret! Haha! Nächste Woche werden Sie zum Essen eingeladen werden. Aber garde aux femmes! Passen Sie auf und behaupten Sie sich! Die Weiber werden Ihnen schon Angst machen!" Das war eine sehr lange Rede für einen so wortkargen Mann wie Lord Steyne. Es war auch nicht die erste, die er an diesem Tag zu Beckys Nutz und Frommen gehalten hatte.

Die Briggs sah vom Nähtisch auf, an dem sie hinten im Zimmer saß. Sie seufzte tief auf, als sie den großen Marquis so leichtfertig über ihr Geschlecht sprechen hörte.

„Wenn Sie den abscheulichen Schäferhund nicht abschaffen", sagte Lord Steyne mit einem bösen Blick über die Schulter, „dann lasse ich ihn vergiften!"

„Ich gebe meinem Hund immer von meinem eigenen Teller zu fressen", erwiderte Rebekka mit mutwilligem Lachen. Eine Weile erfreute sie sich an dem Ärger des Lords, der die arme Briggs haßte, weil sie sein Tete-a-Tete mit der schönen Frau des Obersten störte. Doch schließlich hatte Becky Mitleid mit ihrem Verehrer; sie rief die Briggs heran, pries das schöne Wetter und bat sie, mit dem Kind spazierenzugehen.

„Ich kann sie nicht fortschicken", sagte sie dann nach einer Pause in tieftraurigem Ton. Ihre Augen füllten sich mit Tränen, als sie diese Worte aussprach. Sie wandte den Kopf ab.

„Sie schulden ihr wohl viel Lohn?" fragte der Lord.

„Schlimmer als das", erwiderte Becky mit niedergeschlagenen Augen, „ich habe sie ruiniert!"

„Sie ruiniert? Warum werfen Sie sie dann nicht hinaus?" fragte der Herr.

„Das tun nur Männer!" antwortete Becky bitter. „Frauen sind nicht so schlecht wie sie! Voriges Jahr, als wir bei unserem letzten Pfund angelangt waren, gab sie uns alles. Sie soll mein Haus nie verlassen, ehe wir nicht selbst völlig ruiniert sind, was in nicht allzu ferner Zukunft eintreten wird, oder ich ihr alles bis auf den letzten Heller zurückgezahlt habe."

„Wieviel ist es denn?" fragte der Lord fluchend. In Anbetracht seiner reichen Mittel nannte Becky nicht nur die Summe, die sie von Miß Briggs entliehen hatte, sondern einen fast doppelt so hohen Betrag.

Das veranlaßte Lord Steyne erneut zu einem kurzen, energischen Wutausbruch, woraufhin Rebekka den Kopf noch tiefer senkte und bitterlich weinte. „Ich konnte nicht anders. Es war für mich die letzte Möglichkeit. Ich wage nicht, meinem Mann davon zu erzählen. Er würde mich töten, wenn er wüßte, was ich getan habe! Ich habe es vor allen geheimgehalten außer vor Ihnen, und Sie haben mir ja das Geständnis abgenötigt. Oh, was soll ich nur tun, Lord Steyne? Ich bin sehr, sehr unglücklich!"

Lord Steyne gab keine Antwort. Er trommelte nur mit den Fingern auf dem Tisch herum und biß sich auf die Nägel. Schließlich stülpte er sich den Hut auf den Kopf und stürzte aus dem Zimmer. Rebekka erhob sich erst aus ihrer trübseligen Haltung, als die Tür hinter ihm zugeschlagen war und der Wagen wegrollte. Als sie dann aufstand, glitzerte in ihren grünen Augen ein ganz merkwürdiger Ausdruck unheilvollen Triumphes. Sie lachte ein paarmal in sich hinein, als sie bei der Arbeit saß. Dann ging sie ans Klavier und trommelte einen Siegesmarsch herunter, daß die Leute unter dem Fenster stehenblieben, um der brillanten Musik zuzuhören.

An diesem Abend trafen von Gaunt House zwei Briefe für die kleine Frau ein. Der eine enthielt eine Einladung von Lord und Lady Steyne zu einem Diner in Gaunt House am nächsten Freitag, und in dem anderen lag ein grauer Zettel mit Lord Steynes Unterschrift und der Adresse von Messrs. Jones, Brown und Robinson, Lombard Street.

In der Nacht hörte Rawdon, wie Becky ein paarmal auflachte. Sie freue sich so auf Gaunt House und die Damen dort,

sagte sie, das erheitere sie so. In Wahrheit war sie mit manch anderen Gedanken beschäftigt. Sollte sie der alten Briggs das Geld auszahlen und sie entlassen? Sollte sie Raggles in Erstaunen versetzen, indem sie die Rechnung bei ihm beglich? Während der Nacht dachte sie all diese Fragen durch, und als Rawdon dann am nächsten Morgen in seinen Klub ging, fuhr Mrs. Crawley, sehr bescheiden gekleidet und mit einem Schleier vor dem Gesicht, eilends in einer Mietkutsche in die City. Sie ließ sich bei der Bank von Jones und Robinson absetzen und legte dem Beamten am Schalter das Papier vor, der sie daraufhin nur fragte, wie sie das Geld haben wolle.

Liebenswürdig erwiderte sie, sie wolle einhundertfünfzig Pfund in kleinen Noten und den Rest in einer Note nehmen. Als sie über den Kirchhof an der Paulskirche kam, hielt sie an und kaufte für die Briggs das schönste schwarze Seidenkleid, das für Geld zu haben war. Mit einem Kuß und vielen liebevollen Worten überreichte sie es der einfältigen alten Jungfer.

Dann ging sie zu Mr. Raggles, erkundigte sich freundlich nach seinen Kindern und gab ihm fünfzig Pfund als Abschlagszahlung. Dann ging sie zu dem Pferdeverleiher, von dem sie sich immer den Wagen holen ließ, und erfreute ihn mit der gleichen Summe. „Hoffentlich ist Ihnen das eine Lehre, Spavin", sagte sie, „damit am nächsten Empfangstag mein Schwager Sir Pitt sich nicht wieder gezwungen sieht, uns alle vier in seinem Wagen zu Seiner Majestät zu fahren, weil mein eigener Wagen nicht da ist!" Am letzten Empfangstag hatte es anscheinend Streit gegeben. Daher kam es, daß der Oberst beinahe die Erniedrigung hätte hinnehmen müssen, sich in einer Mietkutsche zum Empfang bei seinem König zu begeben.

Als Becky all dies erledigt hatte, stattete sie dem bereits erwähnten Schreibpult, das Amelia Sedley ihr vor vielen Jahren geschenkt hatte, einen Besuch ab. In das kleine Geheimmuseum legte sie zu den vielen nützlichen und wertvollen Dingen nun auch die eine Note, die der Kassierer von Messrs. Jones und Robinson ihr gegeben hatte.

49. Kapitel

Wir genießen drei Gänge mit Nachtisch

Während man in Gaunt House an jenem Morgen beim Frühstück saß, erschien Lord Steyne bei den um Tee und Toast versammelten Frauen und Kindern. Für gewöhnlich trank er seine Schokolade auf seinem Zimmer und störte die Damen seines Hauses nur selten. Er sah sie nur an den Tagen, an denen sie sich öffentlich zusammen zeigen mußten, oder wenn sie sich in der Eingangshalle begegneten. Manchmal betrachtete er sie auch von seiner Parkettloge aus, wenn sie oben in ihrer Loge im ersten Rang saßen. Heute nun kam es zu einer großen Schlacht um Rebekka.

„Ich möchte die Liste für das Diner am Freitag sehen, Lady Steyne", sagte er. „Und sei doch bitte so gut und schreibe auch eine Einladung für Oberst Crawley und seine Gemahlin."

„Blanche schreibt die Karten aus", sagte Lady Steyne ängstlich, „Lady Gaunt schreibt sie."

„An diese Person schreibe ich nicht!" erwiderte Lady Gaunt, eine große, stattliche Dame. Während sie sprach, sah sie einen Augenblick lang auf und senkte dann sofort wieder den Blick. Wer Lord Steyne beleidigt hatte, tat nicht gut daran, seinen Augen zu begegnen.

„Schickt die Kinder hinaus! Geht!" sagte er und zog die Klingelschnur. Die armen kleinen Dinger, die in seiner Gegenwart stets vor Angst zitterten, zogen sich zurück. Am liebsten wäre die Mutter ihnen gefolgt. „Du nicht!" sagte er, „du bleibst hier!"

„Lady Gaunt", fuhr er fort, „ich wiederhole noch einmal, du möchtest bitte die Güte haben, an den Schreibtisch zu gehen und die Einladung zu dem Diner am Freitag zu schreiben!"

„Mylord, ich werde dabei nicht zugegen sein", sagte Lady Gaunt; „ich gehe nach Hause!"

„Ich wünschte, du tätest es und bliebest dort! Du wirst sehen, daß die Gerichtsdiener in Bareacres eine sehr angenehme Gesellschaft sind! Dann werde ich endlich deinen Verwandten kein Geld mehr zu leihen brauchen und auch deine verdammte Trauermiene los sein. Wer bist du denn, daß du hier befehlen willst? Du hast weder Geld noch Verstand. Du warst hier, um Kinder zu bekommen, und du hast keine. Gaunt ist deiner überdrüssig, und Georges Frau ist die einzige in der Familie, die nicht wünscht, du wärst tot. Wenn du tot wärst, würde Gaunt sich sofort wieder verheiraten."

„Ja, ich wünschte auch, ich wäre tot!" erwiderte die Lady mit Tränen der Wut in den Augen.

„Ausgerechnet du mußt dich hier so tugendhaft aufspielen, während meine Frau, die – wie jedermann weiß – eine reine Heilige ist und in ihrem ganzen Leben nie ein Unrecht begangen hat, nichts dagegen einzuwenden hat, meiner kleinen Freundin Mrs. Crawley zu begegnen. Lady Steyne weiß, daß der Schein gegen die besten Frauen sprechen kann und daß über ganz Unschuldige oft Lügen verbreitet werden. Bitte, meine Gnädigste, soll ich Ihnen vielleicht ein paar Anekdötchen über Lady Bareacres, Ihre Frau Mama, erzählen?"

„Du kannst mich schlagen, soviel du willst, und deine Grausamkeit an mir auslassen", sagte Lady Gaunt. Seine Frau und seine Schwiegertochter leiden zu sehen versetzte den Lord immer in gute Laune.

„Meine süße Blanche", sagte er, „ich bin ein Gentleman, und meine Hand hat noch nie eine Frau berührt, außer in aller Freundlichkeit. Ich möchte nur ein paar kleine Fehler in deinem Charakter bessern. Ihr Frauen seid zu stolz; es fehlt euch leider an Demut, wie Pater Mole es gewiß ausdrücken würde, wenn er hier wäre. Ihr müßt euch nicht so aufspielen! Ihr müßt milde und demütig sein, mein Herzchen! Trotz allem, was Lady Steyne weiß, ist diese so oft verleumdete, einfache, gutherzige Mrs. Crawley völlig unschuldig – unschuldiger als die Lady selbst! Der Ruf ihres Mannes ist nicht gut, aber doch immer noch so gut wie der des alten Bareacres. Auch er hat ein bißchen gespielt und nicht allzuviel bezahlt. Er hat dich um die einzige

Erbschaft betrogen, die du je zu erwarten hattest, und dich bettelarm der Versorgung durch mich überlassen. Mrs. Crawley ist zwar nicht von sehr vornehmer Geburt; aber schlechter als Fannys erlauchte Ahnen, die ersten de la Jones, ist ihre Familie auch nicht."

„Das Geld, das ich in die Familie gebracht habe, Sir . . ." rief Lady Gaunt aus.

„Damit hast du dir die Anwartschaft auf ein eventuelles Erbe erkauft", sagte der Marquis düster. „Wenn Gaunt stirbt, kann es sein, daß Titel und Vermögen auf deinen Mann übergehen, und deine Söhne können das alles dann erben, und wer weiß, was sonst noch alles! Inzwischen, meine verehrten Damen, seid nach außen hin meinetwegen so stolz und tugendsam, wie ihr Lust habt; aber mir braucht ihr nichts vorzumachen! Und was Mrs. Crawleys Ruf betrifft, so werden weder ich noch diese völlig vorwurfsfreie, makellose Dame uns so weit erniedrigen, je auch nur mit einem Wort anzudeuten, er bedürfe einer Verteidigung. Du wirst sie bitte mit der größten Herzlichkeit empfangen, so wie du alle empfängst, die ich in dieses Haus bringe. Dieses Haus?" Auflachend brach er ab. „Wer ist denn hier der Herr? Und was ist dieses Haus denn eigentlich anders als ein Tempel der Tugend, der mir gehört? Und wenn ich das ganze Gefängnis oder die ganze Irrenanstalt hierher einlade, zum Teufel, sie sollen willkommen geheißen werden!"

Mit solch kraftvollen Ansprachen traktierte Lord Steyne seinen „Harem", wenn er in seinem Hause Anzeichen von Widersetzlichkeit bemerkte. Die eingeschüchterten Frauen konnten dann nichts anderes tun als gehorchen. Lady Gaunt schrieb also die Einladung aus, wie der Lord es verlangte, und sie und die Schwiegermutter fuhren höchstpersönlich, wenn auch mit bitterem Gefühl und gedemütigtem Herzen, bei Mrs. Rawdon vor und gaben ihre Karten ab, über die jene unschuldige Frau sich so sehr freute.

Es gab in London Familien, die für solch eine Ehre von der Hand dieser vornehmen Damen glatt ein Jahreseinkommen geopfert hätten. Mrs. Frederick Bullock zum Beispiel wäre von May Fair bis zur Lombard Street auf den Knien gerutscht, wenn sie gewußt hätte, in der City warten Lady Steyne und Lady Gaunt auf sie und würden sie aufheben und sagen: Kommen Sie doch nächsten Freitag zu uns! Nicht zu einem der großen Bälle oder Empfänge in Gaunt House, sondern zu einem jener exklusiven, geheimnisvollen, köstlichen Gesellschaftsabende, zu denen eingeladen zu werden ein Privileg, eine Ehre, ja eine wahre Seligkeit war.

Streng, makellos und schön, nahm Lady Gaunt auf dem Jahrmarkt der Eitelkeit den höchsten Rang ein. Die feine Höflichkeit, mit der Lord Steyne sie behandelte, entzückte jeden, der Zeuge seines Verhaltens war. Sogar die strengsten Kritiker mußten anerkennen, was für ein vollendeter Gentleman er war, und zugeben, daß der Lord zumindest das Herz auf dem rechten Fleck hatte.

Die Damen von Gaunt House riefen Lady Bareacres zu Hilfe, um den gemeinsamen Feind zurückzuschlagen. Einer von Lady Gaunts Wagen fuhr nach Hill Street, um die Lady abzuholen; denn deren Equipagen waren samt und sonders in der Hand des Schergen, ja es hieß sogar, diese unerbittlichen Israeliten hätten auch all ihre Schränke und Juwelen konfisziert. Ihnen gehörte jetzt auch Schloß Bareacres mit seinen kostbaren Bildern, Möbeln und Kunstgegenständen, den prächtigen van Dycks, den edlen Reynolds, den schönen, aufgeputzten Porträts von Lawrence, die vor dreißig Jahren für ebenso kostbar gehalten wurden wie die Werke eines wahren Genies; mit der unvergleichlichen *Tanzenden Nymphe* von Canova, zu der Lady Bareacres in ihrer Jugend Modell gestanden hatte. Eine herrliche Frau war Lady Bareacres damals gewesen, umstrahlt von Reichtum, Rang und Schönheit, und jetzt war sie nur ein zahnloses, kahlköpfiges altes Weib, ein bloßer Fetzen des einstigen Prunkgewandes. Zur gleichen Zeit hatte Lawrence ihren Gatten gemalt, wie er in der Uniform eines Obersten der Thistlewood-Miliz vor dem Schloß von Bareacres den Säbel schwang. Heute hingegen war er nur ein verwitterter, magerer alter Mann in Überrock und Brutusperücke, der des Morgens um Gray's Inn herumschlich und allein im Klub speiste. Er ging nicht gern zu Steyne zum Essen. In ihrer Jugend hatten sie in Vergnügungen miteinander gewetteifert, und Bareacres war der Sieger gewesen. Aber Steyne hatte einen solideren Hintergrund als er besessen und ihn daher überdauert. Jetzt war der Marquis ein zehnmal größerer Mann als der junge Lord Gaunt im Jahre 85, und Bareacres war nirgendwo mehr im Rennen, er war ein geschlagener, bankrotter, gebrochener alter Mann. Er hatte zuviel Geld von Steyne geborgt, als daß es ihm noch angenehm sein konnte, dem alten Kameraden häufig zu begegnen. Wenn der Lord indes seinen Spaß haben wollte, pflegte er Lady Gaunt höhnisch zu fragen, warum ihr Vater sie nicht einmal besuche. „Er ist jetzt vier Monate lang nicht hier gewesen“, sagte Lord Steyne dann; „ich merke es immer an meinem Scheckbuch, wenn ich Besuch von Bareacres hatte. Wie bequem habe ich es doch, nicht wahr, meine Damen: der Schwiegervater von einem meiner Söhne ist Bankier, und ich bin der Bankier des anderen!“

Über die anderen erlauchten Herrschaften, denen Becky bei ihrer ersten Einführung in die vornehme Welt zu begegnen die Ehre hatte, braucht der Verfasser nicht viel zu erzählen. Da war Seine Exzellenz der Fürst von Peterwardein mit der Fürstin, ein stark geschnürter Edelmann mit hohem militärischem Brustkasten, auf dem ein prachtvoller Ordensstern schimmerte, und mit dem roten Band des Goldenen Vlieses um den Hals. Er war Besitzer zahlloser Schafherden. „Schauen Sie sich bloß sein Gesicht an! Er sieht aus, als ob er von einem Schaf abstamme!“ flüsterte Becky Lord Steyne zu. In der Tat war das lange, feierliche, weiße Gesicht Seiner Exzellenz mit dem Schmuck um den Nacken einem ehrwürdigen Widder mit der Glocke um den Hals nicht unähnlich.

Da war Mr. John Paul Jefferson Jones, Titular-Attaché der amerikanischen Gesandtschaft und Korrespondent des New Yorker *Demagogen*. Um das Seine zur Unterhaltung beizutragen, fragte er beim Essen in einer Gesprächspause Lady Steyne, wie es seinem guten Freund George Gaunt denn in Brasilien gefiele. Er war in Neapel mit George sehr befreundet gewesen und hatte mit ihm zusammen den Vesuv bestiegen. Mr. Jones schrieb dann einen eingehenden Bericht über das Diner, der auch richtig im *Demagogen* veröffentlicht wurde. Er führte Namen und Titel aller Gäste an und gab biographische Skizzen der Hauptpersonen des Abends. Mit großer Beredsamkeit beschrieb er die Damen, das Tafelservice und die Größe und Kostümierung der Diener. Er zählte die dargebotenen Gerichte und Weine auf und überschlug den Wert des Zierats auf der Anrichte und des Silbers auf der Tafel. Nach seiner Berechnung war solch ein Diner nicht unter fünfzehn bis achtzehn Dollar pro Kopf zu machen. Noch lange nachher pflegte er seine Schützlinge mit einer Empfehlung an den derzeitigen Marquis von Steyne herüberzuschicken, wozu ihn die freundschaftlichen Beziehungen, die er mit dem verstorbenen Lord unterhalten hatte, veranlaßten. Er war höchst entrüstet, als ein junger unbedeutender Aristokrat, der Graf Southdown, ihm auf dem

Wege zum Speisesaal nicht den Vortritt ließ. „Als ich gerade herantrat, um meinen Arm einer reizenden, geistreichen, eleganten Dame, der glänzenden, exklusiven Mrs. Rawdon Crawley, anzubieten“, schrieb er, „da drängte sich dieser junge Patrizier zwischen mich und die Dame und entführte meine Helena ohne ein Wort der Entschuldigung. Ich mußte mich damit begnügen, die Nachhut zu bilden, zusammen mit dem Obersten, dem Gatten der Dame, einem kräftigen Krieger mit rotem Gesicht, der sich bei Waterloo ausgezeichnet hat, wo er mehr Glück hatte als einige seiner rotberockten Kameraden bei New Orleans.“

Als der Oberst sich unter diese vornehme Gesellschaft mischte, errötete er wie ein sechzehnjähriger Junge, der auf einmal vor den Schulfreundinnen seiner Schwester steht. Wir hatten bereits erwähnt, daß der gute Rawdon zeit seines Lebens nie viel in Damengesellschaft gekommen war. Bei den Männern im Klub oder im Kasino fühlte er sich wohl und konnte mit den Verwegensten reiten, wetten, rauchen oder Billard spielen. Auch er hatte eine Zeit gehabt, da er zu Frauen freundschaftliche Beziehungen pflegte, aber das war vor zwanzig Jahren gewesen, und die Damen waren vom Range derer, mit denen in Goldsmiths Komödie der junge Marlow verkehrt, ehe er schüchtern vor Miss Hardcastle steht. Doch die Zeiten sind jetzt so, daß man kaum die Art von Gesellschaft anzudeuten wagt, in der unsere jungen Männer vom Eitelkeitsmarkt täglich verkehren. Jede Nacht füllt diese Gesellschaft Kasinos und Tanzsäle. Bekanntlich existiert sie genausogut wie der Ring im Hyde Park oder die Gemeinde in St. James. Doch die höchst schamhafte, wennschon nicht höchst moralische Gesellschaft will die andere entschlossen ignorieren. Kurz und gut, obwohl Oberst Crawley jetzt fünfundvierzig Jahre zählte, war es ihm in seinem Leben nicht beschieden gewesen, auch nur einem halben Dutzend wirklichen Damen zu begegnen – abgesehen von seiner Frau, diesem Musterstück. Außer ihr und seiner gütigen Schwägerin Lady Jane, deren sanftes Wesen ihn gezähmt und für sich gewonnen hatte, flößten sie alle dem würdigen Obersten Angst ein. Bei seinem ersten Diner in Gaunt House hörte man kein Wort aus seinem Munde – nur die Bemerkung, daß es sehr heiß sei. Am liebsten hätte Becky ihn zu Hause gelassen, aber die gute Sitte gebot, daß der Gatte ihr zur Seite sei, um das schüchterne, ängstliche Geschöpfchen bei seinem ersten Auftreten in der vornehmen Gesellschaft zu beschützen.

Als sie erschien, trat Lord Steyne auf sie zu, ergriff ihre Hand und begrüßte sie mit ausgesuchter Höflichkeit. Dann stellte er sie Lady Steyne und seinen Schwiegertöchtern vor. Die Damen machten drei gemessene Knickse, und die älteste von ihnen reichte ihr sogar die Hand, die allerdings kalt und leblos wie Marmor war.

Becky jedoch ergriff diese Hand in demütiger Dankbarkeit, und mit einer Reverenz, die dem besten Tanzlehrer Ehre gemacht hätte, sank sie Lady Steyne gewissermaßen zu Füßen, indem sie sagte, der Lord sei ihres Vaters erster Freund und Gönner gewesen, und sie, Becky, habe von Kindheit auf die Familie Steyne ehren und achten gelernt. In der Tat hatte Lord Steyne einmal ein paar Bilder von dem seligen Sharp gekauft, und die liebevolle Waise konnte nun ihre Dankbarkeit für diese Gunstbezeigung niemals vergessen.

Dann merkte Becky, daß sie vor Lady Bareacres stand. Auch ihr machte die Frau des Obersten eine sehr achtungsvolle Verbeugung, die von der hohen Dame mit strenger Würde erwidert wurde.

„Vor zehn Jahren hatte ich in Brüssel das Vergnügen, die Bekanntschaft der Lady zu machen“, sagte Becky in ihrer gewinnendsten Art. „Ich hatte das Glück, Lady Bareacres am Vorabend der Schlacht von Waterloo auf dem Ball der Herzogin von Richmond zu treffen. Ich erinnere mich noch daran, wie die Lady und Lady Blanche, ihre Tochter, im Torweg des Hotels im Wagen saßen und auf Pferde warteten. Ich hoffe, die Diamanten der Lady sind gerettet?“

Jeder blickte seinen Nachbarn an. Die berühmten Diamanten waren, scheint es, einer berühmten Beschlagnahme verfallen, von der Becky natürlich nichts wußte. Rawdon Crawley zog sich mit Lord Southdown an ein Fenster zurück, wo man letzteren lauthals lachen hörte, als Rawdon ihm die Geschichte von Lady Bareacres' Pferdesuche erzählte, wie Lady Bareacres „sich, bei Gott, vor Mrs. Crawley gedemütigt hatte“. – Von der Frau habe ich wohl nichts zu fürchten, überlegte Becky. Wirklich tauschte Lady Bareacres erschreckte, wütende Blicke mit ihrer Tochter und zog sich an einen Tisch zurück, wo sie sich ostentativ in die Betrachtung der dort liegenden Bilder vertiefte.

Sobald der Gewaltige von der Donau erschienen war, wurde

die Unterhaltung auf französisch geführt. Da mußten Lady Bareacres und die jüngeren Damen zu ihrem Ärger feststellen, daß Mrs. Crawley mit dieser Sprache viel besser vertraut war und sie mit einem viel besseren Akzent sprach als sie selbst. Becky hatte schon früher, 1816/17 in Frankreich bei der Armee, ungarische Magnaten kennengelernt. Interessiert erkundigte sie sich nun nach ihren Freunden. Die Ausländer hielten sie für eine sehr vornehme Dame, und der Fürst und die Fürstin fragten Lord Steyne und die Marquise, die der Fürst zu Tisch führte, mehrfach danach, wer denn jene petite dame sei, die so gut französisch spreche.

Als schließlich die Prozession in jener Reihenfolge aufgestellt war, wie sie der amerikanische Diplomat beschreibt, begab man sich in den Raum, wo das Festmahl serviert wurde. Und da ich dem Leser versprochen habe, daß er es genießen soll, so möge er die Freiheit haben, sich nach Belieben zu bedienen!

Erst als die Damen unter sich waren, ging der Krieg so richtig an. Und Becky wußte das. Da sah die kleine Frau sich bald in einer so mißlichen Lage, daß sie sich eingestehen mußte, Lord Steyne habe recht gehabt, als er sie vor der Gesellschaft höherstehender Damen warnte. Es gibt eine Redensart, die besagt, daß die Iren am meisten von den Iren selbst gehaßt werden. Ebenso sind bestimmte Frauen die größten Tyrannen gegenüber ihrem eigenen Geschlecht. Als die arme kleine Becky, allein mit den Damen, zum Kamin hinüberging, wohin die Herrschaften sich zurückgezogen hatten, marschierten diese vornehmen Damen fort und ergriffen Besitz von einem Tisch mit Kupferstichen. Als Becky ihnen zu dem Tisch mit den Kupferstichen folgte, zogen sie sich eine nach der anderen wieder zum Kamin zurück. Sie versuchte mit einem der Kinder zu plaudern (denn in der Öffentlichkeit war sie gewöhnlich sehr kinderlieb); aber der kleine George Gaunt wurde sofort von seiner Mutter weggerufen. Kurzum, die Fremde wurde derartig grausam behandelt, daß sie am Ende sogar Lady Steyne leid tat; sie trat deshalb zu ihr, um sich mit der verlassenen kleinen Frau zu unterhalten.

„Lord Steyne hat erzählt“, sagte die Lady, indem die Röte in ihre bleichen Wangen stieg, „daß Sie sehr schön singen und spielen, Mrs. Crawley. Ich wünschte, Sie täten mir die Liebe und sängen mir etwas vor!“

„Ich will alles tun, was Lord Steyne oder Ihnen Freude macht“, sagte Rebekka in aufrichtiger Dankbarkeit. Sie setzte sich an den Flügel und begann zu singen.

Sie sang fromme Lieder von Mozart, die Lady Steyne früher sehr geliebt hatte, mit einer so süßen Zartheit, daß die Lady, die am Flügel stehengeblieben war, sich neben sie setzte und lauschte, bis ihr die Tränen die Wangen herabliefen. Die opponierenden Damen auf der anderen Seite des Zimmers unterhielten allerdings ein lautes Geplauder und ein pausenloses, geräuschvolles Hin und Her; aber Lady Steyne vernahm nichts von all diesem Lärm. Sie war wieder ein Kind; sie war durch die Wildnis von vierzig Jahren wieder zu ihrem Klostergarten zurückgewandert. In der Kapelle hatte die Orgel dieselben Melodien gespielt, die die Organistin, eben jene Schwester, die sie am meisten liebte, sie in jener glücklichen Jugendzeit gelehrt hatte. Sie war wieder jung, und die kurze Zeit ihres Glückes blühte für eine Stunde wieder auf. Sie fuhr zusammen, als die halb angelehnten Türen aufgerissen wurden und die Herren der Gesellschaft, allen voran Lord Steyne, unter lautem, fröhlichem Gelächter eintraten.

Mit einem Blick erfaßte er, was sich in seiner Abwesenheit zugetragen hatte. Ausnahmsweise war er seiner Frau einmal dankbar. Er trat zu ihr und sprach mit ihr, ja, er redete sie sogar mit dem Vornamen an, woraufhin ihr blasses Gesicht sich wieder mit einem roten Hauch überzog. „Meine Frau sagt, Sie hätten gesungen wie ein Engel!" sagte er zu Becky. Immerhin gibt es zwei Sorten Engel; aber beide sollen in ihrer Art ganz bezaubernd sein.

Wie auch der vorangegangene Teil des Abends gewesen sein mochte, der Rest bedeutete jedenfalls einen großen Triumph für Becky. Sie sang, so schön sie nur konnte, und ihr Gesang gefiel so sehr, daß alle Herren herantraten und sich um den Flügel drängten. Ihre Feinde, die Frauen, blieben sich selbst überlassen. Und Mr. Paul Jefferson Jones war überzeugt, an Lady Gaunt eine Eroberung gemacht zu haben, als er zu ihr trat und den wunderbaren Gesang ihrer reizenden Freundin lobte.

50. Kapitel

Ein recht gewöhnlicher Vorfall

Trotz allem müssen wir nunmehr die Muse, die über unserer Komödie schwebt, wer immer sie auch sei, bitten, von den vornehmen Höhen, in denen sie sich bisher bewegt hat, herabzusteigen und sich gütigst auf dem bescheidenen Dach von John Sedleys Haus in Brompton niederzulassen; denn jetzt muß berichtet werden, was sich inzwischen hier zugetragen hat. Auch hier, in dieser bescheidenen Wohnung, leben Sorge, Mißtrauen und Kummer. In der Küche brummt Mrs. Clapp insgeheim wegen der Miete und drängt ihren gutmütigen Mann, sich aufzulehnen gegen seinen alten Freund und Gönner und jetzigen Mieter. Mrs. Sedley hat es aufgegeben, die Hauswirtin in den unteren Regionen zu besuchen. Sie ist allerdings auch kaum mehr in der Lage, auf Mrs. Clapp freundlich herabsehen zu können. Wie kann man denn eine Dame herablassend behandeln, der man rund vierzig Pfund schuldet und die ständig Anspielungen auf dieses Geld macht? Das irische Dienstmädchen hat sein freundliches, respektvolles Benehmen in keiner Weise geändert. Mrs. Sedley bildet sich jedoch ein, sie werde frech und undankbar, und wie ein schuldbewußter Dieb hinter jedem Busch einen Gerichtsdiener fürchtet, so sieht sie in allen Reden und Antworten des jungen Mädchens drohende Andeutungen und Winke. Miss Clapp, die inzwischen ganz erwachsen geworden ist, wird von der griesgrämigen Alten für eine unerträglich unverschämte kleine Dirne erklärt. Mrs. Sedley kann nicht begreifen, warum Amelia sie so gern hat und sie so oft in ihr Zimmer holt und dauernd mit ihr spazierengeht. Die bittere Armut hat das Leben der einst so heiteren, gütigen Frau ganz vergiftet. Amelias stets gleichbleibende sanfte Haltung ihr gegenüber findet keinen Dank. Sie nörgelt über die Bemühungen freundlicher Hilfsbereitschaft von seiten der Tochter, schilt über ihren törichten Stolz auf das Kind und klagt darüber, daß sie die Eltern vernachlässige. In Georgys Heim geht es nicht sehr fröhlich zu, seit Onkel Joe seine Jahresrente zurückgezogen hat und die kleine Familie fast am Hungertuche nagt.

Amelia grübelt und zerbricht sich den Kopf, wie sie die geringe Summe, mit der der Haushalt nicht bestehen kann, vergrößern könnte. Ob sie wohl irgendwelchen Unterricht geben, Kartenständer bemalen oder Handarbeiten machen kann? Sie sieht, daß Frauen schwer arbeiten und Besseres leisten müssen, als sie es könnte, um zwei Groschen am Tag zu verdienen. In einem Papiergeschäft kauft sie ein paar Bogen Goldpapier und bemalt sie, so schön sie nur kann, auf den einen Bogen einen Schäfer in roter Weste und mit lächelndem, rosigem Gesicht inmitten einer Bleistiftlandschaft, auf den anderen eine Schäferin, die gerade mit einem Hund über eine Brücke schreitet, alles hübsch schattiert. Der Kunsthändler von Brompton (von dem sie das Papier gekauft hatte in der eitlen Hoffnung, er würde es ihr wieder abkaufen, nachdem sie es verziert hat) kann ein spöttisches Lächeln kaum verbergen, als er diese bescheidenen Kunstwerke besichtigt. Er wirft einen Seitenblick auf eine im Laden wartende Dame, wickelt die Karten wieder in den braunweißen Papierumschlag und gibt sie der armen Witwe und Miss Clapp zurück. Das junge Mädchen hatte noch nie im Leben etwas so Schönes gesehen und daher mit Gewißheit gehofft, der Mann werde ihnen mindestens zwei Pfund für die Karten zahlen. Sie versuchen es in anderen Geschäften in der Londoner Innenstadt. Aber ihre Hoffnung schwindet immer mehr. „Brauch sie nicht!“ sagt einer. „Schert euch raus!“ sagt ein anderer wütend. Dreieinhalb Schillinge sind vergeblich ausgegeben. Die Karten kommen in Miss Clapps Schlafzimmer, denn sie findet sie nach wie vor ganz entzückend.

In ihrer schönsten Handschrift schreibt Amelia nach langen Überlegungen und nach mühsamer stilistischer Formulierung eine Karte, durch die das Publikum von folgendem in Kenntnis gesetzt wird: „Eine Dame, die über etwas freie Zeit verfügt, möchte die Erziehung einiger kleiner Mädchen übernehmen, die sie in Englisch, Französisch, Geographie, Geschichte und Musik unterrichten würde. Anschriften bitte unter A. O. an Mr. Brown.“ Sie vertraut diese Karte dem Kunsthändler an, der bereit ist, sie auf seinem Ladentisch auszulegen, wo sie mit der Zeit schmierig und mit Fliegenschmutz bedeckt wird. Amelia geht oft sehnsüchtig an der Tür vorüber, in der Hoffnung, daß Mr. Brown eine Nachricht für sie haben könnte. Aber nie winkt er ihr hereinzukommen. Wenn sie hingeht, um ihre kleinen Einkäufe zu machen, ist niemals eine Nachricht für sie da. Arme, einfache, zarte, schwache kleine Frau – wie sollst du den Kampf mit der rohen, brutalen Welt bestehen?

Von Tag zu Tag wird sie trauriger, und die Sorgen drücken sie immer mehr nieder. Mit erschreckten Augen starrt sie auf ihr Kind, und der Kleine weiß nicht, was dieser Blick bedeuten soll. Nachts fährt sie auf und lugt heimlich in sein Zimmer. Sie muß sich überzeugen, daß er dort schläft und nicht weggeholt ist. Sie schläft nur noch wenig. Ständig quält sie ein schrecklicher Gedanke. In den langen, stillen Nächten weint und betet sie. Sie versucht den Gedanken, der ihr immer wieder durch den Kopf geht, vor sich selbst zu verbergen, den Gedanken, daß sie sich von dem Knaben trennen solle, da sie die einzige Schranke zwischen ihm und seinem Glück ist. Sie kann es nicht, kann es nicht! Zumindest nicht jetzt. Später einmal. Oh, es ist zu schwer, daran zu denken und es zu ertragen!

Da kommt ihr ein Gedanke, der sie erröten und sich abwenden macht – die Eltern könnten die Rente behalten, der Pfarrer würde sie heiraten und ihr und dem Knaben ein Heim geben. Aber da ist Georges Bild und die Erinnerung an ihn. Sie fühlt es wie einen Vorwurf. Scham und Liebe sagen nein zu diesem Opfer. Sie schreckt davor zurück wie vor etwas Unheiligem. Solche Gedanken haben in dem reinen, sanften Herzen noch nie eine Heimstatt gefunden.

Der Kampf, den wir hier in ein paar Sätzen geschildert haben, dauerte im Herzen der armen Amelia viele Wochen lang. Sie hatte dabei keine Vertraute. Sie hätte ihre Sorgen aber auch niemandem anvertrauen können, da sie nicht einmal sich selbst eingestehen wollte, sie könnte nachgeben, obzwar sie jeden Tag dem Feinde mehr nachgab, mit dem sie kämpfte. Eine Wahrheit nach der anderen zog schweigend vor ihr auf und behauptete ihre Stellung. Armut und Elend für alle, Mangel und Erniedrigung für die Eltern, Ungerechtigkeit gegenüber dem Knaben: eins nach dem anderen fielen die Außenwerke der kleinen Zitadelle, in der die arme Seele ihre einzige Liebe und ihren Schatz leidenschaftlich hütete.

Zu Beginn dieses Kampfes hatte sie ihrem Bruder nach Kalkutta einen Brief voll zärtlicher Bitten geschrieben, in dem sie ihn anflehte, den Eltern nicht die bislang gewährte Unterstützung zu entziehen. Mit kunstlosem Pathos beschrieb sie deren einsame, unglückliche Lage. Sie wußte ja nicht, wie die Sache sich in Wahrheit verhielt. Joes Jahresrente traf immer noch regelmäßig ein. Sie ging nur an einen Geldverleiher in der City, an den der alte Sedley sie verkauft hatte, damit er seine unsinnigen Pläne weiterverfolgen konnte. Eifrig berechnete Amelia die Zeit, die verstreichen mußte, bis der Brief ankommen und beantwortet werden konnte. In ihrem Taschenbüchlein hatte sie den Tag vermerkt, da sie ihn zur Post gegeben hatte. Dem Vormund ihres Sohnes, dem guten Major in Madras, hatte sie von ihren Kümmernissen und Sorgen nichts mitgeteilt. Seit sie ihm zu seiner bevorstehenden Vermählung gratuliert hatte, hatte sie ihm nicht wieder geschrieben. In erbarmungswürdiger Niedergeschlagenheit dachte sie daran, daß nun auch dieser Freund, der einzige, der sie geliebt hatte, von ihr abgefallen war.

Ihre Lage wurde immer schlimmer. Die Gläubiger drängten; die Mutter wurde hysterisch vor Kummer, der Vater war in noch düsterer Stimmung als gewöhnlich. Die Familienmitglieder mieden einander, jeder stand unter dem geheimen Druck seines besonderen Unglücks und war überzeugt, daß ihm Unrecht geschehe. Da ergab es sich eines Tages, daß Vater und Tochter sich allein beisammen fanden. Amelia meinte, ihren Vater trösten zu können, indem sie ihm erzählte, was sie getan hatte. Sie habe an Josef geschrieben. In drei bis vier Monaten müsse die Antwort dasein. Er sei immer großzügig gewesen, wenn auch unbedacht. Er würde ihre Bitte nicht von sich weisen können, wenn er wüßte, wie bedrängt die Lage der Eltern war.

Da enthüllte der Alte ihr die volle Wahrheit: daß sein Sohn die Rente immer noch zahle, daß nur sein eigener Leichtsinn sie verscherzt habe. Er habe nicht gewagt, es früher zu erzählen. In dem schreckensbleichen, entsetzten Blick, mit dem Amelia ihn ansah, während er mit gebrochener, schuldbewußter Stimme sein Bekenntnis ablegte, glaubte er den Vorwurf zu lesen, warum er dies alles so lange verheimlicht habe. „Ach!“ sagte er und wandte sich mit zitternden Lippen ab, „jetzt verachtest du deinen alten Vater!“

„O Papa! Das ist es nicht!“ rief Amelia aus. Sie fiel ihm um den Hals und küßte ihn viele Male. „Du bist immer gut und lieb. Du wolltest auch hier nur das Beste. Es ist nicht wegen des Geldes, es ist – o mein Gott, mein Gott! Habe Erbarmen mit mir und gib mir Kraft, diese Prüfung zu ertragen!" Dann küßte sie ihn noch einmal heftig und ging hinaus.

Der Vater wußte nicht, was diese Worte und der Schmerzensausbruch, mit dem die arme Frau ihn verlassen hatte, bedeuteten. Sie war unterlegen. Das Urteil war gesprochen. Das Kind mußte von ihr gehen zu den anderen; es würde sie vergessen. Ihr herzlieber Schatz, ihre Freude, Hoffnung, Liebe, ihr Idol, beinahe ihr Gott! Sie mußte ihn aufgeben. Und dann – dann würde sie zu George gehen, und sie würden beide über dem Kinde wachen und auf es warten, bis es zu ihnen in den Himmel käme.

Kaum wissend, was sie tat, setzte sie sich den Hut auf und begab sich hinaus auf den Weg, den George gewöhnlich von der Schule zurückkam und den sie ihm oftmals entgegenging. Es war Mai, ein Tag mit einem schulfreien Nachmittag. Überall sproßten die Blätter. Das Wetter war herrlich. Da kam ihr das Kind entgegengelaufen, blühend von Gesundheit und singend, während das Bücherbündel an einem Riemen herabhing. Da war er! Mit beiden Armen umschlang sie den Sohn. Nein, es war unmöglich! Sie konnte sich nicht von ihm trennen! „Was hast du, Mutter?" fragte er, „du siehst so blaß aus!"

„Nichts, mein Kind", erwiderte sie und beugte sich herab und küßte ihn.

An diesem Abend ließ Amelia sich von dem Knaben die Geschichte Samuels vorlesen, wie Hanna, seine Mutter, nachdem sie ihn entwöhnt hatte, ihn zu Eli, dem Hohenpriester, brachte, damit er dort dem Herrn diene. Er las das Danklied, das Hanna sang und in dem es heißt: „Der Herr macht arm und machet reich, er erniedriget und erhöhet. Er hebt auf den Dürftigen aus dem Staub . . . Der Bogen der Starken ist zerbrochen, und die Schwachen sind umgürtet mit Stärke." Dann las er vor, wie Samuels Mutter ihm jedes Jahr ein Röckchen machte und es ihm mitnahm, wenn sie das alljährliche Opfer darbrachte. Dann gab die Mutter in ihrer lieben, einfältigen Weise George Erläuterungen zu dieser rührenden Geschichte: Wie Hanna ihn trotz all ihrer Liebe doch aufgab wegen ihres Gelübdes, und wie sie gewiß immer an ihn gedacht habe, wenn sie fern von ihm zu Hause saß und das Röckchen nähte, und wie Samuel gewißlich seine Mutter nie vergaß, und wie glücklich sie gewesen sein muß, als die Zeit kam (und die Jahre gehen schnell dahin!), da sie ihren Knaben wiedersehen konnte, und wie gut und klug er geworden war. Diese kleine Predigt hielt sie ihm mit sanfter, feierlicher Stimme und trockenen Augen, bis sie zu dem Bericht über die Begegnung kam. Da brach sie plötzlich ab. Ihr zärtliches Herz floß über. Sie drückte das Kind an sich, wiegte es in ihren Armen hin und her und vergoß über ihm schweigend Tränen eines heiligen Schmerzes.

Sobald die Witwe ihren Entschluß gefaßt hatte, begann sie Schritte zu unternehmen, die ihr geeignet schienen, zu dem beabsichtigten Ziel zu führen. Zehn Jahre lang hatte Amelia weder Namen noch Nummer des Hauses am Russel Square geschrieben. Als sie jetzt diese Anschrift niederschrieb, kam ihr auf einmal ihre Jugend, ihr ganzes früheres Leben in den Sinn. Miss Osborne erhielt also eines Tages einen Brief von Amelia, der sie heftig rot werden ließ. Sie blickte auf ihren Vater, der düsteren Sinnes auf seinem Platz am anderen Ende des Tisches saß.

In einfachen Worten sprach Amelia darin von den Gründen, die sie veranlaßt hätten, ihren Entschluß bezüglich ihres Sohnes zu ändern. Ihr Vater habe erneut Unglück gehabt, das ihn vollständig ruiniert habe. Ihr eigenes Einkommen sei so gering, daß sie damit kaum ihre Eltern unterstützen, geschweige denn George alle Möglichkeiten bieten könne, die ihm zukämen. So groß auch ihr Leid bei einer Trennung sein möge, so wolle sie es doch mit Gottes Hilfe um des Kindes willen ertragen. Sie wisse, daß diejenigen, zu denen es ginge, alles tun würden, was in ihren Kräften stünde, um es glücklich zu machen. Sie schilderte seinen Charakter, so wie sie ihn sah: schnell entschlossen und ungeduldig gegenüber Zwang und Härte, doch leicht zu leiten durch Liebe und Güte. In einer Nachschrift bedingte sie sich eine Vereinbarung aus, daß sie das Kind sehen dürfe, sooft sie es wünsche. Unter anderen Bedingungen könnte sie sich nicht von ihm trennen.

„Was? Ist die hochnäsige Madame endlich zu Verstand gekommen?“ sagte der alte Osborne, als die Tochter ihm mit vor Eifer zitternder Stimme den Brief vorlas, „regelrecht ausgehungert, he? Haha! Ich wußte doch, daß sie einwilligen würde!“ Er versuchte seine Würde zu bewahren und wie gewöhnlich die Zeitung zu lesen. Aber er konnte den Zeilen nicht folgen. Hinter dem Blatt lachte er in sich hinein und fluchte leise.

Schließlich legte er die Zeitung weg, warf wie üblich der Tochter einen finsteren Blick zu und ging in das anstoßende

Studierzimmer. Gleich darauf kehrte er mit einem Schlüssel in der Hand zurück, den er Miss Osborne zuwarf.

„Laß das Zimmer über dem meinigen – wo er gewohnt hat – herrichten!" – „Jawohl, Sir", erwiderte die Tochter zitternd. Es war Georges Zimmer. Mehr als zehn Jahre lang war es nicht geöffnet worden. Einige seiner Kleider, Papiere, Taschentücher, Peitschen und Mützen, Angelruten und Sportausrüstungen befanden sich noch darin. Auf dem Kaminsims lagen eine Armeeliste von 1814 mit seinem Namen auf dem Umschlag, ein kleines Wörterbuch, das er immer beim Schreiben benutzt hatte, und die Bibel, die seine Mutter ihm geschenkt hatte, dazu ein Paar Sporen und ein ausgetrocknetes Tintenfaß, bedeckt mit dem Staub von zehn Jahren. Ach, was für Zeiten und Menschen waren dahingegangen seit den Tagen, da diese Tinte noch naß gewesen war! Der Schreibblock, der immer noch auf dem Tisch lag, trug die Spuren seiner Hand.

Miß Osborne war sehr bewegt, als sie mit der Haushälterin zum erstenmal wieder dieses Zimmer betrat. Blaß sank sie auf das schmale Bett nieder. „Das ist eine segensreiche Nachricht, gnädiges Fräulein, wirklich, gnädiges Fräulein!" sagte die Haushälterin. „Jetzt kehrt die gute alte Zeit wieder, gnädiges Fräulein! Der liebe kleine Kerl, wie glücklich wird er sein! Aber gewisse Leute in May Fair werden es ihm gewiß verübeln, nicht wahr, gnädiges Fräulein?" Sie stieß den Riegel weg, der das Schiebefenster hielt, und ließ frische Luft in den Raum.

„Du solltest jener Frau lieber etwas Geld schicken", sagte Mr. Osborne, ehe er ausging. „Es soll ihr an nichts fehlen. Schick ihr hundert Pfund!"

„Und morgen darf ich sie besuchen, ja?" fragte Miss Osborne.

„Das ist deine Sache. Aber vergiß nicht, hierher kommt sie nicht! Nein, beim Teufel! Nicht um alles Geld in London! Aber sie soll jetzt keinen Mangel leiden. So, nun kümmere dich um alles und bring die Sache in Ordnung." Mit dieser kurzen Rede verabschiedete sich Mr. Osborne von seiner Tochter und trat den gewohnten Weg in die City an.

„Hier, Papa, hier ist etwas Geld!" sagte Amelia an diesem Abend, als sie ihrem alten Vater einen Kuß gab und ihm einen Wechsel über hundert Pfund in die Hand drückte. „Und – und Mama, seid doch recht freundlich zu Georgy! Er – er wird nicht mehr lange bei uns bleiben!" Mehr konnte sie nicht sagen, und so begab sie sich schweigend in ihr Zimmer. Dort wollen wir sie mit ihren Gebeten und ihrem Schmerz allein lassen. Ich meine, über soviel Liebe und Leid sollte man am besten nur sehr wenig sagen.

Ihrem in dem Briefchen enthaltenen Versprechen gemäß erschien am nächsten Tag Miss Osborne, um Amelia zu besuchen. Die beiden traten sich freundlich entgegen. Ein Blick und ein paar Worte von Miss Osborne zeigten der armen Witwe, daß sie, wenigstens was diese Frau anging, nicht zu bangen brauchte, sie würde ihr den ersten Platz im Herzen ihres Kindes streitig machen. Sie war kalt und vernünftig, wenn auch nicht unfreundlich. Der Mutter wäre es vielleicht nicht ganz so lieb gewesen, wenn ihre Rivalin besser ausgesehen hätte und jünger, liebevoller, warmherziger gewesen wäre. Miss Osborne andererseits dachte an alte Zeiten und Erinnerungen und konnte sich angesichts der jammervollen Lage der armen Mutter der Rührung nicht erwehren. Amelia war besiegt und legte sozusagen die Waffen nieder; demütig unterwarf sie sich. Gemeinsam besprachen sie die Präliminarien für den Kapitulationsvertrag.

Am nächsten Tag durfte Georgy nicht in die Schule gehen und sah seine Tante. Amelia ließ sie allein beieinander und ging in ihr Zimmer. Sie erprobte die Trennung, so wie die arme Lady Jane Grey schon vorher den Rand des Beiles befühlte, das herunterfallen und ihr zartes Leben enden würde. Mehrere Tage vergingen mit Besprechungen, Besuchen, Vorbereitungen. Vorsichtig weihte die Witwe Georgy in den Plan ein. Sie erwartete, ihn durch die Mitteilung sehr bekümmert zu sehen. Statt dessen war er sehr erfreut, und die arme Witwe mußte sich traurig abwenden. In der Schule prahlte er vor den anderen Jungen mit der Neuigkeit und erzählte ihnen, daß er bei seinem Großvater wohnen würde; dem Vater seines Vaters, nicht bei dem, der manchmal in die Schule komme; daß er sehr reich sein und einen Wagen und ein Pony besitzen und in eine viel feinere Schule gehen würde. Und wenn er erst reich wäre, so würde er sich einen neuen Federkasten kaufen und auch die Schulden bei der Kuchenfrau bezahlen. Der Junge war wirklich das Ebenbild seines Vaters, ganz wie es auch seine liebevolle Mutter glaubte.

Um unserer lieben Amelia willen kann ich es nicht über mich bringen, von Georgys letzten Tagen zu Hause zu berichten.

Schließlich kam der Tag der Trennung. Der Wagen fuhr vor. Die bescheidenen kleinen Pakete mit den Zeichen der

Liebe und des Andenkens lagen schon längst in der Eingangshalle bereit. George hatte den neuen Anzug an, für den Maß zu nehmen der Schneider einmal dagewesen war. Er war beim ersten Sonnenstrahl aus dem Bett gesprungen und hatte die neuen Sachen angezogen. Vom Zimmer nebenan hörte ihn die Mutter, die in wortlosem Leid wachgelegen hatte. Schon tagelang hatte sie sich auf den Abschied vorbereitet. Sie hatte allerlei nützliche Kleinigkeiten für den Jungen gekauft, hatte seine Bücher und seine Wäsche mit Namen versehen, hatte ihn zu sich gerufen und auf die Veränderung vorbereitet – in dem zärtlichen Wahn, daß er der Vorbereitung bedürfe.

Was kümmerte es ihn aber, wenn es Veränderungen für ihn gab? Er sehnte sich geradezu danach. Durch tausend eifrige Pläne, was er alles tun würde, wenn er erst bei dem Großvater wohne, hatte er der armen Mutter gezeigt, wie wenig der Gedanke an die Trennung ihn niederdrückte. Er würde die Mama oft mit dem Pony besuchen, erklärte er, und er würde sie im Wagen abholen. Dann würden sie in den Park fahren, und sie solle alles haben, was sie sich wünsche. Die arme Mutter mußte sich wohl oder übel mit diesen selbstsüchtigen Zeichen der Zuneigung begnügen. Sie versuchte sich einzureden, daß ihr Sohn sie aufrichtig liebe. Er mußte sie ja einfach liebhaben. Alle Kinder waren so, begierig nach Neuem und – nein, nicht selbstsüchtig, sonder eigenwillig. Ihr Kind sollte seine Freude und seinen Ehrgeiz haben. Sie selbst hatte ihm bislang mit ihrer eigenen Selbstsucht und unklugen Liebe seine Rechte und Vergnügen vorenthalten.

Ich kenne kaum etwas Rührenderes als die ängstliche Erniedrigung und Demütigung einer Frau, wenn sie eingesteht, daß sie, und nicht der Mann, der schuldige Teil ist, wenn sie alle Fehler auf sich nimmt, wenn sie gewissermaßen um Strafe fleht für Vergehen, die sie gar nicht begangen hat, und hartnäckig den wahren Schuldigen davor zu schützen sucht. Wer eine Frau verletzt, wird von ihr am meisten geliebt. Frauen sind furchtsam, aber doch auch wieder Tyrannen und mißhandeln den, der sich vor ihnen demütigt.

So hatte die arme Amelia sich in stillem Kummer auf das Scheiden ihres Sohnes vorbereitet und manche endlose, einsame Stunde damit zugebracht. George stand neben der Mutter und beobachtete ihre Vorkehrungen ohne das geringste Mitgefühl. In seine Koffer waren Tränen gefallen, in seinen Lieblingsbüchern waren Stellen unterstrichen, altes Spielzeug, Erinnerungsstücke, alte Schätze hatte sie für ihn zurechtgelegt und auffallend ordentlich und sorgfältig verpackt – von all dem bemerkte der Knabe nichts. Ein Kind geht lächelnd fort, während der Mutter das Herz bricht. Beim Himmel! Wie bemitleidenswert ist doch auf dem Jahrmarkt der Eitelkeit diese unsinnige Liebe einer Frau zu ihrem Kind!

Einige Tage sind vergangen. Das große Ereignis in Amelias Leben ist vorüber. Kein Engel hat eingegriffen. Das Kind ist dem Schicksal als Opfer dargebracht worden, und die Witwe ist ganz allein.

Gewiß, der Knabe besucht sie oft. Er reitet dann auf einem Pony und der Kutscher hinterdrein, zum Entzücken des Groß-

vaters, des alten Sedley, der stolz neben ihm die Straße entlangschreitet. Sie sieht ihn, aber er ist nicht mehr ihr Junge. Ja, er reitet sogar in die kleine Schule, um die Kameraden dort zu besuchen und vor ihnen mit seinem neuen Reichtum und Glanz zu protzen. In zwei Tagen hat er so etwas wie eine Herrscher-

miene und eine sehr herablassende Art angenommen. Er ist eben dazu geboren, zu befehlen, denkt die Mutter, ganz wie früher sein Vater.

Es ist jetzt schönes Wetter. An den Abenden, an denen er nicht kommt, unternimmt sie lange Spaziergänge in die Stadt, sogar bis zum Russel Square. Dort ruht sie sich auf dem Steingeländer des Vorgartens gegenüber von Mr. Osbornes Haus aus. Es ist so angenehm kühl. Sie kann hinaufschauen, wo die Wohnzimmerfenster hell erleuchtet sind und gegen neun Uhr in dem Zimmer des oberen Stockwerks, wo Georgy schläft, das Licht angeht. Sie weiß es, er hat es ihr erzählt. Wenn das Licht verlöscht, betet sie, betet in ihrem demütigen Herzen, und geht zusammengesunken, stumm nach Hause. Wenn sie zurückgekehrt ist, ist sie sehr müde. Vielleicht wird sie nach dem langen, anstrengenden Spaziergang besser schlafen, und vielleicht wird sie von Georgy träumen!

Als sie eines Sonntags zufällig am Russel Square in einiger Entfernung von Mr. Osbornes Haus spazierenging (sie konnte es ja auch aus der Ferne beobachten), da läuteten alle Sonntagsglocken, und Georgy trat mit seiner Tante aus dem Haus, um zur Kirche zu gehen. Ein kleiner Straßenkehrer bat um ein Almosen. Der Diener, der die Gesangbücher trug, versuchte ihn wegzutreiben, aber Georgy blieb stehen und gab ihm etwas Geld. Gottes Segen über den Knaben! Amelia lief um den Platz herum, und als sie zu dem Straßenkehrer kam, gab auch sie ihm ein Scherflein. Alle Sonntagsglocken läuteten, und sie folgte dem Knaben und seiner Tante, bis sie zur Findelhauskirche kam, in die sie eintrat. Dort saß sie auf einem Platz, von dem aus sie den Kopf des Knaben unter dem Grabstein seines Vaters sehen konnte. Viele frische Kinderstimmen erhoben sich und sangen dem gütigen Vater im Himmel Loblieder. Die Seele des kleinen George erbebte vor Lust bei dem herrlichen Psalm. Seine Mutter aber konnte ihn eine Weile lang durch den Schleier, der ihren Blick trübte, nicht mehr sehen.

51. Kapitel

Es wird eine Scharade aufgeführt, die dem Leser Rätsel aufgibt – oder auch nicht

Allerseits anerkannte man jetzt, nachdem Becky bei Lord Steynes ganz privaten, auserlesenen Gesellschaften erschienen war, die Ansprüche dieser schätzenswerten Frau auf vornehmen Verkehr. Eilig öffneten sich ihr einige der größten und höchsten Türen der Hauptstadt. Der geneigte Leser und auch der Verfasser würden vergeblich hoffen, je durch so große, hohe Türen eintreten zu dürfen. Teure Brüder, laßt uns erzittern vor diesen erhabenen Portalen! Ich stelle sie mir von Kammerdienern mit feurigen, silbernen Zangen bewacht vor, die damit jeden aufspießen, der nicht berechtigt ist einzutreten. Man sagt, der ehrliche Zeitungsmann, der in der Eingangshalle sitzt und die Namen der zu dem Fest zugelassenen Großen aufschreibt, werde binnen kurzem sterben. Er kann den Glanz der vornehmen Welt nicht lange ertragen. Er versengt ihn, wie der Anblick Jupiters in voller Gala die arme, unvorsichtige Semele vernichtete. Wie sie gleicht er einem vorwitzigen Schmetterling, der zugrunde geht, weil er sich aus der für ihn passenden Welt hinausgewagt hat. Diese Sage sollten sich die Tyburnier und Belgravier zu Herzen nehmen, die Geschichte der armen Semele und vielleicht auch Beckys Geschichte. Ach, meine Damen! Fragen Sie Ehrwürden Mr. Thurifer, ob Belgravia nicht ein tönendes Erz und Tyburnia nicht eine klingende

Schelle ist! Wie eitel ist das alles! Aber auch dies wird vergehen. Und eines Tages (doch, Gott sei Dank, erst nach unserer Zeit!) wird man vom Hyde Park nicht mehr wissen als von den berühmten Gärten am Stadtrand von Babylon, der Belgrave Square wird ebenso verödet sein wie Baker Street oder wie Tadmor in der Wüste.

Wissen Sie, meine Damen, daß der große Pitt in der Baker Street gewohnt hat? Was hätte Ihre Großmutter nicht darum gegeben, zu Lady Hesters Gesellschaften in das nunmehr verfallene herrschaftliche Haus eingeladen zu werden! Ich habe dort noch gespeist – moi qui vous parle! Ich habe die Räume mit den Gespenstern der mächtigen Toten bevölkert. Als wir mit Männern von heute dort saßen und mäßig einem französischen Rotwein zusprachen, traten die Geister der Verstorbenen herein und nahmen ihren Platz an der düsteren Tafel ein. Der Seefahrer, der den Sturm überstand, stürzte große Humpen gespenstigen Portweins herunter. Der Schatten von Dundas ließ nicht die kleinste Nagelprobe im Glase. Addington saß da und verbeugte sich mit grausigem Lächeln und blieb nicht im Rückstand, als die geräuschlose Flasche umging. Unter buschigen Augenbrauen zwinkerte Scott, als ein besonders alter Portwein hereinkam. Wilberforce wandte den Blick zur Decke, so daß er gleichsam nicht zu merken schien, wie sein Glas voll zum Munde stieg und leer herunterkam. Er blickte zu derselben Decke empor, die erst gestern über uns war, auf die alle Großen der letzten Zeit geschaut haben. Jetzt vermieten sie das Haus als möblierte Wohnung. Ja, Lady Hester wohnte einst in der Baker Street und schläft nun in der Wüste. Die Sonne hat sie dort gesehen, nicht in Baker Street, sondern an einem anderen verlassenen Ort.

Gewiß, alles ist eitel; wer wird aber nicht zugeben, daß er ein bißchen davon ganz gern hat? Ich möchte wohl wissen, welcher gesunde Geist Roastbeef verabscheut, bloß weil es vergänglich ist! Sicher, es ist eitel, aber ich wünsche jedem, der dies liest, lebenslang eine gesunde Menge davon, und wenn ich fünfhunderttausend Leser hätte! Setzen Sie sich, meine Herren, und machen Sie sich mit gesundem Appetit daran! Schonen Sie weder das Fette noch das Magere, weder die Soße noch den Meerrettig, ganz wie Sie es mögen. Jones, mein Junge, bitte noch ein Glas Wein, ein bißchen von der Sonntagsseite! Ja, wir wollen unser volles Teil von dem eitlen Ding verzehren und dankbar dafür sein! Und ebenso wollen wir aus Beckys aristokratischen Vergnügungen das Bestmögliche herausholen; denn wie alle anderen irdischen Genüsse waren auch sie vergänglich.

Das Ergebnis ihres Besuches bei Lord Steyne war, daß Seine Hoheit der Fürst von Peterwardein die Gelegenheit wahrnahm, seine Bekanntschaft mit Oberst Crawley zu erneuern, als sie sich am nächsten Tag im Klub trafen. Auf dem Ring im Hyde Park begrüßte er Mrs. Crawley, indem er tief vor ihr den Hut zog. Bald darauf wurden sie und ihr Mann zu einer der kleinen Gesellschaften des Fürsten in Levant House eingeladen, wo Seine Hoheit wohnte, solange der edle Besitzer von England abwesend war. Nach dem Diner sang sie einer sehr kleinen Gesellschaft vor. Auch der Marquis von Steyne war anwesend und überwachte väterlich die Fortschritte seiner Schülerin.

In Levant House traf Becky einen der vornehmsten Gentlemen und größten Minister, die Europa hervorgebracht hat: den Herzog de la Jabotière, damals Gesandter des Allerchristlichsten Königs und in der Folge Minister dieses Monarchen. Ich gestehe, daß meine Brust von Stolz geschwellt ist, während meine Feder diese erlauchten Namen niederschreibt. In welch glänzender Gesellschaft bewegt sich doch meine liebe Becky! Sie wurde ständiger Gast in der französischen Botschaft, wo keine Gesellschaft für vollständig angesehen wurde, wenn nicht die charmante Madame Ravdonn Cravley anwesend war.

Messieurs de Truffigny (aus der Familie Périgord) und Champignac, beide Attachés an der Botschaft, verliebten sich sofort sterblich in die Reize der schönen Frau Oberst. Nach dem Brauch der Nation (und wer hat schon jemals einen Franzosen gesehen, der, aus England zurückgekehrt, nicht ein halbes Dutzend Familien unglücklich zurückgelassen und ebenso viele Herzen in seiner Brieftasche mitgebracht hat?) erklärten also beide, sie seien mit der reizenden Madame Ravdonn au mieux.

Ich bezweifle jedoch die Korrektheit dieser Behauptung. Champignac spielte sehr gern Ecarté und machte am Abend häufig seine Partie mit dem Oberst, während Becky im anderen Zimmer Lord Steyne vorsang. Und von Truffigny weiß man sehr genau, daß er nicht in den Ausländerklub zu gehen wagte, weil er den Kellnern dort Geld schuldete. Wenn er nicht in der Botschaft hätte essen können, so hätte dieser ehrenwerte junge Herr wahrhaftig verhungern müssen. Ich bezweifle also, daß Becky einen dieser jungen Leute auserwählt haben sollte, um ihm ihre besondere Gunst zu schenken. Sie erledigten Aufträge für sie, kauften ihr Handschuhe und Blumen, stürzten sich in Schulden, um Logen in der Oper für sie zu besorgen, und machten sich tausendfach um sie verdient. Englisch sprachen sie mit einer anbetungswürdigen Einfachheit, woran Becky und Lord Steyne stets ihren Spaß hatten. Sie pflegte den einen oder anderen ins Gesicht hinein nachzuahmen und ihn zu seinen Fortschritten in der englischen Sprache mit einem Ernst zu beglückwünschen, der den Marquis, ihren spöttischen alten Gönner, unfehlbar zum Lachen reizte. Truffigny schenkte der Briggs einen Schal, um so Beckys Vertraute für sich zu gewinnen. Er bat sie, einen Brief zu übermitteln, den die einfältige Jungfer dann auch richtig in aller Öffentlichkeit derjenigen übergab, an die er gerichtet war. Sein Inhalt amüsierte jeden, der ihn las, höchlich. Lord Steyne las ihn, alle lasen ihn, alle außer dem ehrlichen Rawdon. Ihm brauchte man ja nicht alles zu erzählen, was in dem kleinen Haus in May Fair vorging.

Hier empfing Becky binnen kurzem nicht nur die „besten" Ausländer (wie es in der Sprache unserer edlen, bewunderungswürdigen Gesellschaft heißt), sondern auch einige der „Besten" Englands. Ich meine damit nicht die Tugendhaftesten und noch viel weniger die am wenigsten Tugendhaften, und auch nicht die Klügsten oder die Dümmsten oder die Reichsten oder die Höchstgeborenen, sondern eben die „Besten". Mit einem Wort: Leute, die über allen Zweifel erhaben sind wie zum Beispiel die große Lady Fitz-Willis, die Schutzheilige von Almack, die große Lady Slowbore, die große Lady Grizzel Macbeth (früher Lady G. Glowry, Tochter des Lord Grey of Glowry) und dergleichen mehr. Wenn die Gräfin Fitz-Willis (die Lady stammt aus der King Street Familie, siehe das Adelsregister unter Debrett und Burke) jemanden unter ihre Flügel nimmt, sind er oder sie gesichert. Kein Mensch kann dann ihrer Stellung noch etwas anhaben. Nicht daß Lady Fitz-Willis besser ist als alle anderen, im Gegenteil, sie ist eine welke Person von siebenundfünfzig Jahren, weder hübsch noch reich noch unterhaltsam, aber alle sind sich darin einig, daß sie zu den „Besten" gehört. Wer mit ihr verkehrt, gehört zu den Besten. Wahrscheinlich lag es an einer alten Sache, die sie Lady Steyne nachtrug (nach deren Krone die Lady, damals die junge Georgina Frederica, Tochter des Favoriten des Prinzen von Wales, des Grafen Portansherry, einst gestrebt hatte), daß diese große, berühmte, in der vornehmen Welt tonangebende Dame es sich einfallen ließ,

Mrs. Rawdon Crawley anzuerkennen. Sie begrüßte sie bei der Gesellschaft, der sie präsidierte, ausgesprochen liebenswürdig und ermunterte ihren Sohn, St. Kitts (der Lord hatte seine Stelle durch Vermittlung Lord Steynes erhalten), Mrs. Crawleys Haus zu besuchen. Zudem lud sie sie auch zu sich ein und ließ sich während des Diners dazu herab, sie zweimal vor allen andern anzusprechen. Noch am gleichen Abend war dieses wichtige Ereignis in ganz London bekannt geworden. Leute, die über Mrs. Crawley pfui geschrien hatten, verstummten. Wenham, der geistreiche Rechtsanwalt, Lord Steynes rechte Hand, ging überall herum und lobte sie. Einige, die gezögert hatten, traten nun auf einmal hervor und hießen sie willkommen. Der kleine Tom Toady, der Southdown vor dem gottverlassenen Weib gewarnt hatte, flehte diesen nun an, ihn bei ihr einzuführen. Mit einem Wort: sie war als zu den „Besten“ gehörig anerkannt! Ach, meine teuren Leser und Brüder, beneidet die arme Becky nicht voreilig! Ruhm wie dieser ist vergänglich, heißt es. Es gibt ein weitverbreitetes Gerücht, daß man sogar in den allerinnersten Kreisen nicht glücklicher ist als der arme Wanderer außerhalb der Schranken. Auch Becky , die bis in den Mittelpunkt der vornehmen Welt gedrungen war und die den großen König Georg IV. von Angesicht zu Angesicht gesehen hatte, hat später zugegeben, daß auch dort alles eitel ist.

Wir müssen uns bei der Beschreibung dieses Teiles ihrer Laufbahn kurz fassen. So wenig ich die Geheimnisse der Freimaurerei schildern kann, obwohl ich die vermessene Ansicht hege, daß es sich dabei um einen Humbug handelt, ebensowenig kann ein nicht Eingeweihter es auf sich nehmen, die Welt der Großen genau zu porträtieren. Am besten behält er seine Meinung, wie sie auch sei, für sich.

In späteren Jahren hat Becky noch oft von diesem Abschnitt ihres Lebens gesprochen, da sie sich in den vornehmsten Kreisen der Londoner Gesellschaft bewegte. Zuerst regten ihre Erfolge sie auf und erfreuten sie, dann langweilten sie sie. Zu Anfang schien ihr keine Beschäftigung so angenehm, wie die schönsten neuen Kleider und Schmuckstücke zu erfinden und zu beschaffen. Das letztere erforderte keine geringe Mühe und ziemlichen Scharfsinn bei den beschränkten Mitteln, über die Mrs. Crawley verfügte. Mit größtem Vergnügen fuhr sie zu feinen Diners, wo sie von vornehmen Leuten willkommen geheißen wurde. Von den feinen Diners ging es zu feinen Gesellschaften, wo dieselben Leute erschienen, mit denen sie diniert hatte, die sie am Abend zuvor getroffen hatte und die sie morgen wiedersehen würde: tadellos gekleidete Männer mit hübschen Krawatten, glänzenden Lackschuhen und weißen Handschuhen; ältere stattliche Herren mit Metallknöpfen, von noblem Aussehen, höflich und langweilig; blonde schüchterne junge Mädchen in Rosa; die Mütter vornehm, schön, prächtig, feierlich und mit Diamanten geschmückt. Sie unterhielten sich auf englisch, nicht in schlechtem Französisch wie in Romanen. Sie unterhielten sich über die Häuser, den Charakter, die Familien der anderen, genau wie Familie Schulze über Familie Schmidt spricht. Beckys frühere Bekannte haßten und beneideten sie. Die arme Frau selbst aber gähnte insgeheim. Ich wünschte, ich wäre fort von hier! sagte sie sich. Ich möchte lieber die Frau eines Pfarrers sein und in der Sonntagsschule unterrichten, als dieses Leben hier führen, oder die Frau eines Sergeanten und im Regimentswagen mitfahren oder – o wieviel lustiger wäre es, Flitterwerk und Hosen zu tragen und vor einer Bude auf dem Jahrmarkt zu tanzen!

„Das würden Sie sehr hübsch machen!“ sagte Lord Steyne lachend. Auf ihre unschuldige Weise pflegte sie dem großen Mann von ihrer Langenweile und ihrer Verlegenheit zu erzählen, um ihn damit zu belustigen.

„Rawdon würde einen sehr guten Stallmeister abgeben oder einen Zeremonienmeister – wie nennt man ihn doch gleich, den Mann mit den hohen Stiefeln und der Uniform, der im Ring herumgeht und mit der Peitsche knallt? Er ist groß, stattlich und von militärischem Aussehen. Ich erinnere mich“, fuhr Becky nachdenklich fort, „daß mein Vater mich als Kind einmal auf dem Brookgreen Jahrmarkt zu einer Seiltänzerbude mitnahm, und als wir nach Hause kamen, machte ich mir selbst Stelzen und tanzte im Atelier zum Staunen aller Schüler.“

„Das hätte ich gern gesehen“, sagte Lord Steyne.

„Ich würde das jetzt gern noch einmal tun“, fuhr Becky fort. „Wie Lady Blinkey die Augen aufreißen und wie Lady Grizzel Macbeth erstarrt schauen würde! Husch! Ruhe! Die Pasta fängt an zu singen!“ Becky war gegen die Künstler und Künstlerinnen, die zu diesen aristokratischen Gesellschaften hinzugezogen wurden, stets von geflissentlicher, auffallender Höflichkeit. Sie folgte ihnen in den Winkel, wo sie stumm saßen, schüttelte ihnen die Hand und schenkte ihnen vor allen Leuten ein freundliches Lächeln. Sie sei selbst Künstlerin, bekannte sie sehr aufrichtig. In der Art, wie sie von ihrer Herkunft sprach, lag eine offenherzige Bescheidenheit, von der die Zuschauer je nachdem verärgert, entwaffnet oder belustigt wurden. „Wie kaltblütig dieses Weib ist!“ sagte einer. „Welchen Anschein der Unabhängigkeit gibt sie sich hier, und doch sollte sie lieber stillsitzen und dankbar sein, wenn jemand mit ihr spricht.“ – „Was für ein ehrliches, gutherziges Wesen ist sie doch!“ sagte ein anderer. „Was für eine schlaue kleine Dirne!“ sagte ein dritter. Sehr wahrscheinlich hatten sie alle recht. Aber Becky ging ihren eigenen Weg und bezauberte die Künstler so, daß sie niemals heiser waren, wenn sie bei ihren Gesellschaften umsonst singen oder ihr umsonst Stunden geben sollten. Ja, sie gab Gesellschaften in dem kleinen Haus in der Curzon Street. Dutzende von Wagen mit strahlenden Laternen versperrten die Straßen, zum großen Ärger von Nr. 100, wo man wegen des dauernden Türklopfens keine Ruhe fand, und von Nr. 102, wo man vor Neid nicht schlafen konnte. Die riesigen Lakaien, die die Wagen begleiteten, waren für Beckys kleines Bedientenzimmer viel zu groß und wurden daher in den benachbarten Wirtshäusern untergebracht, von wo sie nach Bedarf durch Laufjungen geholt wurden. So manche der größten Dandys von London drängten sich auf den schmalen Treppen und traten einander auf die Füße. Sie lachten, wenn sie sich hier begegneten. In dem kleinen Salon saßen viele gestrenge Damen ohne Fehl und Tadel und lauschten den Künstlern, die nach ihrer Gewohnheit so laut sangen, als wollten sie die Fensterscheiben zerschmettern. Am nächsten Tage erschien dann in der *Morgenpost* unter der Rubrik *Elegante Réunions* ein Artikel etwa folgenden Inhalts:

„Gestern abend bewirteten Oberst Crawley und Frau eine auserlesene Gesellschaft in ihrem Hause in May Fair. Anwesend waren die Exzellenzen der Fürst und die Fürstin von Peterwardein, Seine Exzellenz Papoosh Pascha, der türkische Botschafter (begleitet von Kibob Bey, Dragoman der Militärmission), der Marquis von Steyne, Graf Southdown, Mr. Pitt Crawley und Lady Jane Crawley, Mr. Wagg und so weiter. Nach dem Diner veranstaltete Mrs. Crawley eine Assemblee, die besucht wurde von der Herzogin-Witwe von Stilton, dem Herzog de la Gruyère, der Marquise von Cheshire, dem Marquis Alessandro Strachino, dem Comte de Brie, von Baron Schapzuger, Chevalier Tosti, der Gräfin Slingstone, Lady F. Macadam, dem Generalmajor G. Macbeth und seiner Gemahlin, den beiden Misses Macbeth, Viscount Passington, Sir Horace Fogey, dem Ehrenwerten Sands Bedwin, Bobbachy Bahawder", dem ein „und so weiter" folgte, das der Leser sich nach Belieben zwölf kleingedruckte Zeilen lang ergänzen möge.

Im Verkehr mit vornehmen Leuten zeigte unsere teure Freundin dieselbe Offenherzigkeit, die ihre Haltung Niedrigerstehenden gegenüber auszeichnete. Als Rebekka einmal in einem sehr feinen Hause eingeladen war, unterhielt sie sich (wohl etwas ostentativ) mit einem berühmten französischen Tenor in dessen Muttersprache, während Lady Grizzel Macbeth über die Schulter finstere Blicke auf das Paar warf.

„Wie ausgezeichnet Sie französisch sprechen!" sagte Lady Grizzel, die diese Sprache mit einem höchst merkwürdigen Edinburger Akzent sprach.

„Ich muß es doch können", erwiderte Becky bescheiden und schlug die Augen nieder; „ich habe doch an einer Schule Unterricht darin gegeben, und meine Mutter war Französin!"

Da war Lady Grizzel von ihrer Demut besiegt, und von nun an war sie gegen die kleine Frau weich gestimmt. Sie beklagte die verhängnisvollen Tendenzen der Gleichmacherei, die jetzt Personen aller Stände den Zutritt in die Gesellschaft Höherstehender gestattete; aber die Lady gab immerhin zu, daß diese eine zumindest sich gut benahm und ihre Stellung in der Welt nicht vergaß. Sie war eine sehr gute Frau, gut zu den Armen, dumm, untadelhaft, arglos. Es ist nicht Schuld der Lady, wenn sie besser zu sein glaubt als du und ich. Jahrhundertelang hat man ihren Vorfahren den Rocksaum geküßt, und vor tausend Jahren sollen die Lords und Räte des verstorbenen Dunvan den Rock des Oberhauptes der Familie geküßt haben, als jener große Vorfahre ihres Hauses König von Schottland wurde.

Nach der Szene am Flügel war Lady Steyne von Becky besiegt, und vielleicht war sie ihr gar nicht einmal so abgeneigt. Auch die jungen Damen des Hauses Gaunt wurden zur Unterwerfung gezwungen. Ein paarmal hetzten sie Leute gegen Becky auf, aber es mißlang jedesmal. Die glänzende Lady Stunnington versuchte sich in einem Wortgefecht mit ihr, wurde aber von der unerschrockenen kleinen Becky mörderisch niedergeschlagen. Wenn Becky angegriffen wurde, setzte sie manchmal eine demütige Unschuldsmiene auf und war dann erst recht gefährlich. In dieser Stimmung machte sie die boshaftesten Bemerkungen mit einer überaus einfältigen, harmlosen

Miene. Sie war dann stets darauf bedacht, sich naiv für ihre Fehler zu entschuldigen, damit jedermann merke, daß sie sie begangen habe.

Mr. Wagg, der berühmte Witzbold, Schmarotzer und Narr, wurde von den Damen veranlaßt, sie anzugreifen. Eines Abends begann dieser ehrenwerte Herr also seinen Ansturm auf Becky, die nichtsahnend ihr Diner verzehrte. Dabei schielte er nach seinen Gönnerinnen und zwinkerte ihnen mit den Augen zu, als wollte er sagen: Gebt acht, jetzt wird's lustig! Die kleine Frau, die so plötzlich überfallen wurde, war nie ganz ohne Waffen. Im Handumdrehen war sie bereit, parierte und gab den Stoß mit solcher Sicherheit zurück, daß Waggs Gesicht vor Scham erglühte. Dann kehrte sie in aller Seelenruhe mit einem stillen Lächeln zu ihrer Suppe zurück. Waggs hoher Schutzherr, der ihn beköstigte und manchmal auch mit etwas Geld unterstützte und für den er die Wahlen, die Zeitungen und allerlei anderes erledigte, warf dem unglücklichen Burschen einen so wütenden Blick zu, daß er fast unter den Tisch gesunken und in Tränen ausgebrochen wäre. Er sah mitleidheischend auf seinen Herrn, der während des ganzen Diners kein Wort mit ihm sprach, und auf die Damen, die ihn verleugneten. Schließlich hatte Becky selbst Mitleid mit ihm und versuchte, ihn in die Unterhaltung zu ziehen. Sechs Wochen lang wurde er nicht mehr zum Abendessen eingeladen, und Fiche, der Kammerdiener des Lords, um den Wagg sich natürlich ziemlich bemühte, wurde angewiesen, ihm mitzuteilen, daß Mylord jeden einzelnen seiner Schuldscheine dem Rechtsanwalt übergeben und ihn erbarmungslos einstecken lassen würde, wenn er es je wagen sollte, noch einmal gegen Mrs. Crawley ungezogen zu sein oder sie zur Zielscheibe seiner dummen Witze zu machen. Weinend flehte Wagg seinen lieben Freund Fiche an, ein Wort für ihn einzulegen. Er schrieb ein Gedicht zum Lobe von Mrs. R. C., das gleich in der nächsten Nummer des *Harumscarum Magazin* erschien, das er herausgab. Auf allen Gesellschaften, wo er ihr begegnete, bemühte er sich um ihr Wohlwollen. Im Klub wedelte und scharwenzelte er um Rawdon herum. Nach einiger Zeit durfte er wieder nach Gaunt House kommen. Becky war stets nett zu ihm, lustig und nie böse.

Mr. Wenham, der Großwezir und erste Vertraute des Lords mit einem Sitz im Parlament und an der Abendtafel, war in seinem Verhalten und seinen Ansichten viel klüger als Mr. Wagg. Dieser Adjutant des Marquis neigte zwar dazu, alle Parvenüs zu hassen (Mr. Wenham war ein eifriger, alter, blaublütiger Tory, sein Vater hingegen ein kleiner Kohlenhändler in Nordengland), dennoch zeigte er gegen den Günstling des Lords auch nie die geringste Feindseligkeit, sondern verfolgte Becky mit heimlichen Freundschaftsbeweisen und einer schlauen, unterwürfigen Höflichkeit, die ihr aus irgendeinem Grunde mehr Unbehagen verursachte als die offene Feindseligkeit anderer Leute.

Wie die Crawleys zu dem Geld kamen, das für diese vornehmen Gesellschaften ausgegeben wurde, war ein Geheimnis, das damals zu mancherlei Redereien Anlaß gab und wahrscheinlich den Reiz dieser kleinen Festlichkeiten noch erhöhte. Einige behaupteten, daß Sir Pitt Crawley seinem Bruder eine hübsche Rente gäbe. Wenn das stimmte, so mußte Becky wirklich unerhörte Macht über den Baron haben, oder sein Charakter mußte sich in vorgerücktem Alter außerordentlich verändert haben. Andere ließen Andeutungen fallen, Becky habe die Gewohnheit, von den Freunden ihres Mannes Beiträge zu erheben. In Tränen aufgelöst, habe sie dem einen geklagt, daß ihrem Haus die Pfändung drohe; vor einem andern sei sie auf die Knie gefallen und habe erklärt, ihre ganze Familie müsse ins Gefängnis wandern oder Selbstmord begehen, wenn die und die Rechnung nicht bezahlt werden könne. Durch diese mitleiderregenden Darstellungen sei Lord Southdown angeblich verleitet worden, ihr viele Hunderte zu geben. Daneben wurde der junge Feltham vom . . . ten Dragonerregiment (Sohn von Tiler und Feltham, einer Firma für Mützen und militärische Ausrüstungsgegenstände) als eines von Beckys Opfern in finanzieller Hinsicht genannt. Man behauptete sogar, sie verschaffe sich Geld von verschiedenen einfältigen Personen, denen sie angeblich Vertrauensposten bei Mitgliedern der Regierung besorgen wolle. So wurden wer weiß was für Geschichten über unsre liebe, unschuldige Freundin erzählt. Eins jedoch ist sicher: hätte sie wirklich all das Geld gehabt, das sie sich zusammengebettelt, geborgt oder gestohlen haben sollte, dann wäre sie eine Kapitalistin gewesen und hätte fortan ein ehrliches Leben führen können, während hingegen – doch wir greifen vor!

Wahr ist nur so viel, daß man durch Sparsamkeit und gutes Haushalten – das heißt, indem man mit dem Bargeld sparsam umgeht und so gut wie keine Rechnung bezahlt – zumindest eine Zeitlang mit sehr geringen Mitteln ein glänzendes Leben führen kann. So sind wir überzeugt, daß Beckys vielbesprochene Gesellschaften, die schließlich ja gar nicht so häufig stattfanden, sie kaum mehr kosteten als die Wachskerzen, die die Räume erleuchteten. Stillbrook und Queen's Crawley versorgten sie mit Wild und Obst in Hülle und Fülle. Lord Steynes Weinkeller stand ihr zur Verfügung; die berühmten Köche dieses vortrefflichen Edelmannes schalteten in ihrer Küche oder schickten auf Mylords Anordnung die seltensten Delikatessen aus ihrer eigenen Küche herüber. Ich finde, es ist wirklich eine Schande für die Welt, ein so einfaches Wesen so zu schmähen, wie die Zeitgenossen es mit Becky taten. Ich warne das Publikum, auch nur ein Zehntel der Geschichten zu glauben, die über sie erzählt wurden. Wenn jeder aus der Gesellschaft verbannt werden würde, der in Schulden gerät und sie nicht bezahlen kann, wenn wir jedem in sein Privatleben hineingucken und sein Einkommen abschätzen und ihn verwerfen würden, sobald wir mit seinen Ausgaben nicht einverstanden sind – ja, dann wäre der Jahrmarkt der Eitelkeit wirklich eine öde Wildnis und ein unleidlicher Aufenthalt. In diesem Fall würde jeder gegen den Nachbarn die Hand erheben, mein lieber Herr, und mit den Wohltaten der Zivilisation wäre es aus. Wir würden uns streiten, den andern schmähen und einander meiden. Unsere Häuser würden zu Höhlen werden, und wir würden in Lumpen gehen, weil wir uns um niemanden mehr kümmerten. Die Mieten würden heruntergehen. Die Geselligkeit würde aufhören. Alle Kaufleute der Stadt würden Bankrott machen. Weine, Kerzen, Eßwaren, Schminke, Krinolinen, Diamanten, Perücken, Nippsachen à la Louis XIV. und altes Porzellan, Mietkutschen und prächtige hochtrabende Wagengespanne, kurzum, alle Freuden des Lebens würden zum Teufel gehen, wenn die Leute nach ihren dummen Grundsätzen handeln und diejenigen meiden wollten, die sie verabscheuen und verleumden. Mit ein bißchen Nächstenliebe und gegenseitiger Nachsicht kann indessen alles ganz angenehm weiterlaufen. Wir mögen über einen Mann schimpfen, soviel uns beliebt, und ihn den größten Schurken nennen, der noch nicht aufgehängt ist – aber wollen wir ihn wirklich deswegen an den Galgen bringen? Nein! Wir reichen uns die Hand, wenn wir uns treffen. Wenn er einen guten Koch hat, vergeben wir ihm und gehen zu ihm zum Diner und erwarten das gleiche von ihm. So bleiben dann Handel und Wandel, die Zivilisation macht Fortschritte, der Friede ist gewahrt, man braucht jede Woche neue Kleider für neue Gesellschaften, und die letzte Weinernte von Lafitte wird den ehrlichen Besitzer, der sie gezogen hat, bezahlt machen.

Zu der Zeit, von der wir erzählen, saß zwar noch der Große Georg auf dem Thron, und die Damen trugen noch Puffärmel und große schaufelgleiche Schildpattkämme im Haar an Stelle der glatten Ärmel und der niedlichen Kränzchen, die heutzutage Mode sind, aber dennoch verlief das Leben in den allerhöchsten Kreisen vermutlich nicht sehr anders als heute, und ihre Vergnügungen waren den unsern ziemlich ähnlich. Uns, die wir nur draußen über die Schultern der Polizisten hinweg die bezaubernden Schönheiten zu Hofe oder zum Ball gehen sehen, mögen sie wohl wie Wesen von überirdischem Glanz vorkommen, die sich eines herrlichen, für uns unerreichbaren Glücks erfreuen. Zum Trost für diese Unzufriedenen erzählen wir hier von den Kämpfen, Triumphen und Enttäuschungen unserer lieben Becky; denn wie alle verdienstvollen Persönlichkeiten hatte sie auch hieran ihr voll ausgewogenes Teil.

Zu jener Zeit war eine reizende Belustigung aus Frankreich zu uns herübergekommen. Die Aufführung von Scharaden wurde sehr beliebt, bot sie doch den zahlreichen Damen bei uns, die über Schönheit verfügten, eine Möglichkeit, ihre Reize zur Schau zu stellen, und die weitaus geringere Anzahl, die Klugheit besaß, konnte ihren Witz zeigen. Lord Steyne ließ sich von Becky, die vielleicht glauben mochte, sie sei mit allen beiden dieser Tugenden ausgestattet, verleiten, in Gaunt House eine Gesellschaft zu geben, bei der ein paar dieser kleinen Dramen aufgeführt werden sollten. Wir werden uns gestatten, den Leser bei dieser glänzenden Reunion einzuführen, allerdings mit leicht melancholischem Willkommensgruß, denn es wird eines von den allerletzten eleganten Festen sein, zu dem wir ihn werden führen können.

Ein Teil der glanzvollen Gemäldegalerie in Gaunt House war als Scharadentheater eingerichtet worden. Schon zu Zeiten König Georgs III. war es für diesen Zweck benutzt worden. Heute noch existiert ein Bild des Marquis Gaunt mit gepudertem Haar und rosa Band à la romaine, wie man damals sagte, in der Rolle des Cato in Mr. Addisons gleichnamiger Tragödie, die damals vor den königlichen Hoheiten, dem Prinzen von Wales, dem Bischof von Osnabrück und Prinz William Henry, aufgeführt wurde, die alle im gleichen kindlichen Alter standen wie die Schauspieler selbst. Ein paar alte Kulissen fanden sich noch in den Dachkammern, wo sie seitdem gelegen hatten. Sie wurden hervorgezogen und für das Fest neu aufgeputzt.

Der junge Bedwin Sands, damals ein eleganter Dandy und Orientreisender, war der maître de plaisir. In jenen Tagen stellte ein Orientreisender etwas dar, und der abenteuerlustige Bedwin, der seine Reiseerlebnisse in Buchform veröffentlicht und einige Monate in der Wüste im Zelt zugebracht hatte, war eine Persönlichkeit von nicht geringer Bedeutung. In seinem Buch gab es mehrere Bilder, die ihn in verschiedenen orientalischen Trachten darstellten. Er reiste mit einem schwarzen Diener von sehr wenig anziehendem Äußeren herum, geradeso wie ein zweiter Briand de Bois Guilbert. Bedwin, seine Kostüme und sein Neger wurden in Gaunt House als sehr wertvolle Erwerbungen begrüßt.

Er führte die erste Scharade vor. Auf einem Diwan sah man einen türkischen Offizier mit riesigem Federbusch liegen (man nahm an, daß die Janitscharen noch existierten und der Tarbusch noch nicht an die Stelle der alten majestätischen Kopfbedeckung der wahren Gläubigen getreten sei). Er tat so, als ob er eine persische Wasserpfeife rauchte, wenn sie auch um der Damen willen nur eine duftende Pastille enthalten durfte. Der türkische Würdenträger gähnt und gibt alle möglichen Zeichen von Langeweile und Trägheit von sich. Er klatscht in die Hände, und der Nubier Mesrour erscheint, mit bloßen Armen, Armringen und allerlei morgenländischem Zierat, mager, groß und häßlich. Er macht einen Salem vor seinem Herrn, dem Aga.

Die Versammlung erbebt vor Schrecken und Entzücken. Die Damen flüstern miteinander. Sands Bedwin hatte den schwarzen Sklaven von einem ägyptischen Pascha für drei Dutzend Flaschen Maraschino bekommen. Er hatte schon Gott weiß wie viele Odalisken in Säcke gesteckt und in den Nil geworfen.

„Laß den Sklavenhändler eintreten“, sagt der Türke wollüstig mit leichter Handbewegung. Mesrour führt den Sklavenhändler vor seinen Herrn. Er bringt ein verschleiertes Weib mit und hebt ihren Schleier. Das Haus hallt von Beifall wider. Es ist Mrs. Winkworth (die frühere Miss Absolom) mit den schönen Augen und dem schönen Haar. Sie ist in ein farbenprächtiges orientalisches Gewand gekleidet. Die schwarzen Zöpfe sind mit zahllosen Juwelen durchflochten. Ihr Kleid ist mit goldenen Piastern übersät. Der widerwärtige Mohammedaner zeigt sich von ihrer Schönheit entzückt. Sie fällt auf die Knie und fleht ihn an, sie wieder in die Berge zu schicken, wo sie geboren wurde und wo ihr tscherkessischer Liebhaber immer noch um seine ferne Suleika klagt. Doch kein Bitten rührt den hartherzigen Hassan. Er lacht bei dem Gedanken an den tscherkessischen Bräutigam. Suleika bedeckt das Gesicht mit den Händen und sinkt verzweifelt in wunderschöner Haltung nieder. Es scheint keine Hoffnung für sie zu geben – da tritt der Kislar Aga herein.

Der Kislar Aga bringt einen Brief vom Sultan. Hassan empfängt das gefürchtete Edikt und legt es auf sein Haupt. Entsetzliche Angst ergreift ihn, während sich auf dem Gesicht des Negers (es ist wiederum Mesrour in einem anderen Kostüm) eine entsetzliche Freude malt. „Gnade! Gnade!" schreit der Pascha, als der Kislar Aga mit scheußlichem Grinsen eine seidene Schnur hervorzieht.

Der Vorhang fällt, gerade als er diese furchtbare Waffe anwenden will. Hassan brüllt von drinnen: „Die ersten beiden Silben!" und Mrs. Rawdon Crawley, die auch in der Scharade mitspielen wird, tritt hervor und beglückwünscht Mrs. Winkworth zu ihrem bewunderungswürdigen Geschmack und dem schönen Kostüm.

Nun kommt der zweite Teil der Scharade. Das Stück spielt immer noch im Morgenland. Hassan, in anderer Kleidung, sitzt mit Suleika, die sich vollkommen mit ihm ausgesöhnt hat, in zärtlicher Umarmung. Der Kislar Aga ist zu einem friedfertigen schwarzen Sklaven geworden. Es ist bei Sonnenaufgang in der Wüste. Die Türken wenden sich nach Osten und verbeugen sich bis auf den Sand. Da keine Dromedare zur Hand sind, spielt die Kapelle witzigerweise: „Die Kamele sind im Anmarsch". Ein ungeheures ägyptisches Haupt befindet sich ebenfalls auf der Bühne. Es ist sogar musikalisch und singt zur Überraschung der Orientreisenden ein von Mr. Wagg verfaßtes komisches Lied. Die Reisenden gehen tanzend ab, wie Papageno und Tamina in der Zauberflöte. „Die letzten beiden Silben", brüllt das Haupt.

Der letzte Akt beginnt. Dieses Mal ist es ein griechisches Zelt. Darinnen ruht auf einem Lager ein großer, kräftiger Mann. Über ihm hängen Helm und Schild. Doch sie braucht er nicht mehr. Ilium ist gefallen, Iphigenie erschlagen, und Kassandra weilt in seinen Hallen als Gefangene. Der König der Männer schläft in seinem Zimmer auf Argos. Es ist Oberst Crawley, der in Wahrheit weder von der Belagerung von Ilium noch von der

Eroberung Kassandras die geringste Ahnung hat. Eine Lampe wirft den breiten Schatten des Kriegers flackernd gegen die Wand. Das Schwert und der Schild von Troja blitzen im Licht. Die Kapelle spielt die furchtbare Musik aus Don Juan, ehe die Statue auftritt.

Bleich, auf Zehenspitzen stiehlt Ägisth sich herein. Wem gehört das gespenstische Gesicht, das ihm so unheimlich hinter dem Gobelin hervor nachblickt? Er hebt den Dolch, um den Schlafenden zu erstechen, der sich auf dem Lager wälzt und die breite Brust wie zum Stoß darbietet. Er kann den edlen schlummernden Feldherrn nicht töten. Schnell wie eine Erscheinung gleitet Klytemnästra in den Raum. Ihre Arme sind bloß und weiß. Das rötliche Haar fließt ihr über die Schultern, ihr Gesicht ist totenbleich, und in den Augen leuchtet ein so gespenstisches Lächeln, daß die Zuschauer bei dem Anblick zusammenfahren.

Ein Schauder durchlief den Raum. „Guter Gott", sagte jemand, „es ist Mrs. Rawdon Crawley!"

Voll Verachtung reißt sie Ägisth den Dolch aus der Hand und geht auf das Lager zu. Man sieht ihn im Schimmer der Lampe über dem Haupt aufglitzern. Dann geht das Licht aus, man hört ein Aufstöhnen, alles ist dunkel.

Die Dunkelheit und die Szene erweckten allgemeine Beklemmung. Rebekka hatte ihre Rolle so gut und mit so entsetzlicher Echtheit gespielt, daß die Zuschauer ganz benommen waren, bis die Lichter im Saal wieder aufflammten und alle Beifall zu rufen begannen. „Bravo, bravo!" hörte man die durchdringende Stimme des alten Steyne über allen anderen. „Bei Gott, sie wäre imstande, es wirklich zu tun!" murmelte er zwischen den Zähnen. Die Schauspieler wurden vom ganzen Haus herausgerufen. Immer wieder erklangen Rufe wie „Regisseur! Klytemnästra!" Agamemnon in seiner klassischen Tunika ließ sich nicht zum Hervortreten bewegen, sondern stand mit Ägisth und anderen Spielern im Hintergrund der kleinen Bühne. Mr. Bedwin Sands führte Suleika und Klytemnästra hervor. Eine hohe Persönlichkeit bestand darauf, der bezaubernden Klytemnästra vorgestellt zu werden. „Was? Ihm die Brust durchstoßen und einen andern heiraten? Wie?" bemerkte Seine Königliche Hoheit sehr passend.

„Mrs. Rawdon Crawley war in ihrer Rolle wirklich faszinierend", sagte Lord Steyne. Becky lachte vergnügt und schelmisch und machte den hübschesten Knicks, den man je gesehen hat.

Jetzt brachten Diener Teller mit allerlei kalten Delikatessen herein, und die Darsteller verschwanden, um sich für die nächste Scharade fertigzumachen.

Die drei Silben dieser Scharade sollten in einer Pantomime dargestellt werden. Die Aufführung ging folgendermaßen vor sich:

Oberst Rawdon Crawley, Ritter des Bath-Ordens, schreitet mit breitkrempigem Hut, Stab, langem Überrock und einer aus dem Stall entliehenen Laterne laut rufend quer über die Bühne, als ob er wie ein Nachtwächter die Stunden ausriefe. An dem unteren Fenster sieht man zwei Handlungsreisende gähnen, sie spielen offenbar Karten. Zu ihnen tritt ein dritter, der wie ein Hausknecht aussieht (der ehrenwerte G. Ringwood). Diese Rolle wurde von dem jungen Mann vollendet dargestellt. Er entledigt sie ihrer Fußbekleidung. Daraufhin tritt eine Kammerjungfer (Lord Southdown) auf mit zwei Leuchtern und einer Wärmflasche. Sie steigt in das obere Zimmer hinauf und wärmt das Bett. Die Wärmflasche benutzt sie als Waffe, um sich der Aufmerksamkeiten der Handlungsreisenden zu erwehren. Sie tritt ab. Die beiden setzen die Nachtmützen auf und ziehen die Vorhänge zu. Der Hausdiener kommt heraus und schließt die Fensterläden des Zimmers im Erdgeschoß. Dann hört man ihn von drinnen die Tür mit Riegel und Kette versperren. Alle Lichter gehen aus. Die Musik spielt: „Dormez, dormez, cher amour." Hinter dem Vorhang sagt jemand: „Erste Silbe."

Zweite Silbe: Plötzlich sind alle Lampen wieder hell. Die Musik spielt ein altes Lied: „Ah quel plaisir d'être en voyage." Das Bühnenbild ist dasselbe wie zuvor. Zwischen dem ersten und zweiten Stock des dargestellten Hauses sieht man ein Schild, auf das das Steynesche Wappen gemalt ist. Überall im Haus hört man die Klingel gehen. In dem unteren Raum sieht man einen Mann, der einem anderen einen langen Zettel vorlegt. Doch dieser ballt drohend die Faust und empört sich, es sei ungeheuerlich. „Stallknecht, fahr meinen Wagen vor!" ruft ein anderer an der Tür. Er faßt dem Zimmermädchen (Lord Southdown) unter das Kinn. Sie scheint über seine Abreise betrübt zu sein, so wie Kalypso bei dem Aufbruch jenes andern berühmten Reisenden, Odysseus. Der Hausdiener (der ehrenwerte G. Ringwood) geht mit einem Holzkasten mit silbernen Kannen vorüber und ruft mit so feinem Humor und genau in dem üblichen Ton: „Bier!" daß der ganze Saal vor Beifall dröhnt und jemand ihm ein Bukett zuwirft. Klatsch! Klatsch! Klatsch! knallen die Peitschen. Der Wirt, das Zimmermädchen und der Kellner stürzen an die Tür. Aber gerade als der vornehme Gast ankommt, fällt der Vorhang, und der unsichtbare Regisseur ruft: „Zweite Silbe!"

„Ich glaube, es soll ‚Hotel' heißen", sagt Hauptmann Grigg von der Leibgarde, worauf sich ein allgemeines Gelächter über den klugen Hauptmann erhebt. Er hat nicht sehr weit fehlgetroffen.

Während die dritte Silbe vorbereitet wird, beginnt die Kapelle ein Seemannspotpourri zu spielen. Es wird sich also um einen Vorgang auf See handeln. Als der Vorhang aufgeht, hört man eine Glocke läuten. „Nun, meine Herren, also an Land!" ruft jemand. Leute nehmen Abschied voneinander. Sie deuten ängstlich auf die Wolken, die durch einen dunklen Vorhang dargestellt sind. Furchtsam nicken sie mit dem Kopf. Lady Squeams (Lord Southdown), ihr Schoßhund, ihre Taschen, ihre Beutel und ihr Mann setzen sich hin und halten sich an Stricken fest. Man befindet sich offenbar auf einem Schiff.

Dann kommt der Kapitän (Oberst Crawley) mit Dreispitz und Teleskop herein. Er hält den Hut mit der Hand fest und blickt sich um. Seine Rockschöße fliegen umher, wie vom Wind gejagt. Als er den Hut losläßt, um durch das Fernrohr zu sehen, fliegt er ihm unter starkem Beifall fort. Eine frische Brise weht. Die Musik schwillt an und pfeift immer lauter. Die Matrosen schwanken über die Bühne, als ob das Schiff stark schlingerte. Der Stewart (der ehrenwerte G. Ringwood) taumelt mit sechs Becken in der Hand vorüber, eines davon setzt er schnell vor Lord Squeams hin. Lady Squeams kneift ihren Hund, so daß er zu jaulen beginnt. Dann hält sie sich das Taschentuch vors Gesicht und stürzt hinaus, als ob sie in ihre Kabine wollte. Die Musik steigert sich zu wildestem, stürmischem Aufruhr, und die dritte Silbe ist zu Ende.

Es gab damals ein kleines Ballett, *Le Rossignol*, mit dem Montessu und Noblet viel Beifall ernteten. Mr. Waggs hatte es als Oper auf die englische Bühne gebracht, indem er zu den hübschen Melodien des Balletts Verse verfaßte, worin er sehr geschickt war. Es wurde in altfranzösischen Kostümen aufgeführt. Der kleine Lord Southdown trat jetzt auf, wunderbar verkleidet als altes Weib, und humpelte an einem tadellosen Schäferstab auf der Bühne herum.

Hinter der Szene hört man aus einer reizenden Hütte aus Pappe mit einem Rosenspalier jemanden trällern. „Philomèle, Philomèle“, ruft das alte Weib, und Philomèle kommt heraus.

Neuer Beifall: es ist Mrs. Rawdon Crawley, gepudert, mit Schönheitspflästerchen – die bezauberndste kleine Marquise der Welt.

Lachend und trällernd tritt sie auf und hüpft mit der Unbefangenheit bühnengewohnter Jugend umher. Dann macht sie einen Knicks. Die Mama sagt: „Kind, du lockst und singst aber auch immer!“ Da beginnt sie schon:

Die Ros an meinem Fensterlein

Die Ros an meinem Fensterlein, sie würzt die Morgenlüfte,
Den ganzen Winter stand sie kahl in stillem Lenzessehnen;
Du fragst, warum sie blühend lacht und süß sind ihre Düfte;
Es kommt vom hellen Sonnenschein und Vogelliedertönen.

Die Nachtigall, sie läßt ihr Lied im Walde mir erschallen;
Sie schwieg, solang die Büsche leer und frostig war der Wind.
Und fragst du, Mutter, mich, warum wohl ihre Tön erschallen,
So sag ich, weil die Sonne scheint und grün die Büsche sind.

So tut ein jedes, was es muß. Die Vöglein munter singen,
Die Rose färbt in Purpurglut ihr holdes Angesicht.
Die Sonne scheint in meiner Brust, drum meine Lieder klingen;
Und von der Glut, die sie erweckt, mir rot die Wange spricht.

Zwischen den einzelnen Strophen dieses Schlagers bemüht sich das gutherzige Wesen, das von der Sängerin mit Mama angeredet wird und dem ein langer Backenbart unter der Haube hervorlugt, mütterliche Liebe zu zeigen, und umarmt das Unschuldsgeschöpf, das die Rolle der Tochter spielt. Jede Liebkosung wird von den anteilnehmenden Zuschauern mit lautem Beifallsgelächter begrüßt.

Als das Lied zu Ende war, spielte die Musik, als ob zahllose Vögel im Walde zwitscherten, und der ganze Saal verlangte einmütig eine Wiederholung. Beifall und Buketts ohne Zahl überschütteten die Nachtigall des Abends*. Am lautesten von allen erklangen Lord Steynes Beifallsrufe. Becky, die Nachtigall, ergriff die Blumen, die er ihr zuwarf, und drückte sie ans Herz wie eine erfahrene Komödiantin. Lord Steyne war ganz hingerissen vor Entzücken. Die Begeisterung seiner Gäste kam der seinen fast gleich. Wo war die schöne, schwarzäugige Huri geblieben, deren Auftreten in der ersten Scharade alle so entzückt hatte? Sie war doppelt so schön wie Becky, war aber durch deren glänzenden Erfolg ganz in den Schatten gestellt worden. Alle Rufe galten nur Becky allein. Man verglich sie mit der Stephens, der Caradori, der Ronzi de Begnis. Man war sich – ganz mit Recht – darin einig, daß sie, wäre sie Schauspielerin geworden, auf der Bühne unübertroffen gewesen wäre. Sie hatte den Höhepunkt ihres Ruhmes erreicht. Ihre Stimme erhob sich klar und voller Glanz über dem Beifallssturm und schwebte hoch und jubelnd über ihrem Triumph. Nach den Theateraufführungen gab es einen Ball, bei dem sich alle um Becky drängten. Sie bildete den größten Anziehungspunkt des Abends. Die königliche Hoheit schwor, sie sei wirklich vollkommen, und zog sie immer wieder ins Gespräch. Der kleinen Becky schwoll bei diesen Ehrungen das Herz vor Stolz und Freude. Sie sah schon Vermögen, Ruhm, eine Stellung in der eleganten Welt vor Augen. Lord Steyne war ihr Sklave. Er folgte ihr überallhin und sprach kaum mit jemandem außer mit ihr. Er machte ihr die größten Komplimente und behandelte sie mit auffallender Aufmerksamkeit. Sie trug immer noch ihr Kostüm als Marquise und tanzte mit Monsieur de Truffigny, dem Attaché des Herzogs de la Jabotière, ein Menuett. Der Herzog, der in den Traditionen des ancien régime zu Hause war, erklärte, sie wäre würdig gewesen, eine Dienerin der Vesta zu sein oder am Hof von Versailles eine Rolle zu spielen. Nur das Gefühl für Würde, die Gicht und sein strenger Sinn für Pflicht und persönliches Opfer hinderten Seine Exzellenz daran, selbst mit ihr zu tanzen. Vor aller Öffentlichkeit erklärte er,

* Englische Lösung der Scharade: nightingale (night = Nacht; in[n] = Gasthof; gale = Sturm).

eine Dame, die so zu tanzen und sich so gut zu unterhalten verstünde wie Mrs. Rawdon, sei an jedem Hof Europas zur Gemahlin eines Gesandten geeignet. Er war erst getröstet, als er erfuhr, sie sei von Geburt eine halbe Französin. Da sagten Seine Exzellenz: „Nur eine Französin konnte diesen majestätischen Tanz so gut ausführen!“

Alsdann tanzte sie einen Walzer mit Monsieur de Klingenspohr, dem Vetter und Attaché des Fürsten von Peterwardein. Der entzückte Fürst, der weniger Haltung besaß als sein französischer Kollege, bestand darauf, mit dem reizenden Geschöpf einen Tanz zu tanzen. Er wirbelte mit ihr im Ballsaal herum und ließ die Diamanten an den Stiefelquasten und der Husarenjacke springen, bis er ganz außer Atem war. Selbst der Babuschi Pascha hätte gern mit ihr getanzt, wenn so ein Vergnügen den Sitten seines Landes gemäß gewesen wäre. Die Gesellschaft bildete einen Ring um sie und klatschte so wild Beifall, als sei sie eine Noblet oder eine Taglioni. Jedermann war in Ekstase geraten und Becky bestimmt auch. Mit verächtlichen Blicken tanzte sie an Lady Stunnington vorüber. In herablassendem Ton sprach sie mit Lady Gaunt und ihrer erstaunten und empörten Schwägerin. Sie hatte alle ihre schönen Rivalinnen vernichtend in die Ecke gedrängt. Und die arme Mrs. Winkworth mit dem langen Haar und den großen Augen, die zu Beginn des Abends so tiefen Eindruck gemacht hatte, wo war sie jetzt? Sie konnte sich das lange Haar ausreißen und die großen Augen ausweinen, ohne daß auch nur ein einziger Mensch auf sie geachtet und ihre Niederlage bedauert hätte.

Den größten Triumph aber erlebte Becky beim Souper. Sie fand sich an der großartigen, exklusiven Tafel zusammen mit der vorerwähnten königlichen Hoheit und den übrigen vornehmen Gästen. Ihr wurde auf goldenem Geschirr serviert. Wenn sie gewollt hätte, sie hätte wie Kleopatra in ihrem Champagner Perlen aufgelöst haben können, und der Fürst von Peterwardein hätte die Hälfte der Brillanten an seiner Jacke für einen freundlichen Blick aus diesen verwirrenden Augen hergegeben. Jabotière berichtete an seine Regierung über sie. Die Damen an den anderen Tischen, die nur von silbernem Geschirr aßen und Lord Steynes ständige Aufmerksamkeiten für sie beobachteten, schworen, das Ganze sei eine ungeheure Verblendung, eine grobe Beleidigung aller Damen von Rang. Wenn sarkastische Bemerkungen töten könnten, so hätte Lady Stunnington sie auf der Stelle ermordet.

Rawdon Crawley ärgerte sich über diese Triumphe. Sie schienen seine Frau irgendwie noch mehr von ihm zu trennen. Mit einem Gefühl, das einem Schmerz fast gleichkam, dachte er daran, wie unendlich sie ihm doch überlegen war.

Beim Aufbruch folgte ihr eine Schar junger Männer zu ihrem Wagen. Draußen riefen die Leute schon nach ihm. Der Ruf wurde von den Fackelträgern aufgenommen, die draußen vor dem hohen Portal von Gaunt House standen und jedem Glück wünschten und der Hoffnung Ausdruck gaben, Seine Lordschaft möge sich bei diesem vornehmen Gesellschaftsabend gut unterhalten haben.

Nach dem gehörigen Geschrei näherte Mrs. Rawdon Crawleys Wagen sich dem Tor, ratterte in den beleuchteten Hof hinein und fuhr an dem bedeckten Gang vor. Rawdon half seiner Frau beim Einsteigen, und der Wagen fuhr ab. Mr. Wenham hatte ihm vorgeschlagen, ob sie nicht zusammen zu Fuß nach Hause gehen wollten, und dem Oberst dazu eine erfrischende Zigarre angeboten.

Am Feuer eines der vielen Fackelträger zündeten sie sich draußen ihre Zigarren an, und Rawdon machte sich mit seinem Freunde Wenham auf den Weg. Aus der Menge lösten sich zwei Personen und folgten den beiden Herren. Als sie knapp hundert Meter auf den Gaunt Square hinausgegangen waren, trat einer der Männer heran, legte Rawdon die Hand auf die Schulter und sagte: „Verzeihung, Herr Oberst, ich habe dringend mit Ihnen zu sprechen!“ Bei diesen Worten stieß sein Begleiter einen lauten Pfiff aus. Auf dieses Signal hin kam aus der Reihe der Wagen, die vor Gaunt House standen, einer angeklappert. Der Adjutant lief um Oberst Crawley herum und stellte sich vor ihm auf.

Der tapfere Offizier wußte sofort, was seiner wartete. Er war den Gerichtsdienern in die Hände gefallen. Zurückfahrend stieß er gegen den Mann, der ihn zuerst angesprochen hatte.

„Wir sind zu dritt – ausreißen nützt nichts!“ warnte der Mann hinter ihm.

„Das sind Sie, Moses, nicht wahr?“ fragte der Oberst, der den andern zu kennen schien. „Wieviel ist es?“

„Nur eine Kleinigkeit“, flüsterte Mr. Moses aus der Cursitor Street, Chancery Lane, der Assistent des Friedensrichters von Middlesex, „hundertsechsundsechzig Pfund sechseinhalb Schilling, auf Antrag von Mr. Nathan.“

„Leihen Sie mir bloß um Gottes willen hundert Pfund, Wenham!“ bat der arme Rawdon, „zu Hause habe ich siebzig.“

„Ich besitze auf der ganzen Welt keine zehn Pfund", erwiderte der arme Mr. Wenham. „Gute Nacht, mein Lieber!"

„Gute Nacht!" sagte Rawdon kummervoll. Wenham ging fort, und Rawdon Crawley rauchte seine Zigarre zu Ende, während der Wagen durch den Torweg des Gerichtsgebäudes fuhr.

52. Kapitel

Lord Steyne zeigt sich in sehr liebenswürdigem Licht

Wenn Lord Steyne jemandem etwas Gutes antun wollte, tat er es nicht nur halb. So gereichte auch seine Güte gegenüber der Familie Crawley seiner Menschenkenntnis zur größten Ehre. Der Lord dehnte sein Wohlwollen auch auf den kleinen Rawdon aus. Er wies die Eltern darauf hin, wie notwendig es sei, den Knaben in eine gute Schule zu schicken. Denn er war nunmehr in einem Alter, da ihm der Wetteifer mit den andern, die Grundlagen der lateinischen Sprache, Boxübungen und das Zusammenleben mit anderen Jungen von größtem Nutzen sein würden. Der Vater wandte ein, er sei nicht reich genug, um das Kind auf eine gute Schule zu schicken, und die Mutter erklärte, die Briggs sei eine ausgezeichnete Lehrerin für ihn und habe ihn (was auch tatsächlich der Fall war) im Englischen, in den Anfangsgründen des Lateinischen und in allgemeinen Kenntnissen prächtig vorangebracht. Aber alle diese Einwände zerschmolzen vor der eigenwilligen Großmut Lord Steynes. Der Lord gehörte zum Vorstand jenes berühmten alten Instituts, das unter dem Namen Whitefriars bekannt ist. In alten Zeiten war es ein Zisterzienserkloster gewesen, während das benachbarte Smithfield ein Turnierplatz war. Hartnäckige Ketzer brachte man in dieses Kloster, um sie später dicht daneben zu verbrennen. Heinrich VIII., der Verteidiger des Glaubens, ergriff Besitz von dem Kloster und seinen Ländereien und ließ einige Mönche, die sich dem Gang seiner Reformen nicht anpassen konnten, foltern und aufhängen. Schließlich erwarb ein reicher Kaufmann das Haus und den angrenzenden Grund und Boden. Mit Hilfe weiterer großzügiger Spenden an Land und Geld errichtete er darauf ein bekanntes Stift für Alte und Kinder. Eine Schule erstand neben dem alten, fast klösterlichen Haupthaus, das immer noch mit seinen mittelalterlichen Gebäuden fortbesteht. Alle Zisterzienser beten darum, daß es noch lange blühen und gedeihen möge.

Zum Vorstand dieses berühmten Hauses gehören einige der vornehmsten Adligen, Prälaten und Würdenträger Englands. Da die Knaben sehr gut untergebracht, ernährt und erzogen werden und in der Folge leicht gute Stipendien an der Universität und Pfründen in der Kirche erhalten, werden hier viele kleine Gentlemen vom zartesten Alter an dem kirchlichen Dienst geweiht, und die Nachfrage nach freien Stellen in dem Stift ist sehr beträchtlich. Ursprünglich war es für die Söhne armer, aber würdiger Geistlicher und Laien gedacht. Viele der adligen Vorsteher des Instituts jedoch wählten in weitherzigem und ziemlich launischem Wohlwollen die verschiedensten Objekte für ihre Großherzigkeit. Umsonst eine gute Erziehung zu bekommen und für die Zukunft Unterhalt und Beruf gesichert zu sehen war eine so ausgezeichnete Gelegenheit, daß selbst schwerreiche Leute nicht verschmähten, sie zu ergreifen. Nicht nur die Verwandten hoher Herrschaften, auch vornehme Leute selbst schickten ihre Söhne dorthin, um diese Gelegenheit auszunützen. Ehrwürdige Kirchenfürsten sandten ihre eigenen Verwandten oder die Söhne ihrer Geistlichen hin, während mancher vornehme Edelmann andrerseits sich nicht für zu gut hielt, für die Kinder seines Kammerdieners zu sorgen. So fand ein Junge, der in dieses Institut eintrat, eine äußerst vielgestaltige jugendliche Gesellschaft vor.

Obwohl Rawdon Crawley außer dem Rennkalender kein anderes Buch las und obwohl sich seine Erinnerungen an vornehme Erziehung hauptsächlich mit den Prügeln verbanden, die er als Kind in Eton bekommen hatte, hegte er doch wie alle Engländer eine anständige, aufrichtige Achtung vor der klassischen Bildung und freute sich sehr, daß sein Sohn vielleicht für das Leben versorgt sein und Gelegenheit haben würde, ein Gelehrter zu werden. Allerdings war der Knabe sein größter Trost und bester Gefährte, ihm durch tausend kleine Bande lieb und teuer, worüber er mit seiner Frau möglichst nicht sprach; denn sie hatte stets nur völlige Gleichgültigkeit ihrem Sohn gegenüber gezeigt. Trotz alledem war Rawdon sofort bereit, sich von dem Kind zu trennen und seinen eigenen größten Trost um des Heils des kleinen Burschen willen zu entbehren. Aber erst, da er das Kind wirklich gehen lassen mußte, merkte er, wie lieb er es hatte. Als es weg war, war er trauriger und niedergeschlagener, als er sich eingestehen wollte – viel trauriger auch als der Knabe selbst, der sich freute, in einen neuen Lebensabschnitt einzutreten und gleichaltrige Kameraden zu finden. Becky lachte den Oberst ein paarmal aus, wenn er in seiner ungeschickten, stockenden Art versuchte, seinem sentimentalen Kummer über den Weggang des Jungen Ausdruck zu geben. Der arme Kerl fühlte, daß ihm seine liebste Freude, sein bester Freund genommen war. Oft blickte er voll Sehnsucht auf das leere kleine Bett in seinem Ankleidezimmer, wo das Kind geschlafen hatte. Des Morgens vermißte er es bitter und versuchte vergebens, allein im Park spazierenzugehen. Erst als der kleine Rawdon fort war, erkannte er, wie einsam er war. Er hatte die Menschen gern, die für ihn etwas übrighatten. So ging er oft zu seiner gutherzigen Schwägerin Lady Jane und blieb stundenlang bei ihr, um mit ihr über den guten Charakter, das gute Aussehen und hundert andere gute Eigenschaften des Kindes zu sprechen.

Wie wir schon erwähnten, hatte die Tante den kleinen Rawdon sehr lieb, ebenso wie ihre kleine Tochter, die zahlreiche Tränen vergoß, als für ihren Vetter der Tag der Abreise kam. Der alte Rawdon war Mutter und Tochter für ihre Liebe sehr dankbar. In diesen offenherzigen Ergüssen seines väterlichen Empfindens, denen er sich, wenn er bei ihnen war, ermutigt durch ihr Mitgefühl, hingab, kamen die besten, ehrlichsten Gefühle des Mannes zutage. Durch die Empfindungen, die er dabei zeigte, erwarb er sich nicht nur Lady Janes Freundschaft, sondern auch ihre uneingeschränkte Achtung. Seiner Frau konnte er freilich von diesen Dingen nichts erzählen. Die beiden Schwägerinnen trafen sich so selten wie möglich. Becky lachte verächtlich über Janes weiches, gefühlvolles Herz, während das freundliche, sanfte Gemüt der anderen nicht umhin konnte, sich gegen das eiskalte Benehmen der Schwägerin zu empören.

All das entfremdete Rawdon seiner Frau mehr, als er wußte oder sich eingestand. Sie kümmerte sich nicht um diese Entfremdung. Sie vermißte ihn ebensowenig wie irgend jemand anderen. Sie betrachtete ihn als ihren Botengänger und demütigen Sklaven. Er konnte noch so niedergeschlagen und mürrisch sein, sie merkte nichts davon oder tat es mit einem spöttischen Lachen ab. Sie beschäftigte sich mit nichts anderem als damit, an ihre Stellung, ihr Vergnügen und ihr Fortkommen in der Gesellschaft zu denken. Ein bedeutender Platz in dieser Gesellschaft stand ihr auf alle Fälle zu, soviel ist sicher!

Die gute Briggs hatte für den Knaben den Tornister fertiggepackt, den er in die Schule mitnehmen sollte. Das Dienstmädchen Molly schluchzte im Korridor, als er wegging, Molly, die immer freundlich war und treu blieb, obgleich sie mit ihrem Lohn sehr im Rückstand war. Mrs. Becky wollte ihrem Mann nicht den Wagen geben, um den Sohn in die Schule zu bringen. Die Pferde nehmen, um in die Stadt zu fahren! Das war unerhört! Soll er doch eine Mietkutsche kommen lassen! Sie machte keine Anstalten, dem Sohn zum Abschied einen Kuß zu geben, und auch das Kind versuchte nicht, sie zu umarmen. Dagegen küßte er die alte Briggs, der gegenüber er gewöhnlich mit Liebkosungen sehr zurückhaltend war. Er tröstete sie mit dem Versprechen, daß er ja jeden Samstag kommen werde, und dann würde sie die Freude haben, ihn zu sehen. Als die Mietkutsche nach der Stadt rollte, ratterte Beckys Wagen nach dem Park ab. An der Serpentine plauderte sie lachend mit einem Dutzend junger Dandys, während Vater und Sohn durch die alten Tore die Schule betraten. Dort verließ Rawdon das Kind, und er kam mit einem traurigeren, reineren Gefühl im Herzen zurück, als es der arme, geschlagene Kerl vielleicht je gekannt hatte, seit er selbst die Kinderschuhe ausgezogen hatte.

Trübselig ging er den ganzen Weg zu Fuß zurück und aß allein mit der Briggs zu Abend. Er war sehr freundlich zu ihr und dankte ihr für die Liebe und Wachsamkeit, die sie dem Knaben erwiesen hatte. Ihm schlug das Gewissen, daß er von der Briggs Geld geborgt und mitgeholfen hatte, sie zu betrügen. Sie sprachen lange über den kleinen Rawdon; denn Becky kam nur nach Hause, um sich umzuziehen, und ging dann wieder weg. Dann eilte er voller Unruhe zu Lady Jane und erzählte ihr, was geschehen war: was für ein Prachtkerl der kleine Rawdon doch war, daß er einen Überrock und kurze Kniehosen tragen würde und daß der junge Blackball, der Sohn seines alten Regimentskameraden Jack Blackball, ihn in seine Obhut genommen und versprochen habe, freundlich zu ihm zu sein.

Im Laufe einer Woche hatte der junge Blackball den kleinen Rawdon zu seinem Burschen ernannt, der ihm die Schuhe putzen und das Frühstücksbrot rösten mußte. Er weihte ihn in die

Geheimnisse der lateinischen Grammatik ein und verprügelte ihn drei- oder viermal, jedoch nicht zu hart. Sein gutherziges, ehrliches Gesicht gewann dem kleinen Burschen alle Herzen. Er bekam nur soviel Schläge, wie zweifellos gut für ihn war. Und was das Schuhputzen, Brotrösten und allerlei andere

Dienste angeht – werden diese Pflichten nicht bei der Erziehung jedes jungen Engländers für notwendig erachtet?

Doch wir haben uns hier nicht mit der nächsten Generation und mit Master Rawdons Erfahrungen in der Schule zu befassen, sonst würde diese Erzählung unendlich lang werden.

Bald danach besuchte der Oberst seinen Sohn und fand den kleinen Burschen zufrieden und recht wohlauf vor, wie er lachend in dem schwarzen Röckchen und den Kniehosen herumlief.

Der Vater schenkte Blackball, dem Lehrherrn seines Jungen, in kluger Voraussicht ein Goldstück und sicherte dadurch dem kleinen Burschen das Wohlwollen dieses jungen Herrn. Als Protegé des großen Lord Steyne, als Neffe eines Parlamentsmitgliedes aus der Provinz und als Sohn eines Obersten und Ritters des Bath-Ordens, dessen Name in der *Morgenpost* bei den vornehmen Gesellschaften erwähnt wurde, war das Kind einer nicht unfreundlichen Behandlung seitens der Schulleitung von vornherein sicher. Er erhielt ein reichliches Taschengeld, das er dazu verwandte, seine Kameraden großzügig zu Himbeertorte einzuladen. Samstags durfte er häufig nach Hause fahren, wo sein Vater dann stets einen Festtag aus seinem Besuch machte. Wenn Rawdon frei war, nahm er den Jungen mit ins Theater, oder er schickte ihn mit dem Diener dorthin. Am Sonntag ging er mit der Briggs und Lady Jane und deren Kindern in die Kirche. Rawdon staunte über seine Schulgeschichten, seine Schlägereien und seine Aufgaben als Bursche. Binnen kurzem kannte der Vater die Namen aller Lehrer und der großen Jungen, die eine führende Rolle spielten, genausogut wie der kleine Rawdon. Er lud des Kleinen Schulfreund mit ein, und nach der Vorstellung überfütterte er die beiden Kinder mit Süßigkeiten, Austern und Bier. Er versuchte, eine weisheitsvolle Miene aufzusetzen, wenn der kleine Rawdon ihm zeigte, wie weit er in der lateinischen Grammatik war. „Bleib nur fest dabei!“ ermahnte er ihn mit großem Ernst; „es gibt nichts, was einer klassischen Bildung gleichkommt, das kannst du mir glauben!“

Beckys Verachtung für ihren Mann wuchs von Tag zu Tag. „Tu, was du magst, iß, mit wem du willst, oder geh zu Astley und trink Ingwerbier oder singe Psalmen mit Lady Jane – nur erwarte nicht von mir, daß ich mich mit dem Jungen beschäftige! Ich habe genug damit zu tun, deine Interessen zu vertreten, da du das ja allein nicht kannst. Ich möchte wissen, wo du jetzt wärst und was für eine Stellung in der Gesellschaft du hättest, wenn ich mich nicht darum gekümmert hätte!“ Das war ganz richtig. Bei den Gesellschaften, zu denen Becky jetzt ging, verlangte niemand nach dem armen alten Rawdon. Oft wurde sie schon ohne ihn eingeladen. Sie sprach von vornehmen Leuten, ganz als ob May Fair ihr allein gehöre, und stets trug sie Schwarz, wenn Hoftrauer war.

Nachdem für den kleinen Rawdon gesorgt war, meinte Lord Steyne, der an der liebenswerten armen Familie so väterlichen Anteil nahm, daß sich deren Ausgaben durch die Entlassung von Miss Briggs vorteilhaft vermindern ließen. Becky war gewiß klug genug, um allein mit dem Haushalt fertigzuwerden. In einem früheren Kapitel hatten wir bereits erzählt, wie dieser hochherzige Edelmann seinem Schützling Geld gegeben hatte, damit sie ihre kleinen Schulden an Miss Briggs abzahlen könne. Doch Miss Briggs blieb unverändert weiter bei ihren Freunden. Daraus zog der Lord den schmerzlichen Schluß, daß Mrs. Crawley das Geld zu irgendeinem anderen Zweck verwandt hatte als zu dem, für den ihr großzügiger Gönner ihr das Darlehn gegeben hatte. Lord Steyne war jedoch nicht so unhöflich, über seinen diesbezüglichen Verdacht mit Mrs. Becky zu sprechen. Sie hätte sich ja durch eine Unterredung über ihre Geldangelegenheiten verletzt fühlen können, und sie mochte tausend bittere Gründe dafür haben, daß sie das edelmütige Darlehn des Lords anderweitig verbraucht hatte. Dennoch beschloß er, der Sache auf den Grund zu gehen, und zog auf sehr vorsichtige und taktvolle Art Erkundigungen ein.

Zunächst benutzte er die erste beste Gelegenheit, Miss Briggs auszufragen. Das war kein schwieriges Unternehmen. Es bedurfte nur geringer Ermunterungen, daß die gute Frau geschwätzig drauflosplauderte und ihr ganzes Herz ausschüttete. Eines Tages war Mrs. Rawdon ausgefahren, was Mr. Fiche, der Kammerdiener des Lords, leicht in dem Mietstall erfuhr, wo die Crawleys sich Pferd und Wagen hielten. Da sprach Lord Steyne in der Curzon Street vor, bat Miss Briggs um eine Tasse Kaffee, erzählte ihr, daß er aus der Schule gute Nachrichten über den kleinen Jungen habe, und in fünf Minuten hatte er aus ihr herausgeholt, daß Mrs. Rawdon ihr nichts gegeben hatte außer einem schwarzen Seidenkleid, wofür Miss Briggs ihr unendlich dankbar war.

Er lachte innerlich über diese harmlose Erzählung, denn unsere liebe Freundin Rebekka hatte ihm eingehend darüber berichtet, wie sehr die Briggs sich über das Geld gefreut habe, elfhundertfünfundzwanzig Pfund, und in was für Papieren sie es angelegt habe. Bekümmert hatte sie erklärt, wie schmerzlich es für sie gewesen sei, eine so schöne Summe Geldes weggeben zu müssen. Vielleicht hatte die Teure auch im stillen gedacht: Möglicherweise gibt er mir noch ein bißchen mehr, wer weiß? Der Lord machte der kleinen Intrigantin jedoch keinen solchen

Vorschlag. Wahrscheinlich meinte er, er sei wahrhaftig großzügig genug gewesen.

Dann fragte er Miss Briggs voll Neugierde, wie es mit ihren Privatangelegenheiten stünde, und sie berichtete dem Lord offenherzig, wie ihre Lage sei: daß Miss Crawley ihr etwas Geld vermacht habe, daß die Verwandten einen Teil davon verbraucht hätten, daß Oberst Crawley einen anderen Teil angelegt habe, wofür sie die besten Sicherheiten und Zinsen habe, und daß Mr. und Mrs. Rawdon sich freundlicherweise mit Sir Pitt in Verbindung gesetzt hätten, damit er den Rest möglichst vorteilhaft anlegen solle, sobald er Zeit dazu finde. Der Lord erkundigte sich, wieviel der Oberst bereits für sie angelegt habe, und Miss Briggs teilte ihm ohne Zögern der Wahrheit gemäß mit, daß die Summe sechshundert Pfund und einiges betrage.

Sobald die Geschichte jedoch heraus war, bereute die geschwätzige Briggs ihre Offenherzigkeit und flehte den Lord an, Mrs. Crawley von diesen Geständnissen nichts zu sagen. Der Oberst sei so freundlich, er könnte verletzt sein und das Geld zurückzahlen, für das sie sonst nirgendwo so hohe Zinsen bekommen würde. Lord Steyne versprach ihr lachend, er würde nichts von ihrer Unterhaltung weitertragen, und als er sich von Miss Briggs verabschiedete, lachte er noch mehr.

Was für ein vollendeter kleiner Teufel ist sie doch! dachte er. Was für eine ausgezeichnete Schauspielerin! Wie gut sie ihre Sache versteht! Um ein Haar hätte sie mir neulich noch mehr Geld abgeschmeichelt. Sie schlägt alle Frauen, die ich je im Laufe meines gut angewandten Lebens getroffen habe. Im Vergleich zu ihr sind sie unschuldige Kindlein. Ich selbst aber bin ihr gegenüber ein Grünschnabel und Narr. Im Lügen ist sie ganz unübertrefflich! Bei diesem Beweis von ihrer Klugheit stieg Lord Steynes Bewunderung für Becky ins Unermeßliche. Sich das Geld zu verschaffen war nichts, aber sich die doppelte Summe von dem zu verschaffen, was sie brauchte, und niemandem etwas zurückzuzahlen, das war ein toller Streich. Und Crawley, dachte der Lord, Crawley ist gar nicht so dumm, wie er aussieht und wirkt. Er hat für seinen Teil die Sache ganz schlau angefangen. Seinem Gesicht und Benehmen nach zu urteilen, hätte niemand auch nur im entferntesten vermutet, daß er von dieser ganzen Geldgeschichte etwas wisse, und doch muß er sie wohl erst dazu verleitet haben, und zweifellos hat er das Geld verbraucht. – Hierin irrte sich der Lord, wie wir wissen. Doch beeinflußte diese Sache sein Benehmen dem

Oberst gegenüber nicht wenig, so daß er von nun an Crawley gegenüber auch den letzten Schimmer von Respekt fallen ließ, mit dem er ihn bisher behandelt hatte. Mrs. Crawleys Gönner kam es nie in den Sinn, daß die kleine Frau sich ein Privatvermögen ansammeln könnte. Er beurteilte eben – wenn schon die Wahrheit gesagt werden muß – Oberst Crawley nach den Erfahrungen, die er im Laufe seines langen, gut angewandten Lebens, das ihn manche menschliche Schwäche kennen gelehrt hatte, mit anderen Ehemännern gemacht hatte. Mylord hatte sich in seinem Leben so viele Männer gekauft, daß man es ihm gewiß verzeihen sollte, wenn er auch hier glaubte, den Preis dieses einen herausgefunden zu haben.

Bei der allernächsten Gelegenheit, als er Becky allein traf, hielt er ihr die Sache vor und machte ihr gutgelaunt Komplimente über ihre Schlauheit, mit der sie sich mehr Geld verschafft, als sie benötigt hatte. Becky war nicht allzu bestürzt. Das liebe Geschöpfchen pflegte an sich Unwahrheiten nur dann zu sagen, wenn die Notwendigkeit sie dazu zwang. In solch einem äußersten Notfall log sie dann allerdings freiweg. Im Handumdrehen hatte sie eine andere nette, plausible Geschichte bereit, die sie ihrem Gönner vorsetzte. Was sie früher gesagt habe, sei eine Lüge gewesen, eine gottlose Lüge, das gebe sie zu: aber wer hatte sie dazu getrieben? „Ach, Mylord“, sagte sie, „Sie wissen nicht, was ich alles leiden und schweigend ertragen muß. Sie sehen mich stets nur fröhlich und glücklich, aber Sie ahnen nicht, was ich zu erdulden habe, wenn mir kein Beschützer nahe ist! Mein Mann hat mich durch Drohungen und entsetzliche Behandlung gezwungen, Sie um jene Summe zu bitten, um derentwegen ich Sie belog. Da er voraussah, daß Sie mich über die Verwendung des Geldes ausfragen würden, zwang er mich zu jenen Angaben, die ich Ihnen gemacht habe. Er nahm das Geld an sich und sagte mir, er habe es an Miss Briggs zurückgezahlt. Ich wollte und wagte nicht, an seinen Worten zu zweifeln. Verzeihen Sie einem verzweifelten Mann das Unrecht, das zu begehen er gezwungen ist, und haben Sie Mitleid mit einem elenden, unglücklichen Weib!“ Bei diesen Worten brach sie in Tränen aus. Verfolgte Tugend hat nie unglücklicher und bezaubernder ausgesehen!

Während sie in Mrs. Crawleys Wagen kreuz und quer durch den Regent's Park fuhren, hatten sie eine lange Unterredung, deren Einzelheiten wir hier nicht zu wiederholen brauchen. Das Ergebnis jedenfalls war, daß Becky, nach Hause gekommen, lächelnd zu ihrer lieben Briggs eilte und ihr verkündete, sie habe eine wundervolle Nachricht für sie. Lord Steyne habe sich außerordentlich edel und hochherzig gezeigt. Er denke stets nur daran, wie und wo er Gutes tun könne. Nun der kleine Rawdon in der Schule sei, brauche sie eine Gefährtin und Freundin nicht mehr so nötig. Es tue ihr zwar unendlich leid, sich von ihr, Miss Briggs, zu trennen, aber ihre Mittel verlangten, daß sie sich so weit wie möglich einschränke. Ihr Kummer werde jedoch durch den Gedanken gemildert, daß die liebe Briggs bei ihrem großmütigen Gönner weitaus besser versorgt sei als in ihrem bescheidenen Haus. Mrs. Pilkington, die Haushälterin auf Gauntly Hall, sei außerordentlich alt, schwach und rheumatisch geworden; sie sei der Aufgabe, dieses weiträumige Herrenhaus zu überwachen, nicht mehr gewachsen und müsse sich nach einer Nachfolgerin umsehen. Es sei eine glänzende Stellung. Die Familie komme in zwei Jahren kaum einmal nach Gauntly. In der übrigen Zeit sei die Haushälterin Herrin dieses prächtigen Schlosses, habe täglich vier Mahlzeiten, empfange Besuche der Geistlichen und der achtbarsten Leute der Grafschaft, kurz, sie sei praktisch die Herrin von Gauntly. Die beiden Vorgängerinnen von Mrs. Pilkington hätten Pfarrer aus Gauntly geheiratet, nur Mrs. Pilkington habe das nicht gekonnt, da sie die Tante des jetzigen Pfarrherrn sei. Sie solle die Stelle nicht sofort antreten, sondern erst einmal zu Mrs. Pilkington hinausfahren und sehen, ob es ihr dort gefalle und sie deren Nachfolgerin werden wolle.

Wie soll man die überschwengliche Dankbarkeit der Briggs mit Worten schildern? Die einzige Bedingung, die sie stellte, war die, daß der kleine Rawdon sie da draußen in dem Schloß besuchen dürfe. Becky versprach es, versprach alles. Als ihr Mann nach Hause kam, lief sie zu ihm hinauf und teilte ihm die freudige Nachricht mit. Rawdon war froh, verteufelt froh. Ihm war wegen des Geldes der armen Briggs ein Stein vom Herzen genommen. Sie war nun für alle Fälle versorgt, aber – er war beunruhigt. Irgendwie war ihm die Sache nicht ganz behaglich. Er erzählte dem kleinen Southdown, was Lord Steyne getan hatte, und der junge Mann sah ihn mit einem Blick an, der Crawley überraschte.

Er erzählte auch Lady Jane von diesem zweiten Beweis von Steynes Großmut, und sie blickte ebenfalls seltsam und beunruhigt drein, genau wie Sir Pitt. „Sie ist zu klug und – und zu lebenslustig, als daß sie allein, ohne Begleitung, von einer Gesellschaft zur anderen ziehen dürfte", sagten beide. „Du mußt mitgehen, Rawdon, wohin sie auch geht, und du mußt dafür sorgen, daß stets jemand bei ihr ist, vielleicht eines der Mädchen aus Queen's Crawley, obzwar sie etwas leichtsinnige Hüterinnen wären."

Becky sollte also jemanden haben. Inzwischen aber durfte die gute Briggs natürlich die günstige Gelegenheit, bis an ihr Lebensende versorgt zu sein, nicht versäumen. So wurde sie samt ihren Koffern verpackt und machte sich auf die Reise. Zwei von Rawdons Vorposten waren nun also schon in den Händen des Feindes.

Eines Tages erschien Sir Pitt und machte seiner Schwägerin Vorhaltungen über die Entlassung der Briggs und über andere heikle Familienangelegenheiten. Vergeblich versuchte sie ihm klarzumachen, wie notwendig ihr armer Mann Lord Steynes Protektion brauche und wie grausam es von ihnen gewesen wäre, die Briggs um die angebotene Stellung zu bringen. Schmeicheleien, Überredungskünste, Lächeln und Tränen, durch nichts konnte sie Sir Pitt beruhigen. Er geriet fast in Streit mit der einst von ihm so bewunderten Becky. Er sprach von der Ehre der Familie, dem unbefleckten Ruf der Crawleys. Er entrüstete sich darüber, daß sie diese jungen Franzosen empfing, diese wilden jungen Lebemänner, genau wie Lord Steyne selbst, dessen Wagen dauernd vor ihrer Tür stehe, der täglich lange Stunden bei ihr verbringe und dessen ständige Gegenwart die Welt veranlasse, über sie zu reden. Als Haupt der Familie flehte er sie an, vorsichtiger zu sein. In der Gesellschaft spreche man bereits geringschätzig von ihr; Lord Steyne sei zwar ein Edelmann von höchstem Stande und größten Talenten, aber dennoch ein Mann, dessen Aufmerksamkeit jede Frau kompromittiere. Er ersuchte seine Schwägerin, er flehte sie an, ja er befahl ihr, in ihrem Verkehr mit diesem Edelmann auf der Hut zu sein.

Becky versprach alles und jedes, was Pitt wollte. Lord Steyne indes besuchte sie so oft wie zuvor, und Sir Pitts Ärger wuchs. Ob Lady Jane wohl ärgerlich oder erfreut darüber war, daß ihr Mann endlich an seinem Liebling Rebekka etwas auszusetzen fand? Da Lord Steyne seine Besuche fortsetzte, blieben die seinen aus. Seine Frau war sogar dafür, allen weiteren Verkehr mit dem Marquis abzubrechen und auch die Einladung zu dem Scharadenabend, die die Marquise ihr geschickt hatte, abzulehnen. Doch Sir Pitt hielt es für notwendig, sie anzunehmen, da Seine Königliche Hoheit zugegen sein würde.

Obwohl Sir Pitt zu der fraglichen Gesellschaft erschien, verließ er sie doch sehr zeitig, und seine Frau war froh, weggehen zu können. Becky hatte kaum ein Wort mit ihm gesprochen und die Schwägerin so gut wie gar nicht beachtet. Pitt Crawley erklärte, ihr Benehmen sei unglaublich und unmöglich. In starken Ausdrücken tadelte er das Theaterspielen und Sichverkleiden, das sich für eine britische Frau nicht schicke. Nachdem die Scharaden vorüber waren, nahm er sich seinen Bruder Rawdon gehörig vor, weil er selbst mitgespielt und seiner Frau erlaubt habe, an derartigen unziemlichen Schaustellungen teilzunehmen.

Rawdon versprach, daß sie nicht wieder zu solchen Vergnügungen gehen dürfe. Er war indes – vielleicht infolge der Andeutungen seines älteren Bruders und seiner Schwägerin – bereits ein sehr wachsamer, musterhafter häuslicher Ehemann geworden. Klubs und Billard hatte er aufgegeben. Er ging nie allein aus. Er fuhr mit Becky aus und begleitete sie unvermeidlich zu allen ihren Gesellschaften. Lord Steyne mochte kommen, wann er wollte, immer fand er den Obersten vor. Und wenn Becky ohne ihren Mann ausgehen wollte oder Einladungen nur für sich selbst erhielt, verlangte er kategorisch, daß sie absage. In seiner Art lag dann etwas, was Gehorsam erzwang. Die kleine Becky war von der Ritterlichkeit ihres Mannes bezaubert (wir wollen ihr nicht Unrecht tun!). Wenn er schlechter Laune war, sie war es nie. Ob Freunde da waren oder nicht, stets hatte sie ein freundliches Lächeln für ihn und sorgte für sein Vergnügen und seine Behaglichkeit. Es war wieder wie einst in der ersten Zeit ihrer Ehe; dieselbe gute Laune, Zuvorkommenheit, Fröhlichkeit und unschuldige, vertrauensvolle Liebe herrschten zwischen ihnen. „Wieviel netter ist es doch, dich neben mir im Wagen zu haben als die dumme alte Briggs!“ pflegte sie zu sagen. „So soll es immer bleiben, lieber Rawdon! Wie schön wäre es und wie glücklich würden wir immer sein, wenn wir nur Geld hätten!“ Nach dem Essen schlief er in seinem Stuhle ein. Er sah nicht das furchtbar abgespannte, müde Gesicht ihm gegenüber. Doch sobald er erwachte, hellte es sich zu neuem, frischem Lächeln auf, und sie küßte ihn fröhlich. Er wunderte sich, daß er je argwöhnisch gegen sie gewesen war. Nein, das war ganz unnötig; all die stillen Zweifel und düsteren Befürchtungen, die seine Seele bedrückt hatten, waren bloß müßige

Eifersucht gewesen. Sie hatte ihn lieb, hatte ihn immer liebgehabt. Daß sie in Gesellschaft so glänzte, war schließlich nicht ihre Schuld; sie war dazu geschaffen. Gab es denn eine andere Frau, die sich unterhalten, singen und allerlei anderes konnte wie sie? Wenn sie nur den Jungen gern hätte! dachte Rawdon. Aber Mutter und Sohn konnte man wohl nie zusammenbringen.

Während Rawdons Herz noch von diesen Zweifeln und Ängsten erfüllt war, ereignete sich der im vorigen Kapitel erwähnte Vorfall. Der unglückliche Oberst sah sich als Gefangener fern von seinem Heim.

53. Kapitel

Rettung und Katastrophe

Freund Rawdon fuhr also zu Mr. Moses' Haus in der Cursitor Street und wurde in diesem traurigen, gastfreien Haus gebührend eingeführt. Der Morgen brach über den freundlichen Dächern von Chancery Lane an, als der heranratternde Wagen das Echo weckte. Ein triefäugiger kleiner Judenbengel mit einem Kopf, so rot wie die aufgehende Sonne, führte die Gesellschaft ins Haus. Im Erdgeschoß wurde Rawdon von Mr. Moses, seinem Reisegefährten und Gastgeber, willkommen geheißen. Heiteren Tones fragte Mr. Moses ihn, ob er nach der Fahrt nicht etwas Warmes zu trinken haben möchte.

Als der Oberst sich nun im Schuldgefängnis sah, war er nicht so niedergeschlagen, wie es viele andere Sterbliche gewesen wären, wenn sie soeben einen Palast und die teure Gattin hätten verlassen müssen. Denn gestehen wir es nur: er hatte schon ein paar Male in Mr. Moses' Haus gewohnt. Wir haben es im Verlauf dieser Erzählung bislang nicht für nötig gehalten, diese belanglosen kleinen häuslichen Zwischenfälle zu erwähnen. Der Leser kann jedoch sicher sein, daß sie im Leben eines Mannes, der von nichts lebt, häufig vorkommen.

Als der Oberst Mr. Moses zum erstenmal besuchte, war er, damals noch Junggeselle, durch die Großmut seiner Tante befreit worden. Bei dem zweiten Unglücksfall hatte Becky in ihrer hochherzigen Liebe von Lord Southdown Geld geliehen und den Gläubiger ihres Mannes (ihren Schal-, Samt-, Spitzentaschentuch-, Schmuck- und Flitterlieferanten) überredet, einen Teil der von ihm beanspruchten Summe anzunehmen und für das übrige sich mit einem von Rawdon unterschriebenen Schuldschein zufriedenzugeben. So waren bei beiden Gelegenheiten Gefangennahme und Freilassung mit größter Höflichkeit auf allen Seiten vor sich gegangen, und Moses und der Oberst standen daher auf bestem Fuße miteinander.

„Sie finden noch Ihr altes Bett, Herr Oberst, und jede Bequemlichkeit“, erklärte er, „das kann ich ehrlich behaupten. Sie können sicher sein, daß die Luft in Ihrem Zimmer oft erneuert wurde, und noch dazu von der besten Gesellschaft. In der letzten Nacht hat dort der ehrenwerte Hauptmann Famish von den fünfzigsten Dragonern geschlafen. Den hat seine Mama herausgeholt, nach vierzehn Tagen erst; um ihn zu bestrafen, sagte sie. Aber ach du meine Güte, ich kann Ihnen versichern, er hat meinen Champagner bestraft! Jeden Abend hatte er hier eine Gesellschaft, richtige piekfeine Dandys aus den Klubs von Westend, Hauptmann Ragg, den ehrenwerten Deuceace, der im Temple wohnt, und ein paar Burschen, die sich auf guten Wein verstehen, das kann ich Ihnen sagen! Oben habe ich einen Theologen und im Kaffeesalon fünf Herren. Um halb sechs hat Mrs. Moses eine Table d'hote und hinterher ein bißchen Musik und Kartenspiel, wobei wir Sie mit größtem Vergnügen begrüßen würden!“

„Ich werde läuten, wenn ich etwas brauche“, sagte Rawdon und begab sich ruhig in sein Schlafzimmer. Er war, wie gesagt, ein alter Soldat und durch kleine Schicksalsschläge nicht so leicht zu erschüttern. Ein Schwächerer würde sofort nach der Gefangennahme an seine Frau geschrieben haben. Aber was hat es schon für einen Zweck, sie in ihrer Nachtruhe zu stören? dachte Rawdon. Sie merkt ja doch nicht, ob ich in meinem Zimmer bin oder nicht, es ist noch Zeit genug, ihr zu schreiben, wenn sie ausgeschlafen hat und ich auch. Es sind ja nur hundertsiebzig, und es müßte doch mit dem Teufel zugehen, wenn wir das nicht aufbringen könnten! Während der Oberst sich in das zuletzt von Hauptmann Famish benutzte Bett begab, dachte er an den kleinen Rawdon. Er hätte es allerdings nicht gern gesehen, wenn der Junge gewußt hätte, in was für einem merkwürdigen Haus er sich befand. Dann schlief er ein. Es war zehn Uhr, als er erwachte. Der rothaarige Junge brachte ihm sichtlich stolz einen feinen silbernen Toilettenkasten, damit er sich rasieren konnte. Mr. Moses' Haus war wirklich glänzend eingerichtet, wenn auch etwas schmutzig. Auf der Anrichte standen ständig schmutzige Tabletts und Weinkühler. Vor den vergitterten Fenstern, die auf die Cursitor Street hinausgingen, hingen von schmutzigen, ehemals vergoldeten Gardinenstangen schmierige gelbe Atlasvorhänge herab. Breite schmutzige Goldrahmen umgaben Jagd- und Heiligenbilder. Alle waren sie Werke großer Meister und erzielten bei den Transaktionen, in deren Verlauf sie immer wieder verkauft und gekauft wurden, die höchsten Preise. Der Oberst bekam das Frühstück auf ebenso schmierigem wie prachtvollem Geschirr serviert. Miss Moses, ein dunkelhäutiges Mädchen mit Lockenwicklern, erschien mit der Teekanne und erkundigte sich freundlich, wie der Oberst geschlafen habe. Sie brachte ihm die *Morgenpost* mit den Namen all der vornehmen Leute, die am Abend zuvor bei Lord Steyne zugegen gewesen waren. In einem glänzenden Bericht wurden das Fest und die bewunderungswürdige Leistung der schönen, talentierten Mrs. Rawdon Crawley geschildert.

Während des Frühstücks plauderte der Oberst lebhaft mit der Dame, die sich in lässiger Haltung auf den Rand des Tisches gesetzt hatte und dabei einen Teil ihres Strumpfes und einen ehemals weißen Atlasschuh mit schiefem Absatz sehen ließ. Dann verlangte Oberst Crawley Feder, Tinte und Papier und nahm auf die Frage, wieviel er davon brauche, einen Bogen, den Miss Moses ihm zwischen zwei Fingern reichte. Das dunkeläugige Fräulein hatte viele Bogen mitgebracht, denn manche dieser armen Kerle kritzelten mit zahlreichen Klecksen lange eilige Bittbriefe hin und schritten dann in dem furchtbaren Raum auf und ab, bis der Bote die Antwort brachte. Arme Leute benutzen immer einen Boten statt der Post. Wer hat nicht schon solche Briefe bekommen mit noch feuchtem Siegel und der Mitteilung, daß unten jemand warte?

Wegen seines Anliegens hatte Rawdon eigentlich keine Bedenken.

„Liebe Becky“, schrieb er, „*ich hoffe, Du hast gut geschlafen*! Bekomm keinen *Schreck*, wenn nicht ich dir den *Kaffee* hereinbringe! Als ich letzte Nacht rauchend nach Hause ging, hatte ich einen *Unfall*. Mr. Moses aus der Cursitor Street hat mich *aufgegriffen*, und so schreibe ich jetzt aus seinem *prunkvollen vergoldeten Salon*, demselben, der mich schon vor genau zwei Jahren einmal beherbergt hat. Miss Moses hat mir Tee gebracht. Sie ist sehr dick geworden, und wie gewöhnlich hat sie *schiefgetretene Absätze*.

Es ist die Geschichte mit Nathan – hundertfünfzig, mit Unkosten hundertsiebzig. Bitte schick mir meine Schreibmappe und etwas anderes *anzuziehen*, ich bin nämlich immer noch in Ballschuhen und weißer Krawatte (fast so weiß wie Miss Moses' Strümpfe!). Ich habe siebzig dort drinnen. Sobald Du diesen Brief bekommst, fahr bitte zu Nathan, biete ihm fünfundsiebzig als Abschlagszahlung und bitte ihn, *den Wechsel zu prolongieren*. Sag, daß ich Wein nehmen werde. Wir könnten sowieso etwas Sherry für die Tafel brauchen, aber keine Gemälde, die sind zu teuer.

Wenn er nicht darauf eingeht, nimm meine Uhr, und was Du von Deinen Sachen *entbehren* kannst, und versetze sie. Wir müssen das Geld natürlich heute abend haben. Es aufzuschieben wäre nicht gut, da morgen Sonntag ist. Die Betten hier sind nicht gerade sehr *sauber*, und es könnte noch mehr gegen mich herauskommen. Ich bin nur froh, daß es nicht der Samstag ist, an dem Rawdon nach Hause kommt! Gott segne Dich!

In Eile
Dein R. C.

P. S. Komm recht bald!“

Diesen Brief versiegelte er mit einer Oblate und ließ ihn durch einen der Boten befördern, die sich immer um Mr. Moses' Haus herumtrieben. Als Rawdon ihn hatte weggehen sehen, begab er sich auf den Hof hinaus und rauchte dort trotz dem Gitter in leidlicher Gemütsruhe seine Zigarre. Mr. Moses' Hof ist nämlich wie ein Käfig vergittert, damit die Herren, die dort wohnen, nicht etwa auf den Gedanken kommen könnten, seiner Gastfreundschaft zu entfliehen.

Drei Stunden, so rechnete er, würde das Äußerste an Zeit sein, die Becky brauchte, bis sie dasein und ihm die Kerkertore aufschließen konnte. So verbrachte er die Zeit ziemlich heiteren Sinnes, indem er rauchte, Zeitung las und sich mit einem Bekannten, Hauptmann Walker, der zufällig auch gerade anwesend war, unterhielt. Einige Stunden lang spielte er mit ihm um Six-pence-Stücke, wobei das Glück auf beiden Seiten ziemlich gleich war.

Aber der Tag verging, und kein Bote erschien, keine Becky. Zur festgesetzten Stunde, um halb sechs, wurde in dem bereits beschriebenen prunkvollen Salon neben Mr. Crawleys augenblicklicher Unterkunft für die Bewohner des Hauses, die sich ein solches Festmahl leisten konnten, an Mrs. Moses' Table d'hote serviert. Miss Moses erschien dann ohne die Lockenwickler vom Morgen, und Mrs. Moses machte die Honneurs bei einer erstklassigen gekochten Hammelkeule. Doch der Oberst aß nur mit halbem Appetit. Als man ihn fragte, ob er eine Flasche Champagner für die Gesellschaft stiften wolle, willigte er ein. Die Damen tranken auf sein Wohl, und Mr. Moses war mit ausgesprochener Höflichkeit um ihn besorgt.

Mitten während dieses Mahls ertönte die Türglocke. Der junge Moses mit dem roten Schopf erhob sich mit den Schlüsseln und ging nachsehen, wer da sei. Als er zurückkam, meldete er dem Oberst, der Bote sei mit seiner Tasche, der Schreibmappe und einem Brief zurückgekehrt. „Keine Umstände, Herr Oberst, bitte", sagte Mr. Moses mit einer Handbewegung, und der Oberst öffnete leise zitternd den Brief. Es war ein schöner Brief, stark duftend, auf rosa Papier mit hellgrünem Siegel.

„Mon pauvre cher petit", schrieb Mrs. Crawley, „ich habe kein Auge zugetan, weil ich dauernd daran denken mußte, was meinem häßlichen alten Ungeheuer passiert sein mochte. Erst am Morgen fand ich Ruhe, nachdem ich Mr. Blench hatte holen lassen, denn ich hatte richtig Fieber. Er gab mir einen Beruhigungstrank und befahl Finette, ich dürfte unter keinen Umständen gestört werden. So kam es, daß der Bote meines armen Alten, der recht traurig aussah, wie Finette sagte, und nach Gin roch, stundenlang in der Halle auf meine Klingel wartete. Du kannst Dir meinen Zustand ausmalen, als ich Deinen armen, lieben, ungeschickten Brief las!

Obwohl ich mich so schlecht fühlte, ließ ich sofort den Wagen kommen, und sobald ich angezogen war (wenngleich ich keinen einzigen Tropfen Schokolade trinken konnte – ich versichere Dir, ich kann es nicht, wenn mein monstre sie mir nicht bringt!), fuhr ich sofort ventre à terre zu Nathan. Ich sprach mit ihm, ich weinte, ich jammerte, ich fiel vor dem widerwärtigen Kerl auf die Knie. Nichts konnte den schrecklichen Mann erweichen. Er wollte die ganze Summe haben oder mein liebes Untier nicht aus dem Gefängnis entlassen. Ich fuhr nach Hause, in der Absicht, diese triste visite chez mon oncle abzustatten. Jedes Schmuckstück, das ich habe, sollte Dir zur Verfügung stehen, obwohl man nicht hundert Pfund dafür bekommen würde; denn einige Sachen sind ja schon chez ce cher oncle, wie Du weißt. Da fand ich zu Hause Mylord vor mit dem Bulgaren, diesem alten Ungeheuer mit dem Schafsgesicht. Sie waren gekommen, um mir wegen der Aufführung gestern abend Komplimente zu machen. Paddington erschien ebenfalls, stotterte, lispelte und drehte sein Haar; auch Champignac und sein Chef waren da, jeder mit einer Unmenge von Komplimenten und netten Redensarten. So plagten sie mich Arme, die ich sie so gern lossein wollte und die ganze Zeit über nur an mon pauvre prisonnier dachte.

Als sie fort waren, fiel ich vor Mylord auf die Knie und sagte ihm, wir wollten alles verpfänden. Ich habe ihn gebeten und angefleht, mir zweihundert Pfund zu geben. Aufgebracht versuchte er mich zu beruhigen und mahnte mich, ich sollte doch nicht so dumm sein, die Sachen zu verpfänden; er wolle sehen, ob er mir das Geld leihen könne. Schließlich ging er mit dem Versprechen, es mir morgen früh schicken zu wollen. Dann will ich es meinem armen alten Untier bringen. Inzwischen soll es einen liebevollen Kuß haben von seiner

Becky.

Ich schrieb im Bett. Oh, ich habe solches Kopf- und Herzweh!“

Als Rawdon diesen Brief durchgelesen hatte, wurde er so rot und sah so wild aus, daß die Gesellschaft an der Table d'hote schnell begriff, er habe schlechte Nachrichten erhalten. Aller Argwohn, den er zu unterdrücken versucht hatte, überkam ihn von neuem. Sie war nicht einmal ausgegangen und hatte ihren Schmuck versetzt, um ihn wieder freizubekommen! Sie konnte lachen und von Komplimenten reden, die man ihr gemacht hatte, während er im Gefängnis saß! Wer hatte ihn eigentlich hierherbracht? Wenham hatte ihn begleitet. Sollte da etwa ...? Er wagte kaum daran zu denken, was hiervon zu halten war. Eilig verließ er das Zimmer und lief in sein eigenes. Er öffnete die Schreibmappe, warf hastig zwei Zeilen hin, die er an Sir Pitt und Lady Jane richtete, und bat den Boten, sie sofort nach der Gaunt Street zu bringen. Er solle sich einen Wagen nehmen, und wenn er in einer Stunde zurück wäre, würde er ein Pfund bekommen.

In dem Briefchen ersuchte er seinen lieben Bruder und seine liebe Schwägerin, um Gottes und seines lieben Kindes und seiner Ehre willen zu kommen und ihn aus seiner schwierigen Lage zu befreien. Er sei im Gefängnis und brauche einhundert Pfund, um freizukommen; er flehe sie an, zu ihm zu kommen.

Nachdem er den Boten losgeschickt hatte, ging er in das Speisezimmer zurück und rief nach mehr Wein. Es fiel den anderen auf, daß er mit seltsamer Lebhaftigkeit redete und lachte. Manchmal lachte er ganz bedrückt über sich und seine Angst und trank dann weiter, während er ständig auf das Geräusch des Wagens lauschte, der ihm die Entscheidung über sein Schicksal bringen sollte.

Nach einer Stunde hörte man vor dem Tor Räder heranrasseln, und der junge Türhüter ging mit seinen Schlüsseln hinaus. Es war eine Dame, die er durch die Tür des Gerichtsdieners hereinließ.

„Oberst Crawley?" sagte sie heftig zitternd. Mit verstehendem Blick schloß er die äußere Tür hinter ihr. Danach schloß er die innere auf und rief laut: „Herr Oberst, Sie werden gewünscht!" Dann führte er sie in das Wohnzimmer, das der Oberst bewohnte.

Aus dem Eßzimmer, in dem die anderen ihr Gelage abhielten, trat Rawdon in sein Wohnzimmer. Ein breiter Streifen grellen Lichts folgte ihm in den Raum, wo die Dame immer noch sehr nervös wartete.

„Ich bin's, Rawdon", sagte sie mit schüchterner Stimme, die sie sich mühte heiter klingen zu lassen. „Ich bin's, Jane." Rawdon war von der gütigen Stimme und ihrem Kommen ganz überwältigt. Er lief ihr entgegen, nahm sie in die Arme, stotterte einige unverständliche Dankesworte und schluchzte heftig an ihrer Schulter. Sie verstand nicht, warum er so bewegt war.

Mr. Moses' Rechnungen wurden schnell beglichen. Vielleicht war er darüber ein wenig enttäuscht, da er fest damit gerechnet hatte, den Obersten noch länger als Gast bei sich zu sehen, zumindest über Sonntag. Mit strahlendem Lächeln und glücklichen Augen führte Jane Rawdon aus dem Hause des Gerichtsdieners fort, und sie fuhren in dem Wagen, in dem sie ihm zu Hilfe geeilt war, heim. „Pitt war zu einem Parlamentsessen", erzählte sie, „als dein Briefchen kam – und so, lieber Rawdon, bin ich selbst gekommen", und sie legte ihre Hand liebevoll in

die seine. Vielleicht war es für Rawdon gut gewesen, daß Pitt zum Essen ausgegangen war. Rawdon dankte jedenfalls der Schwägerin hundertmal und legte eine so glühende Dankbarkeit an den Tag, daß die weichherzige Frau ganz gerührt und fast erschreckt war. „O du", sagte er in seiner rauhen, offenherzigen Art, „du weißt nicht, wie ich mich verändert habe, seit ich dich habe und – und den kleinen Rawdon. Ich – ich möchte irgendwie anders werden. Siehst du, ich möchte – ich möchte . . ." Er beendete den Satz nicht, aber sie verstand ihn trotzdem. Als sie an diesem Abend, nachdem er sie verlassen hatte, am Bett ihres eigenen Söhnchens saß, betete sie demütig für den armen, müden Sünder.

Rawdon verließ sie und ging eilends nach Hause. Es war neun Uhr abends. Er lief über die Straßen und großen Plätze des Jahrmarkts der Eitelkeit, bis er schließlich atemlos vor seinem eigenen Haus stand. Als er hinaufschaute, fuhr er zurück und sank zitternd gegen den Zaun. Die Salonfenster waren strahlend hell, und sie hatte doch gesagt, sie läge krank zu Bett. Er stand eine Weile ganz still, und das Licht aus dem Zimmer schien auf sein blasses Gesicht.

Dann nahm er den Hausschlüssel heraus und schloß auf. In den oberen Räumen konnte er lachen hören. Er trug immer noch den Abendanzug, in dem er letzte Nacht gefangengenommen worden war. Leise schlich er die Treppe hinauf und lehnte sich oben gegen das Geländer. Niemand sonst rührte sich im Haus – die Bedienten waren alle ausgeschickt worden. Rawdon vernahm Lachen von drinnen, Lachen und Gesang. Becky sang eine Stelle aus dem Lied vom vorigen Abend. Eine heisere Stimme rief: „Bravo, bravo!" – es war Lord Steynes Stimme.

Da machte Rawdon die Tür auf und trat ein. Ein kleiner Tisch war zum Abendessen gedeckt, mit Wein und Silber. Steyne lehnte über dem Sofa, auf dem Becky saß. Die unglückliche Frau war in glänzender Toilette, an Armen und Fingern funkelten Reifen und Ringe, und an der Brust strahlten die Brillanten, die Steyne ihr geschenkt hatte. Er hielt ihre Hand in der seinen und beugte sich eben über sie, um sie zu küssen. Da fuhr Becky plötzlich mit einem schwachen Aufschrei zusammen, als sie Rawdons weißes Gesicht erblickte. Im nächsten Augenblick versuchte sie zu lächeln, ein entsetzliches Lächeln, wie um den Mann willkommen zu heißen. Steyne erhob sich zähneknirschend, bleich und mit wütendem Ausdruck.

Auch er versuchte zu lachen und streckte Rawdon die Hand entgegen. „Was, wieder zurück? Wie geht's, Crawley?" sagte er. Um seinen Mund zuckte es, als er versuchte, den Eindringling lächelnd zu begrüßen.

In Rawdons Gesicht lag etwas, das Becky veranlaßte, sich vor ihm niederzuwerfen. „Ich bin unschuldig, Rawdon", rief sie, „ich bin unschuldig, bei Gott!" Sie hing sich an seinen Rock, seine Hände; ihre eigenen Hände waren über und über mit Schlangen, Ringen und anderem Schmuck bedeckt. „Ich bin unschuldig! Sagen Sie ihm, daß ich unschuldig bin!" wandte sie sich an Lord Steyne.

Der Lord glaubte, ihm sei eine Falle gestellt worden, und war auf die Frau ebenso wütend wie auf den Mann. „Sie und unschuldig! Zum Teufel mit Ihnen!" rief er laut. „Sie unschuldig! Wo doch jedes Schmuckstück, das Sie am Körper tragen, von mir bezahlt ist! Ich habe Ihnen Tausende von Pfund gegeben, und dieser Kerl da hat sie verbraucht und Sie dafür verkauft. Unschuldig, zum Teufel! Sie sind ebenso unschuldig wie Ihre Mutter, die Tänzerin, und Ihr Mann, der Zuhälter. Glauben Sie nur nicht, daß Sie mich so einschüchtern können wie andere! Machen Sie Platz, Sir, und lassen Sie mich vorbei!" Lord Steyne ergriff seinen Hut und schritt flammenden Auges auf seinen Feind zu und starrte ihm wild entschlossen ins Gesicht. Nicht einen Augenblick zweifelte er daran, daß der andere Platz machen würde.

Aber Rawdon Crawley sprang heran, ergriff ihn am Halstuch und hielt ihn fest, bis Steyne sich fast erstickt unter seinem Arm krümmte und drehte. „Du lügst, du Hund!" sagte Rawdon. „Du lügst, du Feigling und Schuft!" Und er schlug dem Marquis zweimal mit der flachen Hand ins Gesicht und schleuderte ihn blutend zu Boden. All das war geschehen, ehe Rebekka eingreifen konnte. Sie stand zitternd vor ihm. Sie bewunderte ihren starken, tapferen, siegreichen Mann.

„Komm her!" sagte er. Sie kam sofort.

„Nimm das Zeug da ab!" Am ganzen Körper fliegend, begann sie sich die Juwelen von den Armen zu streifen und die Ringe von den zitternden Fingern zu ziehen und hielt sie ihm alle in einem Haufen hin, während sie flehend zu ihm aufsah. „Wirf es hin!" sagte er, und sie ließ alles fallen. Er riß ihr die Diamantbrosche vom Busen und schleuderte sie auf Lord Steyne. Sie traf ihn an die kahle Stirn. Steyne trug die Narbe bis ans Ende seines Lebens.

„Komm nach oben", sagte Rawdon zu seiner Frau. „Töte mich nicht, Rawdon!" flehte sie. Er lachte wild auf. „Ich will sehen, ob der Mann da in bezug auf das Geld ebenso lügt wie in bezug auf mich. Hat er dir welches gegeben?"

„Nein", sagte Rebekka, „das heißt . . ."

„Gib mir deine Schlüssel", erwiderte Rawdon, und sie gingen zusammen hinauf.

Rebekka gab ihm alle Schlüssel außer einem. Sie hoffte, er würde nicht merken, daß einer fehlte. Er gehörte zu dem kleinen Schreibkasten, den Amelia ihr früher einmal geschenkt hatte. Sie hatte ihn an einem geheimen Platz versteckt. Aber Rawdon riß Kästen und Schränke auf und warf den vielfältigen Tand, der sich darin befand, hierhin und dorthin. Schließlich fand er das Kästchen. Er zwang seine Frau, es zu öffnen. Es enthielt Papiere, alte Liebesbriefe von vor vielen Jahren – allerlei kleine Schmuckstücke und weibliche Andenken. Außerdem enthielt es eine Brieftasche mit Banknoten. Einige zeigten sogar ein Datum von vor zehn Jahren, eine aber war ganz neu, eine Tausend-Pfundnote, die Lord Steyne ihr gegeben hatte.

„Hat er dir die hier gegeben?" fragte Rawdon.

„Ja", erwiderte Rebekka.

„Ich werde sie ihm heute zurückschicken", sagte Rawdon (denn schon brach wieder ein neuer Morgen an, so viele Stunden waren über der Suche vergangen), „und die Briggs will ich ausbezahlen, weil sie zu dem Jungen freundlich war, und einige Schulden begleichen. Du wirst mir mitteilen, wohin ich dir den Rest schicken soll. Du hättest mir von all dem hier wenigstens die hundert Pfund geben sollen, Becky – ich habe immer alles mit dir geteilt."

„Ich bin unschuldig!" wiederholte Becky. Er verließ sie ohne ein weiteres Wort.

Was dachte sie, als er sie allein gelassen hatte? Noch Stunden nachdem er fortgegangen war, saß Rebekka allein auf der Bettkante, obwohl schon längst die Sonne voll ins Zimmer schien. Die Schubladen standen alle offen; ihr Inhalt lag im Zimmer verstreut, Kleider, Federn, Schals, Schmucksachen, ein Haufen nutzlosen Krams. Das Haar fiel ihr über die Schultern, ihr Kleid war zerrissen, wo Rawdon ihr die Brillanten abgerissen hatte. Ein paar Minuten nachdem er sie verlassen hatte, hörte sie ihn nach unten gehen und die Tür hinter sich zuschlagen. Sie wußte, er würde nie wiederkommen. Er war für immer gegangen. Wird er sich das Leben nehmen? dachte sie. Wohl nicht, bis er nicht noch einmal mit Lord Steyne zusammengetroffen war. Sie dachte an ihr langes vergangenes Leben, an all das Traurige, das sie erlebt hatte. Ach, wie düster erschien es ihr, wie armselig, einsam und nutzlos! Sollte sie Opium nehmen und ein Ende machen mit allen Hoffnungen, Plänen, Schulden und Triumphen? In dieser Lage fand sie die französische Zofe: mit gefalteten Händen und trockenen Augen saß sie inmitten ihrer elenden Trümmer. Das Mädchen war ihre Komplizin und stand in Steynes Sold. „Mon Dieu, Madame, was ist geschehen?" rief sie aus.

Ja, was war eigentlich geschehen? War sie schuldig oder nicht? Sie behauptete nein; aber wer konnte sagen, ob es Wahrheit war, was von diesen Lippen kam, ob das verdorbene Herz in diesem Falle doch rein war? Jetzt waren alle ihre Lügen und ihre Pläne, all ihre Selbstsucht und Ränke, all ihr Witz und Talent gescheitert. Das Mädchen zog die Vorhänge zu und überredete die Herrin mit freundlichen Bitten, daß sie sich ins Bett lege. Dann ging sie nach unten und sammelte die Schmucksachen auf, die immer noch auf dem Fußboden lagen, wo Rebekka sie auf Befehl ihres Gatten hingeworfen hatte, und Lord Steyne ging weg.

54. Kapitel

Der Sonntag nach der Schlacht

atenfroh hatte Sir Pitt Crawleys Haus in der Great Gaunt Street gerade begonnen, sich für den neuen Tag zu rüsten, als Rawdon, immer noch im Abendanzug, den er nun schon zwei Tage lang trug, an der erschreckten Frau vorüberging, die die Treppe scheuerte, und das Studierzimmer seines Bruders betrat. Lady Jane war noch im Morgenrock oben im Kinderzimmer und überwachte die Toilette der Kinder und hörte den Morgengebeten zu, die die kleinen Geschöpfe an ihrem Knie hersagten. Jeden Morgen erfüllte sie mit ihnen allein diese Pflicht, ehe die allgemeine Andacht unter Sir Pitts Leitung abgehalten wurde, zu der alle Mitglieder des Haushalts erwartet wurden. Rawdon ließ sich im Studierzimmer am Tisch des Barons nieder, der mit Parlamentsberichten und Briefen, sauber geordneten Rechnungen und symmetrisch aufgestapelten Broschüren überhäuft war. Die verschlossenen Rechnungsbücher, Schreibmappen und Briefkästen, die Bibel, die *Vierteljährliche Rundschau* und der *Hofkurier*, alle standen aufgereiht wie zur Parade, als ob sie auf die Besichtigung durch ihren Chef warteten.

Das Buch mit den Familienpredigten, von denen Sir Pitt jeden Sonntagmorgen eine seiner Familie verabfolgte, lag auf dem Tisch bereit und erwartete seine verständnisvolle Wahl. Neben dem Predigtbuch lag die Zeitung, feucht und sauber gefaltet, zu Sir Pitts Privatgebrauch. Nur sein Kammerdiener benutzte die Gelegenheit, schnell einen Blick hineinzuwerfen, ehe er sie seinem Herrn auf den Schreibtisch legte. Bevor er sie an diesem Morgen in das Studierzimmer brachte, hatte er einen begeisterten Bericht über die „Festlichkeit in Gaunt House“ gelesen, mit den Namen all der vornehmen Persönlichkeiten, die der Marquis Steyne zusammen mit Seiner Königlichen Hoheit eingeladen hatte. Nachdem er vor der Haushälterin und ihrer Nichte, die den Morgentee und das geröstete Butterbrot in das Zimmer der Lady brachte, seine Bemerkungen über das Fest gemacht und seiner Verwunderung Ausdruck gegeben hatte, wovon die Rawdon Crawleys bloß lebten, feuchtete er die Zeitung wieder an und faltete sie neu, so daß sie auf den Hausherrn ganz frisch und unberührt wirken mußte.

Der arme Rawdon griff sofort zur Zeitung und begann zu lesen, bis sein Bruder kam. Aber der Druck verschwamm ihm vor den Augen, und er begriff nicht das geringste von dem, was er vor sich sah. Die Regierungsnachrichten (die mußte Sir Pitt als Mann der Öffentlichkeit ja unbedingt lesen, sonst hätte er nie und nimmer eine Sonntagszeitung in seinem Hause zugelassen!), die Theaterkritiken, der Bericht über den Ringkampf um hundert Pfund zwischen dem Schreienden Schlächter und dem Liebling von Tutbury, die Gaunt-House-Chronik selbst, die eine sehr schmeichelhafte, wenn auch vorsichtige Beschreibung der berühmten Scharaden enthielt, deren Heldin Mrs. Becky gewesen war – all das verschwamm Rawdon nebelhaft vor den Augen, während er auf das Familienoberhaupt wartete.

Pünktlich als die schwarze Turmuhr mit schrillem Ton neun Uhr zu schlagen begann, erschien Sir Pitt, reinlich, sauber rasiert, mit glattem, wächsernem Gesicht und steifem Hemdkragen, das spärliche Haar glatt gekämmt und glänzend von Pomade. Während er in gestärkter Krawatte und grauem Flanellmorgenrock majestätisch die Treppe herabstieg, reinigte er sich die Nägel – in einem Wort: er war das Urbild eines englischen Gentlemans, ein Muster an Sauberkeit und Schicklichkeit. Er fuhr zusammen, als er den armen Rawdon mit unordentlichem Anzug, blutunterlaufenen Augen und wirrem Haar in seinem Studierzimmer sitzen sah. Er glaubte, sein Bruder sei nicht nüchtern und habe die ganze Nacht mit irgendwelchen Orgien verbracht. „Heiliger Himmel, Rawdon!" sagte er entgeistert,

„was führt dich so früh am Morgen her? Warum bist du nicht zu Hause?"

„Zu Hause!" entgegnete Rawdon mit wildem Lachen. „Nur keine Angst, Pitt! Ich bin nicht betrunken. Mach die Tür zu; ich muß dich sprechen!"

Pitt schloß die Tür und trat an den Tisch, wo er sich in dem anderen Armstuhl niederließ, der für den Steward, den Agenten oder einen vertrauten Besucher bereit stand, der kam, um mit dem Baron über geschäftliche Dinge zu verhandeln. Er feilte heftiger denn je an seinen Nägeln.

„Pitt, es ist alles aus!" sagte der Oberst nach einer Pause, „ich bin erledigt!"

„Das habe ich ja immer gesagt, daß es so weit kommen würde", rief der Baron verdrossen und trommelte mit den sauber geschnittenen Nägeln auf dem Tisch herum. „Ich habe dich tausendmal gewarnt. Ich kann dir nicht mehr helfen. Jeder Schilling meines Vermögens ist festgelegt. Sogar die hundert Pfund, die Jane dir gestern abend gebracht hat, waren schon meinem Rechtsanwalt für morgen früh versprochen. Daß ich sie nicht mehr habe, stürzt mich in die größte Verlegenheit. Ich will damit nicht sagen, daß ich dir letzten Endes nicht doch helfen werde. Aber wenn ich deine Gläubiger voll auszahlen wollte, dann könnte ich ebensogut darangehen und die Staatsschulden begleichen! An so etwas zu denken ist Wahnsinn, heller Wahnsinn! Du mußt zu einem Kompromiß kommen. Für die Familie ist das sehr schmerzlich; aber schließlich tut das ja jeder. Da stand doch letzte Woche George Kitely, Lord Raglands Sohn, vor Gericht und hat sich sozusagen reinwaschen lassen, scheint mir. Lord Ragland wollte nicht einen Schilling für ihn zahlen –"

„Ich brauche kein Geld", unterbrach Rawdon ihn; „ich bin nicht meinetwegen zu dir gekommen. Was mit mir wird, darum brauchst du dich nicht zu kümmern –"

„Worum handelt es sich denn dann?" fragte Pitt einigermaßen erleichtert.

„Es ist wegen des Jungen!" erwiderte Rawdon heiser. „Ich möchte, daß du mir versprichst, du wirst dich um ihn kümmern, wenn ich nicht mehr da bin. Deine liebe Frau ist immer so gut zu ihm gewesen, und er hat sie viel lieber als seine ... Verdammt! Schau, Pitt, du weißt, ich hätte Miss Crawleys Geld haben sollen. Ich bin nicht wie ein jüngerer Bruder erzogen worden, sondern man hat mich immer zu dem verschwenderischen Leben eines Müßiggängers ermuntert. Sonst wäre ich vielleicht ein ganz anderer Mensch geworden. Beim Regiment habe ich meine Pflicht gar nicht so schlecht erfüllt. Du weißt, wie ich um das Geld gebracht wurde und wer es bekam!"

„Ich finde, daß nach all den Opfern, die ich dir gebracht habe, und der Art, wie ich dir beigestanden habe, solch ein Vorwurf sinnlos ist", sagte Sir Pitt. „An deiner Heirat bist du ganz allein schuld und nicht ich!"

„Das ist jetzt vorbei", entgegnete Rawdon. „Das ist vorbei!" Stöhnend und mühsam nur brachte er diese Worte heraus, so daß sein Bruder erschrak.

„Gütiger Gott! Ist sie tot?" fragte Sir Pitt mit dem Ton echten Schreckens und Mitgefühls.

„Ich wollte, ich wäre tot!" erwiderte Rawdon. „Wenn nicht der kleine Rawdon wäre, so hätte ich mir heute morgen die Kehle durchschnitten und jenem verdammten Schurken auch!"

Sir Pitt ahnte sofort die Wahrheit und erriet, daß Lord Steyne derjenige war, den Rawdon ums Leben bringen wollte. Der Oberst erzählte dem Älteren kurz und in abgerissenen Worten, was geschehen war. „Es war ein regelrechtes abgekartetes Spiel zwischen dem Schuft und ihr", sagte er. „Sie hetzten die Schergen auf mich. Ich wurde festgenommen, als ich sein Haus verließ. Als ich ihr schrieb und sie um Geld bat, erwiderte sie, sie liege krank zu Bett, und vertröstete mich auf den nächsten Tag. Und als ich nach Hause kam, fand ich sie, mit Diamanten übersät, allein mit diesem Schurken." Dann fuhr er fort und schilderte in großen Zügen seinen persönlichen Zusammenstoß mit Lord Steyne. Bei einer derartigen Angelegenheit, sagte er, gebe es natürlich nur einen Ausgang. Nach der Unterredung mit dem Bruder würde er sofort hingehen und die notwendigen Vorbereitungen für die Begegnung treffen, die sich daraus ergeben mußte. „Und da es für mich schlecht ausgehen kann", sagte Rawdon mit gebrochener Stimme, „und da der Junge keine Mutter mehr hat, muß ich ihn dir, Pitt, und Jane überlassen. Es würde mir aber ein Trost sein, wenn du mir versprächest, daß du ihm ein Freund sein wirst."

Der ältere Bruder war sehr bewegt und schüttelte Rawdon mit einer Herzlichkeit die Hand, die man an ihm nur selten wahrnahm. Rawdon fuhr sich mit der Hand über seine buschigen Augenbrauen. „Ich danke dir", sagte er, „ich weiß, daß ich mich auf dein Wort verlassen kann."

„Das kannst du, bei meiner Ehre!" erwiderte der Baron. So

wurde fast ohne Worte dieser Handel zwischen den beiden Brüdern abgeschlossen.

Dann zog Rawdon aus seinem Rock die kleine Brieftasche, die er in Beckys Schreibtisch entdeckt hatte, und entnahm ihr ein Bündel Banknoten. „Hier sind sechshundert Pfund", sagte er, „du wußtest sicher nicht, daß ich so reich bin! Ich möchte, daß du dies Geld der Briggs gibst, die es uns geliehen hat. Sie war stets so freundlich zu dem Jungen – ich habe mich immer geschämt, daß ich das Geld von der alten Frau genommen hatte. Und hier ist noch ein bißchen mehr – ich habe nur ein paar Pfund zurückbehalten –, das könnte Becky haben, damit sie für den Anfang etwas hat." Bei diesen Worten ergriff er die anderen Noten, um sie dem Bruder zu geben. Aber vor Erregung zitterte ihm die Hand so, daß er die Brieftasche fallen ließ und darin die Tausend-Pfundnote zu sehen war, die der letzte Gewinst der unglücklichen Becky gewesen war.

Pitt bückte sich und hob sie auf, verwundert über so große Reichtümer. „Die nicht", sagte Rawdon; „ich werde hoffentlich dem Mann, dem sie gehört, eine Kugel in den Leib jagen!" Insgeheim hatte er gedacht, es würde eine schöne Rache sein, die Kugel in die Note zu wickeln und Steyne damit zu töten.

Nach dieser Unterredung schüttelten die Brüder sich noch einmal die Hand und trennten sich. Lady Jane hatte gehört, daß der Oberst da war, und da sie mit weiblichem Instinkt Schlimmes ahnte, erwartete sie ihren Mann im Eßzimmer nebenan. Die Tür hatte zufällig offengestanden, und so trat sie natürlich hinaus, als die beiden Brüder aus dem Studierzimmer kamen. Sie hielt Rawdon die Hand hin und sagte, sie freue sich, daß er zum Frühstück gekommen sei, obwohl sie an seinem verstörten, unrasierten Gesicht und dem düsteren Ausdruck ihres Mannes sehr wohl erkennen konnte, daß zwischen ihnen bestimmt nicht von Frühstück die Rede gewesen war. Rawdon murmelte eine Entschuldigung, er habe eine Verabredung. Dann drückte er der Schwägerin fest die zaghafte kleine Hand. Ihr fragender Blick las in seinen Augen nichts als Unheil; aber er ging, ohne noch ein Wort zu sagen. Auch Sir Pitt ließ sich nicht dazu herbei, ihr eine Erklärung zu geben. Die Kinder kamen, um ihn zu begrüßen, und er küßte sie in seiner gewohnten kühlen Art. Die Mutter zog sie dicht an sich und hielt von jedem eine Hand in den ihren, als sie zum Gebet niederknieten, das Sir Pitt verlas, während die Dienerschaft im Sonntagsstaat oder in Livree auf den Stühlen saß, die zur andern Seite des summenden Teekessels aufgereiht standen. Infolge der erwähnten Verzögerungen fand das Frühstück erst so spät statt, daß die Kirchenglocken schon zu läuten anfingen, als sie noch beim Mahl saßen. Lady Jane erklärte, sie fühle sich zu schlecht, um in die Kirche zu gehen. Schon bei der Familienandacht waren ihre Gedanken dauernd abgeirrt.

Mittlerweile war Rawdon Crawley von der Great Gaunt Street nach Gaunt House geeilt und klopfte dort am Portal an das große bronzene Medusenhaupt, worauf ein purpurner Silen in rot-silberner Weste erschien, der in dem Palast den Portier spielte. Der Mann war ebenfalls über das unordentliche Aussehen des Obersten erschrocken und versperrte ihm den Weg, als fürchte er, der andere wolle mit Gewalt eindringen. Aber Oberst Crawley zog nur seine Karte heraus und legte dem Diener besonders ans Herz, sie Lord Steyne sofort hineinzuschicken, die darauf vermerkten Adressen zu beachten und zu bestellen, daß Oberst Crawley von ein Uhr ab den ganzen Tag lang im Regent Klub in der St. James' Street, nicht aber zu Hause sein würde. Der dicke Mann mit dem roten Gesicht sah ihm erstaunt nach, als er davonschritt, und ebenso sahen sich alle die Leute in Sonntagskleidern nach ihm um, die schon so früh auf waren, die Waisenkinder mit glänzenden Gesichtern, der an seiner Tür lehnende Grünkramhändler und der Wirt, der im Sonnenschein seine Fensterläden schloß, da der Gottesdienst begann. Am Droschkenstand machten die Leute Witze über sein Aussehen, als er einen Wagen nahm und dem Kutscher befahl, ihn zu den Knightsbridge Kasernen zu bringen. Als er dort ankam, läuteten überall die Glocken. Wenn er aufgeschaut hätte, hätte er vielleicht sogar seine alte Bekannte Amelia auf dem Wege von Brompton zum Russel Square entdecken können. Trupps von Schulkindern marschierten zur Kirche, auf dem glänzenden Pflaster und in den Kutschen drängten sich die Leute, die sich ein Sonntagsvergnügen machen wollten. Aber der Oberst war viel zu sehr in seine eigenen Angelegenheiten vertieft, um auf solche Dinge zu achten. Als er in Knightsbridge ankam, eilte er auf das Zimmer seines alten Freundes und Kameraden Hauptmann Macmurdo, den er zu seiner Befriedigung in der Kaserne antraf.

Hauptmann Macmurdo war ein alter Offizier und Waterloo-Kämpfer und bei seinem Regiment sehr beliebt. Nur der Mangel an Geld hatte ihn gehindert, bis zu den höchsten Rängen aufzusteigen. Jetzt genoß er einen ruhigen Morgen im Bett.

Am Vorabend war er auf einer lustigen Gesellschaft gewesen, die Hauptmann George Cinqbars in seinem Hause am Brompton Square einigen jungen Leuten seines Regiments und einer Anzahl Ballettdamen gegeben hatte. Nun ruhte der alte Mac, der mit Leuten jeden Alters und Standes vertraut war und mit Generälen, Hundezüchtern, Ballettänzerinnen, Boxern, kurz allen Arten von Menschen verkehrte, sich nach den Anstrengungen der Nacht aus, und da er keinen Dienst hatte, lag er noch im Bett.

Sein Zimmer war mit Box-, Jagd- und Tanzbildern ge schmückt, die die Kameraden ihm geschenkt hatten, wenn sie aus dem Regiment ausschieden, um sich zu verheiraten und sich in ein ruhiges Leben zurückzuziehen. Und da er nunmehr fast fünfzig Jahre alt war, von denen er vierundzwanzig bei dem Korps verbracht hatte, war es ein einzigartiges Museum. Er war einer der besten Schützen Englands und für einen Mann von seinem Gewicht einer der besten Reiter. Früher, als Crawley noch in der Armee war, waren die beiden Rivalen gewesen. Kurz und gut, Mr. Macmurdo lag im Bett, ein ehrwürdiger, borstiger Krieger mit einem kleinen, grauen, kurzgeschorenen Schädel, seidener Nachtmütze, rotem Gesicht und roter Nase und einem langen, gefärbten Schnurrbart. Er war eben dabei, den Bericht über den Preiskampf zwischen dem Liebling von Tutbury und dem Schreienden Schlächter zu lesen, den wir schon vorher einmal erwähnten.

Als Rawdon dem Hauptmann erzählte, er brauche einen Freund, da wußte jener sofort ganz genau, zu welcher Art Freundschaftsdienst er da aufgefordert wurde, hatte er doch schon Dutzende solcher Affären für seine Bekannten mit der größten Umsicht und Geschicklichkeit erledigt. Seine Königliche Hoheit, der verstorbene, allgemein beklagte Oberbefehlshaber, hatte in dieser Hinsicht für Macmurdo die größte Achtung gehegt. An ihn wandten sich alle, die in Schwierigkeiten geraten waren.

„Worum geht denn der Streit, Rawdon, alter Junge?“ fragte der alte Krieger. „Doch keine Spielgeschichte wie damals, als wir Hauptmann Marker erschossen?“

„Es ist wegen – wegen meiner Frau“, entgegnete Crawley, wurde rot und schlug die Augen nieder.

Der andere pfiff leise durch die Zähne. „Ich hab's ja immer gesagt, sie würde dir noch mal durchgehen“, begann er. Im Regiment und in den Klubs wurden tatsächlich Wetten aufge-

stellt über das voraussichtliche Los des Obersten, so gering schätzten die Kameraden und die Welt den Charakter seiner Frau ein. Aber als Macmurdo den wilden Ausdruck sah, mit dem Rawdon auf die Anspielungen in dieser Richtung antwortete, hielt er es nicht für günstig, sich weiter hierüber zu verbreiten.

„Gibt's denn keinen anderen Ausweg, alter Junge?" fuhr der Hauptmann ernst fort. „Handelt es sich nur um einen Verdacht, verstehst du, oder – oder was ist es? Briefe? Kannst du es nicht in aller Stille abmachen? Bei derartigen Dingen macht man am besten keinen Lärm, wenn es irgendwie geht." – Wirklich ein Wunder, daß er erst jetzt dahintergekommen ist! dachte der Hauptmann im stillen. Er erinnerte sich an hundert eingehende Unterhaltungen am Offizierstisch, bei denen Mrs. Crawleys Ruf in Fetzen gerissen worden war.

„Es gibt nur einen Ausweg", erwiderte Rawdon, „und dieser Ausweg steht nur ihm oder mir offen, Mac – verstehst du? Man hatte mich aus dem Wege geräumt, festgenommen, ich fand sie allein zusammen. Ich habe ihm gesagt, daß er ein Lügner und Feigling ist, und ihn zu Boden geworfen und geschlagen."

„Geschieht ihm recht!" sagte Macmurdo. „Wer ist's?"

Rawdon erwiderte, daß es Lord Steyne sei.

„Zum Teufel! Ein Marquis! Es hieß doch, daß er – das heißt, man sagte, daß du –"

„Was zum Henker redest du da?" brüllte Rawdon los. „Willst du etwa sagen, daß du je einen Kerl die Tugend meiner Frau hast anzweifeln hören und es mir nicht gesagt hast, Mac?"

„Die Welt ist sehr kritisch, alter Junge", erwiderte der andere. „Was zum Teufel hätte es schon genützt, wenn ich dir erzählt hätte, was so ein Narr schwatzt?"

„Es war verdammt wenig freundschaftlich, Mac", sagte Rawdon ganz überwältigt. Er bedeckte sein Gesicht mit der Hand und überließ sich seiner Erregung. Schon dieser Anblick allein genügte, dem abgebrühten Soldaten ihm gegenüber vor Mitgefühl das Wasser in die Augen zu treiben. „Kopf hoch, alter Junge!" sagte er. „Mag er ein großer Herr sein oder nicht, wir werden ihm schon eine Kugel in den Leib jagen, verdammt noch mal! Und was die Weiber angeht – die sind alle so!"

„Du weißt nicht, wie lieb ich diese eine gehabt habe", sagte Rawdon kaum vernehmlich. „Verdammt, ich bin ihr wie ein Hund nachgelaufen, habe um ihretwillen alles aufgegeben, was ich besaß. Ich bin ein Bettler, weil ich sie unbedingt heiraten wollte. Bei Gott, ich habe sogar meine Uhr versetzt, um ihre Launen zu befriedigen, und sie – sie hat die ganze Zeit über in ihren eigenen Beutel gewirtschaftet, und für mich hat sie nicht mal hundert Pfund übriggehabt, um mich aus dem Gefängnis zu holen!" Dann erzählte er Macmurdo wütend und ziemlich zusammenhangslos die Einzelheiten seiner Geschichte. Dabei befand er sich in einer solchen Erregung, wie sie sein Ratgeber noch nie an ihm gesehen hatte. Macmurdo hakte bei einigen gelegentlichen Andeutungen ein.

„Sie kann trotz alledem unschuldig sein", meinte er. „Sie

behauptet es. Steyne ist schon hundertmal vorher mit ihr allein im Hause gewesen."

„Es kann sein", antwortete Rawdon traurig, „aber das hier sieht nicht sehr nach Unschuld aus!" und er zeigte dem Hauptmann die Tausend-Pfundnote, die er in Beckys Brieftasche gefunden hatte. „Das hat er ihr geschenkt, Mac, und sie hat es aufbewahrt, ohne daß ich etwas davon wußte, und mit all dem Geld im Haus weigerte sie sich, mir beizustehen, als ich eingesperrt war." Nun mußte auch der Hauptmann zugeben, daß das Verheimlichen des Geldes ein sehr schlechtes Licht auf sie warf.

Während sie sich so berieten, schickte Rawdon Hauptmann Macmurdos Burschen in die Curzon Street mit dem Befehl, sich von den Dienstboten dort eine Tasche mit Kleidungsstücken geben zu lassen, die der Oberst sehr benötigte. Als der Mann fort war, verfaßten Rawdon und sein Sekundant mit großer Mühe und unter Benutzung von Johnsons Wörterbuch, das ihnen dabei gute Dienste leistete, einen Brief, den der Hauptmann an Lord Steyne schicken sollte: Hauptmann Macmurdo habe die Ehre, dem Marquis von Steyne in Sachen des Obersten Rawdon Crawley seine Aufwartung zu machen, und gestatte sich, ihm mitzuteilen, daß er von dem Obersten bevollmächtigt sei, alle Vorbereitungen für die Zusammenkunft zu treffen, die der Lord zweifellos zu fordern beabsichtige, da sie durch die Ereignisse des Morgens unvermeidlich geworden sei. In höflichen Worten bat Hauptmann Macmurdo Lord Steyne, ihm den Namen eines Freundes zu nennen, mit dem er, Hauptmann M., sich in Verbindung setzen könne. Sein Wunsch sei es, daß das Treffen so bald als möglich stattfinden möge.

In einer Nachschrift teilte der Hauptmann mit, daß sich in seinen Händen eine Banknote über eine große Summe befinde. Oberst Crawley habe Grund anzunehmen, daß sie das Eigentum des Marquis von Steyne sei. Im Auftrag des Obersten würde er diese Banknote gern dem Eigentümer baldigst zurückerstatten.

Bis dieser Brief verfaßt war, war auch schon der Bursche des Hauptmanns von seinem Auftrag aus Oberst Crawleys Haus in der Curzon Street zurückgekehrt, aber ohne Koffer und Reisetasche, die er hatte holen sollen, und dafür mit sehr verwirrtem, merkwürdigem Gesichtsausdruck.

„Sie wollen die Sachen nicht herausgeben", sagte der Mann. „Es ist ein Heidenskandal in dem Haus, und alles steht Kopf.

Der Hauswirt ist gekommen und hat von allem, was da war, Besitz ergriffen. Die Bedienten saßen im Salon und tranken. Sie sagten, Sie, Herr Oberst, seien mit dem Silber durchgebrannt!" Nach einer Pause fügte er hinzu: „Einer der Diener war schon weg, und Simpson, der wirklich sehr laut und betrunken war, erklärte, nichts dürfe aus dem Haus, ehe ihm nicht sein Lohn voll ausgezahlt sei."

Der Bericht über die kleine Revolution versetzte die beiden Offiziere in Erstaunen und verlieh der ansonsten recht trübseligen Unterhaltung ein wenig Heiterkeit. Sie lachten über Rawdons Mißerfolg.

„Ich bin nur froh, daß der Kleine nicht zu Hause ist", sagte Rawdon und kaute an seinen Nägeln. „Du erinnerst dich doch noch an ihn, damals in der Reitschule, Mac? Wie er sich auf dem auskeilenden Pferd hielt, nicht wahr?"

„Gewiß doch, alter Junge", sagte der gutmütige Hauptmann.

Zur gleichen Zeit saß der kleine Rawdon unter fünfzig anderen Jungen in der Kapelle der Whitefriars-Schule. Er dachte aber nicht an die Predigt, sondern daran, daß er den nächsten Samstag nach Hause fahren würde und daß der Vater ihm dann neues Taschengeld geben und ihn vielleicht ins Theater mitnehmen würde.

„Er ist wirklich ein Prachtkerl, der Junge!" fuhr der Vater fort. Er dachte immer noch an seinen Sohn. „Übrigens, Mac, wenn die Sache schiefgeht, wenn ich falle, dann möchte ich gern, daß du – daß du ihn besuchst, du verstehst, und ihm sagst, daß ich ihn sehr liebgehabt habe. Und – zum Henker, alter Bursche! – gib ihm diese goldenen Manschettenknöpfe, das ist alles, was ich besitze!" Er bedeckte sein Gesicht mit den schwarzen Händen, und die Tränen rollten darüber und zeichneten weiße Streifen darauf. Auch Macmurdo hatte Anlaß, seine seidene Nachtmütze zu ergreifen und sich damit über die Augen zu wischen.

„Geh nach unten und bestelle das Frühstück!" sagte er dann mit lauter, heiterer Stimme zu seinem Burschen. „Was willst du haben, Crawley? Sagen wir, geröstete Nieren und einen Hering, ja? Und, Clay, leg noch für den Herrn Oberst was zum Anziehen heraus. Wir waren immer so ziemlich von derselben Größe, nicht wahr, Rawdon, mein Junge, und keiner von uns beiden ist noch so ein leichter Reiter wie damals, als wir in das Korps eintraten!" Damit überließ Macmurdo den Oberst sich selbst, damit dieser sich umziehen könne. Er drehte sich zur

Wand und nahm die Lektüre der Zeitung wieder auf, bis sein Freund mit der Toilette fertig war und er selbst damit beginnen konnte. Dies besorgte der Hauptmann, da er einem Lord gegenübertreten sollte, mit ganz besonderer Sorgfalt. Er wichste seinen Schnurrbart auf Hochglanz, band eine enge Krawatte um und zog eine schmucke Weste an. Als er ins Kasino kam, wohin Crawley dem Freund schon vorausgegangen war, machten alle jungen Offiziere Mac beim Frühstück Komplimente über sein elegantes Aussehen und fragten ihn, ob er sich am heutigen Sonntag trauen lassen wolle.

55. Kapitel

Fortsetzung desselben Themas

Becky erholte sich von der dumpfen Verwirrung, in die die Ereignisse der vergangenen Nacht sie trotz ihrem sonst so unerschrockenen Geist gestürzt hatten, erst, als die Glocke der Kapelle in der Curzon Street zum Nachmittagsgottesdienst läutete. Da erhob sie sich und läutete auch, um das französische Mädchen herbeizurufen, das sie vor ein paar Stunden verlassen hatte.

Mrs. Rawdon Crawley klingelte viele Male, doch umsonst. Obwohl sie beim letztenmal so heftig an der Klingelschnur zog, daß sie abriß, erschien Mademoiselle Fifine doch nicht, selbst dann nicht, als ihre Herrin, in großem Zorn und mit der Klingelschnur in der Hand und mit fliegendem Haar, auf den Treppenabsatz hinaustrat und wiederholt nach der Jungfer rief.

Sie hatte nämlich schon vor Stunden das Haus verlassen und sich, wie man so zu sagen pflegt, auf französisch empfohlen. Nachdem sie im Salon die Schmucksachen aufgesammelt hatte, war Mademoiselle in ihre eigenen Räume hinaufgestiegen und hatte dort ihre Koffer gepackt und verschnürt. Dann war sie hinausgegangen und hatte einen Wagen gerufen und ihre Koffer selbst hinuntergetragen, ohne einen von den anderen Dienern um Hilfe zu bitten. Wahrscheinlich hätten sie es auch abgelehnt, da alle sie von Herzen haßten. So sagte sie keinem Lebewohl und verließ die Curzon Street.

Ihrer Ansicht nach war in dem kleinen Haus das Spiel aus. Fifine fuhr in einer Mietkutsche fort, wie das bekanntlich schon viel vornehmere Herrschaften ihrer Nation unter ähnlichen Umständen getan haben. Aber mit mehr Voraussicht oder Glück als jene stellte sie nicht nur ihren eigenen Besitz sicher, sondern auch den ihrer Herrin (soweit man bei dieser Dame überhaupt von eigenem Besitz sprechen konnte). So nahm sie nicht nur die bereits erwähnten Schmucksachen und einige Kleider mit, die ihr schon lange in die Augen gestochen hatten, sondern auch vier reich vergoldete Rokokoleuchter, sechs vergoldete Alben, Andenken, schöne Bücher, eine goldene, mit Emaille eingelegte Schnupftabakdose, die einst der Madame Dubarry gehört hatte, und ein ganz reizendes kleines Tintenfaß mit einem Tintenlöscher aus Perlmutter. Becky benutzte sie beide, wenn sie ihre charmanten rosa Briefchen verfaßte. Auch all das Silber auf dem Tisch für das kleine Festmahl, das Rawdon so jäh unterbrochen hatte, verschwand aus dem Haus in der Curzon Street zusammen mit Mademoiselle Fifine. Das Porzellan ließ Mademoiselle zurück, wahrscheinlich weil es zuviel Platz brauchte, und aus dem gleichen Grund verzichtete sie wohl auch auf die Schüreisen, die Kaminspiegel und das kleine Rosenholzklavier.

Eine ihr sehr ähnlich sehende Dame hat später ein Modegeschäft in der Rue du Helder in Paris gehabt, wo sie allgemein sehr geschätzt wurde und sich der Gunst Lord Steynes erfreute. Diese Person sprach von England stets als von einem verräterischen Land und erzählte ihren Lehrmädchen, daß sie von den Bewohnern der Insel „affreusement volé“ sei. Zweifellos war es nur Mitleid mit ihrem Unglück, das Lord Steyne veranlaßte, so außerordentlich gütig gegen Madame de Saint Amaranthe zu sein. Möge sie so glücklich sein, wie sie es verdient – sie tritt auf unserem Teil des Jahrmarktes der Eitelkeit nicht wieder auf.

Als Mrs. Crawley von unten Stimmengewirr und Getümmel hörte, warf sie sich, empört darüber, daß die Dienerschaft ihrem Rufen nicht Folge leistete, den Morgenrock über und stieg hoheitsvoll in den Salon hinab, aus dem der Lärm kam.

Da saß die Köchin mit geschwärztem Gesicht auf dem schönen Chintz-Sofa neben Mrs. Raggles und schenkte ihr Maraschino ein. Der Page mit den Zuckerhutknöpfen, der Beckys rosa Briefchen austrug und so munter um ihren Wagen sprang, war jetzt damit beschäftigt, seine Finger in die Cremeschüssel zu stecken. Der Lakai unterhielt sich mit Raggles, der verlegen und wehmütig dastand. Und doch antwortete niemand auf Beckys Aufforderung, obwohl sie doch schon vorher draußen ein halb dutzendmal gerufen hatte und die Tür jetzt offenstand. „Nehmen Sie doch noch ein Tröpfchen, Mrs. Raggles!“ sagte die Köchin, als Becky in wehendem weißem Wollmorgenrock eintrat.

„Simpson, Trotter!“ rief die Herrin des Hauses in größtem Zorn. „Wie können Sie es wagen hierzubleiben, wenn Sie mich rufen hören? Wie können Sie es wagen, in meiner Gegenwart sitzen zu bleiben? Wo ist meine Kammerjungfer?“ Erschrocken zog der Page die Finger aus dem Mund, die Köchin jedoch nahm Mrs. Raggles das Glas aus der Hand, da diese genug hatte, und indem sie Becky über das vergoldete Glas hinweg starr anblickte, leerte sie es aus. Der Alkohol schien der widerwärtigen Rebellin Mut zu geben.

„Wahrhaftig, Ihr Sofa?“ sagte die Köchin, „ich sitze auf Mrs. Raggles’ Sofa! Bleiben Sie sitzen, Mrs. Raggles, Madame! Ich sitze auf Mr. und Mrs. Raggles’ Sofa, das sie mit ihrem ehrlichen Geld erworben haben, und teuer genug haben sie es bezahlt! Wenn ich hier sitzen bleibe, bis ich meinen Lohn bekommen habe, werde ich wohl schön lange hier sitzen können, Mrs. Raggles; aber sitzen bleibe ich! Haha!“ Bei diesen Worten schenkte sie sich ein neues Glas Likör ein und trank es mit einem noch häßlicheren höhnischen Ausdruck leer.

„Trotter, Simpson! Werft die betrunkene Dirne hinaus!“ kreischte Mrs. Crawley.

„Das tu ich nicht“, sagte Trotter, „machen Sie selbst, daß Sie hinauskommen! Bezahlen Sie uns unseren Lohn, dann können Sie auch mich hinauswerfen. Wir werden schnell genug weg sein!“

„Wollt ihr alle hier mich beleidigen?“ schrie Becky wutentbrannt. „Wenn Oberst Crawley heimkommt, werde ich –“

Da brachen die Dienstboten in ein rauhes Gelächter aus, in das allerdings Raggles, der immer noch sehr melancholisch aussah, nicht mit einstimmte. „Er kommt ja nicht zurück“, fiel Mr. Trotter ein. „Er hat seine Sachen holen lassen, aber ich habe sie nicht rausgegeben, obwohl Mr. Raggles es wollte. Ich glaube, er ist ebensowenig Oberst wie ich. Er ist fort, und Sie werden ihm wohl folgen. Sie sind beide nichts weiter als Schwindler, alle beide! Mich können Sie nicht einschüchtern! Das laß ich mir nicht gefallen! Zahlen Sie uns unsern Lohn, hören Sie! Zahlen Sie uns den Lohn aus!“ An Mr. Trotters rotem Gesicht und seiner undeutlichen Redeweise erkannte man deutlich, daß auch er zu geistigen Reizmitteln seine Zuflucht genommen hatte.

„Mr. Raggles“, sagte Becky in größtem Zorn, „Sie werden mich doch hier nicht von einem Betrunkenen beleidigen lassen!“ – „Halt die Schnauze, Trotter, Schluß jetzt“, sagte der Page Simpson. Auf ihn machte die beklagenswerte Lage seiner Herrin noch Eindruck. Es gelang ihm zu verhindern, daß Trotter in wütendem Erguß das Wort „betrunken“ für sich ablehnte.

„O Madame“, sagte Raggles, „ich hätte nie gedacht, daß ich diesen Tag erleben würde. Ich habe die Familie Crawley gekannt, seit ich geboren wurde. Dreißig Jahre lang bin ich als Butler bei Miss Crawley gewesen, und ich hätte nie geglaubt, daß einer von der Familie mich einmal zugrunde richten würde, ja, mich zugrunde richten!“ sagte der arme Kerl, während ihm die Tränen in den Augen standen. „Werden Sie mir mein Geld auszahlen? Sie haben vier Jahre in diesem Hause gewohnt, Sie haben alles gehabt, was ich besitze, mein Silber und meine Wäsche. Sie sind mir für Milch und Butter zweihundert Pfund schuldig. Sie mußten ja für Ihre Omelettes ganz frische Eier haben und Sahne für Ihren Schoßhund.“

„Aber um das, was ihr eigen Fleisch und Blut bekam, darum hat sie sich nicht gekümmert!“ warf die Köchin ein. „So manches liebe Mal hätte er verhungern können, wenn ich nicht gewesen wäre!“

„Und jetzt ist er in einer Waisenschule, Köchin“, sagte Mr. Trotter mit trunkenem Gelächter, und der gute Raggles fuhr fort, in weinerlichem Ton seine Kümmernisse aufzuzählen. Alles, was er sagte, war wahr, Becky und ihr Mann hatten ihn zugrunde gerichtet. Nächste Woche wurden Wechsel von ihm fällig, und er hatte keine Mittel, sie zu zahlen. Er würde aus

Geschäft und Haus hinausgeworfen werden, und alles würde unter den Hammer kommen, nur weil er der Familie Crawley Vertrauen geschenkt hatte. Seine Tränen und Klagen machten Becky nur noch ärgerlicher.

„Ihr seid anscheinend alle gegen mich!" sagte sie bitter. „Was wollt ihr? Ich kann euch am Sonntag doch nicht auszahlen. Kommt morgen wieder, da werde ich alles zahlen. Ich dachte, Oberst Crawley hätte mit euch abgerechnet. Dann tut er es eben morgen. Ich versichere euch auf Ehre und Gewissen, daß er heute morgen mit fünfzehnhundert Pfund in der Tasche aus dem Hause gegangen ist. Er hat mir nichts zurückgelassen. Wendet euch an ihn! Gebt mir Hut und Schal und laßt mich hinausgehen und ihn suchen. Zwischen uns hat es heute morgen Streit gegeben, wie ihr anscheinend alle wißt. Ich gebe euch mein Wort, daß ihr alle euer Geld bekommen werdet. Er hat eine gute Stelle bekommen. Laßt mich hinaus und ihn suchen!"

Bei dieser kühnen Rede blickten Raggles und die andern Anwesenden sich in wildem Erstaunen an, worauf Rebekka sie verließ. Sie ging nach oben und kleidete sich diesmal ohne die Hilfe ihrer französischen Jungfer an. Sie trat in Rawdons Zimmer, und dort sah sie Koffer und Tasche fertig gepackt zum Abholen. Ein mit Bleistift geschriebener Zettel lag dabei, daß sie dem Boten ausgehändigt werden sollten. Dann ging sie in die Dachkammer der Französin. Alles war blank gefegt, alle Schubladen leer. Da fielen ihr die Schmucksachen ein, die sie auf dem Fußboden hatte liegen lassen. Jetzt war sie sicher, daß das Frauenzimmer geflüchtet war. „Heiliger Himmel! Hat man je solch ein Pack gesehen?" rief sie aus. „So nah am Ziel zu sein und alles zu verlieren! Ist es denn wirklich zu spät? Nein, eine Möglichkeit gibt es noch!"

Sie kleidete sich an und ging, diesmal unbelästigt, aber allein, fort. Es war vier Uhr. Sie eilte die Straßen entlang (denn sie hatte kein Geld für einen Wagen), bis sie zu Sir Pitt Crawleys Tür in der Great Gaunt Street kam. Wo war Lady Jane? Sie war in der Kirche. Becky war darüber nicht sehr betrübt. Sir Pitt war in seinem Studierzimmer und hatte angeordnet, daß er nicht gestört werden dürfe. Sie mußte ihn sprechen. Schnell schlüpfte sie an dem Wachposten vorüber und war in Sir Pitts Zimmer, noch ehe der erstaunte Baron die Zeitung beiseite gelegt hatte.

Er wurde rot und fuhr mit erschrockenem, entsetztem Ausdruck vor ihr zurück.

„Mach doch nicht so ein Gesicht!“ sagte sie. „Ich bin nicht schuldig, Pitt, lieber Pitt. Du warst doch einst mein Freund. Vor Gott bin ich nicht schuldig. Es scheint nur so. Alles spricht gegen mich. Und ach, in solch einem Augenblick! Gerade als all meine Hoffnungen sich erfüllen wollten! Gerade als uns das Glück winkte!“

„Ist das wahr, was ich in der Zeitung lese?“ fragte Sir Pitt, den ein Abschnitt in dem Blatt höchlichst überrascht hatte.

„Es ist wahr, Lord Steyne hat es mir am Freitagabend, dem Abend des verhängnisvollen Balles, gesagt. Man hatte ihm schon sechs Monate lang eine Stelle versprochen. Und nun hatte ihm Mr. Martyr, der Kolonialminister, gestern mitgeteilt, daß das Dekret ausgefertigt sei. Dann folgte die unglückselige Verhaftung, die entsetzliche Begegnung. Ich bin nur insofern schuldig, als ich mich zu sehr für Rawdon eingesetzt habe. Ich habe Lord Steyne hundertmal vorher allein empfangen. Ich gestehe, ich hatte Geld, von dem Rawdon nichts ahnte. Du weißt doch, wie leichtsinnig er mit Geld umgeht! Konnte ich da wagen, es ihm anzuvertrauen?“ Und so weiter im Text. Sie präsentierte ihrem verwirrten Schwager eine ganze zusammenhängende Geschichte, die etwa auf folgendes hinauslief: Becky gab mit größtem Freimut, aber tiefer Zerknirschung zu, daß sie Lord Steynes Neigung für sie bemerkt habe (Sir Pitt errötete heftig bei diesem Wort). Da sie ihrer eigenen Tugend sicher war, hatte sie beschlossen, die Zuneigung des großen Edelmannes für sich und ihre Familie auszunützen. „Ich hoffte auf die Pairswürde für dich, Pitt“, sagte sie (und der Schwager wurde wieder rot). „Wir haben darüber gesprochen. Deine Begabung und Lord Steynes Einfluß ließen es mehr als wahrscheinlich erscheinen, wenn nicht jenes furchtbare Unglück all unseren Hoffnungen ein Ende gemacht hätte. In erster Linie war es allerdings mein Ziel, meinen lieben Mann zu retten, ihn, den ich liebe trotz all seinem Argwohn und der schlechten Behandlung, die ich von ihm erfuhr. Ich wollte ihn der Armut und dem Zusammenbruch, die über uns schwebten, entreißen. Ich bemerkte Lord Steynes Neigung für mich“, sagte sie mit niedergeschlagenen Augen. „Ich gebe zu, daß ich alles tat, was in meinen Kräften stand, um sein Gefallen zu erregen und, soweit es für eine anständige Frau möglich ist, mir seine – seine Achtung zu sichern. Erst am Freitag früh kam die Nachricht, daß der Gouverneur von Coventry Island gestorben sei, und Mylord sicherte die Stelle sofort meinem teuren Gatten. Es sollte eine Überraschung für ihn sein – er sollte es heute in der Zeitung lesen. Nach dieser schrecklichen Verhaftung (deren Kosten Lord Steyne übrigens großzügig übernehmen wollte, so daß ich in gewisser Weise verhindert war, meinem Mann zu Hilfe zu eilen) lachte der Lord noch mit mir darüber und sagte, daß mein geliebter Rawdon sich schon trösten würde, wenn er in dem schrecklichen Gefäng . . . Gerichtshaus in der Zeitung von seiner Anstellung lesen würde. Und dann – dann kam er nach Hause. Sein Verdacht war geweckt – es fand eine furchtbare Szene zwischen Mylord und meinem grausamen, grausamen Rawdon statt – und o mein Gott, was wird nun geschehen? Pitt, lieber Pitt! Hab Mitleid mit mir und söhne uns miteinander aus!" Bei diesen Worten warf sie sich auf die Knie und ergriff, in Tränen ausbrechend, Pitts Hand, die sie leidenschaftlich küßte.

In dieser Haltung fand Lady Jane den Baron und die Schwägerin, als sie, aus der Kirche zurückgekehrt, hörte, daß Mrs. Rawdon Crawley bei ihrem Gatten sei, dessen Zimmer sie, ohne sich aufzuhalten, aufgesucht habe.

„Ich bin überrascht, daß diese Frau noch die Kühnheit hat, unser Haus zu betreten", sagte Lady Jane totenblaß, während sie am ganzen Leibe zitterte. Die Lady hatte ihr Mädchen sofort nach dem Frühstück zu Mr. Raggles geschickt, wo es durch Rawdon Crawleys Bedienten die ganze Geschichte und noch allerlei anderes erfahren hatte. „Wie kann Mrs. Crawley es wagen, das Haus einer – einer anständigen Familie zu betreten?"

Sir Pitt fuhr zurück, verblüfft über derart energische Worte von seiten seiner Frau. Becky behielt ihre kniende Haltung immer noch bei und klammerte sich an Sir Pitts Hand.

„Sag ihr, daß sie nicht alles weiß! Sag ihr, daß ich unschuldig bin, lieber Pitt!" schluchzte sie.

„Auf mein Wort, meine Liebe, ich glaube, du tust Mrs. Crawley Unrecht", sagte Sir Pitt, worüber Rebekka ungeheuer erleichtert war, „ich glaube wirklich, sie ist –"

„Ist was?" rief Lady Jane aus. Ihre klare Stimme schwankte, und das Herz schlug ihr heftig bei diesen Worten. „Daß sie ein böses Weib, eine herzlose Mutter, eine treulose Frau ist? Nie hat sie ihren kleinen Jungen liebgehabt. Immer ist er hierher geflohen und hat mir erzählt, wie grausam sie zu ihm war. Kaum daß sie in eine Familie kam, als sie auch schon danach trachtete, ihr Unglück zu bringen und mit ihren boshaften

Schmeicheleien und Lügen die heiligsten Gefühle zu zerstören. Sie hat ihren Mann betrogen, wie sie alle betrogen hat. Ihre Seele ist ein schwarzer Abgrund von Eitelkeit, Weltlichkeit und Verbrechen aller Art. Ich zittere, wenn ich sie nur anrühre. Meine Kinder sollen sie nicht sehen. Ich . . ."

„Lady Jane!" rief Sir Pitt auffahrend. „Das ist wahrhaftig ein Ton . . ."

„Ich bin dir eine aufrichtige, treue Frau gewesen, Sir Pitt", fuhr Lady Jane unerschrocken fort, „ich habe mein Ehegelübde gehalten, so wie ich es vor Gott abgelegt habe, und ich bin gehorsam und sanft gewesen, wie eine Frau es sein soll. Aber auch rechtmäßiger Gehorsam hat seine Grenzen, und ich erkläre, ich will diese – diese Frau nicht unter meinem Dach dulden. Wenn sie in dies Haus kommt, werden ich und meine Kinder es verlassen. Sie ist es nicht wert, neben Christenmenschen zu sitzen. Du mußt wählen zwischen ihr und mir!" Damit rauschte

Lady Jane, über ihre eigene Kühnheit fast erschrocken, aus dem Zimmer und ließ Rebekka und Sir Pitt in nicht geringem Erstaunen zurück.

Becky aber war nicht verletzt, sondern im Gegenteil erfreut. „Es war das Brillantschloß, das du mir geschenkt hast", sagte sie zu Sir Pitt, indem sie ihm die Hand reichte. Ehe sie ihn verließ (worauf Lady Jane natürlich am Fenster ihres Ankleidezimmers im oberen Stock wartete), hatte der Baron versprochen, seinen Bruder aufzusuchen und sich zu bemühen, eine Versöhnung zustande zu bringen.

Im Kasino fand Rawdon einige der jungen Offiziere des Regiments beim Frühstück, und es bedurfte keiner großen Mühe, ihn zu überreden, auch daran teilzunehmen und sich ebenso wie diese jungen Herren mit gebratenen Geflügelkeulen und Sodawasser zu stärken. Dann unterhielt man sich, wie es zu dem Tag und ihrem Alter paßte: über das nächste Taubenschießen in Battersea, wobei Wetten für oder gegen Roß und Osbaldiston abgeschlossen wurden; über Mademoiselle Ariane von der Französischen Oper: wer sie verlassen hatte, und daß sie sich mit Panther Carr getröstet habe; über den Ringkampf zwischen dem Schlächter und dem Liebling: daß er wahrscheinlich unentschieden ausgegangen sei. Der junge Tandyman, ein siebzehnjähriger Held, der eifrig bemüht war, sich einen Schnurrbart wachsen zu lassen, hatte den Kampf gesehen und sprach in höchst sachverständiger Weise über das Gefecht und den Zustand der Kämpfer. Er selbst hatte den Schlächter mit seinem eigenen Vierspänner zum Kampfplatz gefahren, nachdem er die ganze vorhergehende Nacht mit ihm verbracht hatte. Wenn kein falsches Spiel getrieben worden wäre, hätte er gewinnen müssen. All die alten Gauner aus dem Ring hatten ihre Finger darin, aber Tandyman wollte nicht zahlen, nein, verdammt, er wollte nicht zahlen! Es war kaum ein Jahr her, daß der junge Kornett, der jetzt in Cribbs Wirtshaus ein alterfahrener Kunde war, noch gern an Zuckerstangen gelutscht und in Eton häufig die Rute erhalten hatte.

So schwatzten sie weiter über Tänzerinnen, Boxkämpfe, Trinker und Halbweltdamen, bis Macmurdo kam und sich in die Unterhaltung der jungen Leute einmischte. Er war anscheinend nicht der Ansicht, daß man ihnen ihrer Jugend wegen besondere Achtung schulde, sondern erzählte so erlesene Geschichten, wie sie auch der jüngste Wüstling nicht besser bieten konnte.

Ihn hielten seine grauen Haare ebensowenig davor zurück wie die anderen ihre glatten Gesichter. Der alte Mac war berühmt wegen seiner guten Geschichten. Er war kein ausgesprochener Mann für Damengesellschaften; das heißt, Männer luden ihn zum Essen lieber in das Haus ihrer Mätressen ein als in das ihrer Mütter. Es konnte kaum ein bescheideneres Leben geben als das seine, aber er war ganz zufrieden damit, so wie es war, und lebte in stets guter Laune einfach und bescheiden dahin.

Als Mac sein reichhaltiges Frühstück beendet hatte, waren auch die meisten anderen damit fertig. Der junge Lord Varinas rauchte eine riesige Meerschaumpfeife, während Hauptmann Hugues mit einer Zigarre beschäftigt war. Der tolle kleine Teufel Tandyman würfelte, seinen Bullterrier zwischen den Beinen, eifrig mit Hauptmann Deuceace um Schillinge. Der Kerl war aber auch immer bei dem einen oder anderen Spiel zu finden! Mac und Rawdon gingen in den Klub, natürlich ohne daß sie auch nur die leiseste Andeutung über die Geschichte gemacht hätten, die sie beschäftigte. Beide hatten sich vielmehr ziemlich lebhaft an der Unterhaltung beteiligt. Warum hätten sie die andern auch darin stören sollen? Auf dem Jahrmarkt der Eitelkeit vertragen sich Essen, Trinken, Zoten und Lachen gut mit allen anderen Beschäftigungen.

Die Menge strömte eben aus den Kirchen, als Rawdon mit seinem Freund die St. James' Street entlangging und sich in den Klub begab. Die alten Stutzer und Stammgäste, die gewöhnlich grinsend an den großen Erkerfenstern des Klubs stehen und Maulaffen feilhalten, waren noch nicht auf ihrem Posten. Das Zeitungszimmer war fast leer. Einer war da, den Rawdon nicht kannte; einem anderen schuldete er eine Kleinigkeit vom Whist her, und daher legte er keinen Wert darauf, mit ihm zusammenzutreffen. Ein dritter las am Tisch eine Sonntagszeitung, den *Royalist*, eine wegen ihrer Skandalgeschichten und ihrer Anhänglichkeit an Kirche und König berühmte Wochenschrift. Er blickte mit einigem Interesse zu Crawley auf und sagte: „Crawley, ich gratuliere!"

„Inwiefern?" fragte der Oberst.

„Im *Observer* steht's und im *Royalist* ebenfalls", versetzte Mr. Smith.

„Was?" rief Rawdon und lief dunkelrot an. Er glaubte, die Affäre mit Lord Steyne stünde bereits in der Presse. Mit lächelnder Verwunderung blickte Smith auf den Oberst, der aufgeregt nach der Zeitung griff und zitternd zu lesen begann.

Mr. Smith und Mr. Brown (der Herr, bei dem Rawdon die Whistschulden hatte) hatten vorher gerade über den Oberst gesprochen.

„Es ist genau im richtigen Augenblick gekommen", hatte Smith gesagt. „Ich glaube, Crawley besaß keinen einzigen Schilling mehr."

„Es ist ein Wind, der jedem etwas Gutes zuträgt", hatte Mr. Brown erwidert. „Er kann nicht fortgehen, ohne mir die fünfundzwanzig Pfund zu bezahlen, die er mir schuldet."

„Wie hoch ist das Gehalt?" fragte Smith.

„Zwei- oder dreitausend", antwortete der andere. „Aber das Klima ist höllisch schlecht; man macht's da nicht lange mit. Liverseege ist nach achtzehn Monaten da unten gestorben und sein Vorgänger, wie ich hörte, schon nach sechs Wochen."

„Manche sagen, sein Bruder sei ein schlauer Kerl. Ich habe immer gefunden, daß er verdammt langweilig ist", rief Smith aus.

„Er muß aber doch ziemlich großen Einfluß besitzen; denn er wird es doch wohl gewesen sein, der dem Obersten die Stelle verschafft hat?"

„Der!" sagte Brown mit höhnischem Lächeln. „Bah! Lord Steyne war es!"

„Wie meinen Sie das?"

„Ein tugendhaftes Weib ist eine Krone für ihren Ehemann!" erwiderte der andere rätselhaft und wandte sich wieder der Lektüre seiner Zeitung zu.

Jetzt las Rawdon selbst im *Royalist* folgende überraschende Mitteilung:

„Gouverneursstelle auf Coventry Island. – I. M. Schiff ‚Malaria' unter dem Kommandanten Gelblich ist mit Briefen und Zeitungen, von Coventry Island kommend, eingelaufen. Seine Exzellenz Sir Thomas Liverseege ist dem in Sumpfstadt herrschenden Fieber zum Opfer gefallen. Für die blühende Kolonie ist das ein schmerzlicher Verlust. Wie wir hören, ist die Stelle des Gouverneurs Oberst Rawdon Crawley, Ritter des Bath-Ordens, einem ausgezeichneten Offizier aus der Zeit von Waterloo, angeboten worden. Für die Leitung unserer Kolonie brauchen wir nicht nur Männer von anerkannter Tapferkeit, sondern auch Leute, die in der Verwaltung tüchtig sind. Wir zweifeln nicht daran, daß der vom Kolonialministerium Erwählte für diesen Posten vortrefflich geeignet ist und die bedauernswerte Vakanz auf Coventry Island bestens ausfüllen wird."

„Coventry Island? Wo ist denn das? Wer hat sich denn da für dich bei der Regierung eingesetzt? Da mußt du mich als deinen Sekretär mitnehmen, alter Junge!“ rief Hauptmann Macmurdo lachend.

Während Crawley und sein Freund noch ganz erstaunt und verdutzt vor dieser Ankündigung saßen, brachte der Klubdiener dem Obersten eine Karte herein, auf der „Mr. Wenham“ stand. Der Herr wünsche Oberst Crawley zu sprechen.

Der Oberst und sein Sekundant gingen dem Besucher entgegen in der richtigen Annahme, daß er ein Abgesandter von Lord Steyne sei. „Wie geht's Ihnen, Crawley? Freut mich, Sie zu sehen!“ sagte Mr. Wenham mit liebenswürdigem Lächeln und schüttelte Crawley sehr herzlich die Hand.

„Sie kommen vermutlich von –“

„Sehr richtig“, erwiderte Mr. Wenham.

„Dies hier ist mein Freund Hauptmann Macmurdo von der Grünen Garde.“

„Freut mich sehr, Ihre Bekanntschaft zu machen, Hauptmann Macmurdo!“ sagte Mr. Wenham und reichte auch dem Sekundanten lächelnd die Hand. Mac streckte ihm einen Finger im Lederhandschuh hin und machte über der engen Krawatte eine eiskalte Verbeugung. Er war vielleicht etwas ungehalten darüber, daß er es mit einem Zivilisten zu tun bekam. Seiner Ansicht nach hätte Lord Steyne ihm mindestens einen Obersten schicken sollen.

„Da Macmurdo in meinem Auftrag handelt und weiß, was ich will“, sagte Crawley, „werde ich mich lieber zurückziehen und Sie allein lassen.“

„Natürlich!“ sagte Macmurdo.

„Keineswegs, lieber Herr Oberst“, fiel Mr. Wenham ein; „die Unterredung, um die Sie zu ersuchen ich mir gestattet habe, betrifft Sie persönlich, obzwar ich natürlich die Anwesenheit von Hauptmann Macmurdo sehr begrüße. Ich hoffe nämlich, Herr Hauptmann, daß unser Gespräch nur zu höchst angenehmen Ergebnissen führt, ganz anders als mein Freund, Oberst Crawley, es zu vermuten scheint!“

„Hm“, sagte Hauptmann Macmurdo. Zum Henker mit diesen Zivilisten, dachte er im stillen, immer wollen sie alles ausgleichen und bereden! Mr. Wenham nahm einen Stuhl, der ihm nicht angeboten worden war, zog ein Papier aus der Tasche und begann von neuem: „Sie haben wohl heute morgen in der Zeitung diese erfreuliche Nachricht gelesen, Herr Oberst? Die Regierung hat sich eines äußerst wertvollen Dieners versichert, und Sie, der Sie das Amt vermutlich doch wohl annehmen werden, sind gewiß, eine ausgezeichnete Stellung zu bekommen: dreitausend Pfund Jahreseinkommen, ein herrliches Klima, ein prachtvoller Gouverneurspalast, in der Kolonie alles nach Ihrem Wunsch und sichere Beförderung. Ich gratuliere Ihnen von ganzem Herzen! Ich nehme an, Sie wissen, meine Herren, wem mein Freund diese großzügige Hilfeleistung zu verdanken hat?"

„Ich will mich hängen lassen, wenn ich es weiß!" sagte der Hauptmann, während der Oberst über und über rot wurde.

„Dem hochherzigsten, gütigsten Menschen auf der ganzen Welt, der auch einer der größten ist – meinem vortrefflichen Freund, dem Marquis von Steyne!"

„Zum Teufel mit ihm, ehe ich von ihm eine Stelle annehme!" brummte Rawdon.

„Sie sind erzürnt gegen meinen edlen Freund?" fuhr Mr. Wenham ruhig fort; „aber im Namen des gesunden Menschenverstandes und der Gerechtigkeit – warum denn nur?"

„Warum?!" rief Rawdon überrascht.

„Warum? Verdammt noch mal!" sagte der Hauptmann und schlug kräftig mit dem Stock auf den Boden.

„Ja, wirklich, verdammt noch mal!" sagte Mr. Wenham mit dem liebenswürdigsten Lächeln. „Aber betrachten Sie die Sache doch einmal als ein Mann von Welt, als ein ehrlicher Mann, und überlegen Sie, ob Sie nicht doch unrecht haben! Sie kehren von einer Reise zurück und finden in Ihrem Hause – ja, was denn eigentlich? Lord Steyne beim Abendessen mit Mrs. Crawley! Ist das etwas so Merkwürdiges oder Nochniedagewesenes? Ist er nicht schon hundertmal ebenso dort gewesen? Bei meiner Ehre und bei meinem Wort als Gentleman" – hier legte Mr. Wenham mit parlamentarischer Miene die Hand auf die Weste – „erkläre ich, daß ich Ihren Verdacht für ungeheuerlich und gänzlich unbegründet halte und daß er eine Beleidigung gegen einen ehrenhaften Gentleman darstellt, der sein Wohlwollen Ihnen gegenüber schon tausendfach bewiesen hat, und gegen eine völlig unschuldige, makellos reine Dame!"

„Sie wollen doch damit nicht etwa sagen, daß – daß Crawley sich geirrt hat!?" warf Macmurdo ein.

„Ich bin überzeugt, daß Mrs. Crawley ebenso unschuldig ist wie meine Frau, Mrs. Wenham", erwiderte Mr. Wenham sehr energisch. „Ich bin überzeugt, daß mein Freund hier, irregeleitet durch teuflische Eifersucht, einen Schlag nicht nur gegen einen kranken, alten, hochgestellten Mann führt, seinen treuen Freund und Wohltäter, sondern auch gegen seine Frau, seine eigene Ehre, den zukünftigen Ruf seines Sohnes und seine eigenen Lebensaussichten.

Ich will Ihnen schildern, was geschehen ist", fuhr Mr. Wenham höchst feierlich fort. „Heute morgen ließ Lord Steyne mich holen. Ich traf ihn in einem bemitleidenswerten Zustand an, wie es nach einem persönlichen Zusammenstoß mit einem Mann von Ihrer Stärke – dessen brauche ich Oberst Crawley wohl kaum erst zu versichern – gar nicht anders zu erwarten ist. Ich sage es Ihnen offen ins Gesicht: Sie haben Ihre Kraft brutal ausgenützt! Aber nicht nur der Körper meines edlen, vortrefflichen Freundes wurde verwundet, Sir – auch das Herz blutete ihm! Ein Mann, den er mit Wohltaten überhäuft und mit liebevoller Zuneigung betrachtet hatte, macht ihn zum Opfer schändlicher Empörung! Was ist denn eben diese Ernennung, die heute in der Zeitung erscheint, anderes als ein Beweis seiner freundschaftlichen Gesinnung gegen Sie? Als ich den Lord heute morgen sah, fand ich ihn in einem Zustand, der wahrhaft mitleiderregend war. Er brannte ebenso begierig wie Sie darauf, das ihm angetane Unrecht mit Blut zu rächen. Sie wissen wohl, Oberst Crawley, daß er schon oft Proben seines Mutes gegeben hat?"

„Er hat viel Courage", gab der Oberst zu; „das hat auch niemand bestritten."

„Als erstes befahl er mir, einen Brief mit einer Forderung zu schreiben und ihn Oberst Crawley zu überbringen. ‚Einer von uns beiden', sagte er, ‚darf die Schandtat nicht überleben!'"

Crawley nickte. „Jetzt kommen Sie endlich zur Sache, Wenham."

„Ich habe das Äußerste versucht, um Lord Steyne zu beruhigen. ‚Guter Gott! Sir!' sagte ich, ‚wie sehr bedaure ich es, daß Mrs. Wenham und ich nicht Mrs. Crawleys Einladung zum Abendessen angenommen haben!'"

„Sie hatte Sie zum Abendbrot eingeladen?" fragte Hauptmann Macmurdo.

„Nach der Oper. Hier ist die Einladung – halt, nein, dies ist ein anderer Zettel – ich dachte, ich hätte sie bei mir; aber das macht nichts. Ich gebe Ihnen mein Ehrenwort als Gentleman, daß es wahrhaftig der Fall war. Wenn wir gekommen wären – tatsächlich haben nur Mrs. Wenhams übliche Kopfschmerzen uns verhindert; sie leidet sehr darunter, besonders im Frühling –, wenn wir gekommen wären, und Sie wären nach Hause zurückgekehrt, dann hätte es keinen Streit gegeben, keine Beleidigungen, keinen Verdacht. So kommt es also so weit, daß Sie, nur weil meine arme Frau Kopfschmerzen hatte, den Tod über zwei Ehrenmänner bringen und zwei der vortrefflichsten alten Familien des Königreichs in Schande und Kummer stürzen wollen!"

Mr. Macmurdo blickte den Obersten völlig verwirrt an, und Rawdon fühlte mit einer Art von Wut, daß seine Beute ihm entwischen wollte. Von der ganzen Geschichte glaubte er kein Wort, und doch, wie sollte er das Gegenteil beweisen?

Mr. Wenham fuhr mit derselben flüssigen Redekunst fort, die er auf seinem Platz im Parlament so oft ausgeübt hatte: „Ich saß eine Stunde oder noch länger an Lord Steynes Bett und bat und flehte, er möge seine Absicht, ein Zusammentreffen zu fordern, aufgeben. Ich wies ihn darauf hin, daß die Umstände, bei Lichte besehen, wirklich sehr verdächtig wären. Ich gebe zu, jeder Mann in Ihrer Lage wäre darauf hereingefallen. Ich sagte ihm, daß ein wütender, eifersüchtiger Mann in jeder Beziehung einem Wahnsinnigen gleicht und als solcher angesehen werden muß, daß ein Duell zwischen Ihnen beiden nur Schande über alle Betroffenen bringen würde, daß ein Mann in der hohen Stellung Mylords heutzutage, da dem Pöbel die wildesten revolutionären Grundsätze und die gefährlichsten Gleichheitslehren gepredigt werden, kein Recht habe, einen öffentlichen Skandal heraufzubeschwören, und sei er noch so unschuldig. Das gewöhnliche Volk würde ihn doch für schuldig halten! Kurz und gut, ich bat ihn flehentlich, die Forderung nicht abzuschicken."

„Ich glaube von der ganzen Geschichte nicht ein Wort", sagte Rawdon zähneknirschend. „Ich glaube nur, daß es eine verdammte Lüge ist und daß Sie da auch mit unter der Decke stecken, Mr. Wenham! Wenn die Forderung nicht von ihm kommt, bei Gott, dann soll sie von mir kommen!"

Mr. Wenham wurde totenblaß, als der Oberst ihn so wütend unterbrach, und sah sich nach der Tür um.

Aber er fand einen Helfer in Hauptmann Macmurdo, der sich fluchend erhob und Rawdon die Rede verwies. „Du hast die Angelegenheit in meine Hände gelegt, und darum sollst du jetzt handeln, wie ich es für richtig halte, zum Teufel, und nicht wie du willst. Du hast kein Recht, Mr. Wenham mit derartigen Reden zu beleidigen, und verdammt, Mr. Wenham, Sie verdienen eine Entschuldigung! Und um Lord Steyne eine Forderung zu überbringen, dazu mußt du dir jemand anderen aussuchen, das tue ich nicht! Wenn der Lord, nachdem er Prügel bezogen hat, sich ruhig verhalten will, verdammt noch mal, dann soll er es tun! Und was die Affäre mit – mit Mrs. Crawley angeht, so glaube ich, daß da nichts erwiesen ist und daß deine Frau unschuldig ist, so unschuldig, wie Mr. Wenham es behauptet. Jedenfalls wärst du ein verdammter Narr, wenn du nicht den Mund halten und die Stelle annehmen wolltest!"

„Hauptmann Macmurdo, Sie sprechen wie ein Mann von Verstand!" rief Mr. Wenham ungeheuer erleichtert aus. „Ich will alles vergessen, was Oberst Crawley in der Entrüstung des Augenblicks gesagt hat."

„Das wußte ich!" sagte Rawdon höhnisch.

„Halts Maul, du alter Dummkopf!" verwies Hauptmann Macmurdo ihn gutmütig. „Mr. Wenham schlägt sich nicht und hat damit auch ganz recht."

„Meiner Ansicht nach", rief Steynes Abgesandter, „sollte man die Angelegenheit begraben und in tiefste Vergessenheit geraten lassen. Niemals sollte ein Wort davon über diese Schwelle dringen! Ich spreche im Interesse meines Freundes wie auch Oberst Crawleys, der mich immer noch für seinen Feind hält!"

„Lord Steyne wird vermutlich nicht sehr viel darüber sprechen", meinte Hauptmann Macmurdo, „und ich sehe nicht ein, warum wir unsrerseits es tun sollten. Die ganze Angelegenheit ist nicht sehr schön, wie man sie auch betrachtet. Je weniger darüber geredet wird, um so besser. Sie haben die Prügel bezogen, nicht wir, und wenn Sie sich damit zufriedengeben, dann sollten wir es wohl auch tun, meine ich."

Daraufhin ergriff Mr. Wenham seinen Hut, Hauptmann Macmurdo folgte ihm zur Tür, schloß sie hinter sich und Lord Steynes Abgesandtem und ließ Rawdon schimpfend im Zimmer zurück. Als sie beide draußen waren, blickte Macmurdo dem anderen Bevollmächtigten scharf in die Augen. Dabei zeigte sein lustiges rundes Gesicht einen Ausdruck, der allem anderen eher glich als Respekt.

„Sie halten sich nicht pedantisch an Kleinigkeiten, Mr. Wenham!!" begann er.

„Sie schmeicheln mir, Hauptmann Macmurdo", erwiderte der andere lächelnd. „Also auf Ehre und Gewissen, Mrs. Crawley hatte uns wirklich eingeladen, nach der Oper bei ihr zu soupieren."

„Natürlich! Und Mrs. Wenham hatte ihre üblichen Kopfschmerzen. Hören Sie, ich habe hier eine Tausend-Pfundnote! Die will ich Ihnen geben, wenn Sie mir, bitte, eine Quittung darüber ausschreiben wollen. Ich werde die Note in einen an Lord Steyne adressierten Umschlag stecken. Mein Mandant wird sich nicht mit ihm schlagen, aber sein Geld wollen wir doch lieber nicht nehmen."

„Es war alles ein Irrtum, nur ein Irrtum, lieber Herr", sagte der andere in schönster Unschuld, und Hauptmann Macmurdo geleitete ihn höflich die Stufen hinab, gerade als Sir Pitt heraufkam. Die beiden Herren kannten sich flüchtig. So erzählte der Hauptmann dem Baron, während er ihn zu seinem Bruder führte, ganz im Vertrauen, daß er die Sache zwischen Lord Steyne und dem Obersten ins reine gebracht hätte.

Sir Pitt war über diese Nachricht natürlich sehr erfreut und beglückwünschte seinen Bruder herzlich zu dem glücklichen Ausgang der Affäre. Dabei schloß er gleich ein paar passende moralische Bemerkungen über die üblen Folgen des Duellierens an und über die Unzulänglichkeit einer derartigen Lösung überhaupt, wenn ein Streit beizulegen war.

Nach dieser Vorrede strengte er seine ganze Beredsamkeit an, um eine Versöhnung zwischen Rawdon und dessen Frau zustande zu bringen. Er wiederholte, was Becky ihm gesagt hatte, wies darauf hin, daß das alles höchstwahrscheinlich wahr sei, und beteuerte, daß er fest von ihrer Unschuld überzeugt sei.

Rawdon jedoch wollte nichts davon hören. „Zehn Jahre lang hat sie Geld vor mir versteckt gehalten", sagte er. „Noch gestern abend schwor sie, sie hätte nichts von Lord Steyne bekommen. Dabei wußte sie, daß das Geld oben lag, wo ich es gleich danach auch fand. Wenn sie nicht schuldig ist, Pitt, dann ist sie jedenfalls ebenso schlecht, wie wenn sie schuldig wäre – und ich will sie nie, nie wiedersehen!" Das Haupt sank ihm auf die Brust, als er diese Worte aussprach. Er sah traurig und ganz gebrochen aus.

„Armer Kerl!" sagte Macmurdo kopfschüttelnd.

Eine Zeitlang widerstand Rawdon Crawley dem Gedanken, die Stelle anzunehmen, die ein so widerwärtiger Gönner ihm verschafft hatte. Er wollte sogar den Jungen aus der Schule nehmen, wo er dank Lord Steynes Einfluß untergebracht worden war. Durch die Bitten seines Bruders und Macmurdos ließ er sich jedoch schließlich dazu bewegen, diese Wohltaten anzunehmen. Ganz besonders bestimmte ihn dazu der Gedanke, auf den Macmurdo ihn hingewiesen hatte, in was für eine Wut Lord Steyne geraten würde, wenn er sähe, daß sein Feind mit seiner Hilfe sein Glück gemacht habe.

Als der Marquis von Steyne nach dem Unfall zum erstenmal wieder ausging, begrüßte ihn der Kolonialminister und gratulierte sich und dem Ministerium zu einer so vortrefflichen Ernennung. Man kann sich denken, mit welchem Maß von Dankbarkeit diese Glückwünsche von Lord Steyne entgegengenommen wurden!

Das Geheimnis des Rencontre zwischen ihm und Oberst Crawley wurde unter tiefstem Stillschweigen begraben, wie Wenham gesagt hatte, das heißt von den Sekundanten und den beiden Gegnern. Doch noch ehe der Abend um war, redete man auf dem Jahrmarkt der Eitelkeit bereits an fünfzig Abendtafeln darüber. Der kleine Cackleby besuchte sieben Abendgesellschaften, und jedesmal erzählte er die Geschichte mit Kommentaren und Korrekturen. Wie entzückt war Mrs. Washington White über die Sache! Die Bischöfin von Ealing war über alle Maßen entsetzt, und der Bischof ging noch am gleichen Tage hin und trug seinen Namen in Gaunt House in die Besucherliste ein. Der kleine Southdown war betrübt, und auch seine Schwester Lady Jane war bestimmt sehr betrübt, und Lady Southdown berichtete die Affäre ihrer anderen Tochter da unten am Kap der Guten Hoffnung. Mindestens drei Tage lang war der Zwischenfall Stadtgespräch, und nur den Bemühungen Mr. Waggs, der von Mr. Wenham einen Wink erhalten hatte, war es zu verdanken, daß nichts davon in die Zeitungen kam.

In der Curzon Street machten die Schergen und Pfandleiher sich über den armen Mr. Raggles her. Inzwischen befand sich die schöne frühere Bewohnerin des armen Häuschens in – ja, wo? Wen kümmerte es noch? Wer fragte nach ein paar Tagen noch danach? War sie schuldig oder nicht? Wir wissen alle, wie liebevoll die Welt ist und wie das Urteil des Eitelkeitsmarktes ausfällt, wenn eine Sache zweifelhaft ist. Einige behaupteten, sie sei Lord Steyne nach Neapel gefolgt, während andere wissen wollten, der Lord habe bei der ersten Nachricht von Beckys Ankunft jene Stadt verlassen und sei nach Palermo geflohen. Einige erzählten, sie lebe in Bierstadt und sei dame d'honneur bei der Königin von Bulgarien geworden, andere wieder sagten, sie sei in Boulogne, und noch andere, sie lebe in einer Pension in Cheltenham.

Rawdon setzte ihr eine leidlich hohe Jahresrente aus, und wir können sicher sein, daß sie eine Frau war, die es verstand, mit wenig Geld weit zu kommen. Er würde beim Verlassen des englischen Bodens sogar seine Schulden bezahlt haben, wenn er nur einen Vertrag mit einer Lebensversicherung hätte abschließen können. Aber das Klima von Coventry Island war so schlecht, daß niemand ihm auf sein Gehalt hin Geld leihen wollte. Er schickte jedoch seinem Bruder pünktlich die versprochenen Summen und schrieb regelmäßig mit jeder Post an seinen kleinen Jungen. Er versorgte Macmurdo mit Zigarren und schickte Lady Jane Unmengen von Muscheln, Cayennepfeffer, Guavengelee und anderen Kolonialprodukten herüber. Seinem Bruder sandte er das *Sumpfstädter Tageblatt*, in dem der neue Gouverneur mit riesiger Begeisterung begrüßt wurde, während der *Sumpfstädter Bote*, dessen Frau nicht ins Haus des Gouverneurs eingeladen worden war, erklärte, Seine Exzellenz sei ein Tyrann, mit dem verglichen Nero ein aufgeklärter Philantrop gewesen sei. Der kleine Rawdon freute sich über die Zeitungen und las gern, was sie über Seine Exzellenz berichteten.

Die Mutter machte nie irgendeinen Versuch, das Kind zu sehen. Sonntags und in den Ferien fuhr der Kleine zu seiner Tante, und bald kannte er in Queen's Crawley jedes Vogelnest und ritt mit Sir Huddlestones Hunden aus, die er bei seinem ersten, unvergeßlichen Besuch in Hampshire so sehr bewundert hatte.

56. Kapitel

Aus Georgy wird ein Gentleman gemacht

Georgy Osborne hatte sich nun schon ganz im Hause seines Großvaters am Russel Square eingelebt. Er bewohnte das Zimmer seines Vaters und war der erklärte Erbe all der Reichtümer dort. Sein gutes Aussehen, sein ritterliches Benehmen und sein gentlemanhaftes Auftreten gewannen ihm das Herz seines Großvaters. Mr. Osborne war auf ihn stolz wie nur je auf den älteren Georg.

Das Kind wurde viel mehr verwöhnt und mit weit mehr Nachsicht behandelt, als es je seinem Vater zugestanden worden war. Osbornes Geschäfte hatten in den letzten Jahren geblüht. Sein Reichtum und sein Ansehen in der City waren bedeutend gewachsen. Früher war er schon sehr froh gewesen, daß er den älteren George in eine gute Privatschule hatte schikken können, und er war nicht wenig stolz gewesen, als sein Sohn Offizier in der Armee wurde. Für den kleinen George indes und dessen Zukunft hatte der Alte viel höherfliegende Pläne. Er wolle aus dem kleinen Burschen einen Gentleman machen, sagte Mr. Osborne, wenn von Georgy die Rede war. Im Geiste sah er ihn schon als Studenten, als Parlamentsmitglied, ja vielleicht sogar als Baron. Der Alte meinte, er würde zufrieden sterben, wenn er seinen Enkel auf dem sicheren Wege zu solchen Ehren wüßte. Als Erzieher wollte er für ihn nur einen erstklassigen Akademiker haben, keinen von diesen Quacksalbern und Angebern, nein, nein! Noch vor ein paar Jahren pflegte er wütend auf alle Pfaffen, Gelehrten und dergleichen Leute zu schimpfen und zu erklären, sie seien nichts als eine

Bande von Dummköpfen und Scharlatanen, die ihren Lebensunterhalt nicht anders verdienen könnten, als daß sie Latein und Griechisch durchkauten. Dazu seien sie noch hochmütige Hunde, die sich einbildeten, auf englische Kaufleute und Herren, die ein halbes Hundert von ihnen bezahlen könnten, herabblicken zu dürfen. Jetzt hingegen beklagte er in feierlichen Worten, daß seine eigne Erziehung so vernachlässigt worden war. In geschwollenen Reden wies er Georgy wiederholt auf die Notwendigkeit und den Wert klassischer Bildung hin.

Wenn sie beim Abendessen zusammentrafen, fragte der Großvater oft den Jungen, was er im Laufe des Tages gelesen hätte. Interessiert hörte er dann dem Bericht zu, den der Knabe über seine Studien gab, und tat so, als ob er alles verstünde, was der kleine George erzählte. Er machte dabei hundert Fehler und offenbarte seine Unwissenheit so manches Mal. Das erhöhte nicht gerade den Respekt, den das Kind vor dem älteren Herrn hatte. Eine rasche Auffassungsgabe und eine bessere Erziehung außerhalb des Hauses ließen den Jungen sehr bald erkennen, daß sein Großvater ein Einfaltspinsel war. Dementsprechend begann er ihn zu kommandieren und auf ihn herabzusehen, denn seine frühere Erziehung, mochte sie auch noch so bescheiden und begrenzt gewesen sein, hatte einen viel besseren Gentleman aus Georgy gemacht, als alle Pläne seines Großvaters es konnten. Er war von einer gütigen, schwachen, zärtlichen Frau erzogen worden, die auf nichts stolz war als auf ihn allein, doch war ihr Herz so rein und ihr Benehmen so sanft und bescheiden, daß sie ganz von selbst eine wahre Lady war. Sie beschäftigte sich mit sanften Aufgaben und stillen Pflichten. Wenn sie nie glänzende Bemerkungen machte, so sagte oder dachte sie doch auch nie etwas Unfreundliches. Arglos und ungekünstelt, liebevoll und rein wie sie war – konnte unsere arme kleine Amelia denn etwas anderes sein als eine echte Dame?

Der junge Georgy hatte dieses sanfte, nachgiebige Wesen völlig beherrscht, und der Gegensatz zwischen dieser Einfachheit und Feinheit und der rauhen Prahlsucht des einfältigen alten Mannes, mit dem er dann in Berührung kam, brachte ihn dazu, auch hier den Herren zu spielen. Wenn er ein Prinz aus königlichem Hause gewesen wäre, hätte er nicht besser zu einem selbstbewußten, eingebildeten Menschen erzogen werden können.

Während die Mutter sich wohl jede Stunde des Tages und viele traurige einsame Stunden des Nachts nach ihm sehnte und an ihn dachte, wurden dem jungen Herrn so viel Vergnügungen und Tröstungen geboten, daß ihm die Trennung von Amelia nicht schwerfiel. Kleine Jungen, die weinen, wenn sie in die Schule gehen, weinen doch nur, weil die Schule ihnen nicht gefällt. Und sehr wenige weinen wirklich aus Anhänglichkeit. Wenn du daran denkst, wie in deiner Kinderzeit deine Augen beim Anblick eines Stückchens Pfefferkuchen trocken wurden und wie ein Rosinenkuchen einen hinreichenden Ausgleich für den Schmerz beim Abschied von der Mama und den Schwestern bot – o mein Freund und Bruder, dann brauchst du auch jetzt nicht allzuviel Vertrauen in deine feinen Gefühle zu setzen!

Der kleine George Osborne hatte also jede Bequemlichkeit und jeden Luxus, die dem reichen und zärtlichen alten Großvater am Platze dünkten. Der Kutscher wurde beauftragt, für ihn das schönste Pony zu kaufen, das für Geld zu haben war, und auf ihm lernte Georgy reiten, zuerst in einer Reitschule. Als er dann zufriedenstellend ohne Bügel über die Barrieren galoppieren konnte, wurde er durch den New Road in den Regent's Park gebracht und dann in den Hyde Park, wo er feierlich umherritt mit dem Kutscher Martin immer hinterher. Der alte Osborne nahm die Geschäfte jetzt etwas leichter und überließ vieles seinen jüngeren Partnern. Daher konnte er oft mit Miss Osborne auf denselben eleganten Wegen ausfahren. Wenn dann der kleine Georgy mit seiner Stutzermiene und herabgedrückten Hacken herangesprengt kam, pflegte der Großvater die Tante des Kleinen mit dem Ellbogen anzustoßen und zu sagen: „Da schau nur, Miss Osborne!“ Dann lachte er und erglühte vor Freude, wenn

er dem Jungen aus dem Wagenfenster zunickte und der Reitknecht die Kutsche grüßte und der Lakai den jungen Master George. Manchmal begegnete er hier auch Mrs. Frederick Bullock; denn ihr Wagen mit den goldenen Bullen auf dem Schlag und dem Geschirr und den drei bleichgesichtigen kleinen Bullocks, die mit Putz und Federn beladen aus den Fenstern starrten, war täglich auf dem Ring zu sehen. Dann warf die Tante haßvolle Blicke auf den kleinen Emporkömmling, der, die Hand in die Seite gestützt und die Mütze schief auf dem Ohr, stolz wie ein Spanier vorüberritt.

Obwohl Master George erst knapp elf Jahre alt war, trug er schon Stege an den Hosen und wunderschöne kleine Stiefel wie ein richtiger Mann. Er hatte vergoldete Sporen und eine Peitsche mit einem goldenen Knauf und eine feine Nadel im Halstuch und die elegantesten kleinen Lederhandschuhe, die Lamb's Conduit Street liefern konnte. Die Mutter hatte ihm zwei Krawatten geschenkt und ihm ein paar Hemden mit der größten Sorgfalt gesäumt und angefertigt. Aber als Eli die Witwe besuchte, waren sie durch viel feineres Leinen ersetzt. Auf der batistenen Hemdbrust trug er kleine juwelenbesetzte Knöpfe. Ihre bescheidenen Gaben waren beiseite gelegt worden; Miss Osborne hatte sie, glaube ich, dem Sohn des Kutschers gegeben. Amelia versuchte sich einzureden, sie freue sich über die Veränderung; und sie war auch froh und glücklich, daß der Knabe jetzt so schön aussah.

Sie hatte sich für einen Schilling eine kleine Silhouette von ihm machen lassen, die neben einem anderen Porträt über ihrem Bett hing. Eines Tages kam der Knabe zu dem üblichen Besuch die schmale Straße in Brompton entlanggaloppiert. Wie gewöhnlich hatten alle Bewohner sich ans Fenster locken lassen, um seine Pracht zu bewundern. Heute trug er einen schmukken weißen Mantel mit Umhang und Samtkragen. Daraus zog er mit großem Eifer und triumphierenden Blicken ein feines rotes Lederetui hervor und reichte es der Mutter.

„Das habe ich von meinem eigenen Geld gekauft, Mama", sagte er; „ich dachte, es würde dir gefallen."

Amelia öffnete das Etui, stieß einen leisen Schrei liebevollen Entzückens aus und nahm den Jungen in die Arme und küßte ihn wohl hundertmal. Es war ein recht hübsch gemachtes Miniaturbild von ihm selbst (wenn es natürlich für die Witwe auch längst nicht schön genug war!). Der Großvater hatte von einem Künstler ein Bild von ihm malen lassen, dessen Bilder dem alten Herrn in einem Schaufenster in der Southhampton Row aufgefallen waren. Da kam George, der über reichlich Geld verfügte, der Einfall, den Maler zu fragen, wieviel eine Kopie des kleinen Porträts wohl kosten würde; er wolle es aus eigener Tasche bezahlen, um es seiner Mutter zu schenken. Der Maler, dem das gefiel, führte die Kopie zu einem niedrigen Preis aus. Als der alte Osborne davon hörte, brummte er zufrieden und gab dem Jungen doppelt soviel Goldstücke, wie er für die Miniatur bezahlt hatte.

Aber was war die Freude des Großvaters schon im Vergleich zu Amelias Entzücken! Dieser Beweis der Liebe ihres Jungen rührte sie so, daß sie überzeugt war, kein Kind auf der ganzen Welt habe ein so gutes Herz wie ihr eigenes. Noch wochenlang danach machte der Gedanke an seine Liebe sie glücklich. Sie schlief besser, wenn sie das Bild unter dem Kissen hatte. Und wie manches Mal küßte sie es und weinte und betete vor ihm! Die kleinste Freundlichkeit von denen, die sie liebte, machte das zaghafte Herz ja schon so dankbar! Seit der Trennung von George hatte sie keine solche Freude und Tröstung erlebt.

In seinem neuen Heim regierte Master George wie ein großer Herr. Beim Essen trank er den Damen mit der größten Kaltblütigkeit zu und goß den Champagner nur so herunter, so daß der Großvater ganz begeistert war. „Sehen Sie ihn nur an!“ sagte dann der Alte, indem er seinen Nachbarn mit vor Freude rotem Gesicht in die Seite stieß. „Haben Sie je so einen Burschen gesehen? Herrgott, demnächst wird er sich ein Necessaire und ein Rasiermesser bestellen! Dessen bin ich sicher, bei meiner Seligkeit!“

Die Streiche des Jungen fanden indes bei Mr. Osbornes Freunden nicht ganz soviel Beifall wie bei dem alten Herrn selbst. Dem Richter Mr. Coffin bereitete es gerade kein Vergnügen, wenn Georgy sich in die Unterhaltung einmischte und seine Anekdoten verdarb. Oberst Fogey hatte kein Interesse daran, den kleinen Jungen halb bezecht zu sehen. Die Frau des Sergeanten Toffy war ihm nicht besonders dankbar, als er ihr mit einem Stoß des Ellbogens ein Glas Portwein über das gelbe Atlaskleid kippte und dann über das Unheil auch noch lachte. Noch viel weniger erfreut war sie – obgleich der alte Osborne dadurch in die beste Stimmung geriet –, als Georgy ihren dritten und jüngsten Sohn, einen um ein Jahr älteren jungen Herrn, der zufällig während der Ferien zu Hause war, auf dem Russel Square verdrosch. Der Großvater gab George für diese Heldentat zwei Goldstücke und versprach ihm eine weitere Belohnung, wenn er noch andere Jungen seiner Größe und seines Alters in ähnlicher Weise verhauen würde. Es ist schwer zu sagen, was für einen Sinn der alte Mann in diesen Schlägereien sah. Er hatte wohl die unbestimmte Vorstellung, daß Streit die Jungen kühn mache und daß es sehr nützlich sei, beizeiten den Tyran-

nen spielen zu lernen. Seit undenklichen Generationen ist die englische Jugend so erzogen worden, und wir haben Hunderttausende, die diese Ungerechtigkeit, dieses Elend und diese Brutalität, wie sie unter Kindern vorkommen, entschuldigen und sogar bewundern.

Durch das Lob und den Sieg über Master Toffy angefeuert, wollte George natürlich seine Triumphe fortsetzen. Eines Tages stolzierte er in einem wunderbaren, eleganten neuen Anzug in der Nähe von St. Pancras herum, als ein Bäckerjunge über sein Äußeres sarkastische Bemerkungen machte. Da riß sich der junge Patrizier sofort energisch seine Stutzerjacke herunter, gab sie dem Freund zu halten, der ihn begleitete (Master Todd aus der Great Coram Street beim Russel Square, Sohn des Juniorpartners der Firma Osborne & Co.), und versuchte den kleinen Bäcker zu verdreschen. Aber diesmal war ihm das Kriegsglück nicht hold, sondern der Bäckerjunge verprügelte Georgy. Reuig kehrte er mit einem blauen Auge nach Hause zurück. Seine schöne Hemdkrause war ganz befleckt von dem Rotwein, der aus seiner Nase geflossen war. Dem Großvater erzählte er, daß er mit einem Riesen im Kampf gestanden hatte, und seine arme Mutter in Brompton erschreckte er mit langen, keineswegs authentischen Berichten über die Schlacht.

Dieser kleine Todd aus der Coram Street am Russel Square war ein guter Freund und großer Bewunderer Master Georges. Sie fanden beide großes Gefallen am Ausmalen von Theaterbildern, an Biskuit- und Himbeertorten, am Schlittern und Schlittschuhlaufen im Regent's Park, sofern das Wetter es gestattete, und am Besuch des Theaters, wohin sie auf Osbornes Befehl häufig von dem eigens für Master George bestellten Leibdiener Rowson geführt wurden. Mit ihm zusammen saßen sie dann sehr behaglich im Parterre.

In Gesellschaft dieses Herrn besuchten sie alle größeren Theater der Metropole; sie kannten die Namen aller Schauspieler von Drury Lane bis Sadler's Wells. Viele Stücke führten sie dann vor der Familie Todd und ihren jugendlichen Freunden mit Wests berühmten Figuren auf ihrem Papptheater auf. Der Diener Rowson, der recht großzügig veranlagt war, pflegte seinen jungen Herrn, wenn er bei Kasse war, nach dem Theater nicht selten zu Austern und einem Glas Punsch als Nachtmahl einzuladen. Wir können sicher sein, daß Rowson aus der Freigebigkeit und Dankbarkeit seines jungen Herrn für die Freuden, in die er ihn einweihte, seinerseits gehörigen Vorteil zog.

Aus dem Westend wurde ein bekannter Schneider geholt, um Georges kleine Person auszustaffieren. Dabei sollten keine Kosten gespart werden. Für den Jungen wollte Mr. Osborne keinen dieser Pfuscher aus der City oder von Holborn haben, obzwar für ihn selbst ein City-Schneider gut genug war. So ließ Mr. Woolsey aus der Conduit Street seiner Phantasie freien Lauf und schickte dem Kind Phantasiehosen, Phantasiewesten

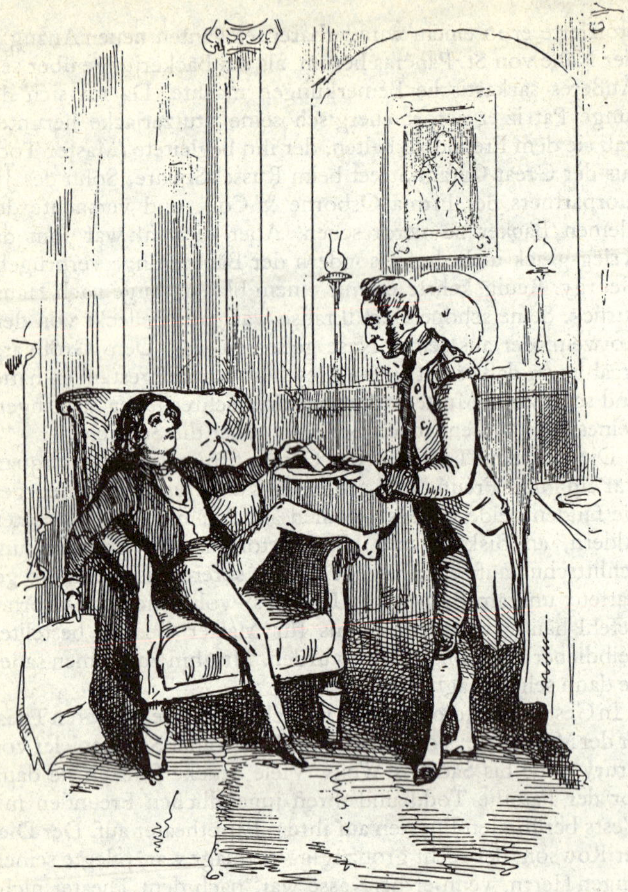

und Phantasiejacken in so reicher Fülle, daß man eine ganze Schule kleiner Dandys damit hätte ausstatten können. Georgy hatte weiße Westchen für Abendgesellschaften und Samtwestchen zum Diner und einen süßen kleinen Schlafrock, ganz wie ein kleiner Mann. Jeden Abend zog er sich zum Essen um „wie ein richtiger Westend-Stutzer", wie der Großvater sagte. Einer der Diener war besonders dazu angestellt, ihn zu bedienen, ihm bei der Toilette zu helfen, auf sein Klingelzeichen hinaufzulaufen und ihm morgens seine Post auf einem silbernen Tablett zu bringen.

Nach dem Frühstück saß Georgy gewöhnlich auf einem Sessel im Eßzimmer und las die *Morgenpost*, ganz wie ein Erwachsener. „Wie er schon fluchen und schwören kann!" riefen die Diener, entzückt über diese Frühreife, aus. Diejenigen, die sich noch an seinen Vater, den Hauptmann, erinnern konnten, erklärten, Master George sei jeder Zoll sein Papa. Mit seiner Munterkeit, seiner Herrschsucht, seinem Schelten und seiner Gutmütigkeit brachte er richtig Leben in das Haus.

Georges Erziehung wurde einem benachbarten Privatgelehrten und Pädagogen übertragen, der „junge Adlige und vornehme junge Herren für die Universität, den Senat und gelehrte Berufe vorbereitete". Sein System umfaßte nicht die entwürdigenden körperlichen Strafen, die an alten Erziehungsstätten immer noch üblich seien. In seiner Familie, erklärte er, würden die Schüler vielmehr eine feine kultivierte Gesellschaft und Vertrauen und Liebe wie zu Hause finden. Auf diese Art bemühte sich Ehrwürden Lawrence Veal aus der Hart Street in Bloomsbury, der Hauskaplan des Grafen Bareacres, zusammen mit Mrs. Veal, seiner Frau, Schüler anzulocken.

Durch diese Anzeigen und andere emsige Bemühungen gelang es dem Hauskaplan und seiner Gattin gewöhnlich, ein oder zwei Schüler bei sich zu haben. Sie bezahlten hohe Summen, da man glaubte, sie seien dort ungewöhnlich gut aufgehoben. Da war ein großer Westindier mit dunkelbraunem Gesicht, wolligem Haar und außerordentlich geckenhaftem Äußeren, um den sich nie jemand kümmerte. Dann war da weiter ein ausgewachsener Junge von dreiundzwanzig, dessen Erziehung vernachlässigt worden war und den Mr. und Mrs. Veal in die elegante Welt einführen sollten. Dazu kamen noch die beiden Söhne des Obersten Bangles von der Ostindien-Kompanie. Diese vier saßen an Mrs. Veals vornehmer Abendtafel, als Georgy in ihr Haus eingeführt wurde.

Wie ein paar Dutzend anderer Jungen war Georgy nur Tagesschüler. Morgens wurde er unter der Obhut seines Freundes Mr. Rowson hingebracht, und wenn es schönes Wetter war, ritt er am Nachmittag auf seinem Pony in Begleitung des Reitknechtes wieder heim. Von dem Reichtum seines Großvaters erzählte man sich in der Schule Wunderdinge. Ehrwürden Mr. Veal pflegte Georgy persönliche Komplimente darüber zu machen und ihm vorauszusagen, daß er für eine hohe Stellung bestimmt sei. Er müsse sich also durch Fleiß und Gelehrsamkeit schon in der Jugend auf diese hohen Pflichten vorbereiten, die ihn im reifen Alter erwarteten. Als Kind gehorchen zu lernen sei die beste Vorbereitung für einen Mann, der später anderen befehlen solle. Daher bitte er Georgy, keine Süßigkeiten in die Schule mitzubringen, um die Gesundheit der jungen Herren Bangles nicht zu ruinieren. Alles, was sie brauchten, fänden sie gewiß an Mrs. Veals vornehmer, reichhaltiger Tafel.

Was nun den Unterricht anging, das „Curriculum“, wie Mr. Veal es zu nennen beliebte, so war der Lehrplan von erstaunlichem Umfang. Die jungen Herren konnten hier von jeder bekannten Wissenschaft etwas lernen. Ehrwürden Mr. Veal besaß ein Planetarium, eine Elektrisiermaschine, eine Drehbank, ein Theater (in der Waschküche), chemische Apparate und, wie er sagte, eine auserlesene Bibliothek aller Werke der besten Autoren alter und moderner Zeiten und Sprachen. Er führte die Jungen in das Britische Museum und verbreitete sich über die dort aufbewahrten Altertümer und naturgeschichtlichen Denkmäler, so daß sich schnell ein großer Kreis von Zuhörern um ihn sammelte und ganz Bloomsbury ihn als einen überaus gelehrten Mann bewunderte. Wenn er sprach (und das tat er fast immer), trug er stets Sorge, die schönsten und längsten Wörter zu wählen, die im Wörterbuch zu finden waren, da er mit Recht der Ansicht war, daß es genauso billig sei, ein schönes, großartiges, wohlklingendes Wort zu wählen wie ein kurzes, alltägliches.

In der Schule sagte er dann etwa zu George: „Als ich gestern abend nach einer genußreichen wissenschaftlichen Diskussion mit meinem vortrefflichen Freunde Dr. Bulders, einem echten Archäologen, meine Herren, einem ganz echten Archäologen, nach Hause zurückkehrte, bemerkte ich, daß die Fenster in dem fast fürstlichen Palast Ihres verehrten Großvaters am Russel Square wie zu einer festlichen Gelegenheit illuminiert waren. Habe ich recht mit meiner Annahme, daß Mr. Osborne gestern abend eine Gesellschaft illustrer Geister an seiner luxuriösen Tafel bewirtet hat?“

Der kleine Georgy, der viel Sinn für Humor besaß und Mr. Veal mit Witz und Geschick ins Gesicht hinein nachzuahmen pflegte, erwiderte, daß Mr. Veals Vermutung vollkommen korrekt sei.

„Dann haben jene Freunde, die die Ehre hatten, Mr. Osbornes Gastfreundschaft zu genießen, gewiß keinen Grund gehabt, sich über ihr Mahl zu beklagen? Darüber würde ich jede Wette eingehen, habe ich doch selbst mehr als einmal das Glück gehabt, bei ihm eingeladen zu sein! Sie sind heute morgen übrigens etwas zu spät gekommen, Master Osborne! Sie haben sich das schon mehrmals zuschulden kommen lassen! Ich selbst, meine Herren, was für ein bescheidenes Individuum ich auch sein mag, bin doch für würdig befunden worden, an Mr. Osbornes vornehmem Festmahl teilzunehmen. Und wenn ich auch schon mit den Großen und Edlen dieser Welt gespeist habe – zu denen ich wohl auch meinen vortrefflichen Freund und Gönner, den sehr ehrenwerten Grafen George von Bareacres, zählen darf –, so kann ich Ihnen dennoch versichern, daß die Tafel dieses britischen Kaufmannes ebenso reichlich und kostbar besetzt war und man bei ihm ebenso herzlich und vornehm empfangen wurde. Mr. Bluck, wir wollen jetzt die Stelle im Eutropius wiederaufnehmen, bei der wir durch Master Osbornes verspätetes Eintreffen unterbrochen wurden! Bitte, Sir!"

Diesem bedeutenden Mann wurde Georges Erziehung für einige Zeit anvertraut. Amelia war verblüfft über seine Redeweise, hielt ihn aber für ein Wunder an Gelehrsamkeit. Die arme Witwe hatte ihre besonderen Gründe, sich mit Mr. Veal anzufreunden. Es freute sie, gerade in seinem Haus zu sein, wenn George zur Schule kam. Ebenso freute sie sich, wenn sie zu Mr. Veals „conversazioni" eingeladen wurde, die einmal im Monat stattfanden (wie man durch rosa Karten erfuhr, auf die *ΑΘΗΝΗ* aufgedruckt war). An diesen Abenden bewirtete nämlich der Professor seine Schüler und deren Freunde mit schwachem Tee und einer wissenschaftlichen Unterhaltung. Die arme kleine Amelia versäumte diese Gesellschaftsabende nie und fand sie bezaubernd, solange Georgy neben ihr sitzen konnte. Bei jedem Wetter kam sie zu Fuß von Brompton herüber, und wenn die übrige Gesellschaft sich zurückgezogen hatte und Georgy mit seinem Begleiter Mr. Rowson weggegangen war, nahm auch die arme Mrs. Osborne Mantel und Schal um. Doch zuvor umarmte sie Mrs. Veal und bedankte sich unter Tränen für den köstlichen Abend, den sie bei ihr verbracht hatte.

Wenn man nach den Berichten urteilen will, die George allwöchentlich dem Großvater nach Hause mitbrachte, so machte der Junge in den Kenntnissen, die ihm von diesem redseligen Lehrer in hunderterlei Wissenschaften eingetrichtert wurden, bemerkenswerte Fortschritte. Auf einer Tabelle waren die Namen von einem Dutzend oder noch mehr erstrebenswerter Zweige des Wissens vorgedruckt, und bei jedem Schüler vermerkte der Professor regelmäßig dahinter seine Fortschritte. Im Griechischen war Georgy aristos, im Lateinischen optimus, im Französischen très bien und so weiter. Zu Ende des Jahres bekam jeder in jedem Fach einen Preis. Sogar Mr. Swartz, der wollhaarige junge Herr und Halbbruder der ehrenwerten Mrs. Mcmull, und Mr. Bluck, der vernachlässigte dreiundzwanzigjährige Schüler vom Lande, und der bereits erwähnte faule junge Tunichtgut Master Todd erhielten billige Büchlein mit dem eingedruckten Wort „Athene“ und einer pompösen lateinischen Widmung des Professors für seinen Schüler.

Die Familie dieses Master Todd war ein Anhängsel des Osborneschen Hauses. Der alte Herr hatte Todd vom Kommis zum Kompagnon seiner Firma befördert. Mr. Osborne war der Pate des jungen Master Todd, der sich späterhin auf seinen Visitenkarten Mr. Osborne Todd nannte und ein richtiger Modejüngling wurde. Miss Osborne hatte Miss Maria Todd über das Taufbecken gehalten und schenkte ihrem Schützling jedes Jahr ein Gebetbuch, eine Sammlung von Traktaten, einen Band geistlicher Dichtungen, oder sie gab irgendein anderes Zeichen ihrer Güte. Hin und wieder nahm sie die Todds zu einer Spazierfahrt in ihrem Wagen mit, und wenn bei ihnen jemand krank war, brachte der Diener vom Russel Square Gelee und andere Delikatessen in die Coram Street. Die Coram Street blickte wahrhaft zitternd zum Russel Square auf. Mrs. Todd hatte eine geschickte Hand und konnte gut Papierschmuck für Hammelkeulen ausschneiden und aus Rüben und Möhren unwahrscheinlich echt wirkende Blumen, Entchen und andere Dinge mehr herstellen. Darum ging sie vor einem großen Diner immer „zum Platz“, wie es bei ihnen hieß, und half bei den Vorbereitungen, ohne auch nur im entferntesten daran zu denken, daß sie sich vielleicht auch mit an die Tafel setzen könnte. Wenn ein Gast in letzter Stunde absagte, wurde Todd zum Essen eingeladen. Mrs. Todd und Maria kamen dann am Abend herüber, schlüpften nach leisem Klopfen herein und befanden sich bereits im Salon, wenn Miss Osborne und ihr Damengefolge dort eintrafen. Sie standen bereit, um Duette vom Stapel zu lassen und zu singen, bis die Herren heraufkamen. Arme Maria Todd, armes junges Mädchen! Wie lange mußte sie diese Duette und Sonaten „in der Straße“ üben, ehe sie damit „am Platz“ öffentlich auftreten konnte!

Das Schicksal schien also zu wollen, daß Georgy alle, mit denen er in Berührung kam, beherrschen sollte und daß Freunde, Verwandte, Bediente, kurz alle vor ihm das Knie beugen sollten. Wir müssen zugeben, daß er sich bereitwillig in dieses Schicksal fand, wie die meisten Leute das so tun. Georgy spielte gern die Rolle eines Herrn. Es mag sein, daß er auch eine natürliche Veranlagung dazu hatte.

Am Russel Square hatte jeder Angst vor Mr. Osborne, und Mr. Osborne hatte Angst vor Georgy. Die eleganten Manieren des Jungen, sein vorlautes Drauflosschwatzen, wenn es um Bücher und Wissen ging, und die Ähnlichkeit mit seinem Vater (der unversöhnt da drüben in Brüssel begraben lag) schüchterten den alten Herrn ein und gaben dem Knaben die Oberhand. Manchmal fuhr der Alte zusammen, wenn er an dem Kind einen vom Vater ererbten Zug wahrnahm oder wenn der kleine Kerl unbewußt einen solchen Ton annahm, daß Mr. Osborne vermeinte, Georges Vater wieder vor sich zu haben. Durch Nachsicht gegen den Enkel versuchte er die Härte gegen den Sohn wiedergutzumachen. Alle waren überrascht, wie sanft und milde er zu dem Knaben war. Miss Osborne gegenüber brummte und fluchte er wie gewöhnlich; doch wenn George zu spät zum Frühstück herunterkam, lächelte er bloß.

Miss Osborne, Georgys Tante, war eine verwelkte alte Jungfer, die mehr als vierzig Jahre Langeweile und schlechte Behandlung ganz gebrochen hatten. Sie zu beherrschen war für einen aufgeweckten Jungen ein Kinderspiel. Und wenn George etwas von ihr wollte, von den Marmeladetöpfen in den Schränken bis zu den vertrockneten alten Farben in ihrem Tuschkasten (jenem alten Tuschkasten, den sie benutzt hatte, als sie Schülerin von Mr. Smee und fast noch ein blühendes junges Mädchen gewesen war), dann ergriff Georgy einfach von dem gewünschten Gegenstand Besitz, und wenn er ihn erlangt hatte, kümmerte er sich nicht weiter um die Tante.

Seine Freunde und Kameraden waren ein pompöser alter Schulmeister, der ihm schmeichelte, und ein etwas älterer widerlicher Kerl, den er verprügeln konnte. Die liebe Mrs. Todd war glücklich, wenn sie ihm ihre jüngste Tochter Rosa Temima, ein liebreizendes Kind von acht Jahren, überlassen konnte. Das Pärchen sehe so gut zusammen aus, pflegte sie zu sagen (natürlich nicht zu denen vom „Platz"); wer weiß, was noch mal werden kann! Sind sie nicht ein hübsches kleines Paar? dachte die zärtliche Mutter im stillen.

Der gebrochene alte Großvater mütterlicherseits war gleichfalls dem kleinen Tyrannen untertan. Er mochte wollen oder nicht, er mußte einfach Respekt haben vor einem Burschen, der so feine Kleider trug und mit einem Reitknecht im Gefolge ausritt. Georgy seinerseits hörte täglich die rohen Schimpfreden und den gemeinen Hohn, mit denen Mr. Osborne erbarmungslos über seinen Feind John Sedley herzog. Osborne nannte den anderen dann einen armen Bettler, einen alten Kohlenträger, einen alten Bankrotteur und gab ihm noch manchen anderen ordinären Schimpfnamen. Wie sollte der kleine George einen Mann, der derart am Boden lag, achten können? Wenige Monate, nachdem er zu seinem Großvater väterlicherseits gezogen war, starb Mrs. Sedley. Zwischen ihr und dem Kinde hatte es wenig Liebe gegeben. Er machte sich nicht die Mühe, großen Kummer zu heucheln. In einem schönen, neuen Traueranzug kam er die Mutter besuchen und war sehr böse, daß er nicht zu einer Theatervorstellung gehen durfte, die er sehr gern gesehen hätte.

Durch die Krankheit der alten Dame war Amelia beschäftigt gewesen und vielleicht gerettet worden. Was wissen Männer schon von den Leiden einer Frau? Wir würden wahnsinnig werden, hätten wir nur den hundertsten Teil jener täglichen Schmerzen zu erdulden, die so manche Frau still erträgt: unablässige Sklaverei ohne jeden Lohn; ständige Sanftmut und Güte, der ständig nur Grausamkeit begegnet; Liebe, Mühe, Geduld, Wachsamkeit, ohne daß sie auch nur mit einem freundlichen Wort anerkannt würden. Wie viele Frauen müssen all dies in der Stille ertragen und nach außen eine heitere Miene zeigen, als ob sie nichts fühlten! Diese zarten Sklavinnen müssen notwendigerweise heuchlerisch und schwach werden.

Amelias Mutter hatte anfangs ihren Stuhl und dann das Bett nicht mehr verlassen, und Mrs. Osborne hatte sie nur dann verlassen, wenn sie hinauslief, um George zu sehen. Aber die alte Frau verübelte ihr sogar diese seltenen Besuche. Einst in den Tagen des Glücks war sie eine gütige, lächelnde, gutmütige Mutter gewesen; nun aber hatten Armut und Krankheit sie zerbrochen. Ihre Krankheit und Entfremdung berührten Amelia wenig; sie halfen ihr vielmehr, das andere Unglück zu ertragen, unter dem sie litt. Die endlosen Wünsche der Kranken hinderten sie wenigstens, viel darüber nachzudenken. Amelia nahm die Unfreundlichkeit ihrer Mutter mit Sanftmut hin; sie glättete ihr das zerwühlte Kissen; immer hatte sie für die alles bemerkende, zänkische Frau eine sanfte Antwort bereit; sie tröstete die Leidende mit Worten der Hoffnung, wie sie ihr frommes, einfaches Herz fühlen und aussprechen konnte, und drückte schließlich die Augen zu, die einst so zärtlich auf sie geblickt hatten.

Nun waren all ihre Zeit und Zärtlichkeit dem Trost und der Behaglichkeit des einsamen alten Vaters gewidmet, der von dem Schlag, der ihn betroffen hatte, ganz betäubt war und jetzt in der Welt ganz allein dastand. Seine Frau, seine Ehre, sein Vermögen, alles, was ihm lieb gewesen war, hatte er verloren. Nur Amelia war noch da, um dem wankenden, gebrochenen alten Mann beizustehen und ihn mit sanftem Arm zu stützen. Doch davon wollen wir nicht weiter sprechen; es würde zu traurig und langweilig sein. Ich sehe die Leute auf dem Jahrmarkt der Eitelkeit schon dabei gähnen, also vorwärts!

Eines Tages, als die jungen Herren in Mr. Veals Studierzimmer versammelt waren und der Hauskaplan des sehr ehrenwerten Grafen Bareacres wie gewöhnlich endlos deklamierte, fuhr vor der mit einer Statue der Athene geschmückten Tür ein eleganter Wagen vor, und heraus stiegen zwei Herren. Die jungen Bangles stürzten ans Fenster, es konnte ja vielleicht sein, daß ihr Vater aus Bombay angekommen wäre. Der große ausgewachsene Schuljunge von dreiundzwanzig Jahren, der eben insgeheim über einer Stelle im Eutropius Tränen vergossen hatte, preßte seine vernachlässigte Nase platt gegen die Scheiben und sah nach dem Wagen hin, als der Lakai vom Bock sprang und die Herrschaften aussteigen ließ.

„Es sind ein Dicker und ein Dünner", sagte Mr. Bluck, als es donnernd an die Tür klopfte.

Jeder war voll Spannung, angefangen beim Hauskaplan selbst, hoffte er doch, es könnten die Väter künftiger Schüler sein, bis herunter zu Master George, der über jeden Vorwand froh war, wenn er nur sein Buch weglegen konnte.

Der Junge in der schäbigen Livree mit den abgenutzten Kupferknöpfen, der sich immer in die enge Jacke zwängte, wenn er die Tür aufmachte, kam in das Studierzimmer herein und verkündete: „Zwei Herren möchten Master Osborne sprechen." Der Professor hatte an jenem Morgen eine geringfügige Mißhelligkeit mit dem jungen Herrn gehabt, weil ihre Ansichten darüber, ob man Knallbonbons in die Schule mitbringen dürfe, geteilt gewesen waren. Aber jetzt nahm sein Gesicht wieder den Ausdruck gütiger Höflichkeit an, als er sagte: „Master Osborne, ich gebe Ihnen volle Erlaubnis, hinauszugehen und mit Ihren Freunden aus der Kutsche zu sprechen, und bitte wollen Sie ihnen die untertänigsten Empfehlungen von mir und Mrs. Veal übermitteln!"

George ging in das Empfangszimmer und erblickte zwei Fremde, die er erhobenen Hauptes in seiner üblichen hochmütigen Art ansah. Einer war dick und trug einen Schnurrbart; der andere war lang und hager. Er hatte einen blauen Gehrock an, und sein Gesicht war braungerbrannt und sein Haar leicht ergraut.

„Mein Gott, wie sieht er ihm ähnlich!" sagte der große Herr und fuhr zusammen. „Kannst du erraten, wer wir sind, George?"

Eine leichte Röte überzog das Gesicht des Jungen, wie immer, wenn er erregt war, und seine Augen blitzten auf. „Den anderen kenne ich nicht", sagte er, „aber ich möchte meinen, Sie müßten Major Dobbin sein!"

Es war in der Tat unser alter Freund. Die Stimme zitterte ihm vor Freude, als er den Knaben begrüßte und ihn, beide Hände mit der seinen fassend, an sich zog.

„Deine Mutter hat dir von mir erzählt, nicht wahr?" fragte er.

„Gewiß", erwiderte Georgy, „viele, viele hundert Male!"

57. Kapitel

Das Licht vom Osten

Insbesondere war es sein Stolz, der den alten Osborne am meisten aufrichtete und stärkte. Einer der vielen Gründe für diesen Stolz lag darin, daß sein alter Feind, Rivale und Wohltäter Sedley im Alter so weit gebeugt und gedemütigt war, daß er finanzielle Hilfe von der Hand des Mannes annehmen mußte, der ihn am schwersten verletzt und beleidigt hatte. Der erfolgreiche Weltmann verfluchte den alten Bettler, schickte ihm aber von Zeit zu Zeit eine Unterstützung. Wenn er George das Geld für die Mutter mitgab, ließ er in seiner rauhen, brutalen Weise oft boshafte Bemerkungen fallen wie etwa, Georges Großvater mütterlicherseits sei nur ein alter elender Bankrotteur, der auf Almosen angewiesen sei, oder John Sedley müßte dem Mann, dem er schon soviel Geld schulde, wirklich dankbar sein für die Hilfe, die er ihm jetzt gewähre. George nahm dann das großartige Almosen seiner Mutter und dem gebrochenen alten Witwer mit, den zu pflegen und zu trösten jetzt Amelias Hauptaufgabe war. Der kleine Kerl indes behandelte den schwachen, unglücklichen Mann recht herablassend.

Man könnte es als Mangel an geziemendem Stolz bei Amelia ansehen, daß sie diese geldliche Unterstützung aus der Hand von ihres Vaters Feind annahm. Aber Amelia hatte nie viel von diesem „geziemenden Stolz“ gehabt. Von Natur aus war sie einfach und schutzbedürftig veranlagt, dazu waren jahrelange Armut und Demütigung, tägliche Entbehrungen und harte Worte und gute Taten ohne Dank ihr Los gewesen, eigentlich seit sie erwachsen war oder wenigstens seit ihrer unglücklichen Ehe mit George Osborne. Du, der du bessere Menschen als dich tagtäglich diese Schande ertragen siehst, die die Schläge des Schicksals in stummem Leid hinnehmen, ohne daß einer Mitleid mit ihnen hätte, arme Menschen, die eben wegen dieser Armut verachtet werden – steigst du da wohl je von deinem Thron des Glückes herab und wäschst diesen armen, müden Bettlern die Füße? Schon der Gedanke an sie ist dir widerwärtig und gemein. „Es muß soziale Unterschiede geben“, sagt der Reiche, wenn er seinen Rotwein schlürft (es ist schon viel, wenn er dem armen Lazarus draußen vor dem Fenster wenigstens die Überbleibsel von seinem Braten hinausschickt!). Ganz richtig; aber man bedenke nur, wie geheimnisvoll und oftmals unberechenbar dieses Glücksspiel des Lebens doch ist! Der eine bekommt Purpur und feines Linnen, der andre aber alte Fetzen als Kleider und einen Hund zum Trost.

So muß ich gestehen, daß Amelia ohne großes Mißvergnügen, sondern im Gegenteil fast mit einer Art von Dankbarkeit die Krumen annahm, die von Zeit zu Zeit vom Tische ihres Schwiegervaters fielen und mit denen sie ihren eigenen Vater ernährte. Ja, sie betrachtete es sogar als ihre Pflicht, sie anzunehmen, denn es lag eben im Wesen dieser jungen Frau (sie ist immerhin erst dreißig, da darf man sie wohl trotz allem noch jung nennen, nicht wahr, meine Damen?), sich selbst aufzuopfern und alles, was sie hatte, ihren Lieben zu Füßen zu legen. Wie lange Nächte hindurch hatte sie sich für den kleinen Georgy, als er noch bei ihr war, die Finger wund gearbeitet, ohne daß es ihr jemand gedankt hätte! Welche Schläge, Verachtung, Entbehrung, Armut hatte sie für Vater und Mutter ertragen! Und bei all diesen einsamen, unbemerkten Opfern achtete sie sich selbst nicht höher, als die Welt sie achtete, sondern dachte wohl eher im tiefsten Innern, sie sei ein armseliges, erbärmliches Geschöpf, dem immer noch mehr Glück im Leben widerfahren war, als es verdient hätte. O ihr armen Frauen! O ihr armen, geheimen Märtyrerinnen, deren Leben eine einzige Tortur ist, die im Schlafzimmer auf der Folter ausgestreckt sind und am Wohnzimmertische täglich ihr Haupt auf den Block legen! Jeder Mann, der euere Qualen sieht oder in jene dunklen Häuser hineinblickt, wo ihr gefoltert werdet, muß Mitleid mit euch haben und – Gott danken, daß er selbst einen Bart hat! Ich erinnere mich, vor Jahren in einer Irrenanstalt in Bicêtre bei Paris einen armen Kerl gesehen zu haben, der unter das Joch der Gefangenschaft und Krankheit gebeugt war. Einer aus unserer Gesellschaft gab ihm für einen Dreier Schnupftabak in einem

Papiertütchen. Diese Freundlichkeit war zuviel für das arme epileptische Geschöpf. Vor Entzücken und Dankbarkeit brach er in einen Strom von Tränen aus. Wenn uns jemand tausend Pfund jährlich geben oder das Leben retten würde, könnten wir nicht mehr gerührt sein. Genauso wird man feststellen, daß auf eine Frau, die recht gehörig tyrannisiert wird, für einen Dreier Freundlichkeit so wirkt, daß ihr die Tränen in die Augen steigen, als wäre man ein Engel, der ihr wer weiß was Gutes tut. Solch ein paar freundliche Brocken waren noch das Beste, was das Schicksal der armen kleinen Amelia zuteilte. Das war nun also aus ihrem Leben, das doch im Wohlstand begonnen hatte, geworden: ein gemeines Gefängnis, endlose, unwürdige Knechtschaft! Manchmal besuchte der kleine Georgy sie in ihrer Gefangenschaft und ermunterte sie mit schwachen Troststrahlen. Am Russel Square lag die Grenze ihres Gefängnisses. Gelegentlich durfte sie bis dorthin gehen, mußte aber immer wieder zurückkehren und nachts in ihrer Zelle schlafen, mußte ihre traurigen Pflichten erfüllen, ohne Dank an Krankenbetten wachen und die quälende Tyrannei enttäuschter, zänkischer, alter Menschen erdulden. Wieviel Tausende gibt es, zumeist Frauen, die zu solch endloser Sklaverei verdammt sind, die Krankenschwestern ohne Lohn sind, Barmherzige Schwestern, wenn man so will, ohne jene Gefühlsromantik, die in der Vorstellung liegt, sie opferten sich auf für andere. Ohne daß jemand Mitleid hat, mühen sie sich ab, fasten, wachen, leiden und verwelken unwürdig und unbekannt. Der furchtbaren, verborgenen Weisheit, die die Geschicke der Menschen lenkt, scheint es zu gefallen, die Zärtlichen, Guten, Klugen zu demütigen und niederzuwerfen und die Selbstsüchtigen, Dummen und Bösen zu erhöhen. O mein Bruder, sei demütig in deinem Glück! Sei milde zu denen, die weniger glücklich, aber vielleicht verdienstvoller sind! Denke daran, was für ein Recht du wohl dazu hast, andere zu verachten, wenn deine Tugend nur auf dem Mangel an Versuchung beruht und dein Erfolg vielleicht nur ein Zufall ist, wenn deine Stellung nur dem Glücksfall eines Ahnen zuzuschreiben und dein eigenes Wohlleben höchstwahrscheinlich nichts als eine Farce ist!

Amelias Mutter wurde auf dem Kirchhof von Brompton begraben. Es war ein ebenso dunkler Regentag wie damals, als Amelia zum ersten Male dort hinkam, um mit George getraut zu werden. Ihr kleiner Junge saß in seiner pompösen neuen

Trauerkleidung neben ihr. Sie erinnerte sich noch an die alte Frau, die die Kirchenstühle aufschloß, und an den Küster. Während der Pfarrer sprach, weilten ihre Gedanken in fernen Zeiten. Wenn sie nicht Georgys Hand in der ihren gehalten hätte, wie gern hätte sie dann wohl ihren Platz mit der anderen getauscht, die ... Doch schnell schämte sie sich wieder wie gewöhnlich ihrer selbstsüchtigen Gedanken und betete still um Stärke zur Erfüllung ihrer Pflichten.

Mit ganzer Kraft und Stärke, beschloß sie, wollte sie versuchen, ihren alten Vater glücklich zu machen. Sie schuftete und mühte sich ab, flickte und stopfte, sang und spielte Puff mit ihm, las ihm aus der Zeitung vor, kochte ihm seine Lieblingsgerichte und ging unermüdlich mit ihm spazieren in den Kensington Park oder in Brompton, lauschte mit liebevoll geheucheltem Lächeln seinen Geschichten oder saß träumend und in ihre eigenen Gedanken vertieft an seiner Seite, während der schwache, zänkische Alte auf einer Bank in der Sonne saß und von seinen Sorgen und dem ihm angetanen Unrecht vor sich hinschwatzte. Wie traurig und unbefriedigend waren die Gedanken der armen Witwe! Die an den Abhängen und auf den breiten Parkwegen herumlaufenden Kinder erinnerten sie an George, der ihr genommen worden war, genau wie man den ersten George ihr genommen hatte. In beiden Fällen war ihre selbstsüchtige, schuldbeladene Liebe zurückgewiesen und bestraft worden. Sie mühte sich zu glauben, es sei recht, daß sie bestraft würde. Sie war eine elende, böse Sünderin. Sie stand ganz allein auf der Welt da.

Ich weiß, daß solch ein Bericht über eine einsame Gefangenschaft unerträglich langweilig ist, wenn er nicht von irgendeinem heiteren oder humoristischen Element belebt wird, wie zum Beispiel einem zärtlichen Gefängniswärter oder einem komischen Festungskommandanten oder einer Maus, die hervorschlüpft und in Latudes Bart herumspielt, oder einem unterirdischen Gang unter der Festung, den Trenck mit einem Nagel und einem Zahnstocher gegraben hat. Doch hier bei Amelias Gefangenschaft kann der Verfasser von keinem derartigen belebenden Element berichten. Stellt sie euch einmal vor, wie sie damals war: sehr traurig, aber stets bereit zu lächeln, sobald jemand mit ihr sprach, in einer sehr niedrigen, armen, um nicht zu sagen gemeinen Stellung, während sie für ihren alten Vater Lieder sang, Pudding kochte, Karten spielte und Strümpfe stopfte. Es soll uns wenig kümmern, ob sie eine Heldin war oder keine, wenn nur auch wir, du und ich, in unserem Alter, obwohl wir betagt und bankrott sind und dauernd schelten mögen, eine liebevolle sanfte Schulter finden, an die wir uns lehnen können, und eine zarte Hand, die für unseren alten, gichtgekrümmten Körper die Kissen glättet.

Nach dem Tode seiner Frau gewann der alte Sedley seine Tochter sehr lieb, und Amelia fand ihren Trost darin, ihre Pflicht bei dem alten Mann zu tun.

Aber wir wollen die beiden nicht allzu lange in so niedriger, unvornehmer Stellung belassen. Bessere Tage, jedenfalls soweit es das weltliche Wohlergehen betrifft, warteten ihrer. Vielleicht hat der scharfsinnige Leser schon erraten, wer der dicke Herr war, der Georgy in der Schule in Begleitung des Majors, unseres alten Freundes, aufgesucht hatte. Es war ein anderer alter Bekannter von uns, der nach England zurückgekehrt war, und zwar gerade zu einem Zeitpunkt, da seine Anwesenheit für seine Verwandten hier wahrscheinlich Trost und Hilfe bedeuten würde.

Für Major Dobbin war es ein leichtes gewesen, von seinem gutmütigen Kommandanten Urlaub zu bekommen, um in dringenden Privatangelegenheiten nach Madras und von dort aus wahrscheinlich weiter nach Europa zu reisen. Er gab nicht Ruhe, bis er sein Ziel erreicht hatte. Dabei hatte er den Marsch nach Madras in solcher Eile bewältigt, daß er mit hohem Fieber dort ankam. In bewußtlosem Zustand brachten die Diener ihn in das Haus eines Freundes, bei dem er bis zur Abreise nach Europa bleiben wollte. Viele, viele Tage hindurch sah es so aus, als ob er nie mehr weiter reisen würde als bis zum Friedhof an der St. Georgskirche, wo so mancher tapfere Offizier fern der Heimat begraben liegt und wo die Truppen eine Salve auch über seinem Grab abfeuern würden.

Während der arme Kerl sich hier im Fieber wälzte, konnten seine Krankenwärter ihn von Amelia phantasieren hören. Der Gedanke, daß er sie nie wiedersehen sollte, verdüsterte ihm seine wenigen lichten Stunden. Ihm dünkte, sein letzter Tag sei gekommen. Daher traf er feierlich seine Vorbereitungen für das Ende. Er brachte seine irdischen Angelegenheiten in Ordnung und vermachte das kleine Vermögen, das er besaß, denjenigen, denen er am liebsten etwas Gutes antun wollte. Der Freund, in dessen Haus er untergebracht war, unterschrieb das Testament als Zeuge. Er wollte mit einer kleinen braunen Locke begraben sein, die er am Halse trug. Um die Wahrheit zu gestehen – er hatte sie in Brüssel von Amelias Kammerzofe bekommen, als der jungen Witwe während des Fiebers, das sie nach George Osbornes Tod aufs Krankenlager gestreckt hatte, das Haar abgeschnitten wurde.

Dank seiner kräftigen Konstitution erholte er sich jedoch wieder trotz aller Aderlässe und Abführmittel. Er war schon auf dem Wege der Genesung, da bekam er einen Rückfall, und schließlich glich er nur noch einem Skelett, als man ihn auf den Ostindiendampfer „Ramchunder" brachte, der unter Kapitän Bragg segelte und, von Kalkutta kommend, Madras berührte. Er lag so darnieder und war so schwach, daß sein Freund, der ihn während der Krankheit gepflegt hatte, prophezeite, der gute Major werde die Reise nicht lebend überstehen, sondern eines Morgens, in Fahnentuch und Hängematte gehüllt, über Bord ins Meer versenkt werden und die Reliquie, die er am Halse trug, mit sich in die Tiefe nehmen. Aber war es nun die Seeluft oder die Hoffnung, die in ihm aufstieg, als das Schiff die Segel setzte und sich auf den Weg in die Heimat machte – genug, unser Freund fühlte sich allmählich besser, und ehe noch das Kap erreicht war, war er wieder ganz in Ordnung, wenn auch mager wie ein Windhund. „Kirk wird enttäuscht sein, daß er diesmal noch nicht das Majorspatent bekommt", sagte er lächelnd; „sicher erwartet er, seinen Namen in der Armeezeitung zu finden, wenn das Regiment nach Hause zurückkehrt!" Während der Major in Madras krank lag, weil er sich so über die Maßen beeilt hatte, dorthin zu gelangen, hatte nämlich das tapfere . . .te Regiment den Befehl zur Heimkehr erhalten. Es war ja auch lange genug draußen gewesen. Nach der Rückkehr aus Westindien war das Regiment durch den Feldzug von Waterloo um den Aufenthalt in der Heimat gekommen, und von Flandern aus war es nach Indien abkommandiert worden. So hätte der Major sogar mit seinen Kameraden zusammen reisen können, wenn er auf ihre Ankunft in Madras hätte warten wollen.

Vielleicht wollte er sich indes in seinem erschöpften Zustand nicht wieder Glorvinas Fürsorge anvertrauen. „Ich bin überzeugt, Miss O'Dowd würde sich über meinen Verlust getröstet haben, wenn wir sie an Bord gehabt hätten", sagte er lachend zu einem Mitreisenden. „Nachdem sie mich ins Meer versenkt hätte, würde sie sich bestimmt auf dich gestürzt haben, alter Junge, und dich als Siegespreis nach Southampton eingebracht haben! Darauf kannst du dich verlassen, Joe!"

Es war also wirklich niemand anders als unser dicker Freund, der sich auch an Bord der „Ramchunder" befand. Zehn ganze Jahre hatte er in Bengalen verbracht, und ständige Diners, Gabelfrühstücke, helles Bier und Rotwein, wunderbarer, erfrischender indischer Schnaps, den er dort zu sich nehmen mußte, hatten ihren Einfluß auf Waterloo-Sedley geltend gemacht. Eine Reise nach Europa erwies sich als unumgänglich. Und da er seine Dienstzeit in Indien abgeleistet hatte und dank seiner guten Stellung eine beträchtliche Summe Geldes erspart hatte, stand es ihm frei, nach Hause zu fahren und dort von einer guten Pension zu leben. Ebensogut konnte er aber auch zurückkehren und in der Kompagnie eine vorteilhafte Stellung einnehmen, zu der ihn seine lange Dienstzeit und seine vielfachen Talente berechtigten.

Er war etwas dünner geworden, seit wir ihn zuletzt sahen, hatte jedoch an Majestät und feierlicher Haltung viel gewonnen. Er hatte sich wieder einen Schnurrbart stehen lassen, auf den er durch seine Teilnahme an der Schlacht bei Waterloo ein Anrecht hatte. So stolzierte er mit seiner prächtigen, goldbetreßten Samtkappe und verschwenderisch mit Krawattennadeln und Juwelen geschmückt auf Deck umher. Das Frühstück nahm er in seiner Kabine ein und machte dann, ehe er auf dem Offiziersdeck erschien, so sorgfältig Toilette, als ob er sich in der Bond Street oder auf dem Korso in Kalkutta zeigen wollte. Er hatte sich einen Eingeborenen mitgebracht, der sein Kammerdiener und Pfeifenträger war und auf dem Turban in Silber gestickt das Sedleysche Wappen trug. Dieser orientalische Hausknecht hatte unter Josef Sedleys Tyrannei ein erbärmliches Leben. Wenn es um seine eigene Person ging, war Josef so eitel wie eine Frau, und zu seiner Toilette brauchte er genausoviel Zeit wie eine verwelkte Schönheit. Die jüngeren Passagiere, unter ihnen der junge Chaffers vom hundertfünfzigsten Regiment und der arme kleine Ricketts, der nach seinem dritten Fieber nach Hause fuhr, pflegten Sedley bei Tisch aufzuziehen und ihn zu veranlassen, seine tollen Geschichten von seinen Heldentaten im Kampf mit Tigern und mit Napoleon zu erzählen. Ganz groß war er, als er beim Besuch des Kaisergrabes in Longwood diesen Herren und den jungen Schiffsoffizieren (Major Dobbin war nicht dabei) die ganze Schlacht bei Waterloo schilderte und dabei so ungefähr zu verstehen gab, daß ohne ihn, Josef Sedley, Napoleon nie nach St. Helena verbannt worden wäre.

Nachdem das Schiff St. Helena verlassen hatte, wurde er sehr freigebig und verschenkte eine Unmenge von Reiseproviant, Rotwein, Büchsenfleisch und große Kisten voll Sodawasserflaschen, die er zu seinem Privatgebrauch mitgenommen hatte. Damen waren nicht an Bord, und da der Major dem Zivilisten den Vortritt gelassen hatte, war Mr. Sedley bei Tisch der oberste Würdenträger und wurde von Kapitän Bragg und den Offizieren der „Ramchunder" mit dem seinem Rang gebührenden Respekt behandelt. Bei einem zwei Tage währenden Sturm verschwand er in heller Aufregung. Er ließ die Luken seiner Kabine schließen und lag in seiner Koje und las *Die Waschfrau von Finchley Common*, die Lady Emily Hornblower, die Gattin von Ehrwürden Silas Hornblower, als sie sich in Kapland ausschiffte, wo Ehrwürden als Missionar wirkte, an Bord zurückgelassen hatte. Als gewöhnliche Lektüre hatte er sich jedoch einen großen Vorrat an Romanen und Schauspielen mitgebracht, die er nun den anderen Passagieren auslieh, so daß er sich bei allen durch seine Freundlichkeit und Herablassung beliebt machte.

So manche Nacht, während das Schiff die dunkle, tosende See durchschnitt und Mond und Sterne über ihnen glitzerten und die Glocke zu den Wachen rief, saßen Mr. Sedley und der Major auf dem Achterdeck beisammen und plauderten über die Heimat. Der Major rauchte seine Zigarre, und der Zivilist paffte die Wasserpfeife, die der Diener ihm gestopft hatte.

Es war geradezu bewundernswert, wie es dem Major bei diesen Unterhaltungen mit unermüdlicher Findigkeit immer wieder gelang, das Gespräch auf Amelia und ihren kleinen Buben zu lenken. Josef war über das Unglück seines Vaters und die Bittschriften, die dieser ohne Umschweife an ihn gerichtet hatte, etwas verdrossen gewesen. Der Major besänftigte ihn jedoch, indem er auf das Unglück und das hohe Alter Mr. Sedleys hinwies. Er würde vielleicht nicht gern mit dem alten Ehepaar zusammen leben wollen, dessen Gewohnheiten möglicherweise mit denen eines jüngeren Mannes, der zudem an andere Gesellschaft gewöhnt sei (Joe verbeugte sich bei diesem Kompliment), nicht übereinstimmten. Dennoch würde es für Joe Sedley sehr vorteilhaft sein, führte der Major aus, wenn er in London ein eigenes Haus hätte und nicht nur eine Junggesellenwohnung wie früher. Seine Schwester Amelia würde gerade die Richtige sein, um dem Haus vorzustehen, war sie doch elegant und liebenswürdig und wohlerzogen. Er erzählte Geschichten

von den Erfolgen, die Mrs. George Osborne früher in Brüssel und London gehabt hatte, wo sie von den vornehmsten Leuten bewundert worden sei. Dann deutete er vorsichtig an, wie sehr es sich für Joe geziemen würde, Georgy auf eine gute Schule zu schicken und einen Mann aus ihm zu machen; denn die Mutter und die Großmutter würden ihn gewiß verwöhnen. Kurz und gut, der Major nahm dem Zivilisten listig das Versprechen ab, für Amelia und ihr schutzloses Kind zu sorgen. Er wußte ja noch nicht, was sich inzwischen in der Familie Sedley ereignet hatte, wie der Tod die Mutter und der Reichtum den kleinen Georgy weggeholt hatten. Jedenfalls dachte der verliebte mittelalterliche Mann täglich und stündlich immer nur an Mrs. Osborne, und sein ganzes Augenmerk war darauf gerichtet, wie er ihr Gutes tun könnte. Er überredete, beschwatzte, umschmeichelte und bekomplimentierte Joe Sedley mit einer Hartnäckigkeit und Herzlichkeit, deren er sich selbst wahrscheinlich gar nicht bewußt war. Wer jedoch unverheiratete Schwestern oder auch Töchter hat, wird sich vielleicht daran erinnern, wie ungewöhnlich liebenswürdig die Herren manchmal zu den männlichen Verwandten sind, wenn sie die weiblichen Familienmitglieder umwerben. Vielleicht wurde dieser Schelm Dobbin von ähnlich heuchlerischen Motiven geleitet.

In Wahrheit hatte Major Dobbin sich, als er krank an Bord kam und die „Ramchunder“ dann drei Tage lang in der Straße von Madras lag, gar nicht erholen wollen. Nicht einmal das Erscheinen seines alten Bekannten Mr. Sedley an Bord der „Ramchunder“ hatte ihn aufheitern können. Die Lage änderte sich erst nach einem Gespräch, das sie eines Tages hatten, als der Major matt an Deck lag. Er hatte gesagt, er glaube, er sei zum Sterben verurteilt; im Testament habe er seinem Patenkind eine Kleinigkeit hinterlassen; er hoffe, Mrs. Osborne werde seiner freundlich gedenken und in der Ehe, die sie eingehen wolle, glücklich werden. „Heiraten?“ hatte Joe geantwortet. Darüber habe er nicht das geringste von ihr gehört. Sie habe von einer Vermählung nichts erwähnt. Übrigens habe sie – wie sonderbar! – geschrieben, Major Dobbin wolle sich verheiraten und würde hoffentlich glücklich werden. Von wann stammten denn Sedleys Briefe aus Europa? Der Zivilist holte sie. Sie waren um zwei Monate jüngeren Datums als die des Majors. Da konnte der Schiffsarzt sich bald zu der vortrefflichen Behandlung gratulieren, die er seinem neuen Patienten hatte angedeihen lassen. In Madras war er ihm von seinen Kollegen mit recht geringen Hoffnungen übergeben worden. Von jenem Tag an, gerade dem Tag, an dem er die Medizin wechselte, ging es Major Dobbin jedoch besser. So kam es, daß der verdienstvolle Offizier, Hauptmann Kirk, um die Majorswürde gebracht wurde.

Nachdem sie St. Helena passiert hatten, war Major Dobbin so munter und kräftig geworden, daß alle Mitreisenden nur staunen konnten. Er scherzte mit den Seekadetten, veranstaltete Stockgefechte mit den Offizieren, kletterte auf die Rahen, flink wie ein Schiffsjunge, und sang eines Abends der ganzen Gesellschaft, die da nach dem Abendessen beim Grog versammelt war, lustige Lieder vor. Kurz, er war so vergnügt, lebhaft und liebenswürdig, daß sogar Kapitän Bragg, der zunächst nicht viel von diesem Passagier gehalten und ihn als einen trübseligen Kerl eingeschätzt hatte, zugeben mußte, daß der Major ein zwar zurückhaltender, aber gut unterrichteter und verdienstvoller Offizier sei. „Er hat keine distinguierten Manieren", bemerkte Bragg zu seinem Ersten Offizier, „er würde nicht in das Haus des Gouverneurs passen, wo der Lord und Lady William so freundlich zu mir waren und mir vor der ganzen Gesellschaft die Hand reichten und er mir beim Diner vor dem Oberbefehlshaber selbst beim Bier zutrank. Manieren hat er nicht, aber er hat etwas an sich, das ..." Hierdurch bewies Kapitän Bragg sowohl seinen Scharfsinn als Mensch wie auch seine Fähigkeiten als Kommandant.

Als zehn Tage vor ihrer Ankunft in England eine Windstille eintrat, wurde Dobbin so ungeduldig und schlechtgelaunt, daß die Kameraden, die bislang seine Lebhaftigkeit und gute Stimmung bewundert hatten, höchst überrascht waren. Das legte sich bei ihm erst, als wieder Wind aufkam, und als der Lotse an Bord kam, war er ganz närrisch vor Aufregung. Mein Gott, wie klopfte ihm das Herz, als die beiden freundlichen Türme von Southampton in Sicht kamen!

58. Kapitel

Unser Freund der Major

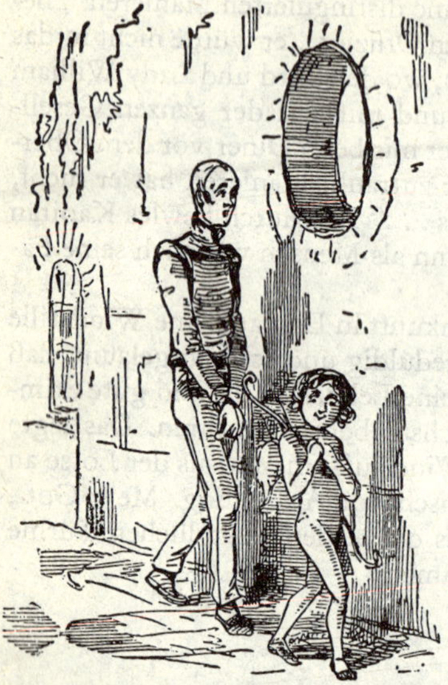

Offensichtlich hatte sich der Major an Bord der „Ramchunder“ sehr beliebt gemacht; denn die ganze Besatzung, Mannschaften und Offiziere, allen voran der große Kapitän Bragg, brachte drei Hurras für Major Dobbin aus, als dieser mit Mr. Sedley in das willkommene Boot stieg, das sie an Land bringen sollte. Der Major wurde über und über rot und zog zum Zeichen des Dankes den Kopf ein. Josef, der sehr wahrscheinlich die Hurrarufe auf sich bezog, nahm die goldbetreßte Kappe ab und winkte damit majestätisch den Freunden zu. So wurden sie ans Ufer gerudert und landeten würdevoll am Kai, von wo sie sich in das Royal George Hotel begaben.

In der Kaffeestube des Hotels begrüßen den Reisenden aus fernen Landen stets ein prachtvoller Rinderbraten und eine silberne Kanne, die echtes britisches Bier ahnen läßt. Obwohl dieser Anblick für einen Mann, der solch einen behaglichen, gemütlichen, heimeligen englischen Gasthof betritt, eigentlich so stärkend und erfreulich ist, daß er am liebsten gleich ein paar Tage hierbleiben möchte, begann Dobbin doch sofort von einer Postkutsche zu reden. Kaum war er in Southampton, als er auch schon auf dem Weg nach London sein wollte. Joe indes wollte nichts davon hören, noch am gleichen Abend wieder abzureisen. Warum sollte er die Nacht in der Postkutsche verbringen statt in dem großen, weichen, federnden Bett, das hier an Stelle des schrecklich engen, kleinen Kinderbetts bereit stand, in das der stattliche Herr aus Bengalen sich während der Seereise hatte zwängen müssen? An eine Weiterfahrt war nicht zu denken, ehe er nicht sein Gepäck vom Zoll bekommen hatte.

Überhaupt konnte er erst weiterreisen, wenn er seinen gewürzten Tabak hatte. So sah sich der Major gezwungen, bis zum nächsten Morgen zu warten. Er schickte seiner Familie einen Brief, in dem er seine Ankunft meldete, und bat Josef, ebenfalls an seine Freunde zu schreiben. Joe versprach es, aber hielt sein Versprechen nicht. Der Kapitän, der Arzt und noch ein paar Passagiere kamen, um mit den Herren im Gasthof zu essen. Josef bestellte das Beste, was zu haben war, und gelobte, am folgenden Tag mit dem Major nach London zu reisen. Der Wirt behauptete, es sei ihm eine richtige Augenweide, Mr. Sedley seinen ersten Humpen trinken zu sehen. Wenn ich Zeit hätte und mich auf Abschweifungen einlassen könnte, würde ich über diesen ersten auf englischem Boden getrunkenen Humpen ein ganzes Kapitel schreiben. Ach, wie gut ist doch unser Bier! Es lohnt sich schon, die Heimat für ein paar Jahre zu verlassen, nur um in den Genuß dieses Trankes zu kommen.

Am nächsten Morgen erschien Major Dobbin nach seiner Gewohnheit sehr sauber rasiert und gekleidet. Es war indes noch so früh am Tage, daß in dem ganzen Hause außer dem wunderbaren Stiefelputzer, der anscheinend gar keinen Schlaf brauchte, noch niemand auf war. Im übrigen konnte der Major die anderen Bewohner des Hauses bis auf die Gänge hinaus schnarchen hören, als er auf knarrenden Dielen durch die düsteren Korridore schlich. Dann begab sich der immer wache Stiefelputzer vorsichtig von einer Tür zur andern und sammelte an jeder die davorstehenden Stiefelpaare ein. Danach stand Joes eingeborener Diener auf und begann alles für die umständliche Toilette seines Herrn vorzubereiten und die Wasserpfeife zu stopfen. Schließlich erhoben sich auch die Dienstmädchen, und wenn sie dem dunklen Mann auf dem Korridor begegneten, schrien sie auf im Glauben, es sei der Teufel selbst. Er und Dobbin stolperten in den Gängen über die Wassereimer, mit denen sie die Korridore des Royal George aufwischten. Sobald der erste unrasierte Kellner erschien und die Tür des Gasthofs entriegelte, meinte der Major, nun sei es Zeit aufzubrechen, und ließ die Extrapost schnellstens holen, damit sie sich sofort auf den Weg machen könnten.

Dann wandte er seine Schritte Mr. Sedleys Zimmer zu und zog an dem riesengroßen Ehebett, in dem Mr. Joe schnarchte, die Vorhänge zurück. „Los, auf, Sedley!“ sagte der Major; „es ist Zeit zum Aufbrechen, die Postkutsche ist in einer halben Stunde vor der Tür.“

Unter dem Deckbett hervor erkundigte sich Joe brummend, wie spät es denn sei. Als er aber endlich von dem errötenden Major, der nie log, und gereichte es noch so sehr zu seinem Vorteil, herausbekommen hatte, wie spät es tatsächlich war, brach er in eine Salve von Flüchen aus, die wir hier nicht wiederholen wollen. Doch gab er Dobbin zu verstehen, daß er seine Seele gefährden würde, wenn er jetzt schon aufstehen wollte. Der Major solle sich zum Teufel scheren. Er wolle nicht mit ihm reisen. Es sei höchst unfreundlich und ungebildet, einen Mann so im Schlaf zu stören. Daraufhin blieb dem Major gar nichts anderes übrig, als sich geschlagen zurückzuziehen, damit Joe sich wieder seinem unterbrochenen Schlummer zuwenden konnte.

Kurz danach erschien die Extrapost, doch der Major wollte nun nicht länger warten.

Wäre er ein auf einer Vergnügungsreise begriffener englischer Edelmann oder ein Zeitungskurier mit Depeschen gewesen (Botschafter der Regierung werden gewöhnlich weitaus ruhiger befördert), so hätte er nicht schneller reisen können. Die Postillone wunderten sich über die Trinkgelder, die er ihnen hinwarf. Wie friedlich sah das Land aus, als die Kutsche grün und eilig von einem Meilenstein zum anderen rollte, durch saubere Landstädtchen, wo der Wirt lächelnd und sich verbeugend zur Begrüßung heraustrat, vorbei an hübschen Gasthäusern an der Straße, wo das Schild an der Ulme hing und Pferde und Fuhrleute sich im Schatten der Bäume durch einen Trunk erfrischten, an von Parks umgebenen alten Schlössern vorbei und an einfachen Weilern, die sich um altersgraue Kirchen drängten, und durch die liebliche bezaubernde englische Landschaft, der auf der ganzen Welt keine andere gleichkommt. Auf einen heimkehrenden Reisenden macht sie einen so freundlichen Eindruck! Sie scheint ihm im Vorbeifahren die Hand zu schütteln. Major Dobbin aber fuhr von Southampton nach London an all dem vorbei, ohne viel mehr davon wahrzunehmen als die Meilensteine am Wegrand. Wir wissen ja, er war so begierig, seine Eltern in Chamberwell wiederzusehen!

Er murrte schon über die Zeit, die für die Fahrt von Piccadilly nach seiner alten Herberge bei Slaughters draufging, wohin er sich getreulich wieder begab. Lange Jahre waren vergangen, seit er und George als junge Leute so manches Festmahl und so manche Zecherei dort genossen hatten. Jetzt gehörte er zu den Alten. Sein Haar war inzwischen leicht ergraut, und so manches leidenschaftliche Gefühl seiner Jugend auch. Doch an der Tür, da stand noch immer der alte Kellner mit demselben speckigen, schwarzen Anzug, demselben Doppelkinn und aufgedunsenem Gesicht, demselben dicken Siegelbündel an der Uhrtasche, und klimperte mit dem Geld in seiner Tasche wie ehedem. Er begrüßte den Major, als wäre er erst vor einer Woche dagewesen. „Bring die Sachen des Herrn Majors auf dreiundzwanzig, das ist sein Zimmer“, sagte John und zeigte nicht die mindeste Überraschung. „Zum Abendessen möchten Sie wohl gebratenes Huhn? Verheiratet sind Sie nicht? Es hieß doch, Sie hätten geheiratet. Der schottische Arzt aus Ihrem Regiment war mal hier. Ach nein, es war Hauptmann Humby von den Dreiunddreißigern, die mit dem . . .ten Regiment in Indien zusammen in Quartier lagen. Möchten Sie warmes Wasser? Warum kommen Sie denn in einer Extrapost? Die Postkutsche ist Ihnen wohl nicht gut genug?" Damit ging der treue Kellner, der jeden Offizier kannte, der ins Haus kam, und sich an jeden erinnerte, ganz gleich ob er ihn vor zehn Jahren oder gestern gesehen hatte, zu Dobbins altem Zimmer voran. Da stand immer noch das grüne Moirébett, da lag noch der schäbige Teppich, vielleicht um einen Schein schmieriger, da waren noch all die mit verblichenem Chintz bezogenen Möbelstücke, genau wie der Major sie von seiner Jugend her noch in Erinnerung hatte.

Er dachte daran, wie George am Tage vor seiner Heirat die Nägel beißend in dem Zimmer auf und ab gegangen war und geflucht hatte, dieser Alte müsse nachgeben, und wenn er es nicht täte, würde er sich keinen Pfifferling darum scheren. Er konnte sich noch gut daran erinnern, wie er hereingekommen war und die Tür zu Dobbins Zimmer und die seines eigenen nebenan zugeknallt hatte.

„Sie sind nicht gerade jünger geworden", meinte John, indem er den Freund aus früheren Tagen ruhig betrachtete.

Dobbin lachte. „Zehn Jahre und das Fieber machen einen Mann auch nicht jünger, John", sagte er. „Sie sind's, der immer jung bleibt – nein, Sie sind immer alt."

„Was ist eigentlich aus Hauptmann Osbornes Witwe geworden?" fuhr John fort. „Ein feiner Kerl war das! Gott, wie der das Geld zum Fenster hinauswarf! Seit dem Tag, da er von hier aus zur Trauung ging, ist er nie wieder hergekommen. Drei Pfund schuldet er mir noch bis heute. Schauen Sie, hier steht's in meinem Buch! 10. April 1815; Hauptmann Osborne drei Pfund. Was glauben Sie, ob sein Vater mir das wohl bezahlen würde?" Bei diesen Worten zog John das alte lederne Taschenbuch heraus, in dem er sein Darlehen an den Hauptmann auf einer fleckigen, verblichenen Seite vermerkt hatte nebst vielen anderen hingekritzelten Zeilen, die sich auf verflossene Besucher des Hauses bezogen.

Nachdem John seinen Gast in das Zimmer hinaufgeführt hatte, zog er sich mit der größten Ruhe zurück. Dann wählte

Major Dobbin, nicht ohne über sein unsinniges Tun zu lächeln und zu erröten, aus seinem Gepäck den elegantesten und passendsten Zivilanzug, den er besaß, und lachte über sein sonnverbranntes Gesicht und sein graues Haar, als er sich in dem kümmerlichen kleinen Spiegel über dem Toilettentisch betrachtete.

Wie nett, daß der alte John mich nicht vergessen hat! dachte er. Sie wird mich hoffentlich auch noch erkennen! Dann trat er aus dem Gasthof und wandte seine Schritte wieder einmal in Richtung Brompton.

Jeder Augenblick seiner letzten Begegnung mit Amelia stand dem treuen Mann vor Augen, während er sich ihrem Haus näherte. Seit er das letztemal in Piccadilly gewesen war, waren der Triumphbogen und die Achillesstatue errichtet worden. Hunderte von Veränderungen waren vor sich gegangen, die sein Auge und sein Geist nur undeutlich wahrnahmen. Er begann zu zittern, als er die Gasse von Brompton hinaufschritt, die wohlbekannte Gasse, die zu der Straße führte, in der sie wohnte. Ob sie sich verheiraten wollte oder nicht? Wenn er sie mit dem Jungen anträfe – großer Gott, was sollte er dann tun? Er sah eine Frau mit einem fünfjährigen Knaben auf sich zukommen – war sie das? Er erzitterte bei dem bloßen Gedanken. Als er schließlich zu der Häuserreihe kam, wo sie wohnte, und zu ihrem Tor, ergriff er es und hielt inne. Er konnte das eigene Herz schlagen hören. Möge der allmächtige Gott sie segnen, was auch geschehen sein mag! dachte er. Aber vielleicht wohnt sie auch gar nicht mehr hier? fiel ihm ein, und er ging durch das Tor hinein.

Das Fenster des Wohnzimmers, das sie früher innegehabt hatte, stand offen; aber in dem Zimmer befand sich niemand. Der Major vermeinte das Klavier, über dem wie in früheren Zeiten das Bild hing, wiederzuerkennen. Seine Unruhe wuchs von neuem. Mr. Clapps Messingschild war immer noch an der Tür, an die Dobbin klopfte.

Auf sein Klopfen hin erschien ein blühendes, etwa sechzehnjähriges Mädchen und blickte den Major, der sich gegen das Geländer zurücklehnte, fragend an.

Er war bleich wie ein Gespenst und konnte nur mühsam die Worte herausbringen: „Wohnt Mrs. Osborne noch hier?"

Sie sah ihm einen Augenblick scharf ins Gesicht, und indem dann auch sie kreidebleich wurde, sagte sie: „Gott behüte uns, das ist ja Major Dobbin!" Zitternd hielt sie ihm beide Hände hin. „Kennen Sie mich denn nicht mehr?“ fragte sie. „Früher habe ich Sie immer den Major Zuckerwerk genannt.“ Daraufhin (und wohl zum erstenmal in seinem Leben tat er so etwas!) nahm der Major das Mädchen in die Arme und küßte sie. Sie begann zu lachen und hysterisch zu weinen und rief mit lauter Stimme nach „Ma“ und „Pa“. Das brachte die guten Leute herauf, die den Major schon vom Küchenfenster aus beobachtet hatten und nun erstaunt waren, ihre Tochter auf dem Korridor in den Armen eines hochgewachsenen Mannes in blauem Gehrock und weißen Segeltuchhosen zu sehen.

„Ich bin ein alter Freund“, erklärte er, nicht ohne rot anzulaufen. „Erinnern Sie sich nicht mehr an mich, Mrs. Clapp, und an die guten Kuchen, die Sie früher immer zum Tee machten? Kennen Sie mich nicht mehr, Clapp? Ich bin Georges Patenonkel und komme eben aus Indien zurück.“ Allgemeines Händeschütteln folgte. Mrs. Clapp war sehr gerührt und erfreut und rief den Himmel wohl an die hundertmal an, sich ins Mittel zu legen.

Die Wirtsleute führten den würdigen Major in das Zimmer der Sedleys, wo er sich an jedes einzelne Möbelstück erinnerte, angefangen bei dem alten messingbeschlagenen Klavier, das einst ein schmuckes kleines Instrument von einer guten Firma war, bis hin zu dem Ofenschirm und dem alabasternen Miniaturgrabstein, in dessen Mitte Mr. Sedleys goldene Uhr tickte. Als er sich hier auf den freien Armstuhl ihres Mieters niedergelassen hatte, fingen Vater, Mutter und Tochter, von tausend Ausrufen unterbrochen, an zu erzählen. Sie berichteten dem Major, was wir bereits wissen, ihm aber noch unbekannt war, nämlich von Mrs. Sedleys Tod, von Georges Aussöhnung mit dem Großvater Osborne, von der Art, wie die Witwe die Trennung von ihm überstand, und von anderen Einzelheiten ihres Lebens. Zwei- oder dreimal war er schon drauf und dran, nach der Heiratsgeschichte zu fragen, aber dann fehlte ihm doch der Mut dazu. Er wollte vor diesen Leuten nicht sein Herz so bloßlegen. Schließlich erfuhr er noch, daß Mrs. Osborne mit ihrem Pa in den Kensington Park gegangen sei, wo sie an schönen Nachmittagen nach dem Essen immer mit dem alten Herrn spazierengehe. Mr. Sedley sei jetzt schon recht schwach und grämlich und mache ihr das Leben sehr schwer, obgleich sie zu ihm wirklich gut wie ein Engel sei.

„Meine Zeit ist sehr knapp“, sagte der Major, „und ich habe heute abend noch wichtige Geschäfte vor, würde aber doch

Mrs. Osborne gern noch sprechen. Ob Miss Polly wohl mitkommen und mir den Weg zeigen könnte?"

Miß Polly war über diesen Vorschlag entzückt und erstaunt. Natürlich wußte sie den Weg. Sie würde ihn Major Dobbin zeigen. Sie war oft bei Mr. Sedley geblieben, wenn Mrs. Osborne den Weg nach dem Russel Square weitergegangen war; sie kannte die Bank, auf der er am liebsten saß. Dann hüpfte sie in ihr Zimmer und erschien sofort wieder, angetan mit ihrem besten Hut, Mamas gelbem Schal und der großen Kieselsteinbrosche, die sie sich ausgeliehen hatte, um dem Major eine würdige Begleiterin zu sein.

Der Offizier im blauen Rock und in den Lederhandschuhen reichte der jungen Dame den Arm, und sie gingen sehr vergnügt los. Er war froh, bei der Szene, die er irgendwie fürchtete, eine Freundin an seiner Seite zu wissen. Er stellte seiner Gefährtin noch tausend Fragen über Amelia. Das Herz tat ihm weh, wenn er daran dachte, daß sie sich von ihrem Sohn hatte trennen müssen. Wie ertrug sie es? Sah sie ihn häufig? Ging es Mr. Sedley in bezug auf weltliche Güter jetzt einigermaßen? Polly beantwortete all diese Fragen des Majors Zuckerwerk, so gut sie konnte.

Mitten auf dem Wege ereignete sich etwas, das, obwohl an sich höchst einfach, doch größte Freude bei Major Dobbin auslöste. Ein bleicher junger Mann mit einem spärlichen Backenbart und steifer weißer Krawatte kam zwischen zwei Damen den Weg entlang. Eine von ihnen war groß und von gebieterischem Äußeren und mittlerem Alter; ihre Züge und Hautfarbe sahen der des Geistlichen der Staatskirche, an dessen Seite sie ging, sehr ähnlich. Die andere war eine verkümmerte kleine Frau von dunkler Gesichtsfarbe, die mit einem schönen neuen Hut und weißen Bändern und einem eleganten Umhang, auf dem eine goldene Uhr prangte, geschmückt war. Dazu trug der Herr, eingezwängt zwischen den beiden Damen, wie er war, noch einen Sonnenschirm, einen Schal und einen Korb, so daß er keinen Arm freihatte und natürlich nicht an den Hut fassen konnte, um den Knicks zu erwidern, mit dem Polly Clapp ihn grüßte.

Er nickte auf ihren Gruß hin also nur sanft mit dem Kopf, während die beiden Damen sehr herablassend zurückgrüßten und gleichzeitig einen strengen Blick auf das Individuum im blauen Rock und mit dem Rohrstock warfen, das Miss Polly begleitete.

„Wer ist denn das?“ fragte der Major, über die Gruppe belustigt, nachdem er den dreien Platz gemacht hatte. Mary sah ihn ziemlich schalkhaft an.

„Das ist unser Pfarrer, Ehrwürden Mr. Binney“ – Major Dobbin zuckte zusammen –, „und seine Schwester Miss Binney. Gott segne sie! Wie hat sie uns doch in der Sonntagsschule geplagt! Die andere Dame, die kleine mit dem Silberblick und der hübschen Uhr, ist Mrs. Binney, die frühere Miss Grits. Ihr Papa war Krämer und hatte die echte ‚Kleine Goldene Teekanne‘ bei der Sandgrube in Kensington. Sie haben vor einem Monat geheiratet und sind eben aus Margate zurück. Sie hat ihm fünftausend Pfund Mitgift eingebracht; aber sie und Miss Binney, die die Heirat zuwege gebracht hat, haben sich bereits gezankt.“

Wenn der Major vorher gezuckt hatte, so fuhr er jetzt zusammen und schlug mit dem Rohrstock so energisch auf den Boden, daß Miss Clapp „Herrgott!“ ausrief und ebenfalls lachte. Einen Augenblick lang stand er stumm mit offenem Munde da und sah dem sich entfernenden jungen Paar nach, während Miss Polly ihre Geschichte erzählte. Aber er hörte nur so weit zu, wie sie von der Heirat des geistlichen Herrn berichtete. Dann verschwamm ihm alles vor Glückseligkeit. Nach dieser Begegnung begann er durch die Gassen von Brompton doppelt schnell seinem Ziel entgegenzuschreiten. Und doch ging es ihm auch wieder zu schnell; denn er fürchtete sich sehr vor der Begegnung, nach der er sich zehn Jahre lang gesehnt hatte. So traten sie schließlich durch das kleine Tor in den Kensington Park ein.

„Da sind sie“, sagte Miss Polly, und wieder fühlte sie ihn an ihrem Arm zusammenschrecken. Sofort durchschaute sie die ganze Geschichte. Sie war ihr so klar, als ob sie sie in einem ihrer Lieblingsromane, der *Elternlosen Fanny* oder den *Schottischen Häuptlingen*, gelesen hätte.

„Ob Sie wohl hinlaufen und es ihr sagen würden?“ meinte der Major. Polly lief los; ihr gelber Schal flatterte in dem leichten Wind hinter ihr her.

Das Halstuch über die Knie gebreitet, saß der alte Sedley auf einer Bank und schwatzte wie üblich über alte Geschichten aus alten Zeiten. Amelia hörte ihm geduldig zu und schenkte ihm von Zeit zu Zeit ein freundliches Lächeln. Sie hatte inzwischen gelernt, ihren eigenen Gedanken zu folgen und doch mit einem Lächeln oder einem anderen Zeichen auf die Geschichten des

Vaters einzugehen, ohne daß sie viel mehr als gelegentlich ein Wort von der Unterhaltung des alten Mannes vernommen hätte. Als Polly herbeigesprungen kam, fuhr Amelia zusammen, sowie sie das Mädchen erblickte. Ihr erster Gedanke war, Georgy könnte etwas geschehen sein. Aber der Anblick des vor Eifer

und Glück strahlenden Gesichts der Botin verscheuchte schnell die Furcht im Herzen der ängstlichen Mutter.

„Große Neuigkeiten! Gute Nachricht!" rief die Abgesandte des Majors. „Er ist da! Er ist da!"

„Wer ist da?" fragte Amelia, die noch immer an ihren Sohn dachte.

„Schauen Sie, dort!" erwiderte Miss Clapp, indem sie sich umwandte und auf den Major zeigte. Als Amelia in diese Richtung blickte, sah sie Dobbins magere Gestalt und seinen langen Schatten über den Rasen auf sich zukommen. Jetzt erschrak Amelia, errötete und fing natürlich an zu weinen. Bei allen Festen dieses einfältigen Geschöpfchens mußten immer die Wasserkünste spielen.

Er sah sie an – oh, wie liebevoll! –, wie sie ihm mit ausgestreckten Händen entgegenkam. Sie hatte sich nicht verändert. Sie war nur ein wenig blasser geworden und ein wenig voller an Gestalt. Ihre Augen waren immer noch dieselben; freundliche Augen, aus denen Vertrauen sprach. Nur ganz wenige Silberfäden durchzogen ihr weiches braunes Haar. Sie reichte ihm beide Hände und blickte unter Tränen errötend und lächelnd in sein ehrliches, vertrautes Gesicht. Er nahm ihre kleinen Hände in seine beiden und hielt sie fest. Einen Augenblick lang versagte ihm die Stimme. Warum nahm er sie nicht in die Arme, warum gelobte er nicht, sie nie wieder zu verlassen? Sie hätte sicher nachgegeben; sie hätte nicht anders gekonnt, als ihm zu gehorchen.

„Ich – ich habe noch einen Besuch anzukündigen“, sagte er nach einer Pause.

„Mrs. Dobbin?“ fragte Amelia und machte dabei eine Bewegung, als ob sie sich von ihm zurückziehen wolle. Warum sprach er denn nicht?

„Nein“, erwiderte er, indem er ihre Hände losließ. „Wer hat Ihnen denn diese Lügen erzählt? Ich meine Ihren Bruder Joe, der mit mir auf dem gleichen Schiff nach Hause gekommen ist, um Sie alle glücklich zu machen.“

„Papa, Papa!“ rief Amelia laut. „Gute Nachrichten! Mein Bruder ist in England! Er ist gekommen, um für dich zu sorgen. Hier ist Major Dobbin!“

Zitternd fuhr Mr. Sedley hoch und versuchte seine Gedanken zu sammeln. Dann trat er herzu und machte dem Major eine altmodische Verbeugung. Er redete ihn mit Mr. Dobbin an und gab der Hoffnung Ausdruck, daß es seinem Vater, Sir William Dobbin, gut gehe. Er wolle einmal bei Sir William vorsprechen, denn dieser habe ihm vor kurzem die Ehre eines Besuches erwiesen. In Wirklichkeit hatte Sir William den alten Herrn schon vor acht Jahren besucht, und diesen Besuch wollte Mr. Sedley nun erwidern.

„Er ist sehr schwach geworden“, flüsterte Amelia, als Dobbin herantrat und dem alten Mann herzlich die Hand schüttelte.

Obwohl der Major am Abend äußerst dringende Geschäfte

vorhatte, ließ er sich doch darauf ein, sie aufzuschieben, als Mr. Sedley ihn einlud, mitzukommen und eine Tasse Tee bei ihnen zu trinken. Auf dem Heimweg ging Amelia Arm in Arm mit ihrer kleinen Freundin mit dem gelben Schal voran, und so blieb für Mr. Dobbin nur Sedley übrig. Der Alte ging sehr langsam und erzählte eine Menge alter Geschichten über sich selbst, seine arme Bessy, seinen früheren Wohlstand und den Zusammenbruch. Von der Vergangenheit wußte er mit Ausnahme der einen Katastrophe, die ihn betroffen hatte, nur noch wenig. Der Major ließ ihn nur zu gern plaudern. Seine Augen waren auf die kleine Gestalt da vorn geheftet, die liebe kleine Gestalt, die ihm in der Phantasie und im Gebet immer vor Augen gestanden und ihn im Traum, sei es im Wachen oder im Schlaf, so oft besucht hatte.

Amelia war den ganzen Abend über sehr glücklich und lebhaft. Lächelnd übte sie bei dem kleinen Festmahl ihre Pflichten als Gastgeberin aus, mit vollendeter Anmut und feinstem Anstand, wie Dobbin meinte. Seine Augen folgten ihr, als sie in der Dämmerung beisammensaßen. Wie oft hatte er sich nach diesem Augenblick gesehnt, wie oft in der Ferne unter heißen Winden und bei ermüdenden Märschen an sie gedacht, wie er sie jetzt sah, sanft und glücklich, gütig für die Bedürfnisse des Alters sorgend und die Armut mit süßer Demut schmückend. Ich will nicht behaupten, daß er einen sehr guten Geschmack hatte oder daß ein großer Geist sich unbedingt mit einem Butterbrotparadies begnügen sollte, wie unser alter Freund es hier tat. Er indes sah hier die Erfüllung all seiner Wünsche, sei es nun zum Guten oder zum Schlechten. Und wenn Amelia ihm einschenkte, war er auch bereit, soviel Tee zu trinken wie weiland Dr. Johnson.

Als Amelia diese Neigung wahrnahm, unterstützte sie sie lachend und schenkte ihm eine Tasse nach der anderen ein, wobei sie ungemein schelmisch aussah. Sie wußte allerdings nichts davon, daß der Major noch nichts gegessen hatte und daß bei Slaughters für ihn gedeckt war, wo ein Teller auf dem Tisch andeutete, daß der Platz besetzt sei. Übrigens war es ein Tisch in derselben Loge, in der der Major so manches Mal mit George gezecht hatte, als Amelia noch ein Kind und eben aus Miss Pinkertons Anstalt entlassen war.

Das erste, was Mrs. Osborne dem Major zeigte, war das Miniaturbild von Georgy, das sie, zu Hause angekommen, sofort von oben herunterholte. Natürlich war es nicht halb so hübsch wie der Junge selbst; aber war es nicht lieb von ihm, daß er auf den Gedanken gekommen war, es seiner Mutter mitzubringen? Solange der Vater wach war, redete sie nicht viel über Georgy. Der Alte hörte nicht gern von Mr. Osborne und dem Russel Square sprechen. Wahrscheinlich war er sich dessen gar nicht bewußt, daß er in den vergangenen Monaten hauptsächlich von den Spenden des reichen Rivalen gelebt hatte. Er geriet schon ganz aus dem Häuschen, wenn nur auf den anderen angespielt wurde.

Dobbin erzählte ihm alles und vielleicht noch ein bißchen mehr, was sich an Bord der „Ramchunder" ereignet hatte. Er übertrieb Joes Wohlwollen dem Vater gegenüber und seine Entschlossenheit, es ihm in seinen alten Tagen behaglich machen zu wollen. In Wahrheit hatte der Major seinen Reisegefährten an Bord sehr nachdrücklich auf diese Pflichten hingewiesen und ihm das Versprechen abgenommen, für die Schwester und deren Kind zu sorgen. Er besänftigte Joes Zorn wegen der Wechsel, die der alte Herr auf seinen Namen ausgestellt hatte, gab einen humoristischen Bericht über das, was er selbst in dieser Hinsicht erlitten hatte, und erzählte von der berühmten Weinlieferung, die der Alte ihm hatte zukommen lassen. So brachte er Mr. Joe, der von Natur aus keineswegs bösartig war, sofern man ihn nur zufriedenstellte und ihm ein wenig schmeichelte, so weit, daß er seinen Verwandten in Europa freundlich entgegenzutreten bereit war.

Ja, der Major entstellte die Wahrheit sogar so weit – ich schäme mich fast, es zu gestehen! –, daß er dem alten Mr. Sedley erzählte, es sei hauptsächlich der Wunsch nach einem Wiedersehen mit dem Vater gewesen, der Joe nach Europa zurückgeführt hätte.

Zur gewohnten Stunde begann Mr. Sedley in seinem Stuhl einzunicken. Nun konnte Amelia endlich mit dem beginnen, worüber sie so gern sprechen wollte. So drehte sich nun die Unterhaltung ausschließlich um Georgy. Von ihrem eigenen Leid, als sie sich von dem Kind trennen mußte, erwähnte sie indes nichts; denn wenn die gute Frau dabei auch fast gestorben war vor Kummer, so dünkte es sie doch sehr sündhaft, sich über den Verlust des Kindes so zu grämen. Aber alles, was Georgy betraf, schüttete sie jetzt vor dem Zuhörer aus: seinen guten Charakter, seine Talente, seine Aussichten. Sie schilderte seine engelgleiche Schönheit, erläuterte an hundert Beispielen seine edle Gesinnung und hohe Begabung, die er schon in der Zeit bewiesen hatte, da er noch bei ihr gewesen war, erzählte, wie eine Herzogin aus der königlichen Familie im Kensington Park angehalten und ihn bewundert hatte, wie prachtvoll jetzt für ihn gesorgt wurde, daß er einen Reitknecht und ein Pony hatte, wie gewitzt und klug er war und was für ein wunderbar belesener, reizender Mensch Ehrwürden Lawrence Veal, Georges Lehrer, war. „Er weiß einfach alles!" meinte Amelia. „Er gibt ganz reizende Gesellschaften. Sie, der Sie selbst so gelehrt sind und soviel gelesen haben und so klug sind und soviel können – schütteln Sie nicht den Kopf, als ob das nicht wahr wäre; er hat das immer von Ihnen gesagt! –, Sie würden entzückt sein von Mr. Veals Gesellschaftsabenden, die am letzten Dienstag in jedem Monat stattfinden. Er sagt, es gäbe keinen Platz beim Gericht oder im Parlament, auf den Georgy nicht einmal Anspruch erheben könnte. Sehen Sie hier!" sagte sie und ging zum Klavier und holte einen Aufsatz von Georgy vor. Diese geniale Stilübung, die heute noch im Besitz von Georges Mutter ist, lautete wie folgt:

Über die Selbstsucht

Von allen Lastern, die den Charakter des Menschen erniedrigen, ist die Selbstsucht das widerwärtigste und verachtenswürdigste. Übertriebene Liebe zum eigenen Ich führt zu den ungeheuerlichsten Verbrechen und verursacht größtes Unglück sowohl im Staat wie in der Familie. Wie ein selbstsüchtiger Mann seine Familie in Armut und oftmals ins Verderben stürzt, so bringt ein selbstsüchtiger König seinem Volk Unheil und verwickelt es häufig in Krieg.

Beispiel: Die Selbstsucht des Achill, wie sie der Dichter Homer schildert, brachte den Griechen tausendfaches Leid (s. Homer II, Abschnitt 2). Die Selbstsucht des verstorbenen Napoleon Bonaparte verursachte zahllose Kriege in Europa und brachte ihm selbst endlich den Untergang auf einer elenden Insel, nämlich der Insel St. Helena im Atlantischen Ozean.

Aus diesen Beispielen ersehen wir, daß wir nicht unsere eigenen Interessen und unseren Ehrgeiz zu Rate ziehen dürfen, sondern ebensosehr an die Interessen der anderen denken müssen.

George S. Osborne

Athena-Haus, den 24. April 1827.

„Denken Sie nur, daß er schon eine so gute Handschrift hat und in seinem Alter schon Griechisch zitieren kann!“ sagte die Mutter begeistert. „O William!“ fügte sie hinzu und reichte ihm die Hand, „was für einen Schatz hat mir der Himmel in diesem Knaben geschenkt! Er ist der Trost meines Lebens – und das Ebenbild von – von ihm, der dahin ist!“

Sollte ich ihr böse sein, weil sie so treu ist? überlegte William; sollte ich eifersüchtig sein auf meinen Freund im Grabe oder verletzt, weil solch ein Herz wie Amelias nur einmal, dann aber auf ewig lieben kann? O George, George, wie wenig hast du doch den Schatz gekannt, den du besaßt! Diese Überlegungen zogen William schnell durch den Sinn, als er Amelias Hand hielt, während sie sich mit dem Taschentuch die Augen wischte.

„Lieber Freund“, sagte sie dann, indem sie die Hand drückte, die die ihre hielt, „wie gut, wie freundlich sind Sie immer zu mir gewesen! Sehen Sie, der Papa regt sich! Sie besuchen Georgy doch morgen, nicht wahr?“

„Morgen nicht“, erwiderte der arme alte Dobbin, „morgen habe ich noch etwas anderes zu erledigen.“ Er wollte nicht gern eingestehen, daß er seine Eltern und seine liebe Schwester Anne noch nicht aufgesucht hatte, eine Nachlässigkeit, deretwegen jeder guterzogene Mensch gewiß den Major tadeln wird. Gleich darauf verabschiedete er sich, nicht ohne seine Adresse zurückzulassen, falls Joe bald eintreffen sollte. Nun war der erste Tag also vorüber, und er hatte sie gesehen!

Als er zu Slaughters zurückkam, war das gebratene Huhn natürlich kalt; aber er aß es trotzdem zum Abendbrot. Da er wußte, daß man bei ihm zu Hause stets sehr früh zu Bett ging und daß es unnötig war, seine Familie so spät noch im Schlaf zu stören, leistete der Major sich, wie die Chronik berichtet, einen billigen Abend im Haymarket Theater, wo er sich hoffentlich gut unterhalten hat.

59. Kapitel

Das alte Klavier

Tatsache ist, daß der Besuch des Majors den alten Sedley in große Erregung und Unruhe versetzt hatte. Nach dem Essen konnte die Tochter ihn nicht dazu bringen, sich wie sonst mit seinen Liebhabereien zu beschäftigen. Er hantierte den ganzen Abend mit seinen Schachteln und Schubladen herum, entfaltete mit zitternder Hand Papiere und sortierte sie und legte sie für Joes Ankunft bereit. Er hatte alles in bester Ordnung: die verschnürten Bündel und Listen, die Quittungen und Briefe an Rechtsanwälte und Geschäftsfreunde, die Dokumente zu dem Weinprojekt (das nach anfänglich glänzenden Aussichten durch einen völlig unvorhergesehenen Zufall gescheitert war) und dem Kohlenprojekt (das allein durch den Mangel an Kapital nicht zu dem erfolgreichsten Plan hatte werden können, der je der Öffentlichkeit vorgelegt wurde), zu dem Sägemühlen- und Sägespänekonsolidierungsprojekt und so weiter und so fort. Den ganzen Abend bis zu sehr später Stunde verbrachte er mit dem Ordnen seiner Schriftsachen. Mit der schwankenden Kerze in der zitternden Hand wankte er von einem Zimmer ins andere. „Hier sind die Weinpapiere, hier die Sägespäne, hier die Kohlen, hier meine Briefe nach Kalkutta und Madras und die Antworten von Major Dobbin, dem Ritter des Bath-Ordens, und von Mr. Josef Sedley auf dieselben. Bei mir soll er keine Unregelmäßigkeiten finden, Amelia“, sagte der alte Herr.

Amelia lächelte. „Ich glaube nicht, Papa, daß Josef Wert darauf legen wird, diese Papiere zu sehen", versetzte sie.

„Du verstehst nichts von Geschäften, meine Liebe", erwiderte er mit wichtigtuerischer Miene und schüttelte den Kopf. Zugegeben, Amelia war in dieser Hinsicht wirklich sehr unwissend; aber ist es andrerseits nicht ein Jammer, wieviel andere Leute davon verstehen? Als der alte Sedley all diese wertlosen Dokumente auf einem kleinen Tisch geordnet hatte, bedeckte er sie sorgfältig mit einem gleichfalls sauberen indischen Tuch (auch das ein Geschenk des Majors) und ermahnte das Dienstmädchen und die Hauswirtin höchst feierlich, diese Papiere nicht in Unordnung zu bringen; sie seien für Mr. Josef Sedley bereit gelegt, der am nächsten Tage eintreffen würde. „Mr. Josef Sedley von der Ostindischen Kompagnie und der Verwaltung von Bengalen!"

Am nächsten Morgen fand Amelia ihn sehr frühzeitig auf. Er war von einem noch fieberhafteren Eifer besessen, und seine Bewegungen waren noch zittriger als zuvor. „Ich habe nicht gut geschlafen, Amelia", sagte er. „Ich habe dauernd an meine arme Bessy gedacht. Ach, wenn sie doch noch lebte, um noch einmal in Joes Wagen ausfahren zu können! Sie hatte doch immer ihren eigenen Wagen und nahm sich so gut darin aus!" Seine Augen füllten sich mit Tränen, bis sie ihm über das zerfurchte, alte Gesicht rannen. Amelia wischte sie weg und küßte ihn lächelnd. Dann band sie ihm das Halstuch zu einem eleganten Knoten und steckte ihm eine Nadel in seine beste Halskrause. So wartete er in seinem schwarzen Sonntagsanzug von sechs Uhr morgens an auf die Ankunft seines Sohnes.

In der Hauptstraße von Southampton gibt es ein paar glänzende Geschäfte für Herrenausstattungen. In den schönen Spiegelglasschaufenstern hängen prächtige Westen aller Art aus Seide und Samt, in gold und rot. Daneben liegen Abbildungen der neuesten Moden, auf denen wunderbare Herren mit Monokel kleine Jungen mit großen Kulleraugen und lockigem Haar an der Hand halten und Damen im Reitkostüm, die an der Achillesstatue oder dem Appley Haus vorbeireiten, schöne Augen machen. Obwohl Joe schon eine ganze Reihe der prächtigsten Westen besaß, die Kalkutta bieten konnte, meinte er dennoch, er könne nicht nach London fahren, ehe er sich nicht mit einem oder zweien dieser Stücke hier versehen hatte. Er wählte also eine Weste aus dunkelrotem Atlas, mit goldenen Schmetterlingen besetzt, und eine schwarz-rote, schottisch-karierte mit weißen Streifen und Rollkragen. Mit diesen beiden Westen und einem eleganten blauseidenen Halstuch und einer goldenen Nadel, auf der ein in rosa Emaille eingelegter Reiter über eine Barriere mit fünf Balken sprang, glaubte er in London einigermaßen würdevoll auftreten zu können. Joes frühere

Schüchternheit und täppische, errötende Furchtsamkeit waren nämlich einer offenherzigen, mutigen Erkenntnis seines eigenen Wertes gewichen. „Es macht mir gar nichts aus zuzugeben, daß ich ein eleganter Mann bin", pflegte Waterloo-Sedley zu seinen Freunden zu sagen. Und wenn es ihm auch ziemlich unbehaglich zumute wurde, sobald die Damen ihn bei den Bällen im Hause des Gouverneurs ansahen, so daß er rot wurde und sich von diesen Blicken erschreckt abwandte, so lag das hauptsächlich an der Befürchtung, sie könnten sich in ihn verlieben. Infolgedessen mied er sie lieber ganz, da er dem Heiraten überhaupt abgeneigt war. Doch habe ich sagen hören, daß es in ganz Kalkutta keinen größeren Stutzer gab als ihn. Er hatte die schönste Equipage, gab die besten Junggesellendiners und hatte das feinste Silber am ganzen Ort.

Die Anfertigung dieser Westen für einen Mann seiner Größe und Würde sollte mindestens einen Tag dauern. Einen Teil dieser Zeit verbrachte er damit, einen Diener zu suchen, der sich um ihn selbst und seinen Eingebornen kümmern könnte. Dann gab er seinem Agenten Anweisungen für die Verzollung seines Gepäcks, der Koffer und der Bücher, die er nie las, und der Kisten mit Mangopflaumen, den scharfen Gewürzen und dem Currypulver, mit den Schals, die er als Geschenk für Leute mitgebracht hatte, die er noch gar nicht kannte, und seiner ganzen übrigen Habe.

Schließlich fuhr er am dritten Tag in der neuen Weste gemächlich nach London. Der Eingeborene saß, in einen Schal gehüllt, mit klappernden Zähnen oben auf dem Bock neben dem neuen europäischen Diener. Drinnen paffte Joe von Zeit zu Zeit seine Pfeife. Er sah so majestätisch aus, daß die kleinen Jungen hurra schrien und viele Leute ihn für einen Generalgouverneur hielten. Er lehnte die devoten Aufforderungen der Gastwirte, in den sauberen Landstädtchen auszusteigen und sich zu erfrischen, bestimmt nicht ab. Nachdem er in Southampton ein reichhaltiges Frühstück mit Fisch, Reis und harten Eiern zu sich genommen hatte, war er in Winchester wieder so weit, daß er ein Glas Sherry für notwendig erachtete. In Alton stieg er auf Bitten seines Dieners aus und trank etwas von dem Bier, um dessentwillen der Ort berühmt ist. In Farnham hielt er an, um den Bischofspalast zu besichtigen und ein leichtes Mittagessen mit gedämpftem Aal, einem Kalbskotelett und grünen Bohnen nebst einer Flasche Rotwein zu sich zu nehmen. In der Heide bei Bagshot wurde ihm kühl, und auch der Eingeborene klapperte immer heftiger mit den Zähnen. Daher mußte der Sahib Josef sich mit etwas Branntwein erwärmen. Als er endlich nach London hineinfuhr, war er so voll Wein, Bier, Fleisch, Gurken, Kognak und Tabak wie die Stewartkajüte auf einem Dampfer. Es war bereits Abend, als der Wagen donnernd vor der kleinen Tür in Brompton vorfuhr; denn hierher eilte der liebevolle Sohn und Bruder zuallererst, noch ehe er sich in die Zimmer begab, die Mr. Dobbin bei Slaughters für ihn bestellt hatte.

In der Straße waren alle ans Fenster geeilt; das kleine Dienstmädchen kam an die Gartentür gelaufen, die Damen Clapp blickten aus dem Fenster ihrer Wohnküche. Amelia stand aufgeregt im Korridor zwischen Hüten und Mänteln, und der alte Sedley wartete zitternd im Wohnzimmer. Joe stieg mühsam über die krachenden, schwankenden Trittbretter aus der Extrapost aus, wobei ihn der neue Kammerdiener aus Southampton und der zitternde Eingeborene unterstützten, dessen braunes Gesicht jetzt vor Kälte ganz blau geworden war und die Farbe eines Truthahnkropfes angenommen hatte. Es erregte im Hauseingang eine ungeheure Sensation, als kurz darauf Mrs. und Miss Clapp, die vielleicht heraufgekommen waren, um an der Wohnzimmertür zu lauschen, Loll Jewab zitternd auf der Bank unter den Mänteln sitzen fanden, wie er in seltsam kläglicher Weise stöhnte und seine gelben Augäpfel und weißen Zähne zeigte.

Wie Sie sehen, haben wir schnell die Tür hinter Joes Wiedersehen mit dem alten Vater und dem armen, sanften Schwesterchen geschlossen. Der Alte und auch die Tochter natürlich waren sehr gerührt. Und auch Joe blieb nicht ganz ohne Bewegung. Wenn einer zehn Jahre lang in der Ferne ist, denkt auch der Selbstsüchtigste einmal an die Heimat und die alten Bindungen. Die Entfernung heiligt beide. Je länger man über diese verlorenen Freuden nachsinnt, um so reizvoller und süßer werden sie. Obwohl zwischen dem Vater und ihm eine gewisse Kühle geherrscht hatte, war Joe nun doch aufrichtig froh, ihn wiederzusehen und ihm die Hand schütteln zu können. Er freute sich, die kleine Schwester wiederzusehen, die er so hübsch und lächelnd in Erinnerung gehabt hatte. Es schmerzte ihn zu sehen, welche Veränderung die Zeit, der Kummer und das Unglück an dem gebrochenen alten Mann bewirkt hatten. Amelia war in ihrem schwarzen Kleid an die Tür gekommen und hatte ihm zugeflüstert, daß die Mutter gestorben sei und daß er mit dem Vater nicht darüber sprechen solle. Diese Vorsicht war indes gar nicht nötig; denn der alte Sedley begann sogleich selbst von dem Ereignis zu reden und zu schwatzen, wobei er viele Tränen vergoß. Diese Nachricht versetzte dem Inder keinen geringen Schlag, und der arme Kerl dachte an diesem Abend einmal weniger an sich selbst als gewöhnlich.

Das Ergebnis der Unterhaltung muß wohl befriedigend gewesen sein, denn als Joe wieder in seine Postkutsche gestiegen und zu seinem Hotel abgefahren war, umarmte Amelia den Vater zärtlich, indem sie ihn mit triumphierender Miene ansah, und fragte den alten Mann, ob sie es nicht immer schon gesagt hätte, der Bruder habe doch ein gutes Herz!

Unter dem Eindruck der armseligen Lage, in der die Familie lebte, und in der Gefühlsbewegung des Wiedersehens hatte Josef aus überströmendem Herzen heraus spontan erklärt, sie sollten nie mehr Mangel leiden, nun er wieder zu Hause war – wenigstens für einige Zeit. Sein Haus und alles, was er hatte, sollten sie als das ihre betrachten. Amelia würde sich an der Spitze seiner Tafel sehr hübsch ausmachen – bis sie an ihrem eigenen Tisch sitzen würde.

Doch Amelia schüttelte nur traurig den Kopf und nahm wie gewöhnlich ihre Zuflucht zu einer Flut von Tränen. Sie wußte, was er meinte. Sie und ihre kleine Freundin, Miss Mary, hatten am ersten Abend nach dem Besuch des Majors die Sache ausführlich besprochen. Denn länger hatte die ungestüme Polly nicht mit ihrer Entdeckung hinter dem Berge halten können. Sie mußte Amelia den Schreck und das freudige Zittern schildern, mit dem der Major sich verraten hatte, als Mr. Binney mit seiner jungen Frau vorbeigekommen war und der Major erfahren hatte, daß er hier keinen Rivalen mehr zu fürchten brauchte. „Haben Sie denn nicht gesehen, wie er am ganzen Leibe zitterte, als Sie ihn fragten, ob er verheiratet sei, und er erwiderte: ‚Wer hat Ihnen denn so eine Lüge erzählt?' O gnädige Frau, er hat kein Auge von Ihnen gewandt! Sicherlich ist er nur ergraut, weil er dauernd an Sie gedacht hat!"

Amelia blickte indes auf die Bilder ihres Mannes und ihres Sohnes dort über dem Bett und schärfte ihrem jungen Schützling ein, nie, nie wieder darüber zu sprechen. Major Dobbin sei der beste Freund ihres Gatten gewesen und für sie selbst und Georgy ein überaus gütiger und liebevoller Helfer. Sie liebe ihn wie einen Bruder, aber eine Frau, die mit einem solchen Engel verheiratet gewesen sei (dabei zeigte sie auf die Wand), könne nie wieder an eine andere Verbindung denken. Die arme Polly seufzte. Sie dachte daran, was sie wohl tun würde, wenn der junge Mr. Tomkins aus der Apotheke, der sie in der Kirche immer so anstarrte und durch diese feurigen Blicke allein schon ihr schüchternes Herzchen in einen solchen Aufruhr versetzt hatte, daß sie bereit war, sich sofort zu ergeben – was wohl sie tun würde, wenn er sterben sollte. Sie wußte, daß er die Schwindsucht hatte; seine Wangen waren so rot, und er war in der Taille so ungewöhnlich schlank!

Hiermit soll nun nicht gesagt sein, daß Amelia den guten Major irgendwie zurückgestoßen hätte, seit sie seiner leidenschaftlichen Liebe gewahr geworden war, oder daß er ihr jetzt mißfiel. Über die Anhänglichkeit eines so treuen, wahrhaft ehrlichen Mannes konnte keine Frau böse sein. Auch Desdemona war dem Cassio nicht böse, obwohl sie zweifelsohne die Neigung des Leutnants für sie selbst gesehen hatte (ich für mein Teil glaube sogar, daß in dieser traurigen Angelegenheit noch weitaus mehr vorgefallen war, von dem der würdige Mohrenoffizier nichts ahnte!). Ja, Miranda war sogar freundlich zu Caliban, sehr wahrscheinlich aus demselben Grund. Nicht daß sie ihn, das arme häßliche Ungeheuer, irgendwie ermutigen wollte, das natürlich nicht! Ebensowenig wollte Amelia in irgendeiner Art ihren Verehrer, den Major, ermutigen. Sie würde ihm jene freundschaftliche Achtung gewähren, die ein so vortrefflicher, treuer Mensch verdiente. Sie würde ihn mit freimütiger Herzlichkeit behandeln, bis er ihr einen Antrag machen würde. Dann würde es für sie immer noch Zeit sein, zu sprechen und Hoffnungen ein Ende zu bereiten, die nie erfüllt werden konnten.

Sie schlief daher an dem Abend nach der Unterhaltung mit Miss Polly tief und ruhig und fühlte sich glücklicher als sonst, obgleich Josef immer noch auf sich warten ließ. Ich bin froh, daß er diese Miss O'Dowd nicht heiratet, dachte sie. Oberst O'Dowd kann unmöglich eine Schwester haben, die zu einem so tüchtigen Mann wie Major William paßt. Gab es in ihrem kleinen Bekanntenkreis vielleicht eine, die eine gute Frau für ihn abgeben könnte? Miss Binney nicht, die war zu alt und zu bösartig; Miss Osborne – auch zu alt; die kleine Polly war zu jung. So konnte Mrs. Osborne vor dem Einschlafen keine mehr finden, die zu dem Major gepaßt hätte.

Als der Briefträger erschien, wurde die kleine Gesellschaft endlich durch einen Brief von Joe beruhigt. Er teilte der Schwester mit, er sei von der Seereise her noch ein wenig angegriffen und würde noch nicht sofort abreisen können. Er werde jedoch am nächsten Tage frühzeitig Southampton verlassen und abends bei Vater und Mutter sein. Als Amelia dem Vater den Brief vorlas, stockte sie bei dem letzten Wort. Der Bruder wußte also nicht, was zu Hause geschehen war. Er konnte es auch gar nicht wissen. Denn obwohl der Major richtig vermutet hatte, daß sein Reisegefährte sich nicht sogleich in den nächsten vierundzwanzig Stunden in Bewegung setzen, sondern irgendeine Entschuldigung für den Aufschub finden würde, hatte Dobbin ihm doch nichts von dem Unglück geschrieben, das die Familie Sedley heimgesucht hatte. Er war bis lange nach der Poststunde in das Gespräch mit Amelia vertieft gewesen.

Derselbe Morgen brachte dem Major in Slaughters' Kaffeehaus einen Brief von seinem Freunde in Southampton. Darin bat Joe den lieben Dob um Verzeihung für den Wutanfall, als dieser ihn am Vortage geweckt hatte. Er habe scheußliches Kopfweh gehabt und sei eben erst eingeschlafen gewesen. Weiterhin ersuchte er Dob, ihm bei Slaughters bequeme Zimmer für Mr. Sedley und seine Diener reservieren zu lassen. Auf der Reise war der Major für Josef unentbehrlich geworden. Er hatte sich an Dobbin gewöhnt, und nun ließ er ihn nicht mehr los. Die anderen Reisenden waren schon alle auf dem Wege nach London. Der junge Ricketts und der kleine Chaffers waren morgens mit der Postkutsche abgefahren; Ricketts auf dem Bock hatte Botley sofort die Zügel aus der Hand genommen. Der Doktor war zu seiner Familie nach Portsea gefahren. Bragg hatte sich zu seinen Kompagnons in die Stadt begeben, und der Erste Offizier war auf der „Ramchunder“ mit dem Ausladen beschäftigt. So fühlte Mr. Josef sich einsam und verlassen in Southampton und lud den Wirt des Hotels „George“ zu einem Glas Wein ein. Zur gleichen Stunde saß Major Dobbin am Tisch seines Vaters, Sir Williams. Da der Major es einfach nicht fertigbrachte, eine Unwahrheit zu sagen, hatte seine Schwester bald herausgefunden, daß er bereits Mrs. George Osborne besucht hatte.

Joe fühlte sich in St. Martin's Lane sehr wohl. Er konnte dort in aller Ruhe seine Wasserpfeife rauchen und, wenn er Lust hatte, ins Theater stolzieren. So wäre er vielleicht überhaupt bei Slaughters wohnen geblieben, wenn der Major nicht gewesen wäre. Doch dieser ließ dem bengalischen Nabob nicht eher Ruhe, als bis er sein Versprechen eingelöst hatte, für Amelia und den Vater ein Heim zu schaffen. Joe war an sich ein gutmütiger Bursche, der sich von jedermann leicht leiten ließ, und Dobbin war sehr tatkräftig in allen Angelegenheiten anderer, nur nicht in seinen eigenen. Daher war der Zivilist ein leichtes Opfer für die unschuldigen Ränke dieses gutherzigen Diplomaten. Er war bereit, alles zu tun und zu kaufen, zu mieten oder aufzugeben, was der Major für richtig hielt. Loll Jewab, den die Straßenjungen in St. Martin's Lane grausam verspotteten, sobald er sein dunkles Gesicht auf der Straße sehen ließ, wurde auf dem Ostindiendampfer „Lady Kicklebury", von dem Sir William Dobbin Aktien besaß, nach Kalkutta zurückgeschickt, nachdem er vorher noch Joes Europäer in der Kunst der Zubereitung von Curryreis, Pilaus und Pfeifen unterwiesen hatte. Joe war vollauf beschäftigt und hatte großen Spaß daran, den Bau eines eleganten Landauers zu überwachen, den er und der Major in dem benachbarten Long Acre bestellt hatten. Dazu mietete Joe ein Paar schöne Pferde, mit denen er stattlich im Park spazierenfuhr oder seine Freunde aus Indien besuchte. Bei diesen Fahrten saß nicht selten auch Amelia an seiner Seite, während auf dem Rücksitz Major Dobbin zu sehen war. Ein anderes Mal benutzten der alte Sedley und seine Tochter den Wagen. Die kleine Miss Clapp, die häufig die Freundin begleitete, freute sich immer sehr, wenn sie in dem berühmten gelben Schal in der Kutsche saß und der junge Mann aus der Apotheke sie grüßte, denn fast stets, wenn sie dort vorüberfuhren, war das Gesicht dieses jungen Herrn hinter den Fenstervorhängen zu sehen.

Kurz nachdem Joe zum erstenmal in Brompton erschienen war, fand in dem bescheidenen Haus, in dem die Sedleys die letzten zehn Jahre verbracht hatten, eine trübselige Szene statt. Eines Tages fuhr Joes Wagen (der gemietete, nicht der neugebaute) vor und entführte den alten Sedley und seine Tochter auf Nimmerwiedersehen. Die Tränen, die die Hauswirtin und deren Tochter aus diesem Anlaß vergossen, waren so echte Tränen des Kummers, wie sie nur je im Verlauf dieser Geschichte geflossen sind. Sie konnten sich nicht erinnern, daß in der langen Zeit des vertrauten Umgangs mit ihr Amelia auch nur ein einziges böses Wort gesagt hätte. Immer war sie die Sanftmut und Freundlichkeit in Person gewesen, immer dankbar, selbst wenn Mrs. Clapp die Beherrschung verloren und auf Zahlung der Miete gedrängt hatte. Als nun das gütige Geschöpf für immer wegging, machte die Hauswirtin sich bittere Vorwürfe, daß sie manchmal ein rauhes Wort zu ihr gesagt hatte. Wie weinte sie, als sie mit Oblaten ein Papier ans Fenster klebte, das verkündete, die so lange von den Sedleys bewohnten Räume seien nunmehr wieder zu vermieten. Solche Mieter würde sie nie wieder bekommen, das war klar! Die Zukunft bestätigte die

Richtigkeit dieser melancholischen Prophezeiung, und Mrs. Clapp rächte sich für den Niedergang der Menschheit, indem sie von den Teebüchsen und den Hammelkeulen ihrer Untermieter ungeheure Kontributionen einzog. Die meisten schalten und brummten, einige zahlten nicht, und keiner blieb. Die Wirtin hatte also ganz recht, als sie bedauerte, daß diese uralten Freunde sie verließen.

Miss Marys Kummer bei Amelias Scheiden war so groß, daß ich gar nicht erst versuchen will, ihn zu schildern. Von Kindheit an war sie täglich mit ihr zusammen gewesen und hatte eine leidenschaftliche Zuneigung für die liebe, gute Frau gefaßt. Als nun die vornehme Equipage kam, um Amelia in ein glanzvolles Leben zu entführen, sank sie ohnmächtig in die Arme der Freundin, die kaum weniger bewegt war als das gutherzige Mädchen. Amelia liebte sie wie eine Tochter. Elf Jahre lang war das Mädchen ihre treue Freundin und Gefährtin gewesen. Auch für sie war die Trennung wirklich sehr schmerzlich. Natürlich hatte man vereinbart, daß Mary Mrs. Osborne oft in dem schönen neuen Haus, wo sie jetzt wohnen würde, besuchen sollte. Doch Mary war überzeugt, daß Amelia dort nie so glücklich sein würde wie in ihrer bescheidenen Hütte, wie Miss Clapp es in der Sprache ihrer Lieblingsromane ausdrückte.

Hoffen wir, daß sie damit unrecht hatte. Glückliche Tage hatte die arme Amelia in der bescheidenen Hütte doch nur sehr wenige erlebt. Ein düsteres Schicksal hatte sie dort bedrückt. Nachdem sie das Haus verlassen hatte, wollte sie nie wieder dorthin zurückkehren oder der Hauswirtin gegenübertreten, die sie so sehr tyrannisiert hatte, wenn sie schlechter Laune gewesen oder kein Geld bekommen hatte. War sie aber guter Laune gewesen, hatte die Frau sie mit einer Vertraulichkeit behandelt, die nicht minder unangenehm gewesen war. Ebensowenig liebte Amelia ihre Unterwürfigkeit und die übertriebenen Komplimente, die sie ihr machte, als es ihr wieder gut ging. Beim Anblick des neuen Hauses floß sie über von Bewunderung und pries jedes einzelne Möbelstück und jeden Schmuck. Sie befühlte Mrs. Osbornes Kleider und berechnete deren Preis. Immer wieder beteuerte sie, daß für diese liebe Dame nichts zu gut sei. Amelia aber hatte über der vulgären Schmeichlerin, die ihr jetzt den Hof machte, nicht die rohe Tyrannin vergessen, die sie so oft unglücklich gemacht hatte. Wie oft hatte sie die Frau um Aufschub und Geduld bitten müssen, wenn die Miete überfällig war! Wie hatte diese sich über Amelias Leichtsinn aufgeregt, wenn die Tochter für die kranken Eltern ein paar Delikatessen gekauft hatte! Wie oft hatte die rohe Frau Amelia in ihrem Unglück mit Füßen getreten!

Niemand hat je etwas von all der Qual erfahren, die zu dem Lebensschicksal der armen kleinen Frau gehört hat. Vielfach war die Unvorsichtigkeit ihres Vaters der Grund zu ihren Leiden gewesen; daher verbarg sie alles vor ihm und trug still den Tadel für seine unsinnigen Handlungen. Sie war wirklich so ungemein sanft und demütig, daß sie von Natur aus dazu bestimmt schien, sich aufzuopfern.

Jetzt wird sie hoffentlich nicht mehr unter so rauher Behandlung zu leiden haben. Und da in jedem Kummer ein Trost liegen soll, so möchte ich hier noch erwähnen, daß die arme Mary, die nach der Abreise ihrer Freundin in einem hochgradigen hysterischen Zustand zurückgeblieben war, einem jungen Mann aus der Apotheke zur ärztlichen Behandlung anvertraut wurde. Unter seiner Fürsorge erholte sie sich denn auch nach kurzer Zeit wieder. Bei ihrem Weggang aus Brompton schenkte Amelia der kleinen Mary die ganze Einrichtung, die sich in dem Haus befand. Nur ihre Bilder nahm sie mit, die beiden Bilder über dem Bett, und ihr Klavier, das alte kleine Klavier, das inzwischen zu einem armseligen Klimperkasten geworden war, das sie aber aus bestimmten Gründen immer noch liebte. Als Kind hatte sie zuerst darauf gespielt, nachdem die Eltern es ihr geschenkt hatten. Dann war es ihr – wie der Leser sich erinnern wird – noch einmal geschenkt worden, als ihr Vaterhaus zusammengebrochen und nur das Instrument aus dem Untergang gerettet worden war.

Der Major war gerade dabei, die Einrichtung von Joes neuem Haus zu besichtigen, das auf sein Drängen hin möglichst schön und behaglich werden sollte. Da traf der Wagen aus Brompton ein und brachte die Koffer und Schachteln der Auswanderer und, zur übergroßen Freude des Majors, auch das alte Klavier. Amelia wollte es in ihrem Wohnzimmer haben, einem netten kleinen Raum im zweiten Stock neben dem Zimmer ihres Vaters, wo der alte Herr des Abends zu sitzen pflegte.

Als die Männer den Musikkasten hinauftrugen und Amelia anordnete, daß er in das eben erwähnte Zimmer gestellt werden sollte, fühlte Dobbin sich wie in den Himmel versetzt. „Wie freue ich mich, daß Sie es behalten haben!“ sagte er sehr gefühlvoll. „Ich hatte schon Angst, Sie machten sich nichts daraus!“

„Ich schätze es höher als alles andere, was ich auf der Welt besitze“, bestätigte Amelia.

„Wirklich, Amelia?“ rief der Major. Da er es gekauft hatte, war es ihm nie in den Sinn gekommen – obwohl er nie darüber gesprochen hatte –, daß Amelia glauben könnte, jemand anderes sei der Käufer gewesen. Er hatte es für selbstverständlich gehalten, daß sie wußte, das Geschenk stamme von ihm. „Wirklich, Amelia?“ fragte er noch einmal, und die Frage, die große Frage drängte sich ihm auf die zitternden Lippen, als Amelia erwiderte: „Kann ich denn anders? Ist es denn nicht ein Geschenk von ihm?“

„Das wußte ich nicht!“ sagte der arme alte Dobbin mit langem Gesicht.

Damals fiel Amelia nichts Besonderes auf, und sie achtete auch nicht auf den trübseligen Ausdruck, der sich über die Züge des ehrlichen Dobbin breitete. Aber später dachte sie darüber nach. Da ging ihr zu ihrem unaussprechlichen Schmerz und Kummer auf, daß ihr William das Klavier geschenkt hatte und nicht George, wie sie sich eingebildet hatte. Es war kein Geschenk Georges – das einzige, das sie von ihrem Liebhaber bekommen hatte, wie sie gemeint hatte, dieses Stück, das sie mehr als alles andere geschätzt hatte, ihre teuerste Reliquie und ihr Schatz. Mit ihm hatte sie über George gesprochen, vor ihm hatte sie des Abends stundenlang gesessen und, so gut sie konnte, den Tasten melancholische Harmonien entlockt und stillschweigend dabei geweint. Es war also keine Reliquie von George. Dann war es jetzt wertlos. Als der alte Sedley sie das nächstemal bat, ihm etwas vorzuspielen, sagte sie, es sei entsetzlich verstimmt, und sie habe Kopfweh und könne nicht spielen.

Dann machte sie sich nach ihrer Gewohnheit Vorwürfe, daß sie so launisch und undankbar sei, und beschloß, an dem guten William die Geringschätzung, die sie ihm gegenüber zwar nicht ausgesprochen, doch für das Klavier empfunden hatte, irgendwie wiedergutzumachen. Ein paar Tage später saßen sie im Wohnzimmer beisammen. Joe war nach dem Essen behaglich eingeschlummert. Da sagte Amelia mit ziemlich unsicherer Stimme zu Major Dobbin: „Ich muß Sie wegen einer Sache um Verzeihung bitten!“

„Weswegen denn?“ fragte er.

„Wegen – wegen des kleinen Klaviers. Ich habe Ihnen nie dafür gedankt, als Sie es mir schenkten, vor vielen, vielen Jahren, noch ehe ich verheiratet war. Ich danke Ihnen, William.“

Sie hielt ihm die Hand hin; aber das Herz blutete der armen kleinen Frau, und ihre Augen waren natürlich wie immer mit Tränen gefüllt.

Da konnte William nicht mehr an sich halten. „Amelia, Amelia!“ sagte er, „ja, ich habe es für Sie gekauft. Ich habe Sie damals ebenso geliebt wie heute. Ich muß es Ihnen jetzt sagen. Ich glaube, ich habe Sie vom ersten Augenblick an geliebt, da ich Sie sah, als George mich in Ihr Haus brachte, damit ich die Amelia kennenlernen sollte, mit der er verlobt war. Sie waren noch ein junges Mädchen, in weißem Kleid und mit langen Ringellocken. Singend kamen Sie die Treppe herunter – erinnern Sie sich noch daran? –, und dann gingen wir nach Vauxhall. Seither habe ich immer nur an eine Frau auf der Welt gedacht, und das waren Sie! In den letzten zwölf Jahren ist wohl keine Stunde vergangen, in der ich nicht an Sie gedacht habe. Ich wollte Ihnen das schon sagen, ehe ich nach Indien ging; aber Sie waren so gleichgültig gegen mich, daß ich nicht den Mut fand, davon zu sprechen. Es war Ihnen ja ganz gleichgültig, ob ich dablieb oder wegging!“

„Ich war sehr undankbar!“ sagte Amelia.

„Nein, nur gleichgültig“, fuhr Dobbin verzweifelt fort. „Ich habe nichts, um einer Frau ein anderes Gefühl einzuflößen. Ich weiß, was Sie jetzt empfinden. Sie sind im tiefsten Herzen verwundet durch Ihre Entdeckung, daß das Klavier von mir kam und nicht von George. Ich vergaß das, sonst hätte ich nie davon gesprochen. Ich muß Sie vielmehr um Verzeihung bitten, daß ich einen Augenblick lang ein Narr war und glaubte, jahrelange Liebe und Treue könnte Sie zu meinen Gunsten umgestimmt haben!“

„Jetzt sind Sie grausam!“ sagte Amelia, die wieder lebhafter wurde; „George ist mein Gatte, hier und im Himmel. Wie könnte ich einen anderen lieben als ihn? Heute gehöre ich ihm genauso wie damals, als Sie, lieber William, mich zum erstenmal sahen. Er war es, der mir erzählt hat, wie gut und hochherzig Sie sind, er hat mich gelehrt, Sie wie einen Bruder liebzuhaben. Sind Sie mir und meinem Jungen nicht alles gewesen? Unser liebster, treuester, gütigster Freund und Beschützer? Wären Sie nur ein paar Monate früher gekommen, dann hätten Sie mir vielleicht diese – diese schreckliche Trennung erspart. Oh, es hat mich fast umgebracht, William; aber Sie kamen nicht, obgleich ich Sie mit allen meinen Wünschen und Gebeten herbeisehnte. So haben sie mir auch ihn genommen. Ist er nicht ein feiner Junge, William? Bitte, bleiben Sie sein Freund und der meine!“ Hier brach ihr die Stimme, und sie barg ihr Antlitz an seiner Schulter.

Der Major schloß sie in seine Arme, drückte sie an sich, als sei sie ein Kind, und küßte sie aufs Haupt. „Ich will mich schon nicht ändern, liebe Amelia“, sagte er, „ich bitte um nichts anderes als um Ihre Liebe. Vielleicht möchte ich es gar nicht anders haben. Nur lassen Sie mich in Ihrer Nähe bleiben und Sie öfters sehen!“

„Ja, oft!“ sagte Amelia. Und so stand es William frei, sie anzuschauen und sich nach ihr zu sehnen, so wie ein armer Schuljunge, der kein Geld hat, nach den Herrlichkeiten in den Körben der Kuchenfrau seufzen darf.

60. Kapitel

Wir kehren in die vornehme Welt zurück

Gemach beginnt nun das Glück Amelia wieder zuzulächeln. Wir freuen uns, sie aus der niederen Sphäre, in der sie sich bislang bewegte, herauszuholen und sie unter gebildete Leute zu bringen, zwar nicht in ganz so großartige, feine Kreise wie die, in denen unsere andere Freundin Mrs. Becky verkehrt, aber doch in solche, die auf Vornehmheit und Eleganz keine geringen Ansprüche erheben. Joes Freunde stammten alle aus den drei indischen Präsidentschaften. Sein Haus lag in dem hübschen anglo-indischen Bezirk, dessen Mittelpunkt der Moira Place ist. Minto Square, Great Clive Street, Warren Street, Hastings Street, Ochterlony Place, Plassey Square, Assaye Terrace (1827 gebrauchte man für Stuckhäuser mit Asphaltterrassen davor noch nicht das so gut dafür passende Wort „Garten") – wer kennt nicht diese respektablen Häuser der indischen Aristokraten, die sich von den Geschäften zurückgezogen haben? Jenes Viertel, das Mr. Wenham kurz und bündig „das schwarze Loch" nennt? Joes Stellung war freilich nicht so großartig, als daß sie ihn dazu berechtigt hätte, ein Haus am Moira Square zu haben. Dort können nur ehemalige Mitglieder des Indischen Rates und Teilhaber ostindischer Firmen leben (die Bankrott machen, wenn sie ihren Ehefrauen hunderttausend Pfund überschrieben haben, und sich dann in verhältnismäßiger Armut mit viertausend Pfund Jahresrente auf ein Landgut zurückziehen). Joe mietete also ein bequemes Haus zweiten oder dritten Ranges in der Gillespie Street und erwarb von Mr. Scapes Bevollmächtigtem Teppiche, kostbare Spiegel und Möbel, die von Seddons eigens für dieses Haus entworfen worden waren. Mr. Scape war vor kurzem bei der großen Firma Fogle, Fake und Cracksman als Teilhaber eingetreten. Er hatte Fakes Platz eingenommen und siebzigtausend Pfund, die Ersparnisse eines langen, ehrenhaften Lebens, in das Geschäft eingebracht. Fake selbst hatte sich in einen fürstlichen Park in Sussex zurückgezogen. Die Fogles wiederum waren schon lange nicht mehr in der Firma. Sir Horace Fogle soll jetzt als Baron Bandanna in den Adelsstand erhoben werden. Der arme Scape war also als Partner in das große Agenturhaus Fogle und Fake aufgenommen worden, zwei Jahre, ehe es mit einer Million Defizit bankrott machte und halb Indien mitriß in Elend und Verderben.

Der ehrliche Scape fuhr ruiniert und gebrochenen Herzens nach Kalkutta, um die Firma zu liquidieren. Walter Scape mußte die Schule in Eton verlassen und wurde einem Kaufmann ins Haus gegeben. Florence Scape, Fanny Scape und ihre Mutter welkten in Boulogne dahin. Von ihnen werden wir nicht wieder hören. Joe ergriff also diese gute Gelegenheit beim Schopfe, kaufte ihre Teppiche und Anrichten und bewunderte sich in den Spiegeln, die ihre freundlichen, hübschen Gesichter zurückgeworfen hatten. Die Kaufleute, die die Scapes bedient hatten und ehrlich bezahlt worden waren, gaben ihre Karten ab und bemühten sich eifrig um die Kundschaft der neuen Einwohner. Die langen Männer, die in weißen Westen bei Scapes Diners bedient hatten, im Privatberuf Grünkramhändler, Bankportier und Milchmann, ließen ihre Anschriften da und versuchten sich bei dem Butler anzubiedern. Mr. Chummy, der Schornsteinfeger, der schon drei Familien in diesem Haus befegt hatte, versuchte sich bei dem Butler und dem ihm unterstellten Pagen einzuschmeicheln. Dieser Page hatte die Pflicht, mit Knöpfen bedeckt und mit Streifen an den Hosen Mrs. Amelia als Schutz zu begleiten, wenn es ihr beliebte auszugehen.

Es war ein bescheidenes Haus. Der Butler war zugleich Joes Kammerdiener. Er war nicht häufiger betrunken, als ein Butler in einer kleinen Familie es sein sollte, sofern er die gehörige Achtung vor dem Wein seines Herrn hat. Amelia bekam eine Zofe, die auf Sir William Dobbins Besitztum vor der Stadt aufgewachsen war. Die freundliche Bescheidenheit dieses Mädchens entwaffnete Mrs. Osborne. Denn zunächst war sie entsetzt gewesen über den Gedanken, eine Zofe nur zu ihrer eigenen Bedienung zu haben. Sie wußte doch nicht im geringsten, was sie mit so einem Mädchen anfangen sollte, sie, die zu Hausangestellten stets mit ehrerbietiger Höflichkeit sprach. Dieses Mädchen indes wußte sich in der Familie auf allerlei Art nützlich zu machen. Sie sorgte geschickt für den alten Mr. Sedley, der sich kaum noch aus seinem Zimmer rührte und nie an den fröhlichen Gesellschaften teilnahm, die im Hause stattfanden.

Eine Menge Leute kamen, um Mrs. Osborne zu besuchen. Lady Dobbin und ihre Töchter waren hocherfreut, daß sich das Glück ihr wieder zugewandt hatte, und machten ihr ihre Aufwartung. Vom Russel Square kam Miss Osborne in ihrem großartigen Wagen mit dem flammendroten Bezug und dem auf den Schlag gemalten Wappen der Herzöge von Leeds. Es hieß, daß Joe unermeßlich reich sei. Der alte Osborne hatte nichts dagegen, wenn Georgy außer seinem eigenen Vermögen auch noch das seines Onkels erbte. „Verdammt, wir wollen doch einen Mann aus dem Burschen machen!“ sagte er, „und ich will ihn im Parlament sehen, ehe ich sterbe. Du könntest doch mal seine Mutter besuchen, Miss Osborne, obzwar sie mir nicht unter die Augen kommen soll!“ Und Miss Osborne machte einen Besuch. Amelia freute sich natürlich sehr, sie zu sehen, dessen könnt ihr sicher sein. Auf diese Art kam sie doch Georgy näher. Der junge Bursche durfte jetzt die Mutter viel häufiger besuchen als vorher. Ein- oder zweimal wöchentlich aß er in der Gillespie Street zu Abend und tyrannisierte die Bedienten und die Verwandten hier genauso, wie er es am Russel Square tat.

Major Dobbin gegenüber benahm er sich jedoch stets sehr respektvoll. Überhaupt war sein Auftreten viel bescheidener, wenn der Major anwesend war. Er war ein schlauer Bursche und fürchtete den Major. Er konnte nicht anders als die Einfachheit und gleichmäßig gute Laune des Freundes bewundern, die ruhige Art, mit der er seine vielfältigen Kenntnisse weitergab, und seine Liebe zur Wahrheit und Gerechtigkeit. Bis jetzt hatte George noch keinen solchen Mann kennengelernt, und instinktiv empfand er eine Zuneigung für diesen Gentleman. Liebevoll hing er an seinem Patenonkel. Seine größte Freude war es, im Park spazierenzugehen und Dobbin zuzuhören. William erzählte dem Jungen von seinem Vater, von Indien und von Waterloo, kurz von allem, nur nicht von sich selbst. Wenn George noch vorlauter und hochnäsiger war als gewöhnlich, zog der Major ihn auf, was Mrs. Osborne sehr grausam fand. Als der Major ihn eines Tages ins Theater mitnahm, weigerte der Knabe sich, im Parkett zu sitzen, weil das zu ordinär sei. Da setzte der Major ihn in eine Loge, ließ ihn dort allein und begab sich selbst ins Parkett hinunter. Er saß noch nicht lange dort, als er merkte, wie ein Arm sich unter den seinen schob und eine kleine Hand in elegantem Lederhandschuh ihn drückte. George hatte eingesehen, wie unverständig er sich benommen hatte, und war aus den oberen Regionen herabgestiegen. Ein gütiges, zärtliches Lächeln erhellte Dobbins Züge und Augen, als er den reuigen kleinen Verschwender anblickte. Er liebte den Jungen – wie alles, was zu Amelia gehörte. Wie entzückt war sie, als sie von diesem Beweis für Georges guten Charakter hörte! Ihre Augen ruhten freundlicher auf Dobbin, als sie es je getan hatten. Ihm kam es so vor, als werde sie rot, nachdem sie ihn so angeblickt hatte.

Georgy wurde es nie müde, vor der Mutter den Major zu preisen. „Er gefällt mir, Mama, weil er so viele Dinge weiß. Er ist gar nicht wie der alte Veal, der immer so prahlt und so lange Wörter gebraucht, weißt du? In der Schule nennen die Jungs ihn ‚Riesenschwanz'. Den Namen habe ich ihm gegeben; ist er nicht großartig? Dob aber liest Latein wie Englisch und Französisch oder dergleichen. Wenn wir spazierengehen, erzählt er mir Geschichten von meinem Papa, aber niemals von sich selbst, und doch habe ich Oberst Buckler beim Großpapa sagen hören, er sei einer der tapfersten Offiziere in der Armee und habe sich ungeheuer ausgezeichnet. Großpapa war ganz überrascht und sagte: ‚Was, der Kerl? Ich hätte immer gemeint, er könne keine Gans verscheuchen!‘ Ich weiß aber, daß er das könnte, nicht wahr, Mama?“

Amelia lachte. Sie hielt es für sehr wahrscheinlich, daß der Major das konnte.

Während der Major und Georgy einander aufrichtig gern hatten, bestand zwischen dem Knaben und seinem Onkel allerdings keine große Liebe. George hatte eine Art, die Backen aufzublasen, die Hände in die Westentaschen zu stecken und zu sagen: „Gott behüte! Was Sie nicht sagen!“ die so ganz der des armen Joe glich, daß es unmöglich war, sich das Lachen zu verbeißen. Beim Essen platzten die Diener einfach heraus, wenn der Knabe um etwas bat, was nicht auf dem Tisch stand, und dabei so ein Gesicht schnitt und Joes Lieblingsredensart gebrauchte. Selbst Dobbin brach dann plötzlich in schallendes Gelächter über das Nachahmungstalent des Jungen aus. Wenn George seinen Onkel nicht einfach ins Gesicht hinein nachahmte, so lag es nur an Dobbins Vorwürfen und Amelias entsetzten Bitten, daß der kleine Tunichtgut sich beherrschte. Der würdevolle Zivilist ahnte dunkel, daß der Junge ihn für einen Esel hielt und ihn gern lächerlich machte. Darum war er in Master Georgys Gegenwart außerordentlich furchtsam und natürlich doppelt geschwollen und würdevoll. Wenn Mr. Josef hörte, daß der junge Herr in der Gillespie Street bei seiner Mutter zum Essen erwartet wurde, stellte er gewöhnlich fest, daß er eine Verabredung im Klub hatte. Mag sein, daß seine Abwesenheit von niemandem sehr bedauert wurde. An solchen Tagen ließ Mr. Sedley sich meist überreden, sein Refugium im oberen Stockwerk zu verlassen. Dann gab es eine kleine Familiengesellschaft, zu der sich häufig auch Major Dobbin einfand. Er war der ami de la maison, Mr. Sedleys Freund, Amelias Freund, Georgys Freund und Joes Ratgeber. „Nach dem zu urteilen, wie oft wir ihn zu Gesicht bekommen, könnte er genausogut auch in Madras sein!“ bemerkte Miss Ann in Camberwell. Ach, Miss Ann, ist Ihnen nicht schon einmal aufgefallen, daß nicht Sie es waren, die der Major heiraten wollte?

Josef Sedley führte ein Leben würdevollen Müßiggangs, wie es sich für einen Mann von seiner Bedeutung gehörte. Sein allererstes Ziel war es natürlich, Mitglied des Orientalischen

Klubs zu werden. Dort verbrachte er die Vormittage in Gesellschaft anderer Inder, dort speiste er, oder er brachte von dort Herren zum Essen mit nach Hause.

Amelia mußte diese Herren mit ihren Damen empfangen und bewirten. Von ihnen erfuhr sie, daß Smith bald Ratsmitglied werden würde, wieviel Rupien Jones mit nach Hause gebracht habe, daß Thomsons Londoner Haus die Annahme der auf Thomson, Kibotjee & Co., die Bombayer Filiale, gezogenen Wechsel abgelehnt habe, daß man glaubte, auch mit der Filiale in Kalkutta sei es aus, wie unvorsichtig (um es gelinde auszudrücken) Mrs. Brown sich mit dem jungen Swankey von der Leibgarde aufgeführt habe, indem sie mit ihm bis spät in die Nacht hinein auf Deck zusammengesessen habe, und wie sie dann beim Ausritt am Kap den Anschluß an die übrige Gesellschaft verloren hätten, daß Mrs. Hardyman draußen von ihren dreizehn Schwestern, den Töchtern eines Landpfarrers, Ehrwürden Felix Rabbits, besucht worden sei und daß sie elf von ihnen unter die Haube gebracht habe, sieben seien sogar mit hohen Beamten verheiratet, daß Hornby ganz wild sei, weil seine Frau in Europa bleiben wolle, und daß Trotter zum Steuereinnehmer in Ummerapoora ernannt worden sei. In dieser und ähnlicher Art spielten sich alle großen Diners ihres Bekanntenkreises ab. Überall gab es dieselben Gespräche, dasselbe silberne Geschirr, denselben Hammelbraten, dieselben gedämpften Truthähne, dieselben Vorspeisen. Nach dem Dessert kam für eine kurze Zeit die Politik an die Reihe, während die Damen sich nach oben zurückzogen und über ihre Leiden und ihre Kinder plauderten.

Mutato nomine ist es überall dasselbe. Sprechen die Frauen der Advokaten nicht von Prozessen? Schwatzen Soldatenfrauen nicht über ihr Regiment? Unterhalten sich die Frauen der Geistlichen nicht über Sonntagsschulen und darüber, wer wen vertritt? Reden die vornehmsten Damen nicht über die Personen des kleinen Zirkels, zu dem sie gehören? Warum sollten unsere indischen Freunde da nicht auch ihren besonderen Gesprächsstoff haben? Nur, das will ich zugeben – für die Uneingeweihten, die daneben sitzen und zuhören müssen, ist es manchmal recht langweilig!

Binnen kurzem hatte Amelia ein Gästebuch und fuhr regelmäßig im Wagen herum, um Besuche zu machen: bei Lady Bludyer, der Gattin des Generalmajors Sir Roger Bludyer, Ritter des Bath-Ordens, von der Bengalen-Armee, bei Lady Huff, der Gattin von Sir G. Huff von den Truppen in Bombay, bei Mrs. Pice, der Gattin des Direktors Pice, und so weiter. Um sich an ein zum Guten verändertes Leben zu gewöhnen, braucht man meist keine lange Zeit. Jeden Tag fuhr der Wagen in der Gillespie Street vor. Der Page mit den Knöpfen sprang vom Bock herunter und gab Amelias und Josefs Karten ab. Zu bestimmter Stunde fuhr Amelia zu Joes Klub, um ihn abzuholen, damit er etwas frische Luft schöpfe. Oder sie setzte den alten Sedley in die Kutsche und fuhr mit ihm durch den Regent's Park. Die Zofe und der Wagen, das Gästebuch und der Page waren Amelia bald ebenso vertraut wie das bescheidene, eintönige Leben in Brompton. Sie fand sich in das eine wie in das andere. Wenn das Schicksal es ihr bestimmt hätte, eine Herzogin zu werden, so hätte sie wohl auch deren Pflichten erfüllt. Bei den Damen in Joes Gesellschaftskreis galt sie für ein recht nettes junges Ding, an dem nicht viel dran war, das aber doch nett war und dergleichen.

Den Männern gefielen wie immer ihre harmlose Freundlichkeit und ihr einfaches, feines Benehmen. Die ritterlichen jungen Dandys, die aus Indien auf Urlaub zu Hause waren – ungeheure Stutzer mit Uhrkette und Schnurrbart, die in Westend-Hotels wohnten –, bewunderten dennoch Mrs. Osborne, verbeugten sich gern vor ihrem Wagen im Park und freuten sich, wenn sie sich erlauben durften, ihr einen Vormittagsbesuch abzustatten. Selbst Swankey von der Leibgarde, diesen gefährlichen Jüngling und größten Affen der ganzen indischen Armee, der gerade auf Urlaub war, traf Major Dobbin eines Tages allein bei Amelia an; er beschrieb ihr eben sehr beredt und humorvoll eine Schweinejagd. Später sprach der junge Mann von einem verdammten königlichen Offizier, der immer in jenem Hause zu finden sei, einem langen, dürren, merkwürdig aussehenden, ältlichen Burschen, einem trockenen Kerl übrigens, der einem bei der Unterhaltung alle Pointen verdarb.

Hätte der Major nur etwas mehr persönliche Eitelkeit besessen, so wäre er auf einen so gefährlichen jungen Dandy wie diesen faszinierenden Hauptmann aus Bengalen eifersüchtig geworden. Dobbin war jedoch ein viel zu einfacher und hochherziger Mensch, als daß er in Amelia Zweifel gesetzt hätte. Er freute sich, daß die jungen Leute ihr Komplimente machten und daß auch andere sie bewunderten. War sie nicht fast ihr ganzes Frauenleben hindurch verfolgt und unterschätzt worden? Es freute ihn zu sehen, wie Freundlichkeit ihre guten Eigen-

schaften zutage treten ließ und wie sich mit dem besseren Leben auch ihre Stimmung langsam wieder hob. Jeder, der sie schätzte, machte damit der Urteilskraft des Majors ein Kompliment – wenn man einem Mann, der unter dem irreführenden Einfluß der Verliebtheit steht, überhaupt noch Urteilskraft zugestehen will!

Nachdem Joe bei Hof vorgestellt worden war, was er als treuer Untertan seines Herrschers natürlich nicht versäumt hatte (zuvor hatte er sich in vollem Hofornat im Klub gezeigt, von wo Dobbin ihn in seiner sehr schäbigen Uniform abgeholt hatte), wurde er, der schon immer ein zuverlässiger Anhänger des Königshauses und ein treuer Bewunderer Georgs IV. gewesen war, zu einem so überzeugten Tory und Pfeiler des Staates, daß er unbedingt wünschte, auch Amelia solle zu einem Lever gehen. Er hatte sich irgendwie eingeredet, daß seine Person mit der Aufrechterhaltung des allgemeinen Wohlergehens untrennbar verbunden war und daß der König nicht glücklich sein könne, wenn nicht Joe Sedley mit Familie sich im St. James Palast um ihn scharte.

Amelia lachte. „Soll ich wohl die Familiendiamanten tragen, Joe?“ fragte sie.

Ich wünschte, du würdest mir erlauben, daß ich dir welche besorge! dachte der Major. Ich möchte die Juwelen sehen, die für dich zu gut sind!

61. Kapitel

Zwei Lichter löschen aus

Trotzdem kam ein Tag, da die Reihe dieser schicklichen Vergnügungen und feierlichen Lustbarkeiten, an denen Mr. Joe Sedleys Familie sich beteiligte, durch ein Ereignis unterbrochen wurde, das in den meisten Häusern einmal sich ereignet. Wenn Sie in Ihrem Haus die Treppe von jenem Flur, auf dem die

Wohnzimmer liegen, zu dem der Schlafzimmer hinaufsteigen, haben Sie vielleicht schon einmal ein kleines Bogenfenster in der Mauer gerade vor Ihnen bemerkt. Es erhellt die Treppe, die vom zweiten in das dritte Stockwerk führt, wo sich gewöhnlich das Kinderzimmer und die Schlafkammern der Dienstboten befinden. Außerdem dient es aber noch anderen Zwecken, worüber die Männer des Leichenbestatters Auskunft geben können. In diesem Bogen setzen sie nämlich den Sarg ab, oder sie schieben ihn hindurch, damit sie den schlummernden, kalten Bewohner des schwarzen Gehäuses nicht auf unziemliche Art stören.

Von diesem Bogen im zweiten Stock jedes Londoner Hauses aus kann man gut in den Treppenschacht hinauf- und hinuntersehen und so den Hauptverkehrsweg des Hauses überblicken, auf dem die Bewohner immer wieder vorbeikommen. Vor Tagesanbruch schleicht sich da die Köchin hinab, um in der Küche ihre Töpfe und Pfannen zu scheuern. Hier steigt der junge Herr vorsichtig hinauf, nachdem er die Stiefel in der Eingangshalle gelassen hat, wenn er nach einer lustigen Nacht im Klub erst in der Morgendämmerung nach Hause kommt. Hier kommt das junge Mädchen, elegant und hübsch geschmückt, heruntergerauscht, um auf dem Ball Eroberungen zu machen. Oder der kleine Tommy, der das Geländer den Treppenstufen vorzieht, rutscht darauf, alle Gefahr verachtend, hinunter. Hier trägt der kräftige Gatte die lächelnde Mutter liebevoll auf seinen Armen herunter, hinter sich die Wochenpflegerin, sobald der Arzt es erlaubt hat, daß die reizende Patientin wieder nach unten darf. Hier schleicht beim Schein einer zuckenden Talgkerze John gähnend ins Bett, um dann vor Sonnenaufgang schon wieder die Schuhe einzusammeln, die ihn auf den Korridoren erwarten. Über diese Treppe werden kleine Kinder hinauf- und hinuntergetragen, alte Leute gestützt, Gäste zum Ball geleitet. Hier geht der Pfarrer zur Taufe hinauf, der Arzt ins Krankenzimmer und der Leichenbestatter mit seinen Leuten. Was für ein Denkmal des Lebens, des Todes und der Eitelkeit ist doch dieser Bogen, diese Treppe, wenn man es sich recht überlegt! Man lasse sich nur einmal auf dem Treppenabsatz nieder und schaue den Schacht hinauf und hinunter! Auch uns, mein buntscheckiger Freund, wird der Arzt über diese Treppe zum letzten Male besuchen kommen! Die Krankenschwester wird durch die Vorhänge schauen, doch du merkst nichts mehr davon. Dann wird sie die Fenster für eine Weile aufmachen und frische Luft hereinlassen. Dann werden an der Vorderfront des Hauses alle Fenstervorhänge zugezogen werden, und die Familie wird in den hinteren Räumen wohnen. Dann werden sie den Rechtsanwalt und andere schwarzgekleidete Männer holen und so weiter und so fort. Dann ist deine und meine Komödie zu Ende, und wir werden weggebracht, ach! wie weit weg von den Trompeten und dem Geschrei und den akrobatischen Kunststücken des Jahrmarkts der Eitelkeit! Wenn wir vornehme Leute sind, wird man an unserem Haus ein Leichenwappen anbringen mit einem vergoldeten Cherub und einem Spruch, der feststellt: „Im Himmel ist Ruh!" Dein Sohn wird das Haus neu einrichten oder es vielleicht auch vermieten und in ein moderneres Viertel ziehen. Im nächsten Jahr steht dein Name dann unter den „Verstorbenen Mitgliedern" in den Listen deines Klubs. Wie sehr man dich auch betrauert, deine Witwe wird doch Wert darauf legen, die Trauerkleidung gut gearbeitet zu bekommen, und die Köchin wird heraufschicken oder selbst kommen, um sich nach dem Abendessen zu erkundigen. Bald werden die Überlebenden es ertragen können, dein Bild über dem Kamin hängen zu sehen. Doch in Kürze wird man es wieder von dem Ehrenplatz verdrängen, um Platz zu schaffen für das Porträt des regierenden Sohnes.

Welche Toten werden wohl am zärtlichsten und leidenschaftlichsten beweint? Ich glaube, es sind jene, die die Überlebenden am wenigsten geliebt haben. Der Tod eines Kindes erregt unendliches Leid und Ströme von Tränen, wie sie dein Ende, lieber Bruder Leser, nie hervorrufen wird. Der Tod eines kleinen Kindes, das dich kaum kannte, das dich nach einer Woche der Trennung ganz vergessen haben würde, drückt dich mehr nieder als der Verlust deines besten Freundes oder deines erstgeborenen Sohnes, der ein Mann ist wie du selbst und schon eigene Kinder hat. Gegen Juda und Simeon können wir streng sein; der kleine Benjamin aber kann immer unserer mitleidigen Liebe sicher sein. Und wenn du alt bist, wie es vielleicht der eine oder der andere Leser sein oder werden mag, alt und reich oder alt und arm, denkst du vielleicht eines Tages: Diese Leute hier um mich herum sind sehr gut zu mir; aber sie werden sich nicht allzusehr grämen, wenn ich fort bin. Ich bin sehr reich, und sie wollen mich gern beerben – oder ich bin sehr arm, und sie sind es leid, für mich zu sorgen.

Die Trauerzeit nach Mrs. Sedleys Tod war eben vorüber,

und Joe hatte kaum die schwarze Weste abgelegt und war in der prächtigen bunten erschienen, die er so liebte, als es Mr. Sedleys Angehörigen klarwurde, daß ein anderes trauriges Ereignis bevorstand: daß der alte Mann bald seine Frau in dem dunklen Land besuchen würde, in das sie ihm vorangegangen war. „Der Gesundheitszustand meines Vaters verbietet es mir, in dieser Saison Gesellschaften großen Stils zu geben", erklärte Joe Sedley feierlich im Klub. „Aber wenn Sie ohne alle Umstände um halb sieben kommen wollen, Chutney, zu einem einfachen Essen mit ein paar Leuten von der alten Clique, so werde ich mich sehr freuen, Sie zu sehen!" So aßen und tranken Joe und seine Bekannten in der Stille für sich allein, während im oberen Stockwerk die Lebensuhr des alten Mannes ablief. Leise, auf Samtschuhen, brachte der Diener ihnen den Wein, und nach dem Essen setzten sie sich zu einer Partie Whist zusammen. Daran beteiligte sich manchmal auch Major Dobbin, und gelegentlich kam sogar Mrs. Osborne herunter, wenn ihr Patient für die Nacht besorgt und in jenen leisen, unruhigen Schlummer gesunken war, der dem Greisenalter eigentümlich ist.

Während seiner Krankheit klammerte der Alte sich immer mehr an seine Tochter. Seine Brühe und seine Arzneien wollte er von niemand anders nehmen. Ihn zu pflegen wurde jetzt fast zu ihrer einzigen Beschäftigung. Ihr Bett war dicht neben die Tür gestellt worden, die in sein Zimmer führte. So erwachte sie bei dem leisesten Geräusch oder der geringsten Unruhe, die von dem Bett des launischen Kranken zu vernehmen waren. Doch wollen wir ihm nicht unrecht tun; er lag auch so manche Stunde still, und ohne sich zu rühren, wach, weil er die freundliche, unermüdliche Pflegerin nicht wecken wollte.

Er liebte die Tochter jetzt vielleicht inniger, als er es je seit ihrer Kindheit getan hatte. In der Erfüllung freundlicher Hilfsdienste und Kindespflichten zeichnete sich dieses einfache Wesen ganz besonders aus. Still wie ein Sonnenstrahl tritt sie ins Zimmer, dachte Dobbin, als er sie im Zimmer ihres Vaters aus und ein gehen sah. Liebliche Heiterkeit leuchtete auf ihrem Gesicht, während sie sich anmutig und geräuschlos bewegte. Wer hat bei Frauen nicht schon jenes engelhafte Leuchten der Liebe und des Mitleids gesehen, das ihr Antlitz überzieht, wenn sie mit ihren Kindern oder im Krankenzimmer beschäftigt sind?

So wurde eine geheime, jahrelang bestehende Fehde mit

stillschweigender Versöhnung begraben. In diesen letzten Stunden vergaß der alte Mann vor Rührung über ihre Liebe und Güte alles, was er gegen sie auf dem Herzen hatte, alles Unrecht, über das er mit seiner Frau so manche Nacht lang gesprochen hatte: daß sie alles für ihren Jungen aufgeopfert habe, daß sie sich um ihre alten, unglücklichen Eltern gar nicht kümmere, sondern nur an das Kind denke, daß sie sich unsinnig und närrisch, ja geradezu gottlos benommen habe, als Georgy ihr entrissen wurde. Als der alte Sedley seine letzte Rechnung aufstellte, hatte er all diese Anschuldigungen vergessen und ließ der sanften, nie klagenden kleinen Märtyrerin Gerechtigkeit widerfahren. Als sie sich eines Nachts leise in sein Zimmer stahl, fand sie ihn wachend. Da legte der gebrochene alte Mann seine Beichte ab. „Emmy, ich glaube, wir waren sehr unfreundlich und ungerecht dir gegenüber", sagte er und hielt ihr die kalte, kraftlose Hand hin. Sie kniete neben dem Bett nieder und betete, und auch er betete, während er immer noch ihre Hand hielt. Möchten wir, mein Freund, wenn wir an der Reihe sind, doch auch eine solche Gefährtin bei unseren Gebeten haben!

Wenn er wach lag, zog wohl sein ganzes Leben noch einmal vor seinen Augen vorüber, die hoffnungsvollen Anstrengungen der Jugend, die Erfolge und der Wohlstand des Mannesalters, der Niedergang bei abnehmenden Jahren und seine gegenwärtige hilflose Lage: ohne Aussicht, sich an dem Schicksal, das ihn überwältigt hatte, noch zu rächen, weder Namen noch Geld zu vererben! Er hatte ein verbrauchtes, zweckloses Leben geführt, voller Niederlagen und Enttäuschungen, und das war nun das Ende! Was ist wohl das bessere Los, lieber Bruder Leser, reich und berühmt zu sterben oder arm und enttäuscht? Zu besitzen und abgeben zu müssen oder aus dem Leben zu scheiden, wenn man das Spiel gespielt und verloren hat? Es muß ein seltsames Gefühl sein, wenn man sich eines Tages sagen muß: Morgen werden Erfolg oder Versagen nichts mehr gelten. Die Sonne wird aufgehen, und all die aber Millionen Menschen werden sich wie gewöhnlich an die Arbeit oder das Vergnügen begeben; ich aber werde dem Gewühl entronnen sein!

Bald kam also dieser Morgen, an dem die Sonne aufging und alle Welt sich an ihre Arbeit oder an ihr Vergnügen begab, nur der alte John Sedley nicht. Er brauchte nicht mehr um das Glück zu kämpfen, brauchte nicht mehr zu hoffen und zu planen, sondern nur in eine ruhige, gänzlich unbekannte Wohnung auf dem Friedhof in Brompton an der Seite seiner Frau zu ziehen.

In einer schwarz ausgeschlagenen Kutsche folgten Major Dobbin, Joe und Georgy seinen sterblichen Überresten zum Grabe. Joe kam extra vom „Stern und Hosenbandorden" in Richmond herüber, wohin er sich nach dem traurigen Ereignis zurückgezogen hatte. Er wollte nicht gern in dem Haus bleiben, in dem – unter diesen Umständen, Sie verstehen! Amelia

aber blieb und tat wie immer ihre Pflicht. Sie war nicht besonders niedergedrückt und eher feierlich als kummervoll gestimmt. Sie betete darum, daß ihr eigenes Ende ebenso friedlich und schmerzlos sein möge, und gedachte voll Vertrauen und Ehrfurcht der Worte, die sie von ihrem Vater während seiner Krankheit gehört hatte und in denen er von seinem Glauben, seiner Ergebung und seiner Hoffnung auf das Jenseits gesprochen hatte.

Ja, ich meine, das ist doch das bessere Ende! Stell dir einmal vor, du seist ungeheuer reich und wohlhabend und könntest dir an jenem letzten Tag sagen: Ich bin sehr reich und ziemlich bekannt. Ich habe mein ganzes Leben lang in der besten Gesellschaft verkehrt und stamme, Gott sei Dank, aus einer sehr angesehenen Familie. Ich habe meinem König und Vaterland ehrenhaft gedient. Mehrere Jahre lang war ich im Parlament, wo meine Reden – das darf ich wohl sagen – stets Gehör fanden und recht freundlich aufgenommen wurden. Ich schulde niemandem einen Schilling; im Gegenteil, meinem alten Schulfreund Jack Lazarus habe ich fünfzig Pfund geliehen, um die meine Testamentsvollstrecker ihn nicht bedrängen werden. Jeder meiner Töchter hinterlasse ich zehntausend Pfund, eine sehr nette Mitgift für ein Mädchen. Mein Silber und meine Möbel und mein Haus in der Baker Street vermache ich auf Lebenszeit zusammen mit einem hübschen Vermögen meiner Witwe, und meinen Grundbesitz nebst dem in Staatspapieren angelegten Geld und meinen auserlesenen Weinkeller in der Baker Street soll mein Sohn erben. Zwanzig Pfund jährlich vermache ich meinem Kammerdiener. Dann möchte ich den sehen, der noch etwas gegen meinen Charakter zu sagen wagt, wenn ich fort bin! Oder aber nimm an, dein Schwan singt ein ganz anderes Sterbelied, und du sagst: Ich bin ein armer, unglücklicher, enttäuschter alter Kerl und habe im Leben immer versagt. Ich habe weder einen guten Verstand mitbekommen noch viel Glück gehabt. Ich bekenne, daß ich hundert Fehler und Mißgriffe begangen habe. Ich gebe zu, daß ich oft pflichtvergessen war. Meine Schulden kann ich nicht bezahlen. Hier liege ich auf meinem letzten Lager, vollkommen hilflos und demütig, und bitte um Vergebung für meine Schwachheit, und reuigen Herzens werfe ich mich der göttlichen Gnade zu Füßen. – Welche dieser beiden Reden würde wohl die bessere Leichenpredigt für dich sein, was meinst du? Der alte Sedley hielt die letztere. Und in dieser demütigen Geisteshaltung und an die Hand seiner Tochter geklammert, entschwand er dem Leben mit all seinen Enttäuschungen und Eitelkeiten.

„Hier siehst du“, sagte der alte Osborne zu George, „was man mit Fleiß, Verdienst und klugen Spekulationen erreichen kann. Sieh mich an und mein Bankkonto! Und dann sieh deinen armen Großvater Sedley an und sein unglückliches Ende! Dabei war er heute vor zwanzig Jahren ein wertvollerer Mann als ich, um zehntausend Pfund mehr wert, möchte ich sagen.“

Außer diesen Leuten und der Familie Clapp, die zu einem

Beileidsbesuch von Brompton herübergekommen waren, kümmerte sich keine einzige Menschenseele im geringsten um den alten John Sedley oder erinnerte sich auch nur daran, daß ein Mensch dieses Namens einmal gelebt hatte.

Als der alte Osborne von seinem Freunde Oberst Buckler erfuhr, wie der kleine George uns bereits berichtete, ein wie ausgezeichneter Offizier Major Dobbin war, äußerte er zunächst nichts als verächtlichen Unglauben und gab seiner Überraschung Ausdruck, daß solch ein Kerl überhaupt Verstand oder einen guten Ruf besitzen könne. Dann erfuhr er aber auch durch andere Mitglieder seines Gesellschaftskreises vom Ruhm des Majors. Sir William Dobbin war sehr stolz auf seinen Sohn und erzählte viele Geschichten, die zeigten, wie klug, tapfer und von der Welt hochgeschätzt der Major war. Schließlich erschien sein Name sogar auf den Gästelisten einiger vornehmer Adelsgesellschaften. Dieser Umstand hatte natürlich eine geradezu wunderbare Wirkung auf den alten Aristokraten vom Russel Square.

Da der Major Georgys Vormund war und der Besitz des Knaben an den Großvater übergegangen war, wurden einige Besprechungen zwischen den beiden Herren notwendig. Bei einer dieser Gelegenheiten geschah es, daß der alte Osborne, ein scharfsinniger Geschäftsmann, bei der Durchsicht der Abrechnungen des Majors für sein Mündel und die Mutter des Knaben auf etwas stieß, das ihn sehr erschütterte und zugleich schmerzte und freute. Es schien ihm nämlich so, als ob ein Teil des Geldes, von dem die arme Witwe und das Kind gelebt hatten, aus Dobbins eigener Tasche geflossen sei.

Als er Dobbin um Aufklärung bedrängte, wurde der Major, der keine Lüge über die Lippen brachte, heftig rot, stammelte und stotterte sehr und legte schließlich ein Bekenntnis ab. „Die Heirat“, erklärte er (worauf das Gesicht des Fragestellers sich verdüsterte), „war weitgehend mein Werk. Ich war der Ansicht, daß mein armer Freund bereits so weit gegangen war, daß ein Rücktritt von dem Verlöbnis ihm zur Unehre gereicht und für Mrs. Osborne den Tod bedeutet hätte. So konnte ich nicht anders, da sie nun ohne alle Geldmittel dastand, als ihr das geben, was ich für ihren Unterhalt erübrigen konnte.“

„Major Dobbin“, sagte Mr. Osborne, wobei er ihn scharf ansah und gleichfalls rot wurde, „Sie haben mich sehr gekränkt; aber jetzt gestatten Sie mir, Sir, daß ich Ihnen sage, daß Sie ein anständiger Kerl sind! Hier ist meine Hand, Sir, obwohl ich nie gedacht habe, daß mein Fleisch und Blut von Ihrem Geld gelebt haben könnte!" Und die beiden schüttelten sich die Hände, während Major Dobbin sehr verwirrt darüber war, daß auf diese Weise seine mildtätige Heuchelei aufgedeckt worden war.

Er bemühte sich nun, den Alten zu besänftigen und ihn mit dem Andenken an seinen gefallenen Sohn auszusöhnen. „Er war ein so feiner Kerl, daß jeder von uns ihn gern hatte und alles für ihn getan hätte. Ich kam mir als junger Mensch damals sehr geschmeichelt vor, daß er mich allen anderen vorzog. Es freute mich mehr, wenn ich in seiner Gesellschaft gesehen wurde als etwa beim Oberbefehlshaber. An Mut und Tollkühnheit und allen guten Eigenschaften eines Soldaten habe ich nie seinesgleichen gesehen." Und Major Dobbin erzählte dem alten Vater alle Geschichten von den tapferen Taten seines Sohnes, die ihm nur einfallen wollten. „Und Georgy ist ihm ganz ähnlich", fügte er hinzu.

„Er ist ihm so ähnlich, daß ich manchmal zittere", bestätigte der Großvater.

Während Mr. Sedleys Krankheit war der Major ein paarmal zum Essen bei Mr. Osborne. Wenn die beiden dann abends zusammensaßen, drehte sich ihre Unterhaltung stets um den dahingegangenen Helden. Nach seiner Gewohnheit brüstete der Vater sich mit ihm und sonnte sich selbst im Glanz der Ruhmestaten, die sein tapferer Sohn vollbracht hatte. Jedenfalls war er dem armen Kerl gegenüber freundlicher und milder gesinnt als bisher, so daß das christliche Herz des guten Majors frohlockte, als er an diesen Anzeichen erkannte, daß Frieden und Wohlwollen wieder einkehrten. Am zweiten Abend nannte der alte Osborne ihn sogar beim Vornamen, genau wie damals, als Dobbin und George noch Kinder waren, und der ehrliche Mann freute sich über dieses Zeichen der Versöhnung.

Als am nächsten Morgen Miss Osborne eine leicht herabsetzende Bemerkung über das Aussehen und Benehmen des Majors zu machen wagte, die von der Schärfe ihres Alters und Charakters zeugte, unterbrach der Herr des Hauses sie sofort: „Du wärst froh gewesen, wenn du ihn bekommen hättest! Aber diese Trauben sind zu sauer, haha! Major William ist ein feiner Kerl!"

„Das stimmt, Großpapa", nickte Georgy beifällig. Dann trat er dicht vor den alten Herrn, ergriff seinen langen grauen Backenbart, lachte ihm gutmütig ins Gesicht und gab ihm einen

Kuß. Am Abend erzählte er diese Geschichte seiner Mutter, die ganz seiner Meinung war. „Das ist er wirklich!“ sagte sie. „Dein lieber Vater hat das auch immer gesagt. Er ist einer der Besten und Aufrechtesten.“ Zufällig erschien Dobbin kurz nach diesem Gespräch, was wahrscheinlich der Grund war, daß Amelia so errötete. Dazu vermehrte der junge Tunichtgut noch ihre Verwirrung, indem er Dobbin den zweiten Teil der Geschichte erzählte. „Übrigens, Dob, gibt's da ein ungewöhnlich nettes Mädchen, das dich heiraten möchte. Sie hat einen Haufen Kies, trägt falsche Locken und schimpft von morgens bis abends mit den Dienstboten herum.“

„Wer ist denn das?“ fragte Dobbin.

„Tante Osborne!“ erwiderte der Knabe, „Großpapa hat's gesagt. Ich fände es ganz großartig, Dob, dich zum Onkel zu haben!“ In diesem Augenblick rief aus dem Nebenzimmer die zittrige Stimme des alten Sedley leise nach Amelia, und das Lachen verstummte.

Daß der alte Osborne allmählich seine Ansicht änderte, war deutlich genug. Manchmal erkundigte er sich bei Georgy nach dessen Onkel und lachte über den Jungen, der Joe so gut nachahmte, wenn er sagte: „Gott behüte!“ und seine Suppe geräuschvoll verschlang. Dann sagte er: „Das gehört sich aber nicht, daß ihr jungen Burschen die Verwandten nachäfft. – Miss Osborne, wenn du heute ausfährst, gibst du bei Mr. Sedley meine Karte ab, hörst du? Zwischen ihm und mir hat ja sowieso nie ein Streit bestanden.“

Der Besuch wurde erwidert, und Joe und der Major wurden zum Essen eingeladen, zu dem wohl prächtigsten und langweiligsten Essen, das Mr. Osborne je gegeben hatte. Das ganze Familiensilber wurde vorgeführt bis auf das letzte Stück, und die beste Gesellschaft war dazu eingeladen worden. Mr. Sedley führte Miss Osborne zu Tisch. Sie war sehr liebenswürdig zu ihm, während sie mit dem Major, der weiter weg sehr unbeholfen neben Mr. Osborne saß, kaum ein Wort wechselte. Feierlich erklärte Joe, es sei die beste klare Schildkrötensuppe, die er je in seinem ganzen Leben gegessen habe. Dann fragte er Mr. Osborne, woher er seinen Madeira beziehe.

„Er ist noch vom alten Sedley“, flüsterte der Butler seinem Herrn zu. „Ich besitze ihn schon sehr lange und habe seinerzeit nicht wenig dafür bezahlt“, sagte Mr. Osborne laut zu den Gästen. Dann erzählte er seinem Nachbarn zur Rechten, wie er ihn bei der Auktion des alten Bankrotteurs erworben hatte.

Mehr als einmal erkundigte er sich bei dem Major nach – nach Mrs. Osborne, bei welchem Thema der Major, wenn er wollte, sehr beredt werden konnte. Er erzählte Mr. Osborne, was sie durchgemacht hatte, wie leidenschaftlich sie an ihrem Gatten hinge, dessen Andenken sie immer noch in Ehren halte, wie zärtlich und pflichtgetreu sie für die Eltern gesorgt und sogar ihren Jungen hingegeben hätte, als sie es für ihre Pflicht hielt. „Sie wissen nicht, wie sie gelitten hat, Sir", sagte der ehrliche Dobbin mit einem Zittern in der Stimme, „und ich hoffe und vertraue darauf, daß Sie sich mit ihr aussöhnen werden! Wenn sie Ihnen den Sohn weggenommen hat, so hat sie Ihnen doch den ihren gegeben, und wie sehr Sie Ihren George auch geliebt haben mögen, sie liebt den ihren bestimmt noch zehnmal mehr!'

„Bei Gott, Sie sind ein guter Mensch, Sir!" war alles, was Mr. Osborne herausbrachte. Ihm war es niemals in den Sinn gekommen, daß es der Witwe schmerzlich gewesen sein könnte, sich von dem Jungen zu trennen, oder daß sie mit Kummer sehen könnte, wie gut es ihm jetzt ging. Bald wurde von einer Versöhnung gesprochen, die nun nicht mehr zu umgehen sei, und Amelias Herz begann zu klopfen bei dem furchtbaren Gedanken, daß sie Georges Vater gegenübertreten sollte.

Diese Versöhnung sollte allerdings nie stattfinden. Die langwierige Krankheit und der Tod des alten Sedley kamen dazwischen, und danach war eine Zusammenkunft auf längere Zeit hinaus unmöglich. Jene Katastrophe und andere Ereignisse mögen Mr. Osborne so angegriffen haben, daß es mit seiner Gesundheit immer schlechter wurde. Er alterte sehr und schloß sich ganz von der Außenwelt ab. Er ließ seinen Rechtsanwalt kommen, und vermutlich hat er etwas an seinem Testament geändert. Der Arzt, der nach ihm sah, sprach von erschütterter Gesundheit und aufgeregten Nerven und verordnete kleine Aderlässe und Seeluft. Aber der alte Osborne wandte keines dieser Heilmittel an.

Eines Tages erschien er zur Verwunderung seines Dieners nicht unten beim Frühstück. Da ging der Bediente in das Ankleidezimmer seines Herrn hinauf und fand ihn, von einem Schlaganfall getroffen, am Fuß des Waschtisches liegen. Miss Osborne wurde verständigt, der Arzt geholt, George blieb der Schule fern, und der Barbier kam zum Aderlassen und Schröpfen. Osborne gewann zum Teil das Bewußtsein wieder, konnte aber nicht mehr sprechen, obwohl er es ein paarmal unter furchtbaren Anstrengungen versuchte. Nach vier Tagen starb er. Die Ärzte gingen hinunter; die Leute des Leichenbestatters kamen herauf, und alle Fensterläden, die auf den Garten am Russel Square hinausgingen, wurden geschlossen. Bullock kam aus der City herbeigeeilt. „Wieviel Geld hat er dem Jungen da hinterlassen? Gewiß nicht die Hälfte? Doch gewiß gleiche Teile für alle drei?“ Es war ein aufregender Augenblick.

Was hatte der alte Mann wohl noch zu sagen versucht, als er sich mehrmals vergeblich zu sprechen bemühte? Hoffentlich war es dies, daß er Amelia zu sehen und sich mit der lieben treuen Frau seines Sohnes auszusöhnen wünschte, ehe er diese Welt verließ. Sehr wahrscheinlich war es dies; denn sein Testament zeigte, daß der Haß, den er so lange gehegt hatte, aus seinem Herzen geschwunden war.

In der Tasche seines Morgenrockes fand sich der Brief mit dem großen roten Siegel, den George ihm aus Waterloo geschrieben hatte. Anscheinend hatte er auch die anderen Papiere seines Sohnes durchgesehen; denn der Schlüssel zu dem Fach, wo er sie aufbewahrte, steckte ebenfalls in seiner Tasche. Man stellte fest, daß die Siegel und Umschläge erbrochen worden waren, höchstwahrscheinlich in der Nacht vor dem Anfall. Der Butler hatte ihm damals Tee in das Studierzimmer gebracht und ihn gefunden, wie er vor der großen roten Familienbibel saß.

Bei der Testamentseröffnung stellte sich heraus, daß die eine Hälfte des Vermögens für George bestimmt war und die andere zu gleichen Teilen unter den beiden Schwestern geteilt werden sollte. Mr. Bullock sollte zu gemeinsamem Nutzen aller weiterhin die Geschäfte des Handelshauses leiten oder die Firma löschen, ganz wie er es für richtig hielt. Eine Jahresrente von fünfhundert Pfund zu Lasten von Georges Vermögen war für seine Mutter ausgesetzt, „für die Witwe meines geliebten Sohnes George Osborne“, die wieder die Sorge für den Knaben übernehmen sollte.

Major William Dobbin, „der Freund meines geliebten Sohnes“, war zum Testamentsvollstrecker bestimmt, „und da er aus Güte und Großmut für den Lebensunterhalt meines Enkels und der Witwe meines Sohnes mit seinem eigenen Vermögen gesorgt hat, da sie sonst ohne Mittel gewesen wären“, hieß es weiter in dem Testament, „danke ich ihm herzlich für seine Liebe und Fürsorge für sie und bitte ihn, eine Summe anzunehmen, die ausreicht, um das Patent für den Rang eines Oberstleutnants zu kaufen, oder auch für andere Zwecke, wie es ihm richtig erscheint".

Als Amelia hörte, daß ihr Schwiegervater sich zuletzt mit ihr ausgesöhnt hatte, wurde ihr Herz weich, und sie nahm dankbar das ihr hinterlassene Geld an. Als sie dann aber hörte, daß Georgy ihr wiedergegeben war, und als sie erfuhr, wie und durch wen, als sie entdeckte, daß es Williams Güte gewesen war, die ihr in der Zeit der Armut geholfen hatte, daß es William gewesen war, der ihr eigentlich Mann und Sohn geschenkt hatte, da sank sie auf die Knie nieder und betete um Segen für dieses treue, gütige Herz. Sie beugte sich demütig nieder und küßte gleichsam die Füße dieser schönen, hochherzigen Liebe.

Dankbarkeit war indes alles, was sie für solch bewunderungswürdige Haltung und Wohltat bezahlen konnte, nur Dankbarkeit! Wenn sie an irgendeine andere Art der Vergeltung dachte, so stand Georges Bild aus dem Grabe vor ihr auf und sprach: Du bist mein, nur mein, jetzt und auf ewig!

William kannte ihre Gefühle; hatte er nicht sein ganzes Leben damit zugebracht, sie zu erraten?

Als die Einzelheiten vom Mr. Osbornes Testament in der Welt bekannt wurden, da war es wirklich erhebend zu sehen, wie Mrs. George Osborne auf einmal in der Achtung ihres Bekanntenkreises stieg. Die Dienstboten in Joes Haus, die selbst ihren bescheidenen Aufträgen oft Widerrede entgegengesetzt und gesagt hatten, sie müßten sich erst bei ihrem Herrn erkundigen, ob sie gehorchen sollten oder nicht, dachten jetzt nicht mehr daran, so etwas zu tun. Die Köchin spottete nicht mehr über Amelias schäbige alte Kleider (die in der Tat weit übertroffen wurden von dem Putz, den diese Dame sich am Sonntagabend anzog, um in die Kirche zu gehen). Die anderen Dienstboten murrten nicht mehr, wenn sie klingelte, und zögerten nicht mehr so lange mit ihrem Erscheinen. Der Kutscher, der bisher gebrummt hatte, wenn er die Pferde herausholen und seinen Wagen für „den alten Kerl" und Mrs. Osborne in ein richtiges Krankenhaus verwandeln mußte, fuhr sie jetzt mit der größten Bereitwilligkeit und zitterte davor, daß er durch Mr. Osbornes Kutscher ersetzt werden könnte; denn was wußten diese Kutscher vom Russel Square schon von der Stadt! Waren sie überhaupt fähig, vor einer Dame auf dem Bock zu sitzen? Auf einmal interessierten sich auch Joes Freunde und Freundinnen für Amelia, und Beileidskarten häuften sich auf dem

Tisch am Eingang. Joe selbst, der die Schwester bisher als gutherzige, harmlose Bettlerin betrachtet hatte, der er pflichtschuldigst den Lebensunterhalt und ein Dach über dem Kopfe bot, behandelte sie und seinen Neffen, den reichen kleinen Jungen, jetzt mit der allergrößten Achtung. Er war darauf bedacht, daß sie nach all ihren Sorgen und Prüfungen nun Abwechslung und Unterhaltung hatte, das arme, liebe Mädchen! Er machte es sich sogar zur Gewohnheit, am Frühstückstisch zu erscheinen und sich angelegentlichst zu erkundigen, wie sie den Tag zu verbringen wünsche.

Als Georgys Vormund bat Amelia mit Zustimmung des anderen Vormunds, des Majors, Miss Osborne, in dem Haus am Russel Square wohnen zu bleiben, solange es ihr beliebe. Doch die Dame erklärte dankend, sie denke nicht daran, in dem traurigen Haus allein zu bleiben. sondern reiste, in tiefe Trauer gekleidet, mit einigen Dienstboten nach Cheltenham ab. Die anderen Bedienten wurden großzügig ausbezahlt und entlassen. Mrs. Osborne hatte vorgeschlagen, den treuen alten Butler zu behalten, doch dieser lehnte ab und zog es vor, seine Ersparnisse in einem Wirtshaus anzulegen, wo es ihm hoffentlich nicht schlecht ergangen ist.

Da nun Miss Osborne nicht am Russel Square wohnen wollte, lehnte auch Mrs. Osborne es nach eingehenden Besprechungen ab, in das düstere alte Haus zu ziehen. So wurde also der Haushalt aufgelöst, die Prunkmöbel und Wertgegenstände, die furchtbaren Kronleuchter, die leeren, traurigen Spiegel wurden verpackt und weggebracht. Die prächtige Rosenholzeinrichtung des Salons wurde in Stroh gehüllt. Die Teppiche wurden zusammengerollt und verschnürt. Die kleine, erlesene Bibliothek gut gebundener Bücher wurde in zwei Weinkisten verstaut, und das ganze Hab und Gut rollte in mehreren Wagen in das Pantechnikon, wo alles bis zu Georgys Volljährigkeit liegen bleiben sollte. Die großen, schweren, dunklen Kästen mit dem Silber kamen in die Bank von Stumpy und Rowdy, um bis zu ebendieser Zeit in den Kellern dieses bedeutenden Bankhauses aufbewahrt zu werden.

Eines Tages begab sich Amelia in Trauerkleidung mit George an der Hand in das verlassene Haus, das sie seit ihrer Mädchenzeit nicht mehr betreten hatte. Vor dem Haus, wo die Wagen beladen worden und abgefahren waren, war das Pflaster noch mit Stroh bestreut. Sie gingen durch die großen, leeren Zimmer, an deren Wänden man deutlich sah, wo die Bilder und

Spiegel gehangen hatten. Dann schritten sie die große, kalte Steintreppe in die oberen Räume hinauf, wo der Großpapa gestorben war, wie Georgy ihr zuflüsterte, und dann noch höher hinauf in Georges eigenes Zimmer. Der Knabe hing noch immer an ihrem Arm, sie aber dachte an einen anderen. Sie wußte, daß das Zimmer früher dem Vater des Kindes gehört hatte.

Sie trat an eines der offenen Fenster, nach denen sie mit wehem Herzen hinaufgeschaut hatte, als das Kind ihr genommen worden war. Wenn sie hinausblickte, konnte sie über den Bäumen von Russel Square das alte Haus sehen, in dem sie selbst geboren war und wo sie so viele glückliche Tage unschuldiger Jugend verbracht hatte. Alles tauchte wieder vor ihr auf, die schönen Ferien, die freundlichen Gesichter, die sorglose, fröhliche Vergangenheit und die endlosen Schmerzen und Prüfungen, die sie seitdem niedergeworfen hatten. An all dies dachte sie und an den Mann, der ihr ein treuer Beschützer, ein guter Genius, ein einziger Wohltäter und ein zärtlicher, edler Freund gewesen war.

„Schau her, Mutter!" sagte Georgy, „hier ist ein G. O. mit dem Diamanten in das Fensterglas geritzt. Das habe ich noch nie zuvor bemerkt. Ich hab es jedenfalls nicht gemacht!"

„Lange ehe du geboren wurdest, war dies das Zimmer deines Vaters, George", sagte sie und küßte den Knaben, wobei sie rot wurde.

Sie war sehr still, als sie nach Richmond zurückfuhren, wo sie vorübergehend ein Haus gemietet hatten. Dort statteten ihr höfliche, geschäftige Anwälte lächelnd Besuche ab (die sie bestimmt mit auf die Rechnung setzten). Dort stand natürlich auch ein Zimmer für Major Dobbin bereit. Er kam häufig herübergeritten, da er für sein kleines Mündel ja so viele geschäftliche Angelegenheiten zu ordnen hatte.

Georgy wurde auf unbestimmte Zeit von der Schule genommen, und Mr. Veal wurde beauftragt, eine Inschrift für die schöne Marmortafel aufzusetzen, die in der Findelhauskirche unter Hauptmann George Osbornes Grabdenkmal angebracht werden sollte.

Obzwar Mrs. Bullock, Georgys Tante, durch dieses kleine Ungeheuer der Hälfte der erwarteten Erbschaft beraubt worden war, bewies sie dennoch ihre christliche Gesinnung, indem sie sich mit der Mutter und dem Knaben aussöhnte. Roehampton ist nicht weit von Richmond entfernt. So fuhr eines Tages vor Amelias Haus in Richmond der Wagen mit dem goldenen Bullock-Wappen am Schlag und den verweichlichten Kindern drinnen vor. Die Familie Bullock drang in den Garten ein, wo Amelia ein Buch las, Joe in der Laube friedlich Erdbeeren in Wein tunkte und der Major in einer leichten indischen Jacke gebückt dastand und Georgy über seinen Rücken springen ließ. So kam es, daß Georgy geradezu in die anrückenden Bullocks hineinsprang, die mit riesigen schwarzen Schleifen am Hut und breiten schwarzen Schärpen ihre trauernde Mama begleiteten.

Er ist gerade im richtigen Alter für Rosa, dachte die zärtliche Mutter und blickte flüchtig nach dem lieben Kind, einem ungesund aussehenden kleinen Fräulein von sieben Jahren.

„Rosa, geh und gib deinem lieben Vetter einen Kuß!" sagte Mrs. Frederick. „Kennst du mich nicht, George? Ich bin deine Tante!"

„Ich kenne dich ganz genau", erwiderte Georgy, „aber Küsse mag ich nicht, bitte." Und er wich vor der Umarmung seiner gehorsamen Kusine zurück.

„Führe mich zu deiner lieben Mama, du drolliges Kind", sagte Mrs. Frederick dann. So sahen sich diese beiden Frauen nach mehr als fünfzehn Jahren wieder. Während der Zeit, da Amelia in Sorge und Armut gelebt hatte, hatte die andere auch nicht ein einziges Mal daran gedacht, sie zu besuchen. Aber nun, da Amelia zu anständigem Wohlstand gelangt war, kam die Schwägerin wie selbstverständlich zu ihr.

Und ebenso kamen viele andere. Unsere alte Freundin Miss Swartz erschien mit ihrem Mann unter großem Getöse von Hampton Court, gefolgt von in schreiendes Gelb gekleideten Lakaien. Sie begrüßte Amelia wie immer mit ungestümer Zärtlichkeit. Die Swartz hätte sie gewiß immer gern gehabt, wenn sie sich nur gesehen hätten! Das muß man ihr lassen! Aber – que voulez-vous? In dieser Riesenstadt hat man eben keine Zeit, seine Freunde zu suchen. Wenn sie nicht in Reih und Glied bleiben, verschwinden sie, und wir marschieren ohne sie weiter. Wer wird auf dem Jahrmarkt der Eitelkeit denn schon jemals vermißt?

Kurz und gut, noch ehe die Trauerzeit für Mr. Osborne um war, sah Amelia sich als Mittelpunkt eines sehr vornehmen Zirkels, dessen Mitglieder überzeugt waren, jeder müsse glücklich sein, dazugehören zu dürfen. Unter den Damen gab es kaum eine, die nicht einen Verwandten von hohem Adel hatte, mochten ihre Ehemänner auch nur eine Drogerie in der City betreiben. Einige waren richtige Blaustrümpfe und wußten über alles Bescheid, da sie Mrs. Somerville lasen und das Königliche Institut besuchten. Andere waren streng evangelisch und hielten an der Exeter-Kirche fest. Inmitten dieser Meinungsverschiedenheiten wußte Amelia wahrhaftig nicht, was tun, und litt entsetzlich während der wenigen Abende, an denen sie Mrs. Fredericks Gastfreundschaft annehmen mußte. Mrs. Bullock wollte sie unbedingt beschützen und hatte liebenswürdigerweise beschlossen, sie für die Welt zurechtzustutzen. Sie besorgte Amelia eine Putzmacherin und ordnete ihren Haushalt und ihr Benehmen. Sie kam häufig von Roehampton herüber und unterhielt die Freundin mit langweiligem Modegeschwätz und ödem Hofklatsch. Joe hörte gern zu, der Major aber ging brummend fort, sobald diese Frau mit ihrer billigen Vornehmheit erschien. Auf einer der feinsten Gesellschaften des Bankiers schlief er nach dem Essen direkt unter Frederick Bullocks kahlem Schädel ein. Fred bemühte sich nämlich immer noch darum, daß das Konto mit dem Osborneschen Vermögen von Stumpy und Rowdy auf ihn überschrieben würde. Amelia andrerseits, die kein Latein konnte und nicht wußte, wer den letzten, großartigen Artikel in der *Edinburgh Review* geschrieben hatte, und Mr. Peels letztes, außerordentliches Umschwenken bei dem verhängnisvollen Gesetz zur Unterstützung des Katholizismus nicht im geringsten beklagte oder begrüßte, saß stumm zwischen den Damen in dem prächtigen Salon, von dem man auf samtweiche Rasenflächen, saubere Kieswege und glitzernde Treibhäuser hinausblickte.

„Sie scheint gutherzig, aber fade zu sein", sagte Mrs. Rowdy, „der Major da ist anscheinend ungemein épris!"

„Es fehlt ihr leider sehr an ton", sagte Mrs. Hollyock. „Es wird Ihnen, meine Liebe, nie gelingen, sie zu bilden!"

„Sie ist erschreckend unwissend oder gleichgültig", sagte Mrs. Glowey mit Grabesstimme und schüttelte traurig das turbangekrönte Haupt; „ich habe sie gefragt, was sie meinte, ob der Papst 1836, wie Mr. Jowls, oder 1837, wie Mr. Wapshot vermutet, fallen würde. Und sie sagte daraufhin: ‚Der arme Papst! Hoffentlich nicht – was hat er denn getan?'"

„Sie ist die Witwe meines Bruders, liebe Freundinnen", erwiderte Mrs. Frederick, „und deshalb sind wir alle, glaube ich, wohl verpflichtet, ihr bei ihrem Eintritt in die Welt jede Aufmerksamkeit und mögliche Belehrung zuteil werden zu lassen. Sie können sich wohl vorstellen, daß bei einer Frau, deren Enttäuschungen so bekannt sind, keinerlei geschäftliche Erwägungen mitsprechen!"

„Die arme liebe Mrs. Bullock!" sagte die Rowdy zur Hollyock, als sie zusammen heimfuhren, „immer ist sie beim Plänemachen und Ränkeschmieden. Sie möchte gern, daß Mrs. Osbornes Konto von unserer Firma auf die ihre überschrieben wird! Und wie sie diesen Jungen umschmeichelt und ihn immer neben die triefäugige kleine Rosa setzt, das ist geradezu lächerlich!"

„Ich wünschte, die Glowey erstickte an ihrem *Mann der Sünde* und ihrer *Schlacht von Armageddon*!" rief die andere, während der Wagen über die Putney Brücke rollte.

Für Amelia war diese Art von Gesellschaft zu entsetzlich vornehm, und daher sprangen alle auf vor Freude, als eine Reise ins Ausland vorgeschlagen wurde.

62. Kapitel

Am Rhein

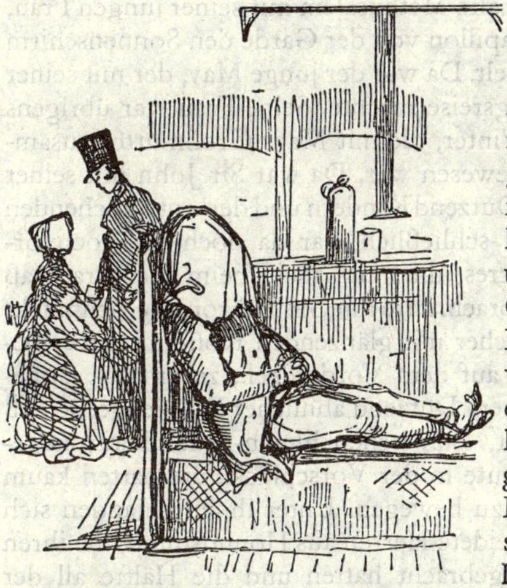

Träge waren nach den eben erzählten alltäglichen Ereignissen einige Wochen vergangen. Es war mitten im Sommer. Das Parlament machte Ferien, und die Londoner gute Gesellschaft stand im Begriff, die Stadt zu verlassen, um sich auf die alljährliche Erholungs- oder Vergnügungsreise zu begeben. Da fuhr an einem schönen Morgen das Dampfschiff „Batavia" mit einer ansehnlichen Gesellschaft von England-Flüchtigen an Bord von der Treppe am Tower ab. Über das Achterdeck waren

Zeltbahnen gespannt, und auf den Bänken und in den Gängen drängten sich Dutzende rosiger Kinder, geschäftige Kindermädchen, Damen in den hübschesten rosa Hauben und Sommerkleidern, Herren in Reisemützen und Leinenjacken, denen der Schnurrbart für die folgende Reise soeben zu wachsen begann, und dicke, schmucke alte Veteranen mit gestärkten Halsbinden und säuberlich gebürsteten Hüten, wie sie nach Beendigung des Krieges Europa immer wieder überschwemmt haben, um ihr Nationalgefühl in jede Stadt auf dem Kontinent zu tragen. Die Ansammlung von Hutschachteln, Schreibkästen mit Spezialschlössern und Toilettenkoffern war ungeheuerlich. Da waren eingebildete Studenten aus Cambridge, die sich mit ihrem Tutor auf eine Studienfahrt nach Nonnenwerth oder Königswinter begaben. Da waren juwelengeschmückte Irländer mit höchst eleganten Schnurrbärten, die ständig nur von Pferden redeten und ungemein höflich zu den jungen Damen an Bord waren, während andrerseits die jungen Burschen aus Cambridge und ihr bleichgesichtiger Tutor diese Damen mit mädchenhafter Scheu mieden. Da waren alte Tagediebe aus der Pall Mall, die nach Ems oder Wiesbaden wollten, um mit einer Brunnenkur die Diners der Saison herunterzuspülen und daneben, damit es nicht zu langweilig würde, ein wenig Roulette zu spielen. Da war der alte Methusalem mit seiner jungen Frau, der der Hauptmann Papillon von der Garde den Sonnenschirm und die Reiseführer hielt. Da war der junge May, der mit seiner Frau eine Vergnügungsreise machte. Seine Frau war übrigens die ehemalige Mrs. Winter, die mit Mays Großmutter zusammen auf der Schule gewesen war. Da war Sir John mit seiner Gemahlin und einem Dutzend Kindern und den entsprechenden Kindermädchen. Und schließlich war da noch die hochvornehme Familie Bareacres, die ganz allein beim Steuerrad saß und mit niemandem sprach. Ihre mit Grafenkronen geschmückten Wagen, deren Dächer mit glänzenden Koffern schwer beladen waren, standen auf dem Vorderdeck, zusammen eingeschlossen mit noch einem Dutzend ähnlicher Fahrzeuge, so daß es sehr schwierig war, dazwischen hinein- oder herauszugelangen. Die armen Leute in der Vorschiffskajüte hatten kaum noch Raum, um sich zu bewegen. Unter ihnen befanden sich ein paar prächtig gekleidete Herren aus Houndsditch, die ihren eigenen Proviant mitgebracht hatten und die Hälfte all der fröhlichen Leute in dem großen Salon hätten kaufen können. Weiterhin gab es da ein paar ehrliche Burschen mit Schnurrbärten und großen Mappen, die sich schon ans Skizzieren machten, kaum daß sie eine halbe Stunde an Bord waren. Dazu kamen ein oder zwei französische femmes de chambre, die furchtbar seekrank wurden, sobald das Schiff Greenwich passiert hatte, und einige Reitknechte, die sich in der Nähe der Boxen mit den ihnen anvertrauten Pferden herumtrieben oder bei den Schaufelrädern über die Reling lehnten und besprachen, wer wohl das Leger-Rennen machen würde oder wieviel sie beim Goodwood-Pokal wetten wollten.

Nachdem die Postillone ihre Runde auf dem Schiff beendet und ihre verschiedenen Herrschaften in den Kabinen oder auf Deck untergebracht hatten, fanden sie sich zusammen und begannen zu plaudern und zu rauchen. Ihnen schlossen sich die jüdischen Herren an, die sich die Kutschen ansehen wollten. Da waren Sir Johns großer Wagen, der dreizehn Personen faßte, der Reisewagen von Lord Methusalem und Lord Bareacres' Landauer und Gepäckwagen, die bezahlen mochte, wer Lust hatte. Es war wirklich ein Wunder, woher der Lord das Geld für so eine Reise nahm. Die Juden wußten, wie er es bekam. Sie wußten, wieviel Geld der Graf im Augenblick in der Tasche hatte, wieviel Zinsen er dafür zahlte und wer es ihm gegeben hatte. Schließlich stand da noch ein sehr schmucker, hübscher Reisewagen, über den die Herren sich in Vermutungen verloren.

„A qui cette voiture là?“ fragte einer der Postillone mit einer großen Maroquin-Geldtasche und Ohrringen einen anderen mit Ohrringen und einer großen Maroquin-Geldtasche.

„C'est à Kirsch je bense – je l'ai vu toute à l'heure – qui brenait des sangviches dans la voiture“, erwiderte dieser im schönsten Französisch mit deutschem Akzent.

Kurz danach tauchte Kirsch aus dem Schiffsinnern auf, wo er den Matrosen, die gerade dabei waren, das Gepäck der Passagiere zu verstauen, mit lauter Stimme, untermalt von vielsprachigen Flüchen, seine Anweisungen zugerufen hatte. Nun kam er, um den Kollegen Bericht abzustatten. Er teilte ihnen mit, daß der Wagen einem unermeßlich reichen Nabob aus Kalkutta und Jamaika gehöre, den er auf der Reise begleiten solle. In diesem Augenblick stieg ein junger Herr, der auf eine Warnung hin von der Brücke am Schaufelrad auf das Dach von Lord Methusalems Wagen gesprungen war, über verschiedene Wagen und Koffer bis auf seine eigene Kutsche, in die er unter dem Beifall der Zuschauer durch das Fenster hineinkletterte.

„Nous allons avoir une belle traversée, Monsieur George!" sagte der Kutscher grinsend, während er die goldbetreßte Kappe lüftete.

„Zum Teufel mit Ihrem Französisch!" fuhr der junge Herr los, „wo ist der Zwieback, he?" Daraufhin antwortete Kirsch ihm auf englisch oder jedenfalls in einer dem Englischen ähnlichen Sprache, so gut er konnte. Denn obwohl Kirsch mit allen Sprachen vertraut war, konnte er eigentlich keine einzige richtig und sprach alle ohne Hemmungen gleicherweise fließend und falsch.

Der ungestüme junge Herr, der da seinen Zwieback verschlang (schließlich war es ja auch Zeit, daß er etwas zu sich nahm, war es doch schon ganze drei Stunden her, seit er in Richmond gefrühstückt hatte!), war unser junger Freund George Osborne. Onkel Joe und die Mama saßen mit einem Herrn, mit dem sie sehr häufig zusammen waren, auf dem Achterdeck. Die vier waren nämlich im Begriff, eine Sommerreise zu machen.

In diesem Augenblick saß Joe unter dem Zeltdach auf dem Achterdeck fast genau dem Grafen Bareacres und seiner Familie gegenüber, deren Tun und Treiben die Aufmerksamkeit des Bengalen völlig gefangennahm. Das edle Paar sah viel jünger aus als in dem ereignisreichen Jahre 1815, als Joe ihnen in Brüssel begegnet war. In Indien hatte er allerdings das Gerücht verbreitet, er sei mit ihnen sehr gut bekannt. Lady Carabas' Haar, das damals schwarz gewesen war, hatte heute eine schöne goldrote Farbe, während Lord Carabas' früher roter Backenbart jetzt von einem tiefen Schwarz war, das im Licht purpurn und grünlich schimmerte. Aber mochten sie sich auch noch so verändert haben, so beschäftigte alles, was das edle Paar tat, Joe doch vollauf. Die Anwesenheit eines Lords bezauberte ihn so, daß er seine Augen nicht von ihm abwenden konnte.

„Die Leute dort scheinen dich sehr zu interessieren", meinte Dobbin lachend, nachdem er ihn eine Weile beobachtet hatte. Auch Amelia lachte. Sie trug einen Strohhut mit schwarzen Bändern und im übrigen noch Trauerkleidung. Aber das Hin und Her der festlichen Reise freute und erregte sie, so daß sie ausgesprochen glücklich aussah.

„Was für ein himmlischer Tag heut!" sagte Amelia, und in einem sehr originellen Einfall fügte sie hinzu: „Hoffentlich haben wir eine ruhige Überfahrt!"

Joe winkte ab, blickte aber gleichzeitig blinzelnd zu den vornehmen Leuten hinüber. „Wenn du die Seereisen gemacht hättest, die wir hinter uns haben", sagte er, „würdest du dich gar nicht mehr um das Wetter kümmern!" Aber obwohl er ein so alterfahrener Reisender war, verbrachte er dennoch die Nacht entsetzlich seekrank in seinem Wagen, wo ihn sein Kutscher mit Kognak und anderen Delikatessen pflegte.

Zu gehöriger Zeit landete diese glückliche Gesellschaft am Kai von Rotterdam, von wo aus ein anderer Dampfer sie nach Köln brachte. Hier wurden Wagen und Familie an Land gesetzt, und Joe freute sich nicht wenig, als er in den Kölner Zeitungen seine Ankunft vermerkt fand: „Herr Graf Lord von Sedley, nebst Begleitung, aus London". Er hatte seine Hoftoilette mit und hatte darauf bestanden, daß auch Dobbin seine Galauniform mitbrachte; denn wie er allen verkündete, war es seine Absicht, sich an verschiedenen fremden Höfen vorstellen zu lassen und den Herrschern der Länder, die er mit einem Besuch beehrte, seine Aufwartung zu machen.

Wo immer die Reise unterbrochen wurde und sich eine Gelegenheit bot, gab Mr. Joe seine Karte und die des Majors bei „unserem Gesandten" ab. Nur mit Mühe konnten die anderen ihn davon abhalten, seinen Dreispitz und die engen Hosen anzuziehen, als sie bei dem gastfreundlichen englischen Konsul der Freien Reichsstadt Judenstadt zum Diner eingeladen waren. Er führte ein Reisetagebuch, in dem er sorgfältig die Mängel und Besonderheiten der Wirtshäuser, in denen er abstieg, und die Weine und Gerichte, die er dort verzehrte, vermerkte.

Amelia war glücklich und zufrieden. Dobbin führte stets ihr Stühlchen und Skizzenbuch mit und bewunderte die Zeichnungen der gutherzigen kleinen Künstlerin, wie sie noch nie bewundert worden waren. Sie saß auf dem Verdeck der Dampfer und zeichnete Felsspitzen und Burgen, oder sie bestieg einen Maulesel und besuchte in Begleitung ihrer beiden Adjutanten Georgy und Dobbin altertümliche Räubertürme. Mit dem Major lachte sie über seine komische Gestalt auf dem Esel, wenn seine langen Beine den Boden berührten. Er spielte den Dolmetscher für die anderen, da er vom Militär her gute Kenntnisse der deutschen Sprache besaß. Und so fochten er und der begeisterte George im Geiste noch einmal die Kämpfe am Rhein und in der Pfalz aus. Durch eifrige Unterhaltungen auf dem Bock mit Herrn Kirsch machte Georgy im Laufe weniger Wochen erstaunliche Fortschritte im Deutschen, und bald konnte er sich mit Hotelkellnern und Postillonen in einer Weise verständigen, die seine Mutter entzückte und den Vormund belustigte. Mr. Joe beteiligte sich nur selten an den Nachmittagsausflügen der Reisegefährten. Nach dem Mittagessen schlief er lange, und dann sonnte er sich in den Lauben der netten Wirtshausgärten. Diese schönen Gärten am Rhein! Stätten des Friedens und des Sonnenscheins, edle purpurne Berge, deren Gipfel sich in dem majestätischen Strom widerspiegeln – wer bewahrt eurer friedlichen Ruhe und Schönheit nicht immer ein dankbares Andenken, wenn er euch einmal gesehen hat? Es macht mich schon glücklich, wenn ich nur die Feder niederlege und an das schöne Rheinland denke! An den Sommerabenden ziehen die Kühe in Scharen, muhend und mit klingenden Glöckchen, von den Hügeln in die alten Städte hinunter, in die Städte mit den alten Gräben, Toren, Türmen und Kastanien, während sich lange blaue Schatten über das Gras dehnen, der Himmel und der Fluß da unten goldrot aufflammen und der Mond schon beim Sonnenuntergang blaß am Himmel steht. Die Sonne versinkt dann hinter den hohen, burgengekrönten Hügeln. Plötzlich bricht die Nacht herein. Der Fluß wird immer dunkler, aus den Fenstern an den alten Wällen fällt zitternd das Licht auf das Wasser, oder es leuchtet friedlich von den Dörfern unter den Hügeln am jenseitigen Ufer herüber.

Joe schlief viel, das indische Taschentuch über das Gesicht gebreitet, und fühlte sich sehr behaglich. Er las alle englischen Zeitungen und jedes Wort in Galignanis bewunderungswürdigem Blatt. (Möge der Segen aller Engländer, die je im Ausland waren, auf den Gründern und Besitzern dieser Raubdruck-Zeitung ruhen!) Ob er nun wachte oder schlief – die Freunde vermißten ihn jedenfalls nicht sehr. Ja, sie waren glücklich! Abends gingen sie oft in die Oper, in diese gemütlichen, anspruchslosen, lieben alten Opernhäuser in den deutschen Städten, wo auf der einen Seite der Adel sitzt und sich laut schallend unterhält und Strümpfe strickt und auf der anderen das Bürgervolk. Und dann erscheinen in der großen Mittelloge Seine Durchlaucht der Herzog und die erlauchte Familie, alle dick und gutmütig. Im Parkett sitzen lauter höchst elegante Offiziere mit schmaler Taille und strohfarbenem Schnurrbart, die bei vollem Sold pro Tag zwei Groschen erhalten. Amelia war entzückt von diesen Opern, besonders als sie hier zum erstenmal die Wunder Mozarts und Cimarosas kennenlernte. Daß der Major Sinn für Musik hatte, wurde bereits früher angedeutet, als wir erzählten, daß er Flöte spielte. Dennoch war es bei diesen Opern sein größter Genuß, Amelias Entzücken zu beobachten, wenn sie der Musik lauschte. Eine neue Welt voller Liebe und Schönheit tat sich vor ihr auf, als sie diese göttlichen Werke hörte. Wie hätte sie Mozarts Musik gegenüber auch gleichgültig bleiben können, da sie doch ein so ausgesprochen feinfühliges Wesen war! Die zärtlichen Stellen im *Don Juan* erweckten in ihr ein so köstliches Entzücken, daß sie sich vor dem Abendgebet oft fragte, ob es nicht geradezu sündhaft sei, solche Freude zu empfinden, wie sie die Arien *Vedrai, carino* und *Batti, batti* in ihrem sanften Herzchen hervorriefen. Sie besprach diese Frage mit dem Major als ihrem Ratgeber in religiösen Dingen, der selbst in tiefster Seele fromm und ehrfürchtig war. Er erwiderte, daß ihn jede Schönheit, sei es der Kunst oder der Natur, sowohl dankbar wie auch glücklich stimme. Die Freude, die wir beim Hören schöner Musik oder beim Anblick der Sterne am Himmel, beim Anblick einer schönen Landschaft oder eines Bildes empfinden, sei eine Wohltat, für die wir dem Himmel ebenso aufrichtig danken können wie für jeden anderen irdischen Segen. Amelia versuchte, einige schwache Einwände vorzubringen, die gewissen religiösen Schriften wie *Der Waschfrau von Finchley Common* und anderen jener Schule entstammten, die sie gelesen hatte, als sie in Brompton wohnte. Daraufhin erzählte der Major ihr eine orientalische Fabel von der Eule, die glaubte, daß der Sonnenschein für ihre Augen unerträglich sei und daß die Nachtigall stark überschätzt werde. „Im Wesen des einen liegt es eben zu singen und in dem des anderen, uhu zu schreien", sagte er lachend; „aber mit einem so süßen Stimmchen wie dem Ihren müssen Sie unbedingt zu der Nachtigall-Partei gehören!"

Bei diesem Abschnitt in Amelias Leben verweile ich gern noch etwas länger. Es freut mich, daß sie so heiter und glücklich ist. Sehen Sie, bisher hatte sie ein solches Leben noch kaum kennengelernt und noch keine Gelegenheit gehabt, ihren Geschmack und Verstand zu bilden. Bislang war sie von gewöhnlichen Instinkten beherrscht worden, wie es das Los so mancher Frau ist. Und da bei dem teuren Geschlecht eine jede die Rivalin der anderen ist, so gilt nach ihrem christlichen Urteil Schüchternheit als Dummheit und Sanftmut als Langweiligkeit, und vor allem findet Stillschweigen – das nur eine schüchterne Verneinung der hochfahrenden Anmaßung ist, die die herrschende Klasse auszeichnet, ein stummer Protest sozusagen – vor den Augen der weiblichen Inquisitoren schon gar keine Gnade. Wenn also Sie, mein teurer gebildeter Leser, und ich uns heute abend im Kreise von etwa lauter kleinen Krämern sähen, dann würde unsere Unterhaltung wahrscheinlich nicht sehr brillant wirken. Wenn andrerseits ein Krämer sich an Ihrem kultivierten, eleganten Teetisch einfände, wo jedermann geistreiche Bemerkungen macht und all die vornehmen, hochgeachteten Leute ihre Freunde auf das reizendste in Stücke zerfetzen, dann würde der Fremde möglicherweise nicht sehr gesprächig sein und keinesfalls interessant oder interessiert wirken.

Wir dürfen auch nicht vergessen, daß die arme Frau in ihrem ganzen Leben bis zu diesem Augenblick noch keinem richtigen Gentleman begegnet war. Vielleicht ist diese Art von Menschen doch nicht so häufig zu finden, wie manche von uns meinen. Wer von uns könnte wohl aus seinem Kreis gleich eine ganze Reihe solcher Männer nennen? Männer, die edlen Zwecken huldigen, Männer von beständiger und auch zugleich hoher Wahrhaftigkeit, Männer, die ihr Mangel an Gemeinheit schlicht und einfach macht, die der Welt ehrlich und frei ins Auge blikken können, mit männlichem Mitgefühl für die Großen sowohl wie für die Kleinen? Wir alle kennen Hunderte, deren Röcke vortrefflich geschneidert sind, und Dutzende mit ausgezeichneten Manieren und ein oder zwei jener Glücklichen, die – wie sie sagen – im innersten Ring leben und in der großen Welt in den Mittelpunkt der Scheibe getroffen haben. Nehmen wir doch einmal einen Zettel vor und stellen wir eine Liste auf!

Meinen Freund, den Major, trage ich zweifellos in meine Liste ein. Er hatte sehr lange Beine, eine gelbliche Gesichtsfarbe und lispelte leicht, was im ersten Augenblick ziemlich lächerlich wirkte. Aber seine Gedanken liefen auf gerader Bahn und waren rechtschaffen, sein Verstand war recht gut ausgebildet, seine Lebensführung ehrlich und sauber, und sein Herz war warm und bescheiden. Gewiß waren Hände und Füße bei ihm sehr groß, worüber die beiden Osbornes so oft spotteten und lachten. Vielleicht hatten ihr Spott und Gelächter der armen Amelia seinen wahren Wert verdeckt? Aber sind wir nicht alle in der Wertschätzung unserer Helden schon einmal irregeleitet worden, und haben nicht auch wir unsere Meinung hundertmal geändert? In diesen glücklichen Wochen merkte Amelia, daß ihre Ansicht über den Wert des Majors einer sehr gründlichen Änderung unterlag.

Vielleicht war es sogar für beide die glücklichste Zeit ihres Lebens, ohne daß sie es wußten. Aber wer weiß das schon zu gegebener Zeit? Wer von uns kann sagen: Das und das war der Höhepunkt, der Gipfel menschlicher Freude? Auf alle Fälle war das Paar recht zufrieden, und sie genossen ihre Sommerreise ebenso wie alle anderen Paare, die in jenem Jahr England verließen. Georgy begleitete sie stets ins Theater; aber nach der Vorstellung war es der Major, der Amelia den Schal umlegte. Auf den Spaziergängen und Ausflügen befand der junge Bursche sich gewöhnlich irgendwo hoch oben, auf der Treppe zu irgendeinem Turm oder auf einem Baum, während das gesetztere Paar unten blieb. Der Major rauchte in behaglicher Ruhe seine Zigarre, und Amelia skizzierte einen Platz oder eine Ruine. Auf dieser Reise hatte auch ich, der Verfasser dieser Erzählung (an der übrigens jedes Wort wahr ist!), das Vergnügen, ihre Bekanntschaft zu machen.

Es war in der reizenden kleinen Residenz des Großherzogs von Pumpernickel, wo ich Oberst Dobbin mit seiner Gesellschaft kennenlernte. Nebenbei bemerkt, es war derselbe Ort, an dem Sir Pitt Crawley sich als Attaché so ausgezeichnet hatte. Doch das war vor langen, langen Zeiten gewesen, noch ehe die Nachricht von der Schlacht bei Austerlitz alle englischen Diplomaten gelehrt hatte, linksum kehrt zu machen. – Sie waren mit Kutsche und Reiseführer eingetroffen und im Hotel „Erbprinz“, dem besten am Orte, abgestiegen. Als sie an der Table d’hote speisten, fiel jedem Joes majestätische Art auf und die

Kennermiene, mit der er den Johannisberger, den er sich zum Essen bestellt hatte, schlürfte oder vielmehr einsog. Auch der kleine Junge, so stellten wir fest, hatte einen glänzenden Appetit. Er ging an den Schinken und den Braten und die Kartoffeln und die Preiselbeermarmelade und den Salat und den Pudding und das gebratene Huhn und die Süßigkeiten mit einer Tapferkeit heran, die seiner Nation alle Ehre machte. Nach ungefähr fünfzehn Gängen beschloß er das Mahl mit einem Nachtisch, von dem er sich sogar noch etwas nach draußen mitnahm. Denn einige junge Herren, die sich bei Tisch über seine Unverfrorenheit und seine ritterlich freie und sichere Art belustigt hatten, hatten ihn veranlaßt, sich eine Handvoll Makronen in die Tasche zu stecken. Auf dem Wege ins Theater verzehrte er sie dann in aller Ruhe. In diesem fröhlichen, geselligen deutschen Städtchen ging man am Abend meist ins Theater. Die Dame in Schwarz, die Mama des Jungen, von einer zarten Röte überflogen und sehr scheu, lachte und sah vergnügt drein, als das Essen kein Ende nahm und ihr Sohn sich immer neue Heldenstücke und Schelmenstreiche leistete. Ich erinnere mich noch, wie der Oberst – Dobbin wurde nämlich bald darauf zum Oberst befördert – den Jungen mit allerlei trockenen Witzen aufzog, ihn auf Gerichte hinwies, die er noch nicht versucht hatte, und ihn bat, seinem Appetit keine Schranken zu setzen, sondern sich bei diesem oder jenem ruhig ein zweites Mal zu bedienen.

Es gab einen sogenannten Gastspielabend am Königlich-Großherzoglichen Pumpernickelschen Hoftheater. Madame Schröder-Devrient, die damals auf der Höhe ihrer Kunst und ihrer Schönheit stand, spielte die Titelrolle in der herrlichen Oper *Fidelio*. Von unseren Plätzen im Parkett aus konnten wir unsere vier Freunde von der Table d'hote in der Loge sehen, die Schwendler, der Wirt vom „Erbprinz", stets für seine besten Gäste bereit hielt. Mir fiel ganz besonders auf, welchen tiefen Eindruck die prächtige Schauspielerin und die wunderbare Musik auf Mrs. Osborne machten, denn so hörten wir den dicken Herrn mit dem Schnurrbart sie anreden. Als sich die entzückende Stimme der Sängerin über dem herrlichen Chor der Gefangenen erhob und in zauberhafter Harmonie dahinschwebte, trug ihr Antlitz einen solchen Ausdruck staunender Glückseligkeit, daß sogar der kleine Fipps, der blasierte Attaché, von ihr beeindruckt war. Er richtete das Glas auf sie und murmelte: „Gott, es tut einem wahrhaftig wohl, eine Frau zu sehen, die derartiger Begeisterung fähig ist!“ In der Gefängnisszene, wo Fidelio mit dem Schrei „Nichts, nichts, mein Florestan!“ auf den Gatten zustürzt, verlor sie sogar völlig die Fassung und bedeckte ihr Gesicht mit ihrem Tuch. Sämtliche Damen im Saal schluchzten; aber vermutlich fiel sie mir nur deshalb auf, weil ich dazu ausersehen war, in der Folge ihre Lebensgeschichte aufzuzeichnen.

Am nächsten Tage gab es wieder ein Stück von Beethoven: *Die Schlacht bei Vittoria.* Marlbrook tritt zuerst auf, um den schnellen Vormarsch der französischen Armee anzudeuten. Dann kommen Trommeln, Trompeten, Artilleriedonner und das Stöhnen der Sterbenden, und schließlich wird in großartigem Siegesjubel die englische Königshymne gespielt.

Es mögen wohl ein gutes Dutzend Engländer im Saal gewesen sein, aber als diese geliebte, wohlbekannte Melodie aufrauschte, sprangen wir alle von unseren Plätzen auf, wir jungen Burschen im Parkett, Sir John und Lady Bullminster (die sich, um ihre neun Kinder zu erziehen, in Pumpernickel ein Haus gemietet hatten), der dicke Herr mit dem Schnurrbart, der lange Major in den weißen Leinenhosen und die Dame mit dem kleinen Jungen, zu dem sie so lieb war, und sogar der Kutscher Kirsch auf der Galerie, wollten wir uns doch alle als Kinder des guten alten England bekennen. Tapeworm, der Legationssekretär, erhob sich gleichfalls in seiner Loge und verbeugte sich einfältig lächelnd, als wolle er das ganze Weltreich repräsentieren. Tapeworm war der Neffe und Erbe des alten Marschalls Tiptoff, der in dieser Erzählung als General Tiptoff kurz vor Waterloo auftrat. Er war damals Kommandeur des . . . ten Regiments, in dem Major Dobbin diente. Er starb noch im gleichen Jahre ehrenvoll an einem Gericht von Kiebitzeiern, und das Regiment wurde gnädigst dem Obersten Seiner Majestät Sir Michael O'Dowd, Ritter des Bath-Ordens, übertragen, der es schon auf so manchem ruhmreichen Feldzug befehligt hatte.

Tapeworm war Oberst Dobbin anscheinend schon im Hause des Vorgesetzten des Obersten, eben des Marschalls, begegnet, denn er erkannte ihn an diesem Abend im Theater wieder, und mit äußerst gnädiger Herablassung begab sich der Gesandte Seiner Majestät aus seiner eigenen Loge hinüber, um dem wiedergefundenen Freund vor aller Augen die Hand zu schütteln.

„Sehen Sie sich doch nur diesen verteufelt schlauen gestiefelten Kater von einem Tapeworm an!“ flüsterte Fipps, der seinen

Chef vom Parkett aus beobachtete. „Wo eine schöne Frau ist, da schmuggelt er sich aber auch immer irgendwie ein.“ Ja, wofür war man auch Diplomat, wenn man das nicht konnte?!

„Habe ich die Ehre, mit Mrs. Dobbin zu sprechen?“ fragte der Diplomat mit einschmeichelndem Lächeln.

Georgy brach in lautes Gelächter aus: „Herrgott! Das war mal ein guter Witz!“ Amelia und der Major aber wurden rot, wie wir vom Parkett aus feststellen konnten.

„Diese Dame ist Mrs. George Osborne“, erklärte der Major, „und das hier ist ihr Bruder, Mr. Sedley, ein ausgezeichneter Beamter vom bengalischen Zivildienst. Gestatten Sie mir, Mylord, ihn Ihnen vorzustellen!“

Unter dem bezaubernden Lächeln des Lords verlor Joe beinahe die Fassung. „Wollen Sie sich länger in Pumpernickel aufhalten?“ fragte der Lord. „Es ist recht eintönig hier: wir brauchten wirklich ein paar nette Leute! Aber wir wollen jedenfalls versuchen, es Ihnen hier so angenehm wie nur möglich zu machen. Mr. – ähem – Mr. – Oho! Ich werde mir morgen die Ehre geben, Ihnen in Ihrem Hotel einen Besuch abzustatten!“ Im Weggehen warf er Mrs. Osborne noch mit sieghaftem Lächeln einen Blick zu, der sie seiner Ansicht nach restlos bezaubern mußte.

Nach der Vorstellung trieben wir jungen Burschen uns noch in den Gängen herum und sahen dabei die vornehme Welt aus dem Theater kommen. Die Herzoginwitwe fuhr in ihrer alten, klappernden Kutsche ab, begleitet von zwei verwelkten alten Hofdamen und einem kleinen, schnupfenden, dürrbeinigen Kammerherrn in brauner Weste und grünem, ordenbedecktem Rock, an dem der Stern und das breite Band des St. Michaelsordens von Pumpernickel besonders auffielen. Die Trommeln dröhnten, die Wache salutierte, und die alte Kutsche rollte von dannen.

Dann folgten Seine Durchlaucht der Herzog und die durchlauchtige Familie mit den hohen Staats- und Hofbeamten. Der Herzog nickte allen gnädigst zu. Und inmitten der salutierenden Wache und der leuchtenden Fackeln, die die nebenherlaufenden, scharlachrot gekleideten Lakaien hielten, fuhr der durchlauchtige Wagen nach dem alten Herzogsschloß, das mit seinen Türmen und Zinnen den Schloßberg überragte. In Pumpernickel kannten sich alle untereinander. Kaum war ein Fremder zu sehen, so begab sich auch schon der Außenminister oder ein anderer höherer oder niederer Staatsbeamter in den „Erbprinzen“ hinüber, um die Namen der Neuankömmlinge festzustellen.

Wir sahen auch sie das Theater verlassen. Tapeworm war eben, in seinen Mantel gehüllt, mit dem sein riesiger Jäger ihn erwartet hatte, fortgegangen. Er sah dann so recht wie ein Don Juan aus. Die Gattin des Premierministers hatte sich soeben in ihre Sänfte gequetscht, während ihre Tochter, die reizende Ida, Kapuze und Galoschen anlegte. Da kam die englische Gesellschaft heraus. Der Knabe gähnte fürchterlich. Der Major gab sich große Mühe, Mrs. Osborne den Schal über den Kopf zu halten. Am großartigsten aber wirkte Mr. Sedley. Er hatte seinen Chapeau claque schief aufgesetzt und die Hand über dem Magen in einer umfangreichen weißen Weste versteckt. Wir zogen den Hut vor unseren Bekannten von der Table d’hote.

Daraufhin dankte die Dame uns mit einer leichten Verbeugung und einem Lächeln, für das jeder ihr dankbar sein könnte.

Draußen wartete der Wagen unter Aufsicht des geschäftigen Mr. Kirsch, um die Gesellschaft ins Hotel zurückzubringen. Der Dicke erklärte jedoch, er wolle zu Fuß heimkehren und unterwegs eine Zigarre rauchen. So fuhren die anderen drei, nachdem sie uns lächelnd zugenickt hatten, ohne Mr. Sedley ab. Kirsch folgte mit dem Zigarrenkasten im Kielwasser seines Herrn.

Wir gingen alle miteinander und unterhielten uns mit dem dicken Herrn über die Annehmlichkeiten des Ortes. Für einen Engländer konnte es dort wirklich sehr nett sein. Es gab Treibjagden und auch andere Jagden. Der gastfreie Hof veranstaltete zahlreiche Bälle und Lustbarkeiten. Die Gesellschaft war im allgemeinen gut, das Theater ausgezeichnet und das Leben sehr billig.

„Und unser Gesandter ist anscheinend ein reizender, liebenswürdiger Herr", meinte unser neuer Freund. „Mit solch einem Repräsentanten und – und einem guten Arzt könnte ich mir denken, daß es sich hier sehr wohl leben ließe. Guten Abend, meine Herren!" Und Joe ging die krachende Stiege hinauf in sein Schlafzimmer, während ihm Kirsch mit dem Wachslicht folgte. Wir aber hofften, die hübsche kleine Frau werde sich bewegen lassen, noch einige Zeit dazubleiben.

63. Kapitel

Wir treffen eine alte Bekannte wieder

Solch ein höfliches Benehmen wie das Lord Tapeworms mußte auf Mr. Sedleys Gemüt tiefgreifende Wirkungen haben. Am nächsten Morgen beim Frühstück gab er der Meinung Ausdruck, daß Pumpernickel der reizendste Ort sei, den sie auf der ganzen Reise besucht hätten. Joes List und sein Beweggrund waren nicht schwer zu durchschauen. Dobbin – er war nun einmal ein Heuchler – lachte sich ins Fäustchen, als er Joes Kennermiene und der Gesprächigkeit, mit der er über Schloß Tapeworm und die übrigen Miglieder dieser edlen Familie redete, entnahm, daß Joe schon am Morgen in aller Frühe seinen Adelskalender studiert hatte, der ihn auf jeder Reise begleitete. Joe hatte sogar den ehrenwerten Grafen Bagwig, den Vater des Lords, kennengelernt. Er war ihm bestimmt schon einmal begegnet – ach ja, beim Lever des Königs war es gewesen! Erinnerte Dob sich nicht mehr daran? Als der Diplomat dann getreu seinem Versprechen ihnen allen einen Besuch machte, empfing Joe ihn mit einer so ehrenvollen Begrüßung, wie sie dem kleinen Gesandten selten zuteil wurde. Sofort nach der Ankunft Seiner Exzellenz gab er dem vorher instruierten Kirsch einen Wink. Daraufhin begab dieser sich hinaus und sorgte für ein Frühstück mit kaltem Braten, Sülze und anderen Delikatessen. Als es auf einem Tablett hereingebracht war, drängte Mr. Joe den geehrten Gast, er müsse unbedingt zugreifen.

Tapeworm nahm gern jede Einladung an, länger bei Mr. Sedley zu bleiben, solange er dadurch Gelegenheit hatte, Mrs. Osbornes strahlende Augen zu bewundern (übrigens vertrug ihr frisches Gesicht das Tageslicht ganz ausgezeichnet!). Er stellte Joe ein paar geschickte Fragen über Indien und die Bajaderen dort, erkundigte sich bei Amelia nach dem hübschen Jungen, den sie bei sich hatte, und machte der erstaunten kleinen Frau Komplimente darüber, was für eine ungeheure Sensation sie im Theater erregt habe. Dobbin versuchte er durch ein Gespräch über den letzten Krieg zu fesseln, indem er besonders die Heldentaten des Pumpernickelschen Kontingents unter dem Befehl des Erbprinzen, des jetzigen Herzogs von Pumpernickel, erwähnte.

Lord Tapeworm hatte nicht wenig von der galanten Art seiner Familie geerbt. Er war davon überzeugt, daß sich jede Frau, der er freundliche Blicke zuwarf, in ihn verlieben mußte. So verließ er auch Amelia in dem Glauben, sie sei seiner geistreichen Art und seinen Reizen erlegen, und begab sich in seine Wohnung, um ihr ein hübsches Briefchen zu schreiben. Sie aber war gar nicht bezaubert, sondern im Gegenteil verwundert über sein einfältiges Lächeln und Grinsen, sein parfümiertes Batisttaschentuch und seine Lackschuhe mit den hohen Absätzen. Von den Komplimenten, die er ihr machte, hatte sie kaum die Hälfte verstanden. Bei ihrer geringen Lebenserfahrung wußte sie mit einem solchen Frauenheld nichts anzufangen und fand den Lord eher komisch als nett. Und wenn sie ihn auch nicht bewunderte, so wunderte sie sich doch bestimmt über ihn. Joe andererseits war entzückt. „Wie ungeheuer liebenswürdig der Lord war“, sagte er; „wie reizend, daß der Lord sagte, er würde seinen Hausarzt herüberschicken! Kirsch, geben Sie sofort unsere Karten beim Grafen Schlüsselback ab. Es würde dem Major und mir ein großes Vergnügen sein, wenn wir möglichst bald unsere Aufwartung bei Hofe machen könnten. Legen Sie meine Uniform heraus, Kirsch – die Uniformen für uns beide! Als ein Zeichen der Höflichkeit sollte wirklich jeder Engländer in den Ländern, die er besucht, dem Herrscher des Landes, der doch sozusagen unseren eigenen König repräsentiert, seine Aufwartung machen.“

Tapeworms Arzt, Dr. von Glauber, der Leibarzt Seiner Königlichen Hoheit des Herzogs, überzeugte Joe binnen kurzem davon, daß die Heilquellen von Pumpernickel und die besondere Behandlungsart des Arztes dem Bengalen unfehlbar wieder zu Jugend und Schlankheit verhelfen würden. „Letztes Jahr“, so erzählte er, „war ein englischer General hier; der war noch einmal so dick wie Sie, Sir. Nach drei Monaten habe ich ihn ganz schlank zurückgeschickt, und nach zweien tanzte er schon mit der Baronesse Glauber!"

Joe hatte seinen Entschluß gefaßt. Die Quelle, der Arzt, der Hof, der Gesandte hatten ihn überzeugt, und so schlug er vor, den Herbst an diesem reizenden Ort zu verbringen. Seinem Worte getreu, stellte der chargé d'affaires schon am nächsten Tage Joe und den Major Viktor Aurelius XVII. vor. Zu der Audienz beim Herrscher geleitete sie Graf Schlüsselback, der Hofmarschall.

Daraufhin wurden sie an den Hof zum Essen eingeladen. Als ihre Absicht, sich länger in der Stadt aufzuhalten, bekannt wurde, machten sofort die vornehmsten Damen der ganzen Stadt bei Mrs. Osborne Besuch. Da keine von ihnen, so arm sie auch waren, im Rang unter einer Baronesse stand, überstieg Joes Entzücken alle Grenzen. Umgehend schrieb er seinem Klubfreund Chutney, daß die ostindischen Beamten in Deutschland hoch im Kurs stünden, daß er dabei sei, seinem Freunde, dem Grafen Schlüsselback, zu zeigen, wie man auf indische Art ein Schwein absteche, und daß seine erlauchten Freunde, der Herzog und die Herzogin, die Freundlichkeit und Liebenswürdigkeit in Person seien.

Auch Amelia wurde der erlauchten Familie vorgestellt. Da Trauerkleidung an gewissen Tagen bei Hof nicht gestattet ist, erschien sie in einem rosa Kreppkleid mit einer Diamantbrosche, die ihr Bruder ihr geschenkt hatte. In diesem Gewand sah sie so hübsch aus, daß alle sie über die Maßen bewunderten, der Herzog, der ganze Hof und selbstredend auch der Major, der sie noch kaum jemals im Abendkleid gesehen hatte und nun schwor, sie sähe knapp wie fünfundzwanzig aus.

In diesem Kleid tanzte sie beim Hofball mit Major Dobbin eine Polonaise. Bei diesem einfachen Tanz hatte Mr. Joe die Ehre, mit der Gräfin Schlüsselback zu tanzen. Sie war zwar eine bucklige Alte, hatte aber sechzehn gut adlige Vorfahren und war mit der Hälfte aller deutschen Fürstenhäuser verwandt.

Pumpernickel liegt inmitten eines glücklichen Tales, durch das sich in blitzendem Lauf das fruchtbarkeitbringende Flüßchen Pump schlängelt, das irgendwo in den Rhein mündet – wo, kann ich nicht genau sagen, da ich keine Karte zur Hand habe. An einigen Stellen ist der Fluß breit genug für eine Fähre; an anderen treibt er eine Mühle. In Pumpernickel selbst hat die drittletzte Durchlaucht, Viktor Aurelius XIV., eine

Brücke erbaut, auf der sich im Kreise von Wassernymphen und zahlreichen Sieges- und Friedensemblemen eine Statue von ihm erhebt. Sein Fuß steht auf dem Nacken eines niedergeworfenen Türken. Die Geschichte berichtet, er habe bei der Entsetzung Wiens durch Sobieski im Kampf einen Janitscharen durchbohrt. Der Fürst läßt sich indessen durch die Qualen des daniederliegenden Mohammedaners, der sich ihm zu Füßen

grauenhaft windet und krümmt, gar nicht stören, sondern lächelt heiter und weist mit seinem Marschallstab nach dem Aureliusplatz, wo er mit dem Bau eines neuen Palastes begonnen hat, der sicher eines der großen Wunder seines Zeitalters geworden wäre, wenn der Fürst nur genug Geld gehabt hätte, ihn zu vollenden. Doch die Fertigstellung von Monplaisir unterblieb aus Mangel an Kapital. So sind heute das Schloß und der Park und der Garten in ziemlich verfallenem Zustand. Es ist nur zehnmal so groß, wie es zu sein brauchte, um den regierenden Souverän und den gesamten Hofstaat zu beherbergen.

Der Park hatte den von Versailles in den Schatten stellen sollen. Inmitten der Terrassen und Haine stehen noch heute ein paar riesige allegorische Springbrunnen, die an Festtagen auf verblüffende Weise Wasser sprühen und den Beschauer mit ihrem gewaltigen Aufruhr geradezu erschrecken. Da ist die Trophoniusgrotte, in der die bleiernen Tritonen durch einen Trick nicht nur Wasser sprühen, sondern auch aus ihren bleiernen Muschelhörnern ein ganz entsetzliches Stöhnen ertönen lassen. Da sind ein Nymphenbad und die Niagarafälle, die von den Leuten aus der Umgebung ehrfürchtig bewundert werden, wenn sie zu dem alljährlichen Markt anläßlich der Kammereröffnung in die Stadt kommen oder zu den Festen, mit denen das glückliche Völkchen immer noch die Geburts- und Hochzeitstage seiner fürstlichen Herrscher feiert.

Dann kommen sie aus allen Städten des Herzogtums, das sich über fast zehn Meilen erstreckt, aus Bolkum, das an der Westgrenze Preußen Trotz bietet, aus Grogwitz, wo der Fürst ein Jagdhaus hat und wo seine Besitzungen durch die Pump von denen des benachbarten Fürsten von Potzental getrennt werden, und aus all den kleinen Dörfern, die außer den drei Städten überall im Herzogtum verstreut liegen. Von den Bauernhöfen und Mühlen an der Pump kommen die Leute truppweise in roten Röcken und Samtkappen oder mit dem Dreispitz und der Pfeife im Mund. Sie strömen in der Residenz zusammen, um dort an den Vergnügungen des Jahrmarkts und der Festlichkeiten teilzuhaben. Dann ist das Theater umsonst geöffnet; dann spielen die Wasserkünste von Monplaisir. (Nur gut, daß eine Menge Leute da sind, um sie anzuschauen; einer allein würde Angst bekommen bei diesem Anblick!) Dann erscheinen Quacksalber und Reitergruppen. Es ist allgemein bekannt, wie Seine Durchlaucht sich einmal in eine der Reiterinnen verliebte. Man glaubt übrigens, La Petite Vivandière, wie sie genannt wurde, sei eine Spionin in französischem Sold gewesen. An solchen Tagen darf das begeisterte Volk dann durch alle Räume des großherzoglichen Palastes ziehen. Bewundernd stehen sie vor dem spiegelglatten Fußboden, den reichen Wandbehängen und den Spucknäpfen an den Türen der zahllosen Räume. Außerdem gibt es in Monplaisir einen Pavillon, den Viktor Aurelius XV. eingerichtet hatte, der ein großer Fürst, aber zu vergnügungssüchtig war. Dieser Pavillon soll ein wahres Wunderwerk ausschweifender Eleganz sein. Er ist mit Gemälden aus der Sage von Bacchus und Ariadne geschmückt, und der Tisch kann mittels einer Winde herein- und heraustransportiert werden, so daß keinerlei Bedienung beim Essen nötig ist. Dieser Raum wurde dann aber von der Witwe Aurelius' XV., Barbara mit Namen, geschlossen. Sie war eine sehr fromme Prinzessin aus dem Hause Bolkum und hatte nach dem Tode ihres Gatten, der in der Blüte seiner Jahre dahingerafft wurde, und während der Zeit der ruhmreichen Minderjährigkeit ihres Sohnes die Regentschaft über das Herzogtum geführt.

Das Theater von Pumpernickel ist in jenem Teil Deutschlands wohlbekannt und berühmt. Es verlor ein wenig, als der gegenwärtige Großherzog in seiner Jugend darauf bestand, daß zwei seiner eigenen Opern dort aufgeführt wurden. Man erzählt, daß er eines Tages von seinem Platz im Orchester aus bei der Probe dem Kapellmeister ein Fagott auf den Kopf geschlagen habe, weil er zu langsam dirigierte. Zur gleichen Zeit schrieb die Herzogin Sophia Familienkomödien, die wahrscheinlich sehr langweilig waren. Jetzt übt der Fürst seine Musik nur noch ganz privat aus, und die Herzogin bietet ihre Stücke nur noch den vornehmen Fremden, die ihren liebenswürdigen kleinen Hof besuchen.

An diesem Hof geht es recht behaglich und glanzvoll zu. Bei den Bällen mögen es wohl an die vierhundert Personen sein, die zum Abendessen eingeladen sind. Dennoch kommt auf je vier immer ein Diener in Scharlach und Spitzen, und jedem wird auf silbernem Geschirr serviert. Dauernd gibt es Feste und irgendwelche Veranstaltungen, und der Herzog hat seine Kammerherren und Jagdjunker und die Herzogin ihre Oberhofmeisterin und Hofdamen, genau wie jeder andere, mächtigere Potentat.

Die Verfassung ist oder war die eines gemäßigten Despotismus, eingeschränkt durch eine Kammer, die je nach den Umständen gewählt wurde oder auch nicht. Solange ich in Pumpernickel war, habe ich jedenfalls von einer Sitzung dieser Kammer nie etwas gehört. Der Ministerpräsident hatte irgendwo eine Wohnung im zweiten Stock, und der Außenminister bewohnte bequeme Räume über Zwiebacks Konditorei. Die Armee bestand im wesentlichen aus einer prächtigen Musikkapelle, die auch im Theater Dienst tat. Es war ein erfreulicher Anblick, die würdigen Männer in Türkenkleidung, geschminkt und mit hölzernen Säbeln, über die Bühne marschieren zu sehen oder auch als römische Krieger mit Tuba und Trompete. Es war sehr hübsch, sage ich, sie des Abends dort zu sehen, nachdem man ihnen den ganzen Vormittag lang am Aureliusplatz zugehört hatte, wo sie gegenüber dem Café spielten, in dem wir frühstückten. Neben der Musikkapelle gab es einen prächtigen, umfangreichen Offiziersstab und wohl auch einige Soldaten, glaube ich. Außer den regelmäßigen Wachen pflegten drei oder vier Mann in Husarenuniform am Palast Dienst zu tun. Ich sah sie jedoch nie zu Pferd. Aber was soll man schließlich auch in Zeiten tiefsten Friedens mit einer Kavallerie? Und wohin, zum Teufel, sollten die Husaren reiten?

Jedermann verkehrte mit dem Nachbarn; jedermann, der von Adel war, versteht sich. Denn von den Bürgerlichen Notiz zu nehmen – das konnte man nicht gut von uns erwarten! Ihre Exzellenz Frau von Burst empfing einmal wöchentlich; Ihre Exzellenz Frau von Schnurrbart hatte ihren Abend; an zwei Abenden spielte das Theater, und einmal wöchentlich veranstaltete der Hof gnädigst einen Empfang. So konnte das Leben in diesem bescheidenen kleinen Pumpernickel eine einzige Kette von Vergnügungen sein.

Natürlich gab es dort auch Fehden, das läßt sich nicht leugnen. Die Politik erhitzte die Köpfe auch in Pumpernickel, und die Parteien lebten in erbittertem Streit. Es gab die Strumpff-Partei und die Lederlung-Partei. Die eine wurde von unserem Gesandten gestützt und die andere von dem französischen Geschäftsträger, Monsieur de Macabau. Es genügte schon, daß unser Gesandter für Madame de Strumpff eintrat, die ohne Zweifel die größere Sängerin von den beiden war und um drei Töne höher kam als ihre Rivalin Madame Lederlung – es genügte schon, sage ich, daß unser Gesandter irgendeine Meinung äußerte, und sofort erhob der französische Diplomat Widerspruch.

Jeder Einwohner der Stadt schlug sich zu der einen oder der

anderen Partei. Gewiß war die Lederlung ein niedliches Geschöpfchen, und ihre Stimme, soviel sie davon überhaupt hatte, war reizend. Ebenso besteht auch kein Zweifel, daß die Strumpff nicht mehr die Jüngste und Schönste und bestimmt zu korpulent geworden war. Wenn sie zum Beispiel in der letzten Szene der *Somnambula* im Nachthemd mit einer Lampe in der Hand aus dem Fenster heraussteigen und über die Planke bei der Mühle schreiten mußte, so gelang es ihr kaum, sich durch das Fenster zu quetschen, und die Planke bog sich krachend unter ihrer Last. Aber wie brachte sie das Finale dieser Oper heraus! Mit welch leidenschaftlichem Pathos stürzte sie sich Elvino in die Arme – fast erdrückte sie ihn! Während hingegen die kleine Lederlung – doch Schluß mit diesem Klatsch! Tatsache ist jedenfalls, daß diese beiden Frauen die Banner der französischen und der englischen Partei in Pumpernickel trugen und daß die Gesellschaft sich in die Anhänger dieser beiden großen Nationen schied.

Auf unserer Seite hatten wir den Innenminister, den Oberstallmeister, den Privatsekretär des Herzogs und den Erzieher des Prinzen, während der Außenminister, die Gemahlin des Oberbefehlshabers, der unter Napoleon gedient hatte, und der Hofmarschall und seine Gemahlin zur französischen Partei gehörten. Letztere besonders war nur zu glücklich, stets über die neuesten Moden von Paris unterrichtet zu sein und Kleider und Hüte durch Monsieur de Macabaus Kurier zu erhalten. Französischer Kanzleisekretär war der kleine Grignac, ein junger Kerl, boshaft wie der Satan, der in jedes Album in der Stadt Karikaturen von Tapeworm zeichnete.

Ihr Hauptquartier und ihre Table d'hote befanden sich im „Pariser Hof", dem zweiten Hotel der Stadt. Wenn diese Herren natürlich auch vor der Öffentlichkeit höflich miteinander umgehen mußten, so gingen sie doch gern mit messerscharfen Epigrammen aufeinander los, so wie ich in Devonshire einmal zwei Ringer einander die Schienbeine zerschlagen sah, ohne daß ihr Gesicht auch nur das geringste von ihrer Qual verriet. Weder von Tapeworm noch von Macabau ging je eine Depesche in die Heimat ab, die nicht die heftigsten Angriffe gegen den Rivalen enthalten hätte. Auf unserer Seite hieß es zum Beispiel: „Hier und überall in Deutschland sind die Interessen Großbritanniens durch das Verbleiben des jetzigen französischen Gesandten in seinem Amt äußerst gefährdet. Dieser Mann hat einen so schändlichen Charakter, daß er zur Erreichung seiner Ziele vor keiner Lüge haltmacht und sich vor keinem Verbrechen scheut. Er vergiftet die Stimmung am Hofe gegen den englischen Gesandten, indem er die Haltung Großbritanniens in dem widerwärtigsten, schändlichsten Licht schildert. Unglücklicherweise wird er von einem Minister gestützt, dessen Unwissenheit und Armut ebenso offenkundig sind, wie sein Einfluß verhängnisvoll ist." – Die andere Seite aber schrieb: „Monsieur de Tapeworm bleibt weiterhin bei seinem System dummer, insularer Arroganz und gemeiner Lügen gegen die größte Nation der Welt. Gestern soll er sich verächtlich über Ihre Königliche Hoheit die Herzogin von Berri geäußert haben. Bei einer früheren Gelegenheit beleidigte er den heldenhaften Herzog von Angoulême und vermaß sich anzudeuten, Seine Königliche Hoheit der Herzog von Orléans sei an einer Verschwörung gegen den hohen Lilienthron beteiligt. Sein Gold wird überall dort in verschwenderischer Fülle ausgestreut, wo seine dummen Drohungen nicht wirken. So hat er langsam gewisse Kreaturen am hiesigen Hof eine nach der anderen für sich gewonnen. Kurz und gut, Pumpernickel wird nicht eher ruhig sein, Deutschland nicht still, Frankreich nicht geachtet, Europa nicht befriedet sein, ehe nicht dieser Giftschlange der Kopf zertreten ist!" und so weiter. Wenn eine oder die andere Seite eine besonders scharfe Depesche verfaßt hatte, so war es bald darauf in der ganzen Stadt bekannt.

Ehe der Winter noch weit vorgeschritten war, begab es sich doch tatsächlich, daß Amelia einen Abend ansetzte, an dem sie mit großem Anstand und großer Bescheidenheit Gäste zu einer Gesellschaft empfing. Sie hatte einen französischen Lehrer, der ihr über ihre gute Aussprache und über die Leichtigkeit, mit der sie die Sprache lernte, viele Komplimente machte. Sie hatte in der Tat schon vor sehr langer Zeit einmal angefangen, Französisch zu lernen, und sich später allein gründlich mit der Grammatik beschäftigt, um Georgy darin unterrichten zu können. Madame Strumpff gab ihr Gesangstunden. Sie sang sehr hübsch und mit so klarer Stimme, daß die Fenster des Majors, der im Hause gegenüber unter dem Premierminister wohnte, während dieser Stunden stets offenstanden. Einige der deutschen Damen, die recht sentimental waren und denen ihr einfaches Wesen gefiel, freundeten sich schnell mit ihr an und duzten sie binnen kurzem. Das sind gewiß unbedeutende Einzelheiten, aber sie beziehen sich auf glückliche Zeiten. Der Major ernannte sich zu Georges Erzieher und studierte Cäsar und Mathematik mit ihm. Außerdem hatten sie einen Lehrer für Deutsch und ritten abends neben Amelias Wagen aus. Sie selbst war zu zaghaft zum Reiten und stieß immer einen entsetzlichen Schrei aus, sobald nur die leiseste Störung des Gleichgewichts drohte. So fuhr sie mit einer ihrer lieben deutschen Freundinnen aus, während Joe auf dem Rücksitz des Wagens schlief.

Er hatte sich in die Gräfin Fanny von Butterbrot verliebt, ein sehr sanftes, weichherziges, anspruchsloses Geschöpf, das Gräfin und Stiftsdame war, aber nur ein Jahreseinkommen von kaum zehn Pfund besaß. Fanny ihrerseits erklärte, Amelias Schwester zu werden, sei das größte Glück, das der Himmel ihr schenken könnte. So hätte Joe an seinem Wagen und auf seinen Gabeln neben seinem eigenen Wappen noch Schild und Krone einer Gräfin anbringen können, wenn nicht – wenn nicht gewisse Ereignisse eingetreten wären und wenn nicht jene großen Festlichkeiten aus Anlaß der Vermählung des Erbprinzen von Pumpernickel mit der lieblichen Prinzessin Amelia von Humbourg-Schlippenschloppen veranstaltet worden wären.

Bei diesem Fest wurde eine Pracht entfaltet, wie man sie in dem Städtchen seit den Tagen des verschwenderischen Viktor Aurelius XIV. nicht mehr erlebt hatte. Alle Fürsten, Prinzessinnen und Großen aus der Nachbarschaft wurden dazu eingeladen. Der Preis für ein Bett stieg in Pumpernickel bis zu einer halben Krone. Die Armee konnte kaum all die Ehrenwachen für die sämtlichen Hoheiten, Serenissimi und Exzellenzen, die aus allen Himmelsrichtungen eintrafen, stellen. Die Prinzessin wurde in der Residenz ihres Vaters dem Grafen Schlüsselback in Stellvertretung angetraut. Zahllose Schnupftabaksdosen wurden ausgeteilt (wie wir von dem Hofjuwelier erfuhren, der sie verkaufte und später wieder zurückkaufte), und ganze Scheffel voll von dem Pumpernickelschen St. Michaelsorden wurden über den schlippenschloppenschen Hofadel ausgeschüttet, während ganze Körbe voller Ordensbänder und Sterne des St. Katharinenradordens von Schlippenschloppen an unserem Hof eintrafen. Der französische Gesandte erhielt beide. „Jetzt ist er mit Bändern bedeckt wie ein Pfingstochse!“ sagte Tapeworm, dem seine Dienstvorschriften nicht gestatteten, irgendwelche Auszeichnungen anzunehmen. „Soll er ruhig die Ordensschnüre haben! Auf wessen Seite aber ist der Sieg!“ Es war in der Tat ein Triumph britischer Diplomatie. Die französische Partei hatte ihr Äußerstes versucht, um mit dem Vorschlag einer Heirat mit einer Prinzessin aus dem Hause Potztausend-Donnerwetter durchzudringen, dem wir uns natürlich widersetzt hatten.

Zu dem Hochzeitsfest wurde jedermann eingeladen. Girlanden und Triumphbögen wurden über die Straße gespannt, die die Braut willkommen heißen sollten. Aus dem großen St. Michaelsbrunnen rann ungewöhnlich saurer Wein, während der Brunnen auf dem Artillerieplatz von Bier überschäumte. Die großen Wasserkünste spielten. Im Park und in den Gärten waren Stangen errichtet worden, die die glücklichen Bauersleute erklimmen mochten, wenn es sie lockte, als Preis die auf der Spitze aufgehängten Uhren, silbernen Gabeln oder die mit rosa Bändern geschmückten Preiswürste davonzutragen. Unter dem Jubel der Zuschauer kletterte Georgy auf eine Stange hinauf, riß die Wurst ab und glitt mit der Geschwindigkeit eines Wasserfalls wieder herunter. Aber er hatte es nur um der Ehre willen getan; die Wurst schenkte er einem Bauern, der sie beinahe erhascht hätte und nun weinend am Fuß der Stange stand, weil es ihm nicht geglückt war.

An der französischen Gesandtschaft hingen sechs Lampions mehr als an der unsrigen. Aber unser Transparent, das die Ankunft des jungen Paares und die Flucht des Streites darstellte, der eine höchst lächerliche Ähnlichkeit mit dem französischen Gesandten hatte, schlug das französische bei weitem. Ich bin überzeugt, daß Tapeworm eben daraufhin befördert wurde und das Kreuz des Bath-Ordens bekam, das ihm später zuerkannt wurde.

Eine Unmenge Fremde trafen zu den Festlichkeiten ein und natürlich auch viele Engländer. Außer den Hofbällen gab es noch öffentliche Bälle im Rathaus und in der Redoute. Im Rathaus wurde – allerdings nur für die Festwoche – von einer der großen Emser oder Aachener Gesellschaften auch ein Raum für Trente-et-quarante und Roulette eingerichtet. Den Offizieren und den Einwohnern der Stadt war das Spielen nicht gestattet; aber die Fremden, die Bauern und die Damen waren zugelassen wie überhaupt jeder, der sein Geld aufs Spiel setzen wollte.

Unter anderen erschien auch der kleine Tunichtgut George Osborne, dessen Taschen stets voll Geld waren, begleitet vom Kutscher seines Onkels, Mr. Kirsch, beim Stadthausball, während seine Verwandten beim Hofball waren. An Dobbins Arm hatte er in Baden-Baden einmal in ein Kasino hineinlugen dürfen. Jetzt aber wandte er sich eifrig diesem Teil der Unterhaltung zu und drängte sich an die Tische, an denen Croupiers und Pointeurs bei der Arbeit waren. Frauen spielten dort. Einige trugen Masken, denn das war in diesen wilden Karnevalstagen erlaubt.

An einem der Roulettetische saß mit einer Karte und einer Nadel und ein paar Gulden vor sich eine blonde Frau mit tiefausgeschnittenem, keineswegs mehr neuem Kleid. Sie trug eine schwarze Maske, durch deren Schlitze ihre Augen seltsam funkelten. Wenn der Croupier Farbe und Nummer aufrief, stach sie regelmäßig mit großer Sorgfalt ein Loch in die Karte und wagte ihr Geld nur, wenn Rot oder Schwarz eine gewisse Zahl von Malen herausgekommen war. Sie bot wirklich einen ganz merkwürdigen Anblick.

Trotz aller Sorgfalt und Mühe riet sie dennoch falsch, und die letzten beiden Gulden verfielen einer nach dem anderen der Harke des Croupiers, als er mit unerbittlicher Stimme die gewinnende Farbe und Nummer ausrief. Sie seufzte, zuckte mit den Schultern, die bereits zu weit aus dem Kleid hervorschauten, spießte die Karte mit der Stecknadel auf den Tisch und saß eine Weile, indem sie darauf herumtrommelte, da. Dann sah sie sich um und erblickte das ehrliche Gesicht des kleinen George, der auf die Szene starrte. Der kleine Bengel! Was hatte er da zu suchen?

Sie sah dem Knaben mit den glänzenden Augen unter der Maske fest ins Gesicht und sagte: „Monsieur n'est pas joueur."

„Non, Madame!" erwiderte der Knabe. An seinem Akzent mußte sie wohl erkannt haben, was für ein Landsmann er war; denn sie fuhr nun auf englisch mit leicht ausländischem Tonfall fort: „Sie haben noch nie gespielt? Wollen Sie mir einen kleinen Gefallen tun?"

„Und der wäre?" fragte Georgy und wurde aufs neue rot. Mr. Kirsch war beim Rouge et Noir beschäftigt und achtete nicht mehr auf seinen jungen Herrn.

„Spielen Sie dies hier für mich, bitte! Setzen Sie es auf irgendeine Nummer!" Damit zog sie eine Börse aus dem Busen und entnahm ihr ein Goldstück, die einzige Münze, die darin war, und legte sie in Georgys Hand. Der Knabe lachte und tat, worum er gebeten wurde.

Natürlich gewann die Nummer. Es soll eine Macht geben, die das für Anfänger so einrichtet.

„Ich danke Ihnen“, sagte sie, als sie das Geld zu sich heranholte, „ich danke Ihnen herzlich! Wie heißen Sie denn?“

„Mein Name ist Osborne“, sagte Georgy und suchte in seinen eigenen Taschen nach ein paar Geldstücken. Er wollte gerade einen Versuch damit machen, als der Major in Uniform und Joe als Marquis vom Hofball herüberkamen. Andere, die sich dort gelangweilt hatten und die Unterhaltung im Stadthaus bevorzugten, hatten den Palast schon früher verlassen. Es ist indessen wahrscheinlich, daß der Major und Joe zunächst nach Hause gegangen waren, wo sie allerdings den Jungen nicht vorfanden. Denn der Major trat sofort zu ihm heran, legte ihm die Hand auf die Schulter und riß ihn energisch von der Stätte der Versuchung zurück. Dann blickte er sich im Saal um und sah Kirsch bei der bereits erwähnten Beschäftigung. Er ging zu ihm hinüber und fragte ihn, wie er es wagen könnte, Mr. George hierherzubringen.

„Laissez-moi tranquille“, sagte Mr. Kirsch, von Spiel und Wein erregt. „Il faut s'amuser, parbleu! Je ne suis pas au service de Monsieur!“

Da der Major sah, in welchem Zustand der Mann sich befand, wollte er sich nicht weiter mit ihm einlassen, sondern begnügte sich damit, Georgy mitzunehmen und Joe zu fragen, ob er nicht auch mit nach Hause käme. Joe stand dicht neben der maskierten Dame, die jetzt mehr Glück hatte, und sah interessiert dem Spiel zu.

„Wäre es nicht besser, Joe“, meinte der Major, „wenn du mit mir und George mitkämst?“

„Ich bleibe noch hier und gehe dann mit dem Schuft, dem Kirsch, heim“, erwiderte Joe. Aus demselben Gefühl der Zurückhaltung heraus, die er glaubte vor dem Knaben bewahren zu müssen, wollte Dobbin nicht mit Joe streiten, sondern ließ ihn zurück und ging mit Georgy nach Hause.

„Hast du gespielt?“ fragte der Major, als sie draußen und auf dem Heimweg waren.

Der Knabe erwiderte: „Nein!“

„Gib mir dein Ehrenwort, daß du es niemals tun wirst!“

„Warum?“ fragte der Junge. „Es scheint doch großen Spaß zu machen!“ In beredten, eindrucksvollen Worten machte der Major ihm klar, warum er es nicht tun dürfe, und fast hätte er seine Lehren durch das Beispiel von Georgys eigenem Vater unterstrichen; aber er wollte doch lieber nichts sagen, was auf das Gedächtnis des anderen einen Schatten werfen könnte. Sobald er den Jungen nach Hause gebracht hatte, ging er zu Bett. Bald darauf sah er das Licht in dem kleinen Zimmer neben dem Amelias ausgehen. Amelias Licht folgte eine halbe Stunde später. Aus welchem Grunde der Major so genau darauf achtete, weiß ich allerdings nicht.

Joe war indessen an dem Spieltisch zurückgeblieben. Obgleich er selbst kein Spieler war, war er doch hin und wieder so einer kleinen Aufregung nicht abgeneigt. In den gestickten Taschen seines Hofrocks klimperten ein paar Napoleons. Über die schöne Schulter der Spielerin vor ihm legte er einen auf den Tisch, und sie gewannen beide. Sie rückte ein wenig beiseite, um für ihn neben sich Platz zu machen, und nahm ihren Rock von einem leeren Stuhl herunter.

„Kommen Sie nur, Sie bringen mir Glück!" sagte sie, immer noch mit ausländischem Akzent, der ganz anders klang als das reine Englisch des „Danke schön", mit dem sie Georgys Coup für sie begrüßt hatte. Der stattliche Herr sah sich zuerst um, ob wohl auch niemand von Rang ihn hier beobachtete, und dann ließ er sich nieder und murmelte: „Ach – wirklich – nun ja – Gott behüte mich! Ich habe viel Glück! Sicher werde ich auch Ihnen Glück bringen!" und andere verwirrte Worte und Komplimente.

„Spielen Sie hoch?" fragte die fremde Maske.

„Manchmal setze ich ein paar Napoleons", sagte Joe überlegen und warf ein Goldstück auf den Tisch.

„Ja, Sie spielen nicht, um zu gewinnen", fuhr die Maske mit ihrem hübschen französischen Akzent fort, „ich auch nicht. Ich spiele, um zu vergessen, Monsieur! Ihr kleiner Neffe ist das Ebenbild seines Vaters, und Sie – Sie haben sich wirklich gar nicht verändert – oder doch? Schließlich verändert sich ja jeder. Jeder vergißt, niemand hat ein Herz!"

„Großer Gott, wer sind Sie?" fragte Joe erregt.

„Können Sie es nicht erraten, Josef Sedley?" sagte die kleine Frau traurig, und indem sie ihre Maske abband, sah sie ihn an. „Sie haben mich wohl ganz vergessen?"

„Heiliger Himmel! Mrs. Crawley!" keuchte Joe.

„Rebekka!" sagte sie und legte ihre Hand auf die seine. Dennoch verfolgte sie während der ganzen Zeit das Spiel, auch wenn sie ihn ansah.

„Ich wohne im ‚Elefanten'", fuhr sie fort. „Fragen Sie nach Madame de Raudon. Heute habe ich meine teure Amelia gesehen! Wie hübsch sie aussah und wie glücklich! Und Sie gleichfalls! Alle sind glücklich, nur ich bin es nicht, Josef Sedley, ich Unglückselige!“ Und wie zufällig schob sie ihr Geld mit einer Handbewegung von Rot auf Schwarz, während sie sich mit einem zerrissenen Spitzentaschentuch die Augen wischte.

Wieder kam Rot heraus, und sie verlor ihren ganzen Einsatz. „Kommen Sie, wir wollen hier weggehen“, sagte sie. „Begleiten Sie mich ein Stückchen! Wir sind doch alte Freunde, nicht wahr, lieber Mr. Sedley?“

Und da Mr. Kirsch inzwischen all sein Geld verspielt hatte, folgte er seinem Herrn hinaus in den Mondenschein, wo die Festbeleuchtung allmählich verblaßte und das Transparent über unserer Gesandtschaft kaum noch zu erkennen war.

64. Kapitel

Ein Vagabundenkapitel

Wir müssen über einen Teil von Mrs. Rebekka Crawleys Biographie mit jener Leichtigkeit und Zartheit hinweggehen, wie sie die Welt verlangt, die moralische Welt, die vielleicht nichts Besonderes gegen das Laster einzuwenden hat, aber doch einen unüberwindlichen Widerwillen dagegen hegt, das Laster als solches bei Namen genannt zu hören. Auf dem Jahrmarkt der Eitelkeit gibt es Dinge, die wir tun und von denen wir sehr wohl wissen, aber über die wir doch nie sprechen – so wie die Ahiramiter den Teufel anbeten, aber ihn doch nie nennen. Ein vornehmes Publikum wird es ebensowenig vertragen, eine abenteuerliche Schilderung des Lasters zu lesen, wie eine wirklich feingebildete Engländerin oder Amerikanerin es dulden würde, daß das Wort „Hosen“ vor ihren keuschen Ohren ausgesprochen wird. Und doch, meine Gnädigste, haben wir beides täglich vor Augen, ohne daß wir uns sehr darüber entsetzen. Wenn Sie jedesmal erröten wollten, wenn so etwas an Ihnen vorübergeht, wie würden Sie da aussehen! Nur wenn diese häßlichen Namen genannt werden, findet Ihre Zurückhaltung eine Gelegenheit, Schrecken oder Empörung zu äußern. Nun ist es von Anfang an der Wunsch des Verfassers dieser Erzählung gewesen, sich der gegenwärtig herrschenden Sitte ehrerbietig zu unterwerfen und das Vorhandensein des Bösen nur auf leichte und gefällige Art anzudeuten, damit er niemandes Feingefühl verletze. Ich möchte den sehen, der bestreiten wollte, daß unsere Becky, die zwar einige Laster hat, dem Publikum nicht stets auf durchaus vornehme, anständige Art dargestellt worden ist! Hat der Verfasser – so fragt er mit bescheidenem Stolz alle Leser – bei der Schilderung dieser singenden, lächelnden, schmeichelnden Sirene jemals die Gesetze des Anstandes vergessen und den häßlichen Schwanz des Ungeheuers über Wasser sehen lassen? Nein! Wer Lust hat, mag unter die ziemlich durchsichtigen Wellen schauen und ihn in teuflischer Häßlichkeit und Glätte sich winden und drehen sehen, wie er gegen Knochen schlägt und sich um Leichen schlingt. Aber über Wasser, so frage ich, ist da nicht alles anständig, angenehm, geziemend gewesen? Oder hat da etwa der kritischste Moralist auf dem Jahrmarkt der Eitelkeit das Recht gehabt, pfui zu rufen? Wenn die Sirene untertaucht und unten bei den Toten verschwindet, dann wird allerdings über ihr das Wasser trübe, und es wäre vergebliche Mühe, wenn man versuchen wollte, ihr neugierig nachzuschauen. Sie sehen recht hübsch aus, wenn sie auf den Felsen sitzen, die Harfe schlagen, ihr Haar kämmen und singen und dir winken, daß du herankommen und ihnen den Spiegel halten möchtest. Wenn sie aber in ihr natürliches Element versinken, dann ist an diesen Meermädchen nichts Gutes, darauf könnt ihr euch verlassen! Wir sollten dann die satanischen Meerkannibalen lieber nicht bei ihren Gelagen beobachten wollen, wenn sie beim Festmahl ihre unglücklichen, eingesalzenen Opfer verzehren. Und so könnt ihr sicher sein, daß Becky nicht mit sonderlich ehrenwerten Dingen beschäftigt ist, wenn wir nichts von ihr hören, und je weniger dann über ihre Taten gesagt wird, um so besser.

Wollten wir einen genauen Bericht darüber geben, was sie in den Jahren tat, die auf die Katastrophe in der Curzon Street folgten, so könnte man mit einigem Recht sagen, dieses Buch sei unanständig. Die Taten sehr eitler, herzloser, vergnügungssüchtiger Leute sind oft unanständig – wie vieles, was du tust, mein Freund mit dem ernsten Gesicht und dem makellosen Ruf! Doch das nur nebenbei. Was sagt man aber von den Taten einer Frau ohne Glauben, ohne Liebe, ohne Charakter? Mir scheint es fast so, als ob es in Mrs. Beckys Leben eine Zeit gab, da sie nicht gerade von Reue, aber doch von einer Art von Verzweiflung gepackt wurde und sich völlig vernachlässigte und sich nicht einmal mehr um ihren Ruf kümmerte.

Diese Niedergeschlagenheit und Erniedrigung traten nicht mit einem Male auf. Sie tauchten allmählich nach dem Unglück und nach vielen Kämpfen auf, in denen Becky versuchte, sich über Wasser zu halten – so wie jemand, der über Bord fällt, sich an einen Balken klammert, solange noch Hoffnung ist, ihn aber losläßt und untergeht, wenn er sieht, daß aller Kampf umsonst ist.

Sie trieb sich noch in London herum, während ihr Mann seine Vorbereitungen für die Abreise nach seinem Gouverneurssitz traf. Das Gerücht will wissen, daß sie mehr als einmal versuchte, ihren Schwager Sir Pitt Crawley zu sprechen und auf seine Gefühle einzuwirken, die sie schon beinahe für sich gewonnen hatte. Als Sir Pitt und Mr. Wenham sich einmal zum Parlamentsgebäude begaben, erspähte der letztere Mrs. Rawdon, die schwarz verschleiert nahe dem Haus des Gesetzes ihnen auflauerte. Sie schlich sich fort, als ihre Augen denen Wenhams begegneten. Es gelang ihr tatsächlich nie, ihre Pläne bezüglich des Barons zu verwirklichen.

Wahrscheinlich hatte Lady Jane sich ins Mittel gelegt. Wie ich hörte, war ihr Mann höchst überrascht durch den Mut, den sie bei diesem Streit an den Tag legte. Ebenso verwundert war er über ihren festen Entschluß, Mrs. Becky nicht mehr zu empfangen. Von sich aus lud sie Rawdon ein, bis zu seiner Abreise nach Coventry Island in der Gaunt Street zu wohnen, wußte sie doch, daß Becky es nicht wagen würde, sich den Eintritt zu erzwingen, wenn sie ihn als Wache da hatte. Neugierig untersuchte sie alle Briefe, die für Sir Pitt eintrafen, nach ihrem Absender, um festzustellen, ob er mit der Schwägerin korrespondiere. Natürlich hätte Rebekka ihm schreiben können, wenn sie es gewollt hätte. Sie gab sich aber gleich gar keine Mühe, Sir Pitt in seinem eigenen Haus sprechen zu wollen oder ihm dorthin zu schreiben. Nach ein oder zwei Versuchen gab sie seiner Forderung nach, daß die Korrespondenz über ihre ehelichen Differenzen nur noch von den Anwälten geführt werden sollte.

Sir Pitts Gemüt war in der Tat gegen sie vergiftet worden. Kurze Zeit nach Lord Steynes Unfall war Wenham bei dem Baron gewesen und hatte ihm eine derartige Beschreibung von Mrs. Beckys Leben gegeben, daß der Vertreter von Queen's Crawley nur staunen konnte. Wenham wußte alles über sie, wer ihr Vater war, in welchem Jahr ihre Mutter bei der Oper getanzt hatte, wie ihre Vorgeschichte gewesen war und wie ihr Betragen während ihrer Ehe. Da ich überzeugt bin, daß der größere Teil dieser Geschichte falsch und nur von bösem Willen diktiert war, soll sie hier nicht wiederholt werden. Becky aber kam dadurch in den Augen des Landedelmannes, des Verwandten, der früher einmal sehr von ihr eingenommen gewesen war, zu einem sehr, sehr traurigen Ruf.

Die Einkünfte eines Gouverneurs von Coventry Island sind nicht groß. Einen Teil davon legten Seine Exzellenz zur Begleichung bestehender Schulden und Verpflichtungen beiseite. Auch machten die Spesen, die sich aus seiner hohen Stellung ergaben, eine beträchtliche Summe aus. So stellte sich schließlich heraus, daß er für seine Frau nicht mehr als dreihundert Pfund jährlich erübrigen konnte. Diesen Betrag wollte er ihr zahlen, unter der Bedingung, daß sie sich verpflichtete, ihn fürderhin in Ruhe zu lassen. Sonst würde er es zu Skandal und Scheidung kommen lassen. Es lag indessen in Mr. Wenhams Interesse und in Lord Steynes Interesse und in Rawdons Interesse, sie aus dem Lande zu schaffen und die ganze, höchst unangenehme Affäre zu vertuschen.

Wahrscheinlich nahmen sie diese finanziellen Verhandlungen mit dem Rechtsanwalt ihres Mannes so in Anspruch, daß sie völlig vergaß, sich irgendwie um ihren Sohn, den kleinen Rawdon, zu kümmern. Sie unternahm nicht ein einziges Mal den Versuch, ihn zu besuchen. So wurde der junge Herr nunmehr ganz in die Obhut seiner Tante und seines Onkels gegeben. Der Tante hatte ja schon von jeher der erste Platz in seinem Herzen gehört. Die Mama schrieb ihm einen netten Brief aus Boulogne, nachdem sie England verlassen hatte. Sie ermahnte ihn, brav zu lernen, und erzählte ihm, sie begebe sich jetzt auf eine Europareise, auf der sie sich das Vergnügen machen werde, ihm gelegentlich wieder zu schreiben. Doch ein ganzes Jahr lang ließ sie nichts von sich hören, bis Sir Pitts einziger Sohn, der schon immer kränklich gewesen war, an

Keuchhusten und Masern starb. Da verfaßte Rawdons Mama einen zärtlichen Brief an ihren geliebten Sohn, der durch diesen Unglücksfall Erbe von Queen's Crawley wurde. Dadurch trat er in noch engere Beziehungen zu der gütigen Frau, deren liebevolles Herz ihn schon längst als ihren eigenen Sohn ansah. Rawdon Crawley, aus dem ein hübscher, großer Bursche geworden war, errötete, als er den Brief erhielt. „O Tante Jane, du bist meine Mutter!" sagte er, „und nicht – und nicht die da!" Dennoch schrieb er einen freundlichen, respektvollen Brief an Mrs. Rebekka, die damals gerade in einer Pension in Florenz wohnte. Doch wir greifen unserer Geschichte vor.

Der erste Flug unserer lieben Becky ging nicht weit. Sie ließ sich schon an der französischen Küste in Boulogne nieder, wo bereits so viele unschuldig aus England Verbannte Zuflucht gefunden haben. Dort bewohnte sie als vornehme Witwe mit einer femme de chambre einige Zimmer in einem Hotel. Sie speiste an der Table d'hote, wo alle sie sehr nett fanden. Sie unterhielt ihre Nachbarn mit Geschichten von ihrem Schwager, Sir Pitt, und ihrem vornehmen Londoner Bekanntenkreis. Sie schwatzte in jenem leichtfertigen, eleganten Ton, der auf gewisse halbgebildete Leute eine so große Wirkung hat. Bei ihnen galt sie für eine bedeutende Persönlichkeit. Auf ihrem Zimmer veranstaltete sie kleine Teegesellschaften und nahm an den unschuldigen Vergnügungen des Ortes teil: Baden in der See, Fahrten im offenen Wagen, Spaziergänge am Strand, Theaterbesuche. In derselben Pension wohnte den Sommer über auch Mrs. Burjoice, die Gattin eines Druckereibesitzers, die Mr. Burjoice jedes Wochenende besuchte. Mrs. Burjoice fand Rebekka reizend, bis der kleine Schelm von Burjoice ihr zuviel Aufmerksamkeit zu schenken begann. Natürlich war an der ganzen Geschichte nichts dran; nur war Becky wie immer liebenswürdig, umgänglich und gutgelaunt gewesen, ganz besonders Männern gegenüber.

Nach Schluß der Londoner Saison kamen wie üblich zahllose Engländer herüber, und Becky hatte reichlich Gelegenheit, an dem Benehmen ihrer Bekannten aus der großen Londoner Welt festzustellen, was „man" über ihr Verhalten dachte. Als sie eines Tages bescheiden auf der Mole von Boulogne spazierenging, während Albions Klippen in der Ferne über der tiefblauen See schimmerten, stieß sie auf Lady Portlett und deren Töchter. Mit einem energischen Schwung ihres Sonnenschirms versammelte die Lady ihre Töchter um sich und zog sich von der Ufermauer zurück, indem sie der einsam zurückbleibenden Becky wilde, verächtliche Blicke zuwarf.

Ein anderes Mal kam das Postschiff an, als eine frische Brise wehte. Becky hatte immer ihren Spaß daran, die komischen, schmerzverzerrten Gesichter der Leute zu beobachten, die an solchen Tagen aus dem Schiff auftauchten. Zufällig war diesmal Lady Slingstone an Bord. Der Lady war die Überfahrt außerordentlich schlecht bekommen. Sie war so erschöpft, daß sie kaum allein den Laufsteg vom Schiff zum Kai hinübergehen konnte. Doch als sie Becky schelmisch unter ihrer rosa Haube lächeln sah, kehrten ihre Kräfte im Handumdrehen zurück, und mit einem Blick voller Verachtung, unter dem die meisten Frauen zu Asche verbrannt wären, schritt sie ohne alle Unterstützung eilends dem Zollhaus zu. Becky lachte nur; aber ich glaube, so ganz wohl war ihr doch nicht dabei. Sie merkte, daß sie allein war, ganz allein, und daß die in der Ferne schimmernden Klippen von England für sie ein unüberwindliches Hindernis waren.

Auch das Verhalten der Männer war irgendwie anders geworden. Grinstone zeigte die Zähne und lachte ihr mit unangenehmer Vertraulichkeit ins Gesicht. Der kleine Bob Suckling, den sie vor drei Monaten um den Finger hatte wickeln können und der meilenweit im Regen gewandert war, nur um ihren Wagen vor Gaunt House vorfahren zu sehen, unterhielt sich eines Tages auf der Mole mit Fitzoof von der Garde (Lord Heehaws Sohn), als Becky auf ihrem Spaziergang dort vorüberkam. Der kleine Bobby nickte ihr nachlässig zu, ohne den Hut abzunehmen, und fuhr dann in seiner Unterhaltung mit dem Erben von Heehaw fort. Tom Raikes versuchte, ihr Wohnzimmer im Hotel mit einer Zigarre im Mund zu betreten. Sie machte ihm jedoch die Tür vor der Nase zu und hätte sie verriegelt, wenn nicht seine Finger drinnen gewesen wären. Allmählich empfand sie es deutlich, daß sie wirklich ganz einsam und verlassen war. Wenn er hier wäre, würden diese Feiglinge nie wagen, so frech zu mir zu sein. Voll Traurigkeit und vielleicht auch voll Sehnsucht dachte sie an „ihn“, an seine dumme, ehrliche, beständige Freundlichkeit und Treue, seinen nie versagenden Gehorsam, seine gute Laune, seine Tapferkeit und seinen Mut. Wahrscheinlich weinte sie sogar manchmal. Denn nachher, wenn sie zum Essen herunterkam, war sie ganz besonders lebhaft und mehr geschminkt als gewöhnlich.

Sie schminkte sich jetzt regelmäßig, und die Zofe besorgte ihr noch Kognak außer jenem, der auf der Hotelrechnung stand!

Vielleicht waren ihr aber die Frechheiten der Männer immer noch nicht so unerträglich wie die Sympathie gewisser Frauen. Auf dem Wege nach der Schweiz kamen auch Mrs. Crackenbury und Mrs. Washington White durch Boulogne. Sie standen unter dem Schutz von Oberst Horner, dem jungen Beaumoris und natürlich dem alten Crackenbury und Mrs. Whites Töchterchen. Sie mieden Becky nicht, das kann man nicht behaupten. Sie kicherten, schnatterten, plauderten, bedauerten und bemitleideten sie so freundlich herablassend, daß Becky fast einen Wutanfall bekam. Von denen muß ich mich nun gönnerhaft behandeln lassen! dachte sie, als sie sich liebevoll verabschiedet hatten und lächelnd weggegangen waren. Von der Treppe her hörte sie Beaumoris lachen und wußte sehr wohl, wie sie diese Heiterkeit zu deuten hatte.

Nach diesem Besuch erhielt Becky, die ihre Wochenrechnung stets pünktlich beglichen hatte, die sich mit jedermann im Hause gut gestellt hatte, die der Wirtin zulächelte, die die Kellner mit Monsieur anredete und die Zimmermädchen mit Höflichkeit und Entschuldigungen bezahlte, was sie für eine gewisse Knauserigkeit in punkto Geld, von der Becky nie ganz frei war, mehr als genug entschädigte – diese Becky also erhielt von dem Wirt die Kündigung! Jemand hatte ihm gesagt, sie passe durchaus nicht in sein Hotel, und Engländerinnen würden sich nicht neben sie setzen. So mußte sie in ein Privatquartier flüchten, dessen Langeweile und Einsamkeit für sie höchst betrüblich waren.

Trotz all diesem Mißgeschick hielt sie dennoch durch und versuchte sich einen guten Ruf zu schaffen und die Lästerzungen zu besiegen. Sie ging regelmäßig zur Kirche und sang dort lauter als alle anderen. Sie setzte sich für die Sache der Witwen der auf See umgekommenen Fischer ein und stiftete für die Quashyboo-Mission Handarbeiten und Zeichnungen. Sie subskribierte für die Nationalversammlung und wollte sich nicht darauf einlassen, Walzer zu tanzen. Kurz und gut, sie tat alles, was achtenswert war, und darum verweilen wir bei diesem Teil ihrer Geschichte länger und lieber als bei späteren Teilen, die weniger nett sind. Sie sah, wie die Leute sie mieden, und bemühte sich dennoch, ihnen freundlich zuzulächeln. Ihrem Gesicht konnte man es nie ansehen, was für Qualen der Demütigung sie innerlich erlitt.

Schließlich blieb ihre Geschichte doch ein Geheimnis. Man trennte sich ihretwegen in zwei Parteien. Einige, die sich die Mühe machten, sich genauer mit der Angelegenheit zu befassen, erklärten, sie sei eine Verbrecherin. Andere wieder beteuerten, sie sei unschuldig wie ein Lamm, und ihr scheußlicher Mann sei der schuldige Teil. Viele gewann sie für sich, wenn sie um ihren Sohn in Tränen ausbrach und wahnsinnigen Schmerz zeigte, sobald sein Name erwähnt wurde oder sie auf irgend jemanden traf, der ihm ähnlich sah. Auf diese Weise gewann sie das Herz der guten Mrs. Alderney, die sozusagen die Königin des englischen Boulogne war und von allen Engländerinnen dort die meisten Diners und Bälle gab. Becky war in Tränen ausgebrochen, als der junge Alderney aus Dr. Swishtails Akademie eintraf, um die Ferien bei seiner Mutter zu verbringen. Er und ihr Rawdon seien im gleichen Alter und sähen sich ja so ähnlich, sagte Becky mit schmerzerstickter Stimme. In Wirklichkeit bestand zwischen den beiden Jungen ein Altersunterschied von fünf Jahren, und sie sahen sich nicht ähnlicher als mein geneigter Leser seinem bescheidenen Diener. Als Wenham auf der Reise nach Kissingen, um Lord Steyne zu besuchen, herüberkam, klärte er Mrs. Alderney über diesen Punkt auf und behauptete, er könnte ihr den kleinen Rawdon besser schildern als seine Mama, die ihn offenbar haßte und nie mehr gesehen hätte. Er sei dreizehn Jahre alt, während der kleine Alderney erst neun sei. Er sei blond, während ihr kleiner Liebling dunkel sei. In einem Wort: er brachte es so weit, daß die betroffene Dame ihre Gutherzigkeit bereute.

Sooft Becky sich mit unglaublichen Mühen einen kleinen Bekanntenkreis geschaffen hatte, kam jemand und riß alles rücksichtslos wieder ein, und sie mußte wieder von vorn anfangen. Es war sehr hart für sie; diese entmutigende Einsamkeit war wirklich sehr schwer zu ertragen.

Eine Zeitlang nahm Mrs. Newbright sie bei sich auf. Sie war bezaubert von Beckys süßem Gesang in der Kirche und ihren richtigen Ansichten über gewisse seriöse Themen, über die Mrs. Becky früher in Queen's Crawley ziemlich viel gehört hatte. Sie nahm die Traktate nicht nur entgegen, sondern las sie auch. Sie nähte Flanellunterröcke für die Quashyboos und baumwollene Nachtmützen für die Kokosindianer. Sie malte Lampenschirme für die Bekehrung des Papstes und der Juden, saß mittwochs bei Mrs. Rowls und donnerstags bei Mr. Huggleton, ging sonntags zweimal in die Kirche und außerdem am

Abend noch zu Mr. Bawler von der Brüdergemeinde, und doch war alles vergebens. Mrs. Newbright hatte Gelegenheit, mit der Gräfin Southdown zu korrespondieren, als es sich um den Wärmflaschen-Fond für die Fidschi-Insulaner handelte (zu dessen Verwaltung ein Damenkomitee geschaffen worden war, in dem auch diese beiden Damen sich an dem bewunderungswürdigen Liebeswerk beteiligten). Auf Mrs. Newbrights Erwähnung ihrer „lieben Freundin Mrs. Rawdon Crawley" hin schrieb die verwitwete Gräfin ihr einen Brief über Becky mit solchen Einzelheiten, Andeutungen, Tatsachen, Lügen und allgemeinen Verurteilungen, daß der freundschaftliche Verkehr zwischen Mrs. Newbright und Mrs. Crawley ein sehr plötzliches Ende nahm und die ganze seriöse Welt von Tours, wo dies alles stattfand, sich sofort von der Verworfenen absetzte. Wer die englischen Kolonien im Ausland kennt, der weiß, daß wir stets unseren Stolz, unsere Pillen, unsere Vorurteile, unsere Harvey-Soße, unseren Cayenne-Pfeffer und andere Hausgötter mitnehmen und überall, wo wir uns auch niederlassen, ein kleines Britannien errichten.

Immer wieder mußte Becky von einer Kolonie zur anderen fliehen. Von Boulogne nach Dieppe, von Dieppe nach Caen, von Caen nach Tours. Überall versuchte sie mit aller Kraft, ein achtbares Leben zu führen; aber ach! eines Tages wurde sie doch immer wieder entlarvt und von den echten Krähen aus dem Käfig hinausgehackt.

An einem dieser Orte nahm sich Mrs. Hook Eagles ihrer an. Das war eine Frau mit makellosem Ruf und einem Haus am Portman Square. Sie wohnte in Dieppe in demselben Hotel, in das Becky sich zurückgezogen hatte. Sie machten zunächst draußen im Meer Bekanntschaft, wo sie zusammen schwammen, und dann an der Table d'hote des Hotels. Mrs. Eagles hatte einiges über den Skandal im Zusammenhang mit der Steyneschen Affäre gehört – wer hätte das nicht? Nachdem sie sich mit Becky unterhalten hatte, erklärte sie jedoch, Mrs. Crawley sei ein Engel, ihr Mann ein Schuft, Lord Steyne ein bedenkenloser Bösewicht, wie allgemein bekannt sei, und die ganze Anschuldigung gegen Mrs. Crawley sei eine schändliche, gemeine Verschwörung dieses Schurken Wenham. „Wenn du ein Mann wärst, Mr. Eagles, so würdest du diesem Schuft eine Ohrfeige versetzen, sobald du ihn das nächstemal im Klub triffst", sagte sie zu ihrem Mann. Eagles war indes ein ruhiger alter Herr und Ehemann der Mrs. Eagles mit einigen Interessen für Geologie, und außerdem war er nicht groß genug, um anderen überhaupt bis ans Ohr zu reichen.

In der Folge behandelten die Eagles Mrs. Rawdon als ihren Schützling, nahmen sie in ihrem Haus in Paris auf, stritten sich mit der Gemahlin des Botschafters, weil diese ihre protegée nicht empfangen wollte, kurz, sie taten alles, was in der Macht einer Frau steht, um Becky geradenwegs auf den Pfad der Tugend und des guten Rufes zu bringen und dort zu halten.

Zu Anfang benahm Becky sich sehr ehrbar und ordentlich. Aber dann wurde ihr dieses tugendhafte Leben bald viel zu langweilig. Es war jeden Tag das gleiche: dieselbe Langeweile und Bequemlichkeit, dieselbe Spazierfahrt in demselben langweiligen Bois de Boulogne, des Abends immer dieselbe Gesellschaft, am Sonntag immer dieselbe Blairsche Predigt, dieselbe Oper, die immer wieder neu aufgeführt wurde, mit einem Wort, Becky starb schon fast vor Langerweile, als glücklicherweise der junge Mr. Eagles aus Cambridge kam. Sobald die Mutter aber sah, was für einen Eindruck ihre kleine Freundin auf ihn machte, ließ sie Becky sofort fallen.

Dann versuchte Becky, mit einer Freundin einen gemeinsamen Haushalt aufzumachen. Doch in diesem Doppelhaushalt entstand bald Streit, und man geriet in Schulden. Dann entschloß sie sich, in einer Pension zu leben, und wohnte eine Zeitlang in dem berühmten Haus, das Madeleine de Saint Amour in Paris in der Rue Royale unterhielt, wo sie ihre Reize auf schäbige Dandys und verwelkte Schönheiten wirken ließ, die den Salon ihrer Wirtin besuchten. Becky liebte Geselligkeit, ja sie konnte ebensowenig ohne sie leben wie ein Morphinist ohne sein Betäubungsmittel. So war sie während dieser Zeit, da sie in Pensionen lebte, eigentlich recht glücklich. „Die Frauen sind hier ebenso amüsant wie in May Fair“, erzählte sie einer alten Londoner Freundin, der sie hier begegnete, „nur sind ihre Kleider nicht ganz so frisch und neu. Die Männer tragen zwar gereinigte Handschuhe und sind traurige Schelme, aber schließlich sind sie nicht schlechter als Jack oder Tom Sowieso. Die Hausherrin ist ein bißchen gewöhnlich, aber doch nicht ganz so vulgär, finde ich, wie Lady . . .!“ Hier nannte sie den Namen einer führenden Dame der eleganten Welt. Ich würde indessen eher sterben als ihn verraten! Wenn man am Abend die festlich erleuchteten Räume bei Madame de Saint Amour sah, die Herren, mit Ordenssternen und -bändern geschmückt, an den Spieltischen und die Damen in angemessener Entfernung, so hätte man in der Tat glauben können, man befinde sich in guter Gesellschaft, und Madame sei eine wirkliche Gräfin. Viele Leute glaubten das auch, und eine Zeitlang war Becky eine der elegantesten Damen in den Salons der Gräfin.

Wahrscheinlich waren es dann aber ihre alten Gläubiger von 1815, die sie entdeckten und sie zwangen, Paris zu verlassen; denn die arme kleine Frau mußte die Hauptstadt ziemlich plötzlich verlassen. Sie ging dann nach Brüssel.

Wie gut erinnerte sie sich noch an diese Stadt! Sie lächelte bitter, wenn sie zu dem kleinen Zwischengeschoß hinaufschaute, das sie damals innegehabt hatte. Dabei fiel ihr die Familie Bareacres ein, wie sie händeringend nach Pferden für die Flucht gesucht hatte, während ihr Wagen schon vor der Tür des Hotels stand. Sie fuhr nach Waterloo und nach Laeken hinaus, wo George Osbornes Grabstein ihr großen Eindruck machte. Sie hielt ihn in einer kleinen Skizze fest. Der arme Kupido! dachte sie, wie schrecklich verliebt in mich war er doch und was für ein Narr war er! Ob die kleine Amelia wohl noch am Leben ist? Sie war doch ein gutes kleines Ding und ihr dicker Bruder ebenfalls! Das komische Bild von dem guten Dicken habe ich ja immer noch unter meinen Papieren. Es waren wirklich einfache, freundliche Leute!

In Brüssel war Becky von Madame de Saint Amour an deren Freundin empfohlen worden, an die Gräfin Borodino, die Witwe von Napoleons General, dem berühmten Grafen Borodino, die der dahingegangene Held mit nichts anderem als einer Table d'hote und einem Écarté-Tisch zurückgelassen hatte. Zweitrangige Dandys und Lebemänner, vornehme Witwen, die dauernd in irgendeinen Prozeß verwickelt waren, und sehr einfältige Engländer, die in diesen Häusern die „Gesellschaft des Kontinents“ zu treffen glaubten, spielten oder speisten an Madame de Borodinos Tischen. An der Table d'hote saßen ritterliche junge Burschen, die für die ganze Runde Champagner ausgaben, mit den Damen ausritten oder Pferde für Ausflüge aufs Land hinaus mieteten und Geld zusammenlegten, um Logen für das Schauspiel oder die Oper zu nehmen. Über die schönen Schultern der Damen hinweg schlossen sie an den Spieltischen Wetten ab und schrieben dann an ihre Eltern in Devonshire, daß sie das Glück gehabt hätten, hier im Ausland in die Gesellschaft eingeführt zu werden.

Hier wie in Paris war Becky immer die Königin des Hauses, und sie herrschte in auserlesenen Pensionen! Nie lehnte sie

Champagner ab oder Blumen oder Fahrten aufs Land oder Privatlogen. Am liebsten aber spielte sie abends Écarté – und sie spielte verwegen! Zuerst setzte sie nur wenig, dann Fünffrancstücke, dann Napoleons, dann Banknoten. Dann konnte sie ihre Pension für den Monat nicht mehr bezahlen. Dann borgte sie sich Geld von den jungen Herren. Dann war sie wieder bei Kasse und tyrannisierte Madame de Borodino, die sie soeben noch umschmeichelt und umschwänzelt hatte. Dann spielte sie um zehn Sous und befand sich in schrecklichster Armut, bis ihre vierteljährliche Rente kam und sie Madame de Borodinos Rechnung bezahlte und wieder die Karten gegen Monsieur de Rossignol oder den Chevalier de Raff aufnahm.

Als Becky Brüssel verließ, schuldete sie – es ist leider die traurige Wahrheit – Madame de Borodino die Pension für drei Monate. Daß sie dieses Geld schuldig geblieben war und daß sie spielte und trank und vor Ehrwürden Mr. Muff, dem englischen Geistlichen, auf die Knie gefallen war und sich von ihm Geld geliehen hatte, daß sie Mylord Noodle, den Sohn von Sir Noodle und Schüler von Ehrwürden Mr. Muff, umschmeichelt und mit ihm geflirtet und ihn auf ihr Zimmer mitgenommen hatte, daß sie beim Écarté große Summen von ihm gewonnen hatte – all dies und noch hundert andere Schändlichkeiten erzählte die Gräfin von Borodino jedem Engländer, der in ihr Haus kam, und sie fügte stets hinzu, Madame Rawdon sei nicht besser als eine vipère.

So zog unsere kleine Wanderin umher, ruhelos wie Odysseus, und schlug ihre Zelte in den verschiedensten Städten Europas auf. Ihre Vorliebe für ein nicht-achtbares Leben wurde immer auffälliger. Binnen kurzem war sie eine richtige bohémienne geworden und verkehrte mit Leuten, bei deren Anblick allein uns schon die Haare zu Berge stünden.

In ganz Europa gibt es keine irgendwie bedeutende Stadt, die nicht ihre kleine Kolonie von englischen dunklen Existenzen hat, von Männern, deren Namen der Gerichtsbeamte Mr. Hemp von Zeit zu Zeit im Zivilgerichtshof verliest, jungen Herren, die oftmals aus sehr guten Familien stammen, nur aus ihnen verstoßen sind, Besuchern von Billardsälen und Kneipen und von Herren der Wettrennen und Spieltische. Sie bevölkern die Schuldgefängnisse, sie trinken und renommieren, sie prügeln sich und lärmen, sie prellen die Zeche, sie duellieren sich mit französischen oder deutschen Offizieren, sie betrügen Mr. Spooney beim Spiel, sie verschaffen sich Geld und fahren

in prächtigen Kaleschen nach Baden-Baden, sie erproben ihre unfehlbaren Wettips, sie lungern mit leeren Taschen um die Tische herum, schäbige Renommisten, bettelarme Stutzer, bis sie einen jüdischen Bankier wieder mit einem falschen Wechsel beschwindeln oder einen anderen Mr. Spooney ausräubern können. Der Wechsel von Glanz und Elend, dem diese Leute unterworfen sind, bietet einen merkwürdigen Anblick. Ihr Leben muß gewiß sehr aufregend sein. Becky – müssen wir es gestehen? – machte sich diese Lebensweise zu eigen und tat es nicht einmal sehr ungern. Sie zog mit diesen Bohemiens von einer Stadt zur andern. Mrs. Rawdon, die immer Glück hatte, war an allen Spieltischen in Deutschland bekannt. In Florenz hielt sie zusammen mit Madame de Cruchecassée Haus. Angeblich war sie aus München ausgewiesen worden. Mein Freund,

Mr. Frederick Pigeon, behauptet, es sei in ihrem Haus in Lausanne gewesen, wo er beim Souper betrunken gemacht worden sei und dann an Major Loder und den ehrenwerten Mr. Deuceace achthundert Pfund verloren habe. Sie sehen, wir müssen einen Bericht über Beckys Leben geben. Hier aber gilt wohl: je weniger gesagt wird, um so besser.

Es heißt, daß Mrs. Crawley zuweilen, wenn sie besonders großes Pech gehabt hatte, Konzerte und Musikunterricht gab. In Wildbad gab einmal eine Madame de Raudon eine matinée musicale, begleitet von Herrn Spoff, dem ersten Pianisten des Gospodars der Wallachei. Mein kleiner Freund Mr. Eaves, der alle Leute kennt und überall war, pflegte zu erzählen, daß er 1830 in Straßburg war, als eine gewisse Madame Rebecque in der Oper *Die weiße Dame* auftrat und Anlaß zu einem ungeheuren Theaterskandal gab. Sie wurde vom Publikum ausgepfiffen, zum Teil wegen ihrer Unfähigkeit, hauptsächlich aber, weil einige Personen im Parkett, wo die Offiziere der Garnison saßen, ihr übelwollten. Eaves war überzeugt, daß diese unglückliche Debütantin niemand anders als Mrs. Rawdon Crawley war.

Sie war tatsächlich nichts Besseres als ein richtiger Vagabund auf dieser Erde. Wenn sie Geld in die Hände bekam, spielte sie. Wenn sie es verspielt hatte, mußte sie sehen, wovon sie lebte. Wer weiß, wie und mit welchen Mitteln ihr das immer wieder gelang. Angeblich war sie einmal in Petersburg aufgetaucht, aber eilends von der Polizei wieder ausgewiesen worden, so daß es unmöglich wahr sein kann, daß sie später in Teplitz und Wien als russische Spionin lebte. Ich habe sogar gehört, daß sie in Paris eine ihrer eigenen Verwandten entdeckt habe, niemand geringeres als ihre Großmutter mütterlicherseits, die keineswegs eine Montmorency war, sondern eine häßliche alte Logenschließerin in einem Theater an den Boulevards. Ihr Zusammentreffen, das auch andere beobachtet haben, wie das Gerücht wissen will, muß wahrhaft rührend gewesen sein. Einzelheiten kann der Verfasser über dieses Ereignis allerdings nicht berichten.

In Rom geschah es einmal, daß Mrs. de Rawdons Einkommen für ein halbes Jahr soeben bei der größten dortigen Bank eingegangen war, als die Einladungen zu einem der Bälle verschickt wurden, die dieser König der Kaufleute im Laufe des Winters veranstaltete. Es erhielt nämlich jeder eine Einladung, der auf seinem Konto mehr als fünfhundert Scudi stehen hatte.

Also wurde auch Becky mit solch einer Einladung beehrt und konnte bei dem glanzvollen Gesellschaftsabend des Fürsten und der Fürstin Polonia erscheinen. Die Fürstin war eine geborene Pompili und stammte in gerader Linie von dem zweiten König von Rom und seiner Gemahlin Egeria aus dem Hause Olympus ab. Der Großvater des Fürsten hingegen, namens Alessandro Polonia, verkaufte noch Seifenkugeln, Essenzen, Tabak und Taschentücher, erledigte Aufträge für vornehme Herren und lieh Geld im kleinen aus. In den Salons des Bankiers drängte sich die große Welt von Rom, Fürsten, Herzöge, Gesandte, Künstler, Fiedler, Monsignori, junge Bären mit ihren Führern, Männer jeden Standes und Ranges. Die Säle in seinem Haus funkelten von Licht und Pracht. Überall erglänzten Goldrahmen (mit Bildern darin) und zweifelhafte Antiken. Von der Decke, von den Türen und Wänden und über den großen Samtbaldachinen, die zum Empfang von Kaisern und Päpsten bereit standen, schimmerten die riesige, vergoldete Krone und das Wappen des fürstlichen Besitzers, ein goldner Pilz auf rotem Feld (die Farbe der Taschentücher, die er verkauft hatte) und der silberne Springbrunnen der Familie Pompili.

Becky war in der Postkutsche von Florenz gekommen und wohnte sehr bescheiden in einem Gasthof. Nun erhielt also auch sie eine Einladung zu dem Fest des Fürsten Polonia. Ihre Zofe kleidete sie mit ungewöhnlicher Sorgfalt an, und dann ging sie zum Ball, auf den Arm des Majors Loder gelehnt, mit dem sie damals zufällig zusammen reiste. Es war übrigens derselbe Mann, der in Neapel ein Jahr später den Fürsten Ravioli erschoß und von Sir John Buckskin mit dem Rohrstock Prügel bekam, weil er in seiner Mütze außer den Königen, die er beim Écarté benutzte, noch vier andere mit sich herumtrug. Als dieses Paar zusammen die Räume durchschritt, erblickte Becky eine ganze Reihe altbekannter Gesichter, deren sie sich von glücklicheren Zeiten her entsann, in denen sie, wenn auch nicht unschuldig, so doch wenigstens noch nicht entlarvt war. Major Loder kannte viele Ausländer, kühnblickende Männer mit Bakkenbärten und schmutzigen, gestreiften Bändern im Knopfloch und sehr wenig Aufwand an Wäsche. Von seinen eigenen Landsleuten wurde der Major allerdings gemieden. Auch Becky fand hier und da eine Bekannte, französische Witwen und zweifelhafte italienische Gräfinnen, die von ihren Ehemännern mißhandelt worden waren . . . Doch was sollen wir, die wir uns in der feinsten Gesellschaft des Jahrmarkts der Eitelkeit bewegt haben, uns noch länger bei diesem Abschaum von Schurken aufhalten? Wenn wir spielen, dann wollen wir es mit sauberen Karten tun und nicht mit diesem schmutzigen Zeug. Doch jeder, der zu den zahllosen Heeren von Reisenden gehört, hat einmal diese irregulären Marodeure gesehen, die sich wie Nym

und Pistol an die Hauptmacht hängen. Sie tragen zwar die Farbe des Königs und prahlen mit dem königlichen Offizierspatent, plündern aber auf eigene Faust, und gelegentlich wird auch mal einer von ihnen am Wegrand aufgeknüpft.

Becky durchschritt also an Major Loders Arm die Räume. Am Büfett tranken sie beide große Mengen von Champagner. Hier wurde heiß um Erfrischungen gekämpft, insbesondere von den irregulären Truppen des Majors. Als das Paar genug davon hatte, drängten sie sich weiter durch, bis sie den rosasamtenen Salon der Fürstin erreichten, der am Ende der Zimmerflucht liegt, wo die Venusstatue steht und die großen silbergerahmten venezianischen Spiegel. Hier bewirtete das fürstliche Paar seine vornehmsten Gäste an einem runden Tisch. Es war genau solch ein auserlesenes kleines Bankett wie das, an dem Becky bei Lord Steyne einst teilgenommen hatte – und plötzlich fiel ihr Auge auf ihn, wie er hier an Polonias Tisch saß.

Die Narbe, die der Diamant in seine kahle, glänzende Stirn eingeschnitten hatte, war brennend rot. Durch die purpurne Färbung ließ sein roter Backenbart das Gesicht noch blasser erscheinen. Er trug alle Ordens- und Ehrenzeichen, auch das Blaue Band und den Hosenbandorden. Er war ein größerer Fürst als alle anderen hier, obwohl ein regierender Herzog und eine königliche Hoheit mit ihren Prinzessinnen da waren. Neben dem Lord saß die schöne Gräfin Belladonna, geborene de Glandier, deren Gemahl, der Graf Paolo della Belladonna, wegen seiner glänzenden Insektensammlungen berühmt war. Jetzt weilte er allerdings schon lange in offizieller Mission fern beim Kaiser von Marokko.

Als Becky das vertraute, erlauchte Antlitz sah, wie gemein erschienen ihr da auf einmal der Major Loder und dieser widerliche Hauptmann Rook, der ewig nach Tabak stank! In einem Augenblick war sie wieder die vornehme Dame und versuchte, so auszusehen und sich so zu fühlen, als sei sie wieder in May Fair. Das Weib sieht dumm und übellaunisch aus, dachte sie, sie kann ihn bestimmt nicht unterhalten! Nein, sicherlich langweilt er sich bei ihr! Bei mir aber hat er das nie getan! Hundert Erinnerungen, rührende Hoffnung und Furcht bebten in ihrem Herzchen, als sie ihren strahlendsten Blick (das Rouge, das sie bis dicht unter die Augenlider zog, machte ihn so funkelnd!) auf den großen Edelmann richtete. An einem Abend, an dem er den Hosenbandorden trug, pflegte Lord Steyne auch seine großartigsten Manieren aufzubieten. Dann wirkte er in Aussehen und Rede tatsächlich wie der große Fürst, der er war. Bewundernd sah Becky ihn mit einem leichten, eleganten, schwebenden Lächeln an. O bon dieu, was für ein angenehmer Gesellschafter war er doch! Wie witzig und wie geistreich war er, wie unerschöpflich war seine Unterhaltungsgabe, wie großartig sein Benehmen! Und das hatte sie eingetauscht gegen Leute wie Major Loder, der immer nach Zigarren und Schnaps roch, und Hauptmann Rook mit seinen Jockeywitzen und seinem Boxerkauderwelsch! Ich bin gespannt, ob er mich erkennt! dachte sie. Mitten in der scherzhaften Unterhaltung mit der großen vornehmen Dame sah Lord Steyne zufällig einmal auf. Da erblickte er Becky.

Sie zitterte am ganzen Körper, als ihre Augen sich trafen. Sie lächelte das schönste Lächeln, das ihr zur Verfügung stand, und machte einen kleinen, schüchternen, flehenden Knicks. Entsetzt starrte er sie eine Minute lang an, wie Macbeth bei dem Bankett die Erscheinung des Banquo anstarrt. Er sah immer noch mit offenem Munde auf sie, als der schreckliche Major Loder sie wegzog.

„Kommen Sie mit ins Speisezimmer, Mrs. Rawdon", sagte dieser Herr; „wenn ich diese großen Tiere da im Essen wühlen sehe, dann möchte ich auch was zwischen die Zähne kriegen! Kommen Sie, versuchen wir mal den Champagner des Alten!" Becky aber war der Ansicht, daß der Major schon viel zuviel davon genossen hatte.

Am nächsten Tag ging sie auf dem Pincio spazieren, dem Hyde Park der römischen Müßiggänger, vielleicht weil sie hoffte, Lord Steyne noch einmal zu sehen. Sie traf jedoch einen anderen Bekannten. Es war Mr. Fiche, der Kammerdiener des Lords, der vertraulich nickend auf sie zukam, wobei er den Finger zum Gruß an den Hut legte. „Ich wußte, daß Madame hier ist", sagte er, „ich bin Ihnen vom Hotel aus nachgegangen. Ich habe Madame einen Rat zu geben!"

„Vom Marquis Steyne?" fragte Becky so würdevoll, wie sie nur konnte, obwohl sie vor Hoffnung und Erwartung nicht wenig erregt war.

„Nein", sagte der Diener, „von mir! Rom ist sehr ungesund!"

„In dieser Jahreszeit nicht, Monsieur Fiche, erst nach Ostern!"

„Ich sage, Madame, es ist jetzt sehr ungesund! Einige können immer Malaria bekommen! Dieser verteufelte Wind von den Sümpfen bringt vielen das ganze Jahr über den Tod. Sehen Sie, Madame Crawley, Sie waren immer ein bon enfant, und ich meine es gut mit Ihnen, parole d'honneur! Lassen Sie sich warnen! Gehen Sie weg von Rom, ich rate es Ihnen – sonst könnten Sie krank werden und sterben!"

Becky lachte, wenn auch voll Zorn und Wut. „Was? Ein so unbedeutendes kleines Ding wie mich ermorden?" sagte sie. „Wie romantisch! Führt Mylord gedungene Mörder und Stilette in seinem Packwagen mit? Pah! Ich bleibe, und sei es nur, um ihn zu ärgern! Ich habe schon meine Leute, die mich verteidigen werden, solange ich hier bin!"

Jetzt war es an Monsieur Fiche, zu lachen. „Sie verteidigen?" sagte er, „ja, wer denn? Der Major, der Hauptmann, all diese Spielhelden, mit denen Madame verkehrt, würden Ihnen für hundert Louisdor sofort das Leben nehmen. Wir wissen einiges über Major Loder, was ihn auf die Galeeren bringen würde oder ihm noch Schlimmeres eintrüge. Übrigens ist er ebensowenig Major, wie ich Mylord oder Marquis bin! Wir wissen alles und haben überall Freunde. Wir wissen, wen Sie in Paris gesehen und was für Verwandte Sie dort getroffen haben! Ja, Madame, Sie mögen mich anstarren, aber es stimmt. Wie kam es denn, daß kein Gesandter in ganz Europa Madame empfangen wollte? Sie haben jemanden beleidigt, der es nie verzeiht, dessen Zorn sich verdoppelte, als er Sie sah. Gestern abend, als er nach Hause kam, war er wie ein Wahnsinniger! Madame de Belladonna hat ihm Ihretwegen eine Szene gemacht und einen ihrer Wutanfälle bekommen!"

„Oh, Madame de Belladonna war es also?" fragte Becky ein wenig erleichtert; denn was sie soeben gehört hatte, hatte sie doch ein wenig in Schrecken versetzt.

„Nein, das spielt gar keine Rolle! Sie ist dauernd eifersüchtig. Ich sage Ihnen, es war Monseigneur selbst. Es war ganz falsch von Ihnen, ihm unter die Augen zu treten. Und wenn Sie hierbleiben, werden Sie es bereuen. Achten Sie auf meine Worte! Gehen Sie fort! Da kommt Mylords Wagen!" Und indem er Becky am Arm ergriff, stürzte er einen Gartenweg hinunter, als Lord Steynes Kutsche mit dem schimmernden Wappen herangewirbelt kam, von fast unbezahlbaren Pferden gezogen. Darinnen lehnte Madame de Belladonna dunkel in den Kissen, mürrisch und von blühender Schönheit, mit einem Wachtelhündchen auf dem Schoß und einem weißen Sonnenschirm über dem Haupt, und neben ihr streckte Lord Steyne sich aus mit totenblassem Gesicht und gespenstischen Augen. Haß, Zorn oder Verlangen konnten sie mitunter noch aufleuchten lassen; für gewöhnlich aber waren sie stumpf und schienen es müde zu sein, auf eine Welt zu blicken, deren der verlebte, gottlose Alte trotz all ihren Freuden und Schönheiten nun überdrüssig war.

„Monseigneur hat sich von dem gestrigen Schock nicht wieder erholt", flüsterte Monsieur Fiche Mrs. Crawley zu, als sie durch die schützenden Büsche einen kurzen Blick auf den vorbeisausenden Wagen warf. Das ist wenigstens noch ein Trost! dachte Becky.

Ob der Lord wirklich die Absicht hatte, Mrs. Becky zu ermorden, wie Monsieur Fiche behauptete, und nur das Faktotum sich nachher weigerte, sich mit einem Mord zu befassen, ist sehr fraglich. (Nach dem Tode von Monseigneur kehrte Monsieur Fiche übrigens in seine Heimat zurück, wo er allgemein geachtet wird und von seinem Fürsten den Titel eines Baron Ficci gekauft hat.) Vielleicht hatte er auch nur ganz einfach den Auftrag, Mrs. Crawley solche Angst einzujagen, daß sie die Stadt verließ, weil der Lord hier den Winter zubringen wollte und es ihm außerordentlich unangenehm gewesen wäre, sie hier zu sehen. Dieser Punkt ist indessen nie ganz geklärt worden. Die Drohung verfehlte jedoch nicht ihre Wirkung auf die kleine Frau. Sie versuchte nun nie mehr, sich bei ihrem alten Gönner einzudrängen.

Jeder kennt das traurige Ende, das 1830, zwei Monate nach der Revolution in Frankreich, diesen Edelmann in Neapel ereilte. Hier starb der höchst ehrenwerte George Gustavus Marquis von Steyne, Graf von Gaunt und Gaunt Castle, aus dem hohen Adel von Irland, Viscount Hellborough, Baron Pitchley und Grillsby, Ritter des höchsten Hosenbandordens, des spanischen Goldenen Vlieses, des russischen St. Nikolaus-Ordens erster Klasse, des türkischen Halbmondordens, erster Lord des Pulvermagazins und Hintertreppenjunker, Oberst des Gaunt-Miliz-Regiments des Regenten, Kurator des Britischen Museums, Prior von Trinity House, Vorsteher von den White Friars und Doktor juris civilis. Dem Zeitungsbericht zufolge war der Schlaganfall durch den Schock ausgelöst worden, den der Sturz der französischen Monarchie bei dem Lord verursacht hatte.

In einem Wochenblatt erschien ein beredtes Verzeichnis aller seiner Tugenden, seiner Großmut, seiner Talente und guten Werke. Seine gefühlvolle Anhänglichkeit an das erlauchte Haus Bourbon, mit dem er verwandt zu sein behauptete, war so groß, daß er das Unglück seiner hohen Vettern nicht überleben konnte. Er wurde in Neapel begraben; nur sein Herz, dieses Herz, das stets nur edle und vornehme Gefühle gehegt hatte, wurde in einer silbernen Urne nach Schloß Gaunt gebracht. „In ihm“, so sagte Mr. Wagg, „haben die Armen und die Schönen Künste einen wohlwollenden Gönner verloren, die Gesellschaft ist ihrer glänzendsten Zierde, England seines hochherzigsten Patrioten und Staatsmannes beraubt“, und so weiter.

Um sein Testament entspann sich ein langer Streit. Man versuchte, Madame de Belladonna jenes berühmte Juwel, den sogenannten Judenaugen-Diamanten, den der Lord immer am Zeigefinger getragen hatte, wieder zu entreißen. Es hieß, sie habe ihn dem Lord erst nach seinem beklagenswerten Ende abgenommen. Sein vertrauter Kammerdiener Monsieur Fiche bezeugte jedoch, daß der Marquis den Ring der besagten Madame de Belladonna zwei Tage vor seinem Tode geschenkt hatte, ebenso wie auch die Banknoten, die Juwelen und die neapolitanischen und französischen Staatspapiere, die sich im Schreibtisch des Lords befanden und nun durch seine Erben der vielverleumdeten Frau entrissen werden sollten.

65. Kapitel

Heiteres und Geschäftliches

Tags darauf, nachdem sie sich am Spieltisch wiedergesehen hatten, richtete Joe sich mit ungewöhnlicher Sorgfalt und Pracht her. Er hielt es weder für nötig, den anderen ein Wort von den Ereignissen des vorangegangenen Abends zu erzählen, noch forderte er sie auf, ihn auf seinem Wege zu begleiten, sondern er ging zu früher Stunde aus, und bald darauf sah man ihn an der Tür des Hotels „Zum Elefanten" Erkundigungen einziehen. Wegen der Festlichkeiten war das Haus voll besetzt. An den Tischen an der Straße saßen bereits viele Leute bei einer Zigarre und dem nationalen Dünnbier. Das Gastzimmer war in dichte Rauchwolken gehüllt. Nachdem Mr. Joe sich in seiner pompösen Art und seinem ungeschickten Deutsch nach der Dame erkundigt hatte, die er suchte, wurde er nach ganz oben geschickt. Er ging am ersten Stockwerk vorbei, wo einige Handelsreisende wohnten und ihre Juwelen und Brokate ausgestellt hatten, am zweiten Stockwerk vorbei, das vom Generalstab der Spielbank besetzt war, am dritten Stockwerk vorbei, wo sich eine Truppe berühmter böhmischer Kunstreiter und Akrobaten einquartiert hatte, und so weiter bis zu den kleinen Kammern unter dem Dach, wo zwischen Studenten, reisenden Handwerksburschen, kleinen Krämern und Landleuten, die zum Fest in die Stadt gekommen waren, auch Becky ein kleines Nest gefunden hatte, ein so schmutziges Versteck, wie es nur je eine Schönheit beherbergt hat.

Becky gefiel dieses Leben. Sie stand sich gut mit allen im Hause, mit den Hausierern, Croupiers, Akrobaten, Studenten, kurzum, mit jedermann. Sie hatte etwas Wildes, Unstetes in ihrem Wesen, das sie von Vater und Mutter geerbt hatte, die beide durch Neigung und Umstände richtige Bohemiens geworden waren. Wenn kein Lord in der Nähe war, unterhielt sie sich mit dem größten Vergnügen auch mit seinem Kutscher. Der Lärm, das Durcheinander, das Trinken, das Rauchen, das Geschwätz der jüdischen Hausierer, die pathetischen, prahlerischen Manieren der armen Akrobaten, die geheimnisvollen Reden der Leute von der Spielbank, das Singen und Renommieren der Studenten, das allgemeine geschäftige Hin und Her im Hause gefielen der kleinen Frau und reizten sie, sogar wenn sie vom Pech verfolgt war und nichts besaß, womit sie ihre Rechnung bezahlen konnte. Wie angenehm mußte ihr der Betrieb da erst jetzt sein, da ihre Börse mit dem Geld, das der kleine Georgy am Abend zuvor für sie gewonnen hatte, gefüllt war!

Ächzend und keuchend wälzte Joe sich die letzte Treppe hinauf. Als er den Korridor erreichte, konnte er kein Wort herausbringen, sondern wischte sich erst einmal das Gesicht ab, ehe er sich nach Nummer zweiundneunzig umsah. In dieses Zimmer war er gewiesen worden, um dort die Person zu suchen, die er zu sprechen wünschte. Die Tür des gegenüberliegenden Zimmers Nummer neunzig stand offen. Drin lag ein Student in Stulpenstiefeln und schmutzigem Schlafrock auf dem Bett und rauchte eine lange Pfeife, während ein anderer Student mit langem blondem Haar und einem sehr eleganten, aber gleichfalls sehr schmutzigen Schnürrock vor Nummer zweiundneunzig doch tatsächlich auf den Knien lag und durch das Schlüsselloch der Person da drinnen flehentliche Bitten zubrüllte.

„Gehen Sie fort!“ sagte eine wohlbekannte Stimme, bei der Joe ein Beben durchfuhr, „ich erwarte jemanden! Ich erwarte meinen Großvater! Er darf Sie dort nicht sehen!“

„Engelhafte Engländerin!“ schrie der kniende Student mit den hellbraunen Ringellocken und dem großen Siegelring, „haben Sie Mitleid mit uns! Gewähren Sie uns ein Rendezvous! Speisen Sie bitte mit Fritz und mir in dem Wirtshaus im Park! Wir werden gebratene Fasanen und Bier, Plumpudding und französischen Wein bestellen. Wir sterben, wenn Sie es nicht tun!“

„Jawohl, das stimmt!“ rief der junge Edelmann vom Bett aus. Dieser Unterhaltung hatte Joe zugehört, nur hatte er nichts davon verstanden, weil er die Sprache, in der sie geführt wurde, nie gelernt hatte.

„Njumero katterveng-duce, s'il vous plaît!" sagte Joe mit seiner großartigsten Miene, als er wieder sprechen konnte.

„Katterfang-tuce!" Der Student fuhr auf und sprang in sein eigenes Zimmer zurück und schloß schnell die Tür hinter sich. Dann hörte Joe ihn mit dem Kameraden auf dem Bett lachen.

Durch diesen Zwischenfall aus der Fassung gebracht, stand der Herr aus Bengalen noch vor der Tür von Nummer zweiundneunzig, als diese von selbst aufging und Beckys Köpfchen mit drollig-schlauer Miene sehen ließ. Da erblickte sie Josef. „Sie sind's!" sagte sie und trat heraus. „Ich habe schon auf Sie gewartet! Halt! Noch nicht! In einer Minute dürfen Sie hereinkommen!" In einem Augenblick stellte sie ein Schminktöpfchen, eine Schnapsflasche und einen Teller mit Bratenresten ins Bett, strich sich das Haar glatt und ließ sodann den Besucher herein.

Als eine Art Morgenrock trug sie einen rosa Domino. Ein bißchen verblichen und schmutzig war er zwar, und hier und da hatte er Pomadeflecken, aber ihre Arme schimmerten aus den weiten Ärmeln sehr weiß und schön hervor. Um die schmale Taille war das Gewand gerafft, so daß sich die hübsche Figur der Trägerin nicht schlecht abzeichnete. An der Hand führte sie Josef in ihre Dachkammer herein. „Kommen Sie herein!" sagte sie, „kommen Sie und erzählen Sie mir! Setzen Sie sich, bitte, auf den Stuhl dort!" Dabei preßte sie dem Zivilisten ein wenig die Hand und drückte ihn lachend auf den Stuhl nieder. Sie selbst setzte sich auf das Bett, aber nicht auf die Flasche und den Teller, dessen könnt ihr sicher sein! Joe hätte sich sicher draufgesetzt, wenn er diesen Platz gewählt hätte; aber nun saß sie da und eröffnete die Unterhaltung mit ihrem alten Verehrer.

„Wie wenig die Jahre Sie verändert haben!" sagte sie mit einem Blick voll zärtlichen Interesses. „Ich hätte Sie überall erkannt. Was für ein Trost ist es doch, unter all den Fremden wieder einmal das offene, ehrliche Gesicht eines alten Freundes zu sehen!"

Das offene, ehrliche Gesicht zeigte allerdings in diesem Augenblick einen Ausdruck, der alles andere als Offenheit und Ehrlichkeit bedeutete. Im Gegenteil, es sah etwas verwirrt und verlegen aus. Joe ließ den Blick durch den merkwürdigen kleinen Raum schweifen, in dem er seine alte Liebe wiedergefunden hatte. Eines ihrer Kleider hing über dem Bett, ein anderes an einem Haken an der Tür. Ihr Hut bedeckte den halben Spiegel, unter dem ein reizendes kleines Paar Bronzestiefel lag. Auf dem Nachttisch lag neben einer Kerze (nicht aus Wachs!) ein französischer Roman. Becky hatte den auch noch unter die Bettdecke stecken wollen, sie hatte aber nur die kleine Papiernachthaube ergriffen, mit der sie vor dem Einschlafen die Kerze auslöschte.

„Ich hätte Sie überall wiedererkannt", fuhr sie fort, „gewisse Dinge vergißt eine Frau eben nicht. Und Sie waren der erste Mann, den ich – ich kennenlernte!"

„Wirklich?" stotterte Joe. „Gott behüte meine Seele, was – was Sie nicht sagen!"

„Als ich mit Ihrer Schwester aus Chiswick kam, war ich kaum mehr als ein Kind", sagte Becky. „Wie geht's der lieben Amelia? Ach, ihr Mann war wirklich ein trauriger Schelm, und natürlich war das arme, liebe Ding auf mich eifersüchtig. Als ob ich mir je aus ihm etwas gemacht hätte – ach je –, solange da jemand war, der – aber nein, wir wollen nicht von den alten Zeiten sprechen!" und sie fuhr sich mit dem zerrissenen Spitzentaschentuch über die Augen.

„Ist das nicht ein merkwürdiger Ort hier?" fuhr sie fort; „seltsam für eine Frau, die in einer so ganz anderen Welt gelebt hat, nicht wahr? Ich habe so viel Kummer erlebt und Unrecht erlitten, Josef Sedley, ich habe so grausam leiden müssen, daß ich manchmal fast verrückt werde. Nirgends kann ich Ruhe finden, sondern ich wandere umher, ruhelos und unglücklich. Alle meine Freunde sind falsch zu mir gewesen, alle. Auf der ganzen Welt gibt es keinen anständigen Menschen. Ich war die treueste Ehefrau, die je gelebt hat, obwohl ich meinen Mann nur aus Trotz geheiratet habe, weil ein anderer – doch lassen wir das! Ich war treu; er aber trat mich mit Füßen und verließ mich. Ich war die liebevollste Mutter. Ich hatte nur ein Kind, meinen Liebling, meine Hoffnung, meine Freude, das ich voller Mutterliebe an mein Herz drückte, das für mich mein ganzes Leben war, mein Gebet, mein – mein Segen! Und dieses Kind hat man mir entrissen – ja, mir entrissen!" Mit einer Geste leidenschaftlicher Verzweiflung legte sie sich die Hand aufs Herz und vergrub ihr Gesicht einen Augenblick lang im Bett.

Die Schnapsflasche da drinnen klapperte gegen den Teller mit dem kalten Braten. Zweifellos waren beide von soviel Kummer ganz gerührt. Max und Fritz lauschten an der Tür und wunderten sich über Mrs. Beckys Schluchzen und Weinen. Auch Joe war recht erschrocken und bewegt, seine alte Liebe in diesem Zustand wiederzusehen. Dann begann sie ihre Geschichte zu erzählen, eine so saubere, einfache, unschuldige Geschichte, aus der ganz klar hervorging, daß – wenn es je einen weißgekleideten Engel gegeben hat, der aus dem Himmel entflohen und hier unten den satanischen Wesen mit ihren höllischen Machenschaften und Schurkereien in die Hände gefallen war –, daß dieses makellose Geschöpf, diese arme reine Märtyrerin dann hier vor Joe auf dem Bett saß, auf dem Bett, in dem die Schnapsflasche versteckt lag.

Sie hatten eine sehr lange, freundschaftliche, vertrauliche Unterhaltung, in deren Verlauf Joe Sedley irgendwie zu verstehen gegeben wurde (aber auf eine Art, die ihn nicht im geringsten erschreckte oder beleidigte), daß Beckys Herz in seiner bezaubernden Gegenwart zum erstenmal klopfen gelernt hatte. Gewiß hatte George Osborne ihr auf ganz ungerechtfertigte Weise den Hof gemacht, wodurch sich Amelias Eifersucht und der kleine Streit wohl erklären ließen. Becky hatte jedoch den unglücklichen Offizier nie auch nur im entferntesten ermutigt. Vom ersten Tage an, da sie ihn gesehen, hatte Becky nie aufgehört, an Joe zu denken, obwohl ihr natürlich ihre Pflichten als verheiratete Frau turmhoch über allem gestanden hatten, Pflichten, die sie stets beachtet hatte und bis zu ihrem Ende beachten würde, falls nicht das sprichwörtlich schlechte Klima, in dem Oberst Crawley lebte, sie von einem Joch erlösen sollte, das ihr durch seine Grausamkeit verhaßt geworden war.

Joe verließ sie mit der Überzeugung, daß sie eine ebenso tugendhafte wie bezaubernde Frau sei. Dabei überschlug er im Geiste allerlei wohlwollende Pläne, wie ihr zu helfen sein könnte. Ihre Verfolgungen mußten aufhören. Sie sollte in die Gesellschaft zurückkehren, der sie immer zur Zierde gereicht hatte. Er würde sehen, was sich da machen ließe. Sie müßte dieses Haus verlassen und eine ruhige Wohnung nehmen. Amelia müßte sie besuchen und die alte Freundschaft wieder erneuern. Er würde das alles in Ordnung bringen, nur wollte er sich zuerst mit dem Major beraten. Als sie sich trennten, weinte sie Tränen tiefempfundener Dankbarkeit. Da beugte der dicke Herr sich ritterlich herab, um ihr die Hand zu küssen.

Becky entließ Joe mit solcher Grazie aus ihrer kleinen Dachkammer, als sei es ein Palast, in dem sie die Honneurs machte.

Sobald der schwerfällige Herr unten verschwunden war, kamen Max und Fritz aus ihrem Loch, mit der Pfeife im Mund, und sie amüsierte sich damit, vor ihnen Joe nachzuäffen. Dabei kaute sie ihr kaltes Fleisch und das Brot und nahm zwischendurch kräftige Züge aus der geliebten Schnapsflasche.

Höchst feierlich begab Joe sich dann in Dobbins Wohnung und teilte ihm dort die rührende Geschichte mit, die er soeben erfahren hatte, ohne jedoch die Begegnung vom Vorabend am Spieltisch zu erwähnen. Dann bemühten die beiden Herren sich gemeinsam, zu überlegen, wie man Mrs. Becky am besten helfen könnte. Zur gleichen Zeit aber beendete sie selbst ihr unterbrochenes Gabelfrühstück.

Wie war sie nur in dieses kleine Städtchen gekommen? Wie kam es, daß sie keine Freunde hatte und ganz allein herumzog? Kleine Schuljungen lernen schon in ihrem ersten Lateinbuch, daß man auf dem Pfad in den Abgrund sehr leicht dahinschreitet. Drum wollen wir diesen Weg bergab in Beckys Geschichte lieber überspringen. Sie war jetzt kein schlechterer Mensch als in den Tagen des Wohllebens, nur hatte sie jetzt weniger Glück.

Mrs. Amelia nun war so sanft und einfältig veranlagt, daß ihr Herz sogleich schmolz, wenn sie von einem leidenden Menschen hörte. Da sie weder in Gedanken noch in Taten je eine Todsünde begangen hatte, empfand sie auch nicht jenen Abscheu vor dem Bösen, der erfahrenere Moralisten auszeichnet. Sie verwöhnte jeden, der ihr nahe kam, mit Güte und Freundlichkeiten. Sie bat die Bedienten um Verzeihung, wenn sie nach ihnen geklingelt hatte. Sie entschuldigte sich bei dem Verkäufer, der ihr die Scidenstoffe vorlegen sollte. Ja, sie gönnte sogar dem Straßenfeger einen Gruß, indem sie eine freundliche Bemerkung über seine wunderbar saubere Straßenecke machte. All dieser Torheiten war sie fähig; wie sollte da der Gedanke, daß es einer alten Bekannten schlecht ging, ihr nicht das Herz erweichen? Eine Welt, die nach ihren Gesetzen gelebt hätte, würde wohl keine sehr ordentliche Stätte sein. Doch gibt es nicht viele Frauen, zumindest nicht unter der herrschenden Schicht, die so sind wie sie. Sie würde, glaube ich, alle Gefängnisse, Strafen, Handschellen, Peitschen, alle Armut, Krankheit und allen Hunger auf der Welt abgeschafft haben. Sie war ein so anspruchsloser Mensch, daß sie sogar eine tödliche Beleidigung vergessen konnte.

Als der Major von dem sentimentalen Abenteuer hörte, das Joe soeben erlebt hatte, war er allerdings längst nicht so gerührt wie der Herr aus Bengalen. Im Gegenteil, seine Erregung war alles andere als freudig. In bezug auf die arme, notleidende Frau gebrauchte er sogar einen kurzen, nicht sehr feinen Ausdruck und sagte doch tatsächlich: „Die kleine Dirne! Ist sie also wieder aufgetaucht?“ Er hatte sie noch nie leiden mögen, sondern hatte ihr schon immer von Grund auf mißtraut, vom ersten Augenblick an, da ihre grünen Augen den seinen begegnet waren und sich sofort wieder abgewandt hatten.

„Diese kleine Teufelin bringt nur Unheil, wohin sie auch kommt!“ sagte der Major sehr respektlos. „Wer weiß, was für ein Leben sie geführt hat, und was hat sie überhaupt hier so allein im Ausland zu suchen? Schweig mir von Verfolgern und Feinden! Eine anständige Frau hat immer Freunde um sich und lebt nie von ihrer Familie getrennt. Warum hat sie ihren Mann verlassen? Er mag sehr wohl liederlich und schlecht gewesen sein, wie du sagst. Er ist es immer gewesen. Ich erinnere mich noch gut an den verflixten Schwindler und die Art, wie er den armen George zu betrügen und zu blenden pflegte! Gab es da nicht einen Skandal wegen dieser Trennung? Ich glaube, ich habe da einmal so etwas gehört“, meinte Major Dobbin. Er kümmerte sich nicht viel um Klatsch. Doch Joe konnte ihn nicht überzeugen, daß Mrs. Becky in jeder Hinsicht ein tugendsames Frauenzimmer sei, der man großes Unrecht angetan habe.

„Na gut, dann wollen wir Mrs. George fragen“, sagte der Major, der schlaue Diplomat. „Komm, laß uns sie um Rat fragen! Du wirst wohl zugeben, daß sie die Sache auf jeden Fall am besten beurteilen kann und weiß, was in diesen Dingen das Richtige ist!“

„Hm! Amelia ist schon ganz gut –“ sagte Joe, der nicht auch zufällig in die Schwester verliebt war.

„Ganz gut? Bei Gott, Sir, sie ist die feinste Dame, der ich in meinem ganzen Leben begegnet bin!“ fuhr der Major auf. „Ich bin dafür, sofort zu ihr zu gehen und sie zu fragen, ob wir diese Frau besuchen sollen oder nicht. Mit ihrer Entscheidung will ich mich zufrieden geben.“ Dieser häßliche, listige Schelm von Major dachte nämlich bei sich, er könne seiner Sache ganz sicher sein. Amelia war einst, und mit Recht, grausam eifersüchtig auf Rebekka gewesen. Das wußte er noch ganz genau. Nur mit Abscheu und Schrecken hatte sie Beckys Namen genannt. Eine eifersüchtige Frau verzeiht nie, meinte Dobbin. Und so gingen die beiden über die Straße in Mrs. Georges Haus, wo diese glücklich und zufrieden in ihrer Gesangstunde bei Madame Strumpff trällerte.

Als diese Dame sich verabschiedet hatte, ging Joe sofort in seiner üblichen, geschwollenen Redeweise auf die Sache los. „Meine liebe Amelia“, begann er, „ich habe soeben ein ganz außergewöhnliches – ja, Gott behüte meine Seele! –, ein ganz außergewöhnliches Erlebnis gehabt! Eine alte Freundin, ja eine höchst interessante alte Freundin von dir, aus alten Zeiten, darf ich wohl sagen, ist hier eingetroffen, und ich würde es sehr gern sehen, wenn du sie besuchen würdest!“

„Eine Freundin?“ fragte Amelia. „Wer denn? Ach, Major Dobbin, bitte zerbrechen Sie doch nicht meine Schere!“ Der Major wirbelte die Schere an dem Kettchen herum, an dem sie manchmal am Gürtel der Herrin hing, und gefährdete dadurch seine Augen.

„Es ist eine Frau, die ich ganz und gar nicht schätze“, sagte er verdrossen, „und auch Sie, Amelia, haben keinen Grund, sie zu lieben!“

„Dann ist's Rebekka, dann ist's bestimmt Rebekka“, sagte Amelia und wurde vor Erregung rot.

„Sie haben recht wie immer“, antwortete Dobbin. In Amelias sanftem Herzen stiegen Erinnerungen auf an Brüssel, Waterloo, an ferne, alte Zeiten, an Kummer und Schmerzen, und versetzten sie in grausame Aufregung.

„Verlangt nicht, daß ich sie sehe!“ fuhr Amelia fort, „ich könnte es nicht ertragen!“

„Ich hab's dir ja gesagt!“ sagte Dobbin zu Joe.

„Sie ist sehr unglücklich und – und so weiter“, drängte Joe. „Sie ist ganz arm und schutzlos und ist krank gewesen, schwer krank – dieser Schurke von Mann hat sie im Stich gelassen!“

„Oh!“ sagte Amelia nur.

„Auf der ganzen Welt hat sie keinen Freund“, fuhr Joe nicht ungeschickt fort, „und sie sagte, sie glaube auf dich vertrauen zu können. Es geht ihr ja so schlecht, Amelia! Sie ist fast wahnsinnig geworden vor Leid! Ihre Geschichte hat mich wirklich gerührt, wahrhaftig, bei meinem Wort und meiner Ehre! Nie hat jemand eine so grausame Verfolgung so engelhaft ertragen, das kann ich wohl behaupten! Ihre Familie ist unendlich grausam gegen sie gewesen!“

„Das arme Ding!“ sagte Amelia.

„Und wenn sie jetzt keinen Freund fände, dann werde sie wohl sterben, sagte sie“, ergänzte Joe mit leiser, schwankender Stimme, „Gott behüte meine Seele! Weißt du, daß sie versucht hat, sich das Leben zu nehmen? Sie trägt Opium bei sich. Ich habe die Flasche in ihrem Zimmer gesehen, einem elenden kleinen Zimmer in einem drittrangigen Haus, dem ‚Elefanten', hoch oben unter dem Dach. Ich war dort bei ihr."

Das schien auf Amelia keinen Eindruck zu machen. Sie lächelte sogar ein wenig. Vielleicht stellte sie sich vor, wie Joe die Treppen hinaufgekeucht war.

„Sie ist ganz außer sich vor Kummer", begann er von neuem. „Es ist furchtbar anzuhören, was für Qualen diese Frau erlitten hat! Sie hatte einen kleinen Jungen in Georgys Alter."

„Ja, ja, ich glaube, ich entsinne mich", bemerkte Amelia, „ja, und?"

„Das entzückendste Kind, das man je gesehen hat", sagte Joe. Wie alle dicken Menschen war er leicht zu beeindrucken und ganz gerührt gewesen von der Geschichte, die Becky ihm erzählt hatte. „Ein richtiger kleiner Engel, der seine Mutter anbetete. Die Schurken rissen ihr das schreiende Kind aus den Armen und haben ihr nie mehr erlaubt, es wiederzusehen!"

„Lieber Josef!" schrie Amelia auf und sprang hoch, „komm, laß uns sofort zu ihr gehen!" Damit lief sie in das Schlafzimmer nebenan, band sich mit zitternden Händen eine Haube um, kam mit einem Schal auf dem Arm wieder heraus und befahl Dobbin, ihr zu folgen.

Er tat es und legte ihr den Schal – einen weißen Kaschmirschal, den sich der Major selbst hatte aus Indien kommen lassen – um die Schultern. Er sah ein, daß ihm nichts anderes übrigblieb, als zu gehorchen. Sie legte die Hand auf seinen Arm, und sie machten sich auf den Weg.

„Es ist Nummer zweiundneunzig, vier Treppen hoch", sagte Joe, der möglicherweise keine große Lust hatte, noch einmal die Treppen hinaufzusteigen. So stellte er sich in seinem Wohnzimmer ans Fenster, von dem aus man den Platz übersieht, an dem der „Elefant" liegt, und sah die beiden den Markt überqueren.

Wahrscheinlich sah auch Becky sie von ihrer Dachkammer aus, wo sie mit den beiden Studenten lachte und plauderte. Sie hatten Witze gemacht über Beckys Großpapa, dessen Ankunft und Weggehen sie miterlebt hatten. Sie fand indessen noch Zeit, die beiden wegzuschicken und ihr Zimmer ein wenig in Ordnung zu bringen, ehe der Wirt des „Elefanten" Mrs. Osborne, von der er wußte, daß sie am Hofe des Serenissimus hochgeachtet war, und die er infolgedessen entsprechend einschätzte, ins Dachgeschoß hinaufführte, nachdem er unten an der Treppe Mylord und Mylady vor dem langen Aufstieg Mut zugesprochen hatte.

„Gnädige Frau, gnädige Frau!“ rief der Wirt und klopfte an Beckys Tür. Noch am Tage zuvor hatte er sie Madame genannt und war bei weitem nicht so höflich zu ihr gewesen.

„Wer ist da?“ fragte Becky und steckte den Kopf heraus. Dann stieß sie einen leisen Schrei aus. Da standen vor ihr die zitternde Amelia und Dobbin, der lange Major mit dem Rohrstock.

Der Wirt stand noch immer da und beobachtete interessiert die Szene. Mit offenen Armen lief Amelia auf Rebekka zu. In diesem Augenblick hatte sie ihr alles vergeben und umarmte und küßte sie von Herzen. Ach, du arme Unglückliche, wann haben deine Lippen wohl schon einmal so reine Küsse empfangen!

66. Kapitel

Amantium irae

reundlichkeit und Offenheit in solchem Maße, wie sie Amelia ausströmte, mußten sogar das Herz einer so verworfenen Frau wie das Beckys rühren. Sie erwiderte Amelias Zärtlichkeiten und freundliche Worte mit einem Gefühl, das der Dankbarkeit sehr ähnlich und, wenn es auch nicht anhielt, so doch im Augenblick fast echt war. Das war ein glücklicher Einfall gewesen, das mit dem „schreienden Kind, das ihr aus den Armen gerissen wurde“! Nur durch dieses herzzerreißende Unglück hatte Becky die Freundin zurückgewonnen, und wir können sicher sein, daß dies zum allerersten gehörte, wonach unsere arme, einfältige kleine Amelia die wiedergefundene Freundin fragte.

„Dein geliebtes Kind haben sie dir also weggenommen?“ rief unsere kleine Unschuld aus. „Rebekka, meine arme, liebe, unglückliche Freundin! Ich weiß, was es heißt, einen Sohn zu verlieren, und so fühle ich mit denen, die das gleiche erlitten haben. Aber wenn es dem Himmel gefällt, wird dir dein Kind zurückgegeben werden, so wie die unendlich gnädige Vorsehung mir meines wiedergeschenkt hat!“

„Das Kind, mein Kind? O ja, meine Qualen waren furchtbar!“ gab Becky zu, vielleicht nicht ganz ohne Gewissensbisse. Es war ihr unangenehm, daß sie als Antwort auf soviel einfaches Vertrauen sofort damit beginnen mußte, zu lügen. Aber das ist der Nachteil, wenn man erst einmal mit einem solchen Betrug angefangen hat. Wer einmal eine Lüge ausgesprochen hat, muß sozusagen gleich eine zweite schmieden, damit die erste nicht ganz allein dasteht, und so vermehrt sich die Masse der Lügen unvermeidlich, sobald sie erst einmal in Umlauf gebracht sind, und die Gefahr der Entdeckung wird mit jedem Tag größer.

„Meine Qualen", fuhr Becky fort, „waren furchtbar" – hoffentlich setzt sie sich nicht auf die Flasche! –, „als sie ihn mir wegnahmen! Ich glaubte, ich müßte sterben! Zum Glück bekam ich aber eine Gehirnhautentzündung. Die Ärzte gaben mich schon auf und – und ich erholte mich aber wieder – und – und hier bin ich nun, arm und verlassen!"

„Wie alt ist er eigentlich?"

„Elf", erwiderte Becky.

„Elf?" rief die andere, „nanu? Er ist doch in demselben Jahre geboren wie Georgy, und der ist jetzt –"

„Ich weiß, ich weiß", rief Becky, die in der Tat ganz vergessen hatte, wie alt der kleine Rawdon war, „das Leid hat mich so viele Dinge vergessen lassen, liebste Amelia! Ich bin ganz anders geworden, manchmal halb wahnsinnig. Er war elf, als sie ihn mir wegnahmen. Sein süßes Gesichtchen sei gesegnet! Ich habe es seitdem nicht wiedergesehen!"

„War er blond oder dunkel?" fuhr diese absurde kleine Amelia fort. „Zeig mir doch mal eine Locke von ihm!"

Beinah hätte Becky über soviel Einfalt gelächelt. „Nicht heute, Liebes, ein anderes Mal, wenn meine Koffer aus Leipzig da sind. Von dort komme ich nämlich. Dann zeige ich dir auch eine kleine Skizze von ihm, die ich in glücklicheren Zeiten gemacht habe."

„Arme Becky! Arme Becky!" sagte Amelia. „Wie unendlich dankbar müßte ich doch sein!" (Ich bezweifle allerdings, ob die uns in früher Jugend aufoktroyierte Frömmigkeitsregel, daß wir dankbar sein sollten, weil es uns besser geht als anderen, wirklich zu einer vernünftigen religiösen Erziehung gehört!) Dann verfiel Amelia wieder in ihren gewohnten Gedankengang, daß ihr Sohn doch der hübscheste, beste und klügste Junge auf der ganzen Welt sei.

„Du wirst meinen Georgy sehen!" Das war der beste Trost, den sie sich für Becky ausdenken konnte. Wenn irgend etwas ihr helfen konnte, dann dies!

Und so unterhielten die beiden Frauen sich mehr als eine Stunde lang, wobei Becky der neuen Freundin eine umfassende und vollständige Version ihrer privaten Geschichte bieten konnte. Sie bewies ihr, wie ihre Heirat mit Rawdon Crawley von der

Familie immer mit größter Feindseligkeit betrachtet worden sei, wie ihre Schwägerin (ein listiges Weib) das Gemüt ihres Mannes gegen sie vergiftet habe, wie er widerwärtige Verbindungen angeknüpft habe, die ihn und seine Neigung ihr entfremdet hätten, wie sie alles, Armut, Vernachlässigung, Kälte von dem Menschen, den sie am meisten liebte – wie sie das alles um ihres Kindes willen ertragen habe und wie sie schließlich durch abscheuliche Gewalttaten dazu gezwungen worden sei, die Scheidung von ihrem Mann zu verlangen. Und da hatte der Elende doch skrupellos gefordert, sie solle ihren eigenen guten Ruf opfern, damit er sich auf Kosten eines sehr vornehmen, mächtigen, wenn auch leichtsinnigen Mannes, des Marquis von Steyne, Vorteile verschaffen könne! So ein Ungeheuer!

Diesen Teil ihres ereignisreichen Lebens schilderte Becky mit äußerstem weiblichem Feingefühl, voll der Entrüstung einer tugendhaften Seele. Als sie durch diese Beleidigung gezwungen worden war, aus dem Hause ihres Mannes zu fliehen, hatte der Feigling seine Rache noch weitergetrieben und ihr das Kind entrissen. Und so sei es gekommen, erklärte Becky, daß sie nun arm und elend, schutzlos und verlassen umherwandere.

Wer Amelia kennt, wird sich vorstellen können, wie sie diese ausführlich erzählte Geschichte aufnahm. Bei dem Bericht über das Verhalten des elenden Rawdon und des leichtfertigen Steyne zitterte sie vor Empörung. In ihren Augen stand Bewunderung zu lesen, als Becky die Verfolgungen durch aristokratische Verwandte und den Abfall ihres Mannes schilderte. (Becky sprach nicht schlecht von ihm, mehr in Trauer als in Zorn. Sie hatte ihn allzusehr geliebt, und war er nicht der Vater ihres Knaben?) Bei der Wiedergabe der Szene, wie sie sich von dem Kind hatte trennen müssen, zog Amelia sich gar hinter ihr Taschentuch zurück. Die großartige kleine Schauspielerin hätte eigentlich entzückt sein müssen von der Wirkung, die ihr Spiel auf ihre Zuhörerin ausgeübt hatte!

Während die Damen sich unterhielten, war Amelias ständiger Begleiter, der Major, in das Erdgeschoß hinabgestiegen, da er das Gespräch natürlich nicht unterbrechen wollte. Zudem hatte er allmählich genug davon, sich auf dem engen Treppenabsatz herumzudrehen, wo sich sein Hut dauernd am Dach scheuerte. So begab er sich in den großen, unten an der Treppe gelegenen Raum, der allen Besuchern des „Elefanten" offenstand. Dieser Raum ist so gut wie immer voll von dichtem Rauch und vielen Bierflecken. Auf einem schmutzigen Tisch standen Dutzende gleichartiger Leuchter mit Talglichtern für die Gäste, deren Schlüssel in langen Reihen über den Kerzen hingen. Errötend hatte Amelia vorhin diesen Raum durchquert, wo allerlei Leute versammelt waren: Tiroler Handschuhverkäufer, Leinwandhändler von der Donau mit ihren Packen, Studenten, die sich mit Butterbrot und Wurst versahen, Müßiggänger, die an nassen Tischen mit Bierlachen Karten oder Domino spielten, und Akrobaten, die sich in den Pausen zwischen den Vorführungen erfrischten. Kurzum, hier herrschte der ganze Dunst und Lärm eines deutschen Gasthofs zur Jahrmarktszeit. Ohne daß der Major es bestellt hatte, brachte der Kellner ihm sofort ein Glas Bier. Der Major zog seine Zigarre hervor und unterhielt sich mit diesem schädlichen Gemüse und einer Zeitung, bis sein Schützling wieder seiner bedürfte.

Bald darauf kamen Max und Fritz die Treppe herunter, mit schief aufgesetzten Mützen, klirrenden Sporen und prächtig mit Wappen und Troddeln verzierten Pfeifen. Sie hingen den Schlüssel von Nummer neunzig an das Brett und riefen nach einer Portion Butterbrot mit Bier. Die beiden setzten sich an den Tisch des Majors und begannen eine Unterhaltung, die er zwangsläufig mit anhören mußte. Sie drehte sich hauptsächlich um „Füchse“ und „Philister“, um Schlägereien und Kommerse an der benachbarten Universität von Schoppenhausen. Offenbar waren sie erst kürzlich, anscheinend zusammen mit Becky, von dieser berühmten Stätte der Gelehrsamkeit im Eilwagen herübergekommen, um bei den Hochzeitsfestlichkeiten in Pumpernickel zugegen zu sein.

„Die kleine Engländerin scheint hier en pays de connaissance zu sein“, meinte Max, der Französisch konnte, zu seinem Kameraden Fritz. „Nachdem der dicke Großvater weg war, kam eine niedliche kleine Landsmännin von ihr. Ich habe sie im Zimmer der Kleinen miteinander schwatzen und heulen hören.“

„Wir müssen uns Karten für ihr Konzert besorgen“, sagte Fritz. „Hast du noch Geld, Max?“

„Ach was!“ erwiderte der andere. „Das Konzert ist doch bloß in nubibus! Hans hat erzählt, daß sie auch in Leipzig eins angekündigt hatte und viele von den Burschen sich Karten dazu kauften. Dann aber reiste sie ab, ohne dort gesungen zu haben. Gestern in der Postkutsche sagte sie, ihr Pianist sei in Dresden erkrankt. Ich bin überzeugt, sie kann gar nicht singen. Ihre Stimme ist ebenso krächzend wie deine, du prahlerisches Bierfaß!“

„Stimmt! Ich habe sie am Fenster ein schreckliches englisches Lied singen hören, *Die Rose am Balkon*!“

„Saufen und Singen passen eben nicht zusammen“, bemerkte Fritz mit der roten Nase, der augenscheinlich das erstere Vergnügen vorzog. „Nein, kauf keine Karten für das Konzert! Gestern abend hat sie beim Trente-et-Quarante gewonnen. Ich hab's gesehen! Sie ließ einen kleinen englischen Jungen für sich spielen. Verbrauchen wir dein Geld lieber hier oder im Theater,

oder laden wir sie zu französischem Wein und Kognak in den Aureliusgarten ein; aber Karten kaufen wir nicht! Was sagst du? Noch einen Krug Bier?“ Nachdem sie nacheinander den blonden Bart in das widerliche Getränk versenkt hatten, zwirbelten sie ihn wieder auf und stolzierten auf den Jahrmarkt hinaus.

Da der Major gesehen hatte, wie die beiden Studenten den Schlüssel von Nummer neunzig ans Brett hängten, bedurfte es keines großen Scharfsinnes, um herauszufinden, daß ihre Unterhaltung sich auf Becky bezog. Der kleine Teufel hat noch immer seine alten Tricks, dachte er und lächelte im Gedenken an verflossene Zeiten, da er den verzweifelten Flirt mit Joe und das tragikomische Ende dieses Abenteuers beobachtet hatte. Er und George hatten später noch oft darüber gelacht, bis George sich wenige Wochen nach seiner Heirat auch in den Schlingen der kleinen Circe verfing und sich auf ein Verhältnis mit ihr einließ, das der Kamerad zwar argwöhnte, aber doch lieber ignorieren wollte. William war zu tief verletzt oder beschämt, um diesem schändlichen Geheimnis auf den Grund zu gehen, obwohl George einmal, offenbar von Reue getrieben, darauf angespielt hatte. Es war am Morgen des Tages von Waterloo gewesen, als die jungen Leute vor der Front zusammenstanden und die schwarzen Massen der Franzosen auf den gegenüberliegenden Höhen betrachteten. Es regnete in Strömen. „Ich habe mich von einer Frau in eine ganz dumme Intrige verwickeln lassen“, sagte George. „Ich bin nur froh, daß wir abmarschiert sind. Wenn ich falle, wird Amelia hoffentlich nie etwas von der Sache erfahren! Ich wünschte bei Gott, ich hätte mich nie darauf eingelassen!“ Für William war es ein schöner Gedanke, mit dem er auch mehr als einmal Georges arme Witwe getröstet hatte, daß George am ersten Tage nach dem Gefecht von Quatre-Bras mit dem Kameraden ernst und liebevoll über seinen Vater und die Frau gesprochen hatte, die er soeben verlassen hatte. Auch in den Gesprächen mit dem alten Osborne hatte William das immer wieder betont. So hatte sich der alte Herr mit seiner Hilfe kurz vor seinem Ende doch noch mit dem Andenken seines Sohnes ausgesöhnt.

Dieser kleine Teufel betreibt also immer noch seine Intrigen, dachte William. Ich wünschte, sie wäre hundert Meilen weit fort! Sie stiftet nur Unheil, wohin sie auch kommt. So hing er weiter diesen Ahnungen und trüben Gedanken nach, den Kopf in die Hände gestützt und die *Pumpernickeler Zeitung* vor der Nase, bis ihm jemand mit dem Sonnenschirm auf die Schulter klopfte. Da sah er auf, und vor ihm stand Amelia.

Die kleine Frau tyrannisierte den Major geradezu; denn auch die Schwächsten haben oft jemanden, den sie beherrschen können. Sie kommandierte ihn herum und ließ ihn Dinge holen oder bringen, gerade als wäre er ein großer Neufundländer. Er wäre für sie ins Wasser gesprungen, wenn sie gerufen hätte: „Such, Dobbin!“ und mit ihrem Beutel im Maul hinter ihr hergetrottet. Diese Geschichte hat ihren Zweck verfehlt, wenn der Leser noch nicht gemerkt hat, daß der Major ein richtiger verliebter Narr war!

„Warum haben Sie nicht auf mich gewartet, Sir, um mich hinunterzubegleiten?“ fragte sie und warf das Köpfchen hoch und knickste spöttisch.

„Ich konnte in dem Gang nicht aufrecht stehen“, antwortete er, wobei er mit einem komischen Blick um Entschuldigung bat. Höchst erfreut reichte er ihr dann den Arm, um sie aus dem gräßlichen, verräucherten Raum hinauszuführen. Er wäre fortgegangen, ohne an den Kellner zu denken; doch da kam ihm der junge Bursche schon nachgelaufen und hielt ihn an der Tür des „Elefanten“ zurück, damit er das Bier bezahle, das er gar nicht getrunken hatte. Amelia lachte und nannte ihn einen rechten Nichtsnutz, der mit der Zeche durchbrennen wolle, und machte noch allerlei andere Scherze über diesen Fall mit dem Dünnbier. Sie war in bester Laune und trippelte äußerst munter und lebhaft über den Marktplatz, denn sie wollte Joe „augenblicklich“ sprechen! Der Major lachte über die ungestüme Liebe, die Amelia auf einmal zeigte, denn es geschah nicht sehr oft, daß sie den Bruder „augenblicklich“ zu sprechen wünschte.

Sie fanden den Zivilisten in seinem Salon im ersten Stock. In den verflossenen Stunden war er in seinem Zimmer auf und ab geschritten, hatte an den Nägeln gekaut und wohl mindestens hundertmal über den Marktplatz zum „Elefanten“ gespäht, während Amelia mit der Freundin in der Dachkammer saß und der Major unten im Gastzimmer auf dem vom Bier nassen Tisch herumtrommelte. Denn auch er brannte darauf, mit Mrs. Osborne zu sprechen.

„Nun?“ begann er.

„Das arme, gute Geschöpf! Wie hat sie gelitten!“ sagte Amelia.

„Gott behüte meine Seele, wahrhaftig!“ sagte Joe und nickte mit dem Kopf, daß seine Backen wie Gelee zitterten.

„Sie kann das Zimmer von der Payne haben; die kann ja nach oben ziehen“, fuhr Amelia fort. Die Payne war eine gesetzte englische Kammerjungfer und Mrs. Osbornes persönliche Zofe, der der Kutscher pflichtgemäß den Hof machte und die Georgy mit Geschichten über deutsche Räuber und Gespenster furchtbar ins Bockshorn jagen konnte. Sie verbrachte ihre Tage hauptsächlich damit, zu murren und ihre Herrin herumzukommandieren. Immer wieder verkündete sie ihren Entschluß, daß sie am nächsten Morgen in ihr Heimatdorf Clapham zurückkehren würde. „Sie kann das Zimmer der Payne haben“, wiederholte Amelia.

„Wie? Sie wollen doch nicht etwa sagen, daß Sie beabsichtigen, dieses Weib in das Haus hier aufzunehmen?" fuhr der Major auf.

„Natürlich werden wir das tun", erwiderte Amelia auf die unschuldigste Weise von der Welt. „Bitte, erzürnen Sie sich nicht, und zerbrechen Sie nicht unsere Möbel, Major Dobbin! Natürlich werden wir sie hier aufnehmen!"

„Natürlich, Liebes", pflichtete Joe bei.

„Das arme Geschöpf, nach all ihren Leiden!" fuhr Amelia fort. „Nachdem ihr scheußlicher Bankier bankrott gemacht hat, nachdem ihr Mann, dieser gottlose Bösewicht, sie verlassen hat!" Hier ballte sie die kleinen Fäuste und hielt sie drohend vor sich hin, so daß der Major von dem Anblick dieses furchtbaren Mannweibs ganz entzückt war. „Das arme, liebe Ding! So allein und sogar gezwungen, Gesangstunden zu geben, um sich ihr Brot zu verdienen – und dann sollten wir sie nicht herholen?"

„Nehmen Sie Stunden, meine liebe Mrs. George", rief der Major, „aber holen Sie sie nicht in dieses Haus! Ich flehe Sie an, tun Sie es nicht!"

„Ach was!" sagte Joe.

„Ich wundere mich über Sie, Major William, Sie sind doch sonst immer so gütig und freundlich – oder waren es zumindest", verbesserte sich Amelia. „Ist nicht jetzt gerade der Augenblick, ihr zu helfen, da es ihr so schlecht geht? Jetzt ist es Zeit dazu! Sie ist meine älteste Freundin, und ich sollte nicht ..."

„Sie war nicht immer Ihre Freundin, Amelia!" fiel der Major ein; denn nun war er wirklich zornig geworden. Diese Anspielung war zuviel für Amelia. Sie blickte dem Major wild ins Gesicht und sagte: „Schämen Sie sich, Major Dobbin!" Nachdem sie diesen Schuß abgefeuert hatte, schritt sie mit höchst majestätischer Miene hinaus und schlug die Tür heftig hinter sich und ihrer beleidigten Würde zu.

Darauf anzuspielen! wiederholte sie für sich, als die Tür geschlossen war; ach, das war grausam von ihm, mich daran zu erinnern! Sie blickte zu Georges Bild auf, das wie gewöhnlich an der Wand hing, über dem Bild ihres Sohnes. Es war grausam von ihm. Durfte er davon sprechen, wenn ich es verziehen hatte? Nein! Habe ich doch von seinen eigenen Lippen gehört, wie schlecht und grundlos meine Eifersucht war, und daß du rein warst – o ja, du warst rein, mein Heiliger im Himmel!

Vor Entrüstung zitternd durchmaß sie das Zimmer. Sie trat zu der Kommode, über der das Bild hing, lehnte sich daran und blickte es unverwandt an. Seine Augen schienen vorwurfsvoll auf sie niederzublicken und wurden immer vorwurfsvoller, je länger sie das Bild ansah. Die alten, teuren Erinnerungen an jenes kurze Liebesglück drängten sich ihr wieder auf. Die Wunde, die in den langen Jahren kaum vernarbt war, blutete von neuem und, ach! wie schmerzlich! Sie konnte die Vorwürfe des Gatten, der da vor ihr hing, nicht ertragen. Es konnte nicht sein! Nein, nie, niemals!

Armer Dobbin! Armer alter William! Dieses eine unglückliche Wort hatte das Werk vieler Jahre zunichte gemacht, den langen, mühsamen Bau eines Lebens voll treuer Liebe, der auf geheimem, verborgenem Grund errichtet war, in dem Leidenschaft, ungezählte Kämpfe, unbekannte Opfer begraben lagen. Ein kleines Wort – und der schöne Palast der Hoffnung stürzte zusammen, und der Vogel entfloh, den anzulocken er sich sein ganzes Leben lang bemüht hatte.

Obwohl William Amelia ansah, daß sie in eine große Krise geraten war, fuhr er dennoch fort, Sedley in den energischsten Worten zu bitten, sich vor Rebekka zu hüten. Eifrig, ja fast leidenschaftlich beschwor er Joe, sie nicht aufzunehmen. Er flehte Mr. Sedley an, wenigstens erst Erkundigungen über sie einzuziehen. Er erzählte ihm, daß er gehört habe, sie befinde sich in Gesellschaft von Spielern und übelbeleumdeten Leuten. Er wies darauf hin, wieviel Unheil sie früher gestiftet hatte, daß sie und Crawley den armen George ins Verderben geführt hatten. Und jetzt lebe sie, nach ihrem eigenen Geständnis, von ihrem Mann getrennt, vielleicht aus guten Gründen! Was für eine gefährliche Gefährtin würde sie für seine Schwester sein, die nichts von dem Treiben der Welt wisse! Mit aller Beredsamkeit, die er aufbieten konnte, und mit weit mehr Energie, als der ruhige Mann für gewöhnlich zeigte, flehte er Joe an, Rebekka von seinem Haus fernzuhalten.

Wäre er weniger heftig und etwas geschickter gewesen, so hätte er mit seinen Bitten bei Joe vielleicht Erfolg haben können. Doch der Zivilist ärgerte sich nicht wenig über die überlegene Miene, die der Major ihm gegenüber immer aufsetzte, wie er meinte. (Dieser Meinung hatte übrigens auch der Kutscher Mr. Kirsch Ausdruck gegeben, dessen Rechnungen der Major auf dieser Reise überprüfte und der daher auf seiten seines Herrn stand.) Joe begann also mit großen Worten darüber zu reden, daß er seine Ehre selbst verteidigen könne, daß er nicht wünsche, daß sich jemand in seine Angelegenheiten mische, kurz, daß er beabsichtige, sich gegen den Major zu empören. Da wurde der Unterhaltung auf die allereinfachste Weise ein Ende gemacht, nämlich durch das persönliche Auftreten von Mrs. Becky, der ein Diener vom „Elefanten" ihr äußerst dürftiges Gepäck nachtrug.

Mit liebevollem Respekt begrüßte sie ihren Gastgeber, dem Major hingegen gönnte sie nur ein zurückhaltendes, wenn auch liebenswürdiges Neigen des Kopfes. Ihr Instinkt sagte ihr sofort, daß dieser Mann ihr Feind war und gegen sie gesprochen hatte. Das Hin und Her und der Lärm bei ihrer Ankunft riefen Amelia aus ihrem Zimmer. Sie eilte auf den Gast zu und umarmte die Freundin mit größter Wärme. Von dem Major nahm sie weiter keine Notiz. Sie schleuderte ihm nur einen zornigen Blick zu, den ungerechtesten und verächtlichsten Blick, der wohl je auf dem Gesicht der kleinen Frau zu lesen gewesen war. Sie hatte indes ihre eigenen Gründe und war entschlossen, auf ihn böse zu sein. Dobbin war entrüstet über die Ungerechtigkeit, nicht über die Niederlage, und so machte er, ehe er ging, eine ebenso hochmütige Verbeugung, die dem eiskalten Knicks entsprach, mit dem die kleine Frau sich von ihm verabschiedet hatte.

Als er fort war, benahm Amelia sich Rebekka gegenüber besonders lebhaft und liebevoll. Sie lief geschäftig hin und her und richtete ihrem Gast das Zimmer mit einem Eifer und einer Tatkraft ein, wie sie unsere ruhige kleine Freundin noch selten gezeigt hatte. Wenn etwas Unrechtes getan werden soll, besonders von schwachen Menschen, dann sollte es am besten schnell geschehen. Amelia glaubte, sie beweise mit ihrem jetzigen Benehmen eine große Festigkeit und sehr viel Feingefühl und Verehrung für den verstorbenen Hauptmann Osborne.

Zum Essen kam Georgy von den Festlichkeiten heim. Er fand vier Gedecke vor wie gewöhnlich. Nur wurde der eine Platz von einer Dame eingenommen anstatt von Major Dobbin. „Hallo! Wo ist denn Dob?" fragte der junge Herr in seiner üblichen unverblümten Redeweise. „Major Dobbin speist wohl auswärts", erwiderte seine Mutter. Sie zog den Jungen an sich und küßte ihn viele Male, schob ihm die Haare aus der Stirn und stellte ihn Mrs. Crawley vor. „Das ist mein Sohn, Rebekka!" sagte Mrs. Osborne, was soviel heißen sollte wie: Kann es auf der ganzen Welt ein zweites Wesen geben wie dieses? Becky betrachtete ihn voller Entzücken und drückte ihm liebevoll die Hand. „Mein lieber Junge", sagte sie, „er ist genau wie mein –" Ihre Erregung erstickte jedes weitere Wort. Amelia aber verstand ebensogut, als ob sie es ausgesprochen hätte, daß sie an ihr geliebtes Kind dachte. Durch die Gesellschaft der Freundin ließ Mrs. Crawley sich jedoch trösten und aß mit bestem Appetit.

Während des Mahles hatte sie mehrmals Gelegenheit zu sprechen, wobei Georgy sie scharf ansah und auf ihre Stimme lauschte. Beim Nachtisch ging Amelia einmal hinaus, um weitere hausfrauliche Anordnungen zu treffen. Joe döste in seinem Sessel über dem Galignani. Georgy und die Fremde saßen dicht nebeneinander. Er hatte sie immer wieder vielsagend angeblickt, und nun legte er den Nußknacker nieder.

„Donnerwetter!" sagte Georgy.

„Was hast du denn?" fragte Becky lachend.

„Sie sind die Dame mit der Maske, die ich beim Rouge-et-noir gesehen habe!"

„Still! So ein schlauer kleiner Kerl!" sagte Becky, ergriff seine Hand und drückte einen Kuß darauf. „Dein Onkel war auch da, und Mama darf's nicht wissen!"

„O nein, bestimmt nicht!" antwortete der kleine Bursche.

„Du siehst, wir sind bereits ganz gute Freunde!" sagte Becky zu Amelia, die eben wieder eintrat. Wir müssen zugeben, daß Mrs. Osborne sich eine sehr kluge, liebenswürdige Gefährtin ins Haus geholt hatte.

William ahnte zwar noch nichts von dem infamen Verrat, der seiner wartete; dennoch wanderte er voll Entrüstung und in großer Erregung in der Stadt umher, bis er schließlich auf den Legationssekretär Tapeworm stieß, der ihn zum Essen einlud. Während sie über das Essen sprachen, benutzte er die Gelegenheit, den Diplomaten zu fragen, ob er über eine gewisse Mrs. Rawdon Crawley etwas wisse. Um sie habe es, soweit er unterrichtet sei, in London viel Lärm gegeben. Tapeworm kannte natürlich allen Londoner Klatsch, und außerdem war er mit Lady Gaunt verwandt. So konnte er dem erstaunten Major mit einer Geschichte über Becky und ihren Mann aufwarten, die den Fragesteller sehr verblüffte. Er wußte über alle Einzelheiten Bescheid. Übrigens hatte auch der Verfasser vor Jahren das Glück, an demselben Tisch den ganzen Roman zu erfahren. Tufto, Steyne, die Crawleys und ihre Geschichte, alles, was mit

Becky und ihrem früheren Leben zu tun hatte, breitete der kritische Diplomat vor Dobbin aus. Er wußte alles und noch viel mehr über die ganze Welt. Kurz und gut, er enthüllte dem biederen Major die erstaunlichsten Dinge. Als Dobbin erzählte, daß Mrs. Osborne und Mr. Sedley sie in ihr Haus aufgenommen hätten, brach er zum Entsetzen des Majors in ein lang anhaltendes Gelächter aus und meinte, ob sie nicht lieber aus dem Gefängnis einige von den Herren mit den kahlrasierten Köpfen und den gelben Jacken holen wollten, die, zu Paaren aneinandergekettet, in Pumpernickel die Straßen fegten. Solche Leute sollten sie lieber aufnehmen und einen von ihnen zum Erzieher für Georgy, diesen kleinen Tunichtgut, ernennen.

Über diese Mitteilungen war der Major nicht wenig verwundert und entsetzt. Am Morgen, noch vor der Begegnung mit Rebekka, war beschlossen worden, daß Amelia am Abend zum Hofball gehen sollte. Das würde der rechte Ort sein, um ihr alles zu erzählen. Daher ging der Major nun nach Hause und zog seine Uniform an. Dann begab er sich zum Schloß, in der Hoffnung, Mrs. Amelia dort zu treffen. Doch sie kam nicht. Als er nach Hause zurückkehrte, war in keinem von den Zimmern der Sedleys noch Licht. Er konnte sie also erst am nächsten Morgen sprechen. Ich möchte nicht wissen, wie er in dieser Nacht mit dem furchtbaren Geheimnis Ruhe gefunden hat!

Am nächsten Morgen schickte er zur frühestmöglichen Stunde seinen Bedienten mit einem Briefchen hinüber, in dem stand, daß er sie dringend allein sprechen müsse. Als Antwort erhielt er die Botschaft, Mrs. Osborne fühle sich nicht wohl und müsse das Zimmer hüten.

Auch sie hatte die ganze Nacht über wachgelegen. Sie hatte über etwas nachgedacht, das sie schon an die hundertmal beschäftigt hatte. Hundertmal war sie schon fast so weit gewesen, nachzugeben; aber jedesmal war sie vor dem Opfer zurückgeschreckt, das ihr zu groß vorkam. Sie konnte es nicht, trotz all seiner treuen Liebe, trotz ihrer eigenen zugestandenen Neigung, Achtung und Dankbarkeit. Was sind Wohltaten, was ist Treue oder Verdienst? Eine kleine Locke von einem Mädchen, ja ein einzelnes Haar aus dem Bart eines Mannes konnte die Waagschale in einem Augenblick gegen sie wenden. Sie zählten bei Amelia nicht mehr als bei anderen Frauen. Sie hatte es versucht, aber es ging nicht, und so hatte die unbarmherzige kleine Frau jetzt nach dem Vorwand gegriffen und beschlossen, sich nicht zu binden.

Als der Major am Nachmittag endlich bei Amelia vorgelassen wurde, empfing ihn nicht das herzliche, liebevolle Willkommen, an das er nun schon lange gewöhnt war, sondern nur ein Knicks und der Gruß einer behandschuhten Hand, die sofort wieder zurückgezogen wurde.

Rebekka war ebenfalls anwesend und trat lächelnd mit ausgestreckter Hand auf ihn zu. Dobbin wich leicht verwirrt zurück. „Ich – ich bitte um Verzeihung, gnädige Frau", sagte er, „aber ich muß Ihnen sagen, daß ich nicht als Ihr Freund hergekommen bin!"

„Ach was! Verflucht noch mal! Wir wollen doch nicht so sein!" rief Joe erschrocken aus. Er wollte unbedingt schnell über diese Szene hinwegkommen.

„Ich würde gern wissen, was Major Dobbin gegen Rebekka zu sagen hat!" fragte Amelia mit leiser und klarer, aber doch leicht bebender Stimme und einem entschlossenen Ausdruck im Blick.

„In meinem Haus will ich so etwas nicht haben!" fiel Joe wiederum ein. „Ich wiederhole, ich will das nicht! Und darum, Dobbin, bitte, hör damit auf!" Zitternd und puterrot sah er sich um, zog kräftig an seiner Pfeife und ging auf die Tür zu.

„Lieber Freund!" bat Rebekka in engelsüßem Ton, „hören Sie an, was Major Dobbin gegen mich zu sagen hat!"

„Ich will das nicht hören, das habe ich doch schon gesagt!" schrie Joe, so laut er konnte, und indem er seinen Schlafrock zusammenraffte, war er im Nu verschwunden.

„Wir sind nur zwei Frauen", sagte Amelia, „aber Sie können nun sprechen, Sir!"

„Solch ein Benehmen mir gegenüber geziemt sich wohl kaum für Sie, Amelia", antwortete der Major hochfahrend, „ebensowenig wie ich mich je unhöflich gegen Damen gezeigt habe. Für mich ist es wirklich kein Vergnügen, mich der Pflicht zu entledigen, um derentwillen ich gekommen bin."

„Bitte machen Sie es kurz, Major Dobbin", sagte Amelia, die immer ärgerlicher wurde. Wenn Dobbin in dieser gebieterischen Weise sprach, war sein Gesichtsausdruck nicht gerade angenehm.

„Ich bin gekommen, um zu sagen – und da Sie hierbleiben, Mrs. Crawley, muß ich es in Ihrer Gegenwart sagen –, daß ich der Ansicht bin, Sie passen nicht zu der Familie meiner Freunde. Eine Dame, die von ihrem Mann getrennt lebt, die nicht unter ihrem eigenen Namen reist, die öffentliche Spielsäle besucht..."

„Ich war doch auf dem Ball!“ rief Becky aus.

„... ist kein passender Umgang für Mrs. Osborne und ihren Sohn“, fuhr Dobbin fort. „Außerdem möchte ich hinzufügen, daß es hier Leute gibt, die Sie kennen und die über Ihr Leben einiges zu wissen behaupten, worüber ich vor Mrs. Osborne lieber nicht sprechen möchte.“

„Sie machen es sich sehr bequem mit Ihren Verleumdungen, Major Dobbin!“ erwiderte Rebekka. „Sie stellen mich unter die Wucht einer Anklage, die Sie dann doch unausgesprochen lassen. Was ist es? Werfen Sie mir Untreue gegen meinen Gatten vor? Da fordere ich jeden voller Verachtung auf, das zu beweisen. Ich fordere Sie auf, hören Sie? Meine Ehre ist ebenso unberührt wie die meines bittersten Feindes, der mich je verleumdet hat. Beschuldigen Sie mich, weil ich arm, verlassen und elend bin? Ja, dieser Fehler habe ich mich schuldig gemacht, und ich werde täglich dafür bestraft. Laß mich gehen, Amelia! Ich brauche mir nur vorzustellen, ich hätte dich gar nicht getroffen, dann stehe ich heute nicht schlimmer da als gestern. Ich brauche mir nur einzubilden, die Nacht sei vorüber, und der arme Wanderer sei wieder unterwegs. Erinnerst du dich noch an das Lied, das wir in der guten alten Zeit gesungen haben? Seit damals bin ich immer nur umhergewandert, eine arme Ausgestoßene, die verachtet wird, weil es ihr schlecht geht, und die beleidigt wird, weil sie allein ist. Laß mich gehen! Wenn ich hierbleibe, störe ich nur diesen Herrn!“

„Jawohl, das ist der Fall, Madame“, sagte der Major, „sofern ich in diesem Hause nur irgend etwas zu sagen habe –“

„Hier etwas zu sagen? Nein!“ unterbrach ihn Amelia. „Rebekka, du bleibst bei mir! Ich will dich nicht verstoßen, weil du verfolgt wirst, und dich nicht beleidigen, weil – weil es Major Dobbin so gefällt! Komm weg, Liebes!“ Die beiden Frauen näherten sich der Tür.

William machte ihnen die Tür auf. Als sie hinausgingen, ergriff er jedoch Amelias Hand und sagte: „Bitte bleiben Sie noch einen Augenblick! Ich muß Sie sprechen!“

„Er möchte dich ohne meine Gegenwart sprechen!“ sagte Becky mit der Miene einer Märtyrerin. Als Antwort drückte Amelia ihr die Hand.

„Bei meiner Ehre, nicht über Sie will ich reden“, sagte Dobbin. „Kommen Sie wieder herein, Amelia!“ Sie kehrte zurück. Mit einer Verbeugung schloß Dobbin die Tür hinter Mrs.

Crawley. Gegen den Spiegel gelehnt, sah ihn Amelia an. Ihr Antlitz und ihre Lippen waren kreidebleich.

„Ich war ganz durcheinander, als ich eben sprach", sagte der Major nach einer Pause, „und ich habe mich falsch ausgedrückt, wenn ich sagte, ich hätte in diesem Haus etwas zu sagen."

„Ja, das haben Sie", bestätigte Amelia zähneklappernd.

„Zumindest aber kann ich Anspruch darauf erheben, angehört zu werden!" fuhr Dobbin fort.

„Es ist sehr edel, mich an meine Verpflichtungen Ihnen gegenüber zu erinnern", erwiderte die Frau.

„Den Anspruch, den ich meine, hat mir Georges Vater hinterlassen", sagte William daraufhin.

„Ja, und Sie haben sein Andenken beleidigt! Gestern haben Sie das getan, Sie wissen es ganz genau! Das werde ich Ihnen nie verzeihen, nein, niemals!" sagte Amelia. Zitternd vor Zorn und Erregung hatte sie diese Sätze hervorgestoßen.

„Das meinen Sie doch nicht im Ernst, Amelia?" fragte William traurig. „Sie wollen doch nicht sagen, daß diese übereilt ausgesprochenen Worte die Hingabe eines ganzen Lebens aufwiegen sollen? Ich meine, daß Georges Andenken durch die Art, wie ich von ihm gesprochen habe, nicht geschmäht worden ist, und wenn es so weit kommt, daß hier Vorwürfe ausgetauscht werden, so habe ich, zumindest von seiner Witwe und der Mutter seines Sohnes, keine verdient. Überlegen Sie sich das nachher, wenn – wenn Sie Muße haben! Dann wird Ihr Gewissen die Anklage zurückziehen, sofern es das nicht schon jetzt tut, wie mir scheint." Amelia hielt den Kopf gesenkt.

„Es liegt ja gar nicht an meinen Worten von gestern", fuhr er fort. „Sie sind nur ein Vorwand, Amelia, oder ich habe Sie fünfzehn Jahre lang vergeblich geliebt und beobachtet! Habe ich in dieser langen Zeit nicht gelernt, in all Ihren Gefühlen zu lesen und in Ihre Gedanken zu blicken? Ich weiß, wessen Ihr Herz fähig ist. Es kann treu an einer Erinnerung hängen und ein Phantasiegebilde wie einen Schatz hegen. Aber es kann keine Neigung fühlen, wie sie die meine von der Lebensgefährtin verdient und auch bei einer edelmütigeren Frau, als Sie es sind, gefunden hätte. Sie sind der Liebe nicht würdig, die ich Ihnen entgegengebracht habe. Ich wußte es schon längst, daß der Preis, für den ich mein Leben eingesetzt habe, nicht des Gewinns wert ist! Ich war ein Narr, der ebenso an einem Phantasiebild hing wie Sie, ich war ein Tor, all meine Treue und heiße Leidenschaft gegen den schalen Rest Liebe bei Ihnen einzutauschen. Ich will nicht mehr handeln; ich ziehe mich zurück. Ich tadle Sie nicht. Sie sind sehr gutherzig und haben Ihr Bestes getan. Aber Sie konnten eben nicht die Höhe der Liebe erreichen, die ich für Sie empfand und die eine schönere Seele als die Ihre vielleicht voll Stolz erwidert hätte. Leben Sie wohl, Amelia! Ich habe Ihren Kampf beobachtet. Machen Sie Schluß damit! Wir sind beide seiner müde!"

Niedergeschlagen und stumm stand Amelia da, als William so plötzlich die Kette zerbrach, an der sie ihn gehalten hatte, und sich für unabhängig und überlegen erklärte. Er hatte sich ihr so oft und so lange zu Füßen gelegt, daß die kleine Frau sich daran gewöhnt hatte, auf ihm herumzutreten. Heiraten wollte sie ihn nicht, aber festhalten wollte sie ihn. Geben wollte sie ihm nichts, aber er sollte ihr alles geben. Ein Handel, wie er in der Liebe nicht selten vorkommt.

Williams Ausfall hatte sie ganz gebrochen und niedergeworfen. Ihr eigener Angriff war schon längst vorüber und zurückgeschlagen.

„Soll ich das also so verstehen, William, daß Sie weggehen?" fragte sie.

Er lachte trübe. „Ich bin schon einmal weggegangen", erwiderte er, „und kam nach zwölf Jahren zurück. Damals waren wir jung, Amelia. Leben Sie wohl! Ich habe genug Zeit von meinem Leben bei diesem Spiel verbracht!"

Während dieser Unterredung war die Tür zu Mrs. Osbornes Zimmer ein ganz klein wenig offen gewesen. Becky hatte nämlich die Klinke in der Hand behalten und sie sofort herumgedreht, als Dobbin sie losließ. So hatte sie jedes Wort gehört, das im Gespräch zwischen den beiden gefallen war. Was für ein edles Herz hat doch dieser Mann! dachte sie, und wie schändlich spielt dieses Weib damit! Sie bewunderte Dobbin und trug es ihm nicht nach, daß er sich gegen sie gestellt hatte. Es war ein offener, anständiger Zug in dem Spiel gewesen. Ach! dachte sie, wenn ich solch einen Gatten hätte haben können, einen Mann mit Herz und mit Verstand dazu! Dann hätte ich auch nichts gegen seine großen Füße gesagt! Dann lief sie in ihr Zimmer, überlegte und schrieb ihm ein Briefchen, in dem sie ihn dringend bat, noch ein paar Tage dazubleiben und nicht an ein Weggehen zu denken. Sie würde ihm bei Amelia behilflich sein können.

Der Abschied war vorüber. Noch einmal schritt der arme William zur Tür und war fort. Die kleine Witwe, die das alles zustande gebracht hatte, hatte ihren Willen durchgesetzt und den Sieg davongetragen. Nun mochte sie sich, so gut sie konnte, dessen freuen. Mögen die Damen sie um ihren Triumph beneiden!

Zu der romantischen Essensstunde erschien Mr. Georgy, und wiederum fiel ihm die Abwesenheit des „alten Dob" auf. In tiefstem Schweigen verzehrte man das Mahl. Joes Appetit war nicht geringer als sonst; nur Amelia aß überhaupt nichts.

Nach dem Essen legte Georgy sich in das große Erkerfenster, das auf der einen Seite auf den Marktplatz hinausging, wo der „Elefant" stand, und nach vorn auf das Haus, in dem der Major wohnte, genau wie das Fenster des unsterblichen Mr. Pickwick. Georgy lehnte also an diesem Fenster, während seine Mutter sich dicht dabei etwas zu schaffen machte, als er plötzlich eine Bewegung auf der gegenüberliegenden Straßenseite bemerkte.

„Hallo!" sagte er, „das ist ja Dobs Zweirädriger! Er wird gerade aus dem Hof herausgebracht." Der fragliche „Zweirädrige" war ein Wagen, den der Major für sechs Pfund gekauft hatte und mit dem er oftmals aufgezogen wurde.

Amelia fuhr leicht zusammen, sagte aber nichts.

„Hallo!" fuhr Georgy fort. „Da kommt ja Franz mit dem Mantelsack heraus, und da über den Markt kommt Kunz, der einäugige Postillon, mit drei Schimmeln! Schaut euch nur seine Stiefel und seine gelbe Jacke an! Ist er nicht ein komischer Kerl? Nanu, die Pferde werden ja vor Dobs Wagen gespannt? Fährt er irgendwohin?"

„Ja", sagte Amelia, „er reist ab."

„Reist ab? Und wann kommt er zurück?"

„Er kommt – gar nicht wieder zurück", antwortete Amelia.

„Nicht zurück?" rief Georgy aus und sprang auf.

„Bleib hier, junger Herr!" schrie Joe.

„Bleib, Georgy!" sagte die Mutter mit traurigem Gesicht. Der Junge blieb da, lief im Zimmer herum und stieß überall an, kniete sich auf das Fensterbrett und sprang herunter und äußerte auf alle mögliche Art seine Unruhe und Neugier.

Die Pferde waren vorgespannt, das Gepäck festgebunden. Franz kam mit dem zusammengepackten Degen und mit Stock und Schirm seines Herrn heraus und legte das Paket unter den Bock. Das Schreibzeug und den alten blechernen Hutkasten verstaute er unter dem Sitz. Dann brachte Franz den fleckigen, alten, blauen, mit rotem Tuch gefütterten Mantel heraus, in den sich der Besitzer nun schon seit fünfzehn Jahren gehüllt hatte und der schon so manchen Sturm erlebt hatte, wie es in dem damals so beliebten Lied heißt. Zu dem Waterloo-Feldzug hatte er ihn sich neu angeschafft und in der Nacht nach Quatre-Bras mit George zusammen darunter gelegen.

Der alte Burcke, der Wirt, trat herzu. Dann kam Franz mit weiterem Gepäck, dem letzten, zuletzt folgte Major William. Burcke wollte ihn umarmen. Der Major wurde von allen verehrt, die mit ihm zu tun hatten. Nur mit Mühe konnte er sich nun den Liebesbezeigungen entziehen.

„Er reist wahrhaftig ab!" schrie Georgy laut. „Gib ihm das hier!" sagte Becky teilnahmsvoll und schob dem Jungen einen Zettel in die Hand. In einer Minute war er die Treppe hinuntergesaust und quer über die Straße gestürzt. Der gelbe Postillon knallte schon vorsichtig mit der Peitsche.

Aus der Umarmung des Wirts hatte William sich in den Wagen gerettet. George sprang ihm nach und warf ihm die Arme um den Hals (wie sie oben vom Fenster aus sahen) und begann ihm tausend Fragen zu stellen. Dann griff er in die Westentasche und übergab ihm das Briefchen. William griff eifrig danach, öffnete es zitternd, doch sofort änderte sich sein Gesichtsausdruck. Er zerriß das Papier und warf es aus dem Wagen. Er küßte Georgy auf die Stirn, und mit Franzens Hilfe stieg der Junge aus, beide Fäuste geballt vor den Augen. Zögernd hielt er sich noch am Schlag fest. Fort, Schwager! Der gelbe Postillon ließ die Peitsche herrlich knallen; Franz sprang auf den Bock, und los trabten die Schimmel. Dobbin war der Kopf auf die Brust gesunken. Er blickte nicht einmal auf, als sie unter Amelias Fenster vorbeifuhren. Georgy stand nun ganz allein auf der Straße. Da brach er vor allen Leuten in Tränen aus.

Noch in der Nacht hörte Amelias Zofe ihn weinen und brachte ihm zum Trost eingemachte Aprikosen. Dabei vermischte sie ihre Klagen mit den seinen. Alle armen, alle niedrigen, alle ehrlichen Leute, alle guten Menschen, die den Major kannten, liebten diesen gutherzigen, einfachen Mann.

Und Amelia? Hatte sie nicht ihre Pflicht getan? Sie konnte sich mit Georges Bild trösten!

67. Kapitel

Ein Kapitel mit Geburts-, Heirats- und Todesanzeigen

Welcher Art Beckys geheimer Plan auch sein mochte, durch den Dobbins treue Liebe von Erfolg gekrönt werden sollte, so eilig war es damit jedenfalls nicht, meinte die kleine Frau. Denn weit mehr als das Wohlergehen anderer interessierte sie ihr eigenes Geschick, und sie hatte jetzt gerade vielerlei zu bedenken, was sie selbst anging und ihr weit wichtiger war als das Lebensglück des Majors.

Plötzlich und unerwartet sah sie sich in ein hübsches, behagliches Quartier versetzt, umgeben von liebevollen Freunden, so gutherzigen, einfachen Menschen, wie sie ihr schon lange nicht mehr begegnet waren. Wenn sie auch gar nicht so ungern in der Welt herumzog, wie die Umstände es verlangten, so gab es doch auch Zeiten, da ihr die Ruhe sehr angenehm war. Auch der zäheste Araber, der je auf dem Buckel eines Dromedars durch die Wüste getrabt ist, ruht sich manchmal gern unter Dattelpalmen an einer Quelle aus, oder er liebt es, in der Stadt durch Bazare zu schlendern, sich im Bad zu erfrischen und in der Moschee zu beten, ehe er wieder auf seine Plünderungszüge ausgeht. Joes Zelte und sein Pilau gefielen der kleinen Ausgestoßenen sehr gut. Sie band ihr Roß an, hing die Waffen auf und wärmte sich an seinem gemütlichen Feuer. Diese Ruhepause in ihrem rastlosen, unsteten Leben war für sie unaussprechlich schön und trostreich.

So versuchte sie nun, selbst zufrieden, mit aller Macht auch alle anderen zufrieden zu machen, und wir wissen, daß sie in der Kunst, anderen Vergnügen zu bereiten, außerordentlich geschickt und erfolgreich war. Schon in der kurzen Unterredung mit Joe in der Dachkammer des „Elefanten" hatte sie Mittel und Wege gefunden, ein gut Teil seines Wohlwollens wiederzugewinnen. Im Laufe einer Woche war der Zivilist zu ihrem ergebenen Sklaven und grenzenlosen Bewunderer geworden. Er schlief nicht mehr nach Tisch, wie es in Amelias weniger anregender Gesellschaft seine Gewohnheit gewesen war. Er fuhr mit ihr im offenen Wagen spazieren. Ihr zu Ehren veranstaltete er kleine Gesellschaften und Festlichkeiten. Der Legationssekretär Tapeworm, der sie so grausam geschmäht hatte, kam zu Joe zum Diner, und danach erschien er jeden Tag, um Becky seine Aufwartung zu machen. Die arme Amelia, die nie sehr unterhaltsam gewesen war und nun nach Dobbins Abreise trübseliger und schweigsamer war denn je, geriet bei dem Auftreten dieses helleren Sterns völlig in Vergessenheit. Der französische Gesandte war von Becky ebenso entzückt wie sein englischer Rivale. Die deutschen Damen, die es mit der Moral – besonders bei Engländerinnen – nicht so genau nahmen, waren begeistert von der Klugheit und dem Witz von Mrs. Osbornes reizender Freundin. Wenn sie auch nicht bei Hof vorgestellt werden wollte, so hörten doch die erhabenen, durchlauchtigen Persönlichkeiten von ihrem Zauber und brannten darauf, sie kennenzulernen. Es sprach sich herum, daß sie von adliger Herkunft war und zu einer alten englischen Familie gehörte und daß ihr Gatte Oberst bei der Leibgarde, Exzellenz und Gouverneur einer Insel war. Zwar lebte sie wegen unbedeutender Differenzen von ihm getrennt; doch ist das in einem Lande, wo man noch den *Werther* liest und wo Goethes *Wahlverwandtschaften* als ein erbauliches Buch angesehen werden, nur von geringer Bedeutung. So kam es, daß niemand daran dachte, ihr den Zutritt zu den höchsten Gesellschaftskreisen des kleinen Herzogtums zu verwehren. Die Damen boten ihr sogar noch schneller das Du an und waren noch eher bereit, ihr ewige Freundschaft zu schwören, als sie es bei Amelia gewesen waren, da sie ihr dieselben unschätzbaren Wohltaten erwiesen hatten. Liebe und Freiheit werden von jenen einfachen Deutschen in einer Art gedeutet, von der die guten Leute in Yorkshire und Somersetshire nur wenig verstehen. In manchen philosophischen Kreisen hochzivilisierter Städte kann sich eine Dame noch so oft von ihren Ehemännern scheiden lassen, und sie behält doch ihren guten Ruf vor der Gesellschaft. Seit Joe ein eignes Haus führte, war es dort noch nie so lustig zugegangen wie jetzt, da Rebekka dort war. Sie sang, lachte und plauderte in mehreren Sprachen, brachte allerlei Leute mit und erweckte in Joe den Glauben, es sei auf sein eignes bedeutendes gesellschaftliches Talent und seinen Witz zurückzuführen, daß sich die vornehme Gesellschaft des Ortes um ihn versammelte.

Amelia stellte auf einmal fest, daß sie keineswegs mehr Herrin in ihrem Hause war, außer es waren Rechnungen zu bezahlen. Doch Becky fand bald heraus, wie sie sie besänftigen und ihr zu Gefallen sein konnte. Sie redete mit ihr dauernd von dem Major, den Amelia fortgejagt hatte, und trug keine Bedenken, ihrer Bewunderung für diesen vortrefflichen, hochgesinnten Mann Ausdruck zu geben. Sie warf Amelia sogar vor, sie habe sich ihm gegenüber unerhört grausam benommen. Amelia verteidigte dann ihr Verhalten und wies darauf hin, daß sie nur von den reinsten, christlichsten Grundsätzen geleitet worden war, daß eine Frau nur einmal – und so weiter, daß sie auf immer an den Mann gebunden sei, wenn sie mit einem solchen Engel verheiratet gewesen sei, wie sie das Glück gehabt habe. Doch hatte sie nichts dagegen, den Major so eifrig loben zu hören, wie Becky es tat. Ja, sie brachte jeden Tag wohl an die zwanzigmal das Gespräch auf Dobbin.

Um Georgys Gunst und die der Dienerschaft zu gewinnen, fanden sich bald Mittel und Wege. Amelias Zofe war, wie wir schon sagten, dem großmütigen Major von ganzem Herzen ergeben. Nachdem sie zunächst Becky ungern gesehen hatte, weil sie der Anlaß gewesen war, daß er ihre Herrin verließ, söhnte sie sich jedoch bald mit Mrs. Crawley aus, als diese William so eifrig bewunderte und verteidigte. In jenen wichtigen, geheimen Beratungen, die die beiden Damen nach den Gesellschaften abhielten und bei denen Miss Payne ihnen das Haar bürstete, der einen die blonden Locken und der anderen die weichen braunen Flechten, legte das Mädchen stets ein Wort für den lieben, guten Herrn Major ein. Ihre Verteidigung verdroß Amelia ebensowenig wie Rebekkas Bewunderung für ihn. Sie sorgte dafür, daß George ihm häufig schrieb, und bestand darauf, daß er zum Schluß stets herzliche Grüße von der Mama bestellte. Wenn sie abends das Bild ihres Mannes betrachtete, las sie keine Vorwürfe mehr heraus. Vielleicht machte sie ihm jetzt Vorwürfe, daß William fort war.

Nach ihrem heroischen Opfer war Amelia nicht sehr glücklich. Sie war sehr zerstreut, nervös, schweigsam und schwer zufriedenzustellen. Noch nie hatten die andern sie so verdrießlich gesehen. Sie wurde blaß und kränklich. Oft übte sie gewisse Lieder wie *Einsam bin ich, nicht alleine*, jenes zärtliche Liebeslied von Weber; denn auch in alten Zeiten, als Sie, meine jungen Damen, noch kaum geboren waren, wußte man zu lieben und zu singen! Immer waren es Lieder, die dem Major besonders gut gefallen hatten. Sie trällerte sie in der Dämmerung im Salon; doch oft brach sie mitten drin ab und ging dann in ihr Zimmer, wo sie zweifellos bei dem Miniaturbild ihres Gatten Zuflucht suchte.

Bei Dobbins Abreise waren einige Bücher zurückgeblieben, in denen sein Name stand, so zum Beispiel ein deutsches Wörterbuch mit „William Dobbin, . . . tes Regiment“ auf der ersten Seite, ein Reiseführer mit seinen Initialen und noch ein paar andere Bücher, die ihm gehörten. Amelia räumte sie weg und legte sie auf die Kommode, wo ihr Handarbeitskasten, ihre Schreibmappe, ihre Bibel und ihr Gebetbuch unter den Bildern der beiden Georges lagen. Außerdem hatte der Major bei der Abfahrt seine Handschuhe zurückgelassen. Als Georgy später einmal im Schreibtisch seiner Mutter kramte, fand er doch tatsächlich die Handschuhe sauber zusammengefaltet in einem sogenannten Geheimfach.

Da Amelia sich aus Gesellschaften nichts machte und dort meist Trübsal blies, war es an den warmen Sommerabenden ihr Hauptvergnügen, mit Georgy lange Spaziergänge zu unternehmen. Rebekka wurde unterdessen Mr. Josefs Gesellschaft überlassen. Dann sprachen Mutter und Sohn häufig über den Major, und zwar in einer Art und Weise, die sogar dem Jungen ein Lächeln abnötigte. Sie sagte, sie sei der Ansicht, Major William sei der beste Mensch auf der Welt, der sanfteste, gütigste, tapferste und bescheidenste. Immer wieder erzählte sie ihm, daß sie alles, was sie überhaupt besäßen, der gütigen Fürsorge dieses liebevollen Freundes verdankten, daß er ihnen durch alle Zeiten der Armut und des Unglücks ein treuer Freund gewesen sei, der sich um sie gekümmert habe, als niemand für sie gesorgt hätte, daß all seine Kameraden ihn bewunderten, obwohl er nie von seinen eigenen Heldentaten spreche, daß Georgys Vater ihm mehr vertraut habe als allen anderen und daß der gute William ihm der treueste Freund gewesen sei. „Als dein Papa ein kleiner Junge war“, sagte sie, „hat er mir oft erzählt, daß William ihn gegen einen Tyrannen an der Schule, die sie besuchten, verteidigt hat. Und von dem Tage an bestand die

Freundschaft bis zu jenem letzten, an dem dein lieber Vater fiel."

„Hat Dobbin den Mann getötet, der Papa getötet hat?" fragte Georgy. „Bestimmt hat er das getan oder würde es getan haben, wenn er ihn erwischt hätte, nicht wahr, Mutter? Wenn ich erst beim Heer bin, dann will ich die Franzosen aber hassen!"

Mit solchen Gesprächen verbrachten Mutter und Kind viele Stunden. Die unschuldige Frau hatte den Knaben zu ihrem Vertrauten gemacht. Er war ebensosehr Williams Freund wie jeder andere, der ihn gut kannte.

Übrigens hatte Mrs. Becky, um Amelia nichts an Sentimentalität nachzugeben, auch ein Miniaturbild in ihrem Zimmer hängen, zur großen Überraschung und Belustigung der meisten Leute und zum Entzücken des Urbildes, das niemand anders war als unser Freund Joe. Als die kleine Frau die Sedleys das erstemal mit ihrem Besuch beehrte, hatte sie sich vielleicht ihrer bescheidenen Koffer und Hutschachteln geschämt (sie war mit ausgesprochen schäbigem, kleinem Gepäck angekommen). Sie sprach daher oft mit großer Wichtigkeit von ihrem Gepäck, das in Leipzig zurückgeblieben war und das sie sich von dort nachkommen lassen mußte. Wenn ein Reisender dir dauernd von seinen glanzvollen Koffern erzählt, die er zufällig nicht bei sich hat, mein Sohn, dann hüte dich vor diesem Reisenden! Ich wette zehn zu eins, daß er ein Betrüger ist!

Weder Joe noch Amelia kannten diese wichtige Grundregel. Es schien ihnen bedeutungslos, ob Becky eine Unmenge feiner Kleider in unsichtbaren Koffern besaß. Da ihr augenblicklicher Vorrat äußerst schäbig war, stellte Amelia ihr den eigenen Kleiderschrank zur Verfügung, oder sie ging mit ihr zur besten Putzmacherin des Ortes und stattete sie dort aus. Jetzt gab es keine zerrissenen Kragen mehr, das versichere ich euch, und keine verblichene Seide, die ihr von den Schultern rutschte. Mit der veränderten Lebenslage änderte Becky auch ihre Gewohnheiten. Das Schminktöpfchen wurde weggestellt, ebenso wie ein anderes Anregungsmittel, das sie höchstens noch ganz privatim anwendete, so zum Beispiel wenn Joe an Sommerabenden, falls Amelia und der Junge spazierengegangen waren, sie bewog, ein wenig Kognak zu trinken. Wenn sie auch nicht viel davon genoß, so tat es doch der Kutscher. Der Halunke Kirsch war nicht von der Flasche wegzubringen. Manchmal war er selbst erstaunt, wie schnell Mr. Sedleys Kognak zu Ende ging. Aber lassen wir das! Es ist ein wunder Punkt! Jedenfalls genoß Becky jetzt, da sie bei einer anständigen Familie lebte, wahrscheinlich nicht mehr soviel davon wie früher.

Endlich trafen die vielbesprochenen Koffer aus Leipzig ein. Drei davon waren keineswegs groß oder prächtig. Auch schien Becky ihnen keinerlei Kleider oder Schmuck zu entnehmen. Nur aus einem, der eine Unmenge Papiere enthielt (es war der gleiche, den Rawdon Crawley bei seiner wütenden Suche nach Beckys verstecktem Geld geplündert hatte), nahm Becky voll größter Freude ein Bild, das sie in ihrem Zimmer aufhängte und alsbald Joe vorführte. Es war das Bleistiftporträt eines Herrn. Sein Gesicht war vorteilhaft rosa koloriert. Er ritt auf einem Elefanten vor einem Hintergrund mit Kokospalmen und einer Pagode, also einer orientalischen Landschaft.

„Gott behüte meine Seele! Das ist ja mein Porträt!“ rief Joe aus. Er war es in der Tat, strahlend vor Jugend und Schönheit, in einer Leinenjacke nach der Mode von 1804. Es war das alte Bild, das einst am Russel Square gehangen hatte.

„Ich habe es gekauft“, erklärte Becky mit vor Bewegung schwankender Stimme; „ich ging damals hin, um zu sehen, ob ich meinen gütigen Freunden irgendwie von Nutzen sein könnte. Von diesem Bild habe ich mich nie getrennt, und ich werde mich nie von ihm trennen!“

„Wirklich nicht?“ rief Joe mit einem Blick unaussprechlicher Freude und Genugtuung. „Haben Sie wirklich um meinetwillen soviel Wert darauf gelegt?“

„Das wissen Sie selbst gut genug“, erwiderte Becky; „aber warum davon sprechen, warum daran denken, warum zurückblicken? Jetzt ist es doch zu spät!“

An diesem Abend war die Unterhaltung für Joe ein köstlicher Genuß. Amelia kam nur kurz herein und ging sofort zu Bett, weil sie sehr müde war und sich gar nicht wohlfühlte. Joe und sein schöner Gast hatten also ein reizendes Tete-a-Tete. In ihrem Zimmer, in dem Amelia wach lag, konnte sie hören, wie Rebekka Joe wieder die alten Lieder von 1815 vorsang. Vor Staunen konnte er in dieser Nacht dann ebensowenig schlafen wie Amelia.

Es war Juni und folglich Saison in London. Joe studierte täglich eingehend den *Galignani*, den besten Freund der Verbannten, und bot zuweilen beim Frühstück den Damen Auszüge aus der Zeitung. Allwöchentlich brachte dieses Blatt einen ausführlichen Bericht über die Truppenverschiebungen, für den sich Joe als ein Mann, der Pulver gerochen hatte, besonders interessierte. Einmal las er vor:

„Ankunft des ... ten Regiments. Gravesend, 20. Juni. – Der Ostindiendampfer ‚Ramchunder' ist heute morgen in den Fluß eingelaufen mit vierzehn Offizieren und einhundertzweiunddreißig Mann dieses tapferen Korps an Bord. Sie sind vierzehn Jahre lang fern der Heimat gewesen, da sie in dem Jahr nach Waterloo sofort eingeschifft wurden, nachdem sie an diesem ruhmreichen Kampf tätigen Anteil genommen hatten. Späterhin haben sie sich dann im Burma-Krieg ausgezeichnet. Ihr ehrwürdiger Oberst, Sir Michael O'Dowd, Ritter des Bath-Ordens, ist gestern mit seiner Gattin und seiner Schwester hier gelandet, zusammen mit den Hauptleuten Posky, Stubble, Macraw und Malony, den Leutnants Smith, Jones, Thompson und F. Thomson, den Fähnrichen Hicks und Grady. Die Kapelle auf dem Landungssteg spielte die Nationalhymne, und die Menge brach in laute Beifallsrufe aus, als die tapferen Veteranen sich nach Waytes Hotel begaben, wo für die Verteidiger Alt-Englands ein glänzendes Festmahl bereit stand. Während des Mahles, das selbstverständlich in Waytes bestem Stil serviert wurde, dauerte das begeisterte Beifallsrufen an, bis Lady O'Dowd und der Oberst auf den Balkon hinaustraten und einen Becher von Waytes bestem Rotwein auf das Wohl ihrer Landsleute leerten."

Bald darauf las Joe eine kurze Mitteilung: Major Dobbin sei in Chatham zu dem ... ten Regiment gestoßen. Später verbreitete *Galignani* Berichte, wie Oberst Sir Michael O'Dowd, Ritter des Bath-Ordens, Lady O'Dowd (durch Mrs. Molloy Malony von Ballymalony) und Miss Glorvina O'Dowd (durch Lady O'Dowd) bei Hofe vorgestellt worden seien. Ganz kurz danach erschien Dobbins Name in der Liste der Oberstleutnants. Der alte Tiptoff war während der Rückreise des ... ten Regiments von Madras verstorben, und so hatte der König geruht, Oberst Sir Michael O'Dowd bei der Rückkehr nach England in den Rang eines Generalmajors zu erheben, ihm aber trotzdem das Kommando des ausgezeichneten Regiments, das er so lange geführt hatte, zu belassen.

Von einigen dieser Ereignisse hatte auch Amelia gehört. Der Briefwechsel zwischen George und seinem Vormund hatte keineswegs aufgehört. William hatte seit seiner Abreise sogar ihr ein- oder zweimal geschrieben, jedoch in so ungezwungen kühlem Ton, daß die arme Frau nun merkte, sie hatte alle Macht über ihn verloren, und er war wirklich frei, wie er gesagt hatte. Er hatte sie verlassen, und nun war sie unglücklich. Immer wieder drängten sich ihr die Erinnerungen an seine unzähligen Dienste, an seine hohe, achtungsvolle Liebe auf und peinigten sie Tag und Nacht. Wie es ihre Gewohnheit war, sann sie diesen Erinnerungen grübelnd nach. Jetzt erkannte sie die Reinheit und Schönheit dieser Liebe, mit der sie gespielt hatte, und machte sich bittere Vorwürfe, daß sie solch einen Schatz so gleichgültig weggeworfen hatte.

Er war in der Tat dahin. William hatte ihn verbraucht. Er liebte sie nicht mehr so, wie er sie vorher geliebt hatte, so schien es ihm. So sehr könnte er sie nie mehr lieben. Diese treue Neigung, die er ihr so viele Jahre lang dargeboten hatte, ließ sich nicht einfach wegwerfen und zerbrechen und dann wieder flicken, so daß keine Schrammen daran zu sehen waren. Der kleine Tyrann hatte sie achtlos vernichtet. Nein, William dachte immer wieder: Ich habe mich selbst getäuscht und hartnäckig betrogen. Wäre sie der Liebe, die ich ihr schenkte, würdig gewesen, dann hätte sie sie längst erwidert. Es war ein teurer Irrtum. Besteht aber nicht das ganze Leben aus solchen Fehlern? Und gesetzt den Fall, ich hätte sie gewonnen, wäre dann nicht am Tage nach meinem Sieg der Zauber gebrochen gewesen? Warum soll ich meine Niederlage beklagen oder mich ihrer schämen? Je mehr er über diesen langen Abschnitt seines Lebens nachdachte, desto klarer wurde ihm, daß er sich getäuscht hatte. Ich muß wieder ins Geschirr, dachte er, und meine Pflicht da tun, wo mich das Schicksal hingestellt hat. Ich werde darauf achten, daß die Knöpfe der Rekruten ordentlich geputzt sind und daß die Sergeanten in ihren Berichten keine Fehler machen. Ich werde im Kasino essen und dem schottischen Arzt zuhören, wenn er seine Geschichten erzählt, und wenn ich alt und gebrochen bin, werde ich mich auf halben Sold setzen lassen, und meine alten Schwestern werden auf mich schelten. Ich habe „geliebt und gelebt", wie das Mädchen im *Wallenstein* sagt. Ich bin fertig! – „Bezahl die Rechnung, Francis, hol mir eine Zigarre und sieh nach, was es heute abend im Theater gibt. Morgen fahren wir mit der ‚Batavia' hinüber." Diese Rede, von der Francis nur die letzten beiden Zeilen hörte, hielt er in Rotterdam, während er auf dem Boompjes auf und ab ging. Die

„Batavia" lag im Hafenbecken. Er konnte die Stelle auf dem Achterdeck sehen, wo er mit Amelia auf der glücklichen Hinreise gesessen hatte. Was hatte diese kleine Mrs. Crawley ihm wohl zu sagen? Ach was, morgen stechen wir in See und kehren nach England zurück, zur Heimat und zur Pflicht.

Ende Juni pflegte sich die ganze kleine Hofgesellschaft von Pumpernickel nach deutscher Sitte in hundert Badeorte zu zerstreuen. Dort trank man Brunnen, ritt auf Eseln spazieren, spielte bei den Redouten, wenn man Geld und Lust dazu hatte, stürzte sich mit hundert anderen auf die Genüsse der Table d'hote und vertrieb sich sonstwie den Sommer. Die englischen Diplomaten gingen nach Teplitz und Kissingen, und auch ihre französischen Rivalen schlossen die Kanzlei und eilten an ihren geliebten Boulevard de Gand. Auch die erlauchte Herrscherfamilie begab sich ins Bad oder zog sich auf ein Jagdschloß zurück. Jeder, der Anspruch darauf erhob, zu den Vornehmen gerechnet zu werden, verreiste, unter ihnen natürlich auch der Hofarzt Dr. Glauber mit seiner Baronesse. Die Kursaison war für die Praxis des Doktors die einträglichste Zeit. Zudem konnte er dabei das Geschäft mit dem Vergnügen vereinen. Zumeist ging er nach dem von vielen Deutschen besuchten Ostende, wo der Doktor und sein Ehegespons Seebäder nahmen.

Sein interessanter Patient Joe war eine richtige Milchkuh für den Arzt. Es machte ihm keine Schwierigkeiten, dem Zivilisten einzureden, daß sie sowohl um seiner selbst willen wie auch seiner reizenden Schwester wegen, deren Gesundheit wirklich sehr erschüttert war, den Sommer am besten in dieser häßlichen Hafenstadt verbringen würden. Georgy war begeistert von dem Gedanken einer Veränderung. Für Becky war es eine Selbstverständlichkeit, daß sie den vierten Platz in der eleganten Kutsche einnahm, die Mr. Joe gekauft hatte. Die beiden Bedienten saßen draußen auf dem Bock. Der Gedanke, daß sie dort alte Freunde treffen könnte, bereitete ihr zwar ein leichtes Unbehagen, aber ach was! Mochten sie auch häßliche Geschichten über sie erzählen, sie war stark genug, um sich zu behaupten! Ihr Anker Joe hielt jetzt so fest, daß es schon eines starken Sturmes bedurft hätte, um ihn zu erschüttern. Der Vorfall mit dem Bild hatte ihm den Rest gegeben. So packte Becky denn ihren Elefanten in den kleinen Koffer, den sie vor langen Jahren einmal von Amelia bekommen hatte. Auch Amelia nahm ihre Hausgötter, die beiden Bilder, mit. Und schließlich landete man in einem außerordentlich teuren und dafür wenig behaglichen Hotel in Ostende.

Amelia begann Bäder zu nehmen und die Gelegenheit so gut wie möglich auszunützen. Obwohl Dutzende von Bekannten an Becky vorübergingen und sie nicht beachteten, merkte Mrs. Osborne, die niemanden kannte, auf den gemeinsamen Spaziergängen nichts davon, wie man jene Frau behandelte, die sie sich so weise zur Gefährtin auserwählt hatte. Auch hielt Becky es nicht für nötig, ihr zu erzählen, was unter ihren Unschuldsaugen vor sich ging.

Nur einige von Mrs. Rawdon Crawleys Bekannten näherten sich ihr bereitwilligst; vielleicht schneller, als sie es sich gewünscht hätte. Unter ihnen war Major Loder (ohne Regiment) und Hauptmann Rook (früher bei den Schützen). Man konnte sie täglich am Deich sehen, wo sie rauchten und den Frauen nachschauten. Sehr bald fanden sie Zutritt zu dem auserlesenen Kreis um den gastfreien Mr. Sedley. Sie ließen einfach keine Absage gelten, drangen in das Haus ein, ganz gleich, ob Becky da war oder nicht, verbreiteten dort den Duft ihrer Röcke und Schnurrbärte, nannten Joe „alter Kerl“, fielen über seine Mittagstafel her und lachten und tranken stundenlang.

„Was mögen sie nur meinen?“ fragte Georgy. Ihm gefielen diese Herren nicht. „Gestern habe ich gehört, wie der Major zu Mrs. Crawley sagte: ‚Nein, nein, Becky, Sie sollen den alten Kerl nicht allein für sich haben! Wir wollen auch unsere Finger in diesem Spiel haben, oder, verdammt noch mal, ich breche mit Ihnen!‘ Was kann der Major wohl gemeint haben, Mama?“

„Major! Nenn den Kerl nur nicht Major!“ rief Amelia. „Ich weiß wirklich nicht, was er damit gemeint hat.“ Seine Gegenwart und die seines Freundes flößten der kleinen Frau unerträglichen Schrecken und Widerwillen ein. Sie machten ihr trunkene Komplimente und schielten bei Tische lüstern nach ihr hin. Der Hauptmann machte ihr Anträge, die sie mit gräßlichem Entsetzen erfüllten. Jetzt trat sie ihm nur noch gegenüber, wenn sie Georgy an ihrer Seite hatte.

Auch Rebekka wollte nicht – wir müssen ihr Gerechtigkeit widerfahren lassen –, daß diese Herren allein mit Amelia zusammentrafen. Der Major hatte gleichfalls nichts anderes vor als der Hauptmann und schwor, am Ende werde er sie doch noch gewinnen. So kämpften die beiden Schufte um das unschuldige Geschöpf, spielten an ihrem eigenen Tisch um sie.

Wenn Amelia sich der Absichten der Schurken auch nicht bewußt war, so empfand sie doch Unbehagen und Angst in ihrer Gegenwart und wäre am liebsten vor ihnen geflohen.

Flehentlich bat sie Joe, mit ihr nach Hause zu fahren. Doch Josef wollte nicht. Er war langsam in seinen Bewegungen, an seinen Arzt gebunden und wurde vielleicht auch noch an einem anderen Gängelband gehalten. Jedenfalls brannte Becky gar nicht darauf, nach England zurückzukehren.

Schließlich faßte Amelia einen großen Entschluß und stürzte sich kopfüber in die Wellen. Sie schrieb an einen Freund auf der anderen Seite des Wassers, doch sprach sie zu niemandem über diesen Brief. Unter ihren Schal versteckt, trug sie ihn selbst zur Post, so daß niemand etwas davon merkte. Nur sah sie ganz rot und erregt aus, als Georgy ihr begegnete. Am Abend küßte und umarmte sie ihn immer wieder. Nach der Rückkehr von dem Spaziergang kam sie nicht wieder aus ihrem Zimmer heraus. Becky glaubte, das liege an Major Loder und dem Hauptmann, vor denen sie sich fürchtete.

Sie darf nicht hierbleiben, überlegte Becky, sie muß fort, die dumme kleine Närrin. Sie weint doch immer noch um ihren Einfaltspinsel von Mann, der nun schon fünfzehn Jahre tot ist. Geschah ihm recht! Sie soll keinen von diesen beiden heiraten. Es ist wirklich zu schlecht von Loder. Nein, sie soll den Rohrstock heiraten. Das werde ich heute abend noch ins reine bringen!

So brachte Becky also Amelia eine Tasse Tee in ihr Zimmer. Sie fand die Gute über ihren Miniaturbildern, unruhig und schwermütig. Sie stellte die Tasse hin.

„Danke schön!“ sagte Amelia.

„Hör zu, Amelia“, begann Becky, indem sie im Zimmer auf und ab ging und die andere mit freundlicher Verachtung betrachtete. „Ich möchte mit dir reden. Du mußt fort von hier, wo du den Unverschämtheiten dieser Männer ausgesetzt bist. Ich will nicht, daß sie dich belästigen. Aber wenn du bleibst, werden sie dich beleidigen. Ich sage dir, es sind Schufte, Männer, wie man sie eigentlich auf die Galeeren schickt. Kümmere dich nicht darum, woher ich sie kenne. Ich kenne alle Leute. Joe kann dich nicht beschützen. Er ist zu dick und zu schwach und brauchte selbst einen Beschützer. Du bist genausowenig für ein Leben in dieser Welt geeignet wie ein Säugling. Du mußt heiraten, oder du wirst noch mit deinem kostbaren Jungen zugrunde gehen! Du brauchst einen Mann, du kleiner

Dummkopf! Einer der besten Männer, die ich je kennengelernt habe, hat sich dir hundertmal angeboten, aber du hast ihn zurückgewiesen, du dummes, herzloses, undankbares Geschöpf!"

„Ich habe doch mein möglichstes versucht! Wirklich, Rebekka!" erwiderte Amelia beschwichtigend, „aber ich konnte nicht vergessen!..." und sie beendete den Satz mit einem Blick auf das Bild.

„Ihn nicht vergessen!" rief Becky aus, „diesen egoistischen Narren, diesen unerzogenen, gewöhnlichen Stutzer, diesen auswattierten Dummkopf, der weder über Witz noch Manieren noch Herz verfügte und der mit deinem Freund mit dem Rohrstock ebensowenig zu vergleichen war wie du mit der Königin Elisabeth! Der Mann hatte ja schon genug von dir und hätte dich sitzenlassen, wenn Dobbin ihn nicht gezwungen hätte, sein Wort zu halten. Er hat es mir eingestanden! Aus dir hat er sich nie etwas gemacht. Wie oft hat er vor mir über dich gespottet, und eine Woche, nachdem er dich geheiratet hatte, machte er mir schon den Hof!"

„Das ist nicht wahr! Du lügst, Rebekka!" fuhr Amelia auf.

„Schau her, du Törin!" sagte Becky, immer noch aufreizend gutgelaunt, und zog einen Zettel aus dem Gürtel, entfaltete ihn und warf ihn Amelia in den Schoß. „Du kennst ja seine Handschrift. Er schrieb mir diesen Brief, als er wollte, daß ich mit ihm auf und davon ginge, und gab ihn mir vor deinen Augen einen Tag, ehe er fiel, und das geschah ihm recht!" wiederholte Becky.

Amelia hörte nichts von dem, was sie sagte. Sie starrte auf den Brief. Es war derselbe, den George, in das Bukett versteckt, Becky auf dem Ball der Herzogin von Richmond gegeben hatte. Es war so, wie sie sagte: der närrische junge Mann hatte sie aufgefordert, mit ihr zu fliehen.

Amelias Haupt sank ihr auf die Brust, und zum letztenmal in dieser Geschichte begann sie zu weinen. Der Kopf sank ihr immer tiefer; die Hände vor die Augen gedrückt, saß sie eine Weile da und ließ ihren Gefühlen freien Lauf, während Becky neben ihr stand und sie betrachtete. Wer könnte genau sagen, ob diese Tränen süß oder bitter waren? War es ihr größter Kummer, daß das Götzenbild, das ihr Leben ausgemacht hatte, zu Boden gestürzt und zu ihren Füßen zerbrochen war, oder war sie froh, weil nun die Schranke gefallen war, die die Zurückhaltung zwischen ihr und einer neuen, wahren Liebe errich-

tet hatte? Jetzt verbietet mir nichts mehr, von ganzem Herzen zu lieben, dachte sie. Oh, ich will ihn lieben, wenn er es mir nur erlaubt und mir vergibt! Ich glaube allerdings, dieses Gefühl überwog alle anderen, die das sanfte kleine Herz bewegten.

Sie weinte gar nicht so sehr, wie Becky erwartet hatte. Becky tröstete sie und küßte sie – ein seltenes Zeichen von Zuneigung bei ihr! Sie behandelte Amelia wie ein Kind und streichelte ihr den Kopf. „Und nun wollen wir Tinte und Feder holen und ihm augenblicklich schreiben, daß er kommen soll!" sagte sie.

„Ich – ich habe ihm ja heute morgen schon geschrieben", sagte Amelia und wurde über und über rot.

Becky brach in schallendes Gelächter aus. „Un biglietto!" sang sie mit Rosina, „eccolo quà!" Und ihr schriller Gesang hallte im ganzen Haus wider.

Am zweiten Tage nach dieser kleinen Szene tobten draußen wüster Sturm und Regen. Amelia hatte die ganze Nacht kaum geschlafen, sondern dem Brausen des Windes gelauscht. Voller Mitleid gedachte sie der Reisenden, die jetzt zu Land oder See unterwegs waren. Dennoch erhob sie sich frühzeitig und wollte unbedingt mit Georgy auf dem Deich spazierengehen. Dort wandelte sie auf und ab, während der Regen ihr ins Gesicht schlug, und schaute gen Westen nach dem düsteren Horizont und über die riesigen Wogen hinweg, die schäumend auf die Küste zustürzten. Keiner von beiden sprach viel, nur hin und wieder richtete der Junge ein paar teilnehmende, ermutigende Worte an seine zaghafte Begleiterin.

„Hoffentlich kommt er bei solchem Wetter nicht herüber!" meinte Amelia.

„Ich wette zehn zu eins, daß er kommt!" versetzte der Junge. „Schau, Mutter, da ist der Rauch eines Dampfschiffes zu sehen!" Und er hatte recht damit.

Mochte der Dampfer auch unterwegs sein, er brauchte ja nicht an Bord zu sein, er könnte den Brief nicht bekommen haben, er wollte vielleicht gar nicht kommen. Hunderterlei Befürchtungen überstürzten sich in dem kleinen Herzen, schnell wie die Wellen am Deich.

Nach dem Rauch kam das ganze Schiff in Sicht. Georgy besaß ein hübsches Teleskop, und dank seiner Geschicklichkeit konnte er damit auch wirklich das Schiff ausmachen. Dazu gab er die gehörigen seemännischen Erläuterungen, während das Schiff immer näher kam. Das Signal, daß ein englisches Dampfboot in Sicht sei, ging flatternd am Mast auf der Mole hoch, und Mrs. Amelias Herz flatterte mindestens ebenso heftig.

Sie versuchte, über Georgy hinweg durch das Fernrohr zu schauen, konnte aber nichts entdecken. Sie sah nur einen schwarzen Fleck, der sich vor ihren Augen auf und ab bewegte.

Nun ergriff Georgy wieder das Glas und verfolgte das Schiff. „Wie es schwankt!" sagte er. „Da geht wieder eine Welle klatschend über den Bug! Nur zwei Leute sind auf Deck außer dem Steuermann. Ein Mann liegt am Boden, und der andere ist ein Bursche – mit einem Mantel mit . . . hurra! Es ist wahrhaftig Dob!" Er klappte das Fernrohr zusammen und warf die Arme um die Mutter. Was sie tat, können wir am besten mit den Worten eines beliebten griechischen Dichters sagen, die auf deutsch lauten: „Ihr werdet lachen, und ich werde weinen!" Sie war sicher, daß es William war. Es konnte niemand anders sein. Was sie vorhin gesagt hatte, daß sie hoffe, er würde nicht kommen, war alles Heuchelei. Natürlich würde er kommen. Was könnte er anderes tun als kommen? Sie wußte, er würde kommen!

Das Schiff näherte sich schnell. Als sie zum Landungsplatz am Kai hinübergingen, zitterten Amelia so sehr die Knie, daß sie sich kaum vorwärts bewegen konnte. Am liebsten wäre sie niedergekniet zu einem Dankgebet. Ihr ganzes Leben lang würde sie nun Gott danken, meinte sie.

Das Wetter war so schlecht, daß keine Spaziergänger am Kai herumstanden, als das Schiff anlegte; kaum daß der Zollbeamte nach den wenigen Passagieren Ausschau hielt. Auch der junge Tunichtgut George war entflohen. Als der Herr in dem alten, rotgefütterten Mantel an Land trat, war so gut wie niemand da, der beobachtet hätte, was sich hier zutrug. Es war kurz folgendes:

Eine Dame mit triefendem weißem Hut und Schal kam mit ausgestreckten Armen auf ihn zu. Im nächsten Augenblick war sie völlig in den Falten des alten Mantels verschwunden und küßte inbrünstig seine eine Hand, während seine andere wahrscheinlich damit beschäftigt war, sie an sein Herz zu drücken, das ihr Kopf gerade eben erreichte, und zu verhindern, daß sie zu Boden sank. Sie murmelte so etwas wie: „Vergib, lieber William, lieber, lieber, liebster Freund, vergib! Küß mich, küß mich!" et cetera. Und unter dem Mantel redete sie weiter die absonderlichsten Dinge.

Als Amelia unter dem Mantel wieder auftauchte, hielt sie immer noch Williams Hand fest und schaute ihm ins Gesicht. Es war voller Trauer und zärtlicher Liebe und Mitleid. Sie verstand seinen Vorwurf und ließ den Kopf hängen.

„Es war wirklich Zeit, Amelia, daß du mich gerufen hast!" sagte er.

„Du gehst nie wieder fort, nicht wahr, William?"

„Nein, niemals!" antwortete er und drückte das liebe Seelchen noch einmal an sein Herz.

Als sie aus dem Zollhaus traten, kam George ihnen mit erhobenem Fernrohr entgegen und lachte ihnen ein lautes Willkommen zu. Er tanzte um das Paar herum und vollführte allerlei munteren Schabernack, während er sie zum Hotel geleitete. Joe war noch nicht auf; auch Becky war nicht zu sehen (obzwar sie durch die Vorhänge schaute). Georgy lief los, um sich um das Frühstück zu kümmern. Amelia, der Miss Payne im Korridor Hut und Schal abgenommen hatte, machte sich jetzt daran, Williams Mantel aufzuknöpfen – wir aber wollen, wenn es Ihnen recht ist, mit Georgy mitgehen und uns um das Frühstück für den Oberst kümmern! Das Schiff ist nunmehr in den Hafen eingelaufen. William hat den Preis bekommen, um den er sich sein ganzes Leben lang bemüht hat. Er hat den Vogel schließlich doch eingefangen. Da ist er, legt das Köpfchen an seine Schulter und girrt und schnäbelt mit weichen, flatternden Schwingen, dicht an seinem Herzen hingestreckt. Darauf hatte er achtzehn Jahre lang Tag und Nacht gewartet. Danach hatte er sich gesehnt. Somit ist er erreicht, der Gipfel, das Ende, die letzte Seite des Buches. Leben Sie wohl, Herr Oberst! Gott segne dich, ehrlicher William! Lebe wohl, liebe Amelia, grüne von neuem, du zarte, kleine Schlingpflanze, grüne um die alte rauhe Eiche herum, an die du dich schmiegst!

Vielleicht war es Reue gegenüber dem einfachen, freundlichen Geschöpf, das sie als erste im Leben verteidigt hatte, vielleicht war es auch nur Abneigung gegen alle sentimentalen Szenen – jedenfalls begnügte Rebekka sich mit ihrem Anteil an dem Geschehnis und trat Oberst Dobbin und der Frau, die er heiratete, nie mehr unter die Augen. „Dringende Geschäfte", wie sie sagte, riefen sie nach Brügge, wohin sie nun ihre Schritte lenkte. So waren bei der Trauung nur Georgy und sein Onkel zugegen. Als alles vorüber und Georgy mit den Eltern abgereist war, kehrte Mrs. Becky nur auf ein paar Tage zurück, um den einsamen Junggesellen Josef Sedley zu trösten. Er zöge es vor, auf dem Kontinent zu bleiben, erklärte er und lehnte es ab, mit der Schwester und deren Mann einen gemeinsamen Haushalt zu führen.

Im tiefsten Herzen war Amelia sehr froh, daß sie an ihren Mann geschrieben hatte, ehe sie von jenem Brief erfuhr. „Ich wußte es schon lange", sagte William. „Konnte ich indes von dieser Waffe gegen das Andenken des armen Burschen Gebrauch machen? Deshalb tat es mir so weh, du . . ."

„Sprich nie wieder von jenem Tag!" rief Amelia so demütig und zerknirscht aus, daß William das Gespräch sofort in andere Bahnen lenkte und von Glorvina und der guten alten Peggy

O'Dowd erzählte, mit denen er gerade zusammen gewesen war, als der Brief eintraf, der ihn zu ihr rief. „Wenn du mich nicht geholt hättest", fügte er lachend hinzu, „wer weiß, wie Glorvina dann jetzt hieße!"

Im Augenblick heißt sie Glorvina Posky (jetzt Frau Major Posky). Sie nahm ihn nach dem Tode seiner ersten Frau, da sie sich entschlossen hatte, nie jemanden zu heiraten, der nicht zum Regiment gehörte. Auch Lady O'Dowd hängt so an dem Regiment, daß sie einmal gesagt hat, falls ihrem Mick etwas zustoßen sollte, würde sie, bei Gott, zurückkommen und einen seiner Regimentskameraden heiraten. Dem Generalmajor geht es jedoch sehr gut; er führt ein glanzvolles Leben in O'Dowdstown, hält eine Koppel Jagdhunde und ist, abgesehen vielleicht von seinem Nachbarn Hoggarty auf Schloß Hoggarty, der Erste in seiner Grafschaft. Die Lady tanzt noch immer ihre wilden Tänze, und beim letzten Ball des Statthalters bestand sie darauf, einen solchen Tanz mit dem Oberstallmeister zu tanzen. Sowohl sie wie Glorvina erklärten, daß Dobbin sich sehr schäbig benommen habe; aber da Posky nun an seine Stelle getreten ist, war Glorvina schnell getröstet, und ein prächtiger Pariser Turban besänftigte dann auch Lady O'Dowds Zorn.

Als Oberst Dobbin kurz nach seiner Heirat aus dem Dienst schied, pachtete er einen hübschen kleinen Landsitz in Hampshire nicht weit von Queen's Crawley, wo Sir Pitt mit seiner Familie seit der Annahme des Reformgesetzes ständig lebt. An einen Aufstieg in den hohen Adel war nun gar nicht mehr zu denken, nachdem der Baron seine beiden Sitze im Parlament verloren hatte. Unter dieser Katastrophe hatten sowohl sein Geldbeutel wie auch seine Stimmung sehr gelitten. Er wurde kränklich und prophezeite den baldigen Untergang des britischen Weltreiches.

Lady Jane und Mrs. Dobbin wurden bald die besten Freundinnen. Es gab ein dauerndes Hin und Her mit dem Ponywagen zwischen dem Schloß und Haus Immergrün, das der Oberst seinem Freunde Ponto abgemietet hatte, der mit der Familie im Ausland lebte. Die Lady stand bei Mrs. Dobbins Kind Pate, das ihren Namen trug. Getauft wurde es von Ehrwürden James Crawley, der seinem Vater im Amt gefolgt war. Auch zwischen den beiden Jungen George und Rawdon bestand eine enge Freundschaft. In den Ferien fischten und jagten sie zusammen, beide traten in dasselbe College in Cambridge ein und stritten sich um Lady Janes Tochter, in die sie sich natürlich beide verliebten. Eine Verbindung zwischen George und der jungen Dame war seit langem ein Lieblingsplan der beiden Mütter, obwohl Miss Crawley selbst, wie ich hörte, mehr ihrem Vetter zugetan war.

In beiden Familien wurde Mrs. Rawdon Crawleys Name nie erwähnt. Es hatte seine guten Gründe, warum alle sich darüber in Schweigen hüllten. Denn wohin Mr. Josef Sedley auch ging, sie reiste ihm nach. Der verliebte Mann schien völlig zu ihrem Sklaven geworden zu sein. Der Anwalt des Obersten teilte Dobbin mit, das sein Schwager eine bedeutende Lebensversicherung abgeschlossen habe, woraus sich schließen ließ, daß er wahrscheinlich Geld aufgenommen hatte, um Schulden zu bezahlen. Er ließ sich den Urlaub von der Ostindischen Kompanie verlängern, und seine Kränklichkeit verschlimmerte sich tatsächlich mit jedem Tag.

Als Amelia von der Lebensversicherung hörte, erschrak sie sehr. Sie flehte ihren Mann an, nach Brüssel zu fahren, wo Joe gerade war, um zu erforschen, wie es mit dessen Angelegenheiten stehe. Nur ungern verließ der Oberst sein Haus; denn er war ganz vertieft in seine *Geschichte des Pandschab*, die ihn auch heute immer noch beschäftigt. Außerdem war er ängstlich besorgt um das vergötterte Töchterchen, das soeben die Windpocken überstanden hatte. Dennoch fuhr er nach Brüssel und fand Joe in einem der großen Hotels der Stadt. Mrs. Crawley, die einen Wagen besaß, Gesellschaften gab und in sehr vornehmem Stil lebte, bewohnte in dem gleichen Hotel ebenfalls eine Zimmerflucht.

Natürlich hatte der Oberst kein Verlangen danach, sie zu sehen. Auch hatte er es nicht für richtig gehalten, seine Ankunft in Brüssel anzukündigen. Nur Joe schickte er ganz privat eine Botschaft durch seinen Bedienten. Joe bat den Obersten, ihn am gleichen Abend aufzusuchen. Mrs. Crawley würde dann eine Soiree geben, und sie könnten sich allein treffen. Oberst Dobbin fand den Schwager in einem bemitleidenswerten Zustand. Er kränkelte und hatte furchtbare Angst vor Rebekka, wenn er sie auch eifrigst lobte. Sie hatte ihn im Verlauf einer Reihe noch nie dagewesener Krankheiten mit bewunderungswürdiger Treue gepflegt. Sie war zu ihm wie eine Tochter gewesen. „Aber – aber – um Gottes willen, bitte, kommt und lebt in meiner Nähe und – und – besucht mich manchmal!“ wimmerte der Unglückliche.

Da verdüsterte sich die Stirn des Obersten. „Das geht nicht, Joe", sagte er. „Unter diesen Umständen kann Amelia dich nicht besuchen."

„Ich schwöre dir – ich schwöre dir bei der Bibel", keuchte Josef und versuchte das Buch zu küssen, „sie ist so unschuldig wie ein Kind, so makellos wie deine eigene Frau!"

„Das mag sein", erwiderte der Oberst düster, „aber Amelia kann doch nicht zu dir kommen. Sei ein Mann, Joe, brich diese übelbeleumdete Verbindung ab und komm nach Hause zu deiner Familie! Wie wir hören, bist du mit deinen Finanzen in Schwierigkeiten geraten?"

„Schwierigkeiten?" rief Joe. „Wer hat dir solche Lügen erzählt? Mein ganzes Geld ist höchst vorteilhaft angelegt. Mrs. Crawley – das heißt – ich meine – es ist zu den besten Zinsen angelegt!"

„Du hast also keine Schulden? Warum hast du dann eine Lebensversicherung abgeschlossen?"

„Ich dachte – ein kleines Geschenk für sie – falls mir etwas zustoßen sollte. Du weißt, meine Gesundheit ist nicht die beste – ganz gewöhnliche Dankbarkeit, weißt du – ich gedenke euch mein ganzes Vermögen zu hinterlassen – und ich kann es gut von meinem Einkommen erübrigen", rief Williams schwacher Schwager aus.

Der Oberst bat Joe dringend, sofort zu fliehen, nach Indien zurückzukehren, wohin Mrs. Crawley ihm nicht folgen könne, kurz, alles zu tun, um eine Verbindung abzubrechen, die für ihn die verhängnisvollsten Folgen haben könnte.

Joe rang die Hände und rief, gut, er wolle nach Indien zurückkehren, er wolle alles tun, aber man müsse ihm Zeit lassen. Mrs. Crawley dürfe jedoch nichts davon erfahren, sie würde – „sie würde mich töten, wenn sie das wüßte! Du weißt nicht, was für eine furchtbare Frau sie ist!" fügte der arme Kerl hinzu.

„Ja, warum kommst du dann nicht gleich mit mir mit?" fragte Dobbin daraufhin. Aber Joe fehlte der Mut dazu. Er würde am nächsten Morgen noch einmal mit Dobbin sprechen, er dürfe aber keinesfalls verraten, daß er hier gewesen sei. Jetzt müsse er gehen. Becky könne jeden Augenblick kommen. Voll düsterer Vorahnungen verließ ihn Dobbin.

Er sah Joe nicht wieder. Drei Monate später starb Jose Sedley in Aachen. Es stellte sich heraus, daß sein ganzes Vermögen in Spekulationen verschleudert worden war und nur noch aus wertlosen Aktien verschiedener Seifenblasengesellschaften bestand. Greifbar waren nur noch die zweitausend Pfund aus seiner Lebensversicherung, die er zu gleichen Teilen seiner „geliebten Schwester Amelia, Ehefrau des Sowieso, und seiner Freundin und unschätzbaren Krankenpflegerin Rebekka, Ehefrau des Oberstleutnants Rawdon Crawley“, hinterlassen hatte. Letztere war zur Testamentsvollstreckerin ernannt.

Der Anwalt der Versicherungsgesellschaft schwor, es sei der dunkelste Fall, der ihm je vorgekommen sei, und sprach davon, daß er zur Untersuchung des Todesfalles eine Kommission nach Aachen schicken wolle. Die Gesellschaft weigerte sich, die Police auszuzahlen. Doch Mrs. oder Lady Crawley, wie sie sich

nannte, kam sofort in Begleitung ihrer Anwälte, der Herren Burke, Thurtell und Hayes von Thavies Inn, nach London und forderte die Gesellschaft auf, ihr die Zahlung zu verweigern, falls sie es wagen sollten. Die Anwälte luden zu einer Untersuchung ein und erklärten, sie sei das Opfer einer gemeinen Verschwörung, die sie ihr ganzes Leben lang verfolgt habe, und auf diese Weise siegten sie schließlich. Das Geld wurde ausgezahlt, und Rebekkas guter Ruf war wiederhergestellt. Oberst Dobbin schickte jedoch seinen Anteil an dem Vermächtnis an die Versicherungsgesellschaft zurück und lehnte es entschieden ab, mit Rebekka irgendwie in Verbindung zu treten.

Sie wurde nie Lady Crawley, obwohl sie sich auch weiterhin so nannte. Seine Exzellenz Oberst Rawdon Crawley starb auf Coventry Island am Gelbfieber, unter allgemeiner tiefer Trauer, sechs Wochen vor dem Ableben seines Bruders Sir Pitt. Der Besitz ging daher auf den jetzigen Baron Sir Rawdon Crawley über.

Auch er hat es abgelehnt, seine Mutter zu sehen. Doch hat er ihr eine reichliche Jahresrente ausgesetzt, und außerdem scheint sie recht vermögend zu sein. Der Baron lebt ständig in Queen's Crawley mit Lady Jane und deren Tochter, während Rebekka, Lady Crawley, sich hauptsächlich in Bath und Cheltenham aufhält, wo sie eine sehr starke Partei für sich gewonnen hat, die sie für eine zu Unrecht verfolgte Frau hält. Sie hat natürlich auch ihre Feinde, doch wer hat die nicht? Ihre Antwort auf derartige Schmähungen ist ihr Leben. Sie beschäftigt sich viel mit Werken der Frömmigkeit. Sie geht regelmäßig in die Kirche, aber nie ohne einen Diener. Ihr Name ist in jeder Almosenliste zu finden. Das notleidende Blumenmädchen, die vernachlässigte Waschfrau, der arme Brezelverkäufer, sie alle finden in ihr eine hilfreiche, hochherzige Freundin. Auf jedem Bazar hat sie einen Stand zum Wohl dieser unglücklichen Menschen. Als Amelia mit ihren Kindern und dem Oberst vor einiger Zeit einmal nach London kam, stand sie ihr auf einem dieser Bazare plötzlich gegenüber. Bescheiden schlug sie die Augen nieder und lächelte, als die anderen vor ihr zurückwichen. Amelia eilte am Arm des jungen George fort, der inzwischen ein eleganter junger Herr geworden war, und der Oberst nahm seine kleine Janey auf den Arm, die er mehr liebte als alles auf der Welt, sogar noch mehr als seine *Geschichte des Pandschab*.

Sogar noch mehr als mich, dachte Amelia seufzend. Er sprach indessen nie auch nur ein strenges oder unfreundliches

Wort zu Amelia, und noch stets hatte er versucht, alle ihre Wünsche zu befriedigen.

Ach, vanitas vanitatum! Wer von uns ist auf dieser Welt ganz glücklich? Wem werden alle seine Wünsche erfüllt? Und wenn sie uns erfüllt werden, sind wir dann wohl zufrieden?

Kommt, Kinder, laßt uns die Puppen einsperren und die Bude zuschließen, denn unser Spiel ist nun aus.

INHALT

dtv-bibliothek

Literatur · Philosophie · Wissenschaft